全唐诗

第四卷

[清]彭定求等 编

中州古籍出版社
·郑州·

全唐诗卷三百三十七

韩愈

北极赠李观

北极有羁羽,南溟有沈鳞。川源浩浩隔,影响两无因。风云一朝会,变化成一身。谁言道里远,感激疾如神。我年二十五,求友昧其人。哀歌西京市,乃与夫子亲。所尚一作向苟同趋,贤愚岂异伦。方为金石姿,万世无缁磷。无为儿女态,憔悴悲贱贫。

此日足可惜,赠张籍 愈时在徐,籍往谒之,辞去,作是诗以送。

此日足可惜,此酒不足一作不可尝。舍酒去相语,共分一日光。念昔未知子,孟君自南方。自矜有所得,言子有文章。我名属相府时佐董晋幕府,欲往不得行。思之不可见,百端在中肠。维时月魄死,冬日朝在房。驱驰公事退,闻子适及城。命车载之至,引坐于中堂。开怀听其说,往往副所望。孔丘殁已远,仁义路久荒。纷纷百家起,诡怪相披猖。长老守所闻,后生习为常。少知诚难得,纯粹古已亡。譬彼植园木,有根易为长。留之不遣去,馆置城西旁。岁时未云几,浩浩观湖江。众夫指之笑,谓我知不明。儿童畏雷电,鱼鳖惊夜光。州家举进士,选试缪所当。汴州举进士,愈为考官,试反舌无声诗,籍中等。驰辞对我策,章句何炜煌。相公朝服立,工席歌鹿鸣。礼终乐亦阕,相拜送于庭。之子去须臾,赫赫流盛名。窃喜复窃叹,谅知有所成。人事安可恒,奄忽令我伤。闻子高第日,正从相公丧。贞元十五年,高郢知举,籍登第。是岁三月,晋卒,愈护其丧行。哀情逢吉语,惝恍难为双。暮宿偃师西,徒展转在床诸本作展转在空床。夜闻汴州乱,绕壁行彷徨。我时留妻子,仓卒不及将。相见不复期,零落甘所丁。骄儿未绝乳,念之不能忘。忽如在我所,耳若闻啼声。中途安得返,一日不可更。俄有东来说,我家免罹殃。乘船下汴水,东去趋彭城。从丧朝至洛,还走不及停。假道经盟津,出入行涧冈。日西入军门,羸马颠且僵。主人愿少留,延入陈壶觞。时李元为河阳节度,主人谓元也。卑贱不敢辞,忽忽心如狂。饮食岂知味,丝竹徒轰轰。平明脱身去,决若惊凫翔。黄昏次氾水,欲过无舟航。号呼久乃至,夜济十里黄。外黄县有黄沟。中流上滩一作浔昕,沙水不可详。惊波暗合沓,星宿争翻芒。辕马蹄躅鸣,左右泣仆童。甲午憩时门,临泉窥斗龙。东南出陈许,陂泽平一作何茫茫。道边草木花,红紫相低昂。百里不逢人,角角雄雉鸣。行行二月暮,乃及徐南疆。下马步堤岸,上船拜吾兄。愈有三兄,皆早世。见于集中者,云卿之子俞,绅卿之子发,皆愈从兄。或曰吾兄张籍,非也。谁云经艰难,百口无夭殇。仆射南阳公张建封,宅我睢水阳。二月,愈至徐,徐泗濠节度使张建封以愈为节度推官。箧中有余衣,盎中有余粮。闭门读书史,窗户忽已凉。日念子来游,子岂知我情。别离未为久,辛苦多所经。对食每不饱,共言无倦听。连延三十日,晨坐达五更。我友二三子,宦游在西京。东野窥禹穴,李翱观涛江。萧条千万里,会合安可逢。淮之水舒舒,楚山直丛丛。子又舍我去,我怀焉所穷。男儿不再壮,百岁如风狂。高爵尚可求,无为守一乡。

幽怀

幽怀不能写,行此春江浔。适与佳节会,士女竞光阴。凝妆耀洲渚,繁吹荡人心。间关林中鸟,亦知和为音。岂无一尊酒,自酌还自吟。但悲时易失,四序迭相侵。我歌君子行,视古犹视今。

君子法天运

君子法天运,四时可前知。小人惟所遇,寒暑不可期。利害有常势,取舍无定姿。焉能使我心,皎皎远忧疑。

落叶送陈羽

落叶不更息,断蓬无复归。飘飘终自异,邂逅暂相依。悄悄深夜语,悠悠寒月辉。谁云少年别,流泪各沾衣。

归彭城 贞元十五年冬,愈为徐州从事,朝正京师,此日归彭城,盖明年自京师归徐也。

天下兵又动,贞元十五年秋,起诸道兵讨吴少诚。太平竟何时。讦谟者谁子,无乃失所宜。前年关中旱,闾井多死饥。贞元十四年冬,京师饥。去岁东郡水,贞元十五年秋,郑滑大水。生民为流尸。上天不虚应,祸福各有随。我欲进短策,无由至彤墀。刳肝以为纸,沥血以书辞。上言陈尧舜,下言引龙夔。言词多感激,文字少葳蕤。一读已自怪,再寻良自疑。食芹虽云美,献御固已痴。缄封在骨髓,耿耿空自奇。昨者到京城,屡陪高车驰。周行多俊异,议论无瑕疵。见待颇异礼,未能去毛皮。到口不敢吐,徐徐俟其巇。归来戎马间,惊顾似羁雌。连日或不语,终朝见相欺。乘闲辄骑马,茫茫诣空陂。遇酒即酩酊,君知我为谁。

醉后

煌煌东方星,奈此众客醉。初喧或忿争,中静杂嘲戏。淋漓身上衣,颠倒笔下字。人生如此少,酒贱且勤置。

醉赠张秘书

人皆劝我酒,我若耳不闻。今日到君家,呼酒持劝君。为此座上客,及余各能文。君诗多态度,蔼蔼春空云。东野动惊俗,天葩吐奇芬。张籍学古淡,轩鹤避鸡群。阿买不识字,颇知书八分。诗成使之写,亦足张吾军。所以欲得酒,为文俟其醺。酒味既冷冽,酒气又氛氲。性情渐浩浩,谐笑方云云。此诚得酒意,余外徒缤纷。长安众富儿,盘馔罗膻荤。不解文字饮,惟能醉红裙。虽得一饷乐,有如聚飞蚊。今我及数子,固无莸与薰。险语破鬼胆,高词媲皇坟。至宝不雕琢,神功谢锄耘。方今向太平,元凯承华勋。吾徒幸无事,庶以穷朝曛。

同冠峡 贞元十九年贬阳山后作

南方二月半,春物亦已少。维舟山水间,

晨坐听百鸟。宿云尚含姿,朝日忽升晓。羁旅感和鸣,囚拘念轻矫。潺湲泪久迸,诘曲思增绕。行矣且无然,盖棺事乃了。

送惠师愈在连州,与释景常元惠游,惠师即元惠也。

惠师浮屠者,乃是不羁人。十五爱山水,超然谢朋亲。脱冠剪头发,飞步遗踪尘。发迹入四明,梯空上秋旻。遂登天台望,众壑皆嶙峋。夜宿最高顶,举头看星辰。光芒相照烛,南北争罗陈。兹地绝翔走,自然严且神。微风吹木石,澎湃闻韶钧。夜半起下视,溟波衔日轮。鱼龙惊踊跃,叫啸成悲辛。怪气或紫赤,敲磨共轮囷。金鸦既腾翥,六合俄清新。常闻禹穴奇,东去窥瓯闽。越俗不好古,流传失其真。幽踪邈难得,圣路舜禹南巡之路嗟长堙。回临浙江涛,屹起高峨岷。壮志死不息,千年如隔晨。是非竟何有,弃去非吾伦。凌江诣庐狱,浩荡极游巡。崔崒没云表,陂陀浸湖沦。是时雨初霁,悬瀑垂天绅。前年往罗浮,步蹑南海漘。大哉阳德盛,荣茂恒留春。鹏鷃堕长翮,鲸戏侧修鳞。自来连州寺,曾未造城闉。日携青云客,探胜穷崖滨。太守邀不去,群官请徒频。囊无一金资,翻谓富者贫。昨日忽不见,我令访其邻。奔波自追及,把手问所因。顾我却兴叹,君宁异于民。离合自古然,辞别安足珍。吾闻九疑好,夙志今欲伸。斑竹啼舜妇,清湘沈楚臣。衡山与洞庭,此固道所循。寻崧方抵洛,历华遂之秦。浮游靡定处,偶往即通津。吾言子当去,子道非吾遵。江鱼不池活,野鸟难笼驯。吾非西方教,怜子狂且醇。吾嫉惰游者,怜子愚且谆。去矣各异趣,何为浪沾巾。

送灵师

佛法入中国,尔来六百年。齐民逃赋役,高士著幽禅。官吏不之制,纷纷听其然。耕桑日失隶,朝署时遗贤。灵师皇甫姓,胤胄本蝉联。少小涉书史,早能缀文篇。中间不得意,失迹成延迁。逸志不拘教,轩腾断牵挛。围棋斗白黑,生死随机权。六博在一掷,枭卢叱回旋。战诗谁与敌,浩汗横戈铤音延。饮酒尽百盏,嘲谐思逾鲜。有时醉花月,高唱清且绵。四座咸寂默,杳如奏湘弦。寻胜不惮险,黔江屡洄沿。瞿塘五六月,惊电让归船。怒水忽中裂,千寻堕幽泉。环回势益急,仰见团团天。投身岂得计,性命甘徒捐。浪沫蹙翻涌,漂浮再生全。同行二十人,魂骨俱坑填。灵师不挂怀,冒涉道转延。开忠二州牧,诗赋时多传。失职不把笔,珠玑为君编。强留费日月,密席罗婵娟。昨者至林邑,使君数开筵。逐客三四公,盈怀赠兰荃。湖游泛潇沉,溪宴驻潺湲。别语不许出,行裾动遭牵。邻州竞招请,书札何翩翩。十月下桂岭,乘寒恣窥缘。落落王员外,王员外,仲舒也。墓志云:所为文章,无世俗气。争迎获其先。自从入宾馆,占吝久能专。吾徒颇携被,接宿穷欢妍。听说两京事,分明皆眼前。纵横杂谣俗,琐屑咸罗穿。材调真可惜,朱丹在磨研。方将敛之道,且欲冠其颠。韶阳李太守,高步凌云烟。得客辄忘食,开囊乞缯钱。手持南曹叙,唐制,吏部员外郎一人,掌判南曹,谓王员外仲舒也。时亦谪连州司户。字重青瑶镌。古气参象系,高标摧太玄。维舟事干谒,披读头风痊。还如旧相识,倾壶畅幽悁。以此复留滞,归骖几时鞭。

县斋有怀阳山县斋作。时贞元二十一年,顺宗新即位

少小尚奇伟,平生足悲咤。犹嫌子夏儒,肯学樊迟稼。事业窥皋稷,文章蔑曹谢。濯缨起江湖,缀佩杂兰麝。悠悠指长道,去去策高驾。谁为倾国媒,自许连城价。初随计吏贡,屡入泽宫射。虽免十上劳,何能一战霸。人情忌殊异,世路多权诈。蹉跎颜遂低,摧折气愈下。冶长信非罪,侯生或遭骂。怀书出皇都,衔泪渡清灞。身将老寂寞,志欲死闲暇。朝食不盈肠,冬衣才掩骼枯驾切。军书既频召,戎马乃连跨。大梁从相公,彭城赴仆射。弓箭围狐兔,丝竹罗酒炙。两府变荒凉,三年就休假。求官去东洛,去或作来。或作去官来东洛。此谓贞元十五十六年冬,如京调官也。犯雪过西华。尘埃紫陌

春,风雨灵台夜。名声荷朋友,援引乏姻娅。虽陪彤庭臣,讵纵青冥靶。寒空耸危关,晓色曜修架。捐躯辰在丁,_{贞元十九年十二月,愈上天旱人饥疏,被贬。辰在丁,上疏之日也。}铩翮时方禠。投荒诚职分,领邑幸宽赦。湖波翻日车,岭石坼天罅。毒雾恒熏昼,炎风每烧夏。雷威固已加,飓势仍相借。气象杳难测,声音吁可怕。夷言听未惯,越俗循犹乍。指摘两憎嫌,睢盱互猜讶。只缘恩未报,岂谓生足藉。嗣皇新继明,率土日流化。惟思涤瑕垢,长去事桑柘。厮嵩开云扃,压颍抗风榭。禾麦种满地,梨枣栽绕舍。儿童稍长成,雀鼠得驱吓。官租日输纳,村酒时邀迓。闲爱老农愚,归弄小女姹。如今便可尔,何用毕婚嫁。

合江亭_{诸本作题合江亭寄刺史邹君。亭在衡州负郭,今之石鼓头,即其地也。地形特异,峭然崛起于二水之间,旁有朱陵洞,唐人题刻散满岩上。愈自阳山量移江陵,道衡山作。}

红亭枕湘江,蒸水会其左。瞰临眇空阔,绿净不可唾。维昔经营初,邦君实王佐。_{此亭,故相李公映所作。}翦林迁神祠,买地费家货。梁栋宏可爱,结构丽匪过。伊人去轩腾,兹宇遂颓挫。老郎来何暮,高唱久乃和。_{宇文郎中炫又增其制。}树兰盈九畹,栽竹逾万个。长绠汲沧浪,幽蹊下坎坷。波涛夜俯听,云树朝对卧。初如遗宦情,终乃最郡课。人生诚无几,事往悲岂奈_{一作那}。萧条绵岁时,契阔继庸懦。胜事谁复论,丑声日已播。中丞黜凶邪,天子闵穷饿。君侯至之初,闾里自相贺。_{前刺史元澄无政,廉使杨公中丞奏黜之,朝廷遂用邹君。}淹滞乐闲旷,勤苦劝慵惰。为余扫尘阶,命乐醉众座。穷秋感平分,新月怜半破。愿书岩上石,勿使泥尘涴。

陪杜侍御游湘西两寺独宿有题一首,因献杨常侍_{愈自阳山北还,过潭作。杨常侍,凭也,时观察湖南。}

长沙千里平,胜地犹在险。况当江阔处,斗起势匪渐。深林高玲珑,青山上琬琰。路穷台殿辟,佛事焕且俨。剖竹走泉源,开廊架崖广_{音俨,因岩为屋}。是时秋之残,暑气尚未敛。群行忘后先,朋息弃拘检。客堂喜空凉,华榻有清簟。涧蔬煮蒿芹,水果剥菱芡_{音俭}。伊余夙所慕,陪赏亦云忝。幸逢车马归,独宿门不掩。山楼黑无月,渔火灿星点。夜风一何喧,杉桧屡磨飐。犹疑在波涛,怵惕梦成魇。静思屈原沈,远忆贾谊贬。椒兰争妒忌,绛灌共谗谄。谁令悲生肠,坐使泪盈脸。翻飞乏羽翼,指摘困瑕玷。珥_{音饵}貂藩维重,政化类分陕。礼贤道何优,奉己事苦俭。大厦栋方隆,巨川楫行剡。经营诚少暇,游宴固已歉。旅程愧淹留,徂岁嗟荏苒。平生每多感,柔翰遇频染。殿转岭猿鸣,曙灯青睒睒。

岳阳楼别窦司直_{窦庠时以武昌幕权岳州。愈移江陵法曹,道出岳阳楼作}

洞庭九州间,厥大谁与让。南汇群崖水,北注何奔放。潴为七百里,吞纳各殊状。自古澄不清,环混无归向。炎风日搜揽,幽怪多冗长_{去声}。轩然大波起,宇宙隘而妨_{音访}。巍峨拔嵩华,腾踔较健壮。声音一何宏,轰輵_{音渴}车万两。犹疑帝轩辕,张乐就空旷。蛟螭露笋虡,缟练吹组帐。鬼神非人世,节奏颇跌踼。阳施见夸丽,阴闭感凄怆。朝过宜春口,极北缺堤障。夜缆巴陵洲,丛芮才可傍。星河尽涵泳,俯仰迷下上。余澜怒不已,喧聒鸣瓮盎。明登岳阳楼,辉焕朝日亮。飞廉戢其威,清晏息纤纩。泓澄湛凝绿,物影巧相况。江豚时出戏,惊波忽荡漾。时当冬之孟,隙窍缩寒涨。前临指近岸,侧坐眇难望。涤濯神魂醒,幽怀舒以畅。主人孩童旧,握手乍忻怅。怜我窜逐归,相见得无恙。开筵交履舄,烂漫倒家酿。杯行无留停,高柱送清唱。中盘进橙栗,投掷倾脯酱。欢穷悲心生,婉娈不能忘_{音望}。念昔始读书,志欲干霸王。屠龙破千金,为艺亦云亢。爱才不择行,触事得谗谤。前年出官由_{一作日},此祸最无妄。公卿采虚名,擢拜识天仗。奸猜畏弹射,斥逐恣欺诳。新恩移府庭,逼侧厕诸将。于嗟苦驽缓,但惧失宜当。追思南渡时,鱼腹甘所葬。严程迫风帆,劈箭入高浪。颠沈在须臾,忠鲠谁复谅。生还真可喜,尅己自惩创。庶从今日后,粗识得与丧。事多改前好,趣有获新尚。誓耕十亩田,不取万乘相。细君知蚕织,稚子已能饷。行当挂其冠,生死君一访。

送文畅师北游

昔在四门馆,晨有僧来谒。自言本吴人,少小学城阙。已穷佛根源,粗识事輗軏。挛拘屈吾真,戒辖思远发。荐绅秉笔徒,声誉耀前阀。从求送行诗。屡造忍颠蹶。今成十余卷,浩汗罗斧钺。先生闵穷巷,未得窥剞劂。又闻识大道,何路补剖刖。出其囊中文,满听实清越。谓僧当少安,草序颇排评。上论古之初,所以施赏罚。下开迷惑胸,窒音哮豁齾株橜音厥。僧时不听莹,若饮水救暍。风尘一出门,时日多如发。三年窜荒岭,守县坐深槛。征租聚异物,诡制怛巾袜。幽穷谁共一作共谁语,思想甚含哸子月切。昨来得京官,照壁喜见蝎。况逢旧亲识,无不比鹣鲽。长安多门户,吊庆少休歇。而能勤来过,重惠安可揭。当今圣政初,恩泽完𤡮许出切狱许月切。胡为不自暇,飘戾逐鹯鹢。仆射领北门,威德压胡羯。谓田季安为魏博节度使。相公镇幽都,竹帛烂勋伐。谓刘济为幽州节度使。酒场舞闺姝,猎骑围边月。开张箧中宝,自可得津筏。从兹富裘马,宁复茹藜蕨。余期报恩后,谢病老耕垡音伐。庇身指蓬茅,逞志纵狻猲。僧还相访来,山药煮可掘。

答张彻 愈为四门博士时作。张彻,愈门下士,又愈之从子婿。

辱赠不知报,我歌尔其聆。首叙始识面,次言后分形。道途绵万里,日月垂十龄。浚郊避兵乱一作难,睢岸连门停。诸本作庭,阁本作停。停犹居也。肝胆一古剑,波涛两浮萍。溃墨窜旧史,磨丹注前经。义苑手秘宝,文堂耳惊霆。暗晨蹑露舄,暑夕眠风棂。结友子让抗,《晋阳秋》:陆抗、羊祜推侨札之好。请师我惭丁,《左氏》:尹公学射于庾公差,差学于公孙丁。初味犹啖蔗,遂通斯建瓴。搜奇日有富,嗜善心无宁。石梁平侹侹

音挺,沙水光泠泠。乘枯摘野艳,沈细抽潜腥。游寺去陟嶙,寻径返一作反穿汀。缘云竹竦竦,失路麻冥冥。淫潦忽翻野,平芜眇开溟。防泄堑夜塞,惧冲城昼扃。及去事戎䇯,相逢宴军伶。觥秋纵兀兀,猎旦驰駽駽。从赋始分手,朝京忽同舲。愈以徐州从事朝正京师,与彻同行。急时促暗棹,恋月留虚亭。毕事驱传马,安居守窗萤。梅花灞水别,宫一作官烛骊山醒。省选逮投足,乡宾尚摧翎。尘袪又一掺所衔切,泪眥音渍还双荧。洛邑得休告,华山穷绝陉。倚岩睨海浪,引袖拂天星。日驾此回辖,金神所司刑。泉绅拖修白,石剑攒高青。磴藓达肖也拳踢,梯飚颭伶俜。悔狂已咋指,垂诫仍镌铭。沈颜遗李肇书,谓退之托此以悲世人登高而不知止,且示戒焉。峨岈忝备列,伏蒲愧分泾。微诚慕横草,琐力摧撞筳。叠雪走商岭,飞波航洞庭。下险疑堕井,守官类拘囹。荒餐茹獠蛊,幽梦感湘灵。刺史肃荅蔡,吏人沸蝗螟。点缀簿上字,趋跄阁前铃。赖其饱山水,得以娱瞻听。紫树雕斐亹,碧流滴珑玲。映波铺远锦,插地列长屏。愁狖酸骨死,怪花醉魂馨。潜苞绛实坼,幽乳翠毛零。赦行五百里,月变三十冀。渐阶群振鹭,入学海蜻蛉。苹甘谢鸣鹿,罍满惭罄瓶。囧囧抱瑚琏,飞飞联鹡鸰。鱼鬣欲脱背,虬光先照硎。岂独出丑类,方当动朝廷。勤来得晤语,勿惮宿寒厅。

荐士 荐孟郊于郑余庆也

周诗三百篇,雅丽理一作埋训诰。曾经圣人手,议论安敢到。五言出汉时,苏李首更号。东都渐弥漫,派别百川导。建安能者七,卓荦变风操。逶迤抵晋宋,气象日凋耗。中间数鲍谢,比近最清奥,齐梁及陈隋,众作等蝉噪。搜春摘花卉,沿袭伤剽盗。国朝盛文章,子昂始高蹈。勃兴得李杜,万类困陵暴。后来相继生,亦各臻阃奥,有穷者孟郊,受材实雄骜。冥观洞古今,象外逐幽好。横空盘硬语,妥帖力排奡。敷柔肆纡余,奋猛卷海潦。荣华肖天秀,捷疾逾响报。行身践规矩,甘辱耻媚灶。

孟轲分邪正,眸子看瞭眊。杳然粹而清,可以镇浮躁,酸寒溧阳尉,五十几何耄。孜孜营甘旨,辛苦久所冒。俗流知者谁,指注竞嘲傲。圣皇索遗逸,髦士日登造。庙堂有贤相谓余庆,爱遇均覆焘。况承归与张,<small>郊尝为归登、张建封所知。</small>二公迭嗟悼。青冥送吹嘘,强箭射鲁缟。胡为久无成,使以归期告。霜风破佳菊,嘉节追吹帽。念将决焉去,感物增恋嫪<small>卢到切</small>。彼微水中荇,尚烦左右芼。鲁侯国至小,庙鼎犹纳部。幸当择珉玉,宁有弃珪瑁。悠悠我之思,扰扰风中纛。上言愧无路,日夜惟心祷。鹤翎不天生,变化在啄菢<small>鸟伏卵为菢</small>。通波非难图,尺地易可漕。善善不汲汲,后时徒悔懊。救死具八珍,不如一箪犒。微诗公勿诮,恺悌神所劳。

喜侯喜至赠张籍张彻 <small>愈初谪阳山令,元和改元,自江陵掾召国子博士,其从游如喜、如籍、如彻皆会都下,诗以是作。</small>

昔我在南时,数君常在念。摇摇不可止,讽咏日喁噞。如以膏濯衣,每渍垢逾染。又如心中疾,针石非所砭。常思得游处,至死无倦厌。地遐物奇怪,水镜涵石剑。荒花穷漫乱,幽兽工腾闪。碍目不忍窥,忽忽坐昏垫。逢神多所祝,岂忘灵助验。依依梦归路,历历想行店。今者诚自幸,所怀无一欠。孟生去虽索,侯氏来还歉。欹眠听新诗,屋角月艳艳。杂作承间骋,交惊舌牙儝<small>他念切,吐舌貌</small>。缤纷指瑕疵,拒捍阻城堑。以余经摧挫,固请发铅槧。居然妄推让,见谓艺天焰。比疏语徒妍,悚息不敢占。呼奴具盘餐,飣饾鱼菜赡。人生但如此,朱紫定足僭。

古风 <small>安史之后,方镇相望于内地,大者连州十余,小者不下三四,兵骄则逐帅,帅强则叛上,不廷不贡,往往而是,故托古风以寓意,观诗意当在德宗朝作。</small>

今日曷不乐,幸时不用兵。无日既蹙矣,乃尚可以生。彼州之赋,去汝不顾。此州之役,去我奚适。一邑之水,可走而违。天下汤汤,曷其而归。好我衣服,甘我饮食。无念百

年,聊乐一日。

驽骥 <small>一作驽骥吟示欧阳詹,詹与愈同第进士,愈以徐州从事朝正于京,詹时为国子监四门助教。</small>

驽骀诚龌龊,市者何其稠。力小若<small>一作苦</small>易制,价微良易酬。渴饮一斗水,饥食一束刍。嘶鸣当大路,志气若有余。骐骥生绝域,自矜无匹俦。牵驱入市门,行者不为留。借问价几何,黄金比嵩<small>一作崇</small>丘。借问行几何,咫尺视九州。饥食玉山禾,渴饮醴泉流。问谁能为御,旷世不可求。惟昔穆天子,乘之极遐游。王良执其辔,造父挟其辀。因言天外事,茫惚使人愁。驽骀谓骐骥,饿死余尔羞。有能必见用,有德必见收。孰云时与命,通塞皆自由。骐骥不敢言,低徊但垂头。人皆劣骐骥,共以驽骀优。喟余独兴叹,才命不同谋。寄诗<small>一作言</small>同心子,为我商<small>一作高声</small>讴。

马厌谷

马厌谷兮,士不厌糠籺;土被文绣兮,士无短<small>一作裋</small>褐。彼其得志兮,不我虞;一朝失志兮,其何如。已焉哉,嗟嗟乎鄙夫。

出门

长安百万家,出门无所之。岂敢尚幽独,与世实参差。古人虽已死,书上有其<small>一作遗</small>辞。开卷读且想,千载若相期。出门各有道,我道方未夷。且于此中息,天命<small>一作诚</small>不吾欺。

嗟哉董生行

淮水出桐柏,山东驰遥遥<small>一作悠悠</small>千里不能休;淝水出其侧,不能千里百里入淮流。寿州属县有安丰,唐贞元时县人董生召南隐居行义于其中。刺史不能荐,天子不闻名声。爵禄不及门,门外惟有吏,日来征租更索钱。嗟哉董生朝出耕<small>一作至</small>夜归读古人书,尽日不得息。或山而<small>一作于</small>樵,或水而<small>一作于</small>渔。入厨具甘旨,上堂问起居。父母不戚戚,妻子不咨咨。嗟哉董生孝且慈,人不识,惟有天翁知,生祥下瑞无时期。家有狗乳出求食,鸡来哺其儿。啄啄庭

中拾虫蚁,哺之不食鸣声悲。彷徨踯躅久不去,以翼来覆待狗归。嗟哉董生,谁将与俦?时之人夫妻相虐,兄弟为雠。食君之禄,而令父母愁。亦独何心,嗟哉董生无与俦。或作谁将与俦,可作谁与俦。

烽火

登高望烽火,谁谓寒尘飞。王城富且乐,曷不事光辉。勿言日已暮,相见恐行稀。愿君熟念此,秉烛夜中归。我歌宁自感,乃独泪沾衣。

汴州乱二首 德宗贞元十三年,宣武节度使董晋辟愈为推官。十五年,晋薨,公随晋丧归。既出四日,宣武军乱,杀行军司马陆长源。

汴州城门朝不开,天狗堕地声如雷。健儿争夸一作诱杀留后,连屋累栋烧成灰。诸侯咫尺不能救,孤士何者自兴哀。

母从子走者为谁,大夫夫人留后儿长源妻子。昨日乘车骑大马,坐者起趋乘者下。庙堂不肯用干戈,呜呼奈汝母子何。

利剑

利剑光耿耿,佩之使我无邪心。故人念我寡徒侣,持用赠我比知音。我心如冰剑如雪,不能刺谗夫,使我心腐剑锋折。决云中断开青天,噫!剑与我俱变化归黄泉。

龊龊

龊龊当世士,所忧在饥寒。但见贱者悲,不闻贵者叹。大贤事业异,远抱非俗观。报国心皎洁,念时涕汍澜。妖姬坐左右,柔指发哀弹。酒肴虽日陈,感激宁为欢。秋阴欺白日,泥潦不少乾。河堤决东郡,老弱随惊湍。天意固有属,谁能诘其端。愿辱太守荐,得充谏诤官。排云叫阊阖,披腹呈琅玕。致君岂无术,自进诚独难。

全唐诗卷三百三十八

韩愈

河之水二首寄子侄老成 老成，愈兄介之子，即所谓十二郎是也。

河之水，去悠悠。我不如，水东流。我有孤侄在海陬 一作隅，古音隅，将候切，亦与流通。三年不见兮使我生忧。日复日，夜复夜。三年不见汝，使我鬓发未老而先化。

河之水，悠悠去。我不如，水东注。我有孤侄在海浦，三年不见兮使我心苦。采蕨于山，缗鱼于渊。我徂京师，不远其还。

山石

山石荦确行径微，黄昏到寺蝙蝠飞。升堂坐阶新雨足，芭蕉叶大支 即栀字 子肥。僧言古壁佛画好，以火来照所见稀。铺床拂席置羹饭，疏粝亦足饱我饥。夜深静卧百虫绝，清月出岭光入扉。天明独去无道路，出入高下穷烟霏。山红涧碧纷烂漫，时见松枥皆十围。当流赤足踏涧石，水声激激风吹衣。人生如此自可乐，岂必局束为人靰 音饥。嗟哉吾党二三子。安得至老不更归。

天星送杨凝郎中贺正 凝以户部郎中宣武军判官，愈时与同佐董晋幕

天星牢落鸡喔咿，仆夫起餐车载脂。正当穷冬寒未已，借问君子行安 一作定何之。会朝元正无不至，受命上宰须及期。侍从近臣有虚位，公今此去归何时。

汴泗交流赠张仆射 建封

汴泗交流郡城角，筑场十 一作千 步平如削。短垣三面缭逶迤，击鼓腾腾树赤旗。新秋朝凉未见日，公早结束来何为。分曹决胜约前定，百马攒蹄近相映。球惊杖奋合且离，红牛缨绂黄金羁，侧身转臂著马腹，霹雳应手神珠驰。超遥散漫两闲暇，挥霍纷纭争变化。发难得巧意气粗，欢声四合壮士呼。此诚习战非为剧，

岂若安坐行良图。当今忠臣不可得,公马莫走须杀贼。

忽忽

忽忽乎余未知生之为乐也,愿脱去而无因。安得长翮大翼如云生我身,乘风振奋出六合绝浮尘。死生哀乐两相弃,是非得失付闲人。

鸣雁

嗷嗷鸣一作鸿雁鸣且飞,穷秋南去春北归。去寒就暖识所依一作处,天长地阔栖息稀。风霜酸苦稻粱微,毛羽一作羽毛摧落身不肥。裴回反顾群侣违,哀鸣欲下洲渚非。江南水阔朝一作朔云多,草长沙软无网罗。闲飞静集鸣相和,违忧怀惠性匪他。凌风一举君谓何。

龙移 此诗谓南山湫也,湫初在平地,一日风雷,移居山上,其山下湫遂。化为土,长安人至今谓之乾湫。

天昏地黑蛟龙移,雷惊电激雄雌随。清泉百丈化为土,鱼鳖枯死吁可悲。

雉带箭 此愈佐张仆射于徐,从猎而作也。

原头火烧静兀兀,野雉畏鹰出复一作伏欲没。将军欲以巧伏人,盘马弯弓惜不发。地形渐窄观者多,雉惊弓满劲箭加。冲人决起百余尺,红翎白镞相一作随倾斜。将军仰笑军吏贺,五色离披马前堕。

条山苍 中条山在黄河之西

条山苍,河水黄。浪波一作浪沄沄去,松柏在山一作高冈。

赠郑兵曹

尊酒相逢十载前,君为壮夫我少年。尊酒相逢十载后,我为壮夫君白首。我材与世不相当,戢鳞委翅无复望。当今贤俊皆周行,君何为乎亦一作独遑遑。杯行到君莫停手,破除万事无过酒。

桃源图

神仙有无何渺茫,桃源之说诚荒唐。流水盘回山百转,生绡数幅垂中堂。武陵太守好事者,题封远寄南宫下。南宫先生忻得之,波涛入笔驱文辞。文工画妙各臻极,异境恍惚移于斯。架岩凿谷开宫室,接屋连墙千万日。嬴颠刘蹶了不闻,地坼天分非所恤。种桃处处惟开花,川原近远蒸一作烝红霞。初来犹自念乡邑,岁久此地还成家。渔舟之子来何所,物色相猜更问语。大蛇中断丧前王,群马南渡开新主。听终辞绝共凄然,自说经今六百年。当时万事皆眼见,不知几许犹流传。争持酒食来相馈,礼数不同樽俎异。月明伴宿玉堂空,骨冷魂清无梦寐。夜半金鸡啁哳鸣,火轮飞出客心惊。人间有累不可住,依然离别难为情。船开棹进一回顾,万里苍苍烟水暮。世俗宁知伪与真,至今传者武陵人。

东方半一作未明

东方半一作未明大星没,独有太白配残月。嗟尔残月勿相疑,同光共影须臾期。残月晖晖,太白睒睒。鸡三号,更五点。

赠唐衢 衢应进士,久而不第,能为歌诗,见人文章有所伤叹者,读讫必哭。每与人言论,既别,发声一号,音辞哀切,闻者莫不泣下,故世称唐衢善哭。

虎有爪兮牛有角,虎可搏兮牛可触。奈何君独抱奇材,手把锄犁饿空谷。当今天子急贤良,匦函朝出开明光。胡不上书自荐达,坐令四海如虞唐。

贞女峡 在连州桂阳县,秦时有女子化石,在东岸穴中。

江盘峡束春湍豪,风雷一作雷风战斗鱼龙逃。悬流轰轰射水府,一泻百里翻云涛。漂船摆石万瓦裂,咫尺性命轻鸿毛。

赠侯喜 愈贞元十七年七月二十二日,与李景兴、侯喜、尉迟汾同渔于洛,有石刻在焉,诗必是时作。

吾党侯生字叔迁古起字,呼我持竿钓温水。平明鞭马出都门,尽日行行荆棘里。温水微茫绝又流,深如车辙阔容辀。虾蟆跳过雀儿浴,此纵有鱼何足求。我为侯生不能已,盘针擘粒投泥滓。晡时坚坐到黄昏,手倦目劳方一起。

暂动还休未可期,虾行蛭_{音质}渡似皆疑。举竿引线忽有得,一寸才分鳞与鬐。是日侯生与韩子,良久叹息相看悲。我今行事尽如此,此事正好为吾规。半世遑遑就举选,一名始得红颜衰。人间事势岂不见,徒自辛苦终何为。便当提携妻与子,南入箕颍无还时。叔迎君今气方锐,我言至切君勿嗤。君欲钓鱼须远去,大鱼岂肯居洰洳_{去声}。

古意

太华峰头玉井莲,开花十丈藕如船。冷比雪霜甘比蜜,一片入口沈疴痊。我欲求之不惮远,青壁无路难夤缘。安得长梯上摘实,下种七泽根株连。

八月十五夜赠张功曹_{张功曹,署也,愈与署以贞元二十一年二月二十四日赦自南方,徙掾江陵,至是俟命于郴,而作是诗。}

纤云四卷天无河,清风吹空月舒波。沙平水息声影绝,一杯相属君当歌。君歌声酸辞且苦,不能听终泪如雨。洞庭连天九疑高,蛟龙出没猩鼯号。十生九死到官所,幽居默默如藏逃。下床畏蛇食畏药,海气湿蛰熏腥臊。昨者州前捶大鼓,嗣皇继圣登夔皋。赦书一日行万里,罪从大辟皆除死。迁者追回流者还,涤瑕荡垢清朝班。州家申名使家抑,坎轲只得移荆蛮。判司卑官不堪说,未免捶楚尘埃间。同时辈流多上道,天路幽险难追攀。君歌且休听我歌,我歌今与君殊科。一年明月今宵多,人生由命非由他。有酒不饮奈明_{一作月}何。

谒衡岳庙遂宿岳寺题门楼

五岳祭秩皆_{一作比}三公,四方环镇嵩当中。火维地荒足妖怪,天假神柄专其雄。喷云泄雾藏半腹,虽有绝顶谁能穷。我来正逢秋雨节,阴气晦昧无清_{一作晴}风。潜心默祷若有应,岂非正直能感通。须臾静扫众峰出,仰见突兀撑青_{一作晴}空。紫盖连延接天柱,石廪腾掷堆祝融。_{衡山有五峰,紫盖、天柱、石廪、祝融、芙蓉。}森然魄动下马拜,松柏一径趋灵宫。粉墙丹柱动光彩,鬼物图画填青红。升阶伛偻荐脯酒,欲以菲薄明其衷。庙令老人识神意,睢盱侦伺能鞠躬。手持杯珓导我掷,云此最吉余难同。窜逐蛮荒幸不死,衣食才足甘长终。侯王将相望久绝,神纵欲福难为功。夜投佛寺上高阁,星月掩映云曈昽。猿鸣钟动不知曙,杲杲寒日生于东。

岣嵝山_{《山海经》:衡山一名岣嵝山,或以为衡山南麓别峰之名。岣音矩,嵝音缕。}

岣嵝山尖神禹碑,字青石赤形模奇。科斗拳身薤倒_{一作叶披},鸾飘凤泊拿虎螭。事严迹秘鬼莫窥,道人独上偶见之,我来咨嗟涕涟洏。千搜万索何处有,森森绿树猿猱悲。

永贞行_{贞元二十一年,德宗崩,顺宗立,改元永贞。韦执谊、王叔文等用事,又谋夺中官兵,制天下之命。是年八月,皇太子即位,帝自称太上皇,上贬执谊、叔文等,愈故作永贞行云。}

君不见太皇谅阴未出令,小人乘时偷国柄。北军百万虎与貔,天子自将非他师。一朝夺印付私党,_{是岁王叔文等以金吾大将军范希朝为左右神策诸行营节度使,以韩泰为其行军司马。叔文欲夺取宦官兵权以自固,藉朝老将,使主其名,而实以泰夺其事,人情疑惧。}懔懔朝士何能为。狐鸣枭噪争署置,睗_{式赤切}睒_{式冉切}跳踉相妩媚。夜作诏书朝拜官,超资越序曾无难。公然白日受贿赂,火齐磊落堆金盘。元臣故老不敢语,昼卧涕泣何汍澜。_{王叔文用事,一日诸相会食,叔文至中书,欲与韦执谊计事,执谊起迎,诸相停箸以待。有顷,报叔文索饭,已与韦相同餐阁中矣。杜佑、高郢惧,不敢言。郑珣瑜独叹曰:"吾岂可复居此位。"索马径归,卧不起。}董贤三公谁复惜,侯景九锡行可叹。国家功高德且厚,天位未许庸夫干。嗣皇卓荦信英主,文如太宗武高祖。膺图受禅登明堂,共流幽州鲧死羽。四门肃穆贤俊登,数君匪亲岂其朋。郎官清要为世称,荒郡迫野嗟可矜。_{谓贬礼部员外郎柳宗元邵州、司封郎中韩晔池州、屯田员外郎刘禹锡连州各郡刺史也。}湖波连天日相腾,蛮俗生梗瘴疠烝。江氛岭侵昏若凝,一蛇两头见未曾。怪鸟鸣唤令人憎,蛊虫群飞夜扑灯。雄虺毒螫堕股肱,食中置药肝心崩。

左右使令诈难凭,慎勿浪信常兢兢。吾尝同僚情可胜,具书目见非妄征。嗟尔既往宜为惩。

洞庭湖阻风赠张十一署时自阳山徙掾江陵

十月阴气盛,北风无时休。苍茫洞庭岸,与子维双舟。雾雨晦争泄,波涛怒相投。犬鸡断四听,粮绝谁与谋。相去不容步,险如碍山丘。清谈可以饱,梦想接无由。男女喧左右,饥啼但啾啾。非怀北归兴,何用胜羁愁。云外有白日,寒光自悠悠。能令暂开霁,过是吾无求。

李花赠张十一署或作李有花

江陵城西二月尾,花不见桃惟见李。风揉雨练雪羞比,波涛翻空杳无涘。君知此处花何似,白花倒烛天夜明,群鸡惊鸣官吏起。金乌海底初飞来,朱辉散射青霞开。迷魂乱眼看不得,照耀万树繁如堆。念昔少年著游燕,对花岂省曾辞杯。自从流落忧感集,欲去未到先思回。只今四十已如此,后日更老谁论哉。力携一尊独—作共就醉,不忍虚掷委黄埃。

杏花

居邻北郭古寺空,杏花两株能白红。曲江满园不可到,看此宁避雨与风。二年流窜出岭外,所见草木多异同。冬寒不严地恒泄,阳气发乱无全功。浮花浪蕊镇长有,才开还落瘴雾中。山榴踯躅少意思,照耀黄紫徒为丛。鹧鸪钩辀猿叫歇,杳杳深谷攒青枫。岂如此树一来玩,若在京国情何穷。今旦胡为忽惆怅,万片飘泊随西东。明年更发应更好,道人谓寺僧莫忘邻家翁自谓。

感春四首

我所思兮在何所,情多地遐兮遍处处。东西南北皆欲往,千江隔兮万山阻。春风吹园杂花开,朝日照屋百鸟语。三杯取醉不复论,一生长恨奈何许。

皇天平分成四时,春气漫诞最可悲。杂花妆林草盖地,白日坐上倾天维。蜂喧鸟咽留不得,红萼万片从风吹。岂如秋霜虽惨冽,摧落老物谁惜之。为此径须沽酒饮,自外天地弃不疑。近怜李杜无检束,烂漫长醉多文辞。屈原离骚二十五,不肯铺啜糟与醨。惜哉此子巧言语,不到圣处宁非痴。幸逢尧舜明四目,条理品汇皆得宜。平明出门暮归舍,酩酊马上知为谁。

朝骑一马出,暝就一床卧。诗书渐欲抛,节行久已惰。冠欹感发秃,语误惊—作悲齿堕。孤负平生心,已矣知—作如何奈—作那。

我恨不如江头人,长网横江遮紫鳞。独宿荒陂射凫雁,卖纳租赋官不嗔。归来欢笑对妻子,衣食自给宁羞贫。今者无端读书史,智慧只足劳精神。画蛇著足无处用,两鬓霜—作雪白趋埃尘。乾愁漫解坐自累,与众异趣谁相亲。数杯浇肠虽暂醉,皎皎万虑醒还新。百年未满不得死,且可勤买抛青春。酒名,唐人名酒多以春。

寒食日出游自注:张十一院长见示病中忆花九篇,寒食日出游夜归,因以投赠。张十一,即功曹署,外郎遗补相呼为院长。愈与署同自御史贬官,又同为江陵掾,愈法曹参军,署功曹参军。

李花初发君始病,我往看君花转盛。走马城西惆怅归,不忍千株雪相映。迩来又见桃与梨,交开红白如争竞。可怜物色阻携手,空展霜缣吟九咏。纷纷落尽泥与尘,不共新妆比端正。桐华最晚今已繁,君不强起时难更。关山远别固其理,寸步难见始知命。忆昔与君同贬官,夜渡洞庭看斗柄。岂料生还得一处,引袖拭泪悲且庆。各言生死两追随,直置心亲无貌敬。念君又署南荒吏,路指鬼门幽且复。张在江陵未几,邕管经略使路恕署为判官。三公尽是知音人,曷不荐贤陛下圣。囊空甑倒谁救之,我今一食日还并。自然忧气损天和,安得康强保天性。断鹤两翅鸣何哀,萦骥四足气空横。今朝寒食行野外,绿杨匝岸蒲生—作芽迸。宋玉庭边不见人,轻浪参差鱼动镜。自嗟孤贱足瑕疵,特见放纵荷宽政。饮酒宁嫌盏底深,题诗尚倚笔锋劲。明宵故欲相就醉,有月莫愁当火令。

忆昨行和张十一

忆昨夹钟之吕初吹灰,上公礼罢元侯回。_{上公一作杜公,云杜佑自淮南入朝也。一作社公,云此为荆帅裴均罢社享客也。朱熹《考异》云:《左传》五行之官,封为上公,杜注用币于社云,以请于上公,则上公即社神也。}车载牲牢瓮昇酒,并召宾客延邹枚。腰金首翠光照耀,丝竹回发清以哀。青天白日花草丽,玉斝屡举倾金罍。张君名声座所属,起舞先醉长松摧。宿醒未解旧痁作,深室静卧闻风雷。自期殒命在春序,屈指数日怜婴孩。危辞苦语感我耳,泪落不掩何潸潸。念昔从君渡湘水,大帆夜划穷高桅。阳山鸟路出临武,_{愈责连之阳山令,张为郴之临武,郴在江南,连则广南也。}驿马拒地驱频隤_{一作搥,撞也。}践蛇茹蛊不择死,忽有飞诏从天来。伾文未揃崖州炽_{韦执谊炽},虽得赦宥恒愁猜。近者三奸悉破碎,_{元和元年正月,顺宗即位。二月大赦,愈自阳山徙掾江陵,三奸方用事。其年八月,宪宗立,伾贬开州司马,叔文渝州司户,并员外置。十一月继贬执谊崖州司马,三奸始悉破碎焉。}羽窟无底幽黄能。眼中了了见乡国,知有归日眉方开。今君纵署天涯吏,投檄北去何难哉。无妄之忧勿药喜,一善自足禳千灾。头轻目朗肌骨健,古剑新劚磨尘埃。殃消祸散百福并,从此直至耇与鲐。嵩山东头伊洛岸,胜事不假须穿栽。君当先行我待满,沮溺可继穷年推。

全唐诗卷三百三十九

韩愈

刘生诗

生名师命其姓刘,自少轩轾非常俦。弃家如遗来远游,东走梁宋暨扬州。遂凌大江极东陬,洪涛春天禹穴幽。越女一笑三年留,南逾横岭入炎州。青鲸高磨波山浮,怪魅炫曜堆蛟虬。山狖欢噪猩猩游,毒气烁体黄膏流。问胡不归良有由,美酒倾水禽肥牛。妖歌慢舞烂不收,倒心回肠为青眸。千金邀顾不可酬,乃独遇之尽绸缪。瞥然一饷成十秋,昔须未生今白头。五管历遍无贤侯,回望万里还家羞。阳山穷邑惟猿猴,手持钓竿远相投。我为罗列陈前修,芟蒿斩蓬利锄耰。天星回环数才周,文学穰穰困仓稠。车轻御良马力优,咄哉识路行勿休。往取将相酬恩雠。

郑群赠簟 群宗以侍御史佐裴均江陵,愈自阳山量移江陵法曹,与群同僚。

蕲州笛—作簟竹天下知,郑君所宝尤瑰奇。携来当昼不得卧,一府传看黄琉璃。体坚色净又藏节,尽—作满眼凝滑无瑕疵。法曹贫贱众所易,腰腹空大何能为。自从五月困暑湿,如坐深甑遭蒸炊。手磨袖拂心语口,慢肤多汗真相宜。日暮归来独惆怅,有卖直欲倾家资。谁谓故人知我意,卷送八尺含风漪。呼奴扫地铺未了,光彩照耀惊童儿。青蝇侧翅蚤虱避,肃肃疑有清飙吹。倒身甘寝百疾愈,却愿天日恒炎曦。明珠青玉不足报,赠子相好无时衰。

丰陵行 顺宗陵也,在富平县东北三十里。

羽卫煌煌一百里,晓出都门葬天子。群臣杂沓驰后先,宫官穰穰来不已。是时新秋七月初,金神按节炎气除。清风飘飘轻雨洒,偃蹇旗旆卷以舒。逾梁下坂箫鼓咽,嶻嶪遂走玄宫间。哭声訇天百鸟噪,幽坎昼闭空灵舆。皇帝孝心深且远,资送礼备无赢余。设官置卫锁嫔妓,供养朝夕象平居。臣闻神道尚清净,三代旧制存诸书。墓藏庙祭不可乱,欲言非职知何如。

游青龙寺赠崔大 <small>一作群补阙 寺在京城南门之东</small>

秋灰初吹季月管,日出卯南晖景短。友生招我佛寺行,正值万株红叶满。光华闪壁见神鬼,赫赫炎官张火伞,然云烧树火<small>宋刻作大</small>实骈,金乌下啄赪<small>音蜓</small>虯卵。魂翻眼倒忘处所,赤气冲融无间断。有如流传上古时,九轮照烛乾坤旱。二三道士席其间,灵液屡进玻黎碗。忽惊颜色变韶稚,却信灵仙非怪诞。桃源迷路竟茫茫,枣下悲歌徒纂纂。前年岭隅乡思发,踯躅成山开不算。去岁羁帆湘水明,霜枫千里随归伴。猿呼鼯啸鹧鸪啼,恻耳酸肠难濯浣。思君携手安能得,今者相从敢辞懒。由来钝骍<small>音矮</small>寡参寻,况是儒官饱闲散。惟君与我同怀抱,锄去陵谷置平坦。年少得途未要忙,时清谏疏尤宜罕。何人有酒身无事,谁家多竹门可款。须知节候即风寒,幸及亭午犹妍暖。南山逼冬转清瘦,刻画圭角出崖窾。当忧复被冰雪埋,汲汲来窥戒迟缓。

赠崔立之评事 <small>崔斯立,字立之,博陵人,元和初为大理评事,以言事黜官为蓝田丞。</small>

崔侯文章苦捷敏,高浪驾天输不尽。曾从关外来上都,随身卷轴车连軫。朝为百赋犹郁怒,暮作千诗转遒紧。摇毫掷简自不供,顷刻青红浮海蜃。才豪气猛易语言,往往蛟螭杂蝼蚓。知音自古称难遇,世俗乍见那妨哂。勿嫌法官未登朝,犹胜赤尉长趋尹。时命虽乖心转壮,技能虚富家逾窘。念昔尘埃两相逢,争名龃龉持矛楯。子时专场夸觪距,余始张军严韅<small>晓见切</small>靷。尔来但欲保封疆,莫学庞涓怯孙膑。窜逐新归厌闻闹,齿发早衰嗟可闵。频蒙怨句刺弃遗,岂有闲官敢推引。深藏箧笥时一发,戢戢已多如束笋。可怜无益费精神,有似黄金掷虚牝。当今圣人求侍从,拔擢杞梓收楛箘。东马严徐已奋飞,枚皋即召穷且忍。复闻王师西讨蜀,霜风冽冽摧朝菌。走章驰檄在得贤,

燕雀纷拿要鹰隼。窃料二途必处一,岂比恒人长蠢蠢。劝君韬养待征招,不用雕琢愁肝肾。墙根菊花好沽酒,钱帛纵空衣可准。晖晖檐日暖且鲜,槭槭井梧疏更殒。高士例须怜曲糵,丈夫终莫生畦畛。能来取醉任喧呼,死后贤愚俱泯泯。

送区弘南归 <small>区或作欧,唐韵,区冶子之后,汉王莽传有中郎区博。弘尝从愈于江陵。愈召拜国子博士,又从至京。时归,以诗送之。</small>

穆昔南征军不归,虫沙猿鹤伏以飞。汹汹洞庭莽翠微,九疑镵天荒是非。野有象犀水贝玑,分散百宝人士稀。我迁于南日周围,来见者众莫依俙。爱有区子荧荧晖,观以彝训或从违。我念前人譬葑菲,落以斧引以缠徽。虽有不逮驱骓骓,或采于薄渔于矶。服役不辱言不讥,从我荆州来京畿。离其母妻绝因依,嗟我道不能自肥。子虽勤苦终何希,王都观阙双巍巍。腾踢众骏事鞍鞿,佩服上色紫与绯。独子之节可嗟唏,母附书至妻寄衣。开书拆衣泪痕晞,虽不敕还情庶几。朝暮盘羞恻庭闱,幽房无人感伊威。人生此难余可祈,子去矣时若发机。鼍沉海底气升霏,彩雉野伏朝扇翚。处子窈窕王所妃,苟有令德隐不腓。况今天子铺德威,蔽能者诛荐受机。出送抚背我涕挥,行行正直慎脂韦。业成志树来顾顾,我当为子言天扉。

三星行 <small>三星,斗、牛、箕也,愈自悯其生多訾毁如此。苏轼云:"吾生时与退之相似。吾命在牛斗间,其身宫亦在箕,斗牛宫为磨蝎。吾平生多得谤誉,殆同病也。"</small>

我生之辰,月宿南斗。牛奋其角,箕张其口。牛不见服箱,斗不挹酒浆。箕独有神灵,无时停簸扬。无善名已闻,无恶声已欢。名声相乘除,得少失有余。三星各在天,什伍东西陈。嗟汝牛与斗,汝独不能神。

剥啄行

剥剥啄啄,有客至门。我不出应,客去而嗔。从者语我,子胡为然。我不厌客,困于语

言。欲不出纳,以埋其源。空堂幽幽,有秸有莞。秸莞所以为席。门以两板,丛书于间。宜宜深塈,其墉甚完。彼宁可隳,此不可干。从者语我,嗟子诚难。子虽云尔,其口益蕃。我为子谋,有万其全。凡今之人,急名与官。子不引去,与为波澜。虽不开口,虽不开关,变化咀嚼,有鬼有神。今去不勇,其如后艰。我谢再拜,汝无复云。往追不及,来不有年。

青青水中蒲三首

青青水中蒲,下有一双鱼。君今上陇去,我在与谁居。

青青水中蒲,长在水中居。寄语浮萍草,相随我不如。

青青水中蒲,叶短不出水。妇人不下堂,行子在万里。

孟东野失子并序

东野连产三子,不数日,辄失之。几老,念无后以悲。其友人昌黎韩愈,惧其伤也,推天假其命以喻之。

失子将何尤,吾将上尤天。女实主下人,与夺一何偏。彼于女何有,乃令蕃且延。此独何罪辜,生死旬日间。上呼无时闻,滴地泪到泉。地祇为之悲,瑟缩久不安。乃呼大灵龟,骑云款天门。问天主下人,薄厚胡不均。天曰天地人,由来不相关。吾悬日与月,吾系星与辰。日月相噬啮,星辰踏䠖音蹭而颠。吾不女之罪,知非女由因一作缘。且物各有分,孰能使之然。有子与无子,祸福未可原。鱼子满母腹一作肚,一一欲谁怜。细腰不自乳,举族常孤鳏一作悬。鸱枭啄母脑,母死子始翻一作番。蝮蛇生子时,坼裂肠与肝。好子虽云好,未还恩与勤。恶子不可说,鸱枭蝮蛇然。有子且勿喜,无子固勿叹。上圣不待教,贤闻语而迁。下愚闻语惑,虽教无由俊。大灵顿头受,即日以命还。地祇谓大灵,女往告其人。东野夜得梦,有夫玄衣巾。闯音趁然入其户,三称天之言。再拜谢玄夫,收悲以欢忻。

陆浑山火和皇甫湜用其韵湜时为陆浑尉

皇甫补官古贲音陆,字本《公羊传》浑,时当玄冬泽乾源。山狂谷很相吐吞,风怒不休何轩轩。摆磨出火以自燔,有声夜中惊莫原。天跳地踔颠乾坤,赫赫上照穷崖垠。截然高周烧四垣,神焦鬼烂无逃门。三光弛隳不复暾,虎熊麋猪逮猴猿。水龙䲡龟鱼与鼋,鸦鸱雕鹰雉鹄鹎。炰烋煨燖孰飞奔,祝融告休酌卑尊。错陈齐玫辟一作阐华园,芙蓉披猖塞鲜繁。千钟万鼓咽耳喧。攒杂啾嚄沸篚垠,彤幢绛旃紫纛幡。炎官热属朱冠褌,髹其肉皮通胝臀。颓胸垤腹车掀辕,缇颜鞹股豹两鞬音坚。霞车虹靷日毂辐,丹蕤缥盖绯繙帟。红帷赤幕罗脤膰,䁖音荒,血也池波风肉陵屯。谽一作谾呀钜壑颐黎盆,豆登五山瀛四尊。熙熙醹酣笑语言,雷公擘山海水翻。齿牙嚼啮舌腭反,电光磹䃢先念切砰徒念切赪目瞠音瞠,大目也。项冥收威避玄根,斥弃舆马背厥孙。缩身潜喘拳肩跟,君臣相怜加爱恩。命黑螭侦音桎焚其元,天阙一作关悠悠不可援。梦通上帝血面论,侧身欲进叱于阍。帝赐九河湔涕痕,又诏巫阳反其魂。徐命之前问何冤,火行于冬古所存。我如禁之绝其飧,女丁妇壬传世婚。一朝结雠奈后昆,时行当反慎藏蹲。视桃著花可小騞,月及申酉利复怨。助汝五龙从九鲲,溺厥邑囚之昆仑。皇甫作诗止睡昏,辞夸出真遂上焚。要余和增怪又烦,虽欲悔舌不可扪。

县斋读书在阳山作

出宰山水县,读书松桂林。萧条捐末事,邂逅得初心。哀狖醒俗耳,清泉洁尘襟。诗成有共一作与赋,酒熟无孤斟。青竹时默钓,白云日幽寻。南方本多毒,北客恒惧侵。谪谴甘自守,滞留愧难任。投章类缟带,伫答逾兼金。

新竹

笋添南阶竹,日日成清闷。缥节已储一作除霜,黄苞犹掩翠。出栏抽五六,当户罗三四。高标陵秋严,贞色夺春媚。稀生巧补林,并出疑争地。纵横乍依行,烂熳忽无次。风枝未飘吹,露粉先涵泪。何人可携玩,清景空瞠视。

晚菊

少年饮酒时,踊跃见菊花。今来不复饮,每见恒咨嗟。伫立摘满手,行行把归家。此时无与语,弃置奈悲何。

落齿

去年落一牙,今年落一齿。俄然落六七,落势殊未已。余存—作在皆动摇,尽落应始止,忆初落一时,但念豁可耻。及至落二三,始忧衰即死。每一将落时,懔懔恒在已。叉牙妨食物,颠倒怯漱水。终焉舍我落,意与崩山比。今来落既熟,见落空相似。余存二十余,次第知落矣。倘常岁落一,自足支两纪。如其落并空,与渐亦同指。人言齿之落,寿命理难恃。我言生有涯,长短俱死尔。人言齿之豁,左右惊谛视。我言庄周云,水—作木雁各有喜。语讹默固好,嚼废软还美。因歌遂成诗,持用诧妻子。

哭杨兵部凝陆歙州参

人皆一作生期七十,才半岂蹉跎。并一作数出知己泪,自然白发多。晨兴为谁恸,还坐久滂沱。论文一作新坟与晤语一作宿草,已矣可一作两,又作复如何。

苦寒

四时各平分,一气不可兼。隆寒夺春序,颛顼固不廉。太昊弛维纲—作纲维,畏避但守廉。遂令黄泉下,萌牙夭句尖。草木不复抽,百味失苦甜。凶飙搅宇宙,铓刃甚割砭。日月虽云尊,不能活乌蟾。羲和送日出,恇怯频窥觇。炎帝持祝融,呵嘘不相炎。而我当此时,恩光何由沾。肌肤生鳞甲,衣被如刀镰。气寒鼻莫齅,血冻指不拈。浊醪沸入喉,口角如衔箝。将持匕箸食,触指如排签。侵炉不觉暖,炽炭屡已添。探汤无所益,何况纩与縑。虎豹僵穴中,蛟螭死幽潜。荧惑丧缠次,六龙冰脱髯。芒砀音宕大包内,生类恐尽歼。啾啾窗间

雀,不知已微纤。举头仰天鸣,所愿晷刻淹。不如弹射死,却得亲鼎燖。鸾皇苟不存,尔固不在占。其余蠢动俦,俱死谁恩嫌。伊我称最灵,不能女覆苫。悲哀激愤叹,五藏难安恬。中宵倚墙立,淫泪何渐渐。天王哀无辜,惠我下顾瞻。褰旒去耳纩,调和进梅盐。贤能日登御。黜彼傲与憸。生风吹死气,豁达如褰帘。悬乳零落堕,晨光入前檐。雪霜顿销释,土脉膏且粘。岂徒兰蕙荣,施及艾与蒹。日尊行铄铄,风条坐襜襜。天乎苟其能,吾死意亦厌。

和虞部卢四汀酬翰林钱七徽赤藤杖歌元和四年分司东都作

赤藤为杖世未窥,台郎始携自滇池。滇王扫宫避使者,跪进再拜语嗢乙骨切呷。绳桥拄过免倾堕,性命造次蒙扶持。途经百国皆莫识,君臣聚观逐旌麾。共传滇神出水献,赤龙拔须血淋漓。又云羲和操火鞭,瞑到西极睡所遗。几重包裹自题署,不以珍怪夸荒夷。归来捧赠同舍子,浮光照手欲把疑。空堂昼眠倚牖户,飞电著壁搜蛟螭。南宫清深禁闱密,唱和有类吹埙箎。妍辞丽句不可继,见寄聊且慰分司。

崔十六少府摄伊阳,以诗及书见投,因酬三十韵

崔君初来时,相识颇未惯。但闻赤县尉,不比博士慢。赁屋得连墙,往来忻莫间。我时亦新居,触事苦难办。蔬飧要同吃,破袄请来绽。谓言安堵后,贷借更何患。不知孤遗多,举族仰薄宦。有时未朝餐,得米日已晏。隔墙闻欢呼,众口极鹅雁。前计顿乖张,居然见真赝。娇儿好眉眼,裤脚冻两骭下晏切。捧书随诸兄,累累两角卯。冬惟茹寒齑,秋始识瓜瓣。问之不言饥,欿若厌刍豢。才名三十年,久合居给谏。白头趋走里,闭口绝谤讪。府公旧同袍,拔擢宰山涧。寄诗杂诙俳,有类说鹏鷃。上言酒味酸,冬衣竟未摆音患。下言人吏稀,惟足彪与虥音栈。又言致猪鹿,此语乃善幻。三年国子师,肠肚习藜苋。况住洛之涯,鲂鳟可

罩汕。音讪。罨谓之汕，篧谓之罩，捕鱼笼也。肯效屠门嚼，久嫌弋者篡。谋拙日焦拳，活计似锄划一作铲。男寒涩诗书，妻瘦剩腰襻普惠切。为官不事职，阙罪在欺谩一作慢。行当自劾去，渔钓老葭菼五惠切。岁穷寒气骄，冰雪滑磴栈。音问难屡通，何由觌清盼。

送侯参谋赴河中幕 侯继时从王谔辟

忆昔初及第，各以少年称。君颐始生须，我齿清如冰。尔时心气壮，百事谓己能。一别讵几何，忽如隔晨兴。我齿豁可鄙，君颜老可憎。相逢风尘中，相视迭嗟矜。幸同学省官，末路再得朋。东司绝教授，游宴以为恒。秋渔荫密树，夜博然明灯。雪径抵樵叟，风廊折谈僧。陆浑桃花间，有汤沸如烝。三月崧少步，蹢躅红千层。洲沙厌晚坐，岭壁穷晨升。沈冥不计日，为乐不可胜。迁满一已异，乖离坐难凭。行行事结束，人马何跰腾。感激生胆勇，从军岂尝曾。洸洸司徒公 时王检校司徒为河南尹，天子爪与肱。提师十万余，四海钦风棱。河北兵未进，时讨王承宗，吐突承璀督师，逗留不进。蔡州帅新薨。吴少诚卒，弟少阳自称留后。曷不请扫除，活彼黎与烝。鄙夫诚怯弱，受恩愧徒弘。犹思脱儒冠，弃死取先登。又欲面言事，上书求诏征。侵官固非是，妄作遣可憎。惟当待责免，耕剽归沟塍音乘。今君得所附，势若脱鞲鹰。橛笔无与让，幕谋识其膺。收绩开史牒，翰飞逐溟鹏。男儿贵立事，流景不可乘。岁老阴沴作，云颓雪翻崩。别袂拂洛水，征车转崤陵。勤勤酒不进，勉勉恨已仍。送君出门归，愁肠若牵绳。默坐念语笑，痴如遇寒蝇。策马谁可适，晤言谁为应。席尘惜不扫，残尊对空凝。信知后会时，日月屡环绲。生期理行役，欢绪绝难承。寄书惟在频，无吝简与缯。

东都遇春

少年气真一作直狂，有意与春竞。行逢二三月，九州花相映。川原晓服鲜，桃李晨妆靓。荒乘不知疲，醉死岂辞病。饮啄惟所便，文章倚豪横。尔来曾几时，白发忽满镜。旧游喜乖张，新辈足嘲评音病。心肠一变化，羞见时节盛。得闲无所作，贵欲辞视听。深居疑避仇，默卧如当暝。朝曦入牖来，鸟唤昏不醒。为生鄙计算，盐米告屡一作屡告罄。坐疲都忘起，冠侧懒复正。幸蒙东都官，获离机与阱。乖慵遭傲僻，渐染生弊性。既去焉能追，有来犹莫骋。有船魏王池，《河南志》云：洛水经尚善、庄盖二坊之北，南溢为池，深处至数顷，水鸟翔泳，荷芰翻覆，为都城之胜。贞观中以赐魏王泰，故号魏王池。往往纵孤泳。水容与天色，此处皆绿净。岸树共纷披，渚牙相纬经一作径。怀归苦不果，即事取幽迸。贪求匪名利，所得亦已并。悠悠度朝昏，落落捐季孟。群公一何贤，上戴天子圣。谋谟收禹绩一作迹，四面出雄劲。转输非不勤，稽逋有军令。在庭百执事，奉识各祗敬。我独胡为哉，坐与亿兆庆。譬如笼中鸟，仰给活性命。为诗告友生，负愧终究竟。

感春五首 分司东都作

辛夷高花最先开，青天露坐始此回。已呼孺人戛鸣瑟，更遣稚子传清杯。选壮军兴不为用，坐狂朝论无由陪。如今到死得闲处，还有诗赋歌康哉。宪宗即位，平夏、平蜀、平河东、赫然中兴，而愈年逾强仕，投闲分司，故有此言。

洛阳东风几时来，川波岸柳春全回。宫门一锁不复启，虽有九陌无尘埃。策马上桥朝日出，楼阙赤白正崔嵬。孤吟屡阕莫与和，寸恨至短谁能裁。

春田可耕时已催，王师北讨何当回。时讨成德王承宗。放车载草农事济，战马苦饥谁念哉。蔡州纳节旧将死时彰义节度吴少诚卒，起居谏议联翩来。裴度以河南府功曹召为起居舍人，孟简、孔戣皆为谏议大夫。朝廷未省有遗策，肯不垂意瓶与罍。

前随杜尹兼拜表回，笑言溢口何欢哈。孔丞戣别我适临汝，风骨峭峻遗尘埃。音容不接只隔夜，凶讣讵可相寻来。天公高居鬼神恶，欲保性命诚难哉。

辛夷花房忽全开,将衰正盛须频来。清晨辉辉烛霞日,薄暮耿耿和烟埃。朝明夕暗已足叹,况乃满地成摧颓。迎繁送谢别有意,谁肯留恋少环回。

酬裴十六功曹巡府西驿涂中见寄<small>裴十六,度也,监察御史出为河南府功曹,时故相郑余庆为河南尹</small>

相公罢论道,聿至活东人。御史坐言事,作吏府中尘。遂令河南治,今古无俦伦。四海日富庶,道途隘蹄轮。府西三百里,候馆同鱼鳞。相公谓御史,劳子去自巡。是时山水秋,光景何鲜新。哀鸿鸣清耳,宿雾塞高旻。遗我行旅诗,轩轩有风神。譬如黄金盘,照耀荆璞真。我来亦已幸,事贤友其仁。持竿洛水侧,孤坐屡穷辰。多才自劳苦,无用只因循。辞免期匪远,行行及山春。

燕河南府秀才得生字

吾皇绍祖烈,天下再太平。诏下诸郡国,岁贡乡曲英。元和五年冬,房公式尹东京。功曹上言公,是月当登名。乃选二十县,试官得鸿生。群儒负己材,相贺简择精。怒起簸羽翮,引吭吐铿轰。此都自周公,文章继名声。自非绝殊尤,难使耳目惊。今者遭震薄,不能出声鸣。鄙夫忝县尹,愧栗难为情。惟求文章写,不敢妒与争。还家敕妻儿,具此煎炰烹。柿红蒲萄紫,肴果相扶擎<small>一作擎</small>。芳茶诸本多作茶出蜀

门,好酒浓且清。何能充欢燕,庶以露厥诚。昨闻诏书下<small>一作来</small>,权公作邦桢<small>权德舆为相</small>。文人得其职,文道当大行。阴风搅短日,冷雨涩不晴。勉哉戒徒驭,家国迟子荣。

送李翱<small>翱娶愈兄弇之女,与愈善。杨於陵为广州刺史,表翱佐其府。</small>

广州万里途,山重江透迤。行行何时到,谁能定归期。揖我出门去,颜色异恒时。虽云有追<small>一作迎</small>送,足迹绝自兹。人生一世间,不自张与弛。譬如浮江木,纵横岂自知。宁怀别时苦,勿作别后思。

送石洪处士赴河阳幕得起字<small>洪字濬川,洛阳人。元和五年,乌重裔为河阳节度使,辟为参谋。</small>

长把种树书,人云避世士。忽骑将军马,自号报恩子。风云入壮怀,泉石别幽耳。钜鹿师欲老,常山险犹恃。<small>时冀镇王承宗反,以兵讨之,无功,遂赦承宗。</small>岂惟彼相忧,固是吾徒耻。去去事方急,酒行可以起。

送湖南李正字归<small>《英华》作送李础判官归湖南</small>

长沙入楚深,洞庭值秋晚。人随鸿雁少,江共蒹葭远。历历余所经,悠悠子当返。孤游怀耿介,旅宿梦婉娩。风土稍殊音,鱼虾日异饭。亲交俱在此,谁与同息偃。

全唐诗卷三百四十

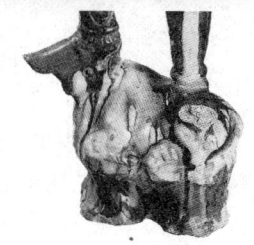

韩愈

辛卯年雪

元和六年春,寒气不肯归。河南二月末,雪花一尺围。崩腾相排拶子达切,又子末切,龙凤交横飞。波涛何飘扬,天风吹幡旂。白帝盛羽卫,鬖髿振裳衣。白霓先启途,从以万玉妃。翕翕陵厚载,哗哗弄阴机。生平未曾见,何暇议是非。或云丰年祥,饱食可庶几。善祷吾所慕,谁言寸诚微。

醉留东野

昔年因读李白杜甫诗,长恨二人不相从。吾与东野生并世,如何复蹑二子踪。东野不得官,白首夸龙钟。韩子稍奸黠,自惭青蒿倚长松。低头拜东野,原得终始如駏蛩。东野不回头,有如寸筳撞巨钟。我愿身为云,东野变为龙。四方上下逐东野,虽有离别无由逢。

李花二首

平旦入西园,梨花数株若矜夸。旁有一株李,颜色惨惨似含嗟。问之不肯道所以,独绕百匝至日斜。忽忆前时经此树,正见芳意初萌牙。奈何趁酒不省录,不见玉枝攒霜葩。泫然为汝下雨泪,无由反辅羲和车。东风来吹不解颜,苍茫夜气生相遮。冰盘夏荐碧实脆,斥去不御惭其花。

当春天地争奢华,洛阳园苑尤纷拏。谁将平地万堆雪,剪刻作此连天花。日光赤色照未好,明月暂入都交加。夜领张彻投卢仝,乘云共至玉皇家。长姬香御四罗列,缟裙练帨无等差。静濯明妆有所奉,顾我未肯置齿牙。清寒莹骨肝胆醒,一生思虑无由邪。

招杨之罘之罘,宪宗元和十一年进士。愈为河南令,之罘自中山来,相从问学,惜其归,以诗招之。

柏生两石间,万岁终不大。野马不识人,难以驾车盖。柏移就平地,马鞿入厩中。马思自由悲,柏有伤根容。伤根柏不死,千丈日以至。马悲罢还乐,振迅矜鞍鞯。之罘南山来,文字得我惊。馆置使读书,日有求归声。我令之罘归,失得柏与马。之罘别我去,计出柏马下。我自之罘归,入门思而悲。之罘别我去,能不思我为。洒扫县中居,引水经竹间。嚣哗所不及,何异山中闲。前陈百家书,食有肉与鱼。先王遗文章,缀缉实在余。礼称独学陋,易贵不远复。作诗招之罘,晨夕抱饥渴。

寄卢仝 宪宗元和六年河南令时作

玉川先生洛城里,破屋数间而已矣。一奴长须不裹头,一婢赤脚老无齿。辛勤奉养十余人,上有慈亲下妻子。先生结发憎俗徒,闭门不出动一纪。至今邻僧乞米送,仆忝县尹能不耻。俸钱供给公私余,时致薄少助祭祀。劝参留守郑余庆谒大尹李素,言语才及辄掩耳。水北山人石洪得名声,去年去作幕下士。水南山人温造又继往,鞍马仆从塞闾里。少室山人李渤索价高,两以谏官征不起。彼皆刺口论世事,有力未免遭驱使。先生事业不可量,惟用法律自绳己。春秋三传束高阁,独抱遗经究终始。往年弄笔嘲同异,怪辞惊众谤不已。近来自说寻坦途,犹上虚空跨绿骐。去年一作岁生儿名添丁,意令与国充耘耔。国家丁口连四海,岂无农夫亲耒耜。先生抱才终大用,宰相未许终不仕。假如不在陈力列,立言垂范亦足恃。苗裔当蒙十世宥,岂谓贻厥无基阯。故知忠孝生天性,洁身乱伦定足拟。昨晚长须来下状,隔墙恶少恶难似。每骑屋山一作上下窥阚,浑舍惊怕走折趾。凭依婚媾欺官吏,不信令行能禁止。先生受屈未曾语,忽此来告良有以。嗟我身为赤县令,操权不用欲何俟。立召贼曹呼伍伯,尽取鼠辈尸诸市。先生又遣长须来,如此处置非所喜。况又时当长养节,都邑未可猛政理。先生固是余所畏,度量不敢窥涯涘。放纵是谁之过欤,效尤戮仆愧前史。买羊沽酒谢不敏,偶逢明月曜桃李。先生有意许降临,更遣长须致双鲤。

酬司门卢四兄云夫院长望秋作

长安雨洗新秋出,极目寒镜开尘函。终南晓望蹋龙尾,倚天更觉青巉巉,自知短浅无所补,从事久此穿朝衫。归来得便即游览,暂似壮马脱重衔。曲江荷花盖十里,江湖生目思莫缄。乐游下瞩无远近,绿槐萍合不可芟。白首寓居谁借问,平地寸步扃云岩。云夫吾兄有狂气,嗜好与俗殊酸咸。日来省我不肯去,论诗说赋相喃喃。望秋一章已惊绝,犹言低抑避谤讒。若使乘酣骋雄怪,造化何以当镌劖。嗟我小生值强伴,怯胆变勇神明鉴。驰坑跨谷终未悔,为利而止真贪馋。高揖群公谢名誉,远追甫白感至诚。楼头完月不共宿,其奈就缺行撽撖 所咸切,一作纤纤。

谁氏子

吕灵,河南人,元和中,充其妻,著道士服,谢母曰:"当学仙王屋山。"去数月,复出见河南少尹李素。素立之府门,使吏卒脱道士服,给冠带,送付其母。

非痴非狂谁氏子,去入王屋称道士。白头老母遮门啼,挽断衫袖留不止。翠眉新妇年二十,载送还家哭穿市。或云欲学吹凤笙,所慕灵妃媲萧史。又云时俗轻寻常,力行险怪取贵仕。神仙虽然有传说,知者尽知其妄矣。圣君贤相安可欺,乾死穷山竟何俟。呜呼余心诚岂弟,愿往教诲究终始。罚一劝百政之经,不从而诛未晚耳。谁其友亲能哀怜,写吾此诗持送似。

河南令舍池台

灌池才盈五六丈,筑台不过七八尺。欲将层级压篱落,未许波澜量斗石。规摹虽巧何足夸,景趣不远真可惜。长令人吏远趋走,已有蛙黾助狼籍。

送无本师归范阳 贾岛初为浮屠,名无本。

无本于为文,身大不及胆。吾尝示之难,勇往无不敢。蛟龙弄角牙,造次欲手揽。众鬼囚大幽,下觑袭玄窞 音啖。天阳熙四海,注视首

不颔。一作领。领,低头也。鲸鹏相摩窣音速,两举
快一啖。夫岂能必然,固已谢黯黮音喙。狂词
肆滂葩,低昂见舒惨。奸穷怪变得,往往造平
澹。蜂蝉碎锦缬,绿池披菡萏。芝英擢荒榛,
孤翻起连菼。家住幽都远,未识气先感。来寻
吾何能,无殊嗜昌歜但感切。始见洛阳春,桃枝
缀红糁。遂来长安里,时卦转习坎。愈迁职方员
外郎,岛来别,时十一月,故云。老懒无斗心,久不事
铅椠。欲以金帛酬,举室常歉音坎领。念当委
我去,雪霜刻以憯。狞飙搅空衢,天地与顿撼。
勉率吐歌诗,慰女别后览。

石鼓歌

欧阳修《集古录》云:"石鼓文在岐阳,初不见称
于世,至唐人始盛称之,而韦应物以为周文王之鼓,至
宣王刻诗尔,韩退之直以为宣王之鼓,在今凤翔孔子
庙,鼓有十。先时散弃于野,郑余庆始置于庙,而亡其
二。皇祐四年,向传师求于民间,得之,十鼓乃足。石
鼓文可见者,其略曰:"我车既攻,我马既同"。又曰:
"我车既好,我马既驹。君子员猎,员猎员游。麀鹿速
速,君子之求"。又曰:"左骖幡幡,右骖騝騝。秀弓时
射,麋豕孔庶"。又曰:"其鱼维何,维鲂维鲤。何以橐
之,维杨与柳。"

张生手持石鼓文生即籍,劝我试作石鼓歌。
少陵无人谪仙死,才薄将奈石鼓何。周纲陵迟
四海沸,宣王愤起挥天戈。大开明堂受朝贺,
诸侯剑佩鸣相磨。蒐于岐阳骋雄俊,万里禽兽
皆遮罗。镌功勒成告万世,凿石作鼓隳嵯峨。
从臣才艺咸第一,拣选撰刻留山阿。雨淋日
炙野火燎,鬼物守护烦㧑呵。公从何处得纸
本,毫发尽备无差讹。辞严义密读难晓,字体
不类隶与科。年深岂免有缺画,快剑斫断生蛟
鼍。鸾翔凤翥众仙下,珊瑚碧树交枝柯。金绳
铁索锁纽壮,古鼎跃水龙腾梭。陋儒编诗不收
入,二雅褊迫无委蛇。孔子西行不到秦,掎摭
星宿遗羲娥。嗟予好古生苦晚,对此涕泪双滂
沱。忆昔初蒙博士征,其年始改称元和。故人
从军在右辅,为我度量一作量度掘臼科。濯冠沐
浴告祭酒,如此至宝存岂多。毡包席裹可立
致,十鼓只载数骆驼。荐诸太庙比郜鼎,光价

岂止百倍过。圣恩若许留太学,诸生讲解得切
磋。观经鸿都尚填咽,坐见举国来奔波。剜苔
剔藓露节角,安置妥帖平不颇。大厦深檐与盖
覆,经历久远期无佗。中朝大官老于事,讵肯
感激徒媕音菴婀音阿。牧童敲火牛砺角,谁复著
手为摩挲。日销月铄就埋没,六年西顾空吟
哦。羲之俗书趁姿媚,数纸尚可博白鹅。继周
八代争战罢,无人收拾理则那。方今太平日无
事,柄任儒术崇丘轲。安能以此上论列,愿借
辩口如悬河。石鼓之歌止于此,呜呼吾意其
蹉跎。

双鸟诗

双鸟海外来,飞飞到中州。一鸟落城市,
一鸟集岩幽。不得相伴鸣,尔来三千秋。两鸟
各闭口,万象衔口头。春风卷地起,百鸟皆飘
浮。两鸟忽相逢,百日鸣不休。有耳聒皆聋,
有口反自羞。百舌旧饶声,从此恒低头。得病
不呻唤,泯默至死休。雷公告天公,百物须膏
油。自从两鸟鸣,聒乱雷声收。鬼神怕嘲咏,
造化皆停留。草木有微情,挑抉示九州。虫鼠
诚微物,不堪苦诛求。不停两鸟鸣,百物皆生
愁。不停两鸟鸣,自此无春秋。不停两鸟鸣,
日月难旋辀。不停两鸟鸣,大法失九畴。周公
不为公,孔丘不为丘。天公怪两鸟,各捉一处
囚。百虫与百鸟,然后鸣啾啾。两鸟既别处,
闭声省愆尤。朝食千头龙,暮食千头牛。朝饮
河生尘,暮饮海绝流。还当三千秋,更起鸣
相酬。

赠刘师服一作命

羡君齿牙牢且洁,大肉硬饼如刀截。我今
呀一作牙豁落者多,所存十余皆兀臲。匙抄烂
饭稳送之,合口软嚼如牛呞。妻儿恐我生怅
望,盘中不饤栗与梨。只今年才四十五,后日
悬知渐莽卤。朱颜皓颈讶莫亲,此外诸余谁更
数。忆昔太公仕进初,口含两齿无赢余。虞
翻十三比岂少,遂自惋恨形于书。丈夫命存百
无害,谁能点检形骸外。巨缗东钓倘可期,与
子共饱鲸鱼脍。

题炭谷湫祠堂 在京兆之南,终南之下,祈雨之所也。南山、秋怀诗皆见之。

万生一作物都阳明,幽暗鬼所寰。嗟龙独何智,出入人鬼间。不知谁为助,若执造化关。厌处平地水,巢居插天山。列峰若攒指,石盂仰环环。巨灵高其捧,保此一掬悭。森沈固含蓄,本以储阴奸。鱼龟蒙拥护,群嬉傲天顽。翾翾音喧栖托禽,飞飞一何闲。祠堂像侔真,擢玉纤烟鬟。群怪俨伺候,恩威在其颜。我来日正中,悚惕思先还。寄立尺寸地,敢言来途艰。吁无吹毛刃,血此牛蹄殷。至令乘水旱,鼓舞寡与鳏。林丛镇冥冥,穷年无由删。妍英杂艳实,星琐黄朱斑。石级皆险滑,颠跻莫牵攀。龙宋刻作尨区雏众碎,付与宿已颁。弃去可奈何,吾其死茅菅。

听颖一作颍师弹琴

昵昵一作妮妮儿女语,恩怨相尔汝。划然变轩昂,勇士赴敌场。浮云柳絮无根蒂,天地阔远随飞扬。喧啾百鸟群,忽见孤凤皇。跻攀分寸不可上,失势一落千丈强。嗟余有两耳,未省听丝篁。自闻颖师弹,起坐在一旁一作床。推手遽止之,湿衣泪滂滂。颖乎尔诚能,无以冰炭置我肠。

送陆畅归江南 畅娶董溪女。溪,丞相晋第二子。愈尝为晋从事,故云门下士。

举举江南子,唐人以举止端丽为举举。名以能诗闻。一来取高第,官佐东宫军。迎妇丞相府,夸映秀士群。鸾鸣桂树间,观者何缤纷。人事喜颠倒,旦夕异所云。萧萧青云干,遂逐荆棘焚。岁晚鸿雁过,乡思见新文。践此秦关雪,家彼吴洲云。悲啼上车女,骨肉不可分。感慨都门别,丈夫酒方醺。我实门下士,力薄蚋与蚊。受恩不即报,永负湘中坟。

送进士刘师服东归

猛虎落槛阱,坐食如孤独。丈夫在富贵,岂必守一门。公心有勇气,公口有直言。奈何任埋没,不自求腾轩。仆本亦进士,颇尝究根源。由来骨鲠材,喜被软弱吞。低头受侮笑,隐忍碑兀冤。泥雨城东路,夏槐作云屯。还家虽阙短,指日亲晨飧。携持令名归,自足贻家尊。时节不可玩,亲交可攀援。勉来取金紫,勿久休中园。

嘲鲁连子 齐田巴辨于徂丘,议于稷下,一日而服千人。有徐劫弟子曰鲁连,年十二,谓劫曰:"臣愿当田子,使不得复说。"鲁连往见田巴,巴于是杜口易业,终身不谈。

鲁连细而一作儿黠,有似黄鹞子。田巴兀老苍,怜汝矜爪觜。开端要惊人,雄跨吾厌矣。高拱禅鸿声,若辍一作啜一杯水。独称唐虞贤,顾未知之耳。

赠张籍

吾老著一作嗜读书,余事不挂眼。有儿虽甚怜,教示不免简。君来好呼出,踉蹡越门限。惧其无所知,见则先愧报。昨因有缘事,上马插手版。留君住厅食,使立侍盘盏。薄暮归见君,迎我笑而莞。指渠相贺言,此是万金产。吾爱其风骨,粹美无可拣。试将诗义授,如以肉贯弗音卢。开袪露毫末,自得高寨巘。我身蹈丘轲,爵位不早绾。固宜长有人,文章绍编划。感荷君子德,恍若乘朽栈。召令吐所记,解摘了瑟㒤。顾视窗壁间,亲戚竞觇窅音满。喜气排寒冬,逼耳鸣睍睆。如今更谁恨,便可耕灞浐。

调张籍

李杜文章在,光焰万丈长。不知群儿愚,那用故谤伤。蚍蜉撼大树,可笑不自量。伊我生其后,举颈遥相望。夜梦多见之,昼思反微茫。徒观斧凿痕,不矑治水航。想当施手时,巨刃磨一作摩天扬。垠崖划崩豁,乾坤摆雷硠。惟此两夫子,家居率荒凉。帝欲长吟哦,故遣起且僵。剪翎送笼中,使看百鸟翔。平生千万篇,金薤垂琳琅。仙官敕六丁,雷电下取将。流落人间者,太山一毫芒。我愿生两翅,捕逐出八荒。精诚忽交通,百怪入我肠。刺手拔鲸牙,举瓢酌天浆。腾身跨汗漫,不著织女襄。

顾语地上友,经营无太忙。乞君飞霞佩,与我高颉颃。

卢郎中云夫寄示送盘谷子诗两章,歌以和之

昔寻李愿向盘谷,正见高崖巨壁争开张。是时新晴天井溢,天井,关名,在太行山上。《水经》曰:天井溪出天井关,北流注白水,世谓之北流泉。谁把长剑倚太行。冲风吹破落天外,飞雨白日洒洛阳。东蹈燕川食旷野,有馈木蕨芽满筐。马头溪溪名深不可厉,借车载过水入箱。平沙绿浪榜方口地名,雁鸭飞起穿垂杨。穷探极览颇恣横,物外日月本不忙。归来辛苦欲谁为,坐令再往之计堕眇芒。闭门长安三日雪,推书扑笔歌慨慷。旁无壮士遣属和,远忆卢老诗颠狂。开缄忽睹送归作,字向纸上皆轩昂。又知李侯竟不顾,方冬独入崔嵬藏。我今进退几时决,十年蠢蠢随朝行。家请官供不报答,何一作无异雀鼠偷太仓。行抽手版付丞相,不待弹劾还耕桑。

寄皇甫湜湜,睦州新安人。

敲门惊昼睡,问报睦州吏。手把一封书,上有皇甫字。拆书放床头,涕与泪垂四一作泗。昏昏还就枕,惘惘梦相值。悲哉无奇术,安得生两翅。

病中赠张十八

中虚得暴下,避冷卧北窗。不蹋晓鼓朝,安眠听逢逢。籍也处闾里,抱能未施邦。文章自娱戏,金石日击撞。龙文百斛鼎,笔力可独扛。谈舌久不掉,非君亮谁双。扶几导之言,曲节初拟拟音窗。半途喜开凿,派别失大江。吾欲盈其气,不令见麾幢。牛羊满田野,解绁束空杠。倾尊与斟酌,四壁堆罂缸。玄帷隔雪风,照炉钉明釭。夜阑纵捭音摆阖,哆口疏眉厖。势侔高阳翁,坐约齐横降音杭。连日挟所有,形躯顿胮音滂肛。将归乃徐谓,子言得无哤音虻。回军与角逐,斫树收穷厐。雌声吐款要,酒壶缀羊腔。君乃昆仑渠,籍乃岭头泷。譬如蚁蛭微,讵可陵嵻岘。幸愿终赐之,斩拔枿与

椿。从此识归处,东流水淙淙。

杂诗

古史散左右,诗书置后前。岂殊蠹书一作书蠹虫,生死文字间。古道自愚蠢一作蠢,一作蠢,古言自包缠。当今固殊古,谁与为欣欢。独携无言子,共升昆仑颠。长风飘襟裾,遂起飞高圆。下视禹九州,一尘集豪端。遨嬉未云几,下已亿万年。向者夸夺子,万坟厌其巅。惜哉抱所见,白黑未及分。慷慨为悲咤,泪如九河翻。指摘相告语,虽还今谁亲。翩然下大荒,被发骑骐骥。

寄崔二十六立之

西城员外丞,元和初,立之以前大理评事黜官,再转为蓝田县丞。西城谓蓝田也。心迹两屈奇。往岁战词赋,不将势力随。下驴入省门,左右惊纷披。傲兀坐试席,深丛一作岩见孤罴。文如翻水成,初不用意为。四座各低面,不敢捩眼窥。升阶揖侍郎,立之中元和四年进士第,知举侍郎刘太真。归舍日未欹。佳句喧众口,考官敢瑕疵。连年收科第,若摘颔底髭。回首卿相位,通途无他岐。岂论校书郎,袍笏光参差。童稚见称说,祝身得如斯。侪辈妒且热,喘如竹筒吹。老妇愿嫁女,约不论财赀。老翁不量分,累月笞其儿。搅搅争附托,无人角雄雌。由来人间事,翻覆不可知。安有巢中彀音寇,插翅飞天陲。驹麛著爪牙,猛虎借与皮。汝头有缰系,汝脚有索縻。陷身泥沟间,谁复稟指摆。不脱吏部选,可见偶与奇。又作朝士贬,得非命所施。客居京城中,十日营一炊。逼迫走巴蛮一作峦,恩爱座上离。昨来汉水头,始得完孤羁。桁音行挂新衣裳,盎弃食残糜。苟无饥寒苦,那用分高卑。怜我还好古,宦途同险巇。每旬遗我书,竟岁无差池。新篇奚其思,风幡肆逶迤。又论诸毛功,劈水看蛟螭。雷电生睒音闪睗音释,角鬣相撑披。属我感穷景,抱华不能摛。唱来和相报,愧叹俾我疵。又寄百尺彩,绯红相盛衰。巧能喻其诚,深浅抽肝脾。开展放我侧,方餐涕垂匙。朋交日凋谢,存者逐利移。

子宁独迷误,缀缀意益弥。举头庭树豁,狂飙卷寒曦。迢递山水隔,何由应埍篪。别来就十年,君马记骍骊。长女当及事,谁助出帨缡。诸男皆秀朗,几能守家规。文字锐气在,辉辉见旌麾。推肠与戚容,能保持酒卮。我虽未耋老,发秃骨力羸。所余十九齿,飘飘尽浮危。玄花著两眼,视物隔褷褵。唐本作视物刷隔褷。燕席谢不诣,游鞍悬莫骑。敦敦凭书案,譬彼鸟粘黐且知切。且吾闻之师,不以物自鬻。孤豚眠粪壤,不慕太庙牺。君看一时人,几辈先腾驰。过半黑头死,阴虫食枯骷音髋,残骨。欢华不满眼,咎责塞两仪。观名计之利一作实,讵足相陪裨。仁者耻贪冒,受禄量所宜。无能食国惠,岂异哀癃罴。久欲辞谢去,休令众睢睢音隋。况又婴疹疾,宁保躯不訾。不能前死罢,内实惭神祇。旧籍在东郡,茅屋积棘篱。还归非无指,灞浐扬春漪。生兮耕吾疆,死也埋吾陂。文书自传道,不仗史笔垂。夫子固吾党,新恩释衔羁。去来伊洛上,相待安䍁音孤箄音卑。我有双饮盏,其银得朱音殊提音时。黄金涂物象,雕镂妙工倕。乃令千里鲸,幺么微鱴斯。犹能争明月,摆掉出渺弥。野草花叶细,不辨蒉荙蓷。绵绵相纠结,状似环城陴。四隅芙蓉树,擢艳皆猗猗。鲸以兴君身,失所逢百罹。月以喻夫道,俛勉励莫亏。草木明覆载,妍丑齐荣萎。愿君恒御之,行止杂燧觿。异日期对举,当如合分支。《通鉴》:元魏熙平元年立法,在军有功者行台给券,当中竖裂,一支给勋人,一支送门下,以防伪巧。今人亦谓析产符契为分支帐,即此义也。愈以双盏之一赠崔,故末句如此。

月蚀诗效阁本作刪**玉川子作**宪宗元和五年,时为河南令。

元和庚寅斗插子,月十四日三更中。森森万木夜僵立,寒气屃音戏虩音备顽无风。月形如白盘,完完上天东。忽然有物来,噉之不知是何虫。如何至神物,遭此狼狈凶。星如撒沙出,攒集争强雄。油灯不照席,是夕吐焰如长虹。玉川子,涕泗下,中庭独行独下或有自字。念此日月者,为天之眼睛。此犹不自保,吾道何由行。尝闻古老言,疑是虾蟆精。径圆千里纳女腹,何处养女百丑形。杷一作爬沙脚手钝,谁使女解缘青冥。黄帝有四目,帝舜重其明。今天只两目,何故许食使偏盲。尧呼大水浸十日,不惜万国赤子鱼头生。女于此时若食日,虽食八九无嘁名。赤龙黑鸟日下三足乌也烧口热,翎鬣倒侧相搪撑。婪酣大肚遭一饱,饥肠彻死无由鸣。后时食月罪当死,天罗磕音榼匝何处逃汝刑。玉川子立于庭而言曰:地行贱臣全,再拜敢告上天公。臣有一寸刃,可刳凶蟆肠。无梯可上天,天阶无由有臣踪。寄笺东南风,天门西北祈风通。丁宁附耳莫漏泄,薄命正值飞廉慵。东方青色龙,牙角何呀呀。从官百余座,嚼啜烦官家。月蚀汝不知,安用为龙窟天河。赤鸟司南方,尾秃翅龋陟加切,角上张也,字亦作齼沙。月蚀于汝头,汝口开呀呀。虾蟆掠汝两吻过,忍学省事不以汝嘴啄虾蟆。於菟蹲于西,旗旄卫毵音参笔音沙。既从白帝祠,又食于蜡礼有加。忍令月被恶物食,柱于汝口插齿牙。乌龟怯奸,怕寒缩颈,以壳自遮。终令夸蛾《列子》:夸蛾氏二子负二山,盖有神力者抉汝出,卜师烧锥钻灼满板如星罗。此外内外官,《汉书·天文志》经星常宿,中外官百二十八名,七百八十三星。琐细不足科。臣请悉扫除,慎勿许语令啾哗。并光全耀归我月,盲眼镜净无纤瑕。弊一作毙蛙拘送主府官,帝箸下腹尝其燔。依前使兔操杵臼,玉阶桂树闲婆娑。姮娥还宫室,太阳有室家。天虽高,耳属地。感臣赤心,使臣知意。虽无明言,潜喻厥旨。有气有形,皆吾赤子。虽忿大伤,忍杀孩稚。还汝月明,安行于次。尽释众罪,以蛙磔死。

孟生诗《文粹》作孟先生诗孟郊下第,送之调徐州张建封也。

孟生江海士,古貌又古心。尝读古人书,谓言古犹今。作诗三百首,窅默咸池音。骑驴到京国,欲和熏风琴。岂识天子居,九重郁沈沈。一门百夫守,无籍不可寻。晶光荡相射,旗戟翩以森。迁延乍却走,惊怪靡自任。举头看白日,泣涕下沾襟。竭来游公卿,莫肯低华簪。谅非轩冕族,应对多差参。萍蓬风波急,桑榆日月侵。奈何从进士,此路转岖嵚音钦。异质忌处群,孤芳难寄林。谁怜松桂性,竞爱桃李阴。朝悲辞树叶,夕感归巢禽。顾我多慷慨,穷檐时见临。清宵静相对,发白聆苦吟。采兰起幽念,眇然望东南。秦吴修且阻,两地无数金。我论徐方牧,好古天下钦。竹实凤所食,德馨神所歆。求观众丘小,必上泰山岑。求观众流细,必泛沧溟深。子其听我言,可以当所箴。既获则思返,无为久滞淫。卞和试三献,期子在秋砧。

射训狐 德宗时,裴延龄、韦渠牟等用事,人争出其门,诗意有所讽也。

有鸟夜飞名训狐,矜凶挟狡夸自呼。唐五行志:休留一名训狐。或曰训狐,其声也,因以名之。乘时阴黑止我屋,声势慷慨非常粗。安然大唤谁畏忌,造作百怪非无须。聚鬼征妖自朋扇,罢掉栱桷颓墅涂。慈母抱儿怕入席,那暇更护鸡窠雏。我念乾坤德泰大,卵此恶物常勤劬。纵之岂即遽有害,斗柄行挂西南隅,谁谓停奸计尤剧。意欲唐突羲和乌,侵更历漏气弥厉,何由侥幸休须臾。咨余往射岂得已,候女两眼张睢盱。枭惊堕梁蛇走窦,一夫阁本作矢斩颈群雏枯。

将归赠孟东野房蜀客 蜀客名次卿

君门不可入,势利一作力互相推。借问读书客,胡为在京师。举头未能对,闭眼聊自思。倏忽十六年,终朝苦寒饥。宦途竟寥落,鬓发

坐差池。颍水清且寂,箕山坦而夷。如今便当去,咄咄无自疑。

答孟郊

规模一作谟背时利,文字觑天巧。人皆余酒肉,子独不得饱。才春思已乱,始秋悲又搅。朝餐动及午,夜讽恒至卯。名声暂膻腥,肠肚镇煎煼音炒。古心虽自鞭,世路终难拗。弱拒喜张臂,猛拿闲缩爪。见倒谁肯扶,从嗔我须咬。

从仕

居闲食不足,从仕力难任。两事皆害性,一生恒苦心。黄昏归私室,惆怅起叹音。弃置人间世,古来非独今。

短灯檠歌

长檠八尺空自长,短檠二尺便且光。黄帘绿幕朱户闭,风露气入秋堂凉。裁衣寄远泪眼暗,摇头频挑移近床。太学儒生东鲁客,二十辞家来射策。夜书细字缀语言,两目眵音痴昏头雪白。此时提携当案前,看书到晓那能眠。一朝富贵还自恣,长檠高张照珠翠。吁嗟世事无不然,墙角君看短檠弃。

送刘师服

夏半阴气始,淅然云景秋。蝉声入客耳,惊起不可留。草草具盘馔,不待酒献酬。士生为名累,有似鱼中钩。赍材入市卖,贵者恒难售。岂不畏憔悴,为功忌中休。勉哉耘其业,以待岁晚收。

全唐诗卷三百四十一

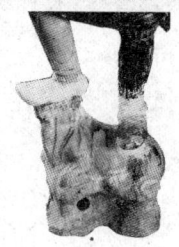

韩愈

符读书城南 符,愈之子。城南,愈别墅。

木之就规矩,在梓匠轮舆。人之能为人,由腹有诗书。诗书勤乃有,不勤腹空虚。欲知学之力,贤愚同一初。由其不能学,所入遂异闾。两家各生子,提孩巧相如。少长聚嬉戏,不殊同队鱼。年至十二三,头角稍相疏。二十渐乖张,清沟映污渠。三十骨骼音格成,乃一龙一猪。飞黄腾踏去,不能顾蟾蜍。一为马前卒,鞭背生虫蛆。一为公与相,潭潭府中居。问之何因尔,学与不学欤。金璧虽重宝,费用难贮储。学问藏之身,身在则有余。君子与小人,不系父母且。不见公与相,起身自犁锄。不见三公后,寒饥出无驴。文章岂不贵,经训乃菑畬。潢潦无根源,朝满夕已除。人不通古今,马牛而襟裾。行身陷不义,况望多名誉。时秋积雨霁,新凉入郊墟。灯火稍可亲,简编可卷舒。岂不旦夕念,为尔惜居诸。恩义有相夺,作诗劝踟蹰。

示爽

宣城去京国,里数逾三千。念汝欲别我,解装具盘筵。日昏不能散,起坐相引牵。冬夜岂不长,达旦灯烛然。座中悉亲故,谁肯舍汝眠。念汝将一身,西来曾几年。名科一作科名掩众俊,州考居吏前。今从府公召,府公又时贤。时辈千百人,孰不谓汝妍。汝来江南近,里闾故依然。宣城在江之南,愈有别业在焉。昔日同戏儿,看汝立路边。人生但如此,其实亦可怜。吾老世味薄,因循致留连。强颜班行内,何实非罪愆。才短难自力,惧终莫洗湔。临分不汝诳,有路即归田。

人日城南登高

初正候才兆,涉七气已弄。霭霭野浮阳,晖晖水披冻。圣朝身不废,佳节古所用。亲交既许来,子姪同姪亦可从。盘蔬冬春杂,尊酒清浊共。令征前事为,觞咏新诗送。扶杖凌圯阯或作址,刺船犯枯荇。恋池群鸭回,释峤孤云纵。人生本坦荡,谁使妄倥偬。直指桃李阑,幽寻宁止重。

病鸱

屋东恶水沟,有鸱堕鸣悲。青泥掩一作淹两翅,拍拍不得离。君童叫相召,瓦砾争先之。计校生平事,杀却理亦宜。夺攘不愧耻,饱满盘天嬉。晴日占光景,高风恣一作送追随。遂一作拟凌鸾一作紫凤群,肯顾鸿鹄一作鹳雁卑。今者命运一作运命穷,遭逢巧丸儿。中汝要害处,汝能不得施。于吾乃何有,不忍乘其危。丐汝将死命,浴以清水池。朝餐辍鱼肉,暝宿防狐狸。自知无以致,蒙德久犹疑。饱入深竹丛,饥来傍阶基。亮无责报心,固以听所为。昨日有气力,飞跳弄藩篱。今晨忽径去,曾不报我知。侥幸非汝福,天衢汝休窥。京城事弹射,竖子不一作邑易欺。勿讳泥坑辱,泥坑乃良规。

华山女

街东街西讲佛经,撞钟吹螺闹宫庭。广张罪福资一作恣诱胁,听众狎恰唐人语排浮萍。黄衣道士亦讲说,座下寥落如明星。华山女儿家奉道,欲驱异教归仙灵。洗妆拭面著冠帔,白咽红颊长眉青。遂来升座演真诀,观门不许人开扃。不知谁人暗相报,訇然振动如雷霆。扫除众寺人迹绝,骅骝塞路连辎轩。观中人满坐观外,后至无地无由听。抽簪一作钗脱钏解环佩,堆金叠玉光青一作晶荧。天门贵人传诏召,六宫愿识师颜形。玉皇颔首许归去,乘龙驾鹤来青冥。豪家少年岂知道,来绕百匝脚不停。云窗雾阁事恍惚,重重翠幕深金屏。仙梯难攀俗缘重,浪凭青鸟通丁宁。

读皇甫湜公安园池诗书其后二首

晋人目二子,其犹吹一呎。音血,小声。庄子:道尧舜于戴晋人之前,譬犹一呎也。戴,姓。晋人,名,梁之贤者。区区自其下,顾肯挂牙舌。春秋书王法,不诛其人身。尔雅注虫鱼,定非磊落人。湜也

困公安,不自闲一本有其闲二字穷年。枉智思掎抚,粪壤一本有间字污秽岂有臧。诚不如两忘,但以一概量。

我有一池水,蒲苇生其间。虫鱼沸相嚼,日夜不得闲。我初往观之,其后益不观。观之乱我意,不如不观完。用将济诸人,舍得业孔颜。百年讵几时,君子不可闲。一本连前诗合作一首。

路傍堠以下四篇并元和十四年出为潮州作

堆堆唐本作堠堠路傍堠音后,一双复一只。迎我出秦关,送我入楚泽。千以高山遮,万以远一作大水隔。吾君勤听治,照与日月敌。臣愚幸可哀,臣罪庶可释。何当迎送归,缘路高历历。

食曲河驿驿在商邓间

晨及曲河驿,凄然自伤情。群乌一作鸟巢庭树,乳燕一作雀飞檐楹。而我抱重罪,孑孑万里程。亲戚顿乖角一作榷,图史弃纵横。下负明一作朋义重,上孤朝命荣。杀身谅无补,何用一作由答生成。

过南阳

南阳郭门外,桑下麦青青。行子去未已,春鸠鸣不停。秦商邈既远,湖海浩将经。孰忍生以戚一作慼,吾其寄余龄。

泷吏

南行逾六旬,始下昌乐泷。韶州乐昌有昌山,有乐石泷,在县上十里。险恶不可状,船石相舂撞,往问泷头吏,潮州尚几里。行当何时到,土风复何似。泷吏垂手笑,官何问之愚。譬官居京邑一作譬如官居北,何由知东吴。东吴游宦乡,官知自有由。潮州底处所,有罪乃窜流。倚幸无负犯,何由到而知。官今行自到,那遽妄问为。不虞卒见困,汗出愧且骇。吏曰聊戏官,侬尝使往罢。岭南大抵同,官去道苦辽。下此三千里,有州始名潮。恶溪瘴毒聚,雷电常汹汹。鳄鱼大于船,牙眼怖杀侬。州南数十里,有海

一作水无天地。飓风有时作,掀簸真差去声事。圣人于天下,于物无不容。比闻此州囚,亦有生还侬。官无嫌此州,固罪人所徙。阁本作官嫌此州恶,固人之所徙。官当明时来,事不待说委。官不自谨慎,宜即引分往。胡为此水边,神色久悗慌。瓨音岗大瓶罃小,所任自有宜。官何不自量,满溢以取斯。工农虽小人,事业各有守。不知官在朝,有益国家不。得无虱其间,商君以仁义礼乐为虱官,曰六虱成俗,兵必大败。不武亦不文。仁义伤其躬,巧奸败群伦。叩头谢吏言,始惭今更羞。历官二十余,国恩并未酬。凡吏之所诃,嗟实颇有之。不即金木诛,敢不识恩私。潮州虽云远,虽恶不可过。于身实已多,敢不持自贺。

赠别元十八协律六首 元十八集虚,见《白乐天集》。桂林伯,桂管观察使裴行立也。

知识久去一作绝眼,吾行其既远。瞢瞢莫訾省,《史记·胶西王传》:"遂为无訾省"。苏林谓为无訾录,无所省录也。默默但寝饭。子兮何为者,冠珮立宪宪。何氏之从学,兰蕙已满畹。于何玩其光,以至岁向晚。治惟尚和同,无俟于謇謇。或师绝学贤,不以艺自轹。子兮独如何,能自媚婉娩。金石出声音,宫室发关楗。何人识章甫,而知骏蹄踠。惜乎吾无居,不得留息偃。临当背面时,裁诗示缱绻。

英英桂林伯,实惟文武特。远劳从事贤谓元协律,来吊逐臣色。南裔多山海,道里屡纡直。风波无程期,所忧动不测。子行诚艰难,我去未穷极。临别且何言,有泪不可拭。

吾友柳子厚,其人艺且贤。吾未识子时,已览赠子篇。寤寐想风采,于今已三年。不意流窜路,旬日一作兼旬同食眠。所闻昔已多,所得今过前。如何又须别,使我抱悁悁。

势要情所重,排斥则埃尘。骨肉未免然,又况四海人。嶷嶷桂林伯,矫矫义勇身。生平所未识,待我逾交亲。遗我数幅书,继以药物珍。药物防瘴疠,书劝养形神。不知四罪地,

岂有再起辰。穷途致感激,肝胆还轮囷。

读书患不多,思义患不明。患足已不学,既学患不行。子今四美具,实大华亦荣。王官不可阙,未宜后诸生。嗟我摈南海,无由助飞鸣。

寄书龙城守,君骥何时秣。峡山逢飓风,雷电助撞摔昨没切。乘潮簸扶胥地名,在广州,近岸指一发。两岸虽云牢,水一作木石互飞发,屯门地名虽云高,亦映波浪没。余罪不足惜,子生未宜忽。胡为不忍别,感谢情至骨。

初南食贻元十八协律

鲎音后实如惠文,骨眼相负行。《地里志》:鲎形如惠文冠。《岭表录异》:鲎眼在背,雌负雄而行。蚝相粘为山,百十各自生。《岭表录异》:蚝即牡蛎也,初生海边,如拳石,四面渐长,高一二丈者,巉岩如山。蒲鱼尾如蛇,口眼不相营。蒲鱼即鲂鱼,营一作萦。蛤即是虾蟆,同实浪异名。《本草注》:青蛙、龙蛤、长脚蟆子,皆虾蟆之类。章举有八脚,身上有肉如白,亦曰章鱼马甲柱即江瑶柱,斗以怪自呈。其余数十种,莫不可叹惊。我来御魑魅,自宜味南烹。调以咸与酸,芼以椒与橙。腥臊始发越,咀吞面汗骍。惟蛇旧所识,实惮口眼狞。开笼听其去,郁屈尚不平。卖尔非我罪,不屠岂非情。不祈灵珠报,幸无嫌怨并。聊歌以记之,又以告同行。

宿曾江口示侄孙湘二首 湘,字北渚,老成之子,愈兄弇之孙。此赴潮州作也。

云昏水奔流,天水漭相围。三江灭无口,曾江有三江合流,今混为一,不见江口。其谁识涯圻。暮宿投民村。高处水半扉。犬鸡俱上屋,不复走与飞。篙舟入其家,暝闻屋中唏。问知岁常然,哀此为生微。海风吹寒晴,波扬众星辉。仰视北斗高,不知路所归。

舟行忘故道,屈曲高林间。林间无所有,奔流但潺潺。嗟我亦拙谋,致身落南蛮。茫然失所诣,无路何能还。

答柳柳州食虾蟆

虾蟆虽水居,水特变形貌。强号为蛙蛤,

于实无所校。虽然两股长,其奈脊皴音逸胞音炮。跳踯虽云高,意一作竟不离汀淖。鸣声相呼和,无理只取闹。周公所不堪,洒灰垂典教。我弃愁海滨,恒愿眠不觉音教。叵堪朋类多,沸耳作惊爆。端能败笙磬,仍工乱学校。虽蒙勾践礼,竟不闻报效。大战元鼎年,汉武元鼎五年秋,蛙虾蟆斗。孰强孰败桡。居然当鼎味,岂不辱钓罩。余初不下喉,近亦能稍稍。常惧染蛮夷,失平生好乐。而君复何为,甘食比豢豹。猎较务同俗,全身斯为孝。哀哉思虑深,未见许回棹。

别赵子 赵子名德,潮州人。愈刺潮,德摄海阳尉,督州学生徒。愈移袁州,欲与俱,不可,诗以别之。

我迁于揭阳,揭阳,汉县,属南海郡,至唐为湘州。君先揭阳居。揭阳去京华,其里万有余。不谓小郭中,有子可与娱。心平而行高,两通诗与书。婆娑海水南,簸弄明月珠。及我迁宜春袁州,意欲携以俱。摆头笑且言,我岂不足欤。又窦为于北一作此,往来以纷如。海中诸山中,幽子隐士也颇不无。相期风涛观,已久不可渝。又尝疑龙虾,果谁雄牙须。蚌蠃鱼鳖虫,瞿瞿以狙狙。识一已忘十,大同细自殊。欲一穷究之,时岁屡谢除。今子南且北,岂非亦有图。人心未尝同,不可一理区。宜各从所务,未用相贤愚。

除官赴阙至江州寄鄂岳李大夫 李程也。元和十五年,自袁州诏拜国子祭酒,行次盆城作。

盆城去鄂渚,风便一日耳。不枉故人书,无因帆去声江水。故人辞礼闱,旌节镇江圻。而我窜逐者,龙钟初得归。别来已三岁,望望长迢递。咫尺不相闻,平生那可计。我齿落且尽,君鬓一作须白几何。年皆过半百,来日苦无多。少年乐新知,衰暮思故友。譬如亲骨肉,宁免相可否。我昔实愚蠢,不能降色辞。子犯亦有言,臣犹自知之。公其务贳音世过,我亦请改事。桑榆倘可收,愿寄相思字。

南山有高树行赠李宗闵

凤凰谓裴度,何山鸟谓宗闵,挟丸子及黄鹄谓李德裕、李绅、元稹也。初度伐蔡,引宗闵为彰义观察判官,蔡平,进知制诰。长庆初,钱徽典贡举,宗闵托所亲于徽。德裕及绅、稹共发其事,宗闵坐贬剑州刺史,俄复为中书舍人。由是嫌怨显结,缙绅之祸,四十余年不解。此赠诗,宗闵初贬时作也。后篇《猛虎行》,宗闵复入后作也。

南山有高树,花叶何衰衰。考张衡《南都赋》,当作蓑蓑。上有凤皇巢,凤皇乳且栖。四旁多长枝,群鸟所托依。黄鹄据其高,众鸟接一作栖其卑。不知何山鸟,羽毛有光辉。飞飞择所处,正得众所希。上承凤皇恩,自期永不衰。中与黄鹄群,不自隐其私。下视众鸟群,汝徒竟何为。不知挟丸子,心默有所规。弹汝枝叶间,汝翅不觉摧。或言由黄鹄,黄鹄岂有之。慎勿猜众鸟,众鸟不足猜一作疑。无人语凤皇,汝屈安得知。黄鹄得汝去,婆娑弄毛衣。前汝下视鸟,各议汝瑕疵。汝岂无朋匹,有口莫肯开。汝落蒿艾间,几时复能飞。哀哀故山友,中夜思汝悲。路远翅翎短,不得一作能持汝归。

猛虎行 诸本有赠李宗闵字

猛虎虽云恶,亦各有匹俦。群行深谷间,百兽望风低。身食黄熊父,子食赤豹麛。择肉于熊豹,肯视兔与狸。正昼当谷眠,眼有百步威。自矜无当对,气性纵以乖。朝怒杀其子,暮还食一作飧其妃。匹俦四散走,猛虎还孤栖。狐鸣门两旁,乌鹊从噪之。出逐猴一作雅入居,虎不知所归。谁云猛虎恶,中路正悲啼。豹来衔其尾,熊来攫其颐。猛虎死不辞,但惭前所为。虎坐一作见无助死,况如汝细微。故当结以信,亲当结以私。亲故且不保,人谁信汝为。

全唐诗卷三百四十二

韩愈

雪后寄崔二十六丞公_{斯立}

蓝田十月雪塞关,我兴南望愁群山。攒天嵬嵬_{一作崔嵬}冻相映,君乃寄命于其间。秩卑俸薄食口众,岂有酒食开容颜。殿前群公赐食罢,骅骝蹋路骄且闲。称多量少鉴裁密,岂念幽桂遗榛菅。几欲犯严出荐口,气象硉兀未可攀。归来殒涕掩关卧,心之纷乱谁能删。诗翁憔悴刿荒棘_{谓孟郊},清玉刻佩联玦环。脑脂遮眼卧壮士_{谓张籍病眼},大弨挂壁无由弯。乾坤惠施万物遂,独于数子怀偏悭。朝歊暮嗃不可解,我心安得如石顽。

送僧澄观_{李邕泗州普光王寺碑,僧伽者,龙朔中西来,尝纵观临淮,发念置寺,既成,中宗赐名普光王寺。以景龙四年三月二日示灭于京,后澄观建僧伽塔于泗州。}

浮屠西来何施为,扰扰四海争奔驰。构楼架阁切星汉,夸雄斗丽止者谁。僧伽后出淮泗上,势到众佛尤恢奇。越商胡贾脱身罪,珪璧满船宁计资。清淮无波平如席,栏柱倾扶半天赤。火烧水转扫地空,突兀便高三百尺。影沈潭底龙惊遁,当昼无云跨虚碧。借问经营本何人,道人澄观名籍籍。愈昔从军大梁下,往来满屋贤豪者。皆言澄观虽僧徒,公才吏用当今无。后从徐州辟书至,纷纷过客何由记。人言澄观乃诗人,一座竞吟诗句新。向风长叹不可见,我欲收敛加冠巾。洛阳穷秋厌穷独,丁丁啄门疑啄木。有僧来访呼使前,伏犀插脑高颊权。惜哉已老无所及,坐睨神骨空潜然。临淮太守初到郡,远遣州民送音问。好奇赏俊直难逢,去去为致思从容。

山南郑相公、樊员外酬答为诗,其末咸有见及语,樊封以示愈,依赋十四韵以献_{郑余庆、樊宗师也。余庆元和九年为山南西道节度使,宗师为副。}

梁维西南屏,山厉水刻屈。禀生肖剿刚_{剿音巢,轻捷也},难谐在民物。荥公_{余庆封荥阳郡公}鼎轴老,烹斡烹调烹击,斡谓斡旋,犹宰制也力健倔。帝咨女予往,牙纛前岔坲。岔,薄冈切。坲音佛,或作拂。坲塎,尘起貌。威风挟惠气,盖壤两劘坲。茫漫华黑间,指画变恍欻。诚既富而美,章汇霍炳蔚。日廷讲大训,龟判错衮黻。《公羊传》:宝者何,璋,判白龟青纯。何休注:判,半也,半异曰璋。龟判言其所斁言其所服。樊子坐宾署,演孔刮老佛。金春撼玉应,厥臭剧蕙郁。遗我一言重,跽受惕斋慄。辞悭义卓阔,呀豁疚掊掘。呀豁,陈窍也,因其陈窍,力加掊掘。掊掘者,讨究也。如新去盯聍,雷霆逼飓飓。于聿切,盯聍,耳垢也。如新去耳垢,却闻雷霆飓飓也。缀此岂为训,俚言绍庄屈。

奉和武相公镇蜀时咏使宅韦太尉所养孔雀
武元衡、韦皋也

穆穆鸾凤友,何年来止兹。飘零失故态,隔绝抱长思。翠角高独耸,金华焕相差。坐蒙恩顾重,毕命守阶墀。

感春三首

偶坐藤树下,暮春下旬间。藤阴已可庇,落蕊远漫漫。𧆚𧆚新叶大,珑珑晚花乾。青天高寥寥,两蝶飞翻翻一作翩翩。时节适当尔,怀悲自无端。

黄黄芜菁花,桃李事已退。狂风簸枯榆,狼籍九衢内。春序一如此,汝颜安足赖。谁能驾飞车,相从观海外。

晨游百花林,朱朱兼白白。柳枝弱而细,悬树垂百尺。左右同来人,金紫贵显剧。娇童为我歌,哀响跨筝笛。艳姬蹋筵舞,清眸刺剑戟。心怀平生友,莫一在燕席。死者长眇芒,生者困乖隔。少年真可喜,老大百无益。

早赴街西行香赠卢李二中舍人卢汀、李逢吉也

天街东西异,祇命遂成游。月明御沟晓,蝉吟堤树秋。老僧情不薄,僻寺境还幽。寂寥二三子,归骑得相收。

晚寄张十八助教周郎博士张籍、周况也。况,俞之从婿。

日薄一作落风景旷,出归偃前檐。晴云如擘絮,新月似磨镰。田野兴偶动,衣冠情久厌。吾生可携手,叹息岁将淹。

题张十八所居籍

君居泥沟上,沟浊萍青春。蛙欢桥未扫,蝉唱门长扃。名秩后千品,诗文齐六经。端来问奇字,为我讲声形。

奉酬卢给事云夫四兄曲江荷花行见寄,并呈上钱七兄徽阁老张十八助教

曲江千顷秋波净,平铺红云盖明镜。大明宫中给事归,走马来看立不正。遗我明珠九十六,寒光映骨睡骊目。我今官闲得婆娑时自中书舍人降太子右庶子。问言何处芙蓉多。撑舟昆明度云锦,脚敲两舷叫吴歌。太白山高三百里,负雪崔嵬插花里。玉山前却不复来,曲江汀滢水平杯。我时相思不觉一回首,天门九扇相当开。上界真人足官府,岂如散仙鞭笞鸾凤终日相追陪。

奉和钱七兄徽曹长盆池所植

翻翻江浦荷,而今生在此。擢擢菰叶长,芳根复谁徙。露涵两鲜翠,风荡相磨倚。但取主人知,谁言盆盎是。

记梦

夜梦神官与我言,罗缕道妙角与根。挈携陬维口澜翻,百二十刻须臾间。我听其言未云足,舍我先度横山腹。我徒三人共追之,一人前度安不危。我亦平行蹋骯航丘召切骯牛召切,神完骨跻脚不掉。侧身上视溪谷盲,杖撞玉版声彭觥。神官见我颜笑,前对一人壮非少。石坛坡陀可坐卧,我手承颏音孩肘拄座。隆楼杰阁磊嵬高,天风飘飘吹我过。壮非少者哦七言,六字常语一字难。我以指撮白玉丹,行且咀嚼行诘盘。口前截断第二句,绰虐顾我颜不欢。

乃知仙人未贤圣，护短凭愚邀我敬。我能屈曲自世间，安能从汝巢神山。

南内朝贺归呈同官唐长安有三内：皇城在西北隅，谓之西内；东内曰大明宫，在西内之东；南内曰兴庆宫，在东内之南。

薄云蔽秋曦，清雨不成泥。罢贺南内衙，归凉晓凄凄。绿槐十二街，《中朝事迹》云：天街两畔树槐，俗号为槐街。涣散驰轮蹄。余惟戆书生，孤身无所齐。三黜竟不去，致官九列齐。岂惟一身荣，佩玉冠簪犀。溷荡天门高，著籍朝厥妻。文才不如人，行又无町畦。问之朝廷事，略不知东西。况于经籍深，岂究端与倪。君恩太山重，不见酬稊秭。所职事无多，又不自提撕。明庭集孔鸾，曷取于凫鹥。树以松与柏，不宜间蒿藜。婉娈自媚好，几时不见挤。贪食以忘驱，尠音鲜不调盐齑。法吏多少年，磨淬出角圭。将举汝愆尤，以为己阶梯。收身归关东，期不到死迷。

朝归

峨峨进贤冠，耿耿水苍佩。服章岂不好，不与德相对。顾影听共声，赪颜汗渐背。进乏犬鸡效，又不勇自退。坐食取其肥，无堪等声贳。长风吹天墟，秋日万里晒。抵暮但昏眠，不成歌慷慨。

杂诗四首

朝蝇不须驱，暮蚊不可拍。蝇蚊满八区，可尽与相格。得时能几时，与汝恣唊咋。凉风九月到，扫不见踪迹。

鹊鸣声楂楂，乌噪声护护。争斗庭宇间，持身博弹射。黄鹄能忍饥，两翅久不擘。苍苍云海路，岁晚将无获。

截橑为构栌，斫楹以为椽。束蒿以代之，小大不相权。虽无风雨灾，得不覆且颠。解骖弃骐骥，蹇驴鞭使前。昆仑高万里，岁尽道苦邅。停车卧轮下，绝意于神仙。

雀鸣朝营食，鸠鸣暮觅群。独有知时鹤，虽鸣不缘身。喑蝉终不鸣，有抱不列陈。蛙黾鸣无谓，阁阁只乱人。

读东方朔杂事《汉武帝内传》：帝好长生。七岁，西王母降其宫，索桃七枚，以四枚与帝，自食三枚，曰："此桃三千年一实。"时东方朔从殿东厢朱鸟牖中窥母，母谓帝曰："此窥牖儿尝三来偷吾桃，昔为太山上仙官，今到方丈，擅雷电，激波扬风，风雨失时，阴阳错迕，致今蛟鲸陵迁，海水暴竭，黄鸟宿渊。于是九潦丈人乃言于太上，遂谪人间。"其后，朔一旦乘龙飞去，不知所在。

严严古岩严通王母宫，下维万仙家。嗌欠为飘风，聚气为噫，张口为欠。濯手大雨沱。方朔乃竖子，骄不加禁诃。偷入雷电室，输音蠡轹音棱掉狂车。王母闻以笑，卫官助呀呀。不知万万人，生身埋泥沙。簸顿五山蹜音蹜，流漂八维蹉。曰吾儿可憎，奈此狡狯何。方朔闻不喜，褫身络蛟蛇。瞻相北斗柄，两手自相挼音桵。群仙急乃言，百犯庸不科。向观睥睨处，事在不可赦音奢。欲不布露言，外口实喧哗。王母不得已，颜啴口赍嗟。领头可其奏，送以紫玉珂。方朔不惩创，挟恩更矜夸。祇欺刘天子，正昼溺殿衙。一旦不辞诀，摄身凌苍霞。

谴疟鬼

屑屑水帝魂，谢谢无余辉。如何不肖子，尚奋疟鬼威。乘秋作寒热，翁妪所骂讥。求食欧泄间，不知臭秽非。医师加百毒，熏灌无停机。灸师施艾炷，酷若猎火围，诅师毒口牙，舌作霹雳飞。符师弄刀笔，丹墨交横挥。咨汝之胄出，门户何巍巍。祖轩而父顼，未沫于前徽，不修其操行，贱薄似汝稀。岂不悉厥祖，鲡然不知归。湛湛江水清，归居安汝妃。清波为裳衣，白石为门畿。呼吸明月光，手掉芙蓉旂。降集随九歌，饮芳而食菲。赠汝以好辞，咄汝去莫违。

示儿

始我来京师，止携一束书。辛勤三十年，以有此屋庐。此屋岂为华，于我自有馀。中堂高且新，四时登牢蔬。前荣屋檐为荣。前荣，即南荣也馔宾亲，冠婚之所于。庭内无所有，高树八九株。有藤娄络之,娄音缕,庄子:有卷娄者。注:卷娄,犹拘挛也。春华夏阴敷。东堂坐见山,云风相吹嘘。松果连南亭,外有瓜芋区。西偏屋不多,槐榆翳空虚。山鸟旦夕鸣,有类涧谷居。主妇治北堂,膳服适戚疏。恩封高平君,子孙从朝裾一作车。开门问谁来,无非卿大夫。不知官高卑,玉带悬金鱼。问客之所为,峨冠讲唐虞。酒食罢无为,棋槊以相娱。凡此座中人,十九持钧枢。又问谁与频,莫与张樊如。来过亦无事,考评道精粗。跂跂娟学子,墙屏日有徒。以能问不能,其蔽岂可祛。嗟我不修饰,事与庸人俱。安能坐如此,比肩于朝儒。诗以示儿曹,其无迷厥初。

庭楸

庭楸止五株,共生十步间。各有藤绕之,上各相钩联。下叶各垂地,树颠各云连。朝日出其东,我常坐西偏。夕日在其西,我常坐东边。当昼日在上,我在中央间。仰视何青青,上不见纤穿。朝暮无日时,我且八九旋。濯濯晨露香,明珠何联联。夜月来照之,蒨蒨自生烟。我已自顽钝一作滞,重遭五楸牵。客来尚不见,肯到权门前。权门众所趋,有客动百千。九牛亡一毛,未在多少间。往既无可顾,不往自可怜。

玩月喜张十八员外以王六秘书至王六,王建也。

前夕虽十五,月长未满规。君来一作未晤我时,风露渺无涯。浮云散白石,天宇开青池。孤质不自惮,中天为君施。玩玩夜遂久,亭亭曙将披。况当今夕圆,又以嘉客随。惜无酒食乐,但用歌嘲为。

和李相公摄事南郊,览物兴怀,呈一二知旧 李相公,逢吉也。

灿灿辰角曙,亭亭寒露朝。川原共澄映,云日远浮飘。上宰严祀事,清途振华镳。圆丘峻且坦,前对南山标。村树黄复绿,中田稼何饶。顾瞻想岩谷,兴叹倦尘嚣。惟彼颠暝者,去公岂不辽。为仁朝自治,用静兵以销。勿惮吐捉捉一作握字,本《史记》。今人用吐握,本《韩诗外传》也勤,可歌风雨调。圣贤相遇少,功德今宣昭。

和裴仆射相公假山十一韵

公乎真爱山,看山且连夕。犹嫌山在眼,不得着脚历。枉语山中人,句我涧侧石。有来应公须,归必载金帛。当轩乍骈罗,随势忽开坼。有洞若神剜,有岩类天划。终朝岩洞间,歌鼓燕宾戚。熟谓衡霍期一作奇,近在王侯宅。傅氏筑已卑,磻溪钓何激。逍遥功德下,不与事相擿。乐我盛明朝,于焉傲今昔。

与张十八同效阮步兵一日复一夕

一日复一日,一朝复一朝。只见有不如,不见有所超。食作前日味,事作前日调。不知久不死,悯悯尚谁要。富贵自萦拘,贫贱亦煎焦。俯仰未得所,一世已解镳。譬如笼中鹤,六翮无所摇。譬如兔得蹄,安用东西跳。还看古人书,复举前人瓢。未知所穷竟,且作新诗谣。

送诸葛觉往随州读书 李繁时为随州刺史,宰相泌之子也。

邺侯家多书,插架三万轴。一一悬牙签,新若手未触。为人强记览,过眼不再读。伟哉群圣文,磊落载其腹。行年五十余一作余五十,出守数已六。京邑有旧庐,不容久食宿。台阁多官员,无地寄一足。我虽官在朝,气势日局缩。屡为丞相言,虽恳不见录。送行过浐一作淮水,东望不转目。今子从之游,学问得所欲。入海观龙鱼,矫翮逐黄鹄。勉为新诗章,月寄三四幅。

南溪始泛三首 此诗乃长庆间以病在告日所作

榜舟南山下一作溪上,上上不得返。幽事随去多一作幽寻事随去,孰能量近远。阴沈过连树,藏昂抵横坂。石粗肆磨砺,波恶厌牵挽。或倚偏岸渔,竟就平洲饭。点点暮雨飘,梢梢新月偃。余年憯无几,休日怆已晚。自是病使然,非由取高蹇一作蹇。

南溪亦清驶,而无楫与舟。山农惊见之,随我劝不休。不惟儿童辈,或有杖白头。馈我笼—作篱中瓜,劝我此淹留。我云以病归,此已颇自由。幸有用余俸,置居在西畴。囷仓米谷满,未有旦夕忧。上去无得得,下来亦悠悠。但恐烦里闾,时有缓急投。愿为同社人,鸡豚燕春秋。

足弱不能步,自宜收朝迹。赢形可舆致,佳观安事掷。即此地坂下,久闻有水石。扰舟入其间,溪流正清激。随波吾未能,峻濑乍可刺。鹭起若导吾,前飞数十尺。亭亭柳带沙,团团松冠壁。归时远尽夜,谁谓非事役。

全唐诗卷三百四十三

韩愈

题楚昭王庙_襄州宜城县驿东北有井,传是昭王井。井东北数十步,有昭王庙_

丘坟—作园满目衣冠尽,城阙连云草树荒。犹有国人怀旧德,一间茅屋祭昭王。

宿龙宫滩

浩浩复汤汤,滩声抑更扬。奔流疑激电,惊浪似浮霜。梦觉灯生晕,宵残雨送凉。如何连晓语,一半是思乡或作只是说家乡。

叉鱼招张功曹署

叉鱼春岸阔,此兴在中宵。大炬然如昼,长船缚似桥。深窥沙可数,静搒水无摇。刃一作手下那能脱,波间或自跳。中鳞怜锦碎,当目讶珠销。迷火逃翻近,惊人去暂遥。竞多心转细,得隽语时嚣。潭罄知存寡,舷平觉获饶。交头疑凑饵,骈首类同条。濡沫情虽密,登门事已辽。盈车欺故事,饲犬验今朝。血浪凝犹沸,腥风远更飘。盖江烟幂幂,拂棹影寥寥。獭去愁无食,龙移惧见烧。如棠名既误,钓渭日徒消。文客惊先赋,篙工喜尽谣。脍成思我友,观乐忆吾僚。自可捐忧累,何须强问鸮。

李员外寄纸笔_李伯康也,郴州刺史_

题是临池后,分从起草余。兔尖针莫并,茧净雪难如。莫怪殷勤谢,虞卿正著书。

次同一作弄,又作巫**冠峡**赴阳山作

今日是何朝,天晴物色饶。落英千尺堕,游丝百丈飘。泄郛交岩脉,悬流揭浪标。无心思岭北,猿鸟莫相撩。

答张十一功曹

山净江空水见沙,哀猿啼处两三家。筼筜竞长纤纤笋,踯躅闲开艳艳花。未报恩波知死所,莫令炎瘴送生涯。吟君诗罢看双鬓,斗觉

霜毛一半加。

郴州祈雨

乞雨女郎魂,鬼羞洁且繁。庙开鼯鼠叫,神降越巫言。旱气期销荡,阴官想骏奔。行看五马入,萧飒已随轩。

湘中酬张十一功曹

休垂绝徼千行泪,共泛清湘一叶舟。今日岭猿兼越鸟,可怜同听不知愁。

郴口又赠二首

山作剑攒江写镜,扁舟斗转疾于飞。回头笑向张公子,终日思归此日归。

雪飐霜翻看不分,雷惊电激语难闻。沿涯一作崖宛转到一作入深处,何限青天无片云。

题木居士二首 耒阳县北沿流二三十里鳌口寺,退之所题木居士在焉。元丰初,以祷旱不应,为邑令析而薪之。

火透波穿不计春,根如头面干如身。偶然题作木居士,便有无穷求福人。

为神讵比沟中断,遇赏还同爨下余。朽蠹不胜刀锯力,匠人虽巧欲何如。

晚泊江口

郡城朝解缆,江岸暮依村。二女竹上泪,孤臣水底魂。双双归蛰燕,一一叫群猿。回首那闻一作能语,空看别袖翻。

湘中

猿愁鱼踊一作跃水翻波,自古流传是汨罗。蘋藻满盘无处奠,空闻渔父扣舷歌。

别盈上人

山僧爱山出无期,俗士牵俗来何时。祝融峰下一回首,即是此生长别离。

喜雪献裴尚书 裴均也,时为荆南节度使,检校吏部尚书,愈为法曹参军

宿云寒不卷,春雪堕如簁一作筛。骋巧先投隙,潜光半一作乱入池。喜深将策试,惊密仰檐窥。自下何曾污,增高未觉一作见危。比心明可烛,拂面爱还吹。妒舞时飘袖,欺梅并压枝。地空迷界限,砌满接高卑。浩荡乾坤合,霏微物象移。为一作验祥矜大熟,布泽荷平施。已分年华晚,犹怜曙色随。气严当酒换一作煖,洒急听窗知。照曜临初日,玲珑滴晚澌。聚庭看岳耸,归路一作地见云披。阵势鱼丽远,书文鸟篆奇。纵欢罗艳黠,列贺拥熊螭。履敝行偏冷,门扃卧更羸。悲嘶闻病马,浪走信娇儿。灶静愁烟绝一作灭,丝繁念鬓衰。拟盐吟旧句,授简慕前规。捧赠同燕石,多惭失所宜。

春雪

看雪乘清旦,无人坐独谣。拂花轻尚起,落地暖初销。已讶陵歌扇,还来伴舞腰。洒篁留密一作半节,著柳送长条。入镜鸾窥沼,行天马度桥。遍阶怜可掬,满树戏成摇。江浪迎涛日,风毛纵猎朝。弄闲时细转,争急忽惊飘。城险疑悬布,砧寒未捣绡。莫愁险景促,夜色一作月自相饶。

闻梨花发赠刘师命

桃溪惆怅不能过,红艳纷纷落地多。闻道郭西千树雪,欲将君去醉如何。

春雪间一作映早梅

梅将雪共春,彩艳不相因。逐吹去声能争密,排枝巧妒新。谁令香满座,独使净无尘。芳意饶呈瑞,寒光助照人。玲珑开已遍,点缀坐来频。那是俱疑似,须知两逼真。荧煌初乱眼,浩荡忽迷神。未许琼华比,从将玉树亲。先期迎献岁,更伴占兹晨。愿得长辉映,轻微敢自珍。

早春雪中闻莺

朝莺雪里新,雪树眼前春。带涩先迎气,侵寒已报人。共矜初听早,谁贵后闻频。暂啭那成曲,孤鸣岂及辰。风霜徒自保,桃李讵相亲。寄谢幽栖友,辛勤不为身。

梨花下赠刘师命

洛阳城外清明节,百花寥落梨花发。今日相逢瘴海头,共惊烂漫开正月。

和归工部送僧约 工部,归登也,约,荆州人。

早知皆是自拘囚,不学因循到白头。汝既出家还扰扰,何人更得一作向死前休。

入关咏马

岁老岂能充上驷,力微当自慎前程。不知何故翻骧首,牵过关门妄一鸣。

木芙蓉

新开寒露丛,远比水间红。艳色宁相妒,嘉名偶自同。采江官渡一作秋节晚,搴木古祠空。愿得一作须劝勤来看,无令便逐风。

题张十一旅舍三咏

榴花

五月榴花照眼明,枝间时见子初成。可怜此地无车马,颠倒青苔落绛英。

井

贾谊宅中今始见,葛洪山下昔曾窥。寒泉百尺空看影,正是行人渴一作暍死时。

蒲萄

新茎未遍半犹枯,高架支离倒复扶。若欲满盘堆马乳,蜀本草,蒲萄有似马乳者。莫辞添竹引龙须。

峡石西泉一作寒泉

居然鳞介不能容,石眼环环水一钟。闻说早时求得雨,只疑科斗是蛟龙。

梁国惠康公主挽歌二首 公主,宪宗长女,下嫁于頔之子季友,元和中薨,诏令百官进诗。

定谥芳声远,移封大国新。巽官尊长女,台室属良人。河汉重泉夜,梧桐半树春。龙辀音而非厌于涉切翟,还辗禁城尘。

秦地吹箫女,湘波鼓瑟妃。佩兰初应梦,奔月竟沦辉。夫族迎魂去,宫官会葬归。从今泌园草,无复更芳菲。

和崔舍人咏月二十韵 舍人,崔群也。愈元和七年,以职方员外郎下迁国子博士,此诗是其年八月所作。

三秋端正月,今夜出东溟。对日犹分势,腾天渐吐灵。未高凭远气,半上霁孤形。赫奕当躔次,虚徐度杳冥。长河晴散雾,列宿曙分萤。浩荡英华溢,萧疏物象冷。池边临倒照,檐际送横经。花树参差见,皋禽断续聆。牖光窥寂寞,砧影伴竛竮。幽坐看侵户,闲吟爱满庭。辉斜通壁练,彩碎射沙星。清洁云间路,空凉水上亭。净堪分顾兔,细得数飘萍。山翠相凝绿,林烟共幂青。过隅惊桂侧,当午觉轮停。属音烛思摛霞锦,追欢罄瓢瓶。郡楼何处望,陇笛此时听。右掖连台座,重门限禁扃。风台观滉漾,冰砌步青荧。独有虞庠客,无由拾落蓂。

咏雪赠张籍

只见纵横落,宁知远近来。飘飖还自弄,历乱竟谁催。座暖销那怪,池清失可猜。坳中初盖底,垤处遂成堆。慢一作漫有先居后,轻多去却回。度前铺瓦陇一作垅,发本一作奔发积墙隈。穿细时双透,乘危忽半摧。舞深逢坎井,集早值层台。砧练终宜捣,阶纨未暇裁。城寒装一作妆睥睨,树冻裹莓苔。片片匀如剪,纷纷碎若揍奴回切。定非燖鹄鹭,真是屑琼瑰。纬音徽缅音忽观朝萼,冥茫瞩晚一作晚埃。当窗恒凛凛,出户即皑皑间哀。压一作润野荣芝菌,倾都委货财。娥嬉华荡漾,胥怒浪崔嵬。碛迥疑一作宜浮地,云平想辗雷。随画翻缟带,逐马散银杯。万屋漫汗平声合,千株照曜开。松篁遭挫抑一作折,愈时盖以柳润事下讦,此寄意于时宰也。粪壤获饶培。隔绝门庭遽一作遂,挤排陛一作阶级才。岂堪裨岳镇,强欲效盐梅。隐匿瑕疵尽,包罗委琐该。误鸡宵呃喔,惊雀暗装回。浩浩过三暮,悠悠匝九垓。鲸鲵陆死骨,玉石火炎灰。厚虑填溟壑,高愁撅音致斗魁。日轮埋欲侧,坤轴压将颓。岸类一作堰似长蛇搅一作扰,陵犹巨象豗。水官夺杰黠,木气袪胚胎。著地无由卷,连天不易推。龙鱼冷蛰苦,虎豹饿号哀。巧借奢华一作豪便,专绳困约灾。威贪陵一作凌布被,光肯离金罍。赏玩捐他事,歌谣放我才。狂教诗碑砒,兴与酒陪鳃。惟子能一作谁谙耳,诸人得语哉。助留风作党,劝坐火为媒。雕刻文刀利,搜求智网恢。莫烦相属和,传示及提孩。

酬王二十舍人雪中见寄

三日柴门拥不开,阶平一作庭庭一作平满白皑皑。今朝蹋作琼瑶迹,为有诗从一作仙凤沼来。

送侯喜

已作龙钟后时者,懒于街里蹋尘埃。如今便别长官去,喜为国子主簿,愈为博士,故云长官。直到新年衙日来。

学诸进士作精卫衔石填海

鸟有偿冤者,终年抱寸诚。口衔山石细,心望海波平。渺渺功难见,区区命已轻。人皆讥造次,我独赏专精。岂计休无日,惟应尽此生。何惭刺客传,不著报雠名。

奉酬振武胡十二丈大夫胡证,河东人。元和九年,党项寇边,以证有安边才略,乃授振武军节度使。

倾朝共羡宠光频,半岁迁腾作虎臣。戎旆暂停辞社树,里门先下敬乡人。横飞玉盏家山晓,远蹀金珂塞草春。自笑平生夸胆气,不离文字鬓毛新。

奉和库部卢四兄曹长元日朝回卢汀也

天仗宵严建羽旄,春云送色晓鸡号。金炉香动螭头暗,玉佩声来雉尾高。戎服上趋承北极,儒冠列侍映东曹。太平时节难身一作身难遇,郎署何须叹二毛。

寒食直归遇雨

寒食时看度,春游事已违。风光连日直,阴雨半朝归。不见红球蹴鞠,黄帝所造。鞠与球同,红球以红帛为之上,那论彩索北方寒食日,用秋千为戏,彩索即谓秋千也。惟将新赐火,向曙著朝衣。

送李六协律归荆南翱

早日羁游所,春风送客归。柳花还漠漠,江燕正飞飞。歌舞知谁在,宾僚逐使非。宋亭池水绿,莫忘蹋芳菲。

题百叶桃花知制诰时作

百叶双桃晚更红,窥窗映竹见玲珑。应知侍史归天上,故伴仙郎宿禁中。

春雪

新年都未有芳华,二月初惊见草芽。白雪却嫌春色晚,故穿庭树作飞花。

戏题牡丹

幸自同开俱阴隐,何须相倚斗轻盈。陵一作凌晨并作新妆面,对客偏含不语情。双燕无机还一作来拂掠一作略,游蜂多思正经营。长年是事皆抛尽一作弃,今日栏边暂眼明。

盆池五首

老翁真个似童儿,汲水一作井埋盆作小池。一夜青蛙鸣到晓,恰如方口钓鱼时。

莫道盆池作不成,藕稍初种已齐生。从今有雨君须记,来听萧萧打叶声。

瓦沼晨朝水自清,小虫无数不知名。忽然分散无踪影,惟有鱼儿作队行。

泥盆浅小讵成池,夜半青蛙圣一作听得知。一听暗来将伴侣,不烦鸣唤斗雄雌。

池光天影共青青,拍岸才添水数瓶。且待夜深明一作乘月去,试看涵泳几多星。

芍药元和中知制诰寓直禁中作

浩态狂香昔未逢,红灯烁烁绿盘笼。觉来独对情一作忽惊恐,身在仙宫第几重。

奉和虢州刘给事使君伯刍三堂新题二十一咏

并序 刘伯刍以元和八年出刺虢州

虢州刺史宅连水池竹林,往往为亭台岛渚,目其处为三堂。刘兄自给事中出刺此州,在任逾岁,职修人治,州中称无事,颇复增饰。从子弟而游其间,又作二十一诗以咏其事,流行京师,文士争和之。余与刘善,故亦同作。

新亭
湖上新亭好,公来日出初。水文浮枕簟,瓦影荫龟鱼。

流水
汨汨几时休,从春复到秋。只一作祇言池未满,池满强交流。

竹洞
竹洞何年有,公初斫竹开。洞门无锁钥,俗客不曾来。

月台
南馆城阴阔,东湖水气多。直须台上看,始奈月明何。

渚亭
自有人知处,那无步往踪。莫教安四壁,面面看芙蓉。

竹溪
蔼蔼溪流慢一作漫,梢梢岸箓长。穿沙碧竿净,落水紫苞香。

北湖
闻说游湖棹,寻常到此回。应留醒心处,准拟醉时来。

花岛
蜂蝶去纷纷,香风隔岸闻。欲知花岛处,水上觅红云。

柳溪
柳树谁人种,行行夹岸高。莫将条系缆,著处有蝉号。

西山
新月迎宵挂,晴云到晚留。为遮西望眼,终是懒回头。

竹径
无尘从不扫,有鸟莫令弹。若要添风月,应除数百竿。

荷池
风雨秋池上,高荷盖水繁。未谙鸣摵摵,那似卷翻翻。

稻畦
挂布畦堪数,挂,棋局上方目。枝分水莫寻。鱼肥知已秀,鹤没觉初深。

柳巷
柳巷还飞絮,春余几许时。吏人休报事,公作送春诗。

花源
源上花初发,公应日日来。丁宁红与紫,慎莫一作切忽一时开。

北楼
郡楼乘晓上,尽日不能回。晚色将秋至,长风送月来。

镜潭
非铸复非熔,泓澄忽此逢。鱼鰕不用避,只是照蛟龙。

孤屿
朝游孤屿南,暮戏孤屿北。所以孤屿鸟,与公尽相识。

方桥
非阁复非船,可居兼可过。君欲问方桥,方桥如此作音佐。

梯桥

乍似上青冥,初疑蹑菡萏。自无飞仙骨,欲度何由敢。

月池

寒池月下明,新月池边曲。若不妒清妍,却成相映烛。

游城南十六首赛神

白布长衫紫领巾,差科未动是闲人。麦苗含穗桑生葚,共向田头乐社神。

题于宾客庄

榆荚车前盖地皮,蔷薇蘸水笋穿篱。马蹄无入朱门迹,纵使春归可得知。

晚春

草树知春不久归,百般红紫斗芳菲。杨花榆荚无才思,惟解漫天作雪飞。

落花

已分将身著地飞,那羞践踏损光晖。无端又被春风误,吹落西家不得归。

楸树二首

几岁生成为大树,一朝缠绕困长藤。谁人与脱青罗帔,看吐高花万万层。

幸自枝条—作头能树立,可烦萝蔓作交加。傍人不解寻根本,却道新花胜旧花。

几折花枝

浮艳侵天难就看,清香扑地只遥闻。春风也是多情思,故拣繁枝折赠君。

赠同游

唤起窗全曙,催归日未西。无心花里鸟,更与尽情啼。唤起、催归,二禽名也。唤起声如络纬,圆转清亮,偏鸣于春晓,江南谓之春唤。催归,子规也。

赠张十八助教

喜君眸子重清朗,携手城南历旧游。忽见孟生题竹处,相看泪落不能收。

题韦氏庄

昔者谁能比,今来事不同。寂寥青草曲,散漫白榆风。架倒藤全落,篱崩竹半空。宁须惆怅立,翻覆本无穷。

晚雨

廉纤晚雨不能晴,池岸草间蚯蚓鸣。投竿跨马蹋归路,才到城门—作闻打鼓声。

出城

暂出城门蹋青草,远于林下见春山。应须韦杜家家到,只有今朝一日闲。

把酒

扰扰驰名者,谁能一日闲。我来无伴侣,把酒对南山。

嘲少年

直把春偿酒,都将命乞音气花。只知闲信马,不觉误随车。

楸树

青幢紫盖立童童,细雨浮烟作彩笼。不得画师来貌音邈取,定知难见一生中。

遣—作远兴

断送一生惟有酒,寻思百计不如闲。莫忧世事兼身事,须著人间比梦间。

全唐诗卷三百四十四

韩愈

送李尚书迢**赴襄阳八韵得长字**

帝忧南国切,改命付忠良。壤画星摇动,旗分兽簸扬。五营兵转肃,千里地还方。控带荆门远,飘浮汉水长。赐书宽属郡,战马隔邻疆。纵猎雷霆迅,观棋玉石忙。风流岘首客,花艳大堤倡。富贵由身致,谁教不自强。

和席八夔十二韵元和十一年,夔与愈同掌制诰。

绛阙银河曙,东风右掖春。官随名共美,花与思俱新。绮陌朝游间,绫衾夜直频。横门开日月,高阁切星辰。庭变寒前草,天销霁后尘。沟声通苑急,柳色压城匀。纶绋谋猷盛,丹青步武亲。离菲含斧藻,光景畅形神。傍砌看红药,巡池咏白蘋。多情怀酒伴,余事作诗人。倚玉难藏拙,吹竽久混真。坐惭空自老,江海未还身。

和武相公早春闻莺

早晚飞来入锦城,谁人教解百般鸣。春风红树惊眠处,似妒歌童作艳声。

游太平公主山庄此首前有太安池一首,阙不载。洪迈《唐人绝句》,此首题即作太安池。

公主当年欲占春,故将台榭押一作压城闉。欲知前面花多少,直到南山不属人。

晚春

谁收春色将归去,慢绿妖红半不存。榆荚只能随柳絮,等闲撩乱走空园。

大行皇太后挽歌词三首宪宗母庄宪皇后也

一纪尊名正,三时孝养荣。高居朝圣主,厚德载群生。武帐虚中禁,玄堂掩太平。秋天笳鼓歇,松柏遍山鸣。

威仪备吉凶,文物杂军容。配地行新祭,因山托故封。凤飞终不返,剑化会相从。无复临长乐,空闻报晓钟。

追攀万国来,警卫百神陪。画翣登秋殿,容衣入夜台。云随仙驭远,风助圣情哀。只有朝陵日,妆奁一暂开。

广宣上人频见过
三百一作十六句长扰扰,不冲风雨即尘埃。久惭一作为朝士无裨补,空愧高僧数往来。学道穷年何所得,吟诗竟日未能回。天寒古寺游人少,红叶窗前有几堆。

闲游二首
雨后来更好,绕池遍青青。柳花闲度竹,菱叶故穿萍。独坐殊未厌,孤斟讵能醒。持竿至日暮,幽咏欲谁听。

兹游苦不数,再到遂经旬。萍盖污池净,藤笼老树新。林乌一作莺鸣讶客,岸竹长遮邻。子云只自守,奚事九衢尘。

酬马侍郎寄酒马总也
一壶情所寄,四句意能多。秋到无诗酒,其如月色何。

和侯协律咏笋侯喜也
竹亭人不到,新笋满前轩。乍出真堪赏,初多未觉烦。成行齐婢仆,环立比儿孙。验长常携尺,愁乾屡侧盆。对吟忘膳饮,偶坐变朝昏。滞雨膏腴湿,骄阳气候温。得时方张王并去声,挟势欲腾骞。见角牛羊没,看皮虎豹存。攒生犹有隙,散布忽无垠一作痕。讵可持筹算,谁能以理言。纵横公占地,罗列暗连根。狂剧时穿壁,横一作群强几触藩。深潜如避逐,远去若追奔。始讶妨人路,还惊入药园。萌芽妨浸大,覆载莫偏恩。已复侵危砌,非徒出短垣。身宁虞瓦砾,计拟掩兰荪。且叹高无数,庸知上几番。短长终不校,先后竟谁论。外恨苞藏密,中仍节目繁。暂须回步履,要取助盘飧。穰穰疑翻地,森森竞塞门。戈矛头戢戢,蛇虺首掀掀。妇懦咨料音聊拣,儿痴谒尽髡。侯生来慰我,诗句读惊魂。属和才将竭,呻吟到日暾。

过鸿沟
龙疲虎困割川原,亿万苍生性命存。谁劝君王回马首,真成一掷赌乾坤。

送张侍郎张贾,时自兵侍为华州。
司徒东镇驰一作持书谒,丞相西来走马迎。两府元臣今转密,一方逋寇不难平。

赠刑部马侍郎马总,时副晋公东征。
红旗照海压南荒,征入中台作侍郎。暂从相公平小寇,便归天阙致时康。

奉和裴相公东征途经女几山下作
旗穿晓日云霞杂,山倚秋空剑戟明。敢请相公平贼后,暂携诸吏一作史上峥嵘。

郾城晚饮奉赠副使马侍郎及冯宿李宗闵二员外冯李时从裴度东征
城上赤云呈胜气,眉间黄色见归期。幕中无事惟须饮,即是连镳向阙时。

酬别留后侍郎蔡平,命马总为留后。
为文无出相如右,谋帅难居邵虢先。归去雪销溱洧动,西来旌旆拂晴天。

同李二十八夜次襄城李正封也
周楚仍连接,川原乍屈盘。云垂天不暖,尘涨雪犹乾。印绶归台室,旌旗别将坛。欲知迎候盛,骑火万星攒。

同李二十八员外从裴相公野宿西界
四面星辰著地明,散烧烟火宿天兵。不关破贼须归奏,自趁新年贺太平。

过襄城
郾城辞罢过襄城,颍水嵩山刮眼明。已去蔡州三百里,家人不用远来迎。

宿神龟招李二十八冯十七龟下或有驿字
荒山野水照斜晖,啄雪寒鸦趁始一作影飞。

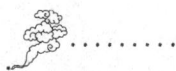

夜宿驿亭愁不睡,幸来相就盖征衣。

次硖石诸本硖作峡
数日方离雪,今朝又出山。试凭高处望,隐约见潼关。

和李司勋过连昌宫
夹道疏槐出老根,高薨巨桷压山原。宫前遗老来相问,今是开元几叶孙。

次潼关先寄张十二阁老使君张贾也
荆山已去华山来,日出一作照潼关四扇一作面开。刺史莫辞一作嫌迎候远,相公亲一作新破蔡州回。

次潼关上都统相公韩弘也
暂辞堂印执兵权,尽管诸军破贼年。冠盖相望催入相,待将功德格皇天。

桃林夜贺晋公
西来骑火照山红,夜宿桃林腊月中。手把命珪兼相印,一时重叠赏元功。

送李员外院长分司东都
去年秋露下,羁旅逐东征。今岁春光动,驱驰别上京。饮中相顾色,送后独归情。两地无千里,因风数寄声。

晋公破贼回重拜台司,以诗示幕中宾客,愈奉和
南伐旋师太华东,天书夜到册元功。将军旧压三司贵,相国新兼五等崇。鹓鹭欲归仙仗里,熊罴还入禁营中。长惭典午非材职,得就闲官即至公。

独钓或作钓四首
侯家林馆胜,偶入得垂竿。曲树行藤角,平池散芡盘。羽沈知食驶,缗细觉牵难。聊取夸儿女,榆条系从鞍。

一径向池斜,池塘野草花。雨多添柳耳,水长减蒲芽。坐厌亲刑柄,偷来傍钓车。太平公事少,吏隐讵相赊。

独往南塘上,秋晨景气醒。露排四岸草,风约半池萍。鸟下见人寂,鱼来闻饵馨。所嗟无可召,不得倒吾瓶。

秋半百物变,溪鱼去不来。风能坏茭觜,露亦染梨腮。远岫重叠出,寒花散乱开。所期终莫到,日暮与谁回。

枯树
老树无枝叶,风霜不复侵。腹穿人可过,皮剥蚁还寻。寄托惟朝菌,依投绝暮禽。犹堪持改火,未肯但空心。

元日酬蔡州马十二尚书去年蔡州元日见寄之什
元日新诗已去年,蔡州遥寄荷相怜。今朝纵有谁人领,自是三峰一作冬不敢眠。

咏灯花同侯十一
今夕知何夕,花然锦帐中。自能当雪暖,那肯待春红。黄里排金粟,钗头缀玉虫。更烦将喜事,来报主人公。

祖席前字送王涯徙袁州刺史作
祖席洛桥边,亲交共黯然。野晴山簇簇,霜晓菊鲜鲜。书寄相思处,杯衔欲别前。淮阳知不薄,终愿早回船。

秋字
淮南悲木落,而我亦伤秋。况与故人别,那堪鞞宦愁。荣华今异路,风雨昔同忧。莫以宜春远,江山多胜游。

送郑尚书权赴南海
番音潘禺音愚军府盛,欲说暂停杯。盖海旂幢出,连天观阁开。衙时龙户集,上日马人来。风静鹦鹉去,官廉蚌蛤回。货通师子国,乐奏武王台。事事皆殊异,无嫌屈大才。

答道士寄树鸡树鸡,木耳之大者
软湿青黄状可猜,欲烹还唤木盘回。烦君

自信华阳洞,直割乖龙左耳来。柳宗元《龙城录》:茅山道士吴绰,采药于华阳洞口,见一儿手把三珠,戏于松下。绰从之,奔入洞中,化为龙,以三珠填左耳中。绰剧其耳,而失其珠。冯贽《云仙录》:"天罚乖龙,必割其耳。"

左迁至蓝关示侄孙湘 湘,愈侄十二郎之子,登长庆三年进士第。

一封朝奏九重天,夕贬朝州—作阳路八千。欲为圣朝除弊事,肯将衰朽惜残年。云横秦岭家何在,雪拥蓝关马不前。知当远来应有意,好收吾骨瘴江边。

武关西逢配流吐番 谪潮州时途中作

嗟尔戎人莫惨然,湖南地近保生全。我今罪重无归望,直去长安路八千。

次邓州界

潮阳南去倍长沙,恋阙那堪又忆家。心讶愁来惟贮火,眼知别后自添花。商颜暮雪逢人少,邓鄙春泥见驿赊。早晚王师收海岳,普将雷雨发萌芽。

题临泷寺

不觉离家已五千,仍将衰病入泷船。潮阳—作州未到吾能—作人先说,海气昏昏水拍天。

晚次宣溪,辱韶州张端公使君惠书叙别,酬以绝句二章 《英华》题作晚次宣溪

韶州南去接宣溪,云水苍茫日向西。客泪数行先—作元自落,鹧鸪休傍耳边啼。

兼金那足比清文,百—作白首相随愧使君。俱是岭南巡管内,莫欺荒僻断知闻。

题秀禅师房

桥夹水松行百步,竹床—作林莞席到僧家。暂拳一手支头卧,还把鱼竿下钓—作晚沙。

将至—作入韶州先寄张端公使君借图经

曲江山水闻来久,恐不知名访倍—作更难。愿借图经将入界,每逢佳处便开看。

过始兴江口感怀

大历十四年,起居舍人韩会以罪贬韶州刺史,愈随会而迁,时年十岁。至是贬潮州,道过始兴,有感而作。

忆作儿童随伯氏,南来今只一身存。目前百口还相逐,旧事无人可共论。

韶州留别张端公使君 时宪宗元和十四年十月

来往再逢梅柳新,别离一醉绮罗春。久钦江总文才妙,自叹虞翻骨相屯。鸣笛急吹争—作催落日,清歌缓送款—作感行人。已知奏课当征拜,那复淹留咏白蘋。

从潮州量移袁州,张韶州端公以诗相贺,因酬之 时宪宗和十四年十月

明时远逐事何如,遇赦移官罪未除。北望讵令随塞雁,南迁才免葬江鱼。将经贵郡烦留客,先惠高文谢起予。暂欲系船韶石下,上宾虞舜整冠裾。

次石头驿寄江西王十中丞阁老 仲舒也,时为江南西道观察使。愈自袁还朝作寄。

凭高试回首—作回马,一望豫章城。人由—作犹恋德泣,马亦别群鸣。寒日夕始照,风江—作江风远渐平。默然都不语,应识此时情。

游—作题西林寺题—作故萧二兄郎中存旧堂 自注:萧兄有女出家。

中郎有女能传业,伯道无儿可保家。偶到匡—作庐山曾住处,几行衰泪落烟霞。—作今日山过旧隐,空将衰泪对烟霞。

自袁州还京,行次安陆,先寄随州周员外 周君巢也,时为随州刺史。

行行指汉东,暂喜笑言同。雨雪离江上,兼葭出梦中。面犹含瘴色,眼已见华风。岁暮难相值,酣歌示可终。

题广昌馆 在随州枣阳县南

白水龙飞已几春,偶逢—作寻遗迹问耕人。兵坟发掘当官路—作道,何处南阳有近亲。

寄随州周员外

　　陆孟丘杨久作尘，愈与陆长源、孟叔度、丘颖、杨凝及君巢，同为董晋幕客。同时存者更谁人。金丹别后知传得，乞取刀圭救病身。周好金丹服饵之术。

酒中留上襄阳李相公李逢吉也

　　愈元和十一年正月为中书舍人，而逢吉以其年二月自舍人拜相。

　　浊水污泥清路尘，还曾同制掌丝纶。眼穿长讶双鱼断，耳热何辞数爵频。银烛未销窗送曙，金钗半醉一作堕座添春。知公不久归钧轴，应许闲官寄病身。

去岁自刑部侍郎以罪贬潮州刺史，乘驿赴任一作之官，其后家亦谴逐，小女道死，殡之层峰驿旁一作之山下，蒙恩还朝一作今过其墓，留题驿梁

　　数条藤束木皮棺，草殡荒山白骨寒。惊恐入心身已病，扶舁音余沿路众知难。绕坟不暇号三匝，设祭惟闻饭一盘。臻汝无辜由我罪，百年惭痛泪阑干。

贺张十八秘书得裴司空马或作酬张秘书因骑马赠诗

　　司空远寄养初成，毛色桃花眼镜明。落日已曾交辔语，春风还拟并鞍行。长令奴仆知饥渴，须着贤良待性情。旦夕公归伸拜谢，免劳骑去逐双旌。

杏园送张切侍御一作郎归使

　　东风花树下，送尔出京城。久抱伤春意，新添惜别情。归来身已病，相见眼还明。更遣将诗酒，谁家逐后生。

雨中寄张博士籍、侯主簿喜

　　放朝还不报，半路蹋泥归。雨惯曾无节，雷频自失威。见墙生菌遍，忧麦作蛾飞。岁晚偏萧索，谁当救晋饥。

奉和兵部张侍郎贾酬郓州马尚书总祗召途中见寄开缄之日马帅已再领郓州之作

　　来朝当路日，承诏改辕时。再领须句音劬国，仍迁少昊司。总加检校刑部尚书。暖风抽宿麦，清雨卷归旗。赖寄新珠玉，长吟慰我思。

早春与张十八博士籍游杨尚书林亭，寄第三阁老兼呈白冯二阁老白居易、冯宿也。第三阁老，杨於陵之子嗣复也。

　　墙下春渠入禁沟，渠冰初破满渠浮。凤池近日长先暖，流到池时更一作见不流。

奉使常山，早次太原，呈副使吴郎中愈使镇州，吴丹以驾部郎中副行

　　朗朗闻街鼓，晨起似朝时。翻翻走驿马，春尽是归期。地失嘉禾处，风存蟋蟀辞。暮齿良多感，无事涕垂颐。

夕次寿阳驿题吴郎中诗后

　　风光欲动别长安，春半城边特地寒。不见园花兼巷柳，马头惟有月团团。

镇州初归

　　别来杨柳街头树，摆弄一作撼春风只欲飞。还有小园桃李在，留花不发待郎归。

同水部张员外籍曲江春游，寄白二十二舍人

　　漠漠轻阴晚自开，青天白日映楼台。曲江水满花千树，有底忙时不肯来。

和水部张员外宣政衙赐百官樱桃诗

　　汉家旧种明光殿，炎帝还书本草经。岂似满朝承雨露，共看传赐出青冥。香随翠笼擎初到一作重，色映一作照银盘写一作泻未停。食罢自知无所报，空然惭汗仰皇扃。

早春呈水部张十八员外二首

　　天街小雨润如酥，草色遥看近却无。最是一年春好处，绝胜烟一作花柳满皇都。

　　莫道官忙身老大，即无年少逐春心。凭君

先到江头看,柳色如今深未深。

送桂州严大夫同用南字殿谟也。题下或有赴任二字

　　苍苍森八桂,兹地在湘南。江作青罗带,山如碧玉篸音簪。户多输翠羽,家自种黄甘。远胜登仙去,飞鸾不假骖。

奉酬天平马十二仆射暇日言怀见寄之作马总时为郓曹濮等州观察使,军曰天平。

　　天平篇什外,政事亦无双。威令加徐土,儒风被鲁邦。清为公论重,宽得士心降。岁晏偏相忆,长谣坐北窗。

奉使镇州,行次承天行营,奉酬裴司空时穆宗长庆二年

　　窜逐三年海上归,逢公复此著征衣。旋吟佳句还鞭马,恨不身先去鸟飞。

镇州路上谨酬裴司空相公重见寄

　　衔命山东抚乱师,日驰三百自嫌迟。风霜满面无人识,何处如今更有诗。

奉和仆射裴相公感恩言志穆宗长庆二年,裴度罢,李逢吉为相。

　　文武功成一作成功后,居为百辟师。林园穷胜事,钟鼓乐清时。摆落遗高论,雕镌出小诗。自然无不可,范蠡尔其谁。

和仆射相公朝回见寄时牛李党炽,裴度介其间,累遭谤谑,故愈诗有高蹈之语。

　　尽瘁年将久,公今始暂闲。事随忧共减,诗与酒俱还。放意机衡外,收身矢石间。秋台风日回,正好看前山。

奉和李相公题萧家林亭逢吉也

　　山公自是林园主,叹惜前贤造作时。岩洞幽深门尽锁,不因丞相几人知。

奉和杜相公太清宫纪事陈诚上李相公十六韵杜元颖也。太清宫,玄元皇帝庙。

　　未耜兴姬国,輴丑伦切櫮力追切建夏家。在功诚可尚,于道讵为华。象帝威容大,仙宗宝历赊。卫门罗戟槊,图壁杂龙蛇。礼乐追尊盛,乾坤降福遐。四直皆齿列,天宝元年,亲享玄元皇帝于新庙,以庄子为南华真人、文子为通玄真人、列子为冲虚真人、庚桑子为洞虚真人、配享。二圣亦肩差。初太清宫成,命工于太白山采白石,为玄元真像。南面,玄宗、肃宗像侍立左右。阳月时之首,阴泉气未牙。殿阶铺水碧,庭炬坼金葩。紫极观忘倦,青词奏不哗。噌音铮吰音宏宫夜辟,嘈噍才曷切鼓晨挝陟瓜切。亵味陈奚取,名香荐孔嘉。垂祥纷可录,俾寿浩无涯。贵相山瞻峻,清文玉绝瑕。代工声问远,摄事敬恭加。皎洁当天月,葳蕤捧日霞。唱妍酬亦丽,俯仰但称嗟。

全唐诗卷三百四十五

韩愈

郓州谿堂诗 马总为郓曹濮节度观察等使,为堂于居之西北隅,号曰谿堂。以下四首,从文集录入。

帝奠九廛与廛同,有叶有年。有荒不一作有条,河岱廛间。及我宪考,一收一作牧正之。视邦选侯,以公来尸。公来尸之,人始未信。公不饮食,以训以徇。孰饥无食,孰呻孰叹。孰冤不问,不得分愿。孰为邦蟊一作蜉,节根之螟。羊很狼贪,以口覆城。吹之煦之,摩手拊之。箴一作针之石之,膊而磔之。凡公四封,既富以强。谓公吾父,孰违公令。可以师征,不宁守邦。公作谿堂,播播流水。浅有蒲莲,深有葭苇。公以宾燕,其鼓骇骇。公燕谿堂,宾校醉饱。流有跳鱼,岸有集鸟。既歌以舞,其鼓考考。公在谿堂,公御琴瑟。公暨宾赞,稽经诹律。施用不差,人用不屈。谿有蘋与萍同苡与菣同,有龟有鱼。公在中流,右诗左书。无

我斁遗,此邦是庥。

送张道士

大匠无弃材,寻尺各有施。况当营都邑,杞梓用不疑。张侯嵩高来,面有熊豹姿。开口论利害,剑锋白差差。恨无一尺捶一作箠,为国苔羌夷。诣阙三上书,臣非黄冠师。臣有胆与气,不忍死茅茨。又不媚笑语,不能伴儿嬉。乃著道士服,众人莫臣知。臣有平贼策,狂童不难治。其言简且要,陛下幸听之。天空日月高,下照理不遗。或是章奏繁,裁择未及斯。宁当不竢报,归袖风披披。答我事不尔,吾亲属吾思。昨宵梦倚门,手取连环持。今日有书至,又言归何时。霜天熟柿栗,收拾不可迟。岭北梁可构,寒鱼下清伊一作漪。既非公家用,且复还其私。从容进退间,无一不合宜。时有利不利,虽贤欲奚为。但当励前操,富贵非公谁。

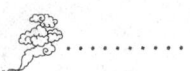

送郑十校理得洛字　郑余庆子瀚，本名涵，以文宗藩邸时名同，改名瀚。贞元十年进士，长安尉，集贤校理。愈以元和四年六月为都官员外郎，分司东都。涵求告来宁，愈于其行作诗并序以送之。

相公倦台鼎，分正—作政新邑洛。才子富文华，校雠天禄阁。寿觞佳节过，归骑春衫薄。鸟哢正交加，杨花共纷泊。亲交—作交亲谁不羡，去去翔寥廓。

送陆歙州傪

我衣之华兮，我佩之光。陆君之去兮，谁与翱翔。敛此大惠兮，施于一州。今其去矣，胡不为留。我作此诗，歌于远道。无疾其驱，天子有诏。

送汴州监军俱文珍　董晋为汴州陈留郡节度使，治汴州。俱文珍为监军。愈为观察推官，文珍将如京师，作序并诗送之。此首从《外集》文内录入。

奉使羌池静，临戎汴水安。冲天鹏翅阔，报国剑铓寒。晓日驱征骑，春风咏采兰。谁言臣子道，忠孝两全难。

赠崔立之　以下十五首见《外集》

昔年十日雨，子桑苦寒饥。哀歌坐空室—作房，一作屋，不怨但自悲。其友名子舆，忽然忧且思。褰裳触泥水，裹饭往食之。入门相对语，天命良不疑。好事漆园吏，书之存雄词。千年事已远，二子情可推。我读此篇日，正当寒—作雨雪时。吾身固已困，吾友复何为。薄粥不足裹，深泥谅难驰。曾无子舆事，空赋子桑诗。

海水—有诗字

海水非不广，邓林岂无枝。风波一荡薄，鱼鸟不可依。海水饶大波，邓林多惊风。岂无鱼与鸟，巨细各不同。海有吞舟鲸，邓有垂天鹏。苟非鳞羽大，荡薄不可能。我鳞不盈寸，我羽不盈尺。一木有余阴，一泉有余泽。我将辞海水，濯鳞清冷池。我将辞邓林，刷羽蒙笼枝。海水非爱广，邓林非爱枝。风波亦常事，鳞鱼自不宜—作不自疑。我鳞日已大，我羽日已修。风波无所苦，还作鲸鹏游。

赠河阳李大夫　李苊，河阳节度使。

四海失巢穴，两都困尘埃。感恩由犹古字通未报，惆怅空一来。裘破—作破裘气不暖，马羸—作羸马鸣且哀。主人情更重，空使剑锋摧。

苦寒歌

黄昏苦寒歌，夜半—作半夜不能休。岂不有阳春，节岁—作岁节聿其周—作岁事不其周，君何爱重裘。兼味养大贤，冰食葛制神所怜—作诚可怜。填窗塞户慎勿出，暄风暖景明年日。

芍药歌—本作王司马红芍药歌

丈人庭中开好花，更无凡木争春华。翠茎红蕊天力与，此恩不属黄钟家。温馨熟美鲜香起，似笑无言习君子。霜刀剪汝天女劳，何事低头学桃李。娇痴婢子无灵性—作性灵，竟挽春衫来比并。欲将双颊一睎—作稀红，绿窗磨遍青铜镜。一尊春酒甘若饴，丈人此乐无人知。花前醉倒歌者谁，楚狂小子韩退之。

赠徐州族侄　以下十三首见《遗集》

我年十八九，壮气起胸中。作书献云阙，辞家逐秋蓬。岁时易迁次，身命多厄穷。一名虽云就，片禄不足充。今者复何事，卑栖寄徐戎。萧条资用尽，濩落门巷空。朝眠未能起，远怀方郁惊。击门者谁子，问言乃吾宗。自云有奇术，探妙知天工。既往怅何及，将来喜还通。期我语非佞，当为佐时雍。

嘲鼾睡

澹师昼睡时，声气一何猥。顽飙吹肥脂，坑谷相嵬磊。雄哮乍咽绝，每发壮益倍。有如阿鼻尸，长唤忍众罪。马牛惊不食，百鬼聚相待。木枕十字裂，镜面生痱音肥瘤音晶。铁佛闻皱眉，石人战摇腿。孰云天地仁，吾欲责真宰。幽寻虱搜耳，猛作涛翻海。太阳不忍明，飞御皆惰怠。乍如彭与黯，呼冤受菹醢。又如圈中虎，号疮兼吼馁。虽令伶伦吹，苦韵难可改。

虽令巫咸招，魂爽难复在。何山有灵药，疗此愿与采。

　　澹公坐卧时，长睡无不稳。吾尝闻其声，深虑五藏损。黄河弄溃薄，梗涩连拙鲅。南帝初奋槌，凿窍泄混沌。迥然忽长引，万丈不可忖。谓言绝于斯，继出方衮衮。幽幽寸喉中，草木森苯音本尊音忖。盗贼虽狡狯，亡魂敢窥阃。鸿蒙总合杂，诡谲骋戾很。乍如斗呶呶，忽若怨恳恳。赋形苦不同，无路寻根本。何能堙其源，惟有土一畚。

昼月

　　玉碗不磨著泥土，青天孔出白石补。兔入臼藏蛙缩肚，桂树枯株女闭户。阴为阳羞固自古，嗟汝下民或敢侮，戏嘲盗视汝目瞽。

赠张徐州莫辞酒

　　莫辞酒，此会固难同。请看女工机上帛，半作军人旗上红。莫辞酒，谁为君王之爪牙？春雷三月不作响，战士岂得来还家。

辞唱歌

　　抑逼教唱歌，不解看艳词。坐中把酒人，岂有欢乐姿。幸有伶者妇，腰身如柳枝。但令送君酒，如醉如憨痴。声自肉中出，使人能逶随。复遣悭吝者，赠金不皱眉。岂有长直夫，喉中声雌雌。君心岂无耻，君岂是女儿。君教发直言，大声无休时。君教哭古恨，不肯复吞悲。乍可阻君意，艳歌难可为。

知音者诚希

　　知音者诚希，念子不能别。行行天未晓，携酒踏明月。

同窦牟韦执中寻刘尊师不遇以同寻师三字为韵，愈分得寻字。

　　秦客何年驻，仙源此地深。还随蹑凫骑，来访驭风襟。院闭青霞入，松高老鹤寻。犹疑隐形坐，敢起窃桃心。

春雪

　　片片驱鸿急，纷纷逐吹斜。到江还作水，著树渐成花。越喜飞一作非排瘴，胡愁厚一作原盖砂。兼云封洞口，助月照天涯。瞑见迷巢鸟，朝逢失辙车。呈丰尽相贺，宁止力耕家。

酬蓝田崔丞立之咏雪见寄

　　京城数尺雪，寒气倍常年。泯泯都无地，茫茫岂是天。崩奔惊乱射，挥霍讶相缠。不觉侵堂陛，方应折屋椽。出门愁落道，上马恐平鞯。朝鼓矜凌起，山斋酩酊眠。吾方嗟此役，君乃咏其妍。冰玉清颜隔，波涛盛句传。朝飧思共饭，夜宿忆同毡。举目无非白，雄文乃独玄。

潭州泊船呈诸公

　　夜寒眠半觉，鼓笛闹嘈嘈。暗浪舂楼堞，惊风破竹篙。主人看使范一作帆，去声，客子读离骚。闻道松醪贱，何须吝错刀。

饮城南道边古墓上逢中丞过赠礼部卫员外少室张道士

　　偶上城南土骨堆，共倾春酒三五杯。为逢桃树相料音聊理，不觉中丞喝道来。

池上絮

　　池上无风有落晖，杨花晴后自飞飞。为将纤质凌清镜，湿却无穷不得归。

赠贾岛以下二首见《万首绝句》

　　孟郊死葬北邙山，从此风云得暂闲。天恐文章浑断绝，更生贾岛着人间。

赠译经僧

　　万里休言道路赊，有谁教汝度流沙。只今中国方多事，不用无端更乱华。

全唐诗卷三百四十六

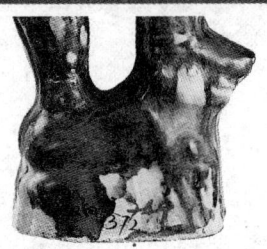

王涯

王涯,字广津,太原人。博学,工属文。贞元中,擢进士。又举宏辞,调蓝田尉,以左拾遗为翰林学士,进起居舍人。宪宗元和初,贬虢州司马,徙袁州刺史。以兵部员外郎召知制诰,再为翰林学士,累迁工部侍郎。涯文有雅思,永贞、元和间,训诰温丽,多所槁定。拜中书侍郎、同中书门下平章事。寻罢,再迁吏部侍郎。穆宗立,出为剑南、东川节度使。长庆三年,入为御史大夫,迁户部尚书、盐铁转运使。敬宗宝历时,复出领山南西道节度使。文宗嗣位,召拜太常卿,以吏部尚书总盐铁。岁中,进尚书右仆射、代郡公。久之,以本官同中书门下平章事,俄检校司空、兼门下侍郎。李训败,乃及祸。集十卷。今编诗一卷。

享惠昭太子庙乐章 送神

威仪毕陈,备乐将阕。苞茅酒缩,菁萧香彻。宫臣展事,肃雍在列。迎精送往,厥鉴昭晰。

望禁门松雪

宿云开霁景,佳气此时浓。瑞雪凝清禁,祥烟幂小松。依稀鸳瓦出,隐映凤楼重。金阙晴光照,琼枝瑞色封。叶铺全类玉,柯偃乍疑龙。讵比寒山上,风霜老昔容。

广宣上人以诗贺放榜和谢

延英面奉入春闱,亦选功夫亦选奇。在冶只求金不耗,用心空学秤无私。龙门变化人皆望,莺谷飞鸣自有时。独喜至公谁是证,弥天上人与新诗。

九月九日勤政楼下观百僚献寿

御气黄花节,临轩紫陌头,早阳生彩仗,霁色入仙楼。献寿皆鹓鹭,瞻天尽冕旒。菊樽过九日,凤历肇千秋。乐奏薰风起,杯酬瑞影收。年年歌舞度,此地庆皇休。

春游曲二首

万树江边杏,新开一夜风。满园深浅色,照在绿波中。

上苑何穷树,花间次第新。香车与丝骑,风静亦生尘。

太平词

风俗今和厚,君王在穆清。行看采华曲,尽是泰阶平。

送春词

日日人空老,年年春更归。相欢在樽酒,不用惜花飞。

塞上曲二首

天骄远塞行,出鞘宝刀鸣。定是酬恩日,今朝觉命轻。

塞虏常为敌,边风已报秋。平生多志—作意气,箭底觅封侯。

陇上行

负羽到边州,鸣笳度陇头。云黄知塞近,草白见边秋。

思君恩

鸡鸣天汉晓,莺语禁林春。谁入巫山梦,唯应洛水神。

春闺思

雪尽萱抽叶,风轻水变苔。玉关音信断,又见发庭梅。

春江曲

摇漾越江春,相将采白蘋。归时不觉夜,出浦月随人。

闺人赠远五首

花明绮陌春,柳拂御沟新。为报辽阳客,流芳—作光不待人。

远戍功名薄,幽闺年貌伤。妆成对春树,不语泪千行。

形影一朝别,烟波千里分。君看望君处,只是起行云。

啼莺—作莺啼绿树深,语燕—作燕语雕梁晚。不省出门行,沙场知近远。

洞房今夜月,如练复如霜。为照离人恨,亭亭到晓光。

从军词三首

戈—作𫐓甲从军久,风云识阵难。今朝拜韩信,计日斩成安。

燕领多奇相,狼头敢犯边。寄言班定远,正是立功年。

旄头夜落捷书飞,来奏金门著赐衣。白马将军频破敌,黄龙戍卒几时归。

塞下曲二首

辛勤几出黄花戍,迢递初随细柳营。塞晚每愁残月苦,边愁更逐断蓬惊—作声。

年少辞家从冠军,金妆宝剑去邀勋。不知马骨伤寒水,唯见龙城起暮云。

平戎辞

太白秋高助发兵,长风夜卷虏尘清。男儿解却腰间剑,喜见从王道化平。

游春词二首

曲江绿—作丝柳变烟条,寒谷冰随暖气销。才见春光生绮陌,已闻清乐动云韶。

经过柳陌与桃蹊,寻逐春光著处迷。鸟度时时冲絮起,花繁衮衮厌枝低。

秋思二首

网—作丝轩凉吹动轻衣,夜听更长玉漏稀。月度天河光转湿,鹊惊秋树叶频飞。

宫连太液见沧波,暑气微消秋意多。一夜清风蘋末起,露珠翻尽满池荷。

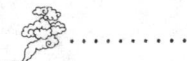

汉苑行
　　二月春风遍柳条,九天仙乐奏云韶。蓬莱殿后—作后殿花如锦,紫阁阶前雪未销。

秋夜曲
　　桂魄初生秋露微,轻罗已薄未更衣。银筝夜久殷勤弄,心怯空房不忍归。

献寿辞
　　宫殿参差列九重,祥云瑞气捧阶—作皆浓。微臣欲献唐尧寿,遥指南山对衮龙。

秋思赠远二首
　　当年只自守空帷—作闺,梦里关山觉别离。不见乡书传雁足,唯看新月吐蛾眉。

　　厌攀杨柳临清阁,闲采芙蕖傍碧潭。走马台边人不见,拂云堆畔战初酣。

春闺思—作闺人春思
　　愁见游空百尺—作丈丝,春风挽—作惹断更伤离。闲—作桃花落尽—作遍青—作苍苔地,尽日无人谁得知。

宫词三十首存二十七首
　　白—作内人宜著紫衣裳,冠子梳头双眼长。新睡起来思旧梦,见人忘却道胜常。

　　春来新插翠云钗,尚著云头踏殿鞋。欲得君王回一顾,争扶玉辇下金阶。

　　五更初起觉风寒,香炷烧来夜已残。欲卷珠帘惊雪满,自将红烛上楼看。

　　各将金锁锁宫门,院院青娥侍—作待至尊。头白监门掌来去,问频多是最承恩。

　　夜久盘中蜡滴稀,金刀剪起尽霏霏。传声总是君王唤,红烛台前著舞衣。

　　筝翻禁曲觉声难,玉柱皆非旧处安。记得君王曾道好,长固下辇得—作最先弹。

　　一丛高鬓绿云光,官—作宫样轻轻淡淡黄。为看九天公—作宫主贵,外边争学内家装。

　　宜春院里驻仙舆,夜宴笙歌总不如。传索金笺题宠号,镫前御笔与亲书。

　　永巷重门渐半开,宫官著锁隔门回。谁知曾笑他人处,今日将身自入来。

　　春风帘里旧青娥,无奈新人夺宠何。寒食禁花开满树,玉堂终日闭时多。

　　碧绣檐前柳散垂,守门宫女欲攀时。曾经玉辇从容处,不敢临风折一枝。

　　鸦飞深在禁城墙,多绕重楼复殿傍。时向春檐瓦沟上,散开朝—作双翅占朝光。

　　白雪猧儿拂地行,惯眠红毯不曾惊。深宫更有何人到,只晓金阶吠晚萤。

　　百尺仙梯倚阁边,内人争下掷金钱。风来竞看铜乌转,遥指朱竿在半天。

　　春风摆荡禁花枝,寒食秋千满地时。又落深宫石渠里,尽随流水入龙池。

　　墙—作雕墙不断接宫城,金榜皆书殿院名。万转千回相隔处,各调弦管对闻声。

　　霏霏春雨九重天,渐暖龙池御柳烟。玉辇游时应不避,千廊万屋自相连。

　　禁门—作前烟起紫沉沉,楼阁当中复道深。长入暮天凝不散,掖庭宫里动秋砧。

　　炎炎夏日满天时,桐叶交加覆玉墀。向晚移镫上银簟,丛丛绿鬓坐弹棋。

　　曈曈日出大明宫,天乐遥闻在碧空。禁树无风正和暖,玉楼金殿晓光中。

　　迥出芙蓉阁上头,九天悬处正当秋。年年七夕晴光里,宫女穿针尽上楼。

　　教来鹦鹉语初成,久闭金笼惯认名。总向春园看花去,独于深院笑—作唤人声。

　　银瓶泻水欲朝妆,烛焰红高粉壁光。共怪满衣珠翠冷,黄花瓦上有新霜。

　　迎风殿里罢云和,起听新蝉步浅莎。为爱九天和露滴,万年枝上最声多。

御果收时属内官,傍檐低压玉阑干。明朝摘向金华殿,尽日枝边次第看。

内里松香满殿闻,四行阶下暖氤氲。春深欲取黄金粉,绕树宫娥著绛裙。

禁树传声在九宵,内中残火独遥遥。千官待取门犹闭,未到宫前下马桥。

全唐诗卷三百四十七

贾棱

贾棱,贞元八年进士第。诗一首。

御沟新柳

御苑阳和早,章沟柳色新。托根偏近日,布叶乍迎春。秀质方含翠,清阴欲庇人。轻云度斜景,多露滴行尘。袅袅堪离赠,依依独望频。王孙如可赏,攀折在芳辰。

刘遵古

刘遵古,贞元八年进士第。诗一首。

御沟新柳

韶光先禁柳,几处覆沟新。映水疑分翠,含烟欲占春。悠悠迟日晚,袅袅好风频。吐节茸犹嫩,通条泽稍均。远和瑶草色,暗拂玉楼尘。愿假骞飞便,归栖及此辰。

李正封

李正封,官监察御史。诗五首。

洛阳清明日雨霁

晓日清明天,夜来嵩少雨。千门尚烟火,九陌无尘土。酒绿河桥春,漏闲宫殿午。游人恋芳草,半犯严城鼓。

咏露

霏霏灵液重,云表无声落。沾树急玄蝉,洒池栖皓鹤。流尘清远陌,飞月澄高阁。宵润玉堂帘,曙寒—作贾金井索。佳人比珠泪,坐感红绡薄。

夏游招隐寺暴雨晚晴

竹柏风雨过—作清风过,萧疏台殿凉。石渠写奔溜,金刹照颓阳。鹤飞—作去岩烟碧,鹿鸣涧草香。山僧引清梵,幡盖绕回廊。

禅门寺暮钟一作刘复诗

　　簨虡高悬于阗钟,黄昏发地殷龙宫。游人忆到嵩山夜,叠阁连楼倚太空。

贡院楼北新栽小松

　　青苍初得地,华省植来新。尚带山中色,犹含洞里春。近楼依北户,隐砌净游尘。鹤寿应成盖,龙形未有鳞。为梁资大厦,封爵耻嬴秦。幸此观光日,清风屡得亲。

崔立之

　　崔立之,贞元进士第。诗三首。

南至隔仗望含元殿香炉

　　千官望长至,万国拜含元。隔仗炉光出,浮霜烟气翻。飘飘萦内殿,漠漠澹前轩。圣日开如捧,卿云近欲浑。轮囷洒宫阙,萧索散乾坤。愿倚天风便,披香奉至尊。

曲池洁寒流

　　闲寻欹岸步,因向曲池看。透底何澄彻,回流乍屈盘。稍随高树古,迥与远天寒。月入镜华转,星临珠影攒。纤鳞时蔽石,转吹或生澜。愿假涓微效,来濡拙笔端。

赋得春风扇微和

　　时令忽已变,年光俄又春。高低惠风入,远近芳气新。靡靡才偃草,泠泠不动尘。温和乍扇物,煦妪偏感人。去出桂林漫,来过蕙圃频。晨辉正澹荡,披拂长相亲。

郭遵

　　郭遵,贞元进士第。诗二首。

南至日隔仗望含元殿香炉一作裴次元诗

　　冕旒亲负扆,卉服尽朝天。旸谷移初日,金炉出御烟。芬馨流远近,散漫入貂蝉。霜仗凝逾白,朱栏映转鲜。如看浮阙在,稍觉逐风迁。为沐皇家庆,来瞻羽卫前。

赋得春风扇微和

　　微风飘淑气,散漫及兹晨。习习何处至,熙熙与春亲。暖空看早辨,映日度逾频。高拂非烟杂,低垂众卉新。霁天轻有霭,绮陌尽无尘。还似登台意,元和欲煦人。

韦纾

　　韦纾,贞元进士第。诗一首。

赋得风动万年枝

　　嘉名标万祀,擢秀出深宫。嫩叶含烟霭,芳柯振惠风。参差摇翠色,绮靡舞晴空。气禀祯祥异,荣沾雨露同。天年方未极,圣寿比应崇。幸列华林里,知殊众木中。

樊阳源

　　樊阳源,贞元进士第。诗一首。

赋得风动万年枝

　　珍木罗前殿,乘春任好风。振柯方袅袅,舒叶乍濛濛。影动丹墀上,声传紫禁中。离披偏向日,凌乱半分空。轻拂祥烟散,低摇翠色同。长令占天眷,四气借全功。

许稷

　　许稷,贞元进士第。诗二首。

赋得风动万年枝

　　琼树偏春早,光飞处处宜。晓浮三殿日,暗度万年枝。婀娜摇仙禁,缤翻映玉池。含芳烟乍合,拂砌影初移。为近韶阳煦,皆先众卉垂。成阴知可待,不与众芳随。

闰月定四时

　　玉律穷三纪,推为积闰期。月余因妙算,岁遍自成时。乍觉年华改,翻怜物候迟。六旬知不惑,四气本无欺。月桂亏还正,阶蓂落复滋。从斯分历象,共仰定毫厘。

范传正

范传正,贞元中,举进士、宏辞,皆高第。诗三首。

谢真人还旧山

麾盖从仙府,笙歌入旧山。水流丹灶缺,云起草堂关。白鹿行为卫,青鸾舞自闲。种松鳞未立,移石藓仍斑。望路烟霞外,回舆岩岫间。岂唯辽海鹤,空叹令威还。

范成君击洞阴磬

历历闻金奏,微微下玉京。为祥家谍久,偏识洞阴名。澹伫人间听,铿锵古曲成。何须百兽舞,自畅九天情。注目看无见,留心记未精。云霄如可托,借鹤向层城。

赋得春风扇微和

暧暧当迟日,微微扇好风。吹摇新叶上,光动浅花中。澹荡凝清昼,氤氲暧碧空。稍看生绿水,已觉散芳丛。徙倚情偏适,裴回赏未穷。妍华不可状,竟夕气融融。

豆卢荣

豆卢荣,贞元进士。诗一首。

赋得春风扇微和

春晴生缥缈,软吹和初遍。池影动渊沦,山容发葱蒨。迟迟入绮阁,习习流芳甸。树杪飐莺啼,阶前落花片。韶光恐闲放,旭日宜游宴。文客拂尘衣,仁风愿回扇。

邵偃

邵偃,贞元中进士。诗一首。

赋得春风扇微和

微风扇和气,韶景共芳晨。始见郊原绿,旋过御苑春。三条开广陌,八水泛通津。烟动花间叶,香流马上人。逶迤云彩曙,嘹唳鸟声频。为报东堂客,明朝桂树新。

柳道伦

柳道伦,贞元中进士。诗一首。

赋得春风扇微和

青阳初入律,淑气应春风。始辨梅花里,俄分柳色中。依微开夕照,澹荡媚晴空。拂水生蘋末,经岩触桂丛。稍抽兰叶紫,微吐杏花红。愿逐仁风布,将俾生植功。

陈九流

陈九流,贞元中进士。诗一首。

赋得春风扇微和

喜见阳和至,遥知橐籥功。迟迟散南陌,袅袅逐东风。暗入芳园一作畦里,潜吹草木中。兰荪才有绿,桃杏未成红。已觉寒光尽,还看淑气通。由来荣与悴,今日发应同。

夏方庆

夏方庆,贞元中进士。诗一首。

谢真人仙驾还旧山

何年成道去,绰约化童颜。天上辞仙侣,人间忆旧山。沧桑今已变,萝蔓尚堪攀。云覆瑶坛净,苔生丹灶闲。逍遥堪白石,寂寞闭玄关。应是悲尘世,思将羽驾还。

全唐诗卷三百四十八

陈羽

陈羽,江东人。登贞元进士第。历官乐宫尉佐。诗一卷。

公子行

金羁白面郎,何处踏青来。马娇郎半醉,躞蹀望楼台。似见楼上人,玲珑窗户开。隔花闻一笑,落日不知回。

古意

十三学绣罗衣裳,自怜红袖闻馨香。人言此是嫁时服,含笑不刺双鸳鸯。郎年十九髭未生,拜官天下闻郎名。车马骈阗贺门馆,自然不失为公卿。是时妾家犹未贫,兄弟出入双车轮。繁华全盛两相敌,与郎年少为婚姻。郎家居近御沟水,豪门客尽蹑珠履。雕盘酒器常不干,晓入中厨妾先起。姑嫜严肃有规矩,小姑娇憨意难取。朝参暮拜白玉堂,绣衣著尽黄金缕。妾貌渐衰郎渐薄,时时强笑意索寞。知郎本来无岁寒,几回掩泪看花落。妾年四十丝满头,郎年五十封公侯。男儿全盛日忘旧,银床羽帐空飕飕。庭花红遍蝴蝶飞,看郎佩玉下朝时。归来略略不相顾,却令侍婢生光辉。郎恨妇人易衰老,妾亦恨深不忍道。看郎强健能几时,年过六十还枯槁。

长相思

相思长一作复相思,相思无限极。相思苦相思,相思损容色。容色真可惜,相思不可彻。日日长相思,相思肠断绝。肠断绝,泪还续,闲人莫作相思曲。

送戴端公赴容州

分命诸侯重,葳蕤绣服香。八蛮治险阻一作路,千骑踏繁霜。山断旌旗出,天晴剑佩光。还将小戴礼,远出化南方。

送殷华之洪州

离堂悲楚调,君奏豫章行。愁处雪花白,梦中江水清。扣船歌月色,避浪宿猿声。还作经年别,相思湖草生。

春日晴原野望

东风吹暖气,消散入晴天。渐变池塘色,欲生杨柳烟。蒙茸花向月,潦倒客经年。乡思应愁望,江湖春水连。

湘妃怨

舜欲省蛮陬,南巡非逸游。九山沉白日,二女泣沧洲。目极楚云断,恨连湘水流。至今闻鼓瑟,咽绝不胜愁。

冬晚送友人使西蕃

驿使向天西,巡羌复入氐。玉关晴有雪,砂碛雨无泥。落泪军中笛,惊眠塞上鸡。逢春乡思苦,万里草萋萋。

春园即事

水隔群物远,夜深风起频—作蘋。霜中千树橘,月下五湖人。听鹤忽忘寝,见山如得邻。明年还到此,共看洞庭春。

送友人及第归江东

五陵春色泛花枝,心醉花前远别离。落羽—作第耻为关右客,成名空羡里中儿。都门雨歇愁分处,山店灯残梦到时。家住洞庭多钓伴,因—作同来相贺话相思。

梓州与温商夜别—作夜别温商梓州

凤皇城里花时别,玄武江边月下逢。客舍莫辞先买酒,相门曾忝共—作旧登龙。迎风骚屑千家竹,隔水悠扬午夜钟。明日又行西蜀路,不堪天际远山重。

长安卧病秋夜言怀

九重门锁禁城秋,月过南宫渐映楼。紫陌夜深槐露滴,碧空云尽火星流。风清刻漏传三殿,甲第歌钟乐五侯。楚客病来乡思苦,寂寥灯下不胜愁。

喜雪上窦相公—作朱湾诗

千门万户雪花浮,点点无声落瓦沟。全似玉尘销更积,半成冰水—作片结—作约还流。光添—作含曙色连—作清天远—作苑,轻逐春—作微风绕玉—作御楼。平地已沾盈尺润,年丰须荷—作待富人侯。

宴杨驸马山亭—作朱湾诗

垂杨拂岸草茸茸,绣户窗前花影重。鲙下玉盘红缕细,酒开金瓮绿醅醲。中朝驸马何平叔,南国词人陆士龙。落日泛舟同醉处,回潭百丈映千峰。

西蜀送许中庸归秦赴举

春色华阳国,秦人此别离。驿楼横水影,乡路入花枝。日暖莺飞好,山晴马去迟。剑门当石隘,栈阁入云危。独鹤心千里,贫交酒一卮。桂条攀偃蹇,兰叶藉参差。旅梦惊蝴蝶,残芳怨子规。碧霄今夜月,惆怅上峨嵋。

小苑春望宫池柳色—作御沟新柳

宛宛如丝柳,含黄一望新。未成沟上暗,且向日边春。袅娜方遮水,低迷欲醉人。托空芳郁郁,逐溜影鳞鳞。弄水滋宵露,垂枝染夕尘。夹堤连太液,还似映天津。

中秋夜临镜湖望月

镜里秋宵望,湖平月彩深。圆光珠入浦,浮照鹊惊林。潋动—作荡光还碎,婵娟影不沉。远时生岸曲,空处落波心。迥彻轮初满,孤明魄未侵。桂枝如可折,何惜夜登临。

江上愁思二首

江上翁开门,开门向衰草。只知愁子孙,不觉生涯老。

江上草茎枯,茎枯叶复焦。那堪芳意尽,夜夜没寒潮。

梁城老人—作父怨—作司空曙诗

朝为耕种人,暮作刀枪鬼。相看父子血,

共染城濠水。

送灵一上人
十年劳远别，一笑喜相逢。又上青山去，青山千万重。

经夫差庙
姑苏城畔千年木，刻作夫差庙里神。冠盖寂寥尘满室，不知箫鼓乐何人。

九月十日即事
汉江天外东流去，巴塞连山万里秋。节过重阳人病起，一枝残菊不胜愁。

夏日宴九华池赠主人
池上凉台五月凉，百花开尽水芝香。黄金买酒邀诗客，醉倒檐前青玉床。

长安早春言志
九衢日暖树苍苍，万里吴人忆水乡。汉主未曾亲羽猎，不知将底谏君王。

读苏属国传
天山西北居延海，沙塞重重不见春。肠断帝乡遥望日，节旄零落汉家臣。

吴城览古
吴王旧国水烟空，香径无人兰叶红。春色似怜歌舞地，年年先发馆娃宫。

犍为城下夜泊闻夷歌
犍为城下牂牁路，空冢滩西贾客舟。此夜可怜江上月，夷歌铜鼓不胜愁。

和王中丞使君春日过高评事幽居
风光满路旗幡出，林下高人待使君。笑藉紫兰相向醉，野花千树落纷纷。

和王中丞中和日
节应中和天地晴，繁弦叠鼓动高城。汉家分刺诸侯贵，一曲阳春江水清。

同韦中丞花下夜饮赠歌人
银烛煌煌半醉人，娇歌宛转动朱唇。繁花落尽春风里，绣被郎官不负春。

若耶溪逢陆澧
溪上春晴聊看竹，谁言驿使此相逢。担簦蹑屦仍多病，笑杀云间陆士龙。

夜泊荆溪
小雪已晴芦叶暗，长波乍急鹤声嘶。孤舟一夜宿流水，眼看山头月落溪。

南山别僧
惆怅人间多别离，梅花满眼独行时。无家度日多为客，欲共山僧何处期。

戏题山居二首
云盖秋松幽洞近，水穿危石乱山深。门前自有千竿竹，免向人家看竹林。

虽有柴门长不关，片云高木共身闲。犹嫌住久人知处，见欲移居更上山。

山中秋夜喜周士闲见过
青山高处上不易，白云深处行亦难。留君不宿对秋月，莫厌山空泉石寒。

过栎阳山溪
众草穿沙芳色齐，踏莎行草过春溪。闲云相引上山去，人到山头云欲低。

姑苏台怀古
忆昔吴王争霸日，歌钟满地上高台。三千宫女看花处，人尽台崩花自开。

将归旧山留别
相共游梁今独还，异乡摇落忆空山。信陵死后无公子，徒向夷门学抱关。

游洞灵观
初访西城礼少君，独行深入洞天云。风吹青桂寒花落，香绕仙坛处处闻。

旅次沔阳，闻克复，而用师者穷兵黩武，因书简之

江上烟消汉水清，王师大破绿林兵。干戈用尽人成血，韩信空传壮士名。

湘君祠 一作湘妃怨

二妃怨处云沉沉，二妃哭处湘水深。商人酒滴庙前草，萧索一作飒风生斑竹林。

送辛吉甫常州觐省 辛一作章

西去兰陵家不远，到家还及采兰时。新年送客我为客，惆怅门前黄柳丝。

题舞花山大师遗居

西过流沙归路长，一生遗迹在东方。空堂寂寞闭灯影，风动四山松柏香。

广陵秋夜对月即事

霜落寒空月上楼，中秋歌吹一作饮唱满扬州。相看醉舞倡楼月，不觉隋家陵树秋。

早秋沪水送人归越

凉叶萧萧生远风，晓鸡飞度望春宫。越人归去一摇首一作落，肠断马嘶秋水东。

小江驿送陆侍御归湖上山

鹤唳天边秋水空，荻花芦叶起西风。今夜渡江一作渡头何处宿，会稽山在月明中。

送李德舆归穿石洞山居

乌巾年少归何处，一片彩霞仙洞中。惆怅别时花似雪，行人不肯醉春风。

酬幽居闲上人喜及第后见赠

九霄心在劳相问，四十年间岂足惊。风动自然云出岫，高僧不用笑浮生。

洛下赠彻公

天竺沙门洛下逢，请为同社笑相容。支颐忽望碧云里，心爱嵩山第几重。

观朱舍人归葬吴中

翩翩绛旐寒流上，行引东归万里魂。几处州人临水哭，共看遗草有王言。

题清镜寺留别

路入千山愁自知，雪花撩乱压松枝。世人并道离别苦，谁信山僧轻别离。

从军行

海畔风吹冻泥裂，枯桐叶落枝梢折。横笛闻声不见人，红旗直上天山雪。

宿淮阴作

秋灯点点淮阴市，楚客联樯宿淮水。夜深风起鱼鳖腥，韩信祠堂明月里。

春日南山行

处处看山不可行，野花相向笑无成。长嫌为客过州县，渐被时人识姓名。

步虚词二首

汉武清斋读鼎书，太一作内官扶上画云车。坛上月明宫殿闭，仰看星斗礼空虚。

楼殿层层阿母家，昆仑山顶驻红霞。笙歌出见穆天子，相引笑看琪树花。

襄阳过孟浩然旧居

襄阳城郭春风起，汉水东流去不还。孟子死来江树老，烟霞犹在鹿门山。

送友人游嵩山

嵩山归路绕天坛，雪影松声满谷寒。君见九龙潭上月，莫辞清夜访袁安一作水中看。

伏翼西洞送夏方庆

洞里春晴花正开，看花出洞几时回。殷勤好去武陵客，莫引世人相逐来。

赠人

或棹孤舟或杖藜，寻常适意钓长溪。草堂竹径在何处，落日孤烟寒渚西。

句

稚子新能编笋笠，山妻旧解补荷衣。秋山隔岸清猿叫，湖水当门白鸟飞。见《锦绣万花谷》。

全唐诗卷三百四十九

欧阳詹

欧阳詹,字行周,晋江人。常衮荐之,始举进士。闽人擢第自詹始。官国子监四门助教。集十卷。今编诗一卷。

东风二章并序

东风,美陇西公也。贞元十二年,相国东都守陇西董公牧于浚。浚军自剿淮夷二孽灵曜、希烈,矜功多悖,师用匪律,人亦由残。陇西公和为谋舆,仁为化车。既去凶渠,黎甿以苏,东风解凝发蛰之不若。作《东风诗》二章,首美去凶渠也。其卒章,美苏甿也。

东风叶时,匪沃匪飘。莫雪凝川,莫阴沍郊。朝不徯夕乃销。东风之行地上兮。上德临愿,匪戮匪枭。莫暴在野,莫丑在阶。以踣以殀,夕不徯朝。陇西公来浚都兮。

东风叶时,匪凿匪穰。莫蛰在泉,莫枯在条。宵不徯晨乃繇。东风之行地上兮。上德为政,匪食匪招。莫顾于家,莫流于辽。以饱以回,最不徯宵。陇西公来浚都兮。

有所恨二章并序

有所恨,由故人马绅死而兴也。予待试京师六年,与马生相知者四秋。性与情相合也,衣与食相同也。予及第,归觐故园。自别来,无忆不至于襟怀,无想不至于姿容。愿一促膝,愍如也。昨既至止,马生且疾。巫者忌以见人,曰:"不见即愈,见即害。"遂忍即见,庶以求见。忍者五日,马生云亡。噫!故人也,昔越万里,犹求见焉。惑乎一言,蔽乎一垣,而死生以之。死生之道,千秋之离也。五日之面,半旬之欢也。尚可半旬之欢不就,而卒甘千秋之离,一恨也。又与生别,掺执都门,生脱紫罗半臂。曰:"即日相去秦吴,聊以为忆。"予贫也,素乏衣服,不暇藏箧笥,联绵在身。二年间,同弊帛以弃,所以新而轻著,故而不留者,予实未衰。马其方少尔,斯谓日相与也,所留何止在兹乎?今人既往,所赠又造次而亡之,二恨也。申二恨为有所恨二章云。

相思君子,吁嗟万里。亦既至止,曷不觐止。本不信巫,谓巫言是履。在门五日,如待之死。有所恨兮。

相思遗衣,为忆以贻。亦既受止,曷不保持。本不欺友,谓友情是违。隔生之赠,造次亡之。有所恨兮。

玩月并序

月可玩。玩月,古也。谢赋、鲍诗、朓之庭前、亮之楼中,皆玩月也。贞元十二年,瓯闽君子陈可封游在秦,寓于永崇里华阳观,予与乡人安阳邵楚长、济南林蕴、颍川陈诩亦旅长安。秋八月十五夜,诣陈之居。修厥玩事,月之为玩。冬则繁霜大寒,夏则蒸云大热。云蔽月,霜侵人。蔽与侵,俱害乎玩。秋之于时,后夏先冬。八月于秋,季始孟终。十五于夜,又月之中。稽于天道,则寒暑均。取于月数,则蟾兔圆。况埃壒不流,大空悠悠。蝉娟裴回,桂华上浮。升东林,入西楼,肌骨与之疏凉,神气与之清冷。四君子悦而相谓曰:"斯古人所以为玩也。"既得古人所玩之意,宜袭古人所玩之事,作《玩月诗》云。

八月十五夕,旧嘉蟾兔光。斯从古人好,共下今宵堂。素魄皎孤凝,芳辉纷四扬。裴回林上头,泛滟天中央。皓露助流华,轻风佐浮凉。清冷到肌骨,浩白盈衣裳。惜此苦宜玩,揽之非可将。含情顾广庭,愿勿沉西方。

咏德上韦检察 即韦相皋之弟也,名缜。

少华类太华,太室似少室。亚相与丞相,亦复无异质。渟如月临水,肃若松照日。辉影互光澄,阴森两葱郁。连城鸾凤分,同气龟龙出。并力革夷心,通筹整师律。英豪愿回席,蛮貊皆屈膝。中外行分途,寰瀛待—作溥清谧。

寓兴

桃李有奇质,樗栎无妙姿。皆承庆云沃,一种春风吹。美恶苟同归,喧嚣徒尔为。相将任玄造,聊醉手中卮。

答韩十八驽骥吟 韩诗云:驽骀诚龌龊,市者何其稠。

故人舒其愤,昨示驽骥篇。驽以—作取易售陈,骥以难知言。委曲感既深,咨嗟词亦殷。伊情有远澜,余志逊其源。室在周孔堂,道通尧舜门。调雅声寡同,途遐势难翻。顾兹万恨来,假彼二物云。贱贵而贵贱,世人良共然。

巴—作芭蕉一叶妖,戎葵一花妍。毕—作异无才实贸,手植阶墀前。梗楠十围瑰,松柏百尺坚。罔念梁栋功,野长丘墟边。伤哉昌黎韩,焉得不迍邅。上帝本厚生,大君方建元。宝—作实将庇群甿,庶此规崇轩。班尔图永安,抡择期精专。君看广厦中,岂有树庭—作庭前萱。

益昌行并序

贞元年中,天子以工部郎中兴元少尹吴兴陆—作次公长源牧利州,其为政五年。予旅游于利,睹人安俗阜,钦所以美,作诗一章。利,故益昌郡也。目之曰《益昌行》。

驱马至益昌,倍惊风俗和。耕夫陇上谣,负者途中歌。处处川复原,重重山与河。人烟遍余田,时稼无闲坡。问业一何修,太守德化加。问身一何安,太守恩怀多。贤哉我太守,在古无以过。爱人甚爱身—作子,治郡如治家。云雷既奋腾,草木遂萌芽。乃知良二千,德足为国华。今时固精求,汉帝非徒嗟。四海有青春,众植仁扬葩。期当作说霖,天下同滂沱。

自淮中—作怀州却赴洛途中作

惆怅策疲马,孤蓬被风吹。昨东今又西,冉冉长路岐。岁晚树无叶,夜寒霜满枝。旅人恒苦辛,冥寞天何知。

晨装行

村店月西出—作入,山林鹎鵊声。旅灯—作装彻夜席,束囊事晨征。寂寂人尚眠,悠悠天未明。岂无偃息心,所务前有程。

新都行

缥缈空中丝,蒙笼道傍树。翻兹叶间吹,惹破花上露。悠扬丝意去,苒弱花枝住。何计脱缠绵,天长春日暮。

铜雀妓

萧条登古台,回首黄金屋。落叶不归林,高陵永为谷。妆容徒自丽,舞态阅谁目。惆怅缥帷空—作呜咽缥帐前,歌声若于哭。

太原旅怀呈薛十八侍御齐十二奉礼

前来称英隽,有食主人鱼。后来曰贤才,又受主人车。伊予亦投刺,恩煦胡凋疏。既睹主人面,复见—作献主人书。糊口百家周,赁庑三月余。眼见寒序臻,坐送秋光除。西日慭饥肠,北风疾—作集绨裾。升堂有知音,此意当何如。

李评事公进示文集因赠之

风雅不坠地,五言始君先。希微嘉会章,杳冥河梁篇。理蔓语无枝,言一意则千。往来更后人,浇荡醨前源。倾筐实不收,朴樕华争繁。大教护微旨,哲人生令孙。高飙激颓波,坐使横流翻。昔日越重阻,侧聆沧海传。逮兹觌清扬,幸睹青琅编。泠泠中山醇,片片昆丘璠。一杯有余味,再览增光鲜。对宝人—作岂皆鉴,握掔良自妍。吾其告先师,六义今还全。

徐十八晦落第

嘉谷不夏熟,大器当晚成。徐生异凡鸟,安得非时鸣。汲汲有所为,驱驱无本情。懿哉苍梧凰,终见排云征。

春日途中寄故园所亲

客路度年华,故园云未—作未云返。悠悠去源水,日日只有远。始叹秋叶零,又看春草晚。寄书南飞鸿,相忆剧乡县。

蜀中将归留辞韩—作韦相公贯之

宁体即云构,方前恒玉食。贫居岂及此,要自—作欲怀归忆。在梦关山远,如流岁华逼。明晨首乡路,迢递孤飞翼。

江夏留别华二—作别辛三十。时自襄阳同舟而下,予归关,从此赴举。

弭棹已伤别,不堪离绪催。十年一心人,千里同舟来。乡路我尚遥,客游—作程君未回。将何慰两端,互勉临岐杯。

送潭州陆户曹之任户曹自处州司仓除

三语又为掾,大家闻屈声。多年名下人,四姓江南英。衡岳半天秀,湘潭无底清。何言驱车远,去有蒙庄情。

福州送郑楚材赴京,时监察刘公亮有感激郑意

美人河岳灵,家本荥水渍。门承若兰族,身蕴如琼文。早折青桂枝,俯窥鸿鹄群。迩来丹霄姿,远逐苍梧云。有伊光鉴人,惜兹瑶蕙薰。中酣前激昂,四座同氛氲。海郡梅霆晴,山邮炎景曛。回翔罢南游,鸣唳期西闻。秦塞鸾凤征,越江云雨分。从兹一别离,亿致如尧君。

初发太原,途中寄太原所思

驱马觉渐远,回头长路尘。高城已不见,况复城中人。去意自未甘,居情谅犹辛。五原—作万里东北晋,千里西南秦。一屦—作履不出门,一车无停轮。流萍与系匏,早晚期相亲。

汝川行

汝坟春女蚕忙月,朝起采桑日西没。轻绡裙露红罗袜,半踏金梯倚枝歇。垂空玉腕若无骨,映叶朱唇似花发。相欢谁是游冶郎,蚕休不得岐路旁。

智达上人水精念珠歌

水已清,清中不易当其精。精华极,何宜更复加磨拭。良工磨拭成贯珠,泓澄洞澈看如无。星辉月耀莫之逾,骇鸡照乘徒称殊。上人念佛泛贞谛,一佛一珠以为计。既指其珠当佛身,亦欲珠明佛像智。咨董毋,访朱公,得之玓瓅群奇中,龙龛鹫岭长随躬。朝自守持纤掌透,夜来月照红绡空。穷川极陆难为宝,孰说砗磲将玛瑙。连连寒溜下阴轩,荧荧泫露垂秋草。皎晶晶,彰煌煌,陆离电铤纷不常,凌眸晕目生光芒。我来借问修行术,数日殷勤美兹物。上人视日授微言,心静如斯即诸佛。

许州途中

秦川行尽颍川长,吴江越岭已同方。征途渺渺烟茫茫,未得还乡伤近乡。随萍逐梗见春光,行乐登台斗在旁。林间啼鸟野中芳,有似故园皆断肠。

赋得秋河曙耿耿送郭秀才应举

月没天欲明,秋河尚凝白。皑皑积光素,耿耿横虚碧。南斗接,北辰连,空濛鸿洞一作同浮高天。荡荡漫漫皆晶然,实类平芜流大川。星为潭底珠,云是波中烟。鸡唱漏尽东方作,曲渚苍苍晓霜落。雁叫疑从清浅惊,凫声似在沿洄泊。并州细侯直下孙,才应秋赋怀金门。念排云汉将飞翻,仰之踊跃当华轩。夜来陪饯欧阳子,偶坐通宵见深旨。心知慷慨日一作目昭然一作回,前程心在青云里。

送袁秀才下第归毗陵

羸马出都门,修途指江东。关河昨夜雨,草木非春风。矢舍虽未中,璞全终待攻。层霄秋可翔,岂不随高鸿。

闻邻舍唱凉州有所思

有善伊凉曲,离别在天涯。虚堂正相思,所妙发邻家。声音虽类闻,形影终以遐。因之增远怀,惆怅菖蒲花。

陪太原郑行军中丞登汾上阁。中丞诗曰:汾楼秋水阔,宛似到阊门。惆怅江湖思,惟将南客论。南客即詹也,辄书即事上答

并州汾上阁,登望似吴闻。贯郭河通路,萦村水逼乡。城槐临枉渚,巷市接飞梁。莫论江湖思,南人正断肠。

送少微上人归德峰

不负人间累,栖身任所从。灰心闻密行,菜色见羸容。幻世方同悟一作误,深居愿继踪。孤云与禅诵,到后在何峰。

荆南夏夜水楼怀昭丘直上人云梦李莘

无机成旅逸,中夜上江楼。云尽月如练,水凉风似秋。凫声闻梦泽,黛色上昭丘。不远人情在,良宵恨独游。

酬裴十二秀才孩子咏

算日未成年,英姿已袭然。王家千里后,荀氏八龙先。葱蒨松犹嫩,清明月渐圆。将何一枝桂,容易赏名贤。

旅次舟中对月寄姜公此公,丁泉州门客

中宵天色净,片月出沧洲。皎洁临孤岛,婵娟入乱流。应同故园夜,独起异乡愁。那得休蓬转,从君上庾楼。

除夜长安客舍

十上书仍寝,如流岁又迁。望家思献寿,算甲恨长年。虚牖传寒柝,孤灯照绝编。谁应问穷辙,泣尽更潸然。

早秋登慈恩寺塔

宝塔过千仞,登临尽四维。毫端分马颊,墨点辨蛾眉。地迥风弥紧,天长日久迟。因高欲有赋,远意惨生悲。

太原和严长官,八月十五日夜西山童子上方玩月,寄中丞少尹

西寺碧云端,东溟白雪团。年来一夜玩,君在半天看。素魄当怀上,清光在下寒。宜裁济江什,有阻惠连欢。

九日广陵同陈十五先辈登高怀林十二先辈

客路重阳日,登高寄上楼。风烟今令节,台阁古雄州。泛菊聊斟酒,持萸懒插头。情人共惆怅,良久不同游。

题严光钓台

弭棹历尘迹,悄然关我情。伊无昔时节,岂有今日名。辞贵不辞贱,是心谁复行。钦哉此溪曲,永独古风清一作英风声。

送高士安下第归岷南宁觐

偕隐有贤亲,岷南四十春。栖云自匪石,

观国暂同尘。就养思儿戏,延年爱鸟伸。还看谢时去—作辈,有类—作又作颍阳人。

述德上兴元严仆射

山横碧立并雄岷,大阜洪川共降神。心合云雷清祸乱,力回天地作阳春。非熊德愧当周辅,称杰叨惭首汉臣。何幸腐儒无一艺,得为门下食鱼人。

及第后酬故园亲故

才非天授学非师,以此成名曩岂期。杨叶射频因偶中,桂枝材美敢当之。称文作艺方惭德,相贺投篇料愧词。犹著褐衣何足羡,如君即是载鸣时。

题华十二判官汝州宅内亭并序

睹居处玩好,则才不才了然可知。如华斯亭,华岂常人与?规画既高,圬墁有洁。媚以花草,清以竹木,绮闼庵澹,琅玕森然。墙外人寰,入门云林。使人心之闲,神以之远。华朝于斯,夕于斯,心不朗,神不王,其可得乎?则虚廓其灵,恬澹其性,由才不才矣。非逃名远世,方曰冥搜。贤哉华!未展襟怀,视于斯,则昭然在前矣。予既游,且尚诗以美之。众君子其以为然,亦宜相广。诗曰:

高居胜景谁能有,佳意幽情共可欢。新柳绕门青翡翠,修篁浮径碧琅玕。步兵阮籍空除屏,彭泽陶潜谩挂冠。只在城隍也趋府,岂如吾子道斯安。

薛舍人使君观察韩判官侍御许雨晴到所居既霁先呈即事

江皋昨夜雨收梅,江南夏雨日梅。寂寂衡门与钓台。西岛落花随水至,前山飞鸟出云来。观风驷马能言驻,行县双旌许暂回。岂不偶然聊为竹,空令石径扫莓苔。

元日陪早朝

斗柄东回岁又新,遂旒南面挹来宾。和光仿佛楼台晓,休气氤氲天地春。仪籥不唯丹穴鸟,称觞半是越裳人。江皋腐草今何幸,亦与恒星拱北辰。

和太原郑中丞登龙兴寺阁

青窗朱户半天开,极目凝神望几回。晋国颓墉生草树,皇家瑞气在楼台。千条水入黄河去,万点山从紫塞来。独恨侍游违长者,不知高意是谁陪。

咏德上太原李尚书

那以公方郭细侯,并州非复旧并州。九重帝宅司丹地,十万兵枢拥碧油。锵玉半为趋合吏,腰金皆是走庭流。王褒见—作颂德空知颂—作感,身在三千最上头。

和严长官秋日登太原龙兴寺阁野望

百丈化城楼,君登最上头。九霄回栈路,八到视并州。烟火遗尧庶,山河启圣猷。短垣齐介岭,片白指分—作汾流。清铎中天籁,哀鸣下界秋。境闲知道胜,心远见名浮。岂念乘肥马,方应驾大牛。自怜蓬逐吹,不得与良游。

小苑春望宫池柳色—作御沟新柳

东风韶景至,垂柳御沟新。媚作千门秀,连为一道春。柔荑生女指,嫩叶长龙鳞。舞絮回青岸,翻烟拂绿蘋。王孙初命赏,佳客欲伤神。芳意堪相赠,一枝先—作光远人。

蜀门与林蕴分路后,屡有山川似闽中,因寄林蕴。蕴亦闽人也

村步如延寿,川原似福平。无人相共—作与识,独自故乡情。延寿,蕴之别墅。福平,余之别墅。

读周太公传

论兵去商虐,讲德兴周道。屠沽未遇时,岂异兹川老。

乐津店北陂

婵娟有丽玉如也,美笑当予系予马。罗帏碧簟岂相容,行到山头忆山下。

出蜀门

北客今朝出蜀门,翛然领得入时魂。游人

莫道归来易,三不曾闻古老言。

题第五司户侍御
曾称野鹤比群公,忽作长松向府中。骢马不骑人不识,泠然三尺别生风。

建溪行待陈诩 先发福州,陈续发,中路待之不得
偕行那得会心期,先者贪前后者迟。空忆丽词能状物,每看奇异但相思。

述德上兴元严仆射 一本无述德兴元四字
推车阃外主恩新,今日梁川草遍春。玉色据鞍双节下,扬兵百万一作里路无尘。

许州送张中丞出临颍镇
心诵阴符口不言,风驱千骑出辕门。孙吴去后无长策,谁敌留侯直下孙。

睹亡友 一本有李三十观稀归镇壁题诗处
旧友亲题壁上诗,伤看缘迹不缘词。门前犹是长安道,无复回车下笔时。

题秦岭
南下斯须隔帝乡,北行一步掩南方。悠悠烟景两边意,蜀客秦人各断肠。

自南山却赴京师,石臼岭头即事寄严仆射
鸟企蛇盘地半天,下窥千仞到浮烟。因高回望沾恩处,认得梁州落日边。

与洪孺卿自梁州回途中经骆谷,见野果有闽中悬壶子,即同采摘因呈之,洪亦闽人
青苞朱实忽离离,摘得盈筐泪更垂。上德同之岂无意,故园山路一枝枝。

韦晤宅听歌
服制虹霓鬓似云,萧郎屋里上清人。等闲逐酒倾杯乐,飞尽虹梁一夜尘。

与林蕴同之蜀,途次嘉陵江,认得越鸟声,呈林。林亦闽中人也
正是闽中越鸟声,几回留听暗沾缨。伤心

激念君深浅,共有离乡万里情。

送闻上人游嵩山
二室峰峰昔愿游,从云从鹤思悠悠。丹梯石路君先去,为上青冥最上头。

永一作承安寺照上人房
草席蒲团不扫尘,松闲石上似无人。群一作峰阴欲午钟声动,自煮溪蔬养幻身。

山中老僧
笑向来人话古时,绳床竹杖自扶持。秋深头冷不能剃,白黑苍然发到眉。

赠鲁山李明府
外户通宵不闭关,抱孙弄子万家闲。若将邑号称贤宰,又是皇唐李鲁山。以前有贤令元鲁山也。

泉州赴上都留别舍弟及故人
天长地阔多岐路,身即飞蓬共水萍。匹马将驱岂容易,弟兄亲故满离亭。

送张骠骑邠宁行营
宝马雕弓金仆姑,龙骧虎视出皇都。扬鞭莫怪轻胡虏,曾在渔阳敌万夫。

题梨岭
南北风烟即异方,连峰危栈倚苍苍。哀猿咽水偏高处,谁不沾衣望故乡。

秋夜寄僧 一作秋夜寄弘济上人
尚被浮名诱此身,今时谁与德为邻。遥知是夜檀溪上,月照千峰为一人。

观送葬
何事悲酸泪满巾,浮生共是北邙尘。他时不见北山路,死者还曾哭送人。

宿建溪中宵即事
篷笭一席眠还坐,蛙噪萤飞夜未央。童仆舟人空寂寂,隔帘微月入中仓。

题王明府郊亭

日日郊亭启竹扉,论桑劝穑是常机。山城要得牛羊下,方与农人分背归。

塞上行

闻说胡兵欲利秋,昨来投笔到营州。骁雄已许将军用,边塞无劳天子忧。

题别业—作回别业留别郭中诸公

千山江上背斜晖,一径中峰见所归。不信扁舟回在晚,宿云先已到柴扉。

九日广陵登高怀邵二先辈

簪萸泛菊俯平阡,饮过三杯却惘然。十岁此辰同醉友,登高各处已三年。

题延平剑潭

想象精灵欲见难,通津一去水漫漫。空余昔日凌霜色,长与澄潭生昼—作白日寒。

晚泊漳州营头亭

回峰叠嶂绕庭隅,散点烟霞胜画图。日暮华轩卷长箔,太清云上对蓬壶。

赠山南严兵马使即仆射堂弟也

为雁为鸿弟与兄,如雕如鹗杰连英。天旋地转烟云黑,共鼓长风六合清。

除夜侍酒呈诸兄示舍弟

莫叹明朝又一春,相看堪共贵—作赏兹身。悠悠寰宇同今夜,膝下传杯有几人。

全唐诗卷三百五十

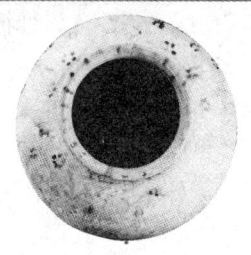

柳宗元

柳宗元,字子厚,河东人。登进士第,应举宏辞,授校书郎。调蓝田尉。贞元十九年,为监察御史里行。王叔文、韦执谊用事,尤奇待宗元,擢尚书礼部员外郎。会叔文败,贬永州司马。宗元少精警绝伦,为文章雄深雅健,踔厉风发,为当时流辈所推仰。既罹窜逐,涉履蛮瘴,居闲益自刻苦,其堙厄感郁,一寓诸文,读者为之悲恻。元和十年,移柳州刺史。江岭间为进士者,走数千里,从宗元游。经指授者,为文辞皆有法,世号柳柳州。元和十四年卒,年四十七。集四十五卷,内诗二卷。今编为四卷。

奉平淮夷雅表

臣宗元言:臣负罪窜伏,违尚书笺奏十有四年。圣恩宽宥,命守遐壤。怀印曳绂,有社有人。臣宗元诚感诚荷,顿首顿首。伏惟睿圣文武皇帝陛下,天造神断,克清大憝。金鼓一动,万方毕臣。太平之功,中兴之德,推校千古,无所与让。臣伏自忖度,有方刚之力,不得备戎行,致死命。况今已无事,思报国恩,独惟文章。伏见周宣王时称中兴,其道彰大,于后罕及。然征于诗大小雅,其选徒出狩,则车攻、吉日;命官分土,则嵩高、韩奕、烝人;南征北伐,则六月、采芑;平淮夷,则江汉、常武。铿锽炳耀,荡人耳目。故宣王之形容与其辅佐,由今望之,若神人然。此无他,以雅故也。臣伏见陛下,自即位以来,平夏州,夷剑南,取江东,定河北。今又发自天衷,克翦淮右。而大雅不作,臣诚不佞,然不胜愤懑。伏以朝多文臣,不敢尽专数事,谨撰《平淮》、《夷雅》二篇。虽不及尹吉甫、召穆公等,庶施诸后代,有以佐唐之光明。谨昧死再拜以献,臣宗元诚恐诚惧,死罪死罪。谨言。

皇武,命丞相度董师,集大功也

元和十二年,以宰相裴度为中书侍郎同平章事,充淮西宣慰处置使,讨吴元济。

皇耆其武,于潨于淮。既巾乃车,环蔡具一作其来。狡众昏嚚,甚毒于醒。狂奔叫呶,以干一作扞大刑。潨,水名。唐潨水县。属陈州。

皇咨于度,惟汝一德。旷诛四纪,其徯汝克。锡汝斧钺,其往视师。师是蔡人,以宥以釐音禧。

度拜稽首,庙于元龟。既祃莫驾切既类,于社是宜。金节煌煌,锡盾雕戈。犀甲熊旂,威命是荷。

度拜稽首,出次于东。天子饯之,度赴淮西,上御通化门送之。疊疊是崇。鼎臑汝朱、奴刀二反俎戴侧吏切,五献百笾。凡百卿士,班以周旋。

既涉于滻,乃翼乃前。孰图厥犹,其佐多贤。度表马总为宣慰副使,韩愈为行军司马,李正封与冯宿、李宗闵备幕府,皆朝廷之选。宛宛周道,于山于川。远扬迩昭,陟降连连。

我旆我旗,于道于陌。训于群帅,拳勇来格。公曰徐之,无恃颉颉一作颃颃。式和尔容,惟义之宅。

进次于郾,许州郾城县,与蔡州为邻。彼昏卒狂。哀凶鞠顽,锋猬斧蝟。赤子匍匐,厥父是冘下郎切。怒其萌芽,以悖太阳。

王旅浑浑,是伏是怙。既获敌师,若饥得铺音步。蔡凶伊窘,悉起来聚。左搗其虚,靡愬厥虑。李祐言于李愬曰:蔡之精兵,皆在洄曲及四境拒守,守城者皆羸卒,可乘虚直抵,愬从之,遂克蔡州。

载辟载袚,丞相是临。度建彰义节,将降卒万余人。入蔡州。弛其武刑,谕我德心。其危既安,有长如林。曾是喧讼,化为讴吟。

皇曰来归,汝复相予。爵之成国一作公于有晋,胙以夏区一作墟。度策勋晋国公,晋地即夏所都。度拜稽首,天子圣神。度拜稽首,皇祐下人。

淮夷既平,震是朔南。宜庙宜郊,以告德音。归牛一作刃休马,丰稼于野。我武惟皇,永保无疆。

右皇武十有一章,章八句。

方城,命愬守也。卒入蔡,得其大丑,以平淮右方城,山名,在唐州。元和十一年,以李愬为唐邓随节度使。与元济战,数有功。明年冬,愬乘大雪,夜驰至蔡城,破其门。取元济以献。

方城临临,王卒峙之。匪獝匪竞,皇有正一作王命。皇命于愬,往舒余仁。蹈蒲墨切彼艰顽,柔惠是驯。

愬拜即命,于皇之训。既砺既攻,以后厥刃。王师嶷嶷,熊罴是式。衔勇韬力,日思予一作奋殛一作予思奋于殛。

寇昏以狂,敢蹈愬疆。士获厥心,大祖高骧。长戟酋矛,粲其绥章。右翦左屠,聿禽其良。谓元济骁将丁士良、吴秀琳、陈光洽诸人也。

其良既宥,告以父母。恩柔于肌,卒贡尔有。维彼攸恃,乃侦乃诱。愬厚待秀琳,与谋取蔡。秀琳曰:非得李祐不可。愬擒祐,释不杀,用其策有功。维彼攸宅,乃发乃守。

其恃爱获,我功我多。阴谋厥图,以究尔訛。雨雪洋洋,大风来加。于燠其寒,于迩其遐。

汝阴之汒,悬瓠悬弧,蔡州城之峨。是震是拔,大歼厥家。狡虏既縻,输于国都。示之市人,即社行一作诛。

乃谕乃止,蔡有厚喜。完其室家,仰父俯子。汝水泛泛,既清而弥一作夷。蔡人行歌,我步逶迟。

蔡人歌矣,蔡风和矣。孰颣一作类蔡初,胡瓶丘侧切尔居。式慕以康,为愿有余。是究是咨,皇德既舒。

皇曰咨愬,裕乃父功。昔我文祖,惟西平是庸。愬父晟,事德宗,平朱泚之乱,封西平王。内诲于家,外刑于邦。孰是蔡人,而不率从。

蔡人率止,惟西平有子。西平有子,惟我有臣。畴《汉书》,畴其爵邑。畴,等也允一作兑大邦,俾惠我人。于庙告功,以顾万方。

右方城十有一章,章八句。

唐铙歌鼓吹曲十二篇并表

臣宗元言:臣幸以罪居永州,受食府禀,窃活性命。得视息,无治事。时恐惧小闲,又盗取古书文句,聊以自娱。伏惟一作观汉魏以来,代有铙歌鼓吹词,唯唐独无有。臣为郎时,以太常联礼部,尝闻鼓吹署有戎乐,词独不列。今又考汉曲十二篇,魏曲十四篇,晋曲十六篇。汉词词不明纪功德,魏晋歌功德具。今臣窃取晋魏义,用汉篇数,为唐铙歌鼓吹曲十二篇。纪高祖、太宗功能之神奇,因以知取天下之勤劳,命将用师之艰难。每有戎事,治兵振旅。幸歌臣词以为容,且得大戒,宜敬而不害。臣沦弃即死,言与不言,其罪等耳。犹冀能言,有益国事,不敢效怨怼默已。谨冒死上。

隋乱既极,唐师起晋阳,平奸豪,为生人义主,以仁兴武。为晋阳武第一

晋阳武,奋义威。炀之渝一作沦,德焉归。氓毕屠,绥者谁。皇烈烈,专天机。号以仁,扬其旗。日之升,九土晞一作熙。斥一作诉田坼,流洪辉。有其二,翼余隋。斫侧略切枭鷔鷔,不祥鸟也,一作鷟,连熊螭。枯以肉,勚者赢。后土荡,玄穹弥。合之育,莽然施。惟德辅,庆无期。

右晋阳武二十六句,句三字。

唐既受命,李密自败来归,以开黎阳,斥东土。为兽之穷第二

兽之穷,奔大麓。天厚黄德,狙犷服。甲之櫜,弓弭矢箙。皇旅靖,敌逾蹙。自亡其徒,匪予戮。屈赟与暴同猛,虔栗栗。縻以尺组,啗以秩。黎之阳,土茫茫。富兵戎,盈仓箱。乏者德,莫能享叶香。驱豺兕,授我疆。

右兽之穷二十二句,十八句,句三字;四句,句四字。

太宗师讨王充,窦建德助逆,师奋击武牢下,擒之,遂降充。为战武牢第三

战武牢,动河朔。逆之助,图掎角。怒毂廘,抗乔岳。翘萌牙,傲霜雹。王谋内定,申掌握。铺施芟夷,二主缚一作缚。恒华戎,廓封略。命之瞀母亘切,卑以斫。归有德,唯先觉。

右战武牢十八句,十六句,句三字;二句,句四字。

薛举据泾以死,子仁果尤勇以暴,师平之。为泾水黄第四

泾水黄,陇野茫。负太白,腾天狼。有鸟鸷立,羽翼张。钩喙决前,钜一作距趯音惕傍。怒飞饥啸,翾音宣不可当。老雄死,子复良。巢岐饮渭,肆翱翔。顿地纮,提天纲。列缺掉帜,招摇耀铓。鬼神来助,梦嘉祥。脑涂原野,魄飞扬。星辰复,恢一方。

右泾水黄二十四句,十五句,句三字;九句,句四字。

辅氏凭江淮,竟东海,命将平之,为奔鲸沛第五

奔鲸沛,荡海垠。吐霓翳日,腥浮云。帝怒下顾,哀垫昏。授以神柄,推元臣。手援天矛,截修鳞。披攘蒙雾武赋切,开海门。地平水静,浮天根。羲和显耀,乘清氛。赫炎溥畅,融大钧。

右奔鲸沛十八句,十句,句三字;八句,句四字。

梁之余,保荆衡巴巫,穷南越,良将取之,不以师。为苞枿牙葛、牙结二切第六枿,伐余木也。

苞枿黢音队矣,惟根之蟠。弥巴蔽荆,负南极以安。曰音冒我旧梁氏,缉绥艰难。江汉之阻,都邑固以完。圣人作,神武用。有臣勇智,奋不以众。投迹死地,谋猷纵。化敌为家,虑则中。浩浩海裔,不威而同。系缧降王,定厥功。澶漫万里,宣唐风。蛮夷九泽,咸来从。凯旋金奏,象形容。震赫万国,罔不龚音恭。

右苞枿二十八句,十六句,句四字;三句,句五字;九句,句三字。

李轨保河右,师临之,不克变,或执以降,为河右平第七

河右澶漫,顽为之魁。王师如雷震,昆仑以颓。上聋下聪,鼙不可回。助仇抗有德,惟人之灾。乃溃乃奋,执缚归厥命。万室蒙其仁,一夫则病。濡以鸿泽,皇之圣。威畏德怀,功以定。顺之于理,物咸遂厥性。

右河右平十八句,十一句,句四字;五句,句五字;二句,句三字。

突厥之大,古夷狄莫强焉。师大破之,降其国。告于庙。为铁山碎第八

铁山碎,大漠舒。二虏劲,连穹庐。背北海,专坤隅。岁来侵边,或傅音附于都。天子命

元帅,奋其雄图。破定襄,降魁渠。穷竟窟宅,斥一作并余吾。百蛮破胆,边氓苏。威武辉一作烨耀,明鬼区。利泽弥万祀,功不可逾。官臣拜手,惟帝之谟。

右铁山碑二十二句,十一句,句三字;九句,句四字;二句,句五字。

刘武周败裴寂,咸有晋地,太宗灭之。为靖本邦第九

本邦伊晋,惟时不靖。根柢之摇,枝叶攸病。守臣不任,勚于神圣。惟越一作钺之兴,蕆焉则定。洪一作往惟我理,式和以敬。群顽既夷,庶绩咸正。皇谟载大,惟人之庆。

右靖本邦十四句,句四字。

李靖灭吐谷浑西海上。为吐谷浑第十

吐谷浑盛强,背西海以夸。岁侵扰我疆,退匿险且遐。帝谓神武师,往征靖皇家。烈烈旆其旗,熊虎杂龙蛇。王旅千万人,衔枚默无哗。束刃逾山徼,张翼纵漠沙。一举刈膻腥,尸骸积如麻。除恶务本根,况敢遗萌芽。洋洋西海水,威命穷天涯。系房来王都,犒乐穷休嘉。登高望还师,竟一作竞野如春华。行者靡不归,亲戚谨要遮。凯旋献清庙,万国思无邪。

右吐谷浑二十六句,句五字。

李靖灭高昌。为高昌第十一

麹氏雄西北,别绝臣外区。既恃远且险,纵傲不我虞。烈烈王者师,熊螭以为徒。龙旆翻海浪,驲骑驰坤隅。贲育搏婴儿,一扫不复余。平沙际天极,但见黄云驱。臣靖执长缨,智勇伏囚拘。文星南面坐,夷狄千群趋。咸称天子神,往古不得俱。献号天可汗,以覆我国都。兵戎一作戍不交害,各保性与躯。

右高昌二十二句,句五字。

既克东蛮,群臣请图蛮夷状,如周书王会。为东蛮第十二

东蛮有谢氏,冠带理海中。自言我异世,虽圣莫能通。王卒如飞翰,鹏骞骇群龙。轰然自天坠,乃信神武功。系房君臣人,累累来自东。无思不服从,唐业如山崇。百辟拜稽首,咸愿图形容。如周王会书,永永传无穷。睢盱万状乖,咿嗢乙骨切九译重。广轮抚四海,浩浩知皇风。歌诗铙鼓闲,以壮我元戎。

右东蛮二十二句,句五字。

贞符并序

负罪臣宗元惶恐言:臣所贬州流人吴武陵为臣言,董仲舒对三代受命之符,诚然,非邪?臣曰:非也。何独仲舒尔,自司马相如、刘向、扬雄、班彪、彪子固,皆沿袭嗤嗤,推古瑞物以配受命。其言类淫巫瞽史,诳乱后代。不足以盖圣人立极之本,显至德,扬大功,甚失厥趣。臣为尚书郎时,尝著《贞符》,言唐家正德受命于生人之意,累积厚久,宜享无极之义,本末闳阔。会贬逐中辍,不克备究。武陵即叩首一作头邀臣,此大事,不宜以辱故休缺,使圣王之典不立,无以抑顽类,拔正道,表核万代。臣不胜奋激,即具为书,念终泯没蛮夷,不闻于时,犹不为也。苟一明大道,施于人世,死无所憾。用是自决,臣宗元稽首拜手以闻。曰:鸿称立初,朴蒙空侗而无争。厥流以讹,越乃奋夸。斗怒振动,专肆为淫威。曰:是不知道。惟人之初,总总而生,林林而群。雪霜风雨雷电暴其外,于是乃知架巢空穴,挽草木,取皮革;饥渴牝牡之欲驱其内,于是乃知噬禽兽,咀果谷,合偶而居,交焉而争,睽焉而斗。力大者搏,齿利者啮,爪刚者决,群众者轧,兵良者杀。披披藉藉,草野涂血。然后强有力者出而治之。往往为曹于险阻,用号令起,而君臣什伍之法立。德绍者嗣,道息者夺,于是有圣人焉,曰黄帝。游其兵车,交贯乎其内,一统类,齐制量。然犹大公之道不克建,于是有圣人焉。曰尧。置州牧四岳,持而纲之。立有德有功有能者,参而维之。运臂率指,屈伸把握,莫不统率。尧年老,举圣人而禅焉,大公乃克建。由是观之,厥初罔匪极乱,而后稍可为也。而非德不树,故仲尼叙书。于尧曰,克明峻一作俊德;于舜曰,浚哲文明;于禹曰,文命祗承于帝;于汤曰,克宽克仁,彰一作章信兆民;于武王曰,有道曾孙,稽揆典誓,贞哉惟兹德。实受命之符,以奠永祀。后之妖淫嚚一作嚻昏好怪之徒,乃始陈大电、大虹、玄鸟、巨迹、白狼、白鱼、流火之乌以为符,斯为诡谲阔诞,其可羞也,而莫知本于厥贞。汉用大度,克怀于有氓。登贤一作能庸能一作贤,濯痪煦寒,以瘳以熙,兹其为符也。而其妄臣乃

下取虺蛇,上引天光,推类号休,用夸证于无知氓。增以驺虞神鼎,胁驱纵叟一作踊,俾东之泰山、石间,作大号,谓之封禅,皆《尚书》所无有。莽、述承效,卒奋鸷逆。其后有贤帝曰光武,克绥天下,复承旧物,犹崇赤伏,以玷厥德。魏晋而下,龙乱钩裂,厥符不贞,邦用不靖,亦罔克久。驳乎!无以议为也。积大乱至于隋氏,环四海以为鼎,跨九垠以为炉。曩以毒燎,煽以虐焰。其人沸涌灼烂,号呼腾蹈,莫有救止。于是大圣乃起,丕降霖雨,浚涤荡沃,蒸为清氛,疏为泠风。人皆漻然休然,相晞以生,相持以成,相弥以宁。琢斲屠别膏流节离之祸不作,而人乃克完平舒愉,尸其肌肤,以达于夷途。楚拆抵掎奔走转徙一作死之害不作,而人乃克鸠类集族,歌舞悦怪,用祗于元德。徒奋袒呼,犒迎义旅。欢动六合,至于麾下。大盗豪据,阻命过德,义咸殄戮,咸坠厥绪,无刘于虐。人乃并受休嘉,去隋氏,克归于唐。踯躅讴歌,灏灏和宁。帝庸咸栗,惟人之为。敬莫厥赋,积藏于下,是谓丰国,乡为义廪,敛发谨饬,岁丁大侵,人以有年。简于厥刑,不残而惩,是谓严威。小属而支,大生而孥,恺悌祗敬,用底于理。凡其所欲,不谒而获。凡其所恶,不祈而息。四夷稽服,不作兵革,不竭货力。丕扬于后嗣,用垂于帝式。十圣济厘一作治,孝仁平宽,惟祖之则。泽久而逾深,仁增而益高。人之戴唐,永永无穷。是故受命不于天,于其人。休符不于祥,于其仁。惟人之仁,匪祥于天。匪祥于天,兹惟贞符哉!未有丧仁而久者也,未有恃祥而寿者也。商之王,以桑谷昌,以雉雊大。宋之君,以法星寿。郑以龙衰,鲁以麟弱,白雉亡汉,黄犀死莽,恶在其为符也?不胜唐德之代,光绍明浚,深鸿庞大。保人斯无疆,宜荐于郊庙。文之雅诗,祗告于德之休。帝曰谌哉,乃黜休祥之奏,究贞符之奥,因德之所未大,求仁之所未备,以极于邦治,以敬于人事。其诗曰:

於穆一作穆穆敬德,黎人皇之。惟贞厥符,浩浩将之。仁函于肤,刃莫毕屠。泽墣一作寒于爨,灊同沸炎以浣。殄厥凶德,乃驱乃夷。懿其休风,是煦是吹。父子熙熙,相宁以嬉。赋彻而藏,厚我糇粻一作粮。刑轻以清,我肌一作完,一作儿靡伤。贻我子孙,百代是康。十圣嗣于理一作治,仁后之子。子思孝父,易患于一作丁已。拱之戴之,神具尔宜。载扬于雅,承天之嘏音假。天之诚神,宜鉴于仁。神之曷依,宜仁一作人之归。濮沿于北,祝栗于南。《尔雅》,东泰远,西郊国,南濮沿,北祝栗。为四极。幅员西东,祇一乃心。祝唐之纪,后天罔坠。祝皇之寿,与地咸久。曷徒祝之,心诚笃之。神协人同,道以告姑沃切之。俾弥忆万年,不震不危。我代之延,永永毗之。仁增以崇,曷不尔思。有号于天,佥曰呜呼。咨尔皇灵,无替厥符。

视民诗

帝视民情,匪幽匪明。惨或在腹,已如色声。亦无动威,亦无止力。弗动弗止,惟民之极。帝怀民示,乃降明德。乃生明翼,明翼者何?乃房乃杜,惟房与杜,实为民路。乃定天子,乃开万国。万国既分,乃释蠹民,乃学与仕,乃播与食,乃器与用,乃货与通。有作有迁,无迁无作。士实荡荡,农实董董,工实蒙蒙,贾实融融。左右惟一,出入惟同。摄仪以引,以遵以肆音曳。其风既流,品物载休。品物载休,惟天子守,乃二公之久。惟天子明,乃二公之成。惟百辟正,乃二公之令。惟百辟谷,乃二公之禄。二公行矣,弗敢忧纵。是获忧共,二公居矣。弗敢泰止,是获泰已。既柔一德,四夷是则。四夷是则,永怀不忒。

全唐诗卷三百五十一

柳宗元

同刘二十八院长禹锡述旧言怀感时书事,奉寄澧州张员外使君署五十二韵之作。因其韵增至八十通赠二君子 刘禹锡初与公同为监察御史,故称院长。

弱岁游玄圃,先容幸弃瑕。名劳长者记,文许后生夸。鹢翼尝披隼,蓬心类倚麻。继酬酬当作校雠之雠天禄署,署为校书郎,子厚时亦为集贤殿正字。俱尉甸侯家。署为京兆武功尉,子厚亦为蓝田尉。宪府初收迹,署至武功,拜监察御史。子厚亦自集贤殿正字为监察御史。丹墀共拜嘉。分行参瑞兽,传点乱宫鸦。执简宁循枉,持书每去邪。鸾凤标魏阙,熊武负崇牙。辨色宜相顾,倾心自不哗。金炉仄流月,紫殿启晨霞音暇。未竟迁乔乐,俄成失路嗟。署贬临武也。还如渡辽水,更似谪长沙。别怨秦城暮,途穷越岭斜。讼庭闲枳棘,候吏逐麏麚一作麏麚。三载皇恩畅,张自贞元十九年癸未贬官,至元和元年乙酉宪宗即位,三年矣,故云。千年圣历遐。朝宗延驾一作架海,师役罢梁槎。《左传》,楚除道梁溠,谓作桥于溠水上也。京邑搜贞干,署自江陵擢入为京兆府司录参军。南宫步渥洼。署自司录迁尚书刑部员外郎。世惟材是梓一作杼,人仰骥中騧。欻刺苗人地,仍逾赣石崖。署自员外出为虔州刺史。礼容垂珌琫,戎备响铃铙。头铠也,音鸦瑕。宠即郎官旧,威从太守加。建旌翻鹭鸟,负弩绕文蛇。册府荣八命,《周礼》。八命作牧。中闱盛六珈。韩愈作张公墓志云,娶河东柳氏子,则子厚盖与张为亲,故言及中闱。肯随胡质矫,方恶马融奢。褒德符新换,自虔州迁澧州。怀仁道并一作迸遮。俗嫌龙节晚,《周礼》,泽国用龙节。朝讶介圭赊。禹贡输苞匦,周官赋秉秅宅加切。雄风吞七泽,异产控三巴。即事观农稼,因时展物华。秋原被兰叶,春渚涨桃花。令肃军无扰,程悬市禁赊。不应虞竭泽,宁复叹栖苴。蹀躞骖先驾,笼铜鼓报箛。染毫东国素,濡印锦溪砂。货积舟难泊,人归山倍赊音除。吴歈工折柳,楚舞旧传芭。隐几松为曲,倾樽石作污。寒初荣橘柚,夏首荐枇杷_{庄华切}。祀变荆巫祷,风移鲁妇髽。已闻施恺悌,还睹正奇衺。慕友惭连璧,言姻喜附葭。沉埋全死地,流落半生涯。入郡腰恒折,逢人手尽叉。敢辞亲耻污,唯恐长疵瘕。善幻迷冰火,齐谐笑柏—作泊涂音茶。东门牛屡饭,中散虱空爬。逸戏看猿斗,殊音辨马挝。渚行狐作孽—作蘖,林宿鸟为殟_{病也,音噎,本作瘅}。同病忧能老,新声厉似姱。岂知千刃坠,只为一毫差。守道甘长绝,明心欲自剄。贮愁听夜雨,隔泪数残葩。枭族音常聒,豺群喙竞呀_{张口貌}。岸芦翻毒蜃,磶竹斗狂麖_{麖牛,兽名,重千勋,出巴中,音麻}。野鹜行看弋,江鱼或共扠。瘴氛恒积润,讹火亟生煀_{讹火,野火也,煀,火气}。耳静烦喧蚁,魂惊怯怒蛙。风枝散陈叶,霜蔓继—作继寒瓜。雾密前山桂,冰枯曲沼藒_{音揭}。思乡比庄舄,遁世遇睢音虽夸。渔舍茨荒草,村桥卧古槎。御寒衾用繲,挹水勺仍椰。窗蠢惟潜蝎,罋涎竞缀蜗。引泉开故窦,护药插新笆。树怪花因槲,虫怜目待蝦。骤歌喉易嗄,饶醉鼻成齇_{音查}。曳摇牵羸马,垂蓑牧艾猳_{音加}。已看能_{奴来切}类鳖,犹讶雉为鸹_{鸹鸟似雉,音华}。谁采中原菽,徒巾下泽车。俚儿供苦笋,伧_{七衡切}父馈酸楂_{楂似梨而酢,音查}。劝策扶危杖,邀当止酒茶。道流征短—作裋褐,禅客会袈裟。香饭舂菰米,珍蔬折五茄。方期饮甘露,更欲吸流霞。屋鼠从穿兀—作穴,林狙任攫拏。春衫裁白纻,朝帽挂乌纱。屡叹恢恢网,频摇肃肃罝。衰荣因寞荚,盈缺几虾蟆。路识沟边柳,城闻陇上笳。共思捐佩瑞,千骑拥青纱。_{楚词,遗余佩兮澧浦,今澧州也。纱,绶也。东郭先生拜二千石,佩青纱}。

弘农公以硕德伟材屈于谗枉_{弘农公杨凭也。为御史李夷简所弹}。左官三岁复为大僚,天监昭明,人心感悦,宗元窜伏湘浦,拜贺末由,谨献诗五十韵以毕微志

知命儒为贵,时中圣所臧。处心齐宠辱,遇物任行藏。关识新安地,封传临晋乡。挺生推豹蔚,退步仰龙骧。干有千寻竦,精闻百炼钢。茂功期舜禹,高韵状—作上,—作挟羲黄—作皇。足逸诗书囿,锋摇翰墨场。雅歌张仲德,颂祝鲁侯昌。宪府初腾价,神州转耀铓。右言盈简策,左辖备条纲。乡切晨趋佩,烟浓近侍香。司仪六礼洽,论将七兵扬。合乐来仪凤,尊祠重饫羊。卿材优柱石,公器擅岩廊。峻节临衡峤,和风满豫章。人归父母育,郡得股肱良。细故谁留念,烦言肯过防。璧非真盗客,金有误持郎。龟虎休前寄,貂蝉冠旧行。训刑方命吕,理剧复推张。直用明销恶,还将道胜刚。敬逾齐国社,恩比召南棠。希怨犹逢怒,多容竞忤强。火炎侵琬琰,鹰击谬鸾凰。刻木终难对,焚芝未改芳。远迁逾桂岭,中徒滞余杭。顾土虽怀赵,知天讵畏匡。论嫌齐物诞,骚爱远游伤。丽泽周群品,重明照万方。斗间收紫气,台上挂清光。福为深仁集,妖从盛德禳。秦民啼畎亩,周士舞康庄。采绶还垂艾,华簪更截肪。高居迁鼎邑,遥傅—作传好书王。碧树环金谷,丹霞映上阳。留欢唱容与音预,要醉对清凉。故友仍同里,常僚每合堂。渊龙过许劭,冰鲤吊王祥。玉漏天门静,铜驼御路荒。涧瀍秋潋滟,嵩少暮微茫。遵渚徒云乐,冲天自不遑。降神终入辅,种德会明扬。独弃伧人国,难窥夫子墙。通家殊孔李,旧好即潘杨。世议排张挚,时情弃仲翔。不言縻继枉,徒恨缠徽—作牵长。贾赋愁单阏,邹书怯大梁。炯心那自是,昭世—作代懒佯狂。鸣玉机全息,怀沙事不忘。恋恩何敢死,垂泪对清湘。

酬韶州裴曹长使君寄道州吕八大使,因以见示二十韵一首并序

韶州幸以诗见及,往复奇丽,邈不可慕。用韵尤为高绝,余因拾其余韵酬焉。凡为韶州所用者,置不取。其声律言数如之。

金马尝齐入,铜鱼亦共颁。疑山看积翠,浈水想澄湾。标牓同惊俗,清明两照奸。乘轺参孔仅,_{韶州常随潘户部出征赋}。按节服侯狦。_{道州昔使绝域,遂无猃狁之虞。《汉书·匈奴传》稽侯狦号呼韩邪单于}。贾傅辞宁切,虞童发未鬟_{音班}。秉心方的

的,腾口任嗫嚅_{音颜}。圣理高悬象,爱书降罚锾_{户关切}。德风流海外,和气满人寰。御魅恩犹贷,思贤泪自潸。在亡均寂寞,零落间悍鳏。夙志随忧尽,残肌触瘴瘝_{五还切}。月光摇浅濑,风韵碎枯菅。海俗衣犹卉,山夷髻不鬟。泥沙潜卼臲,榛莽斗豻獌_{音蛮}。循省诚知惧,安排只自悂_{音闲}。食贫甘莩卤,被褐谢斓斒。远物栽青罽,时珍馔白鹇。长捐楚客佩,未赐大夫环。异政徒云仰,高踪不可攀。空劳慰憔悴,妍唱剧妖娴。

酬娄秀才将之淮南见赠之什_{娄秀才,图南也,侍中师德之后。}

远弃甘幽独,谁云_{一作言}值故人。好音怜铩羽,濡沫慰穷鳞。困_{一作同}情惟旧,相知乐更新。浪游轻费日,醉舞讵伤春。风月欢宁间,星霜分益亲。已将名是患,还用道为邻。机事齐飘瓦,嫌猜比拾尘。高冠余肯赋,长铗子忘贫。晼晚惊移律,暌携忽此辰。开颜时不再,绊足去何因。海上销魂别,天边吊影身。只应西涧水_{永州水名},寂寞但垂纶。

酬娄秀才寓居开元寺,早秋月夜病中见寄

客有故园思,潇湘生夜愁。病依居士室,梦绕羽人丘。味道怜知止,遗名得自求。壁_{一作堂}空残月曙,门掩候虫秋。谬委双金重,难征杂佩酬。碧霄无枉路,徒此助离忧。

初秋夜坐赠吴武陵

稍稍雨侵竹,翻翻鹊惊丛。美人隔湘浦,一夕生秋风。积雾杳难极,沧波浩无穷。相思岂云远,即席莫与同。若人抱奇音,朱弦缅枯桐。清商激西颢,泛滟凌长空。自得本无作,天成谅非功。希声闷大朴,声俗何由聪。

晨诣超师院读禅_{一作莲}经

汲井漱寒齿,清心拂尘服。闲持贝叶书,步出东斋读。真源了无取,妄迹世所逐。遗_{一作遣}言冀可冥,缮性何由熟。道人庭宇静,苔色连深竹。日出雾露余,青松如膏沐。澹然离言

说_{一作语},悟悦心自足。

赠江华长老_{江华,道州县名。}

老僧道机熟,默语心皆寂。去岁别春陵,沿流此投迹。室空无侍者,巾屦唯挂壁。一饭不愿余,跏趺便终夕。风窗疏竹响,露井寒松滴。偶地即安居,满庭芳草积。

巽上人以竹闲自采新茶见赠,酬之以诗

芳业翳湘竹,零露凝清华。复此雪山客,晨朝掇灵芽。蒸烟俯石濑,咫尺凌丹崖。圆方丽奇色,圭璧_{一作玉}无纤瑕。呼儿爨金鼎,余馥延幽_{一作清}遐。涤虑发真照,还源荡昏邪。犹同甘露饭,佛事薰毗耶。咄此蓬瀛侣,无乃贵流霞。

零陵赠李卿元侍御简吴武陵

理世固轻士,弃捐湘之湄。阳光竞_{一作竟}四溟,敲石安所施。铩羽集枯干,低昂互鸣悲。朔云吐风寒,寂历穷秋时。君子尚容与,小人守竞危。惨凄日相视,离忧坐自滋。尊酒聊可酌,放歌谅徒为。惜无协律者,窈眇弦吾诗。

界围岩水帘_{元和十年春月,自永州召还,经岩下。}

界围汇湘曲,青壁环澄流。悬泉粲成帘,罗注无时休。韵磬叩凝碧,锵锵彻岩幽。丹霞冠其巅,想象凌虚游。灵境不可状,鬼工谅难求。忽如朝玉皇,天冕垂前旒。楚臣昔南逐,有意仍丹丘。今我始北旋,新诏释缧囚。采真诚眷恋,许国无淹留。再来寄幽梦,遗贮催行舟。

古东门行

汉家三十六将军,东方雷动横阵云。鸡鸣函谷客如雾,貌同心异不可数。赤丸夜语飞电光,徼巡司隶眠如羊。当街一叱百吏走,冯敬胸中函匕首。凶徒侧耳潜惵心,悍臣破胆皆杜口。魏王卧内藏兵符,子西掩袂真无辜。羌胡毂下一朝起,敌国舟中非所拟。安陵谁辨削砺功,韩国讵明深井里。绝胭_{一作膑,一作咽},秦晋谓

肌日膊断骨那下一作可补,万金宠赠不如土。

寄韦珩

初拜柳州出东郊,道旁相送皆贤豪。回眸炫晃别群玉,独赴异域穿蓬蒿。炎烟六月咽口鼻,暓鸣肩举不可逃。桂州西南又千里,漓水斗石麻兰高。阴森野葛交蔽日,悬蛇结虺如蒲萄。到官数宿贼满野,缚壮杀老啼且号。饥行夜坐设方略,笼铜枹一作桴鼓手所操。奇创钉骨状如箭,鬼手脱命争纤毫。今年噬毒得霍疾,支心搅腹戟与刀。逖来气少筋骨露,苍白涕泪盈颠毛。君今矻矻又窜逐,辞赋已复穷诗骚。神兵庙略频破虏,四溟不日清风涛。圣恩倘忽念行苇,十年践蹈一作踏久已劳。幸因解网入鸟兽,毕命江海终游遨。愿言未果身益老,起望东北心滔滔。

奉和杨尚书于陵郴州,追和故李中书吉甫夏日登北楼十韵之作,依本诗韵次用

郡楼有遗唱,新和敌南金。境以道情得,人期幽梦寻。层轩隔炎暑,迥野恣窥临。风去徽音续,芝焚芳意深。游鳞出陷浦,唳鹤绕仙岑。风起三湘浪,云生万里阴。宏规齐德宇,丽藻竞词林。静契分忧术,闲同迟音䪨客心。骅骝当远步,鹥鸠莫相侵。今日登高处,还闻梁父吟。

杨尚寄郴笔,知是小生本样,令更商榷使尽其功,辄献长句

截玉铦锥作妙形,贮云含雾到南溟。尚书旧用裁天诏,内史新将写道经。曲艺岂能裨损益,微辞只欲播芳馨。桂阳卿月光辉遍,毫末应传顾兔灵。

南省转牒欲具江一作注国图令尽通风俗故事

圣代提封尽海壖而缘切,狼荒犹得纪山川。华夷图上应初录,风土记中殊未传。椎髻老人难借问,黄茆深峒敢留连。南宫有意求遗俗,试检周书王会篇。

与浩初上人同看山寄京华亲故

海畔尖山似剑铓,秋来处处割愁肠。若为化得身千亿,散上一作作峰头望故乡。

再至界围岩水帘遂宿岩下是年出刺柳州,五月复经此。

发春念长违,中夏欣再睹。是时植物秀,杳若临悬圃。欹阳讶垂冰,白日惊雷雨。笙簧潭际起,鹳鹤云间舞。古苔凝青枝,阴草湿翠羽。蔽空素彩列,激浪寒光聚。的皪沉珠渊,锵鸣捐佩浦。幽岩画屏倚,新月玉钩吐。夜凉星满川,忽疑眠洞府一作恍忽迷洞府。

诏追赴都回寄零陵亲故

每忆纤鳞游尺泽,翻愁弱羽上丹霄。岸傍古堠应无数,次第行看别路遥。

过衡山见新花开却寄弟

故国名园久别离,今朝楚树发南枝。晴天归路好相逐,正是峰前回雁时。

汨罗遇风

南来不作楚臣悲,重入修门自有期。为报春风汨罗道,莫将波浪枉明时。

朗州窦常员外寄刘二十八诗,见促行骑,走笔酬赠

投荒垂一纪,新诏下荆扉。疑比庄周梦,情如苏武归。赐环留逸响,五马助征骓。不羡衡阳雁,春来前后飞。

离觞不醉,至驿却寄相送诸公

无限居人送独醒,可怜寂寞到长亭。荆州不遇高阳侣,一夜春寒满下厅。

北还登汉阳北原题临川驿

驱车方向阙,回首一临川。多垒非余耻,无谋终自怜。乱松知野寺,余雪记山田。惆怅樵渔事,今还又落然。

善谑驿和刘梦得酹淳于先生
驿在襄州之南,即淳于髡放鹄之所。

水上鹄已去,亭中乌又鸣。辞因使楚重,名为救齐成。荒垅邈千古,羽觞难再倾。刘伶今日意,异代是同声。

诏追赴都二月至灞亭上

十一年前南渡客,四千里外北归人。诏书许逐阳和至,驿路开花处处新。

李西川荐琴石

远师骆忌鼓鸣琴,去和南风悭舜心。从此他山千古重,殷勤曾是奉徽音。

同刘二十八哭吕衡州,兼寄江陵李元二侍御

李深源,元克己也。

衡岳新摧天柱峰,士林憔悴泣相逢。只令文字传青简,中使功名上景钟。三亩空留悬磬室,九原犹寄若堂封。《礼记》:夫子曰:"吾见封之有若堂者矣。"注:封,筑土为垄,堂形四方而高。遥想荆州人物论,几回中夜惜元龙。

奉酬杨侍郎丈因送八叔拾遗,戏赠诏追南来诸宾二首

贞一来时送彩笺,一行归雁慰惊弦。翰林寂寞谁为主,鸣凤应须早上天。

一生判却归休,谓著南冠到头。冶长虽解缧绁,无由得见东周。

商山临路有孤松,往来斫以为明,好事者怜之,编竹成楥遂其生植,感而赋诗

孤松停翠盖,托根临广路。不以险自防,遂为明所误。幸逢仁惠意,重此藩篱护。犹有半心存,时将承雨露。

衡阳与梦得分路赠别

十年憔悴到秦京,谁料翻为岭外行。伏波故道风烟在,翁仲遗墟草树平。直以慵疏招物议,休将文字占时名。今朝不用临河别,垂泪行行便濯缨。

重别梦得

二十年来万事同,今朝岐路忽西东。皇恩若许归田去,晚岁当为邻舍翁。

三赠刘员外

信书成自误,经事渐知非。今日临岐一作湘别,何年待汝归。

再上湘江

好在湘江水,今朝又上来。不知从此去,更遣几年回。

清水驿丛竹天水赵云余手种一十二茎

檐下疏篁十二茎,襄阳从事寄幽情。只应更使伶伦见,写尽雌雄双凤鸣。

长沙驿前南楼感旧 自注:昔与德公别于此。

海鹤一为别,存亡三十秋。今来数行泪,独上驿南楼。

桂州北望秦驿,手开竹径至钓矶,留待徐容州

幽径为谁开,美人城北来。王程傥余暇,一上子陵台。

登柳州城楼寄漳汀封连四州

城上高楼接大荒,海天愁思正茫茫。惊风乱飐芙蓉水,密雨斜侵薜荔墙。岭树重遮千里目一作云驶去如千里马,江流曲似九回肠。共来百越文身地,犹自音书滞一乡。

柳州寄丈人周韶州

越绝《越绝》,书名,言越之绝境孤城千万峰,空斋不语坐高春。印文生绿经旬合,砚匣留尘尽日封。梅岭寒烟藏翡翠,桂江秋水露鲗鱼。《楚词》,鲗鱼短狐。《说文》云,状如犁牛,皮有文。丈人本自忘机事,为想年来憔悴容。

全唐诗卷三百五十二

柳宗元

登柳州峨山

荒山秋日午,独上意悠悠。如何望乡处,西北是融州。

得卢衡州书因以诗寄

临蒸且莫叹炎方,为报秋来雁几行。林邑东回山似戟,牂牁南下水如汤。蒹葭淅沥含秋雾,橘柚玲珑透夕阳。非是白蘋洲畔客,还将远意问潇湘。

答刘连州邦字

连璧本难双,分符刺小邦。崩云下滴水,劈箭上浔江。负弩啼寒狖余敕切,鸣枹惊夜狵。遥怜郡山好,谢守但临窗。

岭南江行

瘴江南去入云烟,望尽黄茆是海边。山腹雨晴添象迹,潭心日暖长蛟涎。射工巧伺游人影,飓母偏惊旅客船。从此忧来非一事,岂容华发待流年。

柳州峒氓

郡城南下接通津,异服殊音不可亲。青箬裹盐归峒客,绿荷包饭趁虚人。岭南人呼市为虚。鹅毛御腊缝山罽,鸡骨占年拜水神。愁向公庭问重译,欲投章甫作文身。

酬徐二中丞普宁郡内池馆即事见寄

鹓鸿念旧行,虚馆对芳塘。落日明朱槛,繁花照羽觞。泉归沧海近,树入楚山长。荣贱俱为累,相期在故乡。

酬贾鹏山人郡内新栽松寓兴见赠二首

芳朽自为别,无心乃玄功。夭夭日放花,荣耀将安穷。青松遗涧底,擢莳兹庭中。积雪表明秀,寒花助葱茏。贞幽夙有慕,持以延清风。

无能常闭阁,偶以静见名。奇姿来远山,忽似人家生。劲色不改旧,芳心与谁荣。喧卑岂所安,任物非我情。清韵动筝瑟,谐此风中声。

种柳戏题

柳州柳刺史,种柳柳江边。谈笑为故事,推移成昔年。垂阴当覆地,耸干会参天。好作思人树,惭无惠化传。

柳州二月榕叶落尽偶题

宦情羁思共凄凄,春半如秋意转迷。山城过雨百花尽,榕叶满庭莺乱啼。

浩初上人见贻绝句欲登仙人山在柳州因以酬之

珠树玲珑隔翠微,病来方外事多违。仙山不属分符客,一任凌空锡杖飞。

雨中赠仙人山贾山人即贾鹏也

寒江夜雨声潺潺,晓云遮尽仙人山。遥知玄豹在深处,下笑羁绊泥涂间。

别舍弟宗一

零落残红一作魂倍黯然,双垂别泪越江边。一身去国六千里,万死投荒十二年。桂岭瘴来云似墨,洞庭春尽水如天。欲知此后相思梦,长在荆门郢树烟。

奉和周二十二丈,酬郴州侍郎衡江夜泊得韶州书,并附当州生黄茶一封,率然成篇代意之作

丘山仰德耀,天路下征骓。梦喜三刀近,书嫌五载违。凝情江月落,属思岭云飞。会入司徒府,还邀周掾归。

殷贤戏批书后寄刘连州并示孟仑二童 自注:家有右军书,每纸背庾翼题云:王会稽六纸,二月三十日。

书成欲寄庾安西,纸背应劳手自题。闻道近来诸子弟,临池寻已厌家鸡。

重赠二首

闻道将雏向墨池,刘家还有异同词。《汉书》:刘歆以左丘明公穀详略难父向,向不能非。如今试遣隈墙问,已道世人那得知。

世上悠悠不识真,姜芽尽是捧心人。若道柳家无子弟,往年何事乞西宾。子厚尝为刘写《西京赋》。

叠前

小学新翻墨沼波,羡君琼树散枝柯。左家弄玉唯娇女,空觉庭前鸟迹多。

叠后

事业无成耻艺成,南宫起草旧连名。公与梦得尝同为礼部员外郎。劝君火急添功用,趁取当时二妙声。

铜鱼使赴都寄亲友 自注:岭南支郡无纲官,考典帐典等悉附都府至京

行尽关山万里馀,到时间井是荒墟。附庸唯有铜鱼使,此后无因寄远书。

韩漳州书报彻上人亡因寄二绝

早岁京华听越吟,闻君江海分逾深。他时若写兰亭会,莫画高僧支道林。

频把琼书出袖一作衲中,独吟遗句立秋风。桂江日夜流千里,挥泪何时到甬东。

柳州城西北隅种柑树

手种黄柑二百株,春来新叶遍城隅。方同楚客怜皇树,《楚词》:后皇嘉树,橘来服兮,受命不迁,生南国兮。不学荆州利木奴。几岁开花闻喷雪,何人摘实见垂珠。若教坐待成林日,滋味还堪养老夫。

闻彻上人亡寄侍郎杨丈

东越高僧还姓汤,几时琼佩触鸣珰。空花一散不知处,谁采金英与侍郎。

段九秀才处见亡友吕衡州书迹

交侣平生意最亲,衡阳往事似分身。袖中

忽见三行字,拭泪相看是故人。

柳州寄京中亲故

林邑山连瘴海秋,牂牁水向郡前流。劳君远问龙城地,正北三千到锦州。

种木槲花

上苑年年占物华,飘零今日在天涯。只因长作龙城守,剩种庭前木槲花。柳州,龙城郡。

摘樱桃赠元居士,时在望仙亭南楼与朱道士同处

海上朱樱赠所思,楼居况是望仙时。蓬莱羽客如相访,不是偷桃一小儿。

酬曹侍御过象县见寄 象县,柳州县名。

破额山前碧玉流,骚人遥驻木兰舟。《述异记》:七里州中有鲁班刻木兰为舟,至今在洲中,诗家云木兰舟。出此。春风无限潇湘意一作忆,欲采蘋花不自由。

法华寺石门精舍三十韵 集有记云:寺居永州,地最高。

拘情病幽郁,旷志寄高爽。愿言怀名缁,东峰旦夕仰。始欣云雨霁,尤悦草木长。道同有爱弟,披拂恣心赏。松溪窈胡了切窕土了切入,石栈贪缘上。萝葛一作茑绵层蔓,苔藓侵标榜。密林互对耸,绝壁俨双敞。堑峭出蒙笼,墟险一作崄临滉漾。稍疑地脉断,悠若天梯往,结构罩群崖,回环驱万象,小劫不逾瞬,大千若在掌。体空得化元,观有遗细想。喧烦因蠛蠓,踢踶疲魍魉。寸进谅何营,寻直非所枉。探奇极遥瞩,穷妙阅清响。理会方在今,神开庶殊曩。兹游苟不嗣,浩气竟谁养。道异诚所希,名宾匪余仗。超摅藉外奖,俯默有内朗。鉴一作铿尔揖古风。终焉乃吾党。潜躯委缰锁,高步谢尘坱。蓄志徒为劳,追踪将焉仿。淹留值颓暮,眷恋睇遐壤。映日雁联轩,翻云波泱漭。殊风纷已萃,乡路悠且广。羁木畏漂浮,离旌倦摇荡。昔人叹违一作遗志,出处今已两。何用期所归,浮图有遗像。幽蹊不盈尺,虚室有

函丈。微言信可传,申旦稽吾颡。

游朝阳岩遂登西亭二十韵

谪弃殊隐沦,登陟非远郊。所怀缓伊郁,讵欲肩夷巢。高岩瞰清江,幽窟潜神蛟。开旷延阳景,回薄攒林梢。西亭构其巅,反宇临呀虚牙切庨许交切,一作嘐。背瞻星辰兴,下见云雨交。惜非吾乡土,得以荫菁茆。羁贯与卯同去江介,世仕因函崤。故墅即澧川,数亩均肥硗。台馆葺荒丘,池塘疏沉坳。会有圭组恋,遂贻山林嘲。薄躯信无庸,琐悄剧斗筲。囚居固其宜,厚差久已包。庭除植蓬艾,陾同陳牖悬蟏蛸。所赖山川客,扁舟枉长梢。梢,船尾木。把流敌清觞。掇野代嘉肴。适道有高言,取乐非弦匏。逍遥屏幽昧,淡薄辞喧呶。晨鸡不余欺,风雨闻嘐嘐音交。再期永日闲,提挈移中庖。

湘口馆潇湘二水所会

九疑浚倾奔,临源委萦回。会合属空旷,泓澄停风雷。高馆轩霞表,危楼临山隈。兹辰始澄霁直凌切,纤云尽褰开。天秋日正中,水碧无尘埃。杳杳渔父吟,叫叫羁鸿哀。境胜岂不豫,虑分固难裁。升高欲自舒,弥使远念来。归流驶且广,泛舟绝沿洄。

登蒲州石矶望横江口潭岛深迥斜对香零山 山在永州

隐忧倦永夜,凌雾临江津。猿鸣稍已疏,登石娱清沦。日出洲渚静,澄明皛一作晶无垠。浮晖翻高禽,沉景照文鳞。双江汇西奔,诡怪潜坤珍。孤山乃北峙,森爽栖灵神。泂潭或动容,岛屿疑摇振之人切。陶埴兹择土,蒲鱼相与邻。信美非所安,羁心屡逡巡。纠即纠字结良可解,纡郁亦已伸。高歌返故室,自罔非所欣。

南涧中题

秋气集南涧,独游亭午时。回风一萧瑟,林影久参差。始至若有得,稍深遂忘疲。羁禽响幽谷,寒藻舞沦漪。去国魂已远一作游,怀人

泪空垂。孤生易为感,失路少所宜。索寞竟何事,徘徊只自知。谁为后来者,当与此心期。

游石角过小岭至长乌村

志适不期贵一作不自期,道存岂一作贵偷生。久忘上封事,复笑升天行。窜逐宦湘浦,摇心剧悬旌。始惊陷世议,终欲逃天刑。岁月杀忧栗,慵疏寡将迎。追游疑所爱,且复舒吾情。石角恣幽步,长乌遂遐征。磴回茂树断,景晏寒川明。旷望少行人,时闻田鹳鸣。风篁冒水远,霜稻侵山平。稍与人事闲,益知身世轻。为农信可乐,居宠真虚荣。乔木余故国,愿言果丹诚。四支反田亩,释志东皋耕。

与崔策登西山 策字子符,集有送崔九序。

鹤鸣楚山静,露白秋江晓。连袂度危桥,萦回出林杪。西岑极远目,毫末皆可了。重叠九疑高,微茫洞庭小。迥穷两仪际,高出万象表。驰景泛颓波,遥风递寒筱。谪居安所习,稍厌从纷扰。生同胥靡遗,寿比彭铿夭。蹇连困颠踬,愚蒙怯幽眇。非令亲爱疏,谁使心神悄。偶兹遁山水,得以观鱼鸟。吾子幸淹留,缓我愁肠绕。

构法华寺西亭

窜身楚南极,山水穷险艰。步登最高寺,萧散任疏顽。西垂下半绝,欲似窥人寰。反如在幽谷,榛翳不可攀。命童恣披剪,葺宇横断山。割一作剖如判清浊,飘若升云间。远岫攒众顶,澄江抱清湾。夕照临轩堕,栖鸟当我还。菡萏溢嘉色,筼筜遗清斑。神舒屏羁锁,志适忘幽孱。弃逐久枯槁,迨今始开颜。赏心难久留,离念来相关。北望间亲爱,南瞻杂夷蛮。置之勿复道,且寄须臾闲。

夏夜苦热登西楼

苦热中夜起,登楼独褰衣。山泽凝暑气,星汉湛光辉。火晶燥露滋,野静停风威。探汤汲阴井,炀灶开重扉。凭阑久彷徨,流汗不可挥。莫辩亭毒意,仰诉璇与玑。谅非姑射子,静胜安能希。

觉衰

久知老会至,不谓便见侵。今年宜未衰,稍已来相寻。齿疏发就种音肿,奔走力不任。咄此可奈何,未必伤我心。彭聃安在哉,周孔亦已沉。古称寿圣人,曾不留至今。但愿得美酒,朋友常共斟。是时春向暮,桃李生繁阴。日照天正绿一作碧,杳杳归鸿吟。出门呼所亲,扶杖登西林。高歌足自快,商颂有遗音。

游南亭夜还叙志七十韵

夙抱丘壑尚,率性恣游遨。中为吏役牵,十祀空悁劳。外曲徇尘辙,私心寄英髦。进乏廊庙器,退非乡曲豪。天命斯不易,鬼责将安逃。屯难果见凌,剥丧宜所遭。神明一作期固浩浩,众口徒嗷嗷。投迹山水地,放情咏离骚。再怀曩岁期,容与驰轻舠。虚馆背山郭,前轩面江皋。重叠间浦溆,逶迤驱岩嶅牛刀切。积翠浮澹艳,始疑负灵鳌。丛林留冲飙,石矶迎飞涛。旷朗天景霁,樵苏远相号。澄潭涌沉鸥,半壁跳悬猱。鹿鸣验食野,鱼乐知观濠。孤赏诚所悼,暂欣良足褒。留连俯棂槛,注我壶中醪。朵颐进芰实,擢手持蟹螯。炊稻视爨鼎,脍鲜闻一作闲操刀。野蔬盈倾筐,颇杂池沼毛。缅慕鼓枻翁,啸咏哺其糟。退想于陵子,三咽资李螬。斯道难为偕,沉忧安所韬。曲渚怨鸿鹄,环洲雕兰皋音皋。暮景回西岑,北流逝滔滔。徘徊遂昏黑,远火明连艘。木落寒山静,江空秋月高。敛袂戒还徒,善游矜所操。趣浅戢长枻,乘深屏轻篙。旷望援深竿,哀歌叩鸣榔。中川恣超忽,漫若翔且翱。淹泊遂所止,野风自飕飕。涧急惊鳞奔,蹊荒饥兽嗥。入门守拘縶,凄戚增郁陶。慕士情未忘,怀人首徒搔。内顾乃无有,德輶甚鸿毛。名窃人自欺,食浮固云叨。问牛悲疊钟,说音税犊惊临牢。永遁刀笔吏,宁期簿书曹。中兴遂群物,裂壤分鞬居言切囊音鞠。岷凶既云捕,谓刘辟伏诛。吴房亦已戮。李锜伏诛。扞御盛方虎,谟明富伊咎。披山穷木禾,驾海逾蟠桃。重来越裳雉,再返西旅葵。左右杭槐棘，纵横罗雁羔。三一作五辟咸建宥，众生均覆焘。安得奉皇灵，在宥解天毉音叨。归诚慰松梓，陈力开蓬蒿。卜室有鄂杜，名田占澧涝。磻溪近余基，阿城连故濠。螟蜂愿亲燎，荼荁甘自薅音蒿。饥食期农耕，寒衣俟蚕缲。及骭下惠切足为温，满腹宁复饕。安将劀及营音妍，谁慕粱与膏。弋林歐雀鹦，渔泽从鳅鲉。观象嘉素履，陈诗谢干旄。方托麋鹿群，敢同骐骥槽。处贱无溷浊，固穷匪淫慆。踉跄辞束缚，悦怪换煎熬。登年徒一作从负版，兴役趋代薿音皋。目眩绝浑浑，耳喧息嘈嘈。兹焉毕余命，富贵非吾曹。长沙哀纠缠，汉阴嗤桔槔。苟伸击壤情，机事息秋豪。海务多蓊郁，越同饶腥臊。宁唯迫魑魅，所惧齐煎藨音蒿。知蓓怀褚中，范叔恋绨袍。伊人不可期，慷慨徒忉忉。

韦道安道安尝佐张建封于徐州，及军乱而道安自杀。

道安本儒士，颇擅弓剑名。二十游太行，暮闻号哭一作哭泣声。疾驱前致问。有叟垂华缨。言我故刺史，失职还西京。偶为群盗得，毫缕无余赢。贷财足非吝，二女皆娉婷。苍黄见驱逐，谁识死与生。便当此殒命，休复事晨征，一闻激高义，皆裂肝胆横。挂弓问所往，趫捷超峥嵘。见盗寒涧阴，罗列方忿争。一矢毙酋帅，余党号且惊。麾令递束缚，缰一作缠索相拄撑。彼妹久襮魄，刃下俟诛刑。却立不亲授，谕以从父行。捃收自担肩，转道趋前程。夜发敲石火，山林如昼明。父子更抱持，涕血纷交零，顿首愿归赀，纳女称舅甥。道安旧衣去，义重利固轻。师婚古所病，合姓非用兵。竭来事儒术，十载所能逞必贞切。慷慨张徐州，徐泗濠节度使张建封。朱邸扬前旌。投躯获所愿，前马出王城。贞元十三年，建封来朝，道安从之。辕门立奇士，淮水秋风生。君侯既即世，麾下相豰倾。立孤抗王命，钟鼓四野鸣。横溃非所壅，逆节非所婴。举头自引刃，顾义谁顾形。烈士不忘死，所死在忠贞。咄嗟徇权子，禽犊犹趋荣。我歌非悼死，所悼时世情。

哭连州凌员外司马凌员外准也

废逐人所弃，遂为鬼神欺。才难不其然，卒与大患期。凌人古受氏，吴世夸雄姿。寂寞富春水，英气方在斯。六学诚一贯，精义穷发挥。著书逾十年，幽赜靡不推。天庭呎高文，万一作寓字若波驰。记室征西府，宏谋耀其奇。辒轩下东越，列郡苏疲羸。宛宛凌江羽，来栖翰林枝。孝文留弓剑，中外方危疑。抗声促遗诏，定命由陈辞。德宗崩，迨臣议秘五日下遗诏，准独抗危辞，言其不可，乃以旦日发丧。徒隶肃曹官，征赋参有司。出守乌江浒，老迁湟水湄。高堂倾故国，葬祭限囚羁。仲叔继幽沦，狂叫唯童儿。准母卒于家，不得归。一门既无主，焉用徒生为。举声但呼天，孰知神者谁。泣尽目无见，准哭母丧明。肾伤足不持，溘渴合切死委炎荒，臧获守灵帷。平行负国谴，骸骨非敢私。盖棺未塞责，孤旐凝寒飔。念昔始相遇，腑肠为君知。进身齐选择，失路同瑕疵。本期济仁义，今为众所嗤。灭名竟不试，世义安可支。恬死百忧尽，苟生万虑滋。顾余九逝魂，与子各何之。我歌诚自恸，非独为君悲。

旦携谢山人至愚池

新沐换轻一作巾帻，晓池风露一作雾清。自谐尘外意，况与幽人行。霞散众山迥，天高数雁鸣。机心付当路，聊适羲皇情。

独觉

觉来窗牖空，寥落雨声晓。良游怨迟暮，末事惊纷扰。为问经世心，古人难尽了。

首春逢耕者

南楚春候早，馀寒已滋荣。土膏释原野，百蛰竞所营。缀景未及郊，穑人先耦耕。园林幽鸟啭，渚泽新泉清。农事诚素务，羁囚阻平生。故池想芜没，遗亩当榛荆。慕隐既有系，图功遂无成。聊从田父言，款曲陈此情。眷然抚耒耜，回首烟云横。

溪居

久为簪组累,幸此南夷谪。闲依农圃邻,偶似山林客。晓耕翻露草,夜榜一作搒,孔孟切响溪石。来往不逢人,长歌楚天碧。

夏初雨后寻愚溪

悠悠雨初霁,独绕清溪曲。引杖试荒泉,解带围新竹。沉吟亦何事,寂寞固所欲。幸此息营营,啸歌静炎燠。

入黄溪闻猿 溪在永州

溪路千里曲,哀猿何处鸣。孤臣泪已尽,虚作断肠声。

韦使君黄溪祈雨见召从行至祠下口号

骄阳愆岁事,良牧念菑畬。列骑低残月,鸣笳度碧虚。稍穷樵客路,遥驻野人居。谷口寒流净,丛祠古木疏。焚香秋雾湿,奠玉晓光初。肸蚃巫言报,精诚礼物馀。惠风仍偃草,灵雨会随车。俟罪非真吏,为员外司马,故曰非真吏。翻惭奉简书。

郊居岁暮

屏居负山郭,岁暮惊离索。野迥樵唱来,庭空烧烬落。世纷因事远,心赏随年薄。默默谅何为,徒成今与昨。

秋晓行南谷经荒村

杪秋霜露重,晨起行幽谷。黄叶覆溪桥,荒村唯古木。寒花疏寂历,幽泉微断续。机心久已忘,何事惊麋鹿。

雨后晓行独至愚溪北池

宿云散洲渚,晓日明村坞。高树临清池,风惊夜来雨。予心适无事,偶此成宾主。

中夜起望西园值月上

觉闻繁露坠,开户临西园。寒月上东岭,泠泠疏竹根。石泉远逾响,山鸟时一喧。倚楹遂至旦,寂寞将何言。

零陵春望

平野春草绿,晓一作晚莺啼远林。日晴潇湘渚,云断岣嵝岑。仙驾不可望,世途非所任。凝情空景慕,万里苍梧阴。

从崔中丞过卢少尹郊居

寓居湘岸四无邻,世网难婴每自珍。苟时吏切药闲庭延国老,《本草》,甘草名国老。开樽虚室一作席值贤人。泉回浅石依高柳,径转垂藤闲绿筠。闻道偏为五禽戏,出门鸥鸟更相亲。

夏昼偶作

南州溽暑醉如酒,隐几熟眠开北牖。日午独觉无馀声,山童隔竹敲茶臼。

雨晴至江渡

江雨初晴思远步,日西独向愚溪渡。渡头水落村径成,撩乱浮槎在高树。

江雪

千山鸟飞绝,万径人踪灭。孤舟蓑笠翁,独钓寒江雪。

冉溪 公易其名为愚溪者是也

少时陈力希公侯,许国不复为身谋。风波一跌逝万里,壮心瓦解空缧囚。缧囚终老无馀事,愿卜湘西冉溪地。却学寿张樊敬侯,种漆南国待成器。

法华寺西亭夜饮 得酒字

祇树夕阳亭,共倾三昧酒。雾暗水连阶,月明花覆牖。莫厌尊前醉,相看未白首。

戏题石门长老东轩

石门长者身如梦,旃檀成林手所种。坐来念念非昔人,万遍莲花为谁用。如今七十自忘机,贪爱都忘筋力微。莫向东轩春野望,花开日出雉皆飞。

全唐诗卷三百五十三

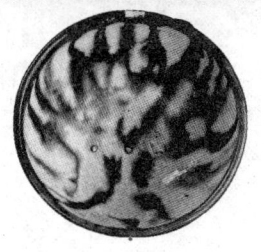

柳宗元

茅檐下始栽竹

瘴茅葺为宇,潦暑常侵肌。适有重膇疾,蒸郁宁所宜。东邻幸导我,树竹邀凉飔。欣然惬吾志,荷锸西岩垂。楚壤多怪石,垦凿力已疲。江风忽云暮,舆曳还相追。萧瑟过极浦,旖音倚旎乃倚切附幽墀。贞根期永固,贻尔寒泉滋。夜窗遂不掩,羽扇宁复持。清泠集浓露,枕簟凄已知。网一作细虫依密叶,晓禽栖迥枝。岂伊纷嚣间,重以心虑怡。嘉尔亭亭质,自远弃幽期。不见野蔓草,蓊蔚有华姿。谅无凌寒一作云色,岂与青山辞。

种仙灵毗《本草》:淫羊藿,即仙灵毗也。

穷陋一作巷阙自养,疠气剧嚣烦。隆冬乏霜霰,日夕南风温。杖藜下庭际,曳踵不及门。门有野田吏,慰我飘零魂。及言有灵药,近在湘西原。服之不盈旬,蹩蒲结切躠音辥皆腾骞。笑忭前即吏,为我擢其根。蔚蔚遂充庭,英翘忽已繁。晨起自采曝,杵臼通夜喧。灵和理内藏,攻疾贵自源。拥覆逃积雾,伸舒委余暄。奇功苟可征,宁夏资兰荪。我闻畸人术,一气中夜存。能令深深息,呼吸还归跟音根。疏放固难效,且以药饵论。痿者不忘起,穷者宁复言。神哉辅吾足,幸及儿女奔。

种术

守闲事服饵,采术东山阿。东山幽且阻,疲苶乃结切烦经过。戒徒劚灵根,封植闶天和。违尔涧底石,彻我庭中莎。土膏滋玄液,松露坠繁柯。南东自成亩,缭绕纷相罗。晨步佳色媚,夜眠幽气多。离忧苟可怡,孰能知其他。爨竹茹芳叶,宁虑瘵侧界切与瘥。留连树蕙辞,婉娩采薇歌。悟拙甘自足,激情愧同波。单音善豹且理内,高门复如何。

种白蘘荷

蠱一作蟲虫化为疠,夷俗多所神。衔猜每腊毒,谋富不为仁。蔬果自远至,杯酒盈肆陈。言甘中必苦,何用知其真。华洁事外饰,尤病中州人。钱刀恐贾害,饥至益逡巡。窜伏常战栗,怀故逾悲辛。庶氏一作民有嘉草,攻襘事久泯。炎帝垂灵编,言此殊足珍。崎岖乃有得,托以全余身。纷敷碧树阴,眄睐心所亲。

新植海石榴

弱植不盈尺,远意驻蓬瀛。月寒空阶曙,幽梦彩云生。粪壤擢珠树,莓苔插琼英。芳根閟颜色,徂岁为谁荣。

戏题阶前芍药

凡卉与时谢,妍华丽兹晨。欹红醉浓露,窈窕留余春。孤赏白日暮,暄风动摇频。夜窗蔼芳气,幽卧知相亲。愿致溱洧赠,悠悠南国人。

始见白发题所植海石榴

几年封植爱芳丛,韵艳朱颜竟不同。从此休论上春事,看成古木对衰翁。

植灵寿木

白华照一作鉴寒水,怡我适野情。前趋问长老,重复欣嘉名。蹇连易衰朽,方刚谢经营。敢期齿杖赐,卿且移孤茎。丛萼中竞秀,分房外舒英。柔条乍反植,劲节常对生。循玩足忘疲,稍觉步武轻。安能事剪伐,持用资徒行。

自衡阳移桂十余本植零陵所住精舍

谪官去南裔,清湘绕灵岳。晨登苋葭岸,霜景霁纷浊。离披得幽桂,芳本欣盈握。火耕困烟燼,薪采久摧剥。道旁且不愿,岑岭况悠邈。倾筐壅故壤,栖息期鸾鷟住角反。路远清凉宫,一雨悟无学。南人始珍重,微我谁先觉。芳意不可传,丹心徒自渥。

湘岸移木芙蓉植龙兴精舍

有美不自蔽,安能守孤根。盈盈湘西岸,秋至风露繁。丽影别寒水,秾芳委前轩。芰荷谅难杂,反此生高原。

早梅

早梅发高树,迥映楚天碧。朔吹飘夜香,繁霜滋晓白一作日。欲为万里赠,杳杳山水隔。寒英坐销落,何用慰远客。

南中荣橘柚

橘柚怀贞质,受命此炎方。密林耀朱绿,晓岁有馀芳。殊风限清汉,飞雪滞故乡。攀条何所叹,北望熊与湘。熊,湘,二山名。

红蕉

晚英值穷节,绿润含朱光。以兹正阳一作阴色,窈窕凌清霜。远物世所重,旅人心独一作所伤。回晖眺林际,撼撼一作戚戚无遗芳。

巽公院五咏

净土堂

结习自无始,沦溺穷苦源。流形及兹世,始悟三空门。华堂开净域,图像焕且繁。清泠焚众香,微妙歌法言。稽首愧导师,超遥谢尘昏。

曲讲堂

寂灭本非断,文字安可离。曲堂何为设,高士方在斯。圣默寄言宣,分别乃无知。趣中即空假,名相与谁期。愿言绝闻得,忘意聊思惟。

禅堂

发地结青茅,团团抱虚白。山花落幽户,中有忘机客。涉有本非取,照空不待析。万籁俱缘生,窅然喧中寂,心境本洞一作同如,鸟飞无遗迹。

芙蓉亭

新亭俯朱槛,嘉木开芙蓉。清香晨风远,溽彩寒露浓。潇洒出人世,低昂多异容。尝闻色空喻,造物谁为工。留连秋月晏,迢递山钟。

苦竹桥

桥属属幽径,缭绕穿疏林。迸箨分苦节,轻筠抱虚心。俯瞰涓涓流,仰聆萧萧吟。差池下烟日,嘲哳一作晰鸣山禽。谅无要津用,栖息有馀阴。

梅丽

梅实迎时雨,苍茫值晚春。愁深楚猿夜,梦断越鸡晨。海雾连南极,江云暗北津。素衣今尽化,非为帝京尘。

零陵早春

问春从此去,几日到秦原。凭寄还乡梦,殷勤入故园。

田家三首

蓐食徇所务,驱牛向东阡。鸡鸣村巷白,夜色归暮田。札札耒耜声,飞飞来乌鸢。竭兹筋力事,持用穷岁年。尽输助徭役,聊就空自眠。子孙日已长,世世还复然。

篱落隔烟火,农谈四邻夕。庭际秋虫一作蛩鸣,疏麻方寂历。蚕丝尽输税,机杼空倚壁。里胥夜经过,鸡黍事筵席。各言官长峻,文字多督责。东乡后租期,车毂陷泥泽。公门少推恕,鞭朴恣狼籍。努力慎经营,肌肤真可惜。迎新在此岁,唯恐踵前迹。

古道饶蒺藜,萦回古城曲。蓼花被堤岸,陂水寒更绿。是时牧获竟,落日多樵牧。风高榆柳疏,霜重梨枣熟。行人迷去住,野鸟竞栖宿。田翁笑相念,昏黑慎原陆。今年幸少丰,无压馕与粥。

行路难三首

君不见夸父逐日窥虞渊,跳踉北海超昆仑。披霄决汉出沆漭,瞥裂左右遗星辰。须臾力尽道渴死,狐鼠蜂蚁争噬吞。北方竫人长九寸,开口抵掌更笑喧。啾啾饮食滴与粒,生死亦足终天年。睢盱大志小成遂,坐使儿女相悲怜。

虞衡斤斧罗千山,工命采斫代音弋与橡。深林土剪十取一,百牛连轭摧双辕。万围千寻妨道路,东西蹶倒山火焚。遗余毫末不见保,躏跞鹅鹜何当存。群材未成质已夭,突兀哮豁空岩峦。柏梁天灾武库火,匠石狼顾相愁冤。君不见南山栋梁益稀少,爱材养育谁复论。

飞雪断道冰成梁,侯家炽炭雕玉房。蟠龙吐耀虎喙张,熊蹲豹踞争低昂。攒恋丛崿五各反射朱光,丹霞翠雾飘奇香。美人四向回明珰,雪山冰谷晞太阳。星躔奔走不得一作可止,奄忽双燕栖虹梁。风台露榭生光饰,死灰弃置参与商。盛时一去贵反贱,桃笙葵扇安可当。

闻籍田有感 元和五年十月,宪宗诏。来年正月十六日,东郊籍田。

天田不日降皇舆,留滞长沙岁又除。宣室无由问釐音禧事,周南何处托成书。

跂乌词

城上日出群乌飞,鸦鸦争赴朝阳枝。刷毛伸翼和且乐,尔独落魄今何为。无乃慕高近白日,三足妒尔令尔疾。无乃饥啼走道一作路旁,贪鲜攫肉人所伤。翘肖独足下丛薄,口衔低枝始能跃。还顾泥涂备蝼蚁,仰看栋梁防燕雀。左右六翮利如刀,踊身失势不得高。支离无趾犹自免,努力低飞逃后患。

笼鹰词

凄风淅沥飞岩霜,苍鹰上击翻曙光。云披雾裂虹蜺断,霹雳制电捎平冈。砉霍虩切然劲翮剪荆棘,下攫狐兔腾苍茫。爪毛吻血百鸟逝,独立四顾时激昂。炎风溽暑忽然至,羽翼脱落自摧藏。草中狸鼠足为患,一夕十顾惊且伤,但愿清商复为假,拔去万累一作里云间翔。

放鹧鸪词

楚越有鸟甘且腴,嘲嘲自名为鹧鸪。徇媒得食不复虑,机械潜发罗置音嗟罦音孚。羽毛摧折触笼籞,烟火燔赫惊庖厨。鼎前芍药调五味,膳夫攘腕左右视。齐王不忍觳觫牛,简子亦放邯郸鸠。二子一作君得意犹念此,况我万里为孤囚。破笼展翅当远去,同类相呼莫相顾。

龟背戏

长安新技出宫掖,喧喧初遍王侯宅。玉盘滴沥黄金钱,皎如文龟丽秋天。八方定位开神卦,六甲离离齐上下。投变转动玄机卑,星流霞破相参差,四分五裂势未已,出无入有谁能知。乍惊散漫无处所,须臾罗列已如故。徒言万事有盈虚,终朝一掷知胜负。脩门象棋不复贵,魏宫妆奁世所弃。岂如瑞质耀奇文,愿持千岁寿君君。庙堂巾笥非余慕,钱刀儿女徒纷纷。

闻黄鹂

倦闻子规朝暮声,不意忽有黄鹂梦。一声梦断楚江曲,满眼故园春意生一作草绿。目极一作故园千里无山河,麦芒际天摇清波。王畿优本少赋役,务闲酒熟饶经过。此时晴烟最深处,舍南巷北遥相语。翻日迥度昆明飞,凌风邪看细柳翥。我今误落千万山,身同伧人不思还。乡禽何事亦来此,令我生心忆桑梓。闭声回翅归务速,西林紫椹行当熟。

浑鸿胪宅闻歌效白纻

翠帷双卷出倾城,龙剑破匣霜月明。朱唇掩抑悄无声,金簧玉磬宫中生。下沉秋火激太清,天高地迥凝日晶,羽觞荡漾何事倾。

杨白花

杨白花,风吹渡江水。坐令宫树无颜色,摇荡春光千万里。茫茫晓日下长秋一作林,哀歌未断城鸦起。

渔翁

渔翁夜傍西岩宿,晓汲清湘燃楚竹。烟销日出不见人,欸乃音袄霭一声山水绿。回看天际下中流,岩上无心云相逐。

饮酒

今夕一作旦少愉乐,起坐开清尊。举觞酹音未先酒,始为酒者也。为一作遣我驱忧烦。须臾心自殊,顿觉天地暄。连山变幽晦,绿水函晏温,蔼蔼南郭门,树木一何繁。清阴可自庇,竟夕闻佳言。尽醉无复辞,偃卧有芳荪。彼哉晋楚富,此道未必存。

读书

幽沉谢世事,俯默一作然窥唐虞。上下观古今,起伏千万途。遇欣或自笑,感戚亦以吁。缥帙各舒散,前后互相逾。瘴疠扰灵府,日与往昔殊。临文乍了了,彻卷兀若无。竟夕谁与言,但与竹素俱。倦极便一作更倒卧,熟寐乃一苏。欠伸展肢体,吟咏心自愉。得意适其适,非愿为世儒。道尽即闭口,萧散捐囚拘。巧者为我拙,智者为我愚。书史足自悦,安用勤与劬。贵尔六尺躯,勿为名所驱。

感遇二首 永州作

西陆动凉气,惊乌号北林。栖息岂殊性,集枯安可任。鸿鹄去不返,勾吴阴且深。徒嗟日沉湎,丸鼓骛奇音。东海久摇荡,南风已骎骎。坐使青天暮,小星愁太阴。众情嗜好利,居货捐一作损千金。危根一以振,齐斧来相寻。揽衣中夜起,感物涕盈襟。微霜众所践,谁念岁寒心。

旭日照寒野,鷽音豫斯起蒿莱。啁啾有馀乐,飞舞西陵隈。回风旦夕至,零叶委陈荄。所栖不足恃,鹰隼纵横来。

咏史

燕有黄金台,远致望诸君。乐毅为望诸君。嗛嗛事强怨,三岁有奇勋。悠哉辟疆理,东海漫浮云。宁知世情异,嘉谷坐熸焚。致令委金石,谁顾蠢蠕时衮切群。风波欻许勿切潜构,遗恨意纷纭。岂不善图后,交私非所闻。为忠不顾内一作内顾,晏子亦垂文。

咏三良

束带值明后，顾盼流辉光。一心在陈力，鼎列夸四方。款款效忠信，恩义皎如霜。生时亮同体，死没宁分张。壮躯闭幽隧，猛志填黄肠。殉死礼所非，况乃用其良。霸基弊不振，晋楚更张皇。疾病命固乱，魏氏言有章。从邪陷厥父，吾欲讨彼狂。

咏荆轲

燕秦不两立，太子已为虞。千金奉短计，匕首荆卿趋。穷年徇所欲，兵势且见屠。微言激幽愤，怒目辞燕都。朔风动易水，挥爵前长驱。函首致宿怨，献田开版图。炯然耀一作曜电光，掌握罔正一作匹夫。造端何其锐，临事竟趑趄。长虹吐白日，仓卒反受诛。按剑赫凭怒，风雷助号呼。慈父断子首，狂走无容躯。夷城芟七族，台观皆焚污。始期忧患弭，卒动灾祸枢。秦皇本诈力，事与桓公殊。奈何效曹子，实谓勇且愚。世传故多谬，太史征无且。

掩役夫张进骸

生死悠悠尔，一气聚散之。偶来纷喜怒，奄忽已复辞。为役孰贱辱，为贵非神奇。一朝纩息定，枯朽无妍媸。生平勤皂枥，剉秣不告疲。既死给槥椟，葬之东山基。奈何值崩湍，荡析临路垂。骽然暴百骸一作体，散乱不复支。从者幸告余，眷之涓然悲。猫虎获迎祭，犬马有盖帷。伫立喑尔魂，岂复识此为。畚音本锸载埋瘗，沟渎护其危。我心得所安，不谓尔有知。掩骼著春令，兹焉适其时。及物非吾事一作辈，聊且顾尔私。

省试观庆云图诗

设色既一作初，一作方成象，卿云示国都。九天开秘祉，百辟赞嘉谟。抱日依龙衮，非烟近御炉。高标连汗漫，迥一作回望接虚无。裂素荣光发，舒华瑞色敷。恒将配尧德，垂庆代河图。

春怀故园

九扈鸣已晚，楚乡农事春。悠悠故池水，空待灌园人。

全唐诗卷三百五十四

刘禹锡

刘禹锡,字梦得,彭城人。贞元九年,擢进士第,登博学宏词科,从事淮南幕府,入为监察御史。王叔文用事,引入禁中,与之图议,言无不从。转屯田员外郎,判度支盐铁案。叔文败,坐贬连州刺史,在道贬朗州司马。落魄不自聊,吐词多讽托幽远。蛮俗好巫,尝依骚人之旨。倚其声作《竹枝词》十余篇,武陵溪洞间悉歌之。居十年,召还。将置之郎署,以作玄都观看花诗涉讥忿,执政不悦,复出刺播州。裴度以母老为言,改连州,徙夔、和二州。久之,征入为主客郎中。又以作重游玄都观诗,出分司东都。度仍荐为礼部郎中,集贤直学士。度罢,出刺苏州,徙汝、同二州,迁太子宾客分司。禹锡素善诗,晚节尤精。不幸坐废,偃蹇寡所合,乃以文章自适。与白居易酬复颇多,居易尝叙其诗曰:彭城刘梦得,诗豪者也。其锋森然,少敢当者。又言其诗在处应有神物护持,其为名流推重如此。会昌时,加检校礼部尚书。卒年七十二,赠户部尚书。诗集十八卷,今编为十二卷。

团扇歌

团扇复团扇,奉君清暑殿。秋风入庭树,从此不相见。上有乘鸾女,苍苍虫网—作网虫遍。明年入怀袖,别是机中练。

宜城歌

野水绕空城,行尘起孤驿。荒—作花台侧生树—作柏,石碣阳镌额。靡靡度—作渡行人,温风吹宿麦。

顺阳歌

朝辞官军驿,前望顺阳路。野水啮荒坟,秋虫镂宫—作官树。曾闻天宝末,胡马西南鹜。城守鲁将军,拔城从此去。

莫猺一作猺歌

莫猺自生长,名字无符籍。市易杂鲛人,婚姻通木客。星居占泉眼,火种开山脊。夜渡千仞谿,含沙不能射。

度桂岭歌

桂阳岭,下下复高高。人稀鸟兽骇,地远草木豪。寄言千金子,知余歌者劳。

插田歌并引

连州城下,俯接村墟。偶登郡楼,适有所感。遂书其事为俚歌,以俟采诗者。

冈头花草齐,燕子东西飞。田塍望如线,白水光参差。农妇白纻裙,农父绿蓑衣。齐唱郢一作田中歌,嘤伫如竹枝。但闻怨响音,不辨俚语词。时时一大笑,此必相嘲嗤。水平苗漠漠,烟火生墟落。黄犬往复还,赤鸡鸣且啄。路旁谁家郎,乌帽衫袖长。自言上计吏,年幼离帝乡。田夫语计吏,君家侬定谙。一作记,一作喻。一来长安道,眼大不相参。计吏笑致辞,长安真大处。省门高轲峨,侬入无度数。昨来补卫士,唯用简竹布。君看二三年,我作官人去。

葡萄歌一作蒲桃

野田生葡萄,缠绕一枝高一作蒿。移来碧墀下,张王日日高。分岐浩繁缛,修蔓蟠诘曲。扬翘向庭柯,意思如有属。为之立长檠一作架,布濩当轩绿。米一作朱液溉其根,理疏看渗漉。繁葩组绶结,悬实珠玑蹙。马乳带轻霜,龙鳞曜初旭。有客汾阴至,临堂瞪双目。自言我晋人,种此如种玉。酿之成美酒,令人饮不足。为君持一斗,往取凉州牧。

蛮子歌

蛮语钩辀音一作钩辀语音蛮,一作蛮语音钩辀。蛮一作身衣斑斓布。熏狸一作狐掘沙鼠,时节祠盘瓠。忽逢乘马客,恍若惊麏一作麇顾。腰斧上高山,意行无旧路。

马嵬行

绿野扶风道,黄尘马嵬驿。路边杨贵人,坟高三四尺。乃问里中儿,皆一作辈言幸蜀时。军家诛戚族一作佞倖,天子舍妖姬。群吏伏门屏,贵人牵帝衣。低回转美目,风日为无晖。贵人饮金屑,倏忽舜一作舞英暮一作姿。平生服杏一作古丹,颜色真如故。属车尘已远,里巷来窥觑。共爱宿妆妍,君王画眉处。履綦无复有,履组光未灭。不见岩畔人,空见凌波袜。邮童爱踪迹,私手解鞶结。传看千万眼,缕绝香不歇。指环照骨明,首饰敌连城。将入咸阳市,犹得贾胡惊。

百花行

长安百花时,风景宜轻薄。无人不沽酒,何处不闻乐。春风连夜动,微雨凌晓濯。红焰出墙头,雪光映楼角。繁紫韵松竹,远黄绕篱落。临路不胜愁,轻烟去何托。满庭荡魂魄,照席成丹渥。烂熳簇颠狂,飘零劝行乐。时节易晼晚,清阴覆池阁。唯有安石榴,当轩慰寂寞。

壮士行

阴风振寒郊,猛虎正咆哮。徐行出烧地,连吼入黄茅。壮士走马去,镫前弯玉弰。叱之使人立,一发如铍一作鼓交。悍睛忽星堕,飞血溅林梢。彪炳为我席,膻腥充我庖。里中欣害除,贺酒纷咿号,明日长桥上,倾城看斩蛟。

苦雨行

悠悠飞走情,同乐在阳和。岁中三百日,常恐一作苦风雨多。天人信遐远,时节易蹉跎。洞房有明烛,无乃一作妨酣且歌。

华山歌

洪炉作高山,元气鼓其橐。俄然神功就,峻拔在寥廓。灵迹露指爪,杀气见棱角。凡木不敢生,神仙聿来托。天资帝王宅,以我一作此为关钥。能令下国人,一一作不见换神骨。高山固无限,如此方为岳。丈夫无特达,虽贵犹碌碌。

抛球乐词

五彩绣团圆,登君玳瑁筵。最宜红烛下,偏称落花前。上客如先起,应须赠一船。

春早见花枝,朝朝恨发迟。及看花落后,却忆未开时。幸有抛球乐,一杯君—作更莫辞。

华清词—作华清宫词

日出骊山东,裴回照温泉。楼台影—作相玲珑,稍稍开白烟。言昔太上皇,常居此祈年。风中闻清乐,往往来列仙。翠华入五云,紫气归上玄。哀哀生人泪,泣尽弓剑前。圣道本自我,凡情徒颤然。小臣感玄化,一望青冥天。

送春曲三首

春向晚,春晚思悠哉。风云日已改—作故,花叶自相催。漠漠空中去,何时天际来。

春已暮,冉冉如人老。映叶见残花,连天是青草。可怜桃与李,从此同桑枣。

春景—作竟去,此去何时回。游人千万恨,落日上高台。寂寞繁花尽,流莺归莫来—作不归。

初夏曲三首

铜壶方促夜,斗柄暂南回。稍嫌单衣重,初怜北户开。西园花已尽,新月为谁来。

时节过繁华,阴阴千万家。巢禽命子戏,园果坠枝斜。寂寞孤飞蝶,窥丛觅晚花。

绿水风初暖,青林露早晞。麦陇雉朝雊,桑野人暮归。百舌悲花尽,平芜—作无声,一作绝无来去飞。

捣衣曲

爽砧应秋律,繁杵含凄风。一一远相续,家家音不同。户庭凝露清,伴侣明月中。长裾委箧积,轻珮垂璁珑。汗余衫更馥,钿移鬓半空。报寒惊边雁,促思闻候虫。天狼正芒角,虎落定相攻。盈箧寄何处,征人如转蓬。

畲田行

何处好畲田,团团缦山腹。钻龟得雨卦,上山烧卧木。惊麕走且顾,群雉—作鸡声咿喔。红焰远成霞,轻煤—作烁飞入郭。风引上高岑,猎猎度青林。青林望麋麋,赤光低复起。照潭出老蛟,爆竹惊山鬼。夜色不见山,孤明星汉间。如星复如月,俱逐晓风灭。本从敲石光,遂至烘天热。下种暖灰中,乘阳拆牙—作芽蘖—作蘖。苍苍一雨后,苕颖如云发。巴—作几人拱手吟,耕耨不关心。由来得地势,径寸有余金—作阴。

鹧鸪吟

朝阳有鸣凤,不闻千万祀。鹧鸪催众芳,晨间先入耳。秋风白露晞,从是尔啼时。如何上春日,唧唧满庭飞。

观云篇

兴云感阴气,疾足—作走如见机。晴来意态行,有若功成归。葱茏含晚景,洁白—作素凝秋晖。夜深度银汉,漠漠仙人衣。

养鸷词并引

途逢少年,志在逐兽。方呼鹰隼,以袭飞走。因纵观之,卒无所获。行人有常从事于斯者曰:夫鸷禽,饥则为用,今哺之过笃,故然也。予感之,作养鸷词。

养鸷非玩形,所资击鲜力。少年昧其理,日日—作夜哺不息。探雏网黄口,旦暮有馀食。宁知下韝时,翅重飞不得。琵琶止林表,狡兔自南北。饮啄既已盈,安能劳羽翼。

别友人后得书因以诗赠

前时送君去,挥手青门桥。路转不相见,犹闻马萧萧。今得出关书,行程—作尘日已遥。春还迟君至,共结—作缅芳兰茝。

送华阴尉张苕赴邕府使幕 张即燕公之孙,倾坐事除名。

昔忝南宫郎,往来东观频。尝披燕公传,耸若窥三辰。翊圣崇国本,像—作保贤正朝伦。

高视缅今古,清风夐无邻。兰锜照通衢,一家十朱轮。鄀国嗣侯绝,韦卿世业贫。夫子承—作成大名,少年振芳尘。青袍仙掌下,矫首凌烟昊。公冶本非罪,潘郎一为民。风霜苦摇落,坚白无缁磷。一旦逢良时,天光烛幽沦。重为长裾客,佐彼观风臣。分野穷禹画,人烟过虞巡。不言此行远,所乐相知新。雨起巫山阳,鸟鸣湘水滨。离筵出苍莽,别曲多悲辛。今朝一杯酒,明日千里人。从—作彼此孤舟去,悠悠天海春。

送湘阳熊判官孺登府罢归钟陵,因寄呈江西裴中丞二十三兄

射策志未就,从事岁云除。箧留马卿赋,袖有刘弘书。忽见夏木深,怅然忆吾庐。复持州民刺,归谒专城居。君家诚易知,胜绝倾里间。人言北郭生,门有卿相舆。钟陵霭—作霏千里,带郭西江水。朱槛照河宫,旗亭绿云里。前年—作来初缺守,慎简由宸扆。临轩弄郡章,得人方付此。是时左冯翊,天下第一理。贵臣持牙璋,优诏发青纸。迎风奸—作污吏免,先令疲人喜。何武劾腐儒,陈蕃礼高士。昔升君子堂,腰下绶犹黄。中丞时为万年尉。汾阴有宝气,赤菫多奇—作光铓。束简下曲台,佩鞶来历阳。绮筵陪一笑,兰室袭余芳。风水忽异势,江湖遂—作邈相忘。因君倘—作忽借问,为话老沧浪。自注:中丞为博士,制相国柳宜城谥议,识者题之。顷授予以其摩,厥后牧和州。节度使杜司徒以中丞材誉俱高,欲令军装以重戎符,故授以本州团练使。满座观腰鞬,礼成,欢甚,相视而笑。后房燕乐,卜夜纵谈。予悉司徒之宾,时获末坐。初,中丞自尚书屯田员外郎出守,踵其武者,今给事中穆公,代给事者,右丞段公,予不佞,继右丞之后,故曰:袭余芳焉。

送韦秀才道冲赴制举

惊禽一辞巢,栖息无少安。秋扇一离手,流尘蔽霜纨。故侣不可追,凉风日已寒。远逢杜陵士,别尽平生欢。逐客无印绶,楚江多芒兰。因居暇时游,—作君时暇游。长铗不复弹。阅书南轩霁—作际,纼瑟清夜阑。万境身外寂,一杯腹中宽。伊昔玄宗朝,冬卿冠鸳鸾。肃穆升内殿,从容领儒—作顶高冠。游夏无措词,阳秋垂不刊。至今群玉府,学者空纵观。世人希德门,揭若攀峰峦。之子尚明训,锵如振琅玕。一旦西上书,斑衣拂征鞍。荆台宿暮雨,汉水浮春澜。君门起天中,多士如星攒。烟霞覆双阙,抃舞罗千官。清漏滴铜壶,仙厨下雕槃—作盘。荧煌仰金榜,错落濡飞翰。古来才杰士,所嗟遭时难。一鸣从此始,相望青云端。

送李策秀才还湖南,因寄幕中亲故兼简衡州吕—作李八郎中

深春风日净,昼长幽鸟鸣。仆夫前致词,门有白面生。摄衣相问讯,解带坐南荣。端志见眉睫,苦—作芳言发精诚。因出怀中文,调孤词亦清。悄如促柱弦,掩抑多不平。乃言本蜀士,世降岷山灵。前人秉艺文,高视来上京。曳绶司徒府,所从信国桢。析—作折薪委宝—作空林,善响继家—作难继声。何处翳附郭,几人思邝成—作城。云天望乔木,风水悲流萍。前与计吏西,始列贡士名。森然就笔札,从试春官卿。帝城岐路多,万足伺—作俟晨星。茫茫风尘中,工拙同有营。寒女劳夜织,山苗荣寸茎。侯门方击钟,衣褐谁将迎。弱羽果摧颓,壮心郁怦怦。谅无蟠木容,聊复蓬累行—作生。昨日讯灵龟,繇言利艰贞。当求舍拔中,必在审已明。誓将息薄游,焦思穷笔精。苕兰在幽渚,安得扬芬馨。曰—作嗟余摧落者,散质负华缨。一聆苦辛词,再动伊郁情。身弃言不动,爱才心尚—作上惊。恨无羊角风,使尔化北溟。论罢情益亲,涉旬忘归程。日携邑中客,闲眺江上城。昼憩命金罍,宵谈转璇衡。薰—作蕙风香尘尾,月露濡桃笙。忽被戒赢骖,薄言事南征。火云蔚千里,旅思浩已盈。湘江含碧虚,衡岭浮翠晶。岂伊山水异,造与人事并。油幕侣—作似昆丘,粲然叠瑶琼。庾楼见清月,孔坐多绿醽。复有衡山守,本自云龙庭—作亭。抗志—作至和在灵府,发越侯咸英。一挥—作麾出荥阳。惠彼嗷嗷氓。隼旟辞灞水,居者皆涕零。惟昔与伊人,交欢经—作在宿龄。一从云

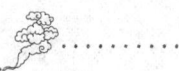

雨散,滋我鄙吝萌。北渚不堪愁,南音谁复听。离忧若去水,浩漾无时停。尝闻祝融峰,上有神禹铭。古石琅玕姿,秘文螭虎形。圣功奠远服,神物拥休祯。贤人在其下,仿佛疑蓬瀛。君行历郡斋,大袂拂双旌。饰容遇郎鉴,肝鬲可以呈。昔日马相如,临邛坐尽倾。勉君刷羽翰,蚤取凌青冥。

送张盥赴举诗并引

古人以偕受学为同门友,今人以偕升名为同年友。其语熟见,缙绅者皆诵焉。余于张盥为丈人,由是道也。曩吾见尔之始生,以老成为祝。今吾见尔之成人,以未立为忧。吾不幸,向所谓同年友,当其盛时,联袂齐镳,亘绝九衢,若屏风然。今来落落,如曙星之相望。昔日会合,不烦异席,可长太息哉。然而尚书右丞卫大受、兵部侍郎武廷硕二君者,当时伟人,咸万夫之望,足以订十朋之多也。第如京师,无骚骚尔,无忻忻尔。时秋也,吾为若叩商之讴,幸有感夫二君子。

尔生始悬弧,我作座上宾。引箸举汤饼,祝词天麒麟。今成一丈夫,坎坷愁风尘。长裾来谒我,自号庐山人。道旧与抚孤,悄然伤我神。依依见眉睫,嘿嘿含悲辛。永怀同年友,追想出谷晨。三十三君子,齐飞凌烟旻一作冥。曲江一会时,后会已凋沦。况今三十载,阅世难重陈。盛时一已过,来者日日新。不如摇落树,重有明年春。火后见琼瑰,霜馀识松筠。肃风一作机乃独秀,武部一作抱亦绝伦。尔今持我诗,西一作两见二重臣。成贤必念旧,保贵一作节在安贫。清时为丞郎,气力侔陶钧。乞取斗升水,因之云汉津。

和州送钱侍御自宣州幕拜官便于华州觐省

五彩绣衣裳,当年正相称。春风旧一作函关路,归去真多兴。兰陵行可采,莲府犹回瞪。杨家绀幰迎,侍御即王相公贵婿。谢守瑶华赠宣州崔相公有诗赠行。御街草泛滟,台柏烟含凝一作暝。曾是平生一作主游一作留,无因理归乘。

送僧方及南谒柳员外并序

九江僧方及,既出家,依匡山,一时中颇属诗以摅思,古诗人暨今号为能赋,有辄求其词吟呻之。拳拳然,多多益嗜。影不出山者十年。尝登最高峰,四望天海,冲然有远游之志。顿锡而言曰,神驰而形阂者,方内之徒。及吾无方,阂于何者。由是耳得必目探之,意行必身随之。云游鸟介,无迹而远。予为连州,居无何而方及至,出袺中诗一篇以贶予,其词甚富。留一岁,观其行,结矩如教,益多之。一旦以行日来告,且曰:雅闻乌咮之下有贤诸侯,愿跻其门,如蹈十地,敢乞辞以抵之。于唯而赋,顾其有重请之色见于颜间耳。

昔事一作日庐山远,精舍虎溪东。朝阳照瀑水,楼阁虹霓中。骋望羡游云,振衣若秋蓬。旧房闭松月,远思吟江风。古寺历头陀,奇峰扳一作攀祝融。南登小桂岭,却望归塞鸿。衣袯贮文章,自言学雕虫。抢榆念陵厉,覆篑图一作而穷崇。远郡多暇日,有诗访禅宫。石门耸一作崇峭绝,竹院含空濛。幽响滴岩溜,晴芳飘野丛。海云悬飓母,山果属狙一作猿公。忽忆吴兴郡,白蘋正葱茏。愿言挹风采,邈若窥华嵩。桂水夏澜急,火山宵一作烧焰红。三衣濡菌露,一锡飞烟空。勿谓翻译徒,不为文雅雄。古来赏音者,燋爨得孤桐。按狙公宜斥赋茅者,而越绝书有猿公。张衡赋南都,有猿父长啸之句。繇是而言,谓猿公旧矣。

送惟良上人并引

以貌窥天者曰:乾然而健,单于然而高。以数迎天者曰:其用四十有九。天果以有形而不能脱乎数。立象以推策,既成而遗之。古所谓神交造物者,非空言耳。轩皇受天命,其佐皆圣人,故得之。惟唐继天,德如黄帝。有外臣一行,亦圣之徒与。刊历考元,书成化去。今丹徒人惟良,生而能知,非自外求。以乾坤之初笑,当十期之数。凝神运指,上感躔次。视玄黄溟涬。无倪有常。绝机泯知,独以神会。数起于复之初九,音生于黄钟之宫。积微本隐,言与化合。大天人之数,极而含变,变而靡不通。神趋鬼慑,不足骇也。惟良得一行之道,故亦慕其为外臣。谬谓余为世间聪明,孑孑来访。初以说合,至于不言。息而理冥,复申之以嗟叹。曰:师其庶几乎。信神与之而不能测神之所以付,信术通之而不能知术之所以至,浅哉余闻乎,曾井蛙醯鸡之不若也。长庆四年冬十一月甲子,语至夜艾,遂为诗以志焉。

高斋洒—作映寒水,是夕山僧至。玄牝无关锁,琼书舍—作拾文字。灯明香满室,月午霜凝地。语到不言时,世间人尽—作自睡。

翠微寺有感

吾王昔游幸,离宫云际开。朱旗迎夏早—作毕,凉轩避暑来。汤饼赐都尉,寒冰颁上才。龙鬐—作颜不可望,玉座生尘埃。

观柘枝舞二首

胡服何葳蕤,仙仙—作姬登绮墀。神飙猎红蕖,龙烛映—作然金枝。垂带覆纤腰,安钿当妩眉。翘袖中繁鼓,倾眸溯华榱。燕秦有旧曲,淮南多冶词。欲见倾城外,君看赴节时。

山鸡临清镜,石燕赴遥津。何如上客会,长袖入华裀。体轻似无骨,观者皆耸神。曲尽回身处—作去,层波犹注人。

连州腊日观莫徭猎西山

海天杀气薄,蛮军步—作部伍嚣。林红叶尽变,原黑草初烧。围合繁钲息,禽兴大旗摇。张罗依道口,嗾犬上山腰。猜鹰虑奋迅,惊鹿—作鏖时踢跳。瘴云四面起,腊雪半空消。箭头馀鹄血,鞍傍见雉翘。日暮还城邑,金笳发丽谯。

寄陕州姚中丞 时分司东都

八月天气肃,二陵风雨收。旌旗阙下来,云日关东秋。禹迹想前事,汉台馀故丘。徘徊襟带地,左右帝王州。留滞悲昔老,恩光荣彻侯。相思望棠树,一寄商声讴。

奉酬湖州崔郎中见寄五韵

山阳昔相遇,灼灼晨葩鲜。同游翰墨场,和乐埙箎然。一落名宦途,浩如乘风船。行当衰暮日,卧理淮海边—作垠。犹期谢病后,共乐桑榆年。

学阮公体三首

少年负志气,信道不从时。只言绳自直,安知室可欺。百胜难虑敌—作虑无敌,三折乃良医。人生不失意,焉能慕知己。

朔风悲老骥,秋霜动鸷禽。出门有远道,平野多层阴。灭没驰绝塞,振迅拂华林。不因感衰节,安能激壮心。

昔贤多使气,忧国不谋身。目览千载事,心交上古人。侯门有仁义,灵台多苦辛。不学腰如磬,徒使甑生尘。

秋晚题湖城驿池上亭

秋次池上馆,林塘照南荣。尘衣纷未解,幽思浩已盈。风莲坠故萼,露菊含晚英。恨为一夕客,愁听晨鸡鸣。

贾客词 并引

五方之贾,以财相雄,而盐贾尤炽。或曰:贾雄则农伤。予感之,作是词。

贾客无定游,所游唯利并。眩俗杂良苦,乘时取重轻。心计析秋毫,摇—作搖钩侔悬衡。锥刀既无弃,转化日已盈。邀—作徼福祷波神,施财游化城。妻约雕金钏,女垂贯珠缨。高赀比封君,奇货通幸卿。趋时鸷鸟思,藏镪盘龙形。大艑浮通川,高楼次旗亭。行止皆有乐,关梁自—作似无征。农夫何为者,辛苦事寒耕。

调瑟词 并引

里有富豪翁,厚自奉养。而严督臧获,力屈形削,犹役之无艺极(一无极字)。一旦不堪命,亡者过半,追亡者亦不来复。翁怛沮而追昨非之莫及也。予感之,作调瑟词。

调瑟在张弦,弦平音自足。朱弦二十五,缺一不成曲。美人爱高张,瑶珍再三促。上弦虽独响,下应不相属。日暮声未和,寂寥一枯木。却顾膝上弦,流泪难相续。

读张曲江集作 并引

世称张曲江为相,建言放臣不宜与善地,多徙五溪不毛之乡。及今读其文,自内职牧始安,有瘴疠之叹。自退相守荆门,有拘囚之思。托讽禽鸟,寄词草树,郁然有骚人风。嗟夫!身出于遐陬,一失意而不能堪。矧华人士族而必致丑地,然后快意哉。议者以曲江为良臣,识胡雏有反相,羞凡器与同列。密启廷争,虽古哲人不及。而燕翼无似,终为馁魂。岂忮心失恕,阴谪最大,虽二美莫赎邪。不然,何袁公一言明楚狱而钟祉四叶,以是相较,神可诬乎。予读其文,因为诗以吊。

圣言贵忠恕,至道重观身。法在何所恨,色相—作伤斯为仁。良时难久恃,阴谪岂无因。寂寞韶阳庙,魂归不见人。

偶作二首

终朝对尊酒,嗜兴非嗜甘。终日偶众人,纵言不纵谈。世情闲静见,药性病多谙。寄谢嵇中散,予无甚不堪。

万卷堆床书,学者识甚真。万里长江水,征夫渡要津。养生非但药,悟佛不因人。燕石何须辨,逢时即至珍。

昏镜词并引

镜之工列十镜于贾奁,发奁而视,其一皎如,其九雾如。划曰,良苦—作楛之不侔甚矣。工解颐谢曰,非不能尽良也。盖贾之意,唯售是念。今夫来市者,必历鉴—作览周睐,求与己宜。彼皎者不能隐芒杪之瑕,非美容不合是用,什一其数也。余感之,作《昏镜词》。

昏镜非美金,漠然丧其晶—作精。陋容多自欺,谓若他镜明。瑕疵既—作暗不见,妍态随意生。一日四五照,自言美倾城。饰带以纹—作绮绣,装匣以琼瑛。秦宫岂不重,非适乃为轻。

咏古二首有所寄

车音想辚辚,不见綦下尘。可怜平阳第,歌舞娇青春。金屋容色在,文园词赋新。一朝复得幸,应知失意人。

寂寥—作寞,一作寂照镜台。遗基古南阳—作方。真人昔来游,翠凤相随翔。目成在桑野,志遂贮椒房。岂无三千女,初心不可忘。

磨镜篇

流尘翳明镜,岁久看如漆。门前负局人—作生,为我一磨拂。萍开绿池满,晕尽金波溢。白日照空心,圆光走幽室。山神妖气沮,野魅真形出。却思未磨时,瓦砾来唐突。

全唐诗卷三百五十五

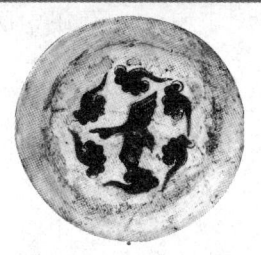

刘禹锡

登司马错古城秦昭王命错征五溪蛮，城在武陵沅江南

将军将—作实秦师—作帅，西南奠遐服。故垒清江上,苍烟晦—作昧乔木。登临直萧辰,周览壮前踬。堑平陈叶满,堞高秋蔓绿。废井抽寒菜,毁台生鲁—作橹谷。耕人得古器,宿雨多遗镞。楚塞郁重叠,蛮溪纷诘曲。留此数仞基,几人伤远目—作伤送目。

谒柱山会禅师

我本山东人,平生多感慨。弱冠游咸京,上书金马外。结交当世贤,驰声溢四塞。勉修贵及早,狙捷—作健不知退。锱铢扬芬馨,寻尺招瑕类。淹留邺南都—作鄙,摧颓羽翰碎。安能咎往事,且欲去沉痗。吾师得真如,寄在人寰内。哀我堕名网,有如翳飞翚。瞳瞳揭智烛,照使出昏昧。静见玄关启,歆然初心会。夙尚一何微,今得信可大。觉路明证入,便门通忏悔。悟理言自忘,处屯道犹泰。色身岂吾宝,慧性非形碍。思此灵山期,未卜—作来何年载。

卧病闻常山旋师,策勋宥过,王泽大洽,因寄李六侍郎—作御

寂寂重寂寂,病夫卧秋斋。夜蛩思幽壁,槁叶鸣空阶。南国异气候,火旻尚昏霾。瘴烟跕飞羽,沴气伤百骸。昨闻凯歌旋,饮至酒如淮。无战陋丹水,垂仁轻槁街。清庙既策勋,圆丘俟燔柴。车书一以混,幽远靡不怀。逐客憔悴久,故乡云雨乖。禽鱼各有化,予欲问齐谐。

善卷坛下作在柱山上

先生见尧心,相与去—作公九有。斯民既已治,我得安林薮。道为自然贵,名是无穷寿。瑶坛—作台在此山,识者常回首。

武陵观火诗

楚乡祝融分,炎火常为虞。是时直突烟,发自晨炊徒。盲风扇其威,白昼曛阳乌。操缏不暇汲,循墙还—作宁避逾。怒如列缺光,迅与芬—作棼轮俱。联延掩四远—作达,赫奕成洪炉。汹疑云涛翻,飒若鬼神趋。当前迎燉赵,是物同膏腴。金乌入梵天,赤龙游玄都。腾烟透窗户,飞焰生栾栌。火山摧半空,星雨洒中衢。瑶坛被髹漆,宝树攒珊瑚。光—作花县与琴焦—作焦琴,旗亭无酒濡。市人委百货,邑令遗双凫。馀势下隈隩,长熛烘舳舻。吹焚—作荧照水府,炙浪愁天吴。灾罢云日晚,心惊视听殊。高灰辨廪庾,黑土连闉阇。众烬合星罗,游氛铄人肤。厚地藏宿热,遥林呈骤枯。火德资生人,庸可一日无。御之失其道,敲石弥天隅。晋库走龙剑,吴宫伤燕雏。五行有沴气,先哲垂讦谟。宋郑同日起,时当贤大夫。无苟自可乐,弭患非所图。贤守恤人瘼,临烟驻骊驹。吊场—作伤色惨怛—作怛,颜—作喑失词呴愉。下令蠲里布,指期轻市租。闲垣适未立,苦盖自相娱。山木行剪伐,江泥宜墡途—作涂。邑—作鲁臣不必曾—作苴,何用征越巫。

崔元受少府自贬所还,遗山姜花,以诗答之

故人博罗尉,遗我山姜花。采从碧海上,来自谪仙家。云涛润孤根,阴火照晨葩。静摇扶桑日,艳对瀛洲霞。世人爱—作受芳—作苦辛,搴撷忘幽遐。传名入帝里,飞驿辞天涯。王济本尚味,石崇方斗奢。雕—作堆盘多不识,绮席乃增华。驿马损筋骨,贵人滋齿牙。顾予藜藿士,持此重咨—作空叹嗟。

途中早发

马踏尘上霜,月明江头路。行人朝气锐,宿鸟相辞去。流水隔远村,缦山多红树。悠悠关塞内,往来—作来往无闲步。

和董庶中古散调词赠尹果毅

昔听东武吟,壮年心已悲。如何今潦落,闻君辛苦辞。言有穷巷士,弱龄颇尚奇。读得玄女符,生当事边时。借名游侠窟,结客幽并儿。往来长楸—作秋间,能带双鞬驰。崩腾天宝末,尘暗燕南—作幽垂。爟火入咸阳,诏征神武师。是时占军幕,插羽扬金羁。万夫列辕门,观射中戟支。誓当雪国雠,亲爱从此辞。中宵倚长剑,起视蚩尤旗。介马晨萧萧,阵云竟天涯。阴风猎—作列白草,旗槊光参差。勇气贯中肠,视身忽如遗。生—作曾擒白马将,骁骑不敢追。贵臣上战功,名姓随意移。终岁肌骨苦,他人印累累。谒者既清宫,诸侯各罢戏。上将赐甲第,门戟不可窥。眥血下沾襟,天高问无期。却寻故乡路,孤影空相随。行逢里中旧,扑邀—作宿昔所嗤。一言合侯王,腰佩黄金龟。问我何自苦,可怜真数奇。迟回顾徒御,得色悬双眉。翻然悟世途,抚己昧所宜。田园已芜没,流浪江海湄。鸳禽毛翮摧,不见翔云—作高翔姿。衰容蔽逸气,孑孑无人知。寂寞草玄徒,长吟下书帷。为—作闻君发哀韵,若扣—作椠若瑶林枝。有客识其真,潺湲涕交颐。饮—作劝尔一杯酒,陶然足自怡。

望衡山

东南倚盖卑,维岳资柱石。前当祝融居,上拂朱鸟翮。青冥结精气,磅礴宣地脉。还闻肤寸阴,能致弥天泽。

游桃源一百韵

沅江清悠悠,连山郁岑寂。回流抱绝巘,皎镜含虚碧。昏旦递明媚,烟岚分委积。香蔓垂绿潭,暴龙照孤碛。山下潭名绿萝,碛名暴龙。渊明著前志,子骥思远蹠。事见陶先生本记。寂寂无何乡,密尔天地隔。金行太元岁,渔者偶探赜。寻花得幽踪,窥洞穿暗隙。依微闻鸡犬,豁达值阡陌。居人互将迎,笑语如平昔。广乐虽交奏,海禽心不怿。挥手一来归,故溪无处觅。绵绵五百载,市朝几迁革。有路在壶中,无人知地脉。皇家感至道,圣祚自天锡。金阙传本枝,玉函留宝历。禁山开秘宇,复户洁灵宅。诏隶二十户免徭,以奉洒扫。蕊检香氛氲,醮坛

烟幂幂。我来尘外躅,莹若朝星析。崖转对翠屏,水穷留画鹢。三休俯乔木,千级扳峭壁。旭日闻撞钟,彩云迎蹑屐。遂登最高顶,纵目还楚泽。平湖见草青,远岸连霞赤。幽寻如梦想,绵思属空阒。贪缘且忘疲,耽玩近成癖。清猿伺晓发,瑶草凌寒坼。祥禽舞葱茏,珠树摇玓瓅一作铄。羽人顾我笑,劝我税归轭。霓裳何飘飘,童颜洁白皙。重岩是藩屏,驯鹿受羁靮。楼居弥一作迤清霄,萝茑成翠帟。仙翁遗竹杖,王母留桃核。姹女飞丹砂,青童护金液。宝气浮鼎耳,神光生剑脊。虚无天乐来,僾窣鬼兵役。丹丘肃朝礼,玉札工绅绎。枕中淮南方,床下皂乡舄。明灯坐遥夜,幽籁听淅沥。因话近世仙,耸然心神惕。乃言瞿氏子,骨状非凡格。往事黄先生,群儿多侮剧。謷一作謷然不屑意,元气贮肝膈。往往游不归,洞中观博弈。言高未易信,犹复加诃责。一旦前致辞,自去仙期迫。言师有道骨,前事常被谪。如今三山上,名字在真籍。悠然谢主人,后岁当来觌。言毕依庭树,如烟去无迹。观者皆失次,惊追纷络绎。日暮山径穷,松风自萧槭。适逢修蛇见,瞋目光激射。如严三清居,不使姿搜索。唯馀步纲势,八趾在沙砾。至今东北隅,表以坛上石。列仙徒有名,世人非目击。如何庭庑际,白日振飞翮。洞天岂幽远,得道如咫尺。一气无死生,三光自迁易。因思人间世,前路何狭一作湫窄。瞥然此生中,善祝期满百。大方播群类,秀气肖岙辟。性静本同和,物牵成阻阨。是非斗方寸,鼙血昏精魄。遂令多夭伤,犹喜见斑白。喧喧车马驰,苒苒桑榆夕。共安缇绣荣,不悟泥途适。纷吾本孤贱,世叶在逢掖。九流宗指归,百氏旁捃摭。公卿偶慰荐,乡曲缪推择。居安白社贫,志傲玄纁辟。功名希自取,簪组俟扬历。书府蚤怀铅,射宫曾发的。起草香生帐,坐曹乌集柏。赐燕聆箫韶,侍祠阅琼璧。尝闻履忠信,可以行蛮貊。自述一作迷希古心,忘怀干时画。巧言忽成锦,苦志徒食蘖。平地生峰峦,深心有矛戟。层波一震荡,弱植忽沦溺。北渚吊灵均,长岑

思亭伯。祸来昧几兆,事去空叹息。尘累与时深,流年随漏滴。才能疑木雁,报施迷夷跖。楚奏縶一作系钟仪,商歌劳甯戚。禀生非悬解。对镜方感激。自从婴网罗,每事问龟策。王正降雷雨,环玦赐迁斥。倘伏一作复夷平人,誓将依羽客。买山构精舍,领徒开讲席。冀无身外忧,自有闲中益。道芽期日就,尘虑乃冰释。且欲遗姓名,安能慕竹帛。长生尚学致,一溉一作暨岂虚掷。艺术资糇粮,烟霞拂巾帻。黄石履看堕,洪崖肩可拍。聊复嗟蜉蝣,何烦哀虺蜴。青囊即深味,琼葩亦屡摘。纵一作踪无西山资一作姿,犹免长戚戚。

客有为余话登天坛遇雨之状,因以赋之

清晨登天坛,半路逢阴晦。疾行穿雨过,却立视云背。白日照其上,风雷走于内。滉漭雪海翻,槎牙玉山碎。蛟龙露鬐鬣,神鬼含变态。万状互生灭,百音以繁会。俯观群动静,始觉天宇大。山顶自晶一作澄明,人间已雰霈。豁然重昏敛,涣若春冰溃。反照入松门,瀑流飞缟带。遥光泛物色,馀韵吟天籁。洞府撞仙钟,村墟起夕霭。却见山下侣,已如迷世代。问我何处来,我来云雨外。

秋江早发

轻阴迎晓日,霞雾秋江明。草树含远思,襟怀有馀清。凝睇万象起,朗吟孤愤平。渚鸿未矫翼,而我已遐征。因思市朝人,方听晨鸡鸣。昏昏恋衾枕,安见元气英。元气二字,一作天地。纳爽耳目变,玩奇筋骨轻。沧州有奇趣,浩然一作荡吾将行。

有僧言罗浮事,因为诗以写之

君言罗浮上,容易见九垠。渐高元气壮,洶涌来翼身。夜宿最高峰,瞻望浩无邻。海黑天宇旷,星辰来逼人。是时当腊魄,阴物恣腾振。日光吐鲸背,剑影开龙鳞。倏若万马驰,旌旗耸斿沦。又如广乐奏,金石含悲辛。疑其有巨灵,怪物尽来宾。阴阳迭用事,乃俾夜作晨。咿喔天鸡鸣,扶桑色昕昕。赤波千万里,

涌出黄金轮。下视生物息,霏如隙中尘。醯鸡仰瓮口,亦谓云汉津。世人信耳目,方寸度大钧。安知视听外,怪愕不可陈。悠悠想大方,此乃杯水滨。知小天地大,安能识其真。

裴祭酒尚书见示春归城南—作东青松坞别墅寄王左丞高侍郎之什,命同作

早宦阅人事,晚—作晓怀生道机。时从学省出,独望郊园归。野彴度春水,山花映岩扉。石头解金章,林下步绿薇。青松郁成坞,修竹盈尺围。吟风起天籁,蔽日无炎威。危径盘羊肠,连甍耸翚飞。幽谷响樵斧,澄潭—作江环钓矶。因高见帝城,冠盖扬光辉。白云难持寄,清韵投所希。二公如长离—作凤雏,比翼翔太微。含情谢林壑,酬赠骈—作唱迸珠玑。顾予久郎—作即潜,愁寂对芳菲。一闻丘中趣,再抚黄金徽。—作再听抚金徽。

和河南裴尹侍郎宿斋天平寺诣九龙祠祈雨二十韵

有事九龙庙,洁斋梵—作梦王祠。玉箫何时绝,碧树空凉飔。吏散埃堨息,月高庭宇宜。重城肃穆闭,涧水潺湲时。人稀夜复闲,虑静境亦随。缅怀断鳌足,凝想乘鸾姿。朱明盛农节,膏泽方愆期。瞻言五灵瑞,能救百谷萎。咿喔晨鸡鸣,阑干斗柄—作为垂。修容谒神像,注意陈正词。惊飙起泓泉,若调—作召雷雨师。黑烟耸鳞甲,洒液如梦丝。丰隆震天衢,列缺挥火旗。炎空忽凄紧,高雷悬绠縻。生物已霶霈,湿云稍离披。丹霞启南陆,白水含东菑。熙熙飞走适,蔼蔼草树滋。浮光动宫观,远思盈川坻。吴公敏于政,谢守工为诗。商山有病客,言贺舒庞眉。

冬夜宴河中李相公中堂命筝歌送酒

朗朗—作琅琅鹍鸡弦,华堂夜多思。帘外雪已深,座中人半醉。翠蛾发清响,曲尽有馀意。酌我莫忧狂,老来无逸气。

重至衡阳伤柳仪曹并引

元和乙未岁,与故人柳子厚临湘水为别。柳浮舟适柳州,余登陆赴连州。后五年,余从故道出桂岭,至前别处,而君没于南中,因赋诗以投吊。

忆昨与故人,湘江岵头别。我马映林嘶,君帆转山灭。马嘶循古道,帆灭如流电。千里江蓠春,故人今不见。

谪居悼往二首

邑邑—作悒悒何邑邑,长沙地卑湿。楼上见春多,花前恨风急。猿愁肠断叫,鹤病翘趾立。牛衣独自眠,谁哀仲卿泣。

郁郁何郁郁,长安远如日。终日念乡关,燕来鸿复还。潘岳岁寒思,屈平憔悴颜。殷勤望归路,无雨即登山。

有獭吟

有獭得嘉鱼,自谓天见怜。先祭不敢食,捧鳞望青玄。人立寒沙上,心专眼悁悁—作胝着肩。渔翁以为妖,举块投其咽。呼儿贯鱼归,与獭同烹煎。关关黄金鹗,大翅摇江烟。下见盈寻鱼,投身擘洪连—作漣。攫拏隐鳞去,哺雏林岳巅。鸥乌欲伺隙,遥噪莫敢前。长居青云路,弹射无由缘。何地无江湖,何水无鲔鳣。天意不宰割,菲祭徒虔虔。空馀知礼重,载在淹中篇。

白太守行

闻有白太守,抛—作弃官归旧溪。苏州十万户,尽作婴儿啼。太守驻行舟,阊门草萋萋。挥袂谢啼者,依然两眉低。朱户非不崇,我心如重狴。华池非不清,意在寥廓栖。夸者窃所—作在怪,贤者默思齐。我为太守行,师在隐起圭。

乐天寄洛下新诗,兼喜微之欲到,因以抒怀也

松间风未起,万叶不自吟。池上月未来,清辉同夕阴。宫徵不独运,埙篪自相寻。一从别乐天,诗思日已沉。吟君洛中作,精绝百炼金。乃知孤鹤情,月露为知音。微之从东来,威凤鸣归林。羡君先相见,一豁平生心。

月夜忆乐天兼寄微之一作月夜寄微之,忆乐天。

今宵帝城月,一望雪相似。遥想洛阳城,清光正如此。知君当此夕,亦望镜一作临湖水。展转相忆心,月明一作明月千一作十万里。

早夏郡中书事

水禽渡残月,飞雨洒高城。华堂对嘉树,帘庑含晓清。拂镜整危冠,振衣步前楹。将吏俨成列,簿书纷来萦。言下辨曲直,笔端破交争。虚怀询病苦,怀律操剽轻。阍吏告无事,归来解簪缨。高帘覆朱阁,忽尔闻调笙。

酬乐天七月一日夜即事见寄

夜树风韵清,天河云彩轻。故苑多露草,隔城闻鹤鸣。摇落从此始,别离含远情。闻君当是夕,倚瑟吟商声。外物岂不足,中怀向谁倾。秋来念归去,同听嵩阳笙。

令狐相公见示赠竹二十韵仍命继和

高人必爱竹,寄兴良有以。峻节可临戎,虚心宜待士。众芳信妍媚,威凤难栖止。遂于鼙鼓间,移植东南美。封以梁国土,浇之浚泉水。得地色不移,凌空势方起。新青排故叶,馀纷笼疏理。犹复隔墙藩,何因出尘滓。兹辰去前蔽,永日劳睇视。械械林已成,荧荧玉相似。规摹起心匠,洗涤在颐指。曲直既瞭然,孤高何卓尔。垂梢覆内屏,迸笋侵前戺。妓席拂云鬟,宾阶荫珠履。抱瑟恣闲玩,执卷堪斜倚。露下悬明珰,风来韵清徵。坚贞贯四候,标格殊百卉。岁晚当自知,繁华岂云比。古诗无赠竹,高唱从此始。一听清瑶音,峥然长在耳。

和令狐相公晚泛汉江书怀,寄洋州崔侍郎阆州高舍人二曹长

雨过远山出,江澄暮霞生。因浮济川舟,遂作适野行。郊树映缇骑,水禽避红旌。田夫捐畚锸,织妇窥柴荆。古岸夏花发,遥林晚蝉清。沿洄方玩境,鼓角已登城。部内有良牧,望中寄深情。临觞念佳期,泛瑟动离声。寂寞一病士,夙昔接群英。多谢谪仙侣,几时还玉京。

和乐天洛城春齐梁体八韵

帝城宜春入,游人喜意长。草生季伦谷,花出莫愁坊。断云发山色,轻风漾水光。楼前戏马地,树下斗鸡场。白头自为侣,绿酒亦满觞。潘园观种植,谢墅阅池塘。至闲似隐逸,过老不悲伤。相问焉功德,银黄游故乡。

洛中早春赠乐天

漠漠复霭霭,半晴将半阴。春来自何处,无迹日已深。韶嫩冰后木,轻盈烟际林。藤生欲有托,柳弱不自任。花意已含蓄,鸟言尚沉吟。期君当此时,与我恣追寻。翻愁烂熳后,春暮却伤心。

和乐天宴李周美中丞宅池上赏樱桃花

樱桃千万枝,照耀如雪天。王孙宴其下,隔水疑神仙。宿露发清香,初阳动喧妍。妖姬满鬓插,酒客折枝传。同此赏芳月一作日,几人有华筵。杯行勿遽辞,好醉逸三年。

酬乐天闻新蝉见赠

碧树鸣蝉后,烟云改容光。瑟然引秋气,芳草日夜黄。夹道喧古槐,临池思垂杨。离人下忆泪,志士激刚肠。昔闻阻山川,今听同匡床。人情便所遇,音韵岂殊常。因之比笙竽,送我游醉乡。

和乐天秋凉闲卧

暑退人体轻,雨馀天色改。荷珠贯索断,竹粉残妆在。高僧扫室请,逸客登楼待。槐柳渐萧疏,闲门少光彩。

酬乐天咏老见示

人谁不愿老,老去有谁怜。身瘦带频减,发稀冠自偏。废书缘惜眼,多灸为随年。经事还谙事,阅人如阅川。细思皆幸矣,下此便翛然。莫道桑榆晚,微一作为霞尚满天。

岁夜咏怀

弥年不得意,新岁又如何。念昔同游者,而今有几多。以闲为自在,将寿补蹉跎。春色无情故,幽居亦见过。

酬牛相公独饮偶醉寓言见示

宫漏夜丁丁,千门闭霜月。华堂列红烛,丝管静中发。歌眉低有思,舞体轻无骨。主人启酡颜,酣畅浃肌发。犹思城外客,阡陌不可越。春意日夕深,此欢无断绝。

萋兮吟

天涯浮云生,争蔽日月光。穷巷秋风起,先摧兰蕙芳。万货列旗亭,恣心注明珰。名高毁所集,言巧智难防。勿谓行大道,斯须成太行。莫吟萋兮计,徒使君子伤。

韩十八侍御见示岳阳楼别窦司直诗,因令属和重以自述,故足成六十二韵

楚望何苍然,曾澜七百里。孤城寄远目,一写无穷已。荡漾浮天盖,四环宣地理。积涨在三秋,混成非一水。冬游见清浅,春望多洲沚。云锦远沙明,风烟青草靡。火星忽南见,月硖方东迤。雪波西山来,隐若长城起。独专朝宗路,驶悍不可止。支川让其威,蓄缩至南委。熊武走蛮落,熊、武,二溪名。潇湘来奥鄙。炎蒸动泉源,积潦搜山趾。归往无旦夕,包含通远迩。行当白露时,眇视秋光里。曙色未昭晰,露华遥斐亹。浩尔神骨清,如观混元始。北风忽震荡,惊浪迷津涘。怒激鼓铿訇,蹙成山岿硊。鹍鹏疑变化,罔象何恢诡。嘘吸写楼台,腾骧露鬐尾。景移群动息,波静繁音弭。明月出中央,青天绝纤滓。素光淡无际,绿静平如砥。空影渡鹓鸿,秋声思芦苇。鲛人弄机杼,贝阙骈红紫。珠蛤吐玲珑,文鳐翔旖旎。水乡吴蜀限,地势东南庳。翼轸粲垂精,衡巫屹环峙。名雄七泽薮,国辨三苗氏。唐羿断修蛇,荆王惮丁达反青兕。秦狩迹犹在,虞巡路从此。轩后奏宫商,骚人咏兰芷。茅岭潜相应,橘洲傍可指。郭璞验幽经,罗含著前纪。观津一作律戚里族,按道侯家子。联袂登高楼,临轩笑相视。假守亦高卧,窦时权领郡事。墨曹正垂耳。韩亦量移江陵法曹。契阔话凉温,壶觞慰迁徙。地偏山水秀,客重杯盘侈。红袖花欲然,银灯昼相似。兴酣更抵掌,乐极同启齿。笔锋不能休,藻思一何绮。伊余负微尚,夙昔惭知己。出入金马门,交结青云士。袭芳践兰室,学古游槐市。策慕宋前军,文师汉中垒。陋容昧俯仰,孤志无依倚。卫足不如葵,漏川空欢蚁。幸逢万物泰,独处空途否。锻融重叠伤,竞魂再三襭。蓬瑗亦屡化,左丘犹有耻。桃源访仙宫,薛服祠山鬼。故人南台旧,一别如弦矢。今朝会荆峦,斗酒相宴喜。为余出新什,笑抃随伸纸。眸若观五色,欢然致四美。委曲风涛事,分明穷达旨。洪韵发华钟,凄音激清徵。羊滑要平声共和,江淹多杂拟。徒欲仰高山,焉能追逸轨。湘洲路四达,巴陵城百雉。何必颜光禄,留诗张内史。

和郴州杨侍郎玩郡斋紫薇花十四韵

几年丹霄上,出入金华省。暂别万年枝,看花桂阳岭。南方足奇树,公府成佳境。绿阴交广除,明艳透萧屏。雨馀人吏散,燕语帘栊静。懿此含晓芳,倏然忘簿领。紫茸垂组绶,金缕攒锋颖。露浥暗传香,风轻徐就影。苒弱多意思,从容占光景。得地在侯家,移根近仙井。开尊好凝睇,倚瑟仍回颈。游蜂驻彩冠,舞鹤迷烟顶。兴生红药后,爱与甘棠并。不学夭桃姿,浮荣在俄顷。

春日寄杨八唐州二首

淮西春草长,淮水透迤光。燕入新村落,人耕旧战场。可怜行春守,立马看斜桑。

漠漠淮上春,葳苗生故垒。梨花方城路,荻笋萧陂水。高斋有谪仙,坐啸清风起。

酬冯十七舍人宿卫赠别五韵

少年为别日,隋宫杨柳阴。白首相逢处,巴江烟浪深。使星上三蜀,春雨沾衣襟。王程

促速意,夜语殷勤心。却归天上去,遗我云间音。

酬湖州崔郎中见寄

风筝吟秋空,不肖指爪声。高人灵府间,律吕伴咸英。昔年与兄游,文似马长卿。今来寄新诗,乃灯陶渊明。磨砻老益智,吟咏闲弥精。岂非山水乡,荡漾神机清。渚烟蕙兰动,溪雨虹蜺生。冯君虚上舍,待余乘兴行。

秋日书怀寄河南王尹

公府想无事,西池秋水清。去年为狎客,永日奉高情。况有台上月,如闻云外笙。不知桑落酒,今岁与谁倾。

酬留守牛相公宫城早秋寓言见寄

晓月映宫树,秋光起天津。凉风稍动叶,宿露未生尘。星一作condensed气尚芳丽,旷望感心神。挥毫成逸韵,开合迟来宾。摆去将相印,渐为逍遥身。如招后房宴,却要白头人。

海阳十咏并引

元次山始作海阳湖。后之人或立亭榭,率无指名。及余而大备,每疏凿构置,必揽称以标之,人咸曰有旨。异日迁官,裴侍御为十咏以示余,顾明丽而不虚美。因掇拾裴诗所未道者,从而和之。

吏隐亭

结构得奇势,朱门交碧浔。外来始一望,写尽平生心。白轩漾波影,月砌镂松阴。几度欲归去,回眸情更深。

切云亭

迥破林烟出,俯窥石潭空。波摇杏梁日,松韵碧窗风。隔水生别岛,带桥如断虹。九疑南面事,尽入寸眸中。

云英潭

芳幄覆云屏,石㡿开碧镜。支流日飞洒,深处自疑莹。潜去不见迹,清音常满听。有时病朝酲,来此心神醒。

玄览亭

潇洒青林际,夤缘碧潭隈。淙流冒石下,轻波触砌回。香风逼人度,幽花覆水开。故令无四壁,晴夜月光来。

裴溪 时御史已遇新恩

楚客忆关中,疏溪想汾水。萦纡非一曲,意态如千里。倒影罗文动,微波一作浪笑颜起。君今赐环归,何人承玉趾。

飞练瀑

晶晶掷岩端,洁光如可把。琼枝曲不折,云片晴犹下。石坚激清响,叶动承余洒。前时一作池明月中,见是银河泻。

蒙池

潆渟幽壁下,深净如无力。风起不成文,月来同一色。地灵草木瘦,人远烟霞逼。往往疑列仙,围棋在岩侧。

棼丝瀑

飞流透嵌隙,喷洒如丝棼。含晕迎初旭,翻光破夕曛。余波绕石去,啐响隔溪闻。却望琼沙际,迤迤见脉分。

双溪

流水绕双岛,碧溪相并深。浮花拥曲处,远影落中心。闲鹭久独立,曝龟惊复沉。蘋风有时起,满谷萧韶音。

月窟

溅溅漱幽石,注入团圆处。有如常满杯,承彼清夜露。岩曲月斜照,林寒春晚煦。游人不敢触,恐有蛟龙护。

武夫词并引

有武夫过,诧余以从军之乐。翌日,质于通武之善经者,则曰:果有乐也。夫威恣而赏劳,则乐用;威雄而赏虢,则乐横。顾其乐安出耳。余惕然作是词。

武夫何洸洸,衣紫袭绛裳。借问胡为尔,列校在鹰扬。依倚将军势,交结少年场。探丸害公吏,抽刃妨名倡。家产既不事,顾盼自生光。酣_{一作醒}歌高楼上,袒裼大道傍。昔为编户人,秉耒甘哺糠。今来从军乐,跃马饫膏粱。犹思风尘起,无种取侯王。

虎丘寺路宴

青林虎丘寺,林际翠微路。立见山僧来,遥从鸟飞处。兹峰沦宝玉,千载惟丘墓。埋剑人空传,凿山龙已去,护萝披翳荟,路转夕阴遽。虎啸崖谷寒,猿鸣松杉暮。徘徊北楼上,海江穷一顾。日映千里帆,鸦归万家树。暂因惬所适,果得捐外虑。庭暗栖还云,檐香滴甘露。久迷空寂理,多为声华故。永欲投此山,馀生岂能误。

缺题

故人日已远,窗下尘满琴。坐对一樽酒,恨多无力斟。幕疏萤色迥,露重月华深。万境与群籁,此时情岂任。

晚步扬子游南塘望沙尾

淮海多夏雨,晓来天始晴。萧条长风至,千里孤云生。卑湿久喧浊,搴开偶虚清。客游广陵郡,晚出临江城。郊外绿杨阴,江中沙屿明。归帆翳尽日,去棹闻遗声。乡国殊渺漫,羁心目悬旌。悠然京华意,怅望怀远程。薄暮大山上,翩翩双鸟征。

和浙西李大夫晚下北固山,喜径松成阴,怅然怀古,偶题临江亭,并浙东元相公所和依本韵

一辞温室树,几见武昌柳。荀谢年何少,韦平望已久。种松夹石道,纤组临沙阜。目览帝王州,心存股肱守。叶动惊彩翰,波澄见颓首。晋宋齐梁都,千山万江口。烟散隋宫出,涛来海门吼。风俗太伯余,衣冠永嘉后。江长天作限,山固壤无朽。自古称佳丽,非贤谁奄有。八元邦族盛,万石门风厚。天柱揭东溟,文星照北斗。高亭一骋望,举酒共为寿。因赋咏怀诗,远寄同心友。禁中晨夜直,江左东西偶。将手握兵符,儒腰盘贵绶。颁条风有自,立事言无苟。农野闻让耕,军人不使酒。用材当构厦,知道宁窥牖。谁谓青云高,鹏飞终背负。

始至云安,寄兵部韩侍郎中书白舍人二公,近曾远守,故有属焉

天外巴子国,山头白帝城。波清蜀栿尽,云散楚台倾。迅濑下哮吼,两岸势争衡。阴风鬼神过,暴雨蛟龙生。碛断见孤邑,江流照飞甍。蛮军击严鼓,笮马引双旌。望阙遥拜舞,分庭备将迎。铜符一以合,文墨纷来萦。暮色四山起,愁猿数外声。重关群吏散,静室寒灯明。故人青霞意,飞舞集蓬瀛。昔曾在池籞,应知鱼鸟情。

全唐诗卷三百五十六

刘禹锡

更衣曲

博山炯炯吐香雾,红烛引至更衣处。夜如何其一作如何其夜夜漫漫,邻鸡未鸣寒雁度。庭前雪压松桂丛,廊下点点悬纱笼。满堂醉客争笑语,嘈囋琵琶青幕中。

桃源行

渔舟何招招,浮在武陵水。拖一作垂纶掷饵信流去,误入桃源行数里。清源寻尽花绵绵,踏花觅径至洞前。洞门苍黑烟雾生,暗行数步逢虚明。俗人毛骨惊仙子,争来致词何至此。须臾皆破冰雪颜,笑言一作语委曲问人一作世间。因嗟隐身来种玉,不知人世一作间如风烛。筵羞石髓劝客食,灯爇松脂留客宿。鸡声犬声遥相闻,晓色葱笼开五云。渔人振衣起出户,满庭无路花纷纷。翻然恐失一作迷乡县处,一息不肯桃源住。桃花满溪水似镜,尘心如垢洗不去。仙家一出寻无踪,至今流水一作水流山重重。

洞庭秋月行

洞庭秋月生湖心,层波万顷如一作豁熔金一作熔黄金。孤轮徐转光不定,游气濛濛隔寒镜。是时白露三秋中,湖平月上天地空。岳阳楼一作城头暮角绝,荡漾已过君山东。山一作孤城苍苍夜寂寂,水月逶迤绕城白。荡桨巴童歌竹枝,连樯估客吹羌笛。势高夜久阴力全,金一作爽气肃肃开星一作清躔。浮云野马归四裔,遥望星斗当中天。天鸡相呼曙霞出,敛影含光让朝日。日出喧喧人不闲,夜来清景非人间。

九华山歌并引

九华山在池州青阳县西南。九峰竞秀,神采奇异。昔予仰太华,以为此外无奇。爱女几荆山,以为此外无秀。及今年见九华,始悼前言之容易也。惜其地偏且远,不为世所称,故歌以大之。

1811

奇峰一见惊魂魄,意想洪炉始开辟。疑是九龙夭矫欲攀天,忽逢霹雳一声化为石,不然何至今,悠悠亿万年,气势不死如腾奔_音骞,轻举貌,一音妈_。云含幽兮月添冷,月凝晖兮江漾影。结根不得要路津,迥秀长在无人境。轩皇封禅登云亭,大禹会计临东溟。乘槎_力最反_,山行具不来广乐绝,独与猿鸟愁青荧。君不见敬亭之山黄_一作广_索漠,兀如断岸无棱角。宣城谢守_一作眺_一首诗,遂使声名齐五岳。九华山,九华山,自是造化一尤物,焉能籍甚乎人间。

泰娘歌并引

泰娘本韦尚书家主讴者。初尚书为吴郡,得之,命乐工诲之琵琶,使之歌且舞。无几何,尽得其术。居一二岁,携之以归京师。京师多新声善工,于是又捐去故技,以新声度曲。而泰娘之名,往往见称于贵游之间。元和初,尚书薨于东京,泰娘出居民间。久之。为蕲州刺史张愻所得。其后愻坐事,谪居武陵郡。愻卒,泰娘无所归,地荒且远,无有能知其容与艺者。故日抱乐器而哭,其音焦杀以悲。_一本此下有雒字_客闻之,为歌其事以续于乐府云。

泰娘家本阊门西,门前绿水环金堤。有时妆成好天气,走上皋_一作高_桥折花戏。风流太守韦尚书,路傍忽见停隼旟。斗量明珠鸟传意,绀幰迎人专城居。长鬟如云衣似雾,锦茵罗荐承轻步。舞学惊鸿水榭春,歌传_一作撩_上客兰堂暮。从郎西入帝城中,贵游簪组香帘栊。低鬟缓视抱明月,纤指破拨生胡风。繁华一旦有消歇,题剑无光履声绝。洛阳旧宅生草莱,杜陵萧萧松柏哀。妆奁虫网厚如茧,博山炉侧倾寒灰。蕲州刺史张公子,白马新到铜驼里。自言买笑掷黄金,月堕云中_一作月坠云收_从此始。安知鹏鸟座隅飞,寂寞旅魂招不归。秦嘉_一作家_镜有前时结,韩寿香销故箧衣。山城少人江水碧,断雁哀猿风雨夕。朱弦已绝为知音,云鬓未秋私自惜。举目风烟非旧时,梦寻_一作归_路多参差。如何将此千行泪,更洒湘江斑竹枝。

龙阳县歌

县门白日无尘土,百姓县前挽鱼罟。主人引客登大堤,小儿从观黄犬怒。鹍鹕惊鸣绕篱落,橘柚垂芳_一作芬_照窗户。沙平草绿见吏稀,寂历_一作寥_斜阳照县鼓。

墙阴歌

白日左右浮天潢_一作光_,朝晡影入东西墙。昔为儿童在阴戏,当时意小觉日长。东邻侯家吹笙簧,随阴促促移象床。西邻田舍乏糟糠,就影汲汲舂黄粱。因思九州四海外,家家只占墙阴内。莫言墙阴数尺间,老却主人如等闲。君看眼前光阴促,中心莫学太行山。

踏潮歌并引

元和十年夏五月,终风驾涛_一作大风驾潮_,南海泛_一作美滥_。南人云,踏潮也,率三岁一有之。客或言其状,因歌之。

屯门积日无回飙,沧波不归成踏潮。轰如鞭石矻且摇,亘空欲驾鼋鼍桥。惊湍蹙缩悍而骄,大陵高岸失岧峣。四边无阻音响调,背负元气掀重霄。介鲸得性方逍遥,仰鼻嘘吸扬朱翘。海人狂顾迭相招,㔩衣鬇鬡声哓哓。征南将军登丽谯,赤旗指麾不敢翘。翌日风回疹气消,归涛纳纳景昭昭。乌泥白沙复满海,海色不动如青瑶。

白鹭儿

白鹭儿,最高格。毛衣新成雪不敌,众禽喧呼独凝寂。孤眠芊芊草,久立潺潺石。前山正无云,飞去入遥碧。

平齐行二首

胡尘昔起蓟北门,河南地属平卢军。貂裘代马绕东岳,峄阳孤桐削为角。地形十二房意骄,恩泽含容历四朝。鲁人皆解带弓箭,齐人不复闻箫韶。今朝天子圣神武,手握玄符平九土。初哀狂童袭故事,文告不来方振怒。去秋诏下诛东平,官军四合犹婴城。春来群乌噪且惊,气如坏山堕其庭。牙门大将有刘生,夜半射落搀枪星。帐中厐血流满地,门外三军舞连臂_一作舞臂盟_。驿骑函首过黄河,城中无贼天气和。朝廷侍郎来慰抚,耕夫满野行人歌。

泰山沉寇六十年,旅祭不享生愁烟。今逢圣君欲封禅,神使阴兵来助战。妖气扫尽河水清,日观杲杲卿云见。开元皇帝东封时,百神受职争奔驰。千钧猛簴顺流下,洪波涵淡浮熊罴。侍臣燕公秉文笔,玉检告天无愧词。当今睿孙承圣祖,岳神望幸河宗舞。青门大道属车尘,共待葳蕤翠华举。

送裴处士应制举诗 并引

晋人裴昌禹,读书数千卷,于《周官》、《小戴礼》尤邃。性是古敢言,虽侯王不能卑下。故与世相参差,凡抵有位以索合,行天下几遍,常叹诸侯莫可游,欲一见天子而未有路。会今年诏书征贤良,昌禹大喜,以为可以尽豁平生,搏髀跃日,一观云龙庭足矣。繇是裹三月粮而西徂,咨予以七言为游之资藉耳。

裴生久在风尘里,气劲言高少知己。注书曾学郑司农,历国多于孔夫子。往年访我到连州,无穷绝境终日游。登山雨中 一作日长 试蜡屐,入洞夏里披貂裘。白帝城边又相遇,敛翼三年不飞去。忽然结束如秋蓬,自称对策明光宫。人言策中说何事,掉头不答看飞鸿。彤庭翠松迎晓日,凤衔金榜云间出。中 一作 七贵腰鞭立倾酒 一作间倾酒觥,宰臣委佩观摇笔。古称射策如弯弧,一发偶中何时无。由来草泽无忌讳,努力满挽当亨 一作 云衢。忆得当 一作 童年识君处,嘉禾驿后联墙住。垂钩钓得王馀鱼,踏芳共登苏小墓。此事今同梦间,相看一笑且开颜。老大希逢旧邻里,为君扶病到方 一作 芳山。

三乡驿楼伏睹玄宗望女几山诗,小臣斐然有感

开元天子万事足,唯惜当时光景促。三乡陌上望仙山,归作霓裳羽衣曲。仙心从此在瑶池,三清八景相追 一作催 随。天上忽乘白云去,世间空 一作惟 有秋风词。

城西行

城西簇簇三叛族,叛者为谁蔡吴蜀。中使提刀出禁来,九衢车马轰如 一作成 雷。临刑与酒杯未覆,雠家白官先请肉。守吏能然董卓脐,饥乌来觇桓玄目。城西人散泰阶平,雨洗血痕春草生。

武昌老人说笛歌

武昌老人 一作将 七十馀,手把庚令相问书。自言少小 一作年少 学吹笛,早事曹王曾赏激。往年镇戍到 一作征镇戍 蕲州,楚山萧萧笛竹秋。当时买材恣搜索,典却身上乌貂裘。古苔苍苍封老节,石上 一作山 孤生饱风雪。商声五音 一作商音五声 随指发,水中龙应行云绝。曾将黄鹤楼上吹,一声占尽秋江月。如今老去语尤 一作兴犹 迟,音韵高低耳不知。气力已微心尚在,时时一曲梦中吹。

西山兰若试茶歌

山僧后檐茶数丛,春来映竹抽新茸。宛然为客振衣起,自傍芳丛摘鹰觜。斯须炒成满室香,便酌砌下金沙水。骤雨松声入鼎来,白云满碗花徘徊。悠扬喷鼻宿醒散,清峭彻骨烦襟开。阳崖阴岭各殊气,未若竹下莓苔地。炎帝虽尝未解煎,桐君有箓那知味。新芽连拳半未舒,自摘至煎俄顷馀。木兰沾 一作坠 露香微似,瑶草临波色不如。僧言灵味宜幽寂,采采翘英为嘉客。不辞缄封寄郡斋,砖井铜炉损标格。何况蒙山顾渚春,白泥赤印走风尘。欲知花乳清泠味,须是眠云跂石人。

聚蚊谣

沉沉夏夜兰堂开,飞蚊伺暗声如雷。嘈然欸起初骇听,殷殷若自南山来。喧腾鼓舞喜昏黑,昧者不分听者惑。露花滴沥月上天,利觜迎人著不得。我 一作微 躯七尺尔如芒,我孤尔众能我伤。天生有时不可遏,为尔设幄潜匡床。清商一来秋日晓,羞尔微形饲丹鸟。

百舌吟

晓星寥落春云低,初闻百舌间关啼。花树 一作枝 满空迷处所,摇动繁英坠红雨。笙簧百啭音韵多,黄鹂吞声燕无语。东方朝日迟迟

升,迎风弄景如自矜—作惊。数声不尽又飞去,何许—作处相逢绿杨路。绵蛮宛转似娱人,一心百舌何纷纷。酡颜侠少停歌听,坠珥妖姬和睡闻。可怜光景何时尽,谁能低回避鹰隼。廷尉张罗自不关,潘郎挟弹无情损。天生羽族尔何微,舌端万变乘春晖。南方朱鸟一朝见,索漠—作寞无言蒿下飞。

飞鸢操

鸢飞杳杳青云里,鸢鸣萧萧风四起。旗尾飘扬势渐高,箭头君划声相似。长空悠悠霁日悬,六翮不动凝风—作飞烟—作飞凝烟。游鹍翔雁出其下,庆云清景相回旋。忽闻饥鸟一噪聚,瞥下云中争腐鼠。腾音砺吻相喧呼,仰天大吓疑鹓鶵。畏人避犬投高处,俯啄无声犹屡顾。青鸟自爱玉山禾,仙禽徒贵华亭—作山露。朴遫—作棘危巢向暮时,琶琶饱腹蹲枯枝。游童挟弹一麾肘—作射,臆碎羽分人不悲。天生众禽各有类,威凤文章在仁义。鹰隼仪形蝼蚁心,虽能戾天何足贵。

秋萤引

汉陵秦苑遥苍苍,陈根腐叶秋萤光。夜空寥寂金气净,千门九陌飞悠扬。纷纶晖映互明灭,金炉星喷镫花发。露华洗濯清风吹,低昂不定招摇垂。高丽罘罳照珠网,斜历璇题舞罗幌。曝衣楼上拂香裙,承露台前转仙掌。槐市诸生夜读—作对书,北窗分明辨鲁鱼。行子东山起征思,中郎骑省悲秋气。铜雀人归自入帘,长门帐开来照泪。谁言向晦常自明,儿童走步娇女争。天生有光非自衒,远近低昂暗中见。撮蚊妖鸟亦夜起—作飞,翅如车轮而已矣—作人不见。

伤秦姝行

河南房开士,前为虞部郎中,为余语曰:我得善筝人于长安怀远里。其后开士为赤县,牧容州,求国工而诲之,艺工而夭。今年开士遗余新诗,有悼佳人之句,顾余知所自也。惜其有良妓,获所从而不克久,乃为伤词以贻开士。

长安二月花满城,插花女儿弹—作弄银筝。南宫仙郎下朝晚,曲头驻马闻新声。马蹄逶迟心荡漾,高楼已远犹频望。此时意重千金轻,鸟传消息绀轮迎。芳筵银烛一相见,浅笑低鬟初目成。蜀弦铮纵指如玉,皇帝第子韦家曲。青牛文梓赤金簧,玫瑰宝柱秋雁行。敛蛾收袂凝清光,抽弦缓调怨且长。八鸾锵锵渡银汉,九雏威—作成凤鸣朝阳。曲终韵尽意不足,余思悄绝愁空堂。从郎镇南别城阙,楼船理曲潇湘月。冯夷蹁跹舞渌波,鲛人出听停绡梭。北池含烟瑶草短,万松亭下清风满。北池,万松,皆容州胜概。秦声—作歌一曲此时闻,岭泉呜咽南云—作肠堪断。来自长陵小市东,蕣华零落瘴江风。侍儿掩泣收—作悲银甲,鹦鹉不言愁玉笼。博山炉中香自灭,镜奁尘暗同心结。从此东山非昔游,长嗟人与弦俱绝。

竞渡曲 竞渡始于武陵,及今举楫而相和之。其音咸呼云何在,斯招屈之义。事见图经。

沅—作湘江五月平堤流,邑人相将浮彩舟。灵均何年歌已矣,哀谣振楫从此起。杨桴—作枹击节雷阗阗,乱流齐进声轰然。蛟龙得雨鬐鬣动,蜻蛛饮河形影联。刺史临流褰翠帏,揭竿命爵分雄雌。先鸣馀勇争鼓舞,未至衔枚颜色沮。百胜本自有前期,一飞由来无定所。风俗如狂重此时,纵观云委江之湄。彩旗夹岸照蛟室,罗袜凌波呈水嬉。曲终人散空愁暮,招屈亭前水东注。

翰林白二十二学士见寄诗一百篇,因以答贶 一作赠

吟君遗我百篇诗,使我独坐形神驰。玉琴清夜人不语,琪树春朝风正吹。郢人斤斲无痕迹,仙人衣裳弃刀尺。世人方内欲相寻,行尽四维无处觅。

忆春草 春草,乐天舞妓名。

忆春草,处处多情洛阳道。金谷园中见日迟,铜驼陌上迎风早。河南大尹频出难,只得池塘十步看。府门闭后满街月,几处游人草头

歇。馆娃宫外姑苏台,郁郁芊芊拨不开。无风自偃君知否,西子裙裾曾拂来。

乐天寄忆旧游,因作报白君以答

报白君,别来已渡江南春。江南春色何处好,燕子双飞故官道。春城三百七十桥,夹岸朱楼隔柳条。丫头小儿荡画桨,长袂女郎簪翠翘。郡斋北轩卷罗幕,碧池迤逦绕画阁。池边绿竹桃李花,花下舞筵铺彩霞。吴娃足情言语黠,越客有酒巾冠斜。坐中皆言白太守,不负风光向杯酒。酒酣襞笺飞逸韵,至今传在人人口。报白君,相思空望嵩丘云。其奈钱塘苏小小,忆君泪点石榴裙。白君有妓,近自洛归钱塘。

两如何诗谢裴令公赠别二首

一言一顾重,重何如。今日陪游清洛苑,昔年别入承明庐。

一东一西别,别何如。终期大冶再熔炼,愿托扶摇翔碧虚。

唐侍御寄游道林岳麓二寺诗,并沈中丞姚员外所和,见征继作

湘西古刹双蹲蹲,群峰朝拱如骏奔。青松步障深五里,龙宫黯黯神为阍。高殿呀然压苍巘,俯瞰长江疑欲吞。橘洲泛泛金宝动,水郭缭绕朱楼骞。语馀百响入天籁,众奇引步轻翩翻。泉清石布博一作似棋子,萝密鸟韵如簧言。回廊架险高且曲,新径穿林明复昏。浅流忽浊山兽过,古木半空天火痕。星使双飞出禁垣,元侯饯之游石门。紫髯翼从红袖舞,竹风松雪香温黁。远持清琐照巫峡,一忧惊断三声猿。灵山会中身不预,吟想峭绝愁精魂。恨无黄金千万饼,布地买取为丘园。

将赴汝州,途出浚下,留辞李相公

长安旧游四十载,鄂渚一别十四年。后来富贵已零落,岁寒松柏犹一作尚依然。初逢贞元尚文主,云阙天池共翔舞。相看却数六朝臣,屈指如今无四五。夷门天下之咽喉,昔时往往生疮疣。联翩旧相来镇压,四海吐纳皆通流。久别凡经几多事,何由说得平生意一作愁。千恩万虑尽如空,一笑一言真可贵一作休。世间何事最殷勤,白头将相逢故人。功成名遂会归老,请向东山为近邻。

平蔡州三首

蔡州城中众心死,妖星夜落照壕一作河水。汉家飞将下天来,马箠一挥门洞开。贼徒崩腾望旗拜,有若群蛰惊春雷。狂童面缚登槛车,太白一作大帛夭矫垂捷书。相公从容来镇抚,常侍郊迎负文弩。四人归业闾里间,小儿跳浪一作踉跳健儿舞。

汝南晨鸡喔喔鸣,城头鼓角音和平。路傍老人忆旧事,相与感激皆涕零。老人收泣一作泪前致辞,官军入城人不知。忽惊元和十二载,重一作喜见天宝承平时。

九衢车马浑浑流,使臣来献淮西囚。四夷闻风失匕箸。一作皆失据,一作皆失箸。天子受贺登高楼。妖童擢发不足数,血污城西一抔土。南峰一作烽,一作风无火楚泽间,夜行不锁穆陵关。策勋礼毕天下泰,猛士按剑看恒山。时唯恒山不庭。

送僧仲剬东游兼寄呈灵澈上人

释子道成神气闲,住持曾上清凉山。晴空一作清室礼拜见真像,金毛五一作玉髻卿云间。西游长安一作乐隶僧籍,本寺门前曲江碧。松间白月照宝书,竹下香泉洒瑶席。前时学得经论成,奔驰象马开禅扃。高筵谈柄一麈拂,讲下门徒如醉醒。旧闻南方多长一作禅老,次第来入荆门道。荆州本自重弥一作诸天,南朝塔庙犹依然。宴坐东阳枯树下,经行居止一作此故台边。忽忆遗民社中客,为我衡阳驻飞锡。讲罢同寻相鹤经,闲来共蜡登山屐。一旦扬眉望沃州,自言王谢许一作与同游。凭将杂拟三十首,寄与江南汤慧休。

观棋歌送俨师西游

长沙男子东林师,闲读艺经工弈棋。有时

凝思如入定,暗覆一局谁能知。今年访予来小桂,方袍袖中贮新势。山人无事秋一作愁日长,白昼憎憎眠匡床。因君临局看斗智,不觉迟景沉西墙。自从仙一作山人遇樵子,直到开元王长史。前身后身付余习,百变千化无穷一作看不已。初疑磊落曙天星,次见搏击三秋兵。雁行布陈众未晓,虎穴得子人皆惊。行尽三湘不逢敌,终日饶人损机格。自言台阁有知音,悠然远起西游心。商山夏木阴寂寂,好处徘徊驻飞锡。忽思争道画一作尽平沙,独笑无言心有适。蔼蔼京城在九天,贵游豪士足华筵。此时一行出人意,赌取声名不要钱。

吐绶鸟词并序

渭州牧尚书李公以《吐绶鸟词》见示,兼命继声。盖尚书前为御史时所作,有翰林二学士同赋之,今所谓追和也。鸟之所异,具于本篇。

越山有鸟翔寥廓,噤中天一作吐绶光若若。越人偶见而奇之,因名吐绶江南知。四明天姥神仙地,朱鸟星精钟异气。赤玉雕成彪炳毛,红绡翦出玲珑翅。湖烟始开山日高,迎风吐绶盘花条。临波似染琅琊草,映叶疑开阿母桃。花红草绿人间事,未若灵禽自然贵。鹤吐明珠暂报恩,鹊衔金印空为瑞。春和秋霁野花开,玩景寻芳处处来。翠幕雕笼非所慕,珠丸柘弹莫相猜。栖月啼烟凌缥缈,高林先见金霞晓。三山仙路寄遥情,刷羽扬翘欲上征。不学碧鸡依井络,愿随青鸟向层城。太液池中有黄鹄,怜君长向高枝宿。如何一借羊角风,来听箫韶九成曲。

八月十五日夜桃源玩月

尘中见月心亦闲,况是清秋仙府间。凝光悠悠寒露坠,此时立在最高山。碧虚无云风不起,山上长松山下水。群动倏然一顾中,天高地平千万里。少君引我升玉坛,礼空遥请真仙官。云軿欲下星斗动,天乐一声肌骨寒。金一作朝霞昕昕渐东上,轮欹影促犹频望。绝景良时难再并,他年此日应惆怅。叔父元和中征昔事为桃源行,后贬官武陵,复为玩月作,并题于观壁。尔来星纪再

周,既牵复此郡,仰见文字暗缺,伏虑他年转将尘没,故镌在贞石,以期不朽。太和四年,蔇谨记。

送鸿举游江南并引

始余谪朗州,尔时,是师振麻衣。斐然而前,持文篇以为僧赞。唧唧而清,如虫吟秋。自然之响,无有假合。有足佳者,故为赋二章以声之。距今年遇于建平。赤颊益蕃,文思益深,而内外学益富。既讯已,探袖中出前所与诗阅之,纸劳墨瘁,与我同来。因思夫冉冉之光,浑浑之轮。时而言,有初中后之分。日而言,有今昨明之称。身而言,有幼壮艾之期。乃至一謦咳,一弹指,中际皆具,何必求三生以异身耶。然而视予之文,昔与今有楚枢之别。视予之书,昔与今有钧石之悬。视予之仕,昔与今乃唯阿之差耳。岂有工拙之数存乎其间哉。盖可勉而进者,与日月而至矣。彼倘来外物,虽日月无能至焉。是岁,师告予游江西,复为赋七言以为游地耳。

禅客学禅兼学文,出山初似无心云。从风卷舒来何处,缭绕巴山不得去。山州一作川古寺好闲居,读尽龙王宫里书。使君滩头拣石砚,白帝城边寻野蔬。忽然登高心瞥起,又欲浮杯信流水。烟波浩渺鱼鸟情,东去三千三百里。荆门峡一作硖断无盘涡,湘平汉阔清光多。庐山雾开见瀑布,江西月净闻渔歌。钟陵八郡多名守,半是西方社中友。与师相见便谈空,想得一作竚听高斋一作声狮子吼。

采菱行并引,一作采菱女。

武陵俗嗜芰菱。岁秋矣,有女郎盛游于马湖,薄言采之,归以御客。古有采菱曲,罕传其词。故赋之以俟采诗者。

白马湖平秋日光,紫菱如锦彩鸳翔。荡舟游女满中央,采菱不顾马上郎。争多逐胜纷相向,时转兰桡破轻浪。长鬟弱袂动一作披参差,钗影钏文一作纹浮荡漾。笑语哇咬顾晚晖,蓼花缘岸扣舷一作船归。归来共到市桥步,野蔓系船萍满一作惹衣。家家竹楼临广陌,下有连樯多估客。携觞荐芰夜经过,醉踏大堤相应歌。屈平祠下沉江水,月照寒波白烟起。一曲南音此地闻,长安北望三千里。

和牛相公南溪醉歌见寄

脱履将相守冲谦,唯于山水独不廉。枕伊

背洛得胜地,鸣皋少室来轩檐。相形面势默指画,言下变化随顾瞻。清池曲榭人所致,野趣幽芳天与添。有时转入潭岛间,珍木如幄藤为帘。忽然便有江湖思,沙砾平浅草纤纤。怪石钓出太湖底,珠树移自天台尖。崇兰迎风绿泛艳,坼莲含露红襜襜。修廊架空远岫入,弱柳覆槛流波沾。渚蒲抽芽一作英剑脊动,岸荻进笋锥头铦。携觞命侣极永日,此会虽数心无厌。人皆置庄身不到,富贵难与逍遥兼。唯公出处得自在,决就放旷辞炎炎。座宾尽欢恣谈谑,愧我掉头还奋髯。能令商于多病客,亦觉自适非沉潜。

和浙西李大夫霜夜对月,听小童吹觱篥歌,依本韵

海门双青暮烟歇,万顷金波涌明月。侯家小儿能觱篥,对此清光天性发。长江凝练树无风,浏栗一声霄汉中。涵胡画角怨边草,萧瑟清蝉吟野丛。冲融顿挫心使指,雄吼如风转如水。思妇多情珠泪垂,仙禽欲舞双翅起。郡人寂听衣满霜,江城月斜楼影长。才惊指下繁韵息,已见树杪明星光。谢公高斋吟激楚,恋阙心同在羁旅。一奏荆人白雪歌,如闻雒客扶风鄠。吴门水驿按山阴,文字殷勤寄意深。欲识阳陶能绝处,少年荣贵道伤心。

叹水别白二十二 一韵至七韵

水,至清,尽美。从一勺,至千里。利人利物,时行时止。道性净皆然,交情淡如此。君游金谷堤上,我在石渠署里。两心相忆似流波,潺湲日夜无穷已。

同留守王仆射各赋春中一物,从一韵至七

莺,能语,多情。春将半,天欲明。始逢南陌,复集东城。林疏时见影,花密但闻声。营中缘催短笛,楼上来定哀筝。千门万户垂杨里,百转如簧烟景晴。

伤我马词

生于碛砾善驰走,万里南来困丘阜。青蒭寒菽非适口,病闻北风犹举首。金台已平骨空朽,投之龙渊多尔友。

清湘词 一作潇湘曲二曲

湘水流,湘水流,九疑云物至今愁。君问二妃何处所,零陵香草雨一作露中收。

斑竹枝,斑竹枝,泪痕点点寄相思。楚客欲闻瑶瑟怨,萧湘深夜月明时。

和乐天春词,依忆江南曲拍为句

春去也,多谢洛城人。弱柳从风疑举袂,丛兰裛露似沾巾。独坐亦含嚬。

春过也,笑惜艳阳年。犹有桃花流水上,无辞竹叶醉樽前。惟待见青天。

泽宫诗 四言

秩秩泽宫,有的维鹄。祁祁庶士,于以千禄。彼鹄斯微,若止若翔。千里之差,起于毫芒。我矢既直,我弓既良,依于高墉,因我不臧。高墉伊何,维器与时。视之以心,谁谓鹄微。

酬令狐相公六言见寄 六言

已嗟别离太远,更被光阴苦催。吴苑燕辞人去,汾川雁带书来。愁吟月落犹望,忆梦天明未回。今日便令歌者,唱兄诗送一杯。

答乐天临都驿见赠 六言

北固山边波浪,东都城里风尘。世事不同心事,新人何似故人。

再赠乐天 六言

一政政官轧轧,一年年老骎骎。身外名何足算,别一作到来诗且同吟。

酬杨侍郎凭见寄 六言

十所毛羽摧颓,一旦天书召回。看看瓜时欲到,故侯也好归来。

全唐诗卷三百五十七

刘禹锡

春有情篇

为问游春侣,春情何处寻。花含欲语意,草有斗生心。雨频催发色,云轻不作阴。纵令无月夜,芳兴暗中深。

七夕二首

河鼓灵旗动,嫦娥破镜斜。满空天是幕,徐转斗—作地为车。机罢犹安石,桥成不碍槎。谁—作宁知观津女,竟夕望云涯。

天衢启云帐,神—作仙驭上星桥。初喜渡河汉,频惊转斗杓。余霞张锦幛—作幕,轻电闪红绡。非是人间世,还悲后会遥。

边风行

边马萧萧鸣,边风满碛生。暗添弓箭力,斗—作半上鼓鼙声。袭月寒晕起,吹云阴阵成。将军占气候,出号夜翻营—作安号畏翻城。

送工—作兵部萧郎中—作侍郎刑部李郎中并以本官兼中丞分命充京西京北覆粮使

霜简映金章,相辉同舍郎。天威巡虎落,星使出鸳行。尊俎成全策,京坻阅见粮。归来房尘灭,画地奏明光。

送太常萧博士弃官归养赴东都 元兄累相为少师,仲兄为郎官,并分司洛邑。

时兄尽鸳鸾,归心切问安。贪荣五彩服,遂挂两梁冠。侍膳曾调鼎,循陔更握兰。从今别君后,长忆—作回德星看。

送河南皇甫少尹赴绛州

祖帐临周道,前旌指晋城。午桥群吏散,亥字老人迎。诗酒同行—作每同乐,别离方见情。从此洛阳社,吟咏属书生。

发华州留别张侍御—作贾

束简下延阁,买符驱短辕。同人惜分袂,

1818

结念醉芳樽。切切别弦急,萧萧征骑一作马烦。临岐无限意,相视却忘言。张诗云:夫子生知者,相期妙理中。遂有忘言之句。

奉送家兄归王屋山隐居二首 据道书,王屋山一名洛阳山,一作阳洛山。

洛阳一作阳洛天坛上,依稀似玉京。夜分先见日,月静远一作忽闻笙。云路将鸡犬,丹台有姓名。古来成道者,兄弟亦同行。

春来山事好,归去亦逍遥。水净苔莎色,露香芝术苗。登台吸瑞景,飞步翼神飙。愿荐埙篪曲,相将学玉箫。

送王师鲁一作曾协律赴湖南使幕即永穆公之孙

翩翩马上郎,驱传渡三湘。橘树沙洲暗,松醪酒肆香。素风传竹帛,高价聘琳琅。楚水多兰芷一作若,何人事搴一作撷芳。

送赵中丞自司金郎一作司直郎**转官参山南令狐仆射幕府** 赵氏兄弟皆仆射门客

绿树满褒斜,西南蜀路赊。驿门临白草一作经赤县,县道入一作道路过黄花。相府开油幕,门生逐绛纱。行看布政后,还从入京华。

送卢处士归嵩山别业

世业嵩山一作山隐,云深无四邻。药炉烧姹女,酒瓮贮贤人。晚一作晓日华阴雾,秋风函谷尘。送君从此去,铃阁少谈宾。

洛中送崔司业使君扶侍赴唐州

绿野芳城路,残春柳絮飞。凤鸣骍骊马,日照老莱衣。洛苑鱼书至,江村雁户归。相思望淮水,双鲤不应稀。

送李友路秀才赴举

谁怜相门子,不语望秋山。生长绮纨内,辛勤笔砚间。荣亲在名字,好学弃官班。伫俟明年桂一作社,高堂开笑颜。

送从弟郎中赴浙西并引

从弟三复,十余年间凡三为浙右从事。往年主公入相,荐扬登朝中。复从公镇南,未几而罢。昨以尚书外郎奉使至洛,旋承新命,改辕而东。三从公皆在旧地。征诸故事,夐无其伦。故赋诗赠之,亦志异也。

衔命出尚书,新恩换使车。汉庭无右者,梁苑重归欤。又食建业水,曾依京口居。共经何限事,宾主两如初。

送元一作元晓**上人归稽亭**

重叠稽亭路,山僧归独行。远峰斜日影,本寺旧钟声。徒侣问新事,烟云怆一作含别情。应夸乞食处,踏遍凤凰城。

赠别君素上人诗并引

曩予习礼之中庸,至不勉而中,不思而得,懵然知圣人之德,学以至于无学。然而斯言也,犹示行者以室庐之奥耳。求其径术而布武,未易得也。晚读佛书,见大雄念佛之普级宝山而梯之,高揭慧火,巧熔恶见,广疏便门,旁束径路。其所证入,如舟沿川,未始念于前而日远矣。夫何勉而思之耶,是余知突奥于中庸,启键关于内典。会而归之,犹初心也。不知余者,谓予困而后援佛,谓道有二焉。夫悟不因人,在心而已。其证也,犹喑人之享太牢,信知其味,而不能形于言以闻于耳也。口耳之间兼寸耳,尚不可使闻。他人之不吾知,宜矣。开士君素,偶得余于所亲,一麻栖草,千里来访,素以道眼视予。予以所视视之,不由陛级,携手智地。居数日,告得而行。乃为诗以见志云。

穷巷唯秋草,高僧独扣门。相欢如旧识,问法到无言。水为一作与风生浪,珠非尘可昏。悟一作去来皆是道,此别不销魂。

送深法师游南岳 上人本住资圣寺

师在白云乡,名登一作高善法堂。十方传句偈,八部会坛场。飞锡无定所,宝书留旧房。唯应衔果一作草雁,相送至衡阳。

赠别约师并引

荆州人文约,市井生而云鹤性。故去荤为浮图,生悟而证入。南抵六祖初生之墟,得遗教,甚悉。今年访余于连州,且曰:贫道昔浮湘川,会柳仪曹谪零陵,宅于佛寺,辛联栋而居者有年,由是时人大士得落耳界。夫闻为见因,今日之来,曩时之因耳。时仪曹牧柳州,与八句赠别。

师逢吴兴守一作寺,相伴住禅扃。春雨同栽树,秋灯一作风对讲经。庐山曾结社,桂水远扬舲。话旧还惆怅,天南望柳星。

秋日过鸿举法师寺院,便送归江陵并引

梵言沙门,犹华言去欲也。能离欲,则方寸地虚,虚而万象入,入必有所泄,乃形乎词。词妙而深者,必依于声律。故自近古而降,释子以诗闻于世者相踵焉。因定而得境,故修然以清;由慧而遣辞,故粹然以丽。信禅林之花萼,而戒河之珠玑耳。初鸿举学诗于荆郢间,私试窃咏,发于余习。盖榛楛之翠羽,弋者未之睹焉。今年至武陵,二千石始奇之,有起予之叹。以方袍亲绛纱者十有余旬,繇是名稍闻而艺愈变。闰八月,余步出城东门谒仁祠,而鸿举在焉。与之言移时,因告以将去。且曰:贫道雅闻东诸侯之工为诗者,莫若武陵。今幸承其话言,如得法印。宝山之下,宜有所持。岂徒衣袽之中众花而已。余闻是说,乃叩商而吟成一章,章八句,郡守以坐啸余咏,激清微而应之。师其行乎,足以资一时之学矣。

看一作学画长廊遍,寻僧一径幽。小池兼鹤净,古木带蝉秋。客至茶烟起,禽归讲席收。浮杯明日去,相望水悠悠。

春日退朝

紫陌夜来雨,南山朝下看。戟枝迎日动,阁影助松寒。瑞气转一作卷绡縠,游光泛一作浮波澜。御沟新柳色,处处拂归鞍。

蜀先主庙汉末谣,黄牛白腹,五铢当复。

天地一作下英雄气,千秋尚凛然。势分三足鼎,业复五铢钱。得相能开国,生儿不象贤。凄凉蜀故妓,来舞魏宫前。

经东都安国观九仙公主一作九公子旧院作

仙院御沟东,今来事不同。门开青草日,楼闭绿杨风。将犬一作火升天路,披云一作霓赴月宫。武皇曾驻跸,亲问主人翁。

观八阵图

轩皇传上略,蜀相运神机。水落龙蛇出,沙平鹅鹳飞。波涛无动势,鳞介避余威。会有知兵者,临流一作岐指是非。

八月十五日夜玩月

天将今夜月,一遍洗寰瀛。暑退九霄净,秋澄万景清。星辰让光彩,风露发晶英。能变人间世,倏然是玉京。

太和戊申岁大有年,诏赐百僚出城观秋稼,谨书盛事以俟采诗者

长安铜雀鸣,秋稼与云平。玉烛调寒暑,金风报一作振顺成。川原呈上瑞,恩泽赐闲行。欲反一作及重一作皇城掩,犹闻歌吹一作舞声。

金陵怀古

潮满冶一作台城渚,日斜征虏亭。蔡一作芳洲新草绿,幕府旧烟青。兴废由人事,山川空地形。后庭花一曲,幽怨不堪听。

昼居池上亭独吟

日午树阴正,独吟池上亭。静看蜂教诲,闲想鹤仪形。法酒调神气,清琴入性灵。浩然机已息,几杖复何铭。

分司东都蒙襄阳李司徒相公书问因以奉寄

早一作蚤忝忝金马客,晚一作暮为商洛翁。知名四海内,多病一生中。举世往还尽,何人心事同。几时登岘首,怅一作怀旧揖三公。

门下相公荣加册命,天下同欢忝沐眷私,辄感申贺

册命出宸衷,官仪自古崇。特膺平土拜,光赞格天功一作宫。再佩扶阳印,常乘鲍氏骢。七贤遗老在,犹得咏清风。

病中一二禅客见问,因以谢之

劳动诸贤者,同来问病夫。添炉烹雀一作鹪鸡舌,洒水净龙须。身是芭蕉喻,行须筇竹一作竹杖扶。医王有妙药,能乞一丸无。

秋江晚泊

长泊起秋色,空江函霁晖。暮霞千万状,

宾鸿次第飞。古戍见旗迥,荒村闻犬稀。轲—作岈峨艑上客,劝酒夜相依。

步出武陵东亭临江寓—作偶望

鹰至感风候,霜馀变林麓。孤帆带日来,寒江转沙曲。戍摇旗影动,津晚橹声促。月上彩霞收,渔歌远相续。

秋日送客至潜水驿

候吏立沙际,田家连竹溪。枫林社日鼓,茅屋午时鸡。鹊噪晚禾地,蝶飞秋草畦。驿楼宫树—作榭近,疲马再三嘶。

湖州崔郎中曹长寄三癖诗,自言癖在诗与琴酒,其词逸而高,吟咏不足,昔柳吴兴亭皋陇首之句,王融书之白团扇,故为四韵以谢之

视事画屏中,自称三癖翁。管弦泛春渚,旌旆拂晴虹。酒对青山月,琴韵白蘋风。会书团扇上,知君文字工。

为郎分司寄上都同舍

籍通金马门,家在铜驼陌。省闼昼无尘,宫树朝—作远凝碧。荒街浅深辙—作荒阶藓浅深,古渡潦浅石。唯有嵩丘云,堪夸早朝客。

登陕州北楼却忆京师亲友

独上百尺楼,目穷思亦—作自愁。初日遍露草,野田荒悠悠。尘息长道白,林清宿烟收。回首云深处,永怀乡旧游—作帝乡游。

途中早发

中庭望启明,促促事晨征。寒树鸟初—作如动,霜桥人未行。水流白烟起,日上彩霞生。隐士应高枕,无人问姓名。

陕州河亭陪韦五大夫,雪后眺望因以留别,与韦有布衣之旧,一别二纪,经迁贬而归

雪霁太阳津,城池表里春。河流添马颊,原色动龙鳞。万里独归客,一杯逢故人。登—作因高向西望,关路正飞尘。

城东—作中闲游

借问池台主,多居要路津。千金买绝境,永日属闲人。竹径萦纡入,花林委曲巡。斜阳众客散,空锁一园春。

罢郡归洛阳闲居

十年江海守,旦夕有归心。及此西还日,空成东武吟。花间数杯酒,月下一张琴。闻说功名事,依前惜寸阴。

晚泊牛渚

芦苇晚风起,秋江鳞甲生。残霞忽变—作忽改色,游雁有余声。戍鼓音响绝,渔家灯火明。无人能咏史,独自月中行。

宿城禅师山房题赠二首

宴坐白云端,清江直下看。来人望金刹,讲席绕香坛。虎啸夜林动,鼍鸣秋涧寒。众音徒—作从起灭,心在净—作定中观。

不出孤峰上,人间四十秋。视身如传舍,阅世似—作甚东流。法为因缘立,心从次第修。中宵问真偈,有住是吾忧。

赠澧州高大夫司马霞寓

前年牧—作收锦城,马蹄血泥行。千里追戎首,三军许勇名。残兵疑鹤唳,空垒辩乌声。一误云中级,南游湘水清。

闻董评事疾因以书赠董生奉内典

繁露传家学,青莲译梵书。火风乖四大,文字废三馀。欹枕昼眠静—作晚,折巾秋鬓疏。武皇思视草,谁许茂陵居。

咏庭梅寄人—作庭梅咏寄人

早花常犯寒,繁实常苦酸。何事上春日,坐令芳意阑。夭桃定相笑,游妓肯回看。君问调金鼎,方知正味难。

德宗神武孝文皇帝挽歌二首

出震清多难,乘时播大钧。操弦调六气,

挥翰动三辰。运偶升天日,哀深率土人。瑶池无辙迹,谁见属车尘。

　　风翣拥铭旌,威迟异吉行。汉仪陈秘器,楚挽咽繁声。驻绋辞清庙,凝箾背直城。唯应留—作晋内传,知是向蓬瀛。

敬宗睿武昭愍孝皇帝挽歌三首

　　宝历方无限,仙期忽有涯。事亲崇汉礼,传圣法殷家。晚出芙蓉阙,春归棠棣华。玉轮今日动,不是画云车。

　　任贤劳梦寐,登位富春秋。欲遂东人幸—作行,宁虞杞国忧。长杨收羽骑,太液泊龙舟。惟有衣冠在,年年怆月游。

　　讲学金华殿,亲耕钩盾田。侍臣容谏猎,方士信求—作游仙。虹影俄侵日,龙髯不上天。空馀水银海,长照夜灯前。

文宗元圣昭献孝皇帝挽歌三首

　　继体三才理,承颜九族亲。禹功留海内,殷历付天伦。调露曲常在,秋风词—作调尚新。本支方百代,先让棣华春。

　　月落宫车动,风凄仪仗闲。路唯瞻凤翣,人尚想龙颜。御宇方无事,乘云遽不还。圣情悲望处,沉日—作见日,—作见日下西山。

　　享国十五载,升天千万年。龙镳仙路远,骑吹礼容全。日下初陵外,人悲旧剑前。周南有遗老,掩泪望秦川。

故相国燕国公于司空挽歌二首

　　雕弓封旧国,黑弰继前功。十年镇南雍,九命作司空。池台乐事尽,箫鼓葬仪雄。一代英豪气,晓散白杨风。

　　阴山贵公子,来葬五陵西。前马悲无主,犹带朔风嘶。汉水晋—作青山郭,襄阳白铜鞮。至今有遗爱,日暮人凄凄。

伤丘中丞并引

　　河南丘绛有词藻,与余同升进士科,从事邺下。不幸遇害,故为伤词。

　　邺下杀才子,苍茫冤气凝。枯杨映漳水,野火上西陵。马鬣今无所,龙门昔共登。何人为吊客,唯是有青蝇。

河南观察使故相国袁公挽歌三首

　　五驱龙虎节,一入凤凰池。令尹自无喜,羊公人不疑。天归京兆日,叶下洞庭时。湘水秋风至,凄凉吹素旗。

　　丹旐发江皋,人悲雁亦号。湘南罢亥市,汉上改词曹。表墓双碑立,尊名一字褒。尝闻平楚狱,为报里门高。

　　返葬三千里,荆衡达帝畿。逢人即—作多故吏,拜奠尽沾衣。地得青乌相,宾惊白鹤飞。五—作羊公碑尚在,今日亦同归。

哭王仆射相公名播,时兼盐铁,暴薨。

　　子侯—作子侯,一作奥一日病,滕公千载归。门庭怆—作飒已变,风物澹无辉。群吏谒新府,旧宾沾素衣。歌堂忽暮哭,贺雀尽惊飞。

伤韦宾客自工部尚书除宾客,一作伤韦宾客缜。

　　韦公八十余,位至六尚书。五福唯无富,一生谁得如。桂枝攀最—作收实久,兰省出仍初。海内时流尽,何人动素车。

再经故元九相公宅池上作

　　故池春又至,一到一伤情。雁鹜群犹下,蛙螟—作螺衣已生。竹丛身后长,台势雨来倾。六尺孤安—作犹在,人间未有名。

请告东归发灞桥却寄诸僚友

　　征徒出灞浚,回首伤如何。故人云雨—作水散,满目山川多。行车无停轨,流景同迅波。前叹渐成昔,感叹益劳歌。

初至长安时自外郡再授郎官

　　左迁凡二纪,重见帝城春。老大归朝客,平安出岭人。每行经旧处,却想似前身。不改南山色,其余事事新。

岁杪将发楚州呈乐天

楚泽雪初霁,楚城春欲归。清淮变寒色,远树含清晖。原野已多思,风霜潜减一作灭威。与君同旅雁,北向刷毛衣。

鹤叹二首并引

友人白乐天,去年罢吴郡,挈双鹤雏以归。余相遇于扬子津,阅一作闲玩终日。翔舞调态,一符相书,信华亭之尤物也。今年春,乐天为秘书监,不以鹤随,置之洛阳第。一旦,予入门,问讯其家人,鹤轩然来睨,如记相识,徘徊俯仰,似含情顾慕填膺而不能言者。因作鹤叹以赠乐天。

寂寞一双鹤,主人在西京。故巢吴苑树,深院洛阳城。徐引竹间步,远含云外情。谁怜好风月,邻舍夜吹笙。

东邻即王家

丹顶宜承日,霜翎不染泥。爱池能久立,看月未成栖。一院春草长,三山归路迷。主人朝谒早,贪养汝南鸡。

答白刑部闻新蝉

蝉声未发前,已自感流年。一入凄凉耳,如闻断续弦。晴清依露叶,晚急畏霞天。何事秋卿咏,逢时亦悄然。

和裴相公寄白侍郎求双鹤

皎皎华亭鹤,来随太守船。白君罢吴郡太守,携双鹤来。青云意长在一作青云长在意,沧海别经年。留滞清洛苑,裴回明月天。何如凤池上,双舞入祥烟。

终南秋雪

南岭见秋雪,千门生早寒。闲时驻马望,高处卷帘看。雾散琼枝出,日斜铅粉残。偏宜曲江上,倒影入清澜。

和乐天早寒

雨引苔侵壁,风驱叶拥阶。久留闲客话,宿请老僧斋。酒瓮新陈接,书签次第排。翛然自有处,摇落不伤怀。

曲江春望

凤城烟雨歇,万象含佳气。酒后人倒狂,花时天似醉。三春车马客,一代繁华地。何事独伤怀,少年曾得意。

同乐天和微之深春二十首同用家花车斜四韵

何处深春好,春深万乘家。宫门皆映柳,辇路尽穿花。池色连天汉,城形象帝车。旌旗暖风里,猎猎向西斜。

何处深春好,春深阿母家。瑶池长不夜,珠树正开花。桥峻通星渚,楼暄近日车。层城十二阙,相对日西一作玉梯斜。

何处深春好,春深执政家。恩光贪捧日,贵重不看花。玉馔堂交印,沙堤柱碍车。多门一已闭,直道更无斜。

何处深春好,春深大镇家。前旌光照日,后骑蹙成花。节院收衙队,球场簇看车。广筵歌舞散,书号夕阳斜。

何处深春好,春深贵戚家。枥嘶无价马,庭发有名花。欲进宫人食,先薰命妇车。晚归长带酒,冠盖任倾斜。

何处深春好,春深恩泽家。炉添龙脑炷,绶结虎头花。宾客珠成履,婴孩锦缛车。画堂帘幕外,来去燕飞斜。

何处深春好,春深京兆家。人眉新柳叶,马色醉桃花。盗息无鸣鼓,朝回自走车。能令帝城外,不敢径由斜。

何处深春好,春深刺史家。夜阑犹命乐,雨甚亦寻花。傲客多凭酒,新姬苦上车。公门吏散后,风摆戟衣斜。

何处深春好,春深羽客家。芝田绕舍色,杏树满山花。云是淮王宅,风为列子车。古坛操简处,一径入林斜。

何处深春好,春深小隐家。芟庭留野菜,撼树去狂花。醉酒一千日,贮书三十车。雉衣从露体,不敢有馀斜。

何处深春好,春深富室家。唯多贮金帛,不拟负莺花。国乐呼联辔,行厨载满车。归来看理曲,灯下宝钗斜。

何处深春好,春深豪士家。多沽味浓酒,贵买色深花。已臂鹰随马,连催妓上车。城南踏青处,村落逐原斜。

何处深春好,春深贵胄家。迎呼偏熟客,拣选最多花。饮馔开华幄,笙歌出钿车。兴酣樽易罄,连泻酒瓶斜。

何处深春好,春深唱第家。名传一纸榜,兴管九衢花。荐听诸侯乐,来随计吏车。杏园抛曲处,挥袖向风斜。

何处深春好,春深少妇家。能偷新禁曲,自剪入时花。追逐同游伴,平章贵价车。从来不堕马,故遣髻鬟斜。

何处深春好,春深幼女家。双鬟梳顶髻,两面绣裙花。妆坏频临镜,身轻不占车。秋千争次第,牵拽彩绳斜。

何处深春好,春深兰若家。当香收柏叶,养蜜近梨花。野径宜行乐,游人尽驻车。菜园篱落短,遥见桔槔斜。

何处深春好,春深老宿家。小栏围蕙草,高架引藤花。四字香书印,三乘壁画车。返回听句偈,双树晚阴斜。

何处深春好,春深种莳家。分畦十字水,接树两般花。柿比栽篱槿,咿哑转井车。可怜高处望,棋布不曾斜。

何处深春好,春深稚子家。争骑一竿竹,偷折四邻花。笑击羊皮鼓,行牵犊领车。中庭贪夜戏,不觉玉绳斜。

赠眼医婆罗门僧

三秋伤望眼—作远望,终日哭—作泣途穷。两目今先暗,中年似老翁。看朱渐成碧,羞日不禁风。师有金篦术,如何为发蒙。

海门潮别浩初师—作送如智法师游辰州兼寄许评事

前日过萧寺,看师上讲筵。都人礼白足,施者散金钱。方便无非教,经行不废禅。还—作遥知习居士,发论侍—作待弥天。

全唐诗卷三百五十八

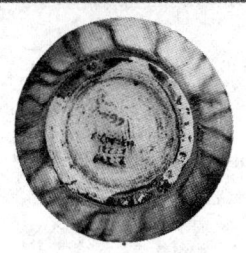

刘禹锡

始闻蝉,有怀白宾客,去岁白有闻蝉见寄诗,云只应催我者兼遣报君知之句

蝉韵极清切,始闻何处悲。人含不平意,景值欲秋时。此岁方晼晚,谁家无别离。君言催我老,已是去年诗。

赠乐天

一别旧游尽,相逢俱涕零。在人虽晚达,于树似冬青。痛饮连宵醉,狂吟满坐听。终期抛印绶,共占少微星。

到郡未浃日,登西楼见乐天题诗,因即事以寄 乐天自此郡谢病西归

湖上收宿雨,城中无昼尘。楼依新柳贵,池带乱苔青。云水正一望,簿书来绕身。烟波洞庭路,愧彼扁舟人。

秋夕不寐寄乐天

洞户夜帘卷,华堂秋簟清。萤飞过池影,蛩思绕阶声。老枕知将雨,高窗报欲明。何人谙此景,远问白先生。

冬日晨兴寄乐天

庭树晓禽动,都楼残点声。灯挑红烬落,酒暖白光生。发少嫌梳利,颜衰恨镜明。独吟谁应和,须寄洛阳城。

答乐天见忆

与老无期约,到来如等闲。偏伤朋友尽,移兴子孙间。笔底心无毒,杯前胆不猱。呼关切,顽也,亦作獠。唯馀忆君梦,飞过武牢关。

和乐天诮失婢榜者

把镜朝犹在,添香夜不归。鸳鸯拂瓦去,鹦鹉透笼飞。不逐张公子,即随刘武威。新知正相乐,从此脱青衣。

八月十五日夜半云开然后玩月,因书一时之景寄呈乐天

半夜碧云收,中天素月流。开城邀好客,置酒赏清秋。影透衣香润,光凝歌黛愁。斜辉犹可玩,移宴上西楼。西楼,白居易常赋诗之所也。

秋日书怀寄白宾客

州远雄无益,年高健亦衰。兴情逢酒在,筋力上楼知。蝉噪芳意尽,雁来愁望时。商山紫芝客,应不向秋悲。

酬乐天初冬早寒见寄

乍起衣犹冷,微吟帽半欹。霜凝南屋瓦,鸡唱后园枝。洛水碧云晓,吴宫黄叶时。两传千里意,书札不如诗。

和令狐相公郡斋对紫薇花

明丽碧天霞,丰茸紫绶花,香闻荀令宅,艳入孝王家。几岁自荣乐一作辱。高情方叹嗟。有人移上苑,犹足占年华。

令狐相公俯赠篇章斐然仰谢

鄂渚临流别,梁园冲雪来。旅愁随冻释,欢意待花开。城晓乌频起,池春雁欲回。饮和心自醉,何必管弦催。

酬令狐相公早秋见寄

公来第四秋,乐国号无愁。军士游书肆,商人占酒楼。熊黑交黑屑,宾客满青油。今日文章主,梁王不姓刘。

和令狐相公入潼关

寒光照旌节,关路晓无尘。吏谒前丞相,山迎旧主人。东瞻军府静,西望勅书频。心共黄河水,同升天汉津。

和令狐相公寻白阁老见留小饮因赠

傲士更逢酒,乐天仍对花。文章管星历,情兴占年华。宦达翻思退,名高却不夸。惟存浩然气,相共赏烟霞。

酬令狐相公雪中游玄都见忆

好雪动高情,心期在玉京。人披鹤氅出,马踏象筵行。照耀楼台变,淋漓松桂清。玄都留五字,使入步虚声。

和令狐相公以司空裴相见招南亭看雪四韵

重门不下关,枢务有馀闲。上客同看雪,高亭尽见山。瑞呈霄汉外,兴入笑言间。知是平阳会,人人带酒还。

和郓州令狐相公春晚对花

朱门退公后,高兴对花枝。望阙无穷思,看书欲尽时。含芳朝竞发,凝艳晚相宜。人意殷勤惜,狂风岂得知。

酬令狐相公春日言怀见寄

前陪看花处,邻里近王昌。今想临戎地,旌旗出汶阳。营飞柳絮雪,门耀戟枝霜。东望清河水,心随艑上郎。

途次大梁,雪中奉天平令狐相公书问,兼示新什,因思曩岁从此拜辞,形于短篇以申仰谢

远守宦情薄,故人书信来。共曾花下别,今独一作坐雪中回。纸尾得新什,眉头还暂开。此时同雁鹜,池上一徘徊。

酬令狐相公秋怀见寄

寂寞蝉声静,差池燕羽回。秋风怜越绝,朔气想台骀。相去数千里,无因同一杯。殷勤望飞雁,新自塞垣来。

酬太原令狐相公见寄

书信来天外,瑶瑶满匣中。衣冠南渡远,旌节北门雄。鹤唳华亭月,马嘶榆塞风。山川几千里,惟有两心同。

酬令狐相公岁暮远怀见寄依韵

别侣孤鹤怨,冲天威凤归。容光一以间,梦想是耶非。芳讯远弥重,知音老更稀。不如

湖上雁,北向整毛衣。

酬令狐相公亲仁郭家花下即事见寄
　　荀令园林好,山公游赏频。岂无花下侣,远望眼中人。斜日渐移影,落英纷委尘。一吟相思曲,惆怅江南春。

酬令狐相公首夏闲居书怀见寄
　　蕙草芳未歇,绿槐阴已成。金罍唯独酌,瑶瑟有离声。翔泳各殊势,篇章空寄情。应怜三十载,未变使君名。贞元中,自郎官出守,至今三十一年。

酬令狐相公庭前白菊花谢偶书所怀见寄
　　数丛如雪色,一旦冒霜开。寒蕊差池落,清香断续来。思深含别怨,芳谢惜年催。千里难同赏,看看又早梅。

酬令狐相公季冬南郊宿斋见寄
　　坛下雪初霁,南城冻欲生。斋心祠上帝,高步领名卿。沐浴含芳泽,周旋听佩声。犹怜广平守,寂寞竟何成。

贞元中,侍郎舅氏牧华州,时余再忝科第,前后由华觐谒,陪登伏毒寺屡焉,亦曾赋诗题于梁栋。今典冯翊暇日登楼,南望三峰浩然生思,追想昔年之事,因成篇题旧寺
　　曾作关中客,频经伏毒岩。晴烟沙苑树,晚日渭川帆。昔是青春貌,今悲白雪髯。郡楼空一望,含意卷高帘。

酬令狐相公杏园花下饮有怀见寄
　　年年曲江望,花发即经过。未饮心先醉,临风思倍多。三春看又尽,两地欲如何。日望长安道,空成劳者歌。

令狐相公见示,题洋州崔侍郎宅双木瓜花顷接侍郎同舍陪宴树下吟玩来什,辄成和章
　　金牛蜀路远,玉树帝城春。荣耀生华馆,逢迎欠主人。帘前疑小雪,墙外丽行尘。来去皆回首,情深是德邻。

和令狐相公春早朝回盐铁使院中作
　　柳动御沟清,威迟堤上行。城隅日未过,山色雨初晴。莺避传呼起,花临府署明。簿书盈几案,要自有高情。

和令狐仆射相公题龙回寺
　　兹地回銮日,皇家禅圣时。路无胡马迹,人识汉官仪。天子旌旗度,法王龙象随。知怀去家叹,经此益迟迟。相公家本咸阳,有乔木之息。

令狐相公频示新什,早春南望退一作遥想汉中,因抒短章以寄情悰一作诚素
　　军城临汉水,旌旆起春风。远思见江草,归心看塞鸿。野花沿古道,新叶映行宫。惟有诗兼酒,朝朝两不同。

和令狐相公咏栀子花
　　蜀国花已尽,越桃今已开。色疑琼树倚,香似玉京来。且赏同心处,那忧别叶催。佳人如拟咏,何必待寒梅。

酬令狐相公新蝉见寄
　　相去三千里,闻蝉同此时。清吟晓露叶,愁噪夕阳枝。忽尔弦断绝,俄闻管参差。洛桥碧云晚,西望佳人期。

酬乐天闲卧见寄
　　散诞向阳眠,将闻敌地仙。诗情茶助爽,药力酒能宣。风碎竹间日,露明池底天。同年未同隐,缘欠买山钱。

酬乐天小亭寒夜有怀
　　寒夜阴云起,疏林宿鸟惊。斜风闪灯影,进雪打窗声。竟夕不能寐,同年知此情。汉皇无奈老,何况本书生。

将之官留辞裴令公留守
　　祖帐临伊水,前旌指渭河。风烟里数少,云雨别情多。重叠受恩久,遭回如命何。东山与东阁,终异再经过。

酬喜相遇同州与乐天替代

旧托松心契,新交竹使符。行年同甲子,筋力羡丁夫。别后诗成帙,携来酒满壶。今朝停五马,不独为罗敷。前章所言春草,白君之舞妓也。故有此答。

闲坐忆乐天以诗问酒熟未

案头开缥帙,肘后检青囊。唯有达生理,应无治老方。减书存眼力,省事养心王。君酒何时熟,相携入醉乡。

秋中暑退赠乐天

暑服宜秋著,清琴入夜弹。人情皆向菊,风意欲摧兰。岁稔贫心泰,天凉病体安。相逢取次第,却甚少年欢。

乐天池馆夏景方妍,白莲初开彩舟空泊,唯邀缁侣因以戏之

池馆今正好,主人何寂然。白莲方出水,碧树未鸣蝉。静室宵闻磬,斋厨晚绝烟。蕃僧如共载,应不是神仙。

酬乐天感秋凉见寄

庭晚初辨色,林秋微有声。槿衰犹强笑,莲迥却多情。檐燕归心动,鞲鹰俊气生。闲人占闲景,酒熟且同倾。

秋晚新晴夜月如练有怀乐天

雨歇晚霞明,风调夜景清。月高微晕散,云薄细鳞生。露草百虫思,秋林千叶声。相望一步地,脉脉万重情。

新秋对月寄乐天

月露发光彩,此时方见秋。夜凉金气应,天静火星流。蛩响偏依井,萤飞直过楼。相知尽白首,清景复追游。

酬乐天小台晚坐见忆

小台堪远望,独上清秋时。有酒无人劝,看山只自知。幽禽啭新竹,孤莲落静池。高门勿遽掩,好客无前期。

早秋雨后寄乐天

夜云起河汉,朝雨洒高林。梧叶先风落,草虫迎湿吟。簟凉扇恩薄,室静琴思深。且喜炎前别,安能怀寸阴。

秋晚病中乐天以诗见问力疾奉酬

耳虚多听远,展转晨鸡鸣。一室背灯卧,中宵扫叶声。兰芳经雨败,鹤病得秋轻。肯踏衡门草,唯应是友生。

和乐天烧药不成命酒独醉

九转欲成就,百神应主持。婴啼鼎上去,老貌镜前悲。却顾空丹灶,回心向酒卮。醺然耳热后,暂似少年时。

元日乐天见过因举酒为贺

渐入有年数,喜逢新岁来。震方天籁动,寅位帝车回。门巷扫残雪,林园惊早梅。与君同甲子,寿酒让先杯。

酬马大夫以愚献通草菱葵酒,感通拔二字,因而寄别之作

泥沙难振拔,谁复问穷通。莫讶提壶赠,家传枕曲风。成谣独酌后,深意片言中。不进终无已,应须荀令公。

奉和司空裴相公中书即事通简旧僚之作

谭笑在岩廊,人人尽所长。仪形见山立,文字动星光。日运丹青笔,时看赤白囊。伫闻戎马息,入贺领鸳行。

微之镇武昌,中路见寄蓝桥怀旧之作,凄然继和,兼寄安平

今日油幢引,他年黄纸追。同为三楚客,独有九霄期。宿草恨长在,伤禽飞尚迟。武昌应已到,新柳映红旗。

将赴苏州,途出洛阳,留守李相公累申宴饯,宠行话旧形于篇章,谨抒下情以申仰谢

岁杪风物动,雪馀宫苑晴。兔园宾客至,

金谷管弦声。洛水故人别,吴宫新燕迎。越郎忧不浅,怀袖有琼英。

牛相公留守见示,城外新墅有溪竹秋月,亲情多往宿游,恨不得去因成四韵,兼简洛中亲故之什,兼命同作

别墅洛城外,月明村野通。光辉满地上,丝管发舟中。堤艳菊花露,岛凉松叶风。高情限清禁,寒漏滴深宫。

牛相公林亭雨后偶成

飞雨过池阁,浮光生草树。新竹开新笼,初莲爇香注。野花无时节,水鸟自来去。若问知境人,人间第一处。

酬滑州李尚书秋日见寄

一入石渠署,三闻宫树蝉。丹霄未得路,白发又添年。双节外台贵,孤箫中禁传。征黄在旦夕,早晚发南燕。

和西川李尚书汉州微月游房太尉西湖

木落汉川夜,西湖悬玉钩。旌旗环水次,舟楫泛中流。目极想前事,神交如共游。瑶琴久已绝,松韵自悲秋。

和重题

林端落照尽,湖上远岚清。水榭芝兰室,仙舟鱼鸟情。人琴久寂寞,烟月若平生。一泛钩璜处,再吟锵玉声。

酬李相公喜归乡国自巩县夜泛洛水见寄

巩树烟月上,清光含碧流。且无三已色,犹泛五湖舟。鹏息风还起,凤归林正秋。虽攀小山桂,此地不淹留。

和李相公平泉潭上喜见初月

家山见初月,林壑悄无尘。幽境此何夕,清光如为人。潭空破镜入,风动翠蛾嚬。会向琐窗望,追思伊洛滨。

和李相公初归平泉过龙门南岭遥望山居即事

暂别明庭去,初随优诏还。曾为鹏一作鹍鸟赋,喜过凿龙山。新墅烟火起,野程泉石间。岩廊人望在,只得片时闲。

和李相公以平泉新墅获方外之名,因为诗以报洛中士君子兼见寄之什

业继韦平后,家依昆阆间。恩华辞北第,潇洒爱东山。满室图书在,入门松菊闲。垂天虽暂息,一举出人寰。

发苏州后登武丘寺望海楼一作望梅楼

独宿望海楼,夜深珍木冷。僧房已闭户,山月方出岭。碧池涵剑彩,宝刹摇星影。却忆郡斋中,虚眠此时景。

松江送处州奚使君

吴越古今路,沧波朝夕流。从来别离地,能使管弦愁。江草带烟暮,海云含雨秋。知君五陵客,不乐石门游。

题报恩寺

云外支硎寺,名声敌虎丘。石文留马迹,峰势耸牛头。泉眼潜通海,松门预带秋。迟回好风景,王谢昔曾游。

罢郡姑苏北归渡扬子津

几岁悲南国,今朝赋北征。归心渡江勇,病体得秋轻。海阔石门小,城高粉堞明。金山旧游寺,过岸听钟声。

故国荒台在,前临震泽波。绮罗随世尽,麋鹿古时多。筑用金锤力,摧因石鼠窠。昔年雕辇路,唯有采樵歌。此首一作姑苏台诗。

寻汪道士不遇

仙子东南秀,泠然善驭风。笙歌五云里,天地一壶中。受箓金华洞,焚香玉帝宫。我来君闭户,应是向崆峒。

谢柳子厚寄叠石砚

常时同砚席,寄砚—作此感离群。清越敲寒玉,参差叠碧云。烟岚除斐亹,水墨两氤氲。好与陶贞白,松窗写紫文。

元日感怀

振蛰春潜至,湘南人未归。身加一日长,心觉去年非。燎火委虚炉,见童衔彩衣。异乡无旧识,车马到门稀。

谢宣州崔相公赐马

浮云金络膝—作脑,昨日别朱轮。衔草如怀恋,嘶风尚意频。曾将比君子,不是换佳人。从此西归路,应容蹑后尘。

南中书来

君书—作来问风俗,此地接炎州。淫祀多清鬼,居人少白头。旅情偏在夜,乡思岂唯秋。每羡朝宗水,门前尽日流。

题招隐寺

隐士遗尘在,高僧精舍开。地形临渚断,江势触山回。楚野花多思,南禽声例哀。殷勤最高顶,闲即望乡来。

思归寄山中友人

萧条对秋色,相忆在云泉。木落病身死—作起,潮平归思悬。凉钟山顶寺,暝火渡头船。此地非吾土,闲留又一年。

有感

死且不自觉,其馀安可论。昨宵凤池客,今日雀罗门。骑吏尘未息,铭旌风已翻。平生红粉爱,惟解哭黄昏。

途次敷水驿,伏睹华州舅氏昔日行县题诗处,怆然有感

昔日股肱守,朱轮兹地游。繁华日已谢,章句此空留。蔓草佳城闭,故林棠树秋。今来重垂泪,不忍过西州。

奉和郑相公以考功十弟姜花俯赐篇咏

采撷黄姜蕊,封题青琐闱。共闻调膳日,正是退朝归。响为纤筵发,情随彩翰飞。故将天下宝,万里与光辉。

题淳于髡墓

生为齐赘婿,死作楚先贤。应以客卿—作乡葬,故临官道边。寓言本多兴,放意能合权。我有一石酒,置君坟树前。

全唐诗卷三百五十九

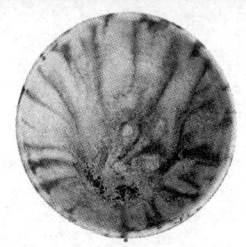

刘禹锡

送春词

昨来楼上迎春处,今日登楼又送归。兰蕊残妆含露泣,柳条长袖—作袂向风挥。佳人对镜容颜改,楚客临江心事违。万古至今同此恨,无如一醉尽忘机。

送李尚书镇滑州 自浙西观察使征拜兵部侍郎,月馀有此拜也。

南徐报政入文昌,东郡须才别建章。视草名高同蜀客,拥旄年少胜荀—作周郎。黄河一曲当城下,缇骑千重照路傍。自古相门还出相,如今人望在岩廊。其后果继韦平之族。

送浑大夫赴丰州 自大鸿胪拜,家承旧勋。

凤衔新诏降恩华,又见旌旗出浑—作汉家。故吏来辞辛属国,精兵愿逐李轻车。毡裘君长迎风驭,锦带—作领酋豪踏雪衙。其奈明年好春日,无人唤看牡丹花。

送源中丞充新罗册立使 侍中之孙

相门才子称华簪,持节东行捧德音。身带霜威辞凤阙,口传天语到鸡林。烟开鳌背千寻碧,日浴鲸波万顷金。想见扶桑受恩处—作后,一时西拜尽倾心。

送王司马之陕州 自太常丞授,工为诗。

暂辍清斋出太常,空携诗卷赴—作过甘棠。府公既有朝中旧—作画,司马应容酒后狂。案牍来时唯署字,风烟入兴便成章。两京大道多游客,每遇词人战一场。

洛中送杨处厚入关便游蜀 一本有谒韦令公四字

洛阳秋日正凄凄,君去西秦更向西。旧学三冬今转富,曾伤六翮养初齐。王城晓入—作日窥丹凤,蜀路晴来—作天见碧鸡。早识卧龙应有分,不妨从此蹑丹梯。

送周使君罢渝州归郢州别墅

君思郢上吟归去,故自渝南掷郡章。野戍岸边留画舸,绿萝阴下到—作有山庄。池荷雨后衣香起—作老,庭草春深绶带长。只恐鸣驺催上道,不容待得晚菘尝。

奉送浙西李仆射相公赴镇 奉送至临泉驿,书札见征拙诗,时在汝州。

建节东行是旧游,欢声喜气满吴州。郡人重得黄丞相,童子争迎郭细侯。诏下初辞温室树,梦中先到景阳楼。自怜不识平津阁,遥望旌旗汝水头。

重送浙西李相公顷廉问江南已经七载,后历滑—作清台剑南两镇,遂入相,今复领旧地新加旌旄

江北万人看玉节,江南千骑引金铙。凤从池上游沧海,鹤到辽东识旧巢。城下清波含百谷,窗中远岫列三茅。碧鸡白马回翔久,却忆朱方是乐郊。

送前进士蔡京赴学究科 时崔相公、杨尚书掌选。

耳闻战鼓带经锄,振发声名自里闾。已是世间能赋客,更攻窗下绝编书。朱门达者谁能识,绛帐书生尽不如。幸遇天官旧丞相,知君无翼上空虚。

送唐舍人出镇闽中

暂辞鸳鹭出蓬瀛。忽拥貔貅镇粤城。闽岭夏云迎皂盖,建溪秋树映红旌。山川远地由来好,富贵当年别有情。了却人间婚嫁事,复归朝右—作阙作公卿。

送李中丞赴楚州

缇骑朱旗入楚城,士林皆贺振家声。儿童但喜迎宾守,故吏犹应记姓—作小名。万顷水田连郭秀,四时烟月映淮清。记君初得昆山玉,同向扬州携手行。

奉送李户部侍郎自河南尹再除本官归阙

昔年内署—作史振雄词,今日东都结去思。宫女犹传洞箫赋,国人先咏衮衣诗。华星却复文昌位,别鹤重归太乙池。想到金闺待通—作称籍,一时惊喜—作起见风仪。

送蕲州李郎中赴任

楚关—作门蕲水路非赊,东望云山日夕佳。蕹叶照人呈夏簟,松花满碗试新茶。楼中饮兴因明月,江上诗情为晚霞。北地交亲长引领,早将玄鬓到京华。

送国子令狐博士赴兴元觐省

相门才子高阳族,学—作才省清资五品官。谏院过时荣棣萼,谢庭归去踏芝兰。山中花带烟岚—作霞晚,栈底江涵雪水寒。伯仲到家人尽贺,柳营莲府递相欢。

送李二十九兄员外赴邠宁使幕

家袭韦平身—作业文,素风清白至今贫。南宫通籍新郎吏,西候—作族从戎旧主人。城外草黄秋有雪,烽头烟静虏无尘。鼎门为别霜天晓,胜—作剩把离觞三五巡。

送分司陈郎中只召直史馆重修三圣实录

蝉鸣官树引行车,言自成周赴玉除。远取南朝贵公子,重修东观帝王—作皇书。常时载笔窥金匮,暇日登楼到石渠。若问旧人刘子政,如今白首在南徐。—作头白在商於。

送慧则法师归上都因呈广宣上人 并引。师精《净名经》。

佛示灭后,大弟子演圣言而成经。伟心印曰法,承法而能专曰宗,由宗而分教曰支。坐而摄化者,胜义皆空之宗也。行而宣教者,摧破邪山之支也。释子慧则,生于像季。思济劫溺,乃学于一支。开彼群迷,以为尽妙理者莫如法门,变凡夫者莫如佛土,悟无染者莫如散花。故业于净名,深达实相。自京师涉汉沔,历鄠郢,登衡湘,听徒百千,耳感心化,法无住道,行而归顾。予有社内之因,故言别之日,爱缘瞥起,时也秋尽,咏江淹杂拟以送之。前见宣上人,为我致谢。

昨日东林—作邻看讲时,都人象—作乘马蹄琉璃。雪山童子应前世,金粟如来是本师。一

锡言归九城路,三衣一作年曾拂万年枝。休公久别如相问,楚客逢秋心更悲。

送义舟师却还黔南并引

黔之乡,在秦楚为争地。近世人多过言其幽荒以谈笑,闻者又从而张皇之。犹夫束蕴逐原燎,或近乎语妖。适有沙门义舟,道黔江而来。能画地为山川,及条其风俗,纤悉司信。且曰贫道以一锡游他方众矣,至黔而不知其远。始遇前节使,而闻今节使益贤而文。故其佐多才士,麾围之下,曳裾秉笔,彬然与兔园同风。蕃僧以外学嗜篇章,时或摄衣为末客。其来也,约主人乘秋风而还,今乞词以扬之,如捧意珠。行住坐卧,知相好耳。余曰唯,命笔为七言以应之。

黔江秋水浸云霓,独泛慈航路不迷。猿狖窥斋林叶动,蛟龙闻咒浪花低。如莲半偈心常悟,问菊新诗手自携。常说摩围似灵鹫,却将山展上丹梯。

送景玄师东归并引

庐山僧景玄,袖诗一幅来谒。往往有句,轻而道,如鹤雏褵褷,未有六翮,而步舒视远。戛然一唳,乃非泥滓间物。献诗已,敛衽而辞。且曰,其来也,与故山秋为期。夫丐者,僧事也,今无他请,唯文是求。故赋一篇,以代璎珞耳。

东林寺里一沙弥,心爱当时才子诗。山下偶随流水出,秋来却赴白云期。滩头蹑屐挑沙菜,路上停舟读古碑。想到旧房抛一作携锡杖,小松应有过檐枝。

汉寿城春望 古荆州刺史治亭,其下有子胥庙,兼楚王故坟。

汉寿城边野草春,荒祠古墓对荆榛。田中牧竖烧刍狗,陌上行人看石麟。华表半空经霹雳,碑文才见满埃尘。不知何日东瀛变,此地还成要路津。

荆门一作州道怀古

南国山川旧帝畿,宋台梁馆尚依稀。马嘶古道一作树行人歇,麦秀空城野一作泽雉飞。风吹落叶填宫井,火入荒陵一作坟一作林化宝衣。徒使词臣庾开府,咸阳终日苦思归。

郎州窦员外见示与澧州元郎中郡斋赠答长句二篇,因以继和

鸳鹭差池出建章,彩旗朱户蔚一作郁相望。新恩共理犬牙地,昨日同含鸡舌香。白芷江边分驿路,山桃蹊外接甘棠。应怜一罢金闺籍,枉渚逢春一作相逢十度伤。

早春对雪奉寄澧州元郎中

新赐鱼书墨未干,贤人暂出远人安。朝驱旌旆行时令,夜见星辰忆旧官。梅蕊覆阶铃阁暖,雪峰当户戟枝寒。宁知楚客思公子,北望长吟澧有兰。

窦朗州见示与澧州元郎中早秋赠答一作作命同作一作答

邻境诸侯同舍郎,芷江兰浦恨无梁。秋风门外旌旗动,晓露庭中橘柚香。玉簟微凉宜白昼,金笳入暮应清商。骚人昨夜闻鶗鴂一作啼鸟,不叹流年惜众芳。

松滋渡一作洞望峡中

渡头轻雨洒寒梅,云际溶溶雪水来。梦渚草长迷楚望,夷陵土黑有秦灰。巴人泪应猿声落,蜀客船从鸟道回。十二碧峰何处所,永安宫外是一作有荒台。

衢州徐员外使君遗以缟纻兼竹书箱,因成一篇用答佳贶 按此郡本自婺州析置,徐自台州迁。

烂柯山下旧仙郎,列宿来添婺女光。远放歌声分白纻,知传家学与青箱。水朝沧海何时去,兰在幽林亦自芳。闻说天台有遗爱,人将琪树比甘棠。

唐秀才赠端州紫石砚,以诗答之

端州石砚人间重,赠我因知正草玄。阙里庙堂空旧物,开方灶下岂天然。玉蜍吐水霞光静,彩翰摇风绛锦鲜。此日佣工记名姓,因君数到一作致墨池前。

览董评事思归之什因以诗赠

几年油幕佐征东,却泛沧浪狎钓童。攲枕

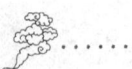

醉眠成戏蝶,抱琴闲望送归鸿。文儒自袭胶西相,倚伏—作杖能齐塞上翁。更说扁舟动乡思,青菰已熟奈秋风。

谢寺双桧扬州法云寺谢镇西宅,古桧存焉。

双桧苍然古貌奇,含烟吐雾郁参差。晚依禅客当金殿,初对将军映画旗。龙象界中成宝盖,鸳鸯瓦上出高枝。长明灯是前朝焰,曾照青青年少时。

寄杨—作韩八寿州

风猎红旗入寿春,满城歌舞向朱轮。八公山下清淮水,千骑尘中白面人。桂岭雨馀多鹤迹。茗园晴望似龙鳞。圣朝方用敢言者,次第应须旧谏臣。

洛中寺北楼见贺监草书题诗

高楼贺监昔曾登,壁上笔踪龙虎腾。中国书流尚—作让皇象,北朝文士重徐陵。偶因独—作特见空惊目,恨不同时便伏膺。唯恐尘埃转磨灭,再三珍重嘱山僧。

闻韩宾擢第归觐,以诗美之,兼贺韩十五曹长,时韩牧永州

零陵香草满郊坰,丹穴雏飞入翠屏。孝若归来成—作呈画赞,孟阳别后有山铭。兰陵旧地花—作多才结,桂树新枝色更—作尚青。为报儒林丈人道,如今从此鬓星星。

宣上人远寄和礼部王侍郎放榜后诗,因而继和

礼闱新榜动长安,九陌人人走马看。一日声名遍天下,满城桃李属春官。自吟白雪诠词赋,指示青云借羽翰。借问至公谁印可,支郎天—作大眼定中观。

赠东岳张炼师

东岳真人张炼师,高情雅淡世间稀。堪为列女书青简,久事元君住翠微。金缕机中抛锦字,玉清台—作坛上著霓衣。云軿不要吹箫伴,只拟乘鸾独自飞。

秘书崔少监见示坠马长句,因而和之

麟台少监旧仙郎,洛水桥边坠马伤。尘污腰间青襞绶,风飘掌下紫游缰。上车著作应来问,折臂三公定送方。犹赖德全如醉者,不妨吟咏入篇章。

寄杨虢州与之旧姻

避地江湖知几春,今来本郡拥朱轮。阮郎无复里中旧,杨仆却为关外人。各系一官难命驾,每怀—作追前好易沾巾。玉城山里多灵药,摆落功名且养神。

秋日题窦员外崇德里新居窦时判度支案

长爱街西风景闲,到君居处暂—作便开颜。清光门外一渠水,秋色墙头数点山。疏种碧松通—作过月朗,多栽红药待春还。莫言堆案无馀地,认得诗人在此间。

蒙恩转仪曹郎,依前充集贤学士,举韩潮州自代,因寄七言

翔鸾阙下谢恩初,通籍由来在石渠。暂入南宫判祥瑞,还归内殿阅图书。故人犹在三江外,同病凡经二纪馀。今日荐君嗟久滞,不惟文体似相如。

途次华州,陪钱大夫登城北楼春望,因睹李崔令狐三相国唱和之什,翰林旧侣继踵华城,山水清高鸾凤翔集,皆忝宿眷,遂题此诗

城楼四望出风尘,见尽关西渭北春。百二山河雄—作归上国,一双旌旆委名臣。壁中今日题诗处—作句,天上同时草诏人。莫怪老郎呈滥吹,宦途虽别旧情亲。

始闻秋风

昔看黄菊与君别,今听玄蝉我却回。五夜飕飗枕前觉,一年颜状镜中来。马思边草拳毛动,雕眄青云睡眼开。天地肃清堪回望,为君扶病上高台。

洛中初冬拜表有怀上京故人

凤栖南面控三条,拜表郎官早渡桥。清洛

晓光铺碧簟，上阳霜叶剪红绡。省门簪组初成
列，云路鸳鸾想退朝。寄谢殷勤九天侣，抢榆
水击各逍遥。

尉迟郎中见示自南迁牵复却至洛城东旧居之作，因以和之

曾遭飞语十年谪，新受恩光万里还。朝服
不妨游洛浦，郊园依旧看一作著嵩山。竹含天
籁清商乐，水绕庭台碧玉环。留作功成退身
地，如今只是暂时闲。

洛中酬福建陈判官见赠

潦倒声名拥肿材，一生多故苦遭回。南宫
旧籍遥相管，东洛闲一作阙门昼未开。静对道
流论药石，偶逢词客与琼瑰。怪君近日文锋
利，新向延平看剑来。

和苏十郎中谢病闲居时，严常侍萧给事同过访叹初有二毛之作

清羸隐几望云空，左掖鸳鸾到室中。一卷
素书消永日，数茎斑发一作鬓对秋风。菱花照
后容虽改，蓍草占来命已通。莫怪人人惊早
白，缘君尚是黑头翁。

酬淮南廖参谋秋夕见过之作 林公昔为扬州从事参谋。从释子反初服。

扬州从事夜相寻，无限新诗月下吟。初服
已惊一作经玄发长，高情犹向碧一作白云深。语
馀时举一杯酒，坐久方闻四一作数处砧。不逐
繁华访闲散，知君摆落俗人心。

题王郎中宣义里新居

爱君新买街西宅，客到如游鄠杜间。雨后
退朝贪种树，申时出省趁看山。门前巷陌三条
近，墙内池亭万境闲。见拟移居作邻里，不论
时节请开关。

酬朗州崔员外与任十四兄侍御，同过鄙人旧居见怀之什，时守吴郡

昔日居邻招屈亭，枫林橘树鹧鸪声。一辞
御苑青门去，十见蛮江白芷生。自此曾沾宣室

召，如今又守阊间城。何人万里能相忆，同舍
仙郎与外兄。任侍御，余外兄；崔员外，南宫同官。

刘驸马水亭避暑

千竿竹翠数莲红，水阁虚凉玉簟空。琥珀
盏红一作烘疑漏一作泻酒，水晶帘莹一作密更通
风。赐冰满碗沉朱实，法馔盈盘覆碧笼。尽日
逍遥避一作却烦暑，再三珍重主人翁。

述旧贺迁寄陕虢孙常侍 南宫、左辅，两处交代。

南宫幸袭芝兰后，左辅曾交印绶来。多病
未离清洛苑，新恩已历望仙台。关头古塞桃林
静，城下长河竹箭回。闻说随车有零雨，此时
偏动子荆才。

江陵严司空见示与成都武相公唱和，因命同作

南荆西蜀大行台，幕府旌门相对开。名重
三司平水土，威雄八阵役风雷。彩云朝望青城
起，锦浪秋经白帝来。不是郢中清唱发，谁当
丞相掞天才。

庙庭偃松诗并序

侍中后阁前有小松，不待年一作特立而偃。丞相
晋公为赋诗，美其犹龙蛇。然植于高檐乔木间，上嵌
旁轧，盘虺倾亚，似不得天和者。公以遂物性为意，乃
加怜焉。命畚土以壮其趾，使无欹。索绹以牵其干，
使不仆。盥漱之馀以润之，顾眄之辉以照之。发于仁
心，感召和气。无复天閟，坐能敷舒。向之跔躄，化为
奇古。故虽袤丈而有偃号焉。予尝指阁白事，公为道
所以，且示以诗。窃感嘉木之逢时，斐然成咏。

势轧枝偏根已危，高情一见与扶持。忽从
憔悴有生意，却为离披无俗姿。影入岩廊行乐
处，韵含天籁宿斋时。谢公莫道东山去，待取
一作时取阴成满凤池。

赠致仕滕庶子先辈 时及第人中最老

朝服归来昼锦荣，登科记上更无兄一作名。
寿觞每使一作许曾孙献，胜境长携众妓行。矍
铄据鞍时一作能骋健，殷勤把酒尚多情。凌寒
却向山阴去，衣绣郎君雪里行。一作迎，时令子为

御史,主务在越中。

哭吕衡州,时予方谪居

一夜霜风凋玉芝,苍生望绝士林悲。空怀济世安人略,不见男婚女嫁时。遗草一函归太史,旅—作孤坟三尺近要离。朔方徙岁行当满—作晚,欲为君刊第二碑。

夔州窦员外使君见示悼妓诗,顾余尝识之—作面,因命同作

前年曾见两鬟时,今日惊吟悼妓诗。凤管学成知有籍,龙媒欲换叹无期。空廊月照常行地,后院花开旧折枝。寂寞鱼山青草里,何人更立智琼祠。

窦夔州见寄寒食日忆故姬小红吹笙,因和之

鸾声窈眇管参差,清韵初调众乐随。幽院妆成花下弄,高楼月好夜深吹。忽惊暮雨—作摧飘零尽,唯有朝云梦想期。闻道今年寒食日,东山旧路独行迟。

哭庞京兆少年有俊气,常擢制科之首。

俊骨英才气褎然,策名飞步冠群贤。逢时已自致高位,得疾—作病还因倚少年。天年别归京兆府,人间空数—作叹茂陵阡。今朝缞帐哭君处,前日见铺歌舞筵。

送李庚先辈赴选

一家何啻十朱轮,诸父双飞秉大钧。曾脱素衣参幕客,却为精舍读书人。离筵潍水侵杯色,征路函关向晚尘。今日山公旧宾主—作居宾主话,知君不负帝城春。

阳山庙观赛神梁松南征至此,遂为其神,在朗州。

汉家都尉旧征蛮,血食如今配此山。曲盖幽深苍桧下,洞箫愁绝—作吹绝翠屏间。荆巫脉脉传神语,野老婆婆—作婆娑起醉颜。日落风生庙门外,几人连蹋竹歌还。

送僧元暠东游并序

予策名二十年,百虑而无一得。然后知世所谓道,无非畏途。唯出世间法可尽心耳。縠是在席砚一作观者,多旁行四句之书。备将迎者,皆赤髭白足之侣。深入智地,静通还源。客尘观尽,妙气来宅。内视胸中,犹煎炼然。开士元暠,姓陶氏,本丹阳名家。世有人爵,不藉其资。于毗尼禅那,极细密之义。于初中后日,习总持之门。妙音奋迅,愿力昭答。雅闻予事佛而佞,亟来相从。或问师骥形之自,对曰:"小失怙恃,推棘心以求上乘。积四十年有赢,老将至而不懈,始悲浚泉之有冽。今痛防墓之未迁,涂刍莫备,薪火恐灭,诸相皆离,此心长悬。虽万姓归佛,尽为释种。如河入海,无复水名。然具一切智者,岂惟道百行。求无量义者,宁容断闻思。今闻南诸侯雅多大士,思扣以苦调,而希其末光。无容于前,有足悲者。"予闻是说已,力不足而悲有余,因为诗以送之。庶乎践霜露者听—作聆之有恻。

宝书翻译学初成,振锡如飞白足轻。彭泽因家凡几世,灵山预会是前生。传灯已悟无为理,濡露犹怀罔极情。从此多逢大居士,何人不愿解珠璎。

赠日本僧智藏

浮杯万里过沧溟,遍礼名山适性灵—作旧扃。深夜降龙潭水黑,新秋放鹤野田青。身无彼我那怀土,心会真如不读经。为问中华学道者,几人雄猛得宁馨。

送元简上人适越

孤云出岫本无依,胜境—作景名山即是归。久向吴门游好寺,还思越水洗尘机。浙江涛惊狮子吼,稽岭峰疑灵鹫飞。更入天台石桥去—作路,垂珠璀璨拂三衣。

送宗密上人归南山草堂寺,因谒—作诣河南尹白侍郎

宿习修来得慧根,多闻第一却忘言。自从七祖传心印,不要三乘入便门。东泛沧江—作浪寻古迹,西归紫阁出尘喧。河南白尹大檀越,好把真经相对翻。

西塞山怀古

西晋—作王濬楼船下益州,金陵王气黯—作漠然收。千寻铁锁沉江底,一片降幡出石头。

人世几回伤往事，一作荒苑至今生茂草。山形依旧枕江一作寒流。今逢一作从今四海为家日，故垒萧萧芦荻秋。一作而今四海归皇化，两岸萧萧芦荻秋。

广宣上人寄在蜀与韦令公唱和诗卷，因以令公手扎，答诗示之

碧云佳句久传芳，曾向成都住草堂。振锡常过长者宅，披衣一作文犹带令公香。一时风景添诗思，八部人天入道场。若许相期同结社，吾家本自有柴桑。

全唐诗卷三百六十

刘禹锡

白舍人自杭州寄新诗,有柳色春藏苏小家之句,因而戏酬,兼寄浙东元相公

钱塘山水有奇声,暂谪仙官领百城。女妓还闻名小小,使君谁许唤卿卿。鳌惊震海风雷起,蜃斗嘘天楼阁成。莫道骚人在三楚,文星今向斗牛明。

春日书怀,寄东洛白二十二杨八二庶子

曾向空门学坐禅,如今万事尽忘筌。眼前名利同春梦,醉里风情敌少年。野草芳菲红锦地,游丝撩乱碧罗天。心知洛下闲才子,不作诗魔即酒—作醉颠。

白舍人见酬拙诗,因以寄谢

虽陪三品散班中,资历从来事不同。名姓也曾镌石柱,诗篇未得上屏风。甘陵旧党凋零尽,魏阙新知礼数崇。烟水五湖如有伴,犹应堪作钓鱼翁。

白舍人曹长寄新诗,有游宴之盛,因以戏酬

苏州刺史例能诗,西掖今来替左司。二八城门开道路,五千兵马引旌旗。水通山寺笙歌去,骑过虹桥剑戟随。若共吴王斗百草,不如应—作知惟是欠西施。

苏州白舍人寄新诗,有叹早白无儿之句,因以赠之

莫嗟华发与无儿,却是人间—作生久远期。雪里高山头白早,海中仙果子生迟。于公必有高门庆,谢守何烦晓镜悲。幸免如新分非浅,祝君长咏梦熊诗。高山本高,于门使之高,二义故殊,古之诗流晓此。

酬乐天扬州初逢席上见赠

巴山楚水凄凉地,二十三年弃置身。怀旧空吟闻笛赋,到乡翻似烂柯人。沉舟侧畔千帆过,病树前头万木春。今日听君歌一曲,暂凭杯酒长精神。

罢郡归洛途次山阳,留辞郭中丞使君
自到山阳不许辞,高斋日夜有佳期。管弦正合看书院,语笑方酣各咏诗。银汉雪晴寒翠幕,清淮月影落金卮。洛阳归客明朝去,容趁城东花发时。

楚州开元寺北院枸杞临井繁茂可观,群贤赋诗因以继和
僧房药树依寒井,井有香泉树有灵。翠黛叶生笼石甃,殷红子熟照铜瓶。枝繁本是仙人杖,根老新成瑞犬形。上品功能甘露味,还知一勺可延龄。

和乐天鹦鹉
养来鹦鹉觜初红,宜在朱楼绣户中。频学唤人缘性慧,偏能识主为情通。敛毛睡足难销日,弹翅愁时愿见风。谁遣聪明好颜色,事须安置入深笼。

洛中逢白监同话游梁之乐,因寄宣武令狐相公
曾经谢病各游梁,今日相逢忆孝王。少有一身兼将相,更能四面占文章。开颜坐上催飞盏,回首庭中看舞枪。借问风前兼月下,不知何客对胡床。

河南王少尹宅燕张常侍白舍人,兼呈卢郎中李员外二副使
将星夜落使星来,三省清臣到外台。事重各衔天子诏,礼成同把故人杯。卷帘松竹雪初霁,满院池塘春欲回。第一林亭迎好客,殷勤莫惜玉山颓。

和宣武令狐相公郡斋对新竹
新竹翛翛韵晓风,隔窗依砌尚蒙笼。数间素壁初开后,一段清光入坐中。欹枕闲看知自适,含毫朗咏与谁同。此君若欲长相见,政事堂东有旧丛。

和乐天送鹤上裴相公别鹤之作
昨日看成送鹤诗,高笼提出白云司。朱门乍入应迷路,玉树容栖莫拣枝。双舞庭中花落处,数声池上月明时。三山碧海不归去,且向人间呈羽仪。

阙下待传点呈诸同舍
禁漏晨钟声欲绝,旌旗组绶影相交。殿含佳气当龙首,阁倚晴天见凤巢。山色葱笼丹槛外,霞光泛滟翠松梢。多惭再入金门籍,不敢为文学解嘲。

和乐天以镜换酒
把取菱花百炼镜,换他竹叶十旬杯。嚬眉厌老终难去,醮甲须欢便到来。妍丑太分迷忌讳,松乔俱傲绝嫌猜。校量功力相千万,好去从空白玉台。

同乐天送河南冯尹学士
可怜五一作玉马风流地,暂辍金貂侍从才。阁上掩书刘向去,门前修刺孔融来。冯自馆阁出为河南尹。嵩陵路静寒无雨,洛水桥长昼起雷。共一作却羡府中棠棣好,先于城外百花开。时公伯仲四人并以显官居雒,士宗荣之。

同白二十二赠王山人
爱名之世忘名客,多事之时无事身。古老相传见来久,岁年虽变貌常新。飞章上达三清路,受箓平交五岳神。笑听咚咚朝暮鼓,只能催得市朝人。

题集贤阁
凤池西畔图书府,玉树玲珑景气闲。长听馀风送天乐,时登高阁望人寰。青山云绕栏干外,紫殿香来步武间。曾是先贤翔集地,每看壁记一惭颜。

和令狐相公初归京国赋诗言怀
凌云羽翮掞天才,扬一作敡历中枢与外台。相印昔辞东阁去,将星还拱北辰来。殿庭捧日

影缨人,阁道看山曳履回。口不言功心自适,吟诗酿酒待花开。

和乐天南园试小乐

闲步南园烟雨晴,遥闻丝竹出墙声。欲抛丹笔三川去,先教清商一部成。花木手栽偏有兴,歌词自作别生情。多才遇景皆能咏,当日人传满凤城。

答乐天戏赠

才子声名白侍郎,风流虽老尚难当。诗情逸似陶彭泽,斋日多如周太常。砣砣将心求净法,时时偷眼看春光。知君技痒思欢宴,欲倩天魔破道场。

同乐天送令狐相公赴东都留守 自户部尚书拜

尚书剑履出明光,居守旌旗赴洛阳。世上功名兼将相,人间声价是文章。衙门晓辟分天仗,宾幕初开辟省郎。从发坡头向东望,春风处处有甘棠 自华陵至河南,皆故林也。

刑部白侍郎谢病长告,改宾客分司,以诗赠别

鼎食华轩到眼前,拂衣高谢岂徒然。九霄路上辞朝客,四皓丛中作少年。他日卧龙终得雨,今朝放鹤且冲天。洛阳旧有衡茆在,亦拟抽身伴地仙。

和留守令狐相公答白宾客

麦陇 一作蚊龙 和风吹树枝,商山逸客出关时。身无拘束起长晚,路足交亲行自迟。官拂象筵终日待,私将鸡黍几人期。君来不用飞书报,万户先从纸贵知。

酬郓州令狐相公官舍言怀见寄兼呈乐天

词人各在一涯居,声味虽同迹自疏。佳句传因多好事,尺题稀为不便书。已通戎略逢黄石,仍占星文耀碧虚。闻说朝天在来岁,霸陵春色待行车。

吟白乐天哭崔儿二篇,怆然寄赠

吟君苦调我沾缨,能使无情尽有情。四望车中心未释,千秋亭下赋初成。庭梧已有栖雏处,池鹤今无子和声。从此期君比琼树,一枝吹折一枝生。

答乐天所寄咏怀,且释其枯树之叹

衙前有乐馔常精,宅内连池酒任倾。自是官高无狎客,不论年长少欢情。骊龙颔被探珠去,老蚌胚还应月生。莫羡三春桃与李,桂花成实向秋荣。

赴苏州酬别乐天

吴郡鱼书下紫宸,长安厩吏送朱轮。二南风化承遗爱,八咏声名蹑后尘。梁氏夫妻为寄客,陆家兄弟是州民。江城春日追游处,共忆东归旧主人。

福先寺雪中酬别乐天

龙门宾客会龙宫,东去旌旗驻上东。二八笙歌云幕下,三千世界雪花中。离堂未暗排红烛,别曲含凄扬晚风。才子从今一分散,便将诗咏向吴侬。

和乐天耳顺吟兼寄敦诗

吟君新什慰蹉跎,屈指同登耳顺科。邓禹功成三纪事,孔融书就八年多。已经将相谁能尔,抛却丞郎争奈何。独恨长洲数千里,且随鱼鸟泛烟波。

和白侍郎送令狐相公镇太原

十万天兵貂锦衣,晋城风日斗生辉。行台仆射深恩重,从事中郎旧路归。叠鼓蹙成汾水浪,闪旗惊断塞鸿飞。边庭自此无烽火,拥节还来坐紫微。

酬乐天见寄

元君后辈先零落,崔相同年不少留。华屋坐来能几日,夜台归去便千秋。背时犹自居三品 三川吴郎品同,得老终须卜一丘。投老之日,愿与乐天为邻。若使吾徒还早达,亦应箫鼓入松楸。

乐天寄重和晚达冬青一篇,因成再答

风云变化饶年少,光景蹉跎属老夫。秋隼

得时凌汗漫,寒龟饮气受泥涂。东隅有失谁能免,北叟之言岂便无。振臂犹堪呼一掷,争知掌下不成卢。

河南白尹有喜崔宾客归洛兼见怀长句,因而继和

几年侍从作名臣,却向青云索得身。朝士忽为方外士,主人仍是眼中人。双鸾游处天京好,五马行时海峤春。遥羡光阴不虚掷,肯令丝竹暂生尘。

和杨师皋给事伤小姬英英

见学胡琴见艺成,今朝追想几伤情。捻弦花下呈新曲,放拨灯前谢改名。但是好花皆易落,从来尤物不长生。鸾台夜直衣衾冷,云雨无因入禁城。

和乐天洛下醉吟,寄太原令狐相公,兼见怀长句

旧相临戎非称意,词人作尹本多情。从容自使边尘静,谈笑不闻桴鼓声。章句新添塞下曲,风流旧占洛阳城。昨来亦有吴趋咏,惟寄东都与北京。

郡斋书怀寄江南白尹,兼简分司崔宾客

谩读图书三十车,年年为郡老天涯。一生不得文章力,百口空为饱暖家。绮季衣冠称鬓面,吴公政事副词华。还思谢病吟归去,同醉城东桃李花。

题于家公主旧宅

树绕荒台叶满池,箫声一绝草虫悲。邻家犹学宫人髻,园客争偷御果枝。马埒蓬蒿藏狡兔,凤楼烟雨啸愁鸱。何郎独在无恩泽,不似当初傅粉时。

酬乐天见贻贺金紫之什

久学文章含白凤,却因政事赐金鱼。郡人未识闻谣咏,天子知名与诏书。珍重贺诗呈锦绣,愿言归计并园庐。旧来词客多无位,金紫同游谁得如。

乐天见示伤微之敦诗,晦叔三君子皆有深分,因成是诗以寄

吟君叹逝双绝句,使我伤怀奏短歌。世上空惊故人少,集中惟觉祭文多。芳林新叶催陈叶,流水前波让后波。万古到今同此恨,闻琴泪尽欲如何。

和乐天柘枝

柘枝本出楚王家,玉面添娇舞态奢。松一作鬓鬟改梳鸾凤髻,新衫别织斗鸡纱。鼓催残拍腰身软,汗透罗衣雨点花。画筵曲罢辞归去一作画席曲残辞别去,便随王母上烟霞。

和乐天题真娘墓

蒼卜林中黄土堆,罗襦绣黛已成灰。芳魂虽死人不怕,蔓草逢春花自开。幡盖向风疑舞袖,镜灯临晓似妆台。吴玉娇女坟相近,一片行云应往来。

客有话汴州新政书事寄令狐相公

天下咽喉今大宁,军城喜声彻青冥。庭前剑戟朝迎日,笔底文章夜应星。三省壁中题姓字,万人头上见仪形。汴州忽复承平事,正月看灯户不扃。

令狐相公见示河中杨少尹赠答,兼命继之

两首新诗百字余,朱弦玉磬韵难如。汉家丞相重征后,梁苑仁风一变初。四面诸侯瞻节制,八方通货溢河渠。自从却一作郤縠为元帅,大将归来尽把书。

和令狐相公送赵常盈炼师与中贵人同拜岳及天台投龙毕却赴京

银珰谒者引蜺旌,霞帔仙官到赤城。白鹤迎来天乐动,金龙掷下海神惊。元君伏奏归中禁,武帝亲斋礼上清。何事夷门请诗送,梁王文字上声名。

酬令狐相公赠别

越声长苦有谁闻,老向湘山与楚云。海峤新辞永嘉守,夷门重见信陵君。田园松菊今迷

路,霄汉鸳鸿久绝群。幸遇甘泉尚词赋,不知何客荐雄文。

酬令狐相公寄贺迁拜之什

遭回二纪重为郎,洛下遥分列宿光。不见当关呼早起,曾无侍史与焚香。三花秀色通春幌,十字清波绕宅墙。白发青衫谁比数,相怜只是有梁王。相公昔以大像分司,故有同病相怜之句。

夏日寄宣武令狐相公

长忆梁王逸兴多,西园花尽兴如何。近来潦暑侵亭馆,应觉清谈胜绮罗。境入篇章高韵发,风穿号令众心和。承明欲谒先相报,愿拂朝衣逐晓珂。

酬令狐留守巡内至集贤院见寄

仙院文房隔旧宫,当时盛事尽成空。墨池半在颓垣下,书带犹生蔓草中。巡内因经九重苑,裁诗又继二南风。为兄手写殷勤句,遍历三台各一通。

和令狐相公言怀寄河中杨少尹

章句惭非第一流,世间才子昔陪游。吴宫已叹芙蓉死,张司业诗云:吴宫四面秋江水,天清露白芙蓉死。边月空悲芦管秋。李白书。任向洛阳称傲吏,分司白宾客。苦教河上领诸侯。天平相公。石渠甘对图书老,关外杨公安稳不。

令狐相公自天平移镇太原以诗申贺相公昔为并州从事

北都留守将天兵,出入香一作天街宿禁扃。鼙鼓夜闻惊朔雁,旌旗晓动拂参星。孔璋旧檄家家有,叔度新歌处处听。夷落遥知真汉相,争来屈膝看仪刑。

重酬前寄

边烽寂寂尽收兵,宫树苍苍静掩扃。戎羯归心如内地,天狼无角比凡星。新成丽句开缄后,便入清歌满坐听。吴苑晋祠遥望处,可怜南北太一作大相形。

令狐相公自太原累示新诗,因以酬寄

飞蓬卷尽塞云寒,战马闲嘶汉地宽。万里胡天无警急,一笼烽火报平安。灯前妓乐留宾宴,雪后山河出猎看。珍重新诗远相寄,风情不似四登坛。

酬令狐相公使宅别斋初栽桂树见怀之作

清淮南岸家山树,黑水东边第一栽。影近画梁迎晓日,香随绿酒入金杯。根留本土依江润,叶起寒棱映月开。早晚阴成比梧竹,九霄还放彩雏一作鹏来。

酬令狐相公见寄

才兼文武播雄名,遗爱芳尘满洛城。身在行台为仆射,书来角里访先生。闲游占得嵩山色,醉卧高听洛水声。千里相思难命驾,七言诗里寄深情。

郡内书情献裴侍中留守

功成频献乞身章,摆落襄阳镇洛阳。万乘旌旗分一半,八方风雨会中央。兵符今奉黄公略,书殿曾随翠凤翔。心寄华亭一双鹤,日陪高步绕池塘。

酬乐天衫酒见寄

酒法众传吴米好,舞衣偏尚越罗轻。动摇浮蚁香浓甚,装束轻鸿意态生。阅曲定知能自适,举杯应叹不同倾。终朝相忆终年别,对景临风无限情。

自左冯归洛下酬乐天兼呈裴令公

新恩通籍在龙楼,分务神都近旧丘。自有园公紫芝侣,时宾行四人尽在洛中。仍追少傅赤松游。华林霜叶红霞晚,伊水晴光碧玉秋。更接东山文酒会,始知江左未风流。王俭云,江左风流宰相,唯有谢安。

秋斋独坐寄乐天兼呈吴方之大夫

空斋寂寂不生尘,药物方书绕病身。纤草数茎胜静地,幽禽忽至似佳宾。世间忧喜虽无

定,释氏销磨尽有因。同向洛阳闲度日,莫教风景属他人。

和乐天斋戒月满夜对道场偶怀咏

常修清净去繁华,人识王城长者家。案上香烟铺贝叶,佛前灯焰透莲花。持斋已满招闲客,理曲先闻命小娃。明日若过方丈室,还应问为法来邪。

吴方之见示独酌小醉首篇,乐天续有酬答,皆含戏谑极至风流,两篇之中并蒙见属,辄呈滥吹益美来章

闲门共寂任张罗,静室同虚养太和。尘世欢娱开意少,醉乡风景独游多。散金疏傅寻常乐,枕曲刘生取次歌。计会雪中争挈榼,鹿裘鹤氅递相过。

酬乐天斋满日裴令公置宴席上戏赠

一月道场斋戒满,今朝华幄管弦迎。衔杯本自多狂态,事佛无妨有佞名。酒力半酣愁已散,文锋未钝老犹争。平阳不独容宾醉,听取喧呼吏舍声。

酬乐天偶题酒瓮见寄

从一作是君勇断抛名后,世路荣枯见几回。门外红尘人自走,瓮头清酒我初开。三冬学任胸中有,万户侯须骨上来。何幸相招同醉处,洛阳城里好池台。

酬乐天请裴令公开春加宴

高名大位能兼有,恣意遨游是特恩。二室烟霞成步障,三川风物是家园。晨窥苑树韶光动,晚度河桥春思繁。弦管常调客常满,但逢花处即开樽。

乐天示过敦诗旧宅有感一篇,吟之怆然,追想昔事因成继和,以寄苦怀

凄凉同到故人居,门枕寒流古木疏。向秀心中嗟栋宇,萧何身后散图书。本营归计非无意,唯算生涯尚有馀。忽忆前言更惆怅,丁宁相约速悬车。敦诗与予及乐天三人同甲子,平生相约同休洛中。

寄和东川杨尚书慕巢,兼寄西川继之二公,近从弟兄情分偏睦,早忝游旧,因成是诗

太华莲峰降岳灵,两川棠树接郊埛。政同兄弟人人乐,曲奏埙篪处处听。杨叶百穿荣会府,芝泥五色耀天庭。各抛笔砚夸旄钺,莫遣文星让将星。

和乐天洛下雪中宴集寄汴州李尚书

洛城无事足杯盘,风雪相和岁欲阑。树上因依见寒鸟,坐中收拾尽闲官。笙歌要请频何爽,笑语忘机拙更欢。遥想兔园今日会,琼林满眼映旂竿。

和牛相公游南庄醉后寓言戏赠乐天兼见示

城外园林初夏天,就中野趣在西偏。蔷薇乱发多临水,鸂鶒双游不避船。水底远山云似雪,桥边平岸草如烟。白家唯有杯觞兴,欲把头盘打少年。

乐天以愚相访沽酒致欢,因成七言聊以奉答

少年曾醉酒旗下,同辈黄衣颔亦黄。蹴踏青云寻入仕,萧条白发且飞觞。令征古事欢生雅,客唤闲人兴任狂。犹胜独居荒草院,蝉声听尽到寒螀。

全唐诗卷三百六十一

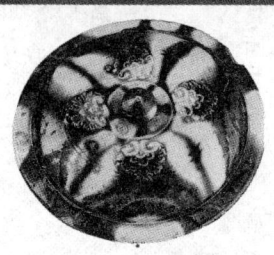

刘禹锡

和思黯忆南庄见示

丞相新家伊水头，智囊心匠日增修。化成池沼无痕迹，奔走清波不自由。台上看山徐举酒，潭中见月慢回舟。从来天下推尤物，合属人间第一流。

酬思黯见示小饮四韵

抛却人间第一官，俗情惊怪我方安。兵符相印无心恋，洛水嵩云恣一作著意看。三足鼎中知味久，百寻竿上掷身难。追呼故旧连宵饮，直到天明兴未阑。

和仆射牛相公春日闲坐见怀

官曹崇重难频入，第宅清闲且独行。阶蚁相逢如偶语，园蜂速去恐违程。人于红药惟看色，莺到垂杨不惜声。东洛池台怨抛掷，移文非久会应成。违一作迟，惟看色一作偏怜色。

酬元九侍御赠壁竹鞭长句

碧玉孤根生在林，美人相赠比双金。初开郢客缄封后，想见巴山冰雪深。多节本怀端直性，露青犹有岁寒心。何时策马同归去，关树扶疏敲镫吟。

酬窦员外使君，寒食日途次松滋渡，先寄示四韵

楚乡寒食橘花时，野渡临风驻彩旗。草色连云去人住，水纹如縠燕差池。朱轮尚忆群飞雉，青绶初悬左顾龟。非是溢城旧司马，水曹何事与新诗。时自水部郎出牧。

寄杨八拾遗 时出为国子主簿，分司东都。韩十八员外亦转国子博士，同在洛阳。

闻君前日独庭争，汉帝偏知白马生。忽领簿书游太学，宁劳侍从厌承明。洛阳本自宜才子，海内而今有直声。为谢同僚老博士，范云

来岁即公卿。

酬窦员外郡斋宴客,偶命柘枝因见寄,兼呈张十一院长元九侍御员外时兼节度判官,佐平蛮之略。张初罢都官,元方从事。

  分忧余刃又从公,白羽胡床啸咏中。彩笔谕戎矜倚马,华堂留客看惊鸿。渚宫油幕方高步,沣浦甘棠有几丛。若问骚人何处所,门临寒水落江枫。

谢窦员外旬休早凉见示诗奉书报诘朝有宴

  新秋十日浣朱衣,铃阁无声公吏归。风韵渐高梧叶动,露光初重槿花稀。四时苒苒催容鬓,三爵油油一作矐矐忘是非。更报明朝池上酌,人知太守字玄晖。

南海马大夫远示著述,兼酬拙诗,辄著微诚再有长句,时蔡戎未弭故见于篇末

  汉家旄节付雄才,百越南溟统外台。身在绛纱传六艺,腰悬青绶亚三台。连天浪静长鲸息,映日帆多宝舶来。闻道楚氛犹未灭,终须旌旆扫云雷。

和南海马大夫闻杨侍郎出守郴州因有寄上之作

  忽惊金印驾朱辀,遂别鸣珂听晓猿。碧落仙来虽暂谪,赤泉侯在是深恩。玉环庆远瞻台坐,铜柱勋高压海门。一咏琼瑶百忧散,何劳更树北堂萱。

马大夫见示浙西王侍御赠答诗因命同作并序

大夫荣践旧府,又历交趾、桂林。南人歌之,列在风什。王侍御公易一别岁馀,寄末篇以代札。

  忆逐羊车凡几时,今来旧府统一作总戎师。象筵照室会词客,铜鼓临轩舞海夷。百越酋豪称故吏,十洲风景助新诗。秣陵从事何年别,一见琼章如素期。

寄唐州杨八归厚

  淮安古地拥州师,画角金铙旦夕吹。浅草遥迎鹦鹉马,春风乱飐辟邪旗。谪仙年月今应满,懿谏声名众所知。何况迁乔旧同伴,一双先入凤凰池。时徐晦、杨嗣复二舍人与唐州同年及第。

寄朗州温右史曹长

  暂别瑶墀鸳鹭行,彩旗双引到沅湘。城边流水桃花过,帘外春风杜若香。史笔枉将书纸尾,朝缨不称濯沧浪。云台公业家声在,征诏何时出建章。

酬杨司业巨源见寄

  辟雍流水近灵台,中有诗篇绝世才。渤海归人将集去,梨园弟子请词来。琼枝未识魂空断,宝匣初临手自开。莫道专城管云雨,其如心似不然灰。

酬国子崔博士立之见寄

  健笔高科早绝伦,后来无不揖芳尘。遍看今日乘轩客,多是昔年呈卷人。胄子执经瞻讲坐,郎官共食接华茵。烦君远寄相思曲,慰问天南一逐臣。

张郎中籍远寄长句,开缄之日已及新秋,因举目前仰酬高韵

  南宫词客寄新篇,清似湘灵促柱弦。京邑旧游劳梦想,历阳秋色正澄鲜。云衔日脚成山雨,风驾潮头入渚田。对此独吟还独酌,知音不见思怆然。

浙东元相公书叹梅雨郁蒸之候,因寄七言

  稽山自与岐山别,何事连年鸳鹭飞。百辟商量旧相入,九天祗候老臣归。平湖晚泛窥清镜,高阁晨开扫翠微。今日看书最惆怅,为闻梅雨损朝衣。

酬严给事贺加五品兼简同制水部李郎中

  九天雨露传青诏,八舍郎官换绿衣。初佩银鱼随仗入,宜乘白马退朝归。雕盘贺喜开瑶席,彩笔题诗出锁闱。闻道水曹偏得意,霞朝雾夕有光辉。

裴相公大学士见示答张秘书谢马诗,并群公属和,因命追作

草玄门户少尘埃,丞相并州寄马来。初自塞垣衔苜蓿,忽行幽径破莓苔。寻花缓辔威迟<small>一作逶迤</small>去,带酒垂鞭躞蹀回。不与王侯与词客,知轻富贵重清才。

奉和裴侍中将赴汉南留别座上诸公

金貂晓出凤池头,玉节前临南雍州。暂辍洪炉观剑戟,还将大笔注春秋。管弦席上留高韵,山水途中入胜游。岘首风烟看未足,便应重拜富民侯。

和苏郎中寻丰安里旧居寄主客张郎中

漳滨卧起恣闲游,宣室征还未白头。旧隐来寻通德里,新篇写出畔牢愁。池看科斗成文字,鸟听提壶忆献酬。同学同年又同舍,许君云路并华輈。

酬浙东李侍郎越州春晚即事长句

越中蔼蔼繁华地,秦望峰前禹穴西。湖草初生边雁去,山花半谢杜鹃啼。青油昼卷临高阁,红斾晴翻绕古堤。明日汉庭征旧德,老人争出若耶溪。

酬淮南牛相公述旧见贻

少年曾忝汉庭臣,晚岁空余老病身。初见相如成赋日,寻为丞相扫门人。追思往事咨嗟久,喜奉清光笑语频。犹有登朝<small>一作当时</small>旧冠冕,待公三入拂埃尘。<small>牛相再入中书,故以三入期之。</small>

和仆射牛相公追感韦裴六相登庸,皆四十余未五十薨殁,岂早荣早枯之义,今年将六十犹粗强健,因亲故劝酒率然成篇并见寄之作

坐镇清朝独殷然,闲征故事数前贤。用才同践钧衡地,禀气终分大小年。威凤本池思泛泳,仙查旧路望回旋。犹怜绮季深山里,唯有松风与石田。

和仆射牛相公以离阙庭七年班行亲故亡殁,十无一人,再睹龙颜喜庆,虽极感叹风烛能不怆然,因成四韵,并示集贤中书二相公所和

久辞龙阙拥红旗,喜见天颜拜赤墀。三省英寮非旧侣,万年芳树长新枝。交朋接武居仙院,幕客追风入凤池。云母屏风即施设,可怜荣耀冠当时。

和仆射牛相公见示长句

静得天和兴自浓,不缘宦达性灵慵。大鹏六月有闲意,仙鹤千年无躁容。流辈尽来多叹息,官班高后少过从。唯应加筑露台上,膑见终南云外峰。

和牛相公雨后寓怀见示

金火交争正抑扬,萧萧飞雨助清商。晓看纨扇恩情薄,夜觉纱灯刻数长。树上早蝉才发响,庭中百草已无光。当年富贵亦惆怅,何况悲翁发似霜。

和陈许王尚书酬白少傅侍郎长句,因通简汝洛旧游之什

寥廓高翔不可追,风云失路暂相随。方同洛下书生咏,又见军前大将旗。雪里命宾开玉帐,饮中请号驻金卮。竹林一自王戎去,嵇阮虽贫兴未衰。

和仆射牛相公寓言二首

两度竿头立定夸,回眸举袖拂青霞。尽抛今日贵人样,复振前朝名相家。御史定来休直宿,尚书依旧趁参衙。具瞻尊重诚无敌,犹忆洛阳千树花。

心如止水鉴常明,见尽人间万物情。雕鹗腾空犹逞俊,骅骝啮足自无惊。时来未觉权为祟,贵了方知退是荣。只恐重重世缘在,事须三度副苍生。

酬太原狄尚书见寄

家声烜赫冠前贤,时望穹崇镇北边。身上

官衔如座主,幕中谭笑取同年。幽并侠少趋鞭弭,燕赵佳人奉管弦。仍把天兵书号笔,远题长句寄山川。

酬宣州崔大夫见寄

白衣曾拜汉尚书,今日恩光到敝庐。再入龙楼称绮季,应缘狗监说相如。中郎南镇权方重,内史高斋兴有馀。遥想敬亭春欲暮,百花飞尽柳花初。

酬皇甫十少尹暮秋久雨喜晴有怀见示

雨馀独坐卷帘帷,便得诗人喜霁诗。摇落从来长年感,惨舒偏是病身知。扫开云雾呈光景,流尽潢污见路岐。何况菊香新酒熟,神州司马好狂时。

再授连州至衡阳酬柳柳州赠别

去国十年同赴召,渡湘千里又分岐。重临事异黄丞相,三黜名惭柳士师。归目并随回雁尽,愁肠正遇断猿时。桂江东过连山下,相望长吟有所思。

望夫山

何代提戈去不还,独留形影白云间。肌肤销尽雪霜色,罗绮点成苔藓斑。江燕不能传远信,野花空解妒愁颜。近来岂少征人妇,笑采蘼芜上北山。

怀妓 前三首一作刘损诗,题作愤惋。

玉钗重合两无缘,鱼在深潭鹤在天。得意紫鸾休一作辞舞镜,能言青鸟罢一作断衔笺。金盆已覆难收水,玉轸长抛不续弦。若向蘼芜山下过,遥一作空将红一作狂泪洒穷泉。

鸾飞远树栖何处,凤得新巢想称心。红壁一作粉尚留香漠漠,碧云初断信沉沉。情知一作那堪点污投泥玉,犹自一作懒更经营买笑金。从此山头似人石,丈夫形状泪痕深。

但曾行处遍寻看,虽是生离死一般。买笑树边花已老,画眉窗下月犹残。云藏巫峡音容断,路隔星桥过往难。莫怪诗成无泪滴,尽倾东海也须干。

三山不见海沉沉,岂有仙踪更可寻。青鸟去时云路断,姮娥归处月宫深。纱窗遥想春相忆,书幌谁怜夜独吟。料得夜来天上镜,只应偏照两人心。

答东阳于令寒碧图诗并引

东阳令于兴宗,丞相燕国公之犹子。生绮襦纨绔间,所见皆贵盛,而挈然有心,如山东书生。前年白有司,愿为亲民官以自效,遂补东阳。及莅官,以简易为治,故多暇日。一旦,于县五里,偶得奇境,埋没于翳荟中。于生自以有特操,而生于公侯家,由覆荫入仕,常忽忽叹息。因移是心,开抉泉石,芟去萝莴,斧凡材,春息壤,而清溪翠岩,森立坌来。因构亭其端,题曰寒碧。碧流贯于庭中,如青龙蜿蜒,冰(去声)彻射人。树石云霞列于前,昏旦万状。惜其居地不得有闻于时,故图之,来乞辞。既无负尤物,予亦久翳萝莴者,睹之慨然,遂赋七言,以贻后之文士。

东阳本是佳山水,何况曾经沉隐侯。化得邦人解吟咏,如今县令亦风流。新开潭洞疑仙境,远写丹青到雍州。落在寻常画师手,犹能三伏凛生秋。

麻姑山

曾游仙迹见丰碑,除却麻姑更有谁。云盖青山龙卧处,日临丹洞鹤归时。霜凝上界花开晚,月冷中天果熟迟。人到便须抛世事,稻田还拟种灵芝。

自江陵沿流道中

三千三百西江水,自古如今要路津。月夜歌谣有渔父,风天气色属商人。沙村好处多逢寺,山叶红时觉胜春。行到南朝征战地,古来名将尽为神。陆逊、甘宁皆有祠宇。

别夔州官吏

三年楚国巴城守,一去扬州扬子津。青帐联延喧驿步,白头俯偻到江滨。巫山暮色常含雨,峡水秋来不恐人。惟有九歌词数首,里中留与赛蛮神。

鱼复江中

扁舟尽室贫相逐,白发藏冠镊更加。远水自澄终日绿,晴林长落过春花。客情浩荡逢乡语,诗意留连重物华。风樯好住贪程去,斜日青帘背酒家。

巫山神女庙

巫山十二郁苍苍,片石亭亭号女郎。晓雾乍开疑卷幔,山花欲谢似残妆。星河好夜闻清佩,云雨归时带异香。何事神仙九天上,人间来就楚襄王。

柳絮

飘扬南陌起东邻,漠漠濛濛暗度春。花巷暖随轻舞蝶,玉楼晴拂艳妆人。萦回谢女题诗笔,点缀陶公漉酒巾。何处好风偏似雪,隋河堤上古江津。

赠同年陈长史员外

明州长史外台郎,忆昔同年翰墨场。一自分襟多岁月,相逢满眼是凄凉。推贤有愧韩安国,论旧唯存盛孝章。所叹谬游东阁下,看君无计出栖惶。

送周鲁儒赴举诗并引

昼居外次,晨门曰,有九疑生持一刺来谒,立西阶以须。生危冠方袂,浅拱舒拜,且前致辞称。赞其文,颇涉猎前言。居五六日,复袖来,益引古事以相剧切。与之言,能言其得姓因家之所自,暨县道乡亭之风俗。望山名水之概状,罗舍所未记。朱赣之未条,咸得之于生。由是始列于宾籍,临觞而司斟,观博而窜言,有日矣。初,邑中人闻有生来而二千石客之,骈然来观。迁客裴御史遇生于坐,抵掌曰:"人固有貌类而族殊者,周生疑罗玠也。"众咸靴然而熟视生,疑也愈甚。夫形似,古所有也。优孟似叔敖,而楚君欲以为相。人殊而貌肖,犹或欲用之。玠生于衡山,而生生于九疑,其似诚匹也。无乃蹑其武,升俊造,仕旬服,佐君藩,为御史乎。古文人无避事,即有而书之,尚实也:行李之贶,则征夫诗曰:

宋日营阳内史孙,因家占得九疑村。童心便有爱书癖,手指今馀把笔痕。自握蛇珠辞白屋,欲凭鸡卜谒金门。若逢广坐一作知问羊酪,从此知名在一言。

送曹璩归越中旧隐诗并引

余为连州,诸生以进士书刺者,浩不可纪。独曹生崖然自称为山夫。及与语,以征其实,则曰:所嗜者名。尝远游以索之,抗喉舌,胝拇胝,以干东诸侯。见之日,率莞然曰:秀才者,天下是,不礼,庸何伤。今方依名山以扬其声,将挂愤于南岳。生之言未及休,余遽曰:在己不在山,若子之言,依山而为高,是练神叩寂,捐日月而不顾。名闻而老至,持是焉用。生闻言,愀然如悔,色见于眉睫。因留止道士院,从余求书以观。居三时,而功倍一岁。读史书,自黄帝至吴、魏间,班班能言之。然而绝口不敢言衡山,知山夫不贩而赢也。十一月,告余归隐于会稽。且曰:知求名之自矣。乞词以发之,遂赋七言诗,以鉴其志。

行尽潇湘万里馀,少逢知己忆吾庐。数间茅屋闲临水,一盏秋灯夜读书。地远何当随计吏,策成终自诣公车。剡中若问连州事,唯有千山画不如。

白鹰

毛羽斒斓白纻裁,马前擎出不惊猜。轻抛一点入云去,喝杀三声掠地来。绿玉觜攒鸡脑破,玄金爪擘兔心开。都缘解搦生灵物,所以人人道俊哉。

全唐诗卷三百六十二

刘禹锡

送工部张侍郎入蕃吊祭 时张兼修史

月窟宾诸夏,云官降—作向九天。饰终邻好重,锡命礼容全。水咽犹登陇,沙鸣—作明稍极边。路因乘驿近,志为饮冰坚。毳帐差池见,乌旗摇曳前。归来赐金石,荣耀自编年。

早秋送台院杨侍御归朝 兄弟四人,遍历诸科,二人同省。

仙署棣华春,当时已绝伦。今朝丹阙下,更入白眉人。重振高阳族,分居要路津。一门科第足,五府辟—作郡书频。鸷鸟得秋气,法星悬火旻。圣朝寰海静,所至不埋轮。

送陆侍御归淮南使府五韵 用年字

江左重诗篇,陆生名久传。凤城来已熟,羊酪不嫌膻。归路芙蓉府,离堂玳瑁筵。泰山呈腊雪,隋柳布新年。曾忝扬州荐,因君达短笺。时段丞相镇扬州,尝辱表荐。

送令狐相公自仆射出镇南梁

夏木正阴成,戎装出帝京。沾襟辞阙泪,回首别乡情。云树褒中路,风烟汉上城。前旌转谷去,后骑踏桥声。久—作又领鸳行重,无嫌虎绶—作节轻。终提一麾去—作当持一笔,再入福—作副苍生。

奉送裴司徒令公自东都留守再命太原 本封晋国公,两任相去十六年。

星使出关东,兵符赐上公。山河归旧国,管籥换离宫。行色旌旗动,军声鼓角雄。爱棠馀故吏,骑竹见新童。汉垒三秋静,胡沙万里空。其如天下望,旦夕咏清风。

海阳湖别浩初师 并引

潇湘间,无土山,无浊水。民乘是气,往往清慧而文。长沙人浩初,生既因地而清矣。故去荤洗虑,剔颠毛而壤其衣。居一都之殷,易与士会。得执外教,尽捐苛礼。自公侯守相,必赐其清问。耳目灌注,习浮于性。而里中儿贤适与浩初比者,婴冠带,絫妻子,吏得以乘凌之,泪没天慧,不得自奋,莫可望浩初之清光于侯门上坐,第自吟美而已。浩初益自多其术,尤勇于近达者而归之。往年之临贺,喭侍郎杨公,留岁馀。公遗以七言诗,手笔于素。前年,省柳仪曹于龙城,又为赋三篇,皆章书。今复来连山,以前所得双南金,出于箴,亟请余赓之。按师为诗颇清,而弈棋至第三品,二道皆足以取幸于士大夫,宜熏馀习以深入也。会吴郡以山水冠世,海阳又以奇甲一州。师慕道,于泉石为笃,故携之以嬉。及言旋,复引与共载于湖上,奕于树石间,以植沃州之因缘,宜赋诗具道其事。

近郭看一作有殊境,独游常鲜欢。逢君驻缁锡,观貌称林峦。湖满景方霁,野香春未阑。爱泉移席近,闻石辍棋看。风止松犹韵,花繁露未一作晚干。桥形出树曲,岩影落池寒。湘东架险凡四桥,山下出泉,逗岩为池,泓澄可爱者不可遍举。故状其境,以贻好事。别路千嶂里一作峰外,诗情暮云一作雨端。他年买山处,似此得幪官。

许给事见示哭工部刘尚书诗因命同作从叔望出河间

汉室贤王后,孔门高第人。济时成国器,乐道任天真。特达圭无玷,坚贞竹有筠。总戎宽得众,市义贵能贫。护塞无南牧,驰心拱北辰。乞身来阙下,赐告卧漳滨。荣耀初题剑,清羸已拖绅。宫星徒列位,隙日不回轮。自昔追飞侣,今为侍从臣。素弦哀已绝,青简叹犹新。未遂挥金乐,空悲撤瑟晨。凄凉竹林下,无复见清尘。从叔自渭北节度以疾归朝,比及拜尚书,竟不克申谢。

武陵书怀五十韵并序

按天官书,武陵当翼轸之分。其在春秋及战国时,皆楚地。后为秦惠王所并,置黔中郡。汉兴,更名曰武陵,东徙于今治所。常林义陵记云,初项籍杀义帝于郴,武陵人曰,天下怜楚而兴,今吾王何罪,乃见杀。郡民缟素,哭于招屈亭。高祖闻而异之,故亦曰义陵。今郡城东南亭舍,其所也。晋、宋、齐、梁间,皆以分王子弟,事存于其书。永贞元年,余始以尚书外郎出补连山守,道贬为是郡司马。至则以方志所载,而质诸其人民。顾山川风物,皆骚人所赋。乃具所闻见而成是诗,因自述其出处之所以然,故用书怀为目云。

西汉开支郡,南朝号戚藩。四封当列宿,百雉俯清沅。高岸朝霞合,惊湍激箭奔。积阴春暗度,将霁雾先昏。俗尚东皇祀,谣传义帝冤。桃花迷隐迹,棣一作练叶慰忠魂。户算资渔猎,乡豪恃子孙。照山畲火动,踏月俚歌喧。拥楫舟为市,连甍竹覆轩。披沙金粟见,拾羽翠翘翻。茗折苍溪秀,蘋生枉渚暄一作妍。禽惊一作鸣格磔起,鱼戏唅喁繁。按《本草经》曰:鹧鸪声如钩辀格磔者是也。沉约台榭故,李衡墟落存。隐侯台、木奴洲并在。湘灵悲鼓瑟,泉客泣酬恩。露变兼葭浦,星悬橘柚村。虎咆空野震,鼍作满川浑。邻里皆迁客,儿童习左言。炎天无冽井,霜月见芳荪。清白家传远,诗书志所敦。列科叨甲乙,从宦出丘樊。结友心多契,驰声气尚吞。士安曾重赋,元礼许登门。草檄嫖姚幕,巡兵戊己屯。筑台先自隗,送客独留髡。遂结王畿绶,来观衢室樽。鸢飞入鹰隼,鱼目俪玙璠。晓烛罗驰道,朝阳辟帝阍。王正会夷夏,月朔盛旗幡。独立当瑶阙,传呵步紫垣。按章清狴狱,视祭洁蘋蘩。御历昌期远,传家宝祚蕃。繇文光夏启,神教畏轩猿。内禅因天性,雄图授化元。继明悬日月,出震统乾坤。大孝三朝备,洪恩九族惇。百川宗渤澥,五岳辅昆仑。何幸逢休运,微班识至尊。校缗资笔椠,复土奉山园。时以本官判度支盐铁等兼崇陵使判官。一失贵人意,徒闻太学论。直庐辞锦帐,远守愧朱幡。巢幕方犹燕,抢榆尚笑鲲。遭回过荆楚,流落感凉温。旅望花无色,愁心醉不惛。春江千里草,暮雨一声猿。问卜安冥数,看方理病源。带赊衣改制,尘涩剑成痕。三秀悲中散,二毛伤虎贲。来忧御魑魅,归愿牧鸡豚。就日秦京远,临风楚奏烦。南登无灞岸,旦夕上高原。

早秋集贤院即事时为学士

金数已三伏,火星正西流。树含秋露晓,阁倚碧天秋。灰琯应新律,铜壶添夜筹。商飙从朔塞,爽气入神州。蕙草香书殿,槐花点御沟—作楼。山明真色见,水静—作净浊烟收。早岁忝华省,再来成白头。幸依群王府,末—作有路尚—作向瀛洲。

奉和吏部杨尚书太常李卿二相公策免后即事述怀赠答十韵

文雅关西族,衣冠赵北都。有声真汉相,无颗胜隋珠。当轴龙为友,临池风不孤。九天开内殿,百辟—作拜看晨趋。诚满澄欹器,成功别大垆。馀芳在公论,积庆是神扶。步武离台席,徊翔集帝梧。铨材秉秦镜,典乐去齐竽。潇洒风尘外,逢迎诗酒徒。唯应待华诰—作皓,更食—作入万钱厨。

晚岁登武陵城顾望水陆怅然有作

星象承乌翼,蛮陬想犬牙。俚人祠竹节,仙洞闭桃花。城基—作塞历汉魏,江源自賨巴。华表廖王墓—作塚,菜地黄琼家。霜轻菊秀晚,石浅水纹斜。樵音绕故垒,汲路明寒沙。清风稍改叶,卢橘始含葩。野桥过驿骑,丛祠发迥筇。跳鳞避举网,倦鸟寄行楂。路尘高出树,山火远连霞。夕曛转赤岸,浮霭起苍葭。轧轧渡水桨,连连赴林鸦。叫阍道非远,赐环期自赊。孤臣本危涕,乔木在天涯。

罢郡归洛阳寄友人

远谪年犹少,初归鬓已衰。门闲故吏去,室静老僧期。不见蜘蛛集,频为佝偻—作偻句欺。颖微囊未出,寒甚谷难吹。濩落唯心在,平生有己知。商歌夜深后,听者竟为谁。

经伏波神祠

蒙蒙篁竹下,有路上壶头。汉垒磨鼯斗,蛮溪雾雨愁。怀人敬遗像,阅世指东流。自负霸王略,安知恩泽侯。乡园辞石柱,筋力尽炎洲。一以功名累,翻思马少游。

和汴州令狐相公到镇改月偶书所怀二十二韵

受脉新梁苑,和羹旧傅岩。援毫动星宿,垂钓取韬钤。赫奕三川至,欢呼百姓瞻。绿油貔虎拥,青纸凤皇衔。外垒曾无警,中厨亦罢监。推诚人自服,去杀令逾严。赳赳容皆饰,幡幡口尽钳。为兄怜庚翼,选婿得萧咸。郁偓咽喉地,骈臻水陆兼。度桥鸣绀幰,入肆扬云帆。端月当中气,东风应远占。管弦喧夜景,灯烛掩寒蟾。酒每倾三雅,书能发百函。词人羞布鼓,远客献貂襜。歌榭白团扇,舞筵金缕衫。旌旗遥一簇,乌履近相搀。花树当朱阁,晴河逼翠帘。衣风飘暧瞹,烛泪滴巉岩。玉斝虚频易,金炉暖更添。映镮窥艳艳,隔袖见纤纤。谢傅何由接,桓伊定不凡。应怜郡斋老,旦夕镊霜髯。

遥贺—作和白宾客分司初到洛中,戏呈冯尹

西辞望苑去,东占洛阳才。度岭无愁思,看山不慭来。冥鸿何所慕,辽鹤乍飞回。洗竹通新径,携琴上旧台。尘埃长者辙,风月故人杯。闻道龙门峻,还因上客开。

白侍郎大尹自河南寄示池北新葺水斋即事招宾十四韵,兼命同作

公府有高政,新斋池上开。再吟佳句后,一似画图来。结构疏林下,夤缘曲岸隈。绿波穿户牖,碧甃叠琼瑰。幽异当轩满,清光绕砌回。潭心澄晚镜,渠口起晴雷。瑶草缘堤种,松烟上岛栽。游鱼惊拨刺,浴鹭喜裵㠒。为客烹林笋,因僧采石苔。酒瓶常不罄,书案任成堆。檐外青雀舫,坐中鹦鹉杯。蒲根抽九节,莲萼捧重台。芳讯此时到,胜游何日陪。共讥吴太守,自占洛阳才。

和令狐相公谢太原李侍中寄蒲桃

珍果出西域,移根到北方。昔年随汉使,今日寄梁王。上相芳缄至,行台绮席张。鱼鳞含宿润,马乳带残霜。染指铅粉腻,满喉甘露香。酝成十日酒,味敌五云浆。咀嚼停金盏,称嗟响画堂。惭非末至客,不得一枝尝。

和令狐相公玩白菊

家家菊尽黄,梁国独如霜。莹静真琪树,

分明对玉堂。仙人披雪氅,素女不红妆。粉蝶来难见,麻衣拂更香。向风摇羽扇,含露滴琼浆。高艳遮银井,繁枝覆象床。桂丛惭并发,梅蕊妒先芳。一入瑶华咏,从此播乐章。

令狐相公见示新栽薏兰二草之什,兼命同作

上国庭前草,移来汉水浔。朱门虽易地,玉树有馀阴。艳彩凝还泛,清香绝复寻。光华童子佩,柔软美人心。惜晚含远思,赏幽空独吟。寄言知音者,一奏风中琴。

和令狐相公南斋小宴听阮咸

阮巷久芜沉,四弦有遗音。雅声发兰室,远思含竹林。座绝众宾语,庭移芳树阴。飞觞助真气,寂听无流心。影似白团扇,调谐朱弦琴。一毫不平意,幽怨古犹今。

和令狐相公九日对黄白二菊花见怀

素萼迎寒秀,金英带露香。繁华照旄钺,荣盛一作茂对银黄。琮璧交辉映,衣裳杂彩章。晴云遥盖覆,秋蝶近悠扬。空想逢九日,何由陪一觞。满丛佳色在,未肯委严霜。

令狐仆射与余投分素深,纵山川阻修然音问相继,今年十一月仆射疾不起,闻予已承讣书,寝门长恸。后日有使者两辈持书并诗,计其日时已是卧疾,手笔盈幅翰墨尚新,律词一篇音韵弥切,收泪握管以成报章。虽广陵之弦于今绝矣,而盖泉之感犹庶闻焉。焚之缃帐之前,附于旧编之末

前日寝门恸,至今悲有馀。已嗟万化尽,方见八行书。满纸传相忆,裁诗怨索居。危弦音有绝,哀玉韵由虚。忽叹幽明异,俄惊岁月除。文章虽不朽,精魄竟焉如。零泪沾青简,伤心见素车。凄凉从此后,无复望双鱼。

和乐天闲园独赏八韵,前以蜂鹤拙句寄呈,今辱蜗蚁妍词见答,因成小巧以取大哈

永日无人事,芳园任兴行。陶庐树可爱,潘宅雨新晴。傅粉琅玕节,熏香菡萏茎。榴花裙色好,桐子药丸成。柳蠹村偏亚,桑空叶再生。睢盱欲斗雀,索漠不言莺。动植随四气,飞沉含五情。抢榆与水击,小大强为名。

奉和裴令公新成绿野堂即书

蔼蔼鼎门外,澄澄洛水湾。堂皇临绿野,坐卧看青山。位极却忘贵,功成欲爱闲。官名司管籥,心术去机关。禁苑凌晨出,园花及露攀。池塘鱼拔剌,竹径鸟绵蛮。志在安潇洒,尝经历险艰。高情方造适,众意望征还。好客交珠履,华筵舞玉颜。无因随贺燕,翔集画梁间。

三月三日与乐天及河南李尹奉陪裴令公泛洛禊饮各赋十二韵

洛下今修禊,群贤胜会稽。盛筵陪玉铉,通籍尽金闺。波上神仙妓,岸傍桃李蹊。水嬉如鹭振,歌响杂莺啼。历览风光好,沿洄意思迷。棹歌能俪曲,墨客竞分题。翠幄连云起,香车向道齐。人夸绫步障,马惜锦障泥。尘暗宫墙外,霞明苑树西。舟形随鹢转,桥影与虹低。川色晴犹远,鸟声暮欲栖。唯余踏青伴,待月魏王堤。

乐天少傅五月长斋,广延缁徒谢绝文友,坐成暌间因以戏之

五月长斋戒,深居绝送迎。不离通德里,便是法王城。举目皆僧事,全家少俗情。精修无上道,结念未来生。宾阁缁衣占,书堂信鼓鸣。戏童为塔象,啼鸟学经声。黍用青菰一作蒲角,葵承玉露烹。马家供薏苡,刘氏饷芜菁。暗网笼歌扇,流尘晦酒铛。不知何次道,作佛几时成。

酬乐天晚夏闲居欲相访先以诗见贻

池榭堪临泛,翛然散郁陶。步因驱鹤缓,吟为听蝉高。林密添新竹,枝低缒晚桃。酒醅晴易熟,药圃夏频薅。老是班行旧,闲为乡里豪。经过更何处,风景属吾曹。

酬乐天醉后狂吟十韵来章有移家惟醉和之句

散诞人间乐,逍遥地上仙。诗家登逸品,释氏悟真筌。制诰留台阁,歌词入管弦。处身于木雁,任世变桑田。吏隐情兼遂,儒玄道两全。八关斋适罢,三雅兴尤偏。文墨中年旧,松筠晚岁坚。鱼书曾替代,香火有因缘。陆法和云,与梁元帝于空王寺佛前订香火因缘。欲向醉乡去,犹为色界牵。好吹杨柳曲,为我舞金钿。

牛相公见示新什,谨依本韵次用以抒下情

剧韵新篇至,因难始见能。雨天龙变化,晴日凤骞腾。游海惊何极,闻韶素不曾。惬心时拊髀,击节日麾肱。符彩添腧墨,波澜起剡藤。拣金光熠熠,累璧势层层。珠媚多藏贾,花撩欲定僧。封来真宝物,寄与愧交朋。已老无时疾,时洛中时疠,多伤少年。长贫望岁登。雀罗秋寂寂,虫翅晓薨薨。赢骥方辞绊,虚舟已绝縆。荣华甘死别,健羡亦生憎。玉柱琤玐韵,金觥霮凸棱。何时良宴会,促膝对华灯。

奉和中书崔舍人八月十五日夜玩月二十韵

暮景中秋爽,阴灵既望圆。浮一作腾精离一作浮碧海,分照接虞渊。迥见孤轮出,高从倚盖旋。二仪含皎澈,万象共澄鲜。整御当西陆,舒光丽上玄一作弦。从星变风雨,顺日助陶甄。远近同时望,晶荧此夜偏。运行调玉烛,洁白应金天。曲沼疑瑶镜,通衢若象筵。逢人尽冰雪,遇景一作境即神仙。引素吞银汉,凝清洗绿烟。皋禽警露下,邻杵思风前。水是还珠浦,山成种玉田。剑沉三尺影,灯罢九枝然。象外形无迹,寰中影有一作自迁。稍当云阙正,未映斗城悬。静对挥宸翰,闲临檗彩笺。境同牛渚一作浦上,宿在凤池边。兴掩寻安道,词胜命仲宣。从今纸贵后,不复咏陈篇。

奉和淮南李相公早一作暮秋即事,寄成都武相公

八柱共承天,东西别隐然。远夷争慕化,真相故临边。并进夔龙位,仍齐龟鹤年。相公诗有齐年并进之句。同心舟已济,造膝壁常联。对领专征寄,遥持造物权。斗牛添气色,井络静氛烟。献可通三略,分甘出万钱。汉南趋节制,赵一作淮北赐山川。玉帐观渝舞,虹旌猎楚田。步嫌双绶重,梦入九城偏。秋雨一作兴,一作与离情动,新诗一作诗从乐府传。聆音还窃抃,不觉抚么一缺么字弦。李中书自扬州见示诗本,因命仰和。

元和癸巳岁仲秋,诏发江陵偏师问罪蛮,徼后命宣慰释兵归降,凯旋之辰,率尔成咏,寄荆南严司空

蛮水阻朝宗,兵符下渚宫。前筹得上策,无战已成功。汉使星飞入,夷心草偃同。歌一作欢谣开竹栅,拜舞戢一作揶桑弓。就日知冰释,投人念鸟穷。网罗三面解,章奏九门一作重通。卉服联操袂,雕题尽鞠躬。降幡秋练白,驿骑昼尘红。火号休传警,机桥罢亘空。登山不见虏,振旆自生风。江远烟波静,军回气色雄。伫看闻喜后,金石赐元戎。

全唐诗卷三百六十三

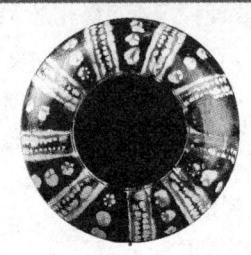

刘禹锡

和李六侍御文宣王庙释奠作

叹息鲁先师,生逢周室卑。有心律天道,无位救陵夷。历聘不能用,领徒空尔为。儒风正礼乐,旅一作旋,又作易象入蓍龟。西狩非其应,中都安足施。世衰由我贱,泣下为人悲。遗教光文德,兴王叶梦期。土田封后胤,冕服饰虚仪。钟鼓胶庠荐,牲牢郡邑祠。闻君喟然叹,偏在上丁时。

和窦中丞晚入容江作

汉郡三十六,郁林东南遥。人伦选清臣,天外颁诏条。桂水步秋浪,火山凌雾朝。分圻辨风物,入境闻讴谣。莎岸见长亭,烟林隔丽谯。日落舟益驶,川平旗自飘。珠浦远明灭,金沙晴动摇。一吟道中作,离思悬层霄。

南海马大夫见惠著述三通勒成四帙,上自邃古达于国朝,采其菁华至简如富,钦受嘉贶诗以谢之

红旗阅五兵,绛帐领诸生。味道轻鼎食,退公犹笔耕。青箱传学远,金匮纳书成。一瞬见前事,九流当抗行。编蒲曾苦思,垂竹愧无名。今日承芳讯,谁言赠衮荣。

和杨侍郎初至郴州纪事书情题郡斋八韵

旌节下朝台,分圭从北回。城头鹤立处,驿树凤栖来。苏耽传云,后化为仙鹤,止城东北隅楼上。又州北栖凤驿,图经云,常有威凤降于庭梧也。旧路芳尘在,新恩驲骑催。里闾风偃草,鼓舞抃成雷。吏散山禽啭,庭香夏蕊开。郡斋堪四望,壁记有三台。人讶征黄晚,文非吊屈哀。一吟梁甫曲,知是卧龙才。

和东川王相公新涨驿池八韵

今日池塘上,初移造物权。苞藏成别岛,沿浊致清涟。变化生言下,蓬瀛落眼前。泛觞

惊翠羽,开幕对红莲。远写风光入,明含气象全。渚烟笼驿树,波日漾宾筵。曲岸留缇骑,中流转彩船。无因接元礼,共载比神仙。

酬杨八庶子喜韩吴兴与余同迁见赠依本韵次用

早遇圣明朝,雁行登九霄。吴兴与余中外兄弟。文轻傅武仲,酒逼盖宽饶。舍矢同瞻鹄,当筵共赛枭。吴兴与余同年判入等第。琢磨三益重,唱和五音调。台柏烟常起,池荷香暗飘。吴兴与余同为御史,台门外有莲池也。星文辞北极,旗影度东辽,吴兴自度支郎中出为行军司马,所从即范仆射,昔范明友为度辽将军。直道由来黜,浮名岂敢要。三湘与百越,雨散又云摇。远守惭侯籍,征还荷诏条。悴容唯舌在,别恨几魂销。满眼悲陈事,逢人少旧僚。烟霞为老伴,蒲柳任先凋。虎绶悬新印,龙觥理去桡。断肠天北郡,携手洛阳桥,幢盖今虽贵,弓旌会见招。其如草玄客,空宇久寥寥。

和兵部郑侍郎省中四松诗十韵松是中书相公任侍郎时栽

右相历中台,移松武库栽。紫茸抽组绶,青实长玫瑰。便有干霄势,看成构厦材。数分天柱半,影逐日轮回。旧赏台阶去,新知谷口来。息阴常仰望,玩境—作意几裴回。翠粒晴悬露,苍鳞雨起苔。凝音助瑶瑟,飘蕊泛金罍。月桂花—作光遥烛,星榆叶对开。终须似鸡树,荣茂近昭回。

酬郑州权舍人见寄十二韵

朱户凌晨启,碧梧含早凉。人从桔柣至,书到漆沮傍。抃会因佳句,情深取断章。惬心同笑语,入耳胜笙簧。忆昔三条路,居邻数仞墙。舍人旧宅光福里,时忝东邻。学堂青玉案,彩服紫罗囊。麟角看成就,龙驹见抑扬。彀中飞一箭,云际落双鸧。舍人一举登科,又判入等第。甸邑叨前列,天台愧后行。鄙人离渭南主簿十年,舍人方尉此邑。及雁谴谪,重入南宫为礼部郎中,舍人方任考功员外。鲤庭传事业,鸡树遂翱翔。书殿连鹓鹊,神池接凤凰。追游蒙尚齿,惠好结中肠。鄙人在集贤,与西掖接近,日夕追游。铩翮方抬举,危根易损伤。一麾怜弃置,五字借恩光。鄙人出牧姑苏,舍人草制。汝海崆峒秀,溱流芍药芳。风行能偃草,境静不争桑。鄙人转临汝,舍人牧荥阳。转斾趋关右,颁条匝渭阳。病吟犹有思,老醉已无狂。尘满鸿沟道,沙惊白狄乡。伫闻黄纸诏,促召紫微郎。

和牛相公题姑苏所寄太湖石兼寄李苏州

震泽生奇石,沉潜得地灵。初辞水府出,犹带龙宫腥。发自江湖国,来荣卿相庭。从风夏云势,上汉古查形。拂拭鱼鳞见,铿锵玉韵聆。烟波含宿润,苔藓助新青。嵌穴胡雏貌,纤铓虫篆铭。屡颜傲林薄,飞动向雷霆。烦热近还散,余醒见便醒。凡禽不敢息,浮塔莫能停。静称垂松盖,鲜宜映鹤翎。忘忧常目击,素尚与心冥。眇小欺湘燕,团圆笑落星。徒然想融结,安可测年龄。采取询乡耋,搜求按旧经。垂钩入空隙,隔浪动晶荧。有获人争贺,欢谣众共听。一州惊阅宝,千里远扬舲。睹物洛阳陌,怀人吴御亭。寄言垂天翼,早晚起沧溟。

浙西李大夫述梦四十韵,并浙东元相公酬和,斐然继声

位是才能取,时因际会遭。羽仪呈鹭鹭,铓刃试豪曹。洛下推年少,山东许地高。门承金铉鼎,家有玉璜韬。吕仍嗣侯。海浪扶鹏翅,天风引骥髦。便知蓬阁闶,不识鲁衣褒。兴发春塘草,魂交益部刀。形开犹抱膝,烛尽遽挥毫。昔仕当初筮,逢时咏载橐。怀铅辨虫蠹,染素学鹅毛。车骑方休汝,归来欲效陶。大夫罢太原从事,归京师。南台资謇谔,内署选风骚。羽化如乘鲤,楼居旧冠鳌。美香焚湿麝,名果赐乾萄。议赦蝇栖笔,邀歌蚁泛醪。代言无所戏,谢表自称叨。兰焰凝芳泽,芝泥莹玉膏。对频声价出,直久梦魂劳。草诏令归马,批章答献獒。银花悬院榜,翠羽映帘绦。讽谏欣然纳,奇觚率尔操。禁中时谔谔,天下免忉忉。

左顾龟成印,双飞鹄织袍。谢宾缘地密,洁己是心豪。五日思归沐,三春羡众邀。茶炉依绿笋,棋局就红桃。溟海桑潜变,阴阳炭暗熬。仙成脱屣去,臣恋捧弓号。建节辞乌柏,宣风看鹭涛。土山京口峻,铁瓮郡城牢。曲岛花千树,官池水一篙。莺来和丝管,雁起拂旄旄。宛转倾罗扇,回旋堕玉搔。罚筹长竖纛,觥盏漾如舠。山是千重障,江为四面濠。卧龙曾得雨浙东,孤鹤尚鸣皋浙西。剑用雄开匣二公,弓闲蛰受弢自谓。凤姿尝在竹二公,鹍羽不离蒿自谓。吴越分双镇,东西接万艘。今朝比潘陆,江海更滔滔。

和浙西李大夫伊川卜居

早入八元数,尝承三接恩。飞鸣天上路,镇压海西门。清望寰中许,高情物外存。时来诚不让,归去每形言。洛下思招隐,江干厌作藩。按经修道具,依样买山村。马高唐为御史大夫,将置宅,命画工图其状。戒所使曰,依此样求之。开凿随人化,幽阴为律暄。远移难得树,立变旧荒园。绝塞通潜径,平泉占上原。烟霞遥在想,簿领益为繁。丹禁虚东阁,苍生望北辕。徒令双白鹤,五里自翩翩。

省试风光草际浮

熙熙春景霁,草绿春光丽。的历乱相鲜,葳蕤互亏蔽。乍疑芊绵里,稍动丰茸际。影碎翻崇兰,浮香转丛蕙。含烟绚碧彩,带露如珠缀。幸因采掇日,况此临芳岁。

历阳书事七十韵并引

长庆四年八月,余自夔州转历阳。浮岷江,观洞庭,历夏口,涉浔阳而东。友人崔敦诗罢丞相,镇宛陵。织书来招曰,必我觌而之藩,不十日饮,不置子。故余自池州道宛陵,如其素。敦诗出祖于敬亭祠下,由姑孰西渡江,乃吾圉也。至则考图经,参见事,为之诗。俟采风之夜讽者。

一夕为湖地,千年列郡名。霸王迷路处,亚父所封城。汉置东南尉,梁分肘腋兵。本吴风俗剽,兼楚语音伧。沸井今无涌,乌江旧有名。土台游柱史,石室隐彭铿。老君适楚,有台在焉,彭铿石室,在含山县。曹操祠犹在,濡须坞未平。海潮随月大,江水应春生。忆昨深山里,终朝看火耕。鱼书来北阙,鹢首下南荆。云雨巫山暗,蕙兰湘水清。章华树已失,鄂渚草来迎。庐阜香炉出,溢城粉堞明。雁飞彭蠡暮,鸦噪大雷晴。平野分风使,恬和趁夜程。贵池登陆峻,春谷渡桥鸣。骆驿主人问,悲欢故旧情。几年方一面,卜昼便三更。助喜杯盘盛,忘机笑语匀。管清疑警鹤,弦巧似娇莺。炽炭烘蹲兽,华茵织斗鲸。回裾飘雾雨,急节堕琼英。敛黛凝愁色,施钿耀翠晶。容华本南国,妆束学西京。日落方收鼓,天寒更炙笙。促筵交履舄,痛饮倒簪缨。谑浪容优孟,娇怜许智琼。蔽明添翠幕,命烛挂一作挂金茎。坐久罗衣皱,杯频粉面驿。兴来从请曲,意堕即飞觥。令急重须改,欢冯醉尽呈。诘朝还选胜,来日又寻盟。道别殷勤惜,邀筵次第争。唯闻嗟短景,不复有馀醒。众散扃朱户,相携话素诚。晤言犹亹亹,残漏自丁丁。出祖千夫拥,行厨五熟烹。离亭临野水,别思入哀筝。接境人情洽,方冬馈具精。中流为界道,隔岸数飞甍。沙浦王浑镇,沧洲谢朓城。望夫人化石,梦帝日环营。半渡趋津吏,缘堤簇郡甿。场黄堆晚稻,篱碧见冬菁。里社争来献,壶浆各自擎。鸥夷倾底写,粗妆斗成缺一字。采石风传栎,新林暮击钲。茧纶牵拨剌,犀焰照澄泓。露冕观原野,前驱抗旆旌。分庭展宾主,望阙拜恩荣。比屋惸嫠辈,连年水旱并。遐思常后已,下令必先庚。远岫低屏列,支流曲带萦。湖鱼香胜肉,官酒重于饧。忆昔泉源变,斯须地轴倾。鸡笼为石颗,龟眼入泥坑。事系人风重,官从物论轻。江春俄澹荡,楼月几亏盈。柳长千丝宛,田塍一线纡。游鱼将婢从,野雉见媒惊。波净攒凫鹥,洲香发杜蘅。一钟菰葑米,千里水葵羹。受谴时方久,分忧政未成。比琼虽碌碌,于铁尚铮铮。早忝登三署,曾闻奏六英。无能甘负弩,不慎在提衡。口语成中遘,毛衣阻上征。时闻关利钝,智亦有聋盲。昔愧山东妙,今惭海内兄。后来登甲乙,早已在蓬瀛。心托秦明镜,才非楚白珩。齿衰亲药物,宦薄傲公卿。捧日皆元老,宜风尽大彭。好今朝集使,结束赴新正。

和武中丞秋日寄怀简诸僚故

退朝还公府,骑吹息繁阴。吏散秋庭寂,乌啼烟树深。威生奉白简,道胜外华簪。风物清远目,功名怀寸阴。云衢念前侣,彩翰写冲襟。凉菊照幽径,败荷攒碧浔。感时江海思,报国松筠心。空愧寿陵步,芳尘何处寻。

和令狐相公春日寻花有怀白侍郎阁老

芳菲满雍州,鸾凤许同游。花径须深入,时光不少留。色鲜由树嫩,枝亚为房稠。静对仍持酒,高看特上楼。晴宜连夜赏,雨便一年休。共忆秋官处,余霞曲水头。

全唐诗卷三百六十四

刘禹锡

荆州歌二首

渚宫杨柳暗,麦城朝雊飞。可怜踏青伴,乘暖著轻衣。

今日好南风,商旅相催发。沙头樯竿上,始见春江阔。

纪南歌

风烟纪南城,尘土荆门路。天寒多猎骑一作猎兽者,走上樊姬墓。

视刀环歌

常恨言语浅,不如人意深。今朝两相视,脉脉万重心。

三阁辞四首吴声

贵人三阁上,日晏未梳头。不应有恨事,娇甚却成愁。

珠箔曲琼钩,仔一作子细见扬州。北兵那得度,浪话判一作语声悠悠。

沉香帖阁柱,金缕画门一作楣。回首降旛下,已见黍离离。

三人出眢井,一身登槛车。朱门漫临水,不可一作得见鲈鱼。

纥那曲二首

杨柳郁青青,竹枝无限情。周一作同郎一回顾,听唱纥那声。

踏曲兴无穷,调同词不同。愿郎千万寿,长作主人翁。

淮阴行五首并引

古有长干行,言三江之事悉矣。余尝阻风淮阴,作《淮阴行》以裨乐府。

簇簇淮阴市,竹楼缘岸上。好日起樯竿,乌飞惊五两。

今日转船头,金乌指西北。烟波与春草,

千里同一色。

　　船头大铜镮,摩挲光阵阵。早早<small>一作晚</small>使风<small>一作便风</small>来,沙头一眼认。

　　何物令侬羡,羡郎船尾燕。衔泥趁樯竿,宿食长相见。

　　隔浦望行船,头昂尾㧐㧐。无奈晚来<small>一作挑菜时</small>,清淮春浪软。

浑侍中宅牡丹

　　径尺千余朵,人间有此花。今朝见颜色,更不向诸家。

咏红柿子

　　晓连星影出,晚带日光悬。本因遗采掇<small>一作摘</small>,翻自保天年。

吕八见寄郡内书怀因而戏和

　　文苑振金声,循良冠百城。不知今史氏,何处列君名。

秋风引

　　何处秋风至,萧萧送雁群。朝来入庭树,孤客最先闻。

柳花词三首

　　开从绿条上,散逐香风远。故取花落时,悠扬占春晚。

　　轻飞不假风,轻落不委地。撩乱舞晴空,发人无限思。

　　晴天暗暗雪,来送青青暮。无意似多情,千家万家去。

路傍曲

　　南山宿雨晴,春入凤凰城。处处闻弦管,无非送酒声。

君山怀古

　　属车八十一,此地阻长风。千载威灵尽,赭山寒水中。

庭竹

　　露涤铅粉节,风摇青玉枝。依依似君子,无地不相宜。

唐郎中宅与诸公同饮酒看牡丹

　　今日花前饮,甘心醉数杯。但愁花有语,不为老人开。

题寿安甘棠馆二首

　　公馆似仙家,池清竹径斜。山禽忽惊起,冲落半岩花。

　　门前洛阳道,门里桃花路。尘土与烟霞,其间十余步。

古词二首<small>一作讽古</small>

　　轩后初冠冕,前旒为蔽明。安知从复道,然后见人情。

　　簿领乃俗士,清谈信古风。吾观苏令绰,朱墨一何工。

寓兴二首

　　常谈即至理,安事非常情。寄语何平叔,无为轻老生。

　　世途多礼数,鹏鷃各逍遥。何事陶彭泽,抛官为折腰。

咏史二首

　　骠骑非无势,少卿终不去。世道剧颓波,我心如砥柱。

　　贾生明王道,卫绾工车戏。同遇汉文时,何人居贵位。

经檀道济故垒

　　万里长城坏,荒营野草秋。秣陵多士女,犹唱白符鸠。<small>史云:当时人歌曰:可怜向符鸠,枉杀檀江州。</small>

伤段右丞<small>江湖旧游,南宫交代。</small>

　　江海多豪气,朝廷有直声。何言马蹄下,一旦是佳城。

伤独孤舍人并引

贞元中,余以御史监祠事。河南独孤生始仕为奉礼郎,有事宗庙郊畤,必与之俱,由是甚熟。及余谪武陵,九年间,独孤生仕至中书舍人。视草禁中,上方许以宰相。元和十年春,余祗召抵京师。次都亭日,舍人以疾不起。余闻,因作伤词以为吊。

昔别矜—作公年少,今悲丧国华。远来同社燕,不见早梅花。

再伤庞尹

京兆归何处,章台空暮尘。可怜鸾镜下,哭杀画眉人。

敬酬微—作彻公见寄二首

凄凉沃州僧,憔悴柴桑宰。别来二十年,唯余两心在。

越江千里镜,越岭四时雪。中有逍遥人,夜深观水月。

鄂渚留别李二十一表臣大夫

高樯起行色,促柱动离声。欲问江深浅,应如远别情。

答表臣赠别二首

昔为瑶池侣,飞舞集蓬莱。今作江汉别,风雪一徘徊。

嘶马立未还,行舟路将转。江头暝色深,挥袖依稀见。

始发鄂渚寄表臣二首

祖帐管弦绝,客帆西风生。回车已不见,犹听马嘶声。

晓发柳林戍,遥城闻五鼓。忆与故人眠,此时犹晤语。

出鄂州界怀表臣二首

离席一挥杯,别愁今尚醉。迟迟有情处,却恨江帆驶。

梦觉疑连榻,舟行忽千里。不见黄鹤楼,寒沙雪相似。

和游房公旧竹亭闻琴绝句

尚有竹间路,永无綦下尘。一闻流水曲,重忆餐霞人。

西州李尚书知愚与元武昌有旧,远示二篇,吟之泫然,因以继和二首

来诗云,元公令陈从事求蜀琴。将以为寄,而武昌之讣闻。因陈生会葬。

如何赠琴日,已是绝弦时。无复双金报,空馀挂剑悲。

宝匣从此闲—作闭,朱弦谁复调。只应随玉树,同向土中销。

别苏州二首

三载为吴郡,临岐祖帐开。虽非谢桀黠,且为一裴回。

流水阊门外,秋风吹柳条。从来送客处,今日自魂销。

罢和州游建康

秋水清无力,寒山暮多思。官闲不计程,遍上南朝寺。

九日登高

世路山河险,君门烟雾深。年年上高处,未省不伤心。

答柳子厚

年方伯玉早,恨比四愁多。会待休车骑,相随出尉罗。

馆娃宫在旧郡西南砚石山前,瞰姑苏台傍有采香径,梁天监中置佛寺曰灵岩,即故宫也,信为绝境,因赋二章

宫馆贮娇娃,当时意大夸。艳倾吴国尽,笑入楚王家。

月殿移椒壁,天花代舜华。唯馀采香径,一带绕山斜。

全唐诗卷三百六十五

刘禹锡

听琴 一作听僧弹琴

禅思何妨在玉琴,真僧不见听时心。秋堂境寂夜方半,云去苍梧湘水深。

魏宫词二首

日晚长秋帘外报,望陵歌舞在明朝。添炉欲爇 一作欲添炉火 熏衣麝,忆得分时 一作明 不忍烧。

日映西陵松柏枝,下台相顾一相思。朝来乐府长歌曲,唱著君王自作词。

杨枝词二首

迎得春光先到来,浅黄轻绿映楼台。只缘袅娜多情思,更被春风长倩猜。 一作请接,一作便被春风长挫摧。

巫峡巫山杨柳多,朝云暮雨远相和。因想阳台无限事,为君回唱竹 一作柳 枝歌。

竹枝词二首

杨柳青青江水平,闻郎江上唱歌声。东边日出西边雨,道是无晴 一作情 却 一作还 有晴 一作情。

楚水巴山江雨多,巴人能唱本乡歌。今朝北客思归去,回入纥那披绿罗。

堤上行三首

酒旗相望大堤头,堤下连樯堤上楼。日暮行人争渡急,桨声幽 一作呕 轧满中流。

江南江北望烟波,入夜行人相应歌。桃叶传情竹枝怨,水流无限月明多。

春堤缭绕水徘徊,酒舍旗亭次第开。日晚上楼 一作出帘 招估客,轲峨大艑落帆来。

踏歌词 一作行 四首

春江月出大堤平,堤上女郎连袂行。唱尽

新词欢—作看不见,红霞映—作影树鹧鸪鸣。

桃蹊柳陌好经过,灯下妆成月下歌。为是襄王故宫地,至今犹自细腰多。此首一作张籍《无题诗》。

新词宛转递相传,振袖倾鬟风露前。月落乌啼云雨散,游童陌上拾花钿。

日暮江头—作江南闻竹枝,南人行乐北人悲。自从雪里唱新曲,直到三春花尽时。

步虚词二首

阿母种桃云海际,花落子成三—作二千岁。海风—作沧海吹折最繁枝,跪捧琼—作金盘献天帝。

华表千年一鹤—作鹤—归,凝丹为顶雪为衣。星星仙语人听尽,却向五云翻翅飞。

阿娇怨

望见葳蕤举翠华,试开金屋扫—作锁庭花。须臾宫女传来信,言—作云幸平阳公主家。

秋词二首

自古逢秋悲寂寥,我言秋日胜春朝。晴—作横空一鹤排云上,便引诗情到碧霄。

山明水净夜来霜,数树深红出浅黄。试上高楼清入骨,岂如春色嗾人狂。

秋扇词

莫道恩情无重来,人间荣谢递相催。当时初入君怀袖,岂念寒炉有死灰。

竹枝词九首并引

四方之歌,异音而同乐。岁正月,余来建平。里中儿联歌竹枝,吹短笛击鼓以赴节。歌者扬袂睢舞,以曲多为贤。聆其音,中黄钟之羽,卒章激讦如吴声,虽伧伫不可分,而含思宛转,有淇澳之艳音。昔屈原居沅湘间,其民迎神,词多鄙陋,乃为作《九歌》。到于今荆楚歌舞之,故余亦作竹枝九篇,俾善歌者扬之,附于末,后之聆巴歈,知变风之自焉。

白帝城头春草生,白盐山下蜀江清。南人上来歌一曲,北人莫上动乡情。

山桃红花满上头,蜀江春水拍山流。花红易衰似郎意,水流无限似侬愁。

江上朱楼新雨晴,瀼西春水縠纹生。桥东桥西好杨柳,人来人去唱歌行。

日出三竿春雾消,江头蜀客驻兰桡。凭—作欲寄狂夫书一纸,家住成都万里桥。

两岸山花似雪开,家家春酒满银杯。昭君坊中多女伴,永安宫外踏青来。

城西门前滟滪堆,年年波浪不能摧—作推。懊恼—作恨人心不如石,少时东去复西来。

瞿塘嘈嘈十二滩,人言—作此中道路古来难。长恨人心不如水,等闲平地起波澜。

巫峡苍苍烟雨时,清猿啼在最高枝。个里愁人肠自断,由来不是此声悲。

山上层层桃李花,云间烟火是人家。银钏金钗来负水,长刀短笠去烧畲。

杨柳枝词九首

塞北梅花羌笛吹,淮南桂树小山词。请君莫奏前朝曲,听唱新翻杨柳枝。

南陌东城春早时,相逢何处不依依。桃红李白皆夸好,须得垂杨相发挥。

凤阙轻遮翡翠帱,龙池遥望曲尘丝。御沟春水相—作柳辉映,狂杀长安年少儿。

金谷园中莺乱飞,铜驼陌上好风吹。城中—作东桃李须臾尽,急似垂杨无限时。

花萼楼前初种时,美人楼上斗腰肢。如今抛掷长—作上街里,露叶如啼欲向—作恨谁。

炀帝行宫汴水滨,数枝—作株杨—作残柳不胜春。晚—作昨来风起花如雪,飞入宫墙不见人。

御陌青—作东门拂地垂,千条金缕万条丝。如今绾作同心结,将赠行人知不知。

城外春风吹—作满酒旗,行人挥袂日西时。长安陌上无穷树,唯有垂杨管别离。

轻盈袅娜占年华,舞榭妆楼处处遮。春尽
絮花—作飞留不得,随风好去落谁家。

浪淘沙九首

　　九曲黄河万里沙,浪淘风簸自天涯。如今
直上银河去,同到牵牛织女家。
　　洛水桥边春日斜,碧流清—作轻浅见琼砂。
无端陌上狂风急,惊起鸳鸯出浪花。
　　汴水东流虎眼纹,清淮晓色鸭头春。君看
渡口淘沙处,渡却人间多少人。
　　鹦鹉洲头浪飐沙,青楼春望日将斜。衔泥
燕子争归舍,独自狂夫不忆家。—作张籍诗。
　　濯锦江边两岸花,春风吹浪正淘沙。女郎
剪下鸳鸯锦,将向中流匹晚霞。
　　日照澄州江雾开,淘金—作沙女伴满江隈。
美人首饰侯王印,尽是沙中浪底来。
　　八月涛声吼地来,头高数丈触山回。须臾
却入海门去,卷起沙堆似雪堆。
　　莫道谗言如浪深,莫言迁客似沙沉。千淘
万漉虽辛苦,吹尽狂沙始到金。
　　流水淘沙不暂停,前波未灭后波生。令人
忽忆潇湘渚,回唱迎神三两声。

洛中送韩七中丞之吴兴口号五首

　　昔年意气结群英,几度朝回一字行。海北
江—作天南零落尽,两人相见洛阳城。
　　自从云散各东西,每日欢娱却惨凄。离别
苦多相见少,一生心事在书—作诗题。
　　今朝无意诉离杯,何况清弦急管催。本欲
醉中轻远别,不知翻引酒悲来。
　　骆驼桥上蘋风急—作起,鹦鹉杯中箸下春。
水碧山青知好处,开颜一笑向何人。
　　溪中士女出笆篱,溪上鸳鸯避画旗。何处
人间似仙境,春山携妓采茶时。

送廖参谋东游二首

　　九陌逢君又别离,行云别鹤本无期。望嵩
楼上忽相见,看过花开花落时。
　　繁花落尽君辞去,绿草垂杨引征路。东道
诸侯皆故人,留连必是多情处。

洛中春末送杜录事赴蕲州

　　樽前花下长相见,明日忽为千里人。君过
午桥回首望,洛城—作阳犹自有残春。

夜燕福建卢侍郎—作常侍宅因送之镇

　　暂驻旌旗洛水堤,绮筵红烛醉兰闺。美人
美酒长相逐,莫怕猿声发建溪。

重送鸿举师赴江陵谒马逢侍御

　　西北秋风凋蕙兰,洞庭波上碧云寒。茂陵
才子江陵住,乞取新诗合掌看。

赠长沙赞头陀

　　外道邪山千万重,真言一发尽摧峰。有时
明月无人夜,独向昭潭制恶龙。

送霄韵上人游天台—作宝韵上人

　　曲江僧向松江见,又到天台看石桥。鹤恋
故巢云恋岫,比君犹自不逍遥。

台城怀古

　　清江悠悠王气沉,六朝遗事何处寻。宫墙
隐嶙围野泽,鹳鹧夜鸣秋色深。

戏赠崔千牛

　　学道深山许—作虚老人,留名万代不关身。
劝君多买长安酒,南陌东城占取春。

扬州春夜,李端公益张侍御登段侍御平路—作仲密县李少府旸秘书张正字复元同会于水馆,对酒联句,追刻烛击铜钵故事,迟辄举觥以饮之,逮夜艾群公沾醉纷然就枕,余偶独醒,因题诗于段君枕上,以志其事—作扬州春夜同会水馆,夜艾独醒

　　寂寂独盾金烬落,纷纷只见玉山颓。自羞
不是高阳侣,一夜星星—作惺惺骑马回。

逢王十二学士入翰林,因以诗赠时贞元二十二年,以蓝田尉充学士。

厩马翩翩禁外逢,星槎上汉杳难从。定知欲报淮南诏,促召王褒入九重。

阙下口号呈柳仪曹

彩仗神旗猎晓风,鸡人一唱鼓蓬蓬—作逢逢。铜壶漏水何时歇,如此相催即老翁。

监祠夕月坛书事其礼用昼

西郊司分昼夜平,羲和停午太阴生。铿锵—作锵锵揖让秋光里,观者如云出凤城。

元和甲午岁诏书尽征江湘逐客,余自武陵赴京,宿于都亭,有怀续来诸君子

雷—作云雨江山—作湘,—作湖起卧龙,武陵樵客蹑仙踪。十年楚水枫林下,今夜初闻长乐钟。

元和十一年自朗州召至京,戏赠看花诸君子

紫陌红尘拂面来,无人不道看花回。玄都观里桃千树,尽是刘郎去—作别后栽。

再游玄都观并引

余贞元二十一年为屯田员外郎时,此观未有花。是岁出牧连州,寻贬朗州司马。居十年,召至京师。人人皆言,有道士手植仙桃,满观如红霞。遂有前篇以志一时之事。旋又出牧,今十有四年,复为主客郎中,重游玄都观。荡然无复一树,唯兔葵燕麦动摇于春风耳。因再题二十八字,以俟后游。时大和二年三月。

百亩庭中半是苔,桃花净—作开,—作落尽菜花开。种桃道士归何处,前度刘郎今又—作独来。

与歌者米嘉荣

唱得凉—作梁州意外声,旧人唯数—作有,—作难数米嘉荣。近来时世—作年少轻先—作前辈,好染髭须事后生。—作一别嘉荣三十载,忽闻旧曲尚依然。如今世俗轻前辈,好染髭须事少年。

望夫石山正对和州郡楼

终日望夫夫不归,化为孤石苦相思。望来已是几千载—作岁,只似当时—作年初望时。

听旧宫中乐人穆氏唱歌

曾随织女渡天河,记得云间第一歌。休唱贞元供奉曲,当时—作如今朝士已无多。

金陵五题并序

余少为江南客,而未游秣陵,尝有遗恨。后为历阳守,跂而望之,适有客以金陵五题相示,逌尔生思,欻然有得。他日友人白乐天掉头苦吟,叹赏良久。且曰:石头诗云,潮打空城寂寞回。吾知后之诗人,不复措辞矣。余四咏虽不及此,亦不孤乐天之言耳。

石头城

山围故国周遭在,潮打空城寂寞回。淮水东边旧时月,夜深还过女墙来。

乌衣巷

朱雀桥边野草花,乌衣巷口夕阳斜。旧时—作来王谢堂前燕,飞入寻常百姓家。

台城

台城六代竞豪华,结绮临春事最奢。万户千门成野草,只缘一曲后庭花。

生公讲堂

生公说法鬼神听,身后空堂夜不扃。高坐寂寥尘漠漠,一方明月可中庭。

江令宅

南朝词臣北朝客,归来唯见秦淮碧。池台竹树三亩馀,至今人道江家宅。

韩信庙

将略兵机命世雄,苍黄钟—作汉室叹良弓。遂令后代登坛者,每一寻思怕立功。

李贾二大谏拜命后寄杨八寿州

谏省新登二直臣,万方惊喜捧丝纶。则知天子明如日,肯放淮南—作阳高卧人。

美温尚书镇定兴元以诗寄贺

旌旗入境犬无声,戮尽鲸鲵汉水清。从此

世人开耳目,始知名将出书生。

酬瑞—作端州吴大夫夜泊湘川见寄一绝

夜泊湘川逐客心,月明猿苦血沾襟。湘妃旧竹痕犹浅,从此因君染更深。

征还京师见旧番官冯叔达

前者匆匆襆被行,十年憔悴到京城。南宫旧吏来相问,何处淹留白发生。

与歌者何戡

二十馀年别帝京,重闻天乐不胜情。旧人唯有何戡在,更与殷勤唱渭城。

与歌童田顺郎

天下—作上能—作龙歌御史娘,花前叶—作月底奉君王。九重深处无人见,分付新声与顺郎。

燕尔馆破,屏风所画至精,人多叹赏题之

画时应遇空亡日,卖处难逢识别去声人。唯有多情往来客,强将衫袖拂埃尘。

赏牡丹

庭前芍药妖无格,池上芙蕖净少情。唯有牡丹真国色,花开时节动京城。

题歊器图

秦国功成思税驾,晋臣名遂叹危机。无因上蔡牵黄犬,愿作丹徒一布衣。

伤桃源薛道士—作尊师

坛边松在鹤巢空,白鹿闲行旧径中。手植红桃千树发,满山无主任春风。

王思道碑堂下作

苍苍宰树起寒烟,尚有威名海内传。四府旧闻多故吏,几人垂泪拜碑前。

伤愚溪三首并引

故人柳子厚之谪永州,得胜地。结茅树蔬,为沼沚,为台榭,目曰愚溪。柳子没三年,有僧游零陵,告余曰:愚溪无复曩曩时矣。一闻僧言,悲不能自胜,遂以所闻为七言寄恨。

溪水悠悠春自来,草堂无主燕飞回。隔帘惟见中庭草,一树山榴依旧开。

草圣数行留坏壁,木奴千树属邻家。唯见里门通德榜,残阳寂寞出樵车。

柳门竹巷依依在,野草青苔日日—作月多。纵有邻人解吹笛,山阳旧侣—作里更谁过。

伤循州浑尚书

贵人沦落路人哀,碧海—作水连天丹旐回。遥想长安此时节,朱门深巷百花开。

代靖安佳人怨二首并引

靖安,丞相武公居里名也。元和十一年六月,公将朝,夜漏未尽三刻,骑出里门。遇盗,薨于墙下。初公为郎,余为御史,由是有旧故。今守远服,贱不可以诔,又不得为歌诗声于楚挽。故代作佳人怨以裨于乐府云。

宝马鸣珂踏晓尘,鱼文匕首犯车茵。适来行哭里门外,昨夜华堂歌舞人。

秉烛朝天遂不回,路人弹指望高台。墙东便是伤心地,夜夜流—作秋萤飞去来。

碧涧寺见元九侍御和展上人诗,有三生之句因以和

廊下题诗满壁尘,塔前松树已皴鳞。古来唯有王文度,重见平生竺道人。

思黯南墅赏牡丹

偶然相遇人间世,合在增城阿姥家。有此倾城好颜色,天教晚发赛诸花。

和浙西尚书闻—无此**常州杨给事制新楼因寄之作**

文昌—作章星—作新象尽东来,油幕朱门次第开。且上新楼看风月,会乘云雨一时回。尚书在南宫为左丞给事,与禹锡皆是郎吏。

后梁宣明二帝碑堂下作

玉马朝周从此辞,园陵寂寞对丰碑。千行宰树荆州道,暮雨萧萧闻子规。

赠李司空妓

一作禹锡赴吴台。扬州大司马杜公鸿渐开宴,命妓侍酒。本事诗云,李绅罢镇在京,慕刘名,尝邀至第中,厚设饮馔。酒酣,命妙妓歌以送之。刘于席上赋诗,李因以妓赠之。崔令钦教坊记云,杜韦娘,歌曲名,非妓姓名也。

高髻云鬟—作鬟鬟梳头,一作发鬟梳头宫样妆,春风一曲杜韦娘。司空见惯浑闲事,断尽—作恼乱苏州刺史肠。

和西川李尚书伤孔雀及薛涛之什

玉儿已逐金镮葬,翠羽先随秋草萎。唯见芙蓉含晓露,数行红泪滴清池。后魏元树,南阳王禧之子。南阳到建业,数年后北归。爱姬朱玉儿脱金指镮为赠,树至魏,却以指镮寄玉儿,示有还意。

同乐天登栖灵寺塔

步步相携不觉难,九层云外倚栏干。忽然笑语半天上,无限游人举眼看。

有所嗟二首—作元稹诗,题作所思

庾令楼中初见时,武昌春柳似腰肢。相逢相笑—作失尽如梦,为雨为云今不知。

鄂渚濛濛烟雨微,女郎魂逐暮云归。只应长在汉阳渡,化作鸳鸯一只飞。

和裴相公傍水闲行

为爱逍遥第一篇,时时闲步赏风烟。看花临水心无事,功业成来二十年。

杏园花下酬乐天见赠

二十馀年作逐臣,归来还见曲江春。游人莫笑白头醉,老醉花间有—作能几人。

和乐天春词

新妆面—作粉面下朱楼,深锁春光一院愁。行到中庭数花朵,蜻蜓飞上玉搔头。

和严给事闻唐昌观玉蕊花下有游仙—作仙游二绝

玉女来看玉蕊花,异香先引七香车。攀枝弄雪时回顾,惊怪人间日易斜。

雪蕊琼丝—作蕤满院春,衣轻步步—作羽衣轻步不生尘。君平帘下徒相问,长伴吹箫别有人。

忆乐天

寻常相见意殷勤,别后相思—作思量梦更频。每遇登临好风景,羡他天性少情人。

醉答乐天

洛城洛城何日归,故人故人今转稀。莫嗟雪里暂时别,终拟云间相逐飞。

虎丘寺见元相公二年前题名怆然有咏前年浐桥送之武昌

浐水送君君不还,见君题字虎丘山。因知早贵兼才子,不得多时在世间。

寄赠小樊

花面丫头十三四,春来绰约向人时。终须买取名—作多春草,处处将行—作来,一作相将步步随。

吟乐天自问怆然有作

亲友关心皆不见,风光满眼倍—作独伤神。洛阳城里多池馆,几处花开有主人。

和令狐相公别牡丹

平章宅里一栏花,临到开时不在家。莫道两京非远别,春明门外即天涯。

和令狐相公闻思帝乡有感—本题上有遥字

当初造曲者为谁,说得思乡恋阙时。沧海西头旧丞相,停杯处分上声不须吹。

酬令狐相公见寄

群玉山头住四年,每闻笙鹤看诸仙。何时

得把浮丘袖,白日将升第九天。

令狐相公春思见寄
一纸书封四句诗,芳晨对酒远相思。长吟尽日西南望,犹及残春花落时。

城内花园颇曾游玩,令公居守亦有素期,适春霜一夕委谢书实以答令狐相公见谑
楼下芳园最占春,年年结侣采花频。繁霜一夜相撩治,不似佳人似老人。

奉和裴晋公凉风亭睡觉
骊龙睡后珠元在,仙鹤行时步又轻。方寸莹然无一事,水声来似玉琴声。

答裴令公雪中讶白二十二与诸公不相访之什
玉树琼楼满眼新,的知开合待诸宾。迟迟未—作来去非无意,拟作梁园坐右人。

吴方之见示听江西故吏朱幼恭歌三篇,颇有怀故林之想,吟讽不足因而和之—作和人忆江西故吏歌
侯家故吏歌声发,逸处能高怨处低。今岁洛中无雨雪,眼前风景是江西。

裴令公见示诮乐天寄奴买马绝句,斐言仰和且戏乐天
常奴安得似方回,争望追风绝足来。若把翠娥酬骏耳—作骍,始知天下有奇才。

酬思黯代书见戏—作酬牛相见寄
官冷发浆病满身,凌寒不易过—作遇天津。少年留取—作守多情兴,请待花时作主人。

答张侍御贾喜再登科后,自洛赴上都赠别
又被时人写姓名,春风引路入京城。知君忆得前身事,分付莺花与后生。

赴连州途经洛阳,诸公置酒相送,张员外贾以诗见赠,率尔酬之
谪在三湘最远州,边鸿不到水南流。如今暂寄樽前笑,明日辞君步步愁。

赠元九侍御文石枕以诗奖之
文章似锦气如虹,宜荐华簪绿殿中。纵使凉飙生旦夕,犹堪拂拭愈头风。

酬元九院长自江陵见寄
无事寻花至仙境,等闲栽树比封君。金门通籍真多士,黄纸除书每日闻。

酬杨侍郎凭见寄
翔鸾阙底谢皇恩,缨上沧浪旧水痕。疏傅挥金忽相忆,远擎长句与招魂。

酬马大夫登涅口戍见寄—作酬海南马大夫,一作汇口,一作涯口
新辞将印拂朝缨,临水登山四体轻。犹念天涯未归客,瘴云深处守孤城。

答杨八敬之绝句 杨时亦谪居
饱霜孤竹声偏切,带火焦桐韵本悲。今日知音一留听,是君心事—作手不平时。

重寄表臣二首
对酒临流奈别何,君今已醉—作贵我蹉跎。分明记取星星鬓,他日相逢应更多。

世间人事有何穷,过后思量尽是空。早晚同归洛阳陌,卜邻须—作愿近祝鸡翁。

重寄绝句—作寄唐州杨八
淮西既是平安地,鸦路今无羽檄飞。闻道唐州最清静,战场耕尽野花稀。

酬杨八副使将赴湖南途中见寄一绝
知逐征南冠楚材,远劳书信到阳台。明朝若上—作到君山上—作望,一道巴江自此来。

遥和韩睦州元相公二君子
玉人紫绶相辉映,却要霜须—作髯一两茎。其奈无成空老去,每临明镜若为情。

吴兴敬郎中见惠斑竹杖兼示一绝聊以谢之

一茎炯炯琅玕色，数节重重玳瑁文。拄到高山未登处，青云路上愿逢君。

奉和裴令公夜宴

天下苍生望不休，东山虽有但时游。从—作后来海上仙桃树，肯逐人间风露秋。

秋夜安国观闻笙

织女分明银汉秋，桂枝梧叶共飕飗。月露满庭人寂寂，霓裳一曲在高楼。

酬仆射牛相公，晋国池上别后至甘棠馆，忽梦同游，因成口号见寄

已嗟池上别魂惊，忽报梦中携手行。此夜独归还乞梦，老人无睡到天明。

裴侍郎大尹雪中遗酒一壶，兼示喜眼疾平一绝，有闲行把酒之句，斐然仰酬

卷尽轻云月更明，金篦不用且闲行。若倾家酿招来客，何必池塘春草生。

和滑州李尚书上巳忆江南禊事

白马津头春日迟，沙州归雁拂旌旗。柳营唯有军中戏，不似江南三月时。

酬柳柳州家鸡之赠

日日临池弄小雏，还思写论付官奴。柳家新样元和脚，且尽姜芽敛—作剑手徒。

答前篇

小儿弄笔不能嗔，涴壁书窗且当—作赏勤。闻彼梦熊犹未兆，女中谁是卫夫人。

答后篇

昔日慵工记姓名，远劳辛苦写西京。近来渐有临池兴，为报元常欲抗行。

重答柳柳州

弱冠同怀长者忧，临岐回想尽悠悠。耦耕若便遗身老，黄发相看万事休。

登清晖—作辉楼

浔阳江色潮添满，彭蠡秋声雁送来。南望庐山千万仞，共夸新出栋梁材。

赴和州于武昌县再遇毛仙翁十八兄因成一绝

武昌山下蜀江东，重向仙舟见葛洪。又得案前亲礼拜，大罗天诀玉函封。

寄毗陵杨给事三首

挥毫起制来东省，蹑足修名谒外台。好著橐鞬莫惆怅，出文入武是全才。

曾主鱼书轻刺史，今朝自请左鱼来。青云直上无多地，却要斜飞取势回。

东城南陌昔同游，坐上无人第二流。屈指如今已零落，且须欢喜—作笑作邻州。

陪崔大尚书及诸阁老宴杏园

更将何面上春台，百事无成老又催。唯有落花无俗态，不嫌憔悴满头来。

曹刚

大弦嘈嘈小弦清，喷雪含风意思生。一听曹刚弹薄媚，人生不合出京城。

寄湖州韩中丞

老郎日日忧苍鬓，远守年年厌白蘋。终日相思不相见，长频—作头相见是何人。

杨柳枝

扬子江头烟景迷，隋家宫树拂金堤。嵯峨犹有—作是当时色，半蘸波中水鸟栖。

田顺郎歌

清歌不是世间音，玉殿常闻—作开称主心。唯有顺郎全学得，一声飞出九重深。

夜闻商人船中筝

大艑高帆一百尺，新声促柱十三弦。扬州市里商人女，来占江西明月天。

闻道士弹思归引
　　仙公一作翁一奏思归引,逐客初闻自泫然。莫怪殷勤悲此曲,越声长苦已三年。

喜康将军见访
　　谪居愁寂似幽栖,百草当门茅舍低。夜猎将军忽相访,鹧鸪惊起绕篱蹄。

赠刘景擢第
　　湘中才子是刘郎,望在长沙住桂阳。昨日鸿都新上第,五陵年少让清光。

赴连山途次德宗山陵寄张员外
　　常时并冕奉天颜,委佩低簪彩仗间。今日独来张乐地,万重云水望桥山。

尝茶
　　生拍芳丛鹰觜芽,老郎封寄谪仙家。今宵更有湘江月,照出菲菲满碗花。

梁国祠
　　梁国三郎威德尊,女巫箫鼓走乡村。万家长见空山上,雨气苍茫生庙门。

望洞庭
　　湖光秋月两相和,潭面无风镜未磨。遥望洞庭山水翠一作山翠色,白银一作云盘里一青螺。

杨柳枝
　　春江一曲柳千条,二十年前旧板桥。曾与美人桥上别,恨无消息到今朝。

楼上
　　江上楼高二十梯,梯梯登遍与云齐。人从别浦经年去,天向平芜尽处低。

洛滨病卧,户部李侍郎见惠药物,谑以文星之句,斐然仰谢
　　隐几支颐对落晖,故人书信到柴扉。周南留滞商山老,星象如今属少微。

故洛城古墙
　　粉落椒飞知几春,风吹雨洒旋成尘。莫言一片危基在,犹过无穷来往人。

句
　　湖上收宿雨。

　　故国思如此,若为天外心。《寄白公》。并见张为《主客图》。

　　东沧海阔,南让洞庭宽。《秋水咏》。见《纪事》。

　　翠粒照晴露。见《侯鲭录》。

　　银花垂院榜,翠羽撼绦铃。《雪》。见《天中记》。

全唐诗卷三百六十六

张弘靖

张弘靖,字元理,蒲州人,嘉贞之孙,延赏之子。以荫为河南参军,擢监察御史,累迁户部侍郎、河中节度使。元和中,拜刑部尚书、同中书门下平章事。封高平县侯,出为太原节度使,终太子少师。诗一首。

山亭怀古

丛石依古城,悬泉洒清池。高低衮丈内,衡霍相蔽亏。归田竟何因,为郡岂所宜。谁能辨人野,寄适聊在斯。

韩察

韩察,官历太原节度判官、侍御史、明州刺史。诗一首。

和张相公太原山亭怀古诗

公府政多暇,思与仁智全。为山想岩穴,引水听潺湲。轩冕迹自逸,尘俗无由牵。苍生方瞩望,讵得赋归田。

崔恭

崔恭,官历太原节度副使、检校右散骑常侍、汾州刺史。诗一首。

和张相公太原山亭怀古诗

高情乐闲放,寄迹山水中。朝霞铺座右,虚白贮清风。潜窦激飞泉,石路跻且崇。步武有胜概,不与俗情同。

陆澧

陆澧,登贞元元年进士第,官给事中。诗一首。

和张相公太原山亭怀古诗

激水泻飞瀑,寄怀良在兹。如何谢安石,要结东山期。入座兰蕙馥,当轩松桂滋。于焉悟幽道,境寂心自怡。

胡证

胡证,字启中,河东人。举进士第,累官金吾大将军、岭南节度使。诗一首。

和张相公太原亭怀古诗

飞泉天台状,峭石蓬莱姿。潺湲与青翠,咫尺当幽奇。居然尽精道,得以书妍词。岂无他山胜,懿此清轩墀。

句

诗书入京国,旌旆过乡关。《因话录》云:证拜振武节度使,道河中。时赵宗濡为帅,证备桑梓礼入谒。持刺称百姓,献赵公诗云云。州里荣之。

张贾

张贾,弘靖之从侄。官至兵部尚书。诗二首。

和太原山亭怀古诗

中庭起崖谷,漱玉下涟漪。丹丘谁云远,寓象得心期。岂不贵钟鼎,至怀在希夷。唯当蓬莱阁,灵凤复来仪。

和裴司空答张秘书赠马诗

阁下从容旧客卿,寄来骏马赏高情。司空诗云,古寺闲行独与君。任追烟景骑仍醉,知有文章倚便成。步步自怜春日影,萧萧犹起朔风声。须知上宰吹嘘意,送入天门上路行。

句

夫子生知者,相期妙理中。《送刘禹锡发华州》。

张文规

张文规,弘靖之子。尝为吴兴守,终桂管防御观察使。诗二首。

吴兴三绝

蘋洲须觉池沼俗,苎布直胜罗纨轻。清风楼下草初出,明月峡中茶始生。吴兴三绝不可舍,劝子强为吴会行。

湖州贡焙 一本此下有看发二字新茶

凤辇寻春半醉回,仙娥进水御帘开。牡丹花笑金钿动,传奏吴兴紫笋来。

句

谁云隼旟吏,长对虎头岩。见《吴兴掌故》。

全唐诗卷三百六十七

张仲素

张仲素,字绘之,河间人。宪宗时为翰林学士,后终中书舍人。诗一卷。

缑山鹤

羽客骖仙鹤,将飞驻碧山。映松残雪在,度岭片云还。清唳因风远,高姿对水闲。笙歌忆天上,城郭叹人间。几变霜毛洁,方殊藻质斑。迢迢烟路逸,奋翮讵能攀。

夜闻洛滨吹笙

王子千年后,笙音五—作午夜闻。逶迤绕清洛,断续下仙云。泄泄飘难定,啾啾曲未分。松风助幽律,波月动轻文。凤管听何远,鸾声若在群。暗空思羽盖,馀气自氤氲。

上元日听太清宫步虚

仙客开金箓,元辰会玉京。灵歌宾紫府,雅韵出层城。磬杂音徐彻,风飘响更清。纤馀空外尽,断续听中生。舞鹤纷将集,流云住未行。谁知九陌上,尘俗仰遗声。

玉绳低建章

迢迢玉绳下,芒彩正栏干。稍复临鸦鹊,方疑近露寒。微明连粉堞,的皪映仙盘。横接河流照,低将夜色残。天榆随影没,宫树与光攒。遐想西垣客,长吟欲罢难。

寒云轻重色

佳期当可许,托思望云端。鳞影朝犹落,繁阴暮自寒。因风方袅袅,间石已漫漫。隐映看鸿度,霏微觉树攒。凝空多似黛,引素乍如纨。每向愁中览,含毫欲状难。

圣明乐—作朝

九陌祥烟合,千春瑞月明。宫花将苑柳,先发凤皇城。

献寿词

　　玉帛殊方至，歌钟比屋闻。华夷今—作同一贯，同—作共贺圣朝君。

宫中乐五首

　　网户交如绮，纱窗薄似烟。乐吹天上曲，人是月中仙。

　　翠匣开寒镜，珠钗挂步摇。妆成只畏晓，更漏促春宵—作宵。

　　红果瑶池实，金盘露井冰。甘泉将避暑，台殿晓—作水光凝。

　　月采浮鸾殿，砧声隔—作绕凤楼。笙歌临水槛，红烛乍迎秋。

　　奇树留寒翠，神池结夕波。黄山一夜雪，渭水泻—作雁声多。

春游曲三首

　　烟柳飞轻絮，风榆落小钱。濛濛百花里，罗绮竞秋千。

　　骋望登香阁，争高下砌台。林间踏青去，席上寄笺—作意钱来。

　　行乐三春节，林花百和香。当年重意气，先占斗鸡场。

春闺思

　　袅袅城边柳，青青陌上桑。提笼忘采叶，昨夜梦渔阳。

春江曲二首

　　家寄征河—作江岸，征人几岁游。不如潮水信，每日到沙头。

　　乘晓南湖去，参差叠浪横。前洲在何处，霜—作雾里雁嘤嘤。

太平词

　　圣德超千古，皇威静四方。苍生今息战，无事觉时良—作长。

陇上行

　　行到黄云陇，唯闻羌戍鼙。不如山下水，犹得任东西。

思君恩

　　紫禁香如雾，青天月似霜。云韶何处奏，只是在朝阳。

王昭君

　　仙娥今下嫁，骄子自同和。剑戟归田尽，牛羊绕塞多。

秋夜曲

　　丁丁漏水夜何长，漫漫轻云露月光。秋逼暗虫通夕响，征衣未寄莫飞霜。

秋思赠远

　　博山沉燎绝馀香，兰烬金檠怨夜长。为问青青河畔草，几回经雨复经霜。

塞上曲

　　卷旆生风喜气新，早持龙节静边尘。汉家天子图麟阁，身是当今第一人。

塞下曲五首

　　三戍渔阳再渡辽，骍弓在臂剑横腰。匈奴似若—作欲似知名姓，休傍阴山更射雕。

　　猎马千行—作群雁几双，燕然山下碧油幢。传声漠北单于破，火照旌旗夜受降。

　　朔雪飘飘开雁门，平沙历乱卷—作噪蓬根。功名耻计—作记擒生数，直斩楼兰报国恩。

　　陇水潺湲陇树秋，征—作无人到此泪双流。乡关万里无因见，西戍河源早晚休—作收。

　　阴碛茫茫塞草肥—作腓，桔槔烽上暮云—作烟飞。交—作关河北望天连海，苏武曾将汉节归。

秋—本有闺字思二首

　　碧窗斜日—作月蔼深晖，愁听寒螀泪湿衣。

梦里分明见关塞,不知何路向金微。

秋天一夜静无云,断续鸿声到晓闻。欲寄征衣问消息,居延城外又移军。

汉苑行二首

回雁高飞—作风高,一作高翻太液池,新花低发上林枝。年光到处皆堪赏,春色人间总不—作未知。

春风淡荡—作澹澹景悠悠,莺啭高枝燕入楼。千步回廊闻风吹,珠帘处处上银钩。

天马辞二首

天马初从渥水来,郊歌曾唱得—作歌曾唱和濯龙媒。不知玉塞沙中路,苜蓿残花几处开。

蹳躠—作蹀蹀宛驹齿未齐,拟金喷玉向风嘶。来时欲—作行尽金河道,猎猎轻风在碧啼。

燕子楼诗三首—作关盼盼诗

楼上残灯伴晓霜,独眠人起合欢床。相思一夜情多少,地角天涯不是长。

北邙松柏锁愁烟,燕子楼人思悄然。自埋剑履歌尘散,红袖香消已十年。

适看鸿雁岳阳回,又睹玄禽逼社来。瑶瑟玉箫无意绪,任从蛛网任从灰。

全唐诗卷三百六十八

庾承宣

庾承宣,贞元十年及第。太和中,终检校吏部尚书、天平军节度使。诗一首。

赋得冬日可爱

宿雾开天霁,寒郊见初日。林疏照逾远,冰轻影微出。岂假阳和气,暂忘玄冬律。愁抱望自宽,羁情就如失。欣欣事几许,曈曈状非一。倾心倘知期,良愿自兹毕。

郑浣

郑浣,馀庆之子。贞元十年,举进士第,为右补阙。敢言,无所讳。文宗时,入翰林为侍讲学士,累进尚书左丞。出为山南西道节度使,俄以户部尚书召,未拜,卒。谥曰宣。集三十卷,今存诗五首。

赠毛仙翁

至道无名,至人长生。爱观绘事,似挹真形。方口渥丹,浓眉刷青。松姿本秀,鹤质自轻。道德神仙,内蕴心灵。红肌丝发,外彰华精。色如含芳,貌若和光。胚浑造化,含吐阴阳。吾闻安期,隐见不常。或在世间,或游上苍。猗欤真人,得非后身。写此仙骨,久而不磷。皎皎明眸,了然如新。蔼蔼童颜,的然如春。金石可并,丹青不泯。通天台上,有见常人。俗士观瞻,方悟幽尘。君子图之,敬兮如神。

和李德裕游汉州房公湖二首

太尉留琴地,时移重可寻。徽弦一掩抑,风月助登临。荣驻青油骑,高张白雪音。祇言酬唱美,良史记王箴。

静对烟波夕,犹思栋宇清。卧龙空有处,驯鸟独忘情。顾步襟期远,参差物象横。自宜雕乐石,爽气际青城。

中书相公任兵部侍郎日，后阁植四松，逾数年浣忝此官，因献拙什

丞相当时植，幽襟对此开。人知舟楫器，天假栋梁材。错落龙鳞出，褵褷鹤翅回。重阴罗武库，细响静山台。得地公堂里，移根涧水隈。吴臣梦寐远，秦岳岁年摧。转觉飞缨缪，何因继组来。几寻珠履迹，愿比角弓培。柏悦犹依社，星高久照台。后凋应共操，无复问良媒。

和李德裕房公旧竹亭闻琴

石室寒飙驻，孙枝雅器裁。坐来山水操，弦断吊遗埃。

句

但虑彩色污，无虞臂胛肥。段成式记，长安菩萨寺有画维摩变，为俗讲僧文淑装之，笔迹尽矣，故兴元郑尚书题句云云。

张汇 一作汇征

张汇，贞元十年进士，诗三首。

游栖霞寺

跻险入幽林，翠微含竹殿。泉声无休歇，山色时隐见。潮来杂风雨，梅落成霜霰。一从方外游，顿觉尘心变。

春风扇微和

木德生和气，微微入曙风。暗催南向叶，渐鬓北归鸿。澹荡侵冰谷，悠扬转蕙丛。拂尘回广路，泛籁过遥空。暖上烟光际，云移律候中。扶摇如可借，从此戾苍穹。

观藏冰

寒气方穷律，阴精正结冰。体坚风带壮，影素月临凝。冬赋凌人掌，春期命妇升。凿来壶色彻，纳处镜光澄。鲁史曾留问，幽诗旧见称。同观里射享，王道颂还兴。

陈通方

陈通方，闽县人。贞元十年登第，王播荐为江西院官。诗二首。

赋得春风扇微和

习习和风扇，悠悠淑气微。阳升知候改，律应喜春归。池柳晴初拆，林莺暖欲飞。川原浮彩翠，台馆动光辉。泛艳摇丹阙，扬芳入粉闱。发生当有分，枯朽幸因依。

金谷园怀古

缓步洛城下，轸怀金谷园。昔人随水逝，旧树逐春繁。冉冉摇风弱，菲菲裛露翻。歌台岂易见，舞袖乍如存。戏蝶香中起，流莺暗处喧。徒闻施锦帐，此地拥行轩。

句

应念路傍憔悴翼，昔年乔木幸同迁。《纪事》云：通方登第，与王播同年。播年五十六，通方甚少。因期集，抚播背曰：王老奉赠一第，言其日暮途远。及第同赠官也，播恨之。后通方丁家艰，辛苦万状。播为正郎，判盐铁。通方穷悴，求之，即不甚给。时李虚中为副使，方以诗求为汲引云云。播不得已，荐为江西院官。

李应

李应，贞元十一年登进士第。诗一首。

立春日晓望三素云

玄鸟初来日，灵仙望里分。冰容朝上界，玉辇拥朝云。碧落流轻艳，红霓间彩文。带烟时缥缈，向斗更氤氲。仿佛随风驭，迢遥出晓雰。兹辰三见后，希得从元君。

陈师穆

陈师穆，贞元十一年进士第。诗一首。

立春日晓望三素云

晴晓初春日，高心望素云。彩光浮玉辇，紫气隐元君。缥缈中天去，逍遥上界分。鸾骖攀不及，仙吹远难闻。礼候于斯睹，明循在解纷。人归悬想处，霞色自氤氲。

李季何

李季何，贞元十一年进士第。诗一首。

立春日晓望三素云

蔼蔼青春曙,飞仙驾五云。浮轮初缥缈,承盖下氤氲。薄影随风度,殊容向日分。羽毛纷共远,环珮杳犹闻。静合烟霞色,遥将鸾鹤群。年年瞻此节,应许从元君。

李程

李程,字表臣,陇西人。贞元十二年登进士第。累辟使府。为监察御史,充翰林学士。元和中,知制诰,拜礼部侍郎。敬宗即位,以吏部侍郎同平章事。后罢为河东节度使。程在翰苑,日过八砖乃至,时号八砖学士,诗五首。

春台晴望

曲台送春目—作日,景物丽新晴。蔼蔼烟收翠,忻忻木向荣。静看迟日上,闲爱野云平。风慢游丝转,天开远水明。登高尘虑息,观微道心情。更有迁乔意,翩翩出谷莺。

玉壶冰—作咏冰壶

琢玉性惟坚,成壶体更圆。虚心含众象,应物受寒泉。温润资天质,清贞—作真禀自然。日融光乍—作自散,雪照—作映色逾鲜。至鉴功宁宰,无私照岂偏。明将水镜对,白与粉闱连。拂拭终为美,提携伫见传。勿令毫发累,遗恨鲍公—作缀成篇。

赋得竹箭有筠

常爱凌寒竹,坚贞可喻人。能将先进礼,义与后凋邻。冉冉犹全节,青青尚有筠。陶钧二仪内,柯叶四时春。待凤花仍吐,停霜色更新。方持不易操,对此欲观身。

观庆云图

五云从表瑞,藻绘宛成图。柯叶何时改,丹青此不渝。非烟色尚丽,似盖状应殊。渥彩看犹在,轻阴望已无。方将遇翠辇,那羡起苍梧。欲识从龙处,今逢圣合符。

赠毛仙翁

茫茫尘累愧腥膻,强把蜉蝣望列仙。闲指紫霄峰下路,却归白鹿洞中天。吹箫凤去—作丹凤经何代,茹玉方传—作黄麟得几年。他日更来人世看,又应东海变桑田。

高弁—作乔弁

高弁,贞元十二年进士第。诗一首。

省试春台晴望

层台聊一望,遍赏帝城春。风暖闻啼鸟,冰开见跃鳞。晴山烟外翠,香蕊日边新。已变青门柳,初销紫陌尘。金汤千里国,车骑万方人。此处云霄近,凭高愿致身。

席夔

席夔,贞元十二年宏词及第。诗二首。

霜菊

时令忽已变,行看被霜菊。可怜后时秀,当此凛风肃。淅沥翠枝翻,凄清金蕊馥。凝姿节堪重,澄艳景非淑。宁祛青女威,愿盈君子掬。持来泛樽酒,永以照幽独。

赋得竹箭有筠

共爱东南美,青青叹有筠。贞姿众木异,秀色四时均。枝叶当无改,风霜岂惮频。虚心如待物,劲节自留春。鲜润期栖凤,婵娟可并人。可怜初箨卷,粉泽更宜新。

李行敏

李行敏,贞元十二年宏词登第。诗一首。

省试观庆云图

缣素传休祉,丹青状庆云。非烟凝漠漠,似盖乍纷纷。尚驻从龙意,全舒捧日文。光因五色起,影向九霄分。裂素观嘉瑞,披图贺圣君。宁同窥汗漫,方此睹氤氲。

陈讽

陈讽,贞元十年擢进士第。诗一首。

赋得冬日可爱 一作张正元诗

寒日临清昼,寥天一望时。未消埋径雪,先暖读书帷。属思光难驻,舒情影若遗。晋臣曾比德,谢客昔言诗。散彩宁偏照,流阴信不追。馀辉如可就,回烛幸无私。

崔护

崔护,字殷功,博陵人,贞元十二年登第。终岭南节度使。诗六首。

郡斋三月下旬作 以下三首一作张又新诗

春事日已歇,池塘旷幽寻。残红披独坠,嫩绿间浅深。偃仰卷芳褥,顾步爱新阴。谋春未及竟,夏初遽见侵。

五月水边柳

结根挺涯涘,垂影覆清浅。睡脸寒未开,懒腰晴更软。摇空条已重,拂水带方展。似醉烟景凝,如愁月露泫。丝长鱼误恐,枝弱禽惊践。长别几多情,含春任攀搴。

三月五日陪裴大夫泛长沙东湖

上巳馀风景,芳辰集远坰。彩舟浮泛荡,绣毂下娉婷。林树回葱蒨,笙歌入杳冥。湖光迷翡翠,草色醉蜻蜓。鸟弄桐花日,鱼翻谷雨萍。从今留胜会,谁看画兰亭。

山鸡舞石镜

庐峰开石镜,人说舞山鸡。物象纤无隐,禽情只自迷。景当烟雾歇,心喜锦翎齐。宛转乌呈彩,婆娑凤欲栖。何言资羽族,在地得天倪。应笑翰音者,终朝饮败醯。

题都城南庄

去年今日此门中,人面桃花相映红。人面不知一作只今何处去,桃花依旧笑春风。《太平广记》云:初护举进士不第,清明独游都城南。得村居,花木丛萃。叩门久。有女子自门隙问之。对曰:"寻春独行,酒渴求饮。"女子启关,以盂水至,独倚小桃柯伫立,而意属殊厚。崔辞去,送至门,如不胜情而入。后绝不复至。及来岁清明,径往寻之,户扃无人。因题此诗于左扉。后数日,复往寻之,有老父出曰:"吾女笄年,知书,未适人,自去年以来,常恍惚若有所失。比日与之出,及归,见左扉有字,读之,入门而病。遂绝食,数日死。得非君耶,杀吾女也?"持崔大哭,崔感动,请入临,见其女俨然在床。举其首,枕其股,哭而祝曰:"某在斯。"良须,开目复活。老父大喜,遂以女归之。

晚鸡

黯黯严城罢鼓鼙,数声相续出寒栖。不嫌惊破纱窗梦,却恐为奴半夜啼。

全唐诗卷三百六十九

李翱

李翱,字习之。中贞元进士第,调校书郎。元和初,为国子博士、史馆修撰。迁考功员外郎,除朗、庐二州刺史,入为谏议大夫。知制诰,改中书舍人。会昌中,终山南东道节度使。诗七首。

赠药山高僧惟俨二首 时刺朗州,一本无二首二字,第二首题云再赠。

练得身形似鹤形,千株松下两函经。我来问道无馀说,云在青霄水在瓶。

选得幽居惬野情,终年无送亦无迎。有时直上孤峰顶,月下披云啸一声。

赠毛仙翁

紫霄仙客下三山,因救生灵到世间。龟鹤计年承甲子,冰霜为质驻童颜。韬藏休咎传真箓,变化荣枯试小还。从此便教尘骨贵,九霄云路愿追攀。

拜禹歌并序

贞元十五年六月二十九日,陇西李翱敬拜于禹之堂下。自宾阶升,北面立,弗敢叹,弗敢祝,弗敢祈。退,降,复敬,再行,哭而归。且歌曰:

惟天地之无穷兮,哀生人之常勤。往者吾弗及兮,来者吾弗闻。已而,已而。

广庆寺

传者不足信,见景胜如闻。一水远赴海,两山高入云。鱼龙晴自戏,猿狖晚成群。醉酒斜阳下,离心草自薰。

奉酬刘言史宴光风亭

闰馀春早景沉沉,禊饮风亭恣赏心。红袖青娥留永夕,汉阴宁肯羡山阴。

戏赠诗

县君好砖渠,绕水恣行游。鄙性乐疏野,凿地便成沟。两岸值芳草,中央漾清流。所尚既不同,砖凿可自修。从他后人见,境趣谁为幽。

皇甫湜

皇甫湜,字持正,新安人。元和中擢进士第,为陆浑尉,仕工部郎中。裴度辟为判官。集三卷,今存诗三首。

题浯溪石

次山有文章,可惋只在碎。然长于指叙,约洁有馀态。心语适相应,出句多分外。于诸作者间,拔戟成一队。中行虽富剧,粹美若—作君可盖。子昂感遇佳,未若君雅裁。退之全而神,上与千载对。李杜才海翻,高下非可概。文与—作于一气间,为物莫与大。先王路不荒,岂不仰吾辈。石屏立衙衙,溪口扬素濑。我思何人知,徒倚如有待。

石佛谷

澶漫太行北,千里一块石。平腹有壑谷,深广数百尺。土僧何为者,老草毛发白。寝处容身龛,足膝隐成迹。金仙琢灵象,相好倚北壁。花座五云扶,玉毫六虚射。文人留纪述,时事可辨析。鸟迹巧均分,龙骸极癯瘠。枯松间槎枿,猛兽恣腾掷。蛣蜣虫食纵—作踪,悬垂露凝滴。精艺贯古今,穷岩谁爱惜。托师禅诵馀,勿使尘埃积。

出世篇

生当大丈夫,断羁罗,出泥涂。四散号呶,俶扰无隅。埋之深渊,飘然上浮。骑龙披青云,泛览游八区。经太山,绝大海,一长吁。西摩月镜,东弄日珠。上括天之门,直指帝所居。群仙来迎塞天衢,凤皇鸾凫灿金舆。音声嘈嘈满太虚,旨饮食兮照庖厨。食之不饫饫不尽,使人不陋复不愚。旦旦狎玉皇,夜夜御天姝。当御者几人,百千为番,宛宛舒舒,忽不自知。支消体化膏露明,湛然无色茵席濡。俄而散漫,斐然虚无。翕然复抟,抟久而苏。精神如太阳,霍然照清都。四肢为琅玕,五脏为璠玙。

颜如芙蓉,顶为醍醐。与天地相终始,浩漫为欢娱。下顾人间,溷粪蝇蛆。

樊宗师

樊宗师,字绍述,河中人。始为国子主簿。元和中,擢军谋宏远科,授著作佐郎。历金部郎中,绵、绛二州刺史。进谏议大夫,未拜,卒。诗七百六十九篇。今存一首。

蜀绵州越王楼诗并序

绵之城,帝猲撅。掀明威,弥石硝。驰涪濑,左陵凌—作凌凌红秾。簪天地—作池送行癸壬,且掬跎跎于西北。蟠红颜—作颜青,越王贞故为楼。重轩叠飞,门明窗蒙伞。寒寒予始登,谓日月昏晓,可窥其背。雷电合,风云遇—作遘,霜辛露酸,星辰介行,鬼神变化。草木显—作颎,绣髻术,蓑芰皆可察极。既萦视共红带,又极视其土冈。断暴远近,山崄崄若阁之束—作东皇。天原开,见荆山。我其黄音衍,一黄河,涧—作晌然为曲直。泪雨落,不可掩。因口其心曰,无害若—作苦其自—作目果星星。过归果星星,过归尚悲,不能解。重为诗以释,益不可。顾谓郡中诸君。能无有以以华艳。其念蓄—作缓云。

危楼倚天门,如阛星辰宫。榱薄龙虎怪,泂泂绕雷风。徂秋试登临,大霭屯乔空。不见西北路,考怀益雕穷。石濑薄溅溅,上山杳穹穹。昔人创—作怆为逝,所适酡颜红。今我兹之来,犹校成岁功。辍田植科亩,游圃歌芳丛。地财无丛厚,人室安取丰。既乏富庶能,千万惭文翁。

卢储

卢储,贞元间人。擢进士第一。诗二首。

催妆

李翱典郡江淮,储以进士投卷。翱置几案间,其女见之,谓小青衣曰:"此人必为状头。"翱闻,选以为婿。明年,果第一人及第。

昔年将去玉京游,第一仙人许状头。今日幸为秦晋会,早教鸾凤下妆楼。

官舍迎内子有庭花开—作题芍药。一作迎内子题庭花。

芍药斩新栽,当庭数朵开。东风与拘束,留待细君来。

皇甫松

皇甫松,湜之子,自称檀栾子。诗十三首。

古松感兴

皇天后土力,使我向此生。贵贱不我均,若为天地情。我家世道德,旨意匡文明。家集四百卷,独立天地经。寄言青松姿,岂羡朱槿荣。昭昭大化光,共此遗芳馨。

怨回纥歌

白首南朝女,愁听异域歌。收兵颉利国,饮马胡芦河。毳布腥膻久,穹庐岁月多。雕巢城上宿,吹笛泪滂沱。

江上送别

祖席驻征棹,开帆候信潮。隔筵桃叶泣,吹管杏花飘。船去鸥飞阁,人归尘—作鹿上桥。别离惆怅泪,江路湿红蕉。

采莲子二首

菡萏香连十顷陂,小姑贪戏采莲迟。晚来弄水船头湿,更脱红裙裹鸭儿。

船头湖光滟滟秋,贪看年少信船流。无端隔水抛莲子,遥被人知半日羞。

抛球乐

红拨一声飘,轻球坠越绡。带翻金孔雀,香满绣蜂腰。少少抛分数,花枝正索饶。

金蹙花球小,真珠绣带垂。几回冲蜡烛,千度入春怀。上客终须醉,觥杯自乱排。

劝僧酒

劝僧一杯酒,共看青青山。酣然万象灭,不动心印—作即闲。

登郭隗台

燕相谋在兹,积金黄巍巍。上者欲何颜,使我千载悲。

杨柳枝词二首

烂漫春归水国时,吴王宫殿柳丝垂。黄莺长叫空闺畔,西子无因更得知。

春入行宫映翠微,玄宗侍女舞烟丝。如今柳向空城绿,玉笛何人更把吹。

浪淘沙二首

滩头细草接疏林,浪恶罾船半欲沉。宿鹭眠洲非旧浦,去年沙觜是江心。

蛮歌豆蔻北人愁,松雨蒲风野艇秋。浪起鵁鶄眠不得,寒沙细细入江流。

句

夜入真珠室,朝游玳瑁宫。《纪事》载:松为牛僧孺表甥,不相荐举。因襄阳大水,极言诽谤。真珠乃牛爱姬也。

马异

马异,河南人。与卢仝友善。诗四首。

送皇甫湜赴举

马蹄声特特,去入天子国。借问去是谁,秀才皇甫湜。吞—作舍吐一腹文,八音兼五色。主文有崔李,郁郁为朝德。青铜镜必明,朱丝绳必直。称意太平年,愿子长相忆。

贞元旱岁

赤地炎都寸草无,百川水沸煮虫鱼。定应燋烂无人救,泪落三篇古尚书。

暮春醉中寄—作赠李干秀才

欢异—作喜且交亲,酒生开—作生开一瓮春。不须愁犯卯,且乞醉过申。折草为筹箸,铺花作锦裀。娇莺解言语,留客也殷勤。

答卢仝结交诗

有鸟自—作分南翔,口衔一书札,达我山之

维。开缄金玉焕陆离,乃是卢仝结交诗。此诗峭绝天边格,力与文星色相射。长河拔作数条丝,太华磨成一拳石。莫嗟独笑—作秀无往还,月中芳桂难追攀。况值乱邦不平年,回陵倒谷如等闲。与君俯首大艰阻,喙长三尺不得语。因君今日形章句,羡猕猴兮—作子著衣裳,悲蚯蚓兮—作子安翅羽。上天不识—作失察,仰我为辽或作僚天失所,将吾剑兮切淤泥。使良骥兮捕老鼠。昨日脱身卑贱笼,卯星借与老人峰。抱锄厮—作筑地芸芝术,偃盖参天旧有松,术—作我与松兮保身世。卧居居兮起于于—作吁吁,漱潺潺兮聆嗗嗗。道在其中可终岁,不教辜负尧为帝。烧我荷衣摧我身,回看天地如砥平。钢刀刳骨不辞去,卑—作毕躬君子今明明。俯首辞山心惨恻,白云虽好恋不得。看云且拟直须臾,疾风又卷西飞翼。为报覃怀心—作新结交,死生富贵存后凋。我心不畏朱公叔,君意须防刘孝标。以胶投漆苦不早,就中相去万里道。河水悠悠山之间,无由把袂摅怀抱。忆仝吟能文—作文能,洽臭成兰薰。不知何处清风夕,拟使张华见陆云。

全唐诗卷三百七十

吕温

吕温，字和叔，一字化光，河中人。贞元末，擢进士第。因善王叔文，再迁为左拾遗，以侍御史使吐蕃，元和元年乃还。柳宗元等皆坐叔文贬，温独免。进户部员外郎，与窦群、羊士谔相昵，群为御史中丞，荐温知杂事，士谔为御史。宰相李吉甫持之不报。温乘间奏吉甫阴事，诘辩皆妄。贬均州刺史，议者不厌，再贬道州。久之，徙衡州卒。集十卷，内诗二卷，今编诗二卷。

白云起封中诗 题中用韵，六十字成。

封开白云起，汉帝坐斋宫。望在泥金上，疑生秘玉中。攒柯初缭绕，布叶渐蒙笼。日观祥光合，天门瑞气通。无心已出岫，有势欲凌风。倘遣成膏泽，从兹遍大空。

终南精舍月中闻磬声诗 题中用韵，六十字成。

月峰禅室掩，幽磬静昏氛。思入空门妙，声从觉路闻。泠泠满虚壑，杳杳出寒云。天籁疑难辨，霜钟谁可分。偶来游法界，便欲谢人群。竟夕听真响，尘心自解纷。

青出蓝诗 题中有韵，限四十字成。

物有无穷好，蓝青又出青。朱研未—作方比德，白受始成形。袍袭宜从政，衿垂可问经。当时不采撷，作色几飘零。

奉和李相公早朝于中书候传点，偶书所怀奉呈门下武相公中书郑相公

禁门留骑吹，内省正衣冠。稍辨旗常色，尚闻钟漏残。九天炉气—作焰暖，六月玉声寒。宿雾开霞观，晨光泛露盘。致君期反朴，求友得如兰。政自—作出同归理，言成共不刊。准绳临百度，领袖映千官。卧鼓流沙静，飞航涨海安。尽规酬主意，偕赋代交欢。雅韵人间满，多惭窃和难。

奉和武丞秋日台中寄怀简诸僚友_{时西蕃使回，奉秋命追和。}

圣朝思纪律，宪府得中贤。指顾风行地，仪形月丽天。不仁恒自远，为政复何先。虚室唯生白，闲情_{一作门}却草玄。迎霜红叶早，过雨碧_{一作绿}苔鲜。鱼乐翻秋水，乌声隔暮烟。旧游多绝席，感物遂成篇。更许穷荒谷，追歌白雪前。

吐蕃别_{一作列}馆和周十一郎中杨七录事望白水山作

纯精结奇状，皎皎天一涯。玉嶂拥清气，莲峰开白花。半岩晦云雪，高顶澄烟霞。朝昏_{一作暮}对宾馆，隐映如仙家。夙闻蕴孤尚，终欲穷幽遐。暂因行役暇，偶得志所嘉。明时无外户，胜境即中华。况今舅甥国，谁道隔流沙。

奉和张舍人阁中直夜思闻雅琴因书事通简僚友

迢递天上直，寂寞丘中琴。忆尔山水韵，起予仁智心。凝情在正始，超想疏烦襟。凉生子夜后，月照禁垣深。远风霭兰气，微露清桐阴。方袭缁衣庆，永奉南薰吟。

和舍弟惜花绝句_{时蕃中使回}

去年无花看，今年未看花。更闻飘落尽，走马向谁家。

和恭听晓笼中山鹊

掩抑中天意，凄怆触笼音。惊晓一闻处，伤春千里心。

和舍弟让笼中鹰

未用且求安，无猜也不残。九天飞势在，六月目睛寒。动触樊笼倦，闲消肉食难。主人憎恶鸟，试待一呼看。

同恭夏日题寻真观李宽中秀才书院

闭_{一作闲}院开轩笑语阑，江山并入一壶宽。微风但觉杉香满，烈日方知竹气寒。披卷最宜生白室，吟诗好就步虚坛。愿君此地攻文字，如炼仙家九转丹。

同舍弟恭岁暮寄晋州李六协律三十韵

古人犹悲秋，况复岁暮时。急景迫流念，穷阴结长悲。阳乌下西岭，月鹊惊南枝。揽衣步霜砌，倚杖临冰池。恍恍若有失，悄悄良不怡。忽闻晨起吟，宛是同所思。有美壮感激，无何远栖迟。摧藏变化用，掩抑扶摇姿。时杰岂虚出，天道信可欺。巨川望汎济，寒谷待潜吹。剑匣益精利，玉韬_{一作韫}宁磷缁。戒哉轻沽诸，行矣自宠之。伊我抱微尚，仲氏即心期。讨论自少小，形影相差池。比来胸中气，欲耀天下奇。云雨沛萧艾，烟阁双萎蕤。几年困方枘，一旦迷多岐。道因穷理悟，命以尽性知。事去类绝弦，时来如转规。伊吕偶然得，孔墨徒尔为。早行多露悔，强进触藩羸。功名岂身利，仁义非吾私。万物自身_{一作生}化，一夫何驱驰。不如任行止，委命_{一作分}安所宜。劝君休感叹，与予陶希夷。明年郊天后，庆泽岁华滋。曲水杏花雪，香街青柳丝。良时且暂欢，樽酒聊共持。闲过漆园叟，醉看五陵儿。寄言思隐_{一作所思}处，不久来相追。

青海西寄窦三端公

时同事弗同，穷节厉阴风。我役流沙外，君朝紫禁中。从容非所羡，辛苦竟何功。但示酬恩路，浮生任转蓬。

蕃中拘留岁馀回至陇石先寄城中亲故

蓬转星霜改，兰陔色养违。穷泉百死别，绝域再生归。镜数成丝发，囊收衄血衣。酬恩有何力，只弃一毛微。

吐蕃别_{一作列}馆卧病寄朝中诸友

星汉纵横车马喧，风摇玉佩烛花繁。岂知羸卧穷荒外，日满深山_{一作山头}犹闭门。

吐蕃别_{一作列}馆中和日寄朝中僚旧

清时令节千官会，绝域穷山_{一作荒}一病夫。遥想满堂欢笑处，几人缘_{一作似}我向西隅。

及第后答潼关主人

本欲云雨化，却随波浪翻。一沾太常第，十过潼关门。志力且虚弃，功名谁复论。主人故一作固相问，惭笑不能言。

河中城南姚家浴后题赠主人

新浴振轻衣，满堂寒月色。主人有美酒，况是曾相识。

看浑中丞山桃花，初有他客不通，晚方得入，因有戏赠

朝来驻马香街里，风度遥闻语笑声。无事闭门教日晚，山桃落尽不胜情。

赠友人

南山双乔松，擢本皆千寻。夕流膏露津，朝被青云阴。负雪出深涧，摇风倚高岑。明堂久不构，云干何森森。匠意方雕巧，时情正夸淫。生材会有用，天地岂无心。

道州夏日郡内北桥新亭书怀赠何元二处士

结构池梁上，登临日几回。晴空交密叶，阴岸积苍苔。爽气中央满，清风四面来。振衣生羽翰，高枕出尘埃。齐物鱼何乐，忘机鸟不猜。闲销炎昼静，选胜火云开。僻远宜屏性，优游赖废材。愿为长泛梗，莫作重然灰。守道穷非过，先时动是灾。寄言徐孺子，宾榻且徘徊。

道州弘道县主簿知县三年，颇著廉慎，秩满县阙申使请留，将赴衡州题其厅事

为理赖同力，陟明非所任。废田方垦草，新柘未成阴。术浅功难就，人疲感易深。烦君驻归棹，与慰不欺心。

道州将赴衡州酬别江华毛令此人好书破百姓布绢头，及妄行杖。

布帛精粗任土宜，疲人识信一作性每先一作相期。明朝别后无他嘱，虽是蒲鞭也莫施。

道州夏日早访苗一作苗参军林园敬酬见赠

高眠日出始开门，竹径旁通到后园。陶亮横琴空有意，任棠置水竟无言。松窗宿翠含风薄，槿援一作院朝花带露繁。山郡本来车马少，更容相访莫辞喧。

道州敬酬何处士怀郡楼月夜之作

清质悠悠素彩融，长川一作天迥一作回陆合一作向为空。佳人甚近山城闭，夏一作一夜相望水镜中。

道州敬酬何处士书情见赠

意气曾倾四国豪，偶来幽寺息尘劳。严陵钓处江初满，梁甫吟时月正高。新识几人知杞梓，故园何岁长蓬蒿。期君自致青云上，不用伤心叹二毛。

戏赠灵澈上人

僧家亦有芳春兴，自是禅心一作心源无滞境。君看池水湛然时，何曾一作时不受花枝影。

二月一日是贞元旧节，有感绝句，寄黔南窦三洛阳卢七一作寄窦三任黔南，卢七任洛阳。

同事一作侍先皇立玉墀，中和旧节又支离。今朝各自看花处，万里遥知掩泪时。

初发道州答崔三连州题海阳亭见寄绝句

吏中习隐好跻攀，不扰疲人例自闲。闻说殷勤海阳事，令人转忆舜祠山。

答段秀才

尽日看花君不来，江城半夜与一作为君开。楼中共指南园火，红烬随花落碧苔。

宗礼欲往桂州，苦雨因以戏赠

农人辛苦绿苗齐，正爱梅天水满堤。知汝使车行意速，但令骢一作骏马著泥。

道州奉寄襄阳裴相公

悠悠世路自浮沉，岂问一作闻仁贤待物心。最忆过时留宴处，艳歌催酒后亭深。

全唐诗卷三百七十一

吕温

吐蕃别—作列馆月夜

三五穷荒月,还应照北堂。回身向暗卧,不忍见圆光。

望思台作

浸润成宫蛊,苍黄弄父兵。人情疑始变,天性感还生。宇县犹能洽,闺门讵不平。空令千载后,凄怆望思名。

孟冬蒲津关河亭作

息驾非穷途,未济岂迷津。独立大河上,北风来吹人。雪霜自兹始,草木当更新。严冬不肃杀,何以见阳春。

巩路感怀

马嘶白日暮,剑鸣秋气来。我心浩—作眇无际,河上空徘徊。

题梁宣帝陵二首

即雠终自翦,覆国岂为雄。假号孤城里,何殊—作如在甬东。

祀夏功何薄,尊周义不成。凄凉庾信赋,千载共伤情。

岳阳怀古

晨飙发荆州,落日到巴丘。方知剸剌利,可接鬼神游。二湖豀南浸,九派驶东流。襟带三千里,尽在岳阳楼。忆昔斗群雄,此焉争上游。吴昌屯虎旅,晋盛骛龙舟。宋齐纷祸难,梁陈成寇雠。钟鼓长震耀,鱼龙不得休。风雪一萧散,功业忽如浮。今日时无事,空江满白鸥。

道州途中即事

零桂佳山水,荥阳旧自—作日同。经途看不暇,遇境说难穷。叠嶂青时合,澄湘漫处空。舟移明镜里,路入画屏中。岩壑千家接,松萝一径通。渔烟一作灯生缥缈,犬吠隔笼葱。戏鸟留馀翠,幽花吝一作悦晚红。光翻沙濑日,香散橘园风。信美非吾土,分忧属贱躬。守愚资地僻,恤隐望年丰。且保心能静,那求政必工。课终如免戾,归养洛城东。

登少陵原,望秦中诸川,太原王至德妙用一本无用字有水术,因用感叹

少陵最高处,旷望极秋空。君山喷清源,脉散秦川中。荷锸自一作动成一作成云雨,由来非鬼工。如何盛明代,委弃伤幽风。泾灞徒络绎,漆沮虚会同。东流滔滔去,沃野飞秋蓬。大禹平水土,吾人得其宗。发机回地势,运思与天通。早欲献奇策,丰财叙西戎。岂知年三十,未识大明宫。卷尔出岫云,追吾入冥鸿。无为学惊俗,狂醉哭途穷。

奉敕祭南岳十四韵

皇家礼赤帝,谬获司风域。致斋紫盖下,宿设祝融侧。鸣涧惊宵寐,清猿递时刻。澡洁事夙兴,簪佩思尽一作书饰。危坛象岳趾,秘殿翘翚翼。登拜不遑愿一作顾,酌献皆累息。赞道仪匪繁,祝史词甚直。忽觉心魂悸,如有精灵逼。漠漠云气生,森森杉柏黑。风吹虚箫韵,露洗寒玉色。寂寞有至公,馨香在明德。礼成谢邑吏,驾言归郡职。憩桑访蚕事,遵畴课农力。所愿风雨时,回首瞻南极。

经河源军汉村作

行行忽到旧河源,城外千家作汉村。樵采未侵征虏墓,耕耘犹就破羌屯。金汤天险长全设,伏腊华风亦暗存。暂驻单车空下泪,有心无力复何言。

题河州赤岸桥

左南桥上见河州,遗老相依赤岸头。匝塞歌钟一作中受恩者,谁怜被发哭东流。

题阳人城

忠驱义感即风雷,谁道南方乏武才。天下起兵诛董卓,长沙子弟最先来。

晋王龙骧墓

虎旗龙舰顺长一作天风,坐引全吴入掌中。孙皓小儿何足取,便令千载笑争功。

题石勒城二首

长驱到处积人头,大旆连营压上游。建业乌栖何足问,慨然归去王中州。

天生杰异固难驯,应变摧枯若有神。夷甫自能疑倚啸,忍将虚诞误时一作吴人。

刘郎浦口号

吴蜀成婚此水浔,明珠步障幄黄金。谁将一女轻天下,欲换刘郎鼎峙心。

自江华之衡阳途中作

孤棹迟迟怅有违,沿湘数日逗晴晖。人生随分为忧喜,回雁峰南是北归。

吐蕃别一作列馆送杨七录事先归

愁云重拂地,飞雪乱遥程。莫虑前山暗,归人正眼一作眼自明。

奉送范司空赴朔方得游字

筑坛登上将,膝席委前筹。虏灭南侵迹,朝分北顾忧。抗旌回广漠,抚剑动旄头。坐见黄云暮,行看白草秋。山横旧秦塞,河绕古灵州。戍一作善守如无一作兵家,又作知兵事,惟应猎骑游。

送文畅上人东游

随缘聊振锡,高步出东城。水止一作月上无恒地,云行不计程。到时为彼岸,过处即前生。今日临岐别,吾徒自有情。

喜俭北至送宗礼南行

洞庭舟始泊,桂江帆又开。魂从会处断,愁向笑中来。惝恍看残景,殷勤祝此杯。衡阳刷羽待,成取一行回。

送段九秀才归澧州

湘南孤白芷,幽托在清浔。岂有一作在馨

香发,空劳知处深。摧贤路已隔,赈乏力不—作弗任。惭我一言分,贞君千里心。寸义薄联组,片诚敌兼金。方期践冰雪,无使弱思侵。

衡州送李十一兵曹赴浙东

慷慨视别剑,凄清一作凉泛离琴。前程楚塞断,此恨—作别,—作别恨洞庭深。文字已久废,循良非所任。期君碧云上,千里一扬音。

临洮送袁七书记归朝 时袁生作僧,蕃人呼为袁师。

忆年十五在江湄,闻说平凉且半疑。岂料殷勤洮水上,却将家—作归信托—作寄袁师。

江陵酒中留别坐客

寻常纵恣倚青春,不契心期便不亲。今日烟波九疑去,相逢尽是眼中人。

道州酬送何山人之容州

匣有青萍筒—作筒有书,何门不可曳长裾。应须定取真知者,遭对明君说子虚。

道州送戴简处士往骜州谒杨侍郎

羸马孤童鸟道微,三千客散独南归。山公念旧偏知我,今日因君泪满衣。

春日游郭驸马大安亭子

戚里容闲客,山泉若化成。寄游芳径好,借赏彩船轻。春至花常满,年多水更清。此中如传舍,但自立功名。

楚州追制后舍弟直—作在长安县失囚花下共饮

天子收郡印,京兆责狱囚。狂兄与狂弟,不解对花愁。

衡州岁前游合江亭,见山樱蕊未折,因赋含彩咨惊春

山樱先春发,红蕊满霜枝。幽处竟谁见,芳心空自知。似夺朝日照,疑畏暖风吹。欲问含彩意,恐惊轻薄儿。

衡州登楼望南馆临水花,呈房戴段李诸公

夭桃临方塘,暮色堪秋思。托根岂求润,照影非自媚。冒挂青柳丝,零落绿钱地。佳期竟—作意何许,时有幽禽至。

合江亭槛前多高竹,不见远岸花,客命翦之,感而成咏

吉凶岂前卜,人事何翻覆。缘看数日花,却翦凌霜竹。常言契君操,今乃妨众目。自古病当门,谁言出幽独。

道州春游欧阳家林亭

道州城北欧阳家,去郭一里占烟霞。主人虽朴甚有思,解留满地红桃花。桃花成泥不须扫,明朝更访桃源老。政成兴足告即—作即告,又作则告归,门前便是家山道。

衡州早春偶游黄溪口号

偶寻黄溪日欲没,早梅未尽山樱发。无事江城闭此身,不得坐待花间月。

衡州夜后把火看花留客

红芳暗—作暖落碧池头,把火遥看且—作更少留。半夜忽然风更起,明朝不复上南楼。

夜后把火看花南园,招李十一兵曹不至,呈座上诸公

夭桃红烛正相鲜,傲吏闲斋困独眠。应是梦中飞作蝶,悠扬只在此花前。

顺宗至德大圣大安孝皇帝挽歌词三首

遐视轻神宝,传归属圣猷。尧功终有待,文德本无忧。坐受朝汾水,行看告岱丘。那知鼎成后,龙驭费淹留。

盐抚垂三纪,声徽洽万方。礼因驰道著,明自垦田彰。积渐承鸿业,从容守太康。更留圆寝诏,恭听有馀芳。

早秋同轨至,晨箙露华滋。挽度千夫咽,筋凝六马迟。剑悲长闭日,衣望出游时。风起

西陵树,凄凉满孝思。

咏蜀客石琴枕
　　可怜他山石,几度—作岁负贞坚。推迁强为用,雕斫伤自然。文含巴江浪,色起青城烟。更闻馀玉声,时入朱丝弦。

河南府试赎帖,赋得乡饮酒诗
　　酌言修旧典,刈楚始登堂。百拜宾仪尽,三终乐奏长。想同莺出谷,看似雁成行。礼罢知何适,随云入帝乡。

赋得失群鹤
　　杳杳冲天鹤,风排势暂违。有心长自负,无伴可相依。万里宁辞远,三山讵忆归。但令毛羽在,何处不翻飞。

道州南楼换柱
　　鸿灾起无朕,有见非前知。蚁入不足恤,柱倾何可追。良工操斤斧,沉吟方在斯。殚材事朽废,曷若新宏规。

道州北池放鹅
　　我非好鹅癖,尔乏鸣雁姿。安得免沸鼎,澹然游清池。见生不忍食,深情固在斯。能自远飞去,无念稻粱为。

回风有怀
　　银宫翠岛烟霏霏—作菲菲,珠树玲珑朝日晖。神仙望见不得到,却逐回风何处归。

蕃中答退浑词二首退浑种落尽在,而为吐蕃所鞭挞。有译者诉情于予,故以此答之。
　　退浑儿,退浑儿,朔风长在气何衰。万群铁马从奴虏,强弱由人莫叹时。

　　退浑儿,退浑儿,冰消青海草如丝。明堂天子朝万国,神岛龙驹将与谁。

上官昭容书楼歌贞元十四年,友人崔仁亮于东都买得《研神记》一卷。有昭容列名书疑缝处,因用感叹而作是歌。
　　汉家婕妤唐昭容,工诗能赋千载同。自言才艺是天真,不服丈夫胜妇人。歌阑舞罢闲无事,纵恣优游弄文字。玉楼宝架中天居,缄奇秘异万卷馀。水精编帙绿钿轴,云母捣纸黄金书。风吹—作飘花露清旭时,绮窗高挂红绡帷。香囊盛烟绣结络,翠羽拂案青—作碧琉璃。吟披啸卷终—作纷无已,皎皎渊机破—作碎研理。词萦彩翰紫鸾回,思耿寥天碧云起。碧云起,心悠哉,境深转苦坐自摧—作催。金—作玉梯珠履声一断,瑶阶日夜生青苔。青苔秘空—作闭九关,曾比群玉山。神仙杳何许,遗逸满人间。君不见洛阳南市卖书肆,有人买得研神记。纸上香多蠹不成,昭容题处犹分明,令人惆怅难为情。

闻砧有感
　　千门俨云端,此地富罗纨。秋月三五夜,砧声满长安。幽人感中怀,静听泪泛澜。所恨捣衣者,不知天下寒。

早觉有感—作怀
　　东方殊未明,暗室虫正飞。先觉忽先起,衣裳颠倒时。严冬寒漏长,此夜如何其。不用思秉烛,扶桑有清晖。

冬日病中即事
　　墙下长安道,嚣尘咫尺间。久牵身外役,暂得病中闲。背喜朝阳满,心怜暮鸟还。吾庐在何处,南有白云山。

病中自户部员外郎转司封
　　羸卧承新命,优容获所安。遣儿迎贺客,无力拂尘冠。偃仰晴轩暖,支离晓镜寒。那堪报恩去,感激对衰兰。

久病初朝衢中即事
　　沉痾旷十旬,还过直城闉。老马犹知路,羸童欲怕人。久赊三径计,更强百年身。许国将何力,空生衣上尘。

道州城北楼观李花
　　夜疑关山月,晓似沙场雪。曾使西域来,

幽情望超越。将念浩无际,欲言忘所说。岂是花感人一作感怀抱,自怜抱孤节。

道州秋夜南楼即事

谁念一作怜,又作令独坐愁,日暮此南楼。云去舜祠闭,月明潇水流。猿声何处晓,枫叶满山秋。不分一作照匣中镜,少年看白头。

道州观野火

南风吹烈火,焰焰烧楚泽。阳景当昼迟一作连,阴天半夜赤。过处若彗扫,来时如电激。岂复辨萧兰一作艾,焉能分玉石。虫蛇尽烁烂,虎兕出一作亦奔迫。积秽一作皆荡除,和气始融液。尧时既敬授,禹稼斯肇迹一作植。遍生合颖禾,大秀两岐麦。家有京坻咏,人无沟壑感。乃悟焚如功,来岁终受益。

衡州早春二首

碧水何逶迤,东风吹沙一作春草。烟波千万一作里曲,不辨嵩阳道。

病肺不饮酒,伤心不看花。惟惊望乡处,犹自隔长沙。

郡内书怀寄刘连州窦夔州

朱邑何为者,桐乡有古祠。我心常所慕,二郡老人知。

偶然作二首

栖栖复汲汲,忽觉年四十。今朝满衣泪一作泪满衣,不是伤春泣。

中夜兀然坐,无言空涕洟。丈夫志气事,儿女安得知。

古兴

越欧百炼时,楚卞三泣地。二宝无人识,千龄皆弃置。空岩起白虹,古狱生紫气。安得命世客,直来开奥秘。剑任刜钟看,玉从投火试。必能绝疑惑,然后论奇异。

风咏

微风生青蘋,习习出金塘。轻摇深林翠,静猎幽径芳。掩抑时未来,鸿毛亦无伤。一朝乘严气,万里号清霜。北走摧邓林,东去落扶桑。扫却垂天云,澄清无私光。悠然返空寂,晏海通舟航。

镜中叹白发

年过潘岳才三岁,还见星星两鬓中。纵使他时能早达,定知不作黑头公。

友人邀听歌有感

文章抛尽爱功名,三十无成白发生。辜负壮心羞欲死,劳君贵买断肠声。

贞元十四年旱甚,见权门移芍药花

绿原青垄渐成尘,汲井一作水开园日日新。四月带花移芍药,不知忧国是何人。

冬夜即事

百忧攒心起复卧,夜长耿耿不可过。风吹雪片似花落,月照冰文如镜破。

道州郡斋卧疾寄东馆诸贤

东池送客醉年华,闻道风流胜习家。独卧郡斋寥落意一作处,隔帘微雨湿梨花。

读小弟诗有感,因口号以示之

忆吾一作君未冠赏年华,二十年间在咄嗟。今来羡汝看花岁,似汝追思昨日花。

读句践传

丈夫可杀不可羞,如何送我海西头。更生更聚终须报,二十年间死即休。

道州月叹 追述蕃中事,与道州对言之。

别馆月,犁牛冰河金山雪。道州月,霜树子规啼是血。壮心感此孤剑鸣,沉火在灰殊未灭。

风叹

青海风,飞沙射面随惊蓬。洞庭风,危樯欲折身若空。西驰南走有何事,会须一决百年中。

道州感兴

当代知文字,先皇记姓名。七年天下立,万里海西行。苦节终难辨,劳生竟自轻。今朝流落处,啸水绕孤城。

和李使君三郎—作兄弟早秋城北亭宴崔司士,因寄关中张评事

黄花古城路,上尽见青山。桑柘晴川口,牛羊落照间。野情随卷幔,尘事隔重关。道合偏重赏,官微烛不闲。鹤分琴久罢,书到雁应还。为谢登临客,琼林—作枝寄一攀。

题从叔园林

阮宅闲园暮,窗中见树阴。樵歌依野草,僧语过长林。鸟向花间井,人弹竹里琴。自嫌身未老,已有住山心。

送僧归漳州

几夏京城住,今朝独远归。修行四分律,护净七条衣。溪寺黄橙熟,沙田紫芋肥。九龙潭上路,同去客应稀。

全唐诗卷三百七十二

孟郊

孟郊,字东野,湖州武康人。少隐嵩山,性介,少谐合。韩愈一见为忘形交。年五十,得进士第,调溧阳尉。县有投金濑、平陵城,林薄蒙翳,下有积水。郊间往坐水旁,裴回赋诗,曹务多废。令白府以假尉代之,分其半奉。郑馀庆为东都留守,署水陆转运判官。馀庆镇兴元,奏为参谋。卒。张籍私谥曰贞曜先生。郊为诗有理致,最为愈所称。然思苦奇涩,李观亦论其诗曰:高处在古无上,平处下顾二谢云。集十卷,今编诗十卷。

列女 一作妇操

梧桐相待老,鸳鸯会双死。贞女贵徇夫,舍生亦如此。波澜誓不起,妾心井中水。

灞上轻薄行

长安无缓步,况值天景暮。相逢灞浐间,亲戚不相顾。自叹方拙身,忽随轻薄伦。常恐失所避,化为车辙尘。此中生白发,疾走亦未 一作不得歇。

长安羁旅行

十日一理发,每梳飞旅尘。三旬九过饮,每食唯旧贫。万物皆及时,独余不觉春。失名谁肯访,得意争相亲。直木有恬翼,静流无躁鳞。始知喧竞场,莫处君子身。野策藤竹轻,山蔬薇蕨新。潜歌归去来,事外风景真。

长安道

胡风激秦树,贱子风中泣。家家朱门开,得见不可入。长安十二衢,投树鸟亦急。高阁何人家,笙簧正喧吸。

送远吟

河水昏复晨,河边相送频。离杯有泪饮,别柳无枝春。一笑忽然敛,万愁俄已新。东波与西日,不惜远行人。

古薄命妾

不惜十指弦,为君千万弹。常恐新声至—作发,坐使—作使我故声—作曲残。弃置今日悲,即是昨日欢。将新变故易,持—作将,—作变故为新难。青山有蘼芜,泪叶长不干。空令后代—作世人,采掇幽思攒—作思幽兰。

古离别—作对景惜别

松山云缭绕,萍路—作合水分离。云去有归日,水分无合时。春芳—作芳景役双眼—作目,春色柔四支。杨柳织别愁,千条万条丝。

杂怨—作古乐府杂怨

忆人莫至悲,至悲空自衰。寄人莫剪衣,剪衣未必归。朝为双—作同蒂花,莫为四散飞。花落还绕树,游子不顾期。

夭桃花清晨,游女红粉新。夭桃花薄暮,游女红粉故。树有百年—作度花,人无一定颜。花送人老尽,人悲花自闲。

贫女镜不明,寒花日—作日花少容。暗鳌有虚织,短线无长缝。浪水不可照,狂夫不可从。浪水多散影,狂夫多异踪。持此一生薄,空成万—作百恨浓。

静女吟

艳女皆妒色,静女独检踪。任礼耻任妆,嫁德不嫁容。君子易求聘,小人难自从。此志谁与谅,琴弦幽韵重。

归信吟

泪墨洒为书,将寄万里亲。书去魂亦去,兀然空一身。

山老吟

不行山下地,唯种山上田。腰斧斫旅松,手瓢汲家泉。讵知文字力,莫记日月迁。蟠木为我身,始得全天年。

游子吟 自注:迎母漂上作

慈母手中线,游子身上衣。临行密密缝,意恐迟迟归。谁言—作难寸草心,报得三春晖。

小隐吟

我饮不在醉,我欢长寂然。酌溪四五盏,听弹两三弦。炼性静栖白—作日,洗情深寄玄—作塞渊。号怒路傍子,贪败不贪全。

苦寒吟

天寒色—作色寒青苍,北风叫枯桑。厚冰无裂文,短日有冷光。敲石不得火,壮阴夺正—作正夺阳。苦调竟—作更何言,冻—作久吟成此章。

猛将吟

拟脍楼兰肉,蓄怒时未扬。秋鼙无退声,夜剑不隐光。虎队手驱出,豹篇心卷藏。古今皆有言,猛将出北方。

伤哉行

众毒蔓贞松,一枝难久荣。岂知黄庭客,仙骨生不成。春色舍芳蕙,秋风绕枯茎。弹琴不成曲,始觉知音倾。馆月改旧照,吊宾写馀情。还舟空江上,波浪送铭旌。

怨诗—作古怨

试妾与君泪,两处滴池水。看取芙蓉花,今年为谁死。

湘弦怨

昧者理芳草,蒿—作萧兰同一锄。狂—作盲飙怒—作怨秋林,曲直同一枯。嘉木忌深蠹,哲人悲巧诬。灵均入回流,靳尚为良谟。我愿分众泉,清浊各异—作有渠。我愿分众巢,枭鸾相远居。此志谅难保,此情竟何如。湘弦少知音,孤响空踟蹰。

楚竹吟酬卢虔端公见和湘弦怨

握中有新声,楚竹人未闻。识音者谓谁,清—作静夜吹赠君。昔为潇湘引,曾动潇湘云。一叫凤改听—作聪,再惊鹤失—作出群。江花匪秋落,山日当昼曛。众浊响杂沓,孤清思氤氲。欲知怨有—作者形,愿向明月分。一掬灵均泪,千年湘水文。

远愁曲

飘飘何所从,遗冢行未逢。东西不见人,哭—作泣向青青松。此地有时尽,此哀无处容。声翻太白云,泪洗蓝田峰。水涉七八曲,山—作石登千万重。愿邀—作回玄夜月—作灵,出视白日踪。

贫女词寄从叔先辈简

蚕—作贫女非不勤,今年独无春。二月冰雪深,死尽万木身。时令自逆行,造化岂不仁。仰企碧霞仙,高控沧海云。永别劳苦场,飘飘游无垠。

边城吟

西城—作城近日—作水天,俗禀气候偏。行子独自渴,主—作居人仍卖泉。烧烽碧云外,牧马青坡巅。何处鹃突—作幽梦,归思寄仰—作酒眠。

新平歌送许问

边柳三四尺,暮春—作莫奏离别歌。早回儒士驾,莫饮土番河。谁识匣—作箧中宝,楚云章句多。

杀气不在边

杀气不在边,凛然中国秋。道险不在山,平地有摧辀。河南—作中又起兵,清浊俱锁流。岂唯私客艰,拥滞官行舟。况余隔晨昏,去家成阻修。忽然两鬓雪,同—作固是一日愁。独寝夜难晓,起视星汉浮。凉风荡天地,日夕声飕飗。万物无少色,兆人皆老忧。长策苟未立,丈夫—作志士诚可羞。灵响复何事,剑鸣思戮雠。

结爱—作古结爱

心心复心心,结爱务在深。一度欲离—作言别,千回结衣襟。结妾独守—作栖志,结君早归意。始知结衣裳,不如结心肠。坐结行亦结,结尽百年月。

弦歌行

驱傩击鼓吹长笛,瘦鬼染面惟齿白。暗中崒崒拽茅鞭,裸足朱裈—作褌行戚戚。相顾笑声冲庭燎,桃弧射矢时独叫。

覆巢行

荒城古木枝多枯,飞禽嗷嗷朝哺雏。枝倾巢覆雏坠地,乌鸢下啄更相呼。阳和发生均孕育,鸟兽有情知不足。枝危巢小风雨多,未容长成已先覆。灵枝珍木满上林,凤巢阿阁重且深。尔今所托非本地,乌鸢何得同—作知尔心。

出门行

长河悠悠去无极,百龄同此可叹息。秋风白露沾人衣,壮心凋落夺—作旧颜色。少年出门将诉谁,川无梁兮路无岐。一闻陌上苦寒奏,使我伫立惊且悲。君今得意厌粱肉,岂复念我贫贱时。

海风萧萧天雨霜,穷愁独坐夜何长。驱车旧忆太行险,始知游子悲故乡。美人相思隔天阙,长望云端不可越。手持琅玕欲有赠,爱而不见心断绝。南山峨峨白石烂,碧海之波浩漫漫。参辰出没不相待,我欲横天无羽翰。

湘妃怨—作湘灵调

南巡竟不返,二妃—作帝子怨—作悲逾积。万里丧蛾眉,潇湘水空碧。冥冥荒山下,古庙收贞魄。乔木深青春,清光满—作肃瑶席。搴芳徒有—作自荐,灵意殊脉脉。玉佩不可亲,徘徊烟波夕。

巫山曲

巴江上峡重复重,阳台碧峭十二峰。荆王猎时逢暮雨,夜卧高丘梦神女。轻红流烟湿艳姿,行云飞去明星稀。目极魂断望不见,猿啼三声泪滴衣。

巫山高—作行

见尽数万里,不闻三声猿。但飞萧萧雨,中有—作郁亭亭魂。千载楚王—作襄恨,遗文宋玉言。至今晴明天—作青冥里,云结深闺门。

楚怨

秋入楚江水,独照汨罗魂。手把绿—作芰荷泣,意愁珠泪翻。九门不可入,一犬吠千门。

塘下行

塘边日欲斜,年少早还家。徒将白羽扇,调妾木兰花。不是城头树,那栖来去鸦。

临池曲

池中春蒲叶如带,紫菱成角莲子大。罗裙蝉鬓倚—作寄迎风,双双伯劳飞向东。

车遥遥

路喜到江尽,江上又通舟。舟车两无阻,何处不得游。丈夫四方志,女子安可留。郎自别日言,无令生远愁。旅雁忽叫月,断猿寒啼秋。此夕梦君梦,君在百—作北城楼。寄—作寒泪无因—作回波,寄恨无因—作回辀。愿为驭者手,与郎回马头。

征妇怨

良人昨日去,明月又不圆。别时各有泪,零落青楼前。君泪濡罗巾,妾泪满路尘。罗巾长—作去在手,今得随妾身。路尘如得—作因风,得上君车轮。前四句,一本别作一首。

渔阳千里道,近如中门限。中门逾有时,渔阳长在眼。生在绿—作丝罗—作萝下,不识渔阳道。良人自戍来,夜夜梦中到。前四句,一本别作一首。

空城雀

一雀入官仓,所食宁损几。只虑往覆频,官仓终害尔。鱼网不在天,鸟罗不张水。饮啄要自然,可以空城里。

闲怨—作闺怨

妾恨此斑竹,下盘烦冤根。有笋未出土,中已含泪痕。

羽林行

朔雪寒断指,朔风劲裂冰。胡中射雕者,此日犹不能。翩翩羽林儿,锦臂飞苍鹰。挥鞭快—作决白马,走出黄河凌。

古意

河边织女星,河畔牵牛郎。未得渡清浅,相对遥相望。

古别离

欲别牵郎衣,郎今到何处。不恨归来迟,莫向临邛去。

游侠行

壮士性刚决,火中见石裂。杀人不回头,轻生如暂别。岂知眼有泪,肯白头上发。半—作平生无恩酬,剑闲一百月。

黄雀吟

黄雀舞承尘,倚恃主人仁。主人忽不仁,买弹弹尔身。何不远飞去,蓬蒿正繁新。蒿粒无人争,食之足为珍。莫觑翻车粟,觑翻罪有因。黄雀不知言,赠之徒殷勤。

有所思

桔槔烽火昼不灭,客路迢迢信难越。古镇刀攒万片霜,寒江浪起千堆雪。此时西去定如何,空使南心远凄切。

求仙曲

仙教生为门,仙宗静为根。持心若—作苦妄求,服食安足论。铲惑有灵药,饵真成本源。自当出尘网,驭凤登—作升昆仑。

婵娟篇

花婵娟,泛春泉。竹婵娟,笼晓烟。妓婵娟,不长妍。月婵娟,真可怜。夜半姮娥朝太一,人间本自无灵匹。汉宫承宠不多时,飞燕婕妤相妒嫉。

南浦篇

南浦桃花亚水红,水边柳絮由春风。鸟鸣

喈喈烟濛濛,自从远送对悲翁。此翁已与少年别,唯忆深山深谷中。

清东曲

樱桃花参差,香雨红霏霏。含笑—作笑笑竞攀折,美人湿罗衣。采采清东曲,明眸艳珪玉。青巾艑上郎,上下看不足。南阳公—作宫首词,编入新乐录。

望远曲

朝朝候归信,日日登高台。行人未去植庭梅,别来三见庭花开。庭花开尽复几时,春光骀荡阻佳期。愁来望远烟尘隔,空怜绿鬓风吹白,何当归见远行客。

全唐诗卷三百七十三

孟郊

织妇—作女辞

夫是田中郎,妾是田中女。当年嫁得君,为君秉机杼。筋力日已疲,不息窗下机。如何织纨素,自著蓝缕衣。官家榜村路,更索栽桑树。

古意

荡子守边戍,佳人莫相从。去来年月多,苦愁改形容。上山复下山,踏草成古踪。徒言采蘼芜,十度一不逢。鉴独是明月,识志唯寒松。井桃始开花,一见悲万重。人颜不再春,桃色有再浓。捐—作指气入空房,无憀乍—作自从容。启贴理针线,非独学裁缝。手持未染彩,绣为白芙蓉。芙蓉无染污,将以表心素。欲寄未归人,当春无信去。无信反增愁,愁心缘陇头。愿君如陇水,冰镜水还流。宛宛青丝线—作绳,纤纤白玉钩。玉钩不亏缺,青丝无断绝。回还胜双手,解尽心中结。

折杨柳

杨柳多短枝,短枝多别离。赠远屡攀折,柔条安得垂。青春有定节,离别无定时。但恐人别促,不怨来迟迟。莫言短枝条,中有长相思。朱颜与绿杨,并在别离期。

楼上春风过,风前杨柳歌。枝疏缘别苦,曲怨为年多。花惊燕地云,叶映楚池波。谁堪别离此,征戍在交河。

和丁助教塞上吟

哭雪复吟雪,广文丁夫子。江南万里寒,曾未及如此。整顿气候谁,言从生灵始。无令恻隐者,哀哀不能已。

古怨别

飒飒秋风生,愁人怨离别。含情两相向,欲语气先咽。心曲千万端,悲来却难说。别后唯所思,天涯共明月。

古别曲

山川古今路,纵横无断绝。来往天地间,人皆有离别。行衣未束带,中肠已先结。不用看镜中,自知生白发。欲陈去留意,声向言前咽。愁结填心胸,茫茫若为—作为君说。荒郊烟莽苍,旷野风凄切。处处得相随,人那不如月。

戏赠陆大夫十二丈—作乐府戏赠陆大夫十二丈

莲子不可得,荷—作莲花生水中。犹胜道傍柳,无事—作时荡春风。

渌萍与荷叶,同此—作在一水—作泉中。风吹荷叶在,渌萍西复东。

莲叶未—作花不开时,苦心终日卷。春水—作风徒荡漾,荷—作莲花未开展。

劝善吟 醉会中赠郭行馀

瘦郭有志气,相哀老龙钟。劝我少吟诗,俗窄难尔容。一口百味别,况在醉会中。四座正当喧,片言何由通。顾余昧时调,居止多疏慵。见书眼始开,闻乐耳不聪。视听互相隔,一身且莫同。天疾难自医,诗癖将何攻。见君如见书,语善千万重。自悲呐呐感,变作烦恼翁。烦恼不可欺—作不可欺古剑,古剑涩亦雄。知君方少年,少年怀古风。藏书挂屋脊,不惜与凡聋。我愿拜少年,师之学崇崇。从他笑为矫,矫善亦可宗。

望夫石

望夫石,夫不来兮江水碧。行人悠悠朝与暮,千年万年色如故。

寒江吟

冬至日光白,始知阴气凝。寒江波浪冻—作急,千里无平冰。飞鸟绝高羽—作树,一作去,行人皆晏兴。荻洲素浩渺,碛岸澌硗磳。烟舟忽自阻,风帆不相乘。何况异形体,信任为股肱。涉江莫涉凌,得意须得朋。结交非贤良,谁免生爱憎。冻水有再浪,失飞有载腾。一言纵丑词,万响无善应。取鉴谅不远,江水千万层。何当春风吹,利涉吾道弘。

审交

种树须择地,恶土变木根。结交若失人,中道生谤言。君子芳桂性,春荣冬—作寒更繁。小人槿花心,朝在夕不存。莫蹑冬冰坚,中有潜浪翻。唯当金石交,可以—作与贤达论。

怨别

一别一回老,志士白发早。在富易为容,居贫难自好。沉忧损性灵,服药亦枯槁。秋风游—作客子衣,落日行远道。君问—作问君去何之—作住踪,贱身难—作宁自保。

百忧

萱草女儿花,不解壮士忧。壮士心是剑,为君射斗牛。朝思除国雠—作难,暮思除国雠。计尽山河画,意穷草木筹。智士日千虑,愚夫唯四愁。何必在波涛,然后惊—作生沉浮。伯伦心不醉,四皓迹难留。出处各有时,众议徒啾啾。

路病

病客无主人,艰哉求卧难。飞光赤道路,内火焦肺肝。欲饮井泉竭,欲医囊用单。稚颜能几日,壮志忽已残。人子不言苦,归书但云—作言安。愁环在我肠,宛转终无端。

衰松

近世交道衰,青松落颜色。人心忌孤直,本性随改易。既摧栖日干,未展擎天力。终是君子材,还思君子识。

遣兴

弦贞五条音—作五音调,松直百尺心。贞弦含古风,直松凌高岑。浮声与狂葩,胡为欲相侵。

退居—作退老

退身何所食—作何食可,败力不能—作得闲。

种稻耕白水，负薪斫青山。众听喜巴唱，独醒愁楚颜。日暮静归时，幽幽扣松关。

卧病

贫病诚可羞，故床无新裘。一作贫病对客羞，数整蓝缕裘。春色烧肌肤，时餐苦咽喉。倦寝意蒙昧，强言声幽柔。承颜自俯仰，有泪不敢流。默默寸心中，朝愁续莫愁。

隐士

本末一相返，漂浮一作泊不还真。山野多饿士，市井无饥人。虎豹忌当道，麋鹿知藏身。奈何贪竞者，日与患害亲。颜貌岁岁改，利心朝朝新。孰知富生一作者祸，取富不取贫。宝玉忌出璞，出璞先为尘。松柏忌出山，出山先为薪。君子隐石壁，道书为我邻。寝兴思其一作载义一作源，澹泊味始真。陶公自放归，尚平去一作正有依。草木择地生，禽鸟顺性飞。青青与冥冥，所保各不违。

独愁 一作独怨，一作赠韩愈。

前日远别离，昨日生白发。欲知万里情，晓卧半床月。常恐百虫鸣，使我芳草歇。

春日有感

雨滴草芽出，一日长一日。风吹柳线垂，一枝连一枝。独有愁人颜，经春如等闲。且持酒满杯，狂歌狂笑来。

将见故人

故一作住人季夏中，及此百馀日。无日不相思，明镜改形色一作质。宁知仲冬时，忽有相逢期。振衣起踯躅，颓鲤跃天池。

伤时

常闻贫贱士之常，嗟尔一作草木富者莫相笑。男儿得路即荣名，邂逅失途成不调。古人结交而重义，今人结交而重利。劝人一种种桃李，种亦直须遍天地。一生不爱嘱人事，嘱即直须为生死。我亦不羡季伦富，我亦不笑原宪贫。有财有势即相识，无财无势同路人。因知

世事皆一作只如此，却向东溪卧白云。

寓言

谁言碧山曲，不废青松直。谁言浊水泥，不污明月色。我有松月心，俗骋风霜力。贞明既如此，摧折安可得。

偶作

利剑不可近，美人不可亲。利剑近伤手，美人近伤身。道险不在广，十步能摧轮。情爱一作忧不在多，一夕能伤神。

劝学

击石乃有火，不击元无烟。人学始知道，不学非自然。万事须己运，他得非我贤。青春须早为，岂能长少年。

赠农人

劝尔勤耕田，盈尔仓中粟。劝尔伐桑株，减尔身上服。清霜一委地，万草色不绿。狂飙一入林，万叶不著木。青春如不耕，何以自结束。

长安早春

旭日朱楼光，东风不惊一作起尘。公子醉未起，美人争探春。探春不为桑，探春不为麦。日日出西园，只望花柳色。乃知田家春，不入五侯宅。

罪松

虽为青松姿，霜风何所宜。二月天下树，绿于青松枝。勿谓贤者喻，勿谓愚者规。伊吕代封爵，夷齐终身饥。彼曲既在斯，我正实在兹。泾流合渭流，清浊各自持。天令设四时，荣衰有常期。荣合随时荣，衰合随时衰。天令既不从，甚不敬天时。松乃不臣木，青青独何为。

感兴

拔心草不死，去根柳亦荣。独有失意人，恍然无力行。昔为连理枝，今为断弦声。连理

时所重,断弦今所轻。吾欲进孤舟,三峡水不平。吾欲载车马,太行路峥嵘。万物根一气,如何互相倾。

感怀

秋气悲万物,惊风振长道。登高有所思,寒雨伤百草。平生有亲爱,零落不相保。五情今已伤,安得自能老。

晨登洛阳坂,目极天茫茫。群物归大化,六龙颓西荒。豺狼日已多,草木日已霜。饥年无遗粟,众鸟—作马去空场。路傍谁家子,白首离故乡。含酸望松柏,仰面诉穹苍。去去勿复道,苦饥形貌伤。

徘徊不能寐,耿耿含酸辛。中夜登高楼,忆我旧星辰。四时互迁移,万物何时春。唯忆首阳路,永谢当时人。

长安佳丽地,宫月生蛾眉。阴气凝万里,坐看芳草衰。玉堂有玄鸟,亦以从此辞。伤哉志士叹,故国多迟迟。深宫岂无乐,扰扰复何为。朝见名与利,莫还生是非—作是与非。姜牙佐周武,世业永巍巍。

举才天道亲,首阳谁采薇。去去荒泽远,落日当西归。羲和驻其轮,四海借余晖。极目何萧索,惊风正离披。鸱鸮鸣高树,众鸟相因依。东方有一士,岁暮常苦饥。主人数相问,脉脉今何为。贫贱亦有乐,且愿掩—作守柴扉。

火云流素月,三五何明明。光曜侵白日,贤愚迷至精。四时更变化,天道有亏盈。常恐今已没,须臾还复生。

河梁暮相遇—作逢,草草不复言。汉家正离乱,王粲别荆蛮。野泽何萧条,悲风振空山。举头是星辰,念我何时还。亲爱久别散,形神各离迁。未为生死诀,长在心目间。

有鸟东西来,哀鸣过我前。愿飞浮云外,饮啄见青天。

达士

四时如逝水,百川皆东波。青春去不还—作回,白发镊更多。达人识元化—作气,变愁为高歌。倾产取一醉,富者奈贫何。君看土中宅,富贵—作已矣无偏颇。

暮秋感思

西风吹垂杨,条条脆如藕。上有噪日蝉,催人成皓首。亦恐旅步难,何独朱颜丑—作朽。欲慰一时心,莫如千日酒。

优哉遵渚鸿,自得养身旨。不啄太仓粟,不饮方塘水。振羽戛浮云,置罗任徒尔。

古兴

楚血未干衣,荆虹尚埋辉。痛玉不痛身,抱璞求所归。

劝友

至白涅不缁,至交淡不疑。人生静躁殊,莫厌相箴规。胶漆武可接,金兰文可思。堪嗟无心人,不如松柏枝—作青松姿。

夷门雪赠主人 是赠陆长源,陆有答诗。

夷门贫士空吟雪,夷门豪士皆饮酒。酒声欢闲入雪销,雪声激切悲枯朽。悲欢不同归去来,万里春风动江柳。

尧歌—作舜歌,前篇自注。赏郑氏庄客去妇。后篇注逸。

尔室何不安,尔孝无与齐。一言应对姑,一度为出妻。往辙才晚钟,还辙及晨鸡。往还迹徒新,很戾竟独迷。娥女无礼数,污家如粪泥。父母吞声哭—作瘦,禽鸟亦为啼。如何天与恶,不得和鸣栖。山色挽心肝,将归尽日看。村肩篮舆子,野坐白发官—作冠。莺弄方短短,花明碎攒攒。琉璃堆可掬,琴瑟饶多欢。翠韵仙窈窕,岚漪出无端。养馆洞庭秋,响答虚吹弹。

全唐诗卷三百七十四

孟郊

乱离

天下无义剑,中原多疮痍。哀哀陆大夫,正直神反欺。子路已成血,嵇康今尚嗤。为君每一恸,如剑在四肢。折羽不复飞,逝水不复归。直松摧高柯,弱蔓将何依。朝为春日欢,夕为秋日悲。泪下无尺寸,纷纷天雨丝。积怨成疾疹,积恨成狂痴。怨草岂有边,恨水岂有涯。怨恨驰我心,茫茫日何之。

劝酒

白日无定影,清江无定波。人无百年寿,百年复如何。堂上陈美酒,堂下列清歌。劝君金曲一作屈卮,勿谓朱颜酡。松柏岁岁茂,丘陵日日多。君看终南山,千古青峨峨。

去妇

君心匣中镜,一破不复全。妾心藕中丝,虽断犹牵连。安知御轮士,今日翻回辕。一女事一夫,安可再移天。君听去鹤言,哀哀七丝弦。

君子勿郁郁士有谤毁者作诗以赠之

君子勿郁郁,听我青蝇歌。人间少平地,森耸山岳多。折辀不在道,覆舟不在河。须知一尺水,日夜增高波。叔孙毁仲尼,臧仓掩孟轲。兰艾不同香,自然难为和。良玉烧不热,直竹文不颇。自古皆如此,其如道在何。

日往复不见,秋堂暮仍学。玄发不知白,晓入寒铜觉。为林未离树,有玉犹在璞。谁把碧梧枝,刻作云门乐。

闻砧

杜鹃声不哀,断猿啼不切。月下谁家砧,一声肠一绝。杵声不为客,客闻发自一作尽白。

杵声不为衣,欲令游子归。

游子

萱草生堂阶,游子行天涯。慈亲倚堂门,不见萱草花。

自叹

愁与发相形,一愁白数茎。有发能几多,禁愁日日生。古若不置兵,天下无战争。古若不置名,道路无欹倾。太行耸巍峨,是天产不平。黄河奔浊浪,是天生不清。四蹄日日多,双轮日日成。二物不在天,安能免营营。

求友

北风临大海,坚冰临河面。下有大波澜,对之无由见。求友须在良,得良终相善。求友若非良,非良中道变。欲知求友心,先把黄金炼。

投所知

苦心知苦节,不容一毛发。炼金索坚贞,洗玉求明洁。自惭所业微,功用如鸠拙。何殊媒母颜,对彼寒塘月。君存古人心,道出古人辙。尽美固可扬,片善亦不遏。朝向公卿说,暮向公卿说。谁谓黄钟管,化为君子舌。一说清巂竹,二说变巂谷。三说四说诗,寒花拆寒木。瞵瞵家道路,灿灿我衣服。岂直辉友朋,亦用慰骨肉。一暖荷匹素,一饱荷升粟。而况大恩恩,此身报得足。且将食檗劳,酬之作金刀。

病客吟

主人夜呻吟,皆入妻子心。客子一作远客昼呻吟,徒为虫鸟音。妻子手中病,愁思不复深。童仆手中病,忧危独难任。丈夫久漂泊,神气自然沉。况于滞疾中,何人免嘘噫。大海亦有涯,高山亦有岑。沉一作此忧独无极,尘泪互一作欲盈襟。

感怀

孟冬阴气交,两河正屯兵。烟尘相驰突,烽火日夜惊。太行险阻高,挽粟输连营。奈何操弧者,不使枭巢倾。犹闻汉北儿,怙乱谋纵横。擅摇干戈柄,呼叫豺狼声。白日临尔躯,胡为丧丹诚。岂无感激士,以致天下平。登高望寒原,黄云郁峥嵘。坐驰悲风暮,叹息空沾缨。

离思

不寐亦不语,片月秋稍举。孤鸿忆霜群,独鹤叫云侣。怨彼浮花心,飘飘无定所。高张系缚帆,远过梅根渚。回织别离字,机声有酸楚。

结交

铸镜须青铜,青铜易磨拭。结交远小人,小人难姑息。铸镜图鉴微,结交图相依。凡铜不可照,小人多是非。

伤春

两河春草海水清,十年征战城郭腥。乱兵杀儿将女去,二月三月花冥冥。千里无人旋风起,莺啼燕语荒城里。春色不拣墓傍株,红颜皓色逐春去。春去春来那得知,今人看花古人墓,令人惆怅山头路。

择友

兽中有人性,形异遭人隔。人中有兽心,几人能真识。古人形似兽,皆有大圣德。今人表似人,兽心安可测。虽笑未必和,虽哭未必戚。面结口头交,肚里生荆棘。好人常直道,不顺世间逆。恶人巧谄多,非义苟且得。若是效真人,坚心如铁石。不谄亦不欺,不奢复不溺。面无吝色容,心无诈忧惕。君子大道人,朝夕恒的的。

夜忧

岂独科斗死,所嗟文字捐。蒿蔓转骄弄一作王,菱荇减婵娟。未逐摆鳞志,空思吹浪旋。何当再霖雨,洗濯生华鲜。

惜苦

于鹄值谏议,以球不能官。焦蒙值舍人,

以杯不得完—一作官。可惜大雅旨，意此小团栾。名回不敢辨，心转实是难。不惜为君转，转非君子观。转之复转之，强转谁能欢。哀哉虚转言，不可穷波澜。

寒地百姓吟 自注：为郑相，其年居河南，畿内百姓，大蒙矜恤。

无火炙地眠，半夜皆立号。冷箭何处来，棘针风骚劳—一作骚。霜吹破四壁，苦痛不可逃。高堂搥钟饮，到晓闻烹炮。寒者愿为蛾，烧死彼华膏。华膏隔仙罗，虚绕千万遭。到头落地死，踏地为游遨。游遨者是谁，君子为郁陶。

出东门

饿马骨亦耸，独驱出东门。少年一日程，衰叟十日奔。寒景不我为，疾走落平原。眇默荒草行，恐惧夜魄翻。一生自组织，千首大雅言。道路如抽茧，宛转羁肠繁。

教坊歌儿

十岁小小儿，能歌得朝—一作闻天。六十孤老人，能诗独临川。去年西京寺，众伶集讲筵。能嘶竹枝词，供养绳床禅。能诗不如歌，怅望三百篇。

访疾

冷气入疮痛，夜来痛如何。疮从公怒生，岂以私恨多。公怒亦非道，怒消乃天和。古有焕辉句，嵇康闲婆娑。请君吟啸之，正气庶不讹。

酒德

酒是古明镜，辗开小人心。醉见异举止，醉闻异声音。酒功如此多，酒屈亦以深。罪人免罪酒，如此可为箴。

冬日

老人行人事，百一不及周。冻马四蹄吃，陟卓难自收。短景厌飞过，午光不上头。少壮日与辉，衰老日与愁。日—一作愁疑在日，岁箭迅如雠。万事有何味，一生虚自因。不知文字利，到死空遨游。

饥雪吟

饥乌夜相啄，疮声互悲鸣。冰肠一直刀，天杀无曲情。大雪压梧桐，折柴堕峥嵘。安知鸾凤巢，不与枭鸢倾。下有幸灾儿，拾遗多新争。但求彼失所，但夸此—一作夸诞自经营。君子亦拾遗，拾遗非拾名。将补鸾凤巢，免与枭鸢并。因为饥雪吟，至晓竟—一作意不平。

偷诗

饿犬龇枯骨，自吃馋饥涎。今文与古文，各各称可怜。亦如婴儿食，饧桃口旋旋。唯有一点味，岂见逃景延。绳床独坐翁，默览有所传。终当罢文字，别著逍遥篇。纵来文字净，君子不以贤。

晚雪吟

贫富喜雪晴，出门意皆饶。镜海见纤悉，冰天步飘飘。一一仙子行，家家尘声销。小儿击玉指，大鳌歌圣朝。睿气流不尽，瑞仙何复寥。始知望幸色，终疑异礼招。市井亦清洁，闾阎耸岧峣。苍生愿东顾，翠华仍西遥。天念岂薄厚，宸衷多忧焦。忧焦致太平，以兹时比尧。古耳有未通，新词有潜韶。甘为酒伶傧，坐耻歌女娇。选音不易言，裁正逢今朝。今朝前古文，律异同一调。愿于尧琯中，奏尽郁抑谣。

自惜

倾尽眼中力，抄诗过与人。自悲风雅老，恐被巴竹嗔。零落雪文字，分明镜精神。坐甘冰抱晚，永谢酒怀春。徒有言言旧，渐无默默新。始惊儒教误，渐与佛乘亲。

老恨

无子抄文字，老吟多飘零。有时吐向床，枕席不解听。斗蚁甚微细，病闻亦清泠。小大不自识，自然天性灵。

湖州取解述情

雪水徒清深，照影不照心。白鹤未轻举，

众鸟争浮沉。因兹挂帆去,遂作归山吟。

落第

晓月难为光,愁人难为肠。谁言春物荣,独—作岂,—作起见叶—作花上霜。雕鹗失势病—作鹤鹑飞失势,鹪鹩假—作改翼翔。弃置复弃置,情如刀剑—作刃伤。

咏怀—作咏情,—作感寓。

浊水心易—作已倾,明波兴初发。思逢海底人,乞取蚌中月。此兴若未谐,此心终不歇。

病起言怀

强行寻溪—作净水,洗却残病姿。花景晼晚尽,麦风清泠吹。交道贱—作卧来见,世情贫去知。高闲思楚逸,澹泊—作浅薄厌齐儿。终伴碧山侣,结言青桂枝。

秋夕贫居述怀

卧冷无远梦,听秋酸别情。高枝低枝风,千叶万叶声。浅井—作水不供饮,瘦田长废耕。今交非古交,贫语闻皆轻。

夜感自遣—作失志夜坐思归楚江,又作苦学吟。

夜学晓未休,苦吟神鬼愁。如何不自闲,心与身为雠。死辱片时痛,生辱长年羞。清桂无直枝,碧江思旧游。

再下第

一夕九起嗟,梦短不到家。两度长安陌,空将泪见花。

下第东归留别长安知己

共照日月影,独为愁思人。岂知鹪鹩鸣,—作鹧鸪等闲鸣,瑶草不得春。一片两片云,千里万里身。云归嵩之阳,身寄江之滨。弃置复何道,楚情吟白蘋。

失意归吴因寄东台刘复侍御

自念西上身,忽随东归风。长安日下影,又落江湖中。离娄岂不明,子野岂不聪。至宝非眼别,至音非耳通。因缄俗—作物外词—作调,

仰—作远寄高天—作飞鸿。

下第东南行

越风东南清,楚日潇湘明。试逐伯鸾去,还作灵均行。江蓠伴我泣,海月投人惊。失意容貌改,畏途性命轻。时闻丧侣猿,一叫千愁并—作生。

叹命

三十年来命,唯藏一卦中。题诗还问—作怨问,—作还怨易,问易蒙复蒙。本望文字达,今因文字穷。影孤别离月,衣破道路风。归去不自息,耕耘成楚农。

远游

慈乌不远飞,孝子念先归。而我独何事,四时心有违。江海恋空积,波涛信来稀。长为路傍食—作客,著尽家中衣。别—作烈剑不割物,离人难作威。远行少童仆,驱使无是非。为性玩好尽,积愁心绪微。始知时节驶,夏—作爱日非长辉。

商州客舍

商山风雪壮,游子衣裳单。四望失道路,百忧攒肺肝。日短觉易老,夜长知至寒。泪流潇湘弦,调苦屈宋弹。识声今所易,识意古所难。声意今讵—作竟谁辨,高明鉴其端。

长安旅情

尽说青云路,有足皆可至。我马亦四蹄,出门似无地。玉京十二楼,峨峨倚青翠。下有千朱门,何门荐孤士。

长安羁旅

听乐别离中,声声入幽肠。晓泪滴楚瑟,夜魄绕吴乡。几回羁旅情,梦觉残烛光。

渭上思归

独访千里信,回临千里河。家在—作住吴楚乡,泪寄东南—作流波。

登科后

昔日龌龊不足夸,今朝放—作旷荡思无涯—作今日坦然未可涯。春风—作青春得意马蹄疾,一日看尽长安花。

初于洛中选

尘土日易没,驱驰力无馀。青云不我与,白首方选书。宦途事非远,拙者取自疏。终然恋皇邑,誓以结吾庐。帝城富高门,京路绕—作饶胜居。碧水走龙蛇—作状,蜿蜒绕庭除。寻常异方客,过此亦踟蹰。

乙酉岁舍弟扶侍归兴义庄居后独止舍待替人

谁言旧居止,主人忽成客。童仆强与言,相惧终脉脉。出亦何所求,入亦何所索。饮食迷精粗,衣裳失宽窄。回风卷闲箪,新月生空壁。士有百役身,官无一姓宅。丈夫耻自饰,衰须从飒白。兰交早已谢,榆景徒相迫。惟予心中镜,不语光历历。

西斋养病夜怀多感因呈上从叔子云

远客夜衣薄,厌眠待鸡鸣。一床空月色,四壁秋蛩声。守淡遗众俗,养疴念馀生。方全君子拙,耻学小人明。蚊蚋亦有时,羽毛各有成。如何骐骥迹,踡跼未能行。西北有平路,运来无相轻。

全唐诗卷三百七十五

孟郊

秋怀

孤骨夜难卧，吟虫相唧唧。老泣无涕洟，秋露为滴沥。去壮暂如篑，来衰纷似织。触绪无新心，丛悲有余忆。讵忍逐南帆，江山践往昔。

秋月颜色冰_{去声}，老客志气单。冷露滴梦破，峭风梳骨寒。席上印病文，肠中转愁盘。疑怀无所凭，虚听多无端。梧桐枯峥嵘，声响如哀弹。

一尺月透户，仡栗如剑飞。老骨坐亦惊，病力所尚微。虫苦贫一作含剪色，鸟危巢焚辉。嫦娥理故丝一作烦绪，孤哭一作坐抽余思一作噫。浮年不可追，衰步多夕归。

秋至老更贫，破屋无门扉。一片月落床，四壁风入衣。疏梦不复远，弱心良易归。商葩将去一作老绿，缭绕争余辉。野步踏一作贱事少，病谋向物违。幽幽草根虫，生意与我微。

竹风相戛语，幽闺暗中闻。鬼神满衰听，恍惚难自分。商叶堕干雨，秋衣卧单云。病骨可邻物，酸呻亦成文。瘦攒如此枯，壮落随西曛。袅袅一线命，徒言系绲绲。

老骨惧秋月，秋月刀剑棱。纤辉不可干，冷魂坐自凝。羁雌巢空镜，仙飙荡浮冰。惊步恐自翻，病大不敢凌。单床寐皎皎，瘦卧心兢兢。洗河不见水，透浊为清澄。诗壮昔空说，诗衰今何凭。

老病多异虑，朝夕非一心。商虫哭衰运，繁响不可寻。秋草瘦如发，贞芳缀疏金。晚鲜讵几时，驰景还易阴。弱习徒自耻，莫知欲何任。露才一见谗，潜智早已深。防深不防露，此意古所箴。

岁暮景气干，秋风兵甲声。织织劳无衣，喓喓徒自鸣。商声耸中夜，塞支废前行。青发如秋园,一蔫不复生。少年如饿花,瞥见不复明。君子山岳定,小人丝毫争。多争多无寿,天道戒其盈。

冷露多瘁索,枯风晓—作饶吹嘘。秋深月清苦,虫老声粗疏。颣珠枝累累,芳金蔓舒舒。草木亦趣时,寒荣似春馀。悲彼—作自悲零落生,与我心何如。

老人朝夕异,生死每日中。坐随一啜安,卧与万景空。视短不到门,听涩讵逐风。还如刻削形,免有纤悉聪。浪浪谢初始,皎皎幸归终。孤隔文章友,亲密蒿莱翁。岁绿闵以黄,秋节迍又—作已穷。四时既相迫,万虑自然丛。南逸浩森际,北贫硗确中。曩怀沉遥江,衰思结秋嵩—作蓬。锄食难满腹,叶衣多丑躬。尘—作粗缕不自整,古吟将谁通。幽竹啸鬼神,楚铁生虬龙。志士多异感,运郁由邪衷。常思书破衣,至死教初童。习乐莫习声,习声多顽聋。明明胸中言,愿写为高崇。

幽苦日日甚,老力步步微。常恐暂下床,至门不复归。饥者重一食,寒者重一衣。泛广岂无涘,恣行亦有随—作随时。语中失次第,身外生疮痍。桂蠹既潜朽—作污,桂花损贞姿。詈言一失香,千古闻臭词。将死始前悔,前悔不可追。哀哉轻薄行,终日与驷驰—作欲驱驰。

流运闪欲尽,枯折皆相号。棘枝风哭酸,桐叶霜颜高。老虫干铁鸣,惊兽孤玉咆。商气洗—作满声瘦,晚阴驱景劳。集耳不可遏,噎神不可逃。蹇行散馀郁,幽坐谁与曹。抽壮无一线,剪怀盈千刀。清诗—作诗清既名胱—作郊,金菊亦姓陶。收拾昔所弃,咨嗟今比毛。幽幽岁晏言,零落不可操。

霜气入病骨,老人身生冰。衰毛暗相刺,冷痛不可胜。鹭鹭伸—作神至明,强强揽所凭。瘦坐形欲折,腹—作晚饥心将崩。劝药左右愚,言语如见憎。耸耳噎神开—作耸燕神气开,始知功用—作者能。日中视馀疮,暗隙—作锁闻绳—作细蝇。彼麇一何酷,此味半点凝。潜毒尔无厌,馀生我堪矜。冻飞幸不远,冬令反心惩。出没各有时,寒热苦—作莫相凌。仰谢调运翁,请命愿有征。

黄河倒上天,众水有却来。人心不及水,一直去不回。一直亦有巧,不肯至蓬莱。一直不知疲,唯闻至省台。忍古不失古,失古志易催。失古剑亦折,失古琴亦哀。夫子失古泪,当时落漼漼。诗老失古心,至今寒皑皑。古骨无浊肉,古衣如藓苔。劝君勉忍古,忍古销尘埃。

詈言—作署剑不见血,杀人何纷纷。声如穷家犬,吠窦何阗阗。詈痛幽鬼哭,詈侵黄金贫。言词岂用多,憔悴在一闻。古詈舌不死,至今书云云。今人咏古书,善恶宜自分。秦火不爇舌,秦火空爇文。所以詈更生,至今横絪缊。

靖安寄居

寄静不寄华—作晔,爱兹岬嵊居。渴饮浊清泉,饥食无名蔬。败菜—作叶不敢火,补衣亦写书。古云俭成德,今乃实起予。戆叟戆不足,贤人贤有馀。役生皆促促,心竟谁舒舒。万马踏风衢,众尘随奔车。高宾尽不见,大道夜方虚。卧有洞庭梦,坐无长安储。英髦空骇耳,烟火独微如。厚念恐伤性,薄田忆亲锄。承—作忙世不出力,冬竹肯抽葅。外物莫相诱,约心誓从初。碧芳既似水,日日咏归欤。

雪

忽然太行雪,昨夜飞入来。崚嶒堕庭中,严白何皑皑。奴婢晓开户,四肢冻徘徊。咽言词不成,告诉情状摧。官给未入门,家人尽以灰。意劝莫笑雪,笑雪贫为灾。将暖此残疾,典卖争致杯。教令再举手,夸曜馀生才。强起吐巧词,委曲多新裁。为尔作非夫,忍耻轰暍雷。书之与君子,庶免生嫌猜。

春愁

春物与愁客,遇时各有违。故花辞新枝,新泪落故衣。日暮两寂寞,飘然亦同归。

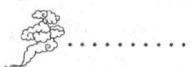

懊恼

恶诗皆得官,好诗空抱山。抱山冷殂殂音孳,寒貌,终日悲颜颜。好诗更相嫉,剑戟生牙关。前贤死已久,犹在咀嚼间。以我残杪身,清峭养高闲。求闲未得闲,众诮瞋麔麔。

游城南韩氏庄

初疑潇湘水,锁在朱门中。时见水底月一作有时池底山,动摇池上风。清气润竹林,白光连虚空。浪簇霄汉羽,岸芳金碧丛。何言数亩间,环泛路不穷。愿逐一作常慕神仙侣,飘然一作从兹汗漫通。

与二三友秋宵会话清上人院

何处山不幽,此中情又别。一僧敲一磬,七子吟秋月。激石泉韵清,寄枝风啸咽。泠然诸境静,顿觉浮累灭。扣寂兼探真,通宵讵能辍。

好鸟无杂栖,华堂有嘉携。琴樽互倾奏,歌赋相和谐。但嘉鱼水合,莫令云雨乖。一为鹍鸡弹,再鼓壮士怀。初景待谁晓,新春逐一作还君来。愿言良友会,高驾不知回。

招文士饮

曹刘不免死,谁敢负年华。文士莫辞酒,诗人命属花。退之如放逐,李白自矜夸。万古忽将似,一朝同叹嗟。何言天道正,独使地形斜。南士愁多病,北人悲去家。梅芳已流管,柳色未藏鸦。相劝罢吟雪,相从愁饮霞。醒时不可过,愁海浩无涯。

陪侍御叔游城南山墅

夜坐拥肿亭,昼登崔巍岑。日窥万峰首,月见双泉心。松气清耳目,竹氛碧衣襟。伫想一作仰悲琅玕宇,数听枯槁吟。

登华岩寺楼望终南山赠林校书兄弟

地脊亚为崖,耸出冥冥中。楼根插迥云,殿翼翔危空。前山胎元气,灵异生不穷。势吞万象高,秀夺五岳雄。一望俗虑醒,再登仙愿崇。青莲三居士,昼景真赏同。

游终南山

南山塞天地,日月石上生。高峰夜留景太白峰西,黄昏后见余日,深谷昼未明。山中人自正,路险心亦平。长风驱松柏,声拂万壑清。到此悔读书,朝朝近浮名。

游终南龙池寺

飞鸟不到处,僧房终南巅。龙在水长碧,雨开山更鲜。步出白日上,坐依清溪边。地寒松桂短,石险道路一作苔磴偏。晚磬送归客,数声落遥天。

南阳公请东樱桃亭子春宴

万木皆未秀,一林一作株先含春。此地独何力,我公布深仁。霜叶日舒卷,风枝远埃尘。初英灌紫霞,飞雨流清津。赏异出嚣杂,折芳积欢忻。文心兹焉重,欲尚安能珍。碧玉妆粉比,飞琼秾艳均。鸳鸯七十二,花态并相新。常恐遗秀志,追兹广宴陈。芳菲争胜引,歌咏竟良辰。方知戏马会,永谢登龙宾。

游华山云台观

华岳独灵异,草木恒新鲜。山尽五色石,水无一色泉。仙酒不醉人,仙芝皆延年。夜闻明星馆,时韵女萝弦。敬兹不能寐,焚柏吟道篇。

喜与长文上人宿李秀才小山池亭

灯尽语不尽,主人庭砌幽。柳枝星影曙,兰叶露华浮。块岭笑群岫,片池轻众流。更闻清净子,逸唱颇难俦。

邀花伴自注,时在朔方。

边地春不足,十里见一花。及时须邀游,日暮饶风沙。

石淙一作五淙十首

岩谷不自胜,水木幽奇多。朔风入空曲,泾一作径流无大波。迢递径一作迳难尽,参差势相罗。雪霜有时洗，尘土无由和。洁冷一作结吟诚未厌，晚步将如何。

出曲水未断，入山深更重。泠泠若仙语，皎皎多异容。万响不相杂，四时皆有一作自浓。日月互分照，云霞各生峰。久迷向方理，逮兹耸前踪。

荒策每恣远，戆步难自回。已抱苔藓疾，尚凌潺湲隈。驿骥苦衔勒，笼禽恨摧颓。实力苟未足，浮夸信悠哉。顾惟非时用，静言还自咍。

朔水刀剑利，秋石琼瑶鲜。鱼龙气不腥，潭洞状更妍。登雪入呀谷，掬星洒遥天。声忙一作迫不及韵，势疾多断涟。输去虽有恨，躁气一作翻一何颠。蜿蜒相缠掣，荦确亦回旋。黑草濯铁发，白苔浮冰钱。具一作其生此云遥，非德不可甄。何况被犀士，制之空以权。始知静刚猛，文教从来先。

空谷耸视听，幽湍泽心灵。疾流脱鳞甲，叠岸冲风霆。丹巘堕环景，霁波灼一作闪虚形。淙淙衁厚轴，棱棱攒高冥。弱栈跨旋碧，危梯倚凝青。飘飘一作飙鹤骨仙，飞动鼇背庭一作亭。常闻夸大言，下顾皆细萍。

百尺明镜流，千曲寒星飞。为君洗故物，有色如新衣。不饮泥土污，但饮雪霜饥一作肌。石棱玉纤纤，草色琼霏霏。谷硠有馀力，溪春亦多机。从来一智萌，能使众利归。因之山水中，喧然论是非。

入深得奇趣，升险为良跻。搜胜有闻见，逃俗无踪蹊。穴流恣回转，窍景忘东西。戆兽鲜猜惧，罗人巧置罣。幽驰异处所，忍虑多端倪。虚获我何饱，实归彼非迷。斯文浪云洁，此旨谁得齐。

屑珠泻潺湲，裂玉何威环。若调千瑟弦，未果一曲谐。古骇毛发栗，险惊视听乖。二一作土老皆劲骨，风趋缘欹崖。地远有馀一作遗美，我游采弃一作奇怀。乘时勤勤鉴，前恨多幽霾。弱力谢刚健，塞策贵安排。始知随事静，

何必当夕斋。

昔浮南渡飙，今攀朔山景。物色多瘦削，吟笑还孤永。日月冻有棱，雪霜空无影。玉喷不生冰，瑶涡旋成井。潜角时耸光，隐鳞乍漂囧。再吟获新胜，返步失前省。惬怀虽已多，惕虑未能整。颓阳落何处，升魄衔疏岭。

圣朝搜岩谷，此地多遗玩。怠惰成远游，顽疏恣灵一作虚观。劲飙刷幽视，怒水慑馀惬。曾是结芳一作茅诚，远兹勉流倦。冰条耸危虑，霜翠莹遐眄。物诱信多端，荒寻谅难遍。去矣朔之隅，悠然楚之甸。

游韦七洞庭别业

洞庭如潇湘，叠翠荡浮碧。松桂无赤日，风物饶清激。逍遥展幽韵，参差逗良觌。道胜不知疲，冥搜自无致。旷然青霞抱，永矣白云适。崆峒非凡乡，蓬瀛在仙籍。无言从远尚，还思君子识一作兹焉与之敌。波涛漱古岸，铿锵辨奇石。灵响非外求，殊音自中积。人皆走烦浊，君能致虚寂。何以祛扰扰，叩调清淅淅。既惧豪华损，誓从诗书益。一举独往姿，再摇飞遁迹。山深有变异，意惬无惊惕。采翠夺日月，照耀迷昼夕。松斋何用扫，萝院自然涤。业峻谢烦芜，文高追古昔。暂遥朱门恋，终立青史绩。物表易淹留，人间重离析。难随洞庭酌，且醉横塘席。

越中山水

日一作动，一作夕觉耳目胜，我来山水州。蓬瀛若仿佛，田一作四野如泛浮。碧嶂几千绕，清泉一作源万馀流。莫穷合沓步，孰尽派别游。越水净难污，越天阴易收。气鲜无隐物，目视远更周。举俗一作族媚葱蒨，连冬撷芳柔。菱湖有馀翠，茗圃无荒畴。赏异忽已远，探奇诚淹留。永言终南色，去矣销人忧。

春集越州皇甫秀才山亭

嘉宾一作嘉诱，一作善友在何处，置亭春山巅。顾余寂寞者，谬厕芳菲筵。视听日澄澈，声光

坐连绵。晴湖泻峰嶂,翠浪多萍藓。何以逞高志,为君吟秋天—作篇。

和皇甫判官游琅玡溪

山中琉璃境,物外琅玡溪。房廊逐岩壑,道路随高低。碧漱漱白石,翠烟含青蜺。客来暂游践,意欲忘簪珪。树杪灯火夕,云端钟梵齐。时同虽可仰,迹异难相携。唯当清宵梦,仿佛愿—作期攀跻。

全唐诗卷三百七十六

孟郊

汝州南潭陪陆中丞公宴

一雨百泉涨,南潭夜来深。分明碧沙底,写出青天心。远客洞庭至,因兹涤烦襟。既登飞—作青云舫,愿奏清风琴。高岸立旗戟,潜蛟失—作互浮沉。威棱护斯浸,魍魉逃所侵。山态变初霁,水声流新音。耳目极眺听,潺湲与欹岑。谁言柳太守,空有白蘋吟。

汝州陆中丞席喜张从事至同赋十韵

汝水无浊波,汝山饶奇石。大贤为此郡,佳士来如积。有客乘白驹,奉义愊所适。清风荡华馆,雅瑟泛瑶席。芳醑静无喧,金尊光有涤。纵情孰虑损,听论自招益。愿折若木枝,却彼曜灵夕。贵贱一相接,忧惊忽转易。会合勿言轻,别离古来惜。请君驻征车,良遇难再觌。

夜集汝州郡斋听陆僧辩弹琴

康乐宠词客,清宵意无穷。征文北山—作窗外,借月南楼中。千里愁并尽—作寂然静,一樽欢暂同。胡为戛楚琴—作瑟,淅沥起寒风。

同年春燕

少年三十士,嘉会良在兹。高歌摇春风,醉舞摧花枝。意荡睆晚景,喜凝芳菲时。马迹攒骖衰,乐声韵参差。视听改旧趣,物象含新姿。红雨花上滴,绿烟柳际垂。淹中讲精义,南皮献清词。前贤与今人,千载为一期。明鉴有皎洁,澄—作良玉无磷缁。永与—作将沙泥别,各整云—作霄汉仪。盛气自中积,英名日四驰。塞鸿绝俦匹,海月难等夷。郁抑—作折忽已尽,亲朋乐无涯。幽薏发空曲,芳杜绵所思。浮迹自聚散,壮心谁别离。愿保金石志,无令有夺移。

罗氏花下奉招陈侍御

眼在一作见枝上春,落地成埃尘。不是风流者,谁为攀折人。宁辞波浪阔,莫道往来频。拾紫岂宜晚,掇芳须及晨。劳收贾生泪,强起屈平身。花下本无俗,酒中别有神。游蜂不饮故,戏蝶亦争新。万物尽如此,过时非所珍。

游石龙涡 自注:四壁千仞,散泉如雨。

石龙不见形,石雨如散星。山下晴皎皎,山中阴泠泠。水飞林木杪,珠缀莓苔屏。畜异物皆别,当晨景欲瞑。泉芳春气碧,松月寒色青。险一作阴力此独壮,猛兽亦不停。日暮且回去,浮心恨一作尚未宁。

浮石亭

曾是风雨力,崔巍漂来时。落星夜皎洁,近榜朝逶迤。翠激递明灭,清淙泻欹危。况逢蓬岛仙,会合良在兹。

看花

家家有芍药,不妨至温柔。温柔一同女,红笑笑不休。月娥双双下,楚艳枝枝浮。洞里逢仙人一作幸逢仙人立,绰约青一作清宵游。

芍药谁为婿,人人不敢来。唯应待诗老,日日殷勤开。玉立无气力,春凝且裴徊。将何谢青春,痛饮一百杯。

芍药吹欲尽,无奈晓风何。余花欲谁待,唯待谏郎过。谏郎不事俗,黄金买高歌。高歌夜更清,花意晚更多。 一本连下饮之四句作一首

饮之不见底,醉倒深红波。红波荡谏心,谏心终无它。独游终难醉,挈榼徒经过。问花不解语,劝得酒无多。 独游四句,洪迈取为绝句。

三年此村落,春色入心悲。料得一孀妇,经一作它时独泪垂。

济源春

太行横偃脊,百里芳崔巍。济滨花异颜,枋口云如裁。新画彩色湿,上界光影来。深红缕草木,浅碧珩溯洄。千家门前饮,一道传楔杯。玉鳞吞金钩,仙璇琉璃开。朴童茂言语,善俗无惊猜。狂吹寝恒宴,晓清梦先回。治生鲜惰夫,积学多深材。再游讵癫懑,一洗惊尘埃。

济源寒食

风巢袅袅春鸦鸦,无子老人仰面嗟。柳弓苇箭一作蒿矢觑不见,高红远绿劳相遮。

女婵一作蝉童子黄短短,耳中闻人惜春晚。逃蜂匿蝶踏地一作花来,抛却斋一作黄糜一瓷碗。

一日踏春一百回,朝朝没脚走芳埃。饥童饿马扫花喂,向晚饮溪三两杯。

莓苔井上空相忆,辘轳索断无消息。酒人皆倚春发绿,病叟独藏秋发白。

长安落花飞上天,南风引至三殿前。可怜春物亦朝谒,唯我孤一作独吟渭一作济水边。

枋口花间一作开掣手归,嵩阳一作山为一作与我留一作驻红晖。可怜踯躅千万尺,柱地柱天疑一作今欲飞。

蜜蜂为主各磨牙,咬尽村中万木花。君家瓮瓮今应满,五色冬笼甚可夸。

游枋口

一步复一步,出行一作行踏千里幽。为取山水意,故作寂寞游。太行青巅高,枋口碧照浮。明明无底镜,泛泛忘机鸥。老逸不自限,病狂不可周。恣闲饶淡薄,怠玩多淹留。芳物竞晼晚,绿梢桂新柔。和友莺相绕,言语亦以稠。一作和友鹊相远,飞膺亦以稠。始知万类然,静躁难相求。

耸我残病骨,健如一仙人。镜中照千里,镜浪洞百神。此神日月华,不作寻常春。三十夜皆明,四时昼恒新。鸟声尽依依,兽心亦忻忻。澄幽出所怪,闪异坐微细。可来复可来,此地灵相亲。

与王二十一员外涯游枋口柳溪

万株古柳根,擎此磷磷溪。野榜多屈曲,仙浔无端倪。春桃散红烟,寒竹含晚凄。晓听忽以异,芳树安能齐。共疑落镜中,坐泛红景低。水意酒易醒,浪情事非迷。小儒峭章句,大贤嘉提携。潜窦韵灵瑟,翠崖鸣玉珪。主人稷离翁,德茂芝术畦。凿出幽隐端,气象皆升跻。曾是清乐抱,逮兹几省溪。宴位席兰草,滥觞惊凫鹥。灵味荐鲂瓣,金花屑橙虀。江调摆衰俗,洛风远尘泥。徒言奏狂狷,讵敢忘筌蹄。

与王二十一员外涯游昭成寺

洛友寂寂约,省骑霏霏尘。游僧步晚磬,话茗含—作合芳春—作菌。瑶策冰入手,粉壁画莹神。颓廊芙蓉霁,碧殿琉璃匀—作津。玄讲岛—作海岳尽,渊咏文字新。屡笑寒竹宴,况接青云宾。顾惭馀眷下,衰瘵婴残身。

嵩少

沙弥舞袈裟,走向蹀躞飞。闲步亦惺惺,芳援相依依。喧塞春咽喉,蜂蝶事光辉。群嬉且已晚,孤引将何归。流艳去不息,朝英亦疏微。

游次洛城东水亭

水竹色相洗,碧花动轩槛。自然逍遥风,荡涤浮竞情。霜落叶声燥,景寒人语清。我来招隐亭,衣上尘暂轻。

洛桥晚望

天津桥下冰初结,洛阳陌上人行绝。榆柳萧疏楼阁闲,月明直见嵩山雪。

北郭贫居

进乏广莫力,退为蒙笼—作泷居。三年失意归,四向相识疏。地僻草木壮,荒条扶我庐。夜贫灯烛绝,明月照吾书。欲识贞静操,秋蝉饮清虚。

题陆鸿渐上饶新开山舍

惊彼武陵状,移归此岩边。开亭拟贮云,凿石先得泉。啸竹引—作索清吹,吟花成—作讨新篇。乃知高洁情,摆落区中缘。

题韦承总吴王故城下幽居 自注:韦生,相门子孙。

才饱身自贵,巷荒门岂贫。韦生堪继相,孟子愿依邻。夜思琴—作酒语切,昼情茶味新。霜枝留过鹊—作鹳,风竹扫蒙尘。郢唱一声发,吴花千片春。对君何所得,归去觉情真—作贞。

苏州昆山惠聚寺僧房

昨日到上方,片云挂—作封石床。锡杖莓苔青,袈裟松柏香。晴磬无短韵,古灯含永光。有时乞鹤归,还访—作放逍遥场。

题从叔述灵岩山壁

换却世上心,独起山中情。露衣凉且鲜,云策高复轻。喜见夏日来,变为松景清。每将逍遥听,不厌飕飗声。远念尘末宗,未疏俗间名。桂枝—作科妄举手—作意,萍路空劳生。仰谢开净弦,相招时一鸣。

题林校书花严寺书窗

隐咏不夸俗,问禅徒净居。翻将白云字—作寺,寄向青莲书。拟古投松坐,就明开纸疏。昭昭—作绵绵南山景,独与心相如。

蓝溪元居士草堂

市井不容义,义归山谷中。夫君宅松桂,招我栖蒙笼。人朴情虑肃,境闲视听空。清溪宛转水,修竹徘徊风。木倦采樵子,土劳稼穑翁。读书业虽异,敦本志亦同。蓝岸青漠漠,蓝峰碧崇崇。日昏各命酒—作返,寒蛩鸣蕙丛—作寒鹿鸣荒丛。

新卜清罗幽居奉献陆大夫

黔娄住何处,仁邑无馁—作饥寒。岂怀旧羁旅,变为新闲安。二顷有馀食,三农行可观。笼禽得高巢,辙鲋还层澜。翳翳桑柘墟,纷纷田里欢。兵戈忽消散,耦耕非艰难。嘉木偶良酌,芳阴庇清弹。力农唯一事,趣世徒万端。静觉本相厚,动为末所残。此外有馀暇,锄荒出幽兰。

题陆韦少保静恭宅藏书洞

高意合天制,自然状无穷。仙华凝四时,玉薛生数峰。书秘漆文字,匦藏金蛟龙。闲一作闶为气候肃,开作云雨浓。洞隐谅非久,岩梦诚必通。将缀文士集,贯就真珠丛。

生生亭

滩闹不妨语,跨溪仍一作宜置亭。置亭巑岏头,开窗纳遥青。遥青新画出,三十六扇屏。袅袅立平地,棱棱浮高冥。一日数开扉,仙闪目不停。徒夸远方岫,曷若中峰灵。拔意千馀丈,浩言永堪铭。浩言无愧同,愧同忍丑醒。致之未有力,力在君子听。

寒溪

霜一作露,一作路洗水色尽,寒溪见纤鳞。幸临虚空镜,照此残悴身。潜滑不自隐,露底莹更新。豁如君子怀,曾是危陷人。始明浅俗心,夜结朝已津。净漱一掬碧,远消千虑尘。始知泥步泉,莫与山源邻。

洛阳岸边道,孟氏庄前溪。舟行素冰一作芰荷折,声作青瑶嘶。绿水结绿玉,白波生白珪。明明宝镜中,物物天照齐。仄步下危曲,攀枯闻孀啼。霜芬稍消歇一作宿雾萧索歇,凝景微茫齐。痴坐直视听,戆行失踪蹊。岸童一作重剧棘劳,语言多悲凄。

晓饮一杯酒,踏雪过清溪。波澜冻为刀,邹割凫与鹥。宿羽皆翦弃,血声沉沙泥。独立欲何语,默念心酸嘶。冻血莫作春,作春生不齐。冻血莫作花,作花发孀啼。幽幽棘针村,冻死难耕犁。

篙工磓玉星,一路随迸萤。朔冻哀彻底,獠馋咏潜鲤。冰齿相磨啮,风音酸铎铃。清悲不可逃,洗出纤悉听。碧潋卷已尽,彩缕飞飘零。下蹙滑不定,上栖折难停。哮嘐呷一作咿喑冤,仰诉何时宁。

一曲一直水,白龙何鳞鳞。冻飙杂碎号,齑音𩰱坑谷辛。柧音觚,棱木也榍古文笅字吃无力,飞走更相仁。猛弓一折弦,余喘争来宾。大严此之立,小杀不复陈。皎皎何皎皎,氤氲复氤氲。瑞晴刷日月,高碧开星辰。独立两脚雪,孤吟千虑新。天橑徒昭昭,箕舌虚龂龂。尧圣不听汝,孔微亦有臣。谏书竟成章,古义终难陈。

因冻死得食,杀风仍不休。以兵为仁义,仁义生刀头。刀头仁义腥,君子不可求。波澜抽剑冰,相劈如仇雠。尖雪入鱼心,鱼心明愀愀。恍如罔两说,似诉割切由。谁使异方气,入此中土流。蠹尽一月春,闭为百谷幽。仰怀新霁光,下照疑忧愁。

溪老哭甚寒,涕泗冰珊珊。飞死走死形,雪裂纷心肝。剑刃冻不割,弓弦强难弹。常闻君子武,不食天杀残。剧玉掩骼骴,吊琼哀阑干。

溪风摆余冻,溪景衔明春。玉消花滴滴,虹解光鳞鳞。悬步下清曲,消期濯芳津。千里冰裂处,一勺暖亦仁。凝精互相洗,漪涟竞将新。忽如剑疮尽,初起百战身。

立德新居

立德何亭亭,西南耸高隅。阳崖泄春意,阴圃留冬芜。胜引即纡道,幽行岂通衢。碧峰远相揖,清思谁言孤。寺秩虽贵家一作未贵,浊醪良可哺。

耸城架霄一作霁汉,洁宅涵细缊。开门洛北岸,时锁嵩阳云。夜高星辰大,昼长天地分。厚韵属疏语,薄名谢嚣闻。兹焉有殊隔,永矣难及群。

宾秩已觉厚,私储常恐多。清贫聊自尔,素责将如何。俭教先勉力,修襟无馀佗。良栖一枝木,灵巢片叶荷。仰笑鹍鹏辈,委身拂天波。

　　疏门不掩水,洛色寒更高。晓碧流视听,夕清濯衣袍。为于一作但立仁义得一作德,未觉登陟劳。远岸雪难莫一作尽,劲枝风易号一作挠。霜禽各啸侣,吾亦爱吾曹。

　　崎岖有悬步,委曲饶荒寻。远树足良木,疏巢无争禽。素魄衔夕岸,绿水生晓浔。空旷伊洛视,仿佛潇湘心。何必尚远异,忧劳满行襟。

　　悬途多仄足,崎圃无修畦。芳兰与宿艾,手撷心不迷。品子懒读书,辕驹难服犁。虚食日相投一作役,夸肠讵能低。耻从新学游,愿将古农齐。

　　都城多耸秀,爱此高县居。伊雒绕街巷,鸳鸯飞阁闾。翠景何的砾,霜飔飘空虚。突出万家表,独治二亩蔬一作余。一旬一手版,十日九手锄。

　　手锄手一作良自劭,激劝亦已饶。畏彼梨栗儿,空资玩弄骄。夜景卧难尽,昼光坐易消。治旧得新义,耕荒生嘉苗。锄治苟惬适,心形俱逍遥。

　　玉蹄裂鸣水,金绶忽照门。拂拭贫士席,拜候丞相辕一作轩。德疏未为高,礼至方觉尊。岂唯耀兹日,可以荣远孙。如何一阳朝,独荷众瑞繁。

　　东南富水木,寂寥蔽光辉。此地足文字,及时隘骖騑。仄雪踏为平,涩行变如飞。令畦生气色,嘉绿新霏微。天意资厚养,贤人肯相违。自注:末二章,冬至日郑相至门,以属意在焉。

全唐诗卷三百七十七

孟郊

西上经灵宝观 自注：观即尹真人旧宅。

道士无白发，语音—作言灵泉清。青松多寿色，白石恒夜明。放步霓霞起，振衣华风生。真文秘中顶，宝气浮四楹。一片古关路，万里今人行。上仙不可见，驱—作孤策徒西征。

泛黄河

谁开昆仑源，流出混沌河。积雨—作羽飞作风，惊龙喷为波。湘瑟飕飕弦，越宾—作客鸣咽歌。有恨—作双眼不可洗，虚此来经过。

往河阳宿峡陵，寄李侍御

暮天寒风悲屑屑，啼鸟绕树泉水噎。行路解鞍投古—作石陵，苍苍隔山见微月。枭鸣犬吠霜烟昏，开囊拂巾对盘飧。人生穷达感知己，明日投君申片言。

鸦路溪行，呈陆中丞

鸦路不可越，三十六渡溪。有物饮碧水，高林挂青霓。历览道更险，驱使迹频—作顿暌。视听易常主，心魂互相迷。浪石忽摇动，沙堤信难跻。危峰紫霄外，古木浮云霁。出阻—作徂望汝郡，大贤多招携。疲马恋旧秣，羁禽思故栖。应怜泣楚玉，弃置如尘泥。

独宿岘首忆长安故人

月迥无隐物，况复大江秋。江城与沙村，人语风飕飕。岘亭当此时，故人不同游。故人在长安，亦可将梦求。

自商行谒复州卢使君虔

一身绕千山，远作行路人。未遂东吴归，暂出西京尘。仲宣荆州客，今余—作为竟陵宾。往迹虽不同，托意皆有因。商岭莓苔滑，石坂上下频。江汉沙泥洁，永日—作水白光景新。独泪起残夜，孤吟望初晨。驱驰竟何事，章句依深仁。

梦泽中行 一本无中字

楚山争蔽亏,日月无全辉。楚路饶回惑,旅人有一作多迷归。骐骥思北首,鹧鸪愿南飞。我怀京洛游,未厌风尘衣。

京山行

众虻聚病马,流血不得行。后路起夜色,前山闻虎声。此时游子心,百尺风中旌。

旅次湘沅有怀灵均

分拙多感激,久游遵长途。经过湘水源,怀古方踟蹰。旧称楚灵均,此处殒忠躯。侧聆故老言,遂得旌贤愚。名参君子场,行为小人儒。骚文炫贞亮,体物情崎岖。三黜有愠色,即非贤哲模。五十爵高秩,谬膺从大夫。胸襟积忧愁,容鬓复一作先凋枯。死为不吊鬼,生作猜谤徒。吟泽洁其身,忠节宁见输。怀沙灭其性,孝行焉能俱。且闻善称君,一何善自殊。且闻过称己,一何过不渝。悠哉风土人,角黍投川隅。相传历千祀,哀悼延八区。如今圣明朝,养育无羁孤。君臣逸雍熙,德化盈纷敷。巾车徇前侣,白日犹昆吾。寄君臣子心,戒此真良图。

过彭泽

扬帆过彭泽,舟人讶叹息。不见种柳人,霜风空寂历。

过分水岭 一作东岭

山壮马力短,马一作路行石齿中。十步九举辔,回环失西东。溪水变为雨,悬崖阴蒙蒙。客衣飘摇秋,葛花零落风。白日舍我没一作去,征途忽然穷。

分水岭别夜示从弟寂 一作示于孟叔

南中少平地,山水重叠生。别泉万余曲,迷舟独难行。四际乱峰合,一眺千虑并。潺潺冬夏冷,光彩昼夜明。赏心难久胜,离肠忽自惊。古木摇雾色,高风动秋声。一作古木解旧叶,回风结秋声。饮尔一樽酒,慰我百忧轻。嘉期何处定,此晨堪寄情。

连州吟

春风朝夕起,吹绿日日深。试为连州吟,泪下不可禁。连山何连连,连天碧岑一作钦岑。哀猿哭花死,子规裂客心。兰芷结新佩,潇湘遗旧音。怨声能翦弦,坐抚零落琴。

羽翼不自有,相追力难任。唯凭方寸灵,独夜万里寻。方寻魂飘摇,南梦山岖嵚。仿佛惊魍魉,悉窣闻枫林。正直被放者,鬼魅无所侵。贤人多安排,俗士多虚钦一作歆。孤怀吐明月,众毁铄黄金。愿君保玄曜,壮志无自沉。

朝亦连州吟,暮亦连州吟。连州果有信,一纸万里心。开缄白云断,明月坠衣襟。南风嘶舜琯,苦竹动猿音。万里愁一色,潇湘雨淫淫。两剑忽相触,双蛟恣浮沉。斗水正回斡,倒流安可禁。空愁江海信,惊浪隔相寻。

旅行

楚水结冰薄,楚云为雨一作雪微。野梅参差发,旅榜逍遥归。

上河阳李大夫

上将秉神略,至兵无猛一作血威一作兵无血战威。三军当一作向严冬,一抚胜重衣。霜剑夺众景,夜星失长辉。苍鹰独立时,恶鸟不敢飞。武牢锁天关,河桥纽地机。大将一作君,一作军奚以安,守此称者稀。贫士少颜色,贵门多轻肥。试登山岳高,方见草木微。山岳恩既广,草木心皆归。

投赠张端公 一作赠裴枢端公

君子量不极,胸吞百川流。嫉邪霜气直,问俗春辞柔。日户昼辉静,月杯夜一作宵景幽。咏惊芙蓉发,笑激风飙秋。鸾步独无侣,鹤音仍寡俦。幸沾分寸顾,散此千万忧。

赠苏州韦郎中使君

谢客吟一声,霜落群听清。文含元气柔,

鼓动万物轻。嘉木依性植,曲枝亦不生。尘埃徐庾词,金玉曹刘名。章句作雅正,江山益鲜明。萍蓱一浪草,菰蒲片池荣。曾是康乐咏,如今骞其英。顾惟菲薄质,亦愿将此并一作行。

上张徐州

为水不入海,安得浮天波。为木不在山,安得横日柯。再来君子傍,始觉精义一作艺多。大德唯一施,众情自偏颇。至乐无一作变宫徵,至声遗讴歌。愿鼓空桑弦,永使万物和。顾己诚拙讷,干名已蹉跎。献词惟在口,所欲无余佗。乍作支泉石,乍作翳松萝。一不改方圆,破质为琢磨。贱子本如此,大贤心若何。岂是无异途,异途难经过。

上包祭酒

岳岳冠盖彦,英英文字雄。琼音独听时,尘韵固不同。春云生纸上,秋涛起胸中。时吟五君咏,再举七子风。何幸松佳侣,见知勤苦功。愿将黄鹤翅,一借飞云空。

赠别崔纯亮一本无别字

食荠肠亦苦,强歌声无欢。出门即有碍,谁谓天地宽。有碍非遐方,长安大道傍。小人智虑险,平地生太行。镜破不改光,兰死不敢香。始知君子心,交久道益彰。君心与我怀,离别俱回遑。譬如浸蘗泉,流苦已一作来日长。忍泣目易衰,忍忧形易伤。项籍岂一作非不壮,贾生岂一作非不良。当其失意时,涕泗各沾裳。古人劝加餐一作食,此餐一作非难自强。一饭九祝噎,一嗟十断肠。况是儿女怨,怨气凌彼苍。彼苍若有知,白日下清霜。今朝始惊叹一作呼,碧落一作白日空茫茫。

赠文应上人一作赠高僧

栖迟青山巅,高静身所便。不践有命草,但饮无声泉。斋性空转寂,学情深更专。经文开贝叶,衣制垂秋莲。厌此俗人群,暂来还却旋一作此安禅。

严河南

赤令风骨峭,语言清霜寒。不必用雄威,见者毛发攒。我有赤令心,未得赤令官。终朝衡门下,忍志将筑弹。君从西省郎,正有东洛观。洛民萧条久,威恩悯抚难。苦竹声啸雪,夜斋闻千竿。诗人偶寄耳,听苦心多端。多端落杯酒,酒中方得欢。隐士多饮酒,此言信难刊。取次令坊沽,举止务在宽。何必红烛娇,始言清宴阑。丈夫莫矜庄,矜庄不中看。

赠李观 自注:观初登第。

谁言形影亲,灯灭影去身。谁言鱼水欢,水竭鱼枯一作损鳞。昔为同恨客,今为独笑人。舍予在泥辙,飘迹上云津。卧木易成蠹,弃花难再春。何言对芳景,愁望极萧晨。埋剑谁识气,匣弦日生尘。愿君语高风,为余问苍旻。

吴安西馆赠从弟楚客

蒙笼杨柳馆,中有南风生。风生今为谁,湘客多远情。孤枕楚水梦,独帆楚江程。觉来残恨深一作心,尚与归路并。玉匣五弦在,请君时一鸣。

赠章仇将军

将军不夸剑,才气为英雄。五岳拽力内,百川倾意中。本立谁敢拔,飞文自难穷。前时天地翻,已有扶正功。

赠道月上人

僧貌净无点,僧衣宁缀华。寻常昼日行,不使身影斜。饭术煮松柏,坐山敷一作邀云霞。欲知禅隐高,缉薜为袈裟。

抒情因上郎中二十二叔、监察十五叔,兼呈李益端公、柳镇评事

方凭指下弦,写出心中言。寸草贱子命,高山主人恩。游边风沙意,梦楚波涛魂。一日引别袂,九回沾泪痕。自悲何以然,在礼阙晨昏。名利时转甚,是非宵亦喧。浮情少定主,百虑随世翻。举此胸臆恨,幸从贤哲论。明明

三飞鸢一作步兵与双鸾,照物如朝暾。

赠城郭道士

望里失却山,听中遗却泉。松枝休策云,药囊翻贮钱。曾依青桂邻,学得白雪弦。别来一作别别意未回,世上为隐仙。

桐庐山中赠李明府

静境无浊氛,清雨零碧云。千山不隐响,一叶动亦闻。即此佳志士,精微谁相群。欲识楚一作此章句,袖中兰茝薰。

献汉南樊尚书

天下昔崩乱,大君识贤臣。众木尽摇落,始见竹色真。兵势走山岳,阳光潜埃尘。心开玄女符,面缚清波人。异俗既从化,浇风亦归淳。自公理斯郡,寒谷皆变春。旗影卷赤电,剑锋匣青鳞。如何嵩高气,作镇楚水滨。云镜忽开雾一作景,孤光射无垠。乃知寻常鉴,照影不照神。

赠转运陆中丞

掌运职既大,摧邪名更雄。鹏飞簸曲云,鹗怒生直风。投彼霜雪令,蔚除荆棘丛。楚仓倾向西,吴米发自东。帆影咽河口,车声聋关中。尧知才策高,人喜道路通。皆经内史力,继得鄯侯功。莱子真一作贫为少,相如未免穷。衣花野菌苔,书叶出梧桐。不是宗匠心,谁怜久栖蓬。

赠万年陆郎中

天子忧剧县,寄深华省郎。纷纷风响佩,蛰蛰剑开霜。旧事笑堆案,新一作杂声唯雅章。谁言百里一作步才,终作横天梁。江鸿耻承眷,云津未能翔。徘徊尘俗中,短毳无辉光。

擢第后东归书怀,献座主吕侍御一作郎

昔岁辞亲泪,今为恋主一作恩泣。去住情难并,别离景易戢。夭矫大空鳞,曾为小泉蛰。幽意独沉时,震雷忽相及。神行既不宰,直致一作制非所执。至运本遗功,轻生各一作苦自立。

大君思此化,良佐自然集。宝镜无私光,时文有新习。慈亲诚志就,贱子归情急。擢第谢灵台,牵衣一作名出皇邑。行襟海日曙,逸抱江风入。蒹葭得一作绿波浪,芙蓉红岸湿。云寺势动摇,山幢韵嘘吸。旧游期再践,悬水得重挹。松萝虽可居,青紫终当拾。

古意赠梁肃补阙

曲木忌日影,逸人畏贤明。自然一作来照烛间,不受邪佞轻。不有百炼火,孰知寸金精。金一作铜铅正同炉,愿分精与粗。

赠黔府王中丞楚

旧说天下山,半在黔中青。又闻天下泉,半落黔中鸣。山水千万绕,中有君子行。儒风一以扇,污俗心皆平。我愿中国春,化从异方生。昔为阴草毒,今为阳华英。嘉实缀绿蔓,凉湍泻清声。逍遥物景胜,视听空旷并。困骥犹在辕,沉珠尚隐精。路遥莫及呵,泥污日已盈。岁晏将何从,落叶甘自轻。

上达奚舍人

北山少日月,草木苦风霜。贫士在重坎,食梅有酸肠。万俗皆走圆,一身一作心犹学方。常恐众毁至,春叶成秋黄。大贤秉高鉴,公烛无私光。暗室晓未及,幽行一作吟涕空行。

赠主人

斗水泻大海,不如泻枯池。分明贤达交,岂顾豪华儿。海有不足流,豪有不足资。枯鳞易为水,贫士易为施。幸睹君子席,会将幽贱期。侧闻清风议,饫如一作如饮黄金卮。此道与日月,同光无尽时。

赠建业契公

师住青山寺,清华常绕身。虽然到城郭,衣上不栖尘。

献襄阳于大夫

襄阳青山郭,汉江白铜堤。谢公领兹郡,山水无尘泥。铁马万霜雪,绛旗千虹霓。风漪

参差泛，石板重叠跻。旧泪不复坠，新欢居然齐。还耕竟原野，归老相扶携。物色增暧暧，寒芳更萋萋。渊清有遐略，高躅无近蹊。一作众赋无暴掠，舆歌有安绥。即此富苍翠，自然引翔栖。曩游常抱忆，夙好今尚暌。愿言从逸辔，暇日凌清溪。

赠郑夫子鲂

天地入胸臆，呼嗟生风雷。文章得其微，物象由我裁。宋玉逞大句，李白飞狂才。苟非圣贤心，孰与造化该。勉矣郑夫子，骊珠今始胎。

崔从事郧以直隳职一作官

古人留清风，千载遥赠君。破松见贞心，裂竹见一作看直文。残月色不改，高贤德常新。家怀诗书富，宅抱草木贫。安得一蹄泉一作安排一泉深，来一作直化千尺鳞。含意永不语，钓璜幽水滨。

章仇将军良弃功守贫一作赠章仇兵马使

饮君江一作沧海心，讵一作谁能辨浅深。把君山岳德，谁能齐嶔岑。东海精为月，西岳气凝金。进则万景昼一作尽，退则群物阴。我欲荐此言，天门峻沉沉。风飚亦感激，为我飗飗吟。

赵记室俶在职无事

卑静身后老，高动物先摧。方圆水任器，刚劲木成灰。大道母群物，达人腹众才。时吟尧舜篇，心向无为开。彼隐山万曲，我隐酒一杯。公庭何所有，日日清风来。

赠韩郎中愈

何以定一作结交契，赠君高山石。何以保贞坚一作姿，赠君青松色。贫居一作交过此外，无可相彩饰。闻君硕一作首鼠诗一作更有其鼠诗，吟之泪空滴一作堪泪滴。

硕鼠既穿墉，又啮机上丝。穿墉有闲一作余土，啮丝无余衣一作丝。朝吟枯桑柘，暮泣空一作穿杼机。岂是无巧妙，丝断将何施。众人尚肥华，志士多饥羸。愿君保此节一作愿保此贞节，天意当察微。上二诗，一本作一首。

前日远别离，今日生白发。欲知万里情，晓卧半床月。常恐百虫秋，使我芳草歇。一本连上第二篇作一首。

戏赠无本

长安秋声干，木叶相号悲。瘦僧卧冰凌，嘲一作朔咏含金痍。金痍非战痕，峭病方在兹。诗骨耸东野，诗涛涌一作勇退之。有时跟跄行，人惊鹤阿师。可惜李杜死，不见此狂痴。

燕僧耸听词，袈裟喜新翻。北岳厌利杀，玄功生微言。天高亦可飞，海广亦可源。文章杳无底，断掘谁能根。梦灵仿佛到，对我方与论。拾月鲸口边，何我免为吞。燕僧摆造化，万有随手奔。补缀杂霞衣，笑傲诸贵门。将明文在身，亦尔一作示道所存。朔雪凝别句，朔风飘征魂。再期嵩少游，一访蓬萝村。春草步步绿，春山日日暄一作喧。遥莺相应吟，晚听恐不繁。相思塞心胸，高逸难攀援。

全唐诗卷三百七十八

孟郊

寄张籍

夜镜不照物,朝光何时升。黯然秋思—作愁气来,走入志士膺。志士惜时逝,一宵三四兴。清汉徒自朗,浊河终无澄。旧爱忽已远,新愁坐相凌。君其隐壮怀,我亦逃名称。古人贵从晦,君子忌党朋。倾败生所竞,保全归懵懵—作苦懵。浮云何当来,潜虬会飞腾。

忆周秀才、素上人,时闻各在一方—一本无闻字

东西分我情,魂梦安能定。野客云作心,高僧月为性。浮云自高闲,明月常空净。衣敝得古风,居山无俗病。吟听碧云语,手把青松柄。羡尔欲寄书,飞禽杳难倩。

舟中喜遇从叔简别后寄上,时从叔初擢第—作侍从归江南,郊不从行

一意两片云,暂合还却分。南云乘庆归,北云与谁群。寄声千里风,相唤闻不闻。

怀南岳隐士

见说祝融峰,擎天势似腾。藏千寻布水,出十八高僧。古路无人迹,新霞吐石棱。终居将尔叟,一一共余登。

千峰映碧湘,真叟此中藏。饭不煮石吃,眉应似发长。枫榓即柏,与郴同支酒瓮,鹤虱落琴床。强效忘机者,斯人尚未忘。

春夜忆萧子真

半夜不成寐,灯尽又—作夕无月。独向阶前立,子规啼不歇。况我有金兰,忽尔为胡越。争得明镜中,久长无白发。

寄院中诸公

奕奕秋水傍，骎骎绿云蹄。月仙有高曜，灵凤无卑栖。翠色绕云谷，碧华凝月一作句溪。竹林递历览，云寺行攀跻。冠豸犹屈蝼，匣龙期刲犀。千山惊月晓，百里闻霜鼙。戎府多秀异，谢公期相携。因之仰群彦，养拙固难齐。

寄洺州李大夫

自从蓟师反，中国事纷纷。儒道一失所，贤人多在军。鸟巢忧迸射，鹿耳骇惊闻。剑折唯恐匣一作怨匣，弓贪不让勋。方知省事将，动必谢前群。鹳阵常先罢，鱼符最晚分。步闲洛水曲，笑激太行云。诗叟未相识，竹儿争见君。殷勤越一作起谈说，记尽古风一作凤文。

寄卢虔使君

霜露再相换，游人犹未归。岁新月改色，客久线断衣。有鹤冰在翅，竟久力难飞。千家旧素沼，昨一作斜日生绿辉。春色若可一作不借，为君步芳菲。

寄崔纯亮

百川有余水，大海无满波。器量各相悬，贤愚不同科。群辩有姿语，众欢无一作有行歌。唯余洛阳子，郁郁恨常多。时读过秦篇，为君涕滂沱。

汴州离乱后忆韩愈、李翱

会合一时哭，别离三断肠。残花不待风，春尽各飞扬。欢去收不得，悲来难自防。孤门清馆夜，独卧明月床。忠直血白刃，道路声苍黄。食恩三千士，一旦为豺狼。海岛士皆直，夷门士非良。人心既不类，天道亦反常。自杀与彼一作被杀，未知何者臧。

寄张籍

未见天子面，不如双盲人。贾生对文帝，终日犹悲辛。夫子亦如盲，所以空泣麟。有时独斋心，仿佛梦称臣。梦中称臣言，觉后真埃尘。东京有眼富不如，西京无眼贫西京。无眼犹有耳隔墙，时闻天子车一本有声之二字辚辚。辚辚车声辗冰玉，南郊坛上礼百神。西明寺后穷瞎张太祝，纵尔有眼谁尔珍。天子咫尺不得见，不如闭眼且养真。

寄义兴小女子

江南庄宅浅，所固唯疏篱。小女未解行，酒弟一作病叔老更痴。家中多吴语，教尔遥可知。山怪夜动门，水妖时弄池。所忧痴酒肠，不解委曲辞。渔妻性崛强，耕童手皴厘。想兹为襁褓，如鸟拾柴枝。我咏元鲁山，胸臆流甘滋。终当学自乳，起坐常一作尚相随。

忆江南弟

白首眼垂血，望尔唯梦中。筋力强起时，魂魄犹在东。眼光寄明星，起来东望空。望空不见人，江海波无穷。衰老无气力，呼叫不成风。孑然忆忆言，落地何由通。常师共被教，竟作生离翁。生离不可诉，上天何曾聪。未忍对松柏，自鞭残朽躯。自鞭亦何益，知一作矩教非所崇。努力拄杖来，余活与尔同。不然死后耻，遗死亦有终。

宿空侄院寄澹公

夜坐冷竹声，二三高人语。灯窗看律钞，小师别为侣。雪檐晴滴滴，茗碗华举举一作乳华举。磬音多风飚，声韵闻江楚。官街不相隔，诗思空愁予。明日策杖归，去住两延伫。

寄陕府邓一作窦给事第二十四句缺一字

陕城临大道，馆宇屹几鲜。候谒随芳一作方语，铿词芬蜀笺。从来镜目下，见尽道心前。自谓古诗量，异一作冀将新学偏。恋人年六十，每月请三千。不敢等闲用，愿为长寿钱。非关亦洁尔，将以救赢然。孤省痴皎皎，默吟写绵绵。病书凭昼日一作月，驿信寄宵鞭。疾诉将何谕，肆鳞今倒悬。尘鲤见枯浪，土鼍思干泉。感感无绪荡，愁愁作□边。贞元文祭酒自注：即阳公，比谨学韦玄。满坐风无杂，当朝雅独全。

见知嘱徐孺自注:即徐端公,赏句类陶渊。一顾生鸿羽,再言将鹤翩。宣扬隘车马,君子凑骈阗。曾是此同睠,至今应赐怜。磨墨零落泪,楷字贡仁贤。

送谏议十六叔至孝义渡后奉寄

晓渡明镜中,霞衣相飘摇。浪凫惊亦双,蓬客将谁僚。别饮孤易醒,离忧壮难销。文清虽无敌,儒贵不敢骄。江吏捧紫泥,海旗剪红蕉。分明太守礼,跨蹋毗陵桥。伊洛去未回,遐瞩空寂寥。

至孝义渡寄郑军事唐二十五

咫尺不得见,心中空嗟嗟。官街泥水深,下脚道路斜。嵩少玉峻峻,伊雒碧华华。岸亭当四迥,诗老独一家。洧叟何所如,郑石唯有些。何当来说事,为君开流霞。

答友人

白日照清水,浅深无隐姿。君子业高文,怀抱多正思。砥行碧山石,结交青松枝。碧山无转易,青松难倾移。落落出俗韵,琅琅大雅词。自非随氏掌,明月安能持。千里一作十载不可倒一作到,一返一作发,一作别无近一作回期。如何非意中,良觌忽在兹。道语一作话必疏淡,儒风易凌迟。愿存坚贞一作正直节,勿为霜霰一作雪欺。

酬友人见寄新文

为客栖未定,况当玄月中。繁云翳碧霄,落雪和清风。郊陌绝行人,原隰多飞蓬。耕牛返村巷,野鸟依房栊。我无饥冻忧,身托莲花宫。安闲赖禅伯,复得疏尘蒙。览君郢曲文,词彩何冲融。讴吟不能已,顿觉形神空。

答韩愈、李观别,因献张徐州一作长安留别李观、韩愈,因献张徐州

富别愁在颜,贫别愁销骨。懒磨旧铜镜,畏见新白发。古树春无花,子规啼有血。离弦不堪听,一听四五绝一作三四裂。世途非一险,俗虑有一作各千结。有客步大方,驱车独迷辙。故人韩与李,逸翰双皎洁。哀我摧折归,赠词纵横设。徐方国东枢一作号在,元戎天下杰。祢生投刺游,王粲吟诗谒。高情无遗照,朗抱开晓月。有土不埋冤,有仇皆为雪。愿为直一作奇草木,永向君地列。愿为古琴瑟,永向君听一作前发。欲识丈夫心,曾将孤一作宝剑说。

答昼上人止谏作

烈烈鸾鹭吟,铿铿琅玕音。枭摧明月啸,鹤起清风心。渭水不可浑,泾流徒相侵。俗侣唱桃叶,隐士一作仙鸣桂琴。子野真遗却,浮浅藏渊深。

答姚怤见寄

日月不同光,昼夜各有宜。贤哲不苟合,出处亦待时。而我独迷见,意求异士知。如将舞鹤管,误向惊凫吹。大雅难具陈,正声易漂沦。君有丈夫泪,泣人不泣身。行吟楚山玉一作下,义泪沾衣巾。

答郭郎中

松柏死不变,千年色青青。志士贫更坚,守道无异营。每弹潇湘瑟,独抱风波声。中有失意吟,知者泪满缨。何以报知者,永存坚与贞。

答卢虔故园见寄

访旧无一人,独归清雒春。花闻哭声死,水见别容新。乱后故乡宅,多为行路尘。因悲楚左右,谤玉不知珉。

汝坟蒙从弟楚材见赠,时郊将入秦,楚村适楚

朝为主人心,暮为行客吟。汝水忽凄咽,汝风流苦音。北阙秦门高,南路一作山楚石深。一作北阙时时远,南山路更深。分泪洒白日,离肠绕青岑。何以寄远怀一作我书,黄鹤能相寻。

同从叔简酬卢殷少府

梅尉吟楚声,竹风为凄清。深虚冰在性,高洁云入情。借水洗闲貌,寄蕉书逸名。羞将

片石文,斗此双琼英。

酬李侍御书记秋夕雨中病假见寄

秋风绕衰柳,远客闻雨声。重兹阻良夕,孤坐唯积诚。果枉移疾咏,中含嘉虑明。洗涤烦浊尽,视听昭旷生。未觉衾枕倦,久为章奏婴。达人不宝—作保药,所保在闲情。

答卢仝

楚屈入水死,诗孟踏雪僵。直气苟有存,死亦何所妨。日劈高查牙,清棱含冰浆。前古后古冰,与山气势强。闪怪千石形,异状安可量。有时春镜破,百道声飞扬。潜仙不足言,朗客无隐肠。为君倾海宇,日夕多文章。天下岂无缘,此山雪昂藏。烦君前致词,哀我老更狂。狂歌不及狂,歌声缘凤皇。风兮何当来,消我孤直疮。君文真风声,宣隘满铿锵。洛友零落尽,逮兹悲重伤。独自奋异骨,将骑白—作玉角翔。再三劝莫行,寒气有刀枪。仰惭君子多,慎勿作芬芳。

奉报翰林张舍人见遗之诗

百虫笑秋律,清削月夜闻。晓棱视听微,风剪叶已纷。君子鉴大雅,老人非俊群。收拾古所弃,俯仰补空文。孤韵耻春俗,余响逸零雰。自然蹈终南,涤暑凌寒氛。岩霭不知午,涧溅镇含曛。曾是醒古—作沽醉,所以多隐沦。江调乐之远,溪谣生徒新。众蕴有余采,寒泉空哀呻。南谢竟莫至,北宋当时珍。赜—作颐灵各自异,酌酒—作圣,一作醒谁能均。昔咏多写讽,今词讵无因。品松何高翠—作位何高,宫—作翠殿没荒榛。苔趾识宏制,沙漭游崩津。忽吟陶渊明,此即羲皇人。心放出天地,形拘在风尘。前贤素行阶,夙嗜青山勤。达士立明镜,朗言为近臣。将期律万有,倾倒甄无垠。鸾鹭应蟋蟀,丝毫意皆申。况于三千章,哀叩不为神。

送从弟郢东归

尔去东南夜,我无西北梦。谁言贫别易,贫别愁更重。晓色夺明月,征人逐群动。秋风楚涛高,旅榜将谁共。

山中送从叔简赴举

石根百尺杉,山眼一片泉。倚之道气高,饮之诗思鲜。于此逍遥场,忽奏别离弦。却笑薜萝子,不同鸣跃年。

送别崔寅亮下第

天地唯一气,用之自偏颇。忧人—作心成苦吟,达士为高歌。君子识不浅,桂枝忧更多。岁晏期攀折,时归且婆娑。素质—作质貌如削—作荆玉,清词若倾—作天河。虬龙—作潜虬未化时,鱼鳖同一波。去矣当自适,故乡—作山饶藤萝。

大梁送柳淳先入关

青山辗—作转为尘,白日无闲人。自古推高车,争利西入秦。王门与侯门,待富不待贫。空携—作唯赍一束书,去—作独去谁相—作将谁亲。

送无怀道士游富春山水—作送别吴逸士归山

造化绝—作最,一作见高处,富春独多观。山浓翠滴洒—作的砾,水折珠摧残。溪镜不隐发,树衣长遇—作御寒。风猿虚空飞,月狖叫啸酸。信—作即此神仙路—作乐,岂为时俗安。煮金阴阳火—作芙蓉水,囚怪星宿坛。花发我—作或未识,玉生忽丛攒。蓬莱浮荡漾,非道相从难。

送温初下第

日落浊水中,夜光谁能分。高怀无近趣,清抱多远闻。欲识丈夫志,心藏孤岳云。长安风尘别,咫尺不见君。

送卢虔端公守复州

师旷听群木,自然识孤桐。正声逢知音,愿出大朴中。知音不韵俗,独立占—作上古风。忽挂触邪冠,逮逐南飞鸿。肃肃太守章,明明华毂熊。商山无平路,楚水有惊瀼。日月千里外,光阴难载同。新愁徒自积,良会何由通。

送任载、齐古二秀才自洞庭游宣城 并序

文章者,贤人之心气也。心气乐则文章正,心气非则文章不正。当正而不正者,心气之伪也。贤与伪,见于文章。一直之词,衰代多祸。贤无曲词。文章之曲直,不由于心气。心气之悲乐,亦不由贤人,由于时故。今宣州多君子,闲暇而宽,文章之曲直纤微,悉而备举。洞庭二客勉而。客去之,鼓其风波之词,吾知夫乐莫是行也。遂为诗曰:

洞庭非人境,道路行虚空。二客月中下,一帆天外风。鱼龙波五色,金碧树千丛。闪怪如可惧,在—作至诚无不通。扣奇知—作惊浩渺,采异访—作动穿崇。物表即—作积高韵,人间访仙公。宣城文雅地,谢守声闻融。证玉易为力,辨珉谁—作调不同。从兹阮籍泪,且免泣途穷。

送晓公归庭山 —作归稽亭

庭山—作稽亭何崎岖,寺路缘翠微。秋霁山尽出,日落人独归。云生高高步,泉酒田田衣。枯巢无还羽,新木有争飞。兹焉不可继,梦寐空清辉。

送豆卢策归别墅

短松鹤不巢,高石云不—作始栖。君今潇湘去,意—作性与云鹤齐。力买奇险地,手开清浅溪。身披薜荔衣—作萝襟,山陟莓苔梯。一卷冰雪文,避俗常自携。

送清远上人归楚山旧寺 —作国清上人游苏。一作送溪上人。

波中出吴境,霞际登楚岑。山寺一别来,云—作风萝三改阴。诗夸碧云句,道证青莲心。应笑—作怜泛萍—作萍泛者,不知松隐深。

山中送从叔简

莫以手中琼,言邀世上名。莫以山中迹,久向人间行。松柏有霜操,风泉无俗声。应怜枯朽质,惊此别离情。

送萧炼师入四明山

闲于独鹤心,大于高—作乔松年。迥出万物表,高栖四明巅。千寻直裂峰,百尺倒泻泉。绛雪为我饭,白云为我田。静言不语—作话俗,灵踪时步天。

全唐诗卷三百七十九

孟郊

感别送从叔校书简再登科东归

长安一作去年车马道,高槐一作柳结浮阴。下有名利人,一人千万心。黄鹄多远势一作黄鹤共远路,沧溟无近浔。怡怡静退姿,泠泠思归吟。菱唱忽生听,芸书回望深。清风散言笑,余花缀衣襟。独恨鱼鸟别,一飞将一沉。

送玄亮师一作送道友

兰泉涤我襟,杉月栖一作风凄我心。茗啜绿净花,经诵清柔音。何处一作事笑为别,淡情一作然愁不侵。

送李尊一作宗师玄

口诵碧简文,身是青霞君。头冠两片月,肩一作身披一条云。松骨轻自飞,鹤心高不群。

同昼上人送郭一作郛,一作邹秀才江南寻兄弟

地一作池上春色生,眼前诗彩明。手携片宝月,言是高僧名。溪转万曲心一作石,水流千里声。飞鸣向谁去,江鸿弟与兄。

春日同韦郎中使君送邹儒立少府扶侍赴云阳

离思著百草,绵绵生无穷。侧闻畿甸秀,三振词策雄。太守不韵俗,诸生皆变风。郡斋敞西清,楚瑟惊南鸿。海畔帝一作高城望,云阳天色中。酒酣正芳景,诗缀新碧丛。服彩老莱并,侍车江革同。过隋柳憔悴,入洛花蒙笼。高步讵留足,前程在层空。独惭病鹤羽,飞送力难崇。

送从叔校书简南归一作东游

长安别离道,宛在东城隅。寒草根未死,愁人心已枯。促促水上景,遥遥天际途。生随昏晓中,皆被日月驱。北骑达一作骤绕山岳,南帆指江湖。高踪一超越,千里在须臾。

送韩愈从军

　　志士感恩起,变衣非变性。亲宾改旧观,童仆生新敬。坐作群书吟,行为孤剑咏。始知出处心,不失平生正。凄凄天地秋,凛凛军马令。驿尘时一飞,物色极四静。王师既不战,庙略一作画在一作尽无竞。王粲有所依,元瑜初应命。一章喻檄明,百万心气定。今朝旌鼓前,笑别丈一作大夫盛。

同茅一作第郎中使君送河南裴文学

　　河南有归客,江风绕行襟。送君无尘听,舞鹤清瑟音。菱蔓缀楚棹,日华正嵩岑。如何谢文学,还起会云一作长吟。

送李翱习之

　　习之势翩翩,东南去遥遥。赠一作寄君双履足,一为上皋桥。皋桥路逶迤,碧水清风飘。新秋折藕花,应对吴语娇。千巷分渌波,四门生早潮。湖榜轻裊裊,酒旗高寥寥。小时屐齿痕,有处应未销。旧忆如雾星,悦见于梦消。言之烧人心,事去不可招。独孤宅前曲,箜篌醉中谣。壮年俱悠悠,逮兹各焦焦。执手复执手,唯道无枯凋。

送丹霞子阮芳颜上人归山

　　松色不肯秋,玉性不可柔。登山须正路,饮水须直流。倩鹤附书信,索云作衣裘。仙村莫道远,枉一作挂策招交游。

送从舅端适楚地

　　归情似泛空,飘荡楚波中。羽扇扫轻汗,布帆筛细风。江花折菡萏,岸影泊梧桐。元舅唱离别,贱生愁不穷。

送卢汀侍御归天德幕

　　仲宣领骑射,结束皆少年。匹马黄河岸,射雕清霜天。旌旗防日北,道路上云巅。古雪无销铄,新冰有堆填。清溪徒耸诮,白璧自招贤。岂比重恩一作思者,闭门方独全。

送草书献上人归庐山

　　狂僧不为酒,狂笔自通天。将书云霞片,直至清明巅。手中飞黑电,象外泻玄泉。万物随指顾,三光为回旋。聚一作骤书云霭霉,洗砚山晴鲜。忽怒画蛇虺,喷然生风烟。江人愿停笔,惊浪恐倾船。

和薛先辈送独孤秀才上都赴嘉会,得青字

　　秦云攀窈窕,楚桂搴芳馨。五色岂徒尔,万枝皆为灵。仙谣天上贵,林咏雪中青。持此一为赠,送君翔杳冥。

送崔爽之湖南

　　江与湖相通,二水洗高空。定知一日帆,使得一作竭千里风。雪唱与谁和,俗情多不通。何当逸翩纵一作鹤迹,飞起泥沙中。

送超上人归天台一作送天台道士

　　天台山最高,动蹑赤一作仙城霞。何以静双目,扫山除妄花。何以洁其性一作鉴形影,滤泉去泥沙。灵境物皆直,万松无一斜。月中见心近一作迥,云外将俗一作世赊。山兽护方丈,山猿捧袈裟。一本无此二句。遗身独得身,笑我牵名华。

同李益、崔放送王炼师还楼观,兼为群公先营山居

　　十一作千年白云士,一卷紫芝书。来结崆峒侣,还期缥缈居。霞冠遗彩翠,月一作丹帔上空虚。寄谢泉根水,清泠闲有余。

张徐州席送岑秀才

　　振振芝一作兰步,升自君子堂。泠泠松一作枫桂吟,生自楚一作羁客肠。羁鸟无定栖,惊蓬在他乡。去兹门馆闲,即彼道路长。雨余山川净,麦熟草木凉。楚泪滴章句,京一作荆尘染一作满衣裳。赠君无余佗,久要不可忘。

送黄构擢第后归江南

　　澹澹沧海气,结成黄香才。幼龄思奋飞,

弱冠游灵台。一鹗顾乔木,众禽不敢猜。一骥骋长衢,众兽不敢陪。遂得会风雨,感通如云雷。至矣小宗伯,确乎心不回。能令幽静人,声实喧九垓。却忆江南道,祖筵花里开。春风不能别,别罢空徘徊。

送道士

千年山上行,山上无遗踪。一日人间游,六合人皆逢。自有意中侣,白寒徒相从。

送孟寂赴举

烈士不忧身,为君吟苦辛。男儿久失意,宝剑亦生尘。浮俗官是贵,君子道所珍。况当圣明主,岂乏证玉臣。浊水无白日,清流鉴苍旻。贤愚皎然别,结交当有因。

同溧阳宰送孙秀才

废瑟难为弦,南风难为歌。幽幽拙疾中,忽忽浮梦多。清韵始啸侣,雅言相与和。讼闲每往招,祖送奈若何。牵苦强为赠,邦邑光峨峨。

溧阳唐兴寺观蔷薇花,同诸公钱陈明府

忽惊红琉璃,千艳万艳开。佛火不烧物,净香空徘徊。花下印文字,林间咏觞杯。群官钱宰官,此地车马来。

送柳淳

青山临黄河,下有长安道。世上一作岁岁名利人,相逢不知老。

送殷秀才南游

诗句临一作满离袂,酒花薰别颜。水程千里外,岸泊几宵间。风叶乱辞木,雪猿清叫山。南中多古事,咏遍始应还。

送青阳上人游越

秋风吹白发,微官自萧索。江僧何用叹,溪县饶寂寞。楚思物皆清,越山胜非薄。时看镜中月,独向衣上落。多谢入冥鸿,笑予在笼鹤。

奉同朝贤送新罗使

森森望远国,一萍秋海中。恩传日月外,梦在波涛东。浪兴豁胸臆,泛程舟虚空。既兹吟仗信,亦以难私躬。实怪赏不足,异鲜悦多丛。安危所系重,征役谁能穷。彼俗媚文史,圣朝富才雄。送行数百首,各以铿奇工。冗隶窃抽韵,孤属思将同。

留弟郢不得送之江南

刚有下水船,白日留不得。老人独自归,苦泪满眼黑。

送陆畅归湖州,因凭题一作吊故人皎然塔、陆羽坟

森森雪寺前,白蘋多清风。昔游诗会满,今游诗会空。孤吟玉凄恻,远思景蒙笼。杼山砖塔禅,竟陵广一作扩宵翁。饶彼草木声,仿佛闻余聪。因君寄数句,遍为书其丛。追吟当时说,来者实不穷。江调难再得,京尘徒满躬。送君溪鸳鸯,彩色双飞东。东多高静乡,芳宅冬亦崇。手自撷甘旨,供养欢冲融。待我遂前心,收拾使有终。不然洛岸亭,归死为大同。

送淡公

燕本冰雪骨一作操,越淡莲花风。五言双宝刀,联响高飞鸿。翰苑钱舍人,诗韵铿雷公。识本未识淡,仰咏嗟无穷。清恨生物表,朗玉倾梦中。常于冷竹坐,相一作寒语道意冲。嵩洛兴不薄,稽江事难同。明年若不来,我作黄蒿翁。何以亢其心,为君学虚空。

坐爱青草上,意含沧海滨。渺渺独见水,悠悠不问人。镜浪洗手绿,剡花入心春。虽然防外触,无奈饶衣新。行当译文字,慰此吟殷勤。

铜斗饮江酒,手拍铜斗歌。依是拍浪儿,饮则拜浪婆。脚踏小船头,独速舞短蓑。笑伊渔阳操,空恃文章多。闲倚青竹竿,白日奈我何。

短蓑不怕雨,白鹭相争飞。短楫画菰蒲,斗作豪横归。笑伊水健儿,浪战求光辉。不如竹枝弓,射鸭无是非。

射鸭复射鸭,鸭惊菰蒲头。鸳鸯亦零落,彩色难相求。侬是清浪儿,每踏清浪游。笑伊乡贡郎,踏土称风流。如何卯角翁,至死不裹头。

师得天文章,所以相知怀。数年伊雒同,一旦江湖乖。江湖有故庄,小女啼喈喈。我忧未相识,乳养难和谐。幸以片佛衣,诱之令看斋。斋中百福言,催促西归来。

伊洛气味薄,江湖文章多。坐缘江湖岸,意识—作织鲜明波。铜斗短蓑行,新章其奈何。兹焉激切句,非是等闲歌。制—作掣之附驿回,勿使余风讹。都城第一寺,昭成屹嵯峨。为师书广壁,仰咏时经过。徘徊相思心,老泪双滂沱。

江南邑中寺—作寺邑古,平地生胜山。开元吴语僧,律韵高且闲。妙药溪岸平,桂榜往复还—作复往还。树石相斗生,红绿各异颜。风味我遥忆,新奇师独攀。

报恩兼报德,寺与山争鲜。橙橘金盖槛,竹蕉绿凝禅。经章音韵细,风磬清泠翩。离肠绕师足,旧忆随路延。不知几千尺,至死方绵绵。

乡在越镜中,分明见归心。镜芳步步绿,镜水日日深。异刹碧天上,古香清桂岑。郎约徒在昔,章句忽盈今。幸因西飞叶,书作东风吟。落我病枕上,慰此浮恨侵。

牵师架裟别,师断架裟归。问师何苦去,感吃言语稀。意恐被诗饿,欲住将底依。卢殷刘言史,饿死君已噫。不忍见别君,哭君他是非。

诗人苦为诗,不如脱空飞。一生宝鹭气,非谏复非讥。脱枯挂寒枝,弃如一唾微。一步一步乞,半片半片衣。倚诗为活计,从古多无

肥。诗饥老不怨,劳师泪霏霏。

送魏端公入朝

东洛尚淹玩,西京足芳妍。大宾—作贤威仪肃,上客冠剑鲜。岂惟空恋阙,亦以将朝天。局促尘末吏,幽老病中弦。徒怀青云价,忽至白发年。何当补风教,为荐三百篇。

送卢郎中汀

洛水春渡阔,别离心悠悠。一生空吟诗,不觉成白头。向事每计较,与山实绸缪。太华天上开,其下车辙流。县街无尘土,过客多淹留。坐饮孤驿酒,行思独山游。逸关岚气明,照渭空漪浮。玉珂摆新欢,声与鸾凤俦。朝谒大家事,唯余去无由。

送郑仆射出节山南—作酬郑兴元仆射招

国老出为将,红旗入青山。再招门下生,结束余病孱。自笑骑马丑,强从驱驰间。顾顾—作倾倾磨天路,袅袅镜下颜。文魄既飞越,宦情唯等闲。羡他白面少,多是清朝班。惜命非所报,慎行诚独艰。悠悠去住心,两说何能删。

别妻家

芙蓉湿晓露,秋别南浦中。鸳鸯卷—作眷,一作有新赠,遥恋东床空。碧水不息浪,清溪易生风。参差坐—作路成阻,飘摇去—作恨无穷。孤云目虽断,明月心相通。私情讵销铄,积芳在春丛。

赠姚怤别

美人废琴瑟,不是无巧弹。闻君郢中唱,始觉知音难。惊蓬无还根,驰水多分澜。倦客厌出门,疲马思解鞍。何以写此心,赠君握中丹。

赠竟陵卢使君虔别

赤日千里火,火中行子心。孰不苦焦灼,所行为贫侵。山木岂无凉,猛兽蹲清阴。归人忆—作怀平坦,别路多岖崟。赖得竟陵守,时闻建安吟。赠别折楚芳,楚芳—作色摇衣襟。

与韩愈、李翱、张籍话别

朱弦奏离别,华灯少光辉。物色—作思岂有—作知异,人心顾将违。客程殊未已,岁华忽然—作已微。秋桐故叶下,寒露新雁飞。远游起重恨,送人念先归。夜集类饥—作羁鸟—作乌,晨光失相依。马迹绕川水,雁书还—作妻泣守闺闱。常恐亲朋阻,独行知虑非。

监察十五叔东斋招李益端公会别

欲知惜别离,泻水还清池。此地有君子,芳兰步葳蕤。手掇—作缀杂英—作采佩,意摇春夜—作梦思。莫作绕山云,循环无定期。

汴州留别韩愈—本无留字

不饮浊水澜,空滞此汴河。坐见绕岸水—作冰,尽力还海波。四时不在家,弊服断线多。远客独憔悴,春英落—作各婆娑。汴水—作荒陂饶曲流,野桑无直柯。但为君子心,叹息—作饮之终靡他。

赠别殷山人说易后归幽墅

夫子说天地,若与灵龟言。幽幽人不知,一一予所敦。秋月吐白夜,凉风韵清源。旁通忽已远,神感寂不喧。一悟祛万结,夕怀倾朝烦。旅鞯无停波,别马嘶去辕。殷勤荒草士,会有知己论。

寿安西渡奉别郑相公

洛河向西道,石波横磷磷。清风送君子,车远无还尘。春别亦萧索,况兹冰霜晨。零落景易入,郁抑抱难申。百宵华灯宴,一旦星散人。岁去弦吐箭,忧来蚕抽纶。绵绵无穷事,各各驰绕身。徘徊黄—作送缥缈,倏忽春霜宾。相为物表物,永射区中姻。日嗟来教士,仰望无由亲。

东都清风减,君子西归朝。独抱岁晏恨,泗吟不成谣。贵游意多味,贱别情易消。回雁忆前叫,浪凫念后漂—作飘。悠悠孤飞景,耸耸衔霜条。昧趣多滞涩—作趾,懒朋寡新僚。病深理方悟,悔至心自烧。寂静道何在,忧勤学空饶。乃知减闻见,始遂情逍遥。文字徒营织,声华谅疑骄。顾惭耕稼士,朴略气韵调。善士—作才有余食,佳畦冬生苗。养人在养身,此旨清如韶。愿贡高古言,敢望锡类招。

全唐诗卷三百八十

孟郊

宇文秀才斋中海柳咏
玉缕青葳蕤,结为芳树姿。忽惊明月钩,钩出珊瑚枝。灼灼不死花,蒙蒙长生丝。饮柏泛仙味,咏兰拟古词。霜风清飕飕,与君长相思。

摇柳—作采柳
弱弱本易惊,看看势难定。因风似醉舞,尽日不能正。时邀咏花女,笑缀春妆镜。

晓鹤
晓鹤弹古香,婆罗门叫音。应吹天上律,不使尘中寻。虚空梦皆断,歘唏安能禁。如开孤月口,似说明星心。既非人间韵,枉作人间禽。不如相将去,碧落窠巢深。

和蔷薇花歌
仙机札札—作轧轧织凤皇,花开七十有二行。天霞落地攒红光,风枝袅袅时一扬,飞散葩馥绕空王。忽惊锦浪洗新色,又似宫娃逞妆饰。终当一使移花—作老根,还比蒲桃天上植。

邀人赏蔷薇
蜀色庶可比,楚丛亦应无。醉红不自力,狂艳如索扶。丽蕊惜未扫,宛枝长更纡。何人是花侯,诗老强相呼。

和宣州钱判官使院厅前石楠树
大朴既一剖,众材争万殊。懿兹南海华,来与北壤俱。生长如自惜,雪霜无凋渝。笼笼抱灵秀,簇簇抽芳肤。寒日吐丹艳,赤子流细珠。鸳鸯花数重,翡翠叶四铺。雨洗新妆色,一枝如一姝。耸异敷庭际,倾妍来坐隅。散彩饰几案,余辉盈盘盂。高意—作立因—作自造化,常情逐荣枯。主公方寸中,陶植在须臾。养此奉君子,赏觌日为娱。始觉石楠咏,价倾赋两一作西都。棠颂庶可比,桂词难以逾。因谢丘墟木,空采一作操落泥涂。时来开佳姿,道去卧枯株。争芳无由缘,受气如郁纡。抽肝在郢匠,叹息何踟蹰。

酬郑毗踯躅咏

不似人手致,岂关地势偏。孤光裛余翠,独影舞多妍。迸火烧闲地,红星堕青天。忽惊物表物,嘉客为留连。

品松

追悲谢灵运,不得殊常封。纵然孔与颜,亦莫及此松。此松天格高,耸异千万重。抓拏巨灵手,擘裂少室峰。擘裂风雨狞,抓拏指爪臃同傭,均也,直也。道人难抱心,学生易堕踪。时时数点仙,袅袅一线龙。霏微岚浪际,游戏颢兴浓。品松徒高高,雌鸣一作鸿,一作语讵嗈嗈。赏异尚可贵,赏潜谁能容。名华非典实,葑弃徒纤茸。刻削大雅文,所以不敢慵。

答李员外小榼味

一拳芙蓉水,倾玉何泠泠。仙情夙一作清风已高,诗味今更馨。试啜月入骨,再衔愁尽醒。荷君道古诚,使我善飞一作振翎。

井上枸杞架

深锁银泉甃,高叶架云空。不与凡木并,自将仙盖同。影疏千点月,声细万条风。迸子邻沟外,飘香客位中。花杯承此饮,椿岁小无穷。

蜘蛛讽一作咏

万类皆有性,各各禀天和。蚕身与汝身,汝身何太讹。蚕身不为己,汝身一作心不为佗。蚕丝为衣裳,汝丝为网罗。济物几一作既无功,害物日一作自已多。百虫虽切恨,其将奈尔何。

蚊

五月中夜息,饥蚊尚营营。但将膏血求,岂觉性命轻。顾己宁自愧,饮人以偷生。愿为天下蟠,一使夜景清。

烛蛾

灯前双舞蛾,厌生何太切。想尔飞来心,恶明不恶灭。天若百尺高,应去掩明月。

和钱侍郎甘露

玄天何以言,瑞露青松繁。忽见垂书迹,还惊涌澧源。春枝晨裛裛,香味晓翻翻。子礼忽来献,臣心固易敦。清风惜不动,薄雾肯蒙昏。嘉昼色更晶,仁慈久乃存。一方难独占,天下恐争论。侧听飞中使,重荣华一作萃德门。从公乐万寿,余庆及儿孙。

和令狐侍郎、郭郎中题项羽庙

碧草凌古庙,清尘锁秋窗。当时独宰割,猛志谁能降。鼓气雷作敌,剑光电为双。新悲徒自起,旧恨一作怀旧空浮江。

读张碧集

天宝太白殁,六义已消歇。大哉国风本,丧而王泽竭。先生今复生,斯文信难缺。下笔氾兴亡,陈词备风骨。高秋数奏琴,澄潭一轮月。谁作采诗官,忍一作教之不挥发。

听琴

飒飒微雨收,翻翻橡一作桐叶鸣。月沉乱峰西,寥落三四星。前溪忽调琴,隔林寒玲玲。闻弹正弄声,不敢枕上听。回烛整头簪,漱泉立中庭。定步屐一作履齿深,貌禅目冥冥。微风吹衣襟,亦认宫徵声。学道三十年,未免忧死生。闻弹一夜中,会尽天地情。

闻夜啼赠刘正元

寄泣须寄黄河泉,此中怨声一作泪怨流彻一作到天。愁人独有夜灯见,一纸乡书泪滴穿。

喜雨

朝见一片云,暮成千里雨。凄清湿高枝,散漫沾荒土。

终南山下作

见此原野秀,始知造化偏。山村不假阴,流水自—作日雨田。家家梯碧峰,门门锁青烟。因思蜕骨人,化作飞桂仙。

观种树

种树皆待春,春至难久留。君看朝夕花,谁免离别愁。心意已零落,种之仍未休。胡为好奇者,无事自买忧。

春雨后

昨夜一霎雨,天意苏群物。何物最先知,虚庭草争出。

答友人赠炭

青山白屋有仁人,赠炭价重双乌银。驱却坐上千重寒,烧出炉中一片春。吹霞弄日光不定,暖得曲身成直身。

烂柯石

仙界一日内,人间千载穷。双棋未遍局,万物皆为空。樵客返归路,斧柯烂从风。唯余石桥在,犹自凌丹虹—作犹有灵丹红。

寻言上人

万里莓苔地,不见驱驰踪。唯开文字窗,时写日月容。竹韵漫萧屑,草花徒蒙—作纤茸。披霜入众木,独自识青松。

喷玉布

去尘咫尺步,山笑康乐岩。天开紫石屏,泉缕—作镂明月帘。仙凝刻削迹,灵绽云霞纤。悦闻若有待,瞥见终无厌。俗玩讵能近,道嬉方可淹。踏着不死机,欲归多浮嫌。古醉今忽醒,今求古仍潜。古今相共失,语默两难恬。赠君喷玉布,一濯高崭崭。

姑蔑城

劲越既成土,强吴亦为墟。皇风一已被,兹邑信平居。抚俗观旧迹,行春布新书。兴亡意何在,绵叹空踌蹰。

峥嵘岭

疏凿顺高下,结构横烟霞。坐啸郡斋肃,玩奇石路斜。古树浮绿气,高门结朱华。始见峥嵘状,仰止逾可嘉。

寻裴处士

涉水更登陆,所向皆清真。寒草不藏径,灵峰知有人。悠哉炼金客,独与烟霞亲。曾是欲轻举,谁言空隐沦。远心寄白月—作日,华发回青春。对此钦胜事,胡为劳我身。

子庆诗

王家事已奇,孟氏庆无涯。献子还生子,羲之又有之。风兮且莫叹,鲤也会闻诗。小小豫章甲,纤纤玉树姿。人来唯仰乳,母抱未知慈。我欲拣其养,放麛者是谁。

憩淮上观公法堂

动觉日月短,静知时岁长。自悲道路人,暂宿空闲堂。孤烛让清昼,纱巾敛辉光。高僧积素行,事外无刚强。我有岩下桂,愿为炉中香。不惜青翠姿,为君—作师扬芬芳。淮水色不污,汴流徒浑黄。且将琉璃意,净缀芙蓉章。明日还独行,羁愁来旧肠。

江邑春霖,奉赠陈侍御

江上花木冻,雨中零落春。应由放忠直,在此成漂沦。嘉艳皆损污,好音难殷勤。天涯多远恨,雪涕盈芳辰。坐哭青草上,卧吟幽水滨。兴言念风俗,得意唯波鳞。枕席病流湿,檐楹若飞津。始知吴楚水,不及京洛尘。风浦荡归棹,泥陂陷征轮。两途日无遂,相赠唯沾巾。

溧阳秋霁

晚雨晓犹在,萧寥激前阶。星星满衰鬓,耿耿入秋怀。旧识半零落,前心骤相乖。饱泉亦恐醉,惕宦肃如斋。上客处华池,下寮宅枯崖。叩高占生物,龃龉回难谐。

列仙文

大霞霏晨晖，元气无常形。玄辔飞霄外，八景乘高清。手把玉皇袂，携我晨中生。玄庭自嘉会，金书拆华名。贤女密所妍，相期洛水钘。

右方诸青童君

欸驾空清虚，徘徊西华馆。琼轮暨晨抄，虎骑逐烟散。惠风振丹旌，明烛朗八焕。解襟墉房内，神铃鸣璀璨。栖景若林柯，九弦空中弹。遗我积世忧，释此千载叹。怡眄无极已，终夜复待旦。

右清虚真人

驾我八景舆，欻然入玉清。龙群拂霄上，虎旗摄朱兵。逍遥三弦际，万流无暂停。哀此去留会，劫尽天地倾。当寻无中景，不死亦不生。体彼自然道，寂观合大冥。南岳挺直干，玉英曜颖精。有任靡期事，无心自虚灵。嘉会绛河内，相与乐未英。

右金母飞空歌

丹霞焕上清，八风鼓太和。回我神霄辇，遂造岭玉阿。咄嗟天地外，九围皆我家。上采白日精，下饮黄月华。灵观空无中，鹏路无间邪。顾见魏贤安，浊气伤汝和。勤研玄中思，道成更相过。

夏日谒智远禅师

吾师当几祖，说法云无空。禅心三界外，宴坐天地中。院静鬼神去，身与草木同。因知护王国，满钵盛毒龙。抖擞尘埃衣，谒师见真宗。何必千万劫，瞬息去樊笼。盛夏火为日，一堂十月风。不得为弟子，名姓挂儒宫。

访嵩阳道士不遇

先生五兵—作岳游，文焰藏金鼎。日下鹤过—作归时，人间空落影。常言一粒药，不堕生死境。何当列御寇，去问仙人请。

听蓝溪僧为元居士说维摩经

古树少枝叶，真僧亦相依。山木自曲直，道人无是非。手持维摩偈，心向居士归。空景忽开霁，雪花犹在衣。洗然水溪昼，寒物生光辉。

借车

借车载家具，家具少于车。借者莫弹指，贫穷何足嗟。百年徒役走，万事尽随花。

喜符郎诗有天纵

念符不由级，屹得文章阶。白玉抽一毫，绿珉已难排。偷笔作文章，乞墨潜磨揩。海鲸始生尾，试摆蓬壶涡。幸当禁止之，勿使恣狂怀。自悲无子嗟，喜妒双喈喈。

凭周况先辈于朝贤乞茶

道意勿乏味，心绪病无惊。蒙茗玉花尽，越瓯荷叶空。锦水有鲜色，蜀山饶芳丛。云根才剪绿，印缝已霏红。曾向贵人得，最将诗叟同。幸为乞寄来，救此病—作穷劣躬。

上昭成阁不得，于从侄僧悟空院叹嗟

欲上千级—作尽阁，问天三四言。未尽数十登，心目风浪翻。手手把惊魄，脚脚踏坠魂。却流至旧手，傍掣犹欲奔。老病但自悲，古蠹木万痕。老力安可夸，秋海萍一根。孤叟何所归，昼眼如黄昏。常恐失好步，入彼市井门。结僧为亲情，策竹为子孙。此诚徒切切，此意空存存。一寸地上语，高天何由闻。

魏博田兴尚书听嫂—本有之字命不立非夫人诗

君子耽古礼，如馋鱼吞钩。昨闻敬嫂言，掣心东北流。魏博田尚书，与礼相绸缪。善词闻天下，一日一再周。

读经

垂老抱佛脚，教妻读黄经。经黄名小品，一纸千明星。曾读大般若，细感肸蚃听。当时把斋中，方寸抱万灵。忽复入长安，蹴踏日月宁。老方却归来，收拾可丁丁。拂拭尘几案，开函就孤亭。儒书难借索，僧签饶芳馨。驿驿不开手，铿铿闻异铃。得善如焚香，去恶如脱腥。安得颜子耳，曾未如此听。听之何有言，德教贵有形。何言中国外，有国如海萍。海萍国教异，天声各泠泠。安排未定时，心火竞荧荧。将如庶几者，声尽形元冥。

谢李翱再到

等闲拜日晚，夫妻犹相疮。况是贤人冤，何必哭飞杨。昨夜梦得剑，为君藏中肠。会将当风烹，血染布衣裳。劳君又叩门，词句失寻常。我不忍出厅，血字湿土墙。血字耿不灭，我心惧惶惶。会有铿锵夫，见之目生光。生光非等闲，君其且安详。

忽不贫，喜卢仝书船归洛

贫孟忽不贫，请问孟何如。卢仝归洛船，崔嵬但载书。江潮清翻翻，淮潮碧徐徐。夜信为朝信，朝信良卷舒。江淮君子水，相送仁有余。我去官色衫，肩经入君庐。喃喃肩经郎，言语倾琪璩。琪璩铿好词，鸟鹊跃庭除。书船平安归，喜报乡里闾。我愿拾遗柴，巢经于空虚。下免尘土侵，上为一作与云霞居。日月更相锁，道义分明储。不愿空峭崚，但愿实工夫。实空二理微，分别相起予。经书荒芜多，为君勉勉锄。勉勉不敢专，传之方在诸。

全唐诗卷三百八十一

孟郊

吊国殇

徒言人最灵,白骨乱纵横。如何当春死,不及群草生。尧舜宰乾坤,器农不器兵。秦汉盗山岳,铸杀不铸耕。天地莫生金,生金人竞争。

吊比干墓

殷辛帝天下,厌为天下尊。乾刚既一断,贤愚无二门。佞是福身本,忠是丧己源。饿虎不食子,人无骨肉恩。日影不入地,下埋冤死魂。有骨不为土,应作直木根。今来过此乡,下马吊此坟。静念君臣间,有道谁敢论。

吊元鲁山

搏鹫有余饱,鲁山长饥空。豪人饫鲜肥,鲁山饭蒿蓬。食名皆霸官,食力乃尧农。君子耻新态,鲁山与古终。天璞本平一,人巧生异同。鲁山不自剖,全璞竟没躬—作穷。

自剖多是非,流滥将何归。奔竞—作捐躯立诡节,凌侮争怪辉。五常坐销铄,万类随衰微。以兹见鲁山,道蹇无所依。

君子不自蹇,鲁山蹇有因。苟含天地秀,皆是天地身。天地蹇既甚,鲁山道莫伸。天地气不足,鲁山食更贫。始知补元化,竟须得贤人。

贤人多自霾,道理与俗乖。细功不敢言,远韵方始谐。万物饱为饱,万人怀为怀。一声苟失所,众憾来相排。所以元鲁山,饥衰难与偕。

远阶无近级,造次不可升。贤人洁肠胃,寒日空澄凝。血誓竟讹谬,膏明易煎蒸。以之驱鲁山,疏迹去莫乘。

言从鲁山宦,尽化尧时心。豺狼耻狂噬,齿牙闭霜金—作针。竞来辟田土,相与耕钦岑。

当一作常宵无关锁,竟岁饶歌吟。善教复一作履
天术,美词非俗箴。精微自然事,视听不可寻。
因书鲁山绩,庶合箫韶音。

　　箫韶太平乐,鲁山不虚作。千古若有知,
百年幸如昨。谁能嗣教化,以此洗浮薄。君臣
贵深遇,天地有灵橐。力运既艰难,德符方合
漠。名位苟虚旷,声明自销铄。礼法虽相救,
贞浓易糟粕。哀哀元鲁山,毕竟谁能度。

　　当今富教化一作圣主礼嘉士,元后得贤相。
冰心镜衰古,霜议清遐障。幽埋尽洸一作洗,
滞旅免流浪。唯余鲁山名,未获旌廉让。二三
贞苦士,刷视耸危望。发秋青山夜,目断丹阙
亮。诱类幸从兹,嘉招固非妄。小生奏狂狷,
感惕增万状。

　　黄犊不知孝,鲁山自驾车。非贤不可妻,
鲁山竟无家。供养耻他力,言词岂纤瑕。将谣
鲁山德,赜海一作海赜谁能涯。

　　遗婴尽雏乳,何况骨肉枝。心肠结苦诚,
胸臆垂甘滋。事已出古表,谁言独今奇。贤人
母万物,岂弟流前诗。

哭李观

　　志士不得老,多为直气伤。阮公终日哭,
寿命固难长。颜子既殂谢,孔门无辉光。文星
落奇曜,宝剑摧修铓。常作金应石,忽为宫一作
参别商。为尔吊琴瑟,断弦难再张。偏毂不可
转,只翼不可翔。清尘无吹嘘,委地难飞扬。
此义古所重,此风今则亡。自闻丧元宾,一日
八九狂。沉痛此丈夫,惊呼彼穹苍。我有出俗
韵,劳君疾恶肠。知音既已矣,微言一作善谁能
彰。旅葬无高坟,栽松不成行。哀歌动寒日,
赠泪沾晨霜。神理本窅窅一作冥冥,今来更茫
茫。何以荡悲怀,万事付一觞。

李少府厅吊李元宾遗字 自注:元宾《题少府厅》云:宿从叔宅有感,有其义而无其辞。

　　零落三四字,忽成一作然千万年。那知冥
寞一作寂客,不有补亡篇。斜月吊一作吐空壁,旅

人难独眠。一生能几时,百虑来相煎。戚戚故
交泪,幽幽长夜泉。已矣难重言,一言一潸然。

悼吴兴汤一作杨,一作张衡评事

　　君生一作在雪水清,君殁雪水浑。空令一作
有骨肉情一作亲,哭得白日昏。大夜不复晓,古
松长闭门。琴弦绿水绝,诗句青山存。昔为芳
春颜,今为荒草根。独问冥冥理,先儒未曾言。

哀孟云卿嵩阳荒居

　　戚戚抱幽独,宴宴沉荒居。不闻新欢笑,
但睹旧诗书。艺檗意弥苦,耕山食无余。定交
昔何在,至戚今或疏。薄俗易销歇,淳风难久
舒。秋芜上空堂,寒槿落枯渠。薙草恐伤蕙,
摄衣自理锄。残芳亦可饵,遗秀谁忍除。徘徊
未能去,为尔涕涟如。

哭卢贞国

　　一别难与期,存亡易寒燠。下马入君门,
声悲不成哭。自能富才艺,当冀深荣禄。皇天
负我贤,遗恨至两目。平生叹无子,家家一作事
亲相嘱。

伤旧游

　　去春会处今春归,花数不减人数稀。朝笑
片时暮成泣,东风一向一作见还西辉。

吊房十五次卿少府

　　日高方得起,独赏些些春。可惜宛转莺,
好音与他人。昔年此气味,还走曲江滨。逢著
韩退之,结交方殷勤。蜀客骨目高,聪辩剑戟
新。如何昨日欢,今日见无因。英奇一谢世,
视听一为尘。谁言老泪短,泪短沾衣一作足
沾巾。

逢江南故昼上人会中郑方回 自注:上人往年手札五十篇相赠,云以为他日之念。

　　相逢失意中,万感因语至。追思东林日,
掩抑北邙泪。筐篋有遗文,江山旧清气。尘生
逍遥注一作篇,墨故飞动字。荒毁碧涧居,虚无
青松位。珠沉百泉暗,月死群象闭。永谢平生

言,知音岂容易。

哭秘书包大监

哲人卧病日,贱子泣玉年。常恐宝镜破,明月难再圆。文字未改素,声容忽归玄。始知知音稀,千载一绝弦。旧馆有遗琴,清风那复传。

悼幼子

一闭黄蒿门,不闻白日事。生气散成风,枯骸化为地。负我十年恩,欠尔千行泪。洒之北原上,不待秋风至。

悼亡

山头明月夜增辉,增辉不照重泉下。泉下双龙无再期,金蚕玉燕空销化。朝云暮雨成古墟,萧萧野竹风吹亚。

吊李元宾坟

晓上荒凉原,吊彼寂寥一作冥寞魂。眼咽此时泪,耳凄在日言。冥冥一作寂寂千万年,坟锁孤松根。

览崔爽遗文,因纾幽怀 自注:崔君没于南方。

堕泪数首文,悲结千里坟。苍旻且留我,白日空遗君。仙鹤未巢月,衰凤先坠云。清风独起时,旧语如再闻。瑶草罢葳蕤,桂花休氛氲。万物与我心,相感吴一作哭江濆。

峡哀

昔多相与笑,今谁相与哀。峡哀哭幽魂一作梦,嗷嗷风吹来。堕魄抱空月,出没难自裁。齑粉一闪间,春涛百丈一作尺雷。峡水声不平,碧沱牵清洄。沙棱箭箭一作渐渐急,波齿断断开。呀彼无底吮,待此不测灾。谷号相喷激,石怒争旋回。古醉一作罪有一作少复乡,今缥多为能。字孤徒仿佛,衔雪犹惊猜。薄俗少直肠,交结须横财。黄金买相吊,幽泣无余灌。我有古心意,为君空摧颓。

上天下天水,出地入地舟。石剑相劈斫,石波怒蛟虬。花木叠宿春,风飙凝古秋。幽怪窟穴语,飞闻胠蚕流。沉哀日已深,衔诉将何求。

三峡一线天,三峡万绳泉。上仄碎日月,下掣狂猗涟。破魂一两点,凝幽数百年。峡晖不停午,峡险多饥涎。树根锁枯棺,孤骨袅袅悬。树枝哭霜栖,哀韵杳杳鲜。逐客零落肠,到此汤火煎。性命如纺绩,道路随索缘。奠泪一作酹吊波灵,波灵将闪然。

峡乱鸣清磬一作峡虬鸣清声,产石为鲜鳞。喷为腥雨涎,吹作黑井身。怪光闪众异,饿剑唯待人。老肠未曾饱,古齿崭岩嗔。嚼齿三峡泉,三峡声断断。

峡螭一作蛟老解语,百丈潭底闻。毒波为计校,饮血养子孙。既非皋陶吏,空食沉狱一作玉魂。潜怪何幽幽,魄说徒云云。峡听哀哭泉,峡吊鳏寡猿。峡声非人声,剑水相劈翻。斯谁士诸谢,奏此沉苦言。

逸人峡虬心,渴罪呀然浔。所食无直肠,所语饶枭音。石齿嚼百泉,古风号千琴。幽哀莫能远,分雪何由寻。月魄高卓卓,峡窟一作冤清沉沉。衔诉何时明,抱痛已不禁。犀飞空波涛,裂古千欹岑。

峡棱刓日月,日月多摧辉。物皆斜仄生,鸟亦一作翼斜仄飞。潜石齿相锁,沉魂招莫归。恍惚清泉甲,斑斓碧石衣。饿咽潺湲号,涎似泓浤肥。峡青一作春不可游,腥草生微微。

峡景滑易堕,峡花怪非春。红光根潜涎,碧雨飞沃津。巴谷蛟螭心,巴乡魍魉亲。唉生不问贤,至死独养身。腥语信者谁,拗歌欢非真。仄田无异稼,毒水多狞鳞。异类不可友,峡哀哀难伸。

峡水剑戟狞,峡舟霹雳翔。因依虺蜴手,起坐风雨忙。峡旅多窜官,峡氓多非良。滑心不可求,滑习积已长。漠漠涎雾起,断断涎水光。渴贤如之何,忽在水一作此中央。

枭鸱作人语,蛟虬吸水波。能于白日间,诏欲晴风和。骇智蹶众命,蕴腥布深萝。齿泉无底贫,锯涎在处多。仄树鸟不巢,踔踏猿相过。峡哀不可听,峡怨其奈何。

杏殇 并序

杏殇,花乳也,霜翦而落。因悲昔婴,故作是诗。

冻手莫弄珠,弄珠珠易飞。惊霜莫翦春,翦春无光辉。零落小花乳,斓斑昔婴衣。拾之不盈把,日暮空悲归。

地上空拾星,枝上不见花。哀哀孤老人,戚戚无子家。岂若没水凫,不如拾巢鸦。浪觳破便飞,风雏裛相夸。芳婴不复生,向物空悲嗟。

应是一线泪,入此春木心。枝枝不成花,片片落翦金。春寿何可长,霜哀亦已深。常时洗芳泉,此日洗泪襟。

儿生月不明,儿死月始光。儿月两相夺,儿命果不长。如何此英英,亦为吊苍苍。甘为堕地尘,不为末世—作世木芳。

踏地恐土痛,损彼芳树根。此诚天不知,翦弃我子孙。垂枝有千落,芳命无一存。谁谓生人家,春色不入门。

洌洌霜杀春,枝枝疑纤刀。木心既零落,山窍空呼号。班班落地英,点点如明膏。始知天地间,万物皆不牢。

哭此不成春,泪痕三四斑。失芳蝶既狂,失子老亦孱。且—作岂无生生力,自—作甘有死死颜。灵风不衔诉,谁为扣天关。

此儿自见灾,花发多不谐。穷老收碎心,永夜抱破怀。声死更何言,意死不必喈。病叟无子孙,独立犹束柴。

霜似败红芳,剪啄十数双。参差呻细风,唵喁沸—作戏浅江。泣凝—作疑不可消—作销,恨壮难自降。空遗旧日影,怨彼—作此小书窗。

吊江南老家人春梅

念尔筋力尽,违我衣食恩。奈何粗犷儿,生鞭见死痕。旧使常以礼,新怨—作冤将谁吞。胡为乎泥中—作上天,消歇教义源。

哭李丹员外,并寄杜中丞

生死方知交态存,忍将戢龃报幽魂。十年同在平原客,更遭何人哭寝门。

哭刘言史

诗人业孤峭,饿死良已多。相悲与相笑,累累其奈何。精异刘言史,诗肠倾珠河。取次抱置之—作为抛掷,飞过东溟波。可惜大国谣,飘为四夷歌。常于众中会,颜色两切磋。今日果成死,葬襄—作丧之洛河。洛岸远相吊,洒泪双滂沱。

吊卢殷

诗人多清峭,饿死抱空山。白云既无主,飞出意等闲。久病床席尸,护丧童仆孱。故书穷鼠啮,狼藉一室间。君归新鬼乡,我面古玉—作土颜。羞见入地时,无人叫追攀。百泉空相吊,日久—作夕哀潺潺。

喞喞复喞喞,千古一月色。新新复新新,千古一花春。邙风噫孟郊,嵩秋葬卢殷。北邙前后客,相吊为埃尘。北邙棘针草,泪根生苦辛。烟火不自暖,筋力早已贫。幽荐一杯泣,泻之清洛滨。添为断肠声,愁杀长别人。

棘针风相号,破碎诸苦哀。苦哀不可闻,掩耳亦入来。哭弦多煎声,恨涕有余摧。噫贫气已焚,噫死心更灰。梦世浮闪闪,泪波深洄洄。薤歌一以去,蒿闭不复开。

登封草木深,登封道路微。日月不与光,莓苔空生衣。可怜无子翁,虮蝲缘病肌。挛卧岁时长,涟涟但幽噫。幽噫虎豹闻,此外相访稀。至亲唯有诗,抱心死有归。河南韩先生,后君作因依。磨一片嵌岩,书千古光辉。

贤人无计校,生苦死徒夸。他名润子孙,君名润泥沙。可惜千首文,闪如一朝花。零落难苦言—作久留,起坐空惊嗟。

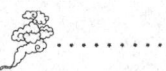

耳闻陋巷生,眼见鲁山君。饿死始有名,饿名高氛氲。戀叟老壮气,感之为忧云。所忧唯一泣,古今相纷纷。平生与君说,逮此俱云云。

初识漆鬒发,争为新文章。夜踏明月桥,店饮—作虚歗吾曹床。醉啜二杯酿,名郁一县香。寺中摘梅花,园里蕢浮芳。高嗜绿蔬—作云羹,意轻肥腻羊。吟哦无滓韵,言语多古肠。白首忽然至,盛年如偷将。清浊俱莫追,何须骂沧浪。

前贤多哭酒,哭酒免哭心。后贤试衔之,哀至无不深。少年哭酒时,白发亦已侵。老年哭酒时,声韵随生沉。寄言哭酒宾,勿作登封音。登封徒放声,天地竟难寻。

同人少相哭,异类多相号。始知禽兽痴,却至天然高。非子病无泪,非父念莫劳。如何裁亲疏,用礼如用刀。孤丧鲜匍匐,闭哀抱郁陶。烦他手中葬,诚信焉能褒。嗟嗟无子翁,死弃如脱毛。

圣人哭贤人,骨化气为星。文章飞上天,列宿增晶荧。前古文可数,今人文亦灵。高名称谪仙,升降曾莫停。有文死更香,无文生亦腥。为君铿好辞,永传作谧宁。

全唐诗卷三百八十二

张籍

张籍,字文昌,苏州吴人,或曰和州乌江人。贞元十五年登进士第,授太常寺太祝。久之,迁秘书郎。韩愈荐为国子博士。历水部员外郎、主客郎中。当时有名士皆与游,而愈贤重之。籍为诗长于乐府,多警句。仕终国子司业。诗集七卷,今编为五卷。

寄远曲

美人来去春江暖,江头无人湘水满。浣沙石上水禽栖,江南路长春日短。兰舟桂楫常渡江,无因重寄双琼珰。

行路难

湘东行人长叹息,十年离家归未得。弊裘羸马苦难行,僮仆饥寒—作尽饥少筋力。君不见床头黄金尽,壮士无颜色。龙蟠泥中未有云,不能生彼升天翼。

征妇怨

九月匈奴杀边将,汉军全没辽水上。万里无人收白骨,家家城下招魂葬。妇人依倚子与夫,同居贫贱心亦舒。夫死战场子在腹,妾身虽存如昼烛。

白纻—作苎歌

皎皎白纻—作苎白且鲜,将作春衣称少年。裁缝长短不能定,自持刀尺向姑前。复恐兰膏污纤指,常遣傍人收堕珥。衣裳著时寒食下,还把玉鞭鞭白马。

野老歌—作山农词

老农家贫在山住,耕种山田三四亩。苗疏税多不得食,输入官仓化为土。岁暮锄犁傍空室,呼儿登山收橡实。西江贾客珠百斛,船中养犬长食肉。

寄衣曲

织素缝衣独苦辛,远因回使寄征人。官家

亦自寄衣去,贵从妾手著君身。高堂姑老无侍子,不得自到边城里。殷勤为看初著时,征夫身上宜不宜。

送远曲

戏马台南山簇簇,山边饮酒歌别曲。行人醉后起登车,席上回尊劝僮仆。青天漫漫覆长路,远游无家安得住。愿君到处自题名,他日知君从此去。

筑城词—作曲

筑城处—作去,千人万人齐把—作抱杵。重重土坚试行—作用锥,军吏执鞭催作迟。来时一年深碛里,尽著短衣渴无水。力尽不得抛—作休杵声,杵声未尽—作定人皆死。家家养男当门户,今日作君城下—作上土。

猛虎行

南山北山树冥冥,猛虎白日绕林—作村行。向晚—作晓一身当道食,山—作此中麋鹿尽无声。年年养子在空—作深谷,雌雄上山—作下不相逐。谷中近窟有山村—作林,长向村家—作林中取黄犊。五陵年少不敢射,空来林下看行迹。

别离曲

行人结束出门去,几时更踏门前路—作马蹄几时踏门路。忆昔君初纳采时,不言身属辽阳戍。早知今日当别离,成君家计良为谁。男儿生身自有役,那得误我少年时。不如逐君征战死,谁能独老空闺里。

牧童词

远牧牛,绕村四面禾黍稠。陂中饥乌啄牛背,令我不得戏垄头。入陂草多牛散行,白犊时向芦中鸣。隔堤吹叶应同伴,还鼓长鞭三四声。牛牛食草莫相触,官家截尔头上角。

沙堤行,呈裴相公—作国。—本无呈裴相公四字。

长安大道沙为堤,早风无尘雨—作晚,—作暖无泥。宫中玉漏下三刻,朱衣导骑丞相来。路傍高楼息歌吹,千车不行行者避。街官闾吏相传呼,当前十一作一里惟空衢。白麻诏下移相印,新堤未成旧堤尽。

求仙行

汉皇欲作飞仙子,年年采药东海里。蓬莱无路海无边,方士舟中相枕死。招摇在天回白日,甘泉玉树无仙实。九皇真人终不下,空向离宫祠太乙。丹田有气凝素华,君能保之升绛霞。

古—作宝钗叹

古钗堕—作坠井无颜色,百尺泥中今复得。凤凰宛转有古仪,欲为首饰不称时。女伴传看不知主—作玉窗下,罗袖拂拭生光辉。兰膏已尽股半折,雕文刻样无年月。虽离井底入匣中,不用还与坠时同。

各东西—本此下有言字

游人别,一东复一西。出门相背两不返,惟信车轮与马蹄。道路悠悠不知处,山高海阔谁辛苦。远游不定难寄书,日日空寻别时语。浮云上天雨坠地,暂时会合终离异。我今与子非一身,安得死生不相弃。

节妇吟,寄东平李司空师道

君知妾有夫,赠妾双明珠。感君缠绵意,系在红罗襦。妾家高楼连苑起,良人执戟明光里。知君用心如日月,事夫誓拟同生死。还君明珠双泪垂,何不相逢未嫁时。

宴客词

上客不用顾金羁,主人有酒君莫违。请君看取园中花,地上渐多枝上稀。山头树影不见石,溪水无风应—作晚更碧—作映天碧。人人齐醉起舞时,谁觉翻衣与倒帻。明朝花尽人已去,此地独来空绕树。

永嘉行

黄头鲜卑入洛阳,胡儿执戟升明堂。晋家天子作降虏,公卿奔走如牛—作驱羊—作尽去驱牛羊。紫陌旌幡暗相触,家家鸡犬惊上屋。妇人出门随乱兵,夫死眼前不敢哭。九州诸侯自顾土,无人领兵来护主。北人避胡多在南,南人至今能晋语。

采莲曲

秋江岸边莲子多,采莲女儿凭一作并船歌。青房圆实齐戢戢,争前竞折漾微波。试牵绿茎下寻藕,断处丝多刺伤手。白练束腰袖半卷,不插玉钗妆梳浅。船中未满度前洲,借问阿谁家住远。归时共待暮潮上,自弄芙蓉还荡桨。

伤歌行 元和中,杨凭贬临贺尉。

黄门诏下促收捕,京兆尹系御史府。出门无复部曲随,亲戚相逢不容语。辞成谪尉南海州,受命不得须臾留。身着青衫骑恶马,中一作东门之外一作无送者。邮夫防吏急喧驱,往往惊堕马蹄下。长安里中荒大宅,朱门已除十二载。高堂舞榭锁管弦,美人遥望西南天。

吴宫怨

吴宫四面秋江水,江清露白芙蓉死。吴王醉后欲更衣,座上美人娇不起。宫中千门复万户,君恩反覆谁能数。君心与妾既不同,徒向君前作歌舞。荣荣满宫红实垂,秋风袅袅生繁枝。姑苏台上夕燕罢,他人侍寝还独归。白日在天光在地,君今那得长相弃。

北邙行一作白邙山

洛阳北门北邙道,丧车辚辚入秋草。车前齐唱薤露歌,高坟新起白峨峨。朝朝暮暮人送葬,洛阳城中人更多。千金立碑高百尺,终作谁家柱下石。山一作垄头松柏半无主,地下白骨多于土。寒食家家送纸钱,乌鸢作窠衔上树。人居朝市未解愁,请君暂向北邙游。

关山月

秋月朗一作明朗关山上,山中行人马蹄响。关山秋来雨雪多,行人见月唱边歌。海边茫茫天气白,胡儿夜度黄龙碛。军中探骑暮出城,伏兵暗处低旌戟。溪水一作沙碛连天霜草平,野驼寻水碛中鸣。陇头风急雁不下,沙场苦战多流星。可怜万国一作里关山道,年年战骨多秋草。

陇头行

陇头路一作已断人不行,胡骑夜一作已入凉州城。汉兵处处格斗死,一朝尽没陇西地。驱我边人胡中去,散一作悉放牛羊食禾黍。去年中国养子孙,今著毡裘学胡语。谁能更一作还使李轻车,收一作重取凉州入一作属汉家。

楚妃叹一作怨

湘云初起江沉沉,君王遥在云梦林。江南雨多旌旗一作栽暗,台下朝朝春水深。章华殿前朝万一作下国,君心独自无终极。楚兵满地能一作兼逐禽,谁用一身骋筋力。西江若翻云梦中,麋鹿死尽应还宫。

春日行

春日融融池上暖,竹牙出土兰心短。草堂晨起酒半醒,家僮报我一本有后字园花一本有已字满。头上皮冠未曾整,直入花间不寻径。树树殷勤尽绕行,攀枝未遍春日暝。不用积金著青天,不用服药求神仙。但愿园里花长好,一生饮酒花前老。

秋夜长

秋天如水夜未央,天汉东西月色光。愁人不寐畏枕席,暗虫唧唧一作喷喷绕我傍。荒城为村无更声,起看北斗天未明。白露满田风袅袅,千声万声鹡鸰鸣。

白鼍鸣

天欲雨,有东风,南溪白鼍鸣窟中。六月人家井无水,夜闻鼍声人尽起。

洛阳行

洛阳宫阙当中州,城上峨峨十二楼。翠华西去几时返,枭一作鸣巢乳鸟藏蛰燕。御门空锁五十年,税彼农夫修玉殿。六街朝暮鼓咚咚,禁兵持戟守空宫。百官月月拜章表,驿使相续长安道。上阳宫树黄复绿,野豺入苑食麋鹿。陌上老翁双泪垂,共说武皇巡幸时。

春江曲

春江无云—作冰潮水平—作水平满,蒲心出水—作江心嗷嗷凫雏鸣。长干夫婿爱远行,自染春衣缝已成。妾身生长金陵侧,去年随夫住江北。春来未到父母家,舟小风多渡不得。欲辞舅姑先问人,私向江头祭水神。

送远曲

吴门向西流水长,水长柳暗烟茫茫。行人送客各惆怅,话离叙别倾清觞。吟丝竹,鸣笙簧,酒酣性逸歌猖狂。行人告我挂帆去,此去何时返故乡。殷勤振衣两相嘱,世事近来还浅促。愿君看取吴门山,带雪经春依旧绿。行人行处求知亲,送君去去徒酸辛。

塞下曲

边州八月修城堡,候骑先烧碛中草。胡风吹沙度陇飞,陇头林木无北枝。将军阅兵青塞下,鸣鼓逢逢—作冬冬促猎围。天寒山路石断裂,白日不销帐上雪。乌孙国乱多降胡,诏使名王持汉节。年年征战不得闲,边人杀尽唯空山。

董逃行

洛阳城头火瞳瞳,乱兵烧我天子宫。宫城南面有深山,尽将老幼藏其间。重岩为屋椽为食,丁男夜夜候消息。闻道官军犹掠人,旧里如今归未得。董逃行,汉家几时重太平。

少年行

少年从猎出—作出猎长杨,禁中新拜羽林郎。独对辇前射双虎,君王手赐黄金珰。日—作白斗鸡都市里,赢得宝刀重刻字。百里报仇夜出城,平明还在娼楼醉。遥闻虏到平陵下,不待诏—作敕书行上马。斩得名王献桂宫,封侯起第一日中。不为—作同六郡良家子,百战始取边城功。

白头吟

请君膝上琴,弹我白头吟。忆昔君前娇笑语,两情宛转如萦素。宫中为我起高楼,更开花池种芳树。春天百草秋始衰,弃我不待白头时。罗襦玉珥色未暗,今朝已道不相宜。扬州青铜作明镜,暗中持照不见影。人心回互自无穷,眼前好恶那能定。君恩已去若再返,菖蒲花开—作青,—作生月长满。

将军行

弹筝峡东有胡尘,天子择日拜将军。蓬莱殿前赐六纛,还领禁兵为部曲。当朝受诏不辞家,夜向咸阳原上宿。战车彭彭旌旗动,三十六军齐上陇。陇头战胜夜亦行,分兵处处收旧城。胡儿杀尽阴碛暮,扰扰唯有牛羊声。边人亲戚曾战没,今逐官军收旧骨。碛西行见万里空,幕—作乐府独奏将军功。

贾客乐

金陵向西贾客多,船中生长乐风波。欲发移船近江口,船头祭神各浇酒。停杯共说远行期,入蜀经蛮谁—作远别离。金多众中为上客,夜夜算缗眠独迟。秋江初月猩猩语,孤帆夜发潇湘渚。水工持楫防暗滩,直过山边及前侣。年年逐利西复东,姓名不在县籍中。农夫税多长辛苦,弃业长—作宁为贩宝翁。

羁旅行

远客出门行—作世路难,停车敛策在门端。荒城无人霜—作雪满路,野火烧—作火烧野桥不得度。寒虫—作兔入窟鸟归巢,僮仆问我谁家去。行寻田头暝未息,双毂长辕碍荆棘。缘冈入涧投田家,主人舂米为夜食。晨鸡喔喔茅屋傍,行人起扫车上霜。旧山已别行已远,身计未成难复返。长安陌上相识稀,遥望天山—作门白日晚。谁能听我辛苦—作苦辛行,为向君前歌一声。

车遥遥

征人遥遥出古城,双轮齐动驷马鸣。出川无处不—作无归路,念君长作万里行。野田人稀秋草绿,日暮放马车中宿。惊麏游兔在我

旁,独唱乡歌对僮仆。君家大宅凤城隅,年年
道上随行车。愿为玉銮击华轼,终日有声在君
侧。门前旧辙一作路久已平一作抛,无由复得君
肖息。

妾薄命

薄命妇一作薄命嫁得良家子,无事从军去万
里。汉家天子平四夷,护羌都尉裹尸归。念君
此行为死别,对君裁缝泉下衣。与君一日为夫
妇,千年万岁亦相守。君爱龙城征战功,妾愿
青楼歌乐同。人生各各有所欲,讵得将心入
君腹。

朱鹭一本有曲字

翩翩兮朱鹭,来泛一作浴春塘栖绿树。羽
毛如翦色如染,远飞欲下双翅敛。避人引子入
深荠,动处水纹开滟滟。谁知豪家网尔躯,不
如饮啄江海隅。

远别离

莲叶团团杏花一作荇叶拆,长江鲤鱼鳍鬣
赤。念君少年弃亲戚,千里万里独为客。谁言
远别心不易,天星坠地能为石。几时断得城南
陌,勿使居人有行役。

楚宫行

章华宫中九月时,桂花半落红橘垂。江头
骑火照辇道,君王夜从云梦归。霓旌凤盖到双
阙,台上重重歌吹发。千门万户开相当,烛笼
左右列成行。下辇更衣入洞房,沿房侍女尽焚
香。玉阶罗幕微一作似有霜,齐言此夕乐未央。
玉酒湛湛盈华觞,丝竹次第鸣中堂。巴姬起舞
向君王,回身垂手结明珰。愿君千年万年寿,
朝出射麋夜饮酒。

江南行一作曲

江南人家多橘树,吴姬舟上织白苎。土地
卑湿饶虫蛇,连木为牌入江住。江村亥日长为
市,落帆度桥来浦里。清莎覆城竹为屋,无井
家家饮潮水。长干午日沽春酒,高高酒旗悬江
口。娼楼两岸临水栅,夜唱竹枝留北客。江南
风土欢乐多,悠悠处处尽经过。

乌夜啼引

秦乌啼哑哑,夜啼长安吏人家。吏人得罪
囚在狱,倾家卖产将自赎。少妇起听夜啼乌,
知是官家有赦书。下床心喜不重寐一作寝,未
明上堂贺舅姑。少妇语啼乌,汝啼慎勿虚。借
汝庭树作高巢,年年不令伤尔一作汝雏。

促促词

促促复促促,家贫夫妇欢不足。今年为人
送租船,去年捕鱼在一作向江边。家中姑老子
复小,自执吴绡输税钱。家家桑麻满地黑,念
君一身空努力。愿一作教牛蹄团团羊角直,
君身常一作长在应不得。

宛转行

华屋重翠幄,绮席雕象床。远漏微更疏,
薄衾中夜凉。炉气一作氲暗装徊,寒灯背斜光。
妍姿结宵态,寝臂一作壁幽梦长。宛转复宛转,
忆君一作忆忆更未央。

短歌行

青天荡荡高且虚,上有白日无根株。流光
暂出还入地,使我年少一作少年不须臾。与君相
逢勿寂寞,衰老不复如今乐。玉卮盛酒置君
前,再拜愿一作劝君千万年。

山头鹿

山头鹿一本有双字,角芟芟,尾促促。贫儿
多租输不足,夫死未葬儿在狱。早日敖敖蒸野
冈,禾黍不收一作熟无狱粮。县家唯忧少军食,
谁能令尔无死伤。

湘江曲

湘水无潮秋水阔,湘中月落行人发。送人
发,送人归,白草茫茫鹧鸪飞。

楚妃怨

梧桐叶下黄金井,横架辘轳牵素绠。美人
初起天未明,手拂银瓶秋水冷。

离宫怨

高堂别馆连湘渚,长向春光一作江开万户。荆王去去不复来,宫中美人自歌舞。

成都曲

锦江近西烟水绿,新雨山头荔枝熟。万里桥边多酒家,游人爱向谁家宿。

寒塘曲

寒塘沉沉柳叶疏,水暗人语惊栖凫。舟中少年醉不起,持烛照水射游鱼。

春别曲

长江春水绿堪染,莲叶出水大如钱。江头橘树君自种,那不长系木兰船。

春堤曲

野塘鸂鶒飞树头,绿蒲紫菱盖碧流。狂客谁家一作谁家狂客爱云水,日日独来城下游。

乌栖曲

西山作宫潮满池,宫鸟晓鸣茱萸枝。吴姬采莲自唱曲一作吴姬自唱采莲曲,君王昨夜舟中宿。

雀飞多

雀飞多,触网罗,网罗高树颠。汝飞蓬蒿下,勿复投身网罗间。粟积仓,禾在田。巢之雏,望其母来还。

泗水行

泗水流急石簒簒,鲤鱼上下红尾短。春冰销散日华满,行舟往来浮桥断。城边鱼市人早行,水烟漠漠多棹声。

废居一作宅行

胡马崩腾满阡陌,都人避乱唯空宅。宅边青桑垂宛宛,野蚕食叶还成茧。黄雀衔草入燕窠,喷喷啾啾白日晚。去时禾黍埋地中,饥兵掘土翻重重。鸥枭养子庭树上,曲墙空屋多旋风。乱定几人还本土,唯有官家重作主。

寄菖蒲一本有吟字

石上生菖蒲,一寸十二节。仙人劝我食,令我头青面如雪。逢人寄君一绛囊,书中不得传此方。君能来作栖霞侣,与君同入丹玄乡。

江村行

南塘水深芦笋齐,下田种稻不作畦。耕场磷磷在水底,短衣半染芦中泥。田头刘莎结屋,归来系牛还独宿。水淹手足尽有一作为疮,山虻绕身一作衣飞飓飓一作扑扑。桑林椹黑蚕再眠,妇姑采桑不向田。江南热旱天气毒,雨中移秧颜色鲜。一年耕种长苦辛,田熟家家将赛神。

樵客吟

上山采樵选枯树,深处樵多出辛苦。秋来野火烧栎林,枝柯已枯堪采取。斧声坎坎在幽谷,采得齐梢青葛束。日西待伴同下山,竹担弯弯向身曲。共知路傍多虎窟一作穴,未出深林不敢歇。村西地暗狐兔行,稚子叫时相应声。采樵客,莫采松与柏。松柏生枝直且坚,与君作屋成家宅。

湖南曲

潇湘多别离,风起芙蓉洲。江上人已远,夕阳满中流。鸳鸯东南飞,飞上青山头。

春水曲

鸭鸭,觜唼唼。青蒲生,春水狭。荡漾木兰船,中有双少年。少年醉,鸭不起。

云童行

云童童,白龙之尾垂江中。今年天旱不作雨,水足墙上有禾黍。

新桃行

桃生叶婆娑,枝叶四向多。高未出墙颠,蒿荬相凌摩。植之三年余,今年初试花。秋来已成实,其阴良已嘉。青蝉不来鸣,安得迅羽过。常恶一作恐牵丝虫,蒙幂成网罗。顾托戏儿童,勿折吾柔柯。明年结其实,磊磊充汝家。

忆远曲

水上山沉沉,征途复绕一作渡远林。途荒人行少,马迹犹可寻。雪中独立树,海口失侣禽。离忧如长线,千里萦我心。

长塘湖

长塘湖,一斛水中半斛鱼。大鱼如柳叶,小鱼如针锋,水浊谁能辨真龙。

废瑟词

古瑟在匣谁复识,玉柱颠倒朱丝黑。千年曲谱不分明,乐府无人传正声。秋虫暗穿尘作色,腹中不辨工人名。几时天下复古乐,此瑟还奏云门曲。

全唐诗卷三百八十三

张籍

野居

贫贱易为适,荒郊亦安居。端坐无余思,弥乐古人书。秋田多良苗,野水多游鱼。我无耒与网,安得充廪厨。寒天白日短,檐下暖我躯。四肢暂宽柔,中肠郁不舒。多病减志气,为客足忧虞。况复苦时节一作节晚,览景独一作物空踟蹰。

西州

羌胡据西州,近甸无边城。山东收税租,养我防塞一作塞下兵。胡骑来无时,居人常震惊。嗟我五陵间,农者罢耘耕。边头多杀伤一作伤杀,士卒难全形。郡县发丁役,丈夫各征行。生男不能养,惧身有姓名。良马不念秣,烈士不苟营。所愿除国难,再逢天下平。

杂一作离怨

切切重切切,秋风桂枝折。人当少年嫁,我当少年别。念君非征行,年年长远途。妾身甘独殁,高堂有舅姑。山川岂遥远,行人自不返。

惜花

春潭足芳树,水清不如素。幽人爱华景,一一空山暮。月出潭气白,游鱼暗冲石。夜深春思多,酒醒山寂寂。

三原李氏园宴集

暮春天早热,邑居苦嚣烦。言从君子乐,乐彼李氏园。园中有草堂,池引泾水泉。开户西北望,远见嵯峨山。借问主人翁,北州佐戎轩。仆夫守旧宅,为客侍华一作施榻筵。高怀一作膏壤有余兴一作滋,竹树芳且鲜。倾我所持觞,尽日共留连。疏拙不偶俗,常喜形体闲。况来幽栖地,能不重叹一作笑言。

沈千运旧—作故居

汝北君子宅，我来见颓墉。乱离子孙尽，地属邻里翁。土木被丘墟，溪路不连—作相通。旧井蔓草合，牛羊坠其中。君辞天子书，放意任体躬。一生不自力，家与逆旅同。高议切星辰，余声激疴聋。方将旌旧闾，百世可封崇。嗟其未积年，已为荒林丛。时岂无知音—作者，不—作莫能崇—作敦此风。浩荡竟无睹，我将安所从。

赠别孟郊—作无别字

历历天上星，沉沉水中萍。幸当清秋夜，流影及微形。君生衰俗间，立身如礼经。纯诚—作淳意发新—作高文，独有金石声。才名振京国，归省东南行。停车楚城下，顾我不念程。宝镜曾坠水，不磨岂—作难自明。苦节居贫贱，所知赖友生。欢会方别离，戚戚忧虑并。安得在一方，终老无送迎。

卧疾

身病多思虑，亦读神农经。空堂留灯烛—作空房夜留灯，四壁青荧荧。羁旅随—作逐人欢，贫贱还自轻。今来问良医，乃知病所生。僮仆各忧愁—作相忧，杵臼无停声。见我形憔悴，劝药语丁宁。春雨枕席冷，窗前新禽鸣。开门起无力，遥爱鸡犬行。服药察耳目，渐如醉者—作觉如酒醒。顾非达性命—作方悟养生者，犹—作不为忧患生—作并。

别段生

与子骨肉亲，愿言—作其长相随。况离父母傍，从我学书诗。同在道路间，讲论亦未亏。为文于我前，日夕生光仪。行役多疾疢—作瘵，赖此相扶持。贫贱事难拘—作俱难，今日有别离。我去秦城中，子留汴水湄。离情两飘断，不—作邑异风中丝。幼年独为客，举动难得—作为宜。努力自修励，常如见我时。送我登山冈，再拜—作揖问还期。还期在新年，勿怨欢会迟。

哭—作伤于鹄

青—作西山无逸人，忽觉大国贫。良玉沉幽泉，名为天下珍。野性疏时俗，再拜乃从军。气高终不合，去如镜上尘。我初有章句，相合者唯君。今来吊嗣子，对陇烧新—作斯文。耕者废其耜，蠶者绝其薪。苟无新衣裳，曷用光我身。奠酒—作回徒拜手—作再拜，哀怀—作昔意安能陈。徒保金石韵，千载人所闻。

南归

促促念道路，四支不常宁。行车未及家，天外非尽程。骨肉待我欢，乡里望我荣。岂知东与西，憔悴竟无成。人言苦夜长，穷者不念明。惧离其寝寐，百忧伤性灵。世道多险薄，相劝毕中诚。远游无知音，不如商贾行。达人有常志，愚夫劳所—作无营。旧山行去远—作幸未卖，言归乐此生。

惜花

蒙蒙庭树花，坠地无颜色。日暮东风起，飘扬玉阶侧。残蕊在犹稀，青条耸复直。为君结芳实，令君勿叹息。

奉和舍人叔直省时思琴

蔼蔼紫薇直，秋意深无穷。滴沥仙阁漏，肃穆禁池风。竹月泛凉影，萱露澹幽丛。地清物态胜，宵闲琴思通。时属雅音际，迥凝虚抱中。达人掌枢近，常与隐默同。

离妇

十载来夫家，闺门无瑕疵。薄命不生子，古制有分离。托身言同穴，今日事乖违。念君终弃捐，谁能强在兹。堂上谢姑嫜，长跪请离辞。姑嫜见我往，将决复沉疑。与我古时钏，留我嫁时衣。高堂拊我身，哭我于路陲。昔日初为妇，当君贫贱时。尽夜常纺织，不得事蛾眉。辛勤积黄金，济君寒与饥。洛阳买大宅，邯郸买侍儿。夫婿乘龙马，出入有光仪。将为富家妇，永为子孙资。谁谓出君门，一身上车归。有子未必荣，无子坐生悲。为人莫作女，作女实难为。

怀别

仆人驱行轩,低昂出我门。离堂无留客,席上唯琴樽。古道随水曲,悠悠绕荒村。远程未奄息,别念在朝昏。端居愁岁永,独此留清景。岂无经过人,寻叹门巷静。君如天上雨,我如屋下井。无因同波流,愿作形与影。

学仙

楼观开朱门,树木连房廊。中有学仙人,少年休谷粮。高冠如芙蓉,霞月披衣裳。六时朝上清,佩玉纷锵锵。自言天老书,秘覆云锦囊。百年度一人,妄泄有灾殃。每占有仙相,然后传此方。先生坐中堂,弟子跪四厢。金刀截身发,结誓焚灵香。弟子得其诀,清斋入空房。守神保元气,动息随天罡。炉烧丹砂尽,昼夜候火光。药成既服食,计日乘鸾凰。虚空无灵应,终岁安所望。勤劳不能成,疑虑积心肠。虚羸生疾疹,寿命多夭伤。身殁惧人见,夜埋山谷傍。求道慕灵异,不如守寻常。先王知其非,戒之在国章。

夜怀

穷居积远念,转转迷所归。幽蕙零落色,暗萤参差飞。病生秋风簟,泪堕月明衣。无愁坐寂寞,重使奏清徽。

城南

漾漾南涧水,来作曲池流。言寻参差岛,晓榜轻盈舟。万绕不再止,千寻尽孤幽。藻涩讶人重,萍分指鱼游。繁苗毯下垂,密箭翻回辀。曝鳖乱自坠,阴藤斜相钩。卧蒋黑米吐,翻荸紫角稠。桥低竞俯偻,亭近闲夷犹。目为逐胜朗,手因掇芳柔。渐喜游来极,忽疑归无由。气状虽可览,纤微谅难搜。未听主人赏,徒爱清华秋。

怀友

人生有行役,谁能如草木。别离感中怀,乃为我桎梏。百年受命短,光景良不足。念我别离者,愿怀日月促。平地施道路,车马往不复。空知为良田,秋望禾黍熟。端居无俦侣,日夜祷耳目。立身难自觉,常恐 一作惧 忧与辱。穷贱无闲暇,疾痛多嗜欲。我思携手人,逍遥任心腹。

寄别者

寒天正飞雪,行人心切切。同为万里客,中路忽离别。别君汾水东,望君汾水西。积雪无平冈,空山无人蹊。羸马时倚辕,行行未遑食。下车劝僮仆,相顾莫叹息。讵知佳期隔,离念终无极。

献从兄

悠悠旱天云,不远如飞尘。贤达失其所,沉飘同众人。擢秀登王畿,出为良使宾。名高满朝野,幼贱谁不闻。一朝遇谗邪,流窜八九春。诏书近迁移,组绶未及身。冬井无寒冰,玉润难为焚。虚怀日迢遥,荣辱常保纯。我念出游时,勿吟康乐文。愿言灵溪期,聊欲相依因。

寄韩愈

野馆非我室,新居未能安。读书避尘杂,方觉此地闲。过郭多园墟,桑果相接连。独游竟寂寞,如寄空云山。夏景常昼毒,密林无鸣蝉。临溪一盥濯,清去肢体烦。出林望曾城,君子在其间。戎府草章记,阻我此游盘。忆昔西潭时,并持钓鱼竿。共忻得鲂鲤,烹鲙于我前。几朝还复来,叹息时独言。

赠姚怤

漏天日无光,泽土松不长。君今职下位,志气安得扬。白发文思壮,才为国贤良。无人识高韵,荐于天子傍。况我愚朴姿,强趋利名场。远同干贵人,身举固难彰。昔逢汴水滨,今会习池阳。岂无再来期,顾恐非此方。顾为石中泉,不为瓦上霜。离别勿复道,所贵不相忘。

病中寄白学士拾遗

秋亭病客眠,庭树满枝蝉。凉风绕砌起,斜影入床前。梨晚渐红坠,菊寒无黄鲜。倦游寂寞日,感叹蹉跎年。尘欢久消委,华念独迎延。自寓城阙下,识君弟事焉。君为天子识,我方沉病缠。无因会同语,悄悄中怀煎。

雨中寄元宗简

秋堂羸病起,盥漱风雨朝。竹影冷疏涩,榆叶暗飘萧。街径多坠果,墙隅有蜕蜩。延瞻游步阻,独坐闲思饶。君居应如此,恨言相去遥。

野寺后池寄友

佛寺连野水,池幽夏景清。繁木荫芙蕖,时有水禽鸣。通溪岸暂断,分渚流复萦。伴僧钟磬罢,月来池上明。友人竟不至,东北见高城。独游自寂寞,况此恨盈盈。

董公诗

谁主东诸侯,元臣陇西公。旌节居汴水,四方皆承风。在朝四十年,天下诵其功。相我明天子,政成如太宗。东方有艰难,公乃出临戎。单车入危城,慈惠安群凶。公谓其党言,汝材甚骁雄。为我帐下士,出入卫我躬。汝息为我子,汝亲我为翁。众皆相顾泣,无不和且恭。其父教于义,其妻勉夫忠。不自以为资,奉上但颙颙。公衣无文采,公食少肥浓。所忧在万人,人实我宁空。轻刑宽其政,薄赋弛租庸。四郡三十城,不知岁饥凶。天子临朝喜,元老留在东。今闻扬盛德,就安我大邦。百辟贺明主,皇风恩赐重。朝廷有大事,就决其所从。海内既无虞,君臣方肃雍。端居任僚属,宴语常从容。翾翾者苍乌,来巢于林丛。甘瓜生场圃,一蒂实连中。田有嘉谷陇,异亩穗亦同。贤人佐圣人,德与神明通。感应我淳化,生瑞我地中。昔者此州人,但矜马与弓。今公施德礼,自然威武崇。公其共百年,受禄将无穷。

祭退之

呜呼吏部公,其道诚巍昂。生为大贤姿,天使光我唐。德义动鬼神,鉴用不可详。独得雄直气,发为古文章。学无不该贯,吏治得其方。三次论诤退,其志亦刚强。再使平山东,不言所谋臧。荐待皆寒羸,但取其才良。亲朋有孤稚,婚姻有办营。如彼天有斗,人可为信常。如彼岁有春,物宜得华昌。哀哉未申施,中年遽殂丧。朝野良共哀,恸于知旧肠。籍在江湖间,独以道自将。学诗为众体,久乃溢笈囊。略无相知人,黯如雾中行。北游偶逢公,盛语相称明。名因天下闻,传者入歌声。公领试士司,首荐到上京。一来遂登科,不见苦贡场。观我性朴直,乃言及平生。由兹类朋党,骨肉无以当。坐令其子拜,常呼幼时名。追招不隔日,继践公之堂。出则连辔驰,寝则对榻床。搜穷古今书,事事相酌量一作斟量。有花必同寻,有月必同望。为文先见草,酿熟偕共觞。新果及异鲜,无不相待尝。到今三十年,曾不少异更。公文为时师,我亦有微声。而后之学者,或号为韩张。我官麟台中,公为大司成。念此委末秩,不能力自扬。特状为博士,始获升朝行。未几享其资,遂忝南宫郎。是事赖拯扶,如屋有栋梁。去夏公请告,养疾城南庄。籍时官休罢,两月同游翔。黄子陂岸曲,地旷气色清。新池四平涨,中有蒲荇香。北台临稻畴,茂柳多阴凉。板亭坐垂钓,烦苦稍已平。共爱池上佳,联句舒遐情。偶有贾秀才,来兹亦同并。移船入南溪,东西纵篙撑。划波激船舷,前后飞鸥鸧。回入潭濑下,网截鲤与魴。踏沙掇水蔬,树下烝新粳。日来相与嬉,不知暑日长。柴翁携童儿,聚观于岸傍。月中登高滩,星汉交垂芒。钓车掷长线,有获齐欢惊。夜阑乘马归,衣上草露光。公为游溪诗,唱咏多慨慷。自期此可老,结社于其乡。籍受新官诏,拜恩当入城。公因同归还,居处隔一坊。中秋十六夜,魄圆天差晴。公既相邀留,坐语于阶楹。乃出二侍女,合弹琵琶筝。临风听繁丝，忽遽闻再更。顾我数来过，是夜凉难忘。公疾浸日加，孺人视药汤。来候不得宿，出门每回遑。自是将重危，车马候纵横。门仆皆逆遣，独我到寝房。公有旷达识，生死为一纲。及当临终晨，意色亦不荒。赠我珍重言，傲然委衾裳。公比欲为书，遗约有修章。令我署其末，以为后事程。家人号于前，其书不果成。子符奉其言，甚于亲使令。鲁论未讫注，手迹今微茫。新亭成未登，闭在庄西厢。书札与诗文，重叠我笥盈。顷息万事尽，肠情多携伤。旧茔盟津北，野窆动鼓钲。柳车一出门，终天无回箱。籍贫无赠赗，曷用申哀诚。衣器陈下帐，醪饵奠堂皇。明灵庶鉴知，仿佛斯来飨。

全唐诗卷三百八十四

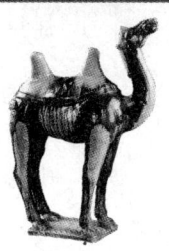

张籍

蓟北旅思—作送远人

日日望乡国,空歌白苎词。长因—作于送人处,忆得别家时。失意还独语,多愁只自知。客亭门外柳,折尽向南枝。

江南春

江南杨柳春,日暖地无尘。渡口过新雨,夜来生白蘋。晴沙鸣乳燕,芳树醉游人。向晚青山下,谁家祭水神。

西楼—作登城望月

城西楼上月,复是—作值雪晴时。寒夜共来望,思乡独下迟。幽光落水堑,净色在—作遍霜枝。明日千里去,此中还别离。

别鹤

双鹤出云溪,分飞各自迷。空巢在松顶—作杪,折羽落红泥。寻水终不饮,逢林亦未栖。别离应易老,万里雨—作两凄凄。

江陵孝女

孝女独垂发,少年唯一身。无家空托墓,主祭不从人。相吊有行客,起庐无—作因旧邻。江头闻哭处,寂寂楚花春。

山中古祠

春草空祠—作山墓,荒林唯鸟—作鸟雀飞。记年—作名碑石在,经乱祭人稀。野鼠缘朱—作珠帐,阴尘盖—作扑,—作满画衣。近门潭水黑,时见宿龙归。

渔阳将

塞深沙草白,都护领燕兵。放火烧奚帐,分旗筑汉城。下营看岭势,寻雪觉人行。更向桑干北,擒生问碛名。

听夜泉

细泉深处落,夜久渐闻声。独起出门听,

欲寻当涧行。还疑隔林远,复畏有风生。月下长来此—作立,无人亦到明。

送南迁客
去去远迁客,瘴中衰病身。青山无限路,白首不归人。海国战骑象,蛮州市用银。一家分几处,谁见日南春。

蓟北春怀
渺渺水云外,别—作望来音—作乡信稀。因逢过江使,却寄在家衣。问路更愁远,逢人空说归。今朝蓟城北,又见塞鸿飞。

思远人—作寄远客
野桥春水清,桥上送君行。去去人应老,年年草自生。出门看远道,无信—作路向边城。杨柳别离处,秋蝉今复鸣。

赠同溪客
幽居得相近,烟景每—作亦寥寥。共伐临溪树,因—作同为过水桥。自教青鹤舞,分采紫芝苗。更爱南峰住,寻君路恐—作恐路遥。

望行人—作秋闺
秋风窗下起,旅雁向—作又南飞。日日出门望,家家行客归。无因见边使,空待寄寒衣。独倚—作闭青楼暮,烟深鸟雀稀。

送宫人入道
旧宠昭阳里,寻—作求仙此最稀。名初出宫籍,身未称霞衣。已别歌舞贵,长随鸾鹤飞。中官看入洞,空驾玉轮归。

送越客
见说孤帆去,东南到会稽。春云剡溪口,残月镜湖西。水鹤沙边立—作宿,山鼯竹里啼。谢家曾住处,烟洞入应迷。

赠辟谷者
学得餐霞法,逢人与—作赠小还。身轻曾试鹤,力弱未离山。无食犬犹在,不耕牛自闲。朝朝空漱水—作唯盥漱,叩齿草堂间。

思江南旧游
江皋三月时,花发石楠枝。归客应无数,春山自不知。独行愁道远,回信畏家移。杨—作桥柳东西渡,茫茫欲问谁。

夜到渔家—作宿渔家
渔家在江口,潮水入柴扉。行客欲投宿,主人犹未归。竹深村路远—作暗,月出钓船稀。遥见寻沙岸,春风动草衣。

送远—作边使
扬旌—作旌旗过陇头,陇头向西流。塞路依山远,戍城逢笛秋—作雨留。寒沙阴漫漫,疲—作瘦马去悠悠。为问征行将,谁封定远侯。

不食姑—作赠山中女道士
几年山里住—作女仙唯独住,已作绿毛身。护气常稀语,存思—作斋心自见神。养龟同不食,留药任生尘。要问西王母,仙中第几人。

古苑杏花
废苑杏花在,行人愁到—作过,—作对时。独开新堑底,半露旧烧枝。晚色连荒辙,低阴覆折碑。茫茫—作蒙蒙古陵下—作路,春尽又谁知。

送流人
独向长城北,黄云暗塞天。流名属边将,旧业作公田。拥雪添军垒,收冰当井泉。知君住应老,须记别乡年。

宿临江驿—作宿江上,—作宿溪中驿
楚驿南渡口,夜深来客稀。月明见潮上,江静觉鸥飞。旅宿—作次今已远,此行殊—作犹,—作独未归。离家久无信,又听捣寒衣。

送蛮客
借问炎州客,天南几日行。江连恶溪路,山绕夜郎城。柳叶瘴云湿,桂丛—作林蛮鸟声—作惊。知君却回日,记得海花名。

襄国别友
晓—作晚色荒城下,相看秋草时。独游无

定计,不欲道来—作归期。别处去家远,愁中驱马迟。归人渡烟水,遥映—作叶落野棠枝。

送远客

南原相送处,秋水草还生—作秋草水边生。同作忆乡客,如今—作今知分路行。因谁寄归信,渐远问前程。明日重阳节,无人上古城。

山中—作上国赠日南僧

独向双峰老,松门闭两崖—作涯。翻经上蕉叶,挂衲落藤—作橙,—作藤花。甃石新开井,穿林自种茶。时逢海南客,蛮语问谁家。

征西将

黄沙北风起,半夜又翻营。战马雪中宿,探人冰上行。深山旗未展,阴碛鼓无声。几道征西将,同收碎叶城。

寄友人

忆在江南日,同游三月时。采茶寻远涧,斗鸭向春池。送客沙头宿,招僧竹里棋。如今各千里,无计得相随。

送防秋将

白首征西将,犹能射戟支。元戎选部曲,军吏换旌旗。逐虏招降远,开边旧垒移。重收陇外地,应似汉家时。

律僧

苦行长不出,清羸最少年。持斋唯一食,讲—作寻律岂—作不曾眠。避草每移径,滤虫还入泉。从来天竺法,到此几人传。

山中秋—作春夜

寂寂山景—作春山静,幽人归去—作卧迟。横—作移琴当月下,压—作漉酒及花时。冷—作新露湿—作冷茆屋—作席,暗泉冲—作通竹篱。西峰采药—作芝伴,此夕恨无期。

送南客

行路雨修修,青山尽海头。天涯人去远—作老,岭北水空—作回,—作南流。夜市连铜柱,巢居属象州。来时旧相识,谁向—作问日南—作边游。

宿江店

野店临西—作江,—作寒浦,门前有橘花。停灯待贾客,卖酒与渔家。夜静江水白,路回山月斜。闲寻泊船处,潮落见平沙。

岭表—作外逢故人

过岭万余里,旅游经此稀。相逢去家远,共说几时归。海上见花发,瘴中唯—作闻鸟—作无雁飞。炎州—作途望乡—作作行伴,自识北人衣。

出塞—作塞上曲

秋塞雪初下,将军远出师。分营长记火,放马不收旗。月冷边帐湿,沙昏夜探迟。征人皆白首,谁见灭胡时。

寄紫阁隐者

紫阁气沉沉,先生住处深。有人时得见,无路可相寻。夜—作野鹿伴—作投茅屋,秋猿守栗林。唯应采灵药,更不别营心—作相侵。

夜宿黑灶溪

夜到碧溪里,无人秋月明。逢幽更移宿,取伴亦探行。花下红泉色,云西乳鹤声。明朝记归处,石上自书名。

古树

古树枝柯少,枯来复几春。露根堪系马,空腹定—作恐藏人。蠹节莓苔老,烧痕霹雳新。若当江浦上,行客祭为神。

送徐—作阴先生归蜀

日暮远归处,云间仙观钟。唯持青玉牒,独立碧鸡峰。阴涧—作洞长收—作新生乳,塞泉—作潭旧养龙。几时因卖药,得向海边逢。

隐者

先生已得道,市井亦容身。救病自行药,得钱多与人。问年长不定,传法又非真。每—作常见邻家—作翁说,时闻—作时使鬼神。

送友人归山

出山成北首，重去结茅庐。移石修废井，扫龛盛旧书。开田留杏树，分洞与僧居。长在幽峰里，樵人见亦疏。

溪西亭晚望—作雪溪远望

雪—作云水碧悠悠，西亭柳—作古岸头。夕阴—作先生远岫，斜照逐回流。此地动归思，逢人方倦游。吴兴耆旧尽，空见白蘋洲。

哭山中友人

入云遥便哭，山友隔今生。绕墓抛魂魄，镌岩记姓名。犬因无主善，鹤为见人鸣。长说能尸解，多应别路行。

答僧拄杖

灵藤为拄杖，白净色如银。得自高僧手，将扶病客身。春游不骑马，夜会亦呈人。持此归山去，深宜戴角巾。

灵都观李道士

仙观雨来静，绕房琼草春。素书天上字，花洞古时人。泥灶煮灵液，扫坛朝玉真。几回游阆苑，青节亦随身。

送韦—作韩评事归华阴

三峰西面住—作莲花峰下住，出见世人稀。老大—作白发谁相识，凄惶—作青山又独归。扫—作拂窗秋菌落，开箧夜—作蛰蛾飞。若向—作访云中伴，还应着褐衣。

送闽僧

几夏京城住，今朝独远归。修行四分律，护净七条衣。溪寺黄橙熟，沙田紫芋肥。九龙潭上路，同去客应稀。

送海南客归旧岛—本无南字

海上去应远，蛮家云岛孤。竹船来桂浦—作府，山市卖鱼须。入国自献宝—作锦，逢人多赠珠。却归春洞口，斩象祭天吴。

登咸阳北寺楼—作登感化寺楼

高秋原上寺，下马一登临。渭水西来直—作急，秦山南向—作去深。旧宫人不住—作见，荒碣路难寻。日暮凉风起，萧条多远心。

送新罗使

万里为朝使，离家今几年。应知旧行路，却上远归船。夜泊—作宿避蛟窟，朝炊求岛泉。悠悠到乡国，远望海西天。

宿广德寺寄从舅

古寺客堂空，开帘四面风。移床动栖鹤—作鸹，停烛聚飞虫。闲卧逐凉处，远愁生静中。林西微月色，思与宁家同。

宿邯郸馆寄马磁州—作宿邯郸寄磁州友人

孤客到空馆，夜寒愁卧迟。虽沾主人酒，不似在家时。几宿得欢笑，如今成别离。明朝行更远，回望隔山陂。

舟行寄李湖州

客愁—作行无次第，川路重辛勤。藻—作萍密行—作移舟涩，湾多转楫频。薄游空感惠—作命，失计自怜贫。赖有—作诵汀洲句，时时慰远人。

送闲师归江南

遍住江南寺，随缘到上京。多生修律业，外学得诗—作书名。讲殿偏追入，斋家别请行。青枫乡路远，几日尽归程。

游襄阳山寺

秋色江边路，烟霞若有期。寺贫无利施—作施施利，僧老足慈悲。薜荔侵禅窟，虾蟆占浴池。闲游殊未遍，即是下山时。

登城寄王秘书建—本无秘书二字

闻君鹤岭住，西望日—作自依依。远客偏相忆，登城独不归。十年为道侣，几处共柴扉。今日烟霞外，人间得见稀。

送从弟戴玄往苏州

　　杨柳闻门路—作外，悠悠水岸斜。乘舟向山寺，着屐到渔—作人家。夜月红柑树，秋风白藕花。江天诗景好，回日莫令赊。

送朱庆余及第归越

　　东南归路远，几日到乡中。有寺山皆遍，无家水不通。湖声莲叶雨，野气—作色稻花—作苗风。州县知名久，争邀与客同。

过贾岛野居

　　青门坊外住，行坐见南山。此地去人远，知君终日闲。蛙声篱落下，草色户庭间。好是经过处，唯愁暮独还。

酬韩庶子

　　西街幽僻处，正与懒相宜。寻寺独行远，借书常送迟。家贫无易事，身病足—作是闲时。寂寞谁相问，只应君自知。

赠—作答姚合少府

　　病来辞赤县，案上有丹经。为客烧茶灶，教儿扫竹亭。诗成添旧卷，酒尽卧空瓶。阙下今遗逸，谁瞻—作占隐士—作者星。

送僧游五台，兼谒李司空—作送颢法师往太原，兼谒李司空

　　远去见双节，因行上五台。化楼—作云侵晓—作晚出，雪—作隐路向—作到春开。边寺连—作看峰去—作过，胡儿听法来。定知巡礼后，解夏始应回。

送郑秀才归宁

　　桂楫彩为衣，行当令节归。夕潮迷浦远—作尽，昼雨见人稀。野菱到时熟，江鸥泊处飞。离琴一奏罢，山雨—作水霭余晖。

送李评事游越

　　未习风尘事，初为吴越游。露沾湖草晚—作湿，一作夕，日照海山秋。梅市门何在，兰亭水尚流。西陵待潮处，知汝不胜愁。

夏日闲居

　　无事门多闭，偏知夏日长。早蝉声寂寞，新竹气清凉。闲对临书案，看移晒药床。自怜归未得，犹寄在班行。

闲居

　　东城南陌尘，紫幌与朱轮。尽说无多事，能闲有几人。唯教推甲子，不信守庚申。谁见衡门里，终朝自在贫。

寄昭应王中丞

　　借得街西宅，开门渭—作御水头。长贫唯要健，渐老不禁愁。独凭藤书案，空悬竹酒钩—作筹。春风石瓮寺，作意共—作会拟待君游。

酬孙洛阳—本此下有草字

　　家贫相远住，斋馆入时稀。独坐看书卷，闲行著褐衣。早蝉庭筝老，新雨径莎肥。各离争名地，无人见是非。

送人任济阴—作送人往济南

　　黄绶在腰下，知君非旅行。将书报旧里，留褐与诸生。赠别尽沽酒，惜欢多出城。春风济水上，候吏听车声。

晚春过崔驸马东园

　　闲园多好风，不意在街东。早早诗名远，长长酒性同。竹香新雨后，莺语落花中。莫遣经过少，年光渐觉空。

夏日闲居

　　多病逢迎少，闲居又一年。药看辰—作成日合，茶过卯时煎。草长晴来地，虫飞晚后天。此时幽梦远，不觉到山边。

晚秋闲居

　　独坐高秋晚，萧条足远思。家贫常畏客，身老转怜儿。万种尽闲事，一生能几时。从来疏懒性，应只有僧知。

和陆司业习静寄所知

　　幽室独焚香，清晨下未央。山开登竹阁，

僧到出茶床。收拾新琴谱,封题旧药方。逍遥无别事,不似在班行。

酬韩祭酒雨中见寄

雨中愁不出,阴黑尽连宵。屋湿唯添漏,泥深未放朝。无刍怜马瘦,少食信儿娇。闻道韩夫子,还同此寂寥。

和裴仆射移官言志 一作和裴仆射寄韩侍郎

身一作久在勤劳地,常思放旷时。功成一作高归圣主,位重委群司。看垒台边石,闲一作行吟箧里诗。苍生正瞻望一作仰,难与故山期。

酬白二十二舍人早春曲江见 一作相招

曲江冰欲尽,风日已恬和。柳色看犹浅,泉声觉渐多。紫蒲生湿岸,青鸭戏新波。仙掖高情客,相招共一过。

和裴仆射朝回寄韩吏部

独爱南关里,山晴竹秒风。从容朝早退,萧洒客常通。案曲新亭上,移花远寺中。唯应有吏部,诗酒每相同。

春日李舍人宅见两省诸公唱和,因书情即事

又见帝城里,东风天气和。官闲人事少,年长道情多。紫掖发章句,青闱更咏歌。谁知余寂寞一作幽寂处,终日断经过。

和李仆射秋日病中作

由来病根一作源浅,易见药功成一作程。晓日杵臼静,凉风衣服轻。犹疑少气力,渐觉有心情。独倚红藤杖,时时阶上行。

早春 一作春日病中

羸病及年初,心情不自如。多申请假牒,只送贺官书。幽径独行步,白头长懒梳。更怜晴日色,渐渐暖贫居。

送严大夫之桂州

旌旆过湘潭,幽奇得遍探。莎城百越北,行路九疑南。有地多生桂,无时不养蚕。听歌疑似一作难辨曲,风俗自相谙。

咏怀

老去多悲事,非唯见二毛。眼昏书字大,耳重觉声高。望月偏增思,寻山易一作觉发劳。都无作官意,赖得在闲曹。

使至蓝溪驿,寄太常王丞

独上七盘去,峰峦转转稠。云中迷象鼻,雨里下一作上筝头。水没荒桥路,鸦啼古驿楼。君今在城阙,肯见此中愁。

留别江陵王少府 一作尹

迢迢山上路,病客独行迟。况此分手处一作襟日,当君失意时。寒林远路驿一作露远邑,晚烧过荒陂。别后空回首,相逢未有期。

赠海东僧

别家行万里,自说过扶余。学得中州语,能为外国书。与医收海藻,持咒取龙鱼。更问同来伴,天台几处居。

寄汉阳故人

知君汉阳住,烟树远重重。归使雨中发,寄书灯下封。同时买江坞,今日别云松。欲问新移处,青萝最北峰。

送安西将

万里海西路,茫茫边草秋。计程沙塞口,望伴驿峰头一作楼。雪暗非时宿,沙深独去愁。塞一作忆乡人易老,莫住近蕃州。

题李山人幽居

襄阳南郭外,茅屋一书生。无事焚香坐,有时寻竹行。画苔藤杖细,踏石笋鞋轻。应笑风尘客,区区逐世名。

早春闲游

年长身多病,独宜作冷官。从来闲坐惯,渐觉出门难。树影新犹薄,池光晚尚寒。遥闻有花发,骑马暂行看。

赠太常王建藤杖笋鞋

蛮藤剪为杖,楚笋结成鞋。称与诗人用,

堪随礼寺斋。寻花入幽径,步日下寒阶。以此持相赠,君应惬素怀。

和周赞善闻子规

秦城啼楚鸟,远思更纷纷。况是街西夜,偏当雨里闻。应投最高树,似隔数重云。此处谁能听,遥知独有君。

送李骑曹灵州归觐

翩翩出上京,几日到边城。渐觉风沙起,还将弓箭行。席箕侵路暗,野马见人惊。军府知归庆,应教数骑迎。

寒食夜寄姚侍郎—作御

贫官多寂寞,不异野人居。作酒和山—作仙药,教儿写道书。五湖归去远,百事病来疏。况—作沈忆同怀者,寒庭月上初。

题清彻上人院

古寺临坛久,松间别起堂。看添浴佛水,自合读经香。爱养无家客,多传得效—作力方。过斋长不出,坐卧一绳床。

寄灵一上人初归云门寺

寒山白云里,法侣自招携。竹径通城下,松门隔水西。方同沃洲去,不作武陵迷。仿佛遥看处,秋风是会稽。

和裴司空即事通简旧僚

肃肃上台坐,四方皆仰风。当朝奉明政,早日立元功。独对赤墀下,密宣黄阁中。犹闻动高韵,思与旧僚同。

使回留别襄阳李司空

江亭寒日晚,弦管有离声。从此一筵别,独为千里行。迟迟恋恩德,役役限公程。回首吟新句,霜云满楚城。

和户部令狐尚书喜裴司空见招看雪

南园新覆雪,上宰晓来看。谁共登春榭,唯闻有地官。色连山远静,气与竹偏寒。高韵更相应,宁同歌吹欢。

和裴司空以诗请刑部白侍郎双鹤

皎皎仙家—作山鹤,远留闲宅中。徘徊幽树月,嘹唳小亭风。丞相西园好,池塘野水通。欲将来放此—作从君求置此,赏望与宾同。

同锦州胡郎中清明日对雨西亭宴

郡内开新火,高斋雨气清。惜花邀客赏,劝酒促歌声。共醉移芳席,留欢闭暮城。政闲方宴语,琴筑任遥情。

庄陵挽歌词三首

白日已昭昭,干戈亦渐消。迎师亲出道,从谏早临朝。佞幸威权薄,忠良宠锡饶。丘陵今一变,无复白云谣。

观风欲巡洛,习战亦—作且开池。始改三年政,旋闻七月期。陵分内外使,官具吉凶仪。渭北新园路,箫笳远更悲。

晓日龙车动,秋风阊阖开。行帷六宫出,执绋万方来。惨惨郊原暮,迟迟挽唱哀。空山烟雨夕,新陌绕陵台。

和左司元郎中秋居十首

选得闲坊住,秋来草树肥。风前卷筒簟,雨里脱荷—作生衣。野客留方去,山童取—作收药归。非因入朝省,过此出门稀。

有地唯栽竹,无池亦养鹅。学书求墨迹,酿酒爱朝和。古镜铭文浅,神方谜语多。居贫闲自乐,豪客莫相过。

闲来松菊地,未省有埃尘。直去多将药,朝回不访人。见僧收酒器,迎客换纱巾。更恐登清要,难成自在身。

自知清静好,不要问时豪。就石安琴枕,穿松压酒槽。山晴—作情因月甚,诗语入秋高。身外无余事,唯应笔砚劳。

闲堂新扫洒,称是早秋天。书客多呈帖,琴僧与合弦。莎台乘晚上,竹院就凉眠。终日无忙事,还应似得仙。

醉倚斑藤杖,闲眠瘿木床。案头行气诀,

炉里降真香。尚俭经营少,居闲意思长。秋茶莫夜饮,新自作松浆。

每忆旧山居,新教上墨图。晚花回地种,好酒问人沽。夜后开朝簿,申前发省符。为郎凡几岁,已见白髭须。

菊地才通履—作展,茶房不垒阶。凭医看蜀药,寄信觅吴鞋。尽得仙家法,多随道客斋。本无荣辱意,不是学安排。

林下无拘束,闲行—作吟放性灵。好时开药灶,高处置琴亭。更撰居山记,唯寻相鹤经。初当授衣假,无吏挽门铃。

客散高斋晚,东园景象偏。晴明犹有蝶,凉冷渐无蝉。藤折霜来子,蜗行雨后涎。新诗才上卷,已得满城传。

经王处士原居

旧宅谁相近,唯僧近竹关。庭闲—作寒云满井,窗晓雪通山。来客半留宿,借书多寄还。明时未中岁,莫便一生闲。

不食仙姑山房

寂寂花枝里,草堂唯素琴。因山曾改眼—作姓,见客不言心。月出溪路静,鹤鸣云树深。丹砂如可学,便欲住幽林。

江头

晚步随江远,来帆过眼频。试寻新住客,少见故乡人。回首怜归翼,长吟任此身。应同南浦雁,更见岭头春。

寄孙冲主簿

低折沧洲簿,无书整两春。马从同事借,妻怕罢官贫。道僻收闲药,诗高笑故人。仍闻长吏奏,表乞锁厅频。

赠任懒

未肯求科第,深坊且隐居。胜游寻野客,高卧看兵书。点药医闲马,分泉灌远蔬。汉庭无得意,谁拟荐相如。

旧宫人

歌舞—作得宠梁—作秦州女,归时白发生。全家没蕃地,无—作何处问乡程,宫锦不传样,御香空记名。一身难自说,愁逐路人行。

春日留别—作惜别

游人欲别离,半醉—作醉复对花枝。看著—作却春又晚,莫轻少年时。临行记分处,回首是相思。各向天涯去,重来未可—作有期。

没蕃故人

前年伐月支,城上—作下没全师。蕃汉断消息,死生长别离。无人收废帐,归马识残旗。欲祭疑君在,天涯哭此时。

赠箕山僧

久住空林下,长斋耳目清。蒲团借客坐,石磴毵人行。似鹤难知性,因山强号名。时闻衣袖里,暗掐念珠声。

冬夕

寒蛩独—作犹罢织,湘雁犹—作独能鸣。月色当窗入,乡心半夜生。不成高枕梦,复作绕阶行。回首嗟淹—作飘泊,城头北斗横。

奉和陕州十四翁中丞寄雷州二十二翁司户之作

联飞独不前,迥落海南天。贾傅竟行矣,邵公惟泫然。瘴开山更远,路极水无边。沉劣本多感,况闻原上篇。

老将

鬓衰头似雪,行步急如风。不怕骑生马,犹能挽硬弓。兵书封锦字,手诏满香筒。今日身憔悴,犹夸定远功。

送友生游峡中

风静杨柳垂,看花又别离。几年同在此,今日各驱驰。峡里闻猿叫,山头见月时。殷勤一杯酒,珍重岁寒姿。

送安法师

出郭见落日,别君临古津。远程无野寺,宿处问何人。原色不分路,锡声遥隔尘。山阴到家节,犹及蕙兰春。

水

荡漾空沙际,虚明入远天。秋光照不极,鸟色去无边。势引长云阔,波轻片雪连。汀洲杳难测,万古覆苍烟。

岳州晚景

晚景寒鸦集,秋声旅雁归。水光浮日去,霞彩映江飞。洲白芦花吐,园红柿叶稀。长沙卑湿地,九月未成衣。

寒食后—作王建诗

田舍清明日,家家出火迟。白衫眠古巷,红索搭高枝。纱带生难结,铜钗重易垂。斩新衣著尽,还似去年时。

寒食书事二首

今朝一百五,出户雨初晴。舞爱双飞蝶,歌闻数里莺。江深青草岸,花满白云城。为政多孱懦,应无酷吏名。

出城烟火少,况复是今朝。闲坐将谁语,临觞只自谣。阶前春藓遍,衣上落花飘。妓乐州人戏,使君心寂寥。

和李仆射雨中寄卢、严二给事

效原飞雨至,城阙湿云埋。迸点时穿牖,浮沤欲上阶。偏滋解箨竹,并洒落花槐。晚润生琴匣,新凉满药斋。从容朝务退—作后,放旷披曹乖—作侪。尽日无来客,闲吟感此怀。

酬李仆射晚春见寄

戟户洞—作动初晨,莺声雨后频。虚庭清气在,众药湿光新。鱼动芳池面,苔侵老竹身。教铺尝酒处,自问探花人。独此长多病,幽—作闲居欲过春。今朝听高韵,忽觉离埃尘。

和卢常侍寄华山郑隐者

独住—作忆,一作坐三峰下,年深学炼丹。一间松叶屋,数片石花冠。酒待山中饮,琴将洞口—作里弹。开门移远竹,剪草出幽兰。荒壁通泉架,晴崖晒药坛。寄知骑省客,长向白云闲。

和令狐尚书平泉东—作西庄近居—作属李仆射有—作因寄十韵

平地有清泉,伊南古寺边。涨池闲绕屋,出野—作流墅遍浇田。旧隐离多日,新邻得几年。探幽皆一绝,选胜又双全。门静山光别,园深竹影连。斜分采药径,直过钓鱼船。鸡犬还应识,云霞顿觉鲜。追思—作寻应不远,赏爱谅—作吟赏定难偏。此处堪长往,游人早共传。各当恩寄重,归卧恐无缘。

送郑尚书出镇南海各用来字

远镇承新命,王程不假催。班行争路送,恩赐并—作一时来。牙旆从城展,兵符到府开。蛮声喧夜市,海色浸潮—作润朝台—作南台。画角天边月,寒关岭上梅。共知公望重,多是隔年回。

徐州试反舌无声

夏木多好鸟,偏知反舌名。林幽仍共宿,时过即—作已无声。竹外天空晓,溪头雨自晴。居人宜寂寞,深院益凄清。入雾暗相失,当风闲易惊。来年上林苑,知尔最先鸣。

省试行不由径

田里有微径,贤人不复行。孰知求—作趋捷步,又—作惟恐异端成。从易众所欲,安邪—作难患亦生—作平。谁能达天道—作达大路,共此竞前程。子羽有遗迹,孔门传旧声。今逢大君子,士节自光—作应明。

新城甲仗楼

谢氏—作守起新楼,西临城角—作上头。图功百尺—作仗丽,藏器五兵修。结缔—作构榛薨固,虚明户槛幽。鱼龙卷旗帜,霜雪积戈矛。暑雨熇烝隔,凉风宴位留。地高形出没—作远出,山静气清优。睥睨斜光彻,阑干宿霭浮。芊芊粳稻色,脉脉苑溪流。郡化黄丞相,诗成沈隐侯。居兹良得景,殊胜岘山游。

赠殷山人

郁郁山中客,知名四十年。凄惶身独隐,寂寞性应便。世业公侯籍,生涯黍稷田。藤悬读书帐,竹系网鱼船。已种千头橘,新开数脉泉。闲游携酒远,幽语向僧偏。入洞题松过,看花选石眠。避喧长汨没,逢胜即留连。自古多高迹,如君少比肩。耕耘此—作既辛苦,章句已流传。昔日交游盛,当时省阁贤。同袍还共弊,连辔每推先。讲序居重席,群儒愿执鞭。满堂虚左待,众目望乔迁。才异时难用,情高道自全。畏人颜—作频惨澹,疏物势迍邅。贤—作达者闻知命,吾生复礼玄。深藏报恩剑,久缉养生篇。憔悴众夫笑,经过郡守怜。夕阳悲病鹤,霜气动饥鹯。处士谁能荐,穷途世所捐。伯鸾甘寄食,元淑苦无钱。策蹇秋尘里,吟诗黄叶前。故裘余白领,废瑟断朱弦。志气终犹在,逍遥任自然。家贫念婚嫁,身老恋云烟。放逸栖岩鹿,清虚饮露蝉。郑逃秦谷口,严爱越溪边。霄汉予犹阻,荣枯子不牵。山城一相遇,感激意难宣。

夏日可畏—作丘为诗

赫赫温风扇,炎炎夏日徂。火威驰迥野,畏景铄遥途。势矫翔阳翰,功分造化炉。禁城千品烛,黄道一轮孤。落照频空簟,余晖卷夕梧。如何倦游子,中路独踟蹰。

罔象得玄珠

赤水今何处,遗珠已渺然。离娄徒肆目,罔象乃通玄。皎洁因成性,圆明不在泉。暗中看—作驱夜色,尘外照晴—作情田。无胫真难掬,怀疑实—作宝易迁。今朝搜择得,应免—作自媚晴川。

和李仆射西园

遇午归闲处,西庭—作亭敞四檐。高眠著琴枕,散帖检书签。印在休通客,山晴好卷帘。竹凉蝇少到,藤暗蝶争潜。晓—作晚鹊频惊喜,疏蝉不许拈。石苔生紫点,栏药吐红尖。虚坐诗情远,幽探道侣兼。所营尚—作当胜地,虽俭复谁嫌。

全唐诗卷三百八十五

张籍

送裴相公赴镇太原

盛德雄名远近知,功高先乞守藩维。衔恩暂—作乍遣分龙节,署敕还同在凤池。天子亲临楼上送,朝官齐出道傍辞。明年塞北清—作诸蕃落,应建—作起生祠请立碑。

寄元员外

外郎直罢无余事,扫洒书堂试—作对药炉。门巷不教当要闹—作闹市,诗篇转觉足工夫。月明台上唯僧到,夜静坊中有酒沽。朝省入频闲日少,可能同作旧游无。

赠梅处士

早闻声价满京城,头白江湖放旷情。讲易自传新注义,题诗不著旧官名。近移马迹山前住,多向牛头寺里行。天子如今议封禅,应将束帛请先生。

赠王秘书

不曾浪出谒公侯,唯向花间水畔游。每著—作酌新衣—作泉看药灶,多收古器在书楼。有官只作山人老,平地能开洞穴幽。自领闲司了无事,得来君处喜相留。

谢裴司空寄马—作蒙裴相公赐马,谨以诗谢

骢耳新驹骏得—作已有名,司空远自—作自选寄书生。乍离华厩移蹄涩,初到贫家举眼惊。每被闲人来借问,多—作惟寻古寺独骑行。长思岁旦沙堤上,得从鸣珂傍火城。

酬秘书王丞见寄—作酬王秘书闲居见寄

相看头白来城阙,却忆漳溪旧往还。今体诗中偏出格,常参官里每同班。街西借宅多临—作邻水,马上逢人亦说山。芸阁水曹虽最冷,与君长喜得身闲。

送李馀及第后归蜀

十年人咏好诗章,今日成名出举场。归去唯将新诰牒,后来争取旧衣裳。山桥晓上芭蕉—作蕉花暗,水店晴看芋草黄。乡里亲情相见日,一时携酒贺高堂。

早朝寄白舍人、严郎中

鼓声初动未闻鸡,羸马街中踏冻泥。烛暗有时冲石柱,雪深无处认沙堤。常参班里人犹少,待漏房前月欲西。凤阙星郎离—作虽去远,阁门开日—作处入还齐。

书怀寄元郎中

转觉人间无气味,常因身外省因缘。经过独爱游山客,计校唯求买药钱。重作学官闲尽日,一离江坞病多年。吟君钓客词中说,便欲南归榜小船。

赠道士宜师—作赠广宣师

自到王—作皇城得几年,巴童蜀马共随缘。两朝侍从当时贵,五字声名远处传。旧—作因住红楼通内院,新承墨诏赐斋钱。闲房—作坊暂喜居相近,还得陪师坐竹边。

书怀寄王秘书

白发如今欲满头,从来—作前百事—作计尽应休。只—作惟于触目—作事须防病,不拟将心更养愁。下药远求新熟酒,看山多上最高楼。赖君同在京城住—作华内,每到花前免独游。

题韦郎中新亭

起得幽亭景复新,碧莎地上更无尘。琴书著尽犹嫌少,松竹栽多亦—作不称贫。药酒欲开期好客,朝衣暂脱见闲身。成名同日官连署,此处经过有几人。

送扬州判官—作赠茅山杨判官

应得烟霞出俗心,茅山道士共追寻。闲怜鹤貌偏能画,暗辨桐声自作琴。长啸每来松下坐,新诗堪向雪中吟。征南幕里我宾客,君独相知最校深。

喜王起侍郎放牒—作榜

东风节气—作时节近清明,车马争来满禁城。二十八人初上牒,百千万里尽传名。谁家不借花园看,在处多将酒器行。共贺春司能鉴识,今年定合有公卿。

赠王司马

白笏朱衫年少时,久登班列会朝仪。贮财不省关身用,行义唯愁被众知。藏得宝刀求主带,调成骏马乞人骑。未曾相识多闻说,遥望长如白玉—作玉树枝。

书怀

自小信—作习成疏懒性,人间事事总无功。别从仙客求方法,时到僧家问苦空。老大登朝如梦里,贫穷作活似村中。未能即便休官去,惭愧南山采药翁。

赠令狐—本此下有巨源二字博士

头白新年六十余,近闻生计转空虚。久为博士谁能识,自到长安赁舍居。骑马出随寻寺客,呼儿散写乞钱书。古来贤哲皆如此,应是才高与众—作世疏。

送从弟删—作彤东归

云水东南两月程,贪归庆节马蹄轻。春桥欲醉攀花别,野路闲吟触雨行。诗价已高犹失意,礼司曾赏会成名。旧山风月知应好,莫向—作过秋时不到京。

赠王秘书

早在山东声价远,曾将顺—作奇策佐嫖姚。赋来诗句无闲语,老去官班未在朝。身屈只闻词客说,家—作居贫多见野僧招。独从书阁归时晚,春水渠边看柳条。

哭丘长史

曾是先皇殿上臣,丹砂久服—作别不成真。常骑马在嘶空枥,自作书留别故人。诗句遍传天下口,朝衣偏—作长送地中身。最悲昨日同游处,看却春—作东风树树—作处处新。

送枝江刘明府

老著青衫为楚宰,平生志业有谁知。家僮从去愁行远,县吏迎来怪到迟。定访玉泉幽院宿,应过碧涧早茶时,向南渐渐云山好,一路唯—作遥闻唱竹枝。

送从弟彻东归

猴山领印知公奏,才称同时尽不如。奉使贺成登册礼,陪班看出降恩书。去回在路—作回程去在秋尘里,受诏辞归晓漏初。早晚得为朝署拜,闲坊买宅作邻居。

哭胡十八遇

早得声名年尚少,寻常—作思志气出风尘。文场继续成三代,家族—作世辉华在一身。幼子见生—作存才满月,选书知写未呈人。送君帐下衣裳白,数尺坟头柏树新。

赠贾岛

篱落荒凉僮仆饥,乐游原上住多时。塞驴放饱骑将出—作去,秋卷装成寄与谁。挂杖傍田寻野菜,封书乞米趁时—作朝炊。姓名未上登科记,身屈惟应内史知。

逢王建有赠

年状皆齐初有髭,鹊山漳水每追随。使君座下朝听易,处士庭中夜会诗。新作句成相借问,闲求义尽共寻思。经今三十余年事,却说还同昨日时。

移居静安坊,答元八郎中

长安寺里多时住,虽守卑官不苦—作厌贫。作活每常嫌费力,移居只是贵容身。初开井浅偏宜树,渐觉街闲省踏尘。更喜往还相去近,门前减却送书人。

送杨少尹赴凤翔

诗名往日动长安,首首人家卷里看。西学

已行秦博士,南宫新拜汉郎官。得钱只了还书铺,借宅常时事药栏。今去岐州生计薄,移居偏近陇头寒。

送韩侍御归山

闻君久卧在云间,为佐嫖姚未得还。新结茅庐招隐逸—作客,独骑骢马入深山。九灵洞口行应到,五粒松枝醉亦攀。明日珂声出城去,家僮不复扫柴关。

新除水曹郎,答白舍人见贺

年过五十到南宫,章句无名荷至公。黄纸开呈相府后,朱衣引入谢班中。诸曹纵许为仙侣,群吏多嫌是老翁。最幸—作幸有紫薇郎见爱,独称官与古人同。

送杨少尹赴满—作蒲城

官为本府当身荣,因得还乡任野情。自废田园令作主,每逢耆老不呼名。旧游寺里僧应识,新别桥边树已—作亦成。公事况—作多闲诗更好,将随—作谁相逐—作送上山行。

哭元九少府—作尹

平生志业独相知,早结云山老去期。初作学官常共—作对宿,晚登朝列暂同时。闲来各数经过地,醉后齐吟唱和诗。今日春风花满宅—作院,入门行哭见灵帷。

送侯判官赴广州从军—作事

年少才高求自展,将身万里赴军门。辟书远到开呈客,公服新成著谢恩。驿舫过江分白堠,戍亭—作楼当岭见红幡。海花蛮草连冬有,行处无家不满园。

答白杭州郡楼登望画图见寄

画得江城登望处,寄来今日到长安。乍惊物色从诗出,更想工人下手难。将展书堂偏觉好,每来朝客尽求看。见君向此闲吟意,肯恨当时作外官。

赠赵将军

当年胆略已纵横,每见妖星气不平。身贵

早登龙尾道,功高自破鹿头城。寻常得对论边事,委曲承恩掌内兵。会取安西将报国,凌烟阁上大一作早书名。

送和蕃公主

塞上如今无战尘,汉家公主出和亲。邑司犹属宗卿寺,册号还同房帐人。九姓旗幡先引路,一生衣服尽随身。毡城南望无回日,空见沙蓬水柳春。

寒食内宴二首

朝光瑞气满宫楼,彩纛鱼龙四面稠。廊下御厨分冷食,殿前香骑逐飞球。千官尽醉犹教坐,百戏皆呈未放休。共喜一作起拜恩侵夜出,金吾不敢问行一作来由。

城阙沈沈向晓寒,恩当令节赐余欢。瑞烟深一作入处开三殿,春雨微时引百官。宝树楼前分绣一作翠幕,彩花廊下映华一作朱栏。宫筵戏乐年年别,已得三回对御看。

朝日敕赐百官樱桃

仙果人间都未有,今朝忽见下天门。捧盘小吏初宣敕,当殿群臣共拜恩。日色遥分门一作廊下坐,露香才出禁中园。每年重此先偏待一作先熟,愿得千春奉至尊。

太白一作山老人

日观东峰一作南,一作边幽客住,竹巾藤带亦逢迎。暗修黄箓无人见,深种胡麻共犬行。洞里仙家常独往,壶中灵药自为名。春泉四面绕茅屋,日日唯闻杵臼声。

和裴司空酬满一作蒲城杨少尹

圣朝偏重大司空,人咏无和第一功。拥节高临汉水上,题诗远入舜城中。共惊向老多年别,更忆登科旧日同。谁不望归丞相府,江边杨柳又秋风。

寄和州刘使君

别离已久犹为郡,闲向春风倒酒瓶,送客特一作将,一作时过沙口堰,看花多上水心亭。晓来江气连城白,雨后山光满郭青。到此诗情应更远,醉中高咏有谁听。

赠商州王使君

衔命南来会郡堂,却思朝里接班行。才雄犹是山城守,道薄初为水部郎。选胜相留开客馆,寻幽更引到僧房。明朝从此辞君去,独出商关路渐长。

寄令狐宾客

勋名尽得国家一作东传,退狎琴僧与酒仙。还带郡符经几处,暂辞台座已三年。留司未到龙楼下,拜表长怀玉案前。秋日出城伊水好,领谁相逐上闲船。

寄梅处士

扰扰人间是与非一作足是非,官闲自觉省心机。六行班里身常下,九列符中事亦稀。市客惯曾赊贱药,家僮惊见著新衣。君今独得居山乐,应喜一作笑多时未办归。

送施肩吾东归

知君本是烟霞客,被荐因来城阙间。世业偏临七里濑,仙游多在四明山。早闻诗句传人遍,新得科名到处闲。惆怅灞亭相送去,云中琪树不同攀。

昆仑儿

昆仑家住海中州,蛮客将来汉地游。言语解教秦吉了,波涛初过郁林洲。金环欲落曾穿耳,螺髻长卷不裹头。自爱肌肤黑如漆,行时半脱木绵裘。

赠李杭州

仙郎白首未归朝,应为苍生领六条。惠化州人尽清净,高情野鹤与一作共逍遥。竹间虚馆无朝讼,山畔青田长夏苗。终日政声长独坐,开门长一作唯望浙江潮。

送郑尚书赴广州

圣朝选将持符节,内使一作制宣时百辟听。

海北蛮夷来舞蹈，岭南封管送图经。白鹇飞绕迎官舫，红槿开当宴客亭。此处莫言多瘴疠，天边看取老人星。

贺秘书王丞南郊摄将军

正初天子亲郊礼，诏摄将军领卫兵。斜带银刀入黄道，先随玉辂到青城。坛边不在千官位，仗外唯闻再拜声。共喜与君逢此日，病中无计得随—作同行。

送令狐尚书赴东都留守

朝廷重寄在关东，共说从前选上公。勋业新城大梁镇，恩荣更守洛阳宫。行香暂出天桥上，巡礼常过禁殿中。每领群臣拜章庆—作表，半开门仗日曈曈。

拜丰陵

岁朝园寝遣公卿，学省班中亦摄行。身逐陵官齐再拜，手持木铎叩三声。寒更报点来山殿，晓炬分行照柏城。却下龙门看渐远，金峰高处日微明—作初晴。

赠孔尚书

能将直道历荣班，事著元和实录间。三表自陈辞北阙，一家相送入南山。买来侍女教人嫁，赐得朝衣在箧闲。宅近青山—作门高静处，时归林下暂开关。

酬杭州白使君，兼寄浙东元大夫

相印暂离临远镇，掖垣出守复同时。一行已作三年别，两处空传七字诗。越地江山应共见，秦天风月不相知。人间聚散真难料，莫叹平生信所之。

寄苏州白二十二使君

三朝出入紫微臣，头白金章未在身。登第早年同座主，题诗今日是—作异州人。阊门柳色烟中远，茂苑莺声雨后新。此处吟诗向山寺，知君忘却曲江春。

送白宾客分司东都

赫赫声名三十春，高情人独出埃尘。病辞省闼归闲地—作处，恩许宫曹作上宾。诗里难同相得伴，酒边多见自由身。老人也拟休官去，便是君家池上人。

赠阎少保

辞荣恋阙未还乡，修养年多气力强。半俸归烧伏火药，全家解说养生方。特承恩诏新开戟，每见公卿不下床。竹树晴深寒院静，长悬石磬在虚廊。

赠别王侍御赴任陕州司马—作赠王司马赴陕州

京城在处闲人少，唯共君行并马蹄。更和诗篇名最出，时—作对倾杯酒户常齐。同趋阙下听钟漏，独向军前闻鼓鼙。今日春明门外别，更无因得到街西。

田司空入朝

西来将相位—作望兼雄，不与诸君—作军觐礼同。早变山东知顺命，新收济上—作下立殊功。朝官叙谒趋门外，恩使喧—作宣迎满路中。阊阖晓开—作来铜漏静，身当受册大明宫。

送浙西周判官—作送浙东周阮范判官

由来自—作身是烟霞客，早已闻名诗酒间。天阙因将贺表到，家乡新—作江城应著赐衣还。常吟卷里新酬句，自话湖中—作边旧住山。吴越主人偏爱重，多应不肯放君闲。

送吴—作胡炼师归王屋

玉阳峰下学长生，玉洞仙中—作乡已有名。独戴熊须冠暂出，唯将鹤尾扇同行。炼成云母休炊爨，已得雷公当吏兵。却到瑶—作天坛上头宿，应闻空里步虚声。

送邵州林使君

词客南行宠命新，潇湘郡入曲江津。山幽自足探微处，俗朴应无争竞人。郭外相连排殿阁，市中多半用金银。知君不作家私计，迁日还同到日贫。

寄王六侍御

渐觉近来筋力少，难堪今日在风尘。谁能

借问功名事,只自扶持老病身。贵得药资将助道,肯嫌家计不如人。洞庭已置新居处,归去安期—作期君与作邻。

送稽亭山寺僧—本无寺字

师住稽亭高处寺,斜廊曲阁倚云开。山门十里松间入,泉涧三重洞里来。名岳寻游今已遍,家城礼谒便应回。旧房到日闲吟后,林下还登说法台。

送汀州源使君

曾成赵北归朝计,因拜王门最好官。为郡暂辞双凤阙,全家远过九龙滩。山乡只有输蕉户,水镇应多养鸭栏。地僻寻常来客少,刺桐花发共谁看。

寄孙洛阳格—作寄洛阳孙明府

久持刑宪声名远,好是中朝正直臣。赤县上来应足事,青山老去未离身。常思从少连归马,乍觉同班少旧人。遥爱南桥秋日晚,雨边杨柳映天津。

胡山人归王屋,因有赠

转转无成到白头,人间举眼尽堪愁。此生已是蹉跎去,每事应—作终从卤莽休。虽作闲官少拘束,难逢胜景可淹留。君归与访移家处,若个峰头—作前最较幽。

寄虔州韩使君

南康太守负才豪,五十如今未拥旄。早得一人知姓字,常闻三事说功劳。月明渡口漳江静,云散城头赣石高。郡政已成秋思远,闲吟应不问官曹。

送从弟濛赴饶州

京城南去鄱阳远,风月悠悠别思劳。三领郡符新寄重,再登科第旧名高。去程江上多看嶂,迎吏船中亦带刀。到日更行清静化,春田应不见蓬蒿。

罗—作赠道士

城里无人得实年,衣襟常带臭黄烟。楼中赊酒唯留药,洞里争棋不赌钱。闻客语声知贵贱,持—作对花歌咏似狂颠。寻常行处皆逢见,世上多疑是谪仙。

寄陆浑赵明府

与君学省同官处,常日相随说道情。新作陆浑山县长,早知三礼甲科名。郭中时有仙人住,城内应多药草生。公事稀疏来客少,无妨著屐独闲行。

同将作韦二少监赠水部李郎中

旧年同是水曹郎,各罢鱼符自楚乡。重著青衫承诏命,齐趋紫殿异班行。别来同说经过事,老去相传补养方。忆得当时亦连步,如今独在读书堂。

赠王侍御

心同野鹤与尘远,诗似冰壶见底清。府县同趋昨日事,升沉不改故人情。上阳春晚萧萧雨,洛水寒来夜夜声。自叹独为折腰吏,可怜骢马路傍行。

送金少卿副使归新罗

云岛茫茫天畔微,向东万里一帆飞。久为侍子承恩重,今佐使臣衔命归。通海便应将国信,到家犹自著朝衣。从前此去人无数,光彩如君定是稀。

送李司空赴镇襄阳—本无赴字

中外兼权社稷臣,千官齐出拜行尘。再调公鼎勋庸盛,三受兵符宠命新。商路雪开旗旆展—作远,楚堤梅发驿亭春。襄阳风景由来好,重与江山作主人。

送李仆射愬赴镇凤翔—本无愬字

由来勋业属英雄,兄弟连营列位同。先入贼城擒首恶—作恶首,尽封莞库让元公。旌幢独继家声外,竹帛新添国史中。天子新—作欲收秦陇地,故教移镇古扶风。

寄白二十二舍人

早知内诏过先—作前辈,蹭蹬江南百事疏。

溢浦城中为上佐,炉峰寺后著幽居。偏依仙法多求药,长共僧游不读书。三省比来名望重,肯容君去—作意乐樵渔。

送友人卢处士游吴越

羡君东去见残梅,惟有王孙独未回。吴苑夕阳明古堞,越宫春草上高台。波生野水雁初下,风满驿楼潮欲来。试问渔舟看雪浪,几多江燕荇花开。

苏州江岸留别乐天—作白居易诗,题云:武丘寺路宴留别诸妓。

银泥裙映锦障泥,画舸停桡马簇蹄。清管曲终鹦鹉语,红旗影动薄寒嘶。渐消酒色朱颜浅,欲话离情翠黛低。莫忘使君吟咏处,女坟湖北武丘西。

寒食看花

早入公门到夜归,不因寒食少闲时。颠狂绕树猿离锁,踊跃缘冈马断羁。酒污衣裳从客笑,醉饶言语觅花知。老来自喜常无事,仰面西园得咏诗。

酬浙东元尚书见寄绫素

越地缯纱纹样新,远封来寄学曹人。便令裁制为时服,顿觉光荣上病身。应念此官同弃置,独能相贺更殷勤。三千里外无由见,海上东风又一春。

赠项斯—作王建诗,题云:赠贾岛。

端坐—作尽日吟诗忘—作坐忍饥,万人中觅似君稀。门连野水风长到,驴放秋原夜不归。日暖剩收新落叶,天寒更著旧生衣。曲江亭上频频见,为爱鸬鹚雨里飞。

全唐诗卷三百八十六

张籍

和韦开州盛山十二首

宿云亭一作寺

清净当深处,虚明向远开。卷帘无俗客,应只见云来。

梅溪

自爱新梅好,行寻一径斜。不教人扫石,恐损落来花。

茶岭

紫芽连白蕊,初向岭头生。自看家人摘,寻常触露行。

流杯渠

渌酒白螺杯,随流去复回。似知人把处,各向面前来。

盘石磴

垒石盘一作连空远,层层势不一作更危。不知行几匝,得到上头时。

桃坞

春坞桃花发,多将野客游。日西殊未散,看望酒缸头。

竹岩

独入千竿里,缘岩踏石层。笋头齐欲出,更不许人登。

琵琶台

台上绿萝春,闲登不待人。每当休暇日,著履戴纱一作纶巾。

胡芦沼

曲沼春流满,新蒲映野鹅。闲斋朝饭后,拄杖绕行多。

隐月岫
月出深峰里,清凉—作光夜—作夏亦寒。每嫌西落疾,不得到明看。

绣衣石榻
山城无别味,药草兼鱼果。时到绣衣人,同来石上坐。

上士泉瓶—本无瓶字
阶上一眼泉,四边青石甃。唯有护净僧,添瓶将盥漱。

送远客
憔悴远归—作行客,殷勤欲别杯。九星坛下路,几日见重来。

寄西峰僧
松暗水涓涓,夜凉人未眠。西峰月犹在,遥忆草堂前。

禅师—作西峰顶
独在西峰顶,年年闭石房。定中无弟子,人到为焚香。

惜花
山中春已晚,处处见花稀。明日来应尽,林间宿不归。

题晖—本此下有禅字师影堂
日早欲参禅,竟无相识缘。道场今独到,惆怅影堂前。

泾州塞
行到泾州塞,唯闻羌戍鼙。道边古双堠,犹记向安西。

野田—作中
漠漠—作幕幕野田草,草中牛羊道。古墓无子孙,白杨不得老。

岸花
可怜岸边树,红蕊发青条。东风吹渡水,冲着木兰桡。

别于鹄
离灯及晨辉,行人起复思。出门两相顾,青山路逶迤。

送蜀客
蜀客南行祭—作际碧鸡,木绵花发锦江西。山桥日晚行人少,时见猩猩树上啼。

送元结—作绍
昔日同游漳水边,如今重说恨绵绵。天涯相见还离别,客路秋风又几年。

宿山祠—作宫山祠
秋草宫人—作中斜里墓,宫人—作中谁送葬来时。千千万万皆如此—作相似,家在边城—作城边亦不知。

美人宫棋
红烛台前出翠娥,海沙铺局巧相和。趁行移手巡收尽,数数看谁得最多。

蛮州—作杜牧诗,题云:蛮中醉。
瘴水蛮中入洞流,人家多住竹棚头。一—作青山海上无城郭,唯见松牌记象州。

送元宗简
貂帽垂肩窄皂裘,雪深骑马向西州。暂时相见还相送,却闭闲门依旧愁。

寄徐晦
鄂陂鱼美酒偏浓,不出琴斋见雪峰。应胜昨来趋府日,簿书床上乱重重。

寄白学士
自掌天书见客稀,纵因休沐锁双扉。几回扶病欲相访,知向禁中归未归。

喜王六同宿
十八年来恨别离,唯同一宿咏新诗。更相借问诗中语,共说如今胜旧时。

题玉像堂
玉毫不着世间尘，辉相分明十八身。入夜无烟灯更—作亦好，堂中唯有转经人。

与贾岛闲游
水北原南草色新，雪消风暖不生尘。城中车马应无数，能解闲行有几人。

哭丘长史
丘公已殁故人稀，欲过街西更访谁。每到子城东路上，忆君相逐入朝时。

哭孟寂
曲江院里题名处，十九人中最少年。今日春光君不见，杏花零落寺门前。《唐进士登科记》，孟寂乃中书舍人高郢所取第十六名，其年进士十七人，博学宏词二人，故诗云十九人。

患眼
三年患眼今年免，校与风光便隔生。昨日韩家后园里，看花犹似未分明。

答刘竟
刘君久被时抛掷，老向城中作选人。昨日街西相近住，每来存问老夫身。

赠华严院僧
一身依止荒闲院，烛耀窗中有宿烟。遍礼华严经里字，不曾行到寺门前。

逢故人
山东一—作二十余年别，今日相逢在上都。说尽向来无限事，相看摩捋白髭须。

送萧远弟
街北槐花傍马垂，病身相送出门迟。与君别后秋风夜，作得新诗说向谁。

送辛少府任乐安—作安县
才多不肯浪容身，老大诗章转更新。选得天台山下住，一家全作学仙人。

赠任道人
长安多病无生计，药铺医人乱索钱。欲得定知身上事，凭君为算小行年。

招周居—作处士
闭门秋雨湿墙莎，俗客来稀野思多。已扫书斋—作堂安药灶，山人作意早经过。

送许处士
高情自与俗人疏，独向蓝溪选僻—作僻处居。会到白云长取醉，不能窗下读闲书。

送律师归婺州
京中开讲已多时，曾作坛头证戒师。归到双溪桥北寺，乡僧争就学威仪。

题杨秘书新居
爱闲不向争名地，宅在街西最静坊。卷里诗过一千首，白头新受秘书郎。

送旺师
九星台下煎茶别，五老峰头觅寺居。作得新诗旋相寄，人来请莫达空书。

送僧往—作归金—作全州
闻道溪阴山水好，师行一一遍经过。事须觅取堪居处，若个溪头药最多。

寻徐道士
寻师远到晖天观，竹院森森闭药房。闻入静来经七日，仙童檐下独焚香。

答开州韦使君寄车前子
开州午—作五日车前子，作药人皆道有神。惭愧使君怜病眼，三千余里寄闲人。

忆故州—作山
垒石为山伴野夫，自收灵药读仙书。如今身是他州客，每见青山忆旧居。

送客游蜀
行尽青山到益州，锦城楼下二江流。杜家

曾向此中住，为到浣花溪水头。

送—作赠陆畅
共踏长安街里尘，吴州—作门独作未归身。昔年—作胥门旧宅今谁住，君过西塘与问人。

感春
远客悠悠任病身，谢家池上又逢春。明年各自东西去，此地看花是别人。

赠李司议
汉庭谁问投荒客，十载—作岁天南着白衣。秋草茫茫恶谿—作溪路，岭头遥送北人稀—作归。

别客
青山历历水悠悠，今日相逢明日秋。系马城边杨柳树，为君沽酒暂淹留。

登楼寄胡家兄弟
独上西楼尽日闲，林烟演漾鸟蛮—作绵蛮。谢家兄弟重城里，不得同看雨后山。

答刘明府
身病多时又客居，满城亲旧尽—作久相疏。可怜绛县刘明府，犹解频频寄远书。

酬藤杖
病里出门行步迟，喜君相赠古藤枝。倚来自觉身生力，每向傍人说得时。

法雄寺东楼
汾阳旧宅今为寺，犹有当时歌舞楼。四十年来车马绝，古槐深巷暮蝉愁。

寄故人
静曲闲房病客居，蝉声满树槿花疏。故人只在蓝田县，强半年来未得书。

邻妇哭征夫
双鬟初合便分离，万里征夫不得随。今日军回身独殁，去时鞍马别人骑。

和崔驸马闻蝉
凤凰楼下多欢乐，不觉秋风暮雨天。应为昨来身暂病，蝉声得到耳傍边。

和裴仆射看樱桃花
昨日南园新雨后，樱桃花发旧枝柯。天明不待人同看，绕树重重履迹多。

和长安郭明府与友人县中会饮
一尊清酒两人同，好在街西水县中。自恨病身相去远，此时闲坐对秋风。

唐昌—作兴唐观看花
新红旧紫不相宜，看觉从前两月迟。更向同来诗客道，明年到此莫过时。

九华观看花
街西无数闲游处，不似九华仙观中。花里可怜池上景，几重墙壁贮春风。

赠姚合
丹凤城门向晓开，千官相次入朝来。唯君独走冲尘土，下马桥边报直回。

同韦员外开元观寻时道士
观里初晴竹树凉，闲行共到最高房。昨来官罢无生计，欲就师求断谷方。

同韩侍御南溪夜赏
喜作闲人得出城，南溪两月逐君行。忽闻新命须归去，一夜船中语到明。

使行望—作至悟真寺
采玉峰连佛寺幽，高高斜对驿门楼。无端来去骑官马，寸步教身不得游。

重阳日至峡道
无限青山行已尽，回看忽觉远离家。逢高欲饮重阳酒，山菊今朝未有花。

赠主客刘郎中
忆昔君登南省日，老夫犹是褐衣身。谁知

二十余年后，来作客曹相替人。

同严给事闻唐昌观玉蕊近有仙过，因成绝句二首
千枝花里玉尘飞，阿母宫中见亦稀。应共诸仙斗百草，独来偷得一枝归。

九色云中紫凤车，寻仙来到洞仙家。飞轮回处无踪迹，唯有斑斑满地花。

秋思
洛阳城里见秋风，欲作归一作家书意万重。忽一作复恐匆匆说不尽，行人临发又开封。

忆远
行人犹未有归期，万里初程日暮时。唯爱门前双柳树，枝枝叶叶不相离。

玉仙一作山馆
长溪新雨色如泥，野水阴云尽向西。楚客天南行渐远，山山树里鹧鸪啼。

寄府吏
野外寻花共作期，今朝出郭不相随。待君公事有闲日，此地春风一作光应过时。

弟萧远雪夜同宿
数卷新游蜀客诗，长安僻巷得相随。草堂雪夜携琴宿，说是一作似青城馆里时。

凉州词三首
边城暮雨雁飞低，芦笋初生渐欲齐。无数铃声遥过碛，应驮白练到安西。

古镇城门白碛开，胡兵往往傍沙堆。巡边使客行应早，欲问平安无使来一作每待平安火到来。

凤林关里水东流，白草黄榆六十秋。边将皆承主恩泽，无人解道取凉州。

宫词
新鹰初放兔犹一作初肥，白日君王在内稀。薄暮千门临欲锁，红妆飞骑向前归。

黄金捍拨紫檀槽，弦索初张调更高。尽理昨来新上曲，内官帘外送樱桃。

华清宫
温泉流入汉离宫，宫树行行浴殿空。武帝时人今欲尽，青山空闭御墙中。

崔驸马养鹤
身闲无事称高情，已有人间章句名。求得鹤来教剪翅，望仙台下亦将行。

闲游
老身不计人间事，野寺秋晴每独过。病眼校来犹断酒，却嫌行处菊花多。

刘兵曹赠酒
一瓶颜色似甘泉，闲向新栽小竹前。饮罢身中更无事，移床独就夕阳眠。

送梧州王使君
楚江亭上秋风起，看发苍梧太守船。千里同行从此别，相逢又隔几多年。

春日早朝
晓陌春寒朝骑来，瑞云深处见楼台。夜来新雨沙堤湿，东上阁门应未开。

寄朱、阚二山人
为个朝章束此身，眼看东路一作洛去无因。历阳旧客今应少，转忆邻家二老人。

寄李渤
五度溪头踯躅红，嵩阳寺里讲时钟。春山处处行应好，一月看花到几峰。

寻仙
溪头一径入青崖，处处仙居隔杏花。更见峰西幽客说，云中犹有两三家。

同白侍郎杏园赠刘郎中
一去潇湘头欲一作已白，今朝始见杏花一作园春。从来迁客应无数，重到花前有几人。

答鄱阳客药名诗
江皋岁暮相逢地,黄叶霜前半夏枝。子夜吟诗向松桂,心中万事喜君知。

寄宋景
诏发官兵取乱臣,将军弓箭不离身。今君独在征东府,莫遣功名属别人。

寄王侍御一作奉御
爱君紫阁峰前好,新作书堂药灶成。见欲移居相近住,有田多与种黄精。

题渭北寺上方
昔祭郊坛今谒陵,寺中高处最来登。十余年后人多别,喜见当时转读僧。

闲游一作题山寺僧院
终日不离尘土间,若为能见此身闲。今朝暂共游僧语,更恨趋时别旧山。

倡女词
轻鬓丛梳阔扫眉,为嫌风日下楼稀。画罗金缕难相称,故著寻常淡薄衣。

答元八遗纱帽
黑纱方帽君边得,称对山前坐竹床。唯恐被人偷剪样,不曾闲戴出书堂。

题僧院
闻师行讲青龙疏,本寺住来多少年。静扫空房唯独坐,千茎秋竹在檐前。

送元八
百神斋祭相随遍,寻竹一作水看山亦共行。明日城西送君去,旧游重到独题名。

吴楚歌词
庭前春鸟啄林声,红夹罗襦缝未成。今朝社日一作酒停针线,起向朱樱树下行。

题方睦上人月台观
一身清净无童子,独坐空堂得几年。每夜焚香通月观,可怜光影最团圆。

华山一作岳庙
金天庙下西京道,巫女纷纷走似烟。手把纸钱迎过客,遣求恩福到神前。

病中酬元宗简
东风渐暖满城春,独占一作向幽居养病身。莫说樱桃花已发,今年不作看花人。

寺宿斋
晚到金光门外寺,寺中新竹隔帘多。斋官禁与僧相见,院院开门不得过。

赠施肩吾
世间渐觉无多事,虽有一作得空名未著身。合取药成相待吃,不须先作上天人。

赠王建
白君去后交游少,东野亡来箧笥贫。赖有白头王建在,眼前犹见咏诗人。

逢贾岛
僧房逢着款冬花,出寺行吟日已斜。十二街中春雪遍,马蹄今去入谁家。

山中酬人
山中日暖春鸠鸣,逐水看花任意行。向晚归来石窗下,菖蒲叶上见题名。

弱柏院僧影堂
弱柏倒垂如线蔓,檐头不见有枝柯。影堂香火长相续,应得人来礼拜多。

题故僧影堂
香消云锁旧僧家,僧刹残形半壁斜。日暮松烟寒漠漠,秋风吹破纸莲花。

无题一作刘禹锡诗,题云踏歌词
桃溪柳陌好经过,灯下妆成月下歌。为是襄王故宫地,至今犹有一作自细腰多。

山禽

山禽毛如白练带,栖我庭前栗树枝。猕猴半夜来取栗,一双中林向月飞。

秋山

秋山无云复无风,溪头看月出深松。草堂不闭石床静,叶间坠露声重重。

玉真观

台殿曾为贵主家,春风吹尽竹窗纱。院中仙女修香火,不许闲人入看花。

蛮中

铜柱南边毒草春,行人几日到金麟。玉环穿耳谁家女,自抱琵琶迎海神。

赠道士一作剡溪逢茅山道士

茅山近别剡溪逢,玉节青旄十二重。自说年年上天去,罗浮最近海边峰。

重一作望平驿作

茫茫菰草平如地,渺渺长堤曲似城。日暮未知投宿处,逢人更问向前程。

宿天竺寺,寄灵隐寺僧

夜向灵溪息此身,风泉竹露净衣尘。月明石上堪同宿,那作山南山北人。

酬朱庆馀

越女新妆出镜心,自知明体更沉吟。齐纨未是人间贵,一曲菱歌敌万金。

寒食忆归以下二首见《岁时杂咏》

京中曹局无多事,寒食贫儿要在家。遮莫杏园胜别处,亦须归看傍村花。

寒食

绿杨枝上五丝绳,枝弱春多欲不胜。唯有一年寒食日,女郎相唤摆阶瘫。

赋花并序

白乐天分司东洛,朝贤悉会兴化亭送别。酒酣,各赋一字至七字诗,以题为韵。

花,花。落早,开赊。对酒客,兴诗家。能回游骑,每驻行车。宛宛清风起,茸茸丽日斜。且愿相留欢洽,惟愁虚弃光华。明年攀折知不远,对此谁能更叹嗟。

句

韩公国大贤,道德赫已闻。时出为阳山,尔区来趋奔。韩官迁椽曹,子随至荆门。韩入为博士,崎岖送归轮。《送区弘》。《事文类聚》。

全唐诗卷三百八十七

卢仝

卢仝,范阳人。隐少室山,自号玉川子。征谏议,不起。韩愈为河南令,爱其诗,厚礼之。后因宿王涯第,罹甘露之祸。诗三卷。

月蚀诗

新天子即位五年,岁次庚寅,斗柄插子,律调黄钟。森森万木夜僵立,寒气屭屃顽无风。烂银盘从海底出,出来照我草屋东。天色绀滑凝不流,冰光交贯寒朦胧。初疑白莲花,浮出龙王宫。八月十五夜,比并不可双。此时怪事发,有物吞食来。轮如壮士斧斫坏,桂似雪山风拉摧。百炼镜,照见胆,平地埋寒灰。火龙珠,飞出脑,却入蚌蛤胎。摧环破璧眼看尽,当天一搭如煤炱。磨踪灭迹须臾间,便似万古不可开。不料至神物,有此大狼狈。星如撒沙出,争头事光大。奴婢炷暗灯,掩鸟感切葵如耽瑁。今夜吐焰长如虹,孔隙千道射户外。玉川子,涕泗下,中庭独自行。念此日月者,太阴太阳精。皇天要识物,日月乃化生。走天汲汲劳四体,与天作眼行光明。此眼不自保,天公行道何由行。吾见阴阳家有说,望日蚀月月光灭,朔月掩日日光缺。两眼不相攻,此说吾不容。又孔子师老子云,五色令人目盲。吾恐天似人,好色即一作则丧明。幸且非春时一作晴,万物不娇荣。青山破瓦色,绿水冰峥嵘。花枯无女艳,鸟死沉歌声。顽冬何所好,偏使一目盲。传闻古老说,蚀月虾蟆精。径圆千里入汝腹,汝此痴骸一作骏阿谁一作何从生。可从海窟来,便解绿青冥。恐是睚眦间,掩一作揩塞所化成。黄帝有二目,帝舜重瞳明。二帝悬四目,四海生光辉。吾不遇二帝,浑潞不可知。何故瞳子上,坐受虫豸欺。长嗟白兔捣灵药,恰似有意防奸非。药成满臼不中度,委任白兔夫何为。忆昔尧为天,十日烧九州。金烁水银流,玉焰音炒丹砂焦。六合烘为窑音遥,尧心增百忧。帝见尧心忧,勃然发怒决洪流。立拟沃杀九日妖,天高日走沃不及,但见万国赤子黬黬生鱼头。此时九御导九日,争持节幡麾幢旆。驾车六九五十四头蛟螭虬,掣电九火𩧢。汝若蚀开龇龉—作龃龉轮,御辔执索相爬钩,推荡轰訇—作渴入汝喉。红鳞焰鸟烧口快,翎鬣倒侧声醆𪒠。撑肠拄肚䃺磈如山丘,自可饱死更不偷。不独填饥坑,亦解尧心忧。恨汝时—本无时字当食,藏—作埋头撅脑不肯食。不当食,张唇哆觜食不休。食天之眼养逆命,安得上—作帝请汝刘。呜呼,人养虎,被虎啮。天媚蟆,被蟆瞎。—作天昬暮,得瞖疾,虾蟆敢将天眼瞎。乃知恩非类,一一自作孽。吾见患眼人,必索良工决。想天下异人,爱眼固应一。安得常娥氏,来习扁鹊术。手操舂喉戈,去此睛上物。其初—作初既犹朦胧,既久如—作似抹漆。但恐功业成,便此不吐出。玉川子又涕泗下,心祷再拜额榻—作蹋砂土中,地上蚍蚨臣仝告愬帝天皇。臣心有铁一寸,可刲妖蟆痴肠。上天不为臣立梯磴,臣血肉身无由飞上天,扬天光。封词付与小心风—作先封辞付与赤心风,飔—作越排阊阖入紫宫。密迩玉几前擘坼,奏上臣仝顽愚胸。敢死横干天,代天谋其长。—作敢死横干天甚长。东方苍龙角,插载尾捭风,当心开明堂。统领三百六十鳞虫,坐理—作治东方宫。月蚀不救援,安用东方龙。南方火鸟赤泼血,项长尾短飞跛躃—作趹,头戴井—作丹冠高逵柹。月蚀鸟宫十三度,鸟为居停主人不觉察,贪向何人家。行赤口毒舌,毒虫头上吃却月,不啄杀。虚眨鬼眼明突䆸音抉血,鸟罪不可雪。西方攫虎立躨躨音几。斧为牙,凿为齿。偷牺牲,食封豕。大蟆一臠,固当软美。见似不见,是何道理。爪牙根天不念天,天若准拟错准拟。北方寒龟被蛇缚,藏头入壳如入狱。蛇筋束紧束破壳,寒龟夏鳖一种味。且当以其肉充臛,死壳没信处。—作且当臛其肉,一底板没信处。唯堪支床脚,不堪—作中钻灼与天—本有下字卜。岁星主福德,官爵奉董秦。忍使黔娄生,覆尸无衣巾。天失眼不吊,岁星胡其仁。荧惑瞿铄翁,执法大不中。月明无罪过,不纠蚀月虫。年年十月朝太微,

支卢谪罚何灾凶。土星与土性相背,反养福德生祸害。到人头上死破败,今夜月蚀安可会。太白真将军,怒激锋芒生。恒州阵斩郫定进,项骨脆甚春蔓菁。天唯两眼失一眼,将军何处行天兵。辰星任廷尉,天律自主持。人命在盆底,固应乐见天盲时。天若不肯信,试唤皋陶鬼一问。一如今日三台文昌宫,作上天—作天上纪纲。环天二十八宿,—作无宿字。磊磊尚书郎。整顿排班行,剑握他人将。一四太阳侧,一四天市傍。操斧代大匠,两手不怕伤。弧矢引满反射人,天狼呀啄明煌煌。痴牛与騃女,不肯劝农桑。徒劳含淫思,旦夕遥相望。蚩尤簸旗弄旬朔,始摇天鼓鸣珰琅。枉矢能蛇行,眊目森森张。天狗下舐地,血流何滂滂。谲险万万党,架构何可当。眯目衅成就,害我光明王。请留北斗一星相北极—作请留北斗相北极,指麾万国悬中央。此外尽扫—作拂除,堆积—作砂碛如山冈,赎我父母光。当时常星没,殒—作作雨如迸—作坼浆。似天会事发,叱喝诛奸强。何故中道废,自遗今日殃。善善又恶恶,郭公所以亡。愿天神圣心,无信他人忠。玉川子词讫,风色紧格格。近月黑暗边,有似动剑戟。须臾痴蟆精,两吻自决拆。初露半个璧,渐吐满轮魄。众星尽原赦,一蟆独诛磔。腹肚忽脱落,依旧挂穿碧。光彩未苏来,惨澹一片白。奈何万里光,受此吞吐厄。再得见天眼,感荷天地力。或问玉川子,孔子修春秋。二百四十年,月蚀尽不收。今子呐呐词,颇—作回合孔意不。玉川子笑答,或请听逗留。孔子父母鲁,讳鲁不讳周。书外书大恶,故月蚀不见收。予命唐天,口食唐土。唐礼过三,唐乐过五。小犹不说,大不可数。灾诊无有小大瘉,安得—本无得字引衰周,研核其—本无其字可否。日分昼,月分夜,辨寒暑。一主刑,二主德,政乃举。孰为人面上,一目偏可去。愿天完两目,照下万方土,万古更不瞽,万万古,更不瞽,照万古。

哭玉碑子

山有洞左颊,拾得玉碑子。其长一周尺,

其阔一药匕。颜色九秋天,棱角四面起。轻敲吐寒流,清悲动神鬼。稽首置手中,只似一片水。至文反无文,上帝应有以。予疑仙石灵,愿以仙人比。心期香汤洗,归送篆堂里。颇奈穷相驴,行动如跛鳖。十里五里行,百蹶复千蹶。颜子不少夭,玉碑中路折。横文寻龟兆,直理任瓦裂。劈竹不可合,破环永离别。向人如有情,似痛滴无血。勘斗平地上,罅坼多啮缺。百见百伤心,不堪再提挈。怪哉坚贞姿,忽脆不坚固。矧曰人间人,安能保常度。敢问生物成,败为有真素。为禀灵异气,不得受秽污。驴罪真不厚,驴生亦错误。更将前前行,复恐山神怒。白云翁闭岭,高松吟古墓。置此忍其伤,驱驴下山路一作去。

观放鱼歌

　　常州贤刺史,从谏议大夫除。天地好生物,刺史性与天地俱。见山客,狎鱼鸟。坐山客,北亭湖。命舟人,驾舫子,漾漾菰蒲。酒兴引行处,正见渔人鱼。刺史密会山客意,复念网罗婴无辜。忽脱身上殷绯袍,尽买罟获尽有无。鳗鳝鲇鳢鳅,涎恶最顽愚。鳟鲂见幽凤,质干稍高流。时白喷雪鲫鲤鲨,此辈肥脆为绝尤。老鲤变化颇神异,三十六鳞如抹朱。水苍弘窟有蛟鼍,饵非龙饵唯无鲈。丛杂百千头,性命悬须臾。天心应刺史,刺史尽活诸。一一投深泉,跳脱不复拘。得水竞腾突,动作诡怪殊。或透藻而出,或破浪而趋。或掉尾孓孓,或奋鬣愉愉。或如莺掷梭一本缺此三字,或如蛇衔珠。四散渐不见,岛屿徒萦纡。鹚鸺鸰鸥凫,喜观争叫呼。小虾亦相庆,绕岸摇其须。乃知贪生不独顽痴夫。可怜百千命,几为中肠俎。若养圣贤真,大烹龙髓敢惜乎。苦痛如今人,尽是鱼食鱼。族类恣饮唼,强力无亲疏。明明刺史心,不欲与物相欺诬。岸虫两与命,无意杀此活彼用贼徒。亦忆清江使,横遭乎余且。圣神七十钻,不及泥中鳅。哀哉托非贤,五脏生冤仇。若当刺史时,圣物保不囚。不疑且不卜,二子安能谀。二子傥故谀,吾知心受

诛。礼重一草木,易卦称中孚。又曰钓不纲,又曰远庖厨。故一作考仁人用心,刺史尽合符。昔鲁公观棠距箴,遂被孔子贬而书。今刺史好生,德洽民心,谁为刺史一褒誉。刺史自上来,德风如草铺。衣冠兴废礼,百姓减暴租。豪猾不豪猾,鳏孤不鳏孤。开古孟渎三十里,四千顷泥坑为膏腴,刺史视之总若无。讼庭雀噪坐不得,湖上拔荄植芙蕖。胜业庄中二桑门,时时对坐谈真如。因说十千天子事,福力当与刺史俱。天雨曼陀罗花深没膝,四十千真珠璎珞堆高楼。此中怪特不可会,但慕刺史仁有余。刺史敕左右兼小家一本有生字奴,慎勿背我沉毒钩。念鱼承奉刺史仁,深僻处,远远游。刺史官职小,教化未能敷。第一莫近人,恶人唯口腴。第一莫出境,四境多网罟。重伤刺史心,丧尔微残躯。

示添丁

　　春风苦不仁,呼逐马蹄行人家。惭愧瘴气却怜我,入我憔悴骨中为生涯。数日不食强强行,何忍索我抱看满树花。不知四体正困惫,泥人啼哭声呀呀。忽来案上翻墨汁,涂抹诗书如老鸦。父怜母惜掴不得,却生痴笑令人嗟。宿舂连晓不成米,日高始进一碗茶。气力龙钟头欲白,凭仗添丁莫恼爷。

寄男抱孙

　　别来三得书,书道违离久。书处甚粗杀,且喜见汝手。殷十七又报,汝文颇新有。别来缠经年,囊盈未合斗。当是汝母贤,日夕加训诱。尚书当毕功,礼记速须剖。喽啰儿读书,何异攈枯朽。寻义低作声,便可养年寿。莫学村学生,粗气强叫吼。下学偷功夫,新宅锄藜莠。乘凉劝奴婢,园里耨葱韭。远篱编榆棘,近眼栽桃柳。引水灌竹中,蒲池种莲藕。捞漉蛙蟆脚,莫遣生科斗。竹林吾最惜,新笋好看守。万箨苞龙儿,攒迸溢一作临林薮。吾眼恨不见,心肠痛如挡。宅钱都未还,债利日日厚。箨龙正称冤,莫杀入汝口。丁宁嘱托汝,汝活箨龙不。殷十七老儒,是汝父师友。传读有疑

误,辄告谂问取。两手莫破拳,一吻莫饮酒。莫学捕鸠鸽,莫学打鸡狗。小时无大伤,习性防已后。顽发苦恼人,汝母必不受。任汝恼弟妹,任汝恼姨舅。姨舅非吾亲,弟妹多老丑。莫恼添丁郎,泪子作面垢。莫引添丁郎,赫赤日里走。添丁郎小小,别吾来久久。脯脯不得吃,兄兄莫捻搜。他日吾归来,家人若弹纠。一百放一下,打汝九十九。

自咏三首

为报玉川子,知君未是贤。低头虽有地,仰面辄无天。骨肉清成瘦,苋蔓老觉膻。家书与心事,相伴过流年。

卢子跣踵一作龙钟也,贤愚总莫惊。蚊虻当家口,草石是亲情。万卷堆胸朽,三光撮眼明。翻悲广成子,闲气说长生。

物外无知己,人间一癖王。生涯身是梦,耽乐酒为乡。日月粘髭须,云山锁肺肠。愚公只公是,不用谩惊张。

送王储詹事西游献兵书一本分作三首

美酒拨醅酌,杨花飞尽时。落日长安道,方寸无人知。箧中制胜术,气雄屈指算。半醉千殷勤,仰天一长叹。玉匣百炼剑,龟文又龙吼。抽赠王将军,勿使虚白首。

送邵兵曹归江南

春风杨柳陌,连骑醉离觞。千里远山碧,一条归路长。花开愁北渚,云去渡南湘。东望蒙蒙处,烟波是故乡。

寄外兄魏澈

何处堪惆怅,情亲不得亲。兴宁楼上月,辜负酒家春。

喜逢郑三游山

相逢之处花茸茸,石壁攒峰千万重。他日期君何处好,寒流石上一株松。

卓女怨

妾本怀春女,春愁一作怀不自任。迷魂随凤客,娇思入琴心。托援交情重,当垆酌意深。谁家有夫婿,作赋得黄金。

守岁二首

去年一作年去留不住,年来也任他。当垆一榼酒,争奈两年何。

老来经节腊,乐事甚悠悠。不及儿童日,都卢不解愁。

新月

仙宫云箔卷,露出玉帘钩。清光无所赠,相忆凤皇楼。

解闷

人生都几日,一半是离忧。但有尊中物,从他万事休。

扬子津

风卷鱼龙暗楚关,白波沉却海门山。鹏腾鳖倒且快性,地坼天开总是闲。

人日立春

春度春归无限春,今朝方始觉成人。从今剋一作克己应犹及,颜一作愿与梅花俱自新。

送尉迟羽之归宣州

君归乎,君归兴不孤。谢朓澄江今夜月,也应忆著此山夫。

悲新年

新年何事最堪悲,病客遥听百舌儿。太岁只游桃李径,春风肯管岁寒枝。

忆酒寄刘侍郎

爱酒如偷蜜,憎醒似见刀。君为麴蘖主,酒醴一作醒莫辞劳。

白鹭鸶

刻成片玉白鹭鸶,欲捉纤鳞心自急。翘足沙头不得时,傍人不知谓闲立。

风中琴

五音六律十三徽,龙吟鹤响思庖羲。一弹

流水一弹月,水月风生松树枝。

感秋别怨

霜秋自断魂,楚调怨离分。魄散瑶台月,心随巫峡云。蛾眉谁共画,风曲不同闻。莫似湘妃泪,斑斑点翠裙。

新蝉

泉溜潜幽咽,琴鸣乍往还。长风翦不断,还在树枝间。

题褚遂良孙庭竹

负霜停雪旧根枝,龙笙凤管君莫截。春风一番琴上来,摇碎金尊碧天月。

访含曦上人

三入寺,曦未来。辘轳无人井百尺,渴心归去生尘埃。

客淮南病

扬州蒸毒似燀汤,客病清枯鬓欲霜。且喜闭门无俗物,四肢安稳一张床。

村醉

昨夜村饮—作村醉黄昏归,健—作连倒三四五。摩挲青莓苔,莫嗔—作嗔我惊著汝。

萧宅二三子赠答诗二十首并序

萧才子修文行名,闲将迁家于洛,卖扬州宅,未售。玉川子客扬州,羁旅识萧,遂馆萧未售之宅。既而萧有事于歙州,玉川子欲归洛,忆萧,遂与砌下二三子酬酢,说相愧意。俄而二三子有忧宅售心,与其他人手,孰与洛。客以萧故亦有勉强,不能逆其情。文以见意,遂尽录寄萧。天知地知,非苟有所欲,二三子心远讽君子。萧乎萧乎,君归不得见者,细长三四片者乎。

客赠石

竹下青莎中,细长三四片。主人虽不归,长见主人面。

石让竹

自顾拨—作撥不转,何敢当主人。竹弟有清风,可以娱嘉宾。

竹答客

竹弟谢石兄,清风非所任。随分有萧瑟,实无坚重心。

石请客

竹弟虽让客,不敢当客恩。自惭埋没久,满面苍苔痕。

客答石

遍索天地间,彼此最痴癖。主人幸未来,与君为莫逆。

石答竹

石报孤竹君,此客甚高调。共我相共痴,不怕主人天下笑。我非蛱蝶儿,我非桃李枝。不要儿女扑,不要春风吹。苔藓印我面,雨露皴我皮。此故不嫌我,突兀蒙相知。此客即西归,我心徒依依。我欲随客去,累重不解飞。知弟虚心亦待客,此客何以共报之。

竹请客

我本泰山阿,避地到南国。主人欲移家,我亦要归北。上客幸先归,愿托归飞翼。唯将翛翛风,累路报恩德。

客谢竹

扬州驳杂地,不辨龙蚒当作蜥蜴。客身正干枯,行处无膏泽。太山道不远,相庇实无力。君若随我行,必有煎茶厄。

石请客

启母是诸母,三十六峰是诸父。知君家近父母家,小人安得不怀土。怜君与我金石交,君归可得共载否。小人无以报君恩,使君池亭风月古。

客谢石

我有水竹庄,甚近嵩之巅。是君归休处,可以终天年。虽有提携劳,不忧粮食钱。但恐主人心,疑我相钓竿。

石再请客
主人若知我,应喜我结得君。主人不知我,我住何求于主人。我在天地间,自是一片物。可得杠压我,使我头不出。

客许石
石公说道理,句句出凡格。相知贵知心,岂恨主为客。过须归去来,且晚上无厄。主人诚贤人,多应不相责。

井请客
我生天地间,颇是往还数。已效炊爨劳,我亦不愿住。君有造化力,在君一降顾。我愿拔黄泉,轻举随君去。

客谢井
改邑不改井,此是井卦辞。井公莫怪惊,说我成憨痴。我纵有神力,争敢将公归。扬州恶百姓,疑我卷地皮。

马兰请客
兰兰是小草,不怕郎君骂。愿得随君行,暂到嵩山下。

客请马兰
嵩山未必怜兰兰,兰兰已受郎君恩。不须刷帚跳踪走,只拟兰浪—作郎出其门。

蛱蝶请客
粉末为四体,春风为生涯。愿得纷飞去,与君为眼花。

客答蛱蝶
君是轻薄子,莫窥君子肠。且须看雀儿,雀儿衔尔将。

虾蟆请客
凡有水竹处,我曹长先行。愿君借我一勺水,与君昼夜歌德声。

客请虾蟆
虾蟆蟆,叩头莫语人闻声。扬州虾蚬忽得便,腥臊臭秽逐我行。我身化作青泥坑。

全唐诗卷三百八十八

卢仝

龟铭
龟,汝灵于人,不灵于身,致网于津。吾灵于身,不灵于人,致走于尘。龟,吾与汝邻。

梳铭
有发兮朝朝思理,有身兮胡不如是。

小妇吟
小妇欲入门,限门匀红妆。大妇出门迎,正顿罗衣裳。门边两相见,笑乐不可当。夫子于傍聊—作即断肠,小妇哆唲上高堂。开玉匣,取琴张。陈金罍,酌满觞。愿言两相乐,永与同心事我郎。夫子于傍剩欲狂。珠帘风度百花香,翠帐云屏白玉床。啼鸟休啼花莫笑,女英新喜得娥皇。

月下寄徐希仁
夜半沙上行,月莹天心明。沙月浩无际,此中离思生。上天何寥廓,下地何峥嵘。吾道岂已矣,为君倾觥觫。

赠徐希仁石砚别
灵山一片不灵石,手斫成器心所惜。凤鸟不至池不成,蛟龙干蟠水空滴。青松火炼翠烟凝,寒竹风摇远天碧。今日赠君离别心,此中至浅造化深。用之可以过圭璧,弃置还为一片石。

有所思
当时我醉美人家,美人颜色娇如花。今日美人弃我去,青楼珠箔天之涯。天涯一本无天涯二字娟娟姮娥月,三五二八一本无二八二字盈又缺。翠眉蝉鬓生别离,一望不见心断绝。心断绝,几千里。梦中醉卧巫山云,觉来泪滴湘江水。湘江两岸花木深,美人不见愁人心。含愁更奏绿绮琴,调高弦绝无知音。美人兮美人,不知为暮雨兮为朝云。相思一夜梅花发,忽到窗前疑是君。

楼上女儿曲

谁家女儿楼上头,指挥婢子挂帘钩。林花撩乱心之愁,卷却罗袖弹箜篌。箜篌历乱五六弦,罗袖掩面啼向天。相思弦断情不断,落花纷纷心欲穿。心欲穿,凭栏干。相忆柳条绿,相思锦帐寒。直缘感君恩爱一回顾,使我双泪长珊珊。我有娇靥待君笑,我有娇蛾待君扫。莺花烂熳君不来,及至君来花已老。心肠寸断谁得知,玉阶羃历生青草。

秋梦行

客行一夜秋风起,客梦南游渡湘水。湘水泠泠彻底清,二妃怨处无限情。娥皇不语启娇靥,女英目成转心慊。长眉入鬓何连娟,肌肤白玉秀且鲜。裴回共咏东方日,沉吟再理南风弦。声断续,思绵绵,中含幽意两不宣。殷勤纤手惊破梦,中宵寂寞心凄然。心凄然,肠亦绝。寐不寐兮玉枕寒,夜深夜兮霜似雪。镜中不见双翠眉,台前空挂纤纤月。纤纤月,盈复缺,娟娟似眉意难诀。愿此眉兮如此月,千里万里光不灭。

自君之出矣

自君之出矣,壁上蜘蛛织。近取见妾心,夜夜无休息。妾有双玉环,寄君表相忆。环是妾之心,玉是君之德。驰情增悴容,蓄思损精力。玉簟寒凄凄,延想心恻恻。风含霜月明,水泛碧天色。此水有尽时,此情无终极。

走笔谢孟谏议寄新茶

日高丈五睡正浓,军将打门惊周公。口云谏议送书信,白绢斜封三道印。开缄宛见谏议面,手阅月团三百片。闻道新年入山里,蛰虫惊动春风起。天子须尝阳羡茶,百草不敢先开花。仁风暗结珠琲瓃,先春抽出黄金芽。摘鲜焙芳旋封裹,至精至好且不奢。至尊之余合王公,何事便到山人家。柴门反关无俗客,纱帽笼头自煎吃。碧云引风吹不断,白花浮光凝碗面。一碗喉吻润,两碗破孤闷。三碗搜枯肠,唯有文字五千卷。四碗发轻汗,平生不平事,尽向毛孔散。五碗肌骨清,六碗通仙灵。七碗吃不得也,唯觉两腋习习清风生。蓬莱山,在何处。玉川子,乘此清风欲归去。山上群仙司下土,地位清高隔风雨。安得知百万亿苍生命,坠在巅崖受辛苦。便为谏议问苍生,到头还得苏息否。

冬行三首

虫豸腊月皆在蛰,吾独何乃劳其形。小大无由知天命,但怪守道不得宁。老母妻子一挥手,涕下便作千里行。自顾不及遭霜叶,旦夕保得同飘零。达生何足云,偶然苦乐经其身。古来尧孔与桀跖,善恶何补如今人。

长年爱伊洛,决计卜长久。赊买里仁宅,水竹且小有。卖宅将还资,旧业苦不厚。债家征利心,饿虎血染口。腊风刀刻肌,遂向东南走。贤哉韩员外,劝我莫强取。凭风谢长者,敢不愧心苟。赁载得估舟,估杂非吾偶。壮色排楄席,别座夸羊酒。落日无精光,哑暝被掣肘。漕石生齿牙,洗滩乱相揿。奔溅嚼篙杖,夹岸雪龙吼。可怜圣明朝,还为丧家狗。通运隔南溟,债利拄北斗。扬州屋舍贱,还债堪了不。此宅贮书籍,地湿忧蠹朽。贾偾旧相识,十年与营守。贫交多变态,偾得君子不。利命子罕言,我诚孔门丑。且贵终焉图,死免惭狐首。何当归帝乡,白云永相友。

不敢唾汴水,汴水入东海。污泥龙王宫,恐获不敬罪。不敢踢汴堤,汴堤连秦宫。踢尽天子土,馈饩无由通。此言虽太阔,且是臣心肠。野风结阴兵,千里鸣刀枪。海月护羁魄,到晓点孤光。上不事天子,下不识侯王。夜半睡独觉,爽气盈心堂。颜子甚年少,孔圣同行藏。我年过颜子,敢道不自强。船人虽奴兵,亦有意智长。问我何所得,乐色填清扬。我报果有为,孔经在衣裳。

常州孟谏议座上闻韩员外职方贬国子博士有感五首

忽见除书到,韩君又学官。死生纵有命,人事始知难。烈火先烧玉,庭芜不养兰。山夫与刺史,相对两巉岏。

干禄无便佞,宜知黜此身。员郎犹小小,国学大频频。孤宦心肝直,天王苦死嗔。朝廷无谏议,谁是雪韩人。

何事遭朝贬,知何被不容。不如思所自,只欲涕无从。爵服何曾好,荷衣已惯缝。朝官莫相识,归去老岩松。

力小垂垂上,天高又不登。致身唯一己,获罪则颜朋。禄位埋坑阱,康庄垒剑棱。公卿共惜取,莫遣玉山崩。

谁怜野田子,海内一韩侯。左道官虽乐,刚肠得健无武侯反。功名生地狱,礼教死天囚。莫言耕种好,须避蒺藜秋。

夏夜闻蚯蚓吟

夏夜雨欲作,傍砌蚯蚓吟。念尔无筋骨,也应天地心。汝无亲朋累,汝无名利侵。孤韵似有说,哀怨何其深。泛泛轻薄子,旦夕还讴吟。肝胆异汝辈,热血徒相侵。

扬州送伯龄过江

伯龄不厌山,山不养伯龄。松颠有樵堕,石上无禾生。不忍六尺躯,遂作东南行。诸侯尽食肉,壮气吞八纮。不唧溜钝汉,何由通姓名。夷齐饿死日,武王称圣明。节义士枉死,何异鸿毛轻。努力事干谒,我心终不平。

忆金鹅山沈山人二首

君家山头松树风,适来入我竹林里。一片新茶破鼻香,请君速来助我喜。莫合九转大还丹,莫读三十六部大洞经。闲来共我说真意,齿下领取真长生。不须服药求神仙,神仙意智或偶然。自古圣贤放入土,淮南鸡犬驱上天。白日上升应不恶,药成且辄一丸药。暂时上天少问天,蛇头蝎尾谁安著。

君爱炼药药欲成,我爱炼骨骨已清。试自比校得仙者,也应合得天上行。天门九重高崔嵬,清空凿出黄金堆。夜叉守门昼不启,夜半醮祭夜半开。夜叉喜欢动关锁,锁声擝地生风雷。地上禽兽重血食,性命血化飞黄埃。太上道君莲花台,九门隔阔安在哉。呜呼沈君大药成,兼须巧会鬼物情,无求长生丧厥生。

寄萧二十三庆中

萧乎萧乎,忆萧者嵩山之卢。卢扬州,萧歙州。相思过春花,鬓毛生麦秋。千灾万怪天南道,猩猩鹦鹉皆人言。山魈吹火虫入碗,鸩鸟咒诅鲛吐涎。就中南瘴欺北客,凭君数磨犀角吃,我忆君心千百间。千百间君何时还,使我夜夜劳魂魄。

赠金鹅山人沈师鲁 第二十一句缺一字

金鹅山中客,来到扬州市。买药床头一破颜,撇然便有上天意。日月高挂玄关深,金膏切淬肌骨异。人皆食谷与五味,独食太和阴阳气。浩浩流珠走百关,绵绵若存有深致。种玉不耕山外非内粹。凿儒关决文泉彰,风雅因君不复坠。光不外照刃不磨,回避人间恶富贵。三日四日五六日,盘礴化元搜万类。昼饮兴酣陶天和,夜话造微□精魅。示我插血不死方,赏我风格不肥腻。肉眼不识天上书,小儒安敢窥奥秘。昆仑路隔西北天,三山后浮不著地。君到头来忆我时,金简为吾镌一字。

叹昨日三首

昨日之日不可追,今日之日须臾期。如此如此复如此,壮心死尽生鬓丝。秋风落叶客肠断,不办斗酒开愁眉。贤名圣行甚辛苦,周公孔子徒自欺一作骨朽名扬徒尔为。

天下薄夫苦耽酒,玉川先生也耽酒。薄夫有钱恣张乐,先生无钱养恬漠。有钱无钱俱可怜,百年骤过如流川。平生心事消散尽,天上白日悠悠悬。

上帝板板主何物,日车劫劫西向没。自古

贤圣无奈何,道行不得皆白骨。白骨土化鬼入泉,生人莫负平生年。何时出得禁酒国,满瓮酿酒曝背眠。

月蚀诗

东海出明月,清明照毫发。朱弦初罢弹,金兔正奇绝。三五与二八,此时光满时。颇奈虾蟆儿,吞我芳桂枝。我爱明镜洁,尔乃痕翳之。尔且无六翮,焉得升天涯。方寸有白刃,无由扬清辉。如何万里光,遭尔小物欺。却吐天汉中,良久素魄微。日月尚如此,人情良可知。

直钩吟

初岁学钓鱼,自谓鱼易得。三十持钓竿,一鱼钓不得。人钩曲,我钩直,哀哉我钩又无食。文王已没不复生,直钩之道何时行。

与马异结交诗

天地日月如等闲,卢仝四十无往还。唯有一片心脾骨,巉岩崒硉兀郁律。刀剑为峰崿,平地放著高如昆仑山。天不容,地不受,日月不敢偷照耀。神农画八卦,凿破天心胸。女娲本是伏羲妇一作女娲伏羲妹,恐天怒,捣炼五色石,引日月之针,五星之缕把天补。补了三日不肯归婿家,走向日中放老鸦。月里栽桂养虾蟆,天公发怒化一作罚龙蛇。此龙此蛇得死病,神农合药救死命。天怪神农党龙蛇,罚神农为牛头,令载元气车。不知药中有毒药,药杀元气天不觉。尔来天地不神圣,日月之光无正定。不知元气元不死,忽闻空中唤马异。马异若不是祥瑞,空中敢道不容易。昨日仝不全,异自异,是谓大全而小异。今日仝自仝,异自异,是谓仝不往兮异不至,直当中兮动天地。白玉璞里斫出相思心,黄金矿里铸出相思泪。忽闻空中崩岸倒谷声,绝胜明珠千万斛,买得西施南威一双婢。此婢娇饶恼杀人,凝脂为肤翡翠裙,唯解画眉朱点唇。自从获得君,敲金拟玉凌浮云。却返顾,一双婢子何足云。平生结交若少人,忆君眼前如见君。青云欲开白日没,天眼不见此奇骨。此骨纵横奇又奇,千岁万岁枯松枝。半折半残压山谷,盘根蹙节成蛟螭。忽雷霹雳卒风暴雨撼不动,欲动不动千变万化总是鳞皴皮。此奇怪物不可欺。卢仝见马异文章,酌得马异胸中事。风姿骨本恰如此,是不是,寄一字。

感古四首 第四首缺七字

天生圣明君,必资忠贤臣。舜禹竭股肱,共佐尧为君。四载成地理,七政齐天文。阶下蓂荚生,琴上南风薰。轮转夏殷周,时复犹一人。秦汉事谗巧,魏晋忘机钧。猜忌相剪灭,尔来迷恩亲。以愚保其身,不觉身沉沦。以智理其国,遂为国之贼。苟图容一身,万事良可恻。可怜万乘君,聪明受沉惑。忠良伏草莽,无因施羽翼。日月异又蚀,天地晦如墨。既亡而后求,异哉龙之德。

人生何所贵,所贵有终始。昨日盈尺璧,今朝尽瑕弃。苍蝇点垂棘,巧舌成锦绮。箕子为之奴,比干谏而死。仲尼鲁司寇,出走走去声群婢。假如屈原醒,其奈一国醉。一国醉号咽,一人行清高。便欲激颓波,此事真徒劳。上山逢猛虎,入海逢巨鳌。王者苟不死,腰下鱼鳞刀。东海波连天,三度成桑田。高岸高于屋,斯须变溪谷。天地犹尚然,人情难久全。夜半白刃仇,旦来金石坚。萧绎既解坼,陈印亦弃捐。竭节遇刀割,输忠遭祸缠。不予衾之眠,信予衾之穿。镜明不自照,膏润徒自煎。抱剑长太息,泪堕秋风前。

古来不患寡,所患患不均。单醪投长河,三军尽沉沦。今人异古人,结托唯亲宾。毁坼维鹊巢,不行鸤鸠仁。鄙吝不识分,有心占阳春。鸾鹤日已疏,燕雀日已亲。小物无大志,安测栖松筠。恩眷多弃故,物情尚逐新。瓦砾暂拂拭,光掩连城珍。唇吻恣谈铄,黄金同灰尘。苏秦北游赵,张禄西入秦。既变嫂叔节,仍摈华阳君。万世金石交,一饷如浮云。骨肉且不顾,何况长羁贫。

君莫以富贵,轻忽他年少,听我暂话会稽朱太守。正受冻饿时,索得人家贵傲妇。读书书史未润身,负薪辛苦胝生肘。谓言琴与瑟,糟糠结长久。不分杀人羽翩成,临临冲天妇嫌丑。□□□□□□。其奈一朝太守振羽仪,乡关昼行衣锦衣。哀哉旧妇何眉目,新婿随行向天哭。寸心金石徒尔为,杯水庭沙空自覆。乃知愚妇人,妒忌阴毒心。唯救眼底事,不思日月深。等闲取羞死,岂如甘布衾。

杂兴

意智未成百不解,见人富贵亦心爱。等闲对酒呼三达,屠羊杀牛皆自在。放心为乐笙歌攒,壮气激作风霜寒。厨中玉馔盈金盘,方丈厌见嫌不餐。飞鹰跃马实快性,唇腐齿烂空巉屼。岂期福极翻成祸,祸成身诛家亦破。昨朝惆怅不如君,今日悲君不如我。否泰交加无定主,懒学风云戢翎羽。绿酒清琴好养生,出将入相无心取。三五图书旧揣摩,五千道德新规矩。

酬徐公以新文见招

昨夜霜月明,果有清音生。便欲走相和,愁闻寒玉声。

门箴

贪、残、奸、酗、狡、佞、讦、愎,身之八杀。背惠、恃己、狎不肖、妒贤能,命之四孽。有是有此予敢辞,无是无此予之师,一日不见予心思。思其人,惧其人,其交其难,敢告于门。

孟夫子生生亭赋

玉川子沿孟冬之寒流兮,辍棹上登生生亭。夫子何之兮,面逐云没兮南行。百川注海而心不写兮,落日千里凝寒精。予日衰期人生之世斯已矣,爰为今日犹犹歧路之心生。悲夫,南国风涛,鱼龙畜伏。予小子戆朴,必不能济夫子欲。嗟自惭承夫子而不失予兮,传古道甚分明。予且广孤目遐赏—作赏于天壤兮,庶得外尽万物变化之幽情。然后惭愧而来归兮,大息吾躬于夫子之亭。

全唐诗卷三百八十九

卢仝

走笔追王内丘

自识夫子面,便获夫子心。夫子一启颜,义重千黄金。平原孟尝骨已土,始有夫子堪知音。忽然夫子不语,带席帽,骑驴去。余对酥醧不能擞,君且来,余之瞻望心悠哉。零雨其蒙愁不散,闲花寂寂斑阶苔。不如对此景,含笑倾金罍。莫问四肢畅,暂取眉头开。弦琴待夫子,夫子来不来。

思君吟寄□□生题缺二字

我思君兮河之堧。我为河中之泉,君为河中之青天。天青青,泉泠泠。泉含青天天隔泉,我思君兮心亦然。心亦然,此心复在天之侧。我心为风兮浙浙,君身为云兮幂幂。此风引此云兮云不来,此风此云兮何悠哉,与我身心双裴回。

将归山招冰僧 第七句缺一字

买得一片田,济源花洞前。千里石壁圻,一条流泌泉。青松盘樛枝,森森上插青冥天。枝上有□猿,宿一本有字下不空,宿字下重一宿字处近鹤巢,清唳孤吟声相交。月轮下射空洞响,丝篁成韵风萧萧。我心尘外心,爱此尘外物。欲结尘外交,苦无尘外骨。泌一本缺此字泉有冰公,心静见真佛。可结尘外交,占此松与月。

酬愿公雪中见寄

积雪三十日,车马路不通。贫病交亲绝,想忆唯愿公。春鸠报春归,苦寒生暗风。檐乳堕悬玉,日脚浮轻红。梅柳意却活,园圃冰始融。更候四体好,方可到寺中。

苦雪寄退之 第二十五句缺一字

天王二月行时令,白银作雪漫天涯。山人门前遍受赐,平地一尺白玉沙。云颓月坏桂英下,鹤毛风剪乱参差。山人屋中冻欲死,千树万树飞春花。菜头出土胶入地,山庄取粟埋却车。冷絮刀生削峭骨,冷董斧破慰老牙。病妻咽眼泪滴滴,饥婴哭乳声呶呶。市头博米不用物,酒店买酒不肯赊。闻道西风弄剑戟,长阶杀人如乱麻。天眼高开欺草芽,我死未肯兴叹嗟。但恨口中无酒气,刘伶见我相揄揶。清风觉肠筋力绝,白灰压屋梁柱斜。圣明有道□命又,可得再见朝日耶。柴门没胫昼不扫,黄昏绕树栖寒鸦。唯有河南韩县令,时时醉饱过贫家。

寄赠含曦上人 第三十三句、四十九句,各缺一字。

楞伽大师兄,夸曦识道理。破锁推玄关,高辩果难揣。论语老庄易,搜索通神鬼。起信中百门,敲骨得佛髓。此外杂经律,泛读一万纸。高殿排名僧,执卷坐累累。化物自一心,三教齐发起。随钟嚼宫商,满口文字美。商贾女郎辈,不曾道生死。纵遇强礼拜,雅语不露齿。劈破天地来,节义可屈指。季展即此僧,孤立无依倚。近来爱作诗,新奇颇烦委一作猥。忽忽造古格,削尽俗绮靡。假如慵裹头,但勤读书史。切磋并工夫,休远不可比。怜僧无远□,信佛殊未已。貌古饶风情,清论兴亹亹。访余十数度,相去三五里。见时心亦喜,不见心亦喜。见时谈谑乐,四座尽角嘴。不见养天和,无人聒人耳。昨朝披雪来,面色赤辫辫。封灶养黄金,许割方寸匕。泥丸佛□教,怛化庄亦耻。未达不敢尝,孔子疑季子。药成必分余,余必投泥里。不如向阳堂,拨醅泛浮蚁。麴米本无怨,酒成是法水。行道不见心,毁誉徒云尔。雪晴天气和,日光弄梅李。春鸟娇关关,春风醉旎旎。道上正无尘,人家有花卉。高僧有拄杖,愿得数靓止。

听萧君姬人弹琴

弹琴人似膝上琴,听琴人似匣中弦。二物各一处,音韵何由传。无风质气两相感,万般悲意方缠绵。初时天山之外飞白雪,渐渐万丈涧底生流泉。风梅花落轻扬扬,十指乾净声涓涓。昭君可惜嫁单于,沙场一本缺此二字不远只眼前。蔡琰薄命没胡虏,乌枭啾唧啼胡天。关山险隔一万里,颜色错漠生风烟。形魄散逐五音尽,双蛾结草空婵娟。中腹苦恨杳不极,新心愁绝难复传。金尊湛湛夜沉沉,余音叠发清联绵。主人醉盈有得色,座客向隅增内然。孔子怪责颜回瑟,野夫何事萧君筵。拂衣屡命请中废,月照书窗归独眠。

蜻蜓歌 自注:黄河中蜻蜓,其力小,犯险无溺。

黄河中流日影斜,水天一色无津涯,处处惊波喷流飞雪花。篙工楫师力且武,进寸退尺莫能度。吾甚惧。念汝小虫子,造化借羽翼。随风戏中流,翩然有余力。吾不如汝无他,无羽翼。吾若有羽翼,则上叩天关。为圣君请贤臣,布惠化于人间。然后东飞浴东溟,吸日精,撼若木之英,纷而零。使地上学仙之子,得而食之皆长生。不学汝无端小虫子,叶叶水上无一事,忽遭风雨水中死。

出山作

出山忘掩山门路,钓竿插在枯桑树。当时只有鸟窥窬,更亦无人得知处。家僮若失钓鱼竿,定是猿猴把将去。

寄崔柳州

使者立取书,叠纸生百忧。使君若不信,他时看白头。三百六十州,克情惟柳州。柳州蛮天末,鄙夫嵩之幽。花落陇水头,各自东西流。凛凛长相逐,为谢池上鸥。

赠稚禅师

春风满禅院,师独坐南轩。万化见中尽,始觉静性尊。我来契平生,目击道自存。与师不动游,游此无迹门。

送好约法师归江南

杯度度一身,法度度万民。为报江南三二日,这回应见雪中人。

萧二十三赴歙州婚期二首

淮上客情殊冷落,蛮方春早客何如。相思

莫道无来使,回雁峰前好寄书。

　　南方山水生时兴,教有新诗得寄余。路带_{一作到}长安迢递急,多应不逐使君书。

掩关铭

　　蛇毒毒有形,药毒毒有名。人毒毒在心,对面如弟兄。美言不可听,深于千丈坑。不如掩关坐,幽鸟时一声。

逢病军人

　　行多有病住无粮,万里还乡未到乡。蓬鬓哀吟古城下,不堪秋气入金疮。

山中

　　饥拾松花渴饮泉,偶从山后到山前。阳坡软草厚如织,困与鹿麛相伴眠。

除夜

　　衰残归未遂,寂寞此宵情。旧国余千里,新年隔数更。寒犹近北峭,风渐向东生。惟见长安陌,晨钟度火城。

　　殷勤惜此夜,此夜在逡巡。烛尽年还别,鸡鸣老更新。傩声方去病,酒色已迎春。明日持杯处,谁为最后人。

全唐诗卷三百九十

李贺

李贺,字长吉。系出郑王后。七岁能辞章。韩愈、皇甫湜始闻未信,过其家,使贺赋诗,援笔辄就,自目曰《高轩过》。二人大惊,自是有名。贺每旦日出,骑弱马,从小奚奴,背古锦囊,遇所得,书投囊中。及暮归,足成之,率为常。以父名晋肃,不肯举进士。诗尚奇诡,绝去畦径,当时无能效者。乐府数十篇,云韶诸工皆合之弦管。仕为协律郎。卒年二十七。诗四卷,外集一卷。今编诗五卷。

李凭箜篌引

吴丝蜀桐张高秋,空白—作山凝云颓不流。江娥啼竹素女愁,李凭中国弹箜篌。昆山玉碎凤皇叫,芙蓉泣露香兰笑。十二门前融冷光,二十三丝动紫皇。女娲炼石补天处,石破天惊逗秋雨。梦入坤—作神山教神妪,老鱼跳波瘦蛟舞。吴质不眠倚桂树,露脚斜飞湿寒兔。

残丝曲

垂杨叶老莺哺儿,残丝欲断黄蜂归。绿鬓年少—作少年金钗客,缥粉壶中沉琥珀。花台欲暮春辞去,落花起作回风舞。榆荚相催不知数,沈郎青钱夹城路。

还自会稽歌并序

庾肩吾于梁时,尝作宫体谣引,以应和皇子。及国世—作势沦败,肩吾先潜难会稽,后始还家。仆意其必有遗文,今无得焉。故作还自会稽歌,以补其悲。

野粉椒壁黄,湿萤—作萤满梁殿。台城应教人,秋衾梦铜辇。吴霜点归鬓,身与塘蒲晚。脉脉辞金鱼,羁臣守迍贱。

出城寄权璩、杨敬之

草暖云昏万里春,宫花拂面送行人。自言汉剑当飞去,何事还车载病身。

示弟

别弟三年后,还家一一作十日余。酾醓今夕酒,缃帙去时书。病骨犹一作独能在,人间底事无。何须问牛马,抛掷任枭卢。

竹

入水文光动,抽空缘影春。露华生一作垂笋径,苔色拂霜根。织可承香汗,裁堪钓锦鳞。三梁曾入用,一节奉王孙。

同沈驸马赋得御沟水

入苑白泱泱,宫人正靥黄。绕堤龙骨冷,拂岸鸭头香。别馆惊残梦,停杯泛小觞。幸因流浪处,暂得见何郎。

始为奉礼忆昌谷山居

扫断马蹄痕,衙回自闭门。长枪江米熟,小树枣花春。向壁悬如意,当帘阅角巾。犬书曾去洛,鹤病悔游秦。土甑封茶叶,山杯锁竹根。不知船上月,谁棹满溪云。

七夕

别浦今朝暗,罗帷午夜愁。鹊辞穿线月,花入曝衣楼。天上分金镜,人间望玉钩。钱塘苏小小,更一作又值一年秋。

过华清宫

春月夜啼鸦,宫帘隔御花。云生朱络暗,石断紫钱斜。玉碗盛残露,银灯点旧纱。蜀王无近信,泉上有芹芽。

送沈亚之歌并序

文人沈亚之,元和七年,以书不中第,返归于吴江。吾悲其行,无钱酒以劳,又感沈之勤请,乃歌一解以劳之。

吴兴才人怨春风,桃花满陌千里红。紫丝竹断骢马小,家住钱塘东复东。白藤交穿织书笈,短策齐裁如梵夹。雄光宝矿献春卿,烟底蓦波乘一叶。春卿拾材白日下,掷置黄金解龙马。携笈归江一作家重入门,劳劳谁是怜君者。吾闻壮夫重心骨,古人三走无摧拔。请君待旦事长鞭,他日还辕及秋律。

咏怀二首

长卿怀茂陵,绿草垂石井。弹琴看文君,春风吹鬓影。梁王与武帝,弃之如断梗。惟留一简书,金泥泰山顶。

日夕著一作看书罢,惊霜落素丝。镜中聊自笑,讵是南山期。头上无幅巾,苦蘗已染衣。不见清溪鱼,饮水得自一作相宜。

追和柳恽

汀洲白蘋草,柳恽乘马归。江头楂一作柂树香,岸上蝴蝶飞。酒杯箬叶露,玉轸蜀桐虚。朱楼通水陌,沙暖一双鱼。

春坊正字剑子歌

先辈匣中三尺水,曾入吴潭斩龙子。隙月斜明刮露寒,练带平铺吹不起。蛟胎皮老蒺藜刺,鹳鹆淬花白鹇尾。直是荆轲一片心,莫教照见春坊字。挼丝团金悬麗歘,神光欲截蓝田玉。提出西方白帝惊,嗷嗷鬼母秋郊哭。

贵公子夜阑曲

袅袅沉水烟,乌啼夜阑景。曲沼芙蓉波,腰围白玉冷。

雁门太守行 《幽闲鼓吹》云:贺以诗歌调韩愈,时愈送客归,极困,解带读之。首篇乃《雁门太守行》,即束带见之。

黑云压城城欲摧,甲光向日一作月金鳞开。角声满天秋色里,塞上一作土燕脂凝夜紫。半卷红旗临易水,霜重鼓寒声一作声寒不起。报君黄金台上意,提携玉龙为君死。

大堤曲

妾家住横塘,红纱满桂香。青云教绾头上髻,明月与作耳边珰。莲风起,江畔春。大堤上,留北人。郎食鲤鱼尾,妾食猩猩唇。莫指襄阳道,绿浦归帆少。今日菖蒲花,明朝枫树老。

蜀国弦

枫香晚花静,锦水南山影。惊石坠猿哀,

竹一作行云愁半岭。凉月生秋浦,玉沙粼粼一作鳞鳞光。谁家红泪客,不忍过瞿塘。

苏小小墓一作歌

幽兰露,如啼眼。无物结同心,烟花不堪剪。草如茵,松如盖。风为裳,水为佩。油壁车,夕一作久相待。冷翠烛,劳光彩。西陵下,风吹雨。

梦天

老兔寒蟾泣天色,云楼半开壁斜白。玉轮轧露湿团光,鸾佩相逢桂香陌。黄尘清水三山下,更变千年如走马。遥望齐州九点烟,一泓海水杯中泻。

唐儿歌 杜豳公之子

头玉硗硗眉刷翠,杜郎生得真男子。骨重神寒天庙器,一双瞳人剪秋水。竹马梢梢摇绿尾,银鸾睒音闪光踏半臂。东家娇娘求对值,浓笑一作书空作唐字。眼大心雄知所以,莫忘作歌人姓李。

绿章封事 为吴道士夜醮作

青霓一作貌扣额呼宫神,鸿龙玉狗开天门。石榴花发满溪津,溪一作汉女洗花染白云。绿章封事谘元父,六街马蹄浩无主。虚空风气不清泠,短衣小冠作尘土。金家香衖同巷千轮鸣,扬雄秋室无俗声。愿携汉戟招书鬼,休令恨骨填蒿里。

河南府试十二月乐词 并闰月

正月

上楼迎春新春归,一作正月上楼迎春归,一本无正月。暗黄著柳宫漏迟。薄薄淡霭弄野姿,寒绿幽风一作泥生短丝。锦床晓卧玉肌冷,露脸未开对朝暝。官街柳带不堪折,早晚菖蒲胜绾结。

二月

二月一本无二月二字饮酒采桑津,宜男草生兰笑人。蒲如交剑一作绞刀风如薰,劳劳胡一作鸳燕怨酣春。薇帐逗烟生绿尘一作香雾昏,金翘峨一作峨髻愁暮云,沓飒起舞真珠裙。津头送别唱流水,酒客背寒南山死。

三月

东方风来满眼春,花城柳暗一作禁愁杀一作几人。复宫深殿竹风起,新翠舞衿净一作襟静如水。光风转蕙百余里,暖雾驱云扑天地。军装宫妓扫蛾浅,摇摇锦旗夹城暖。曲水漂香去不归,梨花落尽成秋一作愁苑。

四月

晓凉暮凉树如盖,千山浓绿生云外。依微香雨青氛氲一作过清氛,腻叶蟠花照曲门。金塘闲水摇碧漪,老景沉重一作帖无惊飞,堕红残萼暗参差。

五月

雕玉押帘额一作上,轻谷笼虚门。井汲铅华水,扇织鸳鸯纹一作文。回雪舞凉殿,甘露洗空绿。罗袖一作绶从回一作风翔,香汗沾宝粟。

六月

裁生罗,伐湘竹,帔一本无帔字拂疏霜簟秋玉。炎炎红镜东方开,晕如车轮上裴回,啾啾赤帝骑龙来。

七月

星依云渚冷,露滴盘中圆。好花生木末,衰蕙愁空一作故园。夜天如玉砌,池叶极青钱。仅厌舞衫薄,稍知花簟寒。晓风何拂拂,北斗光阑干。

八月

孀一作宫妾怨夜长,独客梦归家。傍檐虫缉一作织丝,向壁灯垂花。帘外月光吐,帘内一作中树影斜。悠悠飞露姿,点缀池中荷。

九月

离宫散萤一作云天似水,竹黄池冷芙蓉死。

月缀金铺光脉脉,凉苑虚庭空澹白。露一作霜花飞飞风草草,翠锦斓斑满层道。鸡人罢唱晓珑璁,鸦啼金井下疏桐。

十月

玉壶银箭稍难倾,钜花夜笑凝幽明。碎霜斜舞上罗幕,烛龙两行照飞阁。珠帷怨卧不成眠,金凤刺音威衣著体寒,长眉对月斗弯环。

十一月

宫城团回凛严光,白天碎碎堕琼芳。挝钟高饮千日酒,却天一作战却凝寒作君寿。御沟泉一作冰合如环素,火井温泉一作水在何处。

十二月

日脚淡光红洒洒,薄霜不销桂枝下。依稀和气排一作解冬严,已就长日辞长夜。

闰月

帝重光,年一作午重时,七十二候回环推,天官玉瑄灰剩飞。今岁何长来岁迟,王母移桃献天子,羲氏和氏迁龙辔。

天上谣

天河夜转漂回星,银浦流云学水声。玉宫桂树花未落,仙妾采香垂佩缨。秦妃卷帘北窗晓,窗前植桐青凤小。王子吹笙鹅管长,呼龙耕烟种瑶草。粉霞红绶藕丝裙,青洲步拾兰苔春。东指羲和能走马,海尘新生石山下。

浩歌

南风吹山作平地,帝遣天吴移海水。王母桃花千遍红,彭祖巫咸几回死。青毛骢马参差钱,娇春杨柳含细烟。筝人劝我金屈卮,神血未凝身问谁。不须浪饮一作乱舞丁都护,世上英雄本无主。买丝绣作平原君,有酒惟浇赵州土。漏催水咽玉蟾蜍,卫娘发薄不胜梳。看一作羞见秋眉换新一作深绿,二十男儿那刺促。

秋来

桐风惊心壮士苦,衰灯络纬啼寒素。谁看青简一编书,不遣花虫粉空蠹。思牵今夜肠应直,雨冷香魂吊书客。秋坟鬼唱鲍家诗,恨血千年土中碧。

帝子歌

洞庭明月一作帝子一千里,凉风雁啼天在水。九节菖蒲石上死,湘神弹琴迎帝子。山头老桂吹古香,雌龙怨吟寒水光。沙浦走鱼白石郎,闲取真珠掷龙堂。

秦王饮酒

秦王骑虎游八极,剑光照空天自碧。羲和敲日玻璃声,劫灰飞尽古今平。龙头泻酒邀酒星,金槽琵琶夜枨枨,洞庭雨脚来吹笙。酒酣喝月使倒行,银云栉栉瑶殿明。宫门掌事报一更,花楼玉凤声娇狞。海绡红文香浅清,黄鹅跌舞千年觥。仙人烛树蜡烟轻,清琴醉眼泪泓泓。

洛姝真珠

真珠小娘下清一作青廓,洛苑香风飞绰绰。寒鬓斜钗玉燕光,高楼唱月敲悬珰。兰风桂露洒幽翠,红弦袅云咽深思。花袍白马不归来,浓蛾叠柳香唇醉。金鹅屏风蜀山梦,鸾裾凤带行烟重。八骢笼晃脸差移,日丝繁散曛罗洞。市南曲陌无秋凉,楚腰卫鬓四时芳。玉喉窣窣排空光,牵云曳雪留陆郎。

李夫人歌一本无歌字

紫皇宫殿重重开,夫人飞入琼瑶台。绿香绣帐何时歇,青云无光宫水咽。翩联一作翩桂花坠秋月,孤鸾惊啼商丝发。红壁阑珊悬佩珰,歌台小妓一作柏遥相望。玉蟾滴水鸡人唱,露华兰叶参差光。

走马引

我有辞乡剑,玉锋堪截云。襄阳一作长安走马客一作使,意气自生春。朝嫌剑花一作光净,暮嫌剑光冷。能持剑向人,不解持照身一作解持照身影。

湘妃

　　筠竹千年老不死,长伴秦—作神娥盖湘水。蛮娘吟弄满寒空,九山静绿泪花红。离鸾别凤烟梧中,巫云蜀雨遥相通。幽愁秋气上青枫—作清峰,凉夜波间吟古龙。

南园十三首

　　花枝草蔓眼中开,小白长红越女腮。可怜日暮嫣香落,嫁与春风不用媒。

　　宫北田塍晓气酣,黄桑饮露窣宫帘。长腰健妇偷攀折,将喂吴王八茧蚕。

　　竹里缲丝挑网车,青蝉独噪日光斜。桃胶迎夏香琥珀,自课越佣能种瓜。

　　三十未有—作满二十余,白日长饥小甲蔬。桥头长老相哀念,因遗戎韬一卷书。

　　男儿何不带吴钩—作横刀,收取关山五十州。请君暂上凌烟阁,若个书生万户侯。

　　寻章摘句老雕虫,晓月当帘挂玉弓。不见年年辽海上,文章何处哭秋风。

　　长卿牢落悲空舍,曼倩诙谐取自容。见买若耶溪水剑,明朝归去事猿公。

　　春水初生乳燕飞,黄蜂小尾扑花归。窗含远色通书幌,鱼拥香钩近石矶。

　　泉沙软卧鸳鸯暖,曲岸回篙舴艋迟。泻酒木栏椒叶盖,病容扶起种菱丝。

　　边让今朝忆蔡邕,无心裁曲卧春风。舍南有竹堪书字,老去溪头作钓翁。

　　长峦谷口倚嵇家,白昼千峰老翠华。自履藤鞋收石蜜,手牵苔絮长莼花。

　　松溪黑水新龙卵,桂洞生硝旧马牙。谁遣一作为,又作道虞卿裁道帔,轻绡一匹染朝霞。

　　小树开朝径,长茸湿夜烟。柳花惊雪浦,麦雨涨溪田。古刹疏钟度,遥岚破月悬。沙头敲石火,烧竹照渔船。

全唐诗卷三百九十一

李贺

金铜仙人辞汉歌并序

魏明帝青龙元年八月，诏宫官牵车西取汉孝武捧露盘仙人，欲立置前殿。宫官既拆盘，仙人临载，乃潸然泪下。唐诸王孙李长吉，遂作《金铜仙人辞汉歌》。

茂陵刘郎秋风客，夜闻马嘶晓无迹。画栏桂树悬秋香，三十六宫土花碧。魏官牵车指千里，东关酸风射眸子。空将汉月出宫门，忆君清泪如铅水。衰兰送客咸阳道，天若有情天亦老。携盘独出月荒凉，渭城已远波声小。

古悠悠行

白景归西山，碧华上迢迢。今古何处尽，千岁随风飘。海沙变成石，鱼沫吹秦桥。空光远流浪，铜柱从年消。

黄头郎

黄头郎，捞拢去不归。南浦芙蓉影，愁红独自垂。水弄湘娥佩，竹啼山露月。玉瑟调青门，石云湿黄葛。沙上蘼芜花，秋风已先发。好持—作持扫罗荐，香出鸳鸯—作笼热。

马诗二十三首

龙脊贴连钱，银蹄白踏烟。无人织锦韂，谁为铸金鞭。

腊月草根甜，天街雪似盐。未知口硬软，先拟蒺藜衔。

忽忆周天子，驱车上玉山。鸣驺辞凤苑，赤骥最承恩。

此马非凡马，房星本是星—作精。向前敲瘦骨，犹自带铜声。

大漠山—作沙如雪，燕山月似钩。何当金络脑，快走踏清秋。

饥卧骨查牙，粗毛刺破花。鬣焦朱色落，发断锯长麻。

西母酒将阑，东王饭已干。君王若燕去，

谁为拽车辕。

赤兔无人用,当须吕布骑。吾闻果下马,羁策任蛮儿。

飕叔去—作死匆匆,如今不豢龙。夜来霜压栈,骏骨折西风。

催榜渡乌江—作江东,神骓泣向风。君—作吾王今解剑,何处逐英雄。

内马赐宫人,银鞯刺骐驎。午时盐坂上,蹭蹬溢风尘。

批竹初攒耳,桃花未上身。他时须搅阵,牵去借将军。

宝玦谁家子,长闻侠骨香。堆金买骏骨,将送楚襄王。

香幞赭罗新,盘龙蹙镫鳞。回香南陌上,谁道不逢春。

不从桓公猎,何能伏虎威。一朝沟陇出,看取拂云飞。

唐剑斩隋公,拳毛属太宗。莫嫌金甲重,且去捉旋—作飙,又作飘风。

白铁剉青禾,砧间落细莎。世人怜小颈,金埒畏长牙。

伯乐向前看,旋毛在腹间。只今掊白草,何日蓦青山。

萧寺驮经马,元从竺国来。空知有善相,不解走章台。

重围如燕尾,宝剑似鱼肠。欲求千里脚,先采眼中光。

暂系腾黄马,仙人上彩楼。须鞭玉勒吏,何事谪高州。

汗血到王家,随鸾撼玉珂。少君骑海上,人见是青骡。

武帝爱神仙,烧金得紫烟。厩中皆肉马,不解上青天。

申胡子觱篥歌 并序

申胡子,朔客之苍头也。朔客李氏,本亦世家子,得祀江夏王庙,当年践履失序,遂奉官北郡。自称学长调短调,久未知名。今年四月,吾与对舍于长安崇义里,遂将衣质酒,命予合饮。气热杯阑,因谓吾曰:"李长吉,尔徒能长调,不能作五字歌诗。直强回笔端,与陶、谢诗势相远几里!"吾对后请撰《申胡子觱篥歌》,以五字断句。歌成,左右人合噪相唱。朔客大喜,擎觞起立,命花娘出幕,裴回拜客。吾问所宜,称善平弄,于是以弊辞配声,与予为寿。

颜热感君酒,含嚼芦中声。花娘篸绥妥,休睡芙蓉屏。谁截太平管,列点排空星。直贯开花风,天上驱云行。今夕岁华落,令人惜平生。心事如波涛,中坐时时惊。朔客骑白马,剑弰悬兰缨。俊健如生猱,肯拾蓬中萤。

老夫采玉歌

采玉采玉须水碧,琢作步摇徒好色。老夫饥寒龙为愁,蓝溪水气无清白。夜雨冈头食蓁子,杜鹃口血老夫泪。蓝溪之水厌生人,身死千年恨溪水。斜山柏风雨如啸,泉脚挂绳青袅袅。村寒白屋念娇婴,古台石磴悬肠草。

伤心行

咽咽学楚吟,病骨伤幽素。秋姿白发生,木叶啼风雨。灯青兰膏歇,落照飞蛾舞。古壁生凝尘,羁魂梦中语。

湖中曲

长眉越沙采兰若,桂叶水蕸春漠漠。横船—作倚醉眠白昼闲,渡口梅风歌扇薄。燕钗玉股照青渠,越王娇郎小字书。蜀纸封巾报云鬟,晚漏壶中—作铜壶水淋尽。

黄家洞

雀步蹙沙声促促,四尺角弓青石镞。黑幡三点铜鼓鸣,高作猿啼摇箭箙。彩巾缠跣幅半斜,溪头簇队映葛花。山潭晚雾吟白鼍,竹蛇飞蠹射金沙。闲驱竹马缓归家,官军自杀容州槎。

屏风曲

蝶栖石竹银交关,水凝绿鸭琉璃钱。团回六曲抱膏兰,将鬟镜上掷金蝉。沉香火暖茱萸烟,酒觥一作余绅带新承欢。月风吹露屏外寒,城上乌啼楚女眠。

南山田中行

秋野明,秋风白,塘水漻漻虫啧啧。云根苔藓山上石,冷红泣露娇啼色。荒畦九月稻叉牙,蛰萤低飞陇径斜。石脉水流泉滴沙,鬼灯如漆点一作照松花。

贵主征行乐

奚骑一作妓黄铜连锁甲,罗旗香干金画叶。中军留醉河阳城,娇嘶紫燕踏花行。春营骑将如红玉,走马捎鞭上空绿。女垣素月角咿咿,牙帐未开分锦衣。

酒罢,张大彻索赠诗时张初效潞幕

长鬣张郎三十八,天遣裁诗花作骨。往还谁是龙头人,公主遣秉鱼须笏。太行一作水荇青草上白衫,匣中章奏密如蚕。金门石阁知卿有,豸角鸡香早晚含。陇西长吉摧颓客,酒阑感觉中区窄。葛衣断碎赵城秋,吟诗一夜东方白。

罗浮山父一作人与葛篇

依依宜织江雨空,雨中六月兰台风。博罗老仙时出洞,千岁石床啼鬼工。蛇毒浓凝一作毒蛇浓吁洞堂湿,江鱼不食衔沙立。欲剪箱一作湘中一尺天,吴娥莫道吴刀涩。

仁和里杂叙皇甫湜湜新尉陆浑

大人乞马癯乃寒,宗人贷宅荒厥垣。横庭鼠径空土涩,出篱大枣垂朱残。安定美人截黄绶,脱衣缨裾暝朝酒。还家白笔未上头,使我清声落人后。枉辱称知犯君眼,排引才升强纽断。洛风送马入长关,阊阖未开逢猰犬。那知坚一作竖都相草草,客枕幽单看春老。归来骨薄面无膏,疫气冲头鬓茎少。欲雕小说干天官,宗孙不调为谁怜。明朝下元复西道,崆峒叙别长如天。

宫娃歌

蜡光高悬照纱空,花房夜捣红守宫。象口吹香毾㲪暖,七星挂城闻漏板。寒入罘罳殿影昏,彩鸾帘额著霜痕。啼蛄吊月钩栏下,屈膝铜铺锁阿甄。梦入家门上沙渚,天河落处长洲路。愿君光明如太阳,放妾骑鱼撇波去。

堂堂

堂堂复堂堂,红脱梅灰香。十年粉蠹生画梁,饥虫不食推一作堆碎黄。蕙花已老桃叶长,禁院悬帘隔御光。华清源中礐石汤,裴回白凤随君王。

勉爱行二首送小季之庐山

洛郊无俎豆,弊厩惭老马。小雁过炉峰,影落楚水下。长船倚云泊,石镜秋凉夜。岂解有乡情,弄月聊呜哑。

别柳当马头,官槐如兔目。欲将千里别,持我一作此易斗粟。南云北云空脉断,灵台经络悬春线。青轩树转月满床,下国饥儿梦中见。维尔之昆二十余,年来持镜颇有须。辞家三载今如此,索米王门一事无。荒沟古水光如刀,庭南拱柳生蛴螬。江干幼客真可念,郊原晚吹悲号号。

致酒行

零落栖迟一杯酒,主人奉觞客长寿。主父西游困不归,家人折断门前柳。吾闻马周昔新丰客,天荒地老无人识。空将笺上两行书,直犯龙颜请恩泽。我有迷魂招不得,雄鸡一声天下白。少年心事当拏云,谁念幽寒坐呜呃。

长歌续短歌

长歌破衣襟,短歌断白发。秦王不可见,旦夕成内热。渴饮壶中酒,饥拔陇头粟。凄凄一作凉四月阑,千里一时绿。夜峰何离离,明月落石底。裴回沿石寻,照出高峰外。不得与之游,歌成鬓先改。

公莫舞歌并序

《公莫舞歌》者,咏项伯翼蔽刘沛公也。会中壮士,灼灼于人,故无复书。且南北乐府,率有歌引。贺陋诸家,今重作《公莫舞歌》云。

方花古一作础排九楹,刺豹淋血盛银罂。华一作军筵鼓吹无桐竹,长刀直立割鸣筝。横楣粗锦生红纬,日炙锦嫣王未醉。腰下三看宝玦光,项庄掉箾栏前起。材官小臣公莫舞,座上真人赤龙子。芒砀云瑞抱天回,咸阳王气清如水。铁枢铁楗重束关,大旗五丈撞双环。汉王今日颁一作须秦印,绝膑刳肠臣不论。

昌谷北园新笋四首

箨落长竿削玉开,君看母笋是龙材。更容一夜抽千尺,别却池园数寸泥。

斫取青光写楚辞,腻香春粉黑离离。无情有恨何人见,露压烟啼千万枝。

家泉石眼两三茎,晓看阴根紫脉一作陌生。今年水曲春沙上,笛管新篁拔玉青。

古竹老梢惹碧云,茂陵归卧叹清贫。风吹千亩迎雨啸,鸟重一枝入酒尊。

恼公

宋玉愁空断,娇饶粉自红。歌声春草露,门掩杏花丛。注口樱桃小,添眉桂叶浓。晓奁妆秀靥,夜帐减香筒。钿镜飞孤鹊,江图画水荭。陂陀梳碧凤,腰袅带金虫。杜若含清露,河蒲聚紫茸。月分蛾黛破,花合靥朱融。发重疑盘雾,腰轻乍倚风。密书题豆蔻,隐语笑芙蓉。莫锁茱萸匣,休开翡翠笼。弄珠惊汉燕,烧蜜引胡蜂。醉缬抛红网,单罗挂绿蒙。数钱教姹女,买药问巴賨。匀脸安斜雁,移灯想梦熊。肠攒非束竹,眩急是张弓。晚树迷新蝶,残霓忆断虹。古时填渤澥,今日凿崆峒。绣沓褰长幔,罗裙结短封。心摇如舞鹤,骨出似飞龙。井槛淋清漆,门铺缀白铜。隈花开兔径,向壁印狐踪。玳瑁钉帘薄,琉璃叠扇烘。象床

缘素柏,瑶席卷香葱。细管吟朝幌,芳醪落夜枫。宜男生楚巷,栀子发金墉。龟甲开屏澁,鹅毛渗一作溁墨浓。黄庭留卫瓘,绿树养韩冯。鸡唱星悬柳,鸦啼露滴桐。黄娥初出座,宠妹始相从。蜡泪垂兰烬,秋芜扫绮栊。吹笙翻旧引,沽酒待新丰。短佩愁填粟,长弦怨削菘。曲池眠乳鸭,小阁睡娃僮。褥缝篸双线,钩绦辫五总。蜀烟飞重锦,峡雨溅轻容。拂镜羞温峤,薰衣避贾充。鱼生玉藕下,人在石莲中。含水弯蛾翠,登楼选马騣。使君居曲陌,园令住临邛。桂火流苏暖,金炉细炷通。春迟王子态,莺啭谢娘慵。玉漏三星曙,铜街五马逢。犀株防胆怯,银液镇心忪。跳脱看年命,琵琶道吉凶。王时应七夕,夫位在三宫。无力涂云母,多方带药翁。符因青鸟送,囊用绛纱缝。汉苑寻宫柳,河桥阂禁钟。月明中妇觉,应笑画堂空。

感讽五首

合浦无明珠,龙洲无木奴。足知造化力,不给使君须。越妇未织作,吴蚕始蠕蠕。县官骑马来,狞色虬紫须。怀中一方板,板上数行书。不因使君怒,焉得诣尔庐。越妇拜县官,桑牙今尚小。会待春日晏,丝车方掷掉。越妇通言语,小姑具黄粱。县官踏飧去,簿吏复登堂。

奇俊无少年,日车何躃躃。我待纡双绶,遗我星星发。都门贾生墓,青蝇久断绝。寒食摇扬天,愤景长肃杀。皇汉十二帝,唯帝称睿哲。一夕信竖儿一作反信竖儿言,文明永沦歇。

南山何其悲,鬼雨洒空草。长安夜半秋,风前几人一作剪春姿老。低迷黄昏径,袅袅青栎道。月午树无影,一山唯白晓。漆炬迎新人,幽圹萤扰扰。

星尽四方高,万物知天曙。已生须已养,荷担出门去。君平久不反,康伯循一作遁国路。晓思何晓晓,阛阓千人语。

石根秋水明,石畔秋草瘦。侵衣野竹香,

蛰蛰垂叶厚。岑中月归来,蟾光挂空一作云秀。桂一作秋露对仙娥,星星下云逗。凄凉栀子落,山璺泣清漏。下有张仲蔚,披书案将朽。

三月过行宫

渠水红繁拥御墙,风娇小叶学娥妆。垂帘几度青春老,堪锁千年白日长。

全唐诗卷三百九十二

李贺

追和何谢铜雀妓

佳人一壶酒,秋容满千里。石马卧新烟,忧来何所似。歌声且潜弄,陵树风自起。长裾压高台,泪眼看花机_{同几}。

送秦光禄北征

北虏胶堪折,秋沙乱晓鼙。髯胡频犯塞,骄气似横霓。灞水楼船渡,营门细柳开。将军驰白马,豪彦骋雄材。箭射欃枪落,旗悬日月低。榆稀山易见,甲重马频嘶。天远星光没,沙平草叶齐。风吹云路火,雪污玉关泥。屡断呼韩颈,曾燃董卓脐。太常犹旧宠,光禄是新阶_{一作阶}。宝玦麒麟起,银壶狒狘啼。桃花连马发,彩絮扑鞍来。呵臂悬金斗,当唇注玉罍。清苏和碎蚁,紫膩卷浮杯。虎鞹先蒙马,鱼肠且断犀。越趟西旅狗,蹙额北方奚。守帐燃香暮,看鹰永夜栖。黄龙就别镜,青冢念阳台。周处长桥役,侯调短弄哀。钱塘阶凤羽,正室擘鸾钗。内子攀琪树,羌儿奏落梅。今朝擎剑去,何日刺蛟回。

酬答二首

金鱼公子夹衫长,密装腰鞓割玉方。行处春风随马尾,柳花偏打内家香。

雍州二月梅_{一作海池春},御水鸂鶒暖白蘋。试问酒旗歌板地,今朝谁是拗花人。

画角东城

河转曙萧萧,鸦飞睥睨高。帆长摽_{一作标}越甸,壁冷挂吴刀。淡菜生寒日,鲕鱼溅白涛。水花沾抹额,旗鼓夜迎潮。

谢秀才有妾缟练,改从于人,秀才引留之不得,乃生感忆,座人制诗嘲谢,贺复继四首

谁知泥忆云,望断梨花春。荷丝制机练,竹叶剪花裙。月明啼阿姊,灯暗会良人。也识

君夫婿,金鱼挂在身。

　　铜镜立青鸾,燕脂拂紫绵。腮花弄暗粉,眼尾泪侵寒。碧玉破不复－作破瓜后,瑶琴重拨弦。今日非昔日,何人敢正看。

　　洞房思不禁,蜂子作花心。灰暖残香炷,发冷青虫簪。夜遥灯焰短,睡熟小屏深。好作鸳鸯梦,南城罢捣砧。

　　寻常轻宋玉,今日嫁文鸯。戟干横龙簴,刀环倚桂窗。邀人裁半袖,端坐据胡床。泪湿红轮重,栖乌上井梁。

昌谷读书示巴童

　　虫响灯光薄,宵寒药气浓。君怜垂翅客,辛苦尚相从。

巴童答

　　巨鼻宜山褐,庞眉入苦吟。非君唱乐府,谁识怨秋深。

代崔家送客

　　行尽柳烟下,马蹄白翩翩。恐随行－作送处尽,何忍重－作复扬鞭。

出城

　　雪下桂花稀,啼乌被弹归。关水乘驴影,秦风帽带垂。入乡试万里－作诚可重,无印自堪悲。卿卿忍相问,镜中双泪姿－作垂。

莫种树

　　园中莫种树,种树四时愁。独睡南床－作窗月,今秋似去秋。

将发

　　东床卷席罢,濩落将行去。秋白遥遥空,日满门前路。

追赋画江潭苑四首

　　吴苑晓苍苍,宫衣水溅黄。小鬟红粉薄,骑马佩珠长。路指台城迥,罗薰袴褶香。行云沾翠辇,今日似襄王。

　　宝袜菊衣单,蕉花密露寒。水光兰泽叶,带重剪刀钱。角暖盘弓易,靴长上马难。泪痕沾寝帐,匀粉照金鞍。

　　剪翅小鹰斜,绦根玉镞花。鞦垂妆细粟,箭篥钉文牙。狒狒啼深竹,鸡鹖老湿沙。宫官烧蜡火,飞烬污铅华。

　　十骑簇芙蓉,宫衣小队红。练香熏宋鹊,寻箭踏卢龙。旗湿金铃重,霜干玉镫空。今朝画眉早,不待景阳钟。

潞州张大宅病酒,遇江使,寄上十四兄

　　秋至昭关后,当知赵国寒。系书随短羽,写恨破长笺。病客眠清晓,疏桐坠绿鲜。城鸦啼粉堞,军吹压芦烟。岸帻褰沙幌,枯塘卧折莲。木窗银迹画,石磴水痕钱。旅酒侵愁肺,离歌绕懦弦。诗封两条泪,露折一枝兰。莎老沙鸡泣,松干瓦兽残。觉骑燕地马,梦载楚溪船。椒桂倾长席,鲈鲂斫玳筵。岂能忘旧路,江岛滞佳年。

难忘曲

　　夹道开洞门,弱杨低画戟。帘影竹华－作叶起,箫声吹日色。蜂语绕妆镜,拂－作画蛾学春碧。乱系丁香梢,满栏花向夕。

贾公闾贵婿曲

　　朝衣不须长,分花对袍缝。嘤嘤白马来－作春,满脑黄金重。今朝香气苦,珊瑚涩难枕。且要弄风人,暖蒲沙上饮。燕语踏帘钩,日虹屏中碧。潘令在河阳,无人死芳色。

夜饮朝眠曲

　　觥醁出座东方高,腰横半解星劳劳。柳苑鸦啼公主醉,薄露压花蕙园－作兰气。玉转湿丝牵晓水,熟－作热粉生香琅玕紫。夜饮朝眠断无事,楚罗之帏卧皇子。

王濬墓下作

　　人间无阿童,犹唱水中龙。白草侵烟死,秋梨绕地红。古书平黑石,袖－作神剑断青铜。

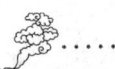

耕势鱼鳞起,坟科一作斜马鬣封。菊花垂湿露,棘径卧干蓬。松柏愁香涩,南原几夜风。

客游

悲满千里心,日暖南山石。不谒承明庐,老作平原客。四时别家庙,三年去乡国。旅歌屡弹铗,归问时裂帛。

崇义里滞雨

落莫谁家子,来感长安秋。壮年抱羁恨,梦泣生白头。瘦马秣败草,雨沫飘寒沟。南宫古帘暗,湿景传签筹。家山远千里,云脚天东头。忧眠枕剑匣,客帐梦封侯。

冯小怜

湾头见小怜,请上琵琶弦。破得春风恨,今朝直几钱。裙垂竹叶带,鬓湿杏花烟。玉冷红丝重,齐宫妾驾鞭。

赠陈商

长安有男儿,二十心已朽。楞伽堆案前,楚辞系肘后。人生有穷拙,日暮聊饮酒。只今道已塞,何必须白首。凄凄陈述圣,披褐锄俎豆。学为尧舜文,时人责衰偶。柴门车辙冻,日下榆影瘦。黄昏访我来,苦节青阳皱。太华五千仞,劈地抽森秀。旁古无寸寻,一上戛牛斗。公卿纵不怜一作言,宁能锁吾口。李生师太华,大坐看白昼。逢霜作朴樕,得气为春柳。礼节乃相去,憔悴如刍狗。风雪直斋坛,墨组贯铜绶。臣妾气态间,唯欲承箕帚。天眼何时开,古剑庸一吼。

钓鱼诗

秋水钓红渠,仙人待素书。菱丝萦独茧,蒲一作蒱米蛰双鱼。斜竹垂清沼,长纶贯碧虚。饵悬春蜥蜴,钩坠小蟾蜍。詹子情无限,龙阳恨有余。为看烟浦上,楚女泪沾裾。

奉和二兄罢使遣马归延州

空留三尺剑,不用一丸泥。马向沙场去,人归故国来。笛愁翻陇水,酒喜沥春灰。锦带休惊雁,罗衣尚斗鸡。还吴已渺渺,入郢莫凄凄。自是桃李树,何畏不成蹊。

答赠

本是张公子,曾名萼绿华。沉香熏小像,杨柳伴啼鸦。露重金泥冷,杯阑玉树斜。琴堂沽酒客,新买后园花。

题赵生壁

大妇燃竹根,中妇春玉屑。冬暖拾松枝,日烟坐蒙灭。木藓青桐老,石井一作泉水声发。曝背卧东亭,桃花满肌骨。

感春

日暖自萧条,花悲北郭骚。榆穿莱子眼,柳断舞儿腰。上幕迎神燕,飞丝送百劳。胡琴今日恨,急语向檀槽。

仙人

弹琴石壁上,翻翻一仙人。手持白鸾尾,夜扫南山云。鹿饮寒涧下,鱼归清海滨。当时汉武帝,书报桃花春。

河阳歌

染罗衣,秋蓝难著色。不是无心人,为作台一作临邛客。花烧中潬音诞城,颜郎身已老。惜许两少年,抽心似春草。今日见银牌,今夜鸣玉㪺。牛头高一尺,隔坐应相见。月从东方来,酒从东方转。觥船饫口红,密炬千枝烂。

花游曲并序

寒食日,诸王妓游。贺入座,因采梁简文诗调,赋《花游曲》,与妓弹唱。

春柳南陌态,冷花寒露姿。今朝醉城外,拂镜浓扫眉。烟湿愁车重,红油覆画衣。舞裙香不暖,酒色上来迟。

春昼

朱城报春更漏转,光风催兰吹小殿。草细堪梳,柳长如线。卷衣秦帝,扫粉赵燕。日含画幕,蜂上罗荐。平阳花坞,河阳花县。越妇楷机,吴蚕作茧。菱汀系带,荷塘倚扇。江南有情,塞北无恨。

安乐宫
深—作漆井桐乌起,尚复牵情—作清水。未盥邵陵瓜,瓶中弄长翠。新成—作城安乐宫,宫如凤皇翅。歌回蜡板鸣,左怔提壶使。绿繁悲水曲,茱萸别秋子。

胡蝶飞—作舞
杨花扑帐春云热,龟甲屏风醉眼缬。东家胡蝶西家飞,白骑少年今日归。

梁公子
风彩出萧家,本是菖蒲花。南塘莲子熟,洗马走江沙—作涯。御筴银沫泠,长簪凤窠斜。种柳营中暗,题书赐馆娃。

牡丹种曲
莲枝未长秦蘅老,走马驮金断春草。水灌香泥却月盆,一夜绿房迎白晓。美人醉语园中烟,晚华已散蝶又阑。梁王老去罗衣在,拂袖风吹蜀国弦。归霞帔拖蜀帐昏,嫣红落粉罢承恩。檀郎谢女眠何处,楼台月明燕夜语。

后园凿井歌
井上辘轳床上转。水声繁,弦声浅。情若何,荀奉倩。城头日,长向城头住。一日作千年,不须流下去。

开愁歌华下作
秋风吹地百草干,华容碧影生晚寒。我当二十不得意,一心愁谢如枯兰。衣如飞鹑马如狗,临岐击剑生铜吼。旗亭下马解秋衣,请贳宜阳一壶酒。壶中唤天云不开,白昼万里闲凄迷。主人劝我养心骨,莫受俗物相填豭。《玉篇》、《广韵》俱无豭字。《统签》云:按豭即觍字,音灰,相击也。

秦宫诗并序
汉人秦宫,将军梁冀之嬖奴也。秦宫得宠内舍,故以骄名大噪于人。予抚旧而作长辞,以冯子都之事,相为对望,又云昔有之诗。

越罗衫袂—作夹衫迎春风,玉刻麒麟腰带红。楼头曲宴仙人语,帐底吹笙香雾浓。人间—作闲酒暖春茫茫,花枝入帘白日长。飞窗复道传筹—作头饮,十夜铜盘—作半夜朦胧腻烛黄。秃衿小袖调鹦鹉,紫绣麻段踏哮虎。斫桂烧金待晓筵,白鹿青苏—作清酥夜半煮。桐英永巷骑新—作马,内屋深—作珍屏生色画。开门烂用水衡钱,卷起黄河向身泻。皇天厄运犹曾裂,秦宫一生花底—作里活。鸾篦夺得不还人,醉睡氍毹满堂月。

古邺城童子谣,效王粲刺曹操
邺城中,暮尘起。将—作探黑丸,斫文吏。棘为鞭,虎为马。团团走,邺城下。切玉剑,射日弓。献何人,奉相公。扶毂来,关右儿。香扫涂,相公归。

杨生青花紫石砚歌
端州石工巧如神,踏天磨刀割紫云。佣刓抱水含满唇,暗洒苌弘冷血痕。纱帷尽暖墨花春,轻沤漂沫松麝薰。干腻薄重立脚匀,数寸光秋无日昏。圆毫促点声静新,孔砚宽顽—作硕何足云。

房中思
新桂如蛾眉,秋风吹小绿。行轮出门去,玉銮声断续。月轩下风露,晓庭自幽涩。谁能事贞素,卧听莎鸡泣。

石城晓
月落大堤上,女垣栖乌起。细露湿团红,寒香解夜醉。女牛—作石子渡天河,柳烟满城曲。上客留断缨,残蛾斗双绿。春帐依微蝉翼罗,横茵突金隐体花。帐前轻絮鹤—作鹅毛起,欲说春心无所似。

苦昼短
飞光飞光,劝尔一杯酒。吾不识青天高,黄地厚,唯见月寒日暖,来煎人寿。食熊则肥,食蛙则瘦。神君何在,太一安有。天东有若

木,下置衔烛龙。吾将斩龙足,嚼龙肉。使之朝不得回,夜不得伏。自然老者不死,少者不哭。何为服一作饵黄金,吞白玉。谁似一作是任公子,云中骑碧一作白驴。刘彻茂陵多滞骨,嬴政梓棺费鲍鱼。

章和二年中

云萧索,田一本无田字风拂拂,麦芒如彗黍如粟。关中父老百领襦,关东吏人乏诟租。健犊春耕土膏黑,菖蒲丛丛沿水脉。殷殷为我下田租,百钱携偿一作赏丝桐客。游春漫光坞花白,野林散香神降席。拜神得寿献天子,七星贯断姮娥死。

春归昌谷

束发方读书,谋身苦不早。终军未乘传,颜子鬓先老。天网信崇大,矫士常慅慅。逸目骈甘华,羁心如荼蓼。旱云二三月,岑岫相颠倒。谁揭赪玉盘,东方发红照。春热张鹤盖,兔目官槐小。思焦面如病,尝胆肠似绞。京国心烂漫,夜梦归家少。发轫东门外,天地皆浩浩。青树骊山头,花风满秦道。宫台光错落,装尽一作画偏一作偏峰峤。细绿及团红,当路杂啼笑。香风下高广,鞍马正华耀。独乘鸡栖车,自学少风调。心曲语形影,祇身焉足乐。岂能脱负檐,刻鹄一作鹤曾无兆。幽幽太华侧,老柏如建纛。龙皮相排戛,翠羽更荡掉。驱趋委憔悴,眺览强容貌。花蔓罥行绋,縠烟暝深徼。少健无所就,入门愧家老。听讲依大树,观书临曲沼。知非出柙虎,甘作藏雾豹。韩鸟处赠缴,湘獠在笼罩。狭行无廓落,壮士徒轻躁。

昌谷诗五月二十七日作

昌谷五月稻,细青满平一作草平秋水。遥峦相压叠,颓绿愁堕地。光洁无秋思一作丝,凉旷吹浮媚。竹香满凄寂,粉节涂生翠。草发垂恨鬓,光露泣幽泪。层围烂洞曲,芳径老红醉。攒虫锼古柳,蝉子鸣高邃。大带委黄葛,紫蒲交狭涘。石钱差复藉,厚叶皆蟠腻。汰沙好平

白,立马印青字。晚鳞自遨游,瘦鹄暝单跱。嘹嘹湿蛄声,咽源惊溅起。纡缓玉真路,自注:近武后巡幸路。神娥蕙花里。苔絮萦涧砾,山实垂赪紫。小柏俨重扇,肥松突丹髓。鸣流走响韵,垅秋拖光穗。莺唱闵女歌,瀑悬楚练帔。风露满笑眼,骈岩杂舒坠。乱条一作筱迸石岭,细颈喧岛毖。日脚扫昏翳,新云启华闷。谥谥厌夏光,商风道清气。高眠服一作复玉容,烧桂祀天几。谷与女山岭阪相承,山即兰香神女上天处也,遗几在焉。雾衣夜披拂,眠坛梦真粹。待驾栖鸾老,故宫椒壁圮。福昌宫在谷之东。鸿珑数铃响,羁臣发凉思。阴藤束朱键,龙帐著魍魅。碧锦帖花栊,香奁事残贵。歌尘蠹木在,舞彩长云似。珍一作玲壤割绣段,里俗祖风义。邻凶不相杵,疫病无邪祀。鲐皮识仁惠,卯角知翾耻。县省司刑官,户乏诟租吏。竹薮添堕简,石矶引钩饵。溪湾转水带,芭蕉倾蜀纸。岑光晃堕襟,孤景拂繁事。泉尊陶宰酒,月眉谢郎妓。丁丁幽钟远,矫矫单飞至。霞巚殷嵯峨,危溜听争次。淡蛾流平碧,薄月眇阴悴。凉光入涧岸,廓尽山中意。渔童下宵网,霜禽竦烟翅。潭镜滑蚊涎,浮珠喰鱼戏。风桐一作松瑶匣瑟,萤星锦城使。柳缀长缥带,篁掉短笛吹。石根缘绿藓,芦笋抽丹渍。漂旋弄天影,古桧拏云臂。愁月薇帐红,冒云香蔓刺。芒麦平百井,闲乘列千肆。刺促成纪人,好学鸱夷子。

铜驼悲

落魄三月罢,寻花去东家。谁作送春曲,洛岸悲铜驼。桥南多马客,北山饶古人。客饮杯中酒,驼悲千万春。生世莫徒劳,风吹盘上烛。厌见桃株笑,铜驼夜来哭。

自昌谷到洛后门

九月大野白,苍岑竦秋门。寒凉十一作交月末,露一作雪霰蒙晓昏。澹色结昼天,心事填空云。道上千里风,野竹蛇涎痕。石涧冻一作东波声,鸡叫清寒晨。强行到东一作都舍,解马投旧邻。东家名廖者,乡曲传姓辛。杖头非饮酒,吾请造其人。始欲南去楚,又将西适秦。

襄王与武帝,各自留青春。闻道兰台上,宋玉无归魂。缃缥两行字,蠹虫蠹秋芸。为探秦台意,岂命余负薪。

七月一日晓入太行山

一夕绕山秋,香露溘蒙绿。新桥倚云阪,候虫嘶露朴。洛南一作阳今已远,越衾谁为熟。石气何凄凄,老莎如短镞。

秋凉诗,寄正字十二兄

闭门感秋风,幽姿任契阔。大野生素空,天地旷肃杀。露光一作光露泣残蕙,虫响连夜发。房寒寸辉薄,迎风绛纱折。披书古芸馥,恨唱华容歇。百日不相知,花光变凉节。弟兄谁念虑,笺翰既通达。青袍度白马,草简奏东阙。梦中相聚笑,觉见半床月。长思剧寻环,乱忧抵覃葛。

全唐诗卷三百九十三

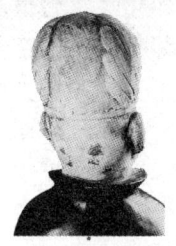

李贺

艾如张

锦襜褕,绣裆襦。强饮啄,哺尔雏。陇东卧毯满风雨,莫信—作逐笼—作龙媒陇西去。齐人织网如素空,张在野田—作春平碧中。网丝漠漠无形影,误尔触之伤首红。艾叶绿花谁剪刻,中藏祸机不可测。

上云乐

飞香走红满天春,花龙盘盘上紫云。三千宫—作彩女列金屋,五十弦瑟海上闻。天江—作河碎碎银沙路,嬴女机中断烟素。断烟素,缝衣缕—作舞衣,八月一日君前舞。

摩多楼—作栖子

玉塞去金人,二万四千里。风吹沙作云,一时渡辽水。天白水如练,甲丝双串断。行行莫苦辛,城月犹残半。晓气朔烟上,趑趄胡马蹄。行人临水别,隔陇—作陇水长东西。

猛虎行四言

长戈莫舂,长弩莫抨。乳孙哺子,教得生狞。举头为城,掉尾为旌。东海黄公,愁见夜行。道逢驺虞,牛哀不平。何用尺刀,壁上雷鸣。泰山之下,妇人哭声。官家有程,吏不敢听。

日出行

白日下昆仑,发光如舒丝。徒照葵藿心,不照游子悲。折折黄河曲,日从中央转。旸谷耳曾闻,若木眼不见。奈尔—作何铄石,胡为销人。羿弯弓属矢那不中,足令—本有鸟不得翔四字久—作火不得奔,讵教晨光夕昏。

苦篁调啸引

请说轩辕在时事,伶伦采竹二十四。伶伦采之自昆丘—作仑,轩辕诏遣疑衍字中分作十二。

伶伦以之正音律,轩辕以之调元气。当时黄帝上天时,二十三管咸相随,唯留一管人间吹。无德不能得此管,此管沈埋虞舜祠。

拂舞歌辞

吴娥声绝天,空云闲裴回。门外满车马,亦须生绿苔。尊有乌程酒,劝君千万寿。全胜汉武锦楼上,晓望晴寒一作空饮花露。东方日不破,天光无老时。丹成作蛇乘白雾,千年重化玉井土。从蛇作土一一作二千载,吴堤绿草年年在。背有八卦称神仙,邪鳞顽甲滑腥涎。

夜坐吟

踏踏马蹄谁见过,眼看北斗直天河。西风罗幕生翠波,铅华笑妾擎青蛾。为君起唱一作舞长相思,帘外严霜皆倒飞。明星烂烂东方陲,红霞梢出东南涯,陆郎去矣乘班骓。

箜篌引 又曰公无渡河

公乎公乎,提壶将焉如。屈平沉湘不足慕,徐衍入海诚为愚。公乎公乎,床有菅席盘有鱼。北里有贤兄,东邻有小姑。陇亩油油黍与葫一作禾,瓦甒浊醪蚁浮浮。黍可食,醪可饮,公乎公乎其奈居。被发奔流竟何如,贤兄小姑哭呜呜。

巫山高

碧丛丛,高一作齐插一作撑天,大江翻澜神曳烟。楚魂寻梦风飔一作飒然,晓风飞雨生苔钱。瑶姬一去一千年,丁香筇竹啼老猿。古祠近月蟾桂寒,椒花坠红湿云间一作端。

平城下

饥寒平城下,夜夜守明月。别剑无玉花,海风断鬓发。塞长连白空,遥见汉旗红。青帐吹短笛,烟雾湿昼龙。日晚在城上,依稀望城下。风吹枯蓬起,城中嘶瘦马。借问筑城吏,去关几千里。惟愁裹尸归,不惜倒戈死。

江南弄

江中绿雾起凉波,天上叠巘红嵯峨。水风浦云生老竹,渚暝蒲帆如一幅。鲈鱼千头酒百斛,酒中倒卧南山绿。吴歈越吟未终曲,江上团团帖寒玉。

荣华乐 一作东洛梁家谣

鸢肩公子二十余,齿编贝,唇激朱。气如虹霓,饮如建瓴,走马夜归叫严更。径穿夏道游椒房,龙裘金玦杂花光。玉堂调笑金楼子,台下戏学邯郸倡。口吟舌话称女郎,锦祛绣面汉帝旁。得明珠十斛,白璧一双,新诏垂金曳紫光煌煌。马如飞,人如水,九卿六官皆望履。将回日月先反掌,欲作江河唯画地。峨峨虎冠上切云,𫘥剑晨趋凌紫氛。绣段千寻贻皂隶,黄金百镒赆家臣。十二门前张大宅,晴春烟起连天碧。金铺缀日杂红光,铜龙啮环似争力。瑶姬凝醉卧芳席,海素笼窗空下隔。丹穴取凤充行庖,玃玃如拳那足食。金蟾呀呀兰烛香,军装武妓声琅珰。谁知花雨夜来过,但见池台春草长。嘈嘈弦吹匝天开,洪崖箫声绕天来。天长一矢贯双虎,云弭绝骋聒旱雷。乱袖交竿管儿舞,吴音绿鸟学言语。能教刻石平紫金,解送刻毛寄新兔。三皇皇一本少一皇字后七贵人,五十校尉二将军。当时飞去逐彩云,化作今日京华春。

相劝酒

羲和骋六辔,昼夕不曾闲。弹乌崦嵫竹一作石,扶马蟠桃鞭。蓐收既断翠柳,青帝又造红兰。尧舜至今万万岁,数子将为倾盖间。青钱白璧买无端,丈夫快意方为欢。脶蠡脶熊何足云。会须钟饮北海,箕踞南山。歌淫淫,管愔愔,横波好送雕题金。人生得意且如此,何用强知元化心。相劝酒,终无辍。伏愿陛下鸿名终不歇,子孙绵如石上葛。来长安,车骈骈。中有梁冀旧宅,石崇故园。

瑶华乐

穆天子,走龙媒。八辔冬珑逐天回,五精扫地凝云开。高门左右日月环,四方错镂棱层殿。舞霞垂尾长盘珊,江澄海净神母颜。施红点翠照虞泉,曳云拖玉下昆山。列旆如松,张盖如轮。金风殿一作敛秋,清明发春。八銮十乘,矗如云屯。琼钟瑶席甘露文,玄霜绛雪何足云。薰梅染柳将赠君。铅华之水洗君骨,与君相对作真质。

北中寒

　　一方黑照三方紫,黄河冰合鱼龙死。三尺木皮断文理,百石强车上河水。霜花草上大如钱,挥刀不入迷蒙天。争一作净潜海水飞凌喧,山瀑无声玉虹悬。

梁台古愁一作意

　　梁王台沼空中立,天河之水夜飞入。台前斗玉作蛟龙,绿粉扫天愁露湿。撞钟饮酒行射天,金虎蹙裘喷血斑。朝朝暮暮愁海翻,长绳系日乐当年。美蓉凝红得秋色,兰脸别春啼脉脉。芦洲客雁报春来,寥落野篁秋漫白。

公无出门

　　天迷迷,地密密。熊虺食人魂,雪霜断一作风破人骨。嗾犬狺狺相索索,舐掌偏宜佩兰客。帝遣乘轩灾自息,玉星点剑黄金轭。我虽跨马不得还,历阳湖波大如山。毒虬相视振金环,狻猊猰貐吐馋涎。鲍焦一世披草眠,颜回廿九鬓毛斑。颜回非血衰,鲍焦不违天。天畏遭衔啮,所以致之然。分明犹惧公不信,公看呵壁书问天。

神弦别曲

　　巫山一作阳小女隔云别,春风松花一作松花春风山上发。绿盖独穿香径归,白马花竿前孑孑。蜀江风澹水如罗,堕兰谁泛相经过。南山桂树为君死,云衫浅污红脂花。

绿水词

　　今宵好风月,阿侯在何处。为有倾人色一作城人,翻成足愁苦。东湖采莲叶,南湖拔一作折蒲根一作茸。未持寄小姑,且持感愁魂一作秋风。

沙路曲

　　柳脸一作阴半眠丞相树,佩马钉铃踏沙路。断烬遗香袅翠烟,烛一作独骑啼一作蹄鸟一作鸣上天去。帝家玉龙开九关,帝前动一作耸笏移南山。独垂重印押千官,金窠一作科篆字红屈盘。沙路归来闻好语,旱火不光天下雨。

上之回

　　上之回,大旗喜。悬红云,挞凤尾。剑匣破,舞蛟龙。蚩尤死,鼓逢逢。天高庆雷齐坠地,地无惊烟海千里。

高轩过韩员外愈、皇甫侍御湜见过。因而命作。

　　华裾织翠青如葱,金环压辔摇玲一作冬珑。马蹄隐耳一作隐声隆隆,入门下马气如虹。云是一本无云是二字东京才子,文章钜一本无钜字公。二十八宿罗心胸,九精照耀一作元精耿耿贯当中。殿前作赋声摩空,笔补造化天无功。庞眉书客感秋蓬,谁知死草生华风。我今垂翅附冥鸿,他日不羞蛇作龙。

贝宫夫人

　　丁丁海女弄金环一作钱,雀钗翘揭双翅关。六宫不语一生闲,高悬银榜照青山。长眉凝绿几千年,清凉堪老镜中鸾。秋肌稍觉玉衣寒,空光帖妥水如天。

兰香神女庙三月中作

　　古春年年在,闲绿摇暖云。松香飞晚华,柳渚含日昏。沙砌落红满,石泉生水芹。幽篁画新粉,蛾绿横晓门。弱蕙不胜露,山秀愁空春。舞佩剪鸾翼,帐带涂轻银。兰桂吹浓香,菱藕长莘莘。看雨逢瑶姬,乘船值江君。吹箫饮酒醉,结绶金丝裙。走天呵白鹿,游水鞭锦鳞。密发虚鬟飞,腻颊一作靥凝花匀。团鬟分蛛巢,秾眉笼小唇。弄蝶和轻妍,风光怯腰身。深帏金鸭冷,奁镜幽风尘。踏雾乘风归,撼玉山上闻。

送韦仁实兄弟入关

　　送客饮别酒,千觞无酡颜。何物最伤心,马首鸣金环。野色浩无主,秋明空旷间。坐来壮胆破,断目不能看。行槐引西道,青梢长攒攒。韦郎好兄弟,叠玉生文翰。我在山上舍,一亩蒿硗田。夜雨叫租吏,春声暗交一作闻暗关。谁解念劳劳一作苦,苍突唯南山。

洛阳城外别皇甫湜
　　洛阳吹别风,龙门起断烟。冬树束生涩,晚紫凝华天。单身野霜上,疲马飞蓬间。凭轩一双泪,奉坠绿衣前。

溪晚凉
　　白狐向月号山风,秋寒扫云留碧空。玉烟青湿白如幢,银湾晓转流天东。溪汀眠鹭梦征鸿,轻涟不语细游溶。层岫回岑复叠龙,苦篁对客吟歌筒。

官不来,题皇甫湜先辈厅
　　官不来,官庭秋,老桐错干青龙愁。书司曹佐走如牛,叠声问佐官来不。官不来,门幽幽。

长平箭头歌
　　漆灰骨末丹水沙,凄凄古血生铜花。白翎金杆雨中尽,直余三脊一作径寸残狼牙。我寻平原乘两马,驿东石田蒿坞下。风长日短星萧萧,黑旗云湿悬空夜。左魂右魄啼肌瘦,酪瓶倒尽将羊炙。虫栖雁病芦笋红,回风送客吹阴火。访古汍澜收断镞,折锋赤璺曾刲肉。南陌东城马上儿,劝我将金换簝竹。

江楼曲
　　楼前流水江陵道,鲤鱼风起芙蓉老。晓钗催一作拥鬓语南风,抽帆归来一日功。鼉吟浦口飞梅雨,竿头酒旗换青苧。萧骚浪白云差池一作参差,黄粉袖衫寄郎主。新槽酒声苦无力,南湖一顷菱花白。眼前便有千里愁,小玉开屏见山色。

塞下曲《乐府诗》作三首
　　胡角引北风,蓟门白于水。天含青海道,城头月千里。露下旗濛濛,寒金鸣夜刻。蕃甲锁蛇鳞,马嘶青冢白。秋静见旄头,沙远席羁一作其愁。帐北天应尽,河声出塞流。

染丝上春机
　　玉罂泣一作汲水桐花井,倩丝沉水如云影。美人懒态燕脂愁,春梭抛掷鸣高楼。彩线结茸背复叠,白袷玉郎寄桃叶。为君挑鸾作腰绶,愿君处处宜春酒一作雪。

五粒小松歌 并序
　　前谢秀才杜云卿,命予作《五粒小松歌》。予以选书多事,不治曲辞,经十日,聊道八句,以当命意。
　　蛇子蛇孙鳞蜿蜿,新香几粒洪崖饭。绿波浸叶满浓光,细束龙髯铰刀剪。主人壁上铺州图,主人堂前多俗儒。月明白露秋泪滴一作露泣悬秋泪,石笋溪云肯寄书。

塘上行
　　藕花凉露湿,花缺藕根涩。飞下雌一作雄鸳鸯,塘水声溘溘。

吕将军歌
　　吕将军,骑赤兔。独携大胆出秦门,金粟堆边哭陵树。北方逆气污青天,剑龙夜叫将军闲。将军振袖挥剑锷,玉阙朱城有门阁。榼榼银龟摇白马,傅粉女郎火一作大旗下。恒山铁骑请金枪,遥闻篊中花箭香。西郊寒蓬叶如刺,皇天新一作亲栽养神骥。厩中高桁排一作挑塞蹄,饱食青刍饮白水。圆苍低迷盖张地,九州人事皆如此。赤山秀铤御时英,绿眼将军会天意。

休洗红
　　休洗红,洗多红色浅。卿卿骋少年,昨日殷桥见。封侯早归来,莫作弦上箭。

神弦曲
　　西山日没东山昏,旋风吹马马踏云。画弦素管声浅繁,花裙箨缠步秋尘。桂叶刷风桂坠子,青狸哭血寒狐死。古壁彩虹金帖尾,雨工骑入秋一作夜骑入潭水。百年老枭成木魅,笑声碧火巢中起。

野歌

鸦翎羽箭山桑弓，仰天射落衔芦鸿。麻衣黑肥冲北风，带酒日晚歌田中。男儿屈穷心不穷，枯荣不等嗔天公。寒风又变为春柳，条条看即烟濛濛。

神弦

女巫浇酒云满空，玉炉炭火香咚咚。海神一作寒云山鬼来座中，纸钱窸窣鸣旋风。相思木帖金舞鸾，攒蛾一啑重一弹。呼星召鬼歆杯盘，山魅食时人森寒。终南日色低平湾，神兮长在有无间。神嗔神喜师更颜，送神万骑还青山。

将进酒

琉璃钟，琥珀浓，小槽酒滴真珠红。烹龙炮凤玉脂泣，罗屏一作帏绣幕围香一作春风。吹龙笛，击鼍鼓。皓齿歌，细腰舞。况是青春日将暮，桃花乱落如红雨。劝君终日酩酊醉一作归，酒不到刘伶坟上土。

美人梳头歌

西施晓梦绡帐寒，香鬟堕髻半沉檀。辘轳咿哑转鸣玉，惊起芙蓉睡新足。双鸾开镜秋水光，解鬟临镜立象床。一编香丝云撒地，玉钗落处无声腻。纤手却盘老鸦色，翠滑宝钗簪不得。春风烂漫恼娇慵，十八鬟多无气力。妆成鬋鬓欹不斜，云裾数步踏雁沙。背人不语向何处，下阶自折樱桃花。

月漉漉篇

月漉漉，波烟一作咽玉。莎青桂花繁，芙蓉别江木。粉态袂罗寒，雁羽铺烟湿。谁能看石帆，乘船镜中入。秋白鲜红死，水香莲子齐。挽菱隔歌袖，绿刺胃银泥。

京城

驱马出门意，牢落长安心。两事谁向道，自作秋风吟。

官街鼓

晓声隆隆催转日，暮声隆隆呼月出。汉城黄柳映新帘，柏陵飞燕埋香骨。碪发一作碎千年日长白，孝武秦王一作皇听不得。从君翠发芦花色，独共南山守中国。几回天上葬神仙，漏声相将无断绝一作续，又作绝。

许公子郑姬歌 郑国中请贺作

许史世家外亲贵，宫锦千端买沉醉。铜驼酒熟烘明胶，古堤大柳烟中翠。桂开客花名郑袖，入洛闻香鼎门口。先将芍药献妆台，后解黄金大如斗。莫愁帝中许合欢，清弦五十为君弹。弹声咽春弄君骨，骨兴牵人马上鞍。两马八蹄踏兰苑，情如合竹谁能见。夜光玉枕栖凤皇，裌罗当门刺纯线。长翻蜀纸卷明君，转角含商破碧云。自从小籋来东道，曲里长眉少见人。相如冢上生秋柏，三秦谁是言情客。蛾鬟醉眼拜诸宗，为谒皇孙请曹植。

新夏歌

晓木千笼真蜡彩，落一作绛蕊一作蒂枯香数分在。阴枝秀一作拳牙卷缥茸，长风回气扶葱茏。野家麦畦上新坱，长轸裴回桑柘重。刺香满地菖蒲草，雨梁燕语悲身老。三月摇扬入河道，天浓地浓一作秾柳梳扫。

题归梦

长安风雨夜，书客梦昌谷。怡怡中堂笑，小弟栽涧菉。家门厚重意，望我饱饥腹。劳劳一寸心，灯花照鱼目。

经沙苑

野水泛长澜，宫牙开小蒨。无人柳自春，草渚鸳鸯暖。晴嘶卧沙马，老去悲啼展。今春还不归，塞嘤折翅雁。

出城别张又新，酬李汉

李子别上国，南山崆峒春。不闻今夕鼓，差慰煎情人。赵壹赋命薄，马卿家业贫。乡书何所报，紫蕨生石云。长安玉桂国，戟带披侯门。惨阴地自光,宝马踏晓昏。腊春戏草苑,玉辔鸣镳鳞。绿网缒金铃,霞卷清池湑。开贯泻蚨母,买冰防夏蝇。时宜裂大袂—作被,剑客车盘茵。小人如死灰,心切生秋榛。皇图跨四海,百姓拖—作施长绅。光明霭不发,腰龟徒鹜银。吾将噪礼乐,声调摩清新。欲使十千岁,帝道如飞神。华实自苍老,流采—作来长倾溢。

没没暗齚舌,涕血不敢论。今将下东道,祭酒而别秦。六郡无剿儿,长刀谁拭尘。地理阳无正,快马逐服辕。二子美年少,调道讲—作讲道调清浑。讥笑断冬夜,家庭疏篸穿。曙风起四方,秋月当东悬。赋诗面投掷,悲哉不遇人。此别定沾臆,越布先裁巾。

全唐诗卷三百九十四

李贺

南园

方领蕙带折角巾,杜若已老兰苕春。南山削秀蓝玉合,小雨归去飞凉云。熟杏暖香梨叶老,草梢—作萧竹栅锁池痕—作溜。郑公乡老开酒尊,坐泛楚奏—作酒吟招魂。

假龙吟歌

石轧铜杯,吟咏枯瘁。苍鹰—作鸢摆血,白凤下肺。桂子自落,云弄车盖。木死沙崩恶溪岛,阿母得仙今不老。窨中跳汰截清涎,限埌卧水埋金爪。崖蹬苍苔—作苍吊石发,江君掩帐赟笘折。莲花去国一千年,雨后闻腥犹带铁。

感讽六首

人间春荡荡,帐暖香扬扬。飞光染幽红,夸娇来洞房。舞席泥金蛇,桐竹罗花床。眼逐春瞑醉,粉随泪色黄。王子下马来,曲沼鸣鸳鸯。焉知肠车转,一夕巡九方。

苦风吹朔寒,沙惊秦木折。舞影逐空天,画鼓余清节。蜀书秋信断,黑水朝波咽。娇魂从回风,死处悬乡月。

杂杂胡马尘,森森边士戟。天教胡马战,晓云皆血色。妇人携汉卒,箭箙囊巾帼。不惭金印重,踉蹡腰鞬力。恂恂乡门老,昨夜试锋镝。走马遣书勋,谁能分粉墨。

青门—作鸟,又作马放弹去,马色连空郊。何年帝家物,玉装鞍上摇。去去走犬归,来来坐烹羔。千金不了馔,狨—作格肉称盘臊。试问谁家子,乃老—作云能佩刀。西山白盖下,贤俊寒萧萧。

晓菊泫—作泣寒露,似悲团扇风。秋凉经汉殿,班子泣衰红。本无辞辇意,岂见入空宫。腰衱佩珠断,灰蝶生阴松。

蝶—作蜂飞红粉台,柳扫吹笙道。十日悬户庭,九秋无衰—作素草。调歌送风转,杯池白鱼小。水宴截香腴,菱科映青罩。芊蒙—作茸梨花满,春昏弄长啸—作笑。唯愁苦花落,不悟世衰到。抚旧唯销—作伤魂,南山坐悲峭—作啸。

莫愁曲

草生龙坡下,鸦噪城堞头。何人此城里,城角栽石榴。青丝系五马,黄金络双牛。白鱼驾莲船,夜作十里游。归来无人识,暗上沉香楼。罗床倚瑶瑟,残月倾帘钩。今日槿花落,明朝桐树秋。莫—作若负平生意,何名何—作作莫愁。

夜来乐

红罗复帐金流—作涂苏,华灯九枝悬鲤鱼。丽人映月开铜铺,春水滴酒猩猩沽。—本有价字。重一箧,香十株,赤金瓜子兼杂麸。五丝封青瓮—作五色丝封青瓮,一作五色丝封青玉瓮,阿侯此笑千万余。南轩汉转帘影疏,桐林哑哑挟子乌。剑崖鞭节青石珠,白骝吹湍凝霜须。漏长送佩承明—作胡庐,倡楼嵯峨明月孤。新客下马故客去,绿蝉秀黛重拂梳。

嘲雪

昨日发葱岭,今朝下兰渚。喜从千里来,乱笑含春语—作雨。龙沙湿汉旗,风扇迎秦素。久别辽城鹤,毛衣已应故。

春怀引

芳蹊密影成花洞,柳结浓烟花—作阴香带重。蟾蜍碾玉挂—作作明弓,捍拨装金打仙凤。宝枕垂云选春梦,钿合碧寒龙脑冻。阿侯系锦觅周郎,凭仗东风好相送。

白虎行

火乌日暗崩腾云,秦皇虎视苍生群。烧书灭国无暇日,铸剑佩玦惟—作呼将军。玉坛设醮思冲天,一世一世当万年。烧丹未得不死药,挐舟海上寻神仙。鲸鱼张鬣海波沸,耕人半作征人鬼。雄豪气猛如焰烟—作猛焰烈烧空,无人为决天河水。谁最苦兮谁最苦,报人义士深相许。渐离击筑荆卿歌,荆卿把酒燕丹语。剑如霜兮胆—作肠如铁,出燕城兮望秦月。天授秦封祚未移—作终,衮龙衣点荆卿血。朱旗卓地白虎死,汉皇知—作却是真天子。

有所思

去年陌上歌离曲,今日君书远游蜀。帘外花开二月风,台前泪滴千行竹。琴心与妾肠,此夜断还续。想君白马悬雕弓,世间何处无春风。君心未肯镇如石,妾颜不久如花红。夜残高碧横长河,河上无梁空白波。西风未起悲龙梭,年年织素攒双蛾。江山迢递无休绝,泪眼看灯乍明灭。自从孤馆深锁窗,桂花几度圆还缺。鸦鸦向晓鸣森木,风过池塘响丛玉。白日萧条梦不成,桥南更问仙人卜。

啁少年

青骢马肥金鞍光,龙脑入缕罗衫香。美人狭坐飞琼觞,贫人唤云天上郎。别起高楼临碧篆,丝曳红鳞出深沼。有时半醉百花前,背把金丸落飞鸟。自说生来未为客,一身美妾过三百。岂知剧地种苗—作田家,官税频催勿—作没人织。长得—作金积玉夸豪毅,每揖闲人多意气。生来不读半行书,只把黄金买身贵。少年安得长少年,海波尚变为桑田。荣枯递传—作转急如箭,天公不—作岂肯于公偏。莫道韶华镇长在,发白面皱专相待。

高平县东私路

侵侵槲叶香,木花滞寒雨。今夕山上秋,永谢无人处。石碛远荒涩,棠实悬辛苦。古者—作道定幽寻,呼君作私路。

神仙曲

碧峰海面藏灵书,上帝拣作神仙居。清明—作晴时笑语闻空虚,斗乘巨浪骑鲸鱼。春罗书字邀王母,共宴红楼最深处。鹤羽冲风过海迟,不如却使青龙去。犹疑王母不相许,垂露—作雾娃鬟更传语。

龙夜吟

　　卷发胡儿眼睛绿，高楼夜静吹横竹。一声似向天上来，月下美人望乡哭。直排七点星藏指，暗合清风调宫徵。蜀道秋深云满林，湘江半夜龙惊起。玉堂美人边塞情，碧窗皓月愁中听。寒砧能捣百尺练，粉泪凝珠滴红线。胡儿莫作陇头吟，隔窗暗结愁人心。

昆仑使者

　　昆仑使者无消息，茂陵烟树生愁色。金盘玉露自淋漓，元气茫茫收不得。麒麟背上石文裂，虬龙鳞下红枝折。何处偏伤万国心，中天夜久高明月。

汉唐姬饮酒歌

　　御服沾霜露，天衢长蓁棘。金隐秋尘姿，无人为带饰。玉堂歌声寝，芳林烟树隔。云阳台上歌，鬼哭复何益。铁剑常—本缺此字光光，至凶威屡逼。—作伏剑明秋水，凶威屡胁逼。强枭噬母心，奔厉索人魄。相看两相泣，泪下如波激。宁用清酒为，欲作黄泉客—作隔。不说玉山颓，且无饮中色。勉从天帝诉，天上寡沉厄。无处张缥帷，如何望松柏。妾身昼团团，君魂夜寂寂。蛾眉自觉长，颈粉谁怜白。矜持昭阳意，不肯看—作即南陌。

听颖师琴歌

　　别浦云归桂花渚，蜀国弦中双凤语。芙蓉叶落秋鸾离，越王夜起游天姥。暗佩清臣敲水玉，渡海蛾眉牵—作乘白鹿。谁看挟剑赴长桥，谁看浸发题春竹。竺僧前立当吾门，梵宫真相眉棱尊。古琴大轸长八尺，峄阳老树非桐孙。凉馆闻弦惊病客，药囊暂别龙须席。请歌直—作当请卿相歌，奉礼官卑复何益。

谣俗

　　上林胡蝶小，试伴汉家君—作春。飞向南城去，误落石榴裙。脉脉花满树，翩翩燕绕云。出门不识路，羞问陌头人。

静女春曙曲

　　嫩叶怜芳抱新蕊，泣露枝枝滴天泪。粉窗香咽颓晓云，锦堆花密藏春睡。恋屏孔雀摇金尾，莺舌分明呼婢子。冰洞寒龙半匣水，一只商鸾逐烟起。

少年乐

　　芳草落花如锦地，二十长游醉乡里。红缨不动白马骄，垂柳金丝香拂水。吴娥未笑花不开，绿鬟耸堕兰云起。陆郎倚醉牵罗袂，夺得宝钗金翡翠。

句

　　不见山岭树，摧杌下为薪。日睹井中泥，上出作埃尘。《莹箴谣》。一作岂甘井中泥，时至出作尘。

　　情知一丘趣，不谢千里印。

　　倚剑登高台，悠悠送春目。以上并见《海录碎事》。

全唐诗卷三百九十五

刘叉

刘叉,元和诗人。少任侠,因酒杀人,亡命,会赦出,更折节读书,能为歌诗。闻韩愈接天下士,步归之,作《冰柱》、《雪车》二诗。后以争语不能下宾客,因持愈金数斤去,曰:"此谀墓中人得耳,不若与刘君为寿。"遂行,归齐鲁,不知所终。诗一卷。

冰柱

师干久不息,农为兵兮民重嗟。骚然县宇一作宇县,土崩水溃。畹中无熟谷,坡上无桑麻。王春判序,百卉茁甲含葩。有客避兵奔游僻,跋履险厄至三巴。貂裘蒙茸已敝缕,鬓发蓬肥。雀惊鼠伏,宁遑安处。独卧旅舍无好梦,更堪走风沙。天人一夜剪瑛瑶,诘旦都成六出花。出岫未盈尺,纤片乱舞空纷挐。旋落旋逐朝一作晴曦化,檐间冰柱若削出交加。或低或昂,小大莹洁,随势无等差。始疑玉龙下界来人世,齐向茅檐布爪牙。又疑汉高帝,西方未一作来斩蛇。人不识,谁为当风杖一作空非莫邪。铿铿一作锵铿冰有韵,的砾玉无瑕。不为四时雨,徒于道路成泥柤。不为九江浪,徒为汩没天之涯。不为双井水,满瓯泛泛烹春茶。不为中山浆,清新馥一作朴鼻盈百车。不为池与沼,养鱼种芰成霏霏。不为醴泉与甘露,使名异瑞世俗夸。特禀朝澈气,洁然自许靡间其迩遐。森然气结一千里,滴沥声沉十万家。明也虽小,暗之大不可遮。勿一作物被曲瓦,直下不能抑群邪。奈一作抑何时逼,不得时在我目中,倏然漂去无余誇。自是成毁任天理,天于此物岂宜有戏赊。反令井蛙壁虫变容易,背人缩首竟呀呀。我愿天子回造化,藏之韫椟玩之生光华。

雪车

腊令凝绨三十日,缤纷密雪一复一。䨺云涧泽在枯荄,阛阓饿民冻欲死。死中犹被豺狼食,官车初还城垒未完备。人家千里无烟火一作粪，鸡犬何太怨。天不恤吾氓，如何连夜瑶花乱。皎洁既同君子节，沾濡多著小人面。寒锁侯门见客稀，色迷塞路行商断。小小细细如尘间，轻轻缓缓成朴簌—作扑簌。官家不知民馁—作冻寒，尽驱牛车盈道载屑玉。载载欲何之，秘藏深宫以御炎酷。徒能自卫九重间，岂信车辙血，点点尽是农夫哭。刀兵残丧后，满野谁为载白骨。远戍久乏粮，太仓谁为运红粟。戎夫尚逆命，扁箱鹿角谁为敌。士夫困征讨，买花载酒谁为适。天子端然少旁求，股肱耳目皆奸慝。依违用事佞上方，犹驱饿民运造化防暑厄。吾闻躬耕南亩舜之圣，为民吞蝗唐之德。未闻墟孽苦苍生，相群相党上下为蟊贼。庙堂食禄不自惭，我为斯民叹息还叹息。

修养

损神终日谈虚空，不必—作必不归命于胎中。我神不西亦不东，烟收云散何蒙蒙。尝令体如微—作冷出微风，绵绵不断道自冲。世人逢一不逢一，一回存想一回出。只知一切望一切，不觉一日损一日。劝君修真复识真—作真修，世上道人多忤—作误人，披图醮录益乱神。此法那能坚此身，心田自有灵地珍，惜哉自有不自亲，明真泪没随埃尘。

勿执古，寄韩潮州

古人皆执古，不辞冻饿悲。今人亦执古，自取行坐危。老菊凌霜葩，狞松抱雪姿。武王亦至明，宁哀首阳饥。仲尼岂非圣，但为互乡嗤。寸心生万路，今古梦若丝。逐逐行不尽，茫茫休者谁。来恨不可遏，去悔何足追。玉石共笑唾，驽骥相奔驰。请君勿执古，执古徒自隳。

答孟东野

酸寒孟夫子，苦爱老叉诗。生涩有百篇，谓是琼瑶辞。百篇非所长，忧来豁穷悲。唯有刚肠铁，百炼不柔亏。退之何可骂，东野何可欺。文王已云没，谁顾好爵縻。生死守一丘，宁计饱与饥。万事付杯酒，从人笑狂痴。

自古无长生，劝姚合酒 一本作劝杨勉酒

奉子一杯酒，为子照颜色。但愿腮上红，莫管颔下白。自古无长生，生者何戚戚。登山勿厌高，四望都无极。丘陇逐日多，天地为我窄。只见李耳书，对之—作为我空脉脉。何曾见天上，著得刘安宅。若问—作自古长生人，昭昭孔丘—作孟籍。

独饮

尽欲调太羹，自古无好手。所以山中人，兀兀但饮酒。

作诗

作诗无知音，作不如不作。未逢赓载人，此道终—作长寂寞。有虞今已殁—作矣，来者谁为托。朗咏豁心胸，笔与泪俱落。

天津桥

洛阳宫阙照天地，四面山川无毒气。谁令汉祖都秦关，从此奸雄转相炽。

嘲荆卿

白虹千里气，血颈一剑义。报恩不到头，徒作轻生士—作事。

代牛言

渴饮颍水流，饿喘吴门月。黄金如可种，我力终不竭—作歇。

莫问卜

莫问卜，人生吉凶皆自速。伏羲文王若无死，今人不为古人哭。

观八骏图

穆王八骏走不歇，海外去寻长日月。五云望断阿母宫，归来落得新白发。

经战地

杀气不上天，阴风吹雨血。冤魂不入地，髑髅哭沙月。人命固有常，此地何夭折。

野哭

棘针生狞义路闲,野泉相吊声潺潺。哀哉异教溺颓俗,淳源一去何时还。

古怨

君莫嫌丑妇,丑妇死守贞。山头一怪石,长作望夫名。鸟有并翼飞,兽有比肩行。丈夫不立义,岂如鸟兽情。

烈士—作女咏

烈士—作女或—作不爱金,爱金不为贫。义死天—作人亦许,利生鬼—作天亦嗔。胡为轻薄儿,使酒杀平人。

狂夫

大妻唱舜歌,小妻鼓湘瑟。狂夫游冶归,端坐仍作色。不读关雎篇,安知后妃德。

饿咏

文王久不出,贤士如土贱。妻孥从饿死,敢爱黄金篆。

自问

自问彭城子,何人授汝颠。酒肠宽似海,诗胆大于天。断剑徒劳匣,枯琴无复弦。相逢不多—作得合,赖是向林泉—作颓手响秋泉。

入蜀

望空问真宰,此路为谁开。峡色侵天去,江声滚地来。孔明深有意,钟会亦何才。信此非人事,悲歌付一杯。

塞上逢卢仝

直到桑干北,逢君夜不眠。上楼腰脚健,怀土眼睛穿。斗柄寒垂地,河流—作黄河冻彻天—作河源冷接天。羁魂泣相向,何事有诗篇。

偶书

日出扶桑一丈高,人间万事细如毛。野夫怒见不平处—作事,磨损—作尽胸中万古刀。

爱碣山石

碣石何青青,挽我双眼睛。爱尔多古峭,不到人间行。

与孟东野

寒衣草木皮,饥饭葵藿—作食草木根。不为孟夫子,岂识市井门。

姚秀才爱予小剑,因赠

一条古时—作万古水,向我手心—作胸中流。临行泻—作解赠君,勿薄—作报,又作临细碎仇。

老恨

雪—作风打杉松—作雪残,补书书不完。懒学渭上翁,辛苦把钓—作持竹竿。

全唐诗卷三百九十六

元稹

元稹,字微之,河南河内人。幼孤,母郑贤而文,亲授书传。举明经书判入等,补校书郎。元和初,应制策第一。除左拾遗,历监察御史。坐事贬江陵士曹参军,徙通州司马。自虢州长史征为膳部员外郎,拜祠部郎中、知制诰。召入翰林为中书舍人、承旨学士,进工部侍郎同平章事。未几罢相,出为同州刺史。改越州刺史,兼御史大夫、浙东观察使。太和初,入为尚书左丞、检校户部尚书,兼鄂州刺史、武昌军节度使。年五十三卒,赠尚书右仆射。稹自少与白居易倡和,当时言诗者称"元白",号为"元和体"。其集与居易同名长庆。今编诗二十八卷。

思归乐

山中—作我作思归乐,尽作思归鸣。尔是此山鸟,安得失乡名。应缘此山路—作寄迹,自古离人征。阴愁感和气,俾尔从此生。我虽失乡去,我无—作不失乡情。惨舒在方寸,宠辱将何惊。浮生居大块,寻丈可寄形—作身。身安即形乐,岂独乐咸京。命者道之本,死者天之平。安问远与近,何言殇与彭。君看赵工部,八十支体轻。交州二十载,一到—作始对长安城。长安不须臾,复作交州行。交州又累岁,移镇广与荆—作移镇值江陵。归朝新天子,济济为上卿。肌肤无瘴色,饮食康且宁。长安一昼夜,死者如陨星。丧车四门出,何关炎瘴萦。况我三十二—作余,百年—作年来未半程。江陵道涂近,楚俗云水清。遐想玉泉寺,久闻岘山—作久欲登斯亭。此去尽绵历,岂无心赏并。红餐日充腹,碧涧朝析酲。开门—作酿酒待宾客,寄书安弟兄。闲穷四声韵,闷阅九部经。身外皆委顺—作无所求,眼前随所营。此意久已定,谁能求苟荣。所以官甚小,不畏权—作朝野已势倾。倾心岂不易,巧诈神之刑。万物有本性,况复人性—作至灵。金埋无土色,玉坠无瓦声。剑折有寸利，镜破有片明。我可俘为囚，我可刃为兵。我心终不死，金石贯以诚。此诚患不至—作立，诚至—作难困道亦亨。微哉满山鸟，叫噪何足听。

春鸠

春鸠与百舌，音响讵同年。如何一时语，俱得春风怜。犹知化工—作造物意，当春不生蝉。免教争叫噪，沸渭桃花前。

春蝉

我自东归日，厌苦春鸠声。作诗怜化工，不遣春蝉生。及来商山道，山深气不平。春秋两相似，虫豸百种鸣。风松不成韵，蜩螗沸如羹。岂无朝阳凤，羞与微物争。安得天上雨，奔浑河海倾。荡涤反时气，然后好晴明。

兔丝

人生莫依倚，依倚事不成。君看兔丝蔓，依倚榛与荆。荆榛易蒙密，百鸟撩乱鸣。下有狐兔穴，奔走亦纵横。樵童斫将去，柔蔓与之并。翳荟生可耻，束缚死无名。桂树月中出，珊瑚石上生。俊鹘度海食，应龙升天行。灵物本特达，不复相缠萦。缠萦竟何者，荆棘与飞茎。

古社

古社基址在，人散社不神。惟有空心树，妖狐藏魅人。狐惑意颠倒，臊腥不复闻。丘坟变城郭，花草仍荆榛。良田千万顷，占作天荒田。主人议芟斫，怪见不敢前。那言空山烧，夜随风马—作长奔。飞—作乢声鼓鼙震，高焰旗帜翻。逡巡荆棘尽，狐兔无子孙。狐死魅人灭，烟消坛堆存。绕坛旧田地，给授有等伦。农收村落盛，社树新团圆。社公千万岁，永保村中民。

松树

华山高幢幢—作憧憧，上有高高松。株株遥各各，叶叶相重重。槐树夹道植，枝叶俱冥蒙。既无贞直干，复有冒挂虫。何不种松树，使—作种之摇清风。秦时已曾种，憔悴种不供。可怜孤松意，不与槐树同。闲在高山顶，樛盘虬与龙。屈为大厦栋，庇荫侯与公。不肯作行伍，俱在尘土中。

芳树

芳树已寥落，孤英尤可嘉。可怜团团—作团圆叶，盖覆深深花。游蜂竞钻刺，斗雀亦纷拏。天生细碎物，不爱好光华。非无歼殄法，念尔有生涯。春雷一声发，惊燕亦惊蛇。清池养神蔡，已复长虾蟆。雨露贵平施，吾其春草芽。

桐花

胧月上山馆，紫桐垂好阴。可惜暗澹色，无人知此心。舜没苍梧野，凤归丹穴岑。遗落在人世，光华那复深。年年怨春意，不竞桃杏林。唯占清明后，牡丹还复侵。况此空馆闭，云谁恣幽寻。徒烦鸟噪集，不语山嶔岑。满院青苔地，一树莲花簪。自开还自落，暗芳终暗沉。尔生不得所，我愿裁为琴。安置君王侧，调和元首音。安问宫徵角，先辨雅郑淫。宫弦春以君，君若春日临。商弦廉以臣，臣作旱天霖。人安角声畅，人困斗不任。羽以类万物，祆物神不歆。徵以节百事，奉事罔不钦。五者苟不乱，天命乃可忱。君若问孝理，弹作梁山吟。君若事宗庙，拊以和球琳。君若不好谏，愿献触疏箴。君若不罢猎，请听荒于禽。君若侈台殿，雍门可沾襟。君若傲贤隽，鹿鸣有食芩。君闻祈招什，车马勿骎骎。君若欲败度，中有式如金。君闻薰风操，志气在愔愔。中有阜财语，勿受来献赆。北里当绝听，祸莫大于淫。南风苟不竞，无往遗之擒。奸声不入耳，巧言宁孔壬。枭音亦云革，安得涔与浸。天子既穆穆，群材亦森森。剑士还农野，丝人归织纴。丹凤巢阿阁，文鱼游碧浔。和气浃寰海，易若溉蹄涔。改张乃可鼓，此语无古今。非琴独能尔，事有谕因铖。感尔桐花意，闲怨杳难禁。待我持斤斧，置君为大琛。

雉媒

双雉在野时，可怜同嗜欲。毛衣前后成，一种文章足。一雉独先飞，冲开芳草绿。网罗幽草中，暗被潜羁束。剪刀摧六翮，丝线缝双目。哝养能几时，依然已驯熟。都无旧性灵，返与他心腹。置在芳草中，翻令诱同族。前时相失者，思君意弥笃。朝朝旧处飞，往往巢边哭。今朝树上啼，哀音断还续。远见尔文章，知君草中伏。和鸣忽相召，鼓翅遥相瞩。畏我未肯来，又啄罋前粟。敛翮远投君，飞驰势奔蹙。罥挂在君前，向君声促促。信君决无疑，不道君相覆。自恨飞太高，疏罗偶然触。看看架上鹰，拟食无罪肉。君意定何如，依旧雕笼宿。

箭镞

箭镞本求利，淬砺良甚难。砺将何所用，砺以射凶残。不砺射不入，不射人不安。为盗即当射，宁问私与官。夜射官中盗，中之血阑干。带箭君前诉，君王悄不欢。顷曾为盗者，百箭中心攒。竟将儿女泪，滴沥助辛酸。君王责良帅，此祸谁为端。帅言发硎罪，不使刃稍刓。君王不忍杀，逐之如进丸。仍令后来箭，尽可头团团。发硎去虽远，砺镞心不阑。会射蛟螭尽，舟行无恶澜。

赛神

村落事妖神，林木大如村。事来三十载，巫觋传子孙。村中四时祭，杀尽<small>一作尽杀</small>鸡与豚。主人不堪命，积燎曾欲燔。旋风天地转，急雨江河翻。采薪持斧者，弃斧纵横奔。山深多掩映，仅免鲸鲵吞。主人集邻里，各各持酒樽。庙中再三拜，愿得禾稼存。去年大巫死，小觋又妖言。邑中神明宰，有意效西门。焚除计未决，伺者迭乘轩。庙深荆棘厚，但见狐兔蹲。巫言小神变，可验牛马蕃。邑吏齐进说，幸勿祸乡原。逾年计不定，县听良亦烦。涉夏祭时至，因令修四垣。忧虞神愤恨，玉帛意弥敦。我来神庙下，萧鼓正喧喧。因言遣妖术，灭绝由本根。主人中罢舞，许我重叠论。蜉蝣生湿处，鸱枭集黄昏。主人邪心起，气焰日夜繁。狐狸得蹊径，潜穴主人园。腥臊袭左右，然后托丘樊。岁深树成就，曲直可轮辕。幽妖尽依倚，万怪之所屯。主人一心好，四面无篱藩。命樵执斤斧，怪木宁遽髡。主人且倾听，再为谕清浑。阿胶在末派，罔象游上源。灵药逡巡尽，黑波朝夕喷。神龙厌流浊，先伐鼍与鼋。鼍鼋在龙穴，妖气常郁温。主人恶淫祀，先去邪与昏。昏邪中人意，蛊祸蚀精魂。德胜妖不作，势强威亦尊。计穷然后赛，后赛复何恩。

大觜乌

阳乌有二类，嘴白者名慈。求食哺慈母，因以此名之。饮啄颇廉俭，音响亦柔雌。百巢同一树，栖宿不复疑。得食先反哺，一身常苦羸。缘知五常性，翻被众禽欺。其一嘴大者，攫搏性贪痴。有力强如鹘，有爪利如锥。音声甚吙嘻，潜通妖怪词。受日余光庇，终天无死期。翱翔富人屋，栖息屋前枝。巫言此乌至，财产日丰宜。主人一心惑，诱引不知疲。转见乌来集，自言家转孳。白鹤门外养，花鹰架上维。专听乌喜怒，信受若神龟。举家同此意，弹射不复施。往往清池侧，却令鸂鷘随。群乌饱粱肉，毛羽色泽滋。远近恣所往，贪残无不为。巢禽攫雏卵，厩马啄疮痍。渗沥脂膏尽，凤凰那得知。主人一朝病，争向屋檐窥。呦嘤呼群鹏，翩翩集怪鸱。主人偏养者，啸聚最奔驰。夜半仍惊噪，偶鹘逐老狸。主人病心怯，灯火夜深移。左右虽无语，奄然皆泪垂。平明天出日，阴魅走参差。乌来屋檐上，又惑主人儿。儿即富家业，玩好方爱奇。占募能言乌，置者许高赀。陇树巢鹦鹉，言语好光仪。美人倾心献，雕笼身自持。求者临轩坐，置在白玉墀。先问乌中苦，便言乌若斯。众乌齐搏铄，翠羽几离披。远掷千余里，美人情亦衰。举家惩此患，事乌逾昔时。向言池上鹭，啄肉寝其皮。夜漏天终晓，阴云风定吹。况尔乌何者，数极不知危。会结弥天网,尽取一无遗。常令阿阁上,宛宛宿长离。

分水岭

崔嵬分水岭,高下与云平。上有分流水,东西随势倾。朝同一源出,暮隔千里情。风雨各自异,波澜相背惊。势高竞奔注,势曲已回萦。偶值当途石,蹙缩又纵横。有时遭孔穴,变作鸣咽声。褊浅无所用,奔波奚所营。团团井中水,不复东西征。上应美人意,中涵孤月明。旋风四面起,井深波不生。坚冰一时合,井深冻不成。终年汲引绝,不耗复不盈。五月金石铄,既寒亦既清。易时不易性,改邑不改名。定如拱北极,莹若烧玉英。君门客如水,日夜随势行。君看守心者,井水为君盟。

四皓庙

巢由昔避世,尧舜不得臣。伊吕虽急病,汤武乃可君。四贤胡为者,千载名氤氲。显晦有遗迹,前后疑不伦。秦政虐天下,黩武穷生民。诸侯战必死,壮士眉亦颦。张良韩孺子,椎碎属车轮。遂令英雄意,日夜思报秦。先生相将去,不复婴世尘。云卷在孤岫,龙潜为小鳞。秦王转无道,谏者鼎镬亲。茅焦脱衣谏,先生无一言。赵高杀二世,先生如不闻。刘项取天下,先生游白云。海内八年战,先生全一身。汉业日已定,先生名亦振。不得为济世,宜哉为隐沦。如何一朝起,屈作储贰宾。安存孝惠帝,摧悴戚夫人。舍大以谋细,虬盘而蠖伸。惠帝竟不嗣,吕氏祸有因。虽怀安刘志,未若周与陈。皆落子房术,先生道何屯。出处贵明白,故吾今有云。

全唐诗卷三百九十七

元稹

青云驿

岧峣青云岭,下有千仞溪。裴回不可上,人倦马亦嘶。愿登青云路,若望丹霞梯。谓言青云驿,绣户芙蓉闺。谓言青云骑,玉勒黄金蹄。谓言青云具,瑚琏杂—作并象犀。谓言青云吏,的的颜如珪。怀此青云望,安能复久稽—作栖。攀援—作路逾信不易,风雨正凄凄。已怪杜鹃鸟,先来山下啼。才及青云驿—作归家尘雾暗,忽遇蓬蒿妻。延我开荜户,凿窦宛如圭。逡巡吏来谒—作来叙别,头白颜色黧。馈食频叫噪,假器仍乞醯。向时延我者,共舍—作拾藿与藜。乘我牸牁马,蒙茸大如羝。悔为青云意,此意良噬脐。昔游蜀门—本缺,一作关下,有驿名青泥。闻名意惨怆,若坠牢与狴。云泥异所称,人物一以齐。复闻阊阖上,下视日月低。银城蕊珠殿,玉版金字题。大帝直南北,群仙侍东西。龙虎俨队仗,雷霆轰鼓鼙。元君理庭内,左右桃花蹊。丹霞烂成绮,景—作素云轻若绨。天池光瀲瀲,瑶草绿萋萋。众真千万辈,柔颜尽如荑。手持凤尾扇,头戴翠羽笄。云韶互铿戛,霞服相提携。双双发皓齿,各各扬轻袿。天祚乐未极,溟波浩无堤。秽贱灵所恶,安肯问黔黎。桑田变成海,宇县烹为齑。虚皇不愿见,云雾重重翳。大帝安可梦,阊阖何由跻。灵物可见者,愿以谕端倪。虫蛇吐云气,妖氛变虹霓。获麟书诸册,豢龙醢为醯。凤皇占梧桐,丛杂百鸟栖。野鹤啄腥虫,贪饕不如鸡。山鹿藏窟穴,虎豹吞其麑。灵物比—作此灵境,冠履宁甚暌。道胜即为乐,何惭居卑梯。金张好车马,於陵亲灌畦。在梁或在火,不变玉与鹥。上天勿行行,潜穴勿凄凄。吟此青云谕,达观终不迷。

阳城驿

商有阳城驿,名同阳道州。阳公没已久,感我泪交流。昔公孝父母,行与曾闵俦。既孤善兄弟,兄弟和且柔。一夕不相见,若怀三岁忧。遂誓不婚娶,没齿同衾裯。妹夫死他县,遗骨无人收。公令季弟往,公与仲弟留。相别竟不得,三人同远游。共负他乡骨,归来藏故丘。栖迟居夏邑,邑人无苟偷。里中竞长短,来问劣与优。官刑一朝耻,公短终身羞。公亦不遗布,人自不盗牛。问公何能一作德尔,忠信先自修。发言当道理,不顾党与雠。声香渐翕习,冠盖若云浮。少者从公学,老者从公游。往来相告报,县尹与公侯。名落公卿口,涌如波荐一作数万舟。天子得闻之,书下再三求。书中愿一见,不异旱地一作呈天虹。何以持为聘,束帛藉琳球。何以持为御,驷马驾安辀。公方伯夷一作云自挺操,事殷不事周。我实唐士庶,食唐之田畴。我闻天子忆,安敢专自由。来为谏大夫,朝夕侍冕旒。希夷惇薄俗,密勿献良筹。神医不言术,人瘼曾暗瘳。月请谏官俸,诸弟相对谋。皆曰亲戚外,酒散目前愁。公云不有尔,安得此嘉猷。施余尽酤酒,客来相献酬。日旰不谋食,春深仍弊裘。人心良戚戚,我乐独由由一作油油。贞元岁云暮,朝有曲如钩。风波势奔蹙,日月光绸缪。齿牙属为猾,禾黍暗生蟊。岂无司言者,肉食吞其喉。岂无司搏者,利柄扼其一作如鞲。鼻复势气塞,不得辩薰莸。公虽未显谏,惴惴如患瘤。飞章八九上,皆若珠暗投。炎炎日将炽,积燎无人抽。公乃帅其属,决谏同报仇。延英殿门外,叩阁仍叩头。且曰事不止,臣谏誓不休。上知不可遏,命以美语酬。降官司成署,俾之为赘疣。奸心不快活,击刺砺戈矛。终为道州去,天道竟悠悠。遂令不言者,反以言为讠戈。喉舌坐成木,鹰鹯化为鸠。避权如避虎,冠豸如冠猴。平生附我者,诗人称好逑。私来一执手,恐若坠诸沟。送我不出户,决我不回眸。唯有太学生,各具粮与糇。咸言公去矣,我亦去荒陬。公与诸生别,步步驻行驺。有生不可诀,行行过闽瓯。为师得如此,得为贤者不。道州闻公来,鼓舞歌且讴。昔公居夏邑,狎人如狎鸥。况自为刺史,岂复援鼓桴。滋章一时罢,教化

天下遒。炎瘴不得老,英华忽已秋。有鸟哭杨震,无儿悲邓攸。唯余门弟子,列树松与楸。今来过此驿,若吊汨罗洲。祠曹讳羊祜,此驿何不侔。我愿避公讳,名为避贤邮。此名有深意,蔽贤天所尤。吾闻玄元教,日月冥九幽。幽阴蔽翳者,永为幽翳一作阴囚。

苦雨

江瘴气候恶,庭空田地芜。烦昏一日内,阴暗三四殊。巢燕污床席,苍蝇点肌肤。不足生诟怒,但苦寡欢娱。夜来稍清晏,放体阶前呼。未饱风月思,已为蚊蚋图。我受簪组身,我生天地炉。炎蒸安敢倦,虫豸何时无。凌晨坐堂庑,努力泥中趋。官家事不了,尤悔亦可虞。门外竹桥折,马惊不敢逾。回头命僮御,向我色踟蹰。自顾方灌落,安能相诘诛。隐忍心愤恨,翻为声煦愉。逡巡崔嵬日,杲曜东南隅。已复云蔽翳,不使及泥涂。良农尽蒲苇,厚地积潢污。三光不得照,万物何由苏。安得飞廉车,礔礰云将躯。又提精一作雅阳剑,蛟螭支节屠。阴沴皆电扫,幽妖亦雷驱。煌煌启闾阖,轧轧掉乾枢。东西生日月,昼夜如转珠。百川朝巨海,六龙蹋亨衢。此意倍寥廓,时来本须臾。今也泥鸿洞,鼋鼍真得途。

种竹并序

昔乐天赠予诗云:无波古井水,有节秋竹竿。予秋来种竹厅下,因而有怀,聊书十韵。

昔公怜我一作有直,比之秋竹竿。秋来苦相忆,种竹厅前看。失地颜色改,伤根枝叶残。清风犹淅淅,高节空团团。鸣蝉聒暮景,跳蛙集幽栏。尘土复昼夜,梢云良独难。丹丘信云远,安得临仙坛。瘴江冬草绿,何人惊岁寒。可怜亭亭干,一一青琅玕。孤凤竟不至,坐伤时节阑。

和乐天赠樊著作

君为著作诗,志激词且温。璨然光扬者,皆以义烈闻。千虑竟一失,冰玉不断痕。谬予顽不肖,列在数子间。因君讥史氏,我亦能具

陈。羲黄眇云远,载籍无遗文。煌煌二帝道,铺设在典坟。尧心惟舜会,因著为话言。皋夔益稷禹,粗得无间然。缅然千载后,后圣曰孔宣。迥知皇王意,缀书为百篇。是时游夏辈,不敢措舌端。信哉作遗训,职在圣与贤。如何至近古,史氏为闲官。但令识字者,窃弄刀笔权。由心书曲直,不使当世观。贻之千万代,疑言相并传。人人异所见,各各私所偏。以是曰褒贬,不如都无焉。况乃丈夫志,用舍贵当年。顾予一作愚子有微尚,愿以出处论。出非利吾己,其出贵道全。全道岂虚设,道全当及人。全则富与寿,亏则饥与寒。遂我一身逸,不如万物安。解悬不泽手,拯溺无折旋。神哉伊尹心,可以冠古先。其次有独善,善己不善民。天地为一物,死生为一源。合杂分万变,忽若风中尘。抗哉巢由志,尧舜不可迁。舍此二者外,安用名为宾。持谢著书郎,愚不愿有云。

和乐天感鹤

我有所爱鹤,毛羽霜雪妍。秋霄一滴露,声闻林外天。自随卫侯去,遂入大夫轩。云貌久已隔,玉音无复传。吟君感鹤操,不觉心惕然。无乃予所爱,误为微物迁。因兹谕直质,未免柔细牵。君看孤松树,左右萝茑缠。既可习为饱,亦可薰为荃。期君常善救,勿令终弃捐。

谕宝二首

沉玉在弱泥,泥弱玉易沉。扶桑寒日薄,不照万丈心。安得潜渊虬,拔擢超邓林。泥封泰山趾,水散旱天霖。洗此泥下玉,照耀台殿深。刻为传国宝,神器人不侵。

冰置白玉壶,始见清皎洁。珠穿殿红缕,始见明洞彻。镆铘无人淬,两刃幽壤铁。秦镜无人拭,一片埋雾月。骥踢环堵中,骨附筋入节。虬蟠尺泽内,鱼贯一作众蛙同穴。艅艎无巨海,浮浮矜潦瀎。栋梁无广厦,颠倒卧霜雪。大鹏无长空,举翮受羁绁。豫樟无厚地,危柢真脆蹶。圭璧无卞和,甘与顽石列。舜禹无陶尧,名随腐草灭。神功伏神物,神物神乃别。神人不世出,所以神功绝。神物岂徒然,用之乃一作有施设。禹功九州理,舜德天下悦。璧充传国玺一作璧用充传玺,圭用祈太折。千寻豫樟干,九万大鹏歇。栋梁庇生民,艅艎济来哲。虬腾旱天雨,骥骋流电掣。镜悬奸胆露,剑拂妖蛇裂。珠玉照乘光,冰莹环坐热。此物比在泥,斯言为谁发。于今尽凡耳,不为君不一作陈说。

说剑

吾友有宝剑,密之如密友。我实胶漆交,中堂共杯酒。酒酣肝胆露,恨不眼前剖。高唱荆卿歌,乱击相如缶。更击复更唱,更酌一作舞亦更寿。白虹坐上飞,青蛇匣中吼。我闻音响异,疑是干将偶一作斗。为君再拜言,神物可见否。君言我所重,我自为君取。迎篚已焚香,近鞘先泽手。徐抽寸寸刃,渐屈弯弯肘。杀杀霜在锋,团团月临纽。逡巡潜虬跃,郁律惊左右。霆电满室光,蛟龙绕身一作逐奋走。我为捧之泣,此剑别来久一作何人为铸之,干将别来久。铸时近一作董山破,藏在松桂朽。幽匣一作质狱底一作中埋,神人水心守。本是稽泥一作泥稽淬,果非雷焕有。我欲评剑功,愿君良听受。剑可刳犀兜,剑可切琼玖。剑决天外云,剑冲日中斗。剑隳妖蛇腹,剑拂佞臣首。太古初断鳌,武王亲击纣。燕丹卷地图,陈平绾花绶。曾被桂树枝,寒光射林薮一作莽。曾经铸农器,利用翦稂莠。神物终变化,复为龙牝牡。晋末武库烧,脱然排户牖。为欲扫群胡,散作弥天帚。自兹失所往,豪英共为诟音苟。今复谁人铸,挺然千载后。既非古风胡一作壶,无乃近鸦九。自我与君游,平生益自负。况擎宝剑出,重以雄心扣。此剑何太奇,此心何太厚。劝君慎所用一作宝,所用无或苟。潜将辟魍魅,勿但防一作惊妾妇。留斩泓下蛟,莫试街中狗。君一作古今困泥滓,我亦坌尘垢。俗耳惊大言,逢人少开口。

书异

孟冬初寒月,渚泽蒲尚青。飘萧北风起,皓雪纷满庭。行过冬至后,冻闭万物零。奔浑驰暴雨,骤鼓轰雷霆。传云不终日,通宵曾莫停。瘴云愁拂地,急雷疑注瓶。汹涌潢潦浊,喷薄鲸鲵腥。跳趐井蛙喜,突兀水怪形。飞蚋奔不死,修蛇蛰再醒。应龙非时出,无乃岁不宁。吾闻阴阳户,启闭各有扃。后时无肃杀,废职乃玄冥。座配五天帝,荐用百品珍。权为祝融夺,神其焉得灵。春秋雷电异,则必书诸经。仲冬雷雨苦,愿省蒙蔽刑。

和乐天折剑头

闻君得折剑,一片雄心起。讵意铁蛟龙,潜在延津水。风云会—作剑—合,呼吸期万里。雷震山岳碎,电斩鲸鲵死。莫但宝剑头,剑头非此比。

全唐诗卷三百九十八

元稹

松鹤

渚宫本坳下,佛庙有台阁。台下三四松,低昂势前却。是时晴景丽,松梢残雪薄。日色相玲珑,纤云映罗幕。逡巡九霄外,似振风中铎。渐见尺帛光,孤飞唳空鹤。裴回耀霜雪,顾慕下寥廓。蹋动樛盘枝,龙蛇互跳跃。俯瞰九江水,旁瞻万里壑。无心眄乌鸢,有字悲城郭。清角已沉绝,虞韶亦冥寞。骞翻勿重留,幸及钧天作。

竞渡

吾观竞舟子,因测大竞源。天地昔将竞,蓬勃昼夜昏。龙蛇相喷薄,海岱俱崩奔。群动皆挠挠,化作流浑浑。数极斗心急,太和蒸混元。一气忽为二,蠢然画乾坤。日月复照耀,春秋递寒温。八荒坦以旷,万物罗以〔一作亦〕繁。圣人中间立,理世了不烦。延绵复几岁,逮及羲与轩。炎皇炽如炭,蚩尤扇其燔。有熊竞心起,驱兽出林樊。一战波委焰,再战火燎原。战讫天下定,号之为轩辕。自是岂无竞,琐细不复言。其次有龙竞,竞渡龙之门。龙门浚如泻,淙射不可援。赤鳞化时至,唐突鳍鬣掀。乘风瞥然去,万里黄河翻。接瞬电挺出,微吟霹雳喧。傍瞻旷宇宙,俯瞰卑昆仑。庶类咸在下,九霄行易扪。倏辞蛙黾穴,遽〔一作递〕排天帝阍。回悲曝鳃者,未免鲸鲵吞。帝命泽诸夏,不弃虫与昆。随时布膏露,称物施厚恩。草木沾我润,豚鱼望我蕃。向来同竞辈,岂料由我存。壮哉龙竞渡,一竞身独尊。舍此皆蚁斗,竞舟何足论。

寺院新竹

宝地琉璃坼,紫苞琅玕踊。亭亭巧于削,一一大如拱。冰碧林外寒,峰峦眼前耸。槎枒矛戟合,屹仡龙蛇动。烟泛翠光流,岁馀霜彩重。风朝竽籁过,雨夜鬼神恐。佳色有鲜妍,修茎无拥肿。节高迷玉镞,籜缀疑花捧。讵必太山根,本自仙坛种。谁令植幽壤,复此依闲冗。居然宵汉姿,坐受藩篱壅。噪集倦鸱鸟,炎昏繁蟻蠓。未遭伶伦听,非安子犹宠。威凤来有时,虚心岂无奉。

酬别致用

风行自委顺,云合非有期。神哉心相见,无朕安得离。我有悃愤志,三十无人知。修身不言命,谋道不择时。达则济亿兆,穷亦济毫厘。济人无大小,誓不空济私。研几未淳熟,与世忽参差。意气一为累,猜仍良已随。昨来窜荆蛮,分与平生睽。那言返为遇,获见心所奇。一见肺肝尽,坦然无滞疑。感念交契定,泪流如断縻。此交定生死,非为论盛衰。此契宗会极,非谓同路歧。君今虎在柙,我亦鹰就羁。驯养保性命,安能奋殊姿。玉色深不变,井水挠不移。相看各年少,未敢深自悲。

竹部 _{石首县界}

竹部竹山近,岁伐竹山竹。伐竹岁亦深,深林隔深谷。朝朝冰雪行,夜夜豺狼宿。科首霜断蓬,枯形烧_{去声}馀木。一束十馀茎,千钱百馀束。得钱盈千百,得粟盈斗斛。归来不买食,父子分半菽。持此欲何为,官家岁输促。我来荆门掾,寓食公堂肉。岂惟遍妻孥,亦以及僮仆。分尔有限资,饱我无端腹。愧尔不复言,尔生何太戆。

赛神

楚俗不事事,巫风事妖神。事妖结妖社,不问疏与亲。年年十月暮,珠稻欲垂新。家家不敛获,赛妖无富贫。杀牛贳官酒,椎鼓集顽民。喧阗里闾隘,凶酗日夜频。岁暮雪霜至,稻珠随陇湮。吏来官税迫,求质倍称缗。贫者日消铄,富亦无仓囷。不谓事神苦,自言诚不真。岳阳贤刺史,念此为俗屯。未可一朝去,俾之为等伦。粗许存习俗,不得呼党人。但许一日泽,不得月与旬。吾闻国侨理,三年名乃振。巫风燎原久,未必怜徙薪。我来歌此事,非独歌政仁。此事四邻有,亦欲闻四邻。

竞舟

楚俗不爱力,费力为竞舟。买舟俟一竞,竞敛贫者赇。年年四五月,茧实麦小秋。积水堰堤坏,拔秧蒲稗稠。此时集丁壮,习竞南亩头,朝饮村社酒,暮椎邻舍牛。祭船如祭祖,习竞如刁鮦。连延数十日,作业不复忧。君侯饌良吉,会客陈膳羞。画鹢四来合,大竞长江流。建标明取舍,胜负死生求。一时欢呼罢,三月农事休。岳阳贤刺史,念此为俗疣。习俗难尽去,聊用去其尤。百船不留一,一竞不滞留。自为里中戏,我亦不寓游。吾闻管仲教,沐树惩堕游。节此淫竞俗,得为良政否。我来歌此事,非独歌此州。此事数州有,亦欲闻数州。

茅舍

楚俗不理居,居人尽茅舍。茅苦竹梁栋,茅疏竹仍罅。边缘堤岸斜,诘屈檐楹亚。篱落不蔽肩,街衢不容驾。南风五月盛,时雨不来下。竹蠹茅亦干,迎风自焚炟。防虞集邻里,巡警劳昼夜。遗烬一星然,连延祸相嫁。号呼怜谷帛,奔走伐桑柘。旧架已新焚,新茅又初架。前日洪州牧,_{韦大夫丹}。念此常嗟讶。牧民未及久,郡邑纷如化。峻邸俨相望,飞甍远相跨。旗亭红粉泥,佛庙青鸳瓦_{去声}。斯事才已终,斯人久云谢。有客自洪来,洪民至今藉。惜其心太亟,作役_{一作后}无容暇。台观亦已多,工徒稍冤咤。我欲他郡长,三时务耕稼。农收次邑居,先室后台榭。启闭既及期,公私亦相借。度材无强略,庀役有定价。不使及僭差,粗得御寒夏。火至殊陈郑,人安极嵩华。谁能继此名,名流袭兰麝。五袴有前闻,斯言我非诈。

后湖

荆有泥泞水,在荆之邑郛。郛前水在后,谓之为后湖。环湖十余里,岁积潢与污。臭腐鱼鳖死,不植菰与蒲。郑公理三载,_{严司空绶}。其理用煦愉。岁稔民四至,隘塵亦隘衢。公乃署其地,为民先矢谟。人人倘自为,我亦不庀徒。下里得闻之,各各相俞俞。提携翁及孙,捧戴妇与姑。壮者负砾石,老亦捽茅刍。斤磨片片雪,椎隐连连珠。朝餐布庭落,夜宿完户枢。邻里近相告,亲戚远相呼。鬻者自为鬻,酤者自为酤。鸡犬丰中市,人民岐下都。百年废滞所,一旦奥浩区。我实司水土,得为官事无。人言贱事贵,贵直不贵谀。此实公所小,安用歌袴襦。答云潭及广,以至鄂与吴。万里尽泽国,居人皆垫濡。富者不容盖,贫者不庇躯。得不歌此事,以我为楷模。

八骏图诗并序

良马无世之,然而终不得与八骏并名,何也?吾闻八骏日行三万里,夫车行三万里而无毁轮坏辕之患,盖神车者一作人。行三万里而无丧精褫魄之患,亦神之人也。无是三神而得八马,乃破车掣御踬人之乘也,世焉用之?今夫画,古者画马而不画车驭,不画所以乘马者,是不知夫古者也。予因作诗以辩之。

穆满志空阔,将行九州野。神驭四来归,天与八骏马。龙种无凡性,龙行无暂舍。朝辞扶桑底,暮宿昆仑下。鼻息吼春雷,蹄声裂寒瓦。尾掉沧波黑,汗染白一作浮云赭。华輈本修密,翠盖尚妍冶。御者腕不移,乘者寐不假。车无轮扁斫,辔无王良把。虽有万骏来,谁是敢骑者。

画松

张璪画古松,往往得神骨。翠帚扫春风,枯龙戛寒月。流传画师辈,奇态尽埋没。纤枝无萧洒,顽干空突兀。乃悟埃尘心,难状烟霄质。我去淅阳山,深山看真物。

遣兴十首

始见梨花房,坐对梨花白。行看梨叶青,已复梨叶赤。严霜九月半,危蒂几时客。况有高高原,秋风四来迫。

莫厌夏日长,莫愁冬日短。欲识短复长,君看寒又暖。城中百万家,冤哀杂丝管。草没奉诚园,轩车昔曾满。

孤竹逬荒园,误与蓬麻列。久拥萧萧风,空长高高节。严霜荡群秽,蓬断麻亦折。独立转亭亭,心期凤皇别。

艳艳覉红英,团团削翠茎。托根在褊浅,因依泥滓生。心有合欢蕊,池枯难邃呈。凉宵露华重,低徊当月明。

晚荷犹展卷,早蝉遽萧嘹。露叶行已重,况乃江风摇。炎夏火再伏,清商暗回飙。寄言抱志士,日月东西跳。

买马买锯牙,买犊买破车。养禽当养鹘,种树先种花。人生负俊健,天意与光华。莫学蚯蚓辈,食泥近土涯。

爱直莫爱夸,爱疾莫爱斜。爱谟莫爱诈,爱施莫爱奢。择才不求备,任物不过涯。用人如用己,理国如理家。

燿燿刀刃光,弯弯弓面张。入水斩犀兕,上山一作入山椎一作摧虎狼。里中无老少,唤作颠儿郎。一日风云一作雨会,横行一作金归故乡。

团团规内星,未必明如月。托迹近北辰,周天无沦没。老人在南极,地远光不发。见则寿圣明,愿照高高阙。

河清谅嘉瑞,是岁黄河清。吾帝真圣人。时哉不我梦,此时为废民。光阴本跳踉,功业劳苦辛。一到江陵郡,三年成去尘。

野节鞭

神鞭鞭宇宙,玉鞭鞭骐骥。紧绁野节鞭,本用鞭巘岿。使君鞭甚长,使君马亦利。司马并马行,司马马憔悴。短鞭不可施,疾步无由致。使君驻马言,愿以长鞭遗。此遗不寻常,此鞭不容易。金坚无缴绕,玉滑无尘腻。青蛇坼生石,不刺山阿地。乌龟旋眼斑,不染江头泪。长看雷雨痕,未忍驽骀试。持用换所持,无令等闲弃。答云君何奇,赠我君所贵。我用亦不凡,终身保明义。誓以鞭奸顽,不以鞭塞蹄。指扐狡兔踪,决挞怪平声龙睡。惜令寸寸折,节节不虚坠。因作换鞭诗,诗成谓同志。

而我得闻之,笑君年少意。安用换长鞭,鞭长亦奚为。我有鞭尺余,泥抛风雨渍。不拟闲赠行,唯将烂夸醉。春来信马头,款缓花前辔。愿我迟似挛,饶君疾如翅。

全唐诗卷三百九十九

元稹

旱灾自咎，贻七县宰同州时

吾闻上帝心，降命明且仁。臣稹苟有罪，胡不灾我身。胡为旱一州，祸此千万人。一旱犹可忍，其旱亦已频。腊雪不满地，膏雨不降春。恻恻诏书下，半减麦与缗。半租岂不薄，尚竭力与筋。竭力不敢惮，惭戴天子恩。累累妇拜姑，呐呐翁语孙。禾黍日夜长，足得盈我囷。还填折粟税，酬偿贳麦邻。苟无公私责，饮水不为贫。欢言未盈口，旱气已再振。六月天不雨，秋孟亦既旬。区区昧陋积，祷祝非不勤。日驰衰白颜，再拜泥甲鳞。归来重思忖，愿告诸邑君。以彼天道远，岂如人事亲。团团图圄中，无乃冤不申。扰扰食廪内，无乃奸有因。轧轧输送车，无乃使不伦。遥遥负担卒，无乃役不均。今年无大麦，计与珠玉滨。村胥与里吏，无乃求取繁。符下敛钱急，值官因酒嗔。诛求与挞罚，无乃不逡巡。生小下里住，不曾州县门。诉词千万恨，无乃不得闻。强豪富酒肉，穷独无刍薪。俱由案牒吏，无乃移祸屯。官分市井户，迭配水陆珍。未蒙所偿直，无乃不敢言。有一于此事，安可尤苍旻。借使漏刑宪，得不虞鬼神。自顾顽滞牧，坐贻灾沴臻。上羞朝廷寄，下愧闾里民。岂无神明宰，为我同苦辛。共布慈惠语，慰此衢客尘。

虫豸诗七篇，并序。

天之居物于地也，有兽宜山宜穴，鱼宜水宜泥，鸟宜木宜洲，虫宜草宜腐秽。风雨会而寒暑时，山川正而原野平衍，然后郭闬屋室以州之人之宜。人不得其宜，而之鸟兽虫鱼之所宜，非虫鱼兽鸟之罪也。然而自非圣贤，人失所宜，未尝无不得宜之叹云。始辛卯年，予掾荆州之地，洲渚湿垫，其动物宜介，其毛物宜翅羽。予所舍，又荆州树木洲渚处，昼夜常有翅羽百族闹，心不得闲静，因为有鸟二十章以自达。又数年，司马通州郡。通之地，丛秽卑褊，烝瘴阴郁，焰为虫蛇，备有辛螫。蛇之毒百，而鼻褰者尤之。虫之辈亦百,而蛇、蟆、浮尘、蜘蛛、蚁子、蛞蜂之类,最甚害人。其土民具能攻其所毒,亦往往合于方籍。不知者,毒一作遭辄死。予因赋其七虫为二十一章,别为序,以备顼细之形状,而尽药石之所宜,庶亦叔敖之意焉。

巴蛇三首,并序

　　巴之蛇百类:其大,蟒;其毒,褰鼻,蟒,人常不见。褰鼻,常遭之。毒人则毛发皆竖起,饮溪涧而泥沙尽沸。《验方》云:攻巨蟒用雄黄烟,被其脑则裂,而鹎鸟能食其小者。巴无是物,其民常用禁术制之,尤效。

　　巴蛇千种毒,其最鼻塞蛇。掉舌翻红焰,盘身蹙白花。喷人竖毛发,饮浪沸泥沙。欲学叔敖瘗,其如多似麻。

　　越岭南滨海,武都西隐一作陷戎。雄黄假名石,鹎鸟远难笼。讵有醪肠计,应无破脑功。巴山昼昏黑,妖雾毒蒙蒙。

　　汉帝斩蛇剑,晋时烧上天。自兹繁巨蟒,往往寿千年。白昼遮长道,青溪蒸毒烟。战龙苍海外,平地血浮船。

蛞蜂三首,并序。

　　蛞,蜂类而大,巢在褰鼻蛇穴下,故毒螫倍诸蜂虿,中手足辄断落,及心胸则圮裂。用他蜂中人之方疗之,不能愈。巴人往往持禁以制之,则差。

　　巴蛇蟠窟穴,穴下有巢蜂。近树禽垂翅,依原兽绝踪。微遭断手足,厚毒破心胸。昔甚招魂句,那知眼自逢。

　　梨笑清都月,京都开元观,多梨花蜂。蜂游紫殿春。构脾分部伍,嚼蕊奉君亲。翅羽颇同类,心神固异伦。安知人世里,不有噬人人。

　　兰蕙本同畹,蜂蛇亦杂居。害心俱毒螫,妖焰两吹嘘。雷蛰吞噬止,枯焚巢穴除。可怜相济恶,勿谓祸无余。

蜘蛛三首,并序。

　　巴蜘蛛大而毒,其甚者,身边数寸,而跻长数倍其身,网罗竹柏尽死;中人,疮痏瀿湿,且痛痒倍常。用雄黄苦酒涂所啮,仍用鼠妇虫食其丝尽,辄愈;疗不速,丝及心,而疗不及矣。

　　蜘蛛天下足,巴蜀就中多。缝隙容长跻,虚空织横罗。紫缠伤竹柏,吞噬及虫蛾。为送佳人喜,珠栊无奈何。

　　网密将求食,丝斜误著人。因依方纪一作托绪,挂胃遂容身。截道蝉冠碍,漫天玉露频。儿童怜小巧,渐欲及车轮。

　　稚子怜圆网,佳人祝喜丝。那知缘暗隙,忽被啮柔肌。毒瘆攻犹易,焚心疗恐迟。看看长袄绪,和扁欲涟洏。

蚁子三首,并序。

　　巴蚁众而善攻楼栋,往往木容完具,而心节朽坏。屋居者不省其微,而祸成倾压。

　　蚁子生无处,偏因湿处生。阴霆烦扰攘,拾粒苦嘤咛。平声。床上主人病,耳中虚藏鸣。雷霆翻不省,闻汝作牛声。

　　时术功虽细,年深祸亦成。攻穿漏江海,嚼食困蛟鲸。敢惮榱桷蠹,深藏柱石倾。寄言持重者,微物莫全轻。

　　攘攘终朝见,悠悠卒岁疑。讵能分牝牡,焉得有蜾蚳。蚁卵。徙市竟何意,生涯都几时。巢由或逢我,应似我相期。

蟆子三首,并序。

　　蟆,蚊类也,其实黑而小,不碍纱縠,夜伏而书昼飞,闻柏烟与麝香辄去。蚊蟆与浮尘,皆巴蛇鳞中之细虫耳,故啮人成疮,秋夏不愈。青楸叶而傅之,则差。

　　蟆子微于蚋,朝繁夜则无。毫端生羽翼,针喙嚼肌肤。暗毒应难免,羸形日渐枯。将身远相就,不敢恨非辜。

　　晦景权藏毒,明时敢噬人。不劳生诟怒,只足助酸辛。隼眦看无物,蛇躯庇有鳞。天方刍狗我,甘与尔相亲。

　　有口深堪异,趋时讵可量。谁令通鼻息,何故辨馨香。沉水来沧海,崇兰泛露光。那能枉焚蓺,尔众我微茫。

浮尘子三首,并序。

　　浮尘,蟆类也。其实微不可见,与尘相浮而上下。

人苦之，往往蒙絮衣自蔽，而浮尘辄能通透及人肌肤。亦巢巴蛇鳞中，故攻之用前术。

　　可叹浮尘子，纤埃喻此微。宁论隔纱幌，并解透绵衣。有毒能成痏，无声不见飞。病来双眼暗，何计辨雰霏。

　　乍可巢蚊睫，胡为附蟒鳞。已微于蠢蠢，仍害及仁人—作人人。动植皆分命，毫芒亦是身。哀哉此幽物，生死敌浮尘。

　　但觉皮肤懵，安知琐细来。因风吹薄雾，向日误轻埃。暗啮堪销骨，潜飞有祸胎。然无防备处，留待雪霜摧。

虻三首，并序。

巴山谷间，春秋常雨，自五六月至八九月，雨则多虻，道路群飞，嗜马牛血及蹄angle，旦暮尤极繁多。人常用日中时趣程，逮雪霜而后尽。其啮人，痛剧浮蟆，而不能毒留肌，故无疗术。

　　阴深山有瘴，湿垫草多虻。众噬锥刀毒，群飞风雨声。汁粘疮痏痛，日曝苦辛行。饱尔蛆残腹，安知天地情。

　　千山溪沸石，六月火烧云。自顾生无类，那堪毒有群。搏牛皮若截，噬马血成文。蹄角尚如此，肌肤安可云。

　　辛螫终非久，炎凉本递兴。秋风自天落，夏蘖与霜澄。一镜开潭面，千锋露石棱。气平虫豸死，云路好攀登。

楚歌十首 江陵时作

　　楚人千万户，生死系时君。当璧便为嗣，贤愚安可分。干戈长浩浩，篡乱亦纷纷。纵有明在下，区区何足云。

　　陶虞事已远，尼父独将明。潜穴龙无位，幽林兰自生。楚王谋授邑，此意复中倾。未别子西语，纵来何所成。

　　平王渐昏惑，无极转承恩。子建犹相贰，伍奢安得存。生居宫雉闷，死葬寝园尊。岂料奔吴士，鞭尸郢市门。

　　惧盈因邓曼，罢猎为樊姬。盛德留金石，清风鉴薄帷。襄王忽妖梦，宋玉复淫辞。万事捐宫馆，空山云雨期。

　　宜僚南市住，未省食人恩。临难忽相感，解纷宁用言。何如晋夷甫，坐占紫微垣。看著五胡乱，清谈空自尊。

　　谁恃王深宠，谁为楚上卿。包胥心独许，连夜哭秦兵。千乘徒虚尔，一夫安可轻。殷勤聘名士，莫但倚方城。

　　梁业雄图尽，遗孙世运消。宣明徒有号，江汉不相朝。碑碣高临路，松枝半作樵。唯余开圣寺，犹学武皇妖。

　　江陵南北道，长有远人来。死别登舟去，生心上马回。荣枯诚异日，今古尽同灰。巫峡朝云起，荆王安在哉。

　　三峡连天水，奔波万里来。风涛各自急，前后苦相推。倒入黄牛漩，惊冲滟滪堆。古今流不尽，流去不曾回。

　　八荒同日月，万古共山川。生死既由命，兴衰还付天。栖栖王粲赋，愤愤屈平篇。各自埋幽恨，江流终宛然。

襄阳道

　　羊公名渐远，唯有岘山碑。近日称难继，曹王任马彝。椒兰俱下世，城郭到今时。汉水清如玉，流来本为谁。

赋得鱼登龙门 用登字

　　鱼贯终何益，龙门在苦登。有成当—作有时常作雨，无用耻为鹏。激浪诚难溯，雄心亦自凭—作庶亦凭。风云—作雷潜会合，鬐鬣忽腾凌。泥滓辞河浊，烟霄见海澄。回瞻顺流辈，谁敢望同升。

贞元一作永贞历 是岁秋八月，太上改元永贞，传位今皇帝。

　　象魏才颁历，龙镰已御天。犹看后元历，新署永贞年。半岁光阴在，三朝礼数迁。无因书简册，空得咏诗篇。

塞马

塞马倦江渚，今朝神彩生。晓风寒猎猎，乍得草头行。夷狄寝烽候，关河无战声。何由当阵面，从尔四蹄轻。

鹿角镇 洞庭湖中地名

去年湖水满，此地覆行舟。万怪吹高浪，千人死乱流。谁能问帝子，何事宠阳侯。渐恐鲸鲵大，波涛及九州。

感事三首 此后并是学士时作

为国谋羊舌，从来不为身。此心长自保，终不学张陈。

自笑心何劣，区区辨所冤。伯仁虽到死，终不向人言。

富贵年皆长，风尘旧转稀。白头方见绝，遥为一沾衣。

题翰林东阁前小松

檐碍修鳞亚，霜侵簇翠黄。唯余入琴韵，终待舜弦张。

全唐诗卷四百

元稹

清都夜境自此至《秋夕》,并年十六至十八时诗。

夜久连观静,斜月何晶荧。寥天如碧玉,历历缀华星。楼榭自阴映,云牖深冥冥。纤埃悄不起,玉砌寒光清。栖鹤露微影,枯松多怪形。南厢俨容卫,音响如可聆。启圣发空洞,朝真趋广庭。闲开蕊珠殿,暗阅金字经。屏气动方—作万息,凝神心自灵。悠悠车马上,浩思安得宁。

春晚寄杨十二,兼呈赵八时杨生馆于赵氏

蒙蒙竹树深,帘牖多清阴。避日坐林影,余花委芳襟。倾尊就残酌,舒卷续微吟。空际扬高蝶,风中聆素琴。广庭备幽趣,复对商山岑。独此爱时景,旷怀云外心。迁莺恋嘉木,求友多好音。自无琅玕实,安得莲花簪。寄之二君子,希见双南金。

与杨十二、李三早入永寿寺看牡丹

晓入白莲宫,琉璃花界净。开敷多喻草,凌乱被幽径。压砌锦地铺,当霞日轮映。蝶舞香暂飘,蜂牵蕊难正。笼处彩云合,露湛红珠莹。结叶影自交,摇风光不定。繁华有时节,安得保全盛。色见尽浮荣,希君了真性。

春余遣兴

春去日渐迟,庭空草偏长。余英间初实,雪絮萦蛛网。好鸟多息阴,新篁已成响。帘开斜照入,树裊游丝上。绝迹念物闲,良时契心赏。单衣颇新绰,虚室复清敞。置酒奉亲宾,树萱自怡养。笑倚连枝花,恭扶瑞藤杖。步屧恣优游,望山多气象。云叶遥卷舒,风裾—作裙动萧爽。簪缨固烦杂,江海徒浩荡。野马笼赤霄,无由负羁鞅。

忆云之

为鱼实爱泉,食辛宁避蓼。人生既相合,

不复论窈窕。沧海良有穷,白日非长皎。何事一作二人心,各在四方表。泛若逐水萍,居为附松茑。流浪随所之,萦纡牵所绕。百龄颇局促,况复迷寿夭。芰发君已衰,冠岁予非小。娱乐不及时,暮年壮心少。感此幽念绵,遂为长悄悄。中庭草木春,历乱递相扰。奇树花冥冥,竹竿风袅袅。幽芳被兰径,安得寄天杪。万里潇湘魂,夜夜南枝鸟。

别李三

阶蓂附瑶砌,丛兰偶芳藿。高位良有依,幽姿亦相托。鲍叔知我贫,烹葵不为薄。半面契始终,千金比然诺。人生系时命,安得无苦乐。但感游子颜,又值馀英落。苍苍秦树云,去去缑山鹤。日暮分手归,杨花满城郭。

秋夕远怀

旦夕天气爽,风飘叶渐轻。星繁河汉白,露逼衾枕清。丹鸟月中灭,莎鸡床下鸣。悠悠此怀抱,况复多远情。

东西道

天皇开四极,便有东西道。万古阅行人,行人几人老。顾我倦行者,息阴何不早。少壮尘事多,那言壮年好。

分流水

古时愁别泪,滴作分流水。日夜东西流,分流几千里。通塞两不见,波澜各自起。与君相背飞,去去心如此。

西还

悠悠洛阳梦,郁郁灞陵树。落日正西归,逢君又东去。

含风夕 此后拾遗时作

炎昏倦烦久,逮此含风夕。夏服稍轻清,秋堂已岑寂。载欣凉宇旷,复念佳辰掷。络纬惊岁功,顾我何成绩。青荧微月钩,幽晖洞阴魄。水镜涵玉轮,若见渊泉璧。参差帘牖重,次第笼虚白。树影满空床,萤光缀深壁。怅望牵牛一作牛斗星,复为经年隔。露网裛风珠,轻河泛遥碧。讵无深秋夜一作稠景,感此乍一作年流易。亦有迟暮年,壮年良自惜。循环切中肠,感念一作今追往昔。接瞬无停阴,何言问陈积。馨香推蕙兰,坚贞谕松柏。生物固有涯,安能比金石。况兹百龄内,扰扰纷众役。日月东西驰,飞车无留迹。来者良未穷,去矣定奚适。委顺在物为,营营复何益。

秋堂夕

炎凉正回互,金火郁相乘。云雷时交构,川泽方蒸腾。清风一朝胜,白露忽已凝。草木凡气尽,始见天地澄。况此秋堂夕,幽怀旷无朋。萧条帘外雨,倏闪案前灯。书卷满床席,蟏蛸悬复升。啼儿屡哑咽,倦僮时寝兴。泛览昏夜目,咏谣畅烦膺。况吟获麟章,欲罢久不能。尧舜事已远,丘道安可胜。蜉游不信鹤,蜩鹦肯窥鹏。当年且不偶,没世何必称。胡为揭闻见,褒贬贻爱憎。焉用汨其泥,岂在清如冰。非白又非黑,谁能点青蝇。处世苟无闷,佯狂道非弘。无言被人觉,予亦笑孙登。

酬乐天 时乐天摄尉,予为拾遗

放鹤在深水,置鱼在高枝。升沉或异势,同谓非所宜。君为邑中吏,皎皎鸾凤姿。顾我何为者,翻侍白玉墀。昔作芸香侣,三载不暂离。逮兹忽相失,旦夕梦魂思。崔嵬骊山顶,宫树遥参差。只得两相望,不得长相随。多君岁寒意,裁作秋兴诗。上言风尘苦,下言时节移。官家事拘束,安得携手期。愿为云与雨,会合天之垂。

杨子华画三首

杨画远于展,何言今在兹。依然古妆服,但感时节移。念君一朝意,遗我千载思。子亦几时客,安能长苦悲。

皓腕卷红袖,锦韝臂苍鹖。故人断弦心,稚齿从禽乐。当年惜贵游,遗形寄丹雘。骨象或依稀,铅华已寥落。似对古人民,无复昔城郭。子亦观病身,色空俱寂寞。

颠倒世人心，纷纷乏公是。真赏一作贵画不成，画赏真相似。丹青各所尚，工拙何足恃。求此妄中精一作情，嗟哉子华子。

西州院东川官舍

自入西州院，唯见东川城。今夜城头月，非暗又非明。文案床席满，卷舒贴罪名。惨凄且烦倦，弃之阶下行。怅望天回转，动摇万里情。参辰次第出，牛女颠倒倾。况此风中柳，枝条千万茎。到来篱下笋，亦已长短生。感怆正多绪，鸦鸦相唤惊。墙上杜鹃鸟，又作思归鸣。以彼撩乱思，吟为幽怨声。吟罢终不寝，呼呼复铛铛。

台中鞫狱，忆开元观旧事，呈损之，兼赠周兄四十韵

忆在开元馆，食柏练玉颜。疏慵日高卧，自谓轻人寰。李生隔墙住，隔墙如隔山。怪我久不识，先来问骄顽。十过乃一往，遂成相往还。以我文章卷，文章甚徧斓。因言辛庚辈，亦愿放羸孱。既回数子顾，展转相连攀。驱令选科目，若在阛与阓。学随尘土坠，漫数公卿关。唯恐坏情性，安能惧谤讪。还招辛庚李，静处杯巡环。进取果由命，不由趋险艰。穿杨二三子，弓矢次第弯。推我亦上道，再联朝士班。二月除御史，三月使巴蛮。蛮民讪竹感切诮诉，啮指明痛瘝。怜蛮不解语，为发昏帅奸。归来五六月，旱色天地殷。分司别兄弟，各各泪潸潸。哀哉剧部职，唯数藏罪锾。死款依稀取，斗辞方便删。道心常自愧，柔发难久黰。折支望车乘，支痛谁置患。奇哉乳臭儿，绯紫裯被间。渐大官渐贵，渐富心渐悭。闹装簇头觿，静拭腰带斑。鹞子绣线鞢，狗儿金油去声环。香汤洗骢马，翠篾笼白鹇。月请公王封一作俸，冰受天子颁。开筵试歌舞，别宅宠妖娴。坐卧摩绵一作锦褥，捧拥缥丝鬟。旦夕不相离，比翼若飞鸾。而我亦何苦，三十身已鳏。愁吟心骨颤，寒卧支体瘝。五闲切，又渠云切。居处虽幽静，尤悔少愉懒。不如周道士，鹤岭临钟湾。

绕院松瑟瑟，通畦水潺潺。阳坡自寻蕨，村沼看洿滢。穷通两未遂，营营真老闲。

韦氏馆与周隐客、杜归和泛舟

天色低澹澹，池光漫油油。轻舟闲缴绕，不远池上楼。时物欣外奖，真元随内修。神恬津藏满，气委支节柔。众处岂自异，旷怀谁我俦。风车笼野马，八荒安足游。开颜陆浑杜，握手灵都周。持君宝珠赠，顶戴头上头。

刘氏馆集隐客、归和、子元、及之、子蒙、晦之

湿垫缘竹径，寥落护岸冰。偶然沽市酒，不越四五升。诗客爱时景，道人话升腾。笑言各有趣，悠哉古孙登。

寄隐客

我年三十二，鬓有八九丝。非无官次第，其如身早衰。今人夸贵富，肉食与妖姬。而我俱不乐，贵富亦何为。况逢多士朝，贤俊若布棋。班行次第立，朱紫相参差。谟猷密勿进，羽檄纵横驰。监察官甚小，以言无所裨。小官仍不了，谴夺亦已随。时或不之弃，得不自弃之。陶君喜不遇，顾我复何疑。潜书周隐士，白云今有期。

元和五年予官不了，罚俸西归，三月六日至陕府，与吴十一兄端公、崔二十二院长，思怆曩游，因投五十韵

小年闲爱春，认得春风意。未有花草时，先浓晓窗睡。霞朝澹云色，霁景牵诗思。渐到柳枝头，川光始明媚。长安车马客，倾心奉权贵。昼夜尘土中，那言早春至。此时我独游，我游有伦次。闲行曲江岸，便宿慈恩寺。扣林引寒龟，疏丛出幽翠。凌晨过杏园，晓露凝芳气。初阳好明净，嫩树怜低庳。排房似缀珠，欲啼红脸泪。新莺语娇小，浅水光流利。冷饮空腹杯，因成日高醉。酒醒闻饭钟，随僧爱遗施。餐罢还复游，过从上文记。行逢二月半，始足游春骑。是时春已老，我游亦云既。藤开九华观，草结三条隧。新笋踊犀株，落梅翻蝶

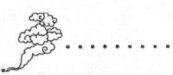

翅。名倡绣毂车,公子青丝辔。朝士还旬休,豪家得春赐。提携好音乐,蒉铲空田地。同占杏花园,喧阗各丛萃。顾予烦寝兴,复往散憔悴。倦仆色肌羸,蹇驴行跛痱。春衫未成就,冬服渐尘腻。倾盖吟短章,书空忆难字。遥闻公主笑,近被王孙戏。邀我上华筵,横头坐宾位。那知我年少,深解酒中事。能唱犯声歌,偏精变筹义。含词待—作徒残拍,促舞递繁吹。叫噪掷投盘,生狞摄觥使。逡巡光景晏,散乱东西异。古观闭闲门,依然复幽闷。无端矫情性,漫学求科试。薄艺何足云,虚名偶频遂。拾遗天子前,密奏升平议。召见不须臾,忾庸已猜忌。朝陪香案班,暮作风尘尉。去岁又登朝,登为柏台吏。台官相束缚,不许放情志。寓直劳送迎,上堂烦避讳。分司在东洛,所职尤不易。罚俸得西归,心知爱朝庇。常山攻小寇,淮右择良帅。国难身不行,劳生欲何为。吾兄谙性灵,崔子同臭味。投此挂冠词,一生还自恣。

全唐诗卷四百一

元稹

寄吴士矩端公五十韵 此后并江陵士曹时作

昔在凤翔日,十岁即相识。未有好文章,逢人赏颜色。可怜何郎面,吴生小字何郎。二十才冠饰。短发予近梳,罗衫紫蝉翼。伯舅各骄纵,仁兄未摧抑。事业若杯盘,诗书甚徽缱。西州戎马地,贤豪事雄特。百万时可赢,十千良易借。寒食桐阴下,春风柳林侧。藉草送远游,列筵酬博塞。萎蕤云幕翠,灿烂红茵舴。脍缕轻似丝,香醑腻如职 一作织。将军频下城,佳人尽倾国,媚语娇不闻,纤腰软无力。歌辞妙宛转,舞态能剜刻。筝弦玉指调,粉汗红绡拭。予时最年少,专务酒中职。未能解 一作愧 生狞,偏矜任狂直。曲庇桃根盏,横讲捎云式。乱布斗分朋,惟新间逸懯。耻作最先吐,羞言未朝食。醉眼渐纷纷,酒声频侅侅 受墨切。扣节参差乱,飞觥往来织。强起相维持,翻成两匍匐。边霜飒然降,战马鸣不息。但喜秋光丽,谁忧塞云黑。常随猎骑走,多在豪家匿。夜饮天既明,朝歌日还昃。荒狂岁云久,名利心潜逼。时辈多得途,亲朋屡相敕。闲因适农野,忽复爱稼穑。平生中圣人,翻然腐肠贼。亦从酒仙去,便被书魔惑。脱迹壮士场,甘心竖儒域。矜持翠筼管,敲断黄金勒。屡益兰膏灯,犹研兔枝墨。崎岖来掉荡,矫柱事沉默。隐笑甚艰难,敛容还男巽。与君始分散,勉我劳修饰。歧路各营营,别离长恻恻。行看二十载,万事纷 一作丝 何极。相值或须臾,安能洞胸臆。昨来陕郊 一作郊 会,悲欢两难克。问我新相知,但报长相忆。岂无新知者,不及小相得。亦有生岁游,同年不同德。为别讵几时,伊予坠沟洫。大江鼓风浪,远道参荆棘。往事返无期,前途浩难测。一旦得自由,相求北山北。

三月二十四日宿曾峰馆,夜对桐花,寄乐天

微月照桐花,月微花漠漠。怨澹不胜情,低回拂帘幕。叶新阴影细,露重枝条弱。夜久春恨多,风清暗香薄。是夕远思君,思君瘦如削。但感事暌违,非言官好恶。奏书金銮殿,步履青龙阁。我在山馆中,满地桐花落。

酬乐天书怀见寄

本题云:初与微之别后,忽梦见之,乃寤,而微之书至,兼览《桐花》之什,怅然书怀。此后五章,并次用本韵。

新昌北门外,与君从此分。街衢走车马,尘土不见君。君为分手归,我行行不息。我上秦岭南,君直枢星北。秦岭高崔嵬,商山好颜色。月照山馆花,裁诗寄相忆。天明作诗罢,草草随所如。凭人寄将去,三月无报书。荆州白日晚,城上鼓咚咚。行逢贺州牧,致书三四封。封题乐天字,未坼已沾裳。坼书八九读,泪落千万行。中有酬我诗,句句截我肠。仍云得诗夜,梦我魂凄凉。终言作书处,上直金銮东。诗书费一夕,万恨缄其中。中宵宫中出,复见宫月斜。书罢月亦落,晓灯随暗花。想君书罢时,南望劳所思。况我江上立,吟君怀我诗。怀我浩无极,江水秋正深。清见万丈底,照我平生心。感君求友什,因报壮士吟。持谢众人口,销尽犹是金。

酬乐天登乐游园见忆

昔君乐游园,怅望天欲曛。今我大江上,快意波翻云。秋空厌澶漫,顽洞无垢氛。四顾皆豁达,我眉今日伸。长安临朝市,百道走埃尘。轩车随对列,骨肉非本亲。夸游丞相第,偷入常侍门。爱君直如发,勿念江湖人。

酬乐天早夏见怀

庭柚有垂实,燕巢无宿雏。我亦辞社燕,茫茫焉所如。君诗夏方早,我叹秋已徂。食物风土异,衾裯时节殊。荒草满田地,近移江上居。八日复切九,月明侵半除。

酬乐天劝醉

神麹清浊酒,牡丹深浅花。少年欲相饮,此乐何可涯。沉机造神境,不必悟楞伽一作加。酡颜近童貌,安用成丹砂。刘伶称酒德,所称良未多。愿君听此曲,我为尽称嗟。一杯颜色好,十盏胆气加。半酣得自恣,酩酊归太和。共醉真可乐,飞觥撩乱歌。独醉亦有趣,兀然无与他。美人醉灯下,左右流横波。王孙醉床上,颠倒眠绮罗。君今劝我醉,劝醉意如何。

和乐天初授户曹喜而言志

王爵无细大,得请即为恩。君求户曹掾,贵以禄奉亲。闻君得所请,感我欲沾巾。今人重轩冕,所重华与纷。矜夸仕台阁,奔走无朝昏。君衣不盈箧,君食不满囷。君言养既薄,何以荣我门。披诚再三请,天子怜俭贫。词曹直文苑,捧诏荣且忻。归来高堂上,兄弟罗酒尊。各称千万寿,共饮三四巡。我实知君者,千里能具陈。感君求禄意,求禄殊众人。上以奉颜色,余以及亲宾。弃名不弃实,谋养不谋身。可怜白华士,永愿凌青云。

和乐天赠吴丹

不识吴生面,久知吴生道。迹虽染世名,心本奉天老。雌一守命门,回九填血脑。委气荣卫和,咽津颜色好。传闻共甲子,衰隙尽枯槁。独有冰雪容,纤华夺鲜缟。问人何能尔,吴实旷怀抱。弁冕徒挂身,身外非所宝。伊予固童昧,希真亦云早。石坛玉晨尊,昼夜长自扫。密印视丹田,游神梦三岛。万过黄庭经,一食青精稻。冥搜方朔桃,结念安期枣。绿发幸未改,丹诚自能保。行当摆尘缨,吴门事探讨。君为先此词,终期搴瑶草。

和乐天秋题曲江

十载定交契,七年镇相随。长安最多处,多是曲江池。梅杏春尚小,芰荷秋已衰。共爱寥落境,相将偏此时。绵绵红蓼水,飐飐白鹭鹚。诗句偶未得,酒杯聊久持。今来云雨旷,旧赏魂梦知。况乃江枫夕，和君秋兴诗。

和乐天别弟后月夜作

闻君别爱弟，明天照夜寒。秋雁拂檐影，晓琴当砌弹。怅望天澹澹，因思路漫漫。吟为别弟操，闻者为辛酸。况我兄弟远，一身形影单。江波浩无极，但见时岁阑。

和乐天秋题牡丹丛

敝宅艳山卉，别来长叹息。吟君晚丛咏，似见摧颓色。欲识别后容，勤过晚丛侧。

春月

春月虽至明，终有霭霭光。不似秋冬色，逼人寒带霜。纤粉澹虚壁，轻烟笼半床。分晖间林影，余照上虹梁。病久尘事隔，夜闲清兴长。拥抱颠倒领，步屧东西厢。风柳结柔援一作掾，露梅飘暗香。雪含樱绽蕊，珠壓桃缀房。杳杳有余思，行行安可忘。四邻非旧识，无以话中肠。南有居士俨，默坐调心王。款关一问讯，为我披衣裳。延我入深竹，暖我于小堂。视身琉璃莹，谕指芭蕉黄。复有比丘溢，早传龙树方。口中秘丹诀，肘后悬青囊。锡杖虽独振，刀圭期共尝。未知仙近远，已觉神轻翔。夜久魂耿耿，月明露苍苍。悲哉沉眠士，宁见兹夕良。

月临花临橘花

临风飐飐花，透影胧胧月。巫峡隔波云，姑峰漏霞雪。镜匀娇面粉，灯泛高笼缬。夜久清露多，啼珠坠还结。

红芍药

芍药绽红绡，巴篱织青琐。繁丝蘸金蕊，高焰当炉火。翦刻彤云片，开张赤霞裹。烟轻琉璃叶，风亚珊瑚朵。受露色低迷，向人娇婀娜。酡颜醉后泣一作并，小女妆成坐。艳艳锦不如，夭夭桃未可。晴霞畏欲散，晚日愁将堕。结植本为谁，赏心期在我。采之谅多思，幽赠何由果。

送王十一南行

夏水漾天末，晚旸依岸一作映遥村。风调一作翻乌尾劲，眷恋余芳尊。解裾方瞬息，征帆已翩翩。江豚涌高浪，枫树摇去魂。远戍宗侣泊，暮烟洲渚昏。离心讵几许，骤若移寒温。此别信非久，胡为坐忧烦。我留石难转，君泛云无根。万里湖南月，三声山上猿。从兹耿幽梦，夜夜湘与沅。

三叹

孤剑锋刃涩，犹能神彩生。有时雷雨过，暗吼阒阒声。主人閟灵宝，畏作升天行。淬砺当阳铁，刻为干镆名。远求鹍鹑莹，同用玉匣盛。颜色纵相类，利钝颇相倾。雄为光电铤，雌但深泓澄。龙怒有奇变，青蛇终不惊。

仙凤翠皇死，葳蕤光彩低。非无鸳鸯侣，誓不同树栖。飞驰岁云暮，感念雏在泥。顾影不自暖，寄尔蟠桃鸡。驯养岂无愧，类族安得齐。愿言成羽翼，奋翅凌丹梯。

天骥失龙偶，三年常夜嘶。哀缘喷风断，渴且含霜啼。长恐绝遗类，不复蹑云霓。非无驵骃者，鹤意不在鸡。春来筋骨瘦，吊影心亦迷。自此渥洼种，应生浊水泥。

遣昼

密竹有清阴，旷怀无尘滓。况乃秋日光，玲珑晓窗里。旬休聊自适，今辰日高起。栉沐坐前轩，风轻镜如水。开卷恣咏谣，望云闲徙倚。新菊媚鲜妍，短萍怜霍靡。扫除田地静，摘掇园蔬美。幽玩惬诗流，空堂称居士。客来伤寂寞，我念遣烦鄙。心迹两相忘，谁能验行止。

冬夜怀李侍御、王太祝、段丞

浩露烟壖尽，月光闲有余。松篁细阴影，重以帘牖疏。泛览星粲粲，轻河悠碧虚。纤云不成叶，脉脉风丝舒。丹灶炽东序，烧香罗玉书。飘飘魂神举，若骖鸾鹤舆。感念凤昔意，华尚簪与裾。簪裾讵几许，累刻吞钩鱼。今闻馨香道,一以悟臭帑。悟觉誓不惑,永抱胎仙居。昼夜欣所适,安知岁云除。行行二三友,君怀复何如。

西斋小松二首

松树短于我,清风亦已多。况乃枝上雪,动摇微月波。幽姿得闲地,讵感岁蹉跎。但恐厦终构,藉君当奈何。

簇簇枝新黄,纤纤攒素指。柔苴渐依条,短莎还半委。清风日夜高,凌云意一作竟何已。千岁盘老龙,修鳞自兹始。

周先生

寥寥空山岑,冷冷风松林。流月垂鳞光,悬泉扬高音。希夷周先生,烧香调琴心。神力盈三千,谁能还黄金。

全唐诗卷四百二

元稹

遣春十首

晓月笼云影,莺声余雾中。暗芳飘露气,轻寒生柳风。冉冉一趋府,未为劳我躬。因兹得晨起,但觉情兴隆。

久雨怜霁景,偶来堤上行。空蒙天色嫩,杳渺江面平。百草短长出,众禽高下鸣。春阳各有分,予亦澹无情。

镜皎碧潭水,微波粗成文。烟光垂碧草,琼脉散纤云。岸柳好阴影,风裾遗垢氛。悠然送春目,八荒谁与群。

低迷笼树烟,明净当霞日。阳焰波春空,平湖漫凝—作疑溢。雪鹭远近飞,渚牙浅深出。江流复浩荡,相为坐纡郁。

暄寒深浅春,红白前后花。颜色讵相让,生成良有涯。梅芳勿自早,菊秀勿自赊。各将一时意,终年无再华。

高屋童稚少,春来归燕多。葺旧良易就,新院亦已罗。俯怜雏化卵,仰愧鹏无寨。巢栋与巢幕,秋风俱奈何。

撩乱扑树蜂,摧残恋房蕊。风吹雨又频,安得繁于绮。酒杯沉易过,世事纷何已。莫倚颜似花,君看岁如水。

绕郭高高冢,半是荆王墓。后嗣炽阳台,前贤甘荜路。善恶徒自分,波流尽东注。胡然不饮酒,坐落桐花树。

花阴莎草长,藉莎闲自酌。坐看莺斗枝,轻花满尊杓。葛巾竹稍挂,旧卷琴上阁。沽酒过此生,狂歌眼前乐。

梨叶已成阴,柳条纷起絮。波绿紫屏风,螺红碧筹箸。三杯面上热,万事心中去。我意风散云,何劳问行处。

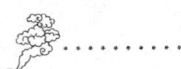

表夏十首

夏风多暖暖,树木有繁阴。新笋紫长短,早樱红浅深。烟花云幂重,榴艳朝景侵。华实各自好,讵云芳意沉。

初日满阶前,轻风动帘影。旬时得休浣,高卧阅清景。僮儿拂巾箱,鸦轧深林井。心到物自闲,何劳远箕颍。

江瘴炎夏早,蒸腾信难度。今宵好风月,独此荒庭趣。露叶倾暗光,流星委余素。但恐清夜徂,讵悲朝景暮。

孟月夏犹浅,奇云未成峰。度霞红漠漠,压浪白溶溶。玉委有余润,飚弛无去踪。何如捧云雨,喷毒随蛟龙。

流芳递炎景,繁英尽寥落。公署香满庭,晴霞覆栏药。栽红起高焰,缀绿排新萼。凭此遣幽怀,非言念将谑。

红丝散芳树,旋转光风急。烟泛被笼香,露浓妆面湿。佳人不在此,恨望阶前立。忽厌夏景长,今春行已及。

百舌渐吞声,黄莺正娇小。云鸿方警夜,笼鸡已鸣晓。当时客自适,运去谁能矫。莫厌夏虫多,蜩螗定相扰。

翩翩帘外燕,戢戢巢内雏。唼食筋力尽,毛衣成紫襦。朝来各飞去,雄雌梁上呼。养子将备老,恶儿那胜无。

西山夏雪消,江势东南泻。风波高若天,滟滪低于马。正被黄牛旋,难期白帝下。我在平地行,翻忧济川者。

灵均死波后,是节常浴兰。彩缕碧筠粽,香粳白玉团。逝者良自苦,今人反为欢。哀哉徇名士,没命求所难。

解秋十首

清晨颒寒水,动摇襟袖轻。翳翳林上叶,不知秋暗生。回悲镜中发,华白三四茎。岂无满头黑,念此衰已萌。

微霜才结露,翔鸠初变鹰。无乃天地意,使之行小惩。鸥枭诚可恶,蔽日有高鹏。舍大以擒细,我心终不能。

往岁学仙侣,各在无何乡。同时鸳名者,次第鹓鹭行。而我而不遂,三十鬓添霜。日暮江上立,蝉鸣枫树黄。

后伏火犹在,先秋蝉已多。云色日夜白,骄阳能几何。壤隙漏江海,忽微成网罗。勿言时不至,但恐岁蹉跎。

新月才到地,轻河如泛云。萤飞高下火,树影参差文。露簟有微润,清香时暗焚。夜闲心寂默,洞庭无垢氛。

霁丽床前影,飘萧帘外竹。簟凉朝睡重,梦觉茶香熟。亲烹园内葵,凭买家家曲。酿酒并毓蔬,人来有棋局。

寒竹秋雨重,凌霄晚花落。低回翠玉梢,散乱栀黄萼。颜色有殊异,风霜无好恶。年年百草芳,毕意同萧索。

春非我独春,秋非我独秋。岂念百草死,但念霜满头。头白古所同,胡为坐烦忧。茫茫百年内,处身良未休。

西风冷衾簟,展转布华茵。来者承玉体,去者流芳尘。适意丑为好,及时疏亦亲。衰哉仲尼出,无乃为妖人。

漠漠江面烧,微微枫树烟。今日复今夕,秋怀方浩然。况我头上发,衰白不待年。我怀有时极,此意何由诠。

遣病十首

服药备江瘴,四年方一疹。岂是药无功,伊予久留滞。滞留人固薄,瘴久药难制。去良已甘,归途奈无际。

弃置何所任,郑公怜我病。三十九万钱,岁入之大率。资予养顽骸。身贱杀何益,恩深报难罄。公其万千年,世有天之郑。

忆作孩稚初,健羡成人列。倦学厌日长,

嬉游念佳节。今来渐讳年，顿与前心别，白日速如飞，佳晨亦骚屑。

昔在痛饮场，憎人病辞醉。病来身怕酒，始悟他人意。怕酒岂不闲，悲无少年气。传语少年儿，杯盘莫回避。

忆初头始白，昼夜惊一缕。渐及鬓与须，多来不能数。壮年等闲过，<small>过上如字，下音戈</small>壮年已五。华发不再青，劳生竟何补。

在家非不病，有病心亦安。起居甥侄扶，药饵兄嫂看。今病兄远路，道遥书信难。寄言娇小弟，莫作官家官。

燕巢官舍内，我尔俱为客。岁晚我独留，秋深尔安适。风高翅羽垂，路远烟波隔。去去玉山岑，人间网罗窄。

檐宇夜来旷，暗知秋已生。卧悲衾簟冷，病觉支体轻。火昏岂不倦，时去聊自惊。浩叹终一夕，空堂天欲明。

秋依静处多，况乃凌晨趣。深竹蝉昼风，翠茸衫晓露。庭莎病看长，林果闲知数。何以强健时，公门日劳骛。

朝结故乡念，暮作空堂寝。梦别泪亦流，啼痕暗横枕。昔愁凭酒遣，今病安能饮。落尽秋槿花，离人病犹甚。

寒

江漳节候暖，腊初梅已残。夜来北风至，喜见今日寒。扣冰浅塘水，拥雪深竹栏。复此满尊醁，但嗟谁与欢。

玉泉道中作

楚俗物候晚，孟冬才有霜。早农半华实，夕水含风凉。遐想云外寺，峰峦渺相望。松门接官路，泉脉连僧房。微露上弦月，暗焚初夜香。谷深烟墙净，山虚钟磬长。念此清境远，复忧尘事妨。行行即前路，勿滞分寸光。

遣病<small>自此通州后作</small>

自古谁不死，不复记其名。今年京城内，死者老少并。独孤才四十，<small>秘书少监郁。</small>仕宦方荣荣。李三三十九，<small>监察御史顾言。</small>登朝有清声。赵昌八十余，三拥大将旌。为生信异异，之死同冥冥。其家哭泣爱，一一无异情。其类嗟叹惜，各各无重轻。万龄龟菌等，一死天地平。以此方我病，我病何足惊。借如今日死，亦足了一生。借使到百年，不知何所成。况我早师佛，屋宅此身形。舍彼复就此，去留何所萦。前身为过迹，来世即前程。但念行不息，岂忧无路行。蜕骨龙不死，蜕皮蝉自鸣。胡为神蜕体，此道人不明。持谢爱朋友，寄之仁弟兄。吟此可达观，世言何足听。

感梦<small>梦故兵部裴尚书相公</small>

十月初二日，我行蓬州西。三十里有馆，有馆名芳溪。荒邮屋舍坏，新雨田地泥。我病百日余<small>一作余日</small>，肌体顾若刲。气填暮不食，早早掩窦圭。阴寒筋骨病，夜久灯火低。忽然寝成梦，宛见颜如圭。似叹久离别，嗟嗟复凄凄。问我何病痛，又叹何栖栖。答云痰滞久，与世复相暌。重云痰小疾，良药固易<small>一作宜挤</small>。前时奉橘丸，攻疾有神功。何不善和疗，岂独头有风。<small>予顷患疾，头风逾月不差，裴公教服橘皮朴硝丸，数月而愈。今梦中复微前说，故尽记往复之词。</small>殷勤平生事，款曲无不终。悲欢两相极，以是半日中。言罢相与行，行行古城里。同行复一人，不识谁氏子。逡巡急吏来，呼唤愿且止。驰至相君前，再拜复再起。启云吏有奉，奉命传所旨。事有大惊忙，非君不能理。答云久就闲，不愿见劳使。多谢致勤勤，未敢相唯唯。我因前献言，此事愚可料。乱热由静消，理繁在知要。君如冬月阳，奔走不必召。君如铜镜明，万物自可照。愿君许苍生，勿复高体调。相君不我言，顾我再三笑。行行及城户，黯黯余日晖。相君不我言<small>一作握我手</small>，命我从此归。不省别时语，但省涕淋漓。觉来身体汗，坐卧心骨悲。闪闪灯背壁，胶胶鸡去塒。倦童颠倒寝，我泪纵横垂。泪垂啼不止，不止啼且声。啼声觉僮仆，僮仆撩乱惊。问我何所苦，问我何所思。

我亦不能语,惨惨即中歧。前经新政县,今夕复明辰。置置满心气,不得说向人。奇哉赵明府,怪我眉不伸。云有北来僧,住此月与旬。自言辨贵骨,谓若识天真。谈游费阆景,何不与逡巡。僧来为予语,语及昔所知。自言有奇中,裴相未相时。读书灵山寺,住处接园篱。指言他日贵,晷刻似不移。我闻僧此语,不觉泪歔欷。去声。因言前夕梦,无人一相谓。无乃裴相君,念我胸中气。遣师及此言,使我尽前事。僧云彼何亲,言下涕不已。我云知我深,不幸先我死。僧云裴相君,如君恩有几。我云滔滔众,好直者皆是。唯我与白生,感遇同所以。官学不同时,生小异乡里。拔我尘土中,使我名字美。美名何足多,深分从此始一作治。吹嘘莫我先,顽陋不我鄙。往往裴相门,终年不曾履。相门多众流,多誉亦多毁。如闻风过尘,不动井中水。前时予搛荆,公在期复起。自从裴公无,吾道甘已矣。白生道亦孤,谗谤销骨髓。司马九江城,无人一言理。为师陈苦言,挥涕满十指。未死终报恩,师听此男子。

和东川李相公慈竹十二韵 次本韵

慈竹不外长,密比青瑶华。矛攒有森束,玉粒一作立无蹉跎。纤粉妍腻质,细琼交翠柯。亭亭霄汉近,霭霭雨露多。冰碧寒夜耸,箫韶风昼罗。烟含胧胧影,月泛鳞鳞波。鸾凤一已顾,燕雀永不过。幽姿媚庭实,颢气爽一作陵天涯。峻节高转露,贞筠寒更佳。托身仙坛上,灵物神所呵。时与天籁合,音阁。日闻阳春歌。应怜孤生者,摧折成病一作沉,一作卧疴。

全唐诗卷四百三

元稹

酬东川李相公十韵 次用本韵,并启。

　　稹启,今月十二日,州吏回,伏受相公书,示知小生所献《和慈竹》等诗,关达鉴览,不蒙罪退,而又赐诗一十韵,并首序一百二十三言。废名位之常数,比朋友以字之,饰扬涓埃,投掷珠玉。幸甚,幸甚。至于庙议末学,江花陋词,无不记在雅章,以备光宠,不胜惶骇惊惭之至。昔楚人始交,必有乘车戴笠不忘相揖之誓,诚以为贵富不相忘之难也。况贵贱之隔,不啻于车笠之相悬;而相公投贶珍重,又岂唯一揖之容易哉!稹独何人,享是嘉惠。辄复牵课拙劣,酬献所赐,是犹百兽与凤凰同舞于箫韶之中,各极其欢心耳,又何暇自审其形容之不类哉。庆岁专人封用上献,死罪死罪。谨启。

　　昔附赤霄羽,葳蕤游紫垣。斗班香案上,奏语玉晨尊。戆直撩忌讳,科仪惩傲顽。自从真籍除,弃置勿复论。前时共游者,日夕黄金轩。请帝下巫觋,八荒求我魂。鸾凤屡鸣顾,燕雀尚篱藩。徒令霄汉外,往往尘念存。存念岂虚设,并投琼与璠。弹珠古所讶,此用何太敦。邹律寒气变,郑琴祥景奔。灵芝绕身出,左右光彩繁。碾玉无俗色,蕊珠非世言。重惭前日句,陋若蔫并荪。腊月巴地雨,瘴江愁浪翻。因持骇鸡宝,一照浊水昏。

酬独孤二十六送归通州 此后至《和乐天》三首,并用本韵。

　　再拜捧兄赠,拜兄珍重言。我有平生志,临别将具论。十岁慕倜傥,爱白不爱昏。宁爱寒切烈,不爱旸温暾。二十走猎骑,三十游海门。憎兔跳跃跃,恶鹏黑翻翻。鳌钓气方壮,鹘拳心颇尊。下观狰狞辈,一扫冀不存。名冠壮士籍,功酬明主恩。不然合音阎身弃,何况身上痕。金石有销烁,肺腑无寒温。分画久已定,波涛何足烦。尝希苏门啸,讵厌巴树猿。瘴水徒浩浩,浮云亦轩轩。长歌莫长叹,饮斛莫饮樽。生为醉乡客,死作达士魂。

酬刘猛见送

种花有颜色,异色即为妖。养鸟恶羽翮,剪翮不待高。非无翦伤者,物性难自逃。百足虽捷捷,商羊亦翘翘。伊余狷然质,谬入多士朝。任气有愎戆,容身寡朋曹。愚狂偶似直,静僻非敢骄。一为毫发忤,十载山川遥。烁铁不在火,割肌不在刀。险心露山岳,流语翻波涛。六尺安敢主,方寸由自调。神剑土不蚀,异布火不焦。虽无二物姿,庶欲效一毫。未能深蹙蹙,多谢相劳劳。去去我移马,迟迟君过桥。云势正横𡐛,江流初满槽。<small>江槽,楚语。</small>持此慰远道,此之为旧交。

酬乐天赴江州路上见寄三首

昔在京城心,今在吴楚末。千山道路险,万里音尘阔。天上参与商,地上胡与越。终天升沉异,满地网罗设。心有无朕环,肠有无绳结。有结解不开,有环寻不歇。山岳移可尽,江海塞可绝。离恨若空虚,穷年思不彻。生莫强相同,相同会相别。

襄阳大堤绕,我向堤前住。烛随花艳来,骑送朝云去。万竿高庙竹,三月徐亭树。我昔忆君时,君今怀我处。有身有离别,无地无歧路。风尘同古今,人世劳新故。

人亦有相爱,我尔殊众人。朝朝宁不食,日日愿见君。一日不得见,愁肠坐氤氲。如何远相失,各作万里云。云高风苦多,会合难邅因。天上犹有碍,何况地上身。

邮竹

庭有萧萧竹,门有阗阗骑。器静本殊途,因依偶同寄。亭亭乍干云,裊裊亦垂地。人有异我心,我无异人意。

落月

落月沉余影,阴渠流暗光。蚊声霭窗户,萤火绕屋梁。飞幌翠云薄,新荷清露香。不吟复不寐,竟夕池水傍。

高荷

种藕百余根,高荷才四叶。飔内碧云扇,团圆青玉叠。亭亭自抬举,鼎鼎难藏㧡。不学著水荃,一生长怗怗。

和裴校书鹭鸶飞

鹭鸶鹭鸶何遽飞,鸦惊雀噪难久依。清江见底草<small>一作华</small>堂在,一点白光终不归。

夜池

荷叶团圆茎削削,绿萍面上红衣落。满池明月思啼螀,高屋无人风张<small>去声</small>幕。

酬杨司业十二兄早秋述情见寄

<small>今春与杨兄会于冯翊,数日而别。此诗同州作。</small>

白发故人少,相逢意弥远。往事共销沉,前期各衰晚。昨来遇弥苦,已复云离㪍。秋草古胶庠,寒沙废宫苑。知心岂忘鲍,咏怀难和阮。壮志日萧条,那能竞朝晼。

代杭人作使君一朝去二首

使君一朝去,遗爱在人口。惠化境内春,才名天下首。为问龚黄辈,兼能作诗否。

使君一朝去,断肠如剉檗。无复见冰壶,唯应镂金石。自此一州人,生男尽名白。

长庆历

年历复年历,卷尽悲且惜。历日何足悲,但悲年运易。年年岂无叹,此叹何唧唧。所叹别此年,永无长庆历。

顺宗至德大圣大安孝皇帝挽歌词三首<small>左拾遗时作</small>

不改延洪祚,因成揖让朝。讴歌同戴启,遏密共思尧。雨露施恩广,梯航会葬遥。号弓那独切,曾感昔年招。

前春文祖庙,大舜嗣尧登。及此逾年感,还因是月崩。寿缘追孝促,业在继明兴。俭诏同今古,山川绕灞陵。

七月悲风起,凄凉万国人。羽仪经巷内,辒辌转城闉。螟色依陵早,秋声入辂新。自嗟同草木,不识永贞春。

宪宗章武孝皇帝挽歌词三首 膳部员外时作

国付重离后,身随十圣仙。北辰移帝座,西日到虞泉。方丈言虚设,华胥事眇然。触鳞曾在宥,偏哭堕髯前。

天宝遗余事,元和盛圣功。二凶枭帐下,三叛斩都中。杨惠琳、李师道传首京师。刘辟、李锜、吴元济腰斩都市。始服消陀房,方吞逻逤戎。沙陀、突厥,自元和初始通中国。狼星如要射,犹有鼎湖弓。

月落禁垣西,星攒晓仗齐。风传宫漏苦,云拂羽仪低。路隘车千两,桥危马万蹄。共蹉封石检,不为报功泥。

恭王故太妃挽歌词二首 校书郎时作

燕姞贻天梦,梁王尽孝思。虽从魏诏葬,得用汉藩—作官仪。曙月残光敛,寒箫度曲迟。平生奉恩地,哀挽欲何之。

文卫罗新圹,仙娥掩螟山。雪云埋陇合,箫鼓望城还。寒树风难静,霜郊夜更闲。哀荣深孝嗣,仪表在河间。

哭吕衡州六首

气敌三人杰,交深一纸书。我投冰莹眼,君报水怜鱼。髀股惟夸瘦,膏肓岂暇除。伤心死诸葛,忧道不忧余。

望有经纶钓,虞收宰相刀。江文驾风远,云貌接天高。国待求琳器,家藏虎豹韬。尽将千载宝,埋入五原蒿。

白马双旌队,青山八阵图。请缨期系虏,枕草誓捐躯。势激三千壮,年应四十无。遥闻不瞑目,非是不怜吴。

雕鹗生难敌,沉檀死更香。儿童喧巷市,羸老哭碑堂。雁起沙汀暗,云连海气黄。祝融峰上月,几照北人丧。

回雁峰前雁,春回尽却回。联行四人去,同葬一人来。铙吹临江返,城池隔雾开。满船深夜哭,风棹楚猿哀。

杜预春秋癖,扬雄著述精。在时兼不语,终古定归名。耒水波文细,湘江竹叶轻,平生思风月,潜寐若为情。

僧如展及韦载同游碧涧寺,各赋诗,予落句云:他生莫忘灵山座,满壁人名后会稀。展共吟他生之句,因话释氏缘会所以,莫不凄然久之。不十日,而展公长逝。惊悼返覆,则他生岂有兆耶?其间展公仍赋黄字五十韵,飞札相示。予方属和未毕,自此不复撰成,徒以四韵为识

重吟前日他生句,岂料逾旬便隔生。会拟一来身塔下,无因共绕寺廊行。紫毫飞札看犹湿,黄字新诗和未成。纵使得如羊叔子,不闻兼记旧交情。

公安县远安寺水亭见展公题壁,漂然泪流,因书四韵

碧涧去年会,与师三两人。今来见题壁,师已是前身。芰叶迎僧夏,杨花度俗春。空将数行泪,洒遍塔中尘。

寒食日毛空路示侄晦及从简

我昔孩提从我兄,我今衰白尔初成。分明寄取原头路,百世长须此路行。寄取一作记取。

别孙村老人 寒食日

年年渐觉老人稀,欲别孙翁泪满衣。未死不知何处去,此身终向此原归。

和乐天刘家花

闲坊静曲同消日,泪草伤花不为春。遍问旧交零落尽,十人才有两三人。

褒城驿二首

容州诗句在褒城,几度经过眼暂明。今日重看满衫泪,可怜名字已前生。

忆昔万株梨映竹,遇逢黄令醉残春。梨枯竹尽黄令死,今日再_{一作载}来衰病身。

和乐天梦亡友刘太白同游二首

君诗昨日到通州,万里知君一梦刘。闲坐思量小来事,只应元是梦中游。

老来东郡复西州,行处生尘为丧刘。纵使刘君魂魄在,也应至死不同游。

酬乐天见忆,兼伤仲远

死别重泉闷,生离万里赊。瘴侵新病骨,梦到故人家。遥泪陈根草,闲收落地花。庾公楼怅望,巴子国生涯。河任天然曲,江随峡势斜。与君皆直戆,须分老泥_{一作长沙}。

与乐天同葬杓直

元伯来相葬,山涛誓抚孤。不知他日事,兼得似君无。

全唐诗卷四百四

元稹

夜闲 此后并悼亡

感极都无梦,魂销转易惊。风帘半钩落,秋月满床明。怅望临阶坐,沉吟绕树行。孤琴在幽匣,时迸断弦声。

感小株夜合

纤干未盈把,高条才过眉。不禁风苦动,偏受露先萎。不分秋同尽,深嗟小便衰。伤心落残叶,犹识合昏期。

醉醒

积善坊中前度饮,谢家诸婢笑扶行。今宵还似当时醉,半夜觉来闻哭声。

追昔游

谢傅堂前音乐和,狗儿吹笛胆娘歌。花园欲盛千场饮,水阁初成百度过。醉摘樱桃投小玉,懒梳丛鬓舞曹婆。再来门馆唯相吊,风落秋池红叶多。

空屋题 十月十四日夜

朝从空屋里,骑马入空台。尽日推闲事,还归空屋来。月明穿暗隙,灯烬落残灰。更想咸阳道,魂车昨夜回。

初寒夜寄卢子蒙

月是阴秋镜,寒为寂寞资。轻寒酒醒后,斜月枕前时。倚壁思闲事,回灯检旧诗。闻君亦同病,终夜还相悲。

城外回,谢子蒙见谕

十里抚柩别,一身骑马回。寒烟半堂影,烬火满庭灰。稚女凭人问,病夫空自哀。潘安寄新咏,仍是夜深来。

谕子蒙

抚稚君休感,无儿我不伤。片云离岫远,双燕念巢忙。大壑谁非水,华星各自光。但令长有酒,何必谢家庄。

遣悲怀三首

谢公最小偏怜女,嫁与黔娄百事乖。顾我无衣搜画箧,泥他沽酒拔金钗。野蔬充膳甘长藿,落叶添薪仰古槐。今日俸钱过十万,与君营奠复营斋画箧一作荩箧。

昔日戏言身后意,今朝皆到眼前来。衣裳已施行看尽,针线犹存未忍开。尚想旧情怜婢仆,也曾因梦送钱财。诚知此恨人人有,贫贱夫妻百事哀。

闲坐悲君亦自悲,百年都是几多时。邓攸无子寻知命,潘岳悼亡犹费词。同穴窅冥何所望,他生缘会更难期。唯将终夜长开眼,报答平生未展眉。

旅眠

内外都无隔,帷屏不复张。夜眠兼客坐,同在火炉床。

除夜

忆昔岁除夜,见君花烛前。今宵祝文上,重叠叙新年。闲处低声哭,空堂背月眠。伤心小儿女,撩乱火堆边。

感梦

行吟坐叹知何极,影绝魂销动隔年。今夜商山馆中梦,分明同在后堂前。

合衣寝

良夕背灯坐,方成合衣寝。酒醉夜未阑,几回颠倒枕。

竹簟

竹簟衬重茵,未忍都令卷。忆昨初来日,看君自施展。

听庾及之弹乌夜啼引

君弹乌夜啼,我传乐府解去声古题。良人在狱妻在闺,官家欲赦乌报妻。乌前再拜泪如雨,乌作哀声妻暗语。后人写出乌啼引,吴调哀弦声楚楚。四五年前作拾遗,谏书不密丞相知。谪官诏下吏驱遣,身作囚拘妻在远。归来相见泪如珠,唯说闲宵长拜乌。君来到舍是乌力,妆点乌盘邀女巫。今君为我千万弹,乌啼啄啄泪澜澜。感君此曲有深意,昨日乌啼桐叶坠。当时为我赛乌人,死葬咸阳原上地。

梦井

梦上高高原,原上有深井。登高意枯渴,愿见深泉冷。裴回绕井顾,自照泉中影。沉浮落井瓶,井上无悬绠。念此瓶欲沉,荒忙为求请。遍入原上村,村空犬仍猛。还来绕井哭,哭声通复哽。哽嗌梦忽惊,觉来房舍静。灯焰碧胧胧,泪光疑冏冏。钟声夜方半,坐卧心难整。忽忆咸阳原,荒田万余顷。土厚圹亦深,埋魂在深埂。埂深安可越,魂通有时逞。今宵泉下人,化作瓶相憬。感此涕汍澜,汍澜涕沾领。所伤觉梦间,便觉死生境。岂无同穴期,生期谅绵永。又恐前后魂,安能两知省。寻环意无极,坐见天将晒。吟此梦井诗,春朝好光景。

江陵三梦

平生每相梦,不省两相知。况乃幽明隔,梦魂徒尔为。情知梦无益,非梦见何期。今夕亦何夕,梦君相见时。依稀旧妆服,晻淡昔容仪。不道间生死,但言将别离。分张碎针线,褫叠故䘿帏。抚稚再三嘱,泪珠千万垂。嘱云唯此女,自叹总无儿。尚念娇且呆,未禁寒与饥。君复不慊事,奉身犹脱遗。况有官缚束,安能长顾私。他人生间别,婢仆多谩欺。君在或有托,出门当付谁。言罢泣幽噎,我亦涕淋漓。惊悲忽然寤,坐卧若狂痴。月影半床黑,虫声幽草移。心魂生次第,觉梦久自疑。寂默深想像,泪下如流澌。百年永已诀,一梦何太悲。悲君所娇女,弃置不我随。长安远于日,山川云间之。纵我生羽翼,网罗生繁维。今宵泪零落,半为生别滋。感君下泉魄,动我临川思。一水不可越,黄泉况无涯。此怀何由极,此梦何由追。坐见天欲曙,江风吟树枝。

古原三丈穴，深葬一枝琼。崩剥山门坏，烟绵坟草生。久依荒陇坐，却望远村行。惊觉满床月，风波江上声。

君骨久为土，我心长似灰。百年何处尽，三夜梦中来。逝水良已矣，行云安在哉。坐看朝日出，众鸟双裴回。

张旧蚊帱

逾年间生死，千里旷南北。家居无见期，况乃异乡国。破尽裁缝衣，忘收遗翰墨。独有缬纱帱，凭人远携得。施张合欢榻，展卷双鸳翼。已矣长空虚，依然旧颜色。裴回将就寝，徙倚情何极。昔透香田田，今无魂恻恻。隙穿斜月照，灯背空床黑。达理强开怀，梦啼还过臆。平生贫寡欢，夭枉劳苦忆。我亦距几时，胡为自摧逼。烛蛾焰中舞，茧蚕丛上织。焦烂各自求，他人顾何力。多离因苟合，恶影当务息。往事勿复言，将来幸前识。

独夜伤怀赠呈张传御 张生近丧妻

烬火孤星灭，残灯寸焰明。竹风吹面冷，檐雪坠阶声。寡鹤连天叫，寒雏彻夜惊。只应张侍御，潜会我心情。

六年春遣怀八首

伤禽我是笼中鹤，沉剑君为泉下龙。重纩犹存孤枕在，春衫无复旧裁缝。

检得旧书三四纸，高低阔狭粗一作但成行。自言并食寻高事，唯念山深驿路长。

公无渡河音响绝，已隔前春复去秋。今日闲窗拂尘土，残弦犹迸钿一作细筚篥。

婢仆晒君余服用，娇痴稚女绕床行。玉梳钿朵香胶解，尽日风吹玳瑁筝。

伴客销愁长日饮，偶然乘兴便醺醺。怪来醒后傍人泣，醉里时时错问君。

我随楚泽波中梗一作水，君作咸阳泉下泥。百事无心值寒食，身将稚女帐前啼。

童稚痴狂撩乱走，绣毬花仗满堂前。病身

一到缞帷下，还向临阶背日眠。

小于潘岳头先白，学取庄周泪莫多。止竟悲君须自省，川流前后各风波。

答友封见赠

荀令香销潘簟空，悼亡诗满旧屏风。扶床小女君先识，应为些些似外翁。

梦成之

烛暗船风独梦惊，梦君频问向南行。觉来不语到明坐，一夜洞庭湖水声。

哭小女降真

雨点轻沤风复惊，偶来何事去何情。浮生未到无生地，暂到人间又一生。

哭女樊

秋天净绿月分明，何事巴猿不剩鸣。应是一声肠断去，不容啼到第三声。

哭女樊四十韵 虢州长史时作

逝者何由见，中人未达情。马无生角望，猿有断肠鸣。去伴投遐徼，来随梦险程。四年巴养育，万里硖回萦。病是他乡染，魂应远处惊。山魈邪乱一作去逼，沙虱毒潜婴。母约一作幼看宁辨，余慵疗不精。欲寻方次第，俄值疾充盈。灯火徒相守，香花只浪擎。莲初开月梵，蕣已落朝荣。魄散云一作魂将尽，形全玉尚莹。空垂两行血，深送一枝琼。秘祝休巫觋，安眠放使令。旧衣和箧施，残药满瓯倾。乳媪闲于社，医僧娗一作愧似醒。悯渠身觉剩一作深觉瘵。剩，一作瘵，讶佛力难争。骑竹痴犹子，牵车小外甥。等长一作闲迷过影，遥戏误啼声。浣纸伤余画，扶床念试行。独留呵面镜，谁弄倚墙筝。忆昨工言语，怜初妙长成。撩风妒一作拓鹦舌，凌露一作霜触兰英。翠凤舆真女，红蕖捧化生。只忧嫌五浊，终恐向三清。宿恶诸荤味，悬知众物名。生而不食荤血，虎豹狨猿等皮毛，尽恶斥之。巴南所无之物，及北而默识其名者数辈。环从枯树得，经认宝函盛。愠怒偏憎数，分张雅爱

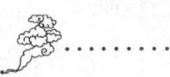

平。最怜一作矜贪栗妹，频救懒书兄。为占娇饶分，良多着恋诚。别常回面泣，归定出门迎。解怪还家晚，长将远信呈。说人偷罪过，要我抱纵横。腾踯游江舫，攀缘看乐棚。和蛮歌字拗，学妓舞腰轻。迢递离荒服，提一作持携到近京。未容夸伎俩，唯恨枉聪明。往绪心千结，新丝鬓百茎。暗窗风报晓，秋幌雨闻更。败槿萧疏馆，衰杨破坏城。此中临老泪，仍自哭孩婴。

哭子十首 翰林学士时作

维鹈受刺因吾过，得马生灾念尔冤。独在中庭倚闲树，乱蝉嘶噪欲黄昏。

才能辨别东西位，未解分明管带身。自食自眠犹未得，九重泉路托一作记何人。

尔母溺情连夜哭，我身因事有时悲。钟声欲绝东方动，便是寻常上学时。

莲花上品生真界，兜率天中离世途。彼此业缘多障碍，不知还得见儿无。

节量梨栗愁生疾，教示诗书望早成。鞭扑校多怜校少，又缘遗恨哭三声。

深嗟尔更无兄弟，自叹予应绝子孙。寂寞讲堂基址在，何人车马入高门。

往年鬓已同潘岳，垂老年教作邓攸。烦恼数中除一事，自兹无复子孙忧 年教一作天教。

长年苦境知何限，岂得因儿独丧明。消遣又来缘尔母，夜深和泪有经声 又一作不。

乌生八子今无七，猿叫三声月正孤。寂寞空堂天欲曙，拂帘双燕引新雏。

频频子落长江水，夜夜巢边旧处栖。若是愁肠终不断，一年添得一声啼。

感逝 浙东

头白夫妻分无子，谁令兰梦感衰翁。三声啼妇卧床上，一寸断肠埋土中。蜩甲暗枯秋叶坠，燕雏新去夜巢空。情知此恨人皆有，应与暮年心不同。

妻满月日相唁

十月辛勤一月悲，今朝相见泪淋漓。狂儿落尽莫惆怅，犹胜因花压折枝。

全唐诗卷四百五

元稹

代曲江老人百韵 年十六时作

何事花前泣,曾逢旧日春。先皇初在镐,贱子正游秦。拨乱干戈后,经文礼乐辰。徽章悬象魏,貔虎画骐骥。光武休言战,唐尧念睦姻。琳琅铺柱础,葛藟茂河湄。尚齿惇耆艾,搜材拔积薪。裴王持藻镜,姚宋斡陶钧。内史称张敞,苍生借寇恂。名卿唯讲德,命士耻忧贫。杞梓无遗用,刍荛不忘询。悬金收逸骥,鼓瑟荐嘉宾。羽翼皆随凤,圭璋—作瑜璉肯杂—作称珉。班行容济济,文质道彬彬。百度依皇极,千门辟紫宸。措—作理刑非苟简,稽古蹈因循。书谬偏求伏,诗亡远听申。雄推—作继登三虎贾,群擢八龙荀。海外恩方洽,寰中教不泯。儒林精阃奥,流品重清淳。—作儒林一同异,冠履尽清淳。天净三光丽,时和四序均。卑官休力投,蠲赋免—作贱职少艰辛。蛮貊同车轨,乡原尽里仁。帝途高荡荡,风俗厚阊阖—作忳忳。暇—作秋日耕耘足,丰年雨露频。戍烟生不见,村堡老犹纯。耒耜勤千亩,牲牢奉六禋。南郊礼天地,东野辟原畇。校猎求初吉,先农卜上寅。万方来合杂,五色瑞轮囷。池篆呈朱雁,坛场得白麟。酹金光照耀,奠璧彩璘玢。掉荡云门发,蹁跹鹭羽振。集灵撞玉磬,和鼓奏金镎。建簴崇牙盛,衔钟兽目嗔。总干形屹崒,戛敔背嶙峋。文物千官会,夷音九部陈。鱼龙华外戏,歌舞洛中嫔。佳节修酺礼,非时宴侍臣。梨园明月夜,花萼艳阳晨。李杜诗篇敌,苏张笔力匀。乐章轻鲍照,碑板笑颜竣。泰狱陪封禅,汾阴颂鬼神。星移逐西顾,风暖助东巡。浴德留汤谷,蒐畋过渭滨。沸天雷殷殷,匝地毂辚辚。沃土心逾炽,豪家礼渐湮。老农羞荷锸,贪贾学垂绅。曲艺争工巧,雕机变组䌷。青凫连不解,红粟巧相因。山泽长孳货,梯航竞献珍。翠毛开越巂,龙眼弊—作敝瓯闽。玉馔薪燃蜡,椒房烛用银。铜山供横赐,金屋贮宜鞶。班女恩移赵，思王赋感甄。辉光随顾步，生死属摇唇。世族功勋久，王姬宠爱亲。街衢连甲第，冠盖拥朱轮。大道垂珠箔，当垆踏锦茵。轩车隘南陌，钟磬满西邻。出入张公子，骄奢石季伦。鸡场潜介羽，马埒并扬尘。韬袖夸狐腋，弓弦尚鹿脑。紫絛牵白犬，绣鞯被一作锦鞯覆花骃。箭倒南山虎，鹰擒东郭䳱。翻身迎过雁，劈肘一作坐射取回鹎。竞蓄朱公产，争藏邴氏缗。桥桃矜马鹜，倚顿数牛犉一作金银。齑斗冬中韭，羹怜远处莼。万钱才下箸，五酘一作酹未称醇。曲水闲销一作流觞日，倡楼一作优醉度旬。探丸依郭解，投辖伴陈遵。共谓长之一作安泰，那知遽构屯。奸心兴桀黠，凶丑比顽嚚。斗柄侵妖彗，天泉化逆鳞。背一作贷恩欺一作叹乃祖，连祸及吾民。猰貐当前路，鲸鲵得要津。王师才一作方业业，暴卒已䳱䳱。杂虏同谋夏，宗周暂去豳。陵园深暮景，霜露下秋旻。凤阙悲巢鹏，鹓行乱野麏。华林荒茂草，寒竹碎贞筠。村落空垣坏，城隍旧井堙。破船沉古渡，战鬼聚阴磷。振臂谁相应，攒眉独不伸。毁容怀赤绂，混迹戴黄巾。木梗随波荡，桃源敩隐沦。弟兄书信断，鸥鹭往来驯。忽遇山光澈，遥瞻海气真。秘图推废王，后圣合经纶。野杏浑休植，幽兰不复纫。但惊心愦愦，谁恋水粼粼。尽室杂深洞，轻桡荡小舲。殷勤题白石，怅望出青蘋。梦寐平生在，经过处所新。阮郎迷里巷，辽鹤记城闉。虚过休明代，旋为朽病身。劳生常矻矻，语旧苦谆谆。晚岁多衰柳，先秋愧大椿。眼前年少客，无复昔时人。

开元观闲居，酬吴士矩侍御三十韵中有问行藏求药物之句。十八时作。

静习狂心尽，幽居道气添。神编启黄简，秘箓捧朱签。烂熳烟霞驻，优游岁序淹。登坛拥旄节，趋殿礼胡髯。殿有明皇真容。醮起彤庭烛，香开白玉奁。结盟金剑重，斩鬼宝刀铦。禹步星纲动，焚符灶鬼詹。冥搜呼直使，章奏役飞廉。仙籍聊凭检，浮名复为占。赤诚祈皓鹤，绿发代青缣。虚室常怀素，玄关屡引枯。貂蝉徒自宠，鸥鹭不相嫌。始悟身为患，唯欣禄未恬一作沾。龟龙恋淮海，鸡犬傍闾阎。松笠新偏翠，山峰远更尖。箫声吟茂竹，虹影逗虚檐。初日先通牖，轻飔每透帘。露盘朝滴滴，钩月夜纤纤。已得餐霞味，应蛙食蓼甜。工琴闲度昼，耽酒醉销炎。几案随宜设，诗书逐便拈。灌园多抱瓮，刈藿乍腰镰。野鸟终难絷，鹪鹩本易厌。风高云远逝，波骇鲤深潜。邸第过从隔，蓬壶梦寐瞻。所希颜颇练，谁恨突无黔。思拙惭圭璧，词烦杂米盐。谕锥言太小，求药意何谦。本句有永惭沾药犬，多谢出囊锥。语默君休问，行藏我讵兼。狂歌终此曲，情尽口长箝。

病减逢春，期白二十二、辛大不至十韵校书郎时作。

病与穷阴退，春从血气生。寒肤渐舒展，阳脉乍虚盈。就日临阶坐，扶床履地行。问人知面瘦，祝鸟愿身轻。风暖牵诗兴，时新变卖声。饥馋看药忌，闲闷点书名。旧雪依深竹，微和动早萌。推迁悲往事，疏数辨交情。琴待嵇中散，杯思阮步兵。世间除却病，何者不营营。

黄明府诗并序

小年曾于解县连月饮酒，予常为觥录事。曾于窦少府厅中，有一人后至，频犯语令，连飞十二觥，不胜其困，逃席而去。醒后问人，前虞乡黄丞也，此后绝不复知。元和四年三月，予奉使东川，十六日至褒城东数里，遥望驿亭，前有大池，楼榭甚盛。逡巡，有黄明府见迎，瞻其形容，仿佛似识，问其前衔，即曩时之时一作日，无之字。逃席黄丞也。说向前事，黄土惘然而寤，因馈酒一槽，舣舟请予同载。予不免一作违其意，与之尽欢。遍问座隅山川，则曰：又褒次其右。《纪事》作偏问褒阳山水，则褒姒所奔之城在其左，诸葛所征之路在其右。感今怀古，作黄明府诗云。

少年曾痛饮，黄令苦飞觥。席上当时走，马前今日迎。依稀迷姓氏，积渐识平生。故友身皆远，他乡眼暂明。便邀连榻坐，兼共榜船行。酒思临风乱，霜棱扫一作拂地平。不堪深浅酌,贪怆古今情。迤逦七盘路,坡陀数丈城。花疑褒女笑,栈想武侯征。一种埋幽石,老闲《纪事》作空闻千载名。

酬翰林白学士代书一百韵并序。此后江陵时作

玄元氏之下元日,会予家居至,枉乐天代书诗一百韵。鸿洞卓荦,令人兴起心情。且置别书,美予前和七章,章次用本韵,韵同意殊,谓为工巧。前古韵耳,不足难之。今复次排百韵,以答怀思之贶云。

昔岁俱充赋,同年遇有司。八人称迥拔,两郡滥相知。同年八人,乐天拔萃登科,予平判入等。逸骥初翻步,鞲鹰暂脱羁。远途忧地窄,高视觉天卑。并入红兰署,偏亲白玉规。近朱怜冉冉,伐木愿偲偲。鱼鲁非难识,铅黄自懒持。心轻马融帐,谋夺子房帷。秀发幽岩电,清澄隘岸陂。九霄排直上,万里整前期。勇赠栖鸾句,惭当古井诗。予赠乐天诗云:皎彼鸾凤姿。乐天赠予诗云:无波古井水。多闻全受益,择善颇相师。脱俗殊常调,潜工大有为。还醇凭酹酒,运智托围棋。情会招车胤,闲行觅戴逵。僧餐月灯阁,醵宴劫灰池。予与乐天、杓直、拒非辈,多于月灯阁闲游。又尝与秘省同官醵宴昆明池。胜概争先到,篇章竞出奇。输赢论破的,点窜肯容丝。山岫当街翠,墙花拂面枝。昔予赋诗云:为见墙头拂面花。时唯乐天知此。莺声爱娇小,燕翼玩逶迤。辔为逢车缓,鞭缘趁伴施。密携长上乐,偷宿静坊姬。僻性慵朝起,新晴助晚嬉。相欢常满目,别处鲜开眉。翰墨题名尽,光阴听话移。乐天每与予游从,无不书名屋壁。又尝于新昌宅,说《一枝花》话,自寅至已,犹未毕词也。绿袍因醉典,乌帽逆风遗。暗插轻筹箸,仍提小屈卮。予有席箕草、筹箸、小盏、酒胡之举,当时尝在书囊,以供饮备。本弦才一举,下口已三迟。逃席冲门出,归倡借去声马骑。狂歌繁节乱,醉舞半衫垂。散漫纷长薄,邀遮守隘歧。几遭朝士笑,兼任巷童随。苟务形骸达,浑将性命推。何曾爱官序,不省计家资。忽悟成虚掷,翻然叹未宜。使回躭乐事,坚赴策贤时。寝食都忘倦,园庐遂绝窥。劳神甘戚戚,攻短过孜孜。叶怯穿杨箭,囊藏透颖锥。超遥望云雨,摆落占泉坻。略削荒凉苑,搜求激直词。

那能作牛后,更拟助洪基。旧说:制举皆以恶计取容为美。予与乐天,指病危言,不顾成败,意在决求高等。初就业时,今裴相公戒予:"慎勿以策苑为美。"予深佩其言,然而怪其多大拟拟,有可取,遂切求潜览,功及累月,无所获。先是穆员、卢景亮同年应制,俱以词直见黜。予求获其策,皆手自写之,置在筐簏。乐天、损之辈,常诣予筐中有无第之祥,而又晒予决高第之僭也。唱第听鸡集,趋朝忘马疲。内人舆御案,朝景丽神旗。首被呼名姓,多惭冠等衰。千官容眷盼,五色照离披。鹓侣从兹洽,鸥情转自縻。分张殊品命,中外却驱驰。出入称金籍,东西待碧墀。半班云汹涌,开扇雉参差。切愧寻常质,亲瞻咫尺姿。日轮光照耀,龙服瑞葳蕤。誓欲通愚謇,生憎效喔咿。佞存真妾妇,谏死是男儿。便殿承偏召,权臣惧挠私。庙堂虽稷契,城社有狐狸。似锦言应巧,如弦数易欺。敢嗟身暂黜,所恨政无毗。予元和元年任拾遗八十三日,延英对,九月十三贬授河南尉。谬辱良由此,升腾亦在斯。再令陪宪禁,依旧履贴危。使蜀常绵远,分台更嶮巇。匿奸劳发掘,破党恶持疑。斧刃迎皆碎,盘牙老未萎。乍能还帝笏,讵忍折音浙吾支。虎尾元来险,圭文却类疵。浮荣齐壤芥,闲气咏江蓠。阙下殷勤拜,樽前啸傲辞。飘沉委蓬梗,忠信敌蛮夷。戏诮青云驿,讥题皓发祠。予途中作《青云驿》诗,病其云泥一致。作《四皓庙》诗,讥其出处不常。贪过谷隐寺,留读岘山碑。寺在亭侧。草没章台趾,堤横楚泽湄。野莲侵稻陇,亚柳压城陴。遇物伤凋换,登楼思漫弥。金攒嫩橙子,璧泛远鸬鹚。仰竹藤缠屋,苦茆荻补篱。南人以大竹为瓦,用荻为篱也。面梨通蒂朽,火米带芒炊。面梨软烂无味,火米粗砺不精。苇笋针筒束,鲵鱼箭羽鳍。芋羹真底可,鲈鲙漫劳思。北渚销魂望,南风著骨吹。度梅衣色渍,食稗马蹄羸。南方衣服,经夏谓之度梅,颜色尽浣。马食菰蒋,盖北地稊稗之属。院榷和泥碱,官酤小麴醨。讹音烦缴绕,轻去声俗丑威仪。树罕贞心柏,畦丰卫足葵。坳洼饶馆矮,游惰厌庸缁。病赛乌称鬼,巫占瓦代龟。南人染病,竞赛乌鬼,楚巫列肆,悉卖瓦卜。连阴蛙张王,瘴疟雪治医。雨中井作蛙池。终冬往往无雪。我正穷于是,君宁念及兹。一篇从日下,

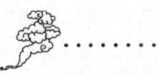

双鲤送天涯。坐捧迷前席,行吟忘结棋。匡床铺错绣,几案踊灵芝。形影同初合,参商喻此离。扇因秋弃置,镜异月盈亏。壮志诚难夺,良辰岂复追。宁牛终夜永,潘鬓去年衰。予今年始三十二,去岁已生白发。溟渤深那测,穹苍意在谁。驭方轻骕骦,车肯重辛夷。卧辙希濡沫,低颜受颔颐。世情焉足怪,自省固堪悲。涸鼠虚求洁,笼禽方讶饥。犹胜忆黄犬,幸得早图之。

全唐诗卷四百六

元稹

纪怀，赠李六户曹、崔二十功曹五十韵

昔冠诸生首，初因三道征。分卿碧墀 一作鸡 会，名姓白麻称。日月光遥射，烟霄志渐弘。荣班联锦绣，谏纸 一作路 赐笺藤。便欲 一作作 呈肝胆，何言犯股肱。椎埋冲斗剑，消碎莹壶冰。赤县才分务，青骢已迥乘。因骑度海鹘，拟杀蔽天鹏。缚虎声空壮，连鳌力未胜。风翻波竟蹙，山压势逾崩。僇辱徒相困，苍黄性不能。酣歌离岘顶，负气入江陵。华表当蟾魄，高楼挂玉绳。角声悲掉荡，城影暗棱层。军幕威容盛，官曹礼数兢。心虽出云鹤，身尚触笼鹰。竦足良甘分，排衙甘未曾。通名参将校，抵掌见亲朋。煦沫求涓滴，沧波怯斗升。荒居邻鬼魅，羸马步殑殑。白草堂檐短，黄梅雨气蒸。沾黏经汗席，飐闪尽油灯。夜怯餐肤蚋，朝烦拂面蝇。过从愁厌贱，专静畏猜仍。旅寓谁堪托，官联自可凭。甲科崔并鹜，柱史李齐升。共展排空翼，俱遭激远矰。他乡元易感，同病转相矜。投分多然诺，忘言少爱憎。誓将探肺腑，耻更辨淄渑。会宿形骸远，论文意气增。一心吞渤澥，戮力拔嵩恒。语到磨圭角，疑消破弩症。吹嘘期指掌，患难许担簦。铩翮鸾栖棘，藏锋箭在弸。雪中方睹桂，木上莫施罾。且泛蠡沿水，兼过被病僧。有时鞭款段，尽日醉懵瞪。蹑屐看秧稻，敲船和采菱。叉鱼江火合，唤客谷神应。啸傲虽开口，幽忧复满膺。望云鳍拨刺，透匣色腾凌。每想潢池寇，犹稽赤族征。夔龙劳算画，貔虎带威棱。逐鸟忠潜奋，悬旌意远凝。弢弓思彻札，绊骥闷牵絙。运甓调辛苦，闻鸡屡寝兴。闲随人兀兀，梦听鼓咚咚。班笔行看掷，黄陂莫漫澄。骐骥高阁上，须及壮时登。

答姨兄胡灵之见寄五十韵 并序

九岁解赋诗，饮酒至斗余乃醉。时方依倚舅族，舅怜，不以礼数检，故得与姨兄胡灵之之辈十数人，为

昼夜游。日月跳掷,于今余二十年矣。其间悲欢合散,可胜道哉!昨枉是篇,感彻肌骨。适白翰林又以百韵见贻,余因次酬本韵,以答贯珠之赠焉。于吾兄不敢变例,复自城至生,凡次五十一字。灵之本题兼呈李六传御,是以篇末有云。

忆昔凤翔城,龆年是事荣。理家烦伯舅,相宅尽吾兄。诗律蒙亲授,朋游忝自迎。题头笃管缦,教射角弓弰。灵之善笔札,习骑射。矮马驼鬃擔,氂牛兽面缨。对谈依起起,送客步盈盈。米碗诸贤让,蠡杯大户倾。一船席外语,三榼拍心精。传盏加分数,横波掷目成。华奴歌淅淅,媚子舞卿卿。军大夫张生好属词,多妓乐。歌者华奴,善歌《淅淅盐》。又有舞者媚子,每觞令禁言,张生常令相挠。斗设狂为好,谁忧饮败名。屠过隐朱亥,楼梦古秦嬴。弄玉楼在凤羞城北角。环坐唯便草,投盘暂废觥。春郊才烂熳,夕鼓已砰轰。茌苒移灰琯,喧阗倦塞兵。糟浆闻渐足,书剑讶无成。抵璧惭虚弃,弹珠觉用轻。遂笼云际鹤,来狎谷中莺。学问攻方苦,篇章兴太清。囊疏萤易透,锥钝股多坑。笔阵戈矛合,文房栋桷撑。豆萁才每儓,羽猎正峥嵘。岐下寻时别,京师触处行。醉眠街北庙,闲绕宅南营。予宅在靖安北街,灵之时寓居永乐南街庙中,予宅又南邻弩营。柳爱凌寒软,梅怜上番惊。《纪事》作玉雪轻。观松青黛笠,栏药紫霞英。开元观古松五株,靖安坊牡丹数本,皆裹时游行之地。尽日听僧讲,通宵咏月明。正耽幽趣乐,旋被宦途萦。吏晋资材柂,留秦岁序更。时灵之作吏平阳,予酬校秘阁,自兹分散。我髻鬖数寸,君发白千茎。芸阁怀铅暇,姑峰带雪晴。何由身倚玉,空睹翰飞琼。世道难于剑,谗言巧似笙。但憎心可转,不解跽如擎,始效神羊触,俄随旅雁征。孤芳安可驻,五鼎几时烹。潦倒沉泥滓,欹危践矫衡。登楼王粲望,落帽孟嘉情。龙山落帽台去府城二十里。巫峡连天水,章台塞路荆。章华台去府十里。雨摧渔火焰,风引竹枝声。分作屯之蹇,那知困亦亨。官曹三语掾,国器万寻桢。此后多述李君定交之由,用报灵之兼呈之意。逸术雄姿迥,皇王雅论评。蕙依潜可习,云合定谁令。原燎逢冰井,鸿流值木罌。智囊推有在,勇爵敢徒争。迅拔

看鹏举,高音侍鹤鸣。所期人拭目,焉肯自伴盲。铅钝丁宁淬,芜荒展转耕。穷通须豹变,撄搏笑狼狞。愧捧芝兰赠,还披肺腑呈。此生如未死,来拟变平生。一本云:今日负平生。

酬许五康佐次用本韵

奋迅君何晚,羁离我讵俜。鹤笼闲警露,鹰缚闷牵韛。蓬阁深沉省,荆门远慢州。课书同吏职,旅臣各乡愁。白日伤心过,沧江满眼流。嘶风悲代马,喘月伴吴牛。枯涸方穷辙,生涯不系舟。猿啼三峡雨,蝉报两京秋。珠玉惭新赠,芝兰忝旧游。他年问狂客,须向老农求。

送崔侍御之岭南二十韵并序

古朋友别,皆赠以言,况南方物候饮食,与北土异。其甚者,夷民喜聚蛊。《秘方》云:以含银变黑为验,攻之重雄黄。海物多肥腥,啖之好呕泄,《验方》云:备之在咸食。岭外饶野菌,视之虫蠹者无毒。罗浮生异果,察其鸟啄者可餐。大抵珠玑玳瑁之所聚,贵洁廉,湮郁暑湿之所蒸,避溢欲,其余道途所慎,离怆之怀,尽之二百言矣,叙不复云。

汉法戎施幕,秦官郡置监。萧何归旧印,自江陵士曹拜。鲍永授新衔。币聘虽盈筐,泥章未破缄。蛛悬丝缭绕,鹊报语呫嗫。再砺神羊角,重开宪简函。崔君前任已为御史。鞶缨骢起起,绶佩绣毵毵。逸翮怜鸿鸶,离心觉刃劖。联游亏片玉,洞照失明鉴。遥想车登岭,那无泪满衫。茅蒸连蟒气,衣渍度梅黬。象斗缘溪竹,猿鸣一作啼带雨杉。飓风狂浩浩,韶石峻崭崭。宿浦宜深泊,祈沱在至诚。瘴江乘一作期早度,毒草莫亲芟。试盅看银黑,排腥贵食咸。菌须虫已蠹,果重鸟先鹐。冰莹怀贪水,霜清顾一作头痛岩。珠玑当尽掷,薏苡讵能谗。荆俗欺王粲,吾生问季咸。远书多不达,勤为枉杆扞。

酬段丞与诸棋流会宿弊居见赠二十四韵次用本韵

鸣局宁虚日,闲窗任废时。琴一作诗书甘尽弃,园井讵能窥。运石疑填海,争筹忆坐帷。

赤心方苦斗，红烛已行施。蛇势萦山合，鸿联度岭迟。堂堂排直阵，衮衮逼赢师。悬劫偏深猛，回征特险峨。旁攻百道进，死战万般为。异日玄黄队，今宵黑白棋。斫营看迥点，对垒重相持。善败虽称怯，骄盈最易欺。狼牙当必碎，虎口祸难移。乘胜同三捷，扶颠望一词一作支。希因送目便，敢恃指纵奇。退引防边策，雄吟斩将诗。眠床都浪置，通夕共忘疲。晓雉风传角，寒丛雪压枝。繁星收玉版，残月耀冰池。僧请闻钟粥，宾催下药卮。兽炎余炭在，蜡泪短光衰。俯仰嗟陈迹，殷勤卜后期。公私牵去住，车马各支离。分作终身癖，兼从是事魕。此中无限兴，唯怕俗人知。

酬窦校书二十韵 次本韵

鸥鹭元相得，杯觞每共传。芳游春烂熳，晴望月团圆。调笑风流剧，论文属对全。赏一作咏花珠并缀，看雪璧常连。行寺荒唯好，松斋小更怜。潜投孟公辖，狂乞莫愁钱。尘土抛书卷，枪筹弄酒权。令夸齐箭道，力斗抹弓弦。但喜添樽满，谁忧乏桂燃。渐轻身外役，浑证饮中禅。及我辞云陛，逢君仁圃田。音徽千里断，魂梦两情偏。足听猿啼雨，深藏马腹鞭。官醪半清浊，夷馔杂腥膻。顾影无依倚，甘心守静专。那知暮江上，俱会落英前。款曲生平在，悲凉岁序迁。鹤方同北渚，鸿又过南天。丽句渐虚掷，沉机懒强牵。粗酬珍重意，工拙定相悬。

泛江玩月十二韵并序

予以元和五年，自监察御史贬授江陵士曹掾。六月十四日，张季支、李景俭二侍御，王文仲司录、王众仲判官两昆季，为予载酒炙，选声音，自府城之南桥一作淮。乘一作攀月泛舟，穷竟一夕。予因赋诗以纪之。

楚塞分形势，羊公压大邦。因依一作朋侪多士子，参画一作量尽敦庞。岳璧闲相对，荀龙自有双。共将船载酒一作系泊，同泛一作况是月临江。远树悬金镜，深潭倒玉幢。委波添净练，洞照灭凝釭。阗咽沙头市，玲珑竹岸窗。巴童唱巫峡，海客话神泷。已困连飞盏，犹催未倒

缸。饮荒情烂熳，风棹乐峥拟。胜事他年忆一作尽，愁一作雄心此夜降。知君皆逸韵，须为应楚撞。

疟卧闻幕中诸公征乐会饮，因有戏呈三十韵

瀺落因寒甚，沉阴与病偕。药囊堆小案，书卷塞空斋。胀腹看成鼓，羸形渐比柴。道情忧易适，温瘴气难排。治膻扶轻杖，开门立静街。耳鸣疑暮角，眼暗助昏霾。野竹连荒草，平陂接断崖。坐隅甘对鹏，当路恐遭犲。蛇蛊迷弓影，鹍翎落箭靫。晚篱喧斗雀，残菊半枯荄。怅望悲回雁，依迟傍古槐。一生长苦节，三省讵行怪。奔北翻成勇，司南却是咼。穿苍真漠漠，风雨漫喈喈。彼美犹溪女，其谁占馆娃。诚知通有日，太极浩无涯。布卦求无妄，祈天愿孔皆。藏衰谋计拙，地僻往还乖。况羡莲花侣，方欣绮席谐。钿车迎妓乐，银翰屈朋济。白纻鼙歌黛，同蹄队舞钗。白纻、同蹄，皆乐人姓名。纤身霞出海，艳脸月临淮。筹箸随宜放，投盘止罚唗。红娘留醉打，觥使及醒差。舞引红娘，抛打曲名。酒中觥使，席上右职。顾我潜孤愤，何人想独怀。夜灯然榔叶，冻雪堕砖阶。坏壁虚缸倚，深炉小火埋。鼠骄衔笔砚，被冷束筋骸。毕竟图斟酌，先须遣疗瘵。瘵骇之徒。枪旗如在手，筹箸色目，那复敢崴嵬。

酬友封话旧叙怀十二韵 依次重用为韵

风波千里别，书信二年稀。乍见悲兼喜，犹惊是与非。身名判作梦，杯盏莫相违。草馆同床宿，沙头待月归。春深乡路远，老去宦情微。魏阙何由到，荆州且共依。人欺翻省事，官冷易藏威。但拟驯鸥鸟，无因用弩机。开张图一作门卷轴，颠倒醉衫衣。莼菜银丝嫩，鲈鱼雪片肥。怜君诗似涌，赠我一作蹋马笔如飞。会遣诸伶唱，篇篇入禁闱。

送王协律游杭越十韵

去去莫凄凄，余杭接会稽。松门天竺寺，花洞若耶溪。浣渚逢新艳，兰亭识旧题。山经秦帝望一作葬，垒辨越王栖一作堤。江树春常早，

城楼月易低。镜呈—作澄湖面出—作峥,云叠海潮齐。章甫官人戴,莼丝姹女提。长干迎客闹,上市隔烟迷。纸乱红蓝压,瓯凝碧玉泥。荆南无抵—作底物,来日为侬携。

送东川马逢侍御使回十韵

风水荆门阔,文章蜀地豪。眼青宾礼重,眉白众情高。思勇曾吞笔,投虚惯用刀。词锋倚天剑,学海驾云涛。南郡传纱帐,东方让锦袍。旋吟新乐府,便续古离骚。雪岸犹封草,春江欲满槽。钱筵君置醴,随俗我铺糟。莫叹巴三峡,休惊鬓二毛。流年等头—作闲过,人世各劳劳。

全唐诗卷四百七

元稹

酬卢秘书并序

予自唐归京之岁,秘书郎卢拱作《喜遇白赞善学士》诗二十韵,兼以见贻。白诗酬和先出,予草瘗未暇。皇一作卢颇有致师之挑,故篇末不无愤辞。其次用本韵,习然也。

偶有冲天气,都无处世才。未容荣路稳,先踏祸机开。分久沉荆掾,惭经厕柏台。理推愁易惑,乡思病难裁。夜伴吴牛喘,春惊朔雁回。北人肠断送,西日眼穿颓。唯望魂归去,那知诏下来。涸鱼千丈水,僵燕一声雷。幽匣提清镜,衰颜拂故埃。梦云期紫阁,厌雨别黄梅。亲戚迎时到,班行见处陪。文工犹畏忌,朝士绝嫌猜。新识蓬山杰,深交翰苑材。连投珠作贯,独和玉成堆。剧敌徒相轧,羸师亦自媒。磨砻刮骨刃,翻掷委心灰。恐被神明哭,忧为造化灾。私调破叶箭,定饮夺旗杯。金宝潜砂砾,芝兰似草莱。凭君毫发鉴,莫遗翳莓苔。

见人咏韩舍人新律诗,因有戏赠

喜闻韩古调,兼爱近诗篇。玉磬声声彻,金铃个个圆。高疏明月下,细腻早春前,花态繁于绮,闺情软似绵。轻新便妓唱,凝妙入僧禅。欲得人人伏,能教面面全。延之一作清苦拘检,摩诘好因缘。七字排居敬,千词敌乐天。侍御八兄,能为七言绝句。赞善白君,好作百韵律诗。殷勤闲太祝,张君籍。好去老通川。自谓。莫漫裁章句,须饶紫禁仙。

奉和权相公行次临阙驿,逢郑仆射相公归朝,俄顷分途,因以奉赠诗十四韵

帝下赤霄符,搜求造化炉。中台归内座,太一直南都。黄霸乘轺入,王尊叱驭趋。万人东道送,六纛北风驱。栈阁才倾盖,关门已合繻。贯鱼行迤逦,交马语踟蹰。去速熊罴兆,来驰虎豹夫。昔怜三易地,今讶两分途。别路

环山雪,离章运寸珠。锋芒断犀兕,波浪没蓬壶。区宇声虽动,淮河孽未诛。将军遥策画,师氏密讦谟。汉上坛仍筑,褒西阵再图。公方先二房,何暇进愚儒。

酬乐天东南行诗一百韵并序

元和十年三月二十五日,予司马通州。二十九日,与乐天于鄠东蒲池村别,各赋一绝。到通州后,予又寄一篇。寻而乐天贶予八首。予时疟病将死,一见外不复记忆。十三年,予以赦当迁,简省书籍,得是八篇。吟叹方极,适崔果州使至,为予致乐天去年十二月二日书,书中寄予百韵至两韵凡二十四章。属李景信校书自忠州访予。连床递饮之间,悲咤使酒,不三两日,尽和去年已来三十二章皆毕,李生视草而去。四月十三日,予手写为上下卷,仍依次重用本韵,亦不知何时得见乐天,因人或寄去。通之人莫可与言诗者,唯妻淑在旁知状。其本卷寻时于峡州面付乐天,别本都在唱和卷中,此卷唯五言大律诗二首而已。

我病方吟越,君行已过湖。元和十年闰六月至通州,染瘴危重。八月,闻乐天司马江州。去应缘直道,哭不为穷途。亚竹寒惊蠦,空堂夜向隅。暗魂思背烛,危梦怯乘桴。此后每联之内,半述巴蜀土风,半述江乡物产。坐痛筋骸惰,旁嗟物候殊。雨蒸虫沸渭,浪涌怪睢盱。索绠飘蚊蚋,蓬麻鷔舳舻。短檐苫稻草,微俸封去声渔租。泥去声浦喧捞蛤,荒郊险斗貙。鲸吞近溟涨,猿闹接黔巫。芒屦泗牛妇,丫头荡桨夫。酢醋荷裹卖,醨酒水淋沽。巴民造酒如淋醋法。舞态翻鸜鹆,歌词咽鹧鸪。夷音啼似笑,蛮语谜相呼。江郭船添店,山城木竖郛。吠声沙市犬,争食墓林乌。犷俗诚堪惮,妖神甚可虞。欲令仁渐及,已被疟潜图。膳减思调鼎,行稀恐蠹枢。杂鲊多剖鳝,和黍半蒸菰。绿粽新菱实,金丸小木奴。巴橘酸涩,大如弹丸。芋羹真暂淡,鼃炙漫涂苏。枭鳖那胜斮,烹鲵只似鲈。通州俗以鲵鱼为鲈。楚风轻似蜀,巴地湿如吴。气浊星难见,州斜日易晡。通宵但云雾,未酉即桑榆。此后并言巴中风俗。瘴窟蛇休蛰,炎溪暑不徂。伥魂阴叫啸,鹏貌昼踟蹰。乡里家藏蛊,官曹世乏儒。敛缗偷印信,传箭作符繻。椎髻抛巾帼,镮刀代辘

轳。当心䩞铜鼓,背弝射桑弧。巴民尽射木弓,仍于弓左安箭。岂复民氓料,须将鸟兽驱。是非浑并漆,词讼敢研朱。陋室枭窥伺,衰形蟒觊觎。鬓毛霜点合,襟泪血痕濡。倍忆京华伴,偏忘我尔躯。此后并言与乐天同科、共游处等事。谪居今共远,荣路昔同趋。科试铨衡局,衔参典校厨。书判同年,校正同省。月中分桂树,天上识昌蒲。应召逢鸿泽,陪游值赐酺。心唯撞卫磬,耳不乱齐竽。此后并言同应制时事。海岱词锋截,皇王笔阵驱。疾奔凌骥袅,高唱轧吴歈。点检张仪舌,提携傅说图。摆囊看利颖,开颔出明珠。并取千人特,皆非十上徒。白麻云色腻,墨诏电光粗。众口贪归美,何颜敢妒姝。秦台纳红旭,鄞匣洗黄垆。谏猎宁规避,弹豪讵嗫嚅。肺肝憎巧曲,蹊径绝萦迂。誓遣朝纲振,忠饶翰苑输。元和四年为监察御史,乐天为翰林学士。骥调方汗血,蝇点忽成卢。遂谪栖遑橼,还飞送别盂。痛嗟亲爱隔,颠望友朋扶。狸病翻随鼠,骢羸返作驹。物情良徇俗,时论太诬吾。瓶罄罍偏耻,松摧柏自枯。虎虽遭陷阱,龙不怕泥涂。此已上并述五年贬橼江陵,乐天亦遭雁谤铄。重喜登贤苑,方欣佐伍符。九年,乐天除太子赞善,予从事唐州也。判身入矛戟,轻敌比锱铢。驿骑来千里,天书下九衢。因教罢飞檄,便许到皇都。十年春,自唐州诏予召入京。舟败罂浮汉,骖疲杖过邘。邮亭一萧索,烽候各崎岖。馈饷人推辂,谁何吏执殳。拔家逃力役,连锁责音偾遭诛。防戍兄兼弟,收田妇与姑。缲细工女竭,青紫使臣纡。望国参云树,归家满地芜。破窗尘埲埲,幽院鸟呜呜。此已下并言靖安里无人居,触目荒凉。祖竹丛新笋,孙枝压旧梧。晚花狂蛱蝶,残蒂宿茱萸。始悟摧林秀,因衔避缴芦。文房长遣闭,经肆未曾铺。鹓鹭方求侣,鸥莺已吓雏。征还何郑重,斥去亦须臾。迢递投遐徼,苍黄出奥区。通川诚有咎,溢口定无辜。三月稹之通州,八月乐天之江州。利器从头匣,刚肠到底刳。薰猶任盛贮,稊稗莫超逾。公干经时卧,钟仪几岁拘。光阴流似水,蒸瘴热于炉。薄命知然也,深交有矣夫。救焚期骨肉,投分刻肌

肤。本题云:寄沣州李十一舍人、果州崔二十二员外、开州韦大员外、通州元九侍御、庾三十二补阙、杜十四拾遗、李二十助教、窦七校书,兼投吊席八舍人。**二妙驰轩陛,三英咏袴襦。**庾三十二、杜十四并居北省,李十一、崔二十二、韦大各典方州。**李多嘲蠮螉,窦数集蜘蛛。**李二十雅善歌诗,固多咏物之作。窦七频改官衔,屡有蜘蛛之喜。**数子皆奇货,唯予独朽株。邯郸笑匍匐,燕蒯受揶揄。懒学三闾愤,甘齐百里愚。耽眠稀醒素,凭醉少嗟吁。学问徒为尔,书题尽已于。别犹多梦寐,情尚感凋枯。近喜司戒健,寻伤掌诰徂。**今日得乐天书,六年闻席八殁。**士元名位屈,伯道子孙无。旧好飞琼翰,新诗灌玉壶。几催闲处泣,终作苦中娱。廉蔺声相让,燕秦势岂俱。此篇应绝倒,休漫援髭须。**乐天戏题篇末云:此篇拟打足下寄容州诗,故有戏誉。

和乐天送客游岭南二十韵 次用本韵

我自离乡久,君那度岭频。一杯魂惨澹,万里路艰辛。江馆连沙市,泷船泊水滨。骑田回北顾,铜柱指南邻。大壑浮三岛,周天过五均。波心涌楼阁,规外布星辰。交广间南极浸高,北极浸低,圆规度外,星辰至众,大如五曜者数十,皆不在《星经》。狒狒穿筒格,猩猩置屐驯。郭璞云:枭枭交广山谷间有之。南人俗法,尝用竹筒穿臂以受之。狒狒执臂辄笑,笑则唇蔽两目。人因自筒中出手,以钉钉之于树。猩猩嗜酒,好屐,南人尝以美酒置于其所,且排十数屐。猩猩见之,聚相谓曰:吾既就擒矣。然而渐饮至醉,醉则穿破屐而行,既不能去,相与泣而见获。故《吴都赋》曰:猩猩啼而就擒,枭枭笑而被格。盖为此。贡兼蛟女娟,俗重语儿巾。南方去京华绝远,冠冕不到,唯海路稍通。吴中商肆多榜云:此有语儿巾子。舶主腰藏宝,南方呼波斯为舶主。胡人异宝,多自怀藏,以避强丐。黄家砦柴去声。南夷之区落起尘。歌钟排象背,炊爨上鱼身。夷民大陈设,则巨象背上作乐。大鱼出浮,身若洲岛,海人泊舟于旁,因而炊爨其上,鱼不之觉。电白雷山接,旗红贼舰新。岛夷徐市种,庙觋赵佗神。鸢跕方知瘴,蛇苏不待春。曙潮云斩斩,夜海火燐燐。海水夜击之,则尽如火,盖阴火潜然之谓也。冠冕中华客,梯航异域臣。果然皮胜锦,吉了舌如人。风默一作默秋茅叶,烟埋晓月轮。定应玄发变,焉用翠毛珍。句漏沙须贾,贪泉货莫亲。能传稚川术,何患隐之贫。

献荥阳公诗五十韵并序

启:今月十七日,公会儒于便庑,积亦谬容末席。公出《棠树》之首章,且识其目曰:客有前进士韦、张在宋来会学,由我而下,联为五言以美之。诸生怗怗竦竦,各尽词以献公。公则举其摧敌,推案析理,次至数联,应若前定。诸儒有不安者,随为刮削,变嫫为妍,不废暮而珠贯成就。瑕不可掩者,积六联耳,退而自咎,且盛公之所为,因而次用所联翩翻等五十一字,合为一诗。止咏公之词业力翰,洎生徒学校之事而已也。其于勋位崇懿在国籍,族地清甲编世家,政事德美播讴谣,俭仁慈爱被亲戚,非小儒造次之所尽。大凡受褊狭者不可以语大,持杯棬而承澍雨,自满而止,又安能测其滂沛之所至哉。惶恐无任,俯伏待罪。谨以启陈,不宣。谨启。

郑驿骑翩翩,丘门子弟贤。文翁开学日,正礼骋途年。张秀才正谟,荥阳公首荐登第也。骏骨黄金买,英髦绛帐延。趋风皆蹀足,侍坐各差肩。解榻招徐稚,登楼引仲宣。凤攒题字扇,鱼落讲经筵。盛气河包济,贞姿岳柱天。皋夔当五百,邹鲁重三千,科半翻腾取,关雎教授先。荥阳公察吏生徒受诗有百数。篆垂朝露滴,诗缀夜珠联。逸礼多心匠,焚书旧口传。陈遵修尺牍,阮瑀让飞笺。中的颜初启,抽毫踵未旋。森罗万木合,属对百花全。词海跳波涌,文星拂坐悬。戴冯遥避席,祖逖后施鞭。西蜀凌云赋,东阳咏月篇。劲芟鳌足断,精贯虱心穿。浩汗神弥王,鹓扬兴欲仙。冰壶通皓雪,绮树眇晴烟。驱驾雷霆走,铺陈锦绣鲜。清机登窔奥,流韵溢山川。墨客膺潜服,谈宾膝误前。张鳞定摧败,折角反矜怜。句句推琼玉,声声播管弦。纤新撩造化,顽洞斡陶甄。卫磬琤匀极,齐竽僭滥偏。空虚惭炙辇,点窜许怀铅。悫色秋来草,哀吟雨后蝉。自伤魂惨沮,何暇思幽玄。积病疟二年,求医在此。荥阳公不忍归之瘴乡。喜到樽罍侧,愁亲几案边。菁华知竭矣,肺腑尚求旃。抵滞浑成醉,徘徊转慕膻。老叹才渐少,闲苦病相煎。瓦砾难追琢,莣莞分弃捐。漫劳成恳恳,那得美娟娟。拙劣仍非速,迂愚

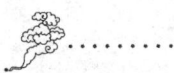

且异专。移时停笔砚,挥景乏戈铤。仪舌忻犹在,舒帷誓不褰。会将连献楚,深耻谬游燕。蒲有临书叶,韦充读易编。沙须披见宝,经拟带耕田。入雾长期闰,持朱本望研。轮辕呈曲直,凿枘取方圆。呼吸宁徒尔,沾濡岂浪然。过箫资响亮,随水涨沦涟。惜日看圭短,偷光恨壁坚。勤勤雕朽木,细细导蒙泉。传癖今应甚,头风昨已痊。丹青公旧物,一为变虫妍。

全唐诗卷四百八

元稹

酬乐天江楼夜吟稹诗，因成三十韵次用本韵

忽见君新句，君吟我旧篇。见当巴徼外，吟在楚江前。思鄙宁通律，声清遂扣玄。三都时觉重，一顾世称妍。排韵曾遥答，分题几共联。昔凭银翰写，今赖玉音宣。布鼓随椎响，坏泥仰匠圆。铃因风断续，珠与调牵绵。阮籍惊长啸，商陵怨别弦。猿羞啼月峡，鹤让警秋天。志士潜兴感，高僧暂废禅。兴飘沧海动，气合碧云连。点缀工微者，吹嘘势特然。休文徒倚槛，彦伯浪回船，伎乐当筵唱，儿童满巷传。改张思妇锦，腾跃贾人笺。魏拙虚教出，曹风敢望痊。定遭才子笑，恐赚学生癫。裁什情何厚，飞书信不专。隼猜鸿蓄缩，虎横犬迍邅。水墨看虽久，琼瑶喜尚全。才从鱼里得，便向市头悬。夜置堂东序，朝铺座右边。手寻韦欲绝，泪滴纸浑穿。甘蔗销残醉，醍醐醒早眠。深藏那遽灭，同咏苦无缘。雅羡诗能圣，终嗟药未仙。五千诚远道，四十已中年。诸葛亮云：扬州万里，浔阳向余五千，仆今年忽已四十一。暗魄多相梦，衰容每自怜。卒章还恸哭，蚊蚋溢山川。

酬乐天待漏入阁见赠时乐天为中书舍人，予任翰林学士。

未勘银台契，先排浴殿关。沃心因特召，承旨绝常班。承旨学士，在诸学士上。呫内才人袖，思政对学士，往往宦官传诏。呕鸦软举环。宫花低作帐，云从积成山。密视枢机草，偷瞻咫尺颜。恩垂天语近，对久漏声闲。丹陛曾同立，金銮恨独攀。笔无鸿业润，袍愧紫文殷。河水通天上，瀛州接世间。谪仙名籍在，何不重来还。

酬乐天早春闲游西湖，颇多野趣，恨不得与微之同赏，因思在越官重事殷，镜湖之游，或恐未暇，因成十八韵，见寄乐天。前篇到时，适会予亦宴镜湖南亭，因述目前所睹，以成酬答。末章亦示眼诚，则势使之然，亦欲粗为恬养之赠耳<small>浙东时作</small>

雁思欲回宾，风声乍变新。各摧红粉伎，俱伴紫垣人。水面波疑縠，山腰虹<small>音降</small>似巾。柳条黄大带，荄荠<small>荄荠，草根绿文茵</small>。雪尽才通屐，汀寒未有蘋。向阳偏晒羽，依岸小游鳞。浦屿崎岖到，林园次第巡。墨池怜嗜学，丹井羡登真。<small>逸少墨池、稚川丹井，皆越中异迹</small>。雅叹游方盛，聊非意所亲。白头辞北阙，沧海是东邻。间俗烦江界，蒐畋想渭津。故交音讯少，归梦往来频。独喜同门旧，皆为列郡臣。三刀连地轴，一苇碍车轮。沿阻青天雾，空瞻白玉尘。龙因雕字识，犬为送书驯。胜事无穷境，流年有限身。懒将闲气力，争斗野塘春。

江边四十韵<small>官为修宅，卒然有作，因招李六侍御。此后并江陵时作</small>。

官借江边宅，天生地势拗。鼗危烧坏构，迢递接长郊。怪鹏频栖息，跳蛙颇混淆。总无篱缴绕，尤怕虎咆哮。停潦鱼招獭，空仓鼠敌猫。土虚烦穴蚁，柱朽畏藏蛟。蛇虺吞檐雀，豺狼宵野庖。犬惊狂浩浩，鸡乱响嘐嘐。濩落贫甘守，荒凉秒尽包。断帘飞熠耀，当户网蟏蛸。曲突翻成沼，行廊却代庖。桥横老颠柄，马病浥刍茭。一一床头点，连连砌下泡。辱泥疑在绛，避雨想经崤。相顾忧为鳖，谁能复系匏。誓心来利往，卜食过安爻。何计逃昏垫，移文报旧交。栋梁存伐木，苦盖愧分茅。金琯排黄荻，琅玕浥翠梢。花砖水面斗，鸳瓦玉声敲。方咄荆山采，修掾郢匠刨。隐锥<small>一作椎</small>雷震蛰，破竹箭鸣骹。正寝初停午，频眠欲转胞。困圆收<small>一作故</small>薄禄，厨敝备嘉肴。各各人宁宇，双双燕贺巢。高门受车辙，化厩称蒲捎。尺寸皆随用，毫厘敢浪抛。箴余笼白鹤，枝<small>集本缺</small>剩架青鸰。制榻容筐筐，施关拒斗筲。栏干防汲井，密室待持胶。庭草佣工薙，园蔬稚子捎。本图闲种植，那要择肥硗。绿柚勤勤数，红榴个个抄。池清漉螃蟹，瓜蠹拾蝦蟊。晒篆看沙鸟，磨刀绽海鲛。罗灰修药灶，筑垛阅弓弰。散诞都由习，童蒙剩懒教。最便陶静饮，还作解愁嘲。近浦闻归楫，遥城罢晓铙。王孙如有问，须为并挥鞘。

春六十韵

节应寒灰下，春生返照中。未能消积雪，已渐少回风。迎气邦经重，斋诚帝念隆。龙骧紫宸北，天压翠坛东。仙仗摇佳彩，荣光答圣衷。便从威仰座，随入大罗宫。先到璇渊底，偷穿玳瑁栊。馆娃朝镜晚，太液晓冰融。撩摘<small>音别</small>芳情遍，搜求好处终。九霄浑可可，万姓尚忡忡。昼漏频加箭，宵晖欲半弓。驱令三殿出，乞与百蛮同。直自方壶岛，斜临绝漠戎。南巡暖<small>一作暖</small>珠树，西转丽崆峒。度岭梅甘坼，潜泉脉暗洪。悠悠铺塞草，冉冉著江枫。蚕役投筐妾，耘催荷荼翁。既蒸难发地，仍送懒归鸿。约略环区宇，殷勤绮镐酆。华山青黛扑，渭水碧沙蒙。宿露清余霭，晴烟塞迥空。燕巢才点缀，莺舌乍惺忪。腻粉梨园白，胭脂桃径红。郁金垂嫩柳，署画委高笼。地甲门阑大，天开禁掖崇。层台张舞凤，阁道架飞虹。麴糵调神化，<small>集本缺</small>鹓鸾竭至忠。歌钟<small>一作声</small>齐锡宴，车服奖庸功。俊造欣<small>一作兴</small>时用，闾阎贺岁丰。倡楼妆煜煜<small>一作歌细细</small>，农野绿<small>一作麦芄芄</small>。贵主骄矜盛，豪家恃赖雄。偏沾打球彩，频得铸钱铜。专杀擒杨若，殊恩赦<small>一作赫</small>邓通。女孙新在内，婴稚近封公。游衍关心乐，诗书对面聋。盘筵饶异味，音乐斥庸工。酒爱油衣浅，杯夸玛璃烘。挑鬟玉钗髻，刺绣宝装批。启齿呈编贝，弹丝动削葱。醉圆双媚靥，波溢两明瞳。但赏欢无极，那知恨亦充。洞房闲窈窕，庭院独葱茏。谢砌紫残絮，班窗网曙虫。望夫身化石，为伯首如蓬。顾我沉忧士，骑他老病骢。静街乘旷荡，初日接曈昽。饮败肺常渴,魂惊耳更聪。虚逢好阳艳,其那苦昏懵。黾勉还移步,持疑又省躬。慵将疲悴质,漫走卷羸僮。季月行当暮,良辰坐叹穷。晋悲焚介子,鲁愿浴沂童。燧改鲜妍火,阴繁晻澹桐。端云低峇峇,香雨润蒙蒙。药溉分窠数,篱栽备幼冲。种莎怜见叶,护笋冀成筒。有梦多为蝶,因莵定作熊。漂沉随坏芥,荣茂委苍穹。震动风千变,晴和鹤一冲。丁宁寒芳侣,须识未开丛。

月三十韵

蓂叶标新朔,霜豪引细辉。白眉惊半隐,虹势讶全微。凉一作剩魄潭空洞,虚弓雁畏威。上弦何汲汲,佳色转依依。绮幕残灯敛,妆楼破镜飞。玲珑穿竹树,岑寂思屏帏。坐爱规将合,行看望已几。绛河冰鉴朗,黄道玉轮巍。迥照偏琼砌,余光借粉闱。泛池相皎洁,压桂共芳菲。旳旳当歌扇,娟娟透舞衣。殷勤入怀仁,恳款堕云圻。素液传烘盏,鸣琴荐碧微。椒房深肃肃,兰路霭霏霏。翡翠通帘影,琉璃莹殿扉。西园筵玳瑁,东壁射蚍蜮。老将占天阵,幽人钓石矶。茶锄元亮息,回棹子猷归。迢递同千里,孤高净九围。从星作风雨,配日丽旌旗。麟斗宁徒设,蝇声岂浪讥。司存委卿士,新拜出郊畿。今古虽云极,亏盈不易违。珠胎方夜满,清露忍朝晞。渐减姮娥面,徐收楚练机。卞疑雕璧碎,潘感竟床稀。捐箧辞班女,潜波蔽虙妃。氛埃谁定灭,蟾兔杳难希。须遣圆明尽,良嗟造化非。如能付刀尽,别为创璇玑。

饮致用神麴酒三十韵

七月调神麴,三春酿绿醽。雕镌荆玉盏,烘透内丘瓶。试滴盘心露,疑添案上萤。满尊凝止水,祝地落繁星。翻陋琼浆浊,唯闻石髓馨。冰壶通角簟,金镜彻云屏。雪映烟光薄,霜涵雾色冷。蚌珠悬皎皛,桂魄倒溟溟。昼洒蝉将饮,宵挥鹤误聆。琉璃惊太白,钟乳讶微青。讵敢辞濡首,并怜可鉴形。行当遣俗累,便得造禅扃。何悻说千日,甘从过百龄。但令

长泛蚁,无复恨漂萍。胆壮还增气,机忘反自冥。瓮眠思毕卓,糟籍忆刘伶。仿佛中圣日,希夷夹大庭。眼前须底物,座右任他铭。刮骨都无痛,如泥未拟停。残觞犹漠漠,华烛已荧荧。真性临时见,狂歌半睡听。喧阗争意气,调笑学娉婷。酩酊焉知极,羁离忽暂宁。鸡声催欲曙,蟾影照初醒。咽绝鹍啼竹,萧撩雁去汀。遥城传漏箭,乡寺响风铃。楚泽一为梗,尧阶屡变蓂。醉荒非独此,悉梦几曾经。每耻穷途哭,今那客泪零。感君澄醴酒,不遣渭和泾。

感石榴二十韵

何年安石国,万里贡榴花。迢递河源道,因依汉使槎。酸辛犯葱岭,憔悴涉龙沙。初到摽珍木,多来比乱麻。深抛故园里,少种贵人家。唯我荆州见,怜君胡地赊。从教当路长,兼恣入檐斜。绿叶裁烟翠,红英动日华。新帏裙透影,疏牖烛笼纱。委作金炉焰,飘成玉砌瑕。乍惊珠缀密,终误绣帏奢。琥珀烘梳碎,燕支懒颊涂。风翻一树火,电转五云车。绛帐迎宵日,芙蕖绽早牙。浅深俱隐映,前后各分葩。宿露低莲脸,朝光借绮霞。暗虹徒缴绕,濯锦莫周遮。俗态能嫌旧,芳姿尚可嘉。非专爱颜色,同恨阻幽遐。满眼思乡泪,相嗟亦自嗟。

度门寺

北祖三禅地,神秀禅师造。西山万树松。门临溪一带,桥映竹千重。篸凿基阶正,包藏景气浓。诸岩分院宇,双岭抱垣墉。舍利开层塔,香炉占小峰。道场居士置,经藏大师封。太子知栽植,神王守要冲。由旬排讲座,丈六写真容。佛语迦陵说,僧行猛虎从。修罗抬日拒,楼至拔霜锋。画井垂枯朽,穿池救唅喁。蕉非难败坏,槿喻暂丰茸。宝界留遗事,金棺灭去踪。钵传供玛瑙,石长翠芙蓉。影帐纱全落,绳床土半壅。金棺已下,并寺中所有。荒林迷醉象,危壁亚盘龙。行色怜初月,归程待晓钟。心源虽了了,尘世苦憧憧。宿荫高声忏,斋粮

并力春。他生再来此,还愿总相逢。

大云寺二十韵

地胜宜台殿,山晴离垢氛。现身千佛国,护世四王军。碧耀高楼瓦,赪飞半壁文。鹤林萦古道,雁塔没归云。幡影中天扬,钟声下界闻。攀萝极峰顶,游目到江渍。驯鸽闲依缀,调猿静守群。虎行风捷猎,龙睡气氤氲。获稻禅衣卷,烧畬动火焚。新英蜂采掇,荒草象耕耘。钵付灵童洗,香教善女熏。果枝低罾罾,花雨泽雰雰。示化维摩疾,降魔力士勋。听经神变见,说偈鸟纷纭。上境光犹在,深溪暗不分,竹笼烟欲螟,松带日余曛。真谛成知别,迷心尚有云。多生沉五蕴,宿习乐三坟。谕鹿车虽设,如蚕绪正棼。且将平等义,还奉圣明君。

和友封题开善寺十韵_{依次重用本韵}

梁王开佛庙,云构岁时遥。珠缀飞闲鸽,红泥落碎椒。灯笼青焰短,香印白灰销。古匣收遗施,行廊画本朝。藏经沾雨烂,魔女捧花娇。亚树牵藤阁,横查压石桥。竹荒新笋细,池浅小鱼跳。匠正琉璃瓦,僧锄芍药苗。旋蒸茶嫩叶,偏把柳长条。便欲忘归路,方知隐易招。

全唐诗卷四百九

元稹

牡丹二首 此后并是校书郎以前作

簇蕊风频坏,裁红雨更新。眼看吹落地,便别一年春。

繁绿阴全合,衰红展渐难。风光一抬举,犹得暂时看。

象人

被色空成象,观空色异真。自悲人是假,那复假为人。

与杨十二巨源、卢十九经济同游大安亭,各赋二物,各为五韵,探得松石

片石与孤松,曾经物外逢。月临栖鹤影,云抱老人峰。蜀客君当问,秦官我旧封。积膏当琥珀,新劫长芙蓉。待补苍苍去,樛柯早变龙。

赋得春雪映早梅

飞舞先春雪,因依上番梅。一枝方渐秀,六出已同开。积素光逾密,真花节暗催。扶风飘不散,见晛忽偏摧。郢曲琴空奏,羌音笛自哀。今朝两成咏,翻挟昔人才。

赋得玉卮无当 韵取卮字

共惜连城宝,翻成无当卮。讵惭君子贵,深讶巧工疵。泛蚁功全小,如虹色不移。可怜珠砾石,何计辨糟醨。江海诚难满,盘筵莫忘施。纵乖斟酌意,犹得对光仪。

赋得数蓂 元和中作

将课司天历,先观近砌蓂。一旬开应月,五日数从星。桂满丛初合,蟾亏影渐零。辨时长有素,数闰或余青。坠叶推前事,新芽察未形。尧年始今岁,方欲瑞千龄。

赋得九月尽 秋字

霜降三旬后,蓂余一叶秋。玄阴迎落日,

凉魄尽残钩。半夜灰移琯,明朝帝御裘。潘安过今夕,休咏赋中愁。

赋得雨后花

红芳怜静色,深与雨相宜。余滴下纤蕊,残珠堕细枝。浣花江上思,啼粉镜中窥。念此低回久,风光幸一吹。

早归

春静晓风微,凌晨带酒归。远山笼宿雾,高树影朝晖。饮马鱼惊水,穿花露滴衣。娇莺似相恼,含啭傍人飞。

晚秋

竹露滴寒声,离人晓思惊。酒醒秋簟冷,风急夏衣轻。寝倦解幽梦,虑闲添远情。谁怜独欹枕,斜月透窗明。

送林复梦赴韦令辟

蜀路危于剑,怜君自坦途。几回曾唊炙,千里远衔珠。野性便荒饮,时风忌酒徒。相门多礼让,前后莫相逾。

忆杨十二

杨子爱言诗,春天好咏时。恋花从马滞,联句放杯迟。日映含烟竹,风牵卧柳丝。南山更多兴,须作白云期。

夜合

绮树满朝阳,融融有露光。雨多疑濯锦,风散似分妆。叶密烟蒙火,枝低绣拂墙,更怜当暑见,留咏日偏长。

新竹

新篁才解箨,寒色已青葱。冉冉偏凝粉,萧萧渐引风。扶疏多透日,寥落未成丛。惟有团团节,坚贞大小同。

秋相望

檐月惊残梦,浮凉满夏衾。蟏蛸低户网,萤火度墙阴。炉暗灯光短,床空帐影深。此时相望久,高树忆横岑。

春病

病来闲卧久,因见静时心。残月晓窗迥,落花幽院深。望山移坐榻,行药步墙阴。车马门前度,遥闻哀苦吟。

山竹枝 自化感寺携来,至清源,投之辋川耳

深院虎溪竹,远公身自栽。多惭折君节,扶我出山来。贵宅安危步,难将混俗材。还投辋川水,从作老龙回。

悟禅三首寄胡果

近闻胡隐士,潜认得心王。不恨百年促,翻悲万劫长。有修终有限,无事亦无殃。慎莫通方便,应机不顿忘。

百年都几日,何事苦嚣然。晚岁倦为学,闲心易到禅。病宜多宴坐,贫似少攀缘。自笑无名字,因名自在天。

近见新章句,因知见在心。春游晋祠水,晴上霍山岑。问法僧当偈,还丹客赠金。莫惊头欲白,禅观老弥深。

东台去 仆每为崔、白二学士话陶先生喜不遇之事,且曰:仆得分司东台,即足以买山家。

陶君喜不遇,予每为君言。今日东台去,澄心在陆浑。旋抽随日俸,并买近山园。千万崔兼白,殷勤承主恩。

戴光弓 韦评事见赠也

潞府筋角劲,戴光因合成。因君怀胆气,赠我定交情。不拟闲踏叶,那能枉始生。唯调一只箭,飞入破聊城。

刘颇诗 并序

昌平人刘颇,其上三世有义烈。颇少落行阵,二十解属文,举进士科试不就,负气,狭路间病罢车蔽枢,尽碎之,罄囊酬直而去。南归唐州,为吏所轧,势不支,气屈,自火其居,出契书投火中,由是以气闻。予闻风四五年而后见,因以诗许之。

一言感激士,三世义忠臣。破瓮嫌妨路,

烧庄耻属人。迥分辽海气,闲踏洛阳尘。倘使权由我,还君自马津。

夜饮

灯火隔帘明,竹梢风雨声。诗篇随意赠,杯酒越巡行。漫唱江朝曲,闲征药草名。莫辞终夜饮,朝起又营营。

褒城驿军大夫严秦修

严秦修此驿,兼涨驿前池。已种千竿竹,又一作更栽千树梨。四年三月半,新笋晚花一作牡丹时。怅望一作思向东川去,等闲一作偶然题作一作此诗。

闲二首

晻澹洲烟白,篱筛日脚红。江喧过云雨,船泊打头风。艇子收鱼市,鸦儿噪荻丛。不堪堤上立,满眼是蚊虫。

青衫经夏黫,白发望乡稠。雨冷新秋簟,星稀欲曙楼。边鸿尽南去,双鲤本东流。北信无人寄,蝉声满树头。

欲曙

江堤阅暗流,漏鼓急残筹。片月低城堞,稀星转角楼。鹤媒华表上,鹦鹉柳枝头。不为来趋府,何因欲曙游。

寄胡灵之

早岁颠狂伴,城中共几年。有时潜步出,连夜小亭眠。月影侵床上,花丛在眼前。今宵正风雨,空宅楚江边。

夜雨

水怪潜幽草,江云拥废居。雷惊空屋柱,电照满床书。竹瓦风频裂,茅檐雨渐疏。平生沧海意,此去怯为鱼。

酬李六醉后见寄口号用本韵

顿愈头风疾,因吟口号诗。文章纷似绣,珠玉布如棋。健羡觥飞酒,苍黄日映篱。命童寒色倦,抚稚晚啼饥。潦倒惭相识,平生颇自奇。明公将有问,林下是灵龟。

归田时三十七

陶君三十七,挂绶出都门。我亦今年去,商山淅岸村。冬修方丈室,春种桔橰园。千万人间事,从兹不复言。

缘路

总是玲珑竹,兼藏浅漫溪。沙平深见底,石乱不成泥。烟火遥村落,桑麻隔稻畦。此中如有问,甘被到头迷。

诮卢戡与予数约游三寺,戡独沉醉而不行

乘兴无羁束,闲行信马蹄。路幽穿竹远,野迥望云低。素帔茅花乱,圆珠稻实齐。如何卢进士,空恋醉如泥。

遣春三首

杨公三不惑,我惑两般全。逢酒判身病,拈花尽意怜。水生低岸没,梅蹙小珠连。千万红颜辈,须惊又一年。

柳眼开浑尽,梅心动已阑。风光好时少,杯酒病中难。学问慵都废,声名老更判。唯余看花伴,未免忆长安。

失却游花伴,因风浪引将。柳堤遥认马,梅径误寻香。晚景行看谢,春心渐欲狂。园林都不到,何处枉风光。

岁日

一日今年始,一年前事空。凄凉百年事,应与一年同。

湘南登临湘楼

高处望潇湘,花时万井香。雨余怜日嫩,岁闰觉春长。霞刹分危榜,烟波透远光。情知楼上好,不是仲宣乡。

晚宴湘亭

晚日宴清湘,晴空走艳阳。花低悉露醉,絮起觉春狂。舞旋红裙急,歌垂碧袖长。甘心出童羖,须一尽时荒。

酒醒

饮醉日将尽,醒时夜已阑。暗灯风焰晓,春席水窗寒。未解萦身带,犹倾坠枕冠。呼儿问狼藉,疑是梦中欢。

全唐诗卷四百十

元稹

独游

远地难逢侣,闲人且独行。上山随老鹤,接酒待残莺。花当西施面,泉胜卫玠清,鹁鹆满春野,无限好同声。

洞庭湖

人生除泛海,便到洞庭波。驾浪沉西日,吞空接曙河。虞巡竟安在,轩乐讵曾过。唯有君山下,狂风万古多。

雪天

故乡千里梦,往事万重悲。小雪沉阴夜,闲窗老病时。独闻归去雁,偏咏别来诗。惭愧红妆女,频惊两鬓丝。

赠熊士登

平生本多思,况复老逢春。今日梅花下,他乡值故人。

别岭南熊判官

十年常远道,不忍别离声。况复三巴外,仍逢万里行。桐花新雨气,梨叶晚春晴。到海知何日,风波从此生。

水上寄乐天

眼前明月水,先入汉江流。汉水流江海,西江过庾楼。庾楼今夜月,君岂在楼头。万一楼头望,还应望我愁。

夏阳亭临望,寄河阳侍御尧

望远音书绝,临川意绪长。殷勤眼前水,千里到河阳。

日高睡

隔是身如梦,频来不为名。怜君近南住,时得到山行。

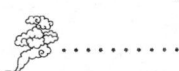

辋川

世累为身累,闲忙不自由。殷勤辋川水,何事出山流。

天坛归

为结区中累,因辞洞里花。还来旧城郭,烟火万人家。

雨后

倦寝数残更,孤灯暗又明。竹梢余雨重,时复拂帘惊。

晴日

多病苦虚羸,晴明强展眉。读书心绪少,闲卧日长时。

直台

麇入神羊队,乌惊海鹭眠。仍教百余日,迎送直厅前。

行宫 一作王建诗

寥落古行宫,宫花寂寞红。白头宫女在,闲坐说玄宗。

醉行

秋风方索漠,霜貌足瞦携。今日骑骢马,街中醉踏泥。

指巡胡

遣闷多凭酒,公心只仰胡。挺身唯直指,无意独欺愚。

饮新酒

闻君新酒熟,况值菊花秋。莫怪平生志,图销尽日愁。

香球

顺俗唯团转,居中莫动摇。爱君心不侧,犹讶火长烧。

景申秋八首

年年秋意绪,多向雨中生。渐欲烟火近,稍怜衣服轻。咏诗闲处立,忆事夜深行。漼落寻常惯,姜凉别为情。

蚊幌雨来卷,烛蛾灯上稀。啼儿冷秋簟,思妇问寒衣。帘断萤火入,窗明蝙蝠飞。良辰日夜去,渐与壮心违。

呕呕檐雷凝,丁丁窗雨繁。枕倾筒簟滑,幔飐案灯翻。唤魇儿难觉,吟诗婢苦烦。强眼终不著,闲卧暗消魂。

瓶泻高檐雨,窗来激箭风。病憎灯火暗,寒光薄帏空。婢报樵苏竭,妻愁院落通。老夫慵计数,教想蔡城东。

风头难著枕,病眼厌看书。无酒销长夜,回灯照小余。三元推废王,九曜入乘除。廊庙应多算,参差斡太虚。

经雨篱落坏,入秋田地荒。竹垂哀折节,莲败惜空房。小片慈菇白,低丛柚子黄。眼前撩乱辈,无不是同乡。

雨柳枝枝弱,风光片片斜。蜻蜓怜晓露,蛱蝶亦秋花。饥啅空篱雀,寒栖满树鸦。荒凉池馆内,不似有人家。

病苦十年后,连阴十日余。人方教作鼠,天岂遣为鱼。鲛绽鄷城剑,虫凋鬼火书。出闻泥泞尽,何地不摧车。

遣行十首

惨切风雨夕 集作多,沉吟离虽情。燕辞前日社,蝉是每年声。暗泪深相感,危心亦自惊。不如元不识,俱作路人行。

十五年前事,栖惶无限情。病僮更借出,羸马共驰声。射叶杨才破,闻弓雁已惊。小年辛苦学,求得苦辛行。

徙倚檐宇下,思量去住情。暗萤穿竹见,斜雨隔窗声。就枕回转数,闻鸡撩乱惊。一家同草草,排比送君行。

已怆朋交别,复怀儿女情。相兄亦相旧,同病又同声。白发年年剩,秋蓬处处惊。不堪身渐老,频送异乡行。

塞上风雨思,城中兄弟情。北随鹓立位,南送雁来声。遇适尤兼恨,闻书喜复惊。唯应遥料得,知我伴君行。

暮欲歌吹乐,暗冲泥水情。稻花秋雨气,江石夜滩声。犬吠穿篱出,鸥眠起水惊。愁君明月夜,独自入山行。

七过襄城驿,回回各为情。八年身世梦,一种水风声。寻觅诗章在,思量岁月惊。更悲西塞别,终夜绕池行。

襄县驿前境,曲江池上情。南堤衰柳意,西寺晚钟声。云水兴方远,风波心已惊。可怜皆老大,不得自由行。

见说巴风俗,都无汉性情。猿声芦管调,羌笛竹鸡声。迎候人应少,平安火莫惊。每适危栈处,须作贯鱼行。

闻道阴平郡,倏然古戍情。桥兼麋鹿蹋,山应鼓鼙声。羌妇梳头紧,蕃牛护尾惊。怜群闲闷极,只傍白江行。

生春二十首丁酉岁。凡二十章
何处生春早,春生云色中。笼葱闲著水,晻淡欲随风。度晓分霞态,余光庇雪融。晚来低漠漠,浑欲泥幽丛。

何处生春早,春生漫雪中。浑无到地片,唯逐入楼风。屋上些些薄,池心旋旋融。自悲销散尽,夜假入兰丛。

何处生春早,春生霁色中。远林横返照,高树亚东风。水冻霜威庇,泥新地气融。渐知残雪薄,秒近最怜丛。

何处生春早,春生曙火中。星围分暗陌,烟气满晴风。宫树栖鸦乱,城楼带雪融。竟排闾阖侧,珂伞自相丛。

何处生春早,春生晓禁中。殿阶龙旆日,漏阁宝筝风。药树香烟重,天颜瑞气融。柳梅浑未觉,表紫已丛丛。

何处生春早,春生江路中。雨移临浦市,晴候过湖风。芦笋锥犹短,凌澌玉渐融。数宗船载足,商妇两眉丛。

何处生春早,春生野墅中。病翁闲向日,征妇懒成风。斫筼天虽暖,穿区冻未融。鞭牛县门外,争土盖蚕丛。

何处生春早,春生冰岸中。尚怜扶腊雪,渐觉受东风。织女云桥断,波神玉貌融。便成呜咽去,流恨与莲丛。

何处生春早,春生柳眼中。芽新才绽日,茸短未含风。绿误眉心重,黄惊蜡泪融。碧条殊未合,愁绪已先丛。

何处生春早,春生梅援中。蕊排难犯雪,香乞_{音气}拟来风。陇迥羌声怨,江遥客思融。年年最相恼,缘未有诸丛。

何处生春早,春生鸟思中。鹊巢移旧岁,戴羽旋高风。鸿雁惊沙暖,鸳鸯爱水融。最怜双翡翠,飞入小梅丛。

何处生春早,春生池榭中。镂琼冰陷日,文縠水回风。柳爱和身动,梅愁合树融。草芽犹未出,挑得小萱丛。

何处生春早,春生稚戏中。乱骑残爆竹,争唾小旋风。骂雨愁妨走,呵冰喜旋融。女儿针线尽,偷学五辛丛。

何处生春早,春生人意中。晓妆虽近火,晴戏渐怜风。暗入心情懒,先添酒思融。预知花好恶,偏在最深丛。

何处生春早,春生半睡中。见灯如见雾,闻雨似闻风。开眼犹残梦,抬身便恐融。却成双翅蝶,还绕库花丛。一本傍人惊屡压,魂逐牡丹丛。

何处生春早,春生晓镜中。手寒匀面粉,鬟动倚帘风。宿雾梅心滴,朝光幕上融。思牵梳洗懒,空拔绿丝丛。

何处生春早,春生绮户中。玉栊穿细日,罗幔张_{上声}轻风。柳软腰支嫩,梅香密气融。

独眠傍妒物，偷铲合欢丛。

何处生春早，春生老病中。土膏蒸足肿，天暖痒头风。似觉肌肤展，潜知血气融。又添新一岁，衰白转成丛。

何处生春早，春生客思中。旅魂惊北雁，乡信是东风。纵有心灰动，无由鬓雪融。未知开眼日，空绕未开丛。

何处生春早，春生濛雨中。裛尘微有气，拂面细如风。柳误啼珠密，梅惊粉汗融。满空愁淡淡，应豫忆芳丛。

嘉陵水

尔是无心水，东流有恨无。我心无说处，也共尔何殊。

漫天岭赠僧

五上两漫天，因师忏业缘。漫天无尽日，浮世有穷年。

百牢关

天上无穷路，生期七十间。那堪九年内，五度百牢关。

二月十九日酬王十八全素 此后有酬和，并次用本韵。

君念世上川，嗟予老瘴天。那堪十日内，又长白头年。

荥阳郑公以積寓居严茅有池塘之胜，寄诗四首，因有意献

激射分流阔，湾环此地多。暂停随梗浪，犹阅败霜荷。恨阻还江势，思深到海波。自伤才眹涾，其奈赠珠何。

酬乐天寄蕲州簟

蕲簟未经春，君先拭翠筠。知为热时物，预与瘴中人。碾玉连心润，编牙小片珍。霜凝青汗简，冰透碧游鳞。水魄轻涵黛，琉璃薄带尘。梦成伤冷滑，惊卧老龙身。

酬李浙西先因从事见寄之作

近日金銮直，亲于汉珥貂。内人传帝命，丞相让吾僚。浙郡悬旌远，长安谕日遥。因君蕊珠赠，还一梦烟霄。

酬周从事望海亭见寄

年老无流辈，行稀足薜萝。热时怜水近，高处见山多。衣袖长堪舞，喉咙转解歌。不辞狂复醉，人世有风波。

代杭民答乐天

翠幕笼斜日，朱衣俨别筵。管弦凄欲罢，城郭望依然。路溢新城市，农开旧废田，春坊幸无事，何惜借三年。

全唐诗卷四百十一

元稹

杏园 此后并校书郎已前诗

浩浩长安车马尘,狂风吹送每年春。门前本是虚空一作空虚界,何事栽花误世人。

菊花

秋丛绕舍似陶家,遍绕篱边日渐斜。不是花中偏爱菊,此花开尽更无花。

酬哥舒大少府寄同年科第

前年科第偏年少,未解知羞最爱狂。九陌争驰好鞍马,八人同著彩衣裳。同年科第:宏词,吕二灵、王十一起;拔萃,白二十二居易;平判,李十一复礼、吕四颊、哥舒大颎、崔十八玄亮逮不消。八人皆奉荣养。自言行乐朝朝是,岂料浮生渐渐忙。赖得官闲且疏散,到君花下忆诸郎。

幽栖

野人自爱幽栖所,近对长松远是山。尽日望云心不系,有时看月夜方闲。壶中天地乾坤外,梦里身名旦暮间。辽海若思千岁鹤,且留城市会飞还。

清都春霁,寄胡三、吴十一

蕊珠宫殿经微雨,草树无尘耀眼光。白日当空天气暖,好风飘树柳阴凉。蜂怜宿露攒芳久,燕得新泥拂户忙。时节催年春不住,武陵花谢忆诸郎。

华岳寺

贞元二十年正月二十五日,自洛之京。二月三日春社,至华岳寺,憩窦师院。曾未俞月,月复徂东,再谒宝师,因题四韵而已。

山前古寺临长道,来往淹留为爱山。双燕营巢始西别,百花成子又东还。螟驱羸马频看堠,晓听鸣鸡欲度关。羞见窦师无外役,竹窗依旧老身闲。

天坛上境
贞元二十年五月十四日,夜宿天坛石幢侧。十五日得螯屋马逢少府书,知予远上天坛,因以长句见赠。篇末仍云:灵溪试为访金丹。因于坛上还赠。

野人性僻穷深僻,芸署官闲不似官。万里洞中朝玉帝,上有洞周万里。九光霞外宿天坛。洪涟浩渺东溟曙,白日低回上境寒。因为南昌检仙籍,马君家世奉还丹。

寻西明寺僧不在
春来日日到西林,飞锡经行不可寻。莲池旧是无波水,莫逐狂风起浪心。

与吴侍御春游
苍龙阙下陪骢马,紫阁峰头见白云。满眼流光随日度,今朝花落更纷纷。

晚春
昼静帘疏燕语频,双双斗雀动阶尘。柴扉日暮随风掩,落尽闲花不见人。

先醉
今日樽前败饮名,三杯未尽不能倾。怪来花下长先醉,半是春风荡酒情。

独醉
一树芳菲也当春,漫随车马拥行尘。桃花解笑莺能语,自醉自眠那藉人。

宿醉
风引春心不自由,等闲冲席饮多筹。朝来始向花前觉,度却醒时一夜愁。

惧醉 答卢子蒙
闻道秋来怯夜寒,不辞泥水为杯盘。殷勤惧醉有深意,愁到醒时灯火阑。

羡醉
绮陌高楼竞醉眠,共期憔悴不相怜。也应自有寻春日,虚度而今正少年。

忆醉
自叹旅人行意速,每嫌杯酒缓归期。今朝偏遇一作偶醒时别,泪落风前忆醉时。

病醉 戏作吴吟,赠卢十九经济、张三十四弘、辛丈丘度。
醉伴见侬因病酒,道侬无酒不相窥。那知下药还沾底,人去人来剩一卮。

拟醉 与卢子蒙饮于窦晦之,醉后赋诗共十九首,子蒙叙为别卷。自此至《狂醉》,皆是夕所赋。
九月闲宵初向火,一尊清酒始行杯。怜君城外遥相忆,冒雨冲泥黑地来。

劝醉
窦家能酿销愁酒,但是愁人便与销。愿我共君俱寂寞,只应连夜复连朝。

任醉
本怕酒醒浑不饮,因君相劝觉情来。殷勤满酌从听醉,乍可欲醒还一杯。

同醉 吕子元、庚及之、杜归和同隐客泛韦氏池。
柏树台中推事人,杏花坛上炼形真。心源一种闲如水,同醉樱桃林一作树下春。

狂醉
一自柏台为御史,二年辜负两京春。岘亭今日颠狂醉,舞引红娘乱打人。

伴僧行
春来求事百无成,因向愁中识道情。花满杏园千万树,几人能伴老僧行。

古寺
古寺春余日半斜,竹风萧爽胜人家。花时不到有花院,意在寻僧不在花。

定僧
落魄闲行不著家,遍寻春寺赏年华。野一作禅僧偶向花前定,满树狂风满树花。

观心处
　　满坐喧喧笑语频,独怜方丈了无尘。灯前便是观心处,要似观心有几人。

智度师二首
　　四十年前马上飞,功名藏尽拥禅衣。石榴园下擒生处,独自闲行独自归。
　　三陷思明三突围,铁衣抛尽衲禅衣。天津桥上无人识,闲凭栏干望落晖。

西明寺牡丹
　　花向琉璃地上生,光风炫转紫云英。自从天女盘中见,直至今朝眼更明。

忆杨十二
　　去时芍药方堪赠,看却残花已度春。只为情深偏怆别,等闲相见莫相亲。

送复梦赴韦令幕
　　世上于今重检身,吾徒耽酒作狂人。西曹旧事多持法,慎—作匆莫吐他丞相茵。

送刘太白 太白居从善坊
　　洛阳大底居人少,从善坊西最寂寥。想得—作到刘君独骑马,古堤愁—作秋树隔中桥。

奉诚园 马司徒旧宅
　　萧相深诚奉至尊,旧居求作奉诚园。秋来古巷无人扫,树满空墙闭戟门。

与太白同之东洛,至栎阳,太白染疾驻行,予九月二十五日至华岳寺,雪后望山
　　共作洛阳千里伴,老刘因疾驻行轩。今朝独自山前立,雪满三峰倚寺门。

野狐泉柳林
　　去日野狐泉上柳,紫牙初绽拂眉低。秋来寥落惊风雨,叶满空林踏作泥。

酬胡三凭人问牡丹
　　窃见胡三问牡丹,为言依旧满西栏。花时何处偏相忆,寥落衰红雨后看。

酬乐天秋兴见赠,本句云:莫怪独吟秋兴苦,比君校近二毛年
　　劝君休作悲秋赋,白发如星也任垂。毕竟百年同是梦,长年何异少何为。

全唐诗卷四百十二

元稹

雪后宿同轨店,上法护寺钟楼望月

满山残雪满山风,野寺无门院院空。烟火渐稀孤店静,月明深夜古楼中。

陪韦尚书丈归履信宅,因赠韦氏兄弟

紫垣驷骑入华居,公子文衣护锦舆。眠阁书生复何事,也骑羸马从尚书。

永贞二年正月二日,上御丹凤楼,赦天下,予与李公垂、庾顺之闲行曲江,不及盛观

春来饶梦慵朝起,不看千官拥御楼。却著闲行是忙事,数人同榜曲江头。

韦居守晚岁,常言退休之志,因署其居曰大隐洞,命予赋诗,因赠绝句

谢公潜有东山意,已向朱门启洞门。大隐犹疑恋朝市,不如名作罢归园。

赠李十二牡丹花片,因以饯行

莺涩余声絮堕风,牡丹花尽叶成丛。可怜颜色经年别,收取朱栏一片红。

题李十一修行—作竹里居壁

云阙朝回尘骑合,杏花春尽曲江闲。怜君虽在城中住,不隔人家便是山。

靖安穷居

喧静不由居远近,大都车马就权门。野人住处无名利,草满空阶树满园。

赠乐天

等闲相见销长日,也有闲时更学琴。不是眼前无外物,不关心事不经心。

使东川并序。此后并御史时作。

元和四年三月七日,予以监察御史使东川,往来鞍马间,赋诗凡三十二章。秘书省校书郎白行简为予

手写为东川卷。今所录者,但七言绝句、长句耳。起《骆口驿》,尽《望驿台》,二十二首云。

骆口驿二首

东壁上有李二十员外逢吉、崔二十二侍御韶使云南题名处,北壁有翰林白二十二居易题拥石关云开雪红树等篇,有王质夫和焉。王不知是何人也。

邮亭壁上数行字,崔李题名王白诗。尽日无人共言语,不离墙下至行时。

二星徼外通蛮服,五夜灯前草御文。我到东川恰相半,向南看月北看云。

清明日

行至汉上,忆与乐天、知退、杓直、拒非、顺之辈同游。

常年寒食好风轻,触处相随取次行。今日清明汉江上,一身骑马县官迎。

亚枝红

往岁与乐天曾于郭家亭子竹林中,见亚枝红桃花半在池水。自后数年,不复记得。忽于襄城驿池岸竹间见之,宛如旧物,深所怆然。

平阳池上亚枝红,怅望山邮事事同。还向万竿—作茎深竹里,一枝浑卧碧流中。

梁州梦

是夜宿汉川驿,梦与杓直、乐天同游曲江,兼入兹恩寺诸院。倏然而寤,则递乘及阶,邮史已传呼报晓矣。

梦君同绕—作兄弟曲江头,也向慈恩院院游。亭吏呼人排去马—作唤人排马去,忽惊身在古梁州。

南秦雪

帝城寒尽临寒食,骆谷春深未有春。未见岭头云似盖,已惊岩下雪如尘。千峰笋石千株—作条玉,万树松萝万朵银。飞鸟不飞猿不动,青骢御史上南秦。

江楼月

嘉川驿望月,忆杓直、乐天、知退、拒非、顺之数贤,居近曲江,闲夜多同步月也。

嘉陵江岸驿楼中,江在楼前月在空。月色满床兼满地,江声如鼓复如风。诚知远近皆三五,但恐阴晴有异同。万一帝乡还洁白—作皎洁,几人潜傍杏园东。

惭问囚

蜀门夜行,忆与顺之在司马炼师坛上话出处时。

司马子微坛上头,与君深结白云俦。尚平村落拟连买,王屋山泉为别游。各待陆浑求一尉,共资三径便同休。那知今日蜀门路,带月夜行缘问囚。

江上行

闷见汉江流不息,悠悠漫漫竟何成。江流不语意相问,何事远来江上行。

汉江上—无上字笛

二月十五日夜,于西县白马驿南楼闻笛怅然,忆得小年曾与从兄长楚写《汉江闻笛赋》而有怆耳。

小年为写游梁赋,最说汉江闻笛愁。今夜听时在何处,月明西县驿南楼。

邮亭月

于骆口驿,见崔二十二题名处。数夜后,于青山驿玩月,忆得崔生好持确论,每于宵话之中,常曰:人生要务夜安,步月闲行,吾不与也。言讫坚卧,他人虽千百其词,难动摇矣,至是怆然,思此题,因有献。

君多务实我多情,大抵偏嗔步月明。今夜山邮与蛮嶂,君应坚卧我还行。

嘉陵驿二首篇末有怀

嘉陵驿上空床客,一夜嘉陵江水声。仍对墙南满山树,野花撩乱月胧明。

墙外花枝压短墙,月明还照半张床。无人会得些时意,一夜独眠西畔廊。

百牢关奉使推小吏任敬仲

嘉陵江上万重山,何事临江一破颜。自笑只缘任敬仲,等闲身度百牢关。

江花落

日暮嘉陵江水东,梨花万片逐江风。江花

何处最肠断,半落江流半在空。

嘉陵江二首

秦人惟识秦中水,长想吴江与蜀江。今日嘉川驿楼下,可怜如练绕明窗。

千里嘉陵江水声,何年重绕此江行。只应添得清宵梦,时见满江流—作秋月明。

西县驿

去时楼上清明夜,月照楼前撩乱花。今日成阴复成子,可怜春尽未还家。

望喜驿

满眼文书堆案边,眼昏偷得暂时眠。子规惊觉灯又灭,一道月光横枕前。

好时节

身骑骢马峨眉下,面带霜威卓氏前。虚度东川好时节,酒楼元被蜀儿眠。

夜深行

夜深犹自绕江行,震地江声似鼓声。渐见戍楼疑近驿,百牢关吏火前迎。

望驿台 三月尽

可怜三月三旬足,怅望江边望驿台。料得孟光今日语,不曾春尽不归来。

赠咸阳少府萧郎

莫怪逢君泪每盈,仲由多感有深情。陆家幼女托良婿,阮氏诸房无外生。顾我自伤为弟拙,念渠能继事姑名。别时何处最肠断,日暮渭阳驱马行。

赠吕三校书 与吕校书同年科第,后为别七年。元和己丑岁八月,偶于陶化坊会宿。

同年同拜校书郎,触处潜行烂熳狂。共占花园争赵辟,竞添钱贯定秋娘。七年浮世皆经眼,八月闲宵忽并床。语到欲明欢又泣,傍人相笑两相伤。

封书

鹤台南望白云关,城市犹存暂一还。书出步虚三百韵,蕊珠文字在人间。

仁风李著作园醉后寄李十

胧明春月照花枝,花下音—作莺声是—作似管儿。却笑西京李员外,五更骑马趁朝时。

灯影

洛阳昼夜无车马,漫挂红纱满树头。见说平时灯影里,玄宗潜伴太真游。

贬江陵途中寄乐天、杓直。杓直以员外郎判盐铁,乐天以拾遗在翰林 此后并江陵士曹时诗。李建字杓直。

想到江陵无一事,酒杯书卷缀新文。紫牙嫩茗和枝采,朱橘香苞数瓣分。暇日上山狂逐鹿,凌晨过寺饱看云。算缗草诏终须解,不敢将心远羡君。

渡汉江 去年春,奉使东川,经嶓冢山下。

嶓冢去年寻漾水,襄阳今日渡江濆。山遥远树才成点,浦静沉碑欲辨文。万里朝宗诚可羡,百川流入渺难分。鲵鲸归穴东溟溢,又作波涛随伍员。

哀病骢,呈致用

枥上病骢啼袅袅,江边废宅路迢迢。自经梅雨长垂耳,乍食菰蒋欲折腰。金络头衔光未灭,玉花衫色瘦来焦。曾听禁漏惊衙鼓,惯踏康衢怕小桥。半夜雄嘶心不死,日高饥卧尾还摇。龙媒薄地天池远,何事牵牛在碧霄。

送岭南崔侍御

我是北人长北望,每嗟南雁更南飞。君今又作岭南别,南雁北归君未归。洞主参承惊豸角,岛夷安集慕霜威。黄家贼用镩刀利,白水郎行旱地稀。蜃吐朝光楼隐隐,鳌吹细浪雨霏霏。毒龙蜕骨轰雷鼓,野象埋牙断石矶。火布垢尘须火浣,木棉温软当绵衣。桄榔面碜槟榔涩,海气常昏海日微。蛟老变为妖妇女,舶来多卖假珠玑。此中无限相忧事,请为殷勤事事依。

酬乐天八月十五夜禁中独直玩月见寄

　　一年秋半月偏深,况就烟霄极赏心。金凤台前波漾漾,玉钩帘下影沉沉。宴移明处清兰路,歌待亲词促翰林。何意枚皋正承诏,瞥然尘念到江阴。

予病瘴,乐天寄通中散、碧腴垂云膏,仍题四韵,以慰远怀,开坼之间,因有酬答

　　紫河变炼红霞散,翠液煎研碧玉英。金籍真人天上合,盐车病骥辀前惊。愁肠欲转蛟龙吼,醉眼初开日月明。唯有思君治不得,膏销雪尽意还生。

全唐诗卷四百十三

元稹

陪诸公游故江西韦大通德湖旧居有感,题四韵,兼呈李六侍御,即韦大夫旧僚也

高墉行马接通湖,巨壑藏舟感大夫。尘壁暗埋悲旧札,风帘吹断落残珠。烟波漾日侵颓岸,狐兔奔丛拂坐隅。唯有满园桃李下,膺门偏拜阮元瑜。

送友封二首黔府窦巩字友封

桃叶成阴燕引雏,南风吹浪飐樯乌。瘴云拂地黄梅雨,明月满帆青草湖。迢递旅魂归去远,颠狂酒兴病来孤。知君兄弟怜诗句,遍为姑将恼大巫。

惠和坊里当时别,岂料江陵送上船。鹏翼张风期万里,马头无角已三年。甘将泥尾随龟后,尚有云心在鹤前。若见中丞忽相问,为言腰折气冲天。

放言五首

近来逢酒便高歌,醉舞诗狂渐欲魔。五斗解酲犹恨少,十分飞盏未嫌多。眼前仇敌都休问,身外功名一任他。死是等闲生也得,拟将何事奈吾何。

莫将心事厌长沙,云到何方不是家。酒熟铺糟学渔父,饭来开口似神鸦。竹枝待凤千茎直,柳树迎风一向斜。总被天公沾雨露,等头成长尽生涯。

霆轰电㸌数声频,不奈狂夫不藉身。纵使被雷烧作烬,宁殊埋骨扬为尘。得成蝴蝶寻花树,倘化江鱼掉锦鳞。必若乘龙在诸处,何须惊一作警动自来人。

安得心源处处安,何劳终日望林峦。玉英惟向火中冷,莲叶元来水上干。宁戚饭牛图底事,陆通歌凤也无端。孙登不语启期乐,各自当情各自欢。

三十年来世上行，也曾狂走趁浮名。两回左降须知命，数度登朝何处荣。乞我杯中松叶满，遮渠肘上柳枝生。他时定葬烧缸地，卖与人家得酒盛。

刘二十八以文石枕见赠，仍题绝句，以将厚意，因持壁州鞭酬谢，兼广为四韵

枕截文琼珠缀篇，野人酬赠壁州鞭。用长时节君须策，泥醉风云我要眠。歌哂彩霞临药灶，执陪仙伏引炉烟。张骞却上知何日，随会归期在此年。

奉和严司空重阳日同崔常侍、崔郎中及诸公登龙山落帽台佳宴

谢公愁思眇天涯，蜡屐登高为菊花。贵重近臣光绮席，笑怜从事落乌纱。荚房暗绽红珠朵，茗碗寒供白露芽。咏碎龙山归去号，马奔流电妓奔车。

送王十一郎游剡中

越州都在浙河湾，尘土消沉景象闲。百里油盆镜湖水，千峰钿朵会稽山。军城楼阁随高下，禹庙烟霞自往还。想得玉郎—作王郎乘画舸，几回明月坠云间。

送友封

轻风略略柳欣欣，晴色空濛远似尘。斗柄未回犹带闰，江痕潜上已生春。兰成宅里寻枯树，宋玉亭前别故人。心断洛阳三两处，窈娘堤抱古天津。

送致用

泪沾双袖血成文，不为悲身为别君。望鹤眼空期海外，待乌头白老江渍。遥看逆浪愁翻雪，渐失征帆错认云。欲识九回肠断处，浔阳流水逐—作九条分。

早春登龙山静胜寺，时非休浣，司空特许是行，因赠幕中诸公

谢傅知怜景气新，许寻高寺望江春。龙文远水吞平岸，羊角轻风旋细尘。山茗粉含鹰觜嫩，海榴红绽锦窠匀。归来笑问诸从事，占得闲行有几人。

书乐天纸

金銮殿里书残纸，乞与荆州元判司。不忍拈将等闲用，半封京信半题诗。

酬考—作李甫见赠十首各酬本意，次用旧韵

宋玉秋来—作悲秋续楚词，阴铿官漫足闲诗。亲情书札相安慰，多道萧何作判司。

杜甫天材颇绝伦，每寻诗卷似情亲。怜渠直道当时语，不著心源傍古人。

十岁荒狂任博徒，挼莎五木掷枭卢。野诗良辅偏怜假，长借金鞍迓酒胡。

曾经绰立侍丹墀，绽蕊宫花拂面枝。雉尾扇开朝日出，柘黄衫对碧霄垂。

一自低心翰墨场，箭靫抛尽负书囊。近来兼爱休粮药，柏叶纱—作莎罗杂豆黄。

莫笑风尘满病颜，此生元在有无间。卷舒莲叶终难湿，去住云心一种闲。

无事抛棋侵虎口，几时开眼复联行。终须杀尽缘边敌，四面通同—作流掩大荒。

原宪甘贫每自开，子春伤足少人哀。巷南唯有陈居士，时学文殊一问来。

每识闲人如未识，与君相识更相怜。经旬不解来过宿，忍见空床夜夜眠。

开圻新诗展大瑧，明珠炫转玉音浮。酬君十首三更坐，减却常—作当时半夜愁。

和乐天招钱蔚章看山绝句

碧落招邀闲旷望，黄金城外玉方壶。人间还有大江海，万里烟波天上无。

折枝花赠行

樱桃花下送君时，一寸春心逐折枝。别后相思最多处，千株万片绕林垂。

寄刘颇二首

平生嗜酒颠狂甚,不许诸公占丈夫。唯爱刘君一片胆,近来还敢似人无。

前年碣石烟尘起,共看官军过洛城。无限公卿因战得,与君依旧绿衫行。

晨起送使,病不行,因过王十一馆居二首

自笑今朝误夙兴,逢他御史疟相仍。过君未起房门掩,深映寒窗一盏灯。

密宇深房小火炉,饭香鱼熟近中厨。野人爱静仍耽寝,自问黄昏肯去无。

送孙胜

桐花暗澹柳惺忪,池带轻波柳带风。今日与君临水别,可怜春尽宋亭中。

游三寺回,呈上府主严司空,时因寻寺,道出当阳县,奉命覆视县囚,牵于游于一作衍,不暇详究,故以诗自诮尔

谢公恣纵颠狂掾,触处闲行许自由。举板支颐对山色,当筵吹帽落台头。贪缘稽首他方佛,无暇精心满县囚。莫责寻常吐茵吏,书囊赤白报君侯。

远望

满眼伤心冬景和,一山红树寺边多。仲宣无限思乡泪,漳水东流碧玉波。

早春寻李校书

款款春风澹澹云,柳枝低作翠帨裙。梅含鸡舌兼红气,江弄琼花散绿纹。带雾山莺啼尚小一作少,穿沙芦笋叶才分。今朝何事偏相觅,撩乱芳情最是君。

过襄阳楼,呈上府主严司空,楼在江陵节度使宅北隅

襄阳楼下树阴成,荷叶如钱水面平。拂水柳花千万点,隔林莺舌两三声。有时水畔看云立,每日楼前信马行。早晚暂教王粲上,庾公应待月分明。

八月六日与僧如展、前松滋主簿韦戴同游碧涧寺,赋得扉字韵,寺临蜀江,内有碧涧穿注两廊,又有龙女洞能兴云雨,诗中喷字以平声韵

空阔长江碍铁围,高低行树倚岩扉。穿廊玉涧喷红旭,踊塔金轮拆翠微。草引风轻驯虚睡,洞驱云入毒龙归。他生莫忘灵山别,满壁人名后会稀。

奉和窦容州

明公莫讶容州远,一路潇湘景气浓。斑竹初成二妃庙,碧莲遥耸九疑峰。禁林闻道长倾凤,池水那能久滞龙。自叹风波去无极,不知何日又相逢。

卢头陀诗并序

道泉头陀字源一,姓卢氏,本名士衍。弟曰起郎士玟,则官阀可知也。少力学,善记一作能忆。裁解职仕,不三十余,历八诸侯府,皆掌剧事。性强迈,不录幽琐,为史所构,谪官建州。无何,有异人密授心契,冥失所在。卢氏既为大门族,兄弟且贤豪,惶骇求索无所得。胤子某,积岁穷尽荒僻,一夕于衡山佛舍众头院中,灯下识之,号叫泣血无所顾。然而先是众以为姜头陀,自是知琪为卢头陀矣。尔后往来湘潭间,不常次舍,只以衡诣山为极。元和九年,张中丞领潭之岁,予拜张公于潭,适上人在焉。即日诣所舍东寺一见,蒙念不碍小劣,尽得本末其事,列而序之,仍以四韵七言为赠尔。

卢师深话出家由,剃尽心花始剃头。马哭青山别车匿,鹊飞螺髻见罗睺。还来旧日经过处,似隔前身梦寐游。为向八龙史弟说,他生缘会此生休。

醉别卢头陀

醉迷狂象别吾师,梦觉观空始自悲。尽日笙歌人散后,满江风雨独醒时。心超几地行无处,云到何天住有期。顿见佛光身上出,已蒙衣内缀摩尼。

全唐诗卷四百十四

元稹

陪张湖南宴望岳楼,稹为监察御史张中丞知杂事

观象楼前奉末班,绛峰只似殿庭间。今日高楼重陪宴,雨笼衡岳是南山。

岳阳楼

岳阳楼上日衔窗,影到深潭赤玉幢。怅望残春万般意,满棂湖水入西江。

寄庾敬休

小来同在曲江头,不省春时不共游。今日江风好喧暖,可怜春尽古湘州。

花栽二首—作买花栽

买得山花一两栽,离乡别土易摧颓。欲知北客居—作留南意,看取南花北地来。

南花北地种应难,且向船中尽日看。纵使将来眼前死,犹胜抛掷在空栏。

宿石矶

石矶江水夜潺湲,半夜江风引杜鹃。灯暗酒醒颠倒枕,五更斜月入空船。

遭风二十韵

洞庭弥溰接天回,一点君山似揩杯。暝色已笼秋竹树,夕阳犹带旧楼台。湖南贾伴乘风信,夏日篙工厄溯洄。后侣逢滩方搜箠,前宗到浦已眠桅。俄惊四面云屏合,坐见千峰雪浪推。罔象睢盱频逞怪,石尤翻动忽成灾。胜凌岂但河宫溢,块轧浑忧地轴摧。疑是阴兵致昏黑,果闻灵鼓借喧豗。龙归窟穴深潭漩,蜃作波涛古岩颓。水—作木客暗游烧野火,枫人夜长吼春雷。浸淫沙市儿童乱,汩没汀洲雁鹜哀。自叹生涯看转烛,更悲商旅哭沉财。樯乌豆折头仓掉,水狗斜倾尾缆开。在昔讵惭横海志,此时甘乏济川才。历阳旧事曾为鳖,昡穴相传有化能。闭目唯悉满空电,冥心真类不然灰。那知否极休征至,渐沉宵分曙气催。怪族潜收湖暗湛,幽妖尽走日崔嵬。紫衣将校临船间,白马君侯傍柳来。唤上驿亭还酩酊,两行红袖拂樽罍。

赠崔元儒

殷勤夏口阮元瑜,二十年前旧饮徒。最爱轻欺杏园客,也曾辜负酒家胡。些些风影闲犹在,事事颠狂老渐无。今日头盘三两掷,翠娥潜笑白髭须。

鄂州寓馆严涧宅_{时涧不在}

凤有高梧鹤有松,偶来江外寄行踪。花枝满院空啼鸟,尘榻无人忆卧龙。心想夜闲唯足梦,眼看春尽不相逢。何时最是思君处,月入斜窗晓寺钟。

送杜元颖

江上五年同送客,与君长羡北归人。今朝又送君先去,千里洛阳城里尘。

贻蜀五首并序

元和九年,蜀从事韦藏文告别。蜀多朋旧,积性懒为寒温书,因赋代怀五章,而赠行亦在其数。

病马诗寄上李尚书

万里长鸣望蜀门,病身犹带旧疮痕。遥看云路心空在,久服盐车力渐烦。尚有高悬双镜眼,何由并驾两朱辀。唯应夜识深山道,忽遇君侯一报恩。

李中丞表臣

韦门同是旧亲宾,独恨潘床簟有尘。十里花溪锦城丽,五年沙尾白头新。倅戎何事劳专席,老掾甘心逐众人。却待文星上天去,少分光影照沉沦。

卢评事子蒙

为我殷勤卢子蒙,近来无复昔时同。懒成积疹推难动,禅尽狂心炼到空。老爱早眠虚夜月,病妨杯酒负春风。唯公两弟闲相访,往往潸然一望公。

张校书元夫

未面西川张校书,书来稠叠颇相于。我闻声价金应敌,众道风姿玉不如。远处从人须谨慎,少年为事要舒徐。劝君便是酬君爱,莫比寻常赠鲤鱼。

韦兵曹藏文

处处侯门可曳裾,人人争事蜀尚书。摩天气直山曾拔,澈底心清水共虚。鹏翼已翻君好去,乌头未变我何如。殷勤为话深相感,不学冯谖待食鱼。

赠严童子_{严司空孙,字照郎,十岁能赋诗,往往有奇句,书题有成人风。}

卫瓘诸孙卫玠珍,可怜雏凤好青春。解拈玉叶排新句,认得金环识旧身。十岁佩觿娇稚子,八行飞札老成人。杨公莫讶清无业,家有骊珠不复贫。

桐孙诗_{并序。此后元和十年诏召入京,及通州司马以后诗。}

元和五年,予贬掾江陵。三月二十四日,宿曾峰馆。山月晓时,见桐花满地,因有八韵寄白翰林诗。当时草檄,未眼纪题。及今六年,诏许西归,去时桐树上孙枝已拱矣,予亦白须两茎,而苍然斑鬓。感念前事,因题旧诗,仍赋《桐孙诗》一绝。又不知几年复来商山道中。元和十年正月题。

去日桐花半桐叶,别来桐树老桐孙。城中过尽无穷事,白发满头归故园。

西归绝句十二首

双堠频频减去程,渐知身得近京城。春来爱有归乡梦,一半犹疑梦里行。

五年江上损容颜,今日春风到武关。两纸京书临水读,小桃花树满商山。_{得复言、乐天书}

同归谏院韦丞相,共贬河南亚大夫。今日还乡独憔悴,几人怜见白髭须。_{韦丞相贯之,裴中丞度。}

只去长安六日期,多应及得杏花时。春明门外谁相待,不梦闲人梦酒卮。

白头归舍意如何,贺处无穷吊亦多。左降去时裴相宅,旧来车马几人过。_{裴相公垍。}

还乡何用泪沾襟,一半云霄一半沉。世事渐多饶怅望,旧曾行处便伤心。

闲游寺观从容到,遍问亲知次第寻。肠断裴家光德宅,无人扫地戟门深。

一世营营死是休,生前无事定无由。不知山下东流水,何事长须日夜流。

今朝西渡丹河水,心寄丹河无限愁。若到庄前竹园下,殷勤为绕故山流。_{丹,浙庄之东流。}

寒窗风雪拥深炉,彼此相伤指白须。一夜思量十年事,几人强健几人无。_{宿窦十二蓝田宅。}

云覆蓝桥雪满溪,须臾便与碧峰齐。风回面市连天合,冻压花枝著水低。

寒花带雪满山腰,著柳冰珠满碧条。天色渐明回一望,玉尘随马度蓝桥。

留呈梦得、子厚、致用_{题蓝桥驿}

泉溜才通疑夜磬,烧_{去声}烟余暖有春泥。千层玉帐铺松盖,五出银区印虎蹄。暗落金乌山渐黑,深埋粉堞路浑迷。心知魏阙无多地,十二琼楼百里西。

小碎

小碎诗篇取次书,等闲题柱意何如。诸郎到处应相问,留取_{一作与}三行代鲤鱼。

和乐天高相宅

莫愁已去无穷事,漫苦如今有限身。二百年来城里宅,一家知换几多人。

和乐天仇家酒

病嗟酒户年年减,老觉尘机渐渐深。饮罢醒余更惆怅,不如闲事不经心。

和乐天赠云寂僧

欲离烦恼三千界,不在禅门八万条。心火自生还自灭,云师无路与君销。

沣西别乐天、博载,樊宗宪、李景信两秀才、侄谷三月三十日相饯送

今朝相送自同游,酒语诗情替别愁。忽到沣西总回去,一身骑马向通州。

寄昙、嵩、寂三上人

长学对治思苦处,偏将死苦教人间。今因为说无生死,无可对治心更闲。

题漫天岭智藏师兰若僧云住此二十八年

僧临大道阅浮生,来往憧憧利与名。二十八年何限客,不曾闲见一人行。

苍溪县寄扬州兄弟

苍溪县下嘉陵水,入峡穿江到海流。凭伏鲤鱼将远信,雁回时节到扬州。

赠吴渠州从姨兄士则

忆昔分襟童子郎,白头抛掷又他乡。三千里外巴南恨,二十年前城里狂。宁氏舅甥俱寂寞,荀家兄弟半沦亡。泪因生别兼怀旧,回首江山欲万行。

长滩梦李绅

孤吟独寝意千般,合眼逢君一夜欢。惭愧梦魂无远近,不辞风雨到长滩。

全唐诗卷四百十五

元稹

新政县

新政县前逢月夜,嘉陵江底看星辰。已闻城上三更鼓,不见心中一个人。须鬓暗添巴路雪,衣裳无复帝乡尘。曾沾几许名兼利,劳动生涯涉苦辛。

南昌滩

渠江明净峡逶迤,船到明滩拽笅迟。橹窸动摇妨作梦,巴童指点笑吟诗。畲余宿麦黄山腹,日背残花白水湄。物色可怜心莫恨,此行都是独行时。

见乐天诗

通州到日日平西,江馆无人虎印泥。忽向破檐残漏处,见君诗在柱心题。

夜坐

雨滞更愁南瘴毒,月明兼喜北风凉。古城楼影横空馆,湿地虫声绕暗廊。萤火乱飞秋已近,星辰早没夜初长。孩提万里何时见,狼籍家书满卧床。

闻乐天授江州司马

残灯无焰影幢幢,此夕闻君谪九江。垂死病中惊坐起一作仍怅望,暗风吹雨一作面入寒窗。

岁日赠拒非

君思曲水嗟身老,我望通州感道穷。同入新年两行泪,白头翁一作闲坐说城中。

送卢戡

红树蝉声满夕阳,白头相送倍相伤。老嗟去日光阴促,病觉今年昼夜长。顾我亲情皆远道,念君兄弟欲他乡。红旗满眼襄州路,此别泪流千万行。

雨声
　　风吹竹叶休还动，雨点荷心暗复明。曾向西江船上宿，惯闻寒夜滴蓬声。

奉和荥阳公离筵作
　　南郡生徒辞绛帐，东山妓乐拥油旌。钧天排比箫韶待，犹顾人间有别情。

嘉陵水此后并通州诗
　　古时应是山头水，自古流来江路深。若使江流会人意，也应知我远来心。

阆州开元寺壁题乐天诗
　　忆君无计写君诗，写尽千行说向谁。题在阆州东寺壁，几时知是见君时。

凭李忠州寄书乐天
　　万里寄书将出峡，却凭巫一作冰峡寄江州。伤心最是江头月，莫把书将上庾楼。

得乐天书
　　远信入门先有泪，妻惊女哭问何如。寻常不省曾如此，应是江州司马书。

寄乐天
　　无身尚拟魂相就，身在那无梦往还。直到他生亦相觅，不能空记一作寄树中环。

酬知退
　　终须修到无修处，闻尽声闻始不闻。莫著妄习销彼我，我心无我亦无君。

通州
　　平生欲得山中住，天与通州绕郡山。睡到日西无一事，月储三万买教闲。

酬乐天书后三韵
　　今日庐峰霞绕寺，昔时鸾殿凤回书。两封相去八年后，一种俱云五夜初。渐觉此生都是梦，不能将泪滴双鱼。

相忆泪
　　西江流水到江州，闻道分成九道流。我滴两行相忆泪，遣君一作君从何处遣人求。除非人海无由住，纵使逢滩未拟休。会向伍员潮上见，气充顽石报心雠。

喜李十一景信到
　　何事相逢翻有泪，念君缘我到通州。留君剩住君须住，我不自由君自由。

与李十一夜饮
　　寒夜灯前赖酒壶，与君相对兴犹孤。忠州刺史应闲卧，江水猿声睡得无。

赠李十一
　　淮水连年起战尘，油旌三换一何频。共君前后俱从事，差见功名与别人。

寒食日
　　今年寒食好风流，此日一家同出游。碧水青山无限思，莫将心道是涪一作通州。

三兄以白角巾寄遗，发不胜冠，因有感叹
　　病瘴年深浑秃尽，那能胜置角头巾。暗梳蓬发羞临镜，私戴莲花耻见人。白发过于冠色白，银钉少校额中银。我身四十犹如此，何况吾兄六十身。

别李十一五绝
　　巴南分与亲情别，不料与君床并头。为我远来休怅望，折君灾难是通州。

　　京城每与闲人别，犹自伤心与白头。今日别君心更苦，别君缘是在通州。

　　万里尚能来远道，一程那忍便分头。鸟笼猿槛君应会，十步向前非我州。

　　来时见我江南岸，今日送君江上头，别后料添新梦寐，虎惊蛇伏一作乱是通州。

　　闻君欲去潜销骨，一夜暗添新白头。明朝别后应肠断，独棹破船归到州。

酬乐天醉别

前回一去五年别,此别又知何日回。好住乐天休怅望,匹如元不到京来。

酬乐天雨后见忆

雨滑危梁性命愁,差池一步一生休。黄泉便是通州郡,渐入深泥渐到州。

和乐天过秘阁书省旧厅

闻君西省重徘徊,秘阁书房次第开。壁记欲题三漏合,吏人惊问十年来。经排蠹简怜初校,芸长陈根识旧栽。司马见诗心最苦,满身蚊蚋哭―作笑烟埃。

和乐天赠杨秘书

旧与杨郎在帝城,搜天斡地觅诗情。曾因并句甘称小,不为论年便唤兄。刮骨直穿由一作犹苦斗,梦肠翻出暂闲行。因君投赠还相和,老去那能竞底名。

和乐天题王家亭子

风吹笋箨飘红砌,雨打桐花尽绿莎。都大资人无暇日,泛池全少买池多。

酬乐天频梦微之

山水万重书断绝,念郡怜我梦相闻。我今因病魂颠倒,唯梦闲人不梦君。

琵琶

学语胡儿撼玉玲,甘州破里最星星。使君自恨常多事,不得工夫夜夜听。

春词

山翠湖光似欲流,蜂声鸟思却堪愁。西施颜色今何在,但看春风百草头。

全唐诗卷四百十六

元稹

酬乐天春寄微之

鹦心明黠雀幽蒙,何事相将尽入笼。君避海鲸惊浪里,我随巴蟒瘴烟中。千山塞路音书绝,两地知春历日同。一树梅花数升酒,醉寻江岸哭东风。

酬乐天舟泊夜读微之诗

知君暗泊西江岸,读我闲诗欲到明。今夜通州还不睡,满山风雨杜鹃声。

酬乐天武关南见微之题山石榴花诗

比因酬赠为花时,不为君行不复知。又更几年还共到,满墙尘土两篇诗。

酬乐天见寄

三千里外巴蛇穴,四十年来司马官。瘴色满身治不尽,疮痕刮骨洗应难。常甘人向衰容薄,独讶君将旧眼看。前日诗中高盖字,至今唇舌遍长安。

酬乐天得稹所寄纻丝布白轻庸制成衣服以诗报之

溢城万里隔巴庸,纻薄绨轻共一封。腰带定知今瘦小,衣衫难作远裁缝。唯愁书到炎凉变,忽见诗来意绪浓。春草绿茸云色白,想君骑马好仪容。

和乐天寻郭道士不遇昔尝为僧,于荆州相别

昔年我见杯中渡,今日人言鹤上逢。两虎定随千岁鹿,双林添作几株松。方瞳应是新烧药,短脚知缘旧施春。为僧时先有脚疾。欲请僧繇远相画,苦愁频变本形容。

酬乐天寄生衣

秋茅处处流痎疟,夜鸟声声哭瘴云。羸骨不胜纤细物,欲将文服却还君。

酬乐天得微之诗知通州事因成四首

茅檐屋舍竹篱州,虎怕偏蹄蛇两头。通州元和二年,偏蹄虎害人,比之白额。两头蛇处处皆有之也。暗蛊有时迷酒影,浮尘向日似波流。沙含水弩多伤骨,田仰畲刀少用牛。知得共君相见否,近来魂梦转悠悠。

平地才应一顷余,阁栏都大似巢居。巴人多在山坡架木为居,自号阁栏头也。入衙官吏声疑鸟,下峡舟船腹似鱼。市井无钱论尺丈,田畴付火罢耘锄。此中愁杀须甘分,惟惜平生旧著书。本句云:努力安心过三考,已曾愁杀李尚书。又予病甚,将平生所为文自题云:异日送白二十二郎也。

哭鸟昼飞人少见,佅魂夜啸虎行多。满身沙虱无防处,独脚山魈不奈何。甘受鬼神侵骨髓,常忧歧路处风波。南歌未有东西分,敢唱沧浪一字歌。本句云:时时三唱濯缨歌。

荒芜满院不能锄,甑有尘埃圃乏蔬。定觉身将囚一种,未知生共死何如。饥摇困尾丧家狗,热暴枯鳞失水鱼。苦境万般君莫问,自怜方寸本来虚。

酬乐天闻李尚书拜相以诗见贺

初因弹劾死东川,又为亲情弄化权。予为监察御史,劾奏故东川节度使严砺籍没衣冠等八十余家。由是操权者大怒。分司东台日,又劾奏宰相亲,因缘遂贬江陵士曹耳。百口共经三峡水,一时重上两漫天。尚书入用虽旬月,司马衔冤已十年。若待更曹秋瘴后,便愁平地有重泉。

酬乐天叹穷愁见寄

病煎愁绪转纷纷,百里何由说向君。老去心情随日减,远来书信隔年闻。三冬有电连春雨,九月无霜尽火云。并与巴南终岁热,四时谁道各平分。

酬乐天三月三日见寄

当年此日花前醉,今日花前病里销。独倚破帘闲怅望,可怜虚度好春朝。

酬乐天叹损伤见寄

前途何在转茫茫,渐老那能不自伤。病为怕风多睡月,起因花一作行药暂扶床。函关气索迷真侣,峡水波翻碍故乡。唯有秋来两行泪,对君新赠远诗章。

瘴塞

瘴塞巴山哭鸟悲,红妆少妇敛啼眉。殷勤奉药来相劝,云是前年欲病时。

红荆

庭中栽得红荆树,十月花开不待春。直到孩提尽惊怪,一家同是北来人。

黄草峡听柔之琴二首

胡笳夜奏塞声寒,是我乡音听渐难。料得小来辛苦学,又因知向峡中弹。

别鹤凄清觉露寒,离声渐咽命雏难。怜君伴我涪州宿,犹有心情彻夜弹。

书剑

渝工剑刃皆欧冶,巴吏书踪尽子云。唯我心知有来处,泊船黄草夜思君。

内状诗寄杨、白二员外 时知制诰

天门暗辟玉琤珲,昼送中枢晓禁清。彤管内人书细腻,金奁御印篆分明。冲街不避将军令,跋敕兼题宰相名。南省郎官一作中谁待诏,与君将向世间行。

别毅郎 此后三首,工部侍郎时诗。

尔爷只为一杯酒,此别那知死与生。儿有何幸才七岁,亦教儿作瘴江行。

爱惜尔爷唯有我,我今憔悴望何人。伤心自比笼中鹤,翦尽翅一作羽翎愁到身。

自责

犀带金鱼束紫袍,不能将命报分毫。他时得见牛常侍,为尔君前捧佩刀。

送公度之福建 此后并同州刺史时作

棠阴犹在建溪—作康矾,此去那论是与非。若见白头须尽敬,恐曾江岸识胡威。

喜五兄自泗州至

眼中三十年来泪,一望南云一度垂。惭愧临淮李常侍,远教形影暂相随。

杏花

常年出入右银台,每怪春光例早回。惭愧杏园行在景,同州园里也先开。

第三岁日咏春风,凭杨员外寄长安柳

三日春风已有情,拂人头面稍伶轻。殷勤为报长安柳,莫惜枝条动软声。

赠别杨员外巨源

忆昔西河县下时,青山憔悴宦名卑。揄扬陶令缘求酒,结托萧娘只在诗。朱紫衣裳浮世重,苍黄岁序长年悲。白头后会知何日,一盏烦君不用辞。

寄乐天二首

荣辱升沉影与身,世情谁是旧雷陈。唯应鲍叔犹怜我,自保曾参不杀人。山入白楼沙苑暮,潮生沧海野塘春。老逢佳影唯惆怅,两地各伤何限神。

论才赋命不相干,凤有文章雉有冠。羸骨欲销犹被刻,疮痕未没又遭弹。剑头已折藏须盖,丁字虽刚屈莫难。休学州前罗刹石,一生身敌海波澜。

听妻弹别鹤操

别鹤声声怨夜弦,闻君此奏欲潸然。商瞿五十知无子,更付琴书与仲宣。

和王侍郎酬广宣上人观放榜后相贺

渥洼徒自有权奇,伯乐书名世始知。竞走墙前希得携,高悬日下表无私。都中纸贵流传后,海外金填姓字时。珍重刘舔因首荐,进士李景述以同判解头及第。为君送和碧云诗。

全唐诗卷四百十七

元稹

酬乐天喜邻郡_{此后并越州酬和,并各次用本韵}

蹇驴瘦马尘中伴,紫绶朱衣梦里身。符竹偶因成对岸,文章虚被配为邻。湖翻白浪常看雪,火照红妆不待春。老大那能更争竞,任君投募醉乡人。

再酬复言和前篇

经过二郡逢贤牧,聚集诸郎宴老身。清夜漫劳红烛会,白头非是翠娥邻。曾携酒伴无端宿,自入朝行便别春。潦倒微之从不占,未知公议道何人。

赠乐天

莫言邻境易经过,彼此分符欲奈何。垂老相逢渐难别,白头期限各无多。

重赠_{乐人商玲珑能歌,歌予数十诗。}

休遣玲珑唱我诗,我诗多是别一作寄君词。明朝又向江头别,月落潮平是去时。

别后西陵晚眺

晚日未抛诗笔砚,夕阳空望郡楼台。与君后会知何日,不似潮头暮却回。

以州宅夸于乐天

州城迥绕拂云堆,镜水稽山满眼来。四面常时对屏障,一家终日在楼台。星河似向檐前落,鼓角惊从地底回。我是玉皇香案吏,谪一作降居犹得住蓬莱。

重夸州宅旦暮景色,兼酬前篇末句

仙都难画亦难书,暂合登临不合居。绕郭烟岚新雨后,满山楼阁上灯初。人声晓动千门辟,湖色宵涵万象虚。为问西州罗刹岸,涛头一作风波冲突近何如。

酬乐天吟张员外诗见寄,因思上京每与乐天于居敬兄升平里,咏张新诗

乐天书内重封到,居敬堂前共读时。四友一为泉路客,三人两咏浙江涛。别无远近皆难见,老减心情自各知。杯酒与他年少隔,不相酬赠欲何之。

寄乐天

闲夜思君坐到明,追寻往事倍伤情。同登科后心相合,初得官时髭未生。二十年来谙世路,三千里外老江城。犹应更有前途在,知向人间何处行。

戏赠乐天、复言此后三篇同韵

乐事难逢岁易徂,白头光景莫令孤。弄涛船更曾观否,望市 望市楼,苏之胜地也 楼还有曾无。眼力少将寻案牍,心情且强掷枭卢。孙园虎寺随宜看,不必遥遥羡镜湖。

重酬乐天

红尘扰扰日西徂,我兴云心两共孤。暂出已遭千骑拥,故交求风一人无。百篇书判从饶白,八米诗章未伏卢。最笑近来黄叔度,自投名刺占陂湖。

再酬复言

绕郭笙歌夜景徂,稽山迥带月轮孤。休文欲咏心应破,道子虽来画得无。顾我小才同培塿,知君险斗敌都卢。不然岂有姑苏郡,拟着陂塘比镜湖。

郡务稍简,因得整比旧诗,并连缀焚削,封章繁委篋笥,仅逾百轴,偶成自叹,因寄乐天

近来章奏小年诗,一种成空尽可悲。书得眼昏朱似碧,用来心破发如丝。催身易老缘多事,报主深恩在几时。天遣两家无嗣子,欲将文集与它谁。

酬乐天余思不尽加为六韵之作

律吕同声我尔 一作爱身,文章君是一伶伦。众推贾谊为才子,帝喜相如作侍臣。乐天先有《秦中吟》及《百节判》,皆为书肆市贾题其卷云:白才子文章。又乐天知制诰词云:览其词赋,喜与相如并处一时。次韵千言曾报答,乐天曾寄予千字律诗数首,予皆次用本韵酬和,后来遂以成风耳。直词三道共经纶。乐天与予同应制科,并求前辈切直策言,以尽经邦之术。其事已具之字诗注中尔。元诗驳杂真难辨,后辈好伪作予诗,传流诸处。自到会稽,已有人写宫词百篇及杂诗两卷,皆云是予所撰。及手勘验,无一篇是者。白朴流传用转新。乐天于翰林中书,取书诏批答词等,撰为程式,禁中号曰白朴。每有新入学士求访,宝重过于六典也。蔡女图书虽在口,蔡琰口诵家书四百余篇。于公门户岂生尘。乐天常赠予诗云:其心如肺石,动必达穷民。东川八十家,冤愤一言中。因感无儿之叹,故予自有此句。商瞿未老犹希冀,莫把籯金便付人。

寄乐天

莫嗟虚老海壖西,天下风光数会稽。灵汜桥前百里镜,石帆山崦五云溪。冰销田地芦锥短,春入枝条柳眼低。安得故人生羽翼,飞来相伴醉如泥。

酬乐天雪中见寄

知君夜听风萧索,晓望林亭雪半糊。撼落不教封柳眼,扫来偏尽附梅株。敲扶密竹枝犹亚,煦暖寒禽气渐苏。坐觉湖声迷远浪,回惊云路在长途。钱塘湖上藕先合,梳洗楼前粉暗铺。石立玉童披鹤氅,台施瑶席换龙须。满空飞舞应为瑞,寡和高歌只自娱。莫遣拥帘伤思妇,且将盈尺慰农夫。称觞彼此情何异,对景东西事有殊。镜水绕山山尽白,琉璃云母世间无。

和乐天早春见寄

雨香云澹觉微和,谁送春声入棹歌。萱近北堂穿土早,柳偏东面受风多。湖添水色 一作剂 消残雪,江送潮头涌漫波。同受新年不同赏,无由缩地欲如何。

酬复言长庆四年元日郡斋感怀见寄

腊尽残销春又归,逢新别故欲沾衣。自惊身上添年纪,休系心中小是非。富贵祝来何所

遂,聪明鞭得转无机。祝富贵,鞭聪明,皆正旦童稚俗法。羞看稚子先拈酒,怅望平生旧采薇。去日渐加余日少,贺人虽闹故人稀。椒花丽句闲重检,艾发衰容惜寸辉。苦思正旦酬白雪,闲观风色动青旂。千官伏下炉烟里,东海西头意独违。休系一作休较,正旦一作正朝。

代郡斋神答乐天

虚白堂神传好语,二年长伴独吟时。夜怜星月多离烛,日溅波涛一下帷。为报何人偿酒债,引看墙上使君诗。

酬乐天重寄别

却报君侯听苦辞,老头抛我欲何之。武牢关外虽分手,不似如今衰白时。

和乐天重题别东楼

山容水态使君知,楼上从容万状移。日映文章霞细丽,风驱鳞甲浪参差。鼓催潮户凌晨击,笛赛婆官彻夜吹。唤客潜挥远红袖,卖垆高挂小青旗。胜铺床席春眠处,乍卷帘帷月上时。光景无因将得去,为郎抄在和郎诗。

余杭周从事以十章见寄,词调清婉,难于遍酬,聊和诗首篇,以答来贶

扰扰纷纷旦暮间,经营亲事不曾闲。多缘老病推辞酒,少有功夫久羡山。清夜笙歌喧四郭,黄昏钟漏下重关。何由得似周从事,醉入人家醒始还。

寄浙西李大夫四首

柳眼梅心渐欲春,白头西望忆何人。金陵太守曾相伴,共蹋银台一路尘。

蕊珠深处少人知,网索西临太液池。浴殿晓闻天语后,步廊骑马笑相随。网索在太液上,学士候对,歇于此。

禁林同直话交情,无夜无曾不到明。最忆西楼人静夜,玉晨钟磬两三声。玉晨观在紫宸殿后面也。

由来鹏化便图南,浙右虽雄我未甘。早渡西江好归去,莫抛舟楫滞春潭。

初除浙东,妻有阻色,因以四韵晓之

嫁时五月归巴地,今日双旌上越州。兴庆首行千命妇,予在中书日,妻以郡君朝太后于兴庆宫,猥为班首。会稽旁带六诸侯。海楼翡翠闲相逐,镜水鸳鸯暖共游。我有主恩羞未报,君于此外更何求。

为乐天自勘诗集,因思顷年城南醉归,马上递唱艳曲,十余里不绝,长庆初俱以制诰侍宿南郊斋宫,夜后偶吟数十篇,两掖诸公洎翰林学士三十余人惊起就听,逮至卒吏,莫不众观。群公直至侍众行礼之时,不复聚寐,予与乐天吟哦竟亦不绝。因书于乐天卷后。越中冬夜风雨,不觉将晓,诸门互启关锁,即事成篇

春野酬吟十里程,斋宫潜咏万人惊。今宵不寐到明读,风雨晓闻开锁声。

题长庆四年历日尾

残历半张余十四,灰心雪鬓两凄然。定知新岁御楼后,从此不名长庆年。

全唐诗卷四百十八

元稹

乐府古题序 丁酉

诗讫于周,离骚讫于楚,是后诗之流为二十四名:赋、颂、铭、赞、文、诔、箴、诗、行、咏、吟、题、怨、叹、章、篇、操、引、谣、讴、歌、曲、词、调,皆诗人六义之余。而作者之旨,由操而下八名,皆起于郊祭、军宾、吉凶、苦乐之际。在音声者,因声以度词,审调以节唱,句度短长之数,声韵平上之差,莫不由之准度。而又别其在琴瑟者为操、引,采民氓者为讴、谣,备曲度者,总得谓之歌、曲、词、调。斯皆由乐以定词,非选调以配乐也。由诗而下九名,皆属事而作,虽题号不同,而悉谓之为诗可也。后之审乐者,往往采取其词,度为歌曲。盖选词以配乐,非由乐以定词也。而纂撰者,即诗而下十七名,尽编为乐录、乐府等题。除铙吹、横吹、郊祀、清商等词在乐志者,其余《木兰》、《仲卿》、《四愁》、《七哀》之辈,亦未必尽播于管弦明矣。后之文人,达勾者少,不复如是配别。但遇兴纪题,往往兼以句读短长,为歌诗之异。刘补阙之乐府,肇于汉魏。按仲尼学文王操,伯牙作《流波》、《水仙》等操,齐犊沐作《雉朝飞》,卫女作《思归引》则不于汉魏而后始,亦以明矣。况自风雅至于乐流,莫非讽兴当时之事,以贻后代之人。沿袭古题,唱和重复,于文或有短长,于义咸为赘剩。尚不如寓意古题,刺美见事,犹有诗人引古以讽之义焉。曹、刘、沈、鲍之徒时得如此,亦复稀少。近代唯诗人杜甫《悲陈陶》、《哀江头》、《兵车》、《丽人》等,凡所歌行,率皆即事名篇,无复倚傍。余少时与友人乐天、李公垂辈,谓是为当,遂不复拟赋古题。昨梁州见进士刘猛、李余,各赋古乐府诗数十首,其中一二十章,咸有新意。余因选而和之,其有虽用古题,全无古义者,若《出门行》不言离别,《将进酒》特书列女之类是也。其或颇同古义,全创新词者,则《田家》止述军输,《捉捕》词先蝼蚁之类是也。刘、李二子方将极意于斯文,因为粗明古今歌诗同异之音焉。

梦上天 此后十首,并和刘猛

梦上高高天,高高苍苍高不极。下视五岳块累累,仰天依旧苍苍色。蹋云耸身身更上,攀天上天攀未得。西瞻若水一作木兔轮低,东望蟠桃海波黑。日月之光不到此,非暗非明烟塞塞。天悠地远身跨风,下无阶梯上无力。来时畏有他人上,截断龙胡斩鹏翼。茫茫漫漫方自称,哭向青云椎—作捣素臆。哭声厌咽旁人恶,唤起惊悲泪飘露。千惭万谢唤厌人,向使无君终不寤。

冬白纻—下有歌字

吴宫夜长宫漏款,帘幕四生灯焰暖。西施自舞王自管,雪纻翻翻鹤翎散上声,促节牵繁舞腰懒。舞腰懒,王罢饮,盖覆西施凤花锦。身作匡床臂为枕,朝佩枞玉—作枞王晏寝。寝—作酒醒阍报门无事,子胥死后言为讳。近王之臣论王意,共笑越王穷惴惴,夜夜抱冰寒不睡。

将进酒

将进酒,将进酒。酒中有毒鸩主父,言主父伤主母。母为妾地父妾天,仰天俯地不忍言。阳—作佯为僵踣主父前,主父不知加妾鞭。旁人知妾为主说,主将泪洗鞭头血。推他雷反椎—作摧主母牵下堂,扶妾遣升堂上床。将进酒,酒中无毒令主寿。愿主回恩—作思归主母,遣妾如此由—作事主父。妾为此事人偶知,自惭不密方自悲。主今颠倒安置妾,贪天僭地谁不为。

采珠行

海波无底珠沉海,采珠之人判死采。万人判死一得珠,斛量买婢人—作天何在。年年采珠珠避人,今年采珠由海神。海神采珠珠尽死,死尽明珠空海水。珠为海物海属神,神今自采何况人。

董逃行

董逃董逃董卓逃,揩铿戈甲声劳嘈。剜剜深脐脂焰焰,人皆数—无数字叹曰,尔独不忆年年取我身上膏。膏销骨尽烟火死,长安城中贼毛起。城门四走公卿士,走劝刘虞作天子。刘虞不敢—作取作天子,曹瞒篡乱从此始。董逃董逃人莫喜,胜负相环—作翻相枕倚,缝缀难成

裁破易。何况曲针不能伸巧指,欲学裁缝须准拟。

忆远曲

忆远曲,郎身不远郎心远。沙随郎饭俱在匙,郎意看沙那比饭。水中书—作画字无字痕,君心暗画谁会君。况妾事姑姑进止,身去门前同万里。一家尽是郎腹心,妾似生来无两耳。妾身何足言,听妾私劝君。君今夜夜醉何处,姑来伴妾自闭门。嫁夫恨不早,养儿将备老。妾自嫁郎身骨立,老姑为郎求娶妾。妾不忍见姑郎忍见,为郎忍耐看姑面。

夫远征

赵卒四十万,尽为坑中鬼。赵王未信赵母言,犹点新兵更填死。填死之兵兵气索,秦强赵破括敌起。括虽专命起尚轻,何况牵肘之人牵不已。坑中之鬼妻在营,甓座戴经鹅雁鸣。送夫之妇又行哭,哭声送死非送行。夫远征,远征不必成长城,出门便不知死生。

织妇词

织夫—作妇何太忙,蚕经三卧行欲老。蚕神女圣早成丝,今年丝税抽征早。早征非是官人恶,去岁官家事戎索。征人战苦束刀疮—作枪,主将勋高换罗幕。缲丝织帛犹努力,变缉—作缯撩机苦难织。东家头白双女儿,为解挑纹嫁不得。余掾荆时,目击贡绫户有终老不嫁之女。檐前袅袅游丝上,上有蜘蛛巧来往。羡他虫豸解缘天,能向虚空织罗网。

田家词—作田家行

牛吒吒,田确确。旱块敲牛蹄趵趵音剥,种得官仓珠颗谷。六十年来兵簇簇—作簌,月月食粮车辘辘。一日官军收海服,驱牛驾车食牛肉。归来攸—作收得牛两角,重铸锄—作锹犁作斤劚。姑舂妇担去输官,输官不足归卖屋,愿官早胜雠早覆。农死有儿牛有犊,誓—无誓字不遗官军粮不足。

侠客行

侠客不怕死，怕在事不成，事成不肯藏姓名。我非窃贼谁夜行，白日堂堂杀袁盎。九衢草草人面青，此客此心师海鲸，海鲸露背横沧溟，海波分作两处生。分海减海力，侠客有谋，人不识测一作人莫测，三尺铁蛇延二国。

君莫非 此后九首和李余

鸟不解走，兽不解飞。两不相解，那得相识。犬不饮露，蝉不啖肥。以蝉易犬，蝉死犬饥。燕在梁栋，鼠在阶基。各自窠窟，人不能移一作不能改移。妇好针缕，夫读书诗。男翁女嫁，卒不相知。惧聋摘耳，效痛颦眉。我不非尔，尔无一作不我非。

田野狐兔行 野一作头

种豆耘锄，种禾沟畎。禾苗豆甲，狐榾兔翦。割鹄喂鹰，烹麟啖犬。鹰怕兔毫，犬被狐引。狐兔想须，鹰犬相尽。兹引反。日暗天寒，禾稀豆损。鹰犬就烹，狐兔俱哂。

当来日大难行 一无行字

当来日，大难行。前有坂，后有坑。大梁侧，小梁倾。两轴相绞，两轮相撑。大牛坚，小牛横。乌啄牛背，足趺力伫。当来日，大难行。太行虽险，险可使平。轮轴自挠，牵制不停。泥潦渐久，荆棘旋生。行必不得，不如不行。

人道短

古道天道长人道短，我道天道短人道长。天迟夜回转不曾住，春秋冬夏忙，颠风暴雨电雷狂，晴被阴暗，月夺日光。往往星宿，日亦堂堂，天既职性命，道德人自强。尧舜有圣德，天不一作下能遣，寿命永昌。泥金刻玉，与秦始皇。周公傅说，何不长宰相。老崇仲尼，何事栖遑。莽卓恭显，皆数十年富贵。梁冀夫妇，车马煌煌。若此颠倒事，岂非天道短，岂非人道长。尧舜留得神圣事，百代天子有典章。仲尼留得孝顺语，千年万岁父子不敢相灭亡。殁后千余载，唐家天子封作文宣王。老君留得五千字，子孙万万称圣唐。谥作率元帝，魂魄坐天堂。周公周礼二十一作十二卷，有能行者知纪纲。傅说说命三四纸，有能师者称祖宗。天能夭人命，人使道无穷，若此神圣事，谁道人道短，岂非人道长。天能种百草，犹得十年有气息，薤才一日芳。人能拣得了沈兰蕙，料理百和香。天解养禽兽，喂虎豹豺狼。人解和麴蘖，充衿一作襘祀烝尝。杜鹃无百作一作年，天遣百鸟哺雏，不遣哺风凰。区蟒寿千岁，天遣食牛吞象充腹肠。蛟螭与变化，鬼怪与隐藏。蚊蚋与利嘴，枳棘与锋芒。赖得人道有拣别，信任天道真茫茫。若此撩乱事，岂非天道短，赖得人道长。

苦乐相倚曲

古来苦乐之相倚，近于掌上之十指。君心半夜猜恨生，荆棘满怀天未明。汉成一作皇眼瞥飞燕时，可怜班女恩已衰。未有因由相决绝，犹得半年伴暖热。转将深意谕旁人，缉缀瑕疵遣潜说。一朝诏下辞金屋，班姬自痛何仓卒。呼天抚一作俯地将自明，不悟寻时辨一作已销骨。白首宫一作官人前再拜，愿将日月相辉一作挥解。苦乐相寻昼夜间，灯光那有一作得天明在。主今被夺心应苦，妾夺深恩初为主。欲知妾意恨主时，主今为妾思量取。班姬收泪抱妾身，我曾排摈无限人。

出门行

兄弟同出门，同行不同志。凄凄分歧路，各各营所为。兄上荆山巅，翻石辨虹气。弟沉沧海底，偷珠待龙睡。出门不数年，同归亦同遂。俱用私所珍，升沉自兹异。献珠龙王宫，值龙觅珠次。但喜复得珠，不求珠所自。酬客双龙女，授客六龙辔。遣充行雨神，雨泽随客意。零夏一作下钟鼓繁，荧秋一作秋玉帛积。彩色画廊庙，奴僮被珠翠。骥骐千万双，鸳鸯七十二。言者未摇舌，无人敢轻议。其见因献璞，再刖不履地。门户亲戚疏，匡床妻妾弃。铭心有所待，视足无所愧。持璞自枕头，泪痕双血渍。一朝龙醒寤，本问偷珠事。因知行雨偏,妻子五刑备。仁兄捧尸哭,势友掉头讳。丧车黔首葬,吊客青蝇至。楚衣望气人,王前忽长跪。贺王得贵宾,不远王所莅。求之果如言,剖出浮筠腻。白珩无颜色,垂棘有瑕累。在楚裂地封,八赵连城贵。秦遣李斯书,书为传国瑞。秦亡汉魏传,传者得神器。卞和名永永,与宝不相坠。劝尔出门行,行难莫行易。易得还易失,难同亦难离。善买识贪廉,良田无植稗。磨剑莫磨锥,磨锥成小利。

捉捕歌

捉捕复捉捕,莫捉狐与兔。狐兔藏窟穴,豺狼妨道路。道路非不妨,最忧蝼蚁聚。豺狼不陷阱,蝼蚁潜幽蠹。切切主人那不窻,主人轻细故。延缘蚀榱栌,渐入栋梁柱。梁栋尽空虚,攻穿痕不露。主人坦然意,昼夜安寝寤。网罗布参差,鹰犬走回互。尽力穷窟穴,无心自还顾。客来歌捉捕,歌竟泪如雨。岂是惜狐兔,畏君先后误。愿君扫梁栋,莫遣蝼蚁附。次及清道涂,尽灭豺狼步。主人堂上坐,行客门前度。然后巡野田,遍张畋猎具。外无枭獍援,内有熊罴驱。狡兔掘荒榛,妖狐熏古墓。用力不足多,得禽自无数。畏君听未详,听客有明喻。虮虱谁不轻,鲸鲵谁不恶。在海尚幽遐,在怀交秽污。歌此劝主人,主人那不悟。不悟还更歌一作多,谁能恐违忤。

古筑城曲五解

年年塞下丁,长作出塞兵。自从冒顿强,官筑遮虏城。

筑城须努力,城高遮得贼。但恐贼路多,有城遮不得。

丁口传父言,莫问城坚不。音岳。平城被虏围,剧城墙走。

因兹请休和,虏往骑来过。半疑兼半信,筑城犹嵯峨。

筑城安敢烦,愿听丁一言。请筑鸿胪寺,兼悉虏出关。

估客乐

估客无住著一作者,有利身则一作即行。出门求火伴,入户辞父兄。父兄相教示,求利莫求名。求名有一作莫所避,求利无不营。火伴相勒缚,卖假莫卖诚。交关但一作少交假,本生上声得失轻一作交假本生轻。自兹相将去,誓死意不更。亦一作一解市头语,便无邻里情。鍮石打臂钏,糯米吹项璎。归来村中卖,敲作金石声。村中田舍娘,贵贱不敢争。所费百钱一作必本,已得十倍赢。颜色转光净,饮食亦甘馨。子本频蕃息,货贩一作赂日兼并。求珠驾沧海,采玉上荆衡。北买党项马,西擒吐蕃鹦。炎洲布火浣,蜀地锦织成。越婢脂肉滑,奚僮眉眼明。通算衣食费,不计远近程。经游一作营天下遍,却到长安城。城中东西市,闻客次第迎。迎客兼说客,多财为势倾。客心本明黠,闻语心已惊。先问十常侍,次求百公卿。侯家与主第,点缀无不精。归来始安坐,富与王者一作家勍。市卒酒一作醉肉臭,县胥家舍成。岂唯绝言语,奔走极使令。大儿贩材木,巧识梁栋形。小儿贩盐卤,不入州县征。一身偃市利,突若截海鲸。钩距不敢下,下则牙齿横。生为估客乐,判尔乐一生。尔又生两子,钱刀何岁平。

全唐诗卷四百十九

元稹

连昌宫词

连昌宫中满宫竹,岁久无人森似—作自束。又有墙头千叶桃,风动落花红蔌蔌。宫边老翁为余泣,小年进食曾因入。—作小年选进因曾入。上皇正在望仙楼,太真同凭栏干立。楼上楼前尽珠翠,炫转荧煌照天地。归来如梦复如疾,何暇备言宫里事。初过寒食一百六,店舍无烟宫树绿。夜半月高弦索鸣,贺老琵琶定—作擅场屋。力士传呼觅念奴,念奴潜伴诸郎宿。须臾觅得又连催,特敕街中许燃烛。春娇满眼睡—作眠红绡,掠削云鬟旋装束。飞上九天歌一声,二十五郎吹管逐。逡巡大遍凉州彻,色色龟兹轰录续。李謩擪笛傍宫墙,偷得新翻数般曲。念奴,天宝中名倡,善歌。每岁楼下酺宴,累日之后,万众喧隘,严安之、韦黄裳辈辟易不能禁,众乐为之罢奏。明皇遣高力士大呼于楼上曰:欲遣念奴唱歌,邠二十五郎吹小管

逐,看人能听否。未尝不悄然奉诏。其为当时所重也如此。然而明皇不欲夺侠游之盛,未尝置在宫禁。或岁幸汤泉,时巡东洛,有司潜踪从行而已。又明皇尝于上阳宫夜后按新翻一曲,属明夕正月十五日,潜游灯下。忽闻酒楼上有笛奏前夕新曲,大骇之。明日密遣捕捉笛者,诘验之,自云:其夕窃于天津桥玩月,闻宫中度曲,遂于桥柱上插谱记之。臣即长安少年善笛者李謩也。明皇异而遣之。平明大驾发行宫,万人歌舞涂路—作在途中。百官队仗避岐薛,岐王范、薛王业,明皇之弟。杨氏诸姨贵妃三姊,帝呼为姨,封韩、虢、秦国三夫人车斗风。明年十月东都破,天宝十三年,禄山破洛阳。御路犹—作独存禄山过。驱令供顿不敢藏,万姓无声—作泣泪潜堕。两京定后六七年,却寻家舍行宫前。庄园烧尽有枯井,行宫门闭—作阒树宛然。尔后相传六皇帝,肃、代、德、顺、宪、穆。不到离宫门久闭。往来年少说长安,玄武楼成—作前花萼废。去年敕使因—作去年因敕使斫竹,偶值门开暂相逐。荆榛栉比塞池塘,狐兔骄痴缘树木。舞榭敧倾基—作台尚在—作存,文窗窈窕纱犹绿。尘埋粉壁旧花钿,乌—作鸟啄风筝碎珠玉。上皇偏爱

临砌花,依然御榻临阶斜。蛇出燕巢舟斗拱,菌生香案正当衙。寝殿相连端正楼,太真梳洗楼上头。晨光未出帘影黑一作动,至今反挂珊瑚钩。指似一作向傍人因恸哭,却出一作立宫门泪相续。自从此后还闭门,夜夜狐狸上门屋。我闻此语心骨悲,太平谁致乱者谁。翁言野父何分别,耳闻眼见为君说。姚崇宋璟作相公,劝谏上皇言语切。燮理阴阳禾黍丰,调和中外无兵戎。长官清平太守好,拣选皆言由相一作至公。开元之末姚宋死,朝廷渐渐由妃子。禄山宫里养作一作为儿,虢国门前闹如市。弄权宰相不记名,依稀忆得一作忆得依稀杨与李。庙谟一作谋颠倒四海摇,五十年来作疮痏。今皇神圣丞相明,诏收才下吴蜀平。官军又取淮西贼,此贼亦除天下宁。年年耕种宫前道,今年不遣子孙耕。老翁此意深望幸,努力庙谟一作谋休用兵。

望云骓马歌并序

德宗皇帝以八马幸蜀,七马道毙,唯望云骓来往不顿。贞元中,老死天厩。臣稹作歌以记之。

忆昔先皇幸蜀时,八马入谷七马疲。肉绽筋挛四蹄脱,七马死尽无马骑。天子蒙尘天雨泣,巉岩道路淋漓湿。峥嵘白草眇难期,谹洞黄泉安可入。白草、谹洞,并雒谷中地名。古谚云:谹洞入黄泉。朱泚围兵抽未尽,怀光寇骑追行及。兴元元年二月,李怀光反。嫔娥相顾倚树啼,鸱鹭无声仰天立。圉人初进望云骓,彩色憔悴众马欺。上前喷吼如有意,耳尖卓立节腕奇。君王试遣回胸臆,撮骨锯牙骈两肋。蹄悬四躅一作跬,一作矩脑一作胫颗方,胯耸三山尾株一作扶直。圉人畏哨仍相惑,此马无良空有力。频频啮掣辔难施,往往跳趹鞍一作骑不得。色沉声悲仰天诉,天不遣言君未识。亚身受取白玉鞯一作鞍,开口衔将紫金勒。君王自此方敢骑,似遇良臣久凄恻。龙腾鱼鳖晖然惊一作咸震惊,骥盼一作盼驴骡少颜色。七圣心迷运方厄,五丁力尽路犹窄。橐它一作驼山上斧刃堆,望秦岭下锥头石。五六百里真符县,八十四盘青山驿。擎开流电有辉光,突过浮云无朕迹。地平险一作临尽施黄屋,九九属车十二蠹。齐映前导引骓头,严震迎号抱难足。路旁垂白天宝民,望骓礼拜见难哭。皆言一作云玄宗当时无此马,不免骑骡来幸蜀。雄雄猛将李令公,收城杀贼豺狼空。天旋地转日再中,天子却坐明光宫。朝廷无事忘征战,校猎朝回暮毬宴。御马齐登拟用槽,厩中号乘舆之马曰拟用槽,君王自试宣徽殿。圉人还进望云骓,性强步阔无方便。分鬃摆杖一作袂头太高,擘肘回头一作颅项难转。人人共恶难回跋,潜遣飞龙减刍秣。银一作金鞍绣鞴不复施,空尽兹引及天年御槽活。当时邹或作邴谚已有言一作云,莫倚功高一作能浪开阔。登山纵似望云骓,平地须饶红叱拨。长安三月花垂草,果下翩翩紫骝好。千官暖热李令闲,百马生狞望云老。望云骓,尔之种类世世奇。当时项王乘尔祖,分配英豪一作雄称霸主。尔身今日逢圣人,从幸巴渝归入秦。功成事遂身退天之道,何必随群逐队到死蹋红尘。望云骓,用与不用各有时,尔勿悲。

和李校书新题乐府十二首并序

余友李公垂贶余乐府新题二十首,雅有所谓,不虚为文。余取其病时之尤急者,列而和之,盖十二而已。昔三代之盛也,士议而庶人谤。又曰:世理则词直,世忌则词隐。余遭理世而君盛圣,故直其词以示后,使夫后之人,谓今日为不忌之时焉。

上阳白发人

天宝年中花鸟使,天宝中,密号采取艳异者为花鸟使。撩花狎鸟含春思。满怀墨诏求嫔御,走上高楼半酣醉。醉酣直入卿士家,闺闱不得偷回避,良人顾妾一作望心死别,小女呼爷血垂泪。十中有一得一作一得预更衣,永一作九配深宫作宫婢。御马南奔胡马蹙,宫女三千合宫弃。宫门一闭不复开,上阳花草青苔地。月夜闲闻洛水声,秋池暗度风荷气。日日长看提彖一作象门,终身不见门前事。近年又送数人来,自言兴庆南宫至。我悲此曲将彻骨,更想深冤复酸鼻。此辈贱嫔何足言,帝子天孙古称贵。

诸王在阁四十年,七宅六宫门户闷。隋炀枝条袭封邑,近古封前代子孙为二王三属。肃宗血胤无官位。肃宗已后,诸王并未出阁。王无妃媵主无婿一作夫,阳亢阴淫结灾累。何如决壅顺众流,女遣从夫男作吏。

华原磬 李传云:天宝中,始废泗滨磬,用华原石。

泗滨浮石裁为磬,古乐疏音少人听。工师小贱牙旷稀,不辨邪声嫌雅正。正声不屈古调高,钟律参差管弦病。铿金戛瑟徒相杂,投玉敲冰杳然零一作震。华原软石易追琢,高下随人无雅郑。弃旧美新由乐胥,自此黄钟不能竞。玄宗爱乐爱新乐,梨园弟子承恩横。霓裳才稳胡骑来,云门未得蒙亲定。我藏古磬藏在心,有时激作南风咏。伯夔曾抚野兽驯,仲尼暂叩一作春雷盛。何时得向笋簴悬,为君一吼君心醒。愿君每听念封疆,不遣豺狼剿人命。

五弦弹

赵璧五弦弹徵调,徵声巉绝何清峭。辞一作遒雄皓鹤警露啼,失子哀猿绕林啸。风入春松正凌乱,莺含晓舌怜娇妙。呜呜暗溜咽冰泉,杀杀霜刀涩寒鞘。促节频催渐繁拨,珠幢斗绝金铃掉。千軪鸣镝发胡弓,万片清球击虞庙。众乐虽同第一部,德宗皇帝常偏召。句休节假暂归来,一声狂杀长安少。主第侯家最难见,授歌按曲一作按歌接曲皆承诏。水精帘外教贵嫔,玳瑁筵心伴中要。臣有五贤非此弦,或在拘囚或屠钓。一贤得进胜累百,两贤得进同周召。三贤事汉灭暴强,四贤镇岳宁边徼。五贤并用调五常,五常既叙三光耀。赵璧五弦非此贤,九九何劳设庭燎。

西凉伎

吾闻昔日西凉州,人烟扑地桑柘稠。蒲萄酒熟恣行乐,红艳青旗朱粉楼。楼下当垆称卓女,楼头伴客名莫愁。乡人不识离别苦,更卒多为沉滞游。歌舒开府设高宴,八珍九酝当前头。前头百戏竞撩乱,丸剑跳踯霜雪浮。狮子摇光毛彩竖,胡腾一作姬醉舞筋骨柔。大宛来献赤汗马,赞普亦奉翠茸裘。一朝燕贼乱中国,河湟没一作忽尽空遗丘。开远门前万里堠,今来蹙到行原州。平时开远门外立堠云:去安西九千九百里,以示戎人不为万里行,其就盈故矣。去京五百而近何其逼,天子县内半没为荒陬,西凉之道尔阻修。连城边将但高会,每听此曲能不羞。

法曲

吾闻黄帝鼓清角,弭伏熊罴舞玄鹤。舜持干羽苗革心,尧用咸池凤巢阁。大夏濩武皆象功,功多已讶玄功薄。汉祖过沛亦有歌,秦王破陈非无作。作之宗庙见艰难,作之军旅传糟粕。明皇度曲多新态,宛转侵淫一作摇易沉著。赤白桃李取花名,霓裳心情衣号天落。雅弄虽云已变乱,夷音未得相参错。自从胡骑起烟尘,毛毳腥膻满咸洛。女为胡妇学胡妆,伎进胡音务胡乐。音凉。火凤声沉多咽绝,春莺啭罢长萧索。胡音胡骑与胡妆,五十年来竞纷泊。

驯犀 李传云:贞元丙子岁,南海来贡。至十三年冬,苦寒,死于苑中。

建中之初放驯象,远归林邑近交广。兽返深山鸟构巢,鹰鹯鸲鹆无羁靮。贞元之岁贡驯犀,上林置圈官司养。玉盆金栈非不珍,虎唤貁牢鱼食网。渡江之橘逾汶貉,反时易性安能长。腊月北风霜雪深,踆踿鳞身遂长住,行地无疆费传驿,通天异物罗幽枉。乃知养兽如养人,不必人人自敦奖。不扰则得之于理,不夺有以多于赏。脱衣推食衣食之,不若男耕女令纺。尧民不自知有尧,但见安闲聊击壤。前观驯象后驯一作观犀,理国其如指诸掌。

立部伎 李传云:太常选坐部伎,无性识者退入立部伎。又选立部伎,无性识者退入雅乐部,则雅乐可知矣。李君作歌以讽焉。

胡部新声锦筵坐,中庭汉振高音播。太宗庙乐传子孙,取类群节限初破。戢戢攒枪霜雪耀,腾腾击鼓云一作风雷磨。初疑遇敌身启行,终象由文士宪左。昔日高宗常立听,曲终然后临玉座。如今节将一掉头,电卷风收尽摧挫。宋晋郑女歌声发,满堂会客齐喧哄一作和。珊珊佩玉动腰身,一一贯珠随咳唾。顷向圆丘见郊祀,亦曾正旦亲朝贺。太常雅乐备宫悬,九奏未终百寮情。悁滞难令季札辨,迟回但恐文侯卧。工师尽取聋昧人,岂是先王作之过。未沾尝传天宝季,法曲胡音忽相和。明年十月燕寇来,九庙千门虏尘涴。太常丞宋沈传汉中王旧说云:明皇虽雅好度曲,然而未尝使蕃汉杂奏。天宝十三载,始诏道调法曲与胡部新声合作。识者异之。明年禄山叛。我闻此语叹复泣,古来邪正将谁奈。奸声入耳佞入心,侏儒饱饭夷齐饿。

骠国乐 李传云:贞元辛巳岁,始来献。

骠之乐器头象驼,音声不合十二和。促舞跳趑筋节硬,繁辞变乱名字讹。千弹万唱皆咽咽,左旋右转空偻偻。俯地呼天终不会,曲成调变当如何。德宗深意在柔远,笙镛不御停娇一作嬷娥。史馆书为朝贡传,太常编入鞮鞻科。古时陶尧作天子,逊遁亲听康衢歌。又遣遒人持木铎,遍采讴谣天下过。万人有意皆洞达,四岳不敢施烦苛。尽令区中击壤块,燕及海外覃恩波。秦霸周衰古官废,下堙上塞王道颇。共矜异俗同声教,不念齐民荐瘥。传称鱼鳖亦咸若,苟能效此诚足多。借如牛马未蒙泽,岂在抱瓮滋鼋鼍。教化从来有源委,必将泳海先泳河。是非倒置自古有,骠兮骠兮谁尔诃。

胡旋女 李传云:天宝中,西国来献。

天宝欲末胡欲乱,胡人献女能胡旋。旋得明王不觉迷,妖胡奄到长生殿。胡旋之义世莫知,胡旋之容我能传。蓬断霜根羊角疾,竿戴朱盘火轮炫。骊珠迸珥逐飞一作龙星,虹音降晕轻巾掣流电。潜鲸暗吸笪残谢反波海一作海波,回风乱舞当空霰。万过其谁辨终始,四座安能分背面。才人观者相为言,承奉君恩在圆变。是非好恶随君口,南北东西逐君眄。柔软依身著一作看佩带,裴回绕指同环钏。佞臣闻此心计回,荧惑一作惑乱君心君眼眩。君言似曲屈为

一作如钩,君言好直舒为箭。巧随清影触处行,妙一作好学春莺百般啭。倾天侧地用君力,抑塞周遮恐君见。翠华南幸万里桥,玄宗始悟坤维转。纬书曰:僧一行尝奏明皇曰:陛下行幸万里,圣祚无疆。故天宝中,岁幸洛阳,冀充盈数。及上幸蜀,至万里桥,乃叹谓左右曰:一行之奏其是乎?寄言旋目与旋心,有国有家当共遣。

蛮子朝 李传云:贞元末,蜀川始通蛮国。

西南六诏有遗种,僻在荒陬路寻壅。部落支离君长贱,比诸夷狄为幽冗。犬戎强盛频侵削,降有愤心战无勇。夜防抄盗保深山,朝望烟尘上高冢。鸟道绳桥来款附,非因慕化因危一作为悚。清平官系一作击金呿嗟,求天叩地持双珙一作拱。益州大将韦令公,顷实遭时定洴陇。自居剧镇无他绩,幸得蛮来固恩宠。为蛮开道引蛮朝,迎一作接蛮送蛮常继踵。天子临轩四方贺,朝廷无事唯端拱。漏天走马春雨寒,泸水飞蛇瘴烟重。椎头丑类除忧患,胼足役夫劳沤涌。匈奴互市岁不供,云蛮通好辔长鞚。戎王养马渐多年,南人耗悴西人恐。

缚戎人 近制:西边每擒蕃囚,便皆传置南方,不加剿戮。故李君作歌以讽焉。

边头大将差健卒,入抄禽生快于鹘。但逢頮面即捉来,半是边人半戎羯。大将论功重我级,捷书飞奏何超忽。圣朝不杀谐至仁,远送炎方示微一作惩罚。万里虚劳肉食费,连头尽被毡裘暍。华袵重席卧腥臊,病犬愁鹠声咽呕。中有一人能汉语,自言家本长城一作安窟。少一作小年随父戍安西,河渭瓜沙眼看没。天宝未乱犹一作前数载,狼星四角光蓬勃。中原祸作边防危,果有豺狼四来伐。蕃马膘成正翘健,蕃兵肉饱争唐突。烟尘乱起无亭燧,主帅惊跳弃旌钺。半夜城摧鹅雁鸣,妻啼子叫曾不歇。阴森神庙未敢依,脆薄河冰安可越。荆棘深处共潜身,前困蒺藜后巉兀。平明蕃骑四面走,古墓深林尽株橛。少壮为俘头被髡,老翁留居足多刖。乌鸢满野尸狼藉,楼榭成灰墙突兀。暗水溅溅入旧池,平沙漫漫铺明月。戎王

遣将来安慰，口不敢言心啾啾。供进腽腽御叱般，岂料穹庐拣肥腯。五六十年消息绝，中间盟会又猖獗。眼穿东日望尧云，肠断正朝梳汉发。延州镇李如暹，蓬子将军之子也，尝没西蕃。及归，自云：蕃法惟正岁一日，许唐人没蕃者服衣冠。如暹当此日，悲不自胜，遂与蕃妻密定归计。近年如此思汉者，半为老病半埋骨。常一作向教孙子学乡音，犹话平时好城阙。老者倘尽少者壮，生长蕃中似蕃悖。不知祖父皆汉民，便恐为蕃心矻矻。缘边饱喂十万众，何不齐驱一时发。年年但捉两三人，精卫衔芦塞溟渤。

阴山道李传云：元和二年，有诏悉以金银酬回纥马价。

年年买马阴山道，马死阴山帛空耗。元和天子念女工，内出金银代酬犒。臣有一言昧死进，死生甘分答恩焘。费财为马不独生，耗帛伤工有他盗。臣闻平时七十万匹马，关中不省闻嘶噪。四十八监选龙媒，时贡天庭付良造。如今坰野十无一，尽在飞龙相践暴。万束刍茭供旦暮，千钟菽粟长牵漕。屯军郡国百余镇，缣缃岁奉春冬劳。税户逋逃例摊配，官司折纳仍贪冒。挑纹变缀力倍费，弃旧从新人所好。越縠缭绫织一端，十匹素缣功未到。豪家富贾逾常制，令族清一作亲班无雅操。从骑爱奴丝布衫，臂鹰小儿云锦韬。群臣利己要差僭，天子深衷空悯悼。绰立花砖鹓凤行，雨露恩波几时报。

全唐诗卷四百二十

元稹

有鸟二十章 庚寅

有鸟有鸟名老鸱,鸱张贪很老不衰。似鹰指爪唯攫肉,戾天羽翮徒翰飞。朝偷暮窃恣昏饱,后顾前瞻高树枝。珠丸弹射死不去,意在护巢兼护儿。

有鸟有鸟毛似鹤,行步虽迟性灵恶。主人但见闲慢容,行占蓬莱最高阁。弱羽长忧俊鹘拳,疽肠暗著（一作把鹓雏啄）。千年不死伴灵龟,枭心鹤貌何人觉。

有鸟有鸟如鹳雀,食蛇抱岩天姿恶。行经水浒为毒流,羽拂酒杯为死药。汉后忍渴天岂知,骊姬坟地君宁觉。呜呼为有白色毛,亦得乘轩谬称鹤。

有鸟有鸟名为鸧,毛衣软毳心性柔。鹓缘暖足怜不吃,鸧为同科曾共游。飞飞渐上高高阁,百鸟不猜称好过。佳人许伴鹓雏食,望尔化为张氏钩。

有鸟有鸟名野鸡,天姿耿介行步齐。主人偏养怜整顿,玉粟充肠瑶树栖。池塘潜狎不鸣雁,津梁暗引无用鹥。秋鹰迸逐霜鹘远,鹏鸟护巢当昼啼。主人频问遣妖术,力尽计穷音响姜。当时何不早量分,莫遣辉光深照泥。

有鸟有鸟群翠碧,毛羽短长心并窄。皆曾偷食渌池鱼,前去后来更逼迫。食鱼满腹各自飞,池上见人长似客。飞飞竞占嘉树林,百鸟不争缘凤惜。

有鸟有鸟群纸鸢,因风假势童子牵。去地渐高人眼乱,世人为尔羽毛全。风吹绳断童子走,余势尚存犹在天。愁尔一朝还到地,落在深泥谁复怜。

有鸟有鸟名啄木,木中求食常不足。偏啄邓林求一虫,虫孔未穿长嘴秃。木皮已穴虫在心,虫蚀木心根柢覆。可怜树上百鸟儿,有时习向新林宿。

有鸟有鸟众蝙蝠，长伴佳人占华屋。妖鼠多年羽翻生，不辨雌雄无本族。穿墉伺隙善潜身，昼伏宵飞恶明烛。大厦虽存柱石倾，暗啮栋梁成蠹木。

有鸟有鸟名为枭，深藏孔穴难动摇。鹰鹯绕树探不得，附珠弹尽声转娇。主人烦惑罢擒取，许占神林为物妖。当时幸有燎原火，何不鼓风连夜烧。

有鸟有鸟名燕子，口中未省无泥滓。春风吹送廊庑间，秋社驱将嵌孔里。雷惊雨洒一时苏，云一作雪压霜摧半年死。驱去驱来长信风，暂托栋梁何用喜。

有鸟有鸟名老乌，贪痴突悖天下无。田中攫肉吞不足，偏入诸巢探众雏。归来仍占主人树，腹饱巢高声响粗。山鸦野鹊闲受肉，凤皇不得闻罪辜。秋鹰掣断架上索，利爪一挥毛血落。可怜鸦鹊慕腥膻，犹向巢边竞纷泊。

有鸟有鸟谓白鹇，雪毛皓白红嘴殷。贵人妾妇爱光彩，行提坐臂怡朱颜。妖姬谢宠辞金屋，雕笼又伴新人宿。无心为主拟衔花，空长白毛映红肉。

有鸟有鸟群雀儿，中庭啄粟篱上飞。秋鹰欺小嫌不食，凤皇容众从尔随。大鹏忽起遮白日，余风簸荡山岳移。翩鷃百万徒惊噪，扶摇势远何由知。古来妄说衔花报，纵解衔花何所为。可惜官仓无限粟，伯夷饿死黄口一作鸟肥。

有鸟有鸟皆百舌，舌端百啭声咄喧。先春尽学百鸟啼，真伪不分听者悦。伶伦凤律乱宫商，盘木天鸡误时节。朝朝暮暮主人耳，桃李无言管弦咽。五月炎光朱火盛，阳焰烧阴幽响绝。安知不是卷舌星，化作刚刀一时截。

有鸟有鸟毛羽黄，雄者为鸳雌者鸯。主人并养七十二，罗列雕笼开洞房。雄鸣一声雌鼓翼，夜不得栖朝不食。气息惙然双翅垂，犹入笼中就颜色。

有鸟有鸟名鹍鸡，铃子眼睛苍锦襦。贵人腕软怜易臂，奋肘一挥前后呼。俊鹘无由拳狡兔，金雕不得擒魅狐。文王长在苑中猎，何日非熊休卖屠。

有鸟有鸟名鹦鹉，养在雕笼解人语。主人曾问私所闻，因说妖姬暗欺主。主人方惑翻见疑，趁归陇底双翅垂。山鸦野雀怪鹦语，竞噪争窥无已时。君不见隋朝陇头姥，娇养双鹦嘱新妇。一鹦曾说妇无仪，悍妇杀鹦欺主母。一鹦闭口不复言，母问不言何太久。鹦言悍妇杀鹦由，母为逐之乡里丑。当时主母信一作听尔言，顾尔微禽命何有。今之主人翻尔疑，何事笼中漫开口。

有鸟有鸟名俊鹘，鹘一作鸡小雕痴俊无匹。雏鸭指爪血迸天，狡兔中拳头粉骨。平明度海朝未食，拔一作挟上秋空云影没。瞥然飞下人不知，搅碎荒城魅狐窟。

有鸟有鸟真白鹤，飞上九霄云漠漠。司晨守夜悲鸡犬，啄腐吞腥笑雕鹗。尧年值雪度关山，晋室闻琴下寥廓。辽东尽尔千岁人，怅望桥边旧城郭。

有酒十章

有酒有酒鸡初鸣，夜长睡足神虑清。悄然危坐心不平，浩思一气初彭亨。颛洞浩汗真无名，胡不终浑成。胡为沉浊以升清，蠹然分画高下程。天蒸地郁群动萌，毛鳞裸介如狰狞。呜呼万物纷已生，我可奈何兮杯一倾。

有酒有酒东方明，一杯既进吞无精。尚思天地之始名，一元既二分浊清。地居方直天体明，胡不八荒玎玎如砥平。胡山高屹崒海泓澄，胡不日杲杲昼夜行，胡为月轮灭缺星瞑盯。呜呼不得真宰情，我可奈何兮杯再倾。

有酒有酒兮淇渌波，饮将愉兮气弥和。念万古之纷罗，我独慨然而浩歌。歌曰：天耶，地耶，肇万物耶，储胥大庭之君耶。恍耶，忽耶，有耶，传而信耶，久而谬耶。文字生羲农作耶，仁义别而圣贤出耶。炎始暴耶，蚩尤炽耶，轩辕战耶,不得已耶。仁耶,圣耶,悯人之毒耶。天荡荡耶,尧穆穆耶。岂其让耶,归有德耶。舜其贪耶,德能嗣耶。岂其让耶,授有功耶。禹功大耶,人戴之耶。益不逮耶,启能德耶。家天下耶,荣后嗣耶。于后嗣之荣则可耶,于天下之荣其可耶。呜呼远尧舜之日耶,何弃舜之速耶。辛癸虐耶,汤武革耶。顺天意耶,公天下耶。踵夏荣嗣,私其公耶。并建万国,均其私耶。专征递伐,斗海内耶。秦扫其类,威定之耶。二代而陨,守不仁耶。汉魏而降,乘其机耶。短长理乱,系其术耶。尧耶,舜耶,终不可逮耶。将德之者不位,位者不逮其德耶。时耶,时耶时其可耶。我可奈何兮一杯又进歌且歌。

有酒有酒兮黯兮溟,仰天大呼兮,天漫漫兮高兮青。高兮漫兮吾孰知天否与灵。取人之仰者,无乃在乎昭昭乎日与夫日星。何三光之并照兮,奄云雨之冥冥。幽妖倏忽兮水怪族形,鼋鼍岸走兮海若斗鲸。河溃溃兮愈浊,济翻翻兮不宁。蛇喷云而出穴,虎啸风兮屡鸣。污高巢而凤去兮,溺厚地而芝兰以之不生。葵心倾兮何向,松影直而孰明。人惧愁兮戴荣,天寂默兮无声。呜呼,天在云之上兮,人在云之下兮,又安能决云而上征。呜呼,既上征之不可兮,我奈兮杯复倾。

有酒有酒香满尊,君宁不饮开君颜。岂不知君饮此心恨,君今独醒谁与言。君宁不见飓风翻海火燎原,巨鳌唐突高焰延。精卫衔芦塞海溢,枯鱼喷沫救池燔。筋疲力竭波更大,鳍焦甲裂身已干。有翼劝尔升九天,有鳞劝尔登龙门。九天下视日月转,龙门上激雷雨空意远风来壮,我可奈何兮一杯又进消我烦。

有酒有酒歌且哀,江春例早多早梅。樱桃桃李相续开,间以木兰之秀香裴回。东风吹尽南风来,莺声渐涩花摧颓。四月清和艳残卉,芍药翻红蒲映水。夏龙痡毒雷雨多,蒲叶离披艳红死。红艳犹存榴树花,紫苞欲绽高笋牙。笋牙成竹冒霜雪,榴花落地还销歇。万古盈堀相逐行,君看夜夜当窗月。荣落堀盈可奈何,生成未遍霜霰过。霜霰过兮复—作无奈何,灵芝复绝荆棘多。荆棘多兮可奈何,可奈何兮终奈何。秦皇尧舜俱腐骨,我可奈何兮又进一杯歌复歌。

有酒有酒方烂漫,饮酣拔剑心眼乱。声若雷砰目流电,醉舞翻环身眩转。乾纲倒轧坤维旋,白日横空星宿见,一夫心醉万物变。何况蚩尤之蹴蹋,安得不以熊罴战。呜呼,风后力牧得亲见,我可奈何兮又进一杯除健羡。

有酒有酒兮告临江,风漫漫兮波长。渺渺兮注海,海苍苍兮路茫茫。彼万流之混入兮,又安能分若畎浍淮河与夫岷吴之巨江。味作咸而若一,虽甘淡兮夜谓尔为良。济渭浘而缕贯,将奈何兮万里之浑黄。鲸归穴兮渤溢,鳌载山兮低昂。阴火然兮众族沸渭,飓风作兮昼夜猖狂。顾千珍与万怪兮,皆委润而深藏。信天地之潴蓄兮,我可奈何兮一杯又进兮包大荒。

有酒有酒兮日将落,余光委照在林薄。阳乌撩乱兮屋上栖,阴怪跳趠兮水中跃。月争光兮星又繁,烧横空兮焰仍烁。我可奈何兮时既昏,一杯又进兮聊处廓。

有酒有酒兮再祝,祝予心兮何欲。欲天泰而地宁,欲人康而岁熟。欲凤翯而鹓随兮,欲龙亨而骥逐。欲日盛而星微兮,欲滋兰而殀毒。欲人欲而天从,苟天未从兮,我可奈何兮一杯又进聊自足。

华之巫景成

有一人兮神之侧,庙森森兮神默默。神默默兮可奈何,愿一见神兮何可得。女巫索我何所有,神之开闭予之手。我能进若神之前,神不自言寄予口。尔欲见神安尔身,买我神钱沽我酒。我家又有神之盘,尔进此盘神尔安。此盘不进行路难,陆有摧车舟有澜。我闻此语长太息,岂有神明欺正直。尔居大道谁南北,恣矫神言假神力。假神力兮神未悟,行道之人不得度。我欲见神诛尔巫,岂是因巫假神祜。尔巫,尔巫,尔独不闻乎。与其媚于奥,不若媚于灶。使我倾心事尔巫,吾宁驱车守吾道。尔巫尔巫且相保,吾民自有丘之祷。

庙之神

我马烦兮释我车,神之庙兮山之阿。予一拜而一祝,祝予心之无涯。涕汍澜而零落,神寂默而无哗。神兮,神兮,奈神之寂默而不言何。复再拜而再祝,鼓吾腹兮歌吾歌。歌曰:今耶,古耶,有耶,无耶。福不自神耶,神不福人耶。巫尔惑耶,稔而诛耶。谒不得耶,终不可谒耶。返吾驾而遵吾道,庙之木兮山之花。

全唐诗卷四百二十一

元稹

村花晚 庚寅

三春已暮桃李伤,棠梨花白蔓菁黄。村中女儿争摘将,插刺头鬟相夸张。田翁蚕老迷臭香,晒暴敏敩熏衣裳。非无后秀与孤芳,奈尔千株万顷之茫茫。天公此意何可量,长教尔辈时节长。

紫踯躅

紫踯躅,灭紫拢裙倚山腹。文君新寡乍归来,羞怨春风不能哭。我从相识便相怜,但是花丛不回目。去年春别湘水头,今年夏见青山曲。青山,驿名。迢迢远在青山上,山高水阔难容足。愿为朝日早相暾,愿作轻风暗相触。尔踯躅,我向通州尔幽独。可怜今夜宿青山,何年却向青山宿。山花渐暗月渐明,明照空山满山绿。山空月午夜无人,何处知我颜如玉。

山枇杷

山枇杷,花似牡丹殷泼血。往年乘传过青山,正值山花好时节。压枝凝艳已全开,映叶香苞才半裂。紧搏一作缚红袖欲支颐,慢解绛囊初破结。金线丛飘繁蕊乱,珊瑚朵重纤茎折。因风旋落裙片飞,带日斜看目精热。亚水依岩半倾侧,笼云隐雾多愁绝。绿珠语尽身欲投,汉武眼穿神渐灭。秋姿秀色人皆爱,怨媚羞容我偏别。说向闲人人不听,曾向乐天时一说。昨来谷口先相问,及到山前已消歇。左降通州十日迟,又与幽花一年别。山枇杷,尔托深山何太拙。天高万里看不精,帝在九重声不彻。园中杏树良人醉,陌上柳枝年少折。因尔幽芳喻昔贤,磻溪冷坐权门咽。

树上乌 癸卯

树上乌,洲中有树巢若铺。百巢一树知几乌,一乌不下三四雏,雏又生雏知几雏。老乌未死雏已乌,散向人间何处无。攫麑啄卵方可食，男女群强最多力。灵蛇万古唯一珠，岂可抨弹千万亿。吾不会天教尔辈多子孙，告诉天公天不言。

琵琶歌寄管儿，兼诲铁山。此后并新题乐府。

琵琶宫调八十一，旋宫三调弹不出。玄宗偏许贺怀智，段师此艺还相匹。自后流传指拨衰一作衷，昆仑善水徒尔为。顽声少得似雪吼，缠去声弦不敢弹羊皮。人间奇事会相续，但有卞和无有玉。段师弟子数十人，李家管儿称上足。管儿不作供奉儿，抛在东都双鬓丝。逢人便请送杯盏，著尽工夫人不知。李家兄弟皆爱酒，我是酒徒为密友。著作曾邀连夜宿，中碾春一作清溪华新绿。平明船载管儿行，尽日听弹无限曲。曲名无限知者鲜，霓裳羽衣偏宛转。凉州大遍最豪嘈，六幺散序多笼撚。我闻此曲深赏奇，赏著奇处惊管儿。管儿为我双泪垂，自弹此曲长自一作长悲。泪垂捍拨朱弦湿，冰泉呜咽流莺涩。因兹弹作雨霖铃，风雨萧条鬼神泣。一弹既罢又一弹，珠幢夜静风珊珊。低回慢弄关山思，坐对燕然秋月寒。月寒一声深殿磬，骤弹曲破音繁并。百万金铃旋去声玉盘，醉客满船皆暂醒。自兹听后六七年，管儿在洛我朝天。游想慈恩杏园里，梦寐仁风花树前。去年御史留东台，公私蹙促颜不开。今春制狱正撩乱，昼夜推囚心似灰。暂辍归时寻著作，著作南园花坼萼。胭脂耀眼桃正红，雪片满溪梅已落。是夕青春值三五，花枝向月云含吐。著作施樽命管儿，管儿久别今方睹。管儿还为弹六幺，六幺依旧声迢迢。猿鸣雪岫来三峡，鹤唳晴空闻九霄。逡巡弹得六幺彻，霜刀破竹无残节。幽关鸦轧胡雁悲，断弦春骁层冰裂。我为含凄叹奇绝，许作长歌始终说。艺奇思寡尘事多，许来寒暑又经过。如今左降在闲处，始为管儿歌此歌。歌此歌，寄管儿。管儿管儿忧尔衰，尔衰之后继者谁。继之无乃在铁山，铁山已近曹穆间。二善才姓。性灵甚好功犹浅，急处未得臻幽闲。努力铁山勤学取，莫遣后来无所祖。

小胡笳引 桂府王推官出蜀匠雷氏金徽琴，请姜宣弹。

雷氏金徽琴，王君宝重轻千金。三峡流中将得来，明窗拂席幽匣开。朱弦宛转盘凤足，骤击数声风雨回。哀笳慢指董家本，妻生得之妙思忖。泛徽胡雁咽萧萧，绕指辘轳圆衮衮。吞恨缄情乍轻激，故国关山心历历。潺湲疑是雁鹡鸰，春骁如闻发鸣镝。流宫变徵渐幽咽，别鹤欲飞猿欲绝。秋霜满树叶辞风，寒雏坠地乌啼血。哀弦已罢春恨长，恨长何恨怀我乡。我乡安在长城窟，闻君房奏心飘忽。何时窄袖短貂裘，胭脂山下弯明月。

去杭州送王师范

房杜王魏之子孙，虽及百代为清门。骏骨凤毛真可贵，冈头泽底促足论。近世不以勋贤之胄为令族，而以冈卢泽李为甲门。去年江上识君面，爱君风貌情已敦。与君言语见君性，灵府坦荡消尘烦。自兹心洽迹亦洽，居常并榻游并轩。柳阴覆岸郑监水，李花压树韦公园。每出新诗共联缀，闲因醉舞相牵援。时寻沙尾枫林夕，夜摘兰丛衣露繁。今君别我欲何去，自言远结迢迢婚。简书五府已再至，波涛万里酬一言。为君再拜赠君语，愿君静听君勿喧。君名师范欲何范，君之烈祖遗范存。永宁昔在抡鉴表，沙汰沉浊澄浚源。君今取友由取士，得不别白清与浑。昔公事主尽忠谠，虽及死谏誓不谖。今君佐藩如佐主，得不陈露酬所恩。昔公为善日不足，假寐待旦朝至尊。今君三十朝未与，得不寸晷倍玙璠。昔公令子尚贵主，公执舅礼妇执笲。返拜之仪自此绝，关雎之化皎不昏。君今远娉奉明祀，得不齐励亲蘋蘩。斯言皆为书佩带，然后别袂乃可扪。别袂可扪不可解，解袂开帆凄别魂。魂摇江树鸟飞没，帆挂樯竿鸟尾翻。翻风驾浪拍何处，直指杭州由上元。上元萧寺基址在，杭州潮水霜雪屯。潮户迎潮击潮鼓，潮平潮退有潮痕。得得为题罗刹石，古来非独伍员冤。

南家桃

南家桃树深红色，日照露光看不得。树小

花狂风易吹,一夜风吹满墙北。离人自有经时别,眼前落花心叹息。更待明年花满枝,一年迢递空相忆。

志坚师

嵩山老僧披破衲,七十八年三十腊。灵武朝天辽海征,宇宙曾行三四匝。初因怏怏薙却头,便绕嵩山寂师塔。淮西未返半年前,已见淮西阵云合。

答子蒙

报卢君,门外雪纷纷。纷纷门外雪,城中鼓声绝。强梁御史人觑步,安得夜开沽酒户。

辛夷花问韩员外

问君辛夷花,君言已斑驳。不畏辛夷不烂开,顾我筋骸官束缚。缚遣推囚名御史,狼藉囚徒满田地。明日不推缘国忌,依前不得花前醉。韩员外家好辛夷,开时乞取三两枝。折枝为赠君莫惜,纵君不折风亦吹。

厅前柏

厅前柏,知君曾对罗希奭。我本癫狂耽酒人,何事与君为对敌。为对敌,洛阳城中花赤白。花赤白,囚渐多,花之赤白奈尔何。

夜别筵

夜长酒阑灯花长,灯花落地复落床。似我别泪三四行,滴君满坐之衣裳。与君别后泪痕在,年年著衣心莫改。

三泉驿

三泉驿内逢上巳,新叶趋尘花落地。劝君满盏君莫辞,别后无人共君醉。洛阳城中无限人,贵人自贵贫自贫。

何满子歌 张湖南座为唐有态作。有态一作有熊。

何满能歌能宛转,天宝年中世称罕。婴刑系在囹圄间,水调哀音歌愤懑。梨园弟子奏玄宗,一唱承恩羁网缓。便将何满为曲名,御谱亲题乐府纂。鱼家入内本领绝,叶氏有年声气短。自外徒烦记得词,点拍才成已夸诞。我来湖外拜君侯,正值灰飞仲春琯。广宴江亭为我开,红妆逼坐花枝暖。此时有态蹋华筵,未吐芳词貌夷坦。翠蛾转盼摇雀钗,碧袖歌垂翻鹤卵。定面凝眸一声发,云停尘下何劳算。迢迢击磬远玲玲,一一贯珠匀款款。犯羽合商移调态,留情度意抛弦管。湘妃宝瑟水上来,秦女玉箫空外满。缠绵叠破最殷勤,整顿衣裳颇-作事闲散。冰含远溜咽还通,莺泥晚花啼渐懒。敛黛吞声若自冤,郑袖见捐西子浣。阴山鸣雁晓断行,巫峡哀猿夜呼伴。古者诸侯飨外宾,鹿鸣三奏陈圭瓒。何如有态一曲终,牙筹记令红螺碗一作盏。

通州丁溪馆夜别李景信三首

月蒙蒙兮山掩掩,束束别魂眉敛敛。蠹盏覆时天欲明,碧幌青灯风淡淡。泪消语尽还暂眠,唯梦千山万山险。

水环环兮山簇簇,啼鸟声声妇人哭。离床别脸睡还开,灯炧暗飘珠蔌蔌。山深虎横馆无门,夜集巴儿扣空木。

雨萧萧兮鹃咽咽,倾冠倒枕灯临灭。倦僮呼唤应复眠,啼鸡拍翅三声绝。握手相看其奈何,奈何其奈天明别。

酬郑从事四年九月宴望海亭,次用旧韵

海亭树木何茏葱,寒光透坼秋玲珑。湖山四面争气色,旷望不与人间同。一拳墺伏东武小,龟山别名。两山斗构秦望雄。两峰为秦望、望秦二山。嵌空古墓失文种,墓在州城西山上。图经:湖水到山,迎棺枢入海,今所存古穴耳。突兀怪石疑防风。舟船骈比毗必反有宗侣,水云瀚泱无始终。雪花布遍稻陇白,日脚插入秋波红。兴馀望剧酒四坐,歌声舞艳烟霞中。酒酣从事歌送我,歌云此乐难再逢。良时年少犹健羨,使君况是头白翁。我闻此曲深叹息,唧唧不异秋草虫。记年十五学构厦,有意盖覆天下穷。安知四十虚富贵,朱紫束缚心志空。妆梳伎女上楼榭,止欲欢乐微茫躬。虽无趣尚慕贤圣,幸有心目

西东。欲将滑甘柔藏府,已被郁噎冲喉咙,君今劝我酒太醉,醉语不复能冲融。劝君莫学虚富贵,不是贤人难变通。一本:富贵不是贤人通。

全唐诗卷四百二十二

元稹

梦游春七十韵

昔岁—作君梦游春,梦游何所遇。梦入深洞中,果遂平生趣。清泠浅漫流—作溪,画舫兰篙渡。过尽万株桃,盘旋竹林路。长廊抱小楼,门牖相回互。楼下杂花丛,丛边绕鸳鹭。池光漾霞影—作彩霞,晓日初明煦。未敢上阶行,频移曲池步。乌龙不作声,碧玉曾相慕。渐到帘幕间,裴回意犹惧。闲窥东西阁,奇玩参差布。隔子碧油糊,驼钩紫金镀。逡巡日渐高,影响人将寤。鹦鹉饥乱鸣,娇娃睡犹怒。帘开侍儿起,见我遥相谕。铺设绣红茵,施张钿妆具。潜褰翡翠帷,瞥见珊瑚树。不辨—作见花貌人,空惊香若雾。身回夜合偏,态敛晨霞聚。睡脸桃破风,汗妆莲委露。丛梳百叶髻,金蹙重台屦。纰软钿头裙,玲珑合欢裤。鲜妍脂粉薄,暗淡衣裳故。最似红牡丹,雨来

春欲暮。梦魂良易惊,灵境难久寓。夜夜望天河,无由重沿溯。结念心所期,返如禅顿悟。觉来八九年,不向花回顾。杂合—作洽两京春,喧阗从禽护。我到看花时,但作怀仙句。浮生转经历,道性尤坚固。近作梦仙诗,亦知劳肺腑。一梦何足云,良时事—作自婚娶。当年二纪初,嘉节三星度。朝蕣玉佩迎,高松女萝附。韦门正全盛,出入多欢裕。甲第涨清池,鸣驺引朱铬。广榭舞萎蕤,长筵宾杂厝。青春讵几日,华实潜幽蠹。秋月照潘郎,空山怀谢傅。红楼嗟坏壁,金谷迷荒戍。石压破栏干,门摧旧梐枑。虽云觉梦殊,同是终难驻。惊绪竟何如,梦丝不成绚。卓女白头吟,阿娇金屋赋。重璧盛姬台,青冢明妃墓。尽委穷尘骨,皆随流波注。幸有古如今,何劳缣比素。况余当盛时,早岁谐如务。诏册冠贤良,谏垣陈好恶。三十再登朝,一登还一仆。宠荣非不早,遭回亦云屡。直气在膏肓,氛氲日沉痼。不言意不快,快意言多忤。忤诚人所贼,性亦天之付。

乍可沉为香，不能浮作瓠。诚为坚所守，未为明所措。事事身已经，营营计何误。美玉琢文圭，良金填武库。徒谓自坚贞，安知受砻铸。长丝羁野马，密网罗阴兔。物外各迢迢，谁能远相锢。时来既若飞，祸速当如鹜。曩意自未精，此行何所诉。努力去江陵，笑言谁与晤。江花纵可怜，奈非心所慕。石竹逞奸黠，蔓青夸亩数。一种薄地生，浅深何足妒。荷叶水上生，团团水中住。泻水置叶中，君看不相污。

桐花落

莎草遍桐阴，桐花满莎落。盖覆相团圆，可怜无厚薄。昔岁幽院中，深堂下帘幕。同在后门前，因论花好恶。君夸沉檀样，云是指拗作。暗澹灭紫花，勾连蹙金萼。都绣六七枝，斗成双孔雀。尾上稠叠花，又将金解络。我爱看不已，君烦睡先著。我作绣桐诗，系君裙带著。别来苦修道，此意都萧索。今日竟相牵，思量偶然错。

梦昔时

闲窗结幽梦，此梦谁人知。夜半初得处，天明临去时。山川已久隔，云雨两无期。何事来相感，又成新别离。

恨妆成

晓日穿隙明，开帷理妆点。傅粉贵重重，施朱怜冉冉。柔鬟背额垂，丛鬓随钗敛。凝翠晕蛾眉，轻红拂花脸。满头行小梳，当面施圆靥。最恨落花时，妆成独披掩。

古决绝词

乍可为天上牵牛织女星，不愿为庭前红槿枝。七月七日一相见，相见故心终不移。那能朝开暮飞去，一任东西南北吹。分不两相守，恨不两相思，对面且如此，背面当可知—作何如。春风撩乱伯劳语，况是此时抛去时。—本无况是二字。握手苦相问，竟不言后期。君情既决绝，妾意已—作亦参差。借如死生别，安得长苦悲。

噫春冰之将泮，何予怀之独结。有美一人，于焉旷绝。一日不见，比一日于三年，况三年之旷别。水得风兮小而已波，笋在苞兮高不见节。矧桃李之当春，竞众人而—作之攀折。我自顾悠悠而若云，又安能保君皑皑—作皓皓之如雪。感破镜之分明，睹泪痕之馀血。幸他人之既不我先，又安能使他人之终不我夺。已焉哉，纤女别黄姑。一年一度暂相见，彼此隔河何事无。

夜夜相抱眠，幽怀尚沉结。那堪一年事，长遣一宵说。但感久相思，何暇暂相悦。虹桥薄夜成，龙驾侵晨列。生憎野鹤性—作鹊往迟回，死恨天鸡识时节。曙色渐瞳瞳—作晓晓，华星欲—作次明灭。一去又一年，一年何可—作时彻。有此迢递期，不如死生别。天公隔—作可，—作何是妒相怜，何不便教相决绝。

樱桃花

樱桃花，一枝两枝千万朵。花砖曾立摘花人，窣破罗裙红似火。

曹十九舞绿钿

急管清弄频，舞衣才揽结。含情独摇手，双袖参差列。骖袅柳牵丝，炫转风回雪。凝眸娇不移，往往度繁节。

闺晓

红裙委砖阶，玉爪䠫朱橘。素臆光如砑，明瞳艳凝溢。调弦不成曲，学书徒弄笔。夜色侵洞房，春烟透帘出。

晓将别

风露晓凄凄，月下西墙西。行人帐中起，思妇枕前啼。屑屑命僮御，晨装俨已齐。将去复携手，日高方解携。

蔷薇架 清水驿

五色阶前架，一张笼上被。殷红稠叠花，半绿鲜明地。风蔓罗裙带，露英莲脸泪。多逢走马郎，可惜帘边思。

月暗 第六句缺四字

月暗灯残面墙泣,罗缨斗重知啼湿。真珠帘断蝙蝠飞,燕子巢空萤火入。深殿门重夜漏严,柔□□□□年急。君王掌上容一人,更有轻身何处立。

新秋

旦暮已凄凉,离人远思忙。夏衣临晓薄,秋影入檐长。前事风随扇,归心燕在梁。殷勤寄牛女,河汉正相望。

赠双文

艳极翻含怨一作态,怜多转自娇。有时还暂一作自笑,闲坐爱一作更无憀。晓月行看堕,春酥见欲消。何因肯垂手,不敢望回腰。舞曲二名。

春别

幽芳本未阑,君去蕙花残。河汉秋期远,关山世路难。云屏留粉絮,风幌引香兰。肠断回文锦,春深独自看。

和乐天示杨琼

我有江陵少年日,知有杨琼初唤出。腰身瘦小歌圆紧,依约年应十六七。去年十月过苏州,琼来拜问郎不识。青衫玉貌何处去,安得红旗遮头白。我语杨琼琼莫语,汝虽笑我我笑汝。汝今无复小腰身,不似江陵时好女。杨琼为我歌送酒,尔忆江陵县中否。江陵王令骨为灰,车来嫁作尚书妇。卢戡及第严涧在,其馀死者十八九。我今贺尔亦自多,尔得老成余一作亦白首。杨琼本名播,少为江陵酒妓。去年姑苏过琼叙旧,及今见乐天此篇,因走笔追书此曲。

鱼中素

重叠鱼中素,幽缄手自开。斜红馀泪迹,知著脸边来。

代九九

昔年桃李月,颜色共花宜。回脸莲初破,低蛾柳并垂。望山多倚树,弄水爱临池。远被登楼识,潜因倒影窥。隔林徒想像,上砌转逶迤。漫掷庭中果,虚攀墙外枝。强持文玉佩,求结麝香缡。阿母怜金重,亲兄要马骑。把将娇小女,嫁与冶游儿。自隐勤勤索,相要事事随。每常同坐卧,不省暂参差。才学羞兼妒,何言宠便移。青春来易皎,白日誓先亏。僻性嗔来见,邪行醉后知。别床铺枕席,当面指瑕疵。妾貌应犹在,君情遽若斯。的成终世恨,焉用此宵为。鸾镜灯前扑,鸳衾手下撕。参商半夜起,琴瑟一声离。努力新丛艳,狂风次第吹。

卢十九子蒙吟卢七员外洛川怀古六韵,命余和

闻道卢明府,闲行咏洛神。浪圆疑靥笑,波斗忆眉颦。蹀躞桥头马,空蒙水上尘。草芽犹犯雪,冰岸欲消春。寓目终无限,通辞未有因。子蒙将此曲,吟似独眠人。

刘、阮妻一作山二首

仙洞千年一度闲,等闲偷入又偷回。桃花飞尽东风起,何处消沉去不来。

芙蓉脂肉绿云鬟,罨画楼台青黛山。千树桃花万年药,不知何事忆人间。

桃花

桃花浅深处,似匀深浅妆。春风助肠断,吹落白衣裳。

暮秋

看著墙西日又沉,步廊回合戟门深。栖乌满树声声绝,小玉上床铺夜衾。

压墙花

野性大都迷里巷,爱将高树记人家。春来偏认平阳宅,为见墙头拂面花。

舞腰

裙裾旋旋手迢迢,不趁音声自趁娇。未必诸郎知曲误,一时偷眼为回腰。

白衣裳二首
　　雨湿轻尘隔院香,玉人初著白衣裳。半含惆怅闲看绣,一朵梨花压象床。
　　藕丝衫子柳花裙,空著沉香慢火熏。闲倚屏风笑周昉,枉抛心力画朝云。

忆事
　　夜深闲到戟门边,却绕行廊又独眠。明月满庭池水渌,桐花垂在翠—作绣帘前。

寄旧诗与薛涛,因成长句
　　诗篇调态人皆有,细腻风光我独知。月夜咏花怜暗澹,雨朝题柳为欹垂。长教碧玉藏深处,总向红笺写自随。老大不能收拾得,与群闲似好男儿。

友封体
　　雨送浮凉夏簟清,小楼腰褥怕单轻。微风暗度香囊转,胧月斜穿隔子明。桦烛焰高黄耳吠,柳堤风静紫骝声。频频闻动中门锁,桃叶知嗔未敢迎。

看花
　　努力少年求好官,好花须是少年看。君看老大逢花树,未折一枝心已阑。

斑竹得之湘流
　　一枝斑竹渡湘沅,万里行人感别魂。知是娥皇庙前物,远随风雨送啼痕。

筝
　　莫愁私地爱王昌,夜夜筝声怨隔墙。火凤有凰求不得,春莺无伴啭空长。急挥舞破催飞燕,慢逐歌词弄小娘。死恨相如新索妇,枉将心力为他狂。

春晓
　　半欲天明半未明,醉闻花气睡闻莺。狂儿撼起钟声动,二十年前晓寺情。

所思二首—一作刘禹锡诗,题作:有所嗟。
　　庾亮楼中初见时,武昌春柳似腰肢。相逢相失还如梦,为雨为云今不知。
　　鄂渚蒙蒙烟雨微,女郎魂逐暮云归。只应长在汉阳渡,化作鸳鸯一只飞。

莺莺诗—一作离思诗之首篇
　　殷红浅碧旧衣裳,取次梳头暗淡妆。夜合带烟笼晓日,牡丹经雨泣残阳。低迷隐—一作依稀似笑原非笑,散漫清—一作仿佛闻香不似—一作是香。频动横波嗔阿母—一作娇不语,等闲教见小儿郎。

离思五首—一本并前首作六首
　　自爱残妆晓镜中,环钗谩篸绿丝—一作云丛。须臾日射燕脂颊,一朵红苏旋欲—一作玉融。
　　山泉散漫绕阶流,万树桃花映小楼。闲读道书慵未起,水晶帘下看梳头。
　　红罗著压逐时新,吉了—一作杏子花纱嫩麹尘。第一莫嫌材地弱,些些纰缦最宜人。
　　曾经沧海难为水,除却巫山不是云。取次花丛懒回顾,半缘修道半缘君。
　　寻常百种花齐发,偏摘梨花与白人。今日江头两三树,可怜和—一作枝叶度残春。

杂忆五首
　　今年寒食月无光,夜色才侵已上床。忆得双文通内里,玉枕深处暗闻香。
　　花笼微月竹笼烟,百尺—一作丈丝绳拂地悬。记得双文人静后,潜教桃叶送秋千。
　　寒轻夜浅绕回廊,不辨花丛暗辨香。忆得双文胧月下,小楼前后捉迷藏。
　　山榴似火叶相兼,亚拂砖阶—一作低墙半拂檐。忆得双文独披掩,满头花草倚新帘。
　　春冰消尽碧波湖,漾影残霞似有无。忆得双文衫子薄—一作里,钿头云映褪红酥—一作苏。

有所教

莫画长眉画短眉,斜红伤竖莫伤垂。人人总解争时势,都大须看各自宜。

襄阳为卢窦纪事

帝下真符召玉真,偶逢游女暂相亲。素书三卷留为赠,从向人间说向人。

风弄花枝月照阶,醉和春睡倚香怀。依稀似觉双环动,潜被萧郎卸玉钗。

莺声撩乱曙灯残,暗觅金钗动晓寒。犹带春醒懒相送,樱桃花下隔帘看。

琉璃波面月笼烟,暂逐萧郎走上天。今日归时最肠断,回江还是夜来船。

花枝临水复临堤,闲照江流一作清江亦照泥。千万春风好抬举,夜来曾有凤皇栖。此首一作马戴诗,题作襄阳席上呈于司空。

会真诗三十韵

微月透帘栊,萤光度碧空。遥天初缥缈,低树渐葱茏。龙吹过庭竹,鸾歌拂井桐。罗绡垂薄雾,环佩响轻风。绛节随金母,云心捧玉童。更深人悄悄,晨会雨蒙蒙。珠莹光文履,花明隐绣栊。宝钗行彩凤,罗帔掩丹虹。言自瑶华浦,将朝碧帝宫。因游李一作洛城北,偶向宋家东。戏调初微拒,柔情已暗通。低鬟蝉影动,回步玉尘蒙。转面流花雪,登床抱绮丛。鸳鸯交颈舞,翡翠合欢笼。眉黛羞频聚,朱唇暖更融。气清兰蕊馥,肤润玉肌丰。无力慵移腕,多娇爱敛躬。汗光珠点点,发乱绿松松。方喜千年会,俄闻五夜穷。留连时有限,缱绻意难终。慢脸含愁态,芳词誓素衷。赠环明运合,留结表心同。啼粉流清镜,残灯绕暗虫。华光犹冉冉,旭日渐瞳瞳。警乘一作乘鸳还归洛,吹箫亦上一作止嵩。衣香犹染麝,枕腻尚残红。幂幂临塘草,飘飘思渚一作绪蓬。素琴鸣怨鹤,清汉望归鸿。海阔诚难度,天高不易冲。行云无处所,萧史在楼中。

古艳诗二首一作春词

春来频到宋家东,垂袖开怀待好风。莺藏柳暗无人语,惟有墙花满树红。

深院无人草树光,娇莺不语趁阴藏。等闲弄水浮一作流花片,流出门前赚阮郎。

全唐诗卷四百二十三

元稹

奉和浙西大夫李德裕述梦四十韵，大夫本题言赠于梦中诗赋以寄一二僚友，故今所和者，亦止述翰苑旧游而已，次本韵第十七句缺一字

闻有池塘什，还因梦寐遭。攀禾工类蔡，咏豆敏过曹。庄蝶玄言秘，罗禽藻思高。本篇称六句皆梦中作，三联亦多征故事也。戈矛排笔阵，貔虎让文韬。采缋鸾凰颈，权奇骥骎髦。神枢千里应，华衮一言褒。李广留飞箭，王祥得佩刀。传乘司隶马，继染翰林毫。辨颖□超脱，词锋岂足囊。金刚锥透玉，镔铁剑吹毛。自戈矛而下，皆述大夫刀笔赡盛，文藻秀丽，翰苑谟猷，纶诰褒贬，功多名将，人许三公，世总台纲，充学士等矣。顾我曾陪附，忠君正郁陶。近酬新乐录，仍寄续离骚。近蒙大夫寄《斋果歌》，酬和才毕，此篇续至。阿阁偏随凤，大夫与稹偏多同直。方壶共跨鳌。借骑银杏叶，学士初入，例借飞龙马。横赐锦垂萄。解已具本篇。冰井分珍果，金瓶贮御醪。独辞珠有戒，廉取玉非叨。麦纸侵红点，书诏皆用麦纹纸。兰灯焰碧高。麻制例皆通宵勘写。代予言不易，承圣旨偏劳。稹与大夫，相代为翰林承旨。绕月同栖鹊，惊风比夜獒。吏传开锁契，学士院密通银台，每旦，常闻门使勘契开锁，声甚烦多。神撼引铃绦。院有悬铃，以备夜直警急文书出入，皆引之以代传呼。每用兵，铃辄有声如人引，声耗缓急具知之，曾莫之差。渥泽深难报，危心过自操。犯颜诚恳恳，腾口惧忉忉。佩宠虽绔绶，安贫尚葛袍。宾亲多谢绝，延荐必英豪。自阿阁而下，皆言稹同在翰林日，居处深秘，与频繁奉职勤劳、畏慎周密等事也。分阻杯盘会，闲随寺观邀。学士无过从聚会之例，大夫与稹，时时期于寺观闲行而已矣。祗园一林杏，慈恩。仙洞万株桃。玄都。瀚海沧波减，昆明劫火熬。未陪登鹤驾，已讣坠乌号。痛泪过江浪，冤声出海涛。尚看恩诏湿，已梦寿宫牢。本篇言此两句是梦中作，故言梦字。再造承天宝，新持济巨篙。犹怜弊簪履，重委旧旌旄。渤海已下，皆言学感先恩、捧荷新泽等事。北望心弥苦，西回首屡

搔。九霄难就日,两浙仅容舠。暮竹寒窗影,衰杨古郡濠。鱼虾集橘市,鹤鹳起亭皋。<small>越州宅窗户间尽见城郭。朽刃休冲斗,自谓。良弓枉在弢。窃论。</small>早弯摧虎兕,便铸垦蓬蒿。渔艇宜孤棹,楼船称万艘。量材分用处,终不学滔滔。

自述<small>一作王建宫词</small>

延英引对碧衣郎,江砚宣毫各别床。天子下帘亲考试,宫人手里过茶汤。

春分投简阳明洞天作

中分春一半,今日半春徂。老惜光阴甚,慵牵兴绪孤。偶成投秘简,聊得泛平湖。郡邑移仙界,山川展画图。旌旗遮屿浦,士女满闉阇。似木吴儿劲,如花越女姝。牛依惊力直,蚕妾笑睢盱。怪我携章甫,嘲人托鹧鸪。闾阎随地胜,风俗与华殊。跣足沿流妇,丫头避役奴。雕题虽少有,鸡卜尚多巫。乡味尤珍蛤,家神爱事乌。舟船通海峤,田种绕城隅。枾比千艘合,袈裟万顷铺。亥茶闰小市,渔父隔深芦。日脚斜穿浪,云根远曳蒲。凝风花气度,新雨草芽苏。粉坏梅辞萼,红含杏缀珠。蕲余秧渐长,烧后荠犹枯。绿浪高悬柳,青钱密辫榆。驯鸥眠浅濑,惊雉进平芜。水静王余见,山空谢豹呼。燕狂捎蛱蝶,螟挂集蒲卢。浅碧鹤新卵,深黄鹅嫩雏。村扉以白板,寺壁耀頳糊。禹庙才离郭,陈庄恰半途。石帆何峭嶷,龙瑞本萦纡。穴为探符坼,潭因失箭刳。堤形弯熨斗,峰势踊香炉。幢盖迎三洞,烟霞贮一壶。桃枝蟠复直,桑树亚还扶。鳖解称从事,松堪作大夫。荣光飘殿阁,虚籁合笙竽。庭狎仙翁鹿,池游县令凫。君心除健羡,扣寂入虚无。冈蹋翻星纪,章飞动帝枢。东皇提白日,北斗下玄都。骑吏裙皆紫,科车幌尽朱。地侯鞭社伯,海若跨天吴。雾喷雷公怒,烟扬灶鬼趋。投壶怜玉女,噢饭笑麻姑。果实经千岁,衣裳重六铢。琼杯传素液,金匕进雕胡。掌里承来露,盘中钓得鲈。菌生悲局促,柯烂觉须臾。稊米休言圣,醯鸡益伏愚。鼓鼙催暝色,簪组缚微躯。遂别真徒侣,还来世路衢。题诗

叹城郭,挥手谢妻孥。幸有桃源近,全家肯去无。

春游

酒户年年减,山行渐渐难。欲终心懒慢,转恐兴阑散。镜水波犹冷,稽峰雪尚残。不能辜物色,乍可怯春寒。远目伤千里,新年思万端。无人知此意,闲凭小栏干。

除夜酬乐天

引帨绶帗乱氃氋,戏罢人归思不堪。虚涨火尘龟浦北,无由阿伞凤城南。休官期限元同约,除夜情怀老共谙。莫道明朝始添岁,今年春在岁前三。

酬乐天初冬早寒见寄

乍起衣犹冷,微吟帽半攲。霜凝南屋瓦,鸡唱后园枝。洛水碧云晓,吴宫黄叶时。两传千里意,书札不如诗。

酬白乐天杏花园

刘郎不用闲惆怅,且作花间共醉人。算得<small>一作屈指</small>贞元旧朝士,几人<small>一作员</small>同见太和春。

过东都别乐天二首

<small>乐天在洛。太和中,积拜左丞,自越过洛,以二诗别乐天。未几,死于鄂。乐天哭之曰:"始以诗交,终以诗诀。兹笔相绝,其今日乎!"见《纪事》。</small>

君应怪我留连久,我欲与君辞别难。白头徒侣渐稀少,明日恐君无此欢。

自识君来三度别,这回白尽老髭须。恋君不去君须会,知得后回相见无。

逢白公

远路事无限,相逢唯一言。月色照荣辱,长安千万门。

酬白太傅

太空秋色凉,独鸟下微阳。三径池塘静,六街车马忙。渐能高酒户,始是入诗狂。官冷且无事,追陪慎莫忘。

和严给事闻唐昌观玉蕊花下有游仙 一作玉蕊院真人降,见《唐人绝句》

弄玉潜过玉树时,不教青鸟出花枝。的应未有诸人觉,只是严郎不得知。

赠毛仙翁 并序

余廉问浙东岁,毛仙翁惠然来顾。越之人士识之者,相与言曰:"仙翁尝与叶法善、吴筠游于稽山,迨兹多历年所,而风貌愈少,盖神仙者也。"余因得执弟子之礼,师其道焉。余尝见圆冠方领之士,读道书,疑其绝智弃仁,又谓其书不足以经世理国。殊不知至仁无兼爱,大智无非我,大乐同天地之和,大礼同天地之节,其可臻乎上德,冥乎大道之致,华胥终北之化,熙熙然也。又以徐市、文成之事,谓方士之流,诞妄于世,不足以为教也。殊不知峒山高卧,汾水凝神,纵心傲世,邈然外物,王侯不可得师友也。若然,则徐氏之荠,不足以害嘉谷;文成之诞,不足以伤大教。今我仙翁真风遗骨,玄格高情,冥鸿孤鹤,不可方喻,盖峒山、汾水之俦也。一言道合,止于山亭三日,而南栖天台,谓余曰:"入相之年,相候于安山里。"余拜而言曰:"果如仙约,燃香拂榻,以俟云驾焉。"抒诗一章,以为他日之志也。

仙驾初从蓬海来,相逢又说向天台。一言亲授希微诀,三夕同倾沆瀣杯。此日临风飘羽卫,他年嘉约指盐梅。花前挥手迢遥去,目断霓旌不可陪。

八月十四日夜玩月

犹欠一宵轮未满,紫霞红衬碧云端。谁能唤得姮娥下,引向堂前仔细看。

寒食夜

红染桃花雪压梨,玲珑鸡子斗赢时。今年不是明寒食,暗地秋千别有期。

三月三十日程氏馆饯杜十四归京

江春今日尽,程馆祖筵开。我正南冠絷,君寻北路回。谋身诚太拙,从宦苦无媒。处困方明命,遭时不在才。逾年长倚玉,连夜共衔杯。涸溜沾濡沫,余光照死灰。行看鸿欲鶱,敢惮酒相催。拍逐飞觥绝,香随舞袖来。消梨抛五遍,婆葛殢三台。已许尊前倒,临风泪莫颓。

酬张秘书因寄马赠诗

丞相功高厌武名,牵将战马寄儒生。四蹄荀距藏虽尽,六尺须头见尚惊。减粟偷儿憎未饱,骑驴诗客骂先行。劝君还却司空著,莫遣衔参傍子城。

戏酬副使中丞窦巩见示四韵

莫恨暂羁鞿,交游几个全。眼明相见日,肺病欲秋天。五马虚盈枥,双蛾浪满船。可怜俱老大,无处用闲钱。

赠柔之

穷冬到乡国,正岁别京华。自恨风尘眼,常看远地花。碧幢还照耀,红粉莫咨嗟。嫁得浮云婿,相随即是家。

修龟山鱼池示众僧

劝尔诸僧好护持,不须垂钓引青丝。云山莫厌看经坐,便是浮生得道时。

寄赠薛涛

稹闻西蜀薛涛有辞辩,及为监察使蜀,以御史推鞫,难得见焉。严司空潜知其意,每遣薛往。泊登翰林,以诗寄之。

锦江滑腻蛾眉秀,幻出文君与薛涛。言语巧偷鹦鹉舌,文章分得凤皇毛。纷纷辞客多停笔,个个公卿欲梦刀。别后相思隔烟水,菖蒲花发五云高。

赠刘采春

新妆巧样画双蛾,谩里常州透额罗。正面偷匀光滑笏,缓行轻踏破纹波。言辞雅措风流足,举止低回秀媚多。更有恼人肠断处,选词能唱望夫歌。即罗嗊之曲也。

醉题东武

役役行人事,纷纷碎簿书。功夫两衙尽,留滞七年余。病痛梅天发,亲情海岸疏。因循未归得,不是忆一作恋鲈鱼。

崔徽歌

崔徽,河中府娼也。裴敬中以兴元幕使蒲州,与徽相从累月。敬中便还,崔以不得从为恨,因而成疾。有丘夏善写人形,徽托写真,寄敬中曰:"崔徽一旦不及画中人,且为郎死。"发狂卒。第八句缺二字。

崔徽本不是娼家,教歌按舞娼家长。使君知有不自由,坐在头时立在掌。有客有客名丘夏,善写仪容得恣把。为徽持此谢敬中,以死报郎为□□。

一字至七字诗 以题为韵,同王起诸公送白居易分司东郡作。

茶

茶,香叶,嫩芽。慕诗客,爱僧家。碾雕白玉,罗织红纱。铫煎黄蕊色,碗转麴尘花。夜后邀陪明月,晨前命对朝霞。洗尽古今人不倦,将知醉后岂堪夸。

句

儿歌杨柳叶,妾拂石榴花。见《纪事》

松门待制应全远,药树监搜可得知。《文昌杂录》云:唐宣政殿为正衙,殿庭东西有四松,松下待制官立班之地,旧图犹存。殿门外有药树,监察御史监搜之位在焉。唐制:百官入宫殿门,必搜,监察所掌也。至太和元年,监搜始停。

髻鬟峨峨高一尺,门前立地看春风。《李娃行》见许彦周《诗话》。

全唐诗卷四百二十四

白居易

白居易,字乐天,下邽人。贞元中,擢进士第,补校书郎。元和初,对制策,入等,调盩厔尉、集贤校理。寻召为翰林学士,左拾遗,拜赞善大夫。以言事贬江州司马,徙忠州刺史。穆宗初,征为主客郎中、知制诰。复乞外,历杭、苏二州刺史。文宗立,以秘书监召,迁刑部侍郎。俄移病,除太子宾客分司东都,拜河南尹。开成初,起为同州刺史,不拜。改太子少傅。会昌初,以刑部尚书致仕。卒,赠尚书右仆射,谥曰文。自号醉吟先生,亦称香山居士。与同年元稹酬咏,号元白。与刘禹锡酬咏,号刘白。《长庆集》诗二十卷,《后集》诗十七卷,《别集补遗》二卷。今编诗三十九卷。

贺雨

皇帝嗣宝历,元和三年冬。自冬及春暮,不雨旱爞爞。上心念下民,惧岁成灾凶。遂下罪己诏,殷勤告—作制万邦。帝曰予一人,继天承祖宗。忧勤不遑宁,夙夜心忡忡。元年诛刘辟,一举靖巴邛。二年戮车锜,不战安江东。顾惟眇眇德,遽有巍巍功。或者天降沴,无乃儆予躬。上思答天戒,下思致时邕。莫如率其身,慈和与俭恭。乃命罢进献,乃命赈饥穷。宥死降五刑,责己—作己责,责通债宽三农。宫女出宣徽,厩马减飞龙。庶政靡—作无不举,皆出—作由自宸衷。奔腾道路人,伛偻田野翁。欢呼相告报,感泣涕沾胸。顺人人心悦,先天天意从。诏下才七日,和气生冲融。凝为油油—作悠悠云,散作习习风。昼夜三日丽,凄凄复蒙蒙。万心春熙熙,百谷青芃芃。人变愁为喜,岁易俭为丰。乃知王者心,忧乐与众同。皇天与后土,所感无不通。冠佩何锵锵,将相及王公。蹈舞呼万岁,列贺明庭中。小臣诚愚陋,职忝金銮宫。稽首再三拜,一言献天聪。君以明为圣,臣以直为忠。敢贺有其始,亦愿有其终。

读张籍古乐府

张君何为者,业文三十春。尤工乐府诗,举代少其伦。为诗意如何,六义互铺陈。风雅比兴外,未尝著空文。读君学仙诗,可讽放佚君。读君董公诗,可诲贪暴臣。读君商女诗,可感悍妇仁。读君勤齐诗,可劝薄夫敦一作淳。上可裨教化,舒之济万民。下可理情性,卷之善一身。始从青衿岁,迨此白发新。日夜秉笔吟,心苦力亦勤。时无采诗官,委弃如泥尘。恐君百岁后,灭没人不闻。愿藏中秘书,百代不湮沦。愿播内乐府,时得闻至尊。言者志之苗,行者文之根。所以读君诗,亦知君为人。如何欲五十,官小身贱贫。病眼街西住,无人行到门。

哭孔戡

洛阳谁不死,戡死闻长安。我是知戡者,闻之涕泫然。戡佐山东军,非义不可干。拂衣向西来,其道直如弦。从事得如此,人人以为难。人言明明代,合置在朝端。或望居谏司,有事戡必言。或望居宪府,有邪戡必弹。惜哉两不谐,没齿为闲官。竟不得一日,謇謇立君前。形骸随众人,敛葬北邙山。平生刚肠内,直气归其间。贤者为生民,生死悬在天。谓天不爱人,胡为生其贤。谓天果爱民,胡为夺其年。茫茫元化中,谁执如此权。

凶宅

长安多大宅,列在街西东。往往朱门内,房廊相对空。枭鸣松桂树一作枝,狐藏兰菊丛。苍苔黄叶地,日暮多旋风。前主为将相,得罪窜巴庸。后主为公卿,寝疾殁其中。连延四五主,殃祸继相钟。自从十年来,不利主人翁。风雨坏檐隙,蛇鼠穿墙墉。人疑不敢买,日毁土木功。嗟嗟俗人心,甚矣其愚蒙。但恐灾将至,不思祸所从。我今题此诗,欲悟迷者胸。凡为大官人,年禄多高崇。权重持难久,位高势易穷。骄者物之盈,老者数之终。四者如寇盗,日夜来相攻。假使居吉土,孰能保其躬。因小以明大,借家可喻邦。周秦宅殽函,其宅非不同。一兴八百年,一死望夷宫。寄语家与国,人凶非宅凶。

梦仙

人有梦仙者,梦身升上清。坐乘一白鹤,前引双红旌。羽衣忽飘飘,玉鸾俄铮铮。半空直下视,人世尘冥冥。渐失乡国处,才分山水形。东海一片白,列岳五点青。须臾群仙来,相引朝玉京。安期羡门辈,列侍如公卿。仰谒玉皇帝,稽首前致诚。帝言汝仙才,努力勿自轻。却后十五年,期汝不死庭。再拜受斯言,既寤喜且惊。秘之不敢泄,誓志居岩扃。恩爱舍骨肉,饮食断膻腥。朝餐云母散,夜吸沆瀣精。空山三十载,日望辎軿迎。前期过已久,鸾鹤无来声。齿发日衰白,耳目减聪明。一朝同物化,身与粪壤并。神仙信有之,俗力非可营。苟无金骨相,不列丹台名。徒传辟谷法,虚受烧丹经。只自取勤苦,百年终不成。悲哉梦仙人,一梦误一生。

观刈麦 时为盩厔县尉

田家少闲月,五月人倍忙。夜来南风起,小麦覆陇黄。妇姑荷箪食,童稚携壶浆。相随饷田去,丁壮在南冈。足蒸暑土气,背灼炎天光。力尽不知热,但惜夏日长。复有贫妇人,抱子在其傍。右手秉遗穗,左臂悬敝筐。听其相顾言,闻者为悲伤。家田输税尽,拾此充饥肠。今我何功德,曾不事农桑。吏禄三百石,岁晏有余粮。念此私自愧,尽日不能忘。

题海图屏风 元和己丑年作

海水无风时,波涛安悠悠。鳞介无小大,遂性各沉浮。突兀海底鳌,首冠三神丘。钓网不能制,其来非一秋。或者不量力,谓兹鳌可求。赑屃牵不动,纶绝沉其钩。一鳌既顿领,诸鳌齐掉头。白涛与黑浪,呼吸绕咽喉。喷风激飞廉,鼓波怒阳侯。鲸鲵得其便,张口欲吞舟。万里无活鳞,百川多倒流。遂使江汉水,朝宗意亦休。苍然屏风上,此画良有由。

羸骏

骅骝失其主,羸饿无人牧。向风嘶一声,莽苍黄河曲。蹋冰水畔立,卧雪冢间宿。岁暮田野空,寒草不满腹。岂无市骏者,尽是凡人目。相马失于瘦,遂遗千里足。村中何扰扰,有史征刍粟。输一作沦彼军厩中,化作驽骀肉。

废琴

丝桐合为琴,中有太古声。古声澹无味,不称今人一作日情。玉徽光彩灭,朱弦尘土生。废弃来已久,遗音尚泠泠。不辞为君弹,纵弹人不听。何物使之然,羌笛与秦筝。

李都尉古剑

古剑寒黯黯,铸来几千秋。白光纳日月,紫气排斗牛。有客借一观,爱之不敢求。湛然玉匣中,秋水澄不流。至宝有本性,精刚无与俦。可使寸寸折,不能绕指柔。愿快直士心,将断佞臣头。不愿报小怨,夜半刺私仇。劝君慎所用,无作神兵羞。

云居寺孤桐

一株青玉立,千叶绿云委。亭亭五丈余,高意犹未已。山僧年九十,清净老不死。自云手种时,一颗青桐子。直从萌芽拔,高自毫末始。四面无附枝,中心有通理。寄言立身者,孤直当如此。

京兆府新栽莲 时为盩厔县尉趁府作

污沟贮浊水,水上叶田田。我来一长叹,知是东溪莲。下有青泥污,馨香无复全。上有红尘扑,颜色不得鲜。物性犹如此,人事亦宜然。托根非其所,不如遭弃捐。昔在溪中日,花叶媚清涟。今来不得地,憔悴府门前。

月夜登阁避暑

旱久炎气盛,中去声人若燔烧。清风隐何处,草树不动摇。何以避暑气,无如出尘嚣。行行都门外,佛阁正岧峣。清凉近高生,烦热委静销。开襟当轩坐,意一作神泰神一作意飘飘。回看归路傍,禾黍尽枯焦。独善诚有计,将何救旱苗。

初授拾遗

奉诏登左掖,束带参朝议。何言初命卑,且脱风尘吏。杜甫陈子昂,才名括天地。当时非不遇,尚无过斯位。况余寒薄者,宠至不自意。惊近白日光,惭非青云器。天子方从谏,朝廷无忌讳。岂不思匪躬,适遇时无事。受命已旬月,饱食随班次。谏纸忽盈箱,对之终自愧。

赠元稹

自我从宦游,七年在长安。所得惟元君,乃知定交难。岂无山上苗,径寸无岁寒。岂无要津水,咫尺有波澜。之子异于是,久处一作要誓不谖。无波古井水,有节秋竹竿。一为同心友,三及芳一作方岁阑一作兰。花下鞍马游,雪中杯酒欢。衡门柏逢迎,不具带与冠。春风日高睡,秋月夜深看。不为同登科一作第,不为同署官。所合在方寸,心源无异端。

哭刘敦质

小树两株柏,新土三尺坟。苍苍白露草,此地哭刘君。哭君岂无辞,辞云君子人。如何天不吊,穷悴至终身。愚者多贵寿,贤者独贱迍。龙亢彼无悔,蠖屈此不伸。哭罢持此辞,吾将诘羲文。

答友问

大圭廉不割,利剑用不缺。当其斩马时,良玉不如铁。置铁在洪炉,铁消易如雪。良玉同其中,三日烧不热。君疑才与德,咏此知优劣。

杂兴三首

楚王多内宠,倾国选嫔妃。又爱从禽乐,驰骋每相随。锦鞲臂花隼,罗袂控金羁。遂习宫中女,皆如马上儿。色禽合为荒,刑政两已衰。云梦春仍猎,章华夜不归。东风二月天,春雁正离离。美人挟银镝,一发叠双飞。飞鸿

惊断行,敛翅避蛾眉。君王顾之笑,弓箭生光辉。回眸语君曰,昔闻庄王时。有一愚夫人,其名曰樊姬。不有此游乐,三载断鲜肥。

越国政初荒,越王旱不已。风日燥水田,水涸尘飞起。国中新下令,官渠禁流水。流水不入田,壅入王宫里。余波养鱼鸟,倒影浮楼雉。澹瀯九折池,萦回十余里。四月芰荷发,越王日游嬉。左右好风来,香动芙蓉蕊。但爱芙蓉香,又种芙蓉子。不念闉门外,千里稻苗死。

吴王心日侈,服玩尽奇瑰。身卧翠羽帐,手持红玉杯。冠垂明月珠,带束通天犀。行动自矜顾,数步一裴回。小人知所好,怀宝四方来。奸邪得藉手,从此倖门开。古称国之宝,谷米与贤才。今看君王眼,视之如尘灰。伍员谏已死,浮尸去不回。姑苏台下草,麋鹿暗生麛。

宿紫阁山北村

晨游紫阁峰,暮宿山下村。村老见余喜,为余开一尊。举杯未及饮,暴卒来入门。紫衣挟刀斧,草草十余人。夺我席上酒,掣我盘中飧。主人退后立,敛手反如宾。中庭有奇树,种来三十春。主人惜不得,持斧断其根。口称采造家,身属神策军。主人慎勿语,中尉正承恩。

读汉书

禾黍与稂莠,雨来同日滋。桃李与荆棘,霜降同夜萎。草木既区别,荣枯那等夷。茫茫天地意,无乃太无私。小人与君子,用置各有宜。奈何西汉末,忠邪并信之。不然尽信忠,早绝邪臣窥。不然尽信邪,早使忠臣知。优游两不断,盛业日已衰。痛矣萧京辈,终令陷祸机。萧望之、京房等。每读元成纪,愤愤令人悲。寄言为国者,不得学天时。寄言为臣者,可以鉴于斯。

赠樊著作

阳城为谏议,以正事其君。其手如屈轶,举必指佞臣。卒使不仁者,不得秉国钧。元稹为御史,以直立其身。其心如肺石,动必达穷民。东川八十家,冤愤一言伸。刘辟肆乱心,杀人正纷纷。其嫂曰庾氏,弃绝不为亲。从史萌逆节,隐心潜负恩。其佐曰孔戡,舍去不为宾。凡此士与女,其道天下闻。常恐国史上,但记凤与麟。贤者不为名,名彰教乃敦。每惜若人辈,身死名亦沦。君为著作郎,职废志空存。虽有良史才,直笔无所申。何不自著书,实录彼善人。编为一家—作代言,以备史阙文。

蜀路石妇

道傍一石妇,无记复—作亦无铭。传是此乡女,为妇孝且贞。十五嫁邑人,十六夫征行。夫行二十载,妇独守孤茕。其夫有父母,老病不安宁。其妇执妇道,一一如礼经。晨昏问起居,恭顺发心诚。药饵自调节,膳羞必甘馨。夫行竟不归,妇德转光明。后人高其节,刻石像妇形。俨然整衣巾,若立在闺庭。似见舅姑礼,如闻环佩声。至今为妇者,见此孝心生。不比山头石,空有望夫名。

折剑头

拾得折剑头,不知折之由。一握青蛇尾,数寸碧峰头。疑是斩鲸鲵,不然刺蛟虬。缺落泥土中,委弃无人收。我有鄙介性,好刚不好柔。勿轻直折剑,犹胜曲全钩。

登乐游园望

独上乐游园,四望天日曛。东北何霭霭,宫阙入烟云。爱此高处立,忽如遗垢氛。耳目暂清旷,怀抱郁不伸。下视十二街,绿树间红尘。车马徒满眼,不见心所亲。孔生死洛阳,元九谪荆门。可怜南北路,高盖者何人。

酬元九对新栽竹有怀见寄 项有《赠元九》诗云:有节秋竹竿。故元感之,因重见寄。

昔我十年前,与君始相识。曾将秋竹竿,今本竿字以下至秋竹二十字俱脱,误作会将秋竹心,风霜侵不得。比君孤且直。中心一以合,外事纷无极。共保秋竹心,风霜侵不得。始嫌梧桐树,秋至先改色。不爱杨柳枝,春来软无力。怜君别我后,见竹长相忆。长欲在眼前,故栽庭户侧。分首今何处,君南我在北。吟我赠君诗,对之心恻恻。

感鹤

鹤有不群者,飞飞在野田。饥不啄腐鼠,渴不饮盗泉。贞姿自耿介,杂鸟何翩翾。同游不同志,如此十余年。一兴嗜欲念,遂为赠缴牵。委质小池内,争食群鸡前。不惟怀稻粱,兼亦竞腥膻。不惟恋主人,兼亦狎乌鸢。物心不可知,天性有时迁。一饱尚如此,况乘大夫轩。

春雪

元和岁在卯,六年春二月。月晦寒食天,天阴夜飞雪。连宵复竟日,浩浩殊未歇。大似落鹅毛,密如飘玉屑。寒销春茫苍,气变风凛冽。上林草尽没,曲江水复结。红干杏花死,绿冻杨枝一作柳折。所怜物性伤,非惜年芳绝。上天有时令,四序平分别。寒燠苟反常,物生一作性皆夭阏。我观圣人意,鲁史有其说。或记水不冰,或书霜不杀。上将儆政教,下以防灾孽。兹雪今如何,信美非时节。

高仆射

富贵人所爱,圣人去其泰。所以致仕年,著在礼经内。玄元亦有训,知止则不殆。二疏独能行,遗迹东门外。清风久销歇,迨一作追此向千载。斯人古亦稀,何况今之代。遑遑名利客,白首千百辈。惟有高仆射,七十悬车盖。我年虽未老,岁月亦云迈。预恐耄及时,贪荣不能退。中心私自儆,何以为我戒。故作仆射诗,书之于大带。

白牡丹和钱学士作

城中看花客,旦暮走营营。素华人不顾,亦占牡丹名。闭一作开在深寺中,车马无来声。唯有钱学士,尽日绕丛行。怜此皓然质,无人自芳馨。众嫌我独赏,移植在中庭。留景夜不暝,迎光曙先明。对之心亦静,虚白相向生。唐昌玉蕊花,攀玩众所争。折来比颜色,一种如瑶琼。彼因稀见贵,此以多为轻。始知无正色,爱恶随人情。岂惟花独尔,理与人事并。君看入时一作眼者,紫艳与红英。

赠内

生为同室亲,死为同穴尘。他人尚相勉,而况我与君。黔娄固穷士,妻贤忘其贫。冀缺一农夫,妻敬俨如宾。陶潜不营生,翟氏自爨薪。梁鸿不肯仕,孟光甘布裙。君虽不读书,此事耳亦闻。至此一作于千载后,传是何如人。人生未死间,不能忘其身。所须者衣食,不过饱与温。蔬食足充饥,何必膏粱珍。缯絮足御寒,何必锦绣文。君家有贻训,清白遗子孙。我亦贞苦士,与君新结婚。庶保贫与素,偕老同欣欣。

寄唐生

贾谊哭时事,阮籍哭路岐。唐生今亦哭,异代同其悲。唐生者何人,五十寒且饥。不悲口无食,不悲身无衣。所悲忠与义,悲甚则哭之。太尉击贼日,段太尉以笏击朱泚。尚书叱盗时。颜尚书叱李希烈。大夫死凶寇,陆大夫为乱兵所害。谏议谪蛮夷。阳谏议左迁道州。每见如此事,声发涕辄随。往往闻其风,俗士犹或非。怜君头半白,其志竟不衰。我亦君之徒,郁郁何所为。不能发声哭,转作乐府诗。篇篇无空文,句句必尽规。功高虞人箴,痛甚骚人辞。非求宫律高,不务文字奇。惟歌生民病,愿得天子知。未得天子知,甘受时人嗤。药良气味苦,琴一作瑟澹音声稀。不惧权豪怒,亦任亲朋讥。人竟无奈何,呼作狂男儿。每逢群盗一作动息,或遇云雾披。但自高声歌,庶几天听卑。歌哭虽异名,所感则同归。寄君三十章,与君为哭词。

伤唐衢二首

自我心存道,外物少能逼。常排伤心事,不为长叹息。忽闻唐衢死,不觉动颜色。悲端从东来,触我心恻恻。伊昔未相知,偶游滑台侧。同宿李翱家,一言如旧识。酒酣出送我,风雪黄河北。日西并马头,语别至昏黑。君归向东郑,我来游上国。交心不交面,从此重相忆。怜君儒家子,不得诗书力。五十著青衫,试官无禄食。遗文仅千首,六义无差忒。散在京洛一作索间,何人为收拾一作得。

忆昨元和初,忝备谏官位。是时兵革后,生民正憔悴。但伤民病痛,不识时忌讳。遂作秦中吟,一吟悲一事。贵人皆怪怒,闲人亦非訾。天高未及闻,荆棘生满地。惟有唐衢见,知我平生志。一读兴叹嗟,再吟垂涕泗。因和三十韵,手题远缄寄。致吾陈杜间,赏爱非常意。此人无复见,此诗犹可贵。今日开箧看,蠹鱼损文字。不知何处葬,欲问先歔欷。终去哭坟前,还君一掬泪。陈、杜,谓子昂与甫也。此诗犹可贵,谓唐衢诗也。

问友

种兰不种艾,兰生艾亦生。根荄相交长,茎叶相附荣。香茎与臭叶,日夜俱长大。锄艾恐伤兰,溉兰恐滋艾。兰亦未能溉,艾亦未能除。沉吟意不决,问君合何如。

悲哉行

悲哉为儒者,力学不知一作能疲。读书眼欲一作前暗,秉笔手生胝。十上方一第,成名常苦迟。纵有宦达者,两鬓已成丝。可怜少壮日,适在穷贱时,丈夫老且病,焉用富贵为。沉沉朱门宅,中有乳臭儿。状貌如妇人,光明膏粱肌。手不把书卷,身不擐戎衣。二十袭封爵,门承勋戚资。春来日日出,服御何轻肥。朝从博一作薄徒饮,暮有倡楼期。平一作评封去还酒债,堆金选蛾眉。声色狗马外,其余一无知。山苗与涧松,地势随高卑。古来无奈何,非君独一作独君伤悲。

紫藤

藤花紫蒙茸,藤叶青扶疏。谁谓好颜色,而为害有余。下如蛇屈盘,上若绳萦纡。可怜中间树,束缚成枯株。柔蔓不自胜,袅袅挂空虚。岂知缠树木,千夫力不如。先柔后为害,有似谀佞徒。附著君权势,君迷不肯诛。又如妖妇人,绸缪蛊其夫。奇邪坏人室,夫惑不能除。寄言邦与家,所慎在其初。毫末不早辨,滋蔓信难图。愿以藤为戒,铭之于座隅。

放鹰

十月鹰出笼,草枯雉兔肥。下鞲随指顾,百掷无一遗。鹰翅疾如风,鹰爪利如锥。本为鸟所设,今为人所资。孰能使之然,有术甚易知。取其向背性,制在饥饱时。不可使长饱,不可使长饥。饥则力不足,饱则背人飞。乘饥纵搏击,未饱须縶维。所以爪翅功,而人坐收之。圣明驭英雄,其术亦如斯。鄙语不可弃,吾闻诸猎师。

慈乌夜啼

慈乌失其母,哑哑吐哀音。昼夜不飞去,经年守故林。夜夜夜半啼,闻者为沾襟。声中如告诉,未尽反哺心。百鸟岂无母,尔独哀怨深。应是母慈重,使尔悲不任。昔有吴起者,母殁丧不临。嗟哉斯徒辈,其心不如禽。慈乌复慈乌,鸟中之曾参。

燕诗示刘叟 叟有爱子,背叟逃去,叟甚悲念之。叟少年时,亦尝如是,故作燕诗以谕之。

梁上有双燕,翩翩雄与雌。衔泥两椽间,一巢生四儿。四儿日夜长,索食声孜孜。青虫不易捕,黄口无饱期。觜爪虽欲敝,心力不知疲。须臾十一作千来往,犹恐巢中饥。辛勤三十日,母瘦雏渐肥。喃喃教言语,一一刷毛衣。一旦羽翼成,引上庭树枝。举翅不回顾,随风四散飞。雌雄空中鸣,声尽呼不归。却入空巢里,啁啾终夜悲。燕燕尔勿悲,尔当返自思。思尔为雏日,高飞背母时。当时父母念,今日尔应知。

采地黄者

麦死春不雨,禾损秋早霜。岁晏无口食,

田中采地黄。采之将何用,持以易馋粮。凌晨荷锄去,薄暮不盈筐。携来朱门家,卖与白面郎。与君啖肥马,可使照地光。愿易马残粟,救此苦饥肠。

初入太行路

天冷日不光,太行峰苍莽上。尝闻此中险,今我方独往。马蹄冻且滑,羊肠不可上。若比世路难,犹自平于掌。

邓鲂、张彻落第

古琴无俗韵,奏罢无人听。寒松无妖花,枝下无人行。春风十二街,轩骑不暂停。奔车看牡丹,走马听秦筝。众目悦芳艳,松独守其贞。众耳喜郑卫,琴亦不改声。怀哉二夫子,念此无自轻。

送王处士

王门岂无酒,侯门岂无肉。主人贵且骄,待客礼不足。望尘而拜者,朝夕走碌碌。王生独拂衣,遐举如云鹄。宁归白云外,饮水卧空谷。不能随众人,敛手低眉目,扣门与我别,酤酒留君宿。好去采薇人,终南山正绿。

村居苦寒

八年十二月,五日雪纷纷。竹柏皆冻死,况彼无衣民。回观村闾间,十室八九贫。北风利如剑,布絮不蔽身。唯烧蒿棘火,愁坐夜待晨。乃知大寒岁一作岁寒,农者尤一作犹苦辛。顾我当此日,草堂深掩门。褐裘覆绁被,坐卧有余温。幸免饥冻苦,又无垄亩勤。念彼深可愧,自问是何人。

纳粟

有吏夜叩门,高声催纳粟。家人不待晓,场上张灯烛。扬簸净如珠,一车三十斛。犹忧纳不中,鞭责及僮仆。昔余谬从事,内愧才不足。连授四命官,坐尸十年禄。常闻古人语,损益周必复。今日谅甘心,还他太仓谷。

薛中丞

百人无一直,百直无一遇。借问遇者谁,正人行得路。中丞薛存诚,守直心甚固。皇明烛如日,再使秉王度。奸豪与佞巧,非不憎且惧。直道渐光明,邪谋难盖覆。每因匪躬节,知有匡时具。张为坠网纲,倚作颓檐柱。悠哉上天意,报施纷回互。自古已冥茫,从今尤不谕。岂与小人意,昏然同好恶。不然君子人,何反如朝露。裴相昨已夭,薛君今又去。以我惜贤心,五年如旦暮。况闻善人命,长短系运数。今我一涕零,岂为中丞故。

秋池二首

前池秋始半,卉物多摧坏。欲暮槿先萎,未霜荷已败。默然有所感,可以从兹诫。本不种松筠,早凋何足怪。

凿池贮秋水,中有蘋与芰。天旱水暗消,塌然委空地。有似泛泛者,附离权与贵。一旦恩势移,相随共憔悴。

夏旱

太阴不离毕,太岁仍在午。旱日与炎风,枯焦我田亩。金石欲销铄,况兹禾与黍。嗷嗷万族中,唯农最辛苦。悯然望岁者,出门何所睹。但见棘与茨,罗生遍场圃。恶苗承沴气,欣然得其所。感此因问天,可能长不雨。

谕友

昨夜霜一降,杀君庭中槐。干叶不待黄,索索飞下来。怜君感节物一作物节,晨起步前阶。临风蹋叶立,半日颜色哀一作低。西望长安城,歌钟十二街。何人不欢乐,君独心悠哉。白日头上走,朱颜镜中颓。平生青云心,销化成死灰。我今赠一言,胜饮酒千杯。其言虽甚鄙,可破悒悒怀。朱门有勋贵一作贤,陋巷有颜回。穷通各问一作有命,不系才不才。推此自豁豁一作裕裕,不必待安排。

丘中有一士二首命首句为题

丘中有一士,不知其姓名。面色不忧苦,血气常和平。每选隙地居,不蹋要路行。举动无尤悔,物莫与之争。藜藿不充肠,布褐不蔽形。终岁守穷饿,而无嗟叹声。岂是爱贫贱,深知时俗情。勿矜罗弋巧,鸾鹤在冥冥。

丘中有一士,守道岁月深。行披带索衣,坐拍无弦琴。不饮浊泉水,不息曲木阴。所逢苟非义,粪土千黄金。乡人化其风,熏如兰在林。智愚与强弱,不忍相欺侵。我欲访其人,将行复沉吟。何必见其面,但在学其心。

新制布裘

桂布白似雪,吴绵软于云。布重绵且厚,为裘有余温。朝拥坐至暮,夜覆眠达晨。谁知严冬月,支体暖如春。中夕忽有念,抚裘起逡巡。丈夫贵兼济,岂独善一身。安得万里裘,盖裹周四垠。稳暖皆如我,天下无寒人。

杏园中枣树

人言百果中,唯枣凡且鄙。皮皴似龟手,叶小如鼠耳。胡为不自知,生花此园里。岂宜遇攀玩,幸免遭伤毁。二月曲江头,杂英红旖旎。枣亦在其间,如嫫对西子。东风不择木,吹煦长未已。眼看欲合抱,得尽生生理。寄言游春客,乞君一回视。君爱绕指柔,从君怜柳杞。君求悦目艳,不敢争桃李。君若作大车,轮轴材须此。

虾蟆 和张十六

嘉鱼荐宗庙,灵龟贡邦家。应龙能致雨,润我百谷芽。蠢蠢水族中,无用者虾蟆。形秽肌肉腥,出没于泥沙。六月七月交,时雨正滂沱。虾蟆得其志,快乐无以加。地既蕃其生,使之族类多。天又与其声,得以相喧哗。岂惟玉池上,污染清泠波。可一作何独瑶瑟前,乱君鹿鸣歌。常恐飞上天,跳跃随姮娥。往往蚀明月,遣君无奈何。

寄隐者

卖药向都城,行憩青门树。道逢驰驿者,色有非常惧。亲族走相送,欲别不敢住。私怪问道旁,何人复何故。云是右丞相,当国握枢务。禄厚食万钱,恩深日三顾。昨日延英对,今日崖州去。由来君臣间,宠辱在朝暮。青青东郊草,中有归山路。归去卧云人,谋身计非误。

放鱼 自此后诗,到江州作

晓日提竹篮,家僮买春蔬。青青芹蕨下,叠卧双白鱼。无声但呀呀,以气相煦濡。倾篮写地上,拨剌长尺余。岂唯刀机忧,从见蝼蚁图。脱泉虽已久,得水犹可苏。放之小池中,且用救干枯。水小池窄狭,动尾触四隅。一时幸苟活,久远将何如。怜其不得所,移放于南湖。南湖连西江,好去勿踟蹰。施恩即望报,吾非斯人徒。不须泥沙底,辛苦觅明珠。

文柏床

陵上有老柏,柯叶寒苍苍。朝为风烟树,暮为宴寝床。以其多奇文,宜升君子堂。刮削露节目,拂拭生辉光。玄斑状狸首,素质如截肪。虽充悦目玩,终乏周身防。华彩诚可爱,生理苦已伤。方知自残者,为有好文章。

浔阳三题并序

庐山多桂树,湓浦多修竹,东林寺有白莲花,皆植物之贞劲秀异者,虽宫闱省寺中,未必能尽有。夫物以多为贱,故南方人不贵重之,至有蒸爨其桂,剪弃其竹,白眼于莲花者,予惜其不生于北土也,因赋三题以唁之。

庐山桂

偃蹇月中桂,结根依青天。天风绕月起,吹子下人间。飘零委何处,乃落匡庐山。生为石上桂,叶如剪碧鲜。枝干日长大,根荄日牢坚。不归天上月,空老山中年。庐山去咸阳,道里三四千。无人为移植,得入上林园。不及红花树,长栽温室前。

湓浦竹

浔阳十月天,天气仍温燠。有霜不杀草,有风不落木。玄冥气力薄,草木冬犹绿。谁肯湓浦头,回眼看修竹。其有顾盼者,持刀斩且束。剖劈青琅玕,家家盖墙屋。吾闻汾晋间,竹少重如玉。胡为取轻贱,生此西江曲。

东林寺白莲

东林北塘水,湛湛见底清。中生白芙蓉,菡萏三百茎。白日发光彩,清飚散芳馨。泄香银囊破,泻露玉盘倾。我惭尘垢—作埃眼,见此琼瑶英。乃知红莲花,虚得清净名。夏萼敷未歇,秋房—作芳结才成。夜深众僧寝,独起绕池行。欲收一颗子,寄向长安城。但恐出山去,人间种不生。

大水

浔阳郊郭间,大水岁一至。闾阎半飘荡,城堞多倾坠。苍茫生海色,渺漫连空翠。风卷白波翻,日煎红浪沸。工商彻屋去,牛马登山避。况当率税时,颇害农桑事。独有佣舟子,鼓枻生意气。不知万人灾,自觅锥刀利。吾无奈尔何,尔非久得志。九月霜降后,水涸为平地。

全唐诗卷四百二十五

白居易

续古诗十首

戚戚复戚戚,送君远行役。行役非中原,海外黄沙碛。伶俜独居妾,迢递长征客。君望功名归,妾忧生死隔。谁家无夫妇,何人不离坼—作析。所恨薄命身,嫁迟别日迫。妾身有存殁,妾心无改易。生作—作为闺中妇,死作山头石。

掩泪别乡里,飘摇将远行。茫茫绿野中,春尽孤客情。驱马上丘陇,高低路不平。风吹棠梨花,啼鸟时一声。古墓何代人,不知姓与名—作何姓名。化作路傍土,年年春草生。感彼忽自悟,今我何营营。

朝采山上薇,暮采山上薇。岁晏薇亦尽,饥来何所为。坐饮白石水,手把青松枝。击节独长歌,其声清且悲。枥马非不肥,所苦常萦维。豢豕非不饱,所忧竟为牺。行行歌此曲,以慰常苦饥—作渴饥。

雨露长纤草,山苗高入云。风雪折劲木,涧松摧为薪。风摧此何意,雨长彼何因。百丈涧底死,寸茎山上春。可怜苦节士,感此涕盈巾。

窈窕双鬟女,容德俱如玉。昼居不逾阈,夜行常秉烛。气如含露—作雾兰,心如贯霜竹。宜当备嫔御,胡为守幽独。无媒不得选,年忽过三六。岁暮望汉宫,谁在黄金屋。邯郸进倡女,能唱黄花曲。一曲称君心,恩荣连九族。

栖栖远方士,读书三十年。业成无知己,徒步来入关。长安多王侯,英俊竞攀援。幸随众宾末,得厕门馆间。东阁有旨酒,中堂有管弦。何为向隅客,对此不开颜。富贵无是非,主人终日欢。贫贱多悔尤,客子中—作终夜叹。归去复归去,故乡贫亦安。

凉风飘嘉树,日夜减芳华。下有感秋妇,

攀条苦悲嗟。我本幽闲女,结发事豪家。豪家多婢仆,门内颇骄奢。良人近封侯,出入鸣玉珂。自从富贵来,恩薄谗言多。冢—作家妇独守礼,群妾互奇邪。但信言有玷,不察心无瑕。容光未销歇,欢爱忽蹉跎。何意掌上玉,化为眼中砂。盈盈一尺水,浩浩千丈河。勿言小大异,随分有风波。闺房犹复尔,邦国当如何。

心亦无所迫,身亦无所拘。何为肠中气,郁郁不得舒。不舒良有以,同心久离居。五年不见面,三年不得书。念此令人老,抱膝坐长吁。岂无盈尊酒,非君谁与娱。

揽衣出门行,游观绕林渠。澹澹春水暖,东风生绿蒲。上有和鸣雁,下有掉尾鱼。飞沉一何乐,鳞羽各有徒。而我方独处,不与之子俱。顾彼自伤己,禽鱼之不如。出游欲遣忧,孰知忧有余。

春旦日初出,曈曈耀晨辉。草木照未远,浮云已蔽之。天地黯以—作似晦,当午如昏时。虽有东南风,力微不能吹。中园何所有,满地青青葵。阳光委云上,倾心欲何依。

秦中吟十首并序

贞元、元和之际,予在长安,闻见之间,有足悲者。因直歌三字—作略举其事—下有因字,命为《秦中吟》一本此下有焉字。

议婚—作贫家女

天下无正声,悦耳即—作则为娱。人间无正色,悦目即—作则为姝。颜色非相远,贫富则有殊。贫为时所弃,富为时所趋。红楼富家女,金缕绣罗襦。见人不敛手,娇痴二八初。母兄未开口,已—作言嫁不须臾。绿窗贫家女,寂寞二十余。荆钗不直钱,衣上无真珠。几回人欲聘,临日又踟蹰。主人会良媒,置酒满玉壶。四座且勿饮,听我歌两途。富家女易嫁,嫁早轻其夫。贫家女难嫁,嫁晚孝于姑。闻君欲娶妇,娶妇意何如。

重赋—作无名税

厚地植桑麻,所要—作用济生民。生民理布帛,所求活一身。身外充征赋,上以奉君亲。国家定两税,大意在爱—作忧人。厥初防其淫,明敕内外臣。税外加一物,皆以枉法论。奈何岁月久,贪吏得因循。浚我以求宠,敛索无冬春。织绢未成匹,缲丝未盈斤。里胥迫—作逼我纳,不许暂逡巡。岁暮天地闭,阻风生破村。夜深烟火尽,霰雪白纷纷。幼者形不蔽,老者体无温。悲喘—作啼与寒气,并入鼻中辛。昨日输残税,因窥官库门。缯帛如山积,丝絮如—作似云屯。号为羡余物,随月—作日献至尊。夺我身上暖,买尔眼前恩。进入琼林库,岁久化为尘。

伤宅—作伤大宅

谁家起甲第,朱门大—作当道边。丰屋中栉比,高墙外回环。累累六七堂,栋—作檐宇相连延。一堂费百万,郁郁起青烟。洞房温且清,寒暑不能干。高堂虚且迥,坐卧见南山。绕廊紫藤架,夹砌红药栏—作阑。攀枝摘樱桃,带花移牡丹。主人此中坐,十载为大官。厨有臭败肉,库有贯朽—作朽贯钱。谁能将我语,问尔骨肉间。岂无穷贱者,忍不救饥寒。如何奉一身,直欲保千年。不见马家宅,今作奉诚园。

伤友又云伤苦节士。一作胶漆契。

陋巷孤—作饥寒士,出门苦—作甚悽悽—作栖栖。虽云志气高,岂免颜色低。平生同门—作袍友,通籍在金闺。曩者胶漆契,迩来云雨睽。正逢下朝归,轩骑五门西。是时天久阴,三日雨凄凄。蹇驴避路立,肥马当风嘶。回头忘相识,占道上沙堤。昔年洛阳社,贫贱相提携。今日长安道,对面隔云泥。近日多如此,非君独惨凄。死生不变者,唯闻任与黎。任公叔、黎逢。

不致仕—作合致仕

七十而致仕,礼法有明文。何乃贪荣者—作贵,斯言如不闻。可怜八九十,齿堕双眸昏。朝露贪名利,夕阳忧子孙。挂冠顾翠緌,悬车惜朱轮。金章腰不胜,伛偻入君门。谁不爱富贵,谁不恋君恩。年高须告一作请老,名遂合退身。少时共嗤诮一作笑,晚岁多因循。贤哉汉二疏,彼独是何人。寂寞东门路,无人继去尘。

立碑一作古碑

勋德既下衰,文章亦陵夷。但见山中石,立作路旁碑。铭勋一作动名悉太公,叙德一作德教皆仲尼。复以多为贵,千言直万赀。为文彼何人,想见下笔时。但欲愚者悦,不思贤者嗤。岂独贤者嗤,仍传后代疑。古石苍苔字,安知是愧词。我闻望江县,麴令抚茕嫠。麴令名信陵。在官有仁政,名不闻京师。身殁欲归葬,百姓遮路岐。攀辕不得归一作去,留葬此江湄。至今道其名,男女涕皆一作皆涕垂。无人立碑碣,唯有邑人知。

轻肥一作江南旱

意气骄满路,鞍马光照尘。借问何为者,人称是内臣。朱绂皆大夫,紫绶或一作悉将军。夸赴军中宴,走马去一作疾如云。尊罍溢九酝,水陆罗八珍。果擘洞庭橘,脍切天池鳞。食饱心自若,酒酣气益振。是岁江南旱,衢州人食人。

五弦一作五弦琴

清歌且罢一作停唱,红袂亦停舞。赵叟抱五弦,宛转当胸一作胸前抚。大声粗一作粗若散,飒飒风和雨。小声细欲绝,切切鬼神语。又如鹊报喜,转作猿啼苦。十指无定音,颠倒宫徵一作商羽。坐客闻此声,形神若无主。行客闻此声,驻足不能举。嗟嗟俗人耳,好今不好古。所以绿一作北窗琴,日日生尘土。

歌舞一作伤阌乡县囚

秦中岁云暮,大雪满皇州。雪中退朝者,朱紫尽公侯。贵有风雪兴,富无饥寒忧。所营唯第宅,所务在追游。朱门车马客,红烛歌舞楼。欢酣促密坐,醉暖脱重裘。秋官为主人,廷尉居上头。日中为一乐一作乐饮,夜半不能休。岂知阌乡狱,中有冻死囚。

买花一作牡丹

帝城春欲暮,喧喧车马度。共道牡丹时,相随买花去。贵贱无常价,酬直看花数。灼灼百朵红,戋戋五束素。上张幄幕一作帷幄庇,旁织巴一作笆篱护。水洒复泥封,移一作迁来色如故。家家习为俗,人人迷不悟。有一田舍翁,偶来买花处。低头独长叹,此叹无人喻。一丛深色花,十户中人赋。

赠友五首并序

吾友有王佐之才者,以致君济人为己任,识者深许之。因赠是诗,以广其志云。

一年十二月,每月有常令。君出臣奉行,谓之握金镜。由兹六气顺,以遂万物性。时令一反常,生灵受其病。周汉德下衰,王风始不竞。又从斩晁错,诸侯益强盛。百里不同禁,四时自为政。盛夏兴土功,方春剿人命。谁能救其失,待君佐邦柄。峨峨象魏门,悬法彝伦正。

银生楚山曲,金生鄱溪滨。南人弃农业,求之多苦辛。披砂复凿石,砭砭无冬春。手足尽皴胝一作皴手足尽胝,爱利不爱身。畲田既慵斫,稻田亦懒耘。相携作游手,皆道求金银。毕竟金与银,何殊泥与尘。且非衣食物,不济饥寒人。弃本以趋末,日富而岁贫。所以先圣王,弃藏不为珍。谁能反古风,待君秉国钧。捐金复抵璧,勿使劳生民。

私家无钱炉,平地无铜山。胡为秋夏税,岁岁输铜钱。钱力日已重,农力日已殚。贱粜粟与麦,贱贸丝与绵。岁暮衣食尽,焉得无饥寒。吾闻国之初,有制垂不刊。庸必算丁口,租必计桑田。不求土所无,不强人所难。量入以为出,上足下亦安。兵兴一变法,兵息遂不还。使我农桑人,憔悴畎亩间。谁能革此弊,待君秉利权。复彼租庸法,令如贞观年。

京师四方则,王化之本根。长吏久于政,然后风教敦。如何尹京者,迁次不逡巡。请君屈指数,十年十五人。科条日相矫,吏力亦已勤。宽猛政不一,民心安得淳。九州雍为首,群牧之所遵。天下率如此,何以安吾民。谁能变此法,待君赞弥一作丝纶。慎择循良吏,令其长子孙。

三十男有室,二十女有归。近代多离乱,婚姻多过期。嫁娶既不早,生育常苦迟。儿女未成人,父母已衰羸。凡人贵达日,多在长大时。欲报亲不待,孝心无所施。哀哉三牲养,少得及庭闱。惜哉万钟粟,多用饱妻儿。谁能正婚礼,待君张国维。庶使孝子心,皆无风树悲。

寓意诗五首

豫樟生深山,七年而后知。挺高二百尺,本末皆十围。天子建明堂,此材独中规。匠人执斤墨,采度将有期。孟冬草木枯,烈火燎山陂。疾风吹猛焰,从根烧到枝。养材三十年,方成栋梁姿。一朝为灰烬,柯叶无孑遗。地虽生尔材,天不与尔时。不如粪土英,犹有人掇之。已矣勿重陈,重陈令人悲。不悲焚烧苦,但悲采用迟。

赫赫京内史,炎炎中书郎。昨传征拜日,恩赐颇殊常。貂冠水苍玉,紫绶黄金章。佩服身未暖,已闻窜遐荒。亲戚不得别,吞声泣路旁。宾客亦已散,门前雀罗张。富贵来不久,倏如瓦沟霜。权势去尤速,瞥若石火光。不如守贫贱,贫贱可久长。传语宦游子,且来归故乡。

促织不成章,提壶但闻声。嗟哉虫与鸟,无实有虚名。与君定交日,久要如弟兄。何以示诚信,白水指为盟。云雨一为别,飞沉两难并。君为得风鹏,我为失水鲸。音信日已疏,恩分日已轻。穷通尚如此,何况死与生。乃知择交难,须有知人明。莫将山上松,结托水上萍。

翩翩两玄鸟,本是同巢燕。分飞来几时,秋夏炎凉变。一宿蓬荜庐,一栖明光殿。偶因衔泥处,复得相见。彼矜杏梁贵,此嗟茅栋贱。眼看秋社至,两处俱难恋。所托各暂时,胡为相叹羡。

婆娑园中树,根株大合围。蠢尔树间虫,形质一何微。孰谓虫之一作至微,虫蠹已无期。孰谓树之一作至大,花叶有衰时。花衰夏未实,叶病秋先萎。树心半为土,观者安得知。借问虫何在,在身不在枝。借问虫何食,食心不食皮。岂无啄木鸟,嘴长将何为。

读史五首

楚怀放灵均,国政亦荒淫。彷徨未忍决,绕泽行悲吟。汉文疑贾生,谪置湘之阴。是时刑方措,此去难为心。士生一代间,谁不有浮沉。良时真可惜,乱世何足钦。乃知汨罗恨,未抵长沙深。

祸患如梦丝,其来无端绪。马迁下蚕室,嵇康就囹圄。抱冤志气屈,忍耻形神沮。当彼戮辱时,奋飞无翅羽。商山有黄绮,颍川有巢许。何不从之游,超然离网罟。山林少羁鞅,世路多艰阻。寄谢伐檀人,慎勿嗟穷处。

汉日大将军,少为乞食子。秦时故列侯,老作锄瓜士。春华何暐晔,园中发桃李。秋风忽萧条,堂上生荆杞。深谷变为岸,桑田成海水。势去未须悲,时来何足喜。寄言荣枯者,反复殊未已。

含沙射人影,虽病人不知。巧言构人罪,至死人不疑。掇蜂杀爱子,掩鼻戮宠姬。弘恭陷萧望,赵高谋李斯。阴德既必报,阴祸岂虚施。人事虽可罔,天道终难欺。明则有刑辟,幽则有神祇。苟免勿私喜,鬼得而诛之。

季子憔悴时,妇见不下机。买臣负薪日,妻亦弃如遗。一朝黄金多,佩印衣锦归。去妻不敢视,妇嫂强依依。富贵家人重,贫贱妻子欺。奈何贫富间,可移亲爱志。遂使中人心,汲汲求富贵。又令下人力,各竞锥刀利。随分归舍来,一取妻孥意。

和答诗十首并序

五年春,微之从东台来。不数日,又左转为江陵士曹掾。诏下日,会予下内直归,而微之已即路,邂逅相遇于街衢中。自永寿寺南,抵新昌里北,得马上话一作语别,语不过相勉保方寸、外形骸而已,因不暇及他。是夕足下次于山北寺,仆职役不得去,命季弟送行,且奉新诗一轴,致于执事,凡二十章,率有兴比,淫文艳韵,无一字焉。意者欲足下在途讽读,且以遣日时,消忧懑,又有以张直气而扶壮心也。及足下到江陵,寄在路所为诗十七章,几五六千言。言有为,章有旨,迫于宫律体裁,皆得作者风,发缄开卷,且喜且怪。仆思牛僧孺戒,不能示他人,惟与杓直、拒非及樊宗师辈三四人,时一吟读,心甚贵重。然窃思之,岂仆所奉者二十章,遽能开足下聪明,使之然耶?抑又不知足下是行也,天将屈足下之道,激足下之心,使感时发愤而臻于此耶?若两不然者,何立意措辞,与足下前时诗如此之相远也。仆既美足下诗,又怜足下心,尽欲引狂简而和之。属直宿拘率,居无暇日,故不即时如意。旬月来,多乞病假,假中稍闲,且摘卷中尤者,继成十章,亦不下三千言。其间所见同者固不能自异,异者亦不能强同。同者谓之和,异者谓之答,并别录《和梦游春》诗一章,各附于本篇之末。余未和者,亦续致之。顷者在科试间,常与足下同笔砚,每下笔时,辄相顾,共患其意太切而理太周,故理太周则辞繁,意太切则言激。然与足下为文,所长在于此,所病亦在于此。足下来序,果有词犯文繁之说。今仆所和者犹前病也,待与足下相见日,各引所作,稍删其烦而晦其义焉。余具书白。

和思归乐

山中不栖鸟,夜半声嘤嘤。似道思归乐,行人掩泣听。皆疑此山路,迁客多南征。忧愤气不散,结化为精灵。我谓此山鸟,本不因人生。人心自怀土,想作思归鸣。益尝平居时,娱耳琴泠泠。雍门一言感,未奏泪沾缨。魏武钢雀妓,日与欢乐并。一旦西陵望,欲歌先涕零。峡猿亦何意,陇水复何情。为入愁人耳,皆为肠断声。请看元侍御,亦宿此邮亭。因听思归鸟,神气独安宁。问君何以然,道胜心自平。虽为南迁客,如在长安城。云得此道来,何虑复何营。穷达有前定,忧喜无交争。所以事君日,持宠立大庭。虽有回天力,挠之终不倾。况始三十余,年少有直名。心中志气大,眼前爵禄轻。君恩若雨露,君威若雷霆。退不苟免难,进不曲求荣。在火辨玉性,经霜识松贞。展禽任三黜,灵均长独醒。获戾自东洛,贬官向南荆。再拜辞阙下,长揖别公卿。荆州又非远,驿路半月程。汉水照天碧,楚山插云青。江陵橘似珠,宜城酒如饧。谁谓遣谪去,未妨游赏行。人生百岁内,天地暂寓形。太仓一梯米,大海一浮萍。身委逍遥篇,心付头陀经。尚达死生一作生死观,宁为宠辱惊。中怀苟有主,外物安能萦。任意思归乐,声声啼到明。

和阳城驿

商山阳城驿,中有叹者谁。云是元监察,江陵谪去时。忽见此驿名,良久涕欲垂。何故阳道州,名姓同于斯。怜君一寸心,宠辱誓不移。疾恶若巷伯,好贤如缁衣。沉吟不能去,意者欲改为。改为避贤驿,大署于门楣。荆人爱羊祜,户曹改为辞。一字不忍道,况兼姓呼之。因题八百言,言直文甚奇。诗成寄与我,锵一作铿若金和丝。上言阳公行,友悌无等夷。骨肉同衾裯,至死不相离。次言阳公迹,夏邑始栖迟。乡人化其风,少长皆孝慈。次言阳公道,终日对酒卮。兄弟笑相顾,醉貌红怡怡。次言阳公节,謇謇居谏司。誓心除国蠹,决死犯天威。终言阳公命,左迁天一涯。道州炎瘴地,身不得生归。一一皆实录,事事无孑遗。凡是为善者,闻之恻然悲。道州既已矣,往者不可追。何世无其人,来者亦可思。愿以君子文,告彼大乐师。附于雅歌末,奏之白玉墀。天子闻此章,教化如法施。直谏从如流,佞臣恶如疵。宰相闻此章,政柄端正持。进贤不知倦,去邪勿复疑。宪臣闻此章,不敢怀依违。谏官闻此章,不忍纵诡随。然后告史氏,旧史有前规。若作阳公传,欲令后世知。不劳叙世家,不用费文辞。但于一作使国史上,全录元稹诗。

答桐花

山木多翳郁,兹桐独亭亭。叶重碧云片,花簇紫霞英。是时三月天,春暖山雨晴。夜色向月浅,暗香随风轻。行者多商贾,居者悉黎珉。无人解赏爱,有客独屏营。手攀花枝立,足蹋花影行。生怜不得所,死欲扬其声。截为天子琴,刻作古人形。云待我成器,荐之于穆清。诚是君子心,恐非草木情。胡为爱其华,而反伤其生。老龟被刳肠,不如无神灵。雄鸡自断尾,不愿为牺牲。况此好颜色,花紫叶青青。宜遂天地性,忍加刀斧刑。我思五丁力,拔入九重城。当君正殿栽,花叶生光晶。上对月中桂,下覆阶前蓂。泛拂香炉烟,隐映斧藻屏。为君布绿阴,当暑荫轩楹。沉沉绿满地,桃李不敢争。以上四句,今本俱脱。为君发清韵,风来如叩琼。泠泠声满耳,郑卫不足听。受君封植力,不独吐芬馨。助君行春令,开花应晴一作清明。受君雨露恩,不独含芳荣。戒君无戏言,剪叶封弟兄。受君岁月功,不独资生成。为君长高枝,凤皇上头鸣。一鸣君万岁,寿如山不倾。再鸣万人泰,泰阶为之平。如何有此用,幽滞在岩坰。岁月不尔驻,孤芳坐凋零。请向桐枝上,为余题姓名。待余有势力,移尔献丹庭。

和大觜乌

乌者种有二,名同性不同。觜小者慈孝,觜大者贪庸。觜大命又长,生来十余冬。物老颜色变,头毛白茸茸。飞来庭树上,初但惊儿童。老巫生奸计,与乌意潜通。云此一作是非凡鸟,遥见起敬恭。千岁乃一出,喜贺主人翁。祥瑞来白日,神圣一作灵占知风。阴作北斗使,能为人吉凶。此乌一作鸟所止家,家产日夜丰。上以致寿孝,下可宜田农。主人富家子,身老心童蒙。随巫拜复祝,妇姑亦相从。杀鸡荐其肉,敬若禋六宗。乌喜张大觜,飞接在虚空。乌既饱膻腥,巫亦飨甘浓。乌巫互相利,不复两西东。日日营巢窟,稍稍近房栊。虽生八九子,谁辨其雌雄。群雏又成长,众觜逞一作骋残凶。探巢吞燕卵,入蔌啄蚕虫。岂无乘秋隼,羁绊委高墉。但食乌残肉,无施搏击功。亦有能言鹦,翅碧觜距红。暂曾说乌罪,囚闭在深笼。青青窗前柳,郁郁井上桐。贪乌占栖息,慈乌独不容。慈乌尔奚为,来往何憧憧。晓去先晨鼓,暮归后昏钟。辛苦尘土间,飞啄禾黍丛。得食将哺母一作母哺,饥肠不自充。主人憎慈乌,命子削弹弓。弦续会稽竹,丸铸荆山铜。慈乌求母食,飞下尔庭中。数粒未入口,一丸已中胸。仰天号一声,似欲诉苍穹。反哺日未足,非是惜微躬。谁能持此冤,一为问化工。胡然大觜乌,竟得天年终。

答四皓庙

天下有道见,无道卷怀之。此乃至人语,吾闻诸仲尼。矫矫四先生,同禀希世资。随时有显晦,秉道无磷缁。秦皇肆暴虐,二世遭乱离。先生相随去,商岭采紫芝。君看秦狱中,戮辱者李斯。刘项争天下,谋臣竞悦随。先生如鸾鹤,去一作出入冥冥飞。君看齐鼎中,焦烂者郦其。子房得沛公,自谓相遇迟。八难掉舌枢,三略役心机。辛苦十数年,昼夜形神疲。竟杂霸者道,徒称帝者师。子房尔则能,此非吾所宜一作为。汉高之季年,嬖宠钟所私。冢嫡欲废夺,骨肉相忧疑。岂无子房口,口舌无所施。亦有陈平心,心计将何为。皤皤一作皓皓四先生,高冠危映眉。从容下南山,顾盼入东闱。前瞻惠太子,左右生羽仪。却顾戚夫人,楚舞无光辉。心不画一计,口不吐一词。暗定天下本,遂安刘氏危。子房吾则能,此非尔所知。先生道既光,太子利甚卑。安车留不住,功成弃如遗。如彼旱天云,一雨百谷滋。泽则在天下,云复归希夷。勿高巢与由,勿尚吕与伊。巢由往不返,伊吕去不归。岂如四先生,出处两逶迤。何必长隐逸,何必长济时。由来圣人道,无朕不可窥。卷之不盈握,舒之亘八陲。先生道甚明,夫子犹或非。愿子辨其惑,为予吟此诗。

和雉媒

吟君雉媒什,一哂复一叹。和之一何晚,今日乃成篇。岂唯鸟有之,抑亦人复然。张陈刎颈交,竟以势不完。至今不平气,塞绝泜水源。赵襄骨肉亲,亦以利相残。至今不善名,高于磨笄山。况此笼中雉,志在饮哺间。稻粱暂入口,性已随人迁。身苦亦自忘,同族何足言。但恨为媒拙,不足以自全。劝君今日后,养鸟养青鸾。青鸾一失侣,至死守孤单。劝君今日后,结客结任安。主人宾客去,独住在门阑。

和松树

亭亭山上松,一一生朝阳。森耸上参天,柯条百尺长。漠漠尘中槐,两两夹康庄。婆娑低覆地,枝干亦寻常。八月白露降,槐叶次第黄。岁暮满山雪,松色郁青苍。彼如君子心,秉操贯冰霜。此如小人面,变态随炎凉。共知松胜槐,诚欲栽道傍。粪土种瑶草,瑶草终不芳。尚可以斧斤,伐之为栋梁。杀身获其所,为君构明堂。不然终天年,老死在南冈。不愿亚枝叶,低随槐树行。

答箭镞

矢人职司忧,为箭恐不精。精在一作则利其镞,错磨锋镝成。插以青竹杆,羽之赤雁翎。勿言分寸铁,为用乃长兵。闻有狗盗者,昼伏夜潜行。摩弓拭箭镞,夜射不待明。一盗既流血,百犬同吠声。狺狺嗥不已,主人为之惊。盗心憎主人,主人不知情。反责镞太利,矢人获罪名。寄言控弦者,愿君少留听。何不向西射,西天有狼星。何不向东射,东海有长鲸。不然学仁贵,三矢平虏庭。不然学仲连,一发下燕城。胡为射小盗,此用无乃轻。徒沾一点血,虚污箭头腥。

和古社

废村多年树,生在古社限。为作妖狐窟,心空身未摧。妖狐变美女,社树成楼台。黄昏行人过,见者心裴回。饥雕竟不捉,老犬反为媒。岁媚少年客,十去九不回。昨夜云雨合,裂风驱迅雷。风拔树根出,雷劈社坛开。飞电化为火,妖狐烧作灰。天明至其所,清旷无氛埃。旧地葺村落,新田辟荒莱。始知天降火,不必常为灾。勿谓神默默,勿谓天恢恢。勿喜犬不捕,勿亏雕不猜。寄言狐媚者,天火有时来。

和分水岭

高岭峻棱棱,细泉流亹亹。势分合不得,东西随所委。悠悠草蔓底,溅溅石罅里。分流来几年,昼夜两如此。朝宗远不及,去海三千里。浸润小无功,山苗长旱死。索纡用无所,奔迫流不已。唯作呜咽声,夜入行人耳。有源殊不竭,无坎终难止。同出而异流,君看何所似。有似骨肉亲,派别从兹始。又似势利交,波澜相背起。所以赠君诗,将君何所比。不比山上泉,比君井中水。

有木诗八首并序

余尝读《汉书》列传,见佞顺媕婀,图身忘国,如张禹辈者;见恶上盅下,交乱君亲,如江充辈者;见暴狠跋扈,壅君树党,如梁冀辈者;见色仁行违,先德后贼,如王莽辈者;又见外状恢弘,中无实用者;又见附离权势,随之覆亡者,其初皆有动人之才,足以惑众媚主,莫不合于始而败于终也。因引风人骚人之兴,赋《有木》八章,不独讽前人,欲一作亦儆后代尔。

有木名弱柳,结根近清池。风烟借颜色,雨露助华滋。峨峨白雪花一作毛,袅袅青丝枝。渐密阴自庇,转高梢四垂。截枝扶为杖,软弱不自持。折条用樊圃,柔脆非其宜。为树信可玩,论材何所施。可惜金堤地,栽之徒尔为。

有木名樱桃,得地早滋茂。叶密独承日,花繁偏受露。迎风暗摇动,引鸟潜一作自来去。鸟啄子难成,风来枝莫住。低软易攀玩,佳人屡回顾。色求桃李饶,心向松筠妒。好是映墙花,本非当轩树。所以姓萧人,曾为伐樱赋。

有木秋不凋,青青在江北。谓为洞庭橘,美人自移植。上受顾盼恩,下勤浇溉力。实成乃是枳,臭苦不堪食。物有似是者,真伪何由识。美人默无言,对之长叹息。中含害物意,外矫凌霜色。仍向枝叶间,潜生刺如棘。

有木名杜梨,阴森覆丘墟。心蠹已空朽,根深尚盘薄。狐媚一作媚狐言语巧,鸟妖一作妖鸟声音恶。凭此为巢穴,往来互栖托。四傍五六本,叶枝—作枝叶相交错。借问因何生,秋风吹子落。为长社坛下,无人敢芟斫。几度野火来,风回烧不著。

　　有木香苒苒,山头生一蘩。主人不知名,移种近轩闼。爱其有芳味,因以调麴糵。前后曾饮者,十人无一活。岂徒悔封植,兼亦误采掇。试问识药人,始知名野葛。年深已滋蔓,刀斧不可伐。何时猛风来,为我连根—作枝拔。

　　有木名水柽,远望青童童。根株非劲挺,柯叶多蒙笼。彩翠色如柏,鳞皴皮似松。为同松柏类,得列嘉树中。枝弱不胜雪,势高常惧风。雪压低还举,风吹西复东。柔芳甚杨柳,早落先梧桐。惟有一堪赏,中心无蠹虫。

　　有木名凌霄,擢秀非孤标。偶依一株树,遂抽百尺条。托根附树身,开花寄树梢。自谓得其势,无因有动摇。一旦树摧倒,独立暂飘摇。疾风从东起,吹折不终朝。朝为拂云花,暮为委地樵。寄言立身者,勿学柔弱苗。

　　有木名丹桂,四时香馥馥。花团夜雪明,叶剪春云绿。风影清似水,霜枝冷如玉。独占小山幽,不容凡鸟宿。匠人爱芳直,裁截为厦屋。干细力未成,用之君自速。重任虽大过,直心终不曲。纵非梁栋材,犹胜寻常木。

叹鲁二首

　　季桓心岂忠,其富过周公。阳货道岂正,其权执国命。由来富与权,不系才与贤。所托得其地,虽愚亦获安。麑肥因粪壤,鼠稳依社坛。虫兽尚如是—作此,岂谓无因缘。

　　展禽胡为者,直道竟三黜。颜子何如人,屡空聊过日。皆怀王佐道,不践陪臣秩。自古无奈何,命为时所屈。有如草木分,天各与其一。荔枝非名花,牡丹无甘实。

反鲍明远白头吟

　　炎炎者烈火,营营者小蝇。火不热贞玉,蝇不点清冰。此苟无所受,彼莫能相仍。乃知物性中,各有能不能。古称怨恨—作报死,则人有所惩。惩淫或应可,在道未为弘。譬如蜩鹦徒,啾啾啅龙鹏。宜当委之去,寥廓高飞腾。岂能泥尘下,区区酬怨憎。胡为坐自苦,吞悲仍抚膺。

青冢

　　上有饥鹰号,下有枯蓬走。茫茫边雪里,一掬沙培塿。传是昭君墓,埋闭蛾眉久。凝脂化为泥,铅黛复何有。唯有阴怨气,时生坟左右。郁郁如苦雾,不随骨销朽。妇人无他才,荣枯系妍否。何乃明妃命,独悬画工手。丹青一诖误,白黑相纷纠。遂使君眼中,西施作嫫母。同侪倾宠幸,异类为配偶。祸福安可知,美颜不如丑。何言一时事,可戒千年后。特报后来姝,不须倚眉首。无辞插荆钗,嫁作贫家妇。不见青冢上,行人为浇酒。

杂感

　　君子防悔尤,贤人戒行藏。嫌疑远瓜李,言动慎毫芒。立教固如此,抚事有非常。为君持所感,仰面问苍苍。犬啮桃树根,李树反见伤。老龟烹不烂,延祸及枯桑。城门自焚燕,池鱼罹其殃。阳货肆凶暴,仲尼畏于匡。鲁酒薄如水,邯郸开战场。伯禽鞭见血,过失由成王。都尉身降虏,宫刑加子长。吕安兄不道,都市杀嵇康。斯人死已久,其事甚昭彰。是非不由己,祸患安可防。使我千载后,涕泗满衣裳。

全唐诗卷四百二十六

白居易

新乐府并序。 元和四年为左拾遗时作。

序曰：凡九千二百五十二言，断为五十篇。篇无定句，句无定字，系于意，不系于文。首句标其目，卒章显其志，《诗三百》之义也。其辞质而径，欲见之者易喻也。其言直而切，欲闻之者深诫也。其事核而实，使采之者传信也。其体顺而肆，可以播于乐章歌曲也。总而言之，为君、为臣、为民、为物、为事而作，不为文而作也。

七德舞　美拨乱，陈王业也

武德中，天子始作《秦王破阵乐》以歌太宗之功业。贞观初，太宗重制《破阵乐舞图》，诏魏徵、虞世南等为之歌词，名《七德舞》。自龙朔已后，诏郊庙享宴，皆先奏之。

七德舞，七德歌，传自武德至元和。元和小臣白居易，观舞听歌知乐意，乐终稽首陈其事。太宗十八举义兵，白旄黄钺定两京。擒充戮窦四海清，二十有四功—作王业成。二十有九即帝位，三十有五致太平。功成理定何神速，速在推心置人腹。亡卒遗骸散帛收，贞观初，诏收天下阵死骸骨，致祭而瘗埋之，寻又散帛以求之也。饥人卖子分金赎。贞观二年大饥，人有鬻男女者，诏出御府金帛尽赎之，还其父母。魏徵梦见子夜泣，魏徵疾亟，太宗梦与徵别。既寤，流涕。是夕徵卒。故御亲制碑云：昔殷宗得良弼于梦中，今朕失贤臣于觉后。张谨哀闻辰日哭。张公谨卒，太宗为之举哀。有司奏：日在辰，阴阳所忌，不可哭。上曰：君臣义重，父子之情也。情发于中，安知辰日！遂哭之恸。怨女三千放出宫，太宗尝谓侍臣曰：妇人幽闭深宫，情实可愍，今将出之，任求伉俪。于是令左丞戴胄、给事中杜正伦于掖庭宫西门拣出数千人，尽放归。死囚四百来归狱。贞观六年，亲录囚徒死罪者三百九十放出归家，令明年秋来就刑。应期毕至，诏悉原之。剪须烧药赐功臣，李勣呜咽思杀身。李勣尝疾，医云：得龙须烧灰，方可疗之。太宗自翦须烧灰赐之，服讫而愈。勣叩头泣涕而谢。含血吮创抚战士，思摩奋呼—作身乞效死。李思摩尝中矢，太宗亲为吮血。则知不独善战善乘时—本无则知二字，以心感人人心归。尔来一百九十载,天下至今歌舞之。歌七舞,舞七德,圣人有作一作祚垂无极。岂徒耀神武,岂徒夸圣文。太宗意在陈王业,王业艰难示子孙。

法曲 一本此下有歌字　美列圣,正华声也

法曲法曲歌大定,积德重熙有余庆。永徽之人舞而咏,永徽之时,有贞观遗风,故高宗制一戎大定乐曲。法曲法曲舞霓裳。政和世理音洋洋,开元之人乐且康。霓裳羽衣曲起于开元,盛于天宝也。法曲法曲歌堂堂,堂堂之庆垂无疆。中宗肃宗复鸿业,唐祚中兴万万叶。永隆元年,太常李嗣真善审音律,能知兴衰,云:近者乐府有堂堂之曲,再言者,唐祚再兴之兆。法曲法曲合夷歌,夷声邪乱华声和。以乱干和天宝末,明年胡尘犯宫阙。法曲虽似失雅音,盖诸夏之声也,故历朝行焉。明皇虽好度曲,然未尝使蕃汉杂奏。天宝十三载,始诏诸道调法曲与胡部新声合作,识者异之。明年冬,安禄山反。乃知法曲本华风,苟能审音与政通。一从胡曲相参错,不辨兴衰与哀乐。愿求牙旷正华音,不令夷夏相交侵。

二王后　明祖宗之意也

二王后,彼何人,介公酅公为国宾,周武隋文之子孙。古人有言天下者,非是一人之天下。周亡天下传于隋,隋人失之唐得之。唐兴十叶岁二百,介公酅公世为客。明堂太庙朝享时,引居宾位备威仪。备威仪,助郊祭,高祖太宗之遗制。不独兴灭国,不独继绝世。欲令嗣位守文君,亡国子孙取为戒。

海漫漫　戒求仙也

海漫漫,直下无底傍无边。云涛烟浪最深处,人传中有三神山。山上多生不死药,服之羽化为天仙。秦皇汉武信此语,方士年年采药去。蓬莱今古但闻名,烟水茫茫无觅处。海漫漫,风浩浩,眼穿不见蓬莱岛。不见蓬莱不敢归,童男丱女舟中老。徐福文成多诳诞,上元太一虚祈祷。君看骊山顶上茂陵头,毕竟悲风吹蔓草。何况玄元圣祖五千言,不言药,不言仙,不言白日升青天。

立部伎　刺雅乐之替也　太常选坐部伎,无性识者退入立部伎;又选立部伎,绝无性识者退入雅乐部,则雅乐可知矣。

立部伎,鼓笛喧。舞双剑,跳七丸。袅巨索,掉长竿。太常部伎有等级,堂上者坐堂下立。堂上坐部笙歌清,堂下立部鼓笛鸣。笙歌一声一作曲众侧耳,鼓笛万曲无人听。立部贱,坐部贵,坐部退为立部伎,击鼓吹笙和杂戏。立部又退何所任,始就乐悬操雅音。雅音替坏一至此,长令尔辈调宫徵。圆丘后土郊祀时,言将此乐感神祇。欲望凤来百兽舞,何异北辕将适楚。工师愚贱安足云,太常三卿尔何人。

华原磬　刺乐工非其人也　天宝中,始废泗滨磬,用华原石代之。询诸磬人,则曰:"故老云,泗滨磬下,调之不能和,得华原石考之乃和。由是不改。"

华原磬,华原磬,古人不听今人听。泗滨石,泗滨石,今人不击古人击。今人古人何不同,用之舍之由乐工。乐工虽在耳如壁,不分清浊即为聋。梨园弟子调律吕,知有新声不如古。古称浮磬出泗滨,立辨致死声感人。宫悬一听华原石,君心遂忘封疆臣。果然胡寇从燕起,武臣少肯封疆死。始知乐与时政通,岂听铿锵而已矣。磬襄入海去不归,长安市儿为乐师。华原磬与泗滨石,清浊两声一作音谁得知。

上阳白发人　一无白发字　愍怨旷也

天宝五载已后,杨贵妃专宠,后宫人无复进幸矣。六宫有美色者,辄置别所,上阳是其一也,贞元中尚存焉。

上阳人,红颜暗老白发新。绿衣监使守宫门,一闭上阳多少春。玄宗末岁初选入,入时十六今六十。同时采择百余人,零落年深残此身。记昔吞悲别亲族,扶入车中不教哭。皆云入内便承恩,脸似芙蓉胸似玉。未容君王得见面,已被杨妃遥侧目。妒令潜配上阳宫,一生遂向空房宿。宿空房一作床,秋夜长,夜长无寐天不明。耿耿残灯背壁一作照背影,萧萧暗雨打窗声。春日迟,日迟独坐天难暮。宫莺百啭愁

厌闻,梁燕双栖老休妒。莺归燕去长悄然,春往秋来不记年。唯向深宫望明月,东西四五百回圆。今日宫中年最老,大家遥赐尚书号。小头鞋履窄衣裳,青黛点眉眉细长。外人不见见应笑,天宝末年时世妆。上阳人,苦最多。少亦苦,老亦苦,少苦老苦两如何。君不见昔时吕向一作尚美人赋,天宝末,有密采艳色者,当时号花鸟使。吕向献《美人赋》以讽之。又不见今日上阳一本此下有宫人字白发歌。

胡旋女　戒近习也天宝末,康居国献之。

胡旋女,胡旋女。心应弦,手应鼓。弦鼓一声双一作两袖举,回雪飘摇转蓬舞。左旋右转不知疲,千匝万周无已时。人间物类无可比,奔车轮缓旋风迟。曲终再拜谢天子,天子为之微启齿。胡旋女,出康居,徒劳东来万里余。中原自有胡旋者,斗妙争能尔不如。天宝季年时欲变,臣妾人人学圜转。中有太真外禄山,二人最道能胡旋。梨花园中册作妃,金鸡障下养为儿。禄山胡旋迷君眼,兵过黄河疑未反。贵妃胡旋惑君心,死弃马嵬念更深。从兹地轴天维转,五十年来制不禁。胡旋女,莫空舞,数唱此歌悟明主。

新丰折臂翁一无新丰字　戒边功也

新丰老翁八十八,头鬓眉须皆似雪。玄孙扶向店前行,左一作右臂凭肩右一作左臂折。问翁臂折来几年,兼向致折何因缘。翁云贯属新丰县,生逢圣代无征战。惯听梨园歌管声一作唯听骊宫吹声,不识旗枪与弓箭。无何天宝大征兵,户有三丁点一丁。点得一作里胥驱将一作向何处去,五月万里云南行。闻一作传道云南有泸水,椒花落时瘴烟起。大军徒涉水如汤,未过一作战十人二三死。村南村北哭声哀一作悲,儿别爷娘夫别妻。皆云前后征蛮者,千万人行无一回。是时翁年二十四,兵部牒中有名字。夜深不敢使人知,偷将一作自把大石捶折臂。张弓簸旗俱不堪,从兹始免征云南。骨碎筋伤非不苦,且图拣退归乡土。此臂折来一作臂折六十年,一肢虽废一身全。至今风雨阴寒夜,直到

天明痛不眠。痛不眠,终不悔,且喜老身今独在。不然当时泸水头,身死魂孤骨不收。应作云南望乡鬼,万人冢上哭呦呦。云南有万人冢,即鲜于仲通、李宓曾覆军之所也。老人言,君听取。君一作何不闻开元宰相宋开府,不赏边功防黩武。开元初,突厥数寇边,时天武军牙将郝灵签出使,因引特勒回鹘部落,斩突厥默啜,献首于阙下,自谓有不世之功。时宋璟为相,以天子年少好武,恐徼功者生心,痛抑其赏,逾年,始授郎将。灵签遥怏哭呕血而死也。又不闻天宝宰相杨国忠,欲求恩幸立边功。边功未立生人怨,请问新丰折臂翁。天宝末,杨国忠为相,重构阁罗凤之役,募人讨之。前后发二十余万众,去无返者。又捉人连枷赴役,天下怨哭,人不聊生,故禄山得乘人心而盗天下。元和初,折臂翁犹存,因备歌之。

太行路　借夫妇以讽君臣之不终也

太行之路能摧车,若比人一作君心是坦途。巫峡之水能覆舟,若比人一作君心是安流。人一作君心好恶苦不常,好生毛羽恶生一作成疮。与君结发未五载,岂期牛女为参商。古称色衰相弃背,当时美人犹怨悔。何况如今鸾镜中,妾颜未改君心改。为君熏衣裳,君闻兰麝不馨香。为君盛一作事容饰,君看金一作珠翠无颜色。行路难,难重陈。人生莫作妇人身,百年苦乐由他人。行路难,难于山,险于水。不独人间一作家夫与妻,近代君臣亦如此。君不见左纳言,右纳史,朝承恩,暮赐死。行路难,不在水,不在山,只在人情一作心反覆间。

司天台　引古以儆今也

司天台,仰观俯察天人际。羲和死来职事废,官不求贤空取艺。昔闻西汉元成间,上陵下替谪见天。北辰微暗少光色,四星煌煌如火赤。耀芒动角射三台,上台一作君见半灭中台坼。是时非无太史官,眼见心知不敢言。明朝趋入明光殿,唯奏庆云寿星见。天文时变两如斯,九重天子不得知。不得知,安用台高百尺为。

捕蝗　刺长吏也

捕蝗捕蝗谁家子,天热日长饥欲死。兴元

兵后一作久,一作革伤阴阳,和气蛊蠹化为蝗。始自两河及三辅,荐食如蚕飞似雨。雨飞蚕食千里间,不见青苗空赤土。河南长吏言忧农,课人昼夜捕蝗虫。是时粟斗钱三百,蝗虫之价与粟同。捕蝗捕蝗竟何利,徒使饥人重劳费。一虫虽死百虫来,岂将人力定一作竟天灾。我闻古之良吏有善政,以政驱蝗蝗出境。又闻贞观之初道欲昌,文皇仰天吞一蝗。一人有庆兆民赖,是岁虽蝗不为害。贞观二年太宗吞蝗虫事,见《贞观实录》。

昆明春 一本此下有水满字 思王泽之广被也 贞元中始涨泛

昆明春,昆明春,春池岸古春流新。影浸南山青滉漾,波沉西日红奫沦。往年因旱池枯竭一作灵池竭,龟尾曳涂鱼煦沫。沼开八一作分水注恩波,千介万鳞同日活。今来净绿水照天,游鱼鲅鲅莲田田。洲香杜若抽心短,沙暖鸳鸯铺翅眠。动植飞沉皆遂性一作性遂,皇泽如春无不被。渔者仍丰网罟资,贫人久一作又获菰蒲利。诏以昆明近帝城,官家不得收其征。菰蒲无租鱼无税,近水之人感君惠。感君惠,独何人,吾联率土皆王民,远民何疏近何亲。愿推此惠及天下,无远无近同一作皆欣欣。吴兴山中罢榷茗,鄱阳坑里休封一作税银。天涯地角无禁利,熙熙同似昆明春。

城盐州 美圣谟而诮边将也 贞元壬申岁,特诏城之。

城盐州,城盐州,城在五原原上头。蕃东节度钵阐布,忽见新城当要路。金乌飞传赞普闻,建牙传箭集群臣。君臣赪面有忧色,皆言勿谓唐无人。自筑盐州十余载,左衽毡裘不犯塞。昼牧牛羊夜捉生,长去新城百里外。诸边急警劳戍人,唯此一道无烟尘。灵夏潜安谁复辨,秦原暗通何处见。鄜州驿路好马来,长安药肆黄蓍贱。城盐州,盐州未城天子忧。德宗按图自定计,非关将略与庙谋。吾闻高宗中宗世,北房猖狂最难制。韩公创筑受降城,三城鼎峙屯汉兵。东西亘绝数千里,耳冷不闻胡马声。如今边将非无策,心笑韩公筑城壁。相看养寇为身谋,各握强兵固恩泽。愿分今日边将恩,褒赠韩公封子孙。谁能将此盐州曲,翻作歌词闻至尊。

道州民 美一有贤字臣通明主也

道州民,多侏儒,长者不过三尺余。市作矮奴年进送,号为道州任土贡。任土贡,宁若斯,不闻使人生别离,老翁哭孙母哭儿。一自阳城来守郡,不进矮奴频诏问。城云臣按六典书,任土贡有不贡无。道州水土所生者,只有矮民无矮奴。吾君感悟玺书下,岁贡矮奴宜悉罢。道州民,老者幼者何欣欣。父兄子弟始相保,从此得作良人身。道州民,民到于今受其赐,欲说使君先下泪。仍恐儿孙忘使君,生男多以阳为字。

驯犀 感为政之难终也 贞元丙子岁,南海进驯犀,诏纳苑中。至十三年冬大寒,驯犀死矣。

驯犀驯犀通天犀,躯貌骇人角骇鸡。海蛮闻有明天子,驱犀乘传来万里。一朝得谒大明宫,欢呼拜舞自论功。五年驯养始堪献,六译语言方得通。上嘉人兽俱来远,蛮馆四方犀入苑。秣以瑶刍锁以金,故乡迢递君门深。海鸟不知钟鼓乐,池鱼空结江湖心。驯犀生处南方热,秋无白露冬无雪。一入上林三四年,又逢今岁苦寒月。饮冰卧霰苦踡跼,角骨冻伤鳞甲蹜。驯犀死,蛮儿一作童啼,向阙再拜颜色低。奏乞生归本国去,恐身冻死似驯犀。君不见建中初,驯象生还放一作故林邑。建中元年,诏尽出苑中驯象,放归南方也。君不见贞元末,驯犀冻死蛮儿泣。所嗟建中异贞元,象生犀死何足言。

五弦弹 恶郑之夺雅也

五弦弹,五弦弹,听者倾耳心寥寥。赵璧知君入骨爱,五弦一一为君调。第一第二弦索索,秋风拂松疏韵落。第三第四弦泠泠,夜鹤忆子笼中鸣。第五弦声最掩抑,陇水冻咽流不得。五弦并奏君试听,凄凄切切复铮铮。铁击珊瑚一两曲,冰泻玉盘千万声。铁声杀,冰声寒。杀声入耳肤血憯,寒气中人肌骨酸。曲终声尽欲半日,四坐相对愁无言。座中有一远方士,唧唧咨咨声不已。自叹今朝初得闻,始知孤负平生耳。唯忧赵璧白发生,老死人间无此声。远方士,尔一作听五弦信为美,吾闻正始之音不如是。正始之音其若何,朱弦疏越清庙歌。一弹一唱再三叹,曲澹节稀声不多。融融曳曳召元气,听之不觉心平和。人情重今多贱古,古琴一作瑟有弦人不抚。更一作自从赵璧艺成来,二十五弦不如五。

蛮子朝　刺将骄而相备位也

蛮子朝,泛皮船兮渡绳桥,来自嶲州道路遥。入界先经蜀川一作道过,蜀将收功先表贺。臣闻云南六诏蛮,东连牂牁西连一作接蕃。六诏星居初琐碎,合为一诏渐强大。开元皇帝虽至神,唯蛮倔强不来宾。鲜于仲通六万卒,征蛮一阵全军没。至今西洱河岸边,箭孔刀痕满枯骨。天宝十三载,鲜于仲通统兵六万,讨云南王阁罗凤于西洱河,全军覆没也。谁知今日慕华风,不劳一人蛮自通。诚由陛下休明德,亦赖微臣诱谕功。德宗省一作看表知如此,笑令中使迎蛮子。蛮子导从者谁何,摩挲俗羽双隈伽。清平官持赤藤杖,大将军系金呿嗟。异牟寻男寻阁劝,特敕召对延英殿。上心贵在怀远蛮,引临玉座近天颜。冕旒不垂亲劳倈,赐衣赐食移时对。移时对,不可得,大臣相看有羡色。可怜宰相拖紫佩金章,朝日唯闻对一刻。

骠国乐　欲王化之先迩后远也 贞元十七年来献之

骠国乐,骠国乐,出自大海西南角。雍羌之子舒难陀,来献南音奉一作举正朔。德宗立仗御紫庭,黈纩不塞为尔听。玉螺一吹椎髻耸,铜鼓一一作千击文身踊。珠缨炫转星宿摇,花鬘斗薮龙蛇动。曲终王子启圣人,臣父愿为唐外臣。左右欢呼何翕习,至尊德广之所及。须臾百辟诣阁门,俯伏拜表贺至尊。伏见骠人献新乐,请书国史传子孙。时有击壤老农父,暗测君心闲独语。闻君政化甚圣明,欲感人心致太平。感人在近不在远,太平由实非由声。观身理国国可济,君如心兮民如体。体生疾苦心憯凄,民得和平君恺悌。贞元之民若未安,骠乐虽闻君不叹。贞元之民苟无病,骠乐不来君亦圣。骠乐骠乐徒喧喧,不如闻此刍荛言。

缚戎人　达穷民之情也

缚戎人,缚戎人,耳一作口穿面破驱入秦。天子矜怜不忍杀,诏徙东南吴与越。黄衣小使录姓名,领出长安乘递行。身披金创面多瘯,扶病徒行日一驿。朝餐饥渴费杯盘,夜卧腥臊污床席。忽逢江水忆交河,垂手齐声一作唱呜咽歌。其中一虏语诸虏,尔苦非多我苦多。同伴行人因借问,欲说喉中气愤愤。自云乡管一作贯本凉原,大历年中没落蕃。一落蕃中四十载,遭一作身著皮裘系毛带。唯许正朝一作朔服汉仪,敛衣整巾潜一作双泪垂。誓心密定归乡计,不使蕃中妻子知。有李如暹者,蓬子将军之子也,尝没蕃中。自云:"蕃法,唯正岁一日,许唐人之没蕃者服唐衣冠。"由是悲不自胜,遂密定归计也。暗思幸有残筋力一作骨,更恐年衰归不得。蕃候严兵鸟不飞,脱身冒死奔逃归。昼伏宵行经大漠,云阴月黑风沙恶。惊藏青冢寒草疏,偷渡黄河夜冰薄。忽闻汉军鼙鼓声,路傍走出再拜迎。游骑不听能汉语,将军遂缚作蕃生。配向东一作江南卑湿地,定一作邑无存恤空防备。念此吞声仰诉天,若为辛苦度残年。凉原乡井不得见,胡地妻儿虚弃捐。没蕃被囚思汉土,归汉被劫为蕃虏。早知如此悔归来,两地宁如一处苦。缚戎人,戎人之中我苦辛。自古此冤应未有,汉心汉语吐蕃身。

全唐诗卷四百二十七

白居易

骊宫高　美天子重惜人之财力也

　　高高骊山上有宫,朱楼紫殿三四重。迟迟兮春日,玉甃暖兮温泉溢。袅袅兮秋风,山蝉鸣兮宫树红。翠华不来岁月久,墙有衣兮瓦有松。吾君在位已五载,何不一幸乎—作于其中。西去都门—作城几多地,吾君不游—作来有深—作深有意。一人出兮不容易,六宫从兮百司备。八十一车千万骑,朝有宴饫暮有赐。中人之产数百家,未足充君一日费。吾君修己人不知,不自逸兮不自嬉。吾君爱人人不识,不伤财兮不伤—作夺力。骊宫高兮高入云,君之来兮为一身,君之不来兮为—本此下有千字万人—作民。

百炼镜　辨皇王鉴也

　　百炼镜,一本叠此三字。溶范非常规,日辰处所—作置处灵且祇—作奇。江心波上舟中铸,五月五日日午时。琼粉金膏磨莹已,化为一片秋潭水。镜成将献蓬莱宫,扬州长吏—作史手自封—作钿函金匣锁几重。人间臣妾不合照—作用,背有九五飞天龙。人人呼为天子镜,我有一言闻太宗。太宗常以人为镜,鉴古鉴今不鉴容。四海安危居掌内,百王治乱悬心中。乃知天子别有镜,不是扬州百炼铜。

青石　激忠烈也

　　青石出自蓝田山,兼车运载来长安。工人磨琢欲何用,石不能言我代言。不愿作人家墓前神道碣,坟土未干名已灭。不愿作官家道旁德政碑,不镌实录镌虚辞。愿为颜氏段氏—作段氏颜氏碑,雕镂太尉与太师。刻此—作两片坚贞质,状彼二人忠烈姿。义心如石屹不转,死节如石—作名流确不移。如观奋击朱泚日,似见叱呵希烈时。各于其上题名谥—作字,一置高山一沉水。陵谷虽迁碑—作碣独—作犹存,骨化为尘名不死。长使不忠不烈臣,观碑改节慕为人。慕为人,劝事君。

两朱阁　刺佛寺寝多也

两朱阁,南北相对起。借问何人家,贞元双帝子。帝子吹箫双得仙,五云飘摇飞—作迎上天。第宅亭台不将去,化为佛寺在人间。妆阁伎楼何寂静,柳似舞腰池似镜。花落黄昏悄悄时,不闻歌—作鼓吹闻钟磬。寺门敕榜金字书,尼院佛庭宽有余。青苔明月多闲地,比屋疲—作齐人无处居。忆昨平阳宅初置,吞并平人几家地。仙去双双作梵宫,渐恐人间—作家尽为寺。

西凉伎　刺封疆之臣也

西凉伎,一本下叠西凉伎三字。假面胡人假狮子。刻木为头丝作尾,金镀眼睛银帖齿。奋迅毛衣摆双耳,如从流沙来万里。紫髯深目两—作羌胡儿,鼓舞跳梁前致辞。应似—作道是凉州未陷日,安西都护进来时。须臾云得新消息,安西路绝归不得。泣向狮子涕双垂,凉州陷没知不知。狮子回头向西望,哀吼一声观者悲。贞元边将爱此曲,醉坐笑看看不足。娱—作享宾犒士宴监—作三军,狮子胡儿长在目。有一征夫年七十,见弄凉州低面泣。泣罢敛手白将军,主忧臣辱昔所闻。自从天宝兵戈起,犬戎日夜吞西鄙。凉州陷来四十年,河陇侵将七—作九千里。平时安西万里疆,今日边防在凤翔。平时,开远门外立堠,云去安西九千九百里,以示戍人不为万里行,其实就盈数也。今蕃汉使往来,悉在陇州交易也。缘边空屯十万卒,饱食温—作厚衣闲过日。遗民肠断在凉州,将卒相看无意收。天子每—作长思长痛惜,将军欲说合惭羞。奈何仍看西凉—作凉州伎,取笑资欢无所愧。纵无智力未能收,忍取西凉弄为戏。

八骏图　戒奇物、惩佚游也

穆王八骏天马驹,后人爱之写为图。背如龙兮颈如象—作鸟,骨耸筋高脂—作肌肉壮—作少。日行万里疾—作速如飞,穆正独乘何所之。四荒八极踏欲遍,三十二蹄无歇时。属车轴折趁不及,黄屋草生弃若遗。瑶池西赴王母宴,七庙经年不亲荐。璧台南与盛姬游,明堂不复朝诸侯。白云黄竹歌声动,一人荒乐万人愁。周从后稷至文武,积德累功世勤苦。岂知才及四—作五代孙,心轻王业如灰土。由来尤物不在大,能荡君心则为害。文帝却之不肯乘,千里马去汉道兴。穆王得之不为戒,八骏驹—作千里马来周室坏。至今此物尚—作世称珍,不知房星之精下为怪。八骏图,君莫爱。

涧底松　念寒俊也

有—作青松百尺大十围,生在涧底寒且卑。涧深山险人路绝,老死不逢工度之。天子明堂欠梁木—作栋,此—作彼求彼—作此有—作弃两不知。谁喻苍苍造物意,但与之材不与地。金张世禄原宪贫—作黄宪贤,牛衣寒贱貂蝉贵。貂蝉与牛衣,高下虽有殊。高者未必贤,下者未必愚。君不见沉沉海底生珊瑚,历历天上种白榆。

牡丹芳　美天子忧农也

牡丹芳,牡丹芳,黄金蕊绽红玉房。千片赤英霞烂烂,百枝绛点—作焰灯煌煌。照地初开锦绣段,当风不结兰麝囊—作裳。仙人琪树白无色,王母桃花小不香。宿—作晓露轻盈泛紫艳,朝阳照耀生红光。红紫二色间深浅,向背万态随低昂。映叶多情隐羞面,卧丛无力含醉妆。低娇笑容疑掩口,凝思怨人如断肠。秾姿贵彩信奇绝,杂卉乱花无比方。石竹金钱何细碎,芙蓉芍药苦寻常。遂使王公与卿士,游花冠盖日相望。庳车软舆贵公主—作子,香衫细马豪家郎。卫公宅静闭东院,西明寺深开北廊。戏蝶双舞看人—作花久,残莺一声春—作日长。共愁日照芳难住,仍张帷—作罗幕垂阴凉。花开花落二十日,一城之人皆若狂。三代以还文胜质,人心重华不重实。重华直至牡丹芳,其来有渐非今日。元和天子忧农桑,恤下动天天降祥。去岁嘉禾生九穗,田中寂寞无人至。今年瑞麦分两歧,君心独喜无人知。无人知,可叹息。我愿暂求造化力,减却牡丹妖艳色。少回卿士爱—作士女看花心,同似—作作吾君忧一作爱稼穑。

红线毯　忧蚕桑之费也

红线毯,择茧缲丝清水煮,拣一作练丝练线红蓝染。染为红线红于蓝一作花,织作披香殿上毯。披香殿广十丈余,红线织成可殿铺。彩丝茸茸香拂拂,线软花虚不胜物。美人踏上歌舞来,罗袜绣鞋随步没。太原毯涩毳缕硬,蜀都褥薄锦花冷。不如此毯温且柔,年年十月来宣州。宣城太守加样织,自谓为臣能竭力。百夫同担进宫中,线厚丝多卷不得。宣城太守知不知,一丈毯,一本此下有用字。千两丝。地不知寒人要暖,少夺人衣作地衣。贞元中,宣州进开样加丝毯。

杜陵叟　伤农夫之困也

杜陵叟,杜陵居,岁种薄田一顷余。三月无雨旱风起,麦苗不秀多黄死。九月降霜秋早寒,禾穗未熟皆青干。长吏明知不申破,急敛暴征求考课。典桑卖地纳官租,明年衣食将何如。剥我身上帛,夺我口中粟。虐人害物即豺狼,何必钩爪锯牙食人肉。不知何人奏皇帝,帝心恻隐知人一作八弊。白麻纸上书德音,京畿尽放今年税。昨日里胥方到门,手持尺牒榜乡村。十家租税九家毕,虚爱吾君蠲免恩。

缭绫　念女工之劳也

缭绫缭绫何所似,不似罗绡与纨绮。应似天台山上月一作明前,四十五尺瀑布泉。中有文章又奇绝,地铺白烟花簇雪。织者何人衣者谁,越溪寒女汉宫姬。去年中使宣口敕,天上取样人间织。织为云外秋雁行,染作江南春水色。广裁衫袖长制裙,金斗熨波刀翦纹。异彩奇文相隐映,转侧看花花不定。昭阳舞人恩正深,春衣一对直千金。汗沾粉污不再著,曳土踏泥无惜心。缭绫织成费功绩,莫比寻常缯与帛。丝细缲多女手疼,扎扎千声不盈尺。昭阳殿里歌舞人,若见织时应也一作合惜。

卖炭翁　苦宫一作宫市也

卖炭翁,伐薪烧炭南山中。满面尘灰烟火色,两鬓苍苍十指黑。卖炭得钱何所营,身上衣裳口中食。可怜身上衣正单,心忧炭贱愿天寒。夜来城上一尺雪,晓驾炭车辗冰辙。牛困人饥日已高,市南门外泥中歇。翩翩两骑一作两骑翩翩来是谁,黄衣使者白衫儿。手把文书口称敕,回车叱牛牵向北。一车炭,一本此下有重字。千余斤,官使驱将惜不得。半匹红纱一丈绫,系向牛头充炭直。

母别子　刺新间旧也

母别子,子别母,白日无光哭声苦。关西骠骑大将军,去年破虏新策勋。敕赐金钱二百万,洛阳迎得如花人。新人迎来旧人弃,掌一作堂上莲花眼中刺。迎新弃旧未足悲,悲在君家留两儿。一始扶行一初坐,坐啼行哭牵人衣。以汝夫妇新燕婉,使我母子生别离。不如林中乌与鹊,母不失雏雄伴雌。应似园中桃李树,花落随风子在一作住枝。新人新人听我语,洛阳无限红楼女。但愿将军重立功,更有新人胜于汝。

阴山道　疾贪虏也

阴山道,阴山道,纥逻敦肥水泉好。每至戎人送一作进马时,道旁千里光纤草。草尽泉枯马病羸,飞龙但印骨与皮。五十匹缣易一匹,缣去马来无了日。养无所用去非宜,每岁死伤十六七。缣丝不足女工苦,疏纤短截充匹数。藕丝蛛网三丈余,回纥一作回鹘诉称无用处。咸安公主号可敦,远为可汗频奏论。元和二年下新敕,内出金帛酬马直。仍诏江淮马价缣,从此不令疏短织。合罗将军呼万岁,捧授金银与缣彩。谁知黠虏启贪心,明年马多来一倍。缣渐好,马渐多。阴山虏,奈尔何。

时世妆　儆戎也一作儆将变也

时世妆,时世妆,出自城中传四方。时世流行无远近,腮不施朱面无粉。乌膏注唇唇似泥,双眉画作八字低。妍媸黑白失本态,妆成尽似含悲啼。圆鬟无一作垂鬟堆一作椎髻样,斜红不晕赭面状。昔闻被发伊川中,辛有见之知有戎。元和妆梳君记取,髻堆—作椎面赭非华风。

李夫人　鉴嬖惑也

汉武帝,初丧李夫人。夫人病时不肯别,死后留得生前恩。君恩不尽念未已,甘泉殿里令写真。丹青画—作写出竟何益,不言不笑愁杀人。又令方士合灵药,玉釜煎炼金炉焚。九华帐深夜悄悄,反魂香降夫人魂。夫人之魂在何许,香烟引到焚香处。既来何苦不须臾,缥缈悠扬还灭去。去何速兮来何迟,是耶非耶两不知。翠蛾仿佛平生貌,不似昭阳寝疾时。魂之不来君心苦,魂之来兮君亦悲。背灯隔帐不得语,安用暂来还见违。伤心不独汉武帝,自古及今皆若斯。君不见穆王三日哭,重璧台前伤盛姬。又不见泰陵一掬泪,马嵬坡下念杨妃。纵令妍姿艳质化为土,此恨长在无销期。生亦惑,死亦惑,尤物惑人忘不得。人非木石皆有情,不如不遇倾城色。

陵园妾　怜幽闭也—作托幽闭,喻被谗遭黜也。

陵园妾,颜色如花命如叶。命如叶薄将奈何,一奉寝宫年月多。年月多,时光换,春愁秋思知何限。青丝发落丛鬓疏,红玉肤销系裙慢—作缦。记昔宫中被妒猜,因谗得罪配陵来。老母啼呼趁车别,中官监送锁门回。山宫一闭无开日,未死此身—作此身未死不令出。松门到晓月裴回,柏城尽日风萧瑟。松门柏城幽闭深,闻蝉听燕感光阴。眼看菊蕊重阳泪,手把梨花寒食心。把花掩泪无人见,绿芜墙绕青苔院。四季徒支妆粉钱,三—作朝不识君王面。遥想六宫奉至尊,宣徽雪夜浴堂春。雨露之恩不及者,犹闻不啻三千人。三千人,一无三字。我尔君恩何厚薄。愿令轮转直陵园,三岁一来均苦乐。

盐商妇　恶幸人也

盐商妇,多金帛,不事田农与蚕绩。南北东西不失家,风水为乡船作宅。本是扬州小家女,嫁得西江大商客。绿鬟富—作溜去金钗多,皓腕肥来银钏窄。前呼苍头后叱婢,问尔因何得如此。婿作盐商十五年,不属州县属天子。每年盐利入官时,少入官家多入私。官家利薄私家厚,盐铁尚书远不知。何况江头鱼米贱,红脍黄橙香稻饭。饱食浓妆倚柁楼,两朵红腮花欲绽。盐商妇,有幸嫁盐商。终朝美饭食,终岁好衣裳。好衣美食来何—作有未处,亦须惭愧桑弘羊。桑弘羊,死已久,不独汉时今亦有。

杏为梁　刺居处僭也

杏为梁,桂为柱,何人堂室李开府。碧砌红轩色未干,去年身殁今移主。高其墙,大其门,谁家第宅卢将军。素泥朱版光未灭,今日官收别赐人。开府之堂将军宅,造未成时头已白。逆旅重居逆旅中,心是主人身是客。更有愚夫念身后,心虽甚长计非久。穷奢极丽越规模,付子传孙令保守。莫教门外过客闻,抚掌回头笑杀君。君不见马家宅尚犹存,宅门题作奉诚园。君不见魏家宅属他人,诏赎赐还五代孙。元和四年,记特以官钱赎魏徵胜业坊中旧宅,以还其后孙,用奖忠俭。俭存奢失今在目,安用高墙围大屋。

井底引银瓶　止淫奔也

井底引银瓶,银瓶欲上丝绳绝。石上磨玉簪,玉簪欲成中央折。瓶沉簪折知奈何,似妾今朝与君别。忆昔在家为女时,人言举动有殊姿。婵娟两鬓秋蝉翼,宛转双蛾远山色。笑随戏伴后园中,此时与君未相识。妾弄青梅凭—作倚短墙,君骑白马傍垂杨。墙头马上遥相顾,一见知君即断肠。知君断肠共君语,君指南山松柏树。感君松柏化为心,暗合双鬟逐君去。到君家舍五六年,君家大人频有言。聘则为妻奔是妾,不堪主祀奉蘋蘩。终知君家不可住,其奈出门无去处。岂无父母在高堂,亦有亲情满故乡。潜来更不通消息,今日悲羞归不得。为君一日恩,误妾百年身。寄言痴小人家女,慎勿将身轻许人。

官牛　讽执政也

官牛官牛驾官车,浐水岸边般—作驱载沙。

一石沙,几斤重,朝载一作驾暮载将何用。载向五门官道西,绿槐阴下铺一作填沙堤。昨来新拜右丞相,恐怕泥途一作深污马蹄。右丞相,马蹄蹋沙虽净洁,牛领牵车欲流血。右丞相,但能济人治国调阴阳,官牛领穿亦无妨。

紫毫笔　讥一作诫失职也

紫毫笔,尖一作纤如锥兮利如刀。江南石上有老兔,吃竹饮泉生紫毫。宣城之一作工人采为笔,千万毛中拣一作选一毫。毫虽轻,功甚重。管勒工名充岁贡,君兮臣兮勿轻用。勿轻用,将何如,愿赐东西府御史,愿颁左右台起居。搦一作握管趋入黄金阙,抽毫立在白玉除。臣有奸邪正衙奏,君有动言直笔书。起居郎,侍御史,尔知紫毫不易致。每岁宣城进笔时,紫毫之价如金贵。慎勿空将弹失仪,慎勿空将录制词。

隋堤柳　悯亡国也

隋堤柳,岁久年深尽衰朽。风飘飘兮雨萧萧,三株两株汴河口。老枝病叶愁杀人,曾经大业年中春。大业年中炀天子,种柳成行夹流水。西自黄河东至一作接淮,绿阴一千三百里。大业末年春暮月,柳色如烟絮如雪。南幸江都恣佚游,应将此柳系龙舟。紫髯郎将护锦缆,青娥御史直迷楼。海内财力此时竭,舟中歌笑何日休。上荒下困势不久,宗社之危如缀旒。一本此下有炀天子,自言欢乐殊未极,岂知明年正朔归武德三句。炀天子,自言福祚长无穷,岂知皇子封酅公。龙舟未过彭城阁,义旗已入长安宫。萧墙祸生人事变,晏驾不得归秦中。土坟数尺何处葬,吴公台下多悲风。二百年来汴河路,沙草和烟朝复暮。后王何以鉴前王,请看隋堤亡国树。

草茫茫　惩厚葬也

草茫茫,土苍苍。苍苍茫茫在何处,骊山脚下秦皇墓。墓中下涸二重泉,当时自以为深固。下流水银象江海,上缀珠光作乌兔。别为天地于其间,拟将富贵随身去。一朝盗掘坟陵破,龙樟神堂三月火。可怜宝玉归人间,暂借泉中买身祸。奢者狼藉俭者安,一凶一吉在眼前。凭君回首向南望,汉文葬在霸陵原。

古冢狐　戒艳色也

古冢狐,妖且老,化为妇人颜色好。头变云鬟面变妆,大尾曳作长红裳。徐徐行傍荒村路,日欲暮时人静处。或歌或舞或悲啼,翠眉不举花颜一作细低。忽然一笑千万态,见者十人八九迷。假色迷人犹若是,真色迷人应过此。彼真此假俱迷人,人心恶假贵重真。狐假女妖害犹浅,一朝一夕迷人眼。女为狐媚害即一作则,一作深深,日长月增一作日增月长溺人心。何况褒妲之色善蛊惑,能丧人家覆人国。君看为害浅深间,岂将假色同真色。

黑潭龙　疾贪吏也

黑潭水深黑如墨,传有神龙人不识。潭上架屋官立祠,龙不能神人神一作异之。丰凶水旱与疾疫,乡里皆言龙所为。家家养豚漉清酒,朝祈暮赛依巫口。神之来兮风飘飘,纸钱动兮锦伞摇。神之去兮风亦静,香火灭兮杯盘冷。肉堆潭岸石,酒泼庙前草。不知龙神享几多,林鼠山狐长醉饱。狐何幸,豚何辜,年年杀豚将喂狐。狐假龙神食豚尽,九重泉底龙知无。

天可度　恶诈人也

天可度,地可量,唯有人心不可防。但见丹诚赤如血,谁知伪言巧似簧。劝君掩鼻君莫掩,使君夫妇为参商。劝君掇蜂君莫掇,使君父子成豺狼。海底鱼兮天上鸟,高可射兮深可钓。唯有人心相对时,咫尺之间不能料。君不见李义府之辈笑欣欣,笑中有刀潜杀人。阴阳神变皆可测,不测人间笑是瞋。

秦吉了　哀冤民也

秦吉了,出南中,彩毛青黑花颈红。耳聪心慧舌端巧,鸟语人言无不通。昨日长爪鸢,今朝大觜乌。鸢捎乳燕一窠一作巢覆,乌啄母鸡双眼枯。鸡号堕地燕惊—作已去,然后拾卵攫其雏。岂无雕与鹗,嗉中肉饱不肯搏。亦有鸾鹤群,闲立高扬如不闻。秦吉了,人云尔是能言鸟,岂—作尔不见鸡燕之冤苦。吾联凤皇百鸟主,尔竟不为凤皇之前致一言—作词,安用噪噪—作哄哄闲言语。

鸦九剑　思决壅也

欧冶子死千年后,精灵暗授张鸦九。鸦九铸剑吴山中,天与日时神借功。金铁腾精火翻焰,踊跃求为镆铘剑。剑成未试十余年,有客持金买一观。谁知闭—作开匣长思用,三尺青蛇不肯蟠。客有心,剑无口,客代剑言告—作报鸦九。君勿矜我玉可切,君勿夸我钟可刜。不如持我决浮云,无令漫漫蔽白日。为君使无私之光及万物,蛰虫昭苏萌草—作芽出。

采诗官　鉴前王乱亡之由也

采诗官,采诗听歌导人言。言者无罪闻者诫,下流上通上下泰。周灭秦兴至隋氏,十代采诗官不置。郊庙登歌赞君美,乐府艳词—作调悦君意。若求兴—作讽谕规刺言,万句千章无一字。不是章句无规刺,渐及朝廷绝讽议。净臣杜口为冗员,谏鼓高悬作虚器。一人负扆常端默,百辟入门两—作皆自媚。夕郎所贺皆德音,春官每奏唯祥瑞。君之堂兮千里远,君之门兮九重閟。君耳唯闻堂上言,君眼不见门前事。贪吏害民无所忌,奸臣蔽君无所畏。君不见厉王胡亥—作炀帝之末年,群臣有利君无利。君兮君兮愿听此,欲开壅蔽达—作远人情,先向歌诗求讽刺。

全唐诗卷四百二十八

白居易

常乐里闲居偶题十六韵,兼寄刘十五公舆、王十一起、吕二炅、吕四颖、崔十八玄亮、元九稹、刘三十二敦质、张十五仲元,时为校书郎

帝都名利场,鸡鸣无安居。独有懒慢者,日高头未梳。工拙性不同,进退迹遂殊。幸逢太平代,天子好文儒。小才难大用,典校在秘书。三旬两入省,因得养顽疏。茅屋四五间,一马二仆夫。俸钱万六千,月给亦有余。既无衣食牵,亦少人事拘。遂使少年心,日日常晏如。勿言无知己,躁静各有徒。兰台七八人,出处与之俱。旬时阻谈笑,旦夕望轩车。谁能雠校闲,解带卧吾庐。窗前有竹玩,门外有酒酤。何以待君子,数竿对一壶。

答元八宗简同游曲江后明日见赠

长安千万人,出门各有营。唯我与夫子,信马悠悠行。行到曲江头,反照草树明。南山好颜色,病客有心情。水禽翻白羽,风荷袅翠茎。何必沧浪去,即此可濯缨。时景不重来,赏心难再并。坐愁红尘里,夕鼓咚咚声。归来经一宿,世虑稍复生。赖闻瑶华唱,再得尘襟清。

感时

朝见日上天,暮见日入地。不觉明镜中,忽年三十四。勿言身未老,冉冉行将至。白发虽未生,朱颜已先悴。人生讵几何,在世犹如寄。虽有七十期,十人无一二。今我犹未悟,往往不适意。胡为方寸间,不贮浩然气。贫贱非不恶,道在何足避。富贵非不爱,时来当自致。所以达人心,外物不能累。唯当饮美酒,终日陶陶醉。斯言胜金玉,佩服无失坠。

首夏同诸校正游开元观,因宿玩月

我与二三子,策名在京师。官小无职事,闲于为客时。沉沉道观中,心赏期在兹。到门车马回,入院巾杖随。清和四月初,树木正华兹。风清新一作寒叶影,鸟恋一作思残花枝。向夕天又晴,东南余霞披。置酒西廊下,待月杯行迟。须臾金魄生,若与吾徒期。光华一照耀,殿角一作楼殿相参差。终夜清景前,笑歌不知疲。长安名利地,此兴几人知。

永崇里观居

季夏中气候,烦暑自此收。萧飒风雨天,蝉声暮啾啾。永崇里巷静,华阳观院幽。轩车不到处,满地槐花秋。年光忽冉冉,世事本悠悠。何必待衰老,然后悟浮休。真隐岂长远,至道在冥搜。身虽世界一作间住,心与虚无游。朝饥有蔬食,夜寒有布裘。幸免冻与馁,此外复何求。寡欲虽少病,乐天心不忧。何以明吾志,周易在床头。

早送举人入试

凤驾送举人,东方犹未明。自谓出太早,已有车马行。骑火高低影,街鼓参差声。可怜早朝者,相看意气生。日出尘埃飞,群动互营营。营营各何求,无非利与名。而我常晏起,虚住长安城。春深官又满,日有归山情。

招王质夫自此后诗为盩厔尉时作

濯足云水客,折腰簪笏身。喧闲迹相背,十里别经旬。忽因乘逸兴,莫惜访嚣尘。窗前故栽竹,与君为主人。

祗役骆口,因与王质夫同游秋山,偶题三韵

石拥百泉合,云破千峰开。平生烟霞侣,此地重裴回。今日勤王意,一半为山来。

见萧侍御忆旧山草堂诗,因以继和

琢玉以为架,缀珠以为笼。玉架绊野鹤,珠笼锁冥鸿。鸿思云外天,鹤忆松上风。珠玉信为美,鸟不恋其中。台中萧侍御,心与鸿鹤同。晚起慵冠豸,闲行厌避骢。昨见忆山诗,诗思浩无穷。归梦杳何处,旧居茫水东。秋闲杉桂林,春老芝术丛。自云别山后,离抱常忡忡。衣绣非不荣,持宪非不雄。所乐不在此,怅望草堂空。

病假中南亭闲望

欹枕不视事,两日门掩关。始知吏役身,不病不得闲。闲意不在远,小亭方丈间。西檐竹梢上,坐见太白山。遥愧峰上云,对此尘中颜。

仙游寺独宿

沙鹤上阶立,潭月当户开。此中留我宿,两夜不能回。幸与静境遇,喜无归侣催。从今独游后,不拟共人来。

前庭一作亭凉夜

露簟色似玉,风幌影如波。坐愁树叶落,中庭明月多。

官舍小亭闲望

风竹散清韵,烟槐凝绿姿。日高人吏去,闲坐在茅茨。葛衣御时暑,蔬饭疗朝饥。持此聊自足,心力少营为。亭上独吟罢,眼前无事时。数峰太白雪,一卷陶潜诗。人心各自是,我是良在兹。回谢争名客,甘从君所嗤。

早秋独夜

井梧一作桐凉叶动,邻杵秋声发。独向檐下眠,觉来半床月。

听弹古渌水琴曲名

闻君古渌水,使我心和平。欲识慢流意,为听疏泛声。西窗竹阴下,竟日有余清。

松斋自题时为翰林学士

非老亦非少,年过三纪余。非贱亦非贵,朝登一命初。才小分易足,心宽体长舒。充肠皆美食,容膝即安居。况此松斋下,一琴数帙书。书不求甚解,琴聊以自娱。夜直入君门,晚归卧吾庐。形骸委顺动,方寸付空虚。持此将过日,自然多晏如。昏昏复默默,非智亦非愚。

冬夜与钱员外同直禁中

夜深草诏罢,霜月凄凛凛。欲卧暖残杯,灯前相对饮。连铺青缣被,对置通中枕。仿佛百余宵,与君同此寝。

和钱员外禁中夙兴见示

窗白星汉曙,窗暖灯火余。坐卷朱里幕,看封紫泥书。宿宿钟漏尽,曈曈霞景初。楼台红照曜,松竹青扶疏。君爱此时好,回头特—作时谓余。不知上清界,晓景复何如。

夏日独直,寄萧侍御

宪台文法地,翰林清切司。鹰猜课野鹤,骥德责山麋。课责虽不同,同归非所宜。是以方寸内,忽忽暗相思。夏日独上直,日长何所为。澹然无他念,虚静是吾师。形委有事牵,心与无事期。中膺一以旷,外累都若遗。地贵身不觉,意闲境来随。但对松与竹,如在山中时。情性聊自适,吟咏偶成诗。此意非夫子,余人多不知。

松声 修行里张家宅南亭作

月好好独坐,双松在前轩。西南微风来,潜入枝叶间。萧寥发为声,半夜明月前。寒山飒飒雨,秋琴泠泠弦。一闻涤炎暑,再听破昏烦。竟夕遂不寐,心体俱翛然。南陌车马动,西邻歌吹繁。谁知兹檐下,满耳不为喧。

禁中

门严九重静,窗幽一室闲。好是修心处,何必在深山。

赠吴丹

巧者力苦—作若劳,智者心苦—作若忧—作悉。爱君无巧智,终岁闲悠悠。尝登御史府,亦佐东诸侯。手操纠谬简,心运决胜筹。宦途似风水,君心如虚舟。泛然而不有,进退得自

由。今来脱豸冠,时往侍龙楼。官曹称心静,居处随迹幽。冬负南荣—作檐日,支体甚温柔。夏卧北窗风,枕席如凉秋。南山入舍下,酒瓮在床头。人间有闲地,何必隐林丘。顾我愚且昧,劳生殊未休。一入金门直,星霜三四周。主恩信难报,近地徒久留。终当乞闲官,退与夫子游。

初除户曹,喜而言志

诏授户曹掾,捧诏感君恩。感恩非为己,禄养及吾亲。弟兄俱簪笏,新妇俨衣巾。罗列高堂下,拜庆正纷纷。俸钱四五万,月可奉晨昏。廪禄二百石,岁可盈仓囷。喧喧车马来,贺客满我门。不以我为贪,知我家内贫。置酒延贺客,客容亦欢欣。笑云今日后,不复忧空尊。答云如君言,愿君少逡巡。我有平生志,醉后为君陈。人生百岁期,七十有几人。浮荣及虚位,皆是身之宾。唯有衣与食,此事粗关身。苟免饥寒外,余物尽浮云。

秋居书怀

门前少宾客,阶下多松竹。秋景下西墙,凉风入东屋。有琴慵不弄,有书闲不读。尽日方寸中,澹然无所欲。何须广居处,不用多积蓄。丈室可容身,斗储可充腹。况无治道术,坐受官家禄。不种一株桑,不锄一垄谷。终朝饱饭餐,卒岁丰衣服。持此知愧心,自然易为足。

禁中晓卧,因怀王起居

迟迟禁漏尽,悄悄暝—作冥鸦喧。夜雨槐花落,微凉卧北轩。曙灯残未灭,风帘闲自翻。每一得—作得一静境,思与故人言。

养拙

铁柔不为剑,木曲不为辕。今我亦如此,愚蒙不及门。甘心谢名利,灭迹归丘园。坐卧茅茨中,但对琴与尊。身去缰锁累,耳辞朝市喧。逍遥无所为,时窥五千言。无忧乐性场,寡欲清心源。始知不才者,可以探道根。

寄李十一建

外事牵我形,外物诱我情。李君别来久,褊吝从中生。忆昨访君时,立马扣柴荆。有时君未起,稚子喜先迎。连步笑出门,衣翻冠或倾。扫阶苔纹绿,拂榻藤阴清。家酝及春熟,园葵乘露烹。看山东亭坐,待月南原行。门静唯鸟语,坊远少鼓声。相对尽日言,不及利与名。分手来几时,明月三四盈。别时残花落,及此新蝉鸣。芳岁忽已晚,离抱怅未平。岂不思命驾,吏职坐相萦。前时君有期,访我来山城。心赏久云阻,言约无自轻。相去幸非远,走马一日程。

旅次华州,赠袁右丞

渭水绿溶溶,华山青崇崇。山水一何丽,君子在其中。才与世会合,物随诚感通。德星降人福,时雨助岁功。化行人无讼,囹圄千日空。政顺气亦和,黍稷三年丰。客自帝城来,驱马出关东。爱此一郡人,如见太古风。方今天子心,忧人正忡忡。安得天下守,尽得如袁公。

酬杨九弘贞长安病中见寄

伏枕君寂寂,折腰我营营。所嗟经时别,相去一宿程。携手昨何时,昆明春水平。离郡来几日,太白夏云生。之子未得意,贫病客帝城。贫坚志士节,病长高人情。隐几自恬澹,闭门无送迎。龙卧心有待,鹤瘦貌弥清。清机发为文,投我如振琼。何以慰饥渴,捧之吟一声。

禁中寓—作偶直梦游仙游寺

西轩草诏暇,松竹深寂寂。月出清风来,忽似山中夕。因成西南梦,梦作游仙客。觉闻宫漏声,犹谓山泉滴。

赠王山人

闻君减寝食,日听神仙说。暗待非常人,潜求长生诀。言长本对短,未离生死辙。假使得长生,才能胜夭折。松树千年朽,槿花一日歇。毕竟共虚空,何须夸岁月。彭殇徒自异,生死终无别。不如学无生,无生即无灭。

秋山

久病旷心赏,今朝一登山。山秋云物冷,称我清羸颜。白石卧可枕,青萝行可攀。意中如有得,尽日不欲还。人生无几何,如寄天地间。心有千载忧,身无一日闲。何时解尘网,此地来掩关。

赠能七伦

涧松高百寻,四时寒森森。临风有清韵,向日无曲阴。如何时俗人,但赏桃李林。岂不知坚贞,芳馨诱其心。能生学为文,气高功亦深。手中一百篇,句句披沙金。苦节二十年,无人振陆沉。今我尚贫贱,徒为尔知音。

题杨颖—作隐士西亭

静得亭上境,远谐尘外踪。凭轩东南望—作东望好,鸟灭山重重。竹露冷烦襟,杉风清病容。旷然宜真趣,道与心相逢。即此可遗世,何必蓬壶峰。

题赠郑秘书征君石沟溪隐居 郑生常隐天台,征起而仕。今复谢病,隐于此溪中。

郑君得自然,虚白生心胸。吸彼沉瀣精,凝为冰雪容。大君贞元初,求贤致时雍。蒲轮入翠微,迎下天台峰。赤城别松乔,黄阁交夔龙。俯仰受三命,从容辞九重。出笼鹤翩翩,归林凤雍雍。在火辨良玉,经霜识贞松。新居寄楚山,山碧溪溶溶。丹灶烧烟煴,黄精花丰茸。蕙帐夜琴澹,桂尊春酒浓。时人不到处,苔石无尘踪。我今何为者,趋世身龙钟。不向林壑访,无由朝市逢。终当解尘缨—作网,卜筑来相从。

及第后归觐,留别诸同年

十年常苦学,一上谬成名。擢第未为贵,贺亲方始荣。时辈六七人,送我出帝城。轩车动行色,丝管举离声。得意减别恨,半酣轻远程。翩翩马蹄疾,春回归乡情。

清夜琴兴 一作听琴

月出鸟栖尽,寂然坐空林。是时心境闲,可以弹素琴。清泠由木性,恬澹随人心。心积和平气,木应正始音。响余群动息,曲罢秋夜深。正声感元化,天地清沉沉。

效陶潜体诗十六首 并序

余退居渭上,杜门不出,时属多雨,无以自娱。会家酝新熟,雨中独饮,往往酣醉,终日不醒。懒放之心,弥觉自得。故得于此,而有以忘于彼者。因咏陶渊明诗,适与意会,遂效其体,成十六篇。醉中独言,醒辄自哂,然知我者亦无隐焉。

不动者厚地,不息者高天。无穷者日月,长在者山川。松柏与龟鹤,其寿皆千年。嗟嗟群物中,而人独不然。早出向朝市,暮已归下泉。形质及寿命,危脆若浮烟。尧舜与周孔,古来称圣贤。借问今何在,一会亦不还。我无不死药,万万随化迁。所未定知者,修短迟速间。幸及身健日,当歌一尊前。何必待人劝,持 一作念 此自为欢。

翳翳逾月阴,沉沉连日雨。开帘望天色,黄云暗如土。行潦毁我埸,疾风坏我宇。蓬莠生庭院,泥涂失场圃。村深绝宾客,窗晦无俦侣。尽日不下床,跳蛙时入户。出门无所往,入室还独处。不以酒自娱,块然与谁语。

朝饮一杯酒,冥心合无化。兀然无所思,日高尚闲卧。暮读一卷书,会意如嘉话。欣然有所遇,夜深犹独坐。又得琴上趣,安弦有余暇。复多诗中狂,下笔不能罢。唯兹三四事,持用度昼夜。所以阴雨中,经旬不出舍。始悟独往 一作住 人,心安时亦过。

东家采桑妇,雨来苦愁悲。蔟蚕北堂前,雨冷不成丝。西家荷锄叟,雨来亦怨咨。种豆南山下,雨多落为萁。而我独何幸,酝酒本无期。及此多雨日,正遇新熟时。开瓶泻尊中,玉液黄金脂。持玩已可悦,欢尝有余滋。一酌发好容,再酌开愁眉。连延 一作速进 四五酌,酣畅入四肢。忽然遗我物,谁复分是非。是时连夕雨,酩酊无所知。人心苦颠倒,反为忧者嗤。

朝亦独醉歌,暮亦独醉睡。未尽一壶酒,已成三独醉。勿嫌饮太少,且喜欢易致。一杯复两杯,多不过三四。便得心中适,尽忘身外事。更复强一杯,陶然遗万累。一饮一石者,徒以多为贵。及其酩酊时,与我亦无异。笑谢多饮者,酒钱徒自费。

天秋无片云,地静无纤尘。团团新晴月,林外生白轮。记昨阴霖天,连连三四旬。赖逢家酝熟,不觉过朝昏。私言雨霁后,可以罢余尊。及对新月色,不醉亦愁人。床头残酒榼,欲尽味弥淳。携置南檐下,举酌自殷勤。清光入杯杓,白露生衣巾。乃知阴与晴,安可无此君。我有乐府诗,成来人未闻。今宵醉有兴,狂咏惊四邻。独赏犹复尔,何况有交亲。

中秋三五夜,明月在前轩。临觞忽不饮,记我平生欢。我有同心人,邈邈崔与钱。我有忘形友,迢迢李与元。或飞青云上,或落江湖间。与我不相见,于今四五 一作三四 年。我无缩地术,君非驭风仙。安得明月下,四人来晤言。良夜信难得,佳期杳无缘。明月又不驻 一作住,渐下西南天。岂无他时会,惜此清景前。

家酝饮已尽,村中无酒酤 一作赁。坐愁今夜醒,其奈秋怀何。有客忽叩门,言语一何佳。云是南村叟,挈榼来相过。且喜尊不燥,安问少与多。重阳虽已过,篱菊有残花。欢来苦昼短,不觉夕阳斜。老人勿遽起,且待新月华。客去有余趣,竟夕独酣歌。

原生衣百结,颜子食一箪。欢然乐其志,有以忘饥寒。今我何人哉,德不及 一作比 先贤。衣食幸相属,胡为不自安。况兹清渭曲,居处安且闲。榆柳百余树,茅茨十数间。寒负檐下日,热濯涧底泉。日出犹未起,日入已复眠。西风满村巷,清凉八月天。但有鸡犬声,不闻车马喧。时倾一尊酒,坐望东南山。稚侄初学步,牵衣戏我前。即此自可乐,庶几颜与原。

湛湛尊中酒,有功不自伐。不伐人不知,

我今代其说。良将临大敌,前驱千万卒。一箪投河饮,赴死心如一。壮士磨匕首,勇愤气咆勃。一酣忘报仇,四体如无骨。东海杀孝妇,天旱逾年月。一酹酹其魂,通宵雨不歇。咸阳秦狱气,冤痛结为物。千岁不肯散,一沃亦销失。况兹儿女恨,及彼幽忧疾。快饮无不消,如霜得春日。方知麴蘖灵,万物无与匹。

烟霞—作云隔悬圃,风波限瀛洲。我岂不欲往,大海路阻修。神仙但闻说,灵药不可求。长生无得者,举世如蜉蝣。逝者不重回,存者难久留。踟蹰未死间,何苦怀百忧。念此忽内热,坐看成白头。举杯还独饮,顾影自献酬。心与口相约,未醉勿言休。今朝不尽醉,知有明朝不。不见郭门外,累累坟与丘。月明愁杀人,黄蒿风飕飕。死者若有知,悔不秉烛游。

吾闻浔阳郡,昔有陶征君。爱酒不爱名,忧醒不忧贫。尝为彭泽令,在官才八旬。愀然忽不乐,挂印著公门。口吟归去来,头戴漉酒巾。人吏留不得,直入故山云。归来五柳下,还以酒养真。人间荣与利,摆落如泥尘。先生去已久,纸墨有遗文。篇篇劝我饮,此外无所云。我从老大来,窃慕其为人。其他不可及,且效醉昏昏。

楚王疑忠臣,江南放屈平。晋朝轻高士,林下弃刘伶。一人常独醉,一人常独醒。醒者多苦志,醉者多欢情。欢情信独善,苦志竟何成。兀傲瓮间卧,憔悴泽畔行。彼忧而此乐,道理甚分明。愿君且饮酒,勿思身后名。

有一燕赵士,言貌甚奇瑰。日日酒家去,脱衣典数杯。问君何落拓—作魄,云仆生草莱。地寒命且薄,徒抱王佐才。岂无济时策,君门乏良媒。三献寝不报,迟迟空手回。亦有同门生,先升青云梯。贵贱交道绝,朱门叩不开。及归种禾黍,三岁旱为灾。入山烧黄白,一旦化为灰。蹉跎五十余,生世苦不谐。处处去不得,却归酒中来。

南巷有贵人,高盖驷马车。我问何所苦,四十垂白须。答云君不知,位重多忧虞。北里有寒士,瓮牖绳为枢。出扶桑枣杖,入卧蜗牛庐。散贱无忧患,心安体亦舒。东邻有富翁,藏货遍五都。东京收粟帛,西市鬻金珠。朝营暮计算,昼夜不安居。西舍有贫者,匹妇配匹夫。布裙行赁舂,裋褐坐佣书。以此求口食,一饱欣有余。贵贱与贫富,高下虽有殊。忧乐与利害,彼此不相逾。是以达人观,万华同一途。但未知生死,胜负两何如。迟疑未知间,且以酒为娱。

济水澄而洁,河水浑而黄。交流列四渎,清浊不相伤。太公战牧野,伯夷饿首阳。同时号贤圣,进退不相妨。谓天不爱民,胡为生稻粱。谓天果爱民,胡为生豺狼。谓神福善人,孔圣竟栖遑。谓神祸淫人,暴秦终霸王。颜回与黄宪,何辜早夭亡。蝮蛇与鸩鸟,何得寿延长。物理不可测,神道亦难量。举头仰问天,天色但苍苍。唯当多种黍,日醉手中觞。

全唐诗卷四百二十九

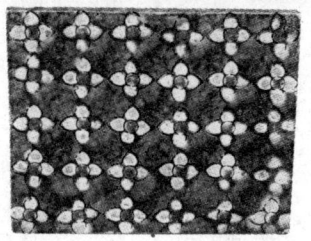

白居易

自题写真 时为翰林学士

我貌不自识,李放写我真。静观神与骨,合是山中人。蒲柳质易朽,麋鹿心难驯。何事赤墀上,五年为侍臣。况多刚狷性,难与世同尘。不惟非贵相,但恐生祸因。宜当早罢去,收取云泉身。

遣怀 自此后诗在渭村作

寓心身体中,寓性方寸内。此身是外物,何足苦忧爱。况有假饰者,华簪及高盖。此又疏于身,复在外物外。操之多惴栗,失之又悲悔。乃知名与器一作利,得丧俱为害。颓然环堵客,萝薜为巾带。自得此道来,身穷心甚泰。

渭上偶钓

渭水如镜色,中有鲤与鲂。偶持一竿竹,悬钓在一作至其傍。微风吹钓丝,袅袅十尺长。谁知一作身虽对鱼坐,心在无何乡。昔有白头人,亦钓此渭阳。钓人不钓鱼,七十得文王。况我垂钓意,人鱼又一作亦兼忘。无机两不得,但弄秋水光。兴尽钓亦罢,归来饮我觞。

隐几

身适忘四支,心适忘是非。既适又忘适,不知吾是谁。百体如槁木,兀然无所知。方寸如死灰,寂然无所思。今日复明日,身心忽两遗。行年三十九,岁暮日斜时。四十心不动,吾今期庶几。

春眠

新浴肢体畅,独寝神魂安。况因夜深坐,遂成日高眠。春被薄亦暖,朝窗深更闲。却忘人间事,似得枕上仙。至适无梦想,大和难名言。全胜彭泽醉,欲敌曹溪禅。何物呼我觉,伯劳声关关。起来妻子笑,生计春茫然。

闲居

空腹一盏粥,饥食有余味。南檐半床日,暖卧因成睡。绵袍拥两膝,竹几支双臂。从旦直至昏,身心一无事。心足即为富,身闲乃当贵。富贵在此中,何必居高位。君看裴相国,金紫光照地。心苦头尽白,才年四十四。乃知高盖车,乘者多忧畏。

夏日

东窗晚无热,北户凉有风。尽日坐复卧,不离一室中。中心本无系,亦与出门同。

适意二首

十年为旅客,常有饥寒愁。三年作谏官,复多尸素羞。有酒不暇饮,有山不得游。岂无平生志,拘牵不自由。一朝归渭上,泛如不系舟。置心世事外,无喜亦无忧。终日一蔬食,终年一布裘。寒来弥懒放,数日一梳头。朝睡足始起,夜酌醉即休。人心不过适,适外复何求。

早岁从旅游,颇谙时俗意。中年忝班列,备见朝廷事。作客诚已难,为臣尤不易。况余方且介,举动多忤累。直道速我尤,诡遇非吾志。胸中十年内,消尽浩然气。自从返田亩,顿觉无忧愧。蟠木用难施,浮云心易遂。悠悠身与世,从此两相弃。

首夏病间

我生来几时,万有四千日。自省于其间,非忧即有疾。老去虑渐息,年来病初愈。忽喜身与心,泰然两无苦。况兹孟夏月,清和好时节。微风吹袷衣,不寒复不热。移榻树阴下,竟日何所为。或饮一瓯茗,或吟两句诗。内无忧患迫,外无职役羁。此日不自适,何时是适时。

晚春酤酒

百花落如雪,两鬓垂作丝。春去有来日,我老无少时。人生待富贵,为乐常苦迟。不如贫贱日,随分开愁眉。卖我所乘马,典我旧朝衣。尽将酤酒饮,酩酊步行归。名姓日隐晦,形骸日变衰。醉卧黄公肆,人知我是谁。

兰若寓居

名宦老慵求,退身安草野。家园病懒归,寄居在兰若。薜衣换簪组,藜杖代车马。行止辄自由,甚觉身潇洒。晨游南坞上,夜息东庵下。人间千万事,无有关心者。

鞠生访宿

西斋寂已暮,叩门声楠楠。知是君宿来,自拂尘埃席。村家何所有,茶果迎来客。贫静似僧居,竹林依四壁。厨灯斜影出,檐雨余声滴。不是爱闲人,肯来同此夕。

闻庾七左降因咏所怀

我病卧渭北,君老谪巴东。相悲一长叹,薄命与君同。既叹还自哂,哂叹两未终。后心消前意,所见何迷蒙。人生大块间,如鸿毛在风。或飘青云上,或落泥涂中。衮服相天下,倘来非我通。布衣委草莽,偶去非吾穷。外物不可必,中怀须自空。无令怏怏气,留滞在心胸。

答卜者

病眼昏似夜,衰鬓飒如秋。除却须衣食,平生百事休。知君善易者,问我决疑不。不卜非他故,人间无所求。

归田三首

人生何所欲,所欲唯两端。中人爱富贵,高士慕神仙。神仙须有籍,富贵亦在天。莫恋长安道,莫寻方丈山。西京尘浩浩,东海浪漫漫。金门不可入,琪树何由攀。不如归山下,如法种春田。

种田意已决,决意复何如。卖马买犊使,徒步归田庐。迎春治耒耜,候雨辟菑畬。策杖田头立,躬亲课仆夫。吾闻老农言,为稼慎在初。所施不卤莽,其一作所报必有余。上求奉王税,下望备家储。安得放慵惰,拱手而曳裾。学农未为鄙,亲友勿笑余。更待明年后,自拟执犁锄。

三十为近臣,腰间鸣佩玉。四十为野夫,田中学锄谷。何言十年内,变化如此速。此理固是常,穷通相倚伏。为鱼有深水,为鸟有高木。何必守一方,窘然自牵束。化吾足为马,吾因以行陆。化吾手为弹,吾因以求肉。形骸为异物,委顺心犹足。幸得且归农,安知不为福。况吾行欲老,瞥若风前一作中烛。孰能俄顷间,将心系荣辱。

秋游原上

七月行已半,早凉天气清。清晨起巾栉,徐步出柴荆。露杖筇竹冷,风襟越蕉轻。闲携弟侄辈,同上秋原行。新枣未全赤,晚瓜有余馨。依依田家叟,设此相逢迎。自我到此村,往来白发生。村中相识久,老幼皆有情。留连向暮归,树柏风蝉声一作鸣。是时新雨足,禾黍夹道青。见此令人饱,何必待西成。

九日登西原宴望 同诸兄弟作

病爱枕席凉,日高眠未辍。弟兄呼我起,今日重阳节。起登西原望,怀抱同一豁。移座就菊丛,糕酒前罗列。虽无丝与管,歌笑随情发。白日未及倾,颜酡耳已热。酒酣四向望,六合何空阔。天地自久长,斯人几时活。请看原下村,村人死不歇。一村四十家,哭葬无虚月。指此各相勉,良辰且欢悦。

寄同病者

三十生二毛,早衰为沉疴。四十官七品,拙宦非由他。年一作面颜日枯槁,时命日蹉跎。岂独我如此,圣贤无奈何。回观亲旧中,举目尤可嗟。或有终老者,沉贱如泥沙。或有始壮者,飘忽如风花。穷饿与夭促,不如我者多。以此反自慰,常得心平和。寄言同病者,回叹且为歌。

游蓝田山卜居

脱置腰下组,摆落心中尘。行歌望山去,意似归乡人。朝蹋玉峰下,暮寻蓝水滨。拟求幽僻地,安置疏慵身。本性便山寺,应须旁悟真。

村雪夜坐

南窗背灯坐,风霰暗纷纷。寂寞深村夜,残雁雪中闻。

东园玩菊

少年昨已去,芳岁今又阑。如何寂寞意,复此荒凉园。园中独立久,日淡风露寒。秋蔬尽芜没,好树亦凋残。唯有数丛菊,新开篱落间。携觞聊就一作自酌,为尔一留连。忆我少小日,易为兴所牵。见酒无时节,未饮已欣然。近从年长来,渐觉取乐难。常恐更衰老,强饮亦无欢。顾谓尔菊花,后时何独鲜。诚知不为我,借尔暂开颜。

观稼

世役不我牵,身心常自若。晚出看田亩,闲行旁村落。累累绕场稼,喷喷群飞雀。年丰岂独人,禽鸟声亦乐。田翁逢我喜,默起具尊一作杯杓。敛手笑相延,社酒有残酌。愧兹勤且敬,藜杖为淹泊。言动任天真,未觉农人恶。停杯问生事,夫种妻儿获。筋力苦疲劳,衣食常单薄。自惭禄仕者,曾不营农作。饥食无所劳,何殊卫人鹤。

闻哭者

昨日南邻哭,哭声一何苦。云是妻哭夫,夫年二十五。今朝北里哭,哭声又何切。云是母哭儿,儿年十七八。四邻尚如此,天下多夭折。乃知浮世人,少得垂白发。余今过四十,念彼聊自悦。从此明镜中,不嫌头似雪。

新构亭台,示诸弟侄

平台高数尺,台上结茅茨。东西疏二牖,南北开两扉。芦帘前后卷,竹簟当中施。清泠白石枕,疏凉黄葛衣。开襟向风坐,夏日如秋时。啸傲颇有趣,窥临不知疲。东窗对华山,三峰碧参差。南檐当渭水,卧见云帆飞。仰摘枝上果,俯折畦中葵。足以充饥渴,何必慕甘肥。况有好群从,且夕相追随。

自吟拙什,因有所怀

懒病每多暇,暇来何所为。未能抛笔砚,时作一篇诗。诗成淡无味,多被众人嗤。上怪落声韵,下嫌拙言词。时时自吟咏,吟罢有所思。苏州及彭泽,与我不同时。此外复谁爱,唯有元微之。谪—作趋向江陵府,三年作判司。相去二千里,诗成远不知。

东坡—作陂秋意,寄元八

寥落野陂畔,独行思有余。秋荷病叶上,白露大如珠。忽忆同赏地,曲江东—作南北隅。秋池—作步少游客,唯我与君俱。啼蛩隐红蓼,瘦马踏青芜。当时与今日,俱是暮秋初。节物苦相似,时景亦无余。唯有人分散,经年不得书。

闲居

深闭竹间扉,静扫松下地。独啸晚风前,何人知此意。看山尽日坐,枕帙移时睡。谁能从我游,使君心无事。

咏拙

所禀有巧拙,不可改者性。所赋有厚薄,不可移者命。我性愚且蠢,我命薄且屯。问我何以知,所知良有因。亦曾举两足,学人踏红尘。从兹知性拙,不解转如轮。亦曾奋六翮,高飞到青云。从兹知命薄,摧落不逡巡。慕贵而厌贱,乐富而恶贫。同此—作出天地间,我岂异于人。性命苟如此,反则成苦辛。以此自安分,虽穷每欣欣。葺茅为我庐,编蓬为我门。缝布作袍被,种谷充盘飧。静读古人书,闲钓清渭滨。优哉复游哉,聊以终吾身。

咏慵

有官慵不选,有田慵不农。屋穿慵不葺,衣裂慵不缝。有酒慵不酌,无异尊常空。有琴慵不弹,亦与无弦同。家人告饭尽,欲炊慵不舂。亲朋寄书至,欲读慵开封。尝闻嵇叔夜,一生在慵中。弹琴复锻铁,比我未为慵。

冬夜

家贫亲爱散,身病交游罢。眼前无一人,独掩村斋卧。冷落灯火暗,离披帘幕破。策策窗户前,又闻新雪下。长年渐省睡,夜半起端坐。不学坐忘心,寂寞安可过。兀然身寄世,浩然心委化。如此来四年,一千三百夜。

村中留李三固言宿

平生早游宦,不道无亲故。如我与君心,相知应有数。春明门前别,金氏陂中遇。村酒两三杯,相留寒日暮。勿嫌村酒薄,聊酌论心素。请君少踟蹰,系马门前树。明年身若健,便拟江湖去。他日纵相思,知君无觅处。后会既茫茫,今宵君且住。

友人夜访

檐间—作前清风簟,松下明月杯。幽意正如此,况乃故人来。

游悟真寺诗一百三十韵

元和九年秋,八月月上弦。我游悟真寺,寺在王顺山。去山四五里,先闻水潺湲。自兹舍车马,始涉—作步蓝溪湾。手拄青竹杖,足踏白石滩。渐怪耳目旷,不闻人世喧。山下望山上,初疑不可攀。谁知中有路,盘折通岩巅。一息幡竿下,再休石龛边。龛间长丈余,门户无扃关。仰—作俯窥不见人,石发垂若鬟。惊出白蝙蝠,双飞如雪翻。回首寺门望,青崖夹朱轩。如擘山腹开,置寺于其间。入门无平地,地窄虚空宽。房廊与台殿,高下随峰峦。岩崿无撮土,树木多瘦坚。根株抱石长,屈曲虫蛇蟠。松桂乱无行,四时郁芊芊。枝梢袅青翠—作清吹,韵若风中弦。日月光不透,绿阴相交延。幽鸟时一声,闻之似寒蝉。首憩宾位亭,就坐未及安。须臾开北户,万里明豁然。拂檐虹霏微,绕栋云回旋。赤日间白雨,阴晴同一川。野绿簇草树,眼界吞秦原。渭水细不见,汉陵小于拳。却顾来时路,萦纡映朱栏。

历历上山人，一一遥可观。前对多宝塔，风铎鸣四端。栾栌与户牖，恰恰金碧繁。云昔迦叶佛，此地坐涅槃。至今铁钵在，当底手迹穿。西开玉像殿，白佛森比肩。斗薮尘埃衣，礼拜冰雪颜。叠霜为袈裟，贯雹为华鬘。逼观疑鬼功，其迹非雕镌。次登观音堂，未能闻旃檀。上阶脱双履，敛足升净—作瑶筵。六楹排玉镜，四座敷金钿。黑夜自光明，不待灯烛燃。众宝互低昂，碧佩珊瑚幡。风来似天乐，相触声珊珊。白珠垂露凝，赤珠滴血殷。点缀佛髻上，合为七宝冠。双瓶白琉璃，色若秋水寒。隔瓶见舍利，圆转如金丹。玉笛何代物，天人施祇园。吹如秋鹤声，可以降灵仙。是时秋方中，三五月正圆。宝堂豁三门，金魄光其前。月与宝相射，晶光争鲜妍。照人心骨冷，竟夕不欲眠。晓寻南塔路，乱竹低婵娟。林幽不逢人，寒蝶飞翾翾。山果不识名，离离夹道蕃。足以疗饥乏，摘尝味甘酸。道南蓝谷神，紫伞白纸钱。若岁有水旱，诏使修蘋蘩。以地清净故，献奠无羶膻。危石叠四五，巀嶪欹且刓。造物者何意，堆在岩东偏。冷滑无人迹，苔点如花笺。我来登上头，下临不测渊。目眩手足掉，不敢低头看。风从石下生，薄人而上抟。衣服似羽翮，开张欲飞骞。岈岈三面峰，峰尖刀剑攒。往往—作悠远白云过，决开露青天。西北日落时，夕晖红团团。千里翠屏外，走下丹砂丸。东南月上时，夜气青漫漫。百丈碧潭底，写出黄金盘。蓝水色似蓝，日夜长潺潺。周回绕山转，下视如青环。或铺为慢流，或激为奔湍。泓澄最深处，浮出蛟龙涎。侧身入其中，悬磴尤险艰—作难。扪萝踏樛木，下逐饮涧猿。雪进起白鹭，锦跳惊红鳟。歊定方盥漱，濯去支体烦。浅深皆洞彻，可照脑与肝。但爱清见底，欲寻不知源。东崖饶怪石，积甃苍琅玕。温润发于外，其间韫玙璠。卞和死已久，良玉多弃捐。或时泄光彩，夜与星月连。中顶最高峰，拄天青玉竿。鶺鸰上不得，岂我能攀援。上有白莲池，素—作紫葩覆清澜。闻名不可到，处所非人寰。又有一片石，大如方尺砖。插在半壁上，其下万仞悬。云有过去师，坐得无生禅。号为定心石，长老世相传。却上谒仙祠，蔓草生绵绵。昔闻王氏子，羽化升上玄。其西晒药台，犹对芝术田。时复明月夜，上闻黄鹤言。回寻画龙堂，二叟鬓发斑。想见听法时，欢喜礼印坛。复归泉窟下，化作龙蜿蜒。阶前石孔在，欲雨生白烟。往有写经僧，身静心精专。感彼云外鸽，群飞千翩翩。来添砚中水，去吸岩底—作下泉。一日三往复，时节长不愆。经成号圣僧，弟子名杨难。诵此莲花偈，数满百亿千。身坏口不坏，舌根如红莲。颅骨今不见，石函尚存焉。粉壁有吴画，笔彩依旧鲜。素屏有褚书，墨色如新干。灵—作名境与异迹，周览无不殚。一游五昼夜，欲返仍盘桓。我本山中人，误为时网牵。牵率使读书，推挽令效官。既登文字科，又忝谏诤员。拙直不合时，无益同素餐。以此自惭惕，戚戚常寡欢。无成心力尽，未老形骸残。今来脱簪组，始觉离忧患。及为山水游，弥得纵疏顽。野麋断羁绊，行走无拘挛。池鱼放入海，一往何时还。身着居士衣，手把南华篇。终来此山住，永谢区中缘。我今四十余，从此终身闲。若以七十期，犹得三十年。

酬张十八访宿见赠 自此后诗为赞善大夫时所作

昔我为近臣，君常稀到门。今我官职冷，唯君来往频。我受狷介性，立为顽拙身。平生虽寡合，合即无缁磷。况君秉高义，富贵视如云。五侯三相家，眼冷不见君。问其所与游，独言韩舍人。其次即及我，我愧非其伦。胡为谬相爱，岁晚逾勤勤。落然颓檐下，一话夜达晨。床单食味薄，亦不嫌我贫。日高上马去，相顾犹逡巡。长安久无雨，目赤风昏昏。怜君将病眼，为我犯埃尘。远从延康里，来访曲江滨。所重君子道，不独愧相亲。

朝归书寄元八

进入阁前拜，退就廊下餐。归来昭国里，人卧马歇鞍。却睡至日午，起坐心浩然。况当好时节，雨后清和天。柿树绿阴合，王家庭院宽。瓶中鄠县酒,墙上终南山。独眠仍独坐,开襟当风前。禅师与诗客,次第来相看。要语连夜语,须眠终日眠。除非奉朝谒,此外无别牵。年长身且健,官贫心甚安。幸无急病痛,不至苦饥寒。自此聊以一作以此聊自适,外缘不能干。唯应一作为静者信,难为动者言。台中元侍御,早晚作郎官。未作郎官际,无人相伴闲。

酬吴七见寄

曲江有病客,寻常多掩关。又闻马死来,不出身更闲。闻有送书者,自起出门看。素缄署丹字,中有琼瑶篇。口吟耳自听,当暑忽翛然。似漱寒玉冰一作水,如闻商风弦。首章叹时节,末句思笑言。懒慢不相访,隔街如隔山。尝闻陶潜语,心远地自偏。君住安邑里,左右车徒喧。竹药闭深院,琴尊开小轩。谁知市南地,转作壶中天。君本上清人,名在石堂间。不知有何过,谪作人间仙。常恐岁月满,飘然归紫烟。莫忘蜉蝣内,进士有同年。

昭国闲居

贫闲日高起,门巷昼寂寂。时暑放朝参,天阴少人客。槐花满田地,仅绝人行迹。独在一床眠,清凉风雨夕。勿嫌坊曲远,近即多牵役。勿嫌禄俸薄,厚即多忧责。平生尚恬旷,老大宜安适。何以养吾真,官闲居处僻。

喜陈兄至

黄鸟啼欲歇,青梅结半成。坐怜春物尽,起入东园行。携觞懒独酌,忽闻叩门声。闲人犹喜至,何况是陈兄。从容尽日语,稠叠长年情。勿轻一盏一作杯酒,可以话平生。

赠杓直

世路重禄位一作位禄,栖栖者孔宣。人情爱年寿,夭死者颜渊。二人如何人,不奈命与天。我今信多幸,抚己愧前贤。已年四十四,又为五品官。况兹知足外,别有所安焉。早年以身代,直赴逍遥篇。近岁将心地,回向南宗禅。

外顺世间法,内脱区中缘。进不厌朝市,退不恋人寰。自吾得此心,投足无不安。体非导引适,意无江湖闲。有兴或饮酒,无事多掩关。寂静夜深坐,安稳日高眠。秋不苦长夜,春不惜流年。委形老小外,忘怀生死间。昨日共君语,与余心脗然。此道不可道,因君聊强言。

寄张十八

饥止一箪食,渴止一壶浆。出入止一马,寝兴止一床。此外无长物,于我有若亡。胡然不知足,名利心遑遑。念兹弥懒放,积习遂为常。经旬不出门,竟日不下堂。同病者张生,贫僻住延康。慵中每相忆,此意未能忘。迢迢青槐街,相去八九坊。秋来未相见,应有新诗章,早晚来同宿,天气转清凉。

题玉泉寺

湛湛玉泉色,悠悠浮云身。闲心对定水,清净两无尘。手把青筇杖,头戴白纶巾。兴尽下山去,知我是谁人。

朝回游城南

朝退马未困,秋初日犹长。回辔城南去,郊野正清凉。水竹夹小径,萦回绕川冈。仰看晚山色,俯弄秋泉光。清松系我马,白石为我床。常时簪组累,此日和身忘。旦随鹓鹭末,暮游鸥鹤旁。机心一以尽,两处不乱行。谁辩心与迹,非行亦非藏。

舟行江州路上作

帆影日渐高,闲眠犹未起。起问鼓枻人,已行三十里。船头有行灶,炊稻烹红鲤。饱食起婆娑,盥漱秋江水。平生沧浪意,一旦来游此。何况不失家,舟中载妻子。

溢浦早冬

当阳孟冬月,草木未全衰。祇抵一作祇长安陌,凉风八月时。日西溢水曲,独行吟旧诗。蓼花始零落,蒲叶稍离披。但作城中想,何异曲江池。

江州雪

新雪满前山,初晴好天气。日西骑马出,忽有京都意。城柳方缀花,檐冰才结穗。须臾风日暖,处处皆飘坠。行吟赏未足,坐叹销何易。犹胜岭南看,雰雰不到地。

全唐诗卷四百三十

白居易

题浔阳楼 自此后诗江州司马时作

常爱陶彭泽,文思何高玄。又怪韦江州,诗情亦清闲。今朝登此楼,有以知其然。大江寒见底,匡山青倚天。深夜湓浦月,平旦炉峰烟。清辉与灵气,日夕供文篇。我无二人才,孰为来其间。因高偶成句,俯仰愧江山。

访陶公旧宅 并序

余夙慕陶渊明为人,往岁渭上闲居,尝有《效陶体诗》十六首,今游庐山,经柴桑,过栗里,思其人,访其宅,不能默默,又题此诗云。

垢尘不污玉,灵凤一作龟不啄膻。呜呼陶靖节,生彼晋宋间。心实有所守,口终不能言。永惟孤竹子,拂衣首阳山。夷齐各一身,穷饿未为一作能难。先生有五男,与之同饥寒。肠中食不充,身上衣不完。连征竟不起,斯可谓真贤。我生君之后,相去五百年。每读五柳传,目想心拳拳。昔常咏遗风,著为十六篇。今来访故宅,森一作参若君在前。不慕尊有酒,不慕琴无弦。慕君遗荣利,老死此一作在丘园。柴桑古村落,栗里旧山川。不见篱下菊,但余墟中烟。子孙虽无闻,族氏犹未迁。每逢姓陶人,使我心依然。

北亭

庐宫山下州,湓浦沙边宅。宅北倚高冈,迢迢数千尺。上有青青竹,竹间多白石。茅亭居上头,豁达门四辟。前楹卷帘箔,北牖施床席。江风万里来,吹我凉浙浙。日高公府归,巾笏随手掷。脱衣恣搔首,坐卧任所适。时倾一杯酒,旷望湖天夕。口咏独酌谣,目送归飞翮。惭无出尘操,未免折腰役。偶获此闲居,谬似高人迹。

泛一作游**湓水**

四月未全热,麦凉江气一作风秋。湖山处

处好,最爱溢水头。溢水从东来,一派入江流。可怜似紫带,中有随风舟。命酒一临泛,舍鞍扬棹讴。放回岸傍马,去逐波间鸥。烟浪始渺渺,风襟亦悠悠。初疑上河汉,中若寻瀛洲。汀树绿拂地一作池,沙草芳未休。青萝与紫葛,枝蔓垂相樛。系缆步平岸,回头望江州。城雉映水见,隐隐如蜃楼。日入意未尽,将归复少留。到官行半岁,今日方一游。此地来何暮,可以写吾忧。

答故人

故人对酒叹,叹我在天涯。见我昔荣遇,念我今蹉跎。问我为司马,官意复如何。答云且勿叹,听我为君歌。我本蓬荜人,鄙贱剧泥沙。读书未百卷,信口嘲风花。自从筮仕来,六命三登科。顾惭虚劣姿,所得亦已多。散员足庇身,薄俸可资家。省分辄自愧,岂为不遇耶。烦君对杯酒,为我一咨嗟。

官舍内新凿小池

帘下开小池,盈盈水方积。中底铺白沙,四隅甃青石。勿言不深广,但取一作足幽人适。泛滟微雨朝,泓澄明月夕。岂无大江水,波浪连天白。未如床席间,方丈深盈尺。清浅可狎弄,昏烦聊漱涤。最爱晓暝时,一片秋天碧。

宿简寂观

岩白云尚屯,林红叶初陨。秋光引闲步,不知身一作行远近。夕投灵洞宿,卧觉尘机泯。名利心既忘,市朝梦亦尽。暂来尚如此,况乃终身隐。何以疗夜饥,一匙云母粉。

读谢灵运诗

吾闻达士道,穷通顺冥数。通乃朝廷来,穷即江湖去。谢公才廓落,与世不相遇。壮志郁不用,须有所泄处。泄为山水诗,逸韵谐奇趣。大必笼天海,细不遗草树。岂惟玩景物,亦欲摅心素。往往即事中,未能忘兴谕。因知康乐作,不独在章句。

北亭独宿

悄悄壁下床,纱笼耿残烛。夜半独眠觉,疑在僧房宿。

约心

黑鬒丝雪侵,青袍尘土涴。兀兀复腾腾,江城一上佐。朝就高斋上,熏然负暄卧。晚下小池前,澹然临水坐。已约终身心,长如今日过。

晚望

江城寒角动,沙洲夕鸟还。独在一作坐高亭上,西南望远山。

早春

雪消冰又释,景和风复暄。满庭田地湿,荠叶生墙根。官舍悄无事,日西斜掩门。不开庄老卷,欲与何人言。

春寝

何处春暄来,微和生血气。气熏肌骨畅,东窗一昏睡。是时正月晦,假日无公事。烂漫不能休,自一作日午将及未。缅思少健日,甘寝常自恣。一从衰疾来,枕上无此味。

睡起晏坐

后亭昼眠足,起坐春景暮。新觉眼犹昏,无思心正住。澹寂归一性,虚闲遗万虑。了然此时心,无物可譬喻。本是无有乡,亦名不用处。行禅与坐忘,同归无异路。道书云:无何有之乡。禅经云:不用处。二者殊名而同归。

咏怀

尽日松下坐,有时池畔行。行立与坐卧,中怀澹无营。不觉流年过,亦任白发生。不为世所薄,安得遂闲情。

春游二一作西林寺

下马二一作西林寺,翛然进轻策。朝为公府吏,暮作一作是灵山客。二月匡庐北,冰雪始消释。阳丛抽茗芽,阴窦泄泉脉。熙熙风土暖,蔼蔼云岚积。散作万壑春,凝为一气碧。身闲易飘泊,官散无牵迫。缅彼十八人,古今同此适。昔永、远、宗、雷等十八贤同隐于二林寺。是年淮寇起,处处兴兵革。智士劳思谋,戎臣苦征役。独有不才者,山中弄泉石。

出山吟

朝咏游仙诗,暮歌采薇曲。卧云坐白石,山中十五宿。行随出洞水,回别缘岩竹。早晚重来游,心期瑶草绿。

岁暮

已任时命去,亦从岁月除。中心一调伏,外累尽空虚。名宦意已矣,林泉计何如。拟近东林寺,溪边结一庐。

闻早莺

日出眠未起,屋头闻早莺。忽如上林晓,万年枝上鸣。忆为近臣时,秉笔直承明。春深视草暇,旦暮闻此声。今闻在何处,寂寞浔阳城。鸟声信如一,分别在人情。不作天涯意,岂殊禁中听。

栽杉

劲叶森利剑,孤茎挺端标。才高四五尺,势若干青霄。移栽东窗前,爱尔寒不凋。病夫卧相对,日夕闲萧萧。昨为山中树,今为檐下条。虽然遇赏玩,无乃近尘嚣。犹胜涧谷底,埋没随众樵。不见郁郁松,委质山上苗。

过李生

蘋小蒲叶短,南湖春水生。子近湖边住,静境称高情。我为郡司马,散拙无所营。使君知性野,衙退任闲行。行携小榼出一作去,逢花辄独倾。半酣到子舍,下马扣柴荆。何以引我步,绕篱竹万茎。何以醒我酒,吴音吟一声。须臾进野饭,饭稻茹芹英。白瓯青竹箸,俭洁无膻腥。欲去复裴回,夕鸦已飞鸣。何当重游此,待君湖水平。

咏意

常闻南华经,巧劳智忧愁。不如无能者,饱食任遨游。平生爱慕道,今日近此流。自来浔阳郡,四序忽已周。不分物黑白,但与时沉浮。朝餐夕安寝,用是为身谋。此外即闲放,时寻山水幽。春游慧远寺,秋上庾公楼。或吟诗一章,或饮茶一瓯。身心一无系,浩浩如虚舟。富贵亦有苦,苦在心危忧。贫贱亦有乐,乐在身自由。

食笋

此州乃一作有竹乡,春笋满山谷。山夫一作翁折盈抱一作把,抱一作将来早一作入市鬻。物以多为贱,双钱易一束。置之炊一作将归安甑中,与饭同时熟。紫箨一作斑壳坼故锦,素肌擘新玉。每日遂加餐一作只此一蔬食,经时一作旬不思肉。久为京洛客,此味常不足。且食勿踟蹰,南风吹作竹。

游石门涧

石门无旧径,披榛访遗迹。时逢山水秋,清辉如古昔。常闻慧远辈,题诗此岩壁。云覆莓苔封,苍然无处觅。萧疏野生竹,崩剥多年石。自从东晋后,无复人游历。独有秋涧声,潺湲空旦夕。

招东邻

小榼二升酒,新簟六尺床。能来夜话否,池畔欲秋凉。

题元十八溪亭亭在庐山东南五老峰下

怪君不喜仕,又不游州里。今日到幽居,了然知所以。宿君石溪亭,潺湲声满耳。饮君螺杯酒,醉卧不能起。见君五老峰,益悔居城市。爱君三男儿,始叹身无子。余方炉峰下,结室为居士。山北与山东,往来从此始。

香炉峰下新置草堂,即事咏怀,题于石上

香炉峰北面,遗爱寺西偏。白石何凿凿,清流亦潺潺。有松数十株,有竹千余竿。松张翠伞盖,竹倚青琅玕。其下无人居,悠一作怊哉多岁年。有时聚猿鸟,终日空风烟。时有沉冥子,姓白字乐天。平生无所好,见此心依然。

如获终老地，忽乎不知还一作迁。架岩结茅宇，斫壑开茶园。何以洗我耳，屋头飞落泉。何以净一作洗我眼，砌下生白莲。左手携一壶，右手挈五弦。傲然意自足，箕踞于其间。兴酣仰天歌，歌中聊寄言。言我本野夫，误为世网牵。时来昔捧日，老去今归山。倦鸟得茂树，涸鱼返清源。舍此欲焉往，人间多险艰。

草堂前新开一池，养鱼种荷，日有幽趣

淙淙三峡水，浩浩万顷陂。未如新塘上，微风动涟漪。小萍加泛泛，初蒲正离离。红鲤二三寸，白莲八九枝。绕水欲成径，护堤方插篱。已被山中客，呼作白家池。

白云期黄石岩下作

三十气太壮，胸中多是非。六十身太老，四体不支持。四十至五十，正是退闲时。年长识命分，心慵少营为。见酒兴犹在，登山力未衰。吾年幸当此，且与白云期。

登香炉峰顶

迢迢香炉峰，心存耳目想。终年牵物役，今日方一往。攀萝蹋危石，手足劳俯仰。同游三四人，两人不敢上。上到峰之顶，目眩神一作心怳怳。高低有万寻，阔狭无数丈。不穷视听界，焉识宇宙广。江水细如绳，湓城小于掌。纷吾何屑屑，未能脱尘鞅。归去思自嗟，低头入蚁壤。

答崔侍郎、钱舍人书问，因继以诗

旦暮两蔬食，日中一闲眠。便是了一日，如此已三年。心不择时适，足不拣地安。穷通与远近，一贯无两端。常见今之人，其心或不然。在劳则念息，处静已思喧。如是用身心，无乃自伤残。坐输忧恼便一作使，安得形神全。吾有二道友，蔼蔼崔与钱。同飞青云路，独堕黄泥泉。岁暮物万变，故情何不迁。应为平生心，与我同一源。帝乡远于日，美人高在天。谁谓万里别，常若在目前。泥泉乐者鱼，云路游者鸾。勿言云泥异，同在逍遥间。因君问心地，书后偶成篇。慎勿说向人，人多笑此言。

烹葵

昨卧不夕食，今起乃朝饥。贫厨何所有，炊稻烹秋葵。红粒香复软，绿英滑且肥。饥来止于饱，饱后复何一作复何所思。忆昔一作思忆荣遇日，追今穷退时。今亦不冻馁，昔亦无余资。口既不减食，身又不减衣。抚心私自问，何者是荣衰。勿学常人意，其间分是非。

小池二首

昼倦前斋热，晚爱小池清。映林余景没，近水微凉生。坐把蒲葵扇，闲吟三两声。

有意不在大，湛湛方丈余。荷侧泻清露，萍开见游鱼。每一临此坐，忆归青溪居。

闲一作掩关

我心忘世久，世亦不我干。遂成一无事，因得长掩关。掩关来几时，仿佛二三年。著书已盈帙，生子欲能言。始悟身向一作易老，复悲世多艰。回顾趋时者，役役尘壤间。岁暮竟何得，不如且安闲。

弄龟罗

有侄始六岁，字之为阿龟。有女生三年，其名曰罗儿。一始学笑语，一能诵歌诗。朝戏抱我足，夜眠枕我衣。汝生何其晚，我年行已衰。物情小可念，人意老多慈。酒美意须坏，月圆终有亏。亦如恩爱缘，乃是忧恼资。举世同此累，吾安能去之。

截树

种树当前轩，树高柯叶繁。惜哉远山色，隐此蒙笼间。一朝持斧斤，手自截其端。万叶落头上，千峰来面前。忽似决云雾，豁达睹青天。又如所念人，久别一款颜。始有清风至，稍见飞鸟还。开怀东南望，目远心辽然。人各有偏好，物莫能两全。岂不爱柔条，不如见青山。

望江楼上作

江畔百尺楼,楼前千里道。凭高望平远,亦足舒怀抱。驿路使憧憧,关防兵草草。及兹多事日,尤觉闲人好。我年过不惑,休退诚非早。从此拂尘衣,归山未为老。

题座隅

手不任执殳,肩不能荷锄。量力揆所用,曾不敌一夫。幸因笔砚功,得升仕进途。历官凡五六,禄俸及妻孥。左右有兼仆,出入有单车。自奉虽不厚,亦不至饥劬。若有人及此,傍观为何如。虽贤亦为幸,况我鄙且愚。伯夷古贤人,鲁山亦其徒。时哉无奈何,俱化为饿殍。元鲁山居阻水,食绝而终。念彼益自愧,不敢忘斯须。平生荣利心,破灭无遗余。犹恐尘妄起,题此于座隅。

昔与微之在朝日,同蓄休退之心,迨今十年,沦落老大,追寻前约,且结后期

往子为御史,伊余忝拾遗。皆逢盛明代,俱登清近司。予系玉为佩,子曳绣为衣。从容香烟下,同侍白玉墀。朝见宠者辱,暮见安者危。纷纷无退者,相顾令人悲。宦情君早厌,世事我深知。常于荣显日,已约林泉期。况今各流落,身病齿发衰。不作卧云计,携手欲何之。待君女嫁后,及我官满时。稍无骨肉累,粗有渔樵资。岁晚青山路,白首期同归。

垂钓

临水一长啸,忽思十年初。三登甲乙第,一人承明庐。浮生多变化,外事有盈虚。今来伴江叟,沙头坐钓鱼。

晚燕

百鸟乳雏毕,秋燕独蹉跎。去社日已近,衔泥意如何。不悟时节晚,徒施工用多。人间事亦尔,不独燕营窠。

赎鸡

清晨临江望,水禽正喧繁。凫雁与鸥鹭,游飏戏朝暾。适有鬻鸡者,挈之来远村。飞鸣彼何乐,窘束此何冤。喔喔十四雏,罩缚同一樊。足伤金距缩,头抢花冠翻。经宿废一作费饮啄,日高诣屠门。迟回未死间,饥渴欲相吞。常慕古人道,仁信及鱼豚。见兹生恻隐,赎放双林园。开笼解索时,鸡鸡听我言。与尔镪三百,小惠何足论。莫学衔环雀,崎岖谩报恩。

秋日怀杓直时杓直出牧澧州

晚来天色好,独出江边步。忆与李舍人,曲江相近住。常云遇清景,必约同幽趣。若不访我来,还须觅君去。开眉笑相见,把手期何处。西寺老胡僧,南园乱松树。携持小酒榼,吟咏新诗句。同出复同归,从朝直至暮。风雨忽消散,江山眇回互。浔阳与澧阳,相望空云雾。心期自乖旷,时景还如故。今日郡斋中,秋光谁共度。

食后

食罢一觉睡,起来两瓯茶。举头看日影,已复西南斜。乐人惜日促,忧人厌年赊。无忧无乐者,长短任生涯。

齐物二首

青松高百尺一作丈,绿蕙低数寸。同生一作此大块间,长短各有分。长者不可退,短者不可进。若用此理推,穷通两无闷。

椿寿八千春,槿花不经宿。中间复何有,冉冉孤生竹。竹身三年老,竹色四时绿。虽谢椿有余,犹胜槿不足。

山下宿

独到山下宿,静向月中行。何处水边碓,夜春云母声。

题旧写真图

我昔三十六,写貌在丹青。我今四十六,衰悴卧江城。岂比一作止十年老,曾与众苦并。一照旧图画,无复昔仪形。形景默相顾,如弟对老兄。况使他人见,能不昧平生。羲和鞭日

走,不为我少停。形骸属日月,老去何足惊。所恨凌烟阁,不得画功名。

闲居

肺病不饮酒,眼昏不读书。端然无所作,身意闲有余。鸡栖篱落晚,雪映林木疏。幽独已云极,何必山中居。

对酒示行简

今旦一尊酒,欢畅何怡怡。此乐从中来,他人安得知。兄弟唯二人,远别恒苦悲。今春自巴峡,万里平安归。复有双幼妹,笄年未结缡。昨日嫁娶毕,良人皆可依。忧念一作心两消释,如刀断羁縻。身轻心无系,忽欲凌空飞。人生苟有累,食肉常如饥。我心即无苦,饮水亦可肥。行简劝尔酒,停杯听我辞。不叹乡国远,不嫌官禄微。但愿我与尔,终老不相离。

咏怀

冉牛与颜渊,卞和与马迁。或疻天六一作天极,或被人刑残。顾我信为幸,百骸且完全。五十不为夭,吾今欠数年。知分心自足,委顺身常安。故虽穷退日,而无戚戚颜。昔有荣先生,从事于其间。今我不量力,举心欲攀援。穷通不由己,欢戚不由天。命即无奈何,心可使泰然。且务由己者,省躬谅非难。勿问由天者,天高难与言。

夜琴

蜀琴木性实,楚丝音韵清。调慢弹且缓,夜深十数声。入耳澹无味,惬心潜有情。自弄还自罢,亦不要人听。

山中独吟

人各有一癖,我癖在章句。万缘皆已消,此病独未去。每逢美风景,或对好亲故。高声咏一篇,恍若与神遇。自为江上客,半在山中住。有时新诗成,独上东岩路。身倚白石崖,手攀青桂树。狂吟惊林壑,猿鸟皆窥觑。恐为世所嗤,故就无人处。

达理二首

何物壮不老,何时穷不通。如彼音与律,宛转旋为宫。我命独何薄,多悴而少丰。当壮已先衰,暂泰还长穷。我无奈命何,委顺以待终。命无奈我何,方寸如虚空。憪然与化俱,混然与俗同。谁能坐自一作此苦,龃龉于其中。

舒姑化为泉,牛哀病作虎。或柳生肘间,或男变为女。鸟鲁及水木,本不与民伍。胡然生变迁,不待死归土。百骸是己物,尚不能为主。况彼时命间,倚伏何足数。时来不可遏,命去焉能取。唯当养浩然,吾闻达人语。

湖亭晚望残水

湖上秋沈寥,湖边晚萧瑟。登亭望湖水,水缩湖底出。清淳得早霜,明灭浮残日。流注随地势,洼坳无定质。泓澄白龙卧,宛转青蛇屈。破镜折剑头,光芒又非一。久为山水客,见尽幽奇物。及来湖亭望,此状难谈悉。乃知天地间,胜事殊未毕。

郭虚舟相访

朝暖就南轩,暮寒归后屋。晚酒一作酌一两杯,夜棋三数局。寒灰埋暗火,晓焰凝残烛。不嫌贫冷人,时来同一宿。

全唐诗卷四百三十一

白居易

长庆二年七月自中书舍人出守杭州,路次蓝溪作 自此后诗俱赴杭州时作

太原一男子,自顾庸且鄙。老逢下次恩,洗拔出泥滓。既居可言地,愿助朝廷理。伏阁三上章,戆愚不称旨。圣人存大体,优贷容不死。凤诏停舍人,鱼书除刺史。冥怀齐宠辱,委顺随行止。我自得此心,于兹十年矣。余杭乃名郡,郡郭临江氾。已想海门山,潮声来入耳。昔予贞元末,羁旅曾游此。甚觉太守尊,亦谙鱼酒美。因生江海兴,每羡沧浪水。尚拟拂衣行,况今兼禄仕。青山峰峦接,白日烟尘起。东道既不通,改辕遂南指。自秦穷楚越,浩荡五千里。闻有贤主人,而多好山水。是行颇为惬,所历良可纪。策马度蓝溪,胜游从此始。

初出城留别

朝从紫禁归,暮出青门去。勿言城东陌,便是江南路。扬鞭簇车马,挥手辞亲故。我生本无乡,心安是归处。

过骆山人野居小池 骆生弃官居此二十余年

茅覆环堵亭,泉添方丈沼。红芳照水荷,白颈观鱼鸟。拳石苔苍翠,尺波烟杳渺。但问有意无,勿论池大小。门前车马路,奔走无昏晓。名利驱人心,贤愚同扰扰。善哉骆处士,安置身心了。何乃独多君,丘园居者少。

宿清源寺

往谪浔阳去,夜憩辋溪曲。今为钱塘行,重经兹寺宿。尔来几何岁,溪草二八绿。不见旧房僧,苍然新树木。虚空走日月,世界迁陵谷。我生寄其间,孰能逃倚伏。随缘又南去,好住东廊竹。

宿蓝溪对月—作宿蓝桥题月

昨夜凤池头，今夜蓝溪—作溪桥口。明月本无心，行人自回首。新秋松影下，半夜钟声后。清影不宜昏，聊将茶代酒。

自秦望赴五松驿，马上偶睡，睡觉成吟

长途发已久，前馆行未至。体倦目已昏，瞌然遂成睡。右袂尚垂鞭，左手暂委辔。忽觉问仆夫，才行百步地。形神分处所，迟速相乖异。马上几多时，梦中无限事。诚哉达人语，百龄同一寐。

邓州路中作

萧萧谁家村，秋梨叶半坏。漠漠谁家园，秋韭花初白。路逢故里物，使我嗟行役。不归渭北村，又作江南客。去乡徒自苦，济世终无益。自问波上萍，何如涧中石。

朱藤杖紫骢—有马字吟

拄上山之上，骑下山之下。江州去日朱藤杖，忠州归日紫骢马。天生二物济我穷，我生合是栖栖者。

桐树馆重题

阶前下马时，梁上题诗处。惨澹病使君，萧疏老松树。自嗟还自哂，又向杭州去。

过紫霞兰若

我爱此山头，及此三登历。紫霞旧精舍，寥落空泉石。朝市日喧隘，云林长悄寂。犹存住寺僧，肯有归山客。

感旧纱帽 帽即故李侍郎所赠

昔君乌纱帽，赠我白头翁。帽今在顶上，君已归泉中。物故犹堪用，人亡不可逢。岐山今夜月，坟树正秋风。

思竹窗

不忆西省松，不忆南宫菊。西省大院有松，南宫本厅多菊。惟忆新昌堂，萧萧北窗竹。窗间枕簟在，来后何人宿。

马上作

处世非不遇，荣身颇有余。勋为上柱国，爵乃朝大夫。自问有何才，两入承明庐。又问有何政，再驾朱轮车。刻予东山人，自惟朴且疏。弹琴复有酒，且慕嵇阮徒。暗被乡里荐，误上贤能书。一列朝士籍，遂为世网拘。高有冒缴忧，下有陷阱虞。每觉宇宙窄，未尝心体舒。蹉跎二十年，颔下生白须。何言左迁去，尚获专城居。杭州五千里，往若投渊鱼。虽未脱簪组，且来泛江湖。吴中多诗人，亦不少酒酤。高声咏篇什，大笑飞杯盂。五十未全老，尚可且欢娱。用兹送日月，君以为何如。秋风起江上，白日落路隅。回首语五马，去矣勿踟蹰。

秋蝶

秋花紫蒙蒙，秋蝶黄茸茸。花低蝶新小，飞戏丛西东。日暮凉风来，纷纷花落丛。夜深白露冷，蝶已死丛中。朝生夕俱死，气类各相从。不见千年鹤，多栖百丈松。

登商山最高顶

高高此山顶，四望唯烟云。下有一条路，通达楚与秦。或名诱其心，或利牵其身。乘者及—作与负者，来去何云云—作纷纷。我亦斯人徒，未能出嚣尘。七年三往复，何得笑他人。

枯桑

道傍老枯树，枯来非一朝。皮黄外尚活，心黑中先焦。有似多忧者，非因外火烧。

山路偶兴

筋力未全衰，仆马不至弱。又多山水趣，心赏非寂寞。扪萝上烟岭，踏石穿云壑。谷鸟晚仍啼，洞花秋不落。提笼复携榼，遇胜时停泊。泉憩茶数瓯，岚行酒一酌。独吟还独啸，此兴殊未恶。假使在城时，终年何有乐。

山雉

五步一啄草，十步一饮水。适怀遂其生，

时哉山梁雉。梁上无罾缴,梁下无鹰鹯。雌雄与群雏,皆得终天年。嗟嗟笼下鸡,及彼池中雁。既有稻粱恩,必有牺牲患。

初下汉江舟中作,寄两省给舍

秋水渐红粒,朝烟烹白鳞。一食饱至夜,一卧安达晨。晨无朝谒劳,夜无直宿勤。不知两掖客,何似扁舟人。尚想到郡日,且称守土臣。犹须副忧寄,恤隐安疲民。期年庶报政,二年当退身。终使沧浪水,濯吾缨上尘。

自蜀江至洞庭湖口有感而作

江从西南来,浩浩无旦夕。长波逐若泻,连山凿如劈。千年不壅溃,万姓无垫溺。不尔民为鱼,大哉禹之绩。导岷既艰远,距海无咫尺。胡为不讫功,余一作潴水斯委积。洞庭与青草,大小两相敌。混合万丈深,森茫千里白。每岁秋夏时,浩大吞七泽。水族窟穴多,农人土地窄。我今尚嗟叹,禹岂不爱惜。邈未究其由,想古观遗迹。疑此苗人顽,恃险不终役。帝亦无奈何,留患与今昔。水流天地内,如身有血脉。滞则为疽疣,治之在针石。安得禹复生,为唐水官伯。手提倚天剑,重来亲指画。疏河拟剪纸,决壅同一作如裂帛。渗作膏腴田,踏平鱼鳖宅。龙宫变闾里,水府生禾麦。坐添百万户,书我司徒籍。

初领郡政,衙退登东楼作 自此后诗到杭州后作

鳏茕心所念,简牍手自操。何言符竹贵,未免州县劳。赖是余杭郡,台榭绕官曹。凌晨亲政事,向晚恣游遨。山冷微有雪,波平未生涛。水心如镜面,千里无纤毫。直下江最阔,近东楼更高。烦襟与滞念,一望皆遁逃。

清调吟

索索风戒寒,沈沈日藏耀。劝君饮浊醪,听我吟清调。芳节变穷阴,朝不成夕照。与君生此世,不合长年少。今晨从此过一作游,明日安能料。若不结跏禅,即须开口笑。

狂歌词

明月照君席,白露沾我衣。劝君酒杯满,听我狂歌词。五十已后衰,二十已前疾。昼夜又分半,其羊几何时。生前不欢乐,死后有余赀。焉用黄墟下,珠衾玉匣为。

郡亭

平旦起视事,亭午卧掩关。除亲簿领外,多在琴书前。况有虚白亭,坐见海门山。潮来一凭槛,宾至一开筵。终朝对云水,有时听管弦。持此聊过日,非忙亦非闲。山林太寂寞,朝阙空喧烦。唯兹郡阁内,嚣静得中间。

咏怀

昔为凤阁郎,今为二千石。自觉不如今,人言不如昔。昔虽居近密,终日多忧惕。有诗不敢吟,有酒不敢吃。今虽在疏远,竟岁无牵役。饱食坐终朝,长歌醉通夕。人生百年内,疾速如过隙。先务身安闲,次要心欢适。事有得而失,物有损而益。所以见道人,观心不观迹。

立春后五日

立春后五日,春态纷婀娜。白日斜渐长,碧云低欲堕。残冰坼玉片,新萼排红颗。遇物尽欣欣,爱春非独我。迎芳后园立,就暖前檐坐。还有惆怅心,欲别红炉火。

郡中即事

漫漫潮初平,熙熙春日至。空阔远江山,晴明好天气。外有适意物,中无系心事。数篇对竹吟,一杯望云醉。行携杖扶力,卧读书取睡。久养病形骸,深谙闲气味。遥思几城陌,扰扰趋名利。今朝是双一作只日,朝谒多轩骑。宠者防悔尤,权者怀忧畏。为报高车盖,恐非真富贵。

郡斋暇日,辱常州陈郎中使君早春晚坐水西馆书事诗十六韵见寄,亦以十六韵酬之

新年多暇日,晏起寒帘坐。睡足心更慵,

日高头未裹。徐倾下药酒,稍爇煎茶火。谁伴寂寥身,无弦琴在左。遥思毗陵馆,春深物袅娜。波沸黄柳梢,风摇白梅朵。衙门排晓戟,铃阁开朝锁。太守水西来,朱衣垂素舸。良辰不易得,佳会无由果。五马正相望,双鱼忽前堕。鱼中获瑰宝,持玩何磊砢。一百六十言,字字灵珠颗。上申心款曲,下叙时坎坷。才富不如君,道孤还似我。敢辞官远慢,且贵身安妥。勿复问荣枯,冥心无不可。

官舍

高树换新叶,阴阴覆地隅。何言太守宅,有似幽人居。太守卧其下,闲慵两有余。起尝一瓯茗,行读一卷书。早梅结青实,残樱落红珠。稚女弄庭果,嬉戏牵人裾。是日晚弥静,巢禽下相呼。啧啧护儿鹊,哑哑母子乌。岂唯云鸟尔,吾亦引吾雏。

吾雏

吾雏字阿罗,阿罗才七龄。嗟吾不才子,怜尔无弟兄。抚养虽骄骏,性识颇聪明。学母画眉样,效吾咏诗声。我齿今欲堕,汝齿昨始生。我头发尽落,汝顶髻初成。老幼不相待,父衰汝孩婴。缅想古人心,慈爱亦不轻。蔡邕念文姬,于公叹缇萦。敢求得汝力,但未忘父情。

题小桥前新竹招客

雁齿小红—作虹桥,垂檐低白屋。桥前何所有,苒苒新生竹。皮开坼褐锦,节露抽青玉。笋翠如可餐,粉霜不忍触。闲吟声未已,幽玩心难足。管领好风烟,轻欺凡草木。谁能有月夜,伴我林中宿。为君倾一杯,狂歌竹枝曲。

病中逢秋招客夜酌

不见诗酒客,卧来半月余。合和新药草,寻检旧方书。晚霁烟景度,早凉窗户虚。雪生衰鬓久,秋入病心初。卧簟蕲竹冷,风襟邛葛疏。夜来身校健,小饮复何如。

食饱

食饱拂枕卧,睡足起闲吟。浅酌一杯酒,缓弹数弄琴。既可畅情性,亦足傲光阴。谁知利名—作名利尽,无复长安心。

严十八郎中在郡日,改制东南楼,因名清辉,未立标榜,征归郎署。予即到郡,性爱楼居,宴游其间,颇有幽致,聊成十韵,兼戏寄严

严郎置兹楼,立名曰清辉。未及署花榜,遽征还粉闱。去来三四年,尘土登者稀。今春新太守,洒扫施帘帷。院柳烟婀娜,檐花雪霏微。看山倚前户,待月阐—作辟东扉。碧窗夏瑶瑟,朱栏飘舞衣。烧香卷幕坐,风燕双双飞。君作不得住,我来幸团依。始知天地间,灵境有所归。

南亭对酒送春

含桃实已落,红薇花尚熏。冉冉三月尽,晚莺城上闻。独持一杯酒,南亭送残春。半酣忽长歌,歌中何所云。云我五十余,未是苦老人。刺史二千石,亦不为贱贫。天下三品官,多老于我身。同年登第者,零落无一分。亲故半为鬼,僮仆多见孙。念此聊自解,逢酒且欢欣。

玩新庭树,因咏所怀

霭霭四月初,新树叶成阴。动摇风景丽,盖覆庭院深。下有无事人,竟日此幽寻。岂惟玩时物,亦可开烦襟。时与道人语,或听诗客吟。度春足芳色,入夜多鸣禽。偶得幽闲境,遂忘尘俗心。始知真隐者,不必在山林。

仲夏斋戒月

仲夏斋戒月,三旬断腥膻。自觉心骨爽,行起身翩翩。始知绝粒人,四体更轻便。初能脱病患,久必成神仙。御寇驭冷风,赤松游紫烟。常疑此说谬,今乃知其然。我今过半百,气衰神不全。已垂两鬓丝,难补三丹田。但减荤血味,稍结清净缘。脱巾且修养,聊以终

天年。

除官去未间

除官去未间，半月恣游讨。朝寻霞外寺，暮宿波上岛。新树少于松，平湖半连草。跻攀有次第，赏玩无昏早。有时骑马醉，兀兀冥天造。穷勇与生死，其奈吾怀抱。江山信为美，齿发行将老。在郡诚未厌平声，归乡去亦好。

三年为刺史二首

三年为刺史，无政在人口。唯向城郡中，题诗十余首。惭非甘棠咏，岂有思人不。

三年为刺史，饮冰复食檗。唯向天竺山，取得两片石。此抵有千金，无乃伤清白。

别萱桂

使君竟不住，萱桂徒栽种。桂有留人名，萱无忘忧用。不如江畔月，步步来相送。

自余杭归宿淮口作

为郡已多暇，犹少勤吏职。罢郡更安闲，无所劳心力。舟行明月下，夜泊清淮北。岂止吾一身，举家同燕息。三年请禄俸，颇有余衣食。乃至僮仆间，皆无冻馁色。行行弄云水，步步近乡国。妻子在我前，琴书在我侧。此外吾不知，于焉心自得。

舟中李山人访宿

日暮舟悄悄，烟生水沈沈。何以延宿客，夜酒与秋琴。来客道门子，来自嵩高岑。轩轩举云貌，豁豁开清襟。得意言语断，入玄滋味深。默然相顾哂，心适而忘心。

洛下卜居

三年典郡归，所得非金帛。天竺石两片，华亭鹤一只。饮啄供稻粱，包裹用茵席。诚知是劳费，其奈心爱惜。远从余杭郭，同到洛阳陌。下担拂云根，开笼展霜翮。贞姿不可杂，高性宜其适。遂就无尘坊，仍求有水宅。东南得幽境，树老寒泉碧。池畔多竹阴，门前少人迹。未请中庶禄，且脱双骖易。买履道宅，价不足，因以两马偿之。岂独为身谋，安吾鹤与石。

洛中偶作 自此后在京都作

五年职翰林，四年莅浔阳。一年巴郡守，半年南宫郎。二年直纶阁，三年刺史堂。凡此十五载，有诗千余章。境兴周万象，土风备四方。独无洛中作，能不心恨恨。今为青宫长，始来游此乡。裴回伊涧上，睥睨嵩少傍。遇物辄一咏，一咏倾一觞。笔下成释憾，卷中同补亡。往往顾自哂，眼昏须鬓苍一作鬓苍苍。不知老将至，犹自放诗狂。

赠苏少府

籍甚二十年，今日方款颜。相送嵩洛下，论心杯酒间。河亚一作何为懒出入，府寮多闭关。苍发彼此老，白日寻常闲。朝从携手出，暮思联骑还。何当挈一榼，同宿龙门山。

移家入新宅

移家入新宅，罢郡有余赀。既可避燥湿，复免忧寒饥。疾平未还假，官闲得分司。幸有俸禄在，而无职役羁。清旦盥漱毕，开轩卷帘帏。家人及鸡犬，随我亦熙熙。取兴或寄一作不过酒，放情不过一作或作诗。何必苦修道，此即是无为。外累信已遣，中怀时有思。有思一何远，默坐低双眉。十载囚窜客，万时征戍儿。春朝锁笼鸟，冬夜支床龟。驿马走四蹄，痛酸无歇期。砒牛封两目，昏闷何人知。谁能脱放去，四散任所之。各得适其性，如吾今日时。

琴

置琴曲几上，慵坐但含情。何烦故挥弄，风弦自有声。

鹤

人各有所好，物固无常宜。谁谓尔能舞，不如闲立时。

自咏

夜镜隐白发，朝酒发红颜。可怜假年少，自笑须臾间。朱砂贱如土，不解烧为丹。玄鬓化为雪,未闻休得官。咄哉个丈夫,心性何堕顽。但遇诗与酒,便忘寝与餐。高声发一吟,似得诗中仙。引满饮一盏,尽忘身外缘。昔有醉先生,席地而幕天。于今居处在,许我当中眠。眠罢又一酌,酌罢又一篇。回面顾妻子,生计方落然。诚知此事非,又过知非年。岂不欲自改,改即心不安。且向安处去,其余皆老闲。

林下闲步,寄皇甫庶子

扶杖起病初,策马力未任。既懒出门去,亦无客来寻。以此遂成闲,闲步绕园林。天晓烟景澹,树寒鸟雀深。一酌池上酒,数声竹间吟。寄言东曹长,当知幽独心。

晏起

鸟鸣庭树上,日照屋檐时。老去慵转极,寒来起尤—作独迟。厚薄被适性,高低枕得直。神安体稳暖,此味何人知。睡足仰头坐,兀然无所思。如未凿七窍,若都遗四肢。缅想长安客,早朝霜满衣。彼此各自适,不知谁是非。

池畔二首

结构池面廊,疏理池东树。此意人不知,欲为待月处。

持刀剸—作间密竹,竹少风来多。此意人不会,欲令池有波。

春葺新居

江州司马日,忠州刺史时。栽松满后院,种柳荫前墀。彼皆非吾土,栽种尚忘疲。况兹是我宅,葺艺固其宜。平旦领仆使,乘春亲指挥。移花夹暖室,徙竹覆寒池。池水变绿色,池芳动清辉。寻芳弄水坐,尽日心熙熙。一物苟可适,万缘都若遗。设如宅门外,有事吾不知。

赠言

捧籝献千金,彼金何足道。临觞赠一言,此言真可宝。流光我已晚,适意君不早。况君春风面,柔促如芳草。二十方长成,三十向衰老。镜中桃李色,不得十年好。胡为坐脉脉,不肯倾怀抱。

泛春池

白蘋湘渚曲,绿筱剡溪口。各在天一涯,信美非吾有。何如—作如何此庭内,水竹交左右。霜竹百千竿,烟波六七亩。泓澄动阶砌,澹泞—作泻映户牖。蛇皮细有纹,镜面清无垢。主人过桥来,双童扶一叟。恐污清泠波,尘缨先抖擞。波上一叶舟,舟中一尊酒。酒开舟不系,去去随所偶。或绕蒲浦前,或泊桃岛后。未拨落杯花,低冲拂面柳。半酣迷所在,倚榜兀回首。不知此何处,复是人寰否。谁知始疏凿,几主相传受。杨家去云远,田氏将非久。天与爱水人,终焉落吾手。此池始杨常侍开凿,中间田家为主,予今有之。蒲浦、桃岛,皆池上所有。

全唐诗卷四百三十二

白居易

西明寺牡丹花时忆元九

前年题名处,今日看花来。一作芸香吏,三见牡丹开。岂独花堪惜,方知老暗催。何况寻花伴,东都去未回。讵知红芳侧,春尽思悠哉。

伤杨弘贞

颜子昔短一作知今,仲尼惜其贤。杨生亦好学,不幸复徒然一作今复然。谁识天地意,独与龟鹤一作蛇年。

权摄昭应,早秋书事,寄元拾遗,兼呈李司录

夏闰秋候早,七月风骚骚。渭川烟景晚,骊山宫殿高。丹殿子司谏,赤县我徒劳。相去半日程,不得同游遨。到官来十日,览镜生二毛。可怜趋走吏,尘土满青袍。邮传拥两驿,簿书堆六曹。为问纲纪掾,何必使铅刀。

新栽竹

佐邑意不适,闭门秋草生。何以娱野性,种竹百余茎。见此溪上色,忆得山中情。有时公事暇,尽日绕栏行。勿言根未固,勿言阴未成。已觉庭宇内,稍稍有余清。最爱近窗卧,秋风枝有声。

秋霖中过一作遇尹纵之仙游山居

惨惨八月暮,连连三日霖。邑居尚愁寂,况乃在山林。林下有志士,苦学惜光阴。岁晚千万虑,并入方寸心。岩鸟共旅宿,草虫伴愁吟。秋天床席冷,雨夜灯火深。怜君寂寞意,携酒一相寻。

寄江南兄弟

分散骨肉恋,趋驰名利牵。一奔尘埃马,一泛风波船。忽忆分手时,悯默秋风前。别来朝复夕,积日成七年。花落城中池一作地,春深

江上天。登楼东南望,鸟灭烟苍然。相去复几许,道里近三千。平地犹难见,况乃隔山川。

曲江早秋三年作

秋波红蓼水,夕照青芜岸。独信马蹄行,曲江池四畔。早凉晴后至,残暑暝来散。方喜炎燠销一作清,复嗟时节换。我年三十六,冉冉昏复旦。人寿七十稀,七十新过半。且当对酒笑,勿起临风叹。

寄题盝屋厅前双松两松自仙游山移植县厅

忆昨为吏日,折腰多苦辛。归家不自适,无计慰心神。手栽两树松,聊以当去声嘉宾。乘春日一溉一作春来日一往,生意渐欣欣。清韵度秋在,绿茸随日新。始怜涧底色,不忆城中春。有时昼掩关,双影对一身。尽日不寂寞,意中如三人。忽奉宣室诏,征为文苑臣。闲来一惆怅,恰似别交亲一作情。早知烟翠前,攀玩不逡巡。悔从白云里,移尔落嚣尘。

翰林院中感秋怀王质夫王居仙游山

何处感时节,新蝉禁中闻。宫槐有秋意,风夕花纷纷。寄迹鸳鹭行,归心鸥鹤群。唯有王居士,知予忆白云。何日仙游寺,潭前秋见君。

禁中月

海水明月出,禁中清一作秋夜长。东南楼殿白,稍稍上宫墙。净落金塘一作盘水,明浮玉砌霜。不比人间见,尘土污清光。

赠卖松者

一束苍苍色,知从涧底来。劚掘经几日,枝叶满尘埃。不买非他意,城中无地栽。

初见白发

白发生一茎,朝来明镜里。勿言一茎少,满头从此始。青山方远别,黄绶初从仕。未料容鬓间,蹉跎忽如此。

别元九后咏所怀

零落桐叶雨,萧条槿花风。悠悠早秋意,生此幽闲中。况与故人别,中怀正无惊。勿云不相送,心到青门东。相知岂在多,但问同不同。同心一人去,坐觉长安空。

禁中秋宿

风翻朱一作来里幕,雨冷通中枕。耿耿背斜灯,秋床一人寝。

早秋曲江感怀

离离暑云散,袅袅凉风起。池上秋又来,荷花半成子。朱颜易一作自销歇,白日无穷已。人寿不如山,年光急于水。青芜与红蓼,岁岁秋相似。去岁此悲秋,今秋复来此。

寄元九

身为近密一作约拘,心为名检缚。月夜与花时,少逢杯酒乐。唯有元夫子,闲来同一酌。把手或酣歌,展眉时笑谑。今春除御史,前月之东洛。别来未开颜,尘埃满尊杓。蕙风晚香尽,槐雨余花落。秋意一萧条,离容两寂寞。况随白日老,共负青山约。谁识相念心,鞲鹰与笼鹤。

暮春寄元九

梨花结成实,燕卵化为雏。时物又若此,咏情复何如。但觉日月促,不嗟年岁徂。浮生都是梦,老小亦何殊。唯与故人别,江陵初谪居。时时一相见,此意未全除。

早梳头

夜沐早梳头,窗明秋镜晓。飒然握中发,一沐知一少。年事渐蹉跎,世缘方缴绕。不学空门法,老病何由了。未得无生心,白头亦为夭。

出关路

山川函谷路,尘土游子颜。萧条去国意,秋风生故关。

别舍弟后月夜

悄悄初别夜一作后,去住两盘桓。行子孤

灯店,居人明月轩。平生共贫苦,未必日成欢。及此暂为别,怀抱已忧烦。况是庭叶尽,复思山路寒。如何为不念,马瘦衣裳单。

新丰路逢故人

尘土长路晚,风烟废宫秋。相逢立马语,尽日此桥头。知君不得意,郁郁来西游。惆怅新丰店,何人识马周。

金銮子晬日

行年欲四十,有女曰金銮。生来始周岁,学坐未能言。惭非达者怀,未免俗情怜。从此累身外,徒云慰目前。若无夭折患,则有婚嫁牵。使我归山计,应迟十五年。

青龙寺早夏

尘埃经小雨,地高倚长坡。日西寺门外,景气含清和。闲有老僧立,静无凡客过。残莺意思尽,新叶阴凉多。春去来—作未几日,夏云忽嵯峨。朝朝感时节,年鬓暗蹉跎。胡为恋朝市,不去归烟萝。青山寸步地,自问心如何。

秋题牡丹丛

晚丛白露夕,衰叶凉风朝。红艳久已歇,碧芳今亦销。幽人坐相对,心事共萧条。

劝酒寄元九

薤叶有朝露,槿枝无宿花。君今亦如此,促促生有涯。既不逐禅僧,林下学楞伽。又不随道士,山中炼丹砂。百年夜分半,一岁春无多。何不饮美酒,胡然自悲嗟。俗号销愁—作忧药,神速无以加。一杯驱世虑,两杯反天和。三杯即酩酊,或笑任狂歌。陶陶复兀兀,吾孰知其他。况在名利途,平生有风波。深心藏陷阱,巧言织网罗。举目非不见,不醉欲如何。

曲江感秋五年作

沙草新雨地,岸柳凉风枝。三年感秋意—作思,并在曲江池。早蝉已嘹唳,晚荷复离披。前秋去秋思,一一生此时。昔人三十二,秋兴已云悲。我今欲四十,秋怀亦可知。岁月不虚设,此身随日衰。暗老不自觉,直到鬓成丝。

酬张太祝晚秋卧病见寄

高才淹礼寺,短羽翔禁林。西街居处远,北阙宫曹深。君病不来访,我忙难往寻。差池终日别,寥落经年心。露湿绿芜地,月寒红树阴。况兹独愁夕,闻彼相思吟。上叹言—作言欢笑阻,下嗟时岁侵。容衰晓—作晚窗镜,思苦秋弦琴。一章锦绣段,八韵琼瑶音。何以报珍重,惭无双南金。

立秋日曲江忆元九

下马柳阴下,独上堤上行。故人千万里,新蝉三两声。城中曲江水,江上江陵城。两地新秋思,应同此日情。

早朝贺雪,寄陈山人

长安盈尺雪,早朝贺君喜。将赴银台门,始出新昌里。上堤马蹄滑,中路蜡烛死。十里向北行,寒风吹破耳。待漏午—作五门外,候对三殿里。须鬓冻生冰,衣裳冷如水。忽思仙游谷,暗谢陈居士。暖覆褐裘眠,日高应未起。

初与元九别后,忽梦见之,及寤而书适至,兼寄桐花诗,怅然感怀,因以此寄元九初谪江陵

永寿寺中语,新昌坊北分。归来数行泪,悲事不悲君。悠悠蓝田路,自去无消息。计君食宿程,已过商山北。昨夜云四散,千里同月色。晓来梦见君,应是君相忆。梦中握君手,问君意何如。君言苦相忆,无人可寄书。觉来未及说,叩门声冬冬—作咚咚。言是商州使,送君书一封。枕上忽惊起,颠倒著衣裳。开缄见手札,一纸十三行。上论迁谪心,下说离别肠。心肠都未尽,不暇叙炎凉。云作此书夜,夜宿商州东。独对孤灯坐,阳城山馆中。夜深作书毕,山月向西斜。月下—作前何所有,一树紫桐花。桐花半落时,复道正相思。殷勤书背后,兼寄桐花诗。桐花诗八韵,思绪一何深。以我今朝意,忆—作想君此夜心。一章三—作一遍读,一句十回吟。珍重八十字,字字化为金。

和元九悼往感旧蚊幮作

美人别君去，自去无处寻。旧物零落尽，此情安可任。唯有襦纱幌，尘埃日夜侵。馨香与颜色，不似旧时深。透影灯耿耿，笼光月沈沈。中有孤眠客，秋凉生夜衾。旧宅牡丹院，新坟松柏一作木林。梦中咸阳泪，觉后江陵心。含此隔年恨，发为中夜吟。无论君自感，闻者欲沾襟。

重到渭上旧居

旧居清渭曲，开门当蔡渡。十年方一还，凡欲迷归路。追思昔日行，感伤故游处。插柳作高林，种桃成老树。因惊成人者，尽是旧童孺。试问旧老人，半为绕村墓。浮生同过客，前后递来去。白日如弄珠，出没一作入光不住。人物日改变，举目悲所遇。回念念我身，安得不衰暮。朱颜销不歇，白发生无数。唯有山门外，三峰色如故。

白发

白发知时节，暗与我有期。今朝日阳里，梳落数茎丝。家人不惯见，悯默为我悲。我云何足怪，此意尔不知。凡人年三十，外壮中已衰。但思寝食味，已减二十时。况我今一作年四十，本来形貌羸。书魔昏两眼，酒病沉四肢。亲爱日零落，在者仍别离。身心久如此，白发生已迟。由来生老死，三病长相随。除却念无生，人间无药治。

秋日

池残寥落水，窗下悠扬日。袅袅秋风多，槐花半成实。下有独立人，年来四十一。

将之饶州，江浦夜泊

明月满深浦，愁人卧孤一作独卧舟。烦冤寝不得，夏夜长于秋。苦乏衣食资，远为江海游。光阴坐迟暮，乡国行阻修。身病向鄱阳，家贫寄徐州。前事与后事，岂堪心并忧。忧来起长望，但见江水流。云树霭苍苍，烟波澹悠悠。故园迷处所，一念一作望堪白头。

思归时初为校书郎

养无晨昏膳，隐无伏腊资。遂求及亲禄，黾勉来京师。薄俸未及亲，别家已经时。冬积温席恋，春违采兰期。夏至一阴生，稍稍夕漏迟。块然抱愁者，长夜独先知。悠悠乡关路，梦去身不随。坐惜时节变，蝉鸣槐花枝。

冀城北原作

野色何莽苍去声，秋声亦萧疏。风吹黄埃起，落日驱征车。何代此开国，封疆百里余。古今不相待，朝市无常居。昔人城邑中，今变为丘墟。昔人墓田中，今化为里闾。废兴相催迫，日月互居诸。世变无遗风，焉能知其初。行人千载后，怀古空踟蹰。

客路感秋，寄明准上人

日暮天地冷，雨霁山河清。长风从西来，草木凝秋声。已感岁倏忽，复伤物凋零。孰能不憯凄，天时牵人情。借问空门子，何法易修行。使我忘得心，不教烦恼生。

游襄阳怀孟浩然

楚山碧岩岩，汉水碧汤汤。秀气结成象，孟氏之文章。今我讽遗文，思人至其乡。清风无人继，日暮空襄阳。南望鹿门山，蔼若有余芳。旧隐不知处，云深树苍苍。

秋暮西归途中书情

耿耿旅灯下，愁多常少眠。思乡贵早发，发在鸡鸣前。九月草木落，平芜连远山。秋阴和曙色，万木苍苍然。去秋偶东游，今秋始西旋。马瘦衣裳破，别家来二年。忆归复愁归，归无一囊钱。心虽非兰膏，安得不自然。

秋怀

月出照北堂，光华满阶墀。凉风从西至，草木日夜衰。桐柳减绿阴，蕙兰消碧滋。感物私自念，我心亦如之。安得长少壮，盛衰迫天时。人生如石火，为乐长苦迟。

别杨颖士、卢克柔、殷尧藩

倦鸟暮归林,浮云晴归山。独有行路子,悠悠不知还。人生苦营营,终日群动间。所务虽不同,同归于不闲。扁舟来楚乡,匹马往秦关。离忧绕心曲,宛转如循环。且持一杯酒,聊以开愁颜。

题赠定光上人

二十身出家,四十心离尘。得径入大道,乘此不退轮。一坐十五年,林下秋复春。春花与秋气,不感无情人。我来如有悟,潜以心照身。误落闻见中,忧喜伤形神。安得遗耳目,冥然反天真。

祗役骆口驿,喜萧侍御书至,兼睹新诗,吟讽通宵,因寄八韵_{时为盩厔尉}

日暮心无憀,吏役正营营。忽惊芳信至,复与新诗并。是时天无云,山馆有月明。月下读数遍,风前吟一声。一吟三四叹,声尽有余清。雅哉君子文,咏性不咏情。使我灵府中,鄙吝不得生。始知听韶濩,可使心和平。

酬李少府曹长官舍见赠

低腰复敛手,心体不遑安。一落风尘下,方_{一作始}知为吏难。公事与日长_{上声},宦情随岁阑。惆怅青袍袖,芸香无半残。赖有李夫子,此怀聊自宽。两心如止水,彼此无波澜。往往簿书暇,相劝强为欢。白马晚踏雪,渌觞春暖寒。恋月夜同宿,爱山晴共看。野性自相近,不是为同官。

留别

秋凉卷朝簟,春暖撤夜衾。虽是无情物,欲别尚沉吟。况与有情别,别随情浅深。二年欢笑意,一旦东西心。独留诚可念,同行力不任。前事讵能料,后期谅难寻。唯有潺湲泪,不惜共沾襟。

晓别

晓鼓声已半,离筵坐难久。请君断肠歌,送我和泪酒。月落欲明前,马嘶初别后。浩浩暗尘中,何由见回首。

北园

北园东风起,杂花次第开。心知须臾落,一日三四来。花下岂无酒,欲酌复迟回。所思眇千里,谁劝我一杯。

惜楠李_{花花细而繁,色艳而黯,亦花中之有思者。速衰易落,故惜之耳。}

树小花鲜妍,香繁条软弱。高低二三尺,重叠千万萼。朝艳霭霏霏,夕凋纷漠漠。辞枝朱粉细,覆地红绡薄。由来好颜色,常苦易销铄。不见莨荡花,狂风吹不落。

照镜

皎皎青铜镜,斑斑白丝鬓,岂复更藏年,实年君不信。

新秋

西风飘_{一作吹}一叶,庭前飒已凉。风池明月水,衰莲白露房。其奈江南夜,绵绵自此长。

夜雨

早蛩啼复歇,残灯灭又明。隔窗知夜雨,芭蕉先有声。

秋江送客

秋鸿次第过,哀猿朝夕闻。是日孤舟客,此地亦离群。蒙蒙润衣雨,漠漠冒帆云。不醉浔阳酒,烟波愁杀人。

感逝寄远_{寄通州元侍御、果州崔员外、澧州李舍人、凤州李郎中}

昨日闻甲死,今朝闻乙死。知识三分中,二分化为鬼。逝者不复见,悲哉长已矣。存者今如何,去我皆万里。平生知心者,屈指能有几。通果澧凤州,眇然四君子。相思俱老大,浮世如流水。应叹旧交游,凋零日如此。何当一杯酒,开眼笑相视。

秋月

夜初色苍然,夜深光浩然。稍转西廊下,

渐满南窗前。况是绿芜地,复兹清露天。落叶声策策,惊鸟-作鸟影翩翩。栖禽尚不稳,愁人安可眠。

全唐诗卷四百三十三

白居易

朱陈村

徐州古丰县,有村曰朱陈。去县百余里,桑麻青氛氲。机梭声札札,牛驴走纭纭。女汲涧中水,男采山上薪。县远官事少,山深人俗淳。有财不行商,有丁不入军。家家守村业,头白不出门。生为村之一作陈村民,死为村之一作陈村尘。田中老与幼,相见何欣欣。一村唯两姓,世世为婚姻其村唯朱陈二姓而已。亲疏居有族,少长游有群。黄鸡与白酒,欢会不隔旬。生者不远别,嫁娶先近邻。死者不远葬,坟墓多绕村。既安生与死,不苦形与神。所以多寿考,往往见玄孙。我生礼义乡,少小孤且贫。徒学辩是非,只自取辛勤。世法贵名教,士人重冠一作官婚。以此自桎梏,信为大谬人。十岁解读书,十五能属文。二十举秀才,三十为谏臣。下有妻子累,上有君亲恩。承家与事国,望此不肖身。忆昨旅游初,迨今十五春。孤舟三适楚,羸马四经秦。昼行有饥色,夜寝无安魂。东西不暂住,来往若浮云。离乱失故乡,骨肉多散分。江南与江北,各有平生亲。平生终日别,逝者隔年闻。朝忧卧至暮,夕哭坐达晨。悲火烧心曲,愁霜侵鬓根。一生苦如此,长羡村中一作陈村民。

读邓鲂诗

尘架多文集,偶取一卷披。未及看姓名,疑是陶潜诗。看句知是君,恻恻令我悲。诗人多蹇厄,近日诚有之。京兆杜子美,犹得一拾遗。襄阳孟浩然,亦闻鬓成丝。嗟君两不如,三十在布衣。擢第禄不及,新婚妻未归。少年无疾患,溘死于路歧。天不与爵寿,唯与好文词。此理勿复道,巧历不能推。

寄元九自此后在渭村作

晨鸡才发声,夕雀俄敛翼。昼夜往复来,疾如出入息。非徒改年貌,渐觉无心力。自念因念君,俱为老所逼。君年虽校少,憔悴谪南国。三年不放归,炎瘴消颜色。山无杀草霜,水有含沙蜮。健否远不知,书多隔年得。愿君少愁苦,我亦加餐食。各保金石躯,以慰长相忆。

秋夕

叶声落如雨,月色白似霜。夜深方独卧,谁为拂尘床。

夜雨

我有所念人,隔在远远乡。我有所感事,结在深深肠。乡远去不得,无日不瞻望。肠深解不得,无夕不思量。况此残灯夜,独宿在空堂。秋天殊未晓,风雨正苍苍。不学头陀法,前心安可忘。

秋霁

金火—作木不相待,炎凉雨中变。林晴有残蝉,巢冷无留燕。沉吟卷长簟,怆恻收团扇。向夕稍无泥,闲步青苔院。月出砧杵动,家家捣秋练。独对多病妻,不能理针线。冬衣殊未制,夏服行将绽。何以迎早秋,一杯聊自劝。

叹老三首

晨兴照青镜,形影两寂寞。少年辞我去,白发随梳落。万化成于渐,渐衰看不觉。但恐镜中颜,今朝老于昨。人年少满百,不得长欢乐。谁会天地心,千龄与龟鹤。吾闻善医者,今古称扁鹊。万病皆可治,唯无治老药。

我有一握发,梳理何稠直。昔似玄云光,今如素丝色。匣中有旧镜,欲照先叹息。自从头白来,不欲明磨拭。鸦头与鹤颈,至老常如墨。独有人鬓毛,不得终身黑。

前年种桃核,今岁成花树。去岁新婴儿,今年已学步。但惊物长成,不觉身衰暮。去矣欲何如,少年留不住。因书今日意,遍寄诸亲故。壮岁不欢娱,长年当悔悟。

送兄弟回雪夜

日晦云气黄,东北风切切。时从村南还,新与兄弟别。离襟泪犹湿,回马嘶未歇。欲归一室坐,天阴多无月。夜长火消尽,岁暮雨凝结。寂寞满炉灰,飘零上阶雪。对雪画寒灰,残灯明复灭。灰死如我心,雪白如我发。所遇皆如此,顷刻堪愁绝。回念入坐忘,转忧作禅悦。平生洗心法,正为今宵设。

溪中早春

南山雪未尽,阴岭留残白。西涧冰已消,春溜含新碧。东风来几日,蛰动萌草坼。潜知阳和功,一日不虚掷。爱此天气暖,来拂溪边石。一坐欲忘归,暮禽声啧啧。蓬蒿隔桑枣,隐映烟火夕。归来问夜餐,家人烹荞麦。

同友人寻涧花

闻有涧底花,贳得村中酒。与君来校迟,已逢摇落后。临觞有遗恨,怅望空溪口。记取花发时,期君重携手。我生日日老,春色年年有。且作来岁期,不知身健否。

登村东古冢

高低古时冢,上有牛羊道。独立最高头,悠哉此怀抱。回头向村望,但见荒田草。村人不爱花,多种栗与枣。自来此村住,不觉风光好。花少莺亦稀,年年春暗老。

梦裴相公

五年生死隔,一夕魂梦通。梦中如往日,同直金銮宫。仿佛金紫色,分明冰玉容。勤勤相眷意,亦与平生同。既寤知是梦,悯然情未终。追想当时事,何殊昨夜中。自我学心法,万缘成一空。今朝为君子,流涕一沾胸。

昼寝

坐整白单衣,起穿黄草履。朝餐盥漱毕,徐下阶前步。暑风微变候,昼刻渐加数。院静地阴阴,鸟鸣新叶树。独行还独卧,夏景殊未暮。不作午时眠,日长安可度。

别行简 时行简辟卢坦剑南东川府

漠漠病眼花,星星愁鬓雪。筋骸已衰惫,

形影仍分诀。梓州二千里,剑门五六月。岂是远行时,火云烧栈热。何言巾上泪,乃是肠中血。念此早归来,莫作经年别。

观儿戏

髫龀七八岁,绮纨三四儿。弄尘复斗草,尽日乐嬉嬉。堂上长年客,鬓间新有丝。一看竹马戏,每忆童騃时。童騃饶戏乐,老大多忧悲。静念彼与此,不知谁是痴。

叹常生

西村常氏子,卧疾不须臾。前旬犹访我,今日忽云殂。时我病多暇,与之同野居。园林青蔼蔼,相去数里余。村邻无好客,所遇唯农夫。之子何如者,往还犹胜无。于今亦已矣,可为一长吁。

寄元九

一病经四年,亲朋书信断。穷通合一作各易交,自笑知何晚。元君在荆楚,去日唯一作虽云远。彼独是一作似何人,心如石不转。忧我贫病身,书来唯劝勉。上言少愁苦,下道加餐饭。怜君为谪吏,穷薄家贫褊。三寄衣食资,数盈十二万。岂是贪衣食,感君心缱绻。念我口中食,分君身上暖。不因身病久,不因命多蹇。平生亲友心,岂得知深浅。

以镜赠别

人言似明月,我道胜明月。明月非不明,一年十二缺。岂如玉匣里,如水常澄一作清澈。月破天暗时,圆明独不歇。我惭貌丑老,绕鬓斑斑雪。不如赠少年,回照青丝发。因君千里去,持此将为别。

城上对月,期友人不至

古人惜昼短,劝令秉烛游。况此迢迢夜,明月满西楼。复有盈尊一作中酒,置在城上头。期君君不至,人月两悠悠。照水烟波白,照人肌发秋。清光正如此,不醉即须愁。

念金銮子二首

衰病四十身,娇痴三岁女。非男犹胜无,慰情时一抚。一朝舍我去,魂影无处所。况念夭札一作化时,呕哑初学语。始知骨肉爱,乃是忧悲聚。唯思未有前,以理遣伤苦。忘怀日已久,三度移寒暑。今日一伤心,因逢旧乳母。

与尔为父子,八十有六旬。忽然又不见,迩来三四春。形质本非实,气聚偶成身。恩爱元是妄,缘合暂为亲。念兹庶有悟,聊用遣悲辛。暂一作渐将理自夺,不是忘情人。

对酒

人生一百岁,通计三万日。何况百岁人,人间百无一。贤愚共零落,贵贱同埋没。东岱前后魂,北邙亲旧骨。复闻药误者,为爱延年术。又有忧死者,为贪政事笔。药误不得老,忧死非因疾。谁言人最灵,知得不知失。何如会亲友,饮此杯中物。能沃烦虑消,能陶真性出。所以刘阮辈,终年醉兀兀。

渭村雨归

渭水寒渐落,离离蒲稗苗。闲傍沙边立,看人刘苇苕。近水风景冷,晴明犹寂寥。复兹夕阴起,野色重萧条。萧条独归路,暮雨湿村桥。

谕怀

黑头日已白,白面日已黑。人生未死间,变化何终极。常言在己者,莫若形与色。一朝改变来,止遏不能得。况彼身外事,悠悠通与塞。

喜友至留宿

村中少宾客,柴门多不开。忽闻车马至,云是故人来。况值风雨夕,愁心正悠哉。愿君且同宿,尽此手中杯。人生开口笑,百年都几回。

西原晚望

花菊引闲行一作步,行上西原路。原上晚无人,因高聊四顾。南阡有烟火,北陌连墟墓。村邻何萧疏,近者犹百步。吾庐在其下,寂寞风日暮。门外转枯蓬,篱根伏寒兔。故园汴水上,离乱不堪去。近岁始移家,飘然此村住。新屋五六间,古槐八九树。便是衰病身,此生终老处。

感镜

美人与我别,留镜在匣中。自从花颜去,秋水无芙蓉。经年不开匣,红埃覆青铜。今朝一拂拭,自照一作顾憔悴容。照罢重惆怅,背有双盘龙。

村居卧病三首

戚戚抱羸病,悠悠度朝暮。夏木才结阴,秋兰已含露。前日巢中卵,化作雏飞去。昨日穴中虫,蜕为蝉上树。四时未尝歇,一物不暂住。唯有病客心,沉然独如故。

新秋久病客,起步村南道。尽日不逢人,虫声遍荒草。西风吹白露,野绿秋仍早。草木犹未伤,先伤我怀抱。朱颜与玄鬓,强健几时好。况为忧病侵,不得依年老。

种黍三十亩,雨来苗渐大。种薤二十畦,秋来欲堪刈。望黍作冬酒,留薤为春菜。荒村百物无,待此养衰瘵。葺庐备阴雨,补褐防寒岁。病身知几时,且作明年计。

沐浴

经年不沐浴,尘垢满肌肤。今朝一澡濯,衰瘦颇有余。老色头鬓白,病形支体虚。衣宽有剩带,发少不胜梳。自问今年岁,春秋四十初。四十已如此,七十复何如。

栽松二首

小松未盈尺,心爱手自移。苍然涧底色,云湿烟霏霏。栽植我年晚,长成君性迟。如何过四十,种此数寸枝。得见成阴否,人生七十稀。

爱君抱晚节,怜君含直文。欲得朝朝见,阶前故种君。知君死则已,不死会凌云。

病中友人相访

卧久不记日,南窗昏复昏。萧条草檐下,寒雀朝夕闻。强扶床前杖,起向庭中行。偶逢故人至,便当一逢迎。移榻就斜日,披裘倚前楹。闲谈胜服药,稍觉有心情。

自觉二首

四十未为老,忧伤早衰恶。前岁二毛生,今年一齿落。形骸日损耗,心事同萧索。夜寝与朝餐,其间味亦薄。同岁崔舍人,容光方灼灼。始知年与貌,衰盛随忧乐。畏老老转迫一作逼,忧病病弥缚。不畏复不忧,是除老病药。

朝哭心所爱,暮哭心所亲。亲爱零落尽,安用身独存。几许平生欢,无限骨肉恩。结为肠间痛,聚作鼻头辛。悲来四支缓,泣尽双眸昏。所以年四十,心如七十人。我闻浮屠教,中有解脱门。置心为止水,视身如浮云。斗擞垢秽衣,度脱生死轮。胡为恋此苦,不去犹逡巡。回念发弘愿,愿此见在身。但受过去报,不结将来因。誓以智慧水,永洗烦恼尘。不将恩爱子,更种悲忧根。

夜雨有念

以道治心气,终岁得晏然。何乃戚戚意,忽来风雨天。既非慕荣显,又不恤饥寒。胡为悄不乐,抱膝残灯前。形影暗相问,心默对以言。骨肉能几人,各在天一端。吾兄寄宿州,吾弟客东川。南北五千里,吾身在中间。欲去病未能,欲住心不安。有如波上舟,此缚而彼牵。自我向道来,于今六七年。炼成不二性,消尽千万缘。唯有恩爱火,往往犹熬煎。岂是药无效,病多难尽蠲。

寄杨六 杨摄万年县尉,余为赞善大夫。

青宫官冷静,赤县事繁剧。一闲复一忙,动作经时隔。清觞久废酌,白日顿虚掷。念此忽踟蹰,悄然心不适。岂无旧交结,久别或迁易。亦有新往还,相见多形迹。唯君于我分,坚久如金石。何况老大来,人情重姻一作婚戚。

会稽岁月急,此事真可惜。几回开口笑,便到髭须白。公门苦鞅掌,尽-作昼日无闲隙。犹冀乘暝来,静言同一夕。

送春

三月三十日,春归日复暮。惆怅问春风,明朝应不住。送春曲江上,眷眷东西顾。但见扑水花,纷纷不知数。人生似行客,两足无停步。日日进前程,前程几多路。兵刀与水火,尽可违之去。唯有老到来,人间无避处。感时良为已,独倚池南树。今日送春心,心如别亲故。

哭李三

去年渭水曲,秋时访我来。今年常乐里,春日哭君回。哭君仰问天,天意安在哉。若必夺其寿,何如不与才。落然身后事,妻病女婴孩。

别李十一后重寄 自此后诗江州路上作

秋日正萧条,驱车出蓬荜。回望青门道,目极心郁郁。岂独恋乡土,非关慕簪绂。所怆别李君,平生同道术。俱承金马诏,联秉谏臣笔。共上青云梯,中途一相失。江湖我方往,朝廷君不出。蕙带与华簪,相逢是何日。

初出蓝田路作

停骖问前路,路在-作指秋云里。苍苍县南道-作山,去-作险途从此始。绝顶忽上盘-作盘上,众山皆下视。下视千万峰,峰头如浪起。朝经韩公坂,夕次蓝桥水。浔阳近-作仅四千,始行七十里。人烦马蹄跙,劳苦已-作又如此。

仙娥峰下作

我为东南行,始登商山道。商山无数峰,最爱仙娥好。参差-作参树若插,匼匝云如抱。渴望寒玉泉,香闻紫芝草。青崖屏削碧,白石床铺缟。向天如此物,安足留四皓。感彼私自问,归山何不早。可能尘土中,还随众人老。

微雨夜行

漠漠秋云起,稍稍-作悄悄夜寒生。但-作自觉衣裳湿,无点亦无声。

再到襄阳访问旧居

昔到襄阳日,髯髯-作冉冉初有髭。今过襄阳日,髭鬓半成丝。旧游都是-作似梦,乍到忽如归。东郭蓬蒿宅,荒凉今属谁。故知多零落,闾井亦迁移。独有秋江水,烟波似旧时。

寄微之三首

江州望通州,天涯与地末。有山万丈高,有江千里阔。间之以云雾,飞鸟不可越。谁知千古险,为我二人设。通州君初到,郁郁愁如结。江州我方去,迢迢行未歇。道路日乖隔,音信日断绝。因风欲寄语,地远声不彻。生当复相逢,死当从此别。

君游襄阳日,我在长安住。今君在通州,我过襄阳去。襄阳九里郭,楼堞连云树。顾此稍依依,是君旧游处。苍茫兼霞水,中有浔阳路。此去更相思,江西少亲故。

去国日已远,喜-作稀逢物似人。如何含此意,江上坐思君。有如河岳气,相合方氤氲。独风吹中绝,两处成孤云。风回终有时,云合岂无因。努力各自爱,穷通我尔身。

舟中雨夜

江云暗悠悠,江风冷修修。夜雨滴船背,风-作夜浪打船头。船中有病客,左降向江州。

夜闻歌者 宿鄂州

夜泊鹦鹉洲,江月秋-作秋江月澄澈。邻船有歌者,发词堪愁绝。歌罢继以泣,泣声通复咽。寻声见其人,有妇颜如雪。独倚帆樯立,娉婷十七八。夜泪如真珠,双双堕明月。借问谁家妇,歌泣何凄切。一问一沾襟-作巾,低眉终-作竟不说。

江楼闻砧 江州作

江人授衣晚,十月始闻砧。一夕高楼月,

万里故园心。

宿东林寺

经窗灯焰短,僧炉火气深。索落庐山夜,风雪宿东林。

忆洛下故园 时淮汝寇戎未灭

浔阳迁谪地,洛阳离乱年。烟尘三川上,炎瘴九江边。乡心坐如此,秋风仍飒然。

赠别崔五

朝送南去客,暮迎北来宾。孰云当大路,少遇心所亲。劳者念息肩,热者思濯身。何如愁独一作独愁日,忽见平生人。平生已不浅,是日重殷勤。问从何处来,及此江亭春。江天春多阴,夜月隔重云。移尊树间饮,灯照花纷纷。一会不易得,余事何足云。明旦又分手,今夕且欢忻。

春晚寄微之

三月江水阔,悠悠桃花波。年芳与心事,此地共蹉跎。南国方遣谪,中原正兵戈。眼前故人少,头上白发多。通州更迢递,春尽复如何。

渐老

今朝复明日,不觉年齿暮。白发逐梳落,朱颜辞镜去。当春颇愁寂,对酒寡欢趣。遇境多怆辛,逢人益敦故。形质属天地,推迁从不住。所怪少年心,销磨落何处。

送幼史

淮右寇未散,江西岁再徂。故里干戈地,行人风雪途。此时与尔别,江畔立踟蹰。

夜雪

已讶衾枕冷,复见窗户明。夜深知雪重,时闻折竹声。

寄行简

郁郁眉多敛,默默口寡言。岂是愿如此,举目谁与欢。去春尔西征,从事巴蜀间。今春我南谪,抱疾江海壖。相去六千里,地绝天邈然。十书九不达,何以开忧颜。渴人多梦饮,饥人多梦餐。春来梦何处,合眼到东川。

首夏

孟夏百物滋,动植一时好。麋鹿乐深林,虫蛇喜丰草。翔禽爱密叶,游鳞悦新藻。天和遗漏处,而我独枯槁。一身在天末,骨肉皆远道。旧国无来人,寇戎尘浩浩。沉忧竟何益,只自劳怀抱。不如放身心,冥然任天造。浔阳多美酒,可使杯不燥。溢鱼贱如泥,烹炙无昏早。朝饭山下寺,暮醉湖中岛。何必归故乡,兹焉可终老。

孟夏思渭村旧居,寄舍弟

喷喷雀引雏,稍稍笋成竹。时物感人情,忆我故乡曲。故园渭水上,十载事樵牧。手种榆柳成,阴阴覆墙屋。兔隐豆苗肥一作大,鸟鸣桑椹熟。前年当此时,与尔同游瞩。诗书课弟侄,农圃资童仆。日暮麦登场,天晴蚕坼簇。弄泉南涧坐,待月东亭宿。兴发饮数杯,闷来棋一局。一朝忽分散,万里仍羁束。井鲋思反泉,笼莺悔出谷。九江地卑湿,四月天炎燠。苦雨初入梅,瘴云稍含毒。泥秧水畦稻,灰种畲田粟。已讶殊岁时,仍嗟异风俗。闲登郡楼望,日落江山绿。归雁拂乡心,平湖断人目。殊方我漂泊,旧里君幽独。何时同一瓢,饮水心亦足。

早蝉

六月初七日,江头蝉始鸣。石楠深叶里,薄暮两三声。一催衰鬓色,再动故园情。西风殊未起,秋思先秋生。忆昔在东掖,宫槐花下听。今朝无限思,云树绕滥城。

感情

中庭晒服玩,忽见故乡履。昔赠我者谁,东邻婵娟子。因思赠时语,特用结终始。永愿如履綦,双行复双止。自吾谪江郡,漂荡三千里。为感长情人,提携同到此。今朝一惆怅,反覆看未已。人只履犹双,何曾得相似。可嗟复可惜,锦表绣为里。况经梅雨来,色黯花草死。

南湖晚秋

八月白露降,湖中水方一作芳老。旦夕秋风多,衰荷半倾倒。手攀青枫树,足踏黄芦草。惨淡老容颜,冷一作零落秋怀抱。有兄在淮楚,有弟在蜀道。万里何时来,烟波白浩浩。

郡厅有树,晚荣早凋,人不识名,因题其上

浔阳郡厅后,有树不知名。秋先梧桐落,春后桃李荣。五月始萌动,八月已凋零。左右皆松桂,四时郁青青。岂量雨露恩,沾濡不均平。荣枯各有分,天地本无情。顾我亦相类,早衰向晚成。形骸少多病,三十不丰盈。毛鬓早改变,四十白髭生。谁教两萧索,相对此江城。

感秋怀微之

叶下湖又波,秋风此时至。谁知濩落心,先纳萧条气。推移感流岁,漂泊思同志。昔为烟霄一作霞侣,今作泥涂吏。白鸥毛羽弱,青凤文章异。各闭一作闲一笼中,岁晚同憔悴。

因沐感发,寄朗上人二首

年长身转慵,百事一作无所欲。乃至头上发,经年方一沐。沐稀发苦落,一沐仍半秃。短鬓经霜蓬,老面辞春木。强年过犹近,衰相来何速。应是烦恼多,心焦血不足。

渐少不满把,渐短不盈尺。况兹短少中,日夜落复白。既无神仙术,何除老死籍。只有解脱门,能度衰苦厄。掩镜望东寺,降心谢禅客。衰白何足言,剃落犹不惜。

早蝉

月出先照山,风生先动水。亦如早蝉声,先入闲人耳。一闻愁意结,再听乡心起。渭上新一作村蝉声,先听浑相似。衡门有谁听,日暮槐花里。

苦热喜凉

经时苦炎暑一作热,心体但烦倦。白日一何长,清秋不可见。岁功成者去,天数极则变。潜知寒燠间,迁次如乘传。火云忽朝敛,金风俄夕扇。枕簟遂清凉,筋骸稍轻健。因思望月侣,好卜迎秋宴。竟夜无客来,引杯还自劝。

早秋晚望,兼呈韦侍郎一作御

九派绕孤城,城高生远思。人烟半在船,野水多于地。穿霞日脚直,驱雁风头利。去国来几时,江上秋三至。夫君亦沦落,此地同飘寄。悯默向隅心,摧颓触笼翅。且谋眼前计,莫问胸中事。浔阳酒甚浓,相劝时时醉。

司马宅

两径绿芜合,霜园红叶多。萧条司马宅,门巷无人过。唯对大江水,秋风朝夕波。

司马厅独宿

荒凉满庭草,偃亚侵檐竹。府吏下厅帘,家僮开被幞。数声城上漏,一点窗间一作前烛。官曹冷似冰,谁肯来同宿。

梦与李七、庾三十三同访元九

夜梦归长安,见我故亲友。损之在我左,顺之在我右。云是二月天,春风出携手。同过靖安里,下马寻元九。元九正独坐,见我笑开口。还指西院花,仍开北亭酒。如言各有故,似惜欢难久。神合俄顷间,神离欠伸后。觉来疑在侧,求索无所有。残灯影闪墙,斜月光穿牖。天明西北望,万里君知否。老去无见期,踟蹰搔白首。

秋槿

风露飒已冷,天色亦黄昏。中庭有槿花,荣落同一晨。秋开已寂寞,夕阴何纷纷。正怜少颜色,复叹不逡巡。感此因念彼,怀哉聊一陈。男儿老富贵,女子晚婚姻。头白始得志,色衰方事人。后时不获已,安得如青春。

答元郎中、杨员外喜乌见寄_{四十四字成}

南宫鸳鸯地,何忽乌来止。故人锦帐郎,闻乌笑相视。疑乌报消息,望我归乡时。我归应待乌头白,惭愧元郎误欢喜。

全唐诗卷四百三十四

白居易

初入峡有感

上有万仞山,下有千丈水。苍苍两岸间,阔狭容一苇。瞿唐呀直泻,滟滪屹中峙。未夜黑岩昏,无风白浪起。大石如矛剑,小石如牙齿。一步不可行,况千三百里。自峡州至忠州,滩险相继,凡一千三百里。苒蒻竹篾簦音念,欹危楫师趾。一跌无完舟,吾生系于此。常闻仗忠信,蛮貊可行矣。自古漂沉一作流人,岂尽非君子。况吾时与命,寒舛不足恃。常恐不才身,复作无名死。

过昭君村村在归州东北四十里

灵珠产无种,彩云出无根。亦如彼姝子,生此遐陋村。至丽物难掩,遽选入君门。独美众所嫉,终弃出一作於塞垣。唯此希代色,岂无一顾恩。事排势须去,不得由至尊。白黑既可变,丹青何足论。竟埋代北骨,不返巴东魂。惨淡晚云水,依稀旧乡园。妍姿化已久,但有村名存。村中有遗老,指点为我言。不取往者戒,恐贻来者冤。至今村女面,烧灼成瘢痕。

自江州至忠州

前在浔阳日,已叹宾朋寡。忽忽抱忧怀,出门无处写。今来转深僻,穷峡巅山下。五月断行舟,滟堆正如马。巴人类猿狖,矍铄满山野。敢望见交亲,喜逢似人者。

初到忠州登东楼,寄万州杨八使君

山束邑居窄,峡牵气候偏。林峦少平地,雾雨多阴天。隐隐煮盐火,漠漠烧畲烟。赖此东楼夕,风月时翛然。凭轩望所思,目断心涓涓。背春有去雁,上水无来船。我怀巴东守,本是关西贤。平生已不浅,流落重相怜。水梗漂万里,笼禽囚五年。新恩同雨露,远郡邻山川。书信虽往复,封疆徒接连。其如美人面,欲见杳无缘。

郡中

乡路音信断,山城日日迟。欲知州所远,阶前摘荔枝。

西楼夜一作月

悄悄复悄悄,城隅隐林杪。山郭灯火稀,峡天星汉少。年光东流水,生计南枝鸟。月没江一作光沈沈,西楼殊未晓。

东楼晓

脉脉复脉脉,东楼无宿客。城暗云雾多,峡深田地窄。宵灯尚留焰,晨禽初展翮。欲知山高低,不见东方白。

寄王质夫

忆始识君时,爱君世缘薄。我亦吏王畿,不为名利著。春寻仙游洞,秋上云居阁。楼观水潺潺,龙潭花漠漠。吟诗石上坐,引酒泉边酌。因话出处心,心期老岩壑。忽从风雨别,遂被簪缨缚。君作出山云,我为入笼鹤。笼深鹤残一作憔悴,山远云飘泊。去处虽不同,同负平生约。今来各何在,老去随所托。我守巴南城,君佐征西幕。年颜渐衰飒,生计仍萧索。方含去国愁,且羡从军乐。旧游疑是梦,往事思如昨。相忆春又深,故山花正落。

南宾郡斋即事,寄杨万州

山上巴子城,山下巴江水。中有穷独人,强名为刺史。时时窃自哂,刺史岂如是。仓粟喂家人,黄缣裹妻子忠州刺史以下,悉以畲田给禄食,以黄绢支给充俸。苺苔翳冠带,雾雨霾楼雉。衙鼓暮复朝,郡斋卧还起。回头一作首望南浦,亦在烟波里。而我复何嗟,夫君犹滞此。

招萧处士

峡内岂无人,所逢非所思。门前亦有客,相对不相知。仰望但云树,俯顾惟妻儿。寝食起居外,端然无所为。东郊萧处士,聊可与开眉。能饮满杯酒,善吟长句诗。庭前吏散后,江畔路干时。请君携竹杖,一赴郡斋期。

庭槐

南方饶竹树,唯有青槐稀。十种七八死,纵活亦支离。何此郡庭下,一株独华滋。蒙蒙碧烟叶,袅袅黄花枝。我家渭水上,此树荫前墀。忽向天涯见,忆在故园时。人生有情感,遇物牵所思。树木犹复尔,况见旧亲知。

送客回晚兴

城上云雾开,沙头风浪定。参差乱山出,澹汀平江净。行客舟已远,居人酒初醒。袅袅秋竹梢,巴蝉声似磬。

东楼竹

潇洒城东楼,绕楼多修竹。森然一万竿,白粉封青玉。卷帘睡初觉,欹枕看未足。影转色入楼,床席生浮绿。空城绝宾客,向夕弥幽独。楼上夜不归,此君留我宿。

九日登巴台

黍香酒初熟,菊暖花未开。闲听竹枝曲,浅酌茱萸杯。去年重阳日,漂泊湓城隈。今岁重阳日,萧条巴子台。旅鬓寻已白,乡书久不来。临觞一搔首,座客亦裴回。

东城寻春

老色日上面,欢情日去心。今既不如昔,后当不如今。今犹未甚衰,每事力可任。花时仍爱出,酒后尚能吟。但恐如此兴,亦随日销沉。东城春欲老,勉强一来寻。

江上送客

江花已萎绝,江草已消歇。远客何处归,孤舟今日发。杜鹃声似哭,湘竹斑如血。共是多感人,仍为此中别。

桐花

春令有常候,清明桐始发。何此巴峡中,桐花开十月。岂伊物理变,信是土宜别。地气反寒暄,天时倒生杀。草木坚强物,所禀固难夺。风候一参差,荣枯遂乖刺。况吾北人性,不耐南方热。强羸寿夭间,安得依时节。

早祭风伯,因怀李十一舍人

远郡虽褊陋,时祀奉朝经。夙兴祭风伯,天气晓冥冥。导骑与从吏,引我出东坰。水雾重如雨,山火高于星。忽忆早朝日,与君趋紫庭。步登龙尾道,却望终南青。一别身向老,所思心未宁。至今想在耳,玉音尚玲玲。

花下对酒二首

蔼蔼江气春,南宾闰正月。梅樱与桃杏,次第城上发。红房烂簇火,素艳纷团一作粉围雪。香惜委风飘,愁牵压枝折。楼中老太守,头上新白发。冷淡病心情,暄和好时节。故园音信断,远郡新宾绝。欲问花前尊,依然为谁设。

引手攀红樱,红樱落似霰。仰首看白日,白日走一作委如箭。年芳与时景,顷刻犹衰变。况是血肉身,安能长强健。人心苦迷执,慕贵忧贫贱。愁色常在眉,欢容不上面。况吾头半白,把镜非不见。何必花下杯,更待他人劝。

不二门

两眼日将暗,四肢渐衰瘦。吏带剩昔围,穿衣妨去声宽袖。流年似江水,奔注无昏昼。志气与形骸,安得长依旧。亦曾登玉陛,举措多纰缪。至今金阙籍,名姓独遗漏。亦曾烧大药,消息乖火候。至今残丹砂,烧干不成就。行藏事两失,忧恼心交斗。化作憔悴翁,抛身在荒陋。坐看老病逼,须得医王救。唯有不二门,其间无夭寿。

我身

我身何所似,似彼孤生蓬。秋霜剪根断,浩浩随长风。昔游一作于秦雍间,今落巴蛮中。昔为意气郎,今作寂寥一作寞翁。外貌虽寂寞,中怀颇冲融。赋命有厚薄,委心任穷通。通当为大鹏,举翅摩苍穹。穷则为鹪鹩,一枝足自容。苟知此道者,身穷心不穷。

哭王质夫

仙游寺前别,别来十年余。生别犹怏怏,死别复何如。客从梓潼来,道君死不虚。惊疑心未信,欲哭复踟蹰。踟蹰寝门侧,声发涕一作泪亦俱。衣上今日泪,箧中前月书。怜君古人风,重有君子儒。篇咏陶谢辈,风流嵇阮徒。出身既塞屯一作迍,生世仍须臾。诚知天至高,安得不一呼。江南有毒蟒,江北有妖狐。皆享千年寿,多于王质夫。不知彼何德,不识此何辜。

东坡种花二首

持钱买花树,城东坡上栽。但购有花者,不限桃杏一作李梅。百果参杂种,千枝次第开。天时有时晚,地力无高低。红者霞艳艳,白者雪皑皑。游蜂逐不去,好鸟亦来栖一作栖来。前有长流水,下有小平台。时拂台上石,一举风前杯。花枝荫我头,花蕊落一作入我怀。独酌复独咏,不觉月一作日平西。巴俗不爱花,竟春无人来。唯此醉太守,尽日不能回。

东坡春向暮,树木一作下今何如。漠漠花落尽,翳翳叶生初一作初舒。每日领童仆,荷锄仍决一作畬渠。划土壅其本,引泉溉其枯。小树低数尺,大树长丈余。封植来几时,高下随扶疏。养树既如此,养民何殊。将欲茂枝叶,必先救根株。云何救根株,劝农均赋租。云何茂枝叶,省事宽刑书。移此为郡政,庶几氓俗苏。

登城东古台

迢迢东郊上,有土青崔嵬。不知何代物,疑是巴王台。巴歌久无声,巴宫没黄埃。靡靡春草合,牛羊缘四隈。我来一登眺,目极心悠哉。始见江山势,峰叠水环回。怅高视听旷,向远胸襟开。唯有故园念,时时东北来。

哭诸故人,因寄元八

昨日哭寝门,今日哭寝门。借问所哭谁,无非故交亲。伟卿既长往,质夫亦幽沦。屈指数年世,收涕自思身。彼皆少于我,先为泉下人。我今头半白,焉得身久存。好狂一作怀元郎中,相识二十春。昔见君生子,今闻君抱孙。存者尽老大,逝者已成尘。早晚升平宅,开眉一见君。

郡中春宴,因赠诸客

仆本儒家子,待诏金马门。尘忝亲近地,孤负圣明恩。一旦奉优诏,万里牧远人。可怜岛夷帅,自称为使君。身骑牂牁马,口食涂江鳞。暗淡绯衫故,斓斑白发新。是时岁二月,玉历布春分。颁条示皇泽,命宴及良辰。冉冉趋府吏,蚩蚩聚州民。有如蛰虫鸟,亦应天地春。薰草席铺坐,藤枝酒注樽。中庭无平地,高下随所陈。蛮鼓声坎坎,巴女舞蹲蹲。使君居上头,掩口语众宾。勿笑风俗陋,勿欺官府贫。蜂巢一作窠与蚁穴,随分有君臣。

开元寺东池早春

池水暖温暾,水清波潋滟。簇簇青泥中,新蒲叶如剑。梅房小白裹,柳彩轻黄染。顺气草熏熏,适情鸥泛泛。旧游成梦寐,往事随阳焰。芳物感幽怀,一动平生念。

东溪一作涧种柳

野性爱栽植,植柳水中坻。乘春持斧斤,裁截而树之。长短既不一,高下随所宜。倚岸埋大干,临流插小枝。松柏不可待,梗楠固难移。不如种此树,此树易荣滋。无根亦可活,成阴况非迟。三年未离郡,可以见依依。种罢水边憩,仰头闲自思。富贵本非望,功名须待时。不种东溪柳,端坐欲何为。

卧小斋

朝起视事毕,晏坐馆食终。散步长廊下,卧退小斋中。拙政自多暇,幽情谁与同。孰云二千石,心如田野翁。

步东坡

朝上东坡步,夕上东坡步。东坡何所爱,爱此新成树。种植当岁初,滋荣及春暮。信意取次栽,无行亦无数。绿阴斜景转,芳气微风度。新叶鸟下来,萎花蝶飞去。闲携斑竹杖,徐曳黄麻屦。欲识往来频,青芜一作苔成白路。

征秋税毕,题郡南亭

高城直下视,蠢蠢见巴蛮。安可施政教,尚不通语言。且喜赋敛毕,幸闻闾井安。岂伊循良化,赖此丰登年。案牍既简少,池馆亦清闲。秋雨檐果落,夕钟林鸟还。南亭日潇洒,偃卧恣疏顽。

蚊蟆

巴徼炎毒早,二月蚊蟆生。咂肤拂不去,绕耳薨薨声。斯物颇微细,中人初甚轻。如有肤受谮,久则疮痏成。痏成无奈何,所要防其萌。幺虫何足道,潜喻儆人情。

登龙昌上寺望江南山,怀钱舍人

骑马出西郭,悠悠欲何之。独上高寺去,一与白云期。虚槛晚潇洒,前山碧参差。忽似青龙阁,同望玉峰时。因咏松雪句,永怀鸾鹤姿。六年不相见,况乃隔荣衰。昔尝与钱舍人登青龙寺上方,同望蓝田山,各有绝句。钱诗云:偶来上寺因高望,松雪分明见旧山。

郊下

西日照高树,树头子规鸣。东风吹野水,水畔江蓠生。尽日看山立,有时寻涧行。兀兀长如此,何许似专城。

遣怀

乐往必悲生,泰来由否极。谁言此数然,吾道何终塞。尝求詹尹卜,拂龟竟默默。亦曾仰问天,天但苍苍色。自兹唯委命,名利心双息。近日转安闲,乡园亦休忆。回看世间苦,苦在求不得。我今无所求,庶离忧悲域。

岁晚

霜降水返壑,风落木归山。冉冉岁将宴,物皆复本源。何此南迁客,五年独未还。命屯分已定,日久心弥安。亦尝心与口,静念私自言。去国固非乐,归乡未必欢。何须自生苦,舍易求其难。

负冬日

杲杲冬日出,照我屋南隅。负暄闭目坐,和气生肌肤。初似饮醇醪,又如蛰者苏。外融百骸畅,中适一念无。旷然忘所在,心与虚空俱。

委顺

山城虽荒芜,竹树有嘉色。郡俸诚不多,亦足充衣食。外累由心起,心宁累自息。尚欲忘家乡,谁能算官职。宜怀齐远近,委顺随南北。归去诚可怜,天涯住亦得。

宿溪翁 时初除郎官赴朝

众心爱金玉,众口贪酒肉。何如此溪翁一作何此溪上翁,饮瓢亦自足。溪南刈薪草,溪北修墙屋。岁种一顷田,春驱两黄犊。于中甚安适,此外无营欲。溪畔偶相逢,庵中遂同宿。醉翁向朝市,问我何官禄。虚言笑杀翁,郎官应列宿。

重过寿泉,忆与杨九别时,因题店壁

商州南十里,有水名寿泉。涌出石崖下,流经山店前。忆昔相送日,我去君言还。寒波与老泪,此地共潺湲。一去历万里,再来经六年。形容已变改,处所一作泉水犹依然。他日君过此,殷勤吟此篇。

西掖早秋直夜书意 自此后中书舍人时作

凉风起禁掖,新月生宫沼。夜半秋暗来,万年枝袅袅。炎凉递时节,钟鼓交昏晓。遇圣惜年衰,报恩愁力小。素餐无补益,朱绶一作绂虚缠绕。冠盖栖野云,稻粱养山鸟。量能私自省,所得已非少。五品不为贱,五十不为夭。若无行足心,贪求何日了。

庭松

堂下何所有,十松当我阶。乱立无行次,高下亦不齐。高者三丈长,下者十尺低。有如野生物,不知何人栽。接以青瓦屋,承之白沙台。朝昏有风月,燥湿一作惨温无尘泥。疏韵秋械械一作瑟瑟,凉阴夏凄凄。春深微雨夕,满叶珠蓑蓑一作溓溓。岁暮大雪天,压枝玉皑皑。四时各有趣,万木非其侪。去年买此宅,多为人所咍。一家二一作三十口,移转就松来。移来一作近松有何得,但得烦襟开。即此是益友,岂必交贤才。顾我犹俗士,冠带走尘埃。未称为松主,时时一愧怀。

竹窗

常爱辋川寺,竹窗东北廊。一别十余载,见竹未曾忘。今春二月初,卜居在新昌。未暇作厩库,且先营一堂。开窗不糊纸,种竹不依行。意取北檐下,窗与竹相当。绕屋声渐渐,逼人色苍苍。烟通杳霭气,月透玲珑光。是时三伏天,天气热如汤。独此竹窗下,朝回解衣裳,轻纱一幅巾,小簟六尺床。无客尽日静,有风终夜凉。乃知前古人,言事颇谙详。清风北窗卧,可以傲羲皇。

同韩侍郎游郑家池吟诗小饮

野艇容三人,晚池流涣涣。悠然依棹坐,水思如江海。宿雨洗沙尘,晴风荡烟霭。残阳上竹树,枝叶生光彩。我本偶然来,景物如相待。白鸥惊不起,绿茨行堪采。齿发虽已衰,性灵未云改。逢诗遇杯酒,尚有心情在。

晚归有感

朝吊李家孤,暮问崔家疾。时李十一侍郎诸子尚居忧,崔二十二员外三年卧病。回马独归来,低眉心郁郁。平生所善者,多不过六七。如何十年间,零落三无一。刘曾梦中见,元向花前失。刘三十二校书殁后,尝梦见之。元八少尹,今春樱桃花时长逝。渐老与谁游,春城好风日。

曲江感秋二首 并序

元和二年三年四年,予每岁有《曲江感秋》诗,凡三篇,编在第七集卷。是时予为左拾遗、翰林学士。无何,贬江州司马、忠州刺史。前年迁主客郎中、知制诰。未周岁,授中书舍人。今游曲江,又值秋日,风物不改,人事屡变。况予中否后遇,昔壮今衰,慨然感怀,复有此作。噫!人生多故,不知明年秋又何许也。时二年七月十日云耳。

　　元和二年秋,我年三十七。长庆二年秋,我年五十一。中间十四年,六年居谴黜。穷通与荣悴,委运随外物。遂师庐山远,重吊湘江屈。夜听竹枝愁,秋看灩堆没。近辞巴郡印,又秉纶闱笔。晚遇何足言,白发映朱绂。销沉昔意气,改换旧容质。独有曲江秋,风烟如往日。

　　疏芜南岸草,萧飒西风树。秋到未—作来几时,蝉声又无数。莎平绿茸合,莲落青房露。今日临望时,往年感秋处。池中水依旧,城上山如故。独我鬓间毛,昔黑今垂素。荣名与壮齿,相避如朝暮。时命始欲来,年颜已先去。当春不欢乐,临老徒惊误。故作咏怀诗,题于曲江路。

玩松竹二首

　　龙蛇隐大泽,麋鹿游丰草。栖凤安于梧,潜鱼乐于藻。吾亦爱吾庐,庐中乐吾道。前松后修竹,偃卧可终老。各附其所安,不知他物好。

　　坐爱前檐前,卧爱北窗北。窗竹多好风,檐松有嘉色。幽怀一以合,俗念随缘息。在尔虽无情,于予即有得。乃知性相近,不必动与植。

衰病无趣,因吟所怀

　　朝餐多不饱,夜卧常少睡。自觉寝食间,多无少年味。平生好诗酒,今亦将舍弃。酒唯下药饮,无复曾欢醉。诗多听人吟,自不题一字。病姿与—作引衰相,日夜相继至。况当尚少朝,弥惭居近侍。终当求一郡,聚少渔樵费。合口便归山,不问人间事。

逍遥咏

　　亦莫恋此身,亦莫厌此身。此身何足恋,万劫烦恼根。此身何足厌,一聚虚空尘。无恋亦无厌,始是逍遥人。

全唐诗卷四百三十五

白居易

短歌行

曈曈太阳如火色,上行千里下一刻。出为白昼入为夜,圆转如珠住不得。住不得,可—作无奈何,为君举酒歌短歌。歌声苦,词亦苦,四座少年君听取。今夕未竟明夕—作旦催,秋风才往春风回。人无根蒂时不驻,朱颜白日相隳颓。劝君且强笑一面,劝君且—作复强饮一杯。人生不得长欢乐,年少须臾老到来。

生离别

食檗不易食梅难,檗能苦兮梅能酸。未如生别之为难,苦在心兮酸在肝。晨鸡再鸣残月没,征马连嘶—作嘶风行人出。回看骨肉哭一声,梅酸檗苦甘如蜜。黄河水白黄云秋,行人河边相对愁。天寒野—作路旷何处宿,棠梨叶战风飕飕。生离别,生离别,忧从中—作何来无断绝。忧极—作积心劳血气衰,未年三十生白发。

浩歌行

天长地久无终毕,昨夜今朝又明日。鬓发苍浪牙齿疏,不觉身年四十七。前去五十有几年,把镜照面心茫然。既无长绳系白日,又无大药驻朱颜。朱颜日渐不如故,青史功名在何处。欲留年少待富贵,富贵不来年少去。去复去兮如长河,东流赴海无回波。贤愚贵贱同归尽,北邙冢墓高嵯峨。古来—作今如此非独我,未死有酒且高歌。颜回短命伯夷饿,我今所得亦已多。功名富贵须待—作推命,命若—作苟不来知—作争奈何。

王夫子

王夫子,送君为一尉,东南三千五百里。道途虽远位虽卑,月俸犹堪活妻子。男儿口读古人书,束带敛手来从事。近将徇禄给一家,远则行道佐时理。行道佐时须待命,委身下位无为耻。命苟未来且求食,官无卑高及远迩。男儿上既未能济天下,下又不至饥寒死。吾观九品至一品,其间气味都相似。紫绶朱绂青布衫,颜色不同而已矣。王夫子,别有一事欲劝君,遇一作逢酒逢春且欢喜。

江南遇天宝乐叟

白头病一作老叟泣且言,禄山未乱入梨园。能弹琵琶和法典,多在华清随至尊。是时天下太平久,年年十月坐朝元。千官起居环佩合,万国会同车马奔。金钿照耀石瓮寺,兰麝熏煮温汤源。贵妃宛转侍君侧,体弱不胜珠翠繁。冬雪飘摇锦袍暖,春风荡漾霓裳翻。欢娱未足燕寇至,弓劲马肥胡语喧。幽土人迁避夷狄,鼎湖龙去哭轩辕。从此漂沦落南土,万人死尽一身存。秋风江上浪无限,暮雨舟中酒一尊。涸鱼久失风波势,枯草曾沾雨露恩。我自秦来君莫问,骊山渭水如荒村。新丰树老笼明月,长生殿暗锁春云一作黄昏。红叶纷纷盖欹瓦,绿苔重重封坏垣。唯有中宫作宫使,每年寒食一开门。

送张山人归嵩阳

黄昏惨惨天微雪,修一作循行坊西鼓声绝。张生马瘦衣且单,夜扣柴门与我别。愧君冒寒来别我,为君酤酒张灯火。酒酣火暖与君言,何事一作君何入关又出关。答云前年偶下山,四十余月客长安。长安古来名利地,空手无金行路难。朝游九城陌,肥马轻车欺杀客。暮宿五侯门,残茶冷酒愁杀人。春明门,门前便是嵩山路。一作春明外高高处,直下便是嵩山路。幸有云泉容此身,明月辞君且归去。

醉后走笔酬刘五主簿长句之赠,兼简张大、贾二十四先辈昆季

刘兄文高行孤立,十五年前名擅习。是时相遇在符离,我年二十君三十。得意忘年心迹亲,寓居同旦日知闻。衡门寂寞朝寻我,古寺萧条暮访君。朝来暮去多携手,穷巷贫居何所有。秋灯夜与联句诗,春雪朝倾暖寒酒。陴湖绿爱白鸥飞,滩水清怜红鲤肥。偶语闲攀芳树立,相扶醉蹋落花归。张贾弟兄同里巷,乘闲数数来相访。雨天连宿草堂中,月夜徐行石桥上。我年渐长忽自惊,镜中冉冉髭须生。心畏后时同励志,身牵前事各求名。问我栖栖何所适,乡人荐为鹿鸣客。二千里别谢交游,三十韵诗慰行役。出门可怜唯一身,敝裘瘦马入咸秦。咚咚街鼓红尘暗,晚到长安无主人。二贾二张与余弟,驱车逦迤来相继。操词握赋为干戈,锋锐森然胜气多。齐入文场同苦战,五人十载九登科。二张得隽名居甲,美退争雄重告捷。棠棣辉荣并桂枝,芝兰芳馥和荆叶。唯有沉犀屈未伸,握中自谓骇鸡珍。三年不鸣鸣必大,岂独骇鸡当骇人。元和运启千年圣,同遇明时余最幸。始辞秘阁吏王畿,遽列谏垣升禁闱。寒步何堪鸣佩玉,衰容不称著朝衣。闾阖晨开朝百辟,冕旒不动香烟碧。步登龙尾上虚空,立去天颜无咫尺。宫花似雪从乘舆,禁月如霜坐直庐。身贱每惊随内宴,才微常愧草天书。晚松寒竹新昌第,职居密近门多闭。日暮银台下直回,故人到门门暂开。回头下马一相顾,尘土满衣何处来。敛手炎凉叙未毕,先说旧山今悔出。岐阳旅宦少欢娱,江左羁游费时日。赠我一篇行路吟,吟之句句披沙金。岁月徒催白发貌,泥涂不屈青云心。谁会茫茫天地意,短才获用长才弃。我随鹓鹭入烟云,谬上丹墀为近臣。君同鸾凤栖荆棘,犹著青袍作选人。惆怅知贤不能荐,徒为出入蓬莱殿。月渐谏纸二百张,岁愧俸钱三十万。大底浮荣何足道,几度相逢即身老。且倾斗酒慰羁愁,重话符离问旧游。北巷邻居几家去,东林旧院何人住。武里村花落复开,流沟山色应如故。感此酬君千字诗,醉中分手又何之。须知通塞寻常事,莫叹浮沉先后时。慷慨临歧重相勉,殷勤别后加餐饭。君不见买臣衣锦还故乡,五十身荣未为晚。

和钱员外答卢员外早春独游曲江见寄长句

春来有色暗融融,先到诗情酒思中。柳岸

霏微浥尘雨,杏园淡荡开花风。闻君独游心郁郁,薄晚新晴骑马出。醉思诗侣有同年,春叹翰林无暇日。云夫首倡寒玉音,蔚章继和春搜吟。此时我亦闭门坐,一日风光三处心。云夫、蔚章同年及第,时余与蔚章同在翰林。

东墟晚歇 时退居渭村

凉风冷露萧索天,黄蒿紫菊荒凉田。绕冢秋花少颜色,细虫小蝶飞翻翻。中有腾腾独行者,手拄渔竿不骑马。晚从南涧钓鱼回,歇此墟中白杨下。褐衣半故白发新,人逢知我是何人。谁言渭浦栖迟客,曾作甘泉侍从臣。

客中月

客从江南来,来时月上弦。悠悠行旅中,三见清光圆。晓随残月行,夕与新月宿。谁谓月无情,千里远相逐。朝发渭水桥,暮入长安陌。不知今夜月,又作谁家客。

挽歌词

丹旐何飞扬,素骖亦悲鸣。晨光照闾巷,輤车俨欲行。萧条九月天,哀挽出重一作晚出洛阳城。借问送者谁,妻子与弟兄。苍苍上古原一作古原上,峨峨开新茔。含酸一恸哭,异口同哀声。旧陇转荒绝,新坟日罗列。春风草绿一作秋草北邙山,此地年年生死别。

长相思

九月西风兴,月冷露华凝。思君秋夜长,一夜魂九升。二月东风来,草拆花心开。思君春日迟,一日肠九回。妾住洛桥北,君住洛桥南。十五即相识,今年二十三。有如女萝草,生在松之侧。蔓短枝苦高,萦回上不得。人言人有愿,愿至天必成。愿作远方兽,步步比肩行。愿作深山木,枝枝连理生。

山鹧鸪

山鹧鸪,朝朝暮暮啼复啼,啼时露白风凄凄。黄茅冈头秋日晚,苦竹岭下寒月低。畲田有粟何不啄,石楠有枝何不栖。迢迢不缓复不急,楼上舟中声暗入。梦乡迁客展转卧,抱儿寡妇彷徨立。山鹧鸪,尔本此乡鸟。生不辞巢不别群,何苦声声啼到晓。啼到晓,唯能愁北人,南人惯闻如不闻。

放旅雁 元和十年冬作

九江十年冬大雪,江水生冰树枝折。百鸟无食东西飞,中有旅雁声最饥。雪中啄草冰上宿,翅冷腾空飞动迟。江童持网捕将去,手携入市生卖之。我本北人今谴谪,人鸟虽殊同是客。见此客鸟伤客人,赎汝放汝飞入云。雁雁汝飞向何处,第一莫飞西北去。淮西有贼讨未平,百万甲兵久屯聚。官军贼军相守老,食尽兵穷将及汝。健儿饥饿射汝吃,拔汝翅翎为箭羽。

送春归 元和十一年三月三十日作

送春归,三月尽日日暮时。去年杏园花飞御沟绿,何处送春曲江曲。今年杜鹃花落子规啼,送春何处西江西。帝城送春犹怏怏,天涯送春能不加惆怅。莫惆怅,送春人。冗员无替五年罢,应须准拟再送浔阳春。五年炎凉凡十变,又知此身健不健。好去一作送今年江上春,明年未死还相见。

山石榴寄元九

山石榴,一名山踯躅,一名杜鹃花,杜鹃啼时花扑扑。九江三月杜鹃来,一声催得一枝开。江城上佐闲无事,山下劚得厅前栽。烂熳一栏十八树,根株有数花无数。千房万叶一时新,嫩紫殷红鲜曲尘。泪痕浥损燕支脸,剪刀裁破红绡巾。谪仙初堕愁在世,姹女新嫁娇泥去声春。日射血珠将滴地,风翻火焰欲烧人。闲折两枝持在手,细看不似人间有。花中此物似西施,芙蓉芍药皆嫫母。奇芳绝艳别者谁,通州迁客元拾遗。拾遗初贬江陵去,去时正值青春暮。商山秦岭愁杀君一作人,山石榴花红夹路。题诗报我何所云,苦一作若云色似石榴裙。当时丛畔唯思我,今日栏前只忆君。忆君不见坐销落,日西风起红纷纷。

画竹歌并引

协律郎萧悦善画竹,举时一作世无论,萧亦甚自秘重,有终岁求其一竿一枝而不得者。知予天与好事,忽写一十五竿,惠然见投,予厚其意,高其艺,无以答贶,作歌以报一作答之,凡一百八十六字云:

植物之中竹难写,古今虽画无似者。萧郎下笔独逼真,丹青以来唯一人。人画竹身肥拥肿,萧画茎瘦节节竦。人画竹梢死赢垂,萧画枝活叶叶动。不根而生从意生,不笋而成由笔成。野塘水边碕岸侧,森森两丛十五茎。婵娟不失筠粉态,萧飒尽得风烟情。举头忽看不似画,低耳静听疑有声。西丛七茎劲而健,省向天竺寺前一作边石上见。东丛八茎疏且寒,忆曾湘妃庙里雨中看。幽姿远820少人别,与君相顾空长叹。萧郎萧郎老可惜,手颤一作战眼昏头雪色。自言便是绝笔时,从今此竹尤难得。

真娘墓 墓在虎丘寺

真娘墓,虎丘道。不识真娘镜中面,唯见真娘墓头草。霜摧桃李风折莲,真娘死时犹少年。脂肤荑手不牢固,世间尤物难留连。难留连,易销歇。塞北花,江南雪。

长恨歌

前进士陈鸿撰《长恨歌传》曰:开元中,泰阶平,四海无事,明皇在位岁久,倦于旰食宵衣,政无小大,始委于右丞相。深居游宴,以声色自娱。先是元献皇后、武淑妃皆有宠,相次即世。宫中虽良家子千数,无可悦目者,上心忽忽不乐。时每岁十月,驾幸华清宫,内外命妇,熠耀景从。浴日余波,赐以汤沐,春风灵液,澹荡其间。上心油然,若有顾遇,左右前后,粉色如土,诏高力士潜搜外宫,得弘农杨玄琰女于寿邸。既笄矣,鬒发腻理,纤秾中度,举止闲冶,如汉武帝李夫人。别疏汤泉,诏赐澡莹。既出水,体弱力微,若不任罗绮,光彩焕发,转动照人,上甚悦,进见之日,奏《霓裳羽衣曲》以导之。定情之夕,授金钗钿合以固之,又命戴步摇,垂金珰。明年册为贵妃,半后服用。由是冶其容,敏其词,婉娈万态,以中上意,上益嬖焉。时省风九州,泥金五岳,骊山雪夜,上阳春朝,与上行同室,宴专席,寝专房。虽有三夫人、九嫔、二十七世妇、八十一御妻暨后宫才人,乐府伎女,使天子无顾盼意,自是六宫无复进幸者。非徒殊艳尤态致是,盖才智明慧,善巧便佞,先意希旨,有不可形容者。叔父昆弟,皆列在清贯,爵为通侯。姊妹封国夫人,富埒王宝,车服邸第,与大长公主侔,而恩泽势力则又过之,出入禁门不问,京师长吏为侧目。故当时谣咏有云:"生女勿悲酸,生儿勿喜欢。"又曰:"男不封侯女作妃,看女却为门上楣。"其人心羡慕如此。天宝末,兄国忠盗丞相位,愚弄国柄。及安禄山引兵向阙,以讨杨氏为辞。潼关不守,翠华南幸,出咸阳,道次马嵬亭。六军裴回,持戟不进。从官郎吏伏上马前,请诛错以谢天下。国忠奉氂缨盘水,死于道周。左右之意未快,上问之,当时敢言者,请以贵妃塞天下怒。上知不免,而不忍见其死,反袂掩面,使牵之而去。苍黄展转,竟就绝于尺组之下。既而明皇狩成都,肃宗受禅灵武。明年,大凶归元,大驾还都。尊明皇为太上皇,就养南宫,迁于西内。时移事去,乐尽悲来,每至春之日,冬之夜,池莲夏开,宫槐秋落,梨园弟子,玉琯发音,闻《霓裳羽衣》一声,则天颜不怡,左右歔欷。三载一意,其念不衰,求之魂梦,杳不能得。适有道士自蜀来,知上皇心念杨妃如是,自言有李少君之术。明皇大喜,命致其神。方士乃竭其术以索之,不至。又能游神驭气,出天界、没地府以求之,不见。又旁求四虚上下,东极大海,跨蓬壶,见最高仙山,上多楼阙。西厢下有洞户,东向,阖其门,署曰玉妃太真院。方士抽簪扣扉,有双童女出应门,方士造次未及言,而双鬟复入。俄有碧衣侍女又至,诘其所从。方士因称唐天子使者,且致其命。碧衣云:"玉妃方寝,请少待之。"于时云海沉沉,洞天日晚,琼户重阖,悄然无声。方士屏息敛足,拱手门下。久之而碧衣延入,且曰:"玉妃出。"见一人冠金莲,披紫绡,佩红玉,曳凤舄,左右侍者七八人,揖方士,问皇帝安否,次问天宝十四年已还事。言讫,悯默,指碧衣取金钗钿合,各析其半,授使者曰:"为谢太上皇,谨献是物,寻旧好也。"方士受辞与信,将行,色有不足。玉妃固征其意,复前跪致词:"请当时一事,不为他人闻者,验于太上皇。不然,恐钿合金钗,负新垣平之诈也。"玉妃茫然退立,若有所思,徐而言之曰:"昔天宝十载,侍辇避暑骊山宫。秋七月,牵牛织女相见之夕,秦人风俗,是夜张锦绣,陈饮食,树瓜果,焚香于庭,号为乞巧,宫掖间尤尚之,夜殆半,休侍卫于东西厢,独侍上。上凭肩而立,因仰天感牛女事,密相誓心,愿世世为夫妇。言毕,执手各鸣咽。此独君王知之耳。"因自悲曰:"由此一念,又不得居此,复堕下界,且结后缘。或为天,或为人,决再相见,好合如旧。"因言太上皇亦不久人间,幸唯自安,无自苦耳。使者还,奏太上皇。皇心震悼,日日不豫。其年夏四月,南宫晏驾,元和元年冬十二月,太原白乐天自校书郎尉于盩厔,鸿与琅邪王质夫家于是邑,暇日相携游仙游寺,话及此事,相与感叹。质夫举酒于乐天前曰:"夫希代之事,非遇出世之才润色之,则与时消没,不闻于世。乐天深于诗,多于情者也,试为歌之,如何?"乐天因为《长恨歌》,意者不但感其事,亦欲惩尤物,窒乱阶,垂于将来也,歌既成,使鸿传焉。世所不闻者,予非开元遗民,不得知;世所知者,有《明皇本纪》在,今但传《长恨歌》云尔。

　　汉皇重色思倾国,御宇多年求不得。杨家有女初长成,养在深闺人未识。天生丽质难自弃,一朝选在君王侧。回眸一笑百媚生,六宫粉黛无颜色。春寒赐浴华清池,温泉水滑洗凝脂。侍儿扶起娇无力,始是新承恩泽时。云鬓花颜—作冠金步摇,芙蓉帐暖度—作里暖春宵。春宵苦短日高起,从此君王不早朝。承欢侍宴—作寝无闲暇,春从春游夜专夜。后—作汉宫佳丽三千人,三千宠爱在一身。金屋妆成娇侍夜,玉楼宴罢醉和春。姊妹弟兄皆列土,可怜光彩生门户。遂令天下父母心,不重生男重生女。骊宫高处入青云,仙乐风飘处处闻。缓歌慢舞凝丝竹,尽日君王看—作听不足。渔阳鼙鼓动地来,惊破霓裳羽衣曲。九重城阙烟尘生,千乘万骑西南行。翠华摇摇行复止,西出都门百余里。六军不发无—作知奈何,宛转蛾眉马前死。花钿委地无人收,翠翘金雀玉搔头。君王掩面救不得,回看—作首血泪相和流。黄埃散漫风萧索,云栈萦纡—作回登剑阁。峨嵋山下少人行,旌旗无光日色薄。蜀江水碧蜀山青,圣主朝朝暮暮情。行宫见月伤心色,夜雨闻铃肠断声。天旋日转回龙驭,到此踌躇不能去。马嵬坡下泥—作尘土中,不见玉颜空死处。君臣相顾尽沾衣,东望都门信马归。归来池苑皆依旧,太液芙蓉未央柳。芙蓉如面柳如眉,对此如何不泪垂。春风桃李花开夜—作日,秋雨梧桐叶落时。西宫南苑—作内多秋草,宫—作落叶满阶红不扫。梨园弟子白发新,椒房阿监青娥老。夕殿萤飞思悄然,孤—作秋灯挑尽未成眠。迟迟钟鼓初长夜,耿耿星河欲曙天。鸳鸯瓦冷霜华重,翡翠衾寒—作旧枕故衾谁与共。悠悠生死别经年,魂魄不曾来入梦。临邛道—作士鸿都客,能以精诚致魂魄。为感君王展转思—作息,遂教方士殷勤觅。排空—作云驭气奔如电,升天入地求之遍。上穷碧落下黄泉,两处茫茫皆不见。忽闻海上有仙山,山在虚无缥缈间。楼阁—作玲珑五云起,其中绰约多仙子。中有一人字太真—作字玉真,又作名玉妃,雪肤花貌参差是。金阙西—作两厢叩玉扃,转教小玉报双成。闻道汉家天子使,九华帐里—作下梦魂惊。揽衣推枕起裴回,珠箔银屏—作钩迤—作逦迤逦开。云鬓—作髻半偏新睡觉,花冠不整下堂来。风吹仙袂飘摇举,犹似霓裳羽衣舞。玉容寂寞泪阑干,梨花一枝春带雨。含情凝睇—作涕谢君王,一别音容两渺茫。昭阳殿里恩爱绝,蓬莱宫中日月长。回头下望—作问人寰处,不见长安见尘雾。唯将—作空处旧物表深情,钿合金钗寄将去。钗留一股合一扇,钗擘黄金合分钿。但教—作令心似金钿坚,天上人间会相见。临别殷勤重寄词,词中有誓两心知。七月七日长生殿,夜半无人私语时。在天愿作—作为比翼鸟,在地愿为连理枝。天长地久有时尽,此恨绵绵无绝—作尽期。

妇人苦

　　蝉鬓加意梳,蛾眉用心扫。几度晓妆成,君看不言好。妾身重同穴,君意轻偕老。惆怅去年来,心知未能道。今朝一开口,语少意何深。愿引他时事,移君此日心。人言夫妇亲,义合如一身。及至死生际,何曾苦乐均。妇人一丧夫,终身守孤子。有如林中竹,忽被风吹折。一折不重生,枯死犹抱节。男儿若丧妇,能不暂伤情。应似门前柳,逢春易发荣。风吹一枝折,还有一枝生。为君委曲言,愿君再三听。须知妇人苦,从此莫相轻。

长安道

　　花枝缺处青楼开,艳歌一曲酒一杯。美人劝我急行乐,自古朱颜不再来。君不见外州—

本此下有官字客,长安道,一回来—本此下有时字,一回老。

潜别离

不得哭,潜别离。不得语,暗相思。两心之外无人知。深笼夜锁独栖鸟,利剑春断连理枝。河水虽浊有清日,乌头虽黑有白时。唯有潜离与暗别,彼此甘心无后期。

隔浦莲

隔浦爱红莲,昨日看犹在。夜来风吹落,只得一回采。花开虽有明年期,复愁明年还暂时。

寒食野望吟

丘墟郭门外,寒食谁家哭。风吹旷野纸钱飞,古墓累累春草绿。棠梨花映白杨树,尽是死生离别处。冥寞重泉哭不闻,萧萧暮雨人归去。

琵琶引 并序

元和十年,予左迁九江郡司马。明年秋,送客湓浦口,闻船—作舟中夜弹琵琶者。听其音,铮铮然有京都—作邑声。问其人,本长安倡女,尝学琵琶于穆、曹二善才,年长色衰,委身为贾人妇。遂命酒,使快弹数曲。曲罢悯默。自叙少小时欢乐事,今漂沦憔悴,转徙于江湖间。予出官二年,恬然自安,感斯人言,是夕始觉有迁谪意,因为长句歌以赠之。凡六百一十二言,命曰《琵琶行》。

浔阳江头夜送客,枫叶荻花秋索索—作瑟瑟。主人下马客在船,举酒欲饮无管弦。醉不成欢惨将别,别时茫茫江浸月。忽闻水上琵琶声,主人忘归客不发。寻声暗问弹者谁,琵琶声停欲语迟。移船相近邀相见,添酒回灯重开宴。千呼万唤始出来,犹抱—作把琵琶半遮面。转轴拨弦三两—作五声,未成曲调先有情。弦弦掩抑声声思,似诉平生不得意—作志。低眉信手续续弹,说尽心中无限事。轻拢慢捻抹复挑,初为霓裳后六幺—作绿腰。大弦嘈嘈如急雨,小弦切切如私语。嘈嘈切切错杂弹,大珠小珠落玉盘。间关莺语花底滑,幽咽泉流水—作冰下滩—作难。水泉冷涩弦疑绝,疑绝不通声暂歇。别有幽愁暗恨生,此时无声胜有声。银瓶乍破水浆迸,铁骑突出刀枪鸣。曲终收拨当心画,四弦一声如裂帛。东舟西舫悄无言,唯见—作江心秋月白。沉吟放拨插弦中,整顿衣裳起敛容。自言本是京城女,家在虾蟆陵下住。十三学得琵琶成,名属教坊第一部。曲罢曾教善才伏,妆成每被秋娘妒。五陵年少争缠头,一曲红绡不知数。钿头云篦击节碎,血色罗裙翻酒污。今年欢笑复明年,秋月春风等闲度。弟走从军阿姨死,暮去朝来颜色故。门前冷落鞍马稀,老大嫁作商人妇。商人重利轻别离,前月浮梁买茶去。去来江口守空船,绕船月明江水寒。夜深忽梦少年事,梦啼妆泪—作啼妆泪落红阑干。我闻琵琶已叹息,又闻此语重唧唧。同是天涯沦落人,相逢何必曾相识。我从去年辞—作离帝京,谪居卧病浔阳城。浔阳小处—作地僻无音乐,终岁不闻丝竹声。住近湓江地低湿,黄芦苦竹绕宅生。其间旦暮闻何物,杜鹃啼血猿哀鸣。春江花朝秋月夜,往往取酒还独倾。岂无山歌与村笛,呕哑嘲哳—作喈难为听。今夜闻君琵琶语,如听仙乐耳暂明。莫辞更坐弹一曲,为君翻作琵琶行。感我此言良久立,却坐促弦弦转急。凄凄不似向前声,满座重闻皆掩泣。座—作就中泣下—作泪谁最多,江州司马青衫湿。

简简吟

苏家小女名简简,芙蓉花腮柳叶眼。十一把镜学点妆,十二抽针能绣裳。十三行坐事调品,不肯迷头白地藏。玲珑云髻生花—作菜样,飘摇风袖蔷薇香。殊姿异态不可状,忽忽转动如有光。二月繁霜杀桃李,明年欲嫁今年死。丈人阿母勿悲啼,此女不是凡夫妻。恐是天仙谪人世,只合人间十三岁。大都好物不坚牢,彩云易散琉璃脆。

花非花

花非花,雾非雾。夜半来,天明去。来如春梦几多时,去似朝云无觅处。

醉后狂言,酬赠萧、殷二协律

余杭邑客多羁贫,其间甚者萧与殷。天寒身上犹衣葛,日高甑中未拂尘。江城山寺十一月,北风吹沙雪纷纷。宾客不见绨袍惠,黎庶未沾襦袴恩。此时太守自惭愧,重衣复衾有余温。因命染人与针女,先制两裘赠二君。吴绵细软桂布密,柔如狐腋白似云。劳将诗书投赠我,如此小惠何足论。我有大裘君未见,宽广和暖如阳春。此裘非缯亦非纩,裁以法度絮以仁。刀尺钝拙制未毕,出亦不独一裹身。若令在郡得五考,与君展覆杭州人。

醉歌示伎人商玲珑

罢胡琴,掩秦瑟,玲珑再拜歌初毕。谁道使君不解歌,听唱黄鸡与白日。黄鸡催晓丑时鸣,白日催年酉前没。腰间红绶系未稳,镜里朱颜看已失。玲珑玲珑奈老何,使君歌了汝更歌。

全唐诗卷四百三十六

白居易

代书诗一百韵寄微之

忆在贞元岁,初登—作俱升典校司。身名同日授,心事一言知。贞元中,与微之同登科第,俱授秘书省校书郎,始相识也。肺腑都无隔,形骸两不羁。疏狂属年少,闲散为官卑。分定金兰契,言通药石规。交贤方汲汲,友直每偲偲。有月多同赏,无杯不共持。秋风拂琴匣,夜雪卷书帷。高上慈恩塔,幽寻皇子陂。唐昌玉蕊会,崇敬牡丹期。唐昌观玉蕊,崇敬寺牡丹,花时多与微之有期。笑劝迂辛酒,闲吟短李诗。辛大立度性迂嗜酒,李二十绅形短能诗,故当时有迂辛、短李之号。儒风爱敦质,佛理赏玄师。刘三十二敦质雅有儒风,庾七玄师谈佛理有可赏者,度日曾无闷,通宵靡不为。双声联律句,八面对—作敌宫棋。双声联句,八面宫棋,皆当时事。往往游三省,腾腾出九逵。寒销直城路,春到—作满曲江池。树暖枝条弱,山晴彩翠奇。峰攒石绿点,柳宛—作蔦麴尘丝。岸草烟铺地,园花雪压枝。早光红照耀,新溜碧逶迤。幄幕侵—作分堤布,盘筵占地施。征伶毕—作求绝艺,选—作迎伎悉—作选名姬。粉黛—作铅粉凝春态—作艳,金钿耀水嬉。风流夸堕髻,时世斗啼—作愁眉。贞元末,城中复为堕马髻、啼眉妆也。密坐随欢促,华尊逐胜移。香飘歌袂动,翠落舞钗遗。筹插红螺碗,觥飞白玉卮。打嫌调笑易,饮讶卷波迟。抛打曲有《调笑令》,饮酒曲有《卷白波》。残席喧哗散,归鞍酩酊骑。酡颜乌帽侧,醉袖玉鞭垂。紫陌传钟鼓,红尘塞路岐。几时曾暂别,何处不相随。荏苒星霜换,回环节候催—作推。两衙多请告—作假,三考欲—作遂成资。运启千年圣,天成万物宜。皆当少壮日,同惜盛明时。光景嗟虚掷,云霄窃暗窥。攻文朝矻矻,讲学夜孜孜。策目穿如札,时与微之结集策略之目,其数至百十。锋毫—作毫稀锐若锥。时与微之各有纤锋细管笔,携以就试,相顾辄笑,目为毫锥。繁张获鸟网,坚守钓鱼坻。谓自冬至夏,频改试期,竟与微之坚待制试也。并受夔龙荐,齐陈一作登晁董词。万言经济略,三策一作道太平基。中一作取第争无敌,专场战不疲。辅车排胜阵,掎角搴一作夺降旗。并谓同铺席,共等砚。双阙纷容卫,千僚俨等衰。谓制举人欲唱第之时也。恩随紫泥降,名向白麻披。既在高科选,还从好爵縻。东垣君谏诤,西邑我驱驰。元和元年同登制科,微之拜左拾遗,予授盩厔尉。再喜登乌府,多惭侍赤墀。四年,微之复拜监察,予为拾遗、学士也。官班分内外,游处遂参差。每列鹓鸾序,偏瞻獬豸姿。简威霜凛冽,衣彩绣葳蕤。正色摧强御,刚肠嫉喔咿。常憎持禄位,不拟保妻儿。养勇期除恶,输忠在灭私。下韝惊燕雀,当道慑狐狸。南国人无怨一作枉,东台吏不欺。微之使东川,奏冤八十余家,诏从而平之,因分司东都。理一作雪冤多定国,切一作犯谏甚辛毗。造次行于是,平生志在兹一作斯。道将心共直,言与行兼一作相危。水暗波翻覆,山藏路险巇。未为明主识,已被幸臣疑。木秀遭风折,兰芳遇霰萎。千钧势易压,一柱力难支。腾口因一作方成痏,吹毛遂得疵。忧来吟贝锦,谪去咏江蓠。邂逅尘中遇,殷勤马上辞。贾生离魏阙,王粲向荆夷。水过一作度清源寺,山经绮季一作里祠。心摇汉振佩,泪堕岘亭一作山碑。并途中所经历者也。驿路缘云际,城楼枕水湄。思乡多绕泽,望阙一作国独登陴。林晚青萧索,江平绿渺瀰。野秋鸣蟋蟀,沙冷聚鸧鹂。官舍黄茅屋,人家苦竹篱。白醪充夜酌,红粟备晨炊。寡鹤摧风翩,鳏鱼失水鬐。暗雏啼渴一作歇旦,凉叶坠相思。此四句兼含微之鳏居之思。一点寒一作秋灯灭,三声晓角吹。蓝衫经雨故,骢马卧霜羸。念涸谁濡沫,嫌醒自啜醨。耳垂无一作怀伯乐,舌在有一作感张仪。负气冲星剑,倾心向日葵。金言自销铄,玉性肯磷缁。伸屈须看蠖,穷通莫问龟。定知身是患,应用道为医。想子今如彼,嗟予独在斯一作兹。无憀一作惊当岁杪,有梦到天涯。坐阻连襟带,行乖接履綦。润销衣上雾,香散室中芝。念远缘一作伤迁贬,惊时为一作叹别离。素书三往复,明月七盈亏。自与微之别经七月,三度得书,旧里一作理非难到,余

欢不可一作易追。树依兴善老,草傍静一作靖安衰。微之宅在靖安坊西,近兴善寺。前事思如昨,中怀写向谁。北村寺古柏,南宅访辛夷。开元观西北院,即隋时龙树佛堂。有古柏一林,至今存焉。微之宅中,有辛夷两树,常与微之游息其下。此日空一作徒搔首,何人共解颐。病多知夜永,年长觉秋悲。不饮长如醉,加餐亦似饥。狂吟一作书一千字,因使寄微之。

和郑远一作方及第后秋归洛下闲居同高侍郎下隔年及第

　　勤苦成名后,优游得意间。玉怜同匠琢,桂恨隔年攀。山静豹难隐,谷幽莺暂还。微吟诗引步,浅酌酒开颜。门迥暮临水,窗深朝对山。云衢日相待,莫误许身闲。

与诸同年贺座主侍郎新拜太常,同宴萧尚书亭子座主于萧尚书下及第。得群字韵。

　　宠新卿典礼,会盛客征文。不失迁莺侣,因成贺燕群。池台一作塘晴间雪,冠盖暮和云。共仰曾攀处,年深桂尚熏。

东都冬日会诸同年宴郑家林亭得先字

　　盛时陪上第,暇日会群贤。桂折因同树,莺迁各异年。宾阶纷组佩一作缓,妓席俨花钿。促膝齐荣贱,差肩次后先。助歌林下水,销酒雪中天。他日升沉者,无忘共此筵。

叙德书情四十韵上宣歙翟一作崔中丞宣州荐送及第后,重投此诗

　　元圣生乘运,忠贤出应期。还将稽古力,助立太平基。土控吴兼越,州连歙与池。山河地襟带,军镇国藩维。廉察安江甸,澄清肃海夷。股肱分外守,耳目付中司。楚老歌来暮,秦人咏去思。望如时雨至,福是一作似岁星移。政静民无讼,刑行吏不欺。执谦惊主宠,阴德畏人知。白玉惭温色,朱绳让直辞。行为时领袖,言作世蓍龟。盛幕招贤士,连营训锐师。光华下鸂鹭,气色动熊罴。出入麾幢引,登临剑戟随。好风迎解榻,美景待寨帷。晴野霞飞

绮,春郊柳宛丝。城乌惊画角,江雁避红旗。
藉草朱轮驻,攀花紫绶垂。山宜谢公屐,洲称
柳家诗。酒气和芳杜,弦声乱子规。分毯齐马
首,列舞匝峨眉。醉惜年光晚,欢怜日影迟。
回塘排玉棹,归路拥金羁。自顾龙钟者,尝蒙
噢咻之。仰山尘不让,涉海水难为。身忝乡人
荐,和因国士推。提携增善价,拂拭长妍姿。
射策端心术,迁乔整羽仪。幸穿杨远叶,谬折
桂高枝。佩德潜书带,铭仁暗勒肌。伤一作鞠
躬趋馆舍,拜手挹阶墀。霄汉程虽在,风尘迹
尚卑。敝衣羞布素,败屋厌茅茨。养乏晨昏
膳,居无伏腊资。盛时贫可耻,壮岁病堪嗤。
擢第名方立,耽书力未疲。磨铅重刻割,策蹇
再奔驰。相马须怜瘦,呼鹰正及饥。扶摇重即
事,会有答恩时。

和渭北刘大夫借便秋遮虏,寄朝中亲友

巨镇为邦屏,全材作国桢。韬钤汉上将,
文墨鲁诸生。豹虎关西卒,金汤渭北城。宠深
初受荣,威重正扬兵。阵战山河布,军谙水草
行。夏苗侵虎一作部落,宵遁失蕃营。云队攒
戈戟,风行卷旆旌。堠空烽火灭,气胜鼓鼙鸣。
胡马辞南牧,周师罢北征。回头问天下,何处
有欃枪。

题故曹王宅宅在檀溪

甲第何年置,朱门此地开。山当宾阁出,
溪绕妓堂回。覆井桐新长,阴窗竹旧栽。池荒
红菡萏,砌老绿莓苔。捐馆梁王去,思人楚客
来。西园飞盖处,依旧月裴回。

自江陵之徐州路上寄兄弟

歧路南将北,离忧弟与兄。关河千里别,
风雪一身行。夕宿劳乡梦,晨装惨旅情。家贫
忧后事,日短念前程。烟雁翻寒渚,霜乌聚故
城。谁怜陟冈者,西楚望南荆。

酬哥舒大见赠去年与哥舒等八人同登科第,今叙会散之意

去岁欢游何处去一作好,曲江西岸杏园东。
花下忘归因美景,尊前劝酒是春风。各从微宦
风尘里,共度流年离别中。今日相逢愁又喜,
八人分散两人同。

和谈校书秋夜感怀,呈朝中亲友

遥夜凉风楚客悲,清砧繁漏月高时。秋霜
似鬓年空长,春草如袍位尚卑。词赋擅名来已
久,烟霄得路去何迟。汉庭卿相皆知己,不荐
扬雄欲荐谁。

感秋寄远

惆怅时节晚,两情千里同。离忧不散处,
庭树正秋风。燕影动归翼,蕙香销故丛。佳期
与芳岁,牢落两成空。

春题华阳观观即华阳公主故宅,有旧内人存焉

帝子吹箫逐凤皇,空留仙洞号华阳。落花
何处堪惆怅,头白宫人扫影堂。

秋雨中赠元九

不堪红叶青苔地,又是凉风暮雨天。莫怪
独吟秋思苦,比君校近二毛年。

城东闲游

宠辱忧欢不到情,任他朝市自营营。独寻
秋景城东去,白鹿原头信马行。

答韦八

丽句劳相赠,佳期恨一作音怅有违。早知留
酒待,悔不趁花归。春尽绿醅老,雨多红萼稀。
今朝如一醉,犹得及芳菲。

华阳观桃花时招李六拾遗饮

华阳观里仙桃发,把酒看花心自知。争忍
开时不同醉,明朝后日即空枝。

和友人洛中春感一作感春

莫悲金谷园中月,莫叹天津桥上春。若学
多情寻往事,人间何处不伤神。

送张南简入蜀

昨日诏书下,求贤访陆沉。无论能与否,

皆起徇名心。君独南游去,云山蜀路深。

寄陆补阙前年同登科
忽忆前年科第后,此时鸡鹤暂同群。秋风惆怅须吹散,鸡在中庭一作庭前鹤在云。

华阳观中八月十五日夜招友玩月
人道秋中一作中秋明月好,欲邀同赏意如何。华阳洞里秋坛上,今夜清光此处多。

曲江忆元九
春来无伴闲游少,行乐三分减二分。何况今朝杏园里,闲人逢尽不逢君。

过刘三十二故宅
不见刘君来近远,门前两度满枝花,朝来惆怅宣平过,柳巷当头第一家。

下邽庄南桃花
村南无限桃花发,唯我多情独自来。日暮风吹红满地,无人解惜为谁开。

三月三十日题慈恩寺
慈恩春色今朝尽,尽日裴回倚寺门。惆怅春归留不得,紫藤花下渐黄昏。

看恽一作浑家牡丹花戏赠李二十
香胜烧兰红胜霞,城中最数令公家。人人散后君须看,归到江南无此花。

春中与卢四周谅一作鲸华阳观同居
性情懒慢好相亲,门巷萧条称作邻。背烛共怜深夜月,踏花同惜少年春。杏坛住僻虽宜病,芸阁官微不救贫。文行如君尚憔悴,不知霄汉待何人。

自城东至,以诗代书,戏招李六拾遗、崔二十六先辈
青门走马趁心期,惆怅归来已校迟。应过唐昌玉蕊后,犹当崇敬牡丹时。暂游还记崔先辈,欲醉先邀李拾遗。尚残半月芸香俸,不作归粮作酒资。

盩厔县北楼望山自此后诗为盩厔时作
一为趋走吏,尘土不开颜。孤负平生眼,今朝始见山。

县西郊秋寄赠马造一作达
紫阁峰西清渭东,野烟深处夕阳中。风荷老一作落叶萧条绿,水蓼残一作开花寂寞红。我厌宦游君失意,可怜秋思两心同。

别韦苏州
百年愁里过,万感醉中来。惆怅城西别,愁眉两不开。

戏题新栽蔷薇时尉盩厔
移根易地莫憔悴,野外庭前一种春。少府无妻春寂寞,花开将尔当夫人。

酬王十八、李大见招游山
自怜幽会心期阻,复愧嘉招书信频。王事牵身去不得,满山松雪属他人。

县南花下醉中留刘五
百岁几回同酩酊,一年今日最芳菲。愿将花赠天台女,留取刘郎到夜归。

宿杨家
杨氏弟兄俱醉卧,披衣独起下高斋。夜深不语中庭立,月照藤花影上一作下阶。

醉中留别杨六兄弟三月二十日别
春初携手春深散,无日花间不醉狂。别后何人堪共醉,犹残十日好风光。

醉中归盩厔
金光门外昆明路,半醉腾腾信马回。数日非关王事系,牡丹花尽始归来。

游云居寺,赠穆三十六地主
乱峰深处云居路,共蹋花行独惜春。胜地本来无定主,大都山属爱山人。

和王十八蔷薇涧花时有怀萧侍御兼见赠
霄汉风尘俱是系,蔷薇花委故山深。怜君独向涧中立,一把红芳三处心。

再因公事到骆口驿
今年到时夏云白,去年来时秋树红。两度见山心有愧,皆因王事到山中。

期李二十文略、王十八质夫不至,独宿仙游寺
文略也从牵吏役,质夫何故恋嚣尘。始知解爱山中宿,千万人中无一人。

酬赵秀才赠新登科诸先辈
莫羡蓬莱鸾鹤侣,道成羽翼自生身。君看名在丹台者,尽是人间修道人。

过天门街
雪尽终南又欲春,遥怜翠色对红尘。千车万马九衢上,回首看山无一人。

惜玉蕊花,有怀集贤王校书起
芳意将阑风又吹,白云离叶雪辞枝。集贤雠校无闲日,落尽瑶花君不知。

春送卢秀才下第游太原谒严尚书
未将时会合,且与俗浮沉。鸿养青冥翮,蛟潜云雨心。烟郊春别远,风碛暮程深。墨客投何处,并州旧翰林。

长安送柳大东归
白社羁游伴,青门远别离。浮名相引住,归路不同归。

送文畅上人东游
得道即无著,随缘西复东。貌依年腊老,心到夜禅空。山宿驯溪虎,江行滤水虫。悠悠尘客思,春满碧—作色满云中。

社日关路作
晚景函关路,凉风社日天。青岩新有燕,红树欲无蝉。愁立驿楼上,厌行官堠前。萧条秋兴苦,渐近二毛年。

重到毓村—作材宅有感
欲入中门泪满巾,庭花无主两回春。轩窗帘幕皆依旧,只是堂前欠一人。

乱后过流沟寺
九月徐州新战后,悲—作急风杀气满山河。唯有流沟山下寺,门前依旧白云多。

叹发落
多病多愁心自知,行年未老发先衰。随梳落去何须惜,不落终须变作丝。

留别吴七正字
成名共记甲科上,署吏同登芸阁间。唯是尘心殊道性,秋蓬常转水长闲。

除夜宿洺州
家寄关西住,身为河北游。萧条岁除夜,旅泊在洺州。

邯郸冬至—作至除夜思家
邯郸驿里逢冬至,抱膝灯前影伴身。想得家中夜深坐,还应说著远行人。

冬至夜怀湘灵
艳质无由见,寒衾不可亲。何堪最长夜,俱作独眠人。

感故张仆射诸妓
黄金不惜买蛾眉,拣得如花三四枝。歌舞教成心力尽,一朝身去不相随。

游仙游山
暗将心地出人间,五六年来人怪闲。自嫌恋著未全尽,犹爱云泉多在山。

见尹公亮新诗,偶赠绝句
袖里新诗十首余,吟看句句是琼琚。如何持此将干谒,不及公卿一字书。

长安闲居

风竹松烟昼掩关,意中长似在深山。无人不怪长安住,何独朝朝暮暮间。

早春独游曲江 时为校书郎

散职无羁一作拘束,羸骖少送迎。朝从直城出,春傍曲江行。风起池东暖,云开山北晴。冰销泉脉动,雪尽草芽生。露杏红初坼,烟杨绿未成。影迟新度雁,声涩欲啼莺。闲地心俱静,韶光眼共明。酒狂怜性逸,药效喜身轻。慵慢疏人事,幽栖逐一作遂野情。回看芸阁笑,不似有浮名。

秘书省中忆旧山

厌从薄宦校青简,悔别故山思白云。犹喜兰台非傲吏,归时应免动移文。

凉夜有怀 自此后诗并未应举时作

清风吹枕席,白露湿衣裳。好是相亲夜,漏迟天气凉。

送武士曹归蜀 士曹即武中丞兄

花落鸟嘤嘤,南归称野情。月宜秦岭宿一作过,春好蜀江行。乡路通云栈,郊扉近锦城。乌台陟冈送一作老,人羡别时荣。

江南送北客,因凭寄徐州兄弟书 时年十五

故园望断欲何如,楚水吴山万里余。今日因君访兄弟,数行乡泪一封书。

赋得古原草送别

离离原上草,一岁一枯荣。野火烧不尽,春风吹又生。远芳侵古道,晴翠接荒城。又送王孙去,萋萋满别情。

夜哭李夷道

逝者绝影响,空庭朝复昏。家人哀临毕,夜锁寿堂门。无妻无子何人葬,空见铭旌向月翻。

病中作 时年十八

久为劳生事,不学摄生道。年少已多病,此身岂堪老。

秋江晚泊

扁舟泊云岛,倚棹念乡国。四望不见人,烟江澹秋色。客心贫易动,日入愁未息。

旅次一作泊景空寺宿幽上人院

不与人境接,寺门开向山。暮钟寒鸟聚,秋雨病僧闲。月隐云树外,萤飞廊宇间。幸投花界宿,暂得静心颜。

长安正月十五日

喧喧车骑帝王州,羁病无心逐胜游。明月春风三五夜,万人行乐一人愁。

过高将军墓

原上新坟委一身,城中旧宅有何人。妓堂宾阁无归日,野草山花又欲春。门客空将感恩泪,白杨风里一沾巾。

寒食卧病

病逢佳节长叹息,春雨蒙蒙榆柳色。羸坐全非旧日容,扶行半是他人力。喧喧里巷踏青归,笑闭柴门度寒食。

宿桐庐馆,同崔存度醉后作

江海漂漂共旅游,一尊相劝散穷愁。夜深醒后愁还在,雨滴梧桐山馆秋。

江楼望归 时避难在越中

满眼云水色,月明楼上人。旅愁春入越,乡梦夜归秦。道路通荒服,田园隔虏尘。悠悠沧海畔,十载避黄巾。

除夜寄弟妹

感时思弟妹,不寐百忧生。万里经年别,孤灯此夜情。病容非旧日,归思逼新正。早晚重欢会,羁离各长成。

寒食月夜

风香露重梨花湿,草舍无灯一作烟愁未入。南邻北里歌吹时,独倚柴门月中立。

感芍药花,寄正一上人

今日阶前红芍药,几花欲老几花新。开时不解比色相,落后始知如幻身。空门此去几多地,欲把残花问上人。

晚秋闲居

地僻门深少送迎,披衣闲坐养幽情。秋庭不扫携藤杖,闲蹋梧桐黄叶行。

秋暮郊居书怀

郊居人事少,昼卧对林峦。穷巷厌多雨,贫家愁早寒。葛衣秋未换,书卷病仍看。若问生涯计,前溪一钓竿。

为薛台悼亡

半死梧桐老病身,重泉一念一伤神。手携稚子夜归院,月冷空房不见人。

途中寒食

路旁寒食行人尽一作绝,独占春愁在路旁。马上垂鞭愁不语,风吹百草野田香。

题流沟寺古松

烟叶葱茏苍麈尾,霜皮剥落紫龙鳞。欲知松老看尘壁,死却题诗几许人。

感月悲逝者

存亡感月一潸然,月色今宵似往年。何处曾经同望月,樱桃树下后堂前。

代邻叟言怀

人生何事心无定,宿昔如今意不同。宿昔愁身不得老,如今恨作白头翁。

自河南经乱,关内阻饥,兄弟离散,各在一处,因望月有感,聊书所怀,寄上浮梁大兄、於潜七兄、乌江十五兄,兼示符离及下邽弟妹

时难年饥一作荒世业空,弟兄羁旅各西东。田园寥落干戈后,骨肉流离道路中。吊影分为千里雁,辞根散作九秋蓬。共看明月应垂泪,一夜乡心五处同。

长安早春旅怀

轩车歌吹喧都邑,中有一人向隅立。夜深明月卷帘愁,日暮青山望乡泣。风吹新绿草芽坼,雨洒轻黄柳条湿。此生知负少年春,不展愁眉欲三十。

寒闺夜

夜半衾裯冷,孤眠懒未能。笼香销尽火,巾泪滴成冰。为惜影相伴,通宵不灭灯。

寄湘灵

泪眼凌寒冻不流,每经高处即回头。遥知别后西楼上,应凭栏干独自愁。

冬至宿杨梅馆

十一月中长夜讶,三千里外远行人。若为独宿杨梅馆,冷枕单床一病身。

临江送夏瞻瞻年七十余

悲君老别我沾巾,七十无家万里身。愁见舟行风又起,白头浪里白头人。

冬夜示敏巢时在东都宅

炉火欲销灯欲尽,夜长相对百忧生。他时诸处重相见,莫忘今宵灯下情。

客中守岁在柳家庄

守岁尊无酒,思乡泪满巾。始知为客苦,不及在家贫。畏老偏惊节,防愁预恶春。故园今夜里,应念未归人。

问淮水

自嗟名利客,扰扰在人间。何事长淮水,东流亦不闲。

宿樟亭驿

夜半樟亭驿,愁人起望乡。月明何所见,潮水白茫茫。

及第后忆旧山

偶献子虚登上第,却吟招隐忆中林。春萝

秋桂莫惆怅,纵有浮名不系心。

题李次云——作虚窗竹

不用裁为鸣凤管,不须截作钓鱼竿。千花百草凋零后,留向纷纷雪里看。

花下自劝酒

酒盏酌来须满满,花枝看即落纷纷。莫言三十是年少,百岁三分已一分。

题李十一东亭

相思夕上松台立,蛩思蝉声满耳秋。惆怅东亭风月好,主人今夜在鄜州。

春村

二月村园暖,桑间戴胜飞。农夫舂旧谷,蚕妾捣新衣。牛马因风远,鸡豚过社稀。黄昏林下路,鼓笛赛神归。

题施山人野居

得道应无著,谋生亦不妨。春泥秧稻暖,夜人焙茶香。水巷风尘少,松斋日月长。高闲真是贵,何处觅侯王。

全唐诗卷四百三十七

白居易

翰林中送独孤二十七起居罢职出院
碧落留云住,青冥放鹤还。银台向南路,从此到人间。

重寻杏园
忽忆芳时频酩酊,却寻醉处重裴回。杏花结子春深后,谁解多情又独来。

曲江独行 自此后在翰林时作
独来独去何人识,厩马朝衣野客心。闲爱无风水边坐,杨花不动树阴阴。

同李十一醉忆元九
花时同醉破春愁,醉折花枝当酒筹。忽忆故人天际去,计程今日到凉一作梁州。

同钱员外题绝粮僧巨川
三十年来坐对山,唯将无事化人间。斋时往往闻钟笑,一食何如不食闲。

绝句代书赠钱员外
欲寻秋景闲行去,君病多慵我兴孤。可惜今朝山最好,强能骑马出来无。

晚秋有怀郑中旧隐
天高风袅袅,乡思绕关河。寥落归山梦,殷勤采蕨歌。病添心寂寞,愁入鬓蹉跎。晚树蝉鸣少,秋阶日上多。长闲羡云鹤,久别愧烟萝。其奈丹墀上,君恩未报何。

禁中九日对菊花酒忆元九
赐酒盈杯谁共持,宫花满把独相思。相思只傍花边立,尽日吟君咏菊诗。元诗云:不是花中偏爱菊,此花开尽更无花。

送王十八归山，寄题仙游寺

曾于太白峰前住，数到仙游寺里来。黑水澄时潭底出，白云破处洞门开。林间暖酒烧红叶，石上题诗扫绿苔。惆怅旧游那复到，菊花时节羡—作待君回。

答张籍，因以代书

怜君马瘦衣裳薄，许到江东访鄙夫。今日正闲天又暖，可能扶病暂来无。

曲江早春

曲江柳条渐无力，杏园伯劳初有声。可怜春浅游人少，好傍池边下马行。

见元九悼亡诗，因以此寄

夜泪暗销明月幌，春肠遥断牡丹庭。人间此病治无药，唯有楞伽四卷经。

寒食夜

无月无灯寒食夜，夜深犹立暗花前。忽因时节惊年几，四十如今欠一年。

杏园花落时招钱员外同醉

花园欲去去应迟，正是风吹狼藉时。近西数树犹堪醉，半落春风半在枝。

重题西明寺牡丹时元九在江陵

往年君向东都去，曾叹花时君未回。今年况作江陵别，惆怅花前又独来。只愁离别长如此，不道明年花不开。

同钱员外禁中夜直

宫漏三声知半夜，好风凉月满松筠。此时闲坐寂无语，药树影中唯两人。

禁中夜作书与元九

心绪万端书两纸，欲封重读意迟迟。五声宫漏初鸣—作明夜，一点窗灯欲灭时。

八月十五日夜禁中独直，对月忆—作寄元九

银台金阙夕沉沉，独宿相思在翰林。三五夜中新月色，二千里外故人心。渚宫东面烟波冷，浴殿西头钟漏深。犹恐清光不同见，江陵卑湿足秋阴。

寄陈式五兄

年来白发两三茎，忆别君时髭未生。惆怅料君应满鬓，当初是我十年兄。

庾顺之以紫霞绮远赠，以诗答之

千里故人心郑重，一端香绮紫氤氲。开缄日映晚霞色，满幅风生秋水纹。为褥欲裁怜叶破，制裘将剪惜花分。不如缝作合欢被，寤寐相思如对君。

送元八归凤翔

莫道岐州三日程，其如风雪一身行。与君况是经年别，暂到城来又出城。

雨雪放朝，因怀微之

归骑纷纷满九衢，放朝三日为泥涂。不知雨雪江陵府，今日排衙得免无。

咏怀

岁去年来尘土中，眼看变作白头翁。如何办得归山计，两顷村田一亩宫。

闻微之江陵卧病，以大通中散、碧腴垂云膏寄之，因题四韵

已题一帖红消散，又封一合碧云英。凭人寄向江陵去，道路迢迢一月程。未必能治江上瘴，且图遥慰病中情。到时想得君拈得，枕上开看眼暂明。

酬钱员外雪中见寄

松雪无尘小院寒，闭门不似住长安。烦君想我看心坐，报道心空无可看。

重酬钱员外

雪中重寄雪山偈，问答殷勤四句中。本立空名缘破妄，若能无妄亦无空。

独酌忆微之时对所赠醆

独酌花前醉忆君，与君春别又逢春。惆怅

银杯来处重,不曾盛酒劝闲人。

微之宅残牡丹

残红零落无人赏,雨打风摧花不全。诸处见时犹怅望,况当元九小亭前。

新磨镜

衰容常一作当晚栉一作节,秋镜偶新磨。一与清光对,方知白发多。鬓毛从幻化,心地付头陀。任意浑成雪,其如似梦何。

感发落

昔日愁头白,谁知未白衰。眼看一作前应落尽,无可变成丝。

八月十五日夜,闻崔大员外翰林独直,对酒玩月,因怀禁中清景,偶题是诗

秋月高一作空悬空一作高碧外,仙郎静玩禁闱间。岁中唯有今宵好,海内无如此地闲。皓色分明双阙榜,清光深到九门关。遥闻独醉还惆怅,不见金波照玉山。

酬王十八见寄

秋思太白峰头雪,晴忆仙游洞口云。未报是恩归未得,惭君为寄北山文。

立春日酬钱员外曲江同行见赠

下直遇春日,垂鞭出禁闱。两人携手语,十里看山归。柳色早黄浅,水文新绿微。风光向晚好,车马近南稀。机尽笑相顾,不惊鸥鹭飞。

和钱员外青龙寺上方望旧山

旧峰松雪旧溪云,怅望今朝遥属君。共道使臣非俗吏,南山莫动北山文。

宴周皓大夫光福宅座上作

何处风光最可怜,妓堂阶下砌台前。轩车拥路光照地,丝管入门声沸天。绿蕙不香饶桂酒,红樱无色让花钿。野人不敢求他事,唯借泉声一作流泉伴醉眠。

晚秋夜

碧空溶溶月华静,月里愁人吊孤影。花开残菊傍疏篱,叶下衰桐落寒井。塞鸿飞急觉秋尽,邻鸡鸣迟知夜永。凝情不语空所思,风吹白露衣裳冷。

惜牡丹花二首 一首翰林院北厅花下作,一首新昌窦给事宅南亭花下作。

惆怅阶前红牡丹,晚来唯有两枝一作花残。明朝风起应吹尽,夜惜衰红把火看。

寂寞萎红低向雨,离披破艳散随风。晴朗一作天落地犹惆怅,何况飘零泥土中。

答元奉礼同宿见赠

相逢俱叹不闲身,直日常多斋日频。晓一作晚鼓一声分散去,明朝风景属何人。

答马侍御见赠

谬入金门侍玉除,烦君问我意何如。蟠木讵堪明主用,笼禽徒与故人疏。苑花似雪同随辇,宫月如眉伴直庐。浅薄求贤思自代,嵇康莫寄绝交书。

上巳日恩赐曲江宴会即事

赐欢仍许醉,此会兴如何。翰苑主恩重,曲江春意多。花低羞艳妓,莺散让清歌。共道升平乐,元和胜永和。

夜惜禁中桃花,因怀钱员外

前日归时花正红,今夜宿时枝半空。坐惜残芳君不见,风吹狼藉月明中。

和钱员外早冬玩禁中新菊

禁署寒气迟,孟冬菊初一作花坼。新黄间繁绿,烂若金照碧。仙郎小隐日,心似陶彭泽。秋怜潭上看,日惯篱边摘。今来此地赏,野意潜自适。金马门内花,玉山峰下客。寒芳引清句,吟玩一作赏烟景夕。赐酒色偏宜,握兰香不敌。凄凄百卉死,岁晚冰霜积。唯有此花开一作有此花开时,殷勤助君惜。钱尝居蓝田山下,故云。

答刘戒之早秋别墅见寄

凉风木槿篱，暮雨槐花枝。并起新秋思，为得故人诗。避地鸟择木，升一作入朝鱼在池。城中与山下，喧静暗相思。

凉夜有怀

念别感时节，早蛩闻一声。风帘夜凉入，露簟秋意生。灯尽梦初罢，月斜天未明。暗凝无限思，起傍药栏行。

秋思

病眠夜少梦，闲立秋多思。寂寞余雨晴，萧条早寒至。鸟栖红叶树，月照青苔地。何况镜中年，又过三十二。

禁中闻蛩

悄悄禁门闭，夜深无月明。西窗独暗坐，满耳新蛩声。

秋虫

切切暗窗下，喓喓深草里。秋天思妇心，雨夜愁人耳。

赠别宣上人

上人处世界，清净何所似。似彼白莲花，在水不著水。性真一作真空悟泡幻一作幻泡，行洁离尘滓。修道来几时，身心俱到此。嗟余牵世网，不得长依止。离念与碧云，秋来朝夕起。

春夜喜雪，有怀王二十二

夜雪有佳趣，幽人出书帷。微寒生枕席，轻素对一作封阶墀。坐罢楚弦曲，起吟班扇诗。明宜灭烛一作灯后，净爱卷一作卷帘时。窗引曙色早，庭销春气迟。山阴应有兴，不卧待徽之。

酬和元九东川路诗十二首 十二篇皆因新境追忆旧事，不能一一曲叙，但随而和之，唯余与元知之耳。

骆口驿旧题诗

拙诗在壁无人爱，鸟污苔侵文字残。唯有多情元侍御，绣衣不惜拂尘看。

南秦雪

往岁曾为西邑吏，惯从骆口到南秦。三时云冷多飞雪，二月山寒少有春。我思旧事犹惆怅，君作初行定苦辛。仍赖愁猿寒不叫，若闻猿叫更愁人。

山枇杷花二首

万重青嶂蜀门口，一树红花山顶头。春尽忆家归未得，低红如解替君愁。

叶如裙色碧绡一作纱浅，花似芙蓉红粉轻。若使此花兼解语，推囚御史定违程。

江楼月

嘉陵江曲曲江池一作迟，明月虽同人别离。一宵光景潜相忆，两地阴晴远不知。谁料江边怀我夜，正当池畔望君时。今朝共语方同悔，不解多情先寄诗。

亚枝花

山邮花木似平阳，愁杀多情骢马郎。还似升平池畔坐，低头向水自看妆。

江上笛

江上何人夜吹笛，声声似忆故园春。此时闻者堪头白，况是多愁少睡人。

嘉陵夜有怀二首

露湿墙花春意深，西廊月上半床阴。怜君独卧无言语，唯我知君此夜心。

不明不暗胧一作朦胧月，不暖不寒慢慢风。独卧空床好天气，平明闲事到心中。

夜深行

百牢一作年关外夜行客，三殿角头宵直人。莫道近臣胜远使，其如同是不闲身。

望驿台 二月三十日

靖安宅里当窗柳，望驿台前扑地花。两处春光一作风同日尽，居人思客客思家。

江岸梨花

　　梨花有思—作意缘和叶,一树江头恼杀君。最似媚闺少年妇,白妆素袖碧纱裙。

答谢家最小偏怜女感元九悼亡诗,因为代答二首。

　　嫁得梁鸿六七年,耽书爱酒日高眠。雨荒春圃唯生草,雪压朝厨未有烟。

　　身病忧来缘女少,家贫忘却为夫贤。谁知厚俸今无分,枉向秋风吹纸钱。

答骑马入空台

　　君入空台去,朝往暮还来。我入泉台去,泉门无复开。鳏夫仍系职,稚女未胜哀。寂寞咸阳道,家人覆墓回。

答山驿梦

　　入君旅梦来千里,闭我幽魂欲二年。莫忘平生行坐处,后堂阶下竹丛前。

和元九与吕二同宿话旧感赠

　　见君新赠吕君诗,忆得同年行乐时。争入杏园齐马首,潜过柳曲斗蛾眉。八人云散俱游宦,七度花开尽别离。闻道秋娘犹且在,至今时复问微之。

忆元九

　　渺渺江陵道,相思远不知。近来文卷里,半是忆君诗。

萧员外寄新蜀茶

　　蜀茶寄到但惊新,渭水煎来始觉珍。满瓯似乳堪持玩,况是春深酒渴人。

寄上大兄已后诗在邨林居作

　　秋鸿过尽无书信,病戴纱巾强出门。独上荒台东北望,日西愁立到黄昏。

病中哭金銮子小女子名

　　岂料吾方病,翻悲汝不全。卧惊从枕上,扶哭就灯前。有女诚为累,无儿岂免怜。病来才十日,养得已三年。慈泪随声迸,悲肠—作伤遇物牵。故衣犹架上,残药尚头边。送出深村巷,看封小墓田。莫言三里地,此别是终天。

寄内

　　条桑初绿即为别,柿叶半红犹未归。不如村妇知时节,解为田夫秋捣衣。

病气

　　自知气发每因情,情在何由气得平。若问病根深与浅,此身应与病齐生。

叹元九

　　不入城门—作中来五载,同时班列尽官高。何人牢落犹依旧,唯有江陵元士曹。

眼暗

　　早年勤倦看书苦,晚岁悲伤出泪多。眼损不知都自取,病成方悟欲如何。夜昏乍似灯将灭,朝暗长疑镜未磨。千药万方治不得,唯应闭目学头陀。

得袁相书

　　谷苗深处一农夫,面黑头斑手把锄。何意使人犹识我,就田来送相公书。

病中作

　　病来城里诸亲故,厚薄亲疏心总知。唯有蔚章于我分,深于同在翰林时。

感化寺见元九、刘三十二题名处

　　微之谪去千余里,太白无来十一年。今日见名如见面,尘埃壁上破窗前。

游悟贞寺回山下别张殷衡

　　世缘未了治—作住不得,孤负青山心共知。愁君又入都门去,即是红尘满眼时。

村居寄张殷衡

　　金氏村中一病夫,生涯潦落性灵迂。唯看老子五千字,不踏长安十二衢。药铫夜倾残酒暖,竹床寒取旧毡铺。闻君欲发江东去,能到茅庵访别无。

病中得樊大书

荒村破屋经年卧，寂绝无人问病身。唯有东都樊著作，至今书信尚殷勤。

开元九诗书卷

红笺白纸两三束，半是君诗半是书。经年不展缘身病，今日开看生蠹鱼。

昼卧

抱枕无言语，空房独悄然。谁知尽日卧，非病亦非眠。

夜坐

庭前尽日立到夜，灯下有时坐彻明。此情不语何人会，时复长吁一<small>一作三</small>两声。

暮立

黄昏独立佛堂前，满地槐花满树蝉。大抵四时心总苦，就中肠断是秋天。

有感

绝弦与断丝，犹有却续时。唯有衷肠断，应无续得期。

答友问

似玉童颜尽，如霜病鬓新。莫惊身顿老，心更老于身。

村夜

霜草苍苍虫切切，村南村北行人绝。独出前门望野田，月明荞麦花如雪。

闻虫

暗虫唧唧夜绵绵，况是秋阴欲雨天。犹恐愁人暂得睡，声声移近卧床前。

寒食夜有怀

寒食非长非短夜，春风不热不寒天。可怜时节堪相忆，何况无灯各早眠。

赠内

漠漠暗苔新雨地，微微凉露欲秋天。莫对月明思往事，损君颜色减君年。

得钱舍人书问眼疾

春来眼暗少心情，点尽黄连尚未平。唯得君书胜得药，开缄未读眼先明。

还李十一马

传语李君劳寄马，病来唯著<small>一作拄</small>杖扶身。纵拟强骑无出处，却将牵与趁朝人。

九日寄行简

摘得菊花携得酒，绕<small>一作远</small>村骑马思悠悠。下邽田地平如掌，何处登高望梓州。

夜坐

斜月入前楹，迢迢<small>一作遥</small>夜坐情。梧桐上阶影，蟋蟀近床声。曙傍窗间至，秋从簟上生。感时因忆事，不寝到鸡鸣。

村居二首

田园莽苍经春旱，篱落萧条尽日风。若问经过谈笑者，不过田舍白头翁。

门闭仍逢雪，厨寒未起烟。贫家重寥落，半为日高眠。

早春

雪散因和气，冰开得暖光。春销不得处，唯有鬓边霜。

和梦游春诗一百韵并序

微之既到江陵，又以《梦游春诗》七十韵寄予，且题其序曰："斯言也，不可使不知吾者知，知吾者亦不可使不知。乐天知吾也，吾不敢不使吾子知。"予辱斯言，三复其旨，大抵悔既往而悟将来也。然予以为苟不悔不窹则已，若悔于此，则宜悟于彼也。反于彼而悟于妄，则宜归于真也。况与足下外服儒风，内宗梵行者有日矣。而今而后，非觉路之返也，非空门之归也，将安返乎？将安归乎？今所和者，其章旨卒<small>一作卒章指</small>归于此。夫感不甚则悔不熟，感不至则悔不深。故广足下七十韵为一百韵，重为足下陈梦游之中所以甚感者，叙婚仕之际所以至感者，欲使曲尽其妄，周知其非，然后近乎真，归乎实，亦犹《法华经》序火宅,偈化城,《维摩经》入淫舍,过酒肆之义也。微之微之,予斯文也,尤不可使不知吾者知,幸藏之尔云。

　　昔君梦游春,梦游仙山曲。恍若有所遇,似惬平生欲。因寻菖蒲水,渐入桃花谷。到一红楼家,爱之看不足。池流渡清泚一作滩,草嫩蹋绿蓐。门柳暗全低,檐樱红半熟。转行深深院,过尽重重屋。乌龙卧不惊,青鸟飞相逐。渐闻玉佩响,始辨珠履躅。遥见窗下人,娉婷十五六。霞光抱明月,莲艳开初旭。缥缈云雨仙,氛氲兰麝馥。风流薄梳洗,时世宽妆束。袖软异文绫,裾轻单丝縠。裾腰银线压,梳掌金筐蹙。带襭紫蒲萄,裤花红石竹。凝情都未语,付意微相瞩。眉敛远山青,鬟低片云绿。帐牵翡翠带,被解鸳鸯襆。秀色似堪餐,秾华如可掬。半卷锦头席,斜铺绣腰褥。朱唇素指匀,粉汗红绵扑。心惊睡易觉,梦断魂难续。笼委独栖禽,剑分连理木。存诚期有感,誓志贞无黩。京洛八九春,未曾花里宿。壮年徒自弃,佳会应无复。鸾歌不重闻,凤兆从兹卜。韦门女清贵,裴氏甥贤淑。罗扇夹花灯,金鞍攒绣縠。既倾南国貌,遂坦东床腹。刘阮心渐忘,潘杨意方睦。新修履信第,初食尚书禄。九醖备圣贤,八珍穷水陆。秦家重萧史,彦辅怜卫叔。朝馔馈独盘,夜醪倾百斛。亲宾盛辉赫,妓乐纷晔煜。宿醉才解醒,朝欢俄枕麹。饮过君子争,令甚将军酷。酩酊歌鹍鸹,颠狂舞鸲鹆。月流春夜短,日下秋天速。谢傅隙过驹一作奔光,萧娘风过一作送烛。全凋蕣花折,半死梧桐秃。暗镜对孤鸾,哀弦留寡鹄。凄凄隔幽显,冉冉移寒燠。万事此时休,百身何处赎。提携小儿女,将领旧姻族。再入朱门行,一傍青楼哭。枥空无厩马,水涸失池鹜。摇落废井梧,荒凉故篱菊。莓苔上几阁,尘土生琴筑。舞树缀蟏蛸,歌梁聚蝙蝠。嫁分红粉妾,卖散苍头仆。门客思彷徨,家人泣咿噢。心期正萧索,宦序仍拘跼。怀策入崤函,驱车辞郏鄏。

逢时念既济,聚学思大畜。端详筮仕蓍,磨拭穿杨镞。始从雏校职,首中贤良目。一拔侍瑶墀,再升纡绣服。誓酬君王宠,愿使朝廷肃。密勿奏封章,清明操宪牍。鹰鞲中病下,豸角当邪触。纠谬静一作尽东周,申冤动南蜀。危言诋闾寺,直气忤钧轴。不忍曲作钩,乍能折为玉。扪心无愧畏,腾口有谤讟。只要明是非,何曾虞祸福。车摧太行路,剑落丰城狱。襄汉问修途,荆蛮指殊俗。谪为江府掾,遣事荆州牧。趋走谒麾幢,喧烦视鞭朴。簿书常自领,缧囚每亲鞫。竟日坐官曹,经旬旷休沐。宅荒渚宫草,马瘦畲田粟。薄俸等涓毫,微官同桎梏。月中照形影,天际辞骨肉。鹤病翅羽垂,兽穷爪牙缩。行看须间白,谁劝杯中绿。时伤大野麟,命问长沙鹏。夏梅山雨渍,秋瘴江一作海云毒。巴水白茫茫,楚山青簇簇。吟君七十韵,是我心所蓄。既去诚莫追,将来幸前勖。欲除忧恼病,当取禅经读。须悟事皆空,无令念将属。请思游春梦,此梦何闪倏。艳色即空花,浮生乃焦谷。良姻在嘉偶,顷刻为单独。入仕欲荣身,须臾成黜辱。合者离之始,乐兮忧所伏。愁恨僧祇长,欢荣刹那促。觉悟因傍喻,迷执由当局。膏明诱暗蛾,阳焱奔痴鹿。贪为苦聚落,爱是悲林麓。水荡无明波,轮回死生一作生死辐。尘应甘露洒,垢待醍醐浴。障要智灯烧,魔须慧刀戮。外熏性易染,内战心难衄。法句与心王,期君日三复。
微之常以法句及《心王头陀经》相示,故申言以卒其志也。

王昭君二首 时年十七

　　满面胡沙满鬓一作面风,眉销残黛脸销红。愁苦辛勤憔悴尽,如今却似一作是画图中。

　　汉使却回凭寄语,黄金何日赎蛾眉。君王若问妾颜色,莫道不如宫里时。

全唐诗卷四百三十八

白居易

渭村退居,寄礼部崔侍郎、翰林钱舍人诗一百韵

圣代元和岁,闲居渭水阳。不才甘命舛,多幸遇时康。朝野分伦序,贤愚定否臧。重大疏卜式,尚少弃冯唐。由是推天运,从兹乐性场。笼禽放高翥,雾豹得深藏。世虑休相扰,身谋且自强。犹须务衣食,未免事农桑。薙草通三径,开田占一坊。昼扉扃白版,夜碓扫黄粱。隙地治场圃,闲时粪土疆。枳篱编刺夹,薤垄擘科秧。稽力嫌身病,农心愿岁穰。朝衣典杯酒,佩剑博牛羊。因倚栽松锸,饥提采蕨筐。引泉来后涧,移竹下前冈。生计虽勤苦,家资甚渺茫。尘埃常满甑,钱帛少盈囊。弟病仍扶杖,妻愁不出房。传衣念缊缕—作褴褛,举案笑糟糠。犬吠村胥闹,蝉鸣织妇忙。纳租看县帖,输粟问军仓。夕歇攀村树,秋行绕野塘。云容阴惨淡,月色冷悠扬。荞麦铺花白,棠梨间叶黄。早寒风槭槭,新霁月苍苍。园菜迎霜死,庭芜过雨荒。檐空愁宿燕,壁暗思啼螀。眼为看书损,肱因运甓伤。病骸浑似木,老鬓欲成霜。少睡知年长,端忧觉夜长。旧游多废忘,往事偶思量。忽忆烟霄路,常陪剑履行。登朝思检束,入阁学趋跄。命偶风云会,恩覃雨露滂。沾枯发枝叶,磨钝起锋芒。崔阁连镳骛,钱兄接翼翔。齐竽混韶夏,燕石厕琳琅。同日升金马,分宵直未央。共词加宠命,合表谢恩光。厩马骄初跨,天厨味始尝。朝晡颁饼饵,寒暑赐衣裳。对秉鹅毛笔,俱含鸡舌香。青缣衾薄絮,朱里幕高张。昼食恒连案,宵眠每并床。差肩承诏旨,连署进封章。起草偏同视,疑文最共详。灭私容点窜,穷理析毫芒。便共输肝胆,何曾异肺肠。慎微参石奋,决密与—作学张汤。禁闼青交琐,宫—作官垣紫界墙。井栏排菡萏,檐瓦斗鸳鸯。楼额题鸸鹊,池心

浴凤凰。风枝万年动,温树四时芳。宿露凝金掌,晨晖上璧珰。砌笋涂绿粉,庭果滴红浆。晓从朝兴庆,春陪宴柏梁。传呼鞭索索,拜舞佩锵锵。仙仗环双阙,神兵辟两厢。火翻红尾旆,冰卓白竿枪。滉漾经鱼藻,深沉近浴堂。分庭皆命妇,对院—作面即储皇。贵主冠浮动,亲王髻闹装。金钿相照耀,朱紫间荧煌。毯簇桃花绮,歌巡竹叶觞。洼去银中贵带,昂黛内人妆。赐禊东城下,颁酺曲水傍。尊罍分圣酒,妓乐借仙倡。浅酌看红药,徐吟把绿杨。宴回过御陌,行歇入僧房。白鹿原东脚—作郭,青龙寺北廊。望春花景暖,避暑竹风凉。下直闲如社,寻芳醉似狂。有时还后到,无处不相将。鸡鹤初虽杂,萧兰久乃彰。来燕隗贵重,去鲁孔恓惶。聚散期难定,飞沉势不常。五年同昼夜,一别似参商。屈折孤生竹,销摧百炼钢—作刀。途穷任憔悴,道在肯彷徨—作徜徉。尚念遗簪折,仍怜病雀疮。恤寒分赐帛,救馁减余粮。药物来盈裹,书题寄满箱。殷勤翰林主,珍重礼闱郎。煦沫诚多谢,抟扶岂所望。提携劳气力,吹籁不飞扬。拙劣才何用,龙钟分自当。妆媒徒费黛,磨甋讵成璋。习隐将时背,干名与道妨。外身宗老氏,齐物学蒙庄。疏放遗千虑,愚蒙守一方。乐天无怨叹,倚命不劻勷。愤懑胸须豁,交加臂莫攘。珠沉犹是宝,金跃未为祥。泥尾休摇掉,灰心罢激昂。渐闲亲道友,因病事医王。息乱归禅定,存神入坐亡。断痴求慧剑,济苦得慈航。不动为吾志,无何是我乡。可怜身与世,从此两相忘。

酬卢秘书二十韵时初奉诏除赞善大夫

谬历文场选,惭非翰苑才。云霄高暂致,毛羽弱先摧。识分忘轩冕,知归返草莱。杜陵书积蠹,丰狱剑生苔。晦厌鸣鸡雨,春惊震蛰雷。旧恩收坠履,新律动寒灰。凤诏容徐起,鹓行许重陪。衰颜虽拂拭,寒步尚低—作徘徊。睡少钟偏警,行迟漏苦催。风霜趁朝去,泥—作雨雪拜陵回。上感君犹念,傍惭友或推。石顽镌费匠—作力,女丑嫁劳媒。倏忽青春度,奔波白日—作石颓。性将时共背,病与老俱来。闻有蓬壶客,知怀杞梓材。世家标甲第—作地,官职滞麟台。笔尽铅黄点,诗成锦绣堆。尝思豁云雾,忽喜访尘埃。心为论文合,眉因劝善开。不胜珍重意,满袖写琼瑰。

题卢秘书夏日新栽竹二十韵

湘竹初封植,卢生此考槃。久持霜节苦,新托露根难。等度须—作虽当砌—作户,疏稠要满栏。买怜分薄俸,栽称作闲官。叶翦蓝罗碎,茎抽玉琯端。几声清淅沥,一簇绿檀栾。未夜青岚入,先秋白露团—作溥。拂肩摇翡翠,熨手弄琅玕。韵透窗风起,阴铺砌月残。炎天闻觉冷,窄地见疑宽。梢动胜摇扇,枝低好挂冠。碧笼烟幂幂,珠洒雨珊珊。晚—作晓箨晴云展,阴芽蛰虺蟠。爱从抽马策,惜未截鱼竿。松韵徒烦听,桃夭不足观。梁惭当家杏,台陋本司兰。古诗云:卢家兰室桂为梁。又秘书府即兰台也。撑拨诗人兴,勾牵酒客欢。静连芦箪滑,凉拂葛衣单。岂止消时暑,应能保岁寒。莫同凡草木,一种夏中看。

渭村酬李二十见寄

百里音书何太迟,暮秋把得暮春诗。柳条绿日相忆,梨叶红时我始知。莫叹学官贫冷落,犹胜村客病支离。形容意绪遥看取,不似华阳观里时。

初授赞善大夫早朝,寄李二十助教

病身初谒青宫日,衰貌新垂白发年。寂寞曹司非热地,萧条风雪是寒天。远坊早起常侵鼓,瘦马行迟苦费鞭。一种共君官职冷,不如犹得日高眠。

欲与元八卜邻,先有是赠

平生心迹最相亲,欲隐墙东不为身。明月好同三径夜,绿杨宜作两家春。每因暂出犹思伴,岂得安居不择邻。何独终身数相见,子孙长作隔墙人。

游城南,留元九、李二十晚归

老游春饮莫相违,不独花稀人亦稀。更劝残杯看日影,犹应趁得鼓声归。

广宣上人以应制诗见示,因以赠之,诏许上人居安国寺红楼院,以诗供奉

道林谈论惠休诗,一到人天一作间便作师。香积笾承紫泥诏,昭阳歌唱碧云词。红楼许住请平银钥,翠辇陪行蹋玉墀。惆怅甘泉曾侍从,与君前后不同时。

重过秘书旧房,因题长句 时为赞善大夫

阁前下马思裵回,第二房门手自开。昔为白面书郎去,今作苍须一作头赞善来。吏人不识多新补,松竹相亲是旧栽。应有题墙名姓在,试将衫袖拂尘埃。

重到城七绝句

见元九

容貌一日减一日,心情十分无九分。每逢陌路犹嗟叹,何况今朝是见君。

高相宅

青苔故里怀恩地,白发新生抱病身。涕泪虽多无哭处,永宁门馆属他人。

张十八

谏垣几见迁遗补,宪府频闻转殿监。独有咏诗张太祝,十年不改旧官衔。

刘家花

刘家墙上花还发,李十门前草又春。处处伤心心始悟,多情不及少情人。

裴五

莫怪相逢无笑语,感今思旧戟门前。张家伯仲偏相似,每见清扬一作青杨一惘然。

仇家酒

年年老去欢情少,处处春来感事深。时到仇家非爱酒,醉时心胜醒时心。

恒寂师

旧游分散人零落,如此伤心事几条。会逐禅师坐禅去,一时灭尽定中消。

靖安北街赠李二十

榆荚抛钱柳展眉,两人并马语行迟。还似往年安福寺,共君私试却回时。

重伤小女子

学人言语凭床行,嫩似花房脆似琼。才知恩爱迎三岁,未辨东西过一生。汝异下殇应杀礼,吾非上圣讵忘情。伤心自叹鸠巢拙,长堕春雏养不成。

过颜处士墓

向坟道一作通径没荒榛,满室诗书积暗尘。长一作厚夜肯教黄壤晓,悲风不许白杨春。箪瓢颜子生仍促,布被黔娄死更贫。未会悠悠上天意,惜将富寿与何人。

题周皓一作浩大夫新亭子二十二韵

东道常为主,南亭别待宾。规模何日创,景致一时新。广砌罗红药,疏一作高窗荫绿筠。锁开宾阁晓一作晚,梯上妓楼春。置醴宁三爵,加笾过八珍。茶香飘紫笋,脍缕落红鳞。辉赫车舆闹,珍奇鸟兽驯。猕猴看栀马,鹦鹉唤家人。锦额帘高卷,银花盏慢巡。劝尝光禄酒,许看洛川神。周兼光禄卿,有家妓数十人。敛翠凝歌黛,流香动舞巾。裙翻绣鸂鶒,梳陷钿麒麟。笛怨音含楚,筝娇语带秦。侍儿催画烛,醉客吐文茵。投辖多连夜一作曙,鸣珂便达晨。入朝纡紫绶,待漏拥朱轮。贵介交三事,光荣照四邻。甘浓将奉客,稳暖不缘身。十载歌钟地,三朝节钺臣。爱才心侗傥,敦旧礼殷勤。门以招贤盛,家因好事贫。始知豪杰意,富贵为交亲。

赋得听边鸿

惊风吹起塞鸿群,半拂平沙半入云。为问

昭君月下听,何如苏武雪中闻。

见杨弘贞诗赋,因题绝句以自谕

赋句诗章妙入神,未年三十即无身。常嗟薄命形憔悴,若比弘贞是幸人。

病中早春

今朝枕上觉头轻,强起阶前试脚行。膻腻断来无气力,风痰恼得少心情。暖消霜瓦津初合,寒减冰渠冻不成。唯有愁人鬓间雪,不随春尽逐春生。

送人贬信州判官

地僻山深古上饶,土风贫薄道程遥。不唯迁客须栖屑,见说居人也寂寥。溪畔毒沙藏水弩,城头枯树下山魈。若于此郡为卑吏,刺史厅前又折腰。

曲江醉后赠诸亲故

郭东丘墓何年客,江畔风光几日春。只合殷勤逐杯酒,不须疏索向交亲。中天或有长生药,下界应无不死人。除却醉来开口笑,世间何事更关身。

和元八侍御升平新居四绝句 时方与元八卜邻

看花屋

忽惊映树新开屋,却似当檐故种花。可惜年年红似火,今春始得属元家。

累土山

堆土渐高山意出,终南移入户庭间。玉峰蓝水应惆怅,恐见新山望旧山。元旧居在蓝田山。

高亭

亭脊太高君莫拆,东家留取当西山。好看落日斜衔处,一片春岚映半环。

松树

白金换得青松树,君既先栽我不栽。幸有西风易凭仗,夜深偷送一作得好声一作春来。

醉后却寄元九

蒲池村里匆匆别,沣水桥边兀兀回。行到城门残酒醒,万重离恨一时来。

重寄一作重寄元九

萧散弓惊雁,分飞剑化龙。悠悠天地内,不死曾相逢。

李十一舍人松园饮小酎酒,得元八侍御诗,叙云在台中推院有鞫狱之苦,即事书怀,因酬四韵

爱酒舍人开小酌,能文御史寄新诗。乱松园里醉相忆,古柏厅前忙不知。早夏我当逃暑日,晚衙君是虑囚时。唯应清夜无公事,新草亭中好一期。元于升平宅新立草亭。

重到华阳观旧居

忆昔初年三十二,当时秋思已难堪。若为重入华阳院,病鬓愁心四十三。

答劝酒

莫怪近来都不饮,几回因醉却沾巾。谁料平生狂酒客,如今变作酒悲人。

题王侍御池亭

朱门深锁春池满,岸落蔷薇水浸莎。毕竟林塘谁是主,主人来少客来多。

听水部吴员外新诗,因赠绝句

朱绂仙郎白雪歌,和人虽少爱人多。明朝说与一作向诗人道,水部如今不姓何。

雨夜忆元九

天阴一日便堪愁,何况连宵雨不休。一种雨中君最苦,偏梁阁道向通一作东州。

雨中携元九诗访元八侍御

微之诗卷忆同开,假日多应不入台。好句无人堪共咏,冲泥蹋水就君来。

赠杨秘书巨源杨尝有《赠卢洺洺州》诗云:三刀梦益州,一箭取辽城。由是知名。
　　早闻一箭取辽城,相识虽新有故情。清句三朝谁是敌,白须四海半为兄。贫家薙草时时入,瘦马寻花处处行。不用更教诗过好,折君官职是声名。

和武相公感韦令公旧池孔雀同用深字
　　索莫少颜色,池边无主禽。难收带泥翅,易结著人心。顶毳落残碧,尾花销暗金。放归飞不得,云海故巢深。

寄生衣与微之,因题封上
　　浅色縠衫轻似雾,纺花纱袴薄于云。莫嫌轻薄但知著,犹恐通州热杀君。

白牡丹
　　白花冷淡无人爱,亦占芳名道牡丹。应似一作是东宫白赞善,被人还唤作朝官。

梦旧
　　别来老大苦修道,炼得离心成死灰。平生忆念消磨尽,昨夜因何入梦来。

戏题卢秘书新移蔷薇
　　风动翠条腰袅娜一作袅袅,露垂红萼泪阑干。移他到此须为主,不别一作爱花人莫使看。

曲江夜归,闻元八见访
　　自入台来见面稀,班中遥得挹容辉。早知相忆来相访,悔待江头明月归。

苦热题恒寂师禅室
　　人人避暑走如狂,独有禅师不出房。可是禅房无热到,但能心静即身凉。

微之到通州日,授馆未安,见尘壁间有数行字,读之,即仆旧诗,其落句云:渌水红莲一朵开,千花百草无颜色。然不知题者何人也。微之吟叹不足,因缀一章,兼录仆诗本同寄。省其诗,乃十五年前初及第时,赠长安妓人阿软绝句。缅思往事,杳若梦中,怀旧感今,因酬长句
　　十五年前似梦游,曾将诗句结风流。偶助笑歌嘲阿软,可知传诵到通州。昔教红袖佳人唱,今遣青衫司马愁。惆怅又闻题处所,雨淋江馆破墙头。

得微之到官后书,备知通州之事,怅然有感,因成四章
　　来书子细说通州,州在山根峡岸头。四面千重火云合,中心一道瘴江流。虫蛇白昼拦官道,蚊蚋一作蟆黄昏扑郡楼。何罪遣君居此地,天高无处问来由。

　　匼匝巅山万仞馀,人家应似甑中居。寅年篱下多逢虎,亥日沙头始卖鱼。衣斑梅雨长须熨,米涩畬田不解锄。努力安心过三考,已曾愁杀李尚书。李实尚书先贬此州,身殁于彼处。

　　人稀地僻医巫少,夏旱秋霖瘴疟多。老去一身须爱惜,别来四体得如何。侏儒饱笑东方朔,薏苡谗忧马伏波。莫遣沉愁结成病,时时一唱濯缨歌。

　　通州海内恓惶地,司马人间冗长去官。伤鸟有弦惊不定,卧龙无水动应难。剑埋狱底谁深掘,松偃霜中尽冷看。举目争能不惆怅,高车大马满长安。

病中答招饮者
　　顾我镜中悲白发,尽津上君花下醉青春。不缘眼痛兼身病,可是尊前第二人。

燕子楼三首并序
　　徐州,故张尚书有爱妓曰盼盼,善歌舞,雅多风态。予为校书郎时,游徐泗间。张尚书宴予,酒酣,出

盼盼以佐欢,欢甚。予因赠诗云:醉娇胜不得,风袅牡丹花。一欢而去,尔后绝不相闻,迨兹仅一纪矣。昨日司勋员外郎张仲素绘之访予,因吟新诗,有《燕子楼》三首,词甚婉丽。诘其由,为盼盼作也。绘之从事武宁军累年,颇知盼盼始末。云尚书既殁,归葬东洛,而彭城有张氏旧第,第中有小楼名燕子。盼盼念旧爱而不嫁,居是楼十余年,幽独块然,于今尚在。予爱绘之新咏,感彭城旧游,因同其题,作三绝句。

　　满窗明月满帘霜,被冷灯残拂卧床。燕子楼中霜月夜,秋来只为一人长。

　　钿晕罗衫色似烟,几回欲著即潸然。自从不舞霓裳曲,叠在空箱十一年。

　　今春有客洛阳回,曾到尚书墓上来。见说白杨堪作柱,争教红粉不成灰。

初贬官过望秦岭自此后诗江州路上作

　　草草辞家忧后事,迟迟去国问前途。望秦岭上回头立,无限秋风吹白须。

蓝桥驿见元九诗诗中云:江陵归时逢春雪。

　　蓝桥春雪君归日,秦岭秋风我去时。每到驿亭先下马,循墙绕柱觅君诗。

韩公堆寄元九

　　韩公堆北涧西头,冷雨凉风拂面秋。努力南行少惆怅,江州犹似胜通州。

发商州

　　商州馆里停三日,待得妻孥相逐行。若比李三犹自胜,儿啼妇哭不闻声时李固言新殁。

武关南见元九题山石榴花见寄

　　往来同路不同时,前后相思两不知。行过关门一作西三四里,榴花不见见君诗。

红鹦鹉商山路逢

　　安南远进红鹦鹉,色似桃花语似人。文章辩慧皆如此,笼槛何年出得身。

题四皓庙一作题商山庙

　　卧逃秦乱起安刘,舒卷如云得自由。若有

精灵应笑我,不成一事谪江州。

罢药

　　自学坐禅休服药,从他时复病沉沉。此身不要全强健,强健多生人我心。

白鹭

　　人生四十未全衰,我为愁多白发垂。何故水边双白鹭,无愁头上亦垂丝。

襄阳舟夜一作中

　　下马襄阳郭,移舟汉阴驿。秋风截江起,寒浪连天白。本是多愁人,复此风波夕。

江夜舟行

　　烟淡月蒙蒙,舟行夜色中。江铺满槽水,帆展半樯风。叫曙嗷嗷雁,啼秋唧唧虫。只应催北客,早作白须翁。

红藤杖

　　交亲过浐别,车马到江回。唯有红藤杖,相随万里来。

江上吟元八绝句

　　大江深处月明时,一夜吟君小律诗。应有水仙潜出听,翻将唱作步虚词。

途中感秋

　　节物行摇落,年颜坐变衰。树初黄叶日,人欲白头时。乡国程程远,亲朋处处辞。唯残一作怜病与老,一步不相离。

登郢州白雪楼

　　白雪楼中一望乡,青山蔟蔟水茫茫。朝来渡口逢京使,说道烟尘近洛阳。时淮西寇未平。

舟夜赠内

　　三声猿后垂乡泪,一叶舟中载病身。莫凭水窗南北望,月明月暗总愁人。

逢旧

　　我梳白发添新恨,君扫青蛾减旧容。应被

傍人怪惆怅,少年离别老相逢。

白口阻风十日
洪涛白—作波浪塞江津,处处邅回事事迍。世上方为失途客,江头又作阻风人。鱼虾遇雨腥盈鼻,蚊蚋和烟痒满身。老大光阴能几日,等闲白口坐经旬。

浦中夜泊
暗上江堤还独立,水风霜气夜棱棱。回看深浦停舟处,芦荻花中一点灯。

卢侍御与崔评事为予于黄鹤楼置宴,宴罢同望
江边黄鹤古时楼,劳置华筵待我游。楚思淼茫云水冷,商声清脆管弦秋。白花浪溅头陀寺,红叶林笼鹦鹉洲。总是平生未行处,醉来堪赏醒堪愁。

舟中读元九诗
把君诗卷灯前读,诗尽灯残天未明。眼痛灭灯犹闇—作暗坐,逆风吹浪打船声。

舟行阻风,寄李十一舍人
扁舟厌泊烟波上,轻策闲寻浦屿间。虎踏青泥稠似印,风吹白浪大于山。且愁江郡何时到,敢望京都几岁还。今日料君朝退后,迎寒新酎暖开颜。李十一好小酎酒,故云。

雨中题衰柳
湿屈青条折,寒飘黄叶多。不知秋雨意,更遣欲如何。

题王处士郊居
半依云渚半依山,爱此令人不欲还。负郭田园八九顷,向阳茅屋两三间。寒松纵老风标在,野鹤虽饥饮啄闲。一卧江村来早晚,著书盈帙鬓毛斑。

岁晚旅望
朝来暮去星霜换,阴惨阳舒气序牵。万物秋霜能坏色,四时冬日最凋年。烟波半露新沙地,鸟雀群飞欲雪天。向晚苍苍南北望,穷阴旅—作离思两无边。

晏坐闲吟
昔为京洛声华客,今作江湖潦—作老倒翁。意气销磨群动里,形骸变化百年中。霜侵残鬓无多黑,酒伴衰颜只暂红。愿学禅门非想定,千愁万念一时空。

题李山人
厨无烟火室无妻,篱落萧条屋舍低。每日将何疗饥渴,井华云粉一刀圭。

读庄子
去国辞家谪异方,中心自怪少忧伤。为寻庄子知归处,认得无何是本乡。

江楼偶宴赠同座
南浦闲行罢,西楼小宴时。望湖凭槛久,待月放杯迟。江果尝卢橘,山歌听竹枝。相逢且同乐,何必旧相知。

放言五首并序
元九在江陵时,有《放言》长句诗五首,韵高而体律,意古而词新。予每咏之,甚觉有味。虽前辈深于诗者,未有此作。唯李颀有云:济水自清河自浊,周公大圣接舆狂。斯句近之矣。予出佐浔阳,未届所任,舟中多暇,江上独吟,因缀五篇,以续其意耳。

朝真暮伪何人辨,古往今来底事无。但爱臧—作庄生能诈圣,可知宁子解佯愚。草萤有耀终非火,荷露虽团岂是珠。不取燔柴兼照乘,可怜光彩亦何殊。

世途倚伏都无定,尘网牵缠卒未休。祸福回还车转毂,荣枯反覆手藏钩。龟灵未免刳肠患,马失应无折足忧。不信君看弈棋者,输赢须待局终头。

赠君一法决孤疑,不用钻龟与祝蓍。试玉要烧三日满,真玉烧三日不热。辨材须待七年期。豫章木生七年而后知。周公恐惧流言后—作日,王莽

谦恭未篡时。向使当初—作时身便死，一生真伪复谁知。

谁家第宅成还破，何处亲宾哭复歌。昨日屋头堪炙手，今朝门外好张罗。北邙未省留闲地，东海何曾有定波。莫笑贱贫夸富贵，共成枯骨两如何。

泰山不要欺毫末，颜子无心羡老彭。松树千年终是朽，槿花一日自为荣。何须恋世常忧死，亦莫嫌身漫厌生。生去死来都是幻，幻人哀乐系何情。

岁暮道情二首

壮日苦曾惊岁月，长年都不惜光阴。为学空门平等法，先齐老少死生心。

半故青衫半白头，雪风吹面上江楼。禅功自见无人觉，合是愁时亦不愁。

读李杜诗集，因题卷后

翰林江左日，员外剑南时。不得高官职，仍逢苦乱离。暮年逋客恨，浮世谪仙悲。吟咏留千古，声名动四夷。文场供秀句，乐府待新词。天意君须会，人间要好诗。贺监知章目李白为谪仙人。

强酒

若不坐禅销妄想，即须行—作吟醉放狂歌。不然秋月春风夜，争那闲思往事何。

独树浦雨夜寄李六郎中

忽忆两家同里巷，何曾一处不追随。闲游预算分朝日，静语—作话多同待漏时。花下放狂冲黑饮，灯前起坐彻明棋。可知风雨孤舟夜，芦苇丛中作此诗。

听崔七妓人筝

花脸云鬟坐玉楼，十三弦里一时愁。凭君向道休弹去，白尽江州司马头。

望江州

江回望见双华表，知是浔阳西郭门。犹去孤舟—作城三四里，水烟沙雨欲黄昏。

初到江州

浔阳欲到思无穷，庾亮楼南湓口东。树木凋疏山雨后，人家低湿水烟中。菰蒋喂马行无力，芦荻编房卧有风。遥见朱轮来出郭，相迎劳动使君公。

醉后题李、马二妓

行摇云髻花钿节，应似霓裳趁管弦。艳动舞裙浑是火，愁凝歌黛欲生烟。有风纵道能回雪，无水何由忽吐莲。疑是两般心未决，雨中神女月中仙。

卢侍御小妓乞诗，座上留赠

郁金香汗湿歌巾，山石榴花染舞裙。好似文君还对酒，胜于神女不归云。梦中那及觉时见，宋玉荆王应羡君。

全唐诗卷四百三十九

白居易

东南行一百韵,寄通州元九侍御、澧州李十一舍人、果州崔二十二使君、开州韦大员外、庾三十二补阙、杜十四拾遗、李二十助教员外、窦七校书《元稹集》和此诗注内本题末尚有兼投吊席八舍人七字

前去经三楚,东来过五湖。山头看候馆,水面问征途。地远穷江界,天低极—作接海隅。飘零同树叶,浩荡似乘桴。渐觉乡原异,深知土产—作俗殊。夷音语嘲哳,蛮态笑睢盱。水市通阛阓,烟村混舳舻。吏征渔户税,人纳火田租。亥日饶虾蟹,寅年足虎貙。成人男作卬,事—作似鬼女为巫。楼暗攒倡妇,堤长簇贩夫。夜船论铺赁,春酒断瓶酤。见果皆卢橘,闻禽悉鹧鸪。山歌猿独叫,野哭鸟相呼。岭徼云成栈,江郊水当郛。月移翘柱鹤,风泛颭樯乌。鳌碛潮无信,蛟惊浪不虞。鼍鸣江擂鼓—作泉窟室,蜃气海—作结气浮图。树裂山魈穴,沙含水弩枢。喘牛犁紫芋,羸马放青菰。绣面谁家婢,鸦头几岁奴。泥中采菱芡,烧后拾樵苏。鼎腻愁烹鳖,盘腥厌脍鲈。钟仪徒恋楚,张翰浪思吴。气序凉还热,光阴旦复晡。身方逐萍梗,年欲近桑榆。渭北田园废,江西岁月徂。忆归恒惨淡,怀旧忽踟蹰。自念咸秦客,尝为邹鲁儒。蕴藏经国术,轻弃度关繻。赋力凌鹦鹉,词锋敌辘轳。战文重掉鞅,谢策一弯弧。崔杜鞭齐下,元韦辔并驱。名声逼—作敌扬马,交分过萧朱。世务轻摩揣,周行窃觊觎。风云皆会合,雨露各沾濡。共遇—作偶升平代,偏惭固陋躯。承明连夜直,建礼拂晨趋。美服颁王府,珍羞降御厨。议高通白虎,谏切伏青蒲。柏殿行陪宴,花楼走看酺。神旗张鸟兽,天籁动笙竽。戈—作九剑星芒耀,鱼龙电策驱。定场排越伎—作汉旅,促坐进吴歈。缥缈疑仙乐,婵娟胜画图。歌鬟低翠羽,舞汗堕红珠。别选闲游伴,潜招小饮徒。一杯愁已破,三盏气弥

粗。软美仇家酒,幽闲葛氏姝。十千方得斗,二八正当垆。论笑杓胡律一作律,谈怜玒嗳嚅。李酣犹短窦,庾醉更蔫迂。鞍马呼教住,骰盘喝遣输。长一作急驱波卷白,连掷采成卢。骰盘、卷白波、莫走、鞍马,皆当时酒令。筹并频逃席,觥严列一作别置盂。满一作漏巵那可灌,颓玉不胜扶。入视中枢草,归乘内厩驹。醉曾冲宰相,骄不揖金吾。日近恩虽重,云高势却一作易孤。翻身落霄汉,失脚倒一作到泥涂。博望移门籍,浔阳佐郡符。予自太子赞善大夫,出为江州司马。时情变寒暑,世利算锱铢。即一作望日辞双阙,明朝别九衢。播迁分郡国,次第出京都。十年春,微之移佐通州。其年秋,予出佐浔阳。明年冬,杓直出牧澧州,崔二十二出牧果州,韦大出牧开州。秦岭驰三驿,商山上二邘。商山险道,中有东西邘。岘阳亭寂寞,夏口路崎岖。大道全生棘,中丁尽执殳。江关未撤警,淮寇尚稽诛。时淮西未平,路经襄、鄂二州界,所见如此。林对东西寺,山分大小姑。东林、西林寺在庐山北,大姑、小姑在庐山南彭蠡湖中。庐峰莲刻削,湓浦一作水带萦纡。莲花峰在庐山北,湓水在江城南,何逊诗云:湓城对湓水,湓水萦如带。九派吞青草,浔阳江九派,南通青草、洞庭湖。孤城覆绿芜。南方城壁多以草覆。黄昏钟寂寂,清晓角鸣呜。春色辞门柳,秋声到井梧。残芳悲一作怨鶗鴂音啼决,见楚词,暮节感茱萸。蕊坼金英菊,花飘雪片芦。波红日斜没,沙白月平铺。几见林抽笋,频惊燕引雏。岁华何倏忽,年少不须臾。眇默思千古,苍茫想八区。孔穷缘底事,颜夭有何辜。龙智一作圣犹经一作遭醢,龟灵未免刳。穷通应已定,圣哲不能逾。况我身谋一作谋生拙,逢他厄运拘。漂流随一作从大海,锤锻任洪炉。险阻尝之矣,栖迟命也夫。沉冥消意气,穷饿耗肌肤。防瘴和残药,迎寒补旧襦。书床鸣蟋蟀,琴匣网蜘蛛。贫室一作活如悬磬,端忧剧守株。时遭人指点一作客答难,数被鬼揶揄。兀兀都疑梦,昏昏半是一作似愚。女惊朝不起,妻怪夜长呼。万里抛一作离朋侣一作执,三年隔友于。自然悲聚散,不是恨荣枯。去夏微之疟,今春席八殂。天涯书达否,泉下哭知无。去年闻元九瘴疟,书去竟未报。今春闻席八殂,久与还往,能无恸哭。漫写诗盈卷一作轴,空盛酒满壶。只添新怅望,岂复旧欢娱。壮志因愁减,衰容与病俱。相逢应不识,满颔白髭须。

谪居

面瘦头斑四十四,远谪江州为郡吏。逢时弃置从不才,未老衰羸为何事。火烧寒涧松为烬,霜降春林花委地。遭时荣悴一时间,岂是昭昭上天意。

初到江州寄翰林张、李、杜三学士

早攀霄汉上天衢,晚落风波委世途。雨露施恩无厚薄,蓬蒿随分有荣枯。伤禽侧翅惊弓箭,老妇低颜事舅姑。碧落三仙曾识面,年深记得姓名无。

庾楼晓望

独凭朱槛立凌晨,山色初明水色新。竹雾晓笼衔岭月,蘋风暖送过江春。子城阴处犹残雪,衙鼓声前未有尘。三百年来庾楼上,曾经多少望乡人。

宿西林寺

木落天晴山翠开,爱山骑马入山来。心知不及柴桑令,一宿西林便却一作欲回。柴桑令,刘遗民也。

江楼宴别

楼中别曲催离酌,灯下红裙间绿袍。缥缈楚风罗绮薄,铮鏦越调管弦高。寒流带月澄如镜,夕吹和霜利似刀。尊酒未空欢未尽,舞腰歌袖莫辞劳。

题山石榴花

一丛千朵压栏干,剪碎红绡却作团。风袅舞腰香不尽,露销妆脸泪新一作初干。蔷薇带刺攀应懒,菡萏生泥玩亦难。争及此花檐户下,任人采弄尽人看。

代春赠

山吐晴岚一作峰水放光,辛夷花白柳梢黄。

但知莫作江西意,风景何曾异帝乡。

答春
　　草烟低重水花明,从道风光似帝京。其奈山猿江上叫,故乡无此断肠声。

樱桃花下叹白发
　　逐处花皆好,随年貌自衰。红樱满眼日,白发半头时。倚树无言久,攀条欲放迟。临风两堪叹,如雪复如丝。

惜落花赠崔二十四
　　漠漠纷纷不奈何,狂风急雨两相和。晚来怅望君知否,枝上稀疏地上多。

移山樱桃
　　亦知官舍非吾宅,且劚山樱满院栽。上佐近来多五考,少应四度见花开。

官舍闲题
　　职散优闲地,身慵老大时。送春唯有酒,销日不过棋。禄米獐牙稻,园蔬鸭脚葵。饱餐仍晏起,余暇弄龟儿。龟儿即小侄名。

晚春登大云寺南楼,赠常禅师
　　花尽头新白,登楼意若何。岁时春日少,世界苦人多。愁醉非因酒,悲吟不是歌。求师治此病,唯劝读楞伽。

北楼送客归上都
　　凭高眺—作送远—凄凄,却下朱栏即解—作手共携。京路人归天直北,江楼客散日平西。长津欲度回渡尾,残酒重倾簇马蹄。不独别君须强饮,穷愁自要醉如泥。

北亭招客
　　疏散郡丞同野客,幽闲官舍抵山家。春风北户千茎竹,晚日东园一树花。小盏吹醅尝冷酒,深炉敲火炙新茶。能来尽日观—作宫棋否,太守知慵放晚衙。

宿西林寺,早赴东林满上人之会,因寄崔二十二员外
　　请辞魏阙鹓鸾隔,老入庐山麋鹿随。薄暮萧条投寺宿,凌晨清净与僧期。双林我起闻钟后,只日君趋入阁时。鹏鹞高低分皆定,莫劳心力远相思。

游宝称寺
　　竹寺初晴日,花塘欲晓—作晚春。野猿疑弄客,山鸟似呼人。酒嫩倾金液,茶新碾玉尘。可怜幽静地,堪寄老慵身。

早春闻提壶鸟,因题邻家
　　厌听秋猿催下泪,喜闻春鸟劝提壶。谁家红树先花发,何处青楼有酒酤。进士粗豪寻静尽,拾遗风采近都无。欲期明日东邻醉,变作腾腾一俗夫。

见紫薇花忆微之
　　一丛暗淡将何比,浅碧笼裙衬紫巾。除却微之见应爱,人间少有别—作惜花人。

蔷薇花一丛独死,不知其故,因有是篇
　　柯条未尝损,根蘖不曾移。同类今齐茂,孤芳忽独萎。仍怜委地日,正是带花时。碎碧初凋叶,焦红尚恋枝。乾坤无厚薄,草木自荣衰。欲问因何事,春风亦不知。

湖亭望水
　　久雨南湖涨,新晴北客过。日沉红有影,风定绿无波。岸没闾阎少,滩平船舫多。可怜心赏处,其奈独游何。

闲游
　　外事因慵废,中怀与静期。寻泉上山远,看笋出林迟。白石磨樵斧,青竿理钓丝。澄清深浅好,最爱夕阳时。

忆微之伤仲远李三仲远去年春丧
　　幽独辞群久,漂流去国赊。只将琴作伴,

唯以酒为家。感逝因看水,伤离为见花。李三埋地底,元九谪天涯。举眼青云远,回头白日斜。可能胜贾谊,犹自滞长沙。

过郑处士

闻道移居村坞间,竹林多处独开关。故来不是求他事,暂借南亭一望山。

霖雨苦多,江湖暴涨,块然独望,因题北亭

自作浔阳客,无如苦雨何。阴昏晴日少,闲闷睡时多。湖阔将天合,云低与水和。篱根舟子语,巷口钓人歌。雾岛沉黄气,风帆蹙白波。门前车马道,一宿变江河。

春末夏初闲游江郭二首

闲出乘轻屐,徐行蹋软沙。观鱼傍溢浦,看竹入杨家。溢浦多鱼,浦西有杨侍郎宅,多好竹。林进穿篱笋,藤飘落水花。雨埋钓舟小,风飐酒旗斜。嫩剥青菱角,浓煎白茗芽。淹留不知夕,城树欲栖鸦。

柳影繁初合,莺声涩渐稀。早梅迎夏结,残絮送春飞。西日韶光尽,南风暑气微。展张新小簟,熨帖旧生衣。绿蚁杯香嫩,红丝脍缕肥。故园无此味,何必苦思归。

红藤杖 杖出南蛮

南诏红藤杖,西江白首人。时时携步月,处处把寻春。劲健孤茎直,疏圆六节匀。火山生处远,泸水洗来新。粗细才盈手,高低仅过身。天边望乡客,何日拄归秦。

风雨中寻李十一,因题船上

匹马来郊外,扁舟在水滨。可怜冲雨客,来访阻风人。小榼酤清醑,行厨煮白鳞。停杯看柳色,各忆故园春。

题庐山山下汤泉

一眼汤泉流向东,浸泥浇草暖无功。骊山温水因何事,流入金铺玉瓮中。

寄蕲州簟与元九,因题六韵 时元九鳏居

笛竹出蕲春,霜刀劈翠筠。织成双锁簟,寄与独眠人。卷作筒中信 —作布,舒为席上珍。滑如铺薤叶,冷似卧龙鳞。清润宜乘露,鲜华不受尘。通州炎瘴地,此物最关身。

秋热

西江风候接南威,暑气常多秋 —作风气微。犹道江州最凉冷,至今九月著生衣。

题元八溪居

溪岚漠漠树重重,水槛山窗次第逢。晚叶尚开红踯躅,秋芳 —作房初结白芙蓉。声来枕上千年鹤,影落杯中五老峰。更愧殷勤留客意,鱼鲜饭细酒香浓。

晚出西郊

散吏闲如客,贫州冷似村。早凉湖北岸,残照郭西门。懒镊从须白,休治 —作医任眼昏。老来何所用,少兴不多言。

阶下莲

叶展影翻当砌月,花开香散入帘风。不如种在天池上,犹胜生于野水中。

端居咏怀

贾生俟罪心相似,张翰思归事不如。斜日早知惊鵩鸟,秋风悔不忆鲈鱼。胸襟曾贮匡时策,怀袖犹残谏猎书。从此万缘都摆落,欲携妻子买山居。

夜宿江浦,闻元八改官,因寄此什

君游丹陛已三迁,我泛沧浪欲 —作亦二年。剑佩晓趋双凤阙,烟波夜宿一渔船。交亲尽在青云上,乡国遥抛白日边。若报生涯应笑杀,结茅栽芋种畬田。

百花亭

朱槛在空虚,凉风八月初。山形如岘首,江色似桐庐。佛寺乘船入,人家枕水居。高亭仍有月,今夜宿何如。

江楼早秋

南国虽多热,秋来亦不迟。湖光朝霁后,

竹气晚凉时。楼阁宜佳客,江山入好诗。清风水蘋叶,白露木兰枝。欲作云泉计,须营伏腊资。匡庐一步地,官满更何之。

送客之湖南

年年渐见南方物,事事堪伤北客情。山鬼趫跳唯一足,峡猿哀怨过三声。帆开青草湖中去,衣湿黄梅雨里行。别后双鱼难定寄一作定难觅,近来潮不到溢城。

百花亭晚望夜归

百花亭上晚裴回,云影阴晴掩复开。日色悠扬映山尽,雨声萧飒渡江来。鬓毛遇病双如雪,心绪逢秋一似灰。向夜欲归愁未了,满湖明月小船回。

西楼

小郡大江边,危楼夕照前。青芜卑湿地,白露沴寥天。乡国此时阻,家书何处传。仍闻陈蔡戍,转战已三年。

寻李道士山居,兼呈元明府

尽日行还歇,迟迟独上山。攀藤老筋力,照水病容颜。陶巷招居住,茅家许往还。饱谙荣辱事,无意恋人间。

四十五

行年四十五,两鬓半苍苍。清瘦诗成癖,粗豪酒放狂。老来尤委命,安处即为乡。或拟庐山下,来春结草堂。

寄李相公、崔侍郎、钱舍人

曾陪鹤驭两三仙,亲侍龙舆四五年。天上欢华一作娱春有限,世间漂泊海无边。荣枯事过都成梦,忧喜心一作情忘便是禅。官满更归何处去,香炉峰在宅门前。

厅前桂

天台岭上凌霜树,司马厅前委地丛。一种不生明月里,山中犹校胜尘中。

寻王道士药堂,因有题赠

行行觅路缘松峤,步步寻花到杏坛。白石先生小有洞,黄芽姹女大还丹。常悲东郭千家冢,欲乞西山五色丸。但恐长生须有籍,仙台试为检名看。

秋晚

篱菊花稀砌桐落,树阴离离日色薄。单幕疏帘贫寂寞,凉风冷露秋萧索。光阴流转忽已晚,颜色凋残不如昨。莱妻卧病月明时,不捣寒衣空捣药。

南浦岁暮对酒,送王十五归京

腊后冰生覆溢水,夜来云暗失庐山。风飘细雪落如米,索索萧萧芦苇间。此地二年留我住,今朝一酌送君还。相看渐老无过醉,聚散穷通总是闲。

除夜

薄晚支颐坐,中宵枕臂眠。一从身去国,再见日周天。老度江南岁,春抛渭北田。浔阳来早晚,明日是三年。

闻李十一出牧澧州,崔二十二出牧果州,因寄绝句

平生相见即眉开,静念无如李与崔。各是天涯为刺史,缘何不觅九江来。

元和十三当作二年淮寇未平,诏停岁仗,愤然有感,率尔成章

闻停岁仗轸皇情,应为淮西寇未平。不分气从歌里发,无明心向酒中生。愚计忽思飞短檄,狂心便欲请长缨。从来妄动多如此,自笑何曾得事成。

庾楼新岁

岁时销旅貌,风景触乡愁。牢落江湖意,新年上庾楼。

上香炉峰

倚石攀萝歇病身,青筇竹杖白纱巾。他时

画出庐山障,便是香炉峰上人。

忆微之

与君何日出屯蒙,鱼恋江湖鸟厌笼。分手各抛沧海畔,折腰俱老绿衫中。三年隔阔音尘断,两地飘零气味同。又被新年劝相忆,柳条黄软欲春风。

雨夜赠元十八

卑湿沙头宅,连阴雨夜天。共听檐溜滴,心事两悠然。把酒循环饮,移床曲尺眠。莫言非故旧,相识已三年。

寒食江畔

草香沙暖水云晴,风景令人忆帝京。还似往年春气味,不宜今日病心情。闻莺树下沈吟立,信马江头取次行。忽见紫桐花怅望,下邽明日是清明。

三月三日登庾楼,寄庾三十二

三日欢游辞曲水,二年愁卧在长沙。每登高处长相忆,何况兹楼属庾家。

闻李六景俭自河东令授唐邓行军司马,以诗贺之

谁能淮上静风波,闻道河东应此科。不独文词供奏记,定将谈笑解兵戈。泥埋剑戟终难久,水借蛟龙可在多。四十著绯军司马,男儿官职未蹉跎。

石榴树 一作石楠树

可怜颜色好阴凉,叶翦红笺花扑霜。伞盖低垂金翡翠,熏笼乱搭绣衣裳。春芽细炷千灯焰,夏蕊浓焚百和香。见说上林无此树,只教桃柳一作李占年芳。

大林寺桃花

人间四月芳菲尽,山寺桃花始盛开。长恨春归无觅处,不知转入此中来。

咏怀

自从委顺任浮沉,渐觉一作学年多功用深。面上减一作灭除忧喜色,胸中消尽是非心。妻儿不问唯耽酒,冠盖皆慵只抱琴。长笑灵均不知命,江篱丛畔苦悲吟。

早发楚城驿

雨过尘埃灭,沿江道径平。月乘残夜出,人趁早凉行。寂历闲吟动,冥蒙暗思生。荷塘翻露气,稻垄泻泉声。宿犬闻铃起,栖禽见火惊。昽昽烟树色,十里始天明。

箬岘东池

箬岘亭东有小池,早荷新荇绿参差。中宵把火行人发,惊起双栖白鹭鸶。

建昌江

建昌江水县门前,立马教人唤渡船。忽似往年归蔡渡,草风沙雨渭河边。

哭从弟

伤心一尉便终身,叔母年高新妇贫。一片绿衫消不得,腰金拖紫是何人。

香炉峰下新卜山居,草堂初成,偶题东壁

五架三间新草堂,石阶桂柱竹编墙。南檐纳日冬天暖,北户迎风夏月凉。洒砌飞泉才有点,拂窗斜竹不成行。来春更葺东厢屋,纸阁芦帘著孟光。

重题

喜入山林初息影,厌趋朝市久劳生。早年薄有烟霞志,岁晚深谙世俗情。已许虎溪云里卧,不争龙尾道前行。从兹耳界应清净,免见啾啾毁誉声。

长松树下小溪头,班鹿胎巾白布裘。药圃茶园为产业,野麋林鹤是交游。云生涧户衣裳润,岚隐山厨火烛幽。最爱一泉新引得,清泠屈曲绕阶流。

日高睡足犹慵起,小阁重衾一作衾不怕寒。遗爱寺钟一作泉欹枕听,香炉峰雪拨帘看。匡庐便是逃名地,司马仍为送老官。心泰身宁是

归处,故乡何一作可独在长安。

宦途自此心长别,世事从今口不言。岂止形骸同土木,兼将寿夭任乾坤。胸中壮气犹须遣,身外浮荣一作云何足论。还有一条遗恨事,高家门馆未酬恩。

山中问月

为问长安月,谁教不相思必切,一作暂离。昔随飞盖处,今照入山时。借助秋怀旷,留连夜卧迟。如归旧乡国,似对好亲知。松下行为伴,溪头坐有期。千岩将万壑,无处不相随。

正月十五日夜,东林寺学禅,偶怀蓝田杨主簿,因呈智禅师

新年三五东林夕,星汉迢迢一作遥钟梵迟。花县当君行乐夜,松房是我坐禅时。忽看月满还相忆,始叹春来自不知。不觉定中微念起,明朝更问雁门师。

临水坐

昔为东掖垣中客,今作西方社内人。手把杨枝临水坐,闲思往事似前身。

山居

山斋方独往,尘事莫相仍。蓝舆辞鞍马,缁徒换友朋。朝餐唯药菜,夜伴只纱灯。除却青衫在,其余便是僧。

遗爱寺

弄日一作石临溪坐,寻花绕寺行。时时闻鸟语,处处是泉声。

山中与元九书,因题书后

忆昔封书与君夜,金銮殿后欲明天。今夜封书在何处,庐山庵里晚一作晓灯前。笼鸟槛猿俱未死,人间相见是何年。

黄石岩下作

久别鹓鸾侣,深随鸟兽群。教他远亲故,何处觅知闻。昔日青云意,今移向白云。

戏赠李十三判官

垂鞭相送醉醺醺,遥见庐山指似君。想君初觉从军乐,未爱香炉峰上云。

醉中戏赠郑使君 时使君先归,留妓乐重饮。

密座移红毯,酡颜照渌杯。双娥留且往,五马任先回。醉耳歌催醒,愁眉笑引开。平生少年兴,临老暂重来。

江亭夕望

凭高望远思悠哉,晚上江亭夜未回。日欲没时红浪沸,月初生处白烟开。辞枝雪蕊将春去,满镊霜毛送老来。争敢三年作归计,心知不及贾生才。

酬元员外三月三十日慈恩寺相忆见寄

怅望慈恩三月尽,紫桐花落鸟关关。诚知曲水春相忆,其奈长沙老未还。赤岭猿声催白首,黄茅瘴色换朱颜。谁言南国无霜雪,尽在愁人鬓发间。

偶然二首

楚怀邪乱灵均直,放弃合宜何恻恻。汉文明圣贾生贤,谪向长沙堪叹息。人事多端何足怪,天文至信犹差忒。月离于毕合滂沱,有时不雨何能测。

火发城头鱼水里,救火竭池鱼失水。乖龙藏在牛岭中,雷击龙来牛枉死。人道蓍神龟骨灵一作圣,试卜鱼牛那至此。六十四卦七十钻,毕竟不能知所以。

中秋月一作秋月

万里清光不可思,添愁益一作足恨绕天涯。谁人陇外久征戍,何处庭前新别离。失宠故姬归院夜,没蕃老将上楼时。照他几许人肠断,玉兔银蟾远不知。

谢李六郎中寄新蜀茶

故情周匝向交亲,新茗分张及病身。红纸一封书后信,绿芽十片火前春。汤添勺水煎鱼

眼,末下刀圭搅麹尘。不寄他人先寄我,应缘我是别茶人。

携诸山客同上香炉峰,遇雨而还,沾濡狼藉,互相笑谑,题此解嘲

萧洒登山去,龙钟遇雨回。磴危攀薜荔,石滑践莓苔。袜污君相谑,鞋穿我自咍。莫欺泥土脚,曾踏玉阶来。

彭蠡湖晚归

彭蠡湖天晚,桃花水气春。鸟飞千白点,日没半红轮。何必为迁客,无劳是病身。何来临此望,少有不愁人。

酬赠李炼师见招

几年司谏直承明,今日求真礼上清。曾犯龙鳞容不死,欲骑鹤背觅长生。刘纲有妇仙同得,伯道无儿累更轻。若许移家相近住,便驱鸡犬上层城。

西河雨夜送客

云黑雨翛翛,江昏水暗流。有风催解缆,无月伴登楼。酒罢无多兴,帆开不少留。唯看一点火,遥认是行舟。

登西楼忆行简

每因楼上西南望,始觉人间道路长。碍日暮山青蔟蔟,漫天秋水白茫茫。风波不见三年面,书信难传万里肠。早晚东归来下峡,稳乘船舫过瞿唐。

罗子

有女名罗子,生来才两春。我今年已长,日夜二毛新。顾念娇啼面,思量老病身。直应头似雪,始得见成人。

读僧灵彻诗

东林寺里西廊下,石片镌题数—作四首诗。言句怪来还校别,看名知是老汤师。

听李士良琵琶 人各赋二十八字

声似胡儿弹舌语,愁如塞月恨边云。闲人暂听犹眉敛,可使和蕃公主闻。

昭君怨

明妃风貌最娉婷,合在椒房应四星。只得当—作长年备宫掖,何曾专夜奉帏屏。见疏从道迷图画,知屈那教配房庭。自是君恩薄如纸一作命卑如纸薄,不须一向恨丹青。

闲吟

自从苦学空门法,销尽平生种种心。唯有诗魔降未得,每逢风月一闲吟。

戏问山石榴

小树山榴近砌栽,半含红萼带花来。争知司马夫人妒,移到庭前便不开。

编集拙诗成一十五卷,因题卷末,戏赠元九、李二十

一篇长恨有风情,十首秦吟近正声。每被老元偷格律,元九向江陵日,尝以拙诗一轴赠行,自后格变。苦教短李伏歌行。李二十常自负歌行,近见予乐府五十首,默然心伏。世间富贵应无分,身后文章合有名。莫怪气粗言语大,新排十五卷诗成。

湖上闲望

藤花浪拂—作沸紫茸条,菰叶风翻—作飘绿剪刀。闲弄水芳生楚思,时时合眼咏离骚。

全唐诗卷四百四十

白居易

江南谪居十韵

自哂沉冥客,曾为献纳臣。壮心徒许国,薄命不如人。才展凌云翅,俄成失水鳞。葵枯犹向日,蓬断即_{一作欲}辞春。泽畔长愁地,天边欲老身。萧条残活计,冷落旧交亲。草合门无径,烟消甑有尘。忧方知酒圣,贫始觉钱神。虎尾难容足,羊肠易覆轮。行藏与通塞,一切任陶钧。

江楼夜吟元九律诗,成三十韵

昨夜江楼上,吟君数十篇。词飘朱槛底,韵堕渌江前。清楚音谐律,精微思入玄。收将白雪丽,夺尽碧云妍。寸截金为句,双雕玉作联。八风凄间发,五彩烂相宣。冰扣声声冷,珠排字字圆。文头交比绣,筋骨软于绵。顷涌同波浪,铮鈚过管弦。醴泉流出地,钧乐下从天。神鬼闻如泣,鱼龙听似禅。星回疑聚集_{一作散},月落为留连。雁感无鸣者,猿愁亦悄然。交流迁客泪,停住贾人船。暗被歌姬乞,潜闻思妇传。斜行题粉壁,短卷写红笺。肉味经时忘,头风当日痊。老张知定伏,短李爱应颠。_{张十八籍、李二十绅皆攻政律诗,故云。}道屈才方振,身闲业始专。天教声烜赫,理合命迍邅。顾我文章劣,知他气力全。工夫虽共到,巧拙尚相悬。各有诗千首,俱抛海一边。白头吟处变,青眼望中穿。酬答朝妨食,披寻夜废眠。老偿文债负,宿结字因缘。每叹陈夫子,_{陈子昂著感遇诗,称于世。}常嗟李谪仙。_{贺知章谓李白为谪仙人。}名高折人爵,思苦减天年。_{李竟无官,陈亦早天。}不得当时遇,空令后代怜。相悲今若此,湓浦与通川。

浔阳岁晚,寄元八郎中、庾三十二员外

阅水年将暮,烧金道未成。丹砂不肯死,白发自_{一作事}须生。病肺惭杯满,衰颜忌镜明。春深旧乡梦,岁晚故交情。一别浮云散,双瞻

列宿荣。螭头阶下立,龙尾道前行。封事频闻奏,除书数见名。虚怀事僚友,平步取公卿。漏尽鸡人报,朝回幼女—作女使迎。可怜白司马,老大在浔城。

元九以绿丝布白轻裕—作容见寄,制成衣服,以诗报知

绿丝文布索轻裕—作容,珍重京华手自封。贫友远劳君寄附,病妻亲为我裁缝。裤花白似秋云薄,衫色青于春草浓。欲著却休知不称,折腰无复旧形容。

清明日送韦侍御—作郎贬虔州

寂寞清明日,萧条司马家。留饧和冷粥,出火煮新茶。欲别能无酒,相留亦有花。南迁更何处,此地已天涯。

九江春望

淼茫积水非吾土,飘泊浮萍自我身。身外信缘为活计,眼前随事觅交亲。炉烟岂异终南色,浥草宁殊渭北春。此地何妨便终老,譬—作匹如元是九江人。香炉峰上多烟,浥水岸边足草,因而记之。

晚题东林寺双池

向晚双池好,初晴百物新。袅枝翻翠羽,溅水跃红鳞。萍泛同游子,莲开当丽人。临流一惆怅,还忆曲江春。

赠内子

白发长兴叹,青娥亦伴愁。寒衣补灯下,小女戏床头。暗淡屏帏故,凄凉枕席秋。贫中有等级,犹胜嫁黔娄。

送客春游岭南二十韵 因叙岭南方物以谕之,并拟微之送崔二十二之作

已讶游何远,仍嗟别太频。离容君蹙促,赠语我殷勤。迢递天南面,苍茫海北漘。何陵国分界,交趾郡为邻。蓊郁三光晦,温暾四气匀。阴晴变寒暑,昏晓错星辰。瘴地难为老,蛮陬不易驯。土民稀白首,洞主尽黄巾。战舰

犹惊浪,戎车未息尘。时黄家贼方动。红旗围卉服,紫绶裹文身。面苦桃榔泡—作制,浆酸橄榄新。牙樯迎海舶,铜鼓赛江神。不冻贪泉暖,无霜毒草春。云烟蟒蛇气,刀剑鳄鱼鳞。路足羁栖客,官多谪逐臣。天黄生飓母,飓母如断虹,欲大风即见。雨黑长枫人。枫人因夜雷雨辄暗长数丈。回使先传语,征轩早返轮。须防杯里蛊,南方虫毒多置酒中。莫爱囊中珍。北与南殊俗,身将货孰亲。尝闻君子诫,忧道不忧贫。

自题

功名宿昔人多许,宠辱斯须自不知。一旦失恩先下降,三年随例未量移。马头觅角生何日,石火敲光住几时。前事是身俱若此,空门不去欲何之。

自悲

火宅煎熬地,霜松摧折身。因知群动内,易死不过人。

寻郭道士不遇

郡中乞假来相访,洞里朝元去不逢。看院只留双白鹤,入门惟见一青松。药炉有火丹应伏,云碓无人水自舂。庐山中云母多,故以水碓捣炼,俗呼为云碓。欲问参同契中事,更期何日得从容—作未知何日得相从。

浔阳春三首 元和十二年作

春生

春生何处暗周游,海角天涯遍始休。先遣和风报消息,续教啼鸟说来由。展张草色长河畔,点缀花房小树头。若到故园应觅我,为传沦落在江州。

春来

春来触地故乡情,忽见风光忆两京。金谷踏花香骑入,曲江碾草钿车行。谁家绿酒欢连夜,何处红楼睡失明。独有不眠不醉客,经春冷坐古浔城。

春去

一从泽畔为迁客,两度江头送暮春。白发

更添今日鬓,青衫不改去年身。百川未有回流水,一老终无却少人。四十六时三月尽,送春争得不殷勤。

梦微之十二年八月二十日夜

晨起临风一惆怅,通川溢水断相闻。不知忆我因何事,昨夜三回—作更梦见君。

赠韦炼师

浔阳迁客为居士,身似浮云心似灰。上界女仙无嗜欲,何因相顾两裵回。共疑过去人间世,曾作谁家夫妇来。

问刘十九

绿蚁新醅酒,红泥小火炉。晚来天欲雪,能饮一杯无。

得行简书,闻欲下峡,先以诗寄

朝来又得东川信,欲取春初发梓州。书报九江闻暂喜,路经三峡想还愁。满湘瘴雾加餐饭,滟滪惊波稳泊舟。欲寄两行迎尔泪,长江不肯向西流。

南湖早春

风回云断雨初晴,返照湖边暖复明。乱点碎红山杏发,平铺新绿水蘋生。翅低白雁飞仍重,舌涩黄鹂语未成。不道江南春不好,年年衰病减心情。

元十八从事南海,欲出庐山临别旧居,有恋泉声之什,因以投和,兼伸别情

贤侯辟士礼从容,莫恋泉声问所从。雨露初承黄纸诏,烟霞欲别紫霄峰。伤弓未息新惊鸟,得水难留久卧龙。我正退藏君变化,一杯可易得相逢。

题韦家泉池

泉落青山出白云,萦村绕郭几家分。自从引作池中水,深浅方圆一任君。

醉中对红叶

临风杪秋树,对酒长年人。醉貌如霜叶,虽红不是春。

遣怀

羲和走驭趁年光,不许人间日月长。遂使四时都似电,争教两鬓不成霜。荣销枯去无非命,壮尽衰来亦是常。已共身心要约定,穷通生死不惊忙。

点额鱼

龙门点额意何如,红尾青鳍却返初。见说在天行雨苦,为龙未必胜为鱼。

闻龟儿咏诗

怜渠已解咏诗章,摇膝支颐学二郎。莫学二郎吟太苦,才年四十鬓如霜。
未济卦中休卜命,参同契里莫劳心。无如饮此销愁物,一饷愁消直万金。

东墙夜合树去秋为风雨所摧,今年花时,怅然有感

碧荚红楼今何在,风雨飘将去不回。惆怅去年墙下地,今春唯有荠花开。

病起

病不出门无限时,今朝强出与谁期。经年不上江楼醉,劳动春风飏酒旗。

梦亡友刘太白同游彰—作章敬寺

三千里外卧江州,十五年前哭老刘。昨夜梦中彰敬寺,死生魂魄暂同游。

与果上人殁时题此诀别,兼简二林僧社

本—作愿结菩提香火社,为嫌烦恼电泡身。不须惆怅从师去,先请西方作主人。

赠写真者

子骋丹青日,予当丑老时。无劳役神思,更画病容仪。迢递麒麟阁,图功未有期。区区尺素上,焉用写真为。

刘十九同宿 时淮寇初破

红旗破贼非吾事,黄纸除书无—作非我名。

唯共嵩阳刘处士,围棋赌酒到天明。

十二年冬江西温暖,喜元八寄金石棱一作凌到,因题此诗

今冬腊候不严凝,暖雾温风气上腾。山脚崦中才有雪,江流慢处亦无冰。欲将何药防春瘴,只有元家金石棱一作凌。

闲意

不争荣耀任沉沦,日与时疏共道亲。北省朋僚音信断,东林长老往还频。病停夜食闲如社,慵拥朝裘暖似春。渐老渐谙闲气味,终身不拟作忙人。

送友人上峡赴东川辟命

见说瞿塘峡,斜衔一作横灩澦根。难于寻鸟路一作道,险过上龙门。羊角风头急,桃花水色浑。山回若鳌转,舟入似鲸吞。岸一作岩合愁天断,波跳恐地翻。怜君经此去,为感主人恩。

夜送孟司功

浔阳白司马,夜送孟功曹。江暗管弦急,楼明灯火高。湖波翻似箭,霜草杀如刀。且莫开征棹,阴风正怒号。

衰病

老辞游冶寻花伴,病别荒狂旧酒徒。更恐五年三岁后,些些谭笑亦应无。

题诗屏风绝句并序

十二年冬,微之犹滞通州,予亦未离湓上,相去万里,不见三年,郁郁相念,多以吟咏自解。前后辱微之寄示之什,殆数百篇,虽藏于箧中,永以为好,不若置之座右,如见所思。由是摭律句中短小丽绝者,凡一百首,题录合为一屏风,举目会心参,若其人在于前矣。前辈作事,多出偶然,则安知此屏不为好事者所传,异日作九江一故事尔。因题绝句,聊以奖之。

相忆采君诗作障,自书自勘不辞劳。障成定被人争写,从此南中纸价高。

答微之微之于阆州西寺手题予诗,予又以微之百篇题此屏上,各以绝句相报答之。

君写我诗盈寺壁,我题君句满屏风。与君相遇知何处,两叶浮萍大海中。

偶宴有怀

遇兴寻文客,因欢命酒徒。春游忆亲故,夜会似京都。诗思闲仍在,乡愁醉暂无。狂来欲起舞,惭见白髭须。

山中酬江州崔使君见寄

眷眄情无恨,优容礼有余。三年为郡吏,一半许山居。酒熟心相待,诗来手自书。庾楼春好醉,明月一作日且回车。

山枇杷

深山老去惜年华,况对东溪野枇杷。火树风来翻绛焰,琼枝日出晒红纱。回看桃李都无色,映得芙蓉不是花。争奈结根深石底,无因移得到人家。

闻李尚书拜相,因以长句寄贺微之

怜君不久在通川,知已新提造化权。夔契定求才济世,张雷应辨气冲天。那知沦落天涯日,正是陶钧海内年。肯向泥中抛折剑,不收重铸作龙泉。

岁暮

穷阴急景坐相催,壮齿韶颜去不回。旧病重因年老发,新愁多是夜长来。膏明自爇缘多事,雁默先烹为不才。祸福细寻无会处,不如且进手中杯。

雨中赴刘十九二林之期,及到寺,刘已先去,因以四韵寄之

云中台殿泥中路,既阻同游懒却还。将谓独愁犹对雨,不知多兴已寻山。才应行到千峰里,只校来迟半日间。最惜杜鹃花烂漫,春风吹尽不同攀。

蔷薇正开,春酒初熟,因招刘十九、张大夫、崔二十四同饮

瓮头竹叶经春熟,阶底蔷薇入夏开。似火浅深红压架,如饧气味绿粘台。试将诗句相招去,倘有风情或可来。明日早花应更好,心期同醉卯时杯。

李白墓

采石江边李白坟,绕田无限草连云。可怜荒垅穷泉骨,曾有惊天动地文。但是诗人多薄命,就中沦落不过君。

对酒

漫把参同契,难烧伏火砂。有时成白首,无处问黄芽。幻世如泡影,浮生抵眼花。唯将绿醅酒,且替紫河车。

戏答诸少年

顾我长年头似雪,饶君壮岁气如云。朱颜今日虽欺我,白发他时不放君。

风雨晚—作夜泊

苦竹林边芦苇丛,停舟一望思无穷。青苔扑地连春—作香雨,白浪掀天尽日风。忽忽百年行欲半,茫茫万事坐成空。此生飘荡何时定,一缕鸿毛天地中。

题崔使君新楼

忧人何处可销忧,碧瓮红栏浥水头。从此浔阳风月夜,崔公楼替庾公楼。

山中戏问韦侍御—作郎

我抱栖云志,君怀济世才。常吟反招隐,那得入山来。

赠昙禅师梦中作

五年不入慈恩寺,今日寻师始一来。欲知火宅焚烧苦,方寸如今化作灰。

寄微之

帝城行乐日纷纷,天畔穷愁我与君。秦女笑歌春不见,巴猿啼哭夜常闻。何处琵琶弦似语,谁家呕哑髻如云。人生多少欢娱事,那独千分无一分。

醉吟二首

空王百法学未得,姹女丹砂烧即飞。事事无成身老也—作也老,醉乡不去欲何归。

两鬓千茎新似雪,十分一盏欲如泥。酒狂又引诗魔发,日午悲吟到日西。

晓寝

转枕重安寝,回头一欠伸。纸窗明觉晓,布被暖知春。莫强疏慵性,须安老大身。鸡鸣一觉—作犹独睡,不博早朝人。

答元八郎中、杨十二博士

身觉—作学浮云无所著,心同止水有何情。但知潇洒疏朝市,不要崎岖隐姓名。尽日观鱼临涧坐,有时随鹿上山行。谁能抛得人间事,来共腾腾过此生。

湖亭与行简宿

浔阳少有风情客,招宿湖亭尽却回。水槛虚凉风月好,夜深谁—作惟共阿怜来。

八月十五日夜湓亭望月

昔年八月十五夜,曲江池畔杏园—作林边。今年八月十五夜,湓浦沙头水馆前。西北望乡何处是,东南见月几回圆。临风一叹无人会,今夜清光似往年。

赠江客

江柳影寒新雨地,塞鸿声急欲霜天。愁君独向—作自沙头宿,水—作岸绕芦花月满船。

残暑招客

云截山腰断,风驱雨脚回。早阴江上散,残热日中来。却取生衣著,重抬竹—作小簟开。谁能淘晚热,闲饮两三杯。

浔阳秋怀,赠许明府

霜红二林叶,风白九江波。暝色投烟鸟,

秋声带雨荷。马闲无处出,门冷少人过。卤莽还乡梦,依稀望阙歌。共思除醉外,无计奈愁何。试问陶家酒,新笞得几多。

九日醉吟

有恨头还白,无情菊自黄。一为州司马,三见岁重阳。剑匣尘埃满,笼禽日月长。身从渔父笑,门任雀罗张。问疾因留客,听吟偶置觞。叹时论倚伏,怀旧数存亡。奈老应无计,治一作医愁或有方。无过学王绩一作勋,唯以醉为乡。

问韦山人山甫

身名身事两蹉跎,试就先生问若何。从此神仙学得否,白髭虽有未为多。

送萧炼师步虚词十首,卷后以二绝继之

欲上瀛州临别时,赠君十首步虚词。天仙若爱应相间,可一作向道江州司马诗。

花纸瑶缄松墨字,把将天上共谁开。试呈王母如堪唱,发遣双成更取来。

赠李兵马使

身得贰师余气概,家藏都尉旧诗章。江南别有楼船将,燕颔虬须不姓杨。

题遗爱寺前溪松

偃亚长松树,侵临小石溪。静将流水对,高共远峰齐。翠盖烟笼密,花幢雪压低。与僧清影坐,借鹤稳枝栖。笔写形难似,琴偷韵易迷。暑天风械械一作瑟瑟,晴一作静夜露一作雨凄凄。独契一作憩依为舍,闲行绕作蹊。栋梁君莫采,留著伴幽栖。

庐山草堂夜雨独宿,寄牛二、李七、庾三十二员外

丹霄携手三君子,白发垂头一病翁。兰省花时锦帐下,庐山雨夜草庵中。终身胶漆心应在,半路云泥迹不同。唯有无生三昧观,荣枯一照两成空。

闻杨十二新拜省郎,遥以诗贺

文昌新入有光辉,紫界宫墙白粉闱。晓日鸡人传漏箭,春风侍女护朝衣。雪飘歌句一作曲高难和,鹤拂烟霄老惯飞。官职声名俱入手,近来诗客似君稀。顷曾有赠杨诗,落句云:不用更教诗过好,折君官职是声名。今故云俱入手。

三月三日怀微之

良时光景长虚掷,壮岁风情已暗销。忽忆同为校书日,每年同醉是今朝。

赠韦八

辞君岁一作虽久见君初,白发惊嗟两有余。容鬓别来今至此,心情料取合何如。曾同曲水花亭醉,亦共华阳竹院居。岂料天南相见夜,哀猿瘴雾宿匡庐。

春江闲步,赠张山人

江景又妍和,牵愁发浩歌。晴沙金屑色,春水曲尘波。红簇交枝杏,青含卷叶荷。藉莎怜软暖,憩树爱婆娑。书信朝贤断,知音野老多。相逢不闲语,争奈日长何。

春听琵琶,兼简长孙司户

四弦不似琵琶声,乱写真珠细撼铃。指底商风悲飒飒,舌头胡语苦醒醒。如言都尉思京国,似诉明妃厌房庭。迁安共君相劝谏,春肠易断不须听。

吴宫辞

一入吴王殿,无人睹翠娥。楼高时见舞,宫静夜闻歌。半露胸如雪,斜回脸似波。妍媸各有分,谁敢妒恩多。

送韦侍御量移金州司马 时予官独未出

春欢雨露同沾泽,冬叹风霜独满衣。留滞多时如我少,迁移好处似君稀。卧龙云到须先起,蛰燕雷惊尚未飞。莫恨东西沟水别,沧溟长短拟同归。

自到浔阳生三女子,因诠真理,用遣妄怀

宦途本自安身拙,世累由来向老多。远谪

四年徒已矣，晚生三女拟如何。预愁嫁娶真成患，细念因缘尽是魔。赖学空王治苦法，须抛烦恼入头陀。

江西裴常侍以优礼见待，又蒙赠诗，辄叙鄙诚，用伸感谢

一从簪笏事金貂，每借温颜放折腰。长觉身轻离泥滓，忽惊手重捧琼瑶。马因回顾虽增价，桐遇知音已半焦。他日秉钧如见念，壮心直气未全销。

自江州司马授忠州刺史，仰荷圣泽，聊书鄙诚

炎瘴抛身远，泥涂索脚难。网初鳞拨剌，笼久翅摧残。雷电颁时令，阳和变岁寒。遗簪承旧念，剖竹授新官。乡觉前程近，心随外事宽。生还应有分，西笑问长安。

除忠州，寄谢崔相公

提拔出泥知力竭，吹嘘生翅见情深。剑锋缺折难冲斗，桐尾烧焦岂望琴。感旧两行年老泪，酬恩一寸岁寒心。忠州好恶何须问，鸟得辞笼不择林。

初除官，蒙裴常侍赠鹘衔瑞草绯袍鱼袋，因谢惠贶，兼抒离情

新授铜符未著绯，因君装束始光辉。惠深范叔绨袍赠，荣过苏秦佩印归。鱼缀白金随步跃，鹘衔红绶绕身飞。明朝恋别朱门泪，不敢多垂恐污衣。

洪州逢熊孺登

靖安院里辛夷—作新荑下，醉笑狂吟气最粗。莫问别来多少苦，低头看取白髭须。

初著刺史绯，答友人见赠

故人安慰善为辞，五十专城道未迟。徒使花袍红似火，其如蓬鬓白成—作如丝。且贪薄俸君应惜，不称衰容我自知。银印可怜将底用，只堪归舍吓妻儿。

又答贺客

银章暂假为专城，贺客来多懒起迎。似挂绯衫衣架上，朽株枯竹有何荣。

别草堂三绝句

正听山鸟向阳眠，黄纸除书落枕前。为感君恩须暂起，炉峰不拟住多年。

久眠褐被为居士，忽挂绯袍作使君。身出草堂心不出，庐山未要勒—作动移文。

三间茅舍向山开，一带山泉绕舍回。山色泉声莫惆怅，三年官满却归来。

钟陵饯送

翠幕红筵高在云，歌钟一曲万家闻。路人指点滕王阁，看送忠州白使君。

浔阳宴别 此后忠州路上作

鞍马军城外，笙歌祖帐前。乘潮发溢口，带雪别庐山。暮景牵行色，春寒散醉颜。共嗟炎瘴地，尽室得生还。

戏赠户部李巡官

好去—作语民曹李判官，少贪公事且谋欢。男儿未死争能料，莫作忠州刺史看。

行次夏口，先寄李大夫

连山断处大江流，红旆逶迤镇上游。幕下翱翔秦御史，军前奔走汉诸侯。曾陪剑履升鸾殿，欲谒旌幢入鹤楼。假著绯袍君莫笑，恩深始得向忠州。

重赠李大夫

早接清班登玉陛，同承别诏直金銮。凤巢阁上容身稳，鹤锁笼中展翅难。流落多年应是命，量移远郡未成官。惭君独不欺憔悴，犹作银台旧眼看。

对镜吟

闲看明镜坐清晨，多病姿容半老身。谁论情性乖时事，自想形骸非贵人。三殿失恩宜放

弃,九宫推命合漂沦。如今所得须甘分,腰佩银龟朱两轮。

江州赴忠州,至江陵已来,舟中示舍弟五十韵

昔作咸秦客,常思江海行。今来仍尽室,此去又专城。典午犹为幸,分忧固是荣。篝篁州乘送,艨艟驿船迎。共载皆妻子,同游即弟兄。宁辞浪迹远,且贵赏心并。云展帆高挂,飙驰棹迅征。溯流从汉浦,循路转荆衡。山逐时移色,江随地改名。风光近东早,水木向南清。夏口烟孤起,湘川雨半晴。日煎红浪沸,月射白砂明。北渚寒留雁,南枝暖待莺。骈朱桃露萼,点翠柳含萌。亥市鱼盐聚,神林鼓笛鸣。壶浆椒叶气,歌曲竹枝声。系缆怜沙静,垂纶爱岸平。水浓红粒稻,野茹紫花菁。瓯泛茶如乳,台粘酒似饧。胯长抽锦缕,藕脆削琼英。容易来千里,斯须进一程。未曾劳气力,渐觉有心情。卧稳添春睡,行迟带酒醒。忽愁牵世网,便欲濯尘缨。早接文场战,曾争翰苑盟。掉头称俊造,翘足取公卿。且昧随时义,徒输报国诚。众排恩易失,偏压势先倾。虎尾忧危切,鸿毛性命轻。烛蛾谁救活一作护,蚕茧自缠索。敛手辞双阙,回眸望两京。长沙抛贾谊,漳浦卧刘桢。鹡鸰鸣还歇,蟾蜍破又盈。年光同激箭,乡思极摇旌。潦倒亲知笑,衰羸旧识惊。乌头因感白,鱼尾为劳赪。剑学将何用,丹烧竟不成。孤舟萍一叶,双鬓雪千茎。老见人情尽,闲思物理精。如汤探冷热,似博斗输赢。险路应须避,迷途莫共争。此心知止足,何物要经营。玉向泥中洁,松经雪后贞。无妨隐朝市,不必谢寰瀛。但在前非悟,期无后患婴。多知非景福,少语是元亨。晦即全身药,明为伐性兵。昏昏随世俗,蠢蠢学黎氓。鸟以能言缚,龟缘入梦烹。知之一何晚,犹足保余生。

题岳阳楼

岳阳城下水漫漫,独上危楼倚曲栏。春岸绿时连梦泽,夕波一作阳红处近长安。猿攀树立啼何苦,雁点湖飞渡亦难。此地唯堪画图障,华堂张与贵人看。

入峡次巴东

不知远郡何时到,犹喜全家此去同。万里王程三峡外,百年生计一舟中。巫山暮足沾花雨,陇水春多逆浪风。两片红旌数声鼓,使君艨艟上巴东。

十年三月三十日,别微之于沣上,十四年三月十一日夜,遇微之于峡中,停舟夷陵,三宿而别,言不尽者,以诗终之。因赋七言十七韵以赠,且欲记一作寄所遇之地与相见之时,为他年会话张本也

沣水店头春尽日,送君上马谪通川。夷陵峡口明月夜,此处逢君是偶然。一别五年方见面,相携三宿未回船。坐从日暮唯长叹,语到天明竟未眠。齿发蹉跎将五十,关河迢递过三千。生涯共寄沧江上,乡国俱抛白日边。往事渺茫都似梦,旧游流落半归泉。醉悲洒泪春杯里,吟苦支颐晓烛前。莫问龙钟恶官职,且听清脆好文一作诗篇。微之别来有新诗数百篇,丽绝可爱。别来只是成诗癖,老去何曾更酒颠。各限王程须去住,重开离宴贵留连。黄牛渡北移征棹,白狗崖东卷别筵。黄牛、白狗,皆峡中地名,即与微之遇别之所也。神女台云闲缭绕,使君滩水急潺湲。风凄暝色愁杨柳,月吊宵声哭杜鹃。万丈赤幢潭底日,一条白练峡中天。君还秦地辞炎徼,我向忠州入瘴烟。未死会应相见在,又知何地复何年。

题峡中石上

巫女庙花红似粉,昭君村柳翠于眉。诚知老去风情少,见此争无一句诗。

全唐诗卷四百四十一

白居易

夜入瞿唐峡

瞿唐天下险，夜上信难—作艰哉。岸似双屏合，天如匹帛—作练开。逆风惊浪起，拨篙暗船来。欲识愁多少，高于滟滪堆。

初到忠州赠李六—作李大夫

好在天涯李使君，江头相见日黄昏。吏人生梗都如鹿，市井疏芜—作萧疏只抵村。一只兰—作叶船当驿路—作步，百层石磴上州门。更无平地堪行处，虚受朱轮五马恩。

郡斋暇日忆庐山草堂，兼寄二林僧社三十韵，多叙贬官已来出处之意

谏诤知无补，迁移分所当。不堪—作能匡圣主，只合事空王。龙象投新社，鹓鸾失故行。沉吟辞北阙，诱引向西方。便住双林寺，仍开一草堂。平治行道路—作地，安置坐禅床。手版支为枕，头巾阁在墙。先生乌几舄，居士白衣裳。竟岁何曾闷，终身不拟忙。减除残梦想，换尽旧心肠。世界多烦恼，形神久损伤。正从风鼓浪，转作日销霜。佛经云：此生死无休已，如风鼓海浪。又云：烦如霜露，慧日能消除。吾道寻知止，君恩偶未忘。忽蒙颁凤诏，兼谢—作借剖鱼章。莲静方依水，葵枯重仰阳。三车犹夕会，五马已晨装。去似寻前世，来如别故乡。眉低出鹫岭，脚重下蛇冈。庐山冈名。渐望庐山远，弥愁峡路长。香炉峰隐隐，巴字水茫茫。瓢挂留庭—作亭树，经收在屋梁。春抛红药圃，夏忆白莲塘。唯—作准拟捐尘事，将何答宠光。有期追永远晋时永、远二法师，曾居此寺，无政继龚黄。南国秋犹热，西斋夜暂—作渐凉。闲吟四句偈，静对一炉香。身老同丘井，心空是道场。觅僧为去伴，留俸作归粮。为报山中侣，凭看竹下房。会应归去在—作住，松菊莫教荒。

赠康叟

八十秦翁老不归,南宾太守乞寒衣。再三怜汝非他意,天宝遗民见渐稀。

鹦鹉

竟日语还默,中宵栖复惊。身因缘彩翠,心苦为分明。暮起归巢思,春多记侣声。谁能拆笼破,从放快飞鸣。

京使回,累得南省诸公书,因以长句诗寄谢萧五、刘二、元八、吴十一、韦大、陆郎中、崔二十二、牛二、李七、庾三十二、李六、李十、杨三、樊大、杨十二员外

雪压泥埋未死身,每劳存问愧交亲。浮萍飘泊三千里,列宿参差十五人。禁月落时君待漏,畬烟深处我行春。瘴乡得老犹为幸,岂取伤嗟白发新。

东城春意

风软云不动,郡城东北隅。晚来春澹澹,天气似京都。弦管随宜有,杯觞不道无。其如亲故远,无可共欢娱。

木莲树生巴峡山谷间,巴民亦呼为黄心树,大者高五丈,涉冬不凋,身如青杨,有白文,叶如桂,厚大无脊,花如莲,香色艳腻皆同,独房蕊有异。四月初始开,自开迨谢,仅二十日。忠州西北十里,有鸣玉溪,生者秾茂尤异。元和十四年夏,命道士母丘元志写,惜其遐僻,因题三绝句云

如折芙蓉栽—作揠旱地,似抛芍药挂高枝。云埋水隔无人识,唯有南宾太守知。

红似燕支腻如粉,伤心好物不须臾。山中风起无时节,明日重来得在无。

已愁花落荒岩底,复恨根生乱石间。几度欲移移不得,天教抛掷在深山。

种桃杏

无论海角与天涯,大抵心安即是家。路远谁能念乡曲,年深兼欲忘京华。忠州且作三年计,种杏栽桃拟待花。

新秋

二毛生镜日,一叶落庭时。老去争由我,愁来欲泥谁。空销闲岁月,不见旧亲知。唯弄扶床女,时时强展眉。

龙昌寺荷池

冷碧新秋水,残红半破莲。从来寥落意,不似此池边。

听竹枝赠李侍御

巴童巫女竹枝歌,懊恼何人怨咽多。暂听遣君犹怅望,长闻教我复如何。

寄胡饼与杨万州

胡麻饼样学京都,面脆油香新出炉。寄与饥馋杨大使,尝看得似辅兴无。

感樱桃花,因招饮客

樱桃昨夜开如雪,鬓发今年白似霜。渐觉花前成老丑,何曾酒后更颠狂。谁能闻此来相劝,共泥春风醉一场。

东亭闲望—作闲坐

东亭尽日坐,谁伴寂寥身。绿桂—作树为佳客,红蕉当美人。笑言虽不接,情状似相亲。不作—作若不悠悠想,如何度晚春。

画木莲花图寄元郎中

花房腻似红莲朵,艳色鲜如紫牡丹。唯有诗人能—作应解爱,丹青写出与君看。

和李澧州题韦开州经藏诗

既悟莲花藏,须遣贝叶书。菩提无处所,文字本空虚。观指非知月,忘筌是得鱼。闻君登彼岸,舍筏复何如。

九日题涂溪

蕃—作蕃草席铺枫叶岸,竹枝歌送菊花杯。明年尚作—作任南宾守,或可重阳更一来。

即事寄微之

畲田涩米不耕锄,旱地荒园少菜蔬。想念一本缺,一作此土风今若此,料看生计合何如。衣蓬纰颣黄丝绢,饭下腥咸白小鱼。饱暖饥寒何足道,此身长短是空虚。

题郡中荔枝诗十八韵,兼寄万州杨八使君

奇果标南土,芳林对北堂。素华春漠漠,丹实夏煌煌。叶捧低垂户,枝擎重压墙。始因风弄色,渐与日争光。夕讶条悬火,朝惊树点妆。深于红踯躅,大校白槟榔。星缀连心朵,珠排耀眼房。紫罗裁衬壳,白玉裹填瓤。早岁曾闻说,今朝始摘尝。嚼疑天上味,嗅异世间香。润胜莲生水,鲜逾橘得霜。燕支掌中颗,甘露舌头浆。物少尤珍重,天高苦渺茫。已教生暑月,又使阻遐方。粹液灵难驻,妍姿嫩易伤。近南光景热,向北道途长。不得充王赋,无由寄帝乡。唯君堪掷赠,面白似潘郎。

留北客

峡外相逢远,樽前一会难。即须分手别,且强展眉欢。楚袖萧条舞,巴弦趣数从速反弹。笙歌随分有,莫作帝乡看。

重寄荔枝与杨使君,时闻杨使君欲种植,故有落句之戏

摘来正带凌晨露,寄去须凭下水船。映我绯衫浑不见,对公银印最相鲜。香连翠叶真堪画,红透青笼实可怜。闻道万州方欲种,愁君得吃是何年。

和万州杨使君四绝句

竞渡

竞渡相传为汨罗,不能止遏意无他。自经放逐来憔悴,能校灵均死几多。

江边草

闻君泽畔伤春草,忆在天门街里时。漠漠凄凄愁一作秋满眼,就中惆怅是江蓠。

嘉庆李

东都绿李万州栽,君手封题我手开。把得欲尝先怅望,与渠同别故乡来。

白槿花

秋蕣晚英无艳色,何因栽种在人家。使君自一作只别罗敷面,争解回头爱白花。

和行简望郡南山

反照前山云树明,从君苦道似华清。试听肠断巴猿叫,早晚骊山有此声。

种荔枝

红颗珍一作真珠诚可爱,白须太守亦何痴。十年结子知谁在,自向庭中一作前种荔枝。

阴雨

岚雾今朝重,江山此地深。滩声秋更急,峡气晓多阴。望阙云遮眼,思乡雨一作泪滴心。将何慰幽独,赖此北窗琴。

送客归京

水陆四千里,何时归到秦。舟辞三峡雨,马入九衢尘。有酒留行客,无书寄贵人。唯凭远传语,好在曲江春。

送萧处士游黔南

能文好饮老萧郎,身似浮云鬓似霜。生计抛来诗是业,家园忘却酒为乡。江从巴峡初成字,猿过巫阳始断肠。不醉黔中争去得,磨围山月正苍苍。

东楼醉

天涯深峡无人地,岁暮穷阴欲夜天。不向东楼时一醉,如何拟过二三年。

寄微之时微之为虢州司马

高天默默物茫茫,各有来由致损伤。鹦为能言长剪翅,龟缘难死久支床。莫嫌冷落抛闲地,犹胜炎蒸卧瘴乡。外物竟关身底事,漫排门戟系腰章。

东楼招客夜饮

莫辞数数醉东楼,除醉无因破得愁。唯有绿樽红烛下,暂时不似在忠州。

醉后戏题

自知清冷似冬凌,每被人呼作律僧。今夜酒醺罗绮暖,被君融尽玉壶冰。

冬至夜

老去襟怀常濩落,病来须鬓转苍浪。心灰不及炉中火,鬓雪多于砌下霜。三峡南宾城最远,一年冬至夜偏长。今宵始觉房栊冷,坐索寒衣托—作说孟光。

竹枝词四首

瞿唐峡口水—作冷烟低,白帝城头月向西。唱到竹枝声咽处,寒猿暗鸟一时啼。

竹枝苦怨怨何人,夜静山空歇又闻。蛮儿巴女齐声唱,愁杀江楼—作南病使君。

巴东船舫上巴西,波面风生雨脚齐。水蓼冷花红簇簇,江蓠湿叶碧凄凄。

江畔谁人唱竹枝,前声断咽后声迟。怪来调苦缘词苦,多是通州司马诗。

酬严中丞晚眺黔江见寄

江水三回曲,愁人两地情。磨围山下色,明月峡中声。晚后连天碧,秋来彻底清。临流有新恨,照见白须生。

寄题杨万州四望楼

江上新楼名四望,东西南北水茫茫。无由得与君携手,同凭栏干一望乡。

答杨使君登楼见忆

忠万楼中南北望,南州烟水北州云。两州何事偏相忆,各是笼禽作使君。

除夜

岁暮纷多思,天涯渺未归。老添新甲子,病减旧容辉。乡国仍留念,功名已息机。明朝四十九,应转悟前非。

闻雷

瘴地风霜早,温天气候催。穷冬不见雪,正月已闻雷。震蛰虫蛇出,惊枯草木开。空余客方寸,依旧似寒灰。

春至

若为南国春还至,争向东楼日又长。白片落梅浮涧水,黄梢新柳出城墙。闲拈蕉叶题诗咏,闷取藤枝引酒尝。乐事渐无身渐老,从今始拟负风光。

感春

巫峡中心郡,巴城四面春。草青临水地,头白见花人。忧喜皆心火,荣枯是眼尘。除非一杯酒,何物更关身。

春江

炎凉昏晓苦推迁,不觉忠州已二年。闭阁只听朝暮鼓,上楼空望往来船。莺声诱引来花下,草色句留坐水边。唯有春江看未厌,紫砂绕石渌潺湲。

题东楼前李使君所种樱桃花

身入青云无见日,手栽红树又逢春。唯留花向楼前著—作看,故故抛愁与后人。

巴水

城下巴江水,春来似麴尘。软沙如渭曲,斜岸忆天津。影蘸新黄柳,香浮小白蘋。临流搔首坐,惆怅为何人。

野行

草润衫襟重,沙干屐齿轻。仰头听鸟立,信脚望花行。暇日无公事,衰年有道情。浮生短于梦,梦里莫营营。

送高侍御使回,因寄杨八

明月峡边逢制使,黄茅岸上是忠州。到城莫说忠州恶,无益虚教杨八愁。

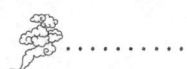

奉酬李相公见示绝句 时初闻国丧

碧油幢下捧新诗，荣贱虽殊共一悲。涕泪满襟君莫怪，甘泉侍从最多时。

喜山石榴花开 去年自庐山移来

忠州州里今日花，庐山山头去时树。已怜根损斩新栽，还喜花开依旧数。赤玉何人少琴轸，红缬谁家合罗袴。但知烂熳恣情开，莫怕南宾桃李妒。

戏赠萧处士、清禅师

三杯嵬峨忘机客，百衲头陀任运僧。又有放慵巴郡守，不营一事共腾腾。

钱虢州以三堂绝句见寄，因以本韵和之

同事空王岁月深，相思远寄定中吟。遥知清净中和化，只用金刚三昧心。予早岁与钱君同习读《金刚三昧经》，故云。

三月三日

暮春风景初三日，流世光阴半百年。欲作闲游无好伴，半江惆怅却回船。

寒食夜

四十九年身老日，一百五夜月明天。抱膝思量何事在，痴男骏一作痴女唤秋千。

代州民问

龙昌寺底开山路，巴子台前种柳林。官职家乡都忘却，谁人会得使君心。

答州民

宦情斗擞随尘去，乡思销磨逐日无。唯拟腾腾作闲事，遮渠不道使君愚。

荔枝楼对酒

荔枝新熟鸡冠色，烧酒初开琥珀香。欲摘一枝倾一盏，西楼无客共谁尝。

房家夜宴喜雪，戏赠主人

风头向夜利如刀，赖此温炉软锦袍。桑落气薰珠翠暖，柘枝声引管弦高。酒钩送盏推莲子，烛泪点盘垒蒲萄。不醉遣侬争散得，门前雪片似鹅毛。

醉后赠人

香毬趁拍回环匼，花盏抛巡取次飞。自入春来未一作不同醉，那能夜去独先归。

初除尚书郎，脱刺史绯

亲宾相贺问何如，服色恩光尽反初。头白喜抛黄草峡，眼明惊拆紫泥书。便留朱绂还铃阁，却著青袍侍玉除。无奈娇痴三岁女，绕腰啼哭觅金一作银鱼。

留题开元寺上方

东寺台阁好，上方风景清。数来犹未厌，长别岂无情。恋水多临坐，辞花剩绕行。最怜新岸柳，手种未全成。

别种东坡花树两绝

三年留滞在江城，草树禽鱼尽有情。何处殷勤重回首，东坡桃李种新成。

花林好住莫憔悴，春至但知依旧春。楼上明年新太守，不妨还是爱花人。

别桥上竹

穿桥进竹不依行，恐碍行人被损伤。我去自惭遗爱少，不教君得似甘棠。

发白狗峡，次黄牛峡登高寺，却望忠州

白狗次黄牛，滩如竹节稠。路穿天地险，人续古今愁。忽见千花塔，因停一叶舟。畏途常迫促，静境暂淹留。巴曲春全尽，巫阳雨半收。北归虽引岭，南望亦回头。昔去悲殊俗，今来念旧游。别僧山北寺，抛竹水西楼。郡树花如雪，军厨酒似油。时时大开口，自笑忆忠州。

棣华驿见杨八题梦兄弟诗

遥闻旅宿梦兄弟，应为邮亭名棣华。名作棣华来早晚，自题诗后属杨家。

商山路有感

万里路—作途长在,六年身始归。所经多旧馆,大半主人非。

商山路驿桐树,昔与微之前后题名处

与君前后多迁谪,五度经过此路隅。笑问中庭老桐树,这回归去免来无。

恻恻吟

恻恻复恻恻,逐臣返乡国。前事难重论,少年不再得。泥涂绛老头班白,炎瘴灵均面黎黑。六年不死却归来,道著姓名人不识。

德宗皇帝挽歌词四首

执象宗玄祖,贻谋启孝孙。文高柏梁殿,礼薄霸陵原。宫仗辞天阙,朝仪出国门。生成不可报,二十七年恩。

虞帝南巡后,殷宗谅暗中。初辞铸鼎地,已闭望仙宫。晓落当陵月,秋生满斾风。前星承帝座,不使北辰空。

业大承宗祖,功成付子孙。睿文诗播乐,遗训史标言。节表中和德,方垂广利恩。悬知千载后,理代数贞元。

梦减三龄寿,哀延七月期。寝园愁望远,宫仗哭行迟。云日添寒惨,笳箫向晚悲。因山有遗诏,如葬汉文时。

昭德皇后挽歌词

仙去逍遥境,诗留窈窕章。春归金屋少,夜入寿宫长。凤引曾辞辇,蚕休昔采桑。阴灵何处感,沙麓月无光。

太平乐词二首 已下七首在翰林院时奉敕撰进

岁丰仍节俭,时泰更销兵。圣念长如此,何忧不太平。

湛露浮尧酒,薰风起舜歌。愿同尧舜意,所乐在人和。

小曲新词二首

霁色鲜宫殿,秋声脆管弦。圣明千岁乐,岁岁似今年。

红裾—作裙明月夜,碧簟早秋时。好向昭阳宿,天凉玉漏迟。

闺怨词三首

朝憎莺百啭,夜妒燕双栖。不惯经春别,谁知到晓啼。

珠箔笼寒月,纱窗背晓灯。夜来巾上泪,一半是春冰。

关山征戍远,闺阁别离难。苦战应憔悴,寒衣不要宽。

残春曲 禁中口号

禁苑残莺三四声,景迟风慢暮春情。日西无事墙阴下,闲踏宫花独自行—作吟。

长安春

青门柳枝软无力,东风吹作黄金色。街东酒薄醉易醒,满眼春愁销不得。

长乐坡送人,赋得愁—下有字字

行人南北分征路,流水东西接御沟。终日坡前恨离别,谩名长乐是长愁。

独眠吟二首

夜长无睡起阶前,寥落星河欲曙—作晓天。十五年来明月夜,何曾一夜不孤眠。

独眠客,夜夜可怜长寂寂。就中今夜最愁人,凉月清风满床席。

期不至

红烛清樽久延伫,出门入门天欲曙。星稀月落竟不来,烟柳胧胧鹊飞去。

长洲苑

春入长洲草又生,鹧鸪飞起少人行。年深不辨娃宫处,夜夜苏台空月明。

忆江柳

曾栽杨柳江南岸,一别江南两度春。遥忆

青青江岸上,不知攀折是何人。

南浦别

南浦凄凄别,西风袅袅秋。一看肠一断,好去莫回头。

三年别

悠悠一别已三年,相望相思明月天。肠断青天望明月,别来三十六回圆。

伤春词

深浅檐花千万枝,碧纱窗外啭黄鹂。残妆含泪下帘坐,尽日伤春春不知。

后宫词

泪湿—作尽罗巾梦不成,夜深前殿按歌声。红颜未老恩先断,斜倚薰笼坐到明。

全唐诗卷四百四十二

白居易

吟元郎中白须诗,兼饮雪水茶,因题壁上

吟咏霜毛句,闲尝雪水茶。城中展眉处,只是有元家。

吴七郎中山人,待制班中,偶赠绝句

金马东门只日开,汉庭待诏重仙才。第三松树非华表,那得辽东鹤下来。

和张十八秘书谢裴相公寄马

齿齐臕—作䐣足毛头腻,秘阁张郎—作家叱拨驹。洗了颔花翻假锦,走时蹄汗踏真珠。青衫乍见曾惊否,红粟难赊得饱无。丞相寄来应有意,遗君骑去上云衢。

答山侣

颔下髭须半是丝,光阴向后几多时。非无解挂簪缨意,未有支持伏腊资。冒热冲寒徒自取,随行逐队欲何为。更惭山侣频传语,五十归来道未迟。

早朝思退居

霜严月苦欲明天,忽忆闲居思浩然。自问寒灯夜半起,何如暖被日高眠。唯惭老病披朝服,莫虑饥寒计俸钱。随有随无且归去,拟求丰足是何年。

曲江亭晚望

曲江岸北凭栏干,水面阴生日脚残。尘路行多绿袍故,风亭立久白须寒。诗成暗著闲心记,山好遥偷病眼看。不被马前提省印,何人信道是郎官。

初除主客郎中知制诰,与王十一、李七、元九三舍人中书同宿,话旧感怀

闲宵静话—作语喜还悲,聚散穷通不自知。已分云泥行异路,忽惊鸡鹤宿同枝。紫垣曹署荣华地,白发郎官老丑时。莫怪不如君气味,此中来校十年迟。

西省对花忆忠州东坡新花树,因寄题东楼
每看阙下丹青树,不忘天边锦绣林。西掖垣中今日眼,南宾楼上去年心。花含春意无分别,物感人情有浅深。最忆东坡红烂漫,野桃山杏水林檎。

寄题忠州小楼桃花
再游巫峡知何日,总是秦人说向谁。长忆小楼风月夜,红栏干上一作外两三枝。

中书连直,寒食不归,因怀一作忆元九
去岁清明日,南巴古郡楼。今年寒食夜,西省凤池头。并上新人直,难随旧伴游。诚知视草贵,未免对花愁。鬓发茎茎白,光阴寸寸流。经春不同宿,何异在忠州。

春忆二林寺旧游,因寄朗、满、晦三上人
一别东林三度春,每春常似忆情亲。头陀会里为逋客,供奉班中作老臣。清净久辞香火伴,尘劳难索幻泡身。最惭僧社题桥一作墙,又作名处,十八人名一作中空去声一人。

和元少尹新授官
官稳身应泰,春风信马行。纵忙无苦事,虽病有心情。厚禄儿孙饱,前驱道路荣。花时八人一作十直,无暇贺元兄。

朝回和元少尹绝句
朝客朝回回望好,尽纡朱紫佩金银。此时独与君为伴,马上青袍唯两人。

重和元少尹
凤阁舍人京亚尹,白头俱未著绯衫。南宫起请无消息,朝散何时得入衔。

中书夜直梦忠州
阁下灯前梦,巴南城里一作底游。觅花来渡口,寻寺到山头。江色分明绿,猿声依旧愁。禁钟惊睡觉,唯不上东楼。

醉后
酒后高歌且放狂,门前闲事莫思量。犹嫌小户长先醒,不得多时住醉乡。

待漏入阁书事,奉赠元九学士阁老
衙排宣政仗,门启紫宸关。彩笔停书命一作几,花砖趁立班。稀星点银砾,残月堕金环一作镮。暗漏犹传水,明河渐下山。从东分地色,向北仰天颜。碧缕炉烟直,红垂佩一作绋尾闲。纶闱一作帏惭并入,翰苑忝先攀。笑我青袍故,饶君茜一作紫绶殷。诗仙归洞里,酒病滞人间。好去鸳鸯侣,冲天便不还。

晚春重到集贤院
官曹清切非人境,风月鲜明是一作似洞天。满砌荆花铺紫毯,隔墙榆荚撒青钱。前时谪去三千里,此地辞来十四年。虚薄至今惭旧职,院一作殿名抬举号为贤。

紫薇花
丝纶阁下文书静,钟鼓楼中刻漏长。独坐黄昏谁是伴,紫薇花对紫微郎。

后宫词
雨露由来一点恩,争能遍布及千门。三千宫女胭脂面,几个春来无泪痕。

卜居
游宦京都二十春,贫中无处可安贫。长羡蜗牛犹有舍,不如硕鼠解藏身。且求容立锥头地,免似漂流木偶人。但道吾庐心便足,敢辞湫隘与嚣尘。

题新居寄元八
青龙冈北近西边,移入新居便泰然。冷巷闭门无客到,暖帘移榻向阳眠。阶庭一作墀宽窄才容足,墙壁高低粗及肩。莫羡升平元八宅,自思买用几多钱。

登龙尾道南望,忆庐山旧隐
龙尾道边来一望,香炉峰下去无因。青山

举眼三千里,白发平头五十人。自笑形骸纡组绶,将何言语掌丝纶。君恩壮健犹难报,况被年年老逼身。

冯阁老处见与严郎中酬和诗,因戏赠绝句

乍来天上宜清净,不用回头望故山。纵有旧游君莫忆,尘心起即堕人间。

见于给事暇日上直寄南省诸郎官诗,因以戏赠

倚作天仙弄地仙,夸张一日抵千年。黄麻敕胜长生箓,白纻词嫌内景篇。云彩误一作雪貌莫居青琐地,风流合在紫微天。东曹渐去西垣近,鹤驾无妨更著鞭。

题新昌所居

宅小人烦闷一作恼,泥深马钝顽。街东闲处住,日午热时还。院窄难栽竹,墙高不见山。唯应方寸内,此地觅一作觉宽闲。

西省北院新构小亭,种竹开窗,东通骑省,与李常侍隔窗小饮,各题四韵

结托白须伴,因依青竹丛。题诗新壁上,过酒小窗中。深院晚无日,虚檐凉有风。金貂醉看好,回首紫垣东。

酬元郎中同制加朝散大夫,书怀见赠

命服虽同黄纸上,官班不共紫垣前。青衫脱早差三日,白发生迟校九年。曩者定交非势利,老来同病是诗篇。终身拟作卧云伴,逐月须收烧药钱。五品足为婚嫁主,绯袍著了好归田。

初著绯戏赠元九

晚遇缘才拙,先衰被病牵。那知垂白日,始是著绯年。身外名徒尔,人间事偶然。我朱君紫绶,犹未得差肩。

和韩侍郎苦雨

润气凝柱础,繁声注瓦沟。暗留窗不晓,凉引簟先秋。叶湿蚕应病,泥稀燕亦愁。仍闻放朝夜,误出到街头。

连雨

风雨暗萧萧,鸡鸣暮复朝。碎声笼苦竹,冷翠落芭蕉。水鸟投檐宿,泥蛙入户跳。仍闻蕃客见,明日欲追朝。

初加朝散大夫又转上柱国

紫微今日烟霄地,赤岭前年泥土身。得水鱼还动鳞鬣,乘轩鹤亦长精神。且惭身忝官阶贵,未敢家嫌活计贫。柱国勋成私自问,有何功德及生人。

行简初授拾遗,同早朝入阁,因示十二韵

夜色尚苍苍,槐阴夹路长。听钟出长乐,传鼓到新昌。宿雨沙堤润,秋风桦烛香。马骄欺地软,人健得天凉。待漏排阊阖,停珂拥建章。尔随黄阁老,吾次紫微郎。并入连称籍,齐趋对折方。斗班花接萼,绰立雁分行。近职诚为美,微才岂合当。纶言难下笔,谏纸易盈箱。老去何侥幸,时来不料量。唯求杀一作致身地,相誓答恩光。

立秋日登乐游园

独行独语曲江头,回马迟迟上乐游。萧飒凉风与衰鬓,谁教计一作同会一时秋。

新秋早起,有怀元少尹

秋来转觉此身衰,晨起临阶盥漱时。漆匣镜明头尽白,铜瓶水冷齿先知。光阴纵惜留难住,官职虽荣得亦迟。老去相逢无别计,强开笑口展愁眉。

夜筝

紫袖红弦明月中,自弹自感暗低容。弦凝指咽声停处,别有深情一万重。

妻初授邑号告身

弘农旧县授新封,钿轴金泥诰一通。我转官阶常自愧,君加邑号有何功。花笺印了排窠湿,锦褾装来耀手红。倚得身名便慵堕,日高

犹睡绿窗中。

送客南迁

我说南中事，君应不愿听。曾经身困苦，不觉语叮咛。烧去声处愁云梦，波时忆洞庭。春畬烟勃勃，秋瘴露冥冥。蚊蚋经冬活，鱼龙欲雨腥。水虫能射影，山鬼解藏形。穴掉巴蛇尾，林飘鸩鸟翎。飓风千里黑，蕉草四时青。客似惊弦雁，舟如委浪萍。谁人劝言笑，何计慰漂零。慎勿琴离膝，长须酒满瓶。大都从此去，宜醉不宜醒。

暮归

不觉百年半，何曾一日闲。朝随烛影出，暮趁鼓声还。瓮里非无酒，墙头亦有山。归来长困卧，早晚得开颜。

寄远

欲忘忘未得，欲去去无由。两腋不生翅，二毛空满头。坐看新落叶，行上最高楼。暝色无边际，茫茫尽眼愁。

旧房

远—作绕壁秋声虫络丝，入檐新影月低眉。床帷半故帘旌断，仍是初寒欲夜时。

钱侍郎使君以题庐山草堂诗见寄，因酬之

殷勤江郡守，怅望掖垣郎。惭见新琼什，思归旧草堂。事随心未得，名与道相妨。若不休官去，人间到老忙。

寄山僧 时年五十

眼看过半百，早晚扫岩扉。白首谁能—作留住，青山自不归。百千万劫障，四十九年非。会拟抽身去，当—作东风斗擞衣。

慈恩寺有感 时杓直初逝，居敬方病

自问有何惆怅事，寺门临入却迟回。李家哭泣元家病，柿叶红时独自来。

酬严十八郎中见示

口厌含香握厌兰，紫微青琐举头看。忽惊鬓后苍浪发，未得心中本分官。夜酌满容花色暖，秋吟切骨玉声寒。承明长短君应入，莫忆家江七里滩。

寄王秘书

霜菊花萎日，风梧叶碎时。怪来秋思苦，缘咏秘书诗。

中书寓直一作中书直堂

缭绕宫墙围禁林—作苑，半开闺阁晓沈沈。天晴更觉南山近，日出方知西掖深。病对词头惭彩笔，老看镜面愧华簪。自嫌野物将何用，土木形骸麋鹿心。

自问

黑花满眼丝满头，早衰因病病因愁。宦途气味已谙尽，五十不休何日休。

曲江独行，招张十八

曲江新岁后，冰与水相和。南岸犹残雪，东风未有波。偶游身独自，相忆意如何。莫待春深去，花时鞍马多。

新居早春二首

静巷无来客，深居不出门。铺沙盖苔面，扫雪拥松根。渐暖宜闲步，初晴爱小园。觅花都未有，唯觉树枝繁。

地润东风暖，闲行踏草芽。呼童遣移竹，留客伴尝茶。雷滴檐冰尽，尘浮隙日斜。新居未曾到，邻里是谁家。

新昌新居书事四十韵，因寄元郎中、张博士

冒宠已三迁，归期始二年。囊中贮余俸，园外买闲田。狐兔同三径，蒿莱共一廛。新园聊划秽，旧屋且扶颠。檐漏移倾瓦，梁敧换蠹椽。平治绕台路，整顿近阶砖。巷狭开容驾，墙低垒过肩。门间堪驻盖，堂室可铺筵。丹凤楼当后，青龙寺在前。市街尘不到，宫树影相连。省吏嫌坊远，豪家笑地偏。敢劳宾客访，或望子孙传。不觅他人爱，唯将自性便。等闲栽树木，随分占风烟。逸致因心得，幽期遇境

牵。松声疑涧底，草色胜河边。虚润冰销地，晴和日出天。苔行滑如簟，莎坐软于绵。帘每当山卷，帷多带月褰。篱东花掩映，窗北竹婵娟。迹慕青门隐，名惭紫禁仙。假归思晚沐，朝去恋春眠。拙薄才无取，疏慵职不专。题墙书命笔，沽酒率分钱。柏杵春灵药，铜瓶漱暖泉。炉香穿盖散，笼烛隔纱燃。陈室何曾扫，陶琴不要弦。屏除俗事尽，养活道情全。尚有妻孥累，犹为组绶缠。终须抛爵禄，渐拟断腥膻。大抵宗庄叟，私心事竺乾。浮荣水划字，真谛火生莲。梵部经十二，玄书字五千。是非都付梦，语默不妨禅。博士官犹冷，郎中病已痊。多同僻处住，久结静中缘。缓步携筇杖，徐吟展蜀笺。老宜闲语话，闷忆好诗篇。蛮榼来方泻，蒙茶到始煎。无辞数相见，鬓发各苍然。

喜敏中及第，偶示所怀

自知群从为儒少，岂料词场中第频。桂折一枝先许我，杨穿三叶尽惊人。<small>始予进士及第，行简次之，敏中又次之。</small>转于文墨须留意，贵向烟霄早致身。莫学尔兄年五十，蹉跎始得掌丝纶。

久不见韩侍郎，戏题四韵以寄之

近来韩阁老，疏我我心知。户大嫌甜酒，才高笑小诗。静吟乖<small>一作乘</small>月夜，闲醉旷花时。还有愁同处，春风满鬓丝。

寄白头陀

近见头陀伴，云师老更愦。性灵闲似鹤，颜状古于松。山里犹难觅，人间岂易逢。仍闻移住处，太白最高峰。

和韩侍郎题杨舍人林池见寄

渠水暗流春冻解，风吹日炙不成凝。凤池冷暖君谙在，二月因何更有冰。

勤政楼西老柳

半朽临风树，多情立马人。开元一株柳，长庆二年春。

偶题阁下厅

静爱青苔院，深宜白鬓翁。貌将松共瘦，心与竹俱空。暖有低檐日，春多飐幕风。平生闲境界<small>一作思</small>，尽在五言中。

予与故刑部李侍郎早结道友，以药术为事，与故京兆元尹晚为诗侣，有林泉之期。周岁之间，二君长逝。李住曲江北，元居升平西。追感旧游，因贻同志

从哭李来伤道气，自亡元后减诗情。金丹同学都无益，水竹邻居竟不成。月夜苦为游曲水，花时那忍到升平。如年七十身犹在，但恐伤心无处行。

送冯<small>一作马</small>舍人阁老往襄阳

紫微阁底送君回，第二<small>一作一</small>厅帘下不开。莫恋汉南风景好，岘山花尽早归来。

莫走柳条词送别<small>一本无莫走二字</small>

南陌伤心别，东风满把春。莫欺杨柳弱，劝酒胜于人。

酬韩侍郎、张博士雨后游曲江见寄

小园新种红樱树，闲绕花行便当游。何必更随鞍马队，冲泥踏雨曲江头。

元家花

今日元家宅，樱桃发几枝。稀稠与颜色，一似去年时。失却东园主，春风可得知。

代人赠王员外

好在王员外，平生记得不。共赊黄叟酒，同上莫愁楼。静接殷勤语，狂随烂熳游。那知今日眼，相见冷于秋。

惜小园花

晓来红萼凋零尽，但见空枝四五株。前日狂风昨夜雨，残芳更合得存无。

萧相公宅遇自远禅师，有感而赠

宦途堪笑不胜<small>一作劳</small>悲，昨日荣华今日衰。

转似秋蓬无定处,长于春梦几多时。半头白发惭萧相,满面红尘问远师。应是世间缘未尽,欲抛官去尚迟疑。

草词毕遇芍药初开,因咏小谢红药当阶翻诗,以为一句未尽其状,偶成十六韵

罢草紫泥诏,起吟红药诗。词头封送后,花口拆开时。坐对钩帘久,行观步履迟。两三丛烂熳,十二叶参差。背日房微敛,当阶朵旋欹。钗翘抽碧股,粉蕊扑黄丝。动荡情无限,低斜力不支。周回看未足,比谕语难为。勾漏丹砂里,僬侥火焰旗。彤云剩根蒂,绛帻欠缨缕。况有晴风度,仍兼宿露垂。疑香薰罨画,似泪著胭脂。有意留连我,无言怨恨谁。应愁明日落,如恨隔年期。菡萏泥连萼,玫瑰刺绕枝。等量无胜者,唯眼与心知。

喜张十八博士除水部员外郎

老何殁后吟声绝,虽有郎官不爱诗。无复篇章传道路,空留风月在曹司。长嗟博士官犹屈,亦恐骚人道渐衰。今日闻君除水部,喜于身得省郎时。

与沈、杨二舍人阁老同食,敕赐樱桃玩物,感恩因成十四韵

清晓趋丹禁,红樱降紫宸。驱禽养得熟,和叶摘来新。圆转盘倾玉,鲜明笼透银。内园题两字,西掖赐三臣。荧惑晶华赤,醍醐气味真。如珠未穿孔,似火不烧人。杏俗难为对,桃顽讵可伦。肉嫌卢橘厚,皮笑荔枝皴。琼液酸甜足,金丸大小匀。偷须防曼倩,惜莫掷安仁。手擘才离核,匙抄半是津。甘为舌上露,暖作腹中春。已惧长尸禄,仍惊数食珍。最惭恩未报,饱喂不才身。

送严大夫赴桂州

地压坤方重,官兼宪府雄。桂林无瘴气,柏署有清风。山水衙门外,旌旗艛艓中。大夫应绝席,诗酒与谁同。

春夜宿直

三月十四夜,西垣东北廊。碧梧叶重叠,红药树低昂。月砌漏幽影,风帘飘暗香。禁中无宿客,谁伴紫微郎。

夏夜宿直

人少庭宇旷,夜凉风露清。槐花满院气,松子落阶声。寂寞一作默挑灯坐,沉吟踏月行。年衰自无趣,不是厌承明。

七言十二句赠驾部吴郎中七兄 时早夏朝归,闲斋独处,偶题此什。

四月天气和且清,绿槐阴合沙堤平。独骑善马衔镫稳,初著单衣肢体轻。退朝下直少徒侣,归舍闭门无送迎。风生竹夜窗间卧,月照松时台上行。春酒冷尝三数盏,晓琴闲弄十余声。幽怀静境何人别,唯有南宫老驾兄。

玉真张观主下小女冠阿容

绰约小天仙,生来十六年。姑山半峰雪,瑶水一枝莲。晚院花留立,春窗月伴眠。回眸虽欲语,阿母在傍边。

龙花寺主家小尼 郭代公爱姬薛氏,幼尝为尼,小名仙人子。

头青眉眼细,十四女沙弥。夜静双林怕,春深一食饥。步慵行道困,起晚诵经迟。应似仙人子,花宫未嫁时。

访陈二

晓垂朱绶带,晚著白纶巾。出去为朝客,归来是野人。两餐聊过日,一榻足容身。此外皆闲事,时时访老陈。

晚亭逐凉

送客出门后,移床下砌初。趁凉行绕竹,引睡卧看书。老更为官拙,慵多向事疏。松窗倚藤杖,人道似僧居。

曲江忆李十一

李君殁后共谁游,柳岸荷亭两度秋。独绕

曲江行一匝,依前还立水边愁。

江亭玩春
江亭乘晓阅众芳,春妍景丽草树光。日消石桂绿岚气,风坠木兰红露浆。水蒲渐展书带叶,山榴半含琴轸房。何物春风吹不变,愁人依旧鬓苍苍。

闻夜砧
谁家思妇秋捣帛,月苦风凄砧杵悲。八月九日正长夜,千声万声无了时。应到天明头尽白,一声添得一茎丝。

板桥路
梁苑城西二十里,一渠春水柳千条。若为此路今重过,十五年前旧板桥。曾共玉颜桥上别,不知消息到今朝。

青门柳
青青一树伤心色,曾入几人离恨中。为近都门多送别,长条折尽减春风。

梨园弟子
白头垂泪话梨园,五十年前雨露恩。莫问华清今日事,满山红叶锁宫门。

暮江吟
一道残阳铺水中,半江瑟瑟半江红。可怜九月初三夜,露似珍珠月似弓。

思妇眉
春风摇荡自东来,折尽樱桃绽尽梅。惟余思妇愁眉结,无限春风吹不开。

怨词
夺宠心那惯,寻思倚殿门。不知移旧爱,何处作新恩。

空一作寒闺怨
寒月沈沈洞房静,真珠帘外梧桐影。秋霜欲下手先知,灯底裁缝剪刀冷。

秋房夜
云露青天月漏光,中庭立久却归房。水窗席冷未能卧,挑尽残灯秋夜长。

采莲曲
菱叶萦波荷飐风一作水,荷花深处小船通。逢郎欲语低头笑,碧玉搔头落水中。

邻女
娉婷十五胜天仙,白日姮娥旱地莲。何处闲教鹦鹉语,碧纱窗下绣床前。

闺妇
斜凭绣床愁不动,红绡带缓绿鬟低。辽阳春尽无消息,夜合花前日又西。

移牡丹栽
金钱买得牡丹栽,何处辞丛别主来。红芳堪惜还堪恨,百处移将百处开。

听夜筝有感
江州去日听筝夜,白发新生不愿闻。如今格一作况是头成雪,弹到天明亦任君。

代谢好妓答崔员外谢好,妓也。
青娥小谢娘,白发老崔郎。谩爱胸前雪,其如头上霜。别后曹家碑背上,思量好字断君肠。

琵琶
弦清拨刺语铮铮,背却残灯就月明。赖是心无惆怅事,不然争奈子弦声。

和殷协律琴思
秋水莲冠春草裙,依稀风调似文君。烦君玉指分明语,知是琴心佯不闻。

寄李苏州,兼示杨琼
真娘墓头春草碧,心奴鬓上秋霜白。为问苏台酒席中,使君歌笑与谁同。就中犹有杨琼在,堪上东山伴谢公。

听弹湘妃怨

玉轸朱弦瑟瑟徽,吴娃徵调奏湘妃。分明曲里愁云雨,似道萧萧郎不归。_{江南新词有云:暮雨萧萧郎不归。}

闲坐

暖拥红炉火,闲搔白发头。百年慵里过,万事醉中休。有室同摩诘,无儿比邓攸。莫论身在日,身后亦无忧。

不睡

焰短寒缸尽,声长晓漏迟。年衰自无睡,不是守三尸。

全唐诗卷四百四十三

白居易

初罢中书舍人

自惭拙宦叨清贵一作贵，还有痴心怕素餐。或望君臣相献替，可图妻子免饥寒。性疏岂合承恩久，命薄元知济事难。分寸宠光酬未得，不休更拟觅何官。

宿阳城驿对月自此后诗赴杭州路中作

亲故寻回驾，妻孥未出关。凤皇池上月，送我过商一作南山。

商山路有感并序

前年夏，予自忠州刺史除书归阙。时刑部李十一侍郎、户部崔二十员外亦自澧、果二郡守征还，相次入关，皆同此路。今年，予自中书舍人授杭州刺史，又由此途出。二君已逝，予独南行。追叹兴怀，慨然成咏。后来有与予、朸直、虞平游者，见此短什，能无恻恻乎？倘未忘情，请为继和。长庆二年七月三十日，题于内乡县南亭云尔。

忆昨征还日，三人归路同。此生都是梦，前事旋成空。朸直泉埋玉，虞平烛过风。唯残乐天在，头白向江东。

重感

停骖歇路隅，重感一长吁。扰扰生还死，纷纷荣又枯。困支青竹杖，闲折白髭须。莫叹身衰老，交游半已无。

逢张十八员外籍

旅思正茫茫，相逢此道傍。晓岚一作晚风林叶暗，秋露草花香。白发江城守，青衫水部郎。客亭同宿处，忽似夜归乡。

赴杭州重宿棣华驿，见杨八旧诗，感题一绝

往恨今愁应不殊，题诗梁下又踟蹰。羡君犹梦见兄弟，我到天明睡亦无。

寓言题僧

劫风火起烧荒宅，苦海波生荡破船。力小

无因救焚溺,清凉山下且安禅。

内乡—有县字村路作
日下风高野路凉,缓驱疲马暗思乡。渭村秋物应如此,枣赤梨红稻穗黄。

路上寄银匙与阿龟
谪宦心都惯,辞乡去不难。缘留龟子住,涕泪一阑干。小子须娇养,邹婆为好看。银匙封寄汝,忆我即加餐。

山泉煎茶有怀
坐酌泠泠水,看煎瑟瑟尘。无由持一碗,寄与爱茶人。

郢州赠别王八使君
昔是诗狂客,今为酒病夫。强吟翻怅望,纵醉不欢娱。鬓发三分白,交亲一半无。郢城君莫厌,犹校近京都。

吉祥寺见钱侍郎题名
云雨三年别,风波万里行。愁来—作秋心正萧索,况见古人名。

重到江州感旧游,题郡楼十一韵
掌纶知是忝,剖竹信为荣。才薄官仍重,恩深责尚轻。昔征从典午,今出自承明。风诏休挥翰,渔歌欲濯缨。还乘小艓艒,却到古湓城。醉客临江待,禅僧出郭迎。青山满眼在,白发半头生。又校三年老,何曾一事成。重过萧寺宿,再上庾楼行。云水新秋思,闾阎旧日情。郡民犹认得,司马咏诗声。

赠江州李十使君员外十二韵
我本江湖上,悠悠任运身。朝随卖药—作采樵客,暮伴钓—作打鱼人。迹为烧丹隐,家缘嗜酒贫。经过剡溪雪,寻觅武陵春。岂有疏狂性,堪为侍从臣。仰头惊凤阙,下口触龙鳞。剑佩辞天上,风波向海滨。非贤虚偶圣,无屈敢—作可求伸。昔去曾同日,今来即后尘。元和末,余与李员外同日黜官,今又相次出为刺史。中年俱白发,左宦各朱轮。长短才虽异,荣枯事略均。殷勤李员外,不合不相亲。

题别遗爱草堂,兼呈李十使君 李亦庐山人,常隐白鹿洞。
曾住炉峰下,书堂对药台。斩新萝径合,依旧竹窗开。砌水亲开决,池荷手自栽。五年方暂至,一宿又须回。纵未长归得,犹胜不到来。君家白鹿洞,闻道亦生苔。

重题—作重题别遗爱草堂
泉石尚依依,林疏僧亦稀。何年辞水阁,今夜宿云扉。谩献长杨赋,虚抛薜荔衣。不能成一事,赢得白头归。

夜泊旅望
少睡多愁容,中宵起望乡。沙明连浦月,帆白满船霜。近海江弥阔,迎秋夜更长。烟波三十宿,犹未到钱唐。

九江北岸遇风雨
黄梅县边黄梅雨,白头浪里白头翁。九江阔处不见岸,五月尽时—作将尽多恶风。人间稳路应无限,何事抛身在—作来此中。

舟中晚起
日高犹掩水窗眠,枕簟清凉八月天。泊处或依沽酒店,宿时多伴钓鱼船。退身江海应无用,忧国朝廷自有贤。且向钱唐湖上去,冷吟闲醉二三年。

秋寒
雪鬓年颜老,霜庭景气秋。病看妻检药,寒遣婢梳头。身外名何有,人间事且休。淡然方寸内,唯拟学虚舟。

初到郡斋寄钱湖州、李苏州 聊取二郡一哂,故有落句之戏。
俱来沧海郡,半作白头翁。谩道风烟接,何曾笑语同。吏稀秋税毕,客散晚庭—作亭空。霁后当楼月,潮来满座风。雪溪殊冷僻,茂苑太繁雄。唯此一作有钱唐郡,闲忙恰得中。

对酒自勉

五十江城守,停杯一自思。头仍未尽白,官亦不全卑。荣宠寻过分,欢娱已校迟。肺伤虽怕酒,心健尚夸诗。夜舞吴娘袖,春歌蛮子词。犹堪三五岁,相伴醉花时。

郡楼夜宴留客

北客劳相访,东楼为一开。褰一作卷帘待月出,把火看潮来。艳听一作唱竹枝曲,香传莲子杯。寒天殊未晓,归骑且迟回。

醉题候仙亭

蹇步垂朱绶,华缨映白须。何因驻衰老,只有且欢娱。酒兴还应在,诗情可便无。登山与临水,犹未要人扶。

东院

松下轩廊竹下房,暖檐晴日满绳床。净名居士经三卷,荣启先生琴一张。老去齿衰嫌橘醋,病来肺渴觉茶香。有时闲酌无人伴,独自腾腾入醉乡。

虚白堂

虚白堂前衙退后,更无一事到中心。移床就日檐间卧,卧咏闲诗侧枕琴。

闲夜咏怀,因招周协律,刘、薛二秀才

世名检束为朝士,心性疏慵是野夫。高置寒灯如客店,深藏夜火似僧炉。香浓酒熟能尝否,冷淡诗成肯和无。若厌雅吟须俗饮,妓筵勉力为君铺。

晚兴

极浦收残雨,高城驻落晖。山明虹半出,松暗鹤双归。将吏随衙散,文书入务稀。闲吟倚新竹,笋粉污朱衣。

衰病

老与病相仍,华簪发不胜。行多朝散药,睡少夜停灯。禄食分供鹤,朝衣减施僧。性多

移不得,郡政谩如绳。

病中对病鹤

同病病夫怜病鹤,精神不损翅翎伤。未堪再举摩霄汉,只合相随觅稻粱。但作悲吟和嘹唳,难将俗貌对昂藏。唯应一事宜为伴,我发君毛俱似霜。

夜归

半醉闲行湖岸东,马鞭敲镫辔珑璁。万株松树青山上,十里沙堤明月中。楼角渐移当路影,潮头欲过满江风。归来未放笙歌散,画戟门开蜡烛红。

腊后岁前遇景咏意

海梅半白柳微黄,冻水初融日欲长。度腊都无苦霜霰,迎春先有好风光。郡中起晚听衙鼓,城上行慵倚女墙。公事渐闲身且健,使君殊未厌余杭。

白发

雪发随梳落,霜毛绕鬓垂。加添老气味,改变旧容仪。不肯长如漆,无过总作丝。最憎明镜里,黑白半头时。

钱湖州以箬下酒,李苏州以五酸酒,相次寄到,无因同饮,聊咏所怀

劳将箬下忘忧物,寄与江城爱酒翁。铛脚三州何处会,瓮头一盏几时同。倾如竹叶盈樽绿,饮作桃花上面红。莫怪殷勤醉相忆,曾陪西省与南宫。

花楼望雪命宴赋诗

连天际海白皑皑,好上高楼望一回。何处更能分道路,此时兼不认池台。万重云树山头翠,百尺花楼江畔开。素壁联题分韵句,红炉巡饮暖寒杯。冰铺湖水银为面,风卷汀沙玉作堆。绊惹舞人春艳曳,勾留醉客夜妆回。输将虚白堂前鹤,失却樟亭驿后梅。别有故情偏忆得,曾经穷苦照书来。

晚岁

壮岁忽已去,浮荣何足论。身为百口长,官是一州尊。不觉白双鬓,徒言朱两辖。病难施郡政,老未答君恩。岁暮别兄弟,年衰无子孙。惹愁谙世网,治苦赖空门。揽带知腰瘦,看灯觉眼昏。不缘衣食系,寻合返丘园。

宿竹阁

晚坐松檐下,宵眠竹阁间。清虚当服药,幽独抵归山。巧未能胜拙,忙应不及闲。无劳别修道,即此是玄关。

岁暮枉衢州张使君书并诗,因以长句报之

西州彼此意何如,官职蹉跎岁欲除。浮石潭边停五马,望涛楼上得双鱼。万言旧手才难敌,五字新题思有余。贫薄诗家无好物,反投桃李报琼琚。张曾应万言登科。

和薛秀才寻梅花同饮见赠

忽惊林下发寒梅,便试花前饮冷杯。白马走迎诗客去,红筵铺待舞人来。歌声怨处微微落,酒气熏时旋旋开。若到岁寒无雨雪,犹应醉得两三回。

与诸客空腹饮

隔宿书招客,平明饮暖寒。麹神寅日合,酒圣卯时欢。促膝才飞白,酡颜已渥丹。碧筹攒米碗,红袖拂骰盘。醉后歌尤异,狂来舞不难。抛杯语同坐,莫作老人看。

小岁日对酒吟钱湖州所寄诗

独酌无多兴,闲吟有所思。一杯新岁酒,两句故人诗。杨柳初黄日,髭须半白时。蹉跎春气味,彼此老心知。

钱唐湖春行

孤山寺北贾亭西,水面初平云脚低。几处早莺争暖树,谁家新燕啄春泥。乱花渐欲迷人眼,浅草才能没马蹄。最爱湖东行不足,绿杨阴里白沙堤。

题灵隐寺红辛夷花,戏酬光上人

紫粉笔含尖火焰,红胭脂染小莲花。芳情乡一作香思知多少,恼得山僧悔出家。

重向火

火销灰复死,疏弃已经旬。岂是人情薄,其如天气春。风寒忽再起,手冷重相亲。却就红炉坐,心如逢故人。

候仙一作山亭同诸客醉作

谢安山下空携妓,柳恽洲边只赋诗。争一作不及湖亭今日会一作醉,嘲花咏水赠蛾眉。

城上

城上咚咚鼓,朝衙复晚衙。为君慵不出,落尽绕城花。

早行林下

披衣未冠栉,晨起入前林。宿露残花气,朝光新叶阴。傍松人迹少,隔竹鸟声深。闲倚小桥立,倾头时一吟。

送李校书趁寒食归义兴山居

大见腾腾诗酒客,不忧生计似君稀。到舍将何作寒食,满船唯载树阴归。

题孤山寺山石榴花示诸僧众

山榴花似结红巾,容艳新妍占断春。色相故关一作开行道地,香尘拟触坐禅人。瞿昙弟子君知否,恐是天魔女化身。

独行

暗诵黄庭经在口,闲携青竹杖随身。晚花新笋堪为伴,独入林行不要人。

二月五日花下作

二月五日花如雪,五十二人头似霜。闻有酒时须笑乐,不关身事莫思量。羲和趁日沉西海,鬼伯驱人葬北邙。只有且来花下醉,从人笑道老颠狂。

戏题木兰花

紫房日照胭脂拆,素艳风吹腻粉开。怪得独饶脂粉态,木兰曾作女郎来。

清明日观妓舞听客诗

看舞颜如玉,听诗韵似金。绮罗从许笑,弦管不妨吟。可惜春风老,无嫌酒盏深。辞花送寒食,并在此时心。

西湖晚归,回望孤山寺,赠诸客

柳湖松岛莲花寺,晚动归桡出道场。卢橘子低山雨重,棕—作棶桐叶战水风凉。烟波澹荡摇空碧,楼殿参差倚夕阳。到岸请君回首望,蓬莱宫在海中央。

湖中自照

重重照影看容鬓,不见朱颜见白丝。失却少年无处觅,泥他—作池湖水欲何为。

赠苏炼师

两鬓苍然心浩然,松窗深处药炉前。携将道士通宵语,忘却花时—作光尽日眠。明镜懒开长在匣,素琴欲弄半无弦。犹嫌庄子多词句,只读逍遥六七篇。

杭州春望

望海楼明照曙霞城东楼名望海楼,护江堤白踏晴沙。涛声夜入伍员庙,柳色春藏苏小家。红袖织绫夸柿蒂杭州出柿,蒂花者尤佳,青旗沽酒趁梨花。其俗酿酒,趁梨花时熟,号为梨花春。谁开湖寺西南路,草绿裙腰一道斜。孤山寺路在湖洲中,草绿时,望如裙腰。

饮散夜归赠诸客

鞍马夜纷纷,香街起暗尘。回鞭招饮妓,分火送归人。风月应堪惜,杯觞莫厌频。明朝三月尽,忍不送残春。

湖亭晚归

尽日湖亭卧,心闲事亦稀。起因残醉醒,坐待晚凉归。松雨飘藤帽,江风透葛衣。柳堤行不厌,沙软絮霏霏。

东楼南望八韵

不厌东南望,江楼对海门。风涛生有信,天水合无痕。鹢带云帆动,鸥和雪浪翻。鱼盐聚为市,烟火起成村。日脚金波碎,峰头钿点繁。送秋千里雁,报暝一声猿。已豁烦襟闷,仍开病眼昏。郡中登眺处,无胜此东轩。

醉中酬殷协律

泗水亭边一分散,浙江楼上重游陪。挥鞭二十年前别,命驾三千里外来。醉袖放狂相向舞,愁眉和笑一时开。留君夜住非无分,且尽青娥红烛台。

孤山寺遇雨

拂波云色重,洒叶雨声繁。水鹭—作鸟双飞起,风荷一向翻。空濛连北岸,萧飒入东轩。或拟湖中宿,留船在寺门。

樟亭双樱树

南馆西轩两树樱,春条长足夏阴成。素华朱实今虽尽,碧叶风来别有情。

湖上夜饮

郭外迎人月,湖边醒酒风。谁留使君饮,红烛在舟中。

赠沙鸥

老逼教垂白,官科遣著绯。形骸虽有累,方寸却无机。遇酒多先醉,逢山爱晚归。沙鸥不知我,犹避隼旟飞。

余杭形胜

余杭形胜四方无,州傍青山县枕湖。绕郭荷花三十里,拂城松树一千株。梦儿亭古传名谢,教妓楼新道姓苏。杭州西灵隐山,上有梦谢亭,即是杜明浦梦谢灵运之所,因名客儿也。苏小小本钱唐妓人也。独有使君年太老,风光不称白髭须。

江楼夕望招客

海天东望夕茫茫,山势川形阔复长。灯火

万家城四畔，星河一道水中央。风吹古木晴天雨，月照平沙夏夜霜。能就江楼销暑否，比君茅舍较清凉。

新秋病起
一叶落梧桐，年光半又空。秋多上阶日，凉足入怀风。病瘦形如鹤，愁焦鬓似蓬。损心诗思里，伐性酒狂中。华盖何曾惜，金丹不致功。犹须自惭愧，得作白头翁。

木芙蓉花下招客欢
晚凉思饮两三杯，召得江头酒客来。莫怕秋无伴醉物，水莲花尽木莲开。

悲歌
白头新洗镜新磨，老逼身来不奈何。耳里频闻故人死，眼前唯觉少年多。塞鸿遇暖犹回翅，江水因潮亦反波。独有衰颜留不得，醉来无计但悲歌。

江楼晚眺，景物鲜奇，吟玩成篇，寄水部张员外
淡烟疏雨间斜阳，江色鲜明海气凉。蜃散云收破楼阁，虹残水照断桥梁。风翻白浪花千片，雁点青天字一行。好著丹青图画—作写取，题诗寄与水曹郎。

夜招周协律，兼答所赠
满眼虽多客，开眉复向谁。少年非我伴，秋夜与君期。落魄俱耽酒，殷勤共爱诗。相怜别有意，彼此老无儿。

重酬周判官
秋爱冷吟春爱醉，诗家眷属酒家仙。若教早被浮名系，可得闲游三十年。

饮后夜醒
黄昏饮散归来卧，夜半人扶强起行。枕上酒容和睡醒，楼前海月伴潮生。将归梁燕还重宿，欲灭窗灯却复明。直至晓来犹妄想，耳中如有管弦声。

代卖薪女赠诸妓
乱蓬为鬓布为巾—作裙，晓踏寒山自负薪。一种钱唐江畔女，著红骑马是何人。

奉和李大夫题新诗二首各六韵因严亭—作因严
箕颍人穷独，蓬壶路阻难。何如兼吏隐，复得事跻攀。岩树罗阶下，江云贮栋间。似移天目石，疑入武丘山。清景徒堪赏，皇恩肯放闲。遥知兴未足，即被诏征还。

忘笙亭
翠巘公门对，朱轩野径连。只开新户牖，不改旧风烟。虚室闲生白，高情淡入玄。酒容同座劝，诗借属城传。自笑沧江畔，遥思绛帐前。亭台随处—作有，争敢比忘笙。

予以长庆二年冬十月到杭州，明年秋九月始与范阳卢贾、汝南周元范、兰陵萧悦、清河崔求、东莱刘方舆同游恩德寺之泉洞竹石，籍甚久矣，及兹目击，果惬心期，因自嗟云：到郡周岁，方来入寺，半日复去，俯视朱绶，仰睇白云，有愧于心，遂留绝句
云水埋藏恩德洞—作寺，簪裾束缚使君身。暂来不宿归州去，应被山呼作俗人。

早冬
十月江南天气好，可怜冬景似春华。霜轻未杀萋萋草，日暖初干漠漠沙。老柘叶黄如嫩树，寒樱枝白是狂花。此时却羡闲人醉，五马无由入酒家。

岁假内命酒赠周判官、萧协律
共知欲老流年急，且喜新正假日频。闻健此时相劝醉，偷闲何处共寻春。脚随周叟行犹疾，头比萧翁白未匀。岁酒先拈辞不得，被君推作少年人。

与诸客携酒寻去年梅花有感
马上同携今日杯，湖边共觅去春梅。年年

只是人空老,处处何曾花不开。诗思又牵吟咏发,酒酣闲唤管弦来。樽前百事皆依旧,点检惟无薛秀才。去年与薛景文同赏,今年长逝。

醉送李协律赴湖南辟命,因寄沈八中丞

富阳山底樟亭畔,立马停舟飞酒盂。曾共中丞情缱绻,暂留协律语踟蹰。紫微星北承恩去,青草湖南称意无。不羡君官羡君幕,幕中收得阮元瑜。

内道场永谨上人就郡见访,善说维摩经,临别请诗,因以此赠

五夏登坛内殿师,水为心地玉为仪。正传金粟如来偈,何用钱唐太守诗。苦海出来应有路,灵山别后可无期。他生莫忘今朝会,虚白亭中法乐一作发药时。

见李苏州示男阿武诗,自感成咏

遥羡青云里,祥鸾正引雏。自怜沧海伴,老蚌不生珠。

正月十五日夜月

岁熟人心乐,朝游复夜游。春风来海上,明月在江头。灯火家家市,笙歌处处楼。无妨思帝里,不合厌杭州。

题州北路傍老柳树

皮枯缘受风霜久,条短为应攀折频。但见半衰当此路,不知初种是何人。雪花零碎逐年减,烟叶稀疏随分新。莫道老株芳意少,逢春犹胜不逢春。

题清头陀

头陀独宿寺西峰,百尺禅庵半夜钟。烟月苍苍风瑟瑟,更无杂树对山松。

自叹二首

形羸自觉朝餐减,睡少偏知夜漏长。实事渐消虚事在,银鱼金带绕腰光。

二毛晓落梳头懒,两眼春昏点药频。唯有闲行犹得在,心情未到不如人。

湖上醉中代诸妓寄严郎中

笙歌杯酒正欢娱,忽忆仙郎望帝都。借问连宵直南省,何如尽日醉西湖。蛾眉别久心知否,鸡舌含多口厌无。还有些些惆怅事,春来山路见蘼芜。

自咏

闷发每吟诗引兴,兴来兼酌一作着酒开颜。欲逢假一作暇日先招客,正对衙时亦望山。句检簿书多卤莽,堤防官吏少机关。谁能头白劳心力,人道无才也是闲。

晚兴

草浅马翩翩,新晴薄暮天。柳条春拂面,衫袖醉垂鞭。立语花堤上,行吟水寺前。等闲消一日,不觉过三年。

早兴

晨光出照屋梁明,初打开门鼓一声。犬上阶眠知地湿,鸟临窗语报天晴。半销宿酒头仍重,新脱冬衣体乍轻。睡觉心空思想尽,近来乡梦不多成。

竹楼宿

小书楼下千竿竹,深火炉前一盏灯。此处与谁相伴宿,烧丹道士坐禅僧。

湖上招客送春泛舟

欲送残春招酒伴,客中谁最有风情。两瓶箬下新开得,一曲霓裳初教成。时崔湖州寄新箬下酒来,乐妓按《霓裳羽衣曲》初毕。排比管弦行翠袖,指麾船舫点红旌。慢牵好向湖心去,恰似菱花镜上行。

戏醉客

莫言鲁国书生懦,莫把杭州刺史欺。醉客请君开一作闲眼望,绿杨风下有红旗。

紫阳花招贤寺有山花一树,无人知名,色紫气香,芳丽可爱,颇类仙物,因以紫阳花名之。

何年植向仙坛上,早晚移栽到梵家。虽在人间人不识,与君名作紫阳花。

全唐诗卷四百四十四

白居易

郡斋旬假,始命宴呈座客示郡僚 自此后在苏州作

公门日两衙,公假月三旬。衙用决簿领,旬以会亲宾。公多及私少,劳逸常不均。况为剧郡长,安得闲宴频。下车已二月,开筵始今晨。初黔军厨突,一拂郡榻尘。既备献酬礼,亦具水陆珍。萍醅箬溪醑,水脍松江鳞。侑食乐悬动,佐欢妓席陈。风流吴中一作地客,佳丽江南人。歌节点随袂,舞香遗在茵。清奏凝未阕,酡一作朱颜气一作配已春。众宾勿遽起,群一作郡僚且逡巡。无轻一日醉,用犒九日勤。微彼九日勤,何以治吾民。微此一日醉,何以乐吾身。

题西亭

朝亦视簿书,暮亦视簿书。簿书视未竟,蟋蟀鸣座隅。始觉芳岁晚,复嗟尘务拘。西园景多暇,可以少踌躇。池鸟澹容与,桥柳高扶疏。烟蔓袅青薜,水花披白蕖。何人造兹亭,华敞绰有余。四檐轩鸟翅,复屋罗蜘蛛。直廊抵曲房,窈窕深且虚。修竹夹左右,清风来徐徐。此宜宴佳一作嘉宾,鼓瑟吹笙竽。荒淫即不可,废旷将何如。幸有酒与乐,及时欢且娱。忽其解郡印,他人来此居。

郡中西园

闲园多芳草,春夏香靡靡。深树足佳禽,旦暮鸣不已。院门闭松竹,庭径穿兰芷。爱彼池上桥,独来聊徙倚。鱼依藻长乐,鸥见人暂起。有时舟随风,尽日莲照水。谁知郡府内,景物闲如此。始悟喧静缘,何尝系远迩。

北亭卧

树一作远绿晚阴合,池凉朝气清。莲开有佳色,鹤唳无凡声。唯此闲寂境,惬我幽独情。病假十五日,十日卧兹亭。明朝吏呼起,还复视黎氓。

一叶落

烦暑郁未退,凉飙潜已起。寒温与盛衰,递相为表里。萧萧秋林下,一叶忽先委。勿言微摇落—作一叶微,摇落从此始。

崔湖州赠红石琴荐焕如锦文,无以答之,以诗酬谢

颇锦支绿绮,韵同相感深。千年古涧石,八月秋堂琴。引出山水思,助成金玉音。人间无可比,比我与君心。

九日宴集,醉题郡楼,兼呈周、殷二判官

前年九日余杭郡—作在余杭,呼宾命宴虚白堂。去年九日到东洛,今年九日来吴乡。两边蓬鬓一时白,三处菊花同色黄。一日日知添老病—作态,一年年觉惜重阳。江南九月未摇落,柳青蒲绿稻穗香。姑苏台榭倚苍霭,太湖山水含清光。可怜假日好天色,公门吏静风景凉。榜舟鞭马取宾客,扫楼拂席排壶觞。胡琴铮铩指拨剌,吴娃美—作细丽眉眼长。笙歌一曲思凝绝,金钿再拜光低昂。日脚欲落备灯烛,风头渐高加酒浆。觥盏艳翻菡萏叶,舞鬟摆落茱萸房。半酣凭槛起四顾,七堰八门六十坊。远近高低寺间出,东西南北桥相望。水道脉分棹鳞次,里闾棋布城册方。人烟树色无隙罅,十里一片青茫茫。自问有何才与政,高厅大馆居中央。铜鱼今乃泽国节,刺史是古吴都王。郊无戎马郡无事,门有棨戟腰有章。盛时傥来合惭愧,壮岁忽去还感伤。从事醒归应不可,使君醉倒亦何妨。请君停杯听我语,此语真实非虚狂。五旬已过不为夭,七十为期盖是常。须知菊酒登高会,从此多无二十场。

同微之赠别郭虚舟炼师五十韵

我为江司马,君为荆判司。俱当愁悴日,始识虚舟师。师年三十余,白皙好容仪。专心在铅汞,余力工琴棋。静弹弦数声,闲饮酒一卮。因指尘土下,蜉蝣良可悲。不闻姑射上,千岁冰雪肌。不见辽城外,古今冢累累。嗟我天地间,有术人莫知。得可逃死籍,不唯走三尸。授我参同契,其辞妙且微。六一闷扃镭,子午守雄雌。我读随日悟,心中了无疑。黄芽与紫车,谓其坐致之。自负因自叹,人生号男儿。若不佩金印,即合翳玉芝。高谢人间世,深结山中期。泥坛方合矩,铸鼎圆中规。炉橐一以动,瑞气红辉辉。斋心独叹拜,中夜偷一窥。二物正訢合,厥状何怪奇。绸缪夫妇体,狎猎鱼龙姿。简寂馆钟后,紫霄峰晓时。心尘未净洁,火候遂参差。万寿觊刀圭,千功失毫厘。先生弹指起,姹女随烟飞。始知缘会间,阴骘不可移。药灶今夕罢,诏书明日追。追我复追君,次第承恩私。官虽小大殊,同立白玉墀。我直紫微闼,手进赏罚词。君侍玉皇座,口含生杀机。直躬易媒孽,浮俗多瑕疵。转徙今安在,越峤吴江湄。一提支郡印,一建连帅旗。何言四百里,不见如天涯。秋风旦夕来,白日西南驰。雪霜各满鬓,朱紫徒为衣。师从庐山洞,访旧来于斯。寻君又觅我,风驭纷逶迤。帔裾曳黄绢,须发垂青丝。逢人但敛手,问道亦颔颐。孤云难久留,十日告将归。款曲话平昔,殷勤勉衰羸。后会杳何许,前心日磷缁。俗家无异物,何心充别资。素笺一百句,题附元家诗。朱顶鹤一只,与师云间骑。云间鹤背上,故情若相思。时时摘一句,唱作步虚辞。

霓裳羽衣—有舞字歌和微之

我昔元和侍宪皇,曾陪内宴宴昭阳。千歌百—作万舞不可数,就中最爱霓裳舞。舞时寒食春风天,玉钩栏下香案前。案前舞者颜如玉,不著人家—作间俗衣服。虹裳霞帔步摇冠,钿璎累累佩珊珊。娉婷似不任罗绮,顾听乐悬行复止。磬箫筝笛递相搀,击挞弹吹声逦迤。凡法曲之初,众乐不齐。唯金石丝竹次第发声。霓裳序初,亦复如此。散序六奏未动衣,阳台宿云慵不飞。散序六篇无拍,故不舞也。中序擘騞初入拍,秋竹竿裂春冰拆。中序始有拍,亦名拍序。飘然转旋去声回雪轻,嫣然纵送游龙惊。小垂手后柳无力,斜

曳裾时云欲生。四句皆霓裳舞之初态。烟娥敛略不胜态,风袖低昂如有情。上元点鬟招萼绿,王母挥袂别飞琼。许飞琼、萼绿华,皆女仙也。繁音急节十二遍,跳珠撼玉何铿铮。霓裳破凡十二遍而终。翔鸾舞了却收翅,唳鹤曲终长引声。凡曲将毕,皆声拍促速,唯霓裳之末,长引一声也。当时乍见惊心目,凝视谛听殊未足。一落人间八九年,耳冷不曾闻此曲。湓城但听山魈语,巴峡唯闻杜鹃哭。予自江州司马转忠州刺史。移领钱唐第二年,始有心情问一作闻丝竹。玲珑箜篌谢好筝,陈宠觱栗沈平笙。清弦脆管纤纤手,教得霓裳一曲成。自玲珑以下,皆杭之妓名。虚白亭前湖水畔,前后只应三度按。便除庶子抛却来,闻道如今各星散。今年五月至苏州,朝钟暮角催白头。贪看案牍常侵夜,不听笙歌直到秋。秋来无事多闲闷,忽忆霓裳无处问。闻君部内多乐徒,问有霓裳舞者无。答云七县十一作州千万户,无人知有霓裳舞。唯寄长歌与我来,题作霓裳羽衣谱。四幅花笺碧间红,霓裳实录在其中。千姿万状分明见,恰与昭阳舞者同。眼前仿佛睹形质,昔日今朝想如一。疑从魂梦呼召来,似著丹青图写出。我爱霓裳君合知,发于歌咏一作引形于诗。君不见我歌云,惊破霓裳羽衣曲。《长恨歌》云。又不见我诗云,曲爱霓裳未拍时。《钱唐》诗云。由来能事皆有主,杨氏创声君造谱。开元中西凉府节度杨敬述造。君言此舞难得一作其人,须是一作得倾城可怜女。吴妖小玉飞作烟,夫差女小玉死后,形见于王,其母抱之,霏微若烟雾散空。越艳西施化为土。娇花巧笑久寂寥,娃馆苎萝空处所。如君所言诚有是,君试从容听我语。若求国色始翻传,但恐人间废此舞。妍媸优劣宁相远,大都只在人抬举。李娟一作婵张态君莫嫌,亦拟随宜一作时且教取。娟、态,苏妓之名。

小童薛阳陶吹觱栗歌和浙西李大夫作

剪削干芦插寒竹,九孔漏声五音足。近来吹者谁得名,关璀老死李衮生。衮今又老谁其嗣,薛氏乐一作小童年十二。指点之下师授声,含嚼之间天与气。润州城高霜月明,吟霜思月欲发声。山头江一作水底何悄悄,猿声不喘鱼龙听。翕然声作疑管裂,讪然声尽疑刀截。有时婉一作脆软无筋骨,有时顿挫生棱节。急声圆转促不断,轹轹一作栗辚辚似珠贯。缓声展一作辰引长有条一作余,有一作条条直直如笔描。下声乍坠石沉重,高声忽举云飘萧。明旦公堂陈宴席,主人命乐娱宾客一作傔。碎丝细竹徒纷纷,宫调一声雄出群。众音觱篥不落道,有如部伍随将军。嗟尔阳陶方稚齿,下手发声已如此。若教头白吹不休,但恐声名压关李。

啄木曲《才调集》、《英华》题并作四不如酒

莫买宝剪刀,虚费千金直。我有心中愁,知君剪不得。莫磨解结锥,徒劳人气力一作费心力。我有肠中结,知君解不得。莫染红丝线,徒夸好颜色。我有双泪珠,知君穿不得。莫近红炉火,炎气徒相逼。我有两鬓霜,知君销不得。刀不能剪心愁,锥不能解肠结。线不能穿泪珠,火不能销鬓雪。不如饮此神圣一作且饮长命杯,万念千忧一作愁一时歇。

题灵岩寺寺即吴馆娃宫,鸣屧廊、砚池、米香径遗迹在焉。

娃宫屧廊寻已倾,砚池香径又欲平。二三月时何草绿,几百年来空月明。使君虽老颇多思,携觞领妓处处行。今愁古恨入丝竹,一曲凉州无限情。直自当时到今日,中间歌吹更无声。

双石

苍然两片石,厥状怪且丑。俗用无所堪,时人嫌不取。结从胚浑始,得自洞庭口。万古遗水滨,一朝入吾手。担舁来郡内,洗刷去泥垢。孔黑烟痕深,罅青苔色厚。老蛟蟠作足,古剑插为首。忽疑天上落,不似人间有。一可支吾琴,一可贮吾酒。峭绝高数尺,坳泓容一斗。五弦倚其左,一杯置其右。洼樽酌未空,玉山颓已久。人皆有所好,物各求其偶。渐恐少年场,不容垂白叟。回头问双石,能伴老夫否。石虽不能言,许我为三友。

宿东亭晓兴

温温土炉火,耿耿纱笼烛。独抱一张琴,夜入东斋宿。窗声度残漏,帘影浮初旭。头痒晓梳多,眼昏春睡足。负暄檐宇下,散步池塘曲。南雁去未回,东风来何速。雪依瓦沟白,草绕墙根绿。何言万户州,太守常幽独。

日渐长,赠周、殷二判官

日渐长,春尚早。墙头半露红萼枝,池岸新铺绿芽草。踏草攀枝仰头叹,何人知此春怀抱。年颜盛壮名未成,官职欲高身已老。万茎白发真堪恨,一片绯衫何足道。赖得君来劝一杯,愁开闷破心头好。

花前叹

前岁花前五十二,今年花前五十五。岁课年功头发知,从霜成雪君看取。五年前在杭州,有诗云:五十二人头似霜。几人得老莫自嫌,樊李吴韦尽成土。樊绛州宗师、李谏议景俭、吴饶州丹、韦侍郎颛,皆旧往还,相继丧逝。南州桃李北州梅,且喜年年作花主。花前置酒谁相劝,容坐唱歌满起舞。容、满,皆妓名也。欲散重拈花细看,争知明日无风雨。

自咏五首

朝亦随群动,暮亦随群动。荣华瞬息间,求得将何用。形骸与冠盖,假合相戏弄。但异睡著人,不知梦是梦。

一家五十口,一郡十万户。出为差科头,入为衣食主。水旱合心忧,饥寒须手抚。何异食蓼虫,不知苦是苦。

公私颇多事,衰惫殊少欢。迎送宾客懒,鞭笞黎庶难。老耳倦声乐,病口厌杯盘。既无可恋者,何以不休官。

一日复一日,自问何留滞。为贪逐日俸,拟作归田计。亦须随丰约,可得无限剂。若待足始休,休官在何岁。

官舍非我庐,官园非我树。洛中有小宅,渭上有别墅。既无婚嫁累,幸有归休处。归去诚已迟,犹胜不归去。

和微之听妻弹别鹤操,因为解释其义,依韵加四句

义重莫若妻,生离不如死。誓将死同穴,其奈生无子。商陵追一作迫礼教,妇出不能止。舅姑明旦辞,夫妻中夜起。起闻双鹤别,若与人相似。听其悲唳声,亦如不得已。青田八九月,辽城一万里。裴回去住云,鸣咽东西水。写之在琴曲,听者酸心髓。况当秋月弹,先入忧人耳。怨抑掩朱弦,沉吟停玉指。一闻无儿叹,相念两如此。无儿虽薄命,有妻偕老矣。幸免生别离,犹胜商陵氏。

题故元少尹集后二首

黄壤讵知我,白头徒忆君。唯将老年泪,一洒故人文。

遗文三十轴,轴轴金玉声。龙门原上土,埋骨不埋名。

和微之四月一日作

四月一日天,花稀叶阴薄。泥新燕影忙,蜜熟蜂声乐。麦风低冉冉,稻水平漠漠。芳节或蹉跎,游心稍牢落。春华信为美,夏景亦未恶。飐浪嫩青荷,重栏晚红药。吴宫好风月,越郡多楼阁。两地诚可怜,其奈久离索。

吴中好风景二首

吴中好风景,八月如三月。水荇叶仍香,木莲花未歇。海天微雨散,江郭纤埃灭。暑退衣服干,潮生船舫活。两衙渐多暇,亭午初无热。骑吏语使君,正是游时节。

吴中好风景,风景无朝暮。晓色万家烟,秋声八月树。舟移管弦动,桥拥旌旗驻。改号齐云楼,重开武丘路。况当丰岁熟,好是欢游处。州民劝使君,且莫抛官去。

答刘禹锡白太守行

吏满六百石,昔贤辄去之。秩登二千石,

今我方罢归。我秩讶已多,我归惭已迟。犹胜尘土下,终老无休期。卧乞百日告,起吟五篇诗。谓将罢官自咏五首。朝与府吏别,暮与州民辞。去年到郡时,麦穗黄离离。今年去郡日,稻花白霏霏。为郡已周岁,半岁罹旱饥。襦袴无一片,甘棠无一枝。何乃老与幼,泣别尽沾衣。下惭苏人泪,上愧刘君辞。

别苏州

浩浩姑苏民,郁郁长洲城。来惭荷宠命,去愧无能名。青紫行将吏,斑白列黎氓。一时临水拜,十里随舟行。饯筵犹未收,征棹不可停。稍隔烟树色,尚闻丝竹声。怅望武丘路,沉吟浒水亭。还乡信有兴,去郡能无情。

卯时酒

佛法赞醍醐,仙方夸沉瀣。未如卯时酒,神速功力倍。一杯置掌上,三咽入腹内。煦若春贯肠,暄如日炙背。岂独肢体畅,仍加志气大。当时遗形骸,竟日忘冠带。似游华胥国,疑反混元代。一性既完全,万机皆破碎。半醒思往来,往来吁可怪。宠辱忧喜间,惶惶二十载。前年辞紫闼,今岁抛皂盖。去矣鱼返泉,超然蝉离蜕。是非莫分别,行止无疑碍。浩气贮胸中,青云委身外。扪心私自语,自语谁能会。五十年来心,未如今日泰。况兹杯中物,行坐长相对。

自问行何迟

前月发京口,今辰次淮涯。二旬四百里,自问行何迟。还乡无他计,罢郡有余资。进不慕富贵,退未忧寒饥。以此易过日,腾腾何所为。逢山辄倚棹,遇寺多题诗。酒醒夜深后,睡足日高时。眼底一无事,心中百不知。想到京国日,懒放亦如斯。何必冒风水,促促赴程归。

除日答梦得同发楚州

共作千里伴,俱为一郡回。岁阴中路尽,乡思先春来。山雪晚犹在,淮冰晴欲开。归歈吟可作,休恋主人杯。

问杨琼

古人唱歌兼唱情,今人唱歌唯唱声。欲说向君君不会,试将此语问杨琼。

有感三首

鬓发一作毛已斑白,衣绶方朱紫。穷贱当壮年,富荣临暮齿。车舆红尘合,第宅青烟起。彼来此须去,品物之常理。第宅非吾庐,逆旅暂留止。子孙非我有,委蜕而已矣。有如蚕造茧,又似花生子。子结花暗凋,茧成蚕老死。悲哉可奈何,举世皆如此。

莫养瘦马驹,莫教小妓女。后事在目前,不信君看取。马肥快行走,妓长能歌舞。三年五岁间,已闻换一主。借问新旧主,谁乐谁辛苦。请君大带上,把笔书此语。

往事勿追思,追思多悲怆。来事勿相迎,相迎已一作亦惆怅。不如兀然坐,不如塌然卧。食来即开口,睡来即合眼。二事最关身,安寝加餐饭。忘怀任行止,委命随修短。更若有兴来,狂歌酒一盏。

宿荥阳

生长在荥阳,少小辞乡曲。迢迢四十载,复向荥阳宿。去时十一二,今年五十六。追思儿戏时,宛然犹在目。旧居失处所,故里无宗族。岂唯变市朝,兼亦迁陵谷。独有溱洧水,无情依旧绿。

经溱洧

落日驻行骑,沉吟怀古情。郑风变已尽,溱洧至今清。不见士与女,亦无芍药名。

就花枝

就花枝,移酒海,今朝不醉明朝悔。且算欢娱逐日来,任他容鬓随年改。醉翻衫袖抛小令,笑掷骰盘呼大采。自量气力与心情,三五年间犹得在。

喜雨

圃旱忧葵堇,农旱忧禾菽。人各有所私,我旱忧松竹。松干竹焦死,眷眷在心目。洒叶溉其根,汲水劳僮仆。油云忽东起,凉雨凄相续。似面洗垢尘,如头得膏沐。千柯习习润,万叶欣欣绿。千日浇灌功,不如一霢霂。方知宰生灵,何异活草木。所以圣与贤,同心调玉烛。

题道宗上人十韵 并序

普济寺律大德宗上人法堂中,有故相国郑司徒、归尚书、陆刑部、元少尹及今吏部郑相、中书韦相、钱左丞诗,览其题,皆与上人唱酬。阅其人,皆朝贤;省其文,皆义语。予始知上人之文,为义作,为法作,为方便智作,为解脱性作,不为诗而作也。知上人者云尔,恐不知上人者,谓为护国、法振、灵一、皎然之徒与!故予题二十句以解之。

如来说偈赞,菩萨著论议。是故宗律师,以诗为佛事。一音无差别,四句有诠次。欲使第一流,皆知不二义。精洁沾戒体,闲淡藏禅味。从容恣语言,缥缈离文字。旁延邦国彦,上达王公贵。先以诗句牵,后令入佛智。人多爱师句,我独知师意。不似休上人,空多碧云思。

寄皇甫宾客

名利既两忘,形体方自遂。卧掩罗雀门,无人惊我睡。睡足斗擞衣,闲步中庭地。食饱摩挲腹,心头无一事。除却玄晏翁,何人知此味。

寄庾侍郎

一双华亭鹤,数片太湖石。巍巍苍玉峰,矫矫青云翮。是时岁云暮,淡薄烟景夕。庭霜封石棱,池雪印鹤迹。幽致竟谁别,闲静聊自适。怀哉庾顺之,好是今宵客。

寄崔少监

微微西风生,稍稍东方明。入秋神骨爽,琴晓丝桐清。弹为古宫调,玉水寒泠泠。自觉弦指下,不是寻常声。须臾群动息,掩琴坐空庭。直至日出后,犹得心和平。惜哉意未已,不使崔君听。

醉题沈子明壁

不爱君池东池东一作家十丛菊,不爱君池南池南一作家万竿竹。爱君帘下唱歌人,色似芙蓉声似玉。我有阳关君未闻,若闻亦应愁杀君。

劝酒

劝君一盏一作杯,下同君莫辞,劝君两盏君莫疑,劝君三盏君始知。面上今日老昨日,心中醉时胜醒时。天地迢遥自一作迢日长久,白兔赤乌相趁走。身后堆金拄北斗,不知生前一樽酒。君不见春明门外天欲明,喧喧歌哭半死生。游人驻马出不得,白舆素车争路行。归去来,头已白,典钱将用买酒吃。

落花

留春春不住,春归人寂寞。厌风风不定,风起花萧索。既兴风前叹,重命花下酌。劝君尝绿醅,教人拾红萼。桃飘火焰焰,梨堕雪漠漠。独有病眼花,春风吹不落。

对镜吟

白头老人照镜时,掩镜沉吟吟旧诗。二十年前一茎白,如今变作满头丝。余二十年前尝有诗云:白发生一茎,朝来明镜里。勿言一茎少,满头从此始。今则满头矣。吟罢回头索杯酒,醉来屈指数亲知。老于我者多穷贱,设使身存寒且饥。少于我者半为土,墓树已抽三五枝。我今幸得见头白,禄俸不薄官不卑。眼前有酒心无苦,只合欢娱不合悲。

耳顺吟寄敦诗、梦得

三十四十五欲牵,七十八十百病缠。五十六十却不恶,恬淡清净心安然。已过爱贪声利后,犹在病羸昏耄前。未无筋力寻山水,尚有心情听管弦。闲开新酒尝数盏,醉忆旧诗吟一篇。敦诗梦得且相劝,不用嫌他耳顺年。

别毡帐火炉

忆昨腊月天,北风三尺雪。年老不禁寒,夜长安可彻。赖有青毡帐,风前自张设。复此红火炉,雪中相暖热。如鱼入渊水,似兔藏深穴。婉软蛰鳞苏,温燉冻肌活。方安阴惨夕,遽变阳和节。无奈时候迁,岂是恩情绝。毳簾逐日卷,香燎随灰灭。离恨属三春,佳期在十月。但令此身健,不作多时别。

六年春赠分司东都诸公 _{时为河南尹}

我为同州牧,内愧无才术。忝擢恩已多,遭逢幸非一。偶当谷贱岁,适值民安日。郡县狱空虚,乡间盗奔逸。其间最幸者,朝客_{一作夕}多分秩。行接鸳鹭群,坐成芝兰室。时联拜表骑,间动题诗笔。夜雪秉烛游,春风携榼出。花教莺点检,柳付风排比。法酒淡清浆,含桃袅红实。洛重调_{去声}金管,卢女铿瑶瑟。黛惨歌思深,腰凝舞拍密。每因同醉乐,自觉忘衰疾。始悟肘后方,不如杯中物。生涯随日过,世事何时毕。老子苦乖慵,希君数牵率。

九日代罗、樊二妓招舒著作 _{齐梁格}

罗敷敛双袂,樊姬献一杯。不见舒员外,秋菊为谁开。

忆旧游 _{寄刘苏州}

忆旧游,旧游安在哉。旧游之人半白首,旧游之地多苍苔。江南旧游凡几处,就中最忆吴江隈。长洲苑绿柳万树,齐云楼春酒一杯。阊门晓严旗鼓出,皋桥夕闹船舫回。修蛾慢脸灯下醉,急管繁弦头上催。六七年前狂烂熳,三千里外思裴回。李娟张态一春梦,周五殷三归夜台。虎丘月色为谁好,娃宫花枝应自开。赖得刘郎解吟咏,江山气色合归来。_{娟、态,苏州妓名。周、殷,苏州从事。}

答崔宾客晦叔十二月四日见寄 _{来篇云:共相呼唤醉归来。}

今岁日余二十六,来岁年登六十二。尚不能忧眼下身,因何更算人间事。居士忘筌默默坐,先生枕麹昏昏睡。早晚相从归醉乡,醉乡去此无多地。

劝我酒

劝我酒,我不辞。请君歌,歌莫迟。歌声长,辞亦切,此辞听者堪愁绝。洛阳女儿面似花,河南大尹头如雪。

赠韦处士,六年夏大热旱

骄阳连毒暑,动植皆枯槁。旱日乾密云,炎烟焦茂草。少壮犹困苦,况予病且老。脱_{一作既}无白旃檀,何以除热恼。《华严经》云:以白旃檀涂身,能除一切热恼而得清凉也。汗巾束头鬓,膻食薰襟抱。始觉韦山人,休粮散发好。

全唐诗卷四百四十五

白居易

和微之诗二十三首并序

微之又以近作四十三首寄来,命仆继和。其间《瘀絮》四百字,《车斜》二十篇者流,皆韵剧辞殚,瑰奇怪谲。又题云:奉烦只此一度,乞不见辞。意欲定霸取威,置仆于穷地耳。大凡依次用韵,韵同而意殊。约体为文,文成而理胜。此足下素所长者,仆何有焉。今足下果用所长,过蒙见窘。然敌则气作,急则计生。四十二章,麾扫并毕。不知大敌,以为如何。夫剧石破山,先观镵迹。发矢中的,兼听弦声。以足下来章,惟求相困。故老仆报语,不觉大夸。况曩者唱酬,近来因继,已十六卷,凡千余首矣。其为敌也,当今不见。其为多也,从古未闻。所谓天下英雄,唯使君与操耳。戏及此者,亦欲三千里外,一破愁颜。勿示他人,以取笑诮。乐天白。

和晨霞此后在上都作

君歌仙氏真,我歌慈氏真。慈氏发真念,念此阎浮人。左命大迦叶,右召桓提因。千万化菩萨,百亿诸鬼神。上自非相顶,下及风水轮。胎卵湿化类,蠢蠢难具陈。弘愿在救拔,大悲忘辛勤。无论善不善,岂间冤与亲。抉开生盲眼,摆去烦恼尘。烛以智慧日,洒之甘露津。千界一时度,万法无与邻。借问晨霞子,何如朝玉宸。

和送刘道士游天台

闻君梦游仙,轻举超世雰。握持尊皇节,统卫吏兵军。灵旗星月象,天衣龙凤纹。佩服交带篆,讽吟蕊珠文。阊宫缥缈间,钧乐依稀闻。斋心谒西母,瞑一作膜拜朝东君。烟霏子晋裾,霞烂麻姑裙。倏忽别真侣,怅望随归云。人生同大梦,梦与觉谁分。况此梦中梦,悠哉何足云。假如金阙顶,设使银河濆。既未出三界,犹应在五蕴。饮咽日月精,茹嚼沆瀣芬。尚是色香味,六尘之所熏。仙中有大一作天仙,首出梦幻群。慈光一照烛,奥法相絪缊。不知万龄暮,不见三光曛。一性自了了,万缘徒纷

纷。苦海不能漂,劫火不能焚。此是竺乾教,
先生垂典坟。

和栉沐寄道友

栉沐事朝谒,中门初动关。盛服去尚早,
假寐须臾间。钟声发东寺,夜色藏南山。停骖
待五漏,人马同时闲。高星粲金粟,落月沉玉
环。出门向关一作阙路,坦坦无阻艰。始出里
北濠,稍转市西阛。晨烛照朝服,紫烂复朱殷。
由来朝廷士,一入多不还。因循掷白日,积渐
凋朱颜。青云已难致,碧落安能攀。但且知止
足,尚可销忧患。

和祝苍华 苍华,发神名。

日居复月诸,环回照下土。使我玄云发,
化为素丝缕。禀质本羸劣,养生仍莽卤。痛饮
困连宵,悲吟饥过午。遂令头上发,种种无尺
五。根稀比黍苗,梢细同钗股。岂是乏膏沐,
非关栉风雨。最为悲伤多,心焦衰落苦。余者
能有几,落者不可数。秃似鹊填河,堕如乌解
羽。苍华何用祝,苦辞亦休吐。匹如剃头僧,
岂要巾冠主。

和我年三首

我年五十七,荣名得几许。甲乙三道科,
苏杭两州主。才能本浅薄,心力虚劳苦。可一
作何能随众人,终老于尘土。

我年五十七,归去诚已迟。历官十五政,
数若珠累累。野萍始宾荐,场苗初縶维。因读
管萧书,窃慕大有为。及遭荣遇来,乃觉才力
羸。黄纸诏频草,朱轮车载脂。妻孥及仆使,
皆免寒与饥。省躬私自愧,知我者微之。永怀
山阴守,未遂嵩阳期。如何坐留滞,头白江
之湄。

我年五十七,荣名得非少。报国竟何如,
谋身犹未了。昔尝速官谤,恩大而惩小。一黜
鹤辞轩,七年鱼在沼。将枯鳞再跃,经铩翩重
矫。白日上昭昭,青云高渺渺。平生颇同病,
老大宜相晓。紫绶足可荣,白头不为夭。夙怀

慕箕颍,晚节期松筱。何当阙下来,同拜陈
情表。

和三月三十日四十韵

送春君何在,君在山阴署。忆我苏杭时,
春游亦多处。为君歌往事,岂敢一作取辞劳虑。
莫怪言语狂,须知酬答遽。江南腊月半,水冻
凝如瘀。寒景尚苍茫,和风已吹嘘。女墙城似
灶,雁齿桥如锯。鱼尾上瀺灂,草芽生沮洳。
律迟太簇管,日缓羲和驭。布泽木龙催,迎春
土牛助。雨师习习洒,云将飘飘翥。四野万里
晴,千山一时曙。杭土丽且康,苏民富而庶。
善恶有惩劝,刚柔无吐茹。两衙少辞牒,四境
稀书疏。俗以劳俫安,政因闲暇著。仙亭日登
眺,虎丘时游豫。望仙亭在杭,虎丘寺在苏。寻幽驻
旌轩,选胜回宾御。舟移溪鸟避,乐作林猿觑。
池古莫耶沉,石奇罗刹踞。剑池在苏州,罗刹石在杭
州。水苗泥易耨,畲粟灰难锄。紫蕨抽出畦,
白莲埋在淤。菱花红带黵,湿叶黄含蒸。楚辞
云:叶萎色而就黄。镜动波飐菱,雪回风旋絮。手
经攀桂馥,齿为尝梅楚。坐并船脚欹,行多马
蹄跙。圣贤清浊醉,水陆鲜肥饫。鱼脍芥酱
调,水葵盐豉絮。敕虑反。虽微五袴咏,幸免兆
人诅。但令乐不荒,何必游无倨。吴苑仆寻
罢,越城公尚据。旧游几客存,新宴谁人与。
去声。莫空文举酒,强下何曾箸。江上易优游,
城中多毁誉。分应当己尽一作画,事勿求人恕。
我既无子孙,君仍毕婚娶。久为云雨别,终拟
江湖去。范蠡有扁舟,陶潜有篮舆。两心苦相
忆,两口遥相语。最恨七年春,春来各一处。

和寄乐天

贤愚类相交,人情之大率。然自古今来,
几人号胶漆。近闻屈指数,元某与白乙。旁爱
及弟兄,中权一作欢避家室。松筠与金石,未足
喻坚密。在车如轮辕,在身如肘腋。又如风云
会,天使相召一作终匹。不似势利交,有名而无
实。顷我在杭岁,值君之越日。望愁来仪迟,
宴惜流景疾。坐耀黄金带,酌酡颜玉质。酣歌
口不停,狂舞衣相拂。平生赏心事,施展十未

一。会笑始哑哑,离嗟乃唧唧。钱筵才收拾,征棹遽排比。后恨苦绵绵,前欢何卒卒。居人色惨淡,行子心纡郁。风袂去时挥,云帆望中失。宿醒和别思,目眩心忽忽。病魂黯然销,老泪凄其出。别君只如昨,芳岁换六七。俱是官家身,后期难自必。《籍田赋》云:难望岁而自必。

和寄问刘、白时梦得与乐天方舟西上

正与刘梦得,醉笑大开口。适值此诗来,欢喜君知否。遂令高卷幕,兼遣重添酒。起望会稽云,东南一回首。爱君金玉句,举世谁人有。功用随日新,资材本天授。吟哦不能散,自午将及酉。遂留梦得眠,匡床宿东牖。

和新楼北园偶集,从孙公度、周巡官、韩秀才、卢秀才、范处士小饮,郑侍御判官,周、刘二从事皆先归

闻君新楼宴,下对北园花。主人既贤豪,宾客皆才华。初筵日未高,中饮景已斜。天地为幕席,富贵如泥沙。嵇刘陶阮徒,不足置齿牙。卧瓮鄙毕卓,落帽嗤孟嘉。芳草供枕藉,乱莺助喧哗。醉乡得道路,狂海无津涯。一岁春又尽,百年期不赊。同醉君莫辞,独醒古所嗟。销愁若沃雪,破闷如割一作割瓜。称觞起为寿,此乐无以加。歌声凝贯珠,舞袖飘乱麻。相公谓四座,今日非自夸。有奴善吹笙,有婢弹琵琶。十指纤若笋,双鬟黳如鸦。履舄起交杂,杯盘散纷拏。归去勿拥遏,倒载逃难遮。明日宴东武,后日游若耶。岂独相公乐,讴歌千万家。

和除夜作

君赋此诗夜,穷阴岁之余。我和此诗日,微和春之初。老知颜状改,病觉肢体虚。头上毛发短,口中牙齿疏。一落老病界,难逃生死墟。况此促促世,与君多索居。君在浙江东,荣驾方伯舆。我在魏阙下,谬乘大夫车。妻孥常各饱,奴婢亦盈庐。唯是利人事,比君全不如。我统十郎官,君领百吏胥。我掌四曹局,君管十乡闾。君为父母君,大惠在资储。我为

刀笔吏,小恶乃诛锄。君提七郡籍,我按三尺书。俱已佩金印,尝同趋玉除。外宠信非薄,中怀何不摅。恩光未报答,日月空居诸。磊落尝许君,踽促应笑予。所以自知分,欲先歌归欤。

和知非

因君知非问,诠较天下事。第一莫若禅,第二无如醉。禅能泯人我,醉可忘荣悴。与君次第言,为我少留意。儒教重礼法,道家养神气。重礼足滋彰,养神多避忌。不如学禅定,中有甚深味。旷廓了如空,澄凝胜于睡。屏除默默念,销尽悠悠思。春无伤春心,秋无感秋泪。坐成真谛乐,如受空王赐。既得脱尘劳,兼应离惭愧。除禅其次醉,此说非无谓。一酌机即忘,三杯性咸遂。逐臣去室妇,降虏败军帅。思苦膏火煎,忧深扃锁秘。须凭百杯沃,莫惜千金费。便似罩中鱼,脱飞生两翅。劝君虽老大,逢酒莫回避。不然即学禅,两途同一致。

和望晓

休吟稽山晓,听咏秦城旦。鸣鸡初有声,宿鸟犹未散。丁丁漏向尽,冬冬鼓过半。南山青沈沈,东方白漫漫。街心若流水,城角如断岸。星河稍隅落,宫阙方轮焕。朝车雷四合,骑火星一贯。赫奕冠盖盛,荧煌朱紫烂。沙堤亘蟆池,子城东北低下处,旧号虾蟆池。市路绕龙断。白日忽照耀,红尘纷散乱。贵教过客避,荣任行人看。祥烟满虚空,春色无边畔。鹓行候晷刻,龙尾登霄汉。台殿暖宜攀,风光晴可玩。草铺地茵褥,云卷天帏幔。莺杂佩锵锵,花饶一作绕衣粲粲。何言终日乐,独起临风叹。叹我同心人,一别春七换。相望山隔碍,欲去官羁绊。何日到江东,超然似张翰。

和李势女

减一分太短,增一分太长。不朱面若花,不粉肌如霜。色为天下艳,心乃女中郎。自言重不幸,家破身未亡。人各有一死,此死职所

当。忍将先人体,与主为疣疮。妾死主意快,从此两无妨。愿信赤心语,速即白刃光。南郡忽感激,却立舍锋芒。抚背称阿姊,归我如归乡。竟以恩信待,岂止猜妒忘。由来几上肉,不足挥干将。南郡死已久,骨枯墓苍苍。愿于墓上头,立石镌此章。劝诫天下妇,不令阴胜阳。

和酬郑侍御东阳春闷放怀追越游见寄

君得嘉鱼置宾席,乐如南有嘉鱼时。劲气森爽竹竿竦,妍文焕烂芙蓉披。载笔在幕名已重,补衮于朝官尚卑。一缄疏入掩谷永,三都赋成排左思。自言拜辞主人后,离心荡飏风前旗。东南门馆别经岁,春眼怅望秋心悲。已上叙嘉鱼。昨日嘉鱼来访我,方驾同出何所之。乐游原头春尚早,百舌新语声椰椰。日趁花忙向南拆,风催柳急从东吹。流年怅悦不饶我,美景鲜妍来为谁。红尘三条界阡陌,碧草千里铺郊畿。余霞断时绮幅裂,斜云展处罗文纰。暮钟远近声互动,暝鸟高下飞追随。酒酣将归未能去,怅然回望天四垂。生何足养嵇著论,途何足泣杨涟洏。胡不花下伴春醉,满酌绿酒听黄鹂。嘉鱼点头时一叹,听我此言不知疲。语终兴尽各分散,东西轩骑分逶迤。此诗勿遣闲人见,见恐与他为笑资。白首旧僚知我者,凭君一咏向周师。周判官师范,苏杭旧判官。去范字对韵。

和自劝二首

稀稀疏疏绕篱竹,窄窄狭狭向阳屋。屋中有一曝背翁,委置形骸如土木。日暮半炉麸炭火,夜深一盏纱笼烛。不知有益及民无,二十年来食官禄。就暖移盘檐下食,防寒拥被帷中宿。秋官月俸八九万,岂徒遣尔身温足。勤操丹笔念黄沙,莫使饥寒囚滞狱。

急景凋年急于水,念此揽衣中夜起。门无宿客共谁言,暖酒挑灯对妻子。身一作自饮数杯妻一盏,余酌分张与儿女。微酣静坐未能眠,风霰萧萧打窗纸。自问有何才与术,人为

丞郎出刺史。争知一作如寿命短复长,岂得营营心不止。请看韦孔与钱崔,半月之间四人死。韦中书、孔京兆、钱尚书、崔华州,十五日间,相次而逝。

和雨中花

真宰倒持生杀柄,闲物命长人短命。松枝上鹤薯下龟,千年不死仍无病。人生不得似龟鹤,少去老来同旦暝。何异花开旦暝间,未落仍遭风雨横。草得经年菜一作莱连月,唯花不与多时节。一年三百六十日,花能几日供攀折。桃李无言难自诉,黄莺解语凭君说。莺虽为说不分明,叶底枝头谩饶舌。

和晨兴因报问龟儿

冬旦寒惨淡,云日无晶辉。当此岁暮感,见君晨兴诗。君诗亦多苦,苦在兄远离。我苦不在远,缠绵肝与脾。西院病孀妇,后床孤侄儿。黄昏一恸后,夜半十起时。病眼两行血一作泪,衰一作悲鬓万茎丝。咽绝五脏脉,瘦消一作消渗百骸脂。双目失一目,四肢断两肢。不如溘然逝一作尽,安用半活为。谁谓荼蘖苦,荼蘖甘如饴。谁谓汤火热,汤火冷如澌。前时君寄诗,忧念问阿龟。喉燥声气室,经年无报辞。及睹晨兴句,未吟先涕垂。因兹涟洳一作涟际,一吐心中悲。茫茫四海间,此苦唯君知。去我四千里,使我告诉谁。仰头向青天,但见雁南飞。凭雁寄一语,为我达微之。弦绝有续胶,树斩可接枝。唯我中肠断,应无连得期。

和朝回与王炼师游南山下

蔼蔼春景余,峨峨夏云初。蹩躠退朝骑,飘摇随风裾。晨从四丞相,入拜白玉除。暮与一道士,出寻青溪居。吏隐本齐致,朝野孰云殊。道在有中适,机忘无外虞。但愧烟霄上,鸾凤为吾徒。又惭云林一作水间,鸥鹤不我疏。坐倾数杯酒,卧枕一卷书。兴酣头兀兀,睡觉心于于。以此送日月,问师为何如。

和尝新酒

空腹尝新酒,偶成卯时醉。醉来拥褐裘,

直至斋时睡。睡酣不语笑，真寝无梦寐。殆欲忘形骸，讵知属天地。醒—作醒余和未散，起坐澹无事。举臂一欠伸，引琴弹秋思。

和顺之琴者

阴阴花院月，耿耿兰房烛。中有弄琴人，声貌俱如玉。清泠石泉引，雅澹—作澹泞风松曲。遂使君子心，不爱凡丝竹。

感旧写真

李放写我真，写来二十载。莫问真何如，画亦销光彩。朱颜与玄鬓，日夜改复改。无嗟貌遽非，且喜身犹在。

授太子宾客归洛 自此后东都作

南省去拂衣，东都来掩扉。病半老齐至，心与身同归。白首外缘少，红尘前事非。怀哉紫芝叟，千载心相依。

秋池二首

身闲无所为，心闲无所思。况当故园夜，复此新秋池。岸暗鸟栖后，桥明月出时。菱风香散漫，桂露光参差。静境多独得，幽怀竟谁知。悠然心中语，自问来何迟。

朝衣薄且健，晚簟清仍滑。社近燕影稀，雨余蝉声歇。闲中得诗境，此境幽难说。露荷珠自倾，风竹玉相戛。谁能一同宿，共玩新秋月。暑退早凉归，池边好时节。

中隐

大隐住朝市，小隐入丘樊。丘樊太冷落，朝市太嚣喧。不如作中隐，隐在留司官。似出复似处，非忙亦非闲。不劳心与力，又免饥与寒。终岁无公事，随月有俸钱。君若好登临，城南有秋山。君若爱游荡，城东有春园。君若欲一醉，时出赴宾筵。洛中多君子，可以恣欢言。君若欲高卧，但自深掩关。亦无车马客，造次到门前。人生处一世，其道难两全。贱即苦冻馁，贵则多忧患。唯此中隐士，致身吉且安。穷通与丰约，正在四者间。

问秋光

殷卿领北镇，崔尹开南幕。外事信为荣，中怀未必乐。何如不才者，兀兀无所作。不引窗下琴，即举池上酌。淡交唯对水，老伴无如鹤。自适颇从容，旁观诚濩落。身心转恬泰，烟景弥淡泊。回首语秋光，东来应不错。

引泉

一为止足限，二为衰疾牵。邴罢不因事，陶归非待年。归来嵩洛下，闭户何翛然。静扫林下地，闲疏池畔泉。伊流狭似带，洛石大如拳。谁教明月下，为我声溅溅。竟夕舟中坐，有时桥上眠。何用施屏障，水竹绕床前。

知足吟 和崔十八未贫作

不种一陇田，仓中有余粟。不采一株—作枝桑，箱中有余服。官闲离忧责，身泰无羁束。中人百户税，宾客一年禄。樽中不乏酒，篱下仍多菊。是物皆有余，非心无所欲。吟君未贫作，同歌知足曲。自问此时心，不足何时足。

酬集贤刘郎中对月见寄，兼怀元浙东

月在洛阳天，天高净如水。下有白头人，揽衣中夜起。思远镜亭上，光深书殿里。眇然三处心，相去各千里。

太湖石

远望老嵯峨，近观怪嶔崟。才高八九尺，势若千万寻。嵌空华阳洞，重叠匡—作屏山岑。邈矣仙掌迥，呀然剑门深。形质冠今古，气色通晴阴。未秋已瑟瑟，欲雨先沈沈。天姿信为异，时用非所任。磨刀不如砺，捣帛不如砧。何乃主人意，重之如万金。岂伊造物者，独能知我心。

偶作二首

扰扰贪生人，几何不夭阏。遑遑爱名人，几何能贵达。伊余信多幸，拖紫垂白发。身为三品官，年已五十八。筋骸虽早衰，尚未苦羸惙。资产虽不丰，亦不甚贫竭。登山力犹在，

遇酒兴时发。无事日月长,不羁天地阔。安身有处所,适意无时节。解带松下风,抱琴池上月。人间所重者,相印将军钺。谋虑系安危,威权主生杀。焦心一身苦,炙手旁人热。未必方寸间,得如吾快活。

日出起盥栉,振衣入道场。寂然无他念,但对一炉香。日高始就食,食亦非膏粱。精粗随所有,亦足饱充肠。日午脱巾簪,燕息窗下床。清风飒然至,卧可致羲皇。日西引杖屦,散步游林塘。或饮茶一盏,或吟诗一章。日入多不食,有时唯命觞。何以送闲夜,一曲秋霓裳。一日分五时,作息率有常。自喜老后健,不嫌闲中忙。是非一以贯,身世交相忘。若问此何许,此是无何乡。

葺池上旧亭

池月夜凄凉,池风晓萧飒。欲入池上冬,先葺池上阁。向暖窗户开,迎寒帘幕合。苔封旧瓦木,水照新朱蜡。软火深土炉,香醪小瓷榼。中有独宿翁,一灯对一榻。

崔十八新池

爱君新小池,池色无人知。见底月明夜,无波风定时。忽看不似水,一泊稀琉璃。

玩止水

动者乐流水,静者乐止水。利物不如流,鉴形不如止。凄清早霜降,淅沥微风起。中面红叶开,四隅绿萍委。广狭八九丈,湾环有涯涘。浅深三四尺,洞彻无表里。净分鹤翘足,澄见鱼掉尾。迎眸洗眼尘,隔胸荡心滓。定将禅不别,明与诚相似。清能律贪夫,淡可交君子。岂唯空狎玩,亦取相伦拟。欲识静者心,心源只如此。

闻崔十八宿予新昌弊宅,时予亦宿崔家依仁新亭,一宵偶同,两兴暗合,因而成咏,聊以写怀

陋巷掩弊庐,高居敞华屋。新昌七株松,依仁万茎竹。松前月台白,竹下风池绿。君向我斋眠,我在君亭宿。平生有微尚,彼此多幽独。何必本—作求主人,两心聊自足。

日长

日长昼加餐,夜短朝余睡。春来寝食间,虽老犹有味。林塘得芳景,园曲生幽致。爱水多棹舟,惜花不扫地。幸无眼下病,且向樽前醉。身外何足言,人间本无事。

三月三十日作

今朝三月尽,寂寞春事毕。黄鸟渐无声,朱樱新结实。临风独长叹,此叹意非一。半百过九年,艳阳残一日。随年减欢笑,逐日添衰疾。且遣花下歌,送此杯中物。

慵不能

架上非无书,眼慵不能看。匣中亦有琴,手慵不能弹。腰慵不能带,头慵不能冠。午后恣情寝,午时随事餐。一餐终日饱,一寝至夜安。饥寒亦闲事,况乃不饥寒。

晨兴

宿鸟动前林,晨光上东屋。铜炉添早香,纱笼灭残烛。头醒风稍愈,眼饱睡初足。起坐兀无思,叩齿三十六。何以解宿斋,一杯云母粥。

朝课

平氎白石渠,静扫青苔院。池上好风来,新荷大如扇。小亭中何有,素琴对黄卷。蕊珠讽数篇,秋思弹一遍。从容朝课毕,方与客相见。

天竺寺七叶堂避暑

郁郁复郁郁,伏热何时毕。行入七叶堂,烦暑随步失。檐雨稍霏微,窗风正萧瑟。清宵一觉睡,可以销百疾。

香山寺石楼潭夜浴

炎光昼方炽,暑气宵弥毒。摇扇风甚微,褰裳汗霢霂。起向月下行,来就潭中—作上浴。

平石为浴床,洼石为浴斛。绡巾薄露顶,草屦轻乘足。清凉咏而归,归上石楼宿。

嗟发落

朝亦嗟发落,暮亦嗟发落。落尽诚可嗟,尽来亦不恶。既不劳洗沐,又不烦梳掠。最宜湿暑天,头轻无髻缚。脱置垢巾帻,解去尘缨络。银瓶贮寒泉,当顶倾一勺。有如醍醐灌,坐受清凉乐。因悟自在僧,亦资于剃削。

安稳眠

家虽日渐贫,犹未苦饥冻。身虽日渐老,幸无急病痛。眼逢闹处合,心向闲时用。既得安稳眠,亦无颠倒梦。

池上夜境

晴空星月落池塘,澄鲜净绿表里光。露簟清莹迎夜滑,风襟潇洒先秋凉。无人惊处野禽下,新睡觉时幽草香。但问尘埃能去否,濯缨何必向沧浪。

书绅

仕有职役劳,衣有畎亩勤。优哉分司叟,心力无苦辛。岁晚头又白,自问何欣欣。新酒始开瓮,旧谷犹满囷。吾尝静自思,往往夜达晨。何以送吾老,何以安吾贫。岁计莫如谷,饱则不干人。日计莫如醉,醉则兼忘身。诚知有道理,未敢劝交亲。恐为人所哂,聊自书诸绅。

秋游平泉,赠韦处士、闲禅师

秋景引闲步,山游不知疲。杖藜舍舆马,十里与僧期。昔尝忧六十,四体不支持。今来已及此,犹未苦衰羸。予往年有诗云:三十气大壮,胸中多是非。六十年太老,四体不支持。今故云。心兴遇境发,身力因行知。寻云到起处,爱泉听滴时。南村韦处士,西寺闲禅师。山头与涧底,闻健且相随。

游坊口悬泉,偶题石上 时为河南尹

济源山水好,老尹知之久。常日听人言,今秋入吾手。孔山刀剑立,沁水龙蛇走。危磴上悬泉,澄湾转坊口。虚明见深底,净绿无纤垢。仙棹浪悠扬,尘缨几斗薮。岩寒松柏短,石古莓苔厚。锦坐缨高低,翠屏张左右。虽无安石妓,不乏文举酒。谈笑逐身来,管弦随事有。时逢杖锡客,或值垂纶叟。相与澹忘归,自辰将及酉。公门欲返驾,溪路犹回首。早晚重来游,心期罢官后。

对火玩雪

平生所心爱,爱火兼怜雪。火是腊天春,雪为阴夜月。鹅毛纷正堕,兽炭敲初折。盈尺白盐寒,满炉红玉热。稍宜杯酌动,渐引笙歌发。但识欢来由,不知醉时节。银盘堆柳絮,罗袖抟琼屑。共愁明日销,便作经年别。

六年寒食洛下宴游,赠冯、李二少尹

丰年寒食节,美景洛阳城。三尹皆强健,七日尽晴明。东郊踏青草,南园攀紫荆。风拆海榴艳,露附木兰英。假开春未老,宴合一作洽日屡倾。珠翠混花影,管弦藏水声。佳会不易得,良辰亦难并。听吟歌暂辍,看舞杯徐行。米价贱如土,酒味浓于饧。此时不尽醉,但恐负平生。殷勤二曹长,各捧一银觥。

苦热中寄舒员外

何堪日衰病,复此时炎燠。厌对俗杯盘,倦听凡丝竹。藤床铺晚雪,角枕截寒玉。安得清瘦人,新秋夜同宿。非君固不可,何夕枉高躅。

闲夕

一声早蝉发,数点新萤度。兰釭耿无烟,筠簟清有露。未归后房寝,且下前轩步。斜月入低廊,凉风满高树。放怀常自适,遇境多成趣。何法使之然,心中无细故。

寄情

灼灼早春梅,东南枝最早。持来玩未足,花向手中老。芳香销掌握,怅望生怀抱。岂无后开花,念此先开好。

舒员外游香山寺数日不归，兼辱尺书，大夸胜事，时正值坐衙虑囚之际，走笔题长句以赠之

　　香山石楼倚天开，翠屏壁立波环回。黄菊繁时好客到，碧云合处佳人来。谓遣英、蒨二妓与舒君同游。酡颜一笑夭桃绽，清吟数声寒玉哀。轩骑逶迟椁容与，留连三日不能回。白头老尹府中坐，早衙才退暮衙催。庭前阶上何所有，累囚成贯案成堆。岂无池塘长秋草，亦有丝竹生尘埃。今日清光昨夜月，竟无人来劝一杯。

早冬游王屋，自灵都抵阳台上方望天坛，偶吟成章，寄温谷周尊师、中书李相公

　　霜降山水清，王屋十月时。石泉碧漾漾，岩树红离离。朝为灵都游，暮有阳台期。飘然世尘外，鸾鹤如可追。忽念公程尽，复惭身力衰。天坛在天半，欲上心迟迟。尝闻此游者，隐客与损之。各抱贵仙骨，俱非泥垢姿。二人相顾言，彼此称男儿。若不为松乔，即须作皋夔。今果如其语，光彩双葳蕤。一人佩金印，一人斸玉芝。我来高其事，咏叹偶成诗。为君题石上，欲使故山知。

吴宫辞

　　淡红花帔浅檀蛾，睡脸初开似剪波。坐对珠笼闲理曲，琵琶鹦鹉语相和。